# 對類

佚名 著

明内府經廠刊本

一

北京燕山出版社

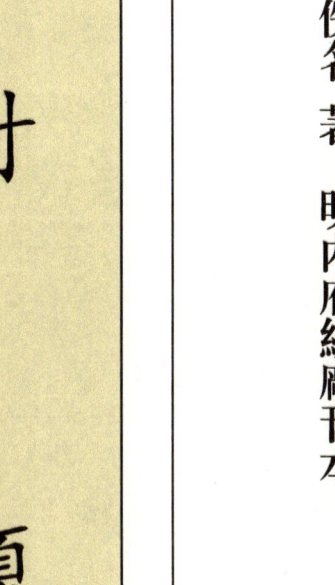

圖書在版編目（ＣＩＰ）數據

對類 / 佚名著 . -- 北京 : 北京燕山出版社 ,
2018.1

ISBN 978-7-5402-4999-1

Ⅰ . ①對… Ⅱ . ①佚… Ⅲ . ①對聯－基本知識－中國
Ⅳ . ① I207.6

中國版本圖書館 CIP 數據核字 (2018) 第 052570 號

**對類（全三册）**

作　　者：佚名
責任編輯：劉朝霞　徐冠軍
封面設計：何雲飛
出版發行：北京燕山出版社
社　　址：北京市豐台區東鐵營葦子坑路 138 號
郵　　編：100079
電話傳真：86-10-65240430（總編室）
印　　刷：三河友邦彩色印裝有限公司
開　　本：850mm×1168mm　1/16
字　　數：827 千字
印　　張：103.5
版　　次：2018 年 1 月第 1 版
印　　次：2018 年 1 月第 1 次印刷
書　　號：ISBN 978-7-5402-4999-1
定　　價：2700. 00 元（全三册）

# 出版説明

現代漢語用『圖書』表示文獻的總稱，這一稱謂可以追溯到古史傳説時代的河圖、洛書。在從古到今的文化史中，圖像始終承擔著重要的文化功能。傳説時代的大禹『鑄鼎象物』，將物怪的形象鑄到鼎上，使『民知神奸』。在《周易》中也有『製器尚象』之説。一般而論，文化生活皆有其對應的物質層面的表現。在中國古代文獻研究活動中，學者也多注意器物、圖像的研究，如《詩》中的草木、鳥獸，《山海經》中的神靈物怪，禮儀中的禮器、行禮方位等，學者多畫爲圖像，與文字互相發明，成爲經學研究中的『圖説』類著述。又宋元以後，庶民文化興起，出版業高度發達，版刻印刷益發普及，在普通文獻中也逐漸出現了圖像資料，其中廣泛地涉及植物、動物、日常的物質生產程序與工具、平民教化等多個方面，其中流傳至今者，是我們瞭解古代文化的重要憑藉，通過這些圖文並茂的文本，讀者可以獲得對古代文化生動而直觀的感知。爲了方便讀者利用，我們將古代文獻中有關圖像、版畫、彩色套印本等文獻輯爲叢刊正式出版。

本編選目兼顧文獻學、古代美術、考古、社會史等多種興趣，範圍廣泛，版本選擇也兼顧古代東亞地區漢文化圈的範圍。圖像在古代社會生活中的一大作用涉及平民教化，即古人所謂的『圖像古昔，以當箴規』（語出何晏《景福殿賦》），明清以來，民間勸善之書，如《陰騭文》《閨範》等，皆有圖解，其中所宣揚的古代道德意識中的部分條目固然爲我們所不取，甚至是應該批判的對象，但其中多有精美的版畫，除了作爲古代美術史文獻以外，由此也可考見古代一般平民的倫理意識，實爲社會史研究的重要材料。

本編擬目涉及多種類型的文獻，兹輯爲叢刊，然亦以單種別行爲主，只有部分社會史性質的文本，因爲篇卷無多，若獨立成册則面臨裝幀等方面的困難，則取同類文本合爲一册。文獻卷首都新編了目録以便檢索，但爲了避免與書中内容大量重複，無謂地增加篇幅，有部分新編目録視原書目録爲簡略，原書目録中有部分條目與實際對應的正文略有出入，新編目録略微作了更訂。又有部分文本性質特殊，原書中本無卷次目録之類，則約舉其要，新擬條目，其擬議未必全然恰當。所有文獻皆影印，版式色澤，一存古韻。

# 目録（二十卷）

## 第一册



## 第二册

**第三册**

# 大川對類序

惟夫天地人之三籟各有聲聲有自然之節則為律為呂律呂之音實本諸黃鍾之宮而萬變出焉蓋凡分總類例冗而繁沓悉難條取始以對義言之平仄互立幻韻兼仍而字之虛實死活聲之清濁輕重徃返出入弗克定矣若廣言

之迢迢無盡哉矧惟先賢之教引初發蒙莫此為最予欲開啟後人遂採而輯之以作便覽名曰大川對類蓋取浩廣無涯之義云爾是為序

嘉靖壬寅菊月

大廷

皇帝適菴書

# 對類總目

對類總目終

# 習對發蒙格式

凡入小學教之識字便教讀得分明每字各有四聲惟有蕭宵爻豪尤侯幽七韻切之至第三聲止無第四聲餘皆有之第一聲是平聲第二聲第三聲第四聲皆是仄故以平上去入別之平字用仄字對仄字用平字對平仄不失又以虛實死活字教之蓋字之有形體者為實字之無形體者為虛似有而無者為半虛似無而有者為半實實者皆是死字惟虛字則有死有活死謂其自然而然者如高下洪纖之類是也活謂其使然而然者如飛潛變化之類是也虛字對虛實字對實半虛半實者亦然最是死字不可對以活字活字不可對以死

◎

字此而不審則文理謬矣又有借用同音字謂如澄清之清與青字近音洪大之洪與紅字近音采色門借清洪字對黑白等字又如增益之益與一字同音參請之參與三字同音覆載之載與再字同音數目門借益參載字對十百千萬等字又如爵祿之爵與雀字同音公侯之侯與猴字同音禽獸門借爵侯字對鳥獸蟲魚等字謂之借對例又有引用周易卦名毛詩篇名雖不苦拘虛實然不若親切者為好若夫以實字作虛字使以死字作活字用是作家有此活法初學未易語此今以虛實死活字分門析類輯為對屬以便初學檢閱云

# 切韻六十字訣

因煙　人然　新鮮　錫涎　迎妍　零連

清千　賓邊　經堅　神禪　秦前　寧年

寅延　真氈　娉偏　亭田　澄纏　平便

縈虔　輕牽　稱燀　丁顛　興掀　汀天

精箋　民眠　聲羶　刑賢　兄喧　營貟

此玉篇廣韻之祖也而初學者當留心熟讀使其切字作對知其平仄識其音律習慣成自然矣今將喜雨詩為式于后

好 許老切 許興掀好　　雨 王矩切 王寅延雨

知 珍离切 珍真氈知　　時 辰之切 辰神禪時

節 子結切 子精箋節　　當 都良切 都丁顛當

| 字 | 切 | 切音 | 字 | 切 | 切音 |
|---|---|---|---|---|---|
| 春 | 樞倫切 | 樞稱燀春 | 乃 | 曩来切 | 曩寧年乃 |
| 發 | 方越切 | 方兄喧發 | 生 | 師庚切 | 師聲羶生 |
| 随 | 旬為切 | 旬錫涎随 | 風 | 方中切 | 方兄喧風 |
| 潛 | 慈塩切 | 慈秦前潛 | 入 | 日執切 | 日人然入 |
| 夜 | 寅謝切 | 寅寅延夜 | 潤 | 儒順切 | 儒人然潤 |
| 物 | 文拂切 | 文營員物 | 細 | 思計切 | 思新鮮細 |
| 無 | 微虞切 | 微營員無 | 聲 | 書征切 | 書聲羶聲 |
| 野 | 以者切 | 以寅延野 | 徑 | 吉定切 | 吉經堅徑 |
| 雲 | 于群切 | 于寅延雲 | 俱 | 恭于切 | 恭經堅俱 |
| 黑 | 迄得切 | 迄興掀黑 | 江 | 古雙切 | 古經堅江 |
| 船 | 食緣切 | 食神禪船 | 火 | 虎果切 | 虎興掀火 |
| 獨 | 徒谷切 | 徒亭田獨 | 明 | 眉兵切 | 眉民眠明 |

曉 興香切 興興掀曉　看 丘寒切 丘輕牽看

紅 胡公切 胡興掀紅　濕 失入切 失聲羶濕

處 昌據切 昌稱燀處　花 呼瓜切 呼興掀花

重 儲用切 儲澄纏重　錦 居飲切 居經堅錦

官 沽歡切 沽經堅官　城 時征切 時神禪城

右四十字各附音反訣于下學者宜精熟之

## 雙聲疊韻譜訣

雙聲疊韻者韻之子母正切回切也如龍字乃盧容切反云盧零連龍盧字爲韻之子容字爲韻之母零連字爲韻之祖雙聲者乃子正切得母母回切得子而且同祖是謂之雙聲疊韻者乃子正切得子母回切得母而不同祖是謂之疊韻唐人吟詠深以此爲親切劉禹錫

◎

詩云出谷嬌鶯新睍睆營巢乳燕舊呢喃睍睆與呢喃乃雙聲也正切睍睆睍睆興掀睆回切睆睍睍睆興掀睍正切呢喃呢寧年喃回切喃呢喃寧年呢此則雙聲之說明矣又杜甫詩云卑枝低結子接葉暗巢鶯卑枝與接葉乃疊韻也正切卑枝卑賔邊卑回切枝卑枝真氈枝正切接葉接精箋接回切葉接葉寅延葉此疊韻之說明矣

平上去入謂之疊韻

同韻連綿謂之雙聲

# 習對定式

【習對要訣】初學琢對先須以對類逐門熟讀而記解徹字義如遇出題便知出者在何門類令以平仄標題各從其類詳加註釋以便檢閱若能精熟之又何患乎不成也

【還對要訣】凡出對句無過即是眼前景物為主意凡還對合先體認上聯緊切主意然後思索以立我之主意不可就閒字上思索此還對之要訣也

## 平仄指掌圖

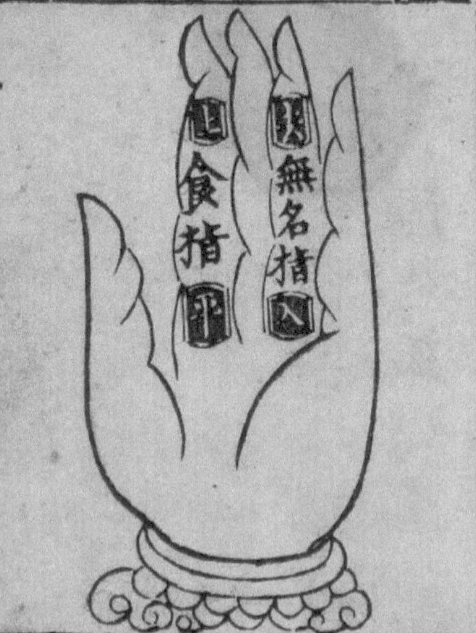


## 反字法

凡調平仄用左手拇指輪食指食指根是平聲食指頭是上聲無名指頭是去聲無名指根是入聲蓋初起為平聲升上為上聲過去為去聲下下為入聲中指不與焉象一字之有四角也

# 四聲字母之圖

沈約嘗撰平上去入四聲字譜

天：去 瑱　入 鐵　平 天　上 腆

子：去 漬　入 即　平 兹　上 子

聖：去 聖　入 式　平 升　上 審

哲：去 驏　入 哲　平 邅　上 展

帝問之約對曰天子聖哲是也

## 先調四聲

第一聲為平聲

第二聲為上聲

第三聲為去聲

第四聲為入聲

## 次明六體

開口初聲為平　用仄字對

其次轉聲為仄　用平字對

無形可見為虛　用虛字對

有跡可指為實　用實字對

體本乎靜為死　用死字對

用發乎動為生　用生字對

似有似無者半虛半實

# 唐人切韻字譜之圖

陽（中圖：上　去　平　入）

漾　余亮切
藥　余灼切
養　余兩切
陽　余章切

脂（中圖：上　去　平　入）

寘　職義切
質　職日切
旨　職視切
脂　職夷切

先（中圖：上　去　平　入）

霰　蘇見切
屑　蘇結切
銑　蘇典切
先　蘇前切

元（中圖：上　去　平　入）

願　魚怨切
月　魚厥切
阮　魚遠切
元　魚袁切

## 五音所屬

| 角音 | 徵音 | 宮音 | 商音 | 羽音 |
|---|---|---|---|---|
| 舌縮却 | 舌點齒 | 舌居中 | 開口張 | 口撮聚 |

## 四聲旨義

| 平聲 | 上聲 | 去聲 | 入聲 |
|---|---|---|---|
| 哀而安 | 厲而舉 | 清而遠 | 直而促 |

## 五聲所屬

東方喉聲　何可剛鄂　歌箇康各

南方齒聲　詩失之食　止示勝識

中央牙聲　更硬牙格　行幸亨客

西方舌聲　丁的定泥　寧亭聽歷

北方唇聲　邦尨剝雹　北墨朋邈

## 辨聲音要訣

切韻先須辨四聲　五音六律並兼行　難呼語氣皆名濁

易紐言詞盡屬清　唇上碧班邠豹剝　舌頭當滴帝都丁

撮唇呼虎烏塢污　捲舌伊幽乙意英　開唇披頗潘坡拍

齊齒之時實始成　正齒止征真志只　穿牙查摘塞箏笙

引喉勾狗甌鴉厄　隨鼻蒿豪好赫亨　上鄂囂妖嬌矯轎

平牙臻櫛乍詵生　縱唇休朽求鳩九　送氣查拏詫宅棖

合口甘含鹹檻甲　口開何可我歌羹　大抵宮商角徵羽

應須紐弄最為精　世間禮義皆如此　自是人心不解明

# 習對歌

平對仄　仄對平　反切要分明　有無虛與實
死活重兼輕　上去入音為仄韻　東西南字是平聲
實對實　虛對虛　輕重莫偏枯　留心勤事業
滿腹富詩書　古人已用三冬足　年少今開萬卷餘

**格式對**

尋義理　辨音聲　呼吸習調停　角宮商徵羽
牙齒舌喉唇　難呼語氣皆為濁　易細言辭盡屬清

**五音對**

天對地　地對天　天地對山川　清風對皓月
暮雨對朝煙　北斗七星三四點　南山萬壽十千年

**天文對**

天對日　雨對風　遠漢對長空　祥雲對瑞雪
露重對霜濃　微雨洒波紋縐綠　細風吹燭影搖紅

**時令對**

春對夏　夜對晨　夏至對秋分　重陽對七夕

上巳對清明　三百枯棊消永晝　十千美酒賞芳辰

**地理對**

泉對石　水對山　峻嶺對狂瀾　柳堤對花圃

澗壑對峯巒　舟横清淺水村晩　路入翠微山寺寒

**宫室對**

樓對閣　寺對宫　庭院對垣墉　千門對萬戶

屋角對庭中　畫棟雕梁風殿閣　明堂淨室月簾櫳

**國號對**

今對古　漢對唐　五帝對三皇　晉齊韓趙魏

吳蜀宋陳梁　虞夏商周爲四代　禹湯文武是三王

**人物對**

夫對婦　主對賓　父子對君臣　弟兄分内外

朋友別疎親　日用三綱扶世道　天常五典叙彝倫

**身體對**

頭對面　口對身　白髮對紅唇　咽喉對肺腑

目美對眉顰　玉骨瓊肌非俗子　朱顔綠鬢盡佳人

**衣帛對**

衣對袖　舄對巾　衣褐對書紳　羅幃對珠履
束帶對鋪茵　禮樂衣冠由上國　文章黼黻美吾身

**食饌對**

茶對酒　飯對羹　美醞對香粳　烹羊對膾鯉
煮茗對餐英　蓴菜久思猶客旅　塩梅相和有公卿

**器物對**

書對畫　瑟對琴　笛韻對鐘聲　宮簫對塞管
曉角對寒砧　炳耀斗牛橫劍氣　清泠山水作琴音

**珍寶對**

犀對象　玉對金　玉殿對瑶京　琉璃對玳瑁
玉燭對銀燈　融融春近冰消玉　凛凛冬來雪積瓊

**文史對**

經對史　賦對詩　傳記對文辭　易奇對書典
訓詁對箴規　五行俱下讀書日　一舉成名射策時

**草木對**

松對栢　柳對花　紫萼對紅葩　葡萄對橄欖
石竹對山茶　翠麥舞風千頃浪　紅桃暎日一川霞

鳥獸對 鸞對鳳 鴈對鶯 犬吠對鷄鳴 龍吟對虎嘯

社燕對秋鴻 蝴蝶夢中家萬里 子規枝上月三更

五色對 黃對黑 白對紅 碧草對青松 朱顏對綠鬢

粉蝶對黃蜂 鴛鷺丹墀先俊彥 貔貅紫塞上英雄

數目對 三對五 萬對千 四季對三元 孫秦對兩漢

萬壽對千年 春過園林花一夢 日長庭院柳三眠

聲色對 聲對色 影對光 柳影對花香 山形對地勢

吐秀對騰芳 去國心如砧韻碎 思鄉夢與角聲長

心情對 憂對喜 性對心 意氣對胸襟 吟懷對飲興

思淺對情深 逆旅羈懷愁萬斛 佳人嬌態笑千金

方隅對 南對北 北對東 後殿對前宮 山南對嶺北

北雪對東風 星光燦燦皆朝北 水勢滔滔必向東

**內外對**

中對外　後對前　月下對雲邊　山頭對谷口
園內對林間　簷外松杉滴清露　門前桑柘鎖寒煙

**虛字對**

長對短　盛對衰　大小對高低　古今對終始
否泰對安危　數盤棊羅妝成敗　一幅書藏息是非

**如似對**

疑對訝　似對如　似玉對如珠　如煙對似火
似蓋對如梳　一川楊柳如絲裊　十里荷花似錦鋪

**重疊對**

重對疊　疊對重　岌岌對溶溶　依依對灼灼
喔喔對雝雝　雲頭艷艷開金餅　水面沉沉卧彩虹

**將作對**

堪對可　乍對將　欲綻對初芳　偏宜對雅稱
所媿對何妨　低昂北斗夜將半　斷續西風天正凉

**助辭對**

然對則　乃對於　往矣對歸歟　懋哉對彰若
樂只對加于　暴君似此之類也　廉吏如斯而已乎

勤學對

歌對讀　偶對聯　勤篤對遷延　成名應有日

得志可朝天　綠袍著處君恩重　黄榜開時御墨鮮

新進士　好男兒　得志便揚眉　瓊林恩錫宴

玉殿御頒詩　一舉首登龍虎榜　十年身到鳳凰池

習對歌　終

# 對類目錄

## 天文門 卷之一

一字類



二字類

## 三字類

會風雲依日月 八十七 霧如雲天似水 八十八 啓蟄雷賓鴻月 八十九

五更霜三日雨 九十 雨生涼風解凍 九十一 水中天川上日 九十二

一江風千里月 九十三 洞庭霜暘谷日 九十四 秦嶺雲吴江雪 九十五

北海風東山月 九十六 綠楊風紅杏雨 九十七 蓼花風梅子雨 九十八

菡萏風芭蕉雨 九十九 桑柘煙梧桐月 一百 養花天滋菊露 百一

雪壓梅風敲竹 百二 玉殿風瑶臺月 百三 曲巷風斜窗月 百四

板橋霜茅店月 百五 雲度墻月當戶 百六 酒旗風書案雪 百七

半帆風一犁雨 百八 月如弓風似箭 百九 雨飛絲霞散綺 百十

大王風御史雨 百十一 月滿懷風吹鬢 百十二 雨露恩天地性 百十三

雨百川風四海 百十四 九重天三丈日 百十五

## 四字類

日月星辰風雨霜露百十六　霽月光風秋霜烈日百十七

烈風迅雷層冰積雪百十八　紫電清霜青天白日百十九

雲淡風輕天長地久百二十　地闢天開雲行雨施百二十一

對月臨風升天入地百二十二　天日清明風月光霽百二十三

鼇頻乾坤呼吸霜露百二十四　總攬乾綱奉若天道百二十五

手握乾符身居天位百二十六　雨態雲情月華星彩百二十七

倏陰忽晴乍寒又暖百二十八　分陰分陽潛天潛地百二十九

輕暖輕寒重輪重暈百三十　九曜三台五風十雨百三十一

虞舜勑天曾侯閔雨百三十二　如日之升惟天為大百三十三

# 地理門　卷之二

一字類

◎

二字類

泠然屹若 六十八 村村岸岸 六十九 巍巍渺渺 七十

## 三字類

風月塘煙霞島 七十一 水連天山吐月 七十二 松竹林桑麻地 七十三

杏花村桃葉渡 七十四 白蘋洲紅蓼岸 七十五 燕尾溪羊腸坂 七十六

雞犬村牛羊徑 七十七 蛺蝶畦鴛鴦渚 七十八 白鷺洲黃牛峽 七十九

化龍池馳驥坂 八十 龍在淵虎歸洞 八十一 水明樓山擁戶 八十二

山連屏水拖練 八十三 水明心山對面 八十四 田園居湖海夢 八十五

賁丘園起畎畝 八十六 潔襟泉載舟水 八十七 力拔山功平水 八十八

武陵源彭蠡澤 八十九 謝家塘潘岳縣 九十 錦屏山金星石 九十一

道若塗性猶水 九十二 五老峯三姑石 九十三 萬重山三級浪 九十四

## 四字類

十二州八百國 九十五

山川丘陵澗溪沼沚九十六　坤六承乾天一生水九十七
山下出泉澤上有地九十八　天在山中風行水上九十九
五州爲鄉八家同井一百　坤厚無疆坎習有險一百一
紫陌紅塵青山綠水一百二　大海細流崇山峻嶺一百三
潦盡潭清峯廻路轉一百四　柳陌花衢竹籬茅舍一百五
臨水登山求田問舍一百六　擊楫渡江乘桴浮海一百七
從諫如流容民若地一百八　傅說築巖伊尹耕野一百九
東澗西瀍左洙右泗一百十　海北天南山間林下百十一
決東決西自南自北百十二　鐵冶銅山金淵玉海百十三
如山如河有源有委百十四　四海九州千村萬落百十五

# 節令門　卷之三

## 一字類



## 二字類

## 三字類

賞月宵書雲日 六十五 洛陽春瀟湘曉 六十六 上苑春前村曉 六十七

帝都春譙樓曉 六十八 別館秋書窓午 六十九 夏氣清春光暮 七十

桃李春梧桐夜 七十一 賞花天泛菊月 七十二 紅杏春黃橙景 七十三

杏花天楓葉曉 七十四 賓鴻秋來燕社 七十五 鴻鴈秋雞豚社 七十六

客氊寒僧帳煖 七十七 一年春三伏夏 七十八 十二時三五夜 七十九

## 四字類

日月歲時分至啓閉 八十 上日正朝好天良夜 八十一

春耕夏耘秋獮冬狩 八十二 大禹惜陰周公待旦 八十三

執規司春作曆觀象 八十四 月紀更新歲功成就 八十五

咨暑咨寒煜晝煜夜 八十六 一日三秋五年再閏 八十七

三百六旬二十四氣 八十八

# 花木門 卷之四

一字類



二字類

## 三字類

萬年枝千歲子百二十七　兩三竿千萬朶百二十八

四字類

黍稷稻粱臺萊杞李百二十九　穠李夭桃敗荷衰柳百三十

岸芷汀蘭山桃野杏百三十一　隔竹敲茶傍花隨柳百三十二

唐叔得禾后稷播穀百三十三　李白桃紅橙黃橘緑百三十四

紅蓼白蘋碧梧翠竹百三十五　菊暗荷枯竹苞松茂百三十六

萬葉千枝三花五蕋百三十七　不蔓不枝方苞方體百三十八

# 鳥獸門卷之五

一字類

鶯燕第一　毛羽第二　嬌嫩第三

飛躍第四

◎

## 二字類

成行作陣 七十四　南鴻北雁 七十五　南来北向 七十六

鷗邊馬上 七十七　翎端領下 七十八　爭飛自照 七十九

高飛遠舉 八十　初鳴乍躍 八十一　飛歸躍起 八十二

還高更巧 八十三　啼時宿處 八十四　雙鴻一雁 八十五

鸞孤鳳隻 八十六　雙翎兩翼 八十七　雙飛百囀 八十八

飛潛出沒 八十九　呢喃睍睆 九十　喈喈噦噦 九十一

鶯鶯燕燕 九十二

## 三字類

獺祭魚　鷹攫兔 九十三　牧牛羊　驅虎豹 九十四　霜外猿　雲間鶴 九十五

九霄鵬　千里馬 九十六　北海鵬　南山豹 九十七　巫峽猿　揚州鶴 九十八

水中鷗　沙上雁 九十九　魚躍淵　鶯出谷 一百　柳中鶯　花裏蝶 一百一

雁銜蘆　鶯擲柳 一百二　屋上烏　堂前燕 一百三　吞舟魚　負圖馬 一百四

葉公龍馮婦虎 一百五 鴈来賓鶯喚友 一百六 黑衣郎青裙女 一百七
玉蟾蜍金孔雀 一百八 兩三行千萬點 一百九

## 四字類

麟鳳龜龍雞豚狗彘 一百十 孔明卧龍貫誼賦鵩 一百十一
鷺序鴛行蜂媒蝶使 一百十二 浪蝶狂蜂落霞孤鶩 一百十三
鶴怨猿啼龍吟虎嘯 一百十四 歸馬放牛攀龍附鳳 一百十五
非熊非羆如狼如虎 一百十六 為淵敺魚守株待兔 一百十七
鵬路翱翔龍門變化 一百十八 自去自来相親相近 一百十九
赤弁丈人緑衣使者 一百二十 五馬一龍千乘萬騎 一百二十一

# 宮室門 卷之六

## 一字類

宮殿 第一　梁棟 第二　高大 第三

開閉 第四

## 二字類

樓臺殿閣 第五　窓櫺柱礎 第六　闌干瑣闥 第七

高樓邃閣 第八　層樓疊閣 第九　樓高閣峻 第十

樓前閣上 十一　樓頭屋角 十二　侵軒遶戶 十三

盈庭滿座 十四　繩樞甕牖 十五　風亭月榭 十六

飛雲得月 十七　春臺曉閣 十八　凉臺暖閣 十九

樓凉閣暖 二十　江樓水閣 二十一　依巖傍水 二十二

梅窓柳院 二十三　誅茅結草 二十四　長楊細柳 二十五

龍樓鳳閣 二十六　鴛鴦孔雀 二十七　金鸞鐵鳳 二十八

樓鸞戲馬 二十九　魚鱗鳥翼 三十　朱樓翠閣 三十一

樓紅牖綠 三十二 塗朱飾翠 三十三 樓陰尾影 三十四

金門玉殿 三十五 書牕酒肆 三十六 秦樓楚榭 三十七

皇家帝闕 三十八 紗牕繡户 三十九 披香太液 四十

登樓入室 四十一 焚祠鑿壁 四十三 懷居面壁 四十三

牕開户掩 四十四 居高養拙 四十五 樓遲出入 四十六

誰家爾室 四十七 同堂異室 四十八 無門有室 四十九

南樓北閣 五十 樓東舍北 五十一 千門萬户 五十二

推開掩上 五十三 輕敲密掩 五十四 高臨俯瞰 五十五

高卑曲直 五十六 經營撲斲 五十七 高明壯麗 五十八

華哉麗矣 五十九 潭潭奕奕 六十

## 三字類

昭陽宮太極殿 六十一 望月樓凌風閣 六十二 太液池玄都觀 六十三

廣寒宮清暑殿 六十四 細柳營長楊苑 六十五 芍藥欄荼蘼架 六十六

鳳凰臺麒麟閣 六十七 黃鶴樓烏衣巷 六十八 黃金臺白玉殿 六十九

玉龍樓金牛驛 七十 管絃樓燈火市 七十一 賣酒家讀書閣 七十二

富倉廂充府庫 七十三 庾亮樓滕王閣 七十四 君子堂神仙宅 七十五

八九家十萬戶 七十六 百尺樓萬間廈 七十七

## 四字類

紫閣彤闈朱門白屋 七十八 金馬玉堂竹籬茅舍 七十九

峻宇雕梁高堂大廈 八十 大禹卑宮宣王考室 八十一

鴈塔龍門螢牕雪案 八十二 室家門闌宮庭壇宇 八十三

接棟連甍升堂入室 八十四 宜室宜家肯堂肯構 八十五

舞榭歌臺書堂道院 八十六

# 器用門卷之七

## 一字類



## 二字類



◎

## 三字類

承露盤倚天盖六十竹葉舟梅花角六十一紫茸氈青玉案六十二

木蘭舟椰榆箪六十三鸚鵡杯鸕鷀杓六十四綠蓑衣青篛笠六十五

金叵羅銀鑿落六十六水晶簾雲母扇六十七象牙床龍鬚席六十八

打魚船張兎網六十九賣酒帘藏書篋七十伯牙琴曾點瑟七十一

石丈人松處士七十二即墨侯管城子七十三五弦琴三尺劍七十四

## 四字類

弓矢戈矛盤盂几杖七十五脆管繁絃長槍大劍七十六

黄鉞白旄朱簾綠幕七十七高祖踞鞍秦王擊缶七十八

玉勒雕輪綸巾羽扇七十九竹杖芒鞋桑弧蓬矢八十

翠蓋鸞旗鳳笙龍管八十一鼓瑟吹笙張弓挾矢八十二

賣劍買牛捲簾通燕八十三簧煖笙清衾寒枕冷八十四

茶鼎酒瓢粥魚齋鼓八十五　鼓瑟鼓琴賣刀賣劒八十六

不疾不徐如離如會八十七

# 人物門卷之八

一字類

君后第一　明哲第二

二字類

君臣父子第三　人君宰相第四　臣賢主聖第五

明王聖主第六　賢才俊傑第七　才人美女第八

來人去客第九　詩人酒客第十　臯陶伯益十一

龔黄卓魯十二　天神地猻十三　朱雲李漢十四

呼童命友十五　歌麃借冦十六　吴姬楚女十七

西施織女十八　田夫驛使十九　飄蓬泛梗二十
鴻儒羽客二十一　龍飛虎變二十二　蒼生赤子二十三
金童玉女二十四　南商北客二十五　人皆我獨二十六
人誇我愛二十七　催人送我二十八　憑他任我二十九
誰人我輩三十　人前客裏三十一　三仁四皓三十二
三都兩漢三十三　三農百姓三十四　英雄雅淡三十五
賢共卓爾三十六　堂堂楚楚三十七

## 三字類

聖明君忠直士三十八　賢使君聖天子三十九　社稷臣縉紳士四十
山林人湖海客四十一　商山翁嚴瀨客四十二　竹林賢花縣宰四十三
探花郎攀桂客四十四　跨鶴仙攀龍客四十五　鳳樓人龍門客四十六
玉樓人金殿客四十七　倚樓人題柱客四十八　不世君非常士四十九

遊冶郎風流壻五十　十丈夫一男子五十一　百萬師三千客五十二

萬户侯千金子五十三

四字類

父子君臣王侯將相五十四　聖帝明王英君誼辟五十五

主聖臣賢父慈子孝五十六　上行下隨君倡臣和五十七

詩社酒徒園公溪友五十八　難弟難兄愚夫愚婦五十九

老成典刑風流醞藉六十　吾翁若翁鄰子巳子六十一

二祖四宗三皇五帝六十二　九五大人二三執政六十三

天子明明王臣蹇蹇六十四　君君臣臣父父子子六十五

# 人事門卷之九

一字類

二字類

## 三字類



## 四字類

# 身體門　卷之十

## 一字類



## 二字類



◎

仙容國色 四十三　朱顏綠鬢 四十四　顏紅鬢白 四十五

瓊肌玉骨 四十六　銅關玉筍 四十七　胸酥腕玉 四十八

凝脂桃玉 四十九　甘心苦志 五十　詩腸酒量 五十一

柝成綰就 五十二　濃粧淡掃 五十二　雙眸兩鬢 五十四

鬅鬙梟娜 五十五　纖纖嫋嫋 五十六

## 三字類

心腹臣股肱相 五十七　天地心湖海志 五十八　心潛天手捧日 五十九

心如淵性猶水 六十　松栢姿蒲柳質 六十一　腹詩書心錦繡 六十二

錦繡胸脂粉態 六十三　鴻鵠心燕雀志 六十四　膽通身拳透爪 六十五

客子心丈夫志 六十六　澡精神正顏色 六十七　九尺身三寸舌 六十八

鬢蓬鬆胸磊落 六十九

## 四字類

元首股肱精神心術七十　柳眼花鬚桃腮杏臉七十一
愉色婉容披肝露膽七十二　耳聰目明神閑意定七十三
皓首厖眉巧言令色七十四　心地圓明性天廣大七十五
方寸乾坤一襟風月七十六　性内陰陽胸中天地七十七
西施捧心卞和刖足七十八

# 衣服門　卷之十一

## 一字類

冠冕第一　羅錦第二　鮮潔第三
裁剪第四

## 二字類

衣冠帳幕第五　絲羅錦綺第六　羅衣錦障第七

千絲萬縷 四十四 三加九錫 四十五 裁成剪就 四十六

輕裁細剪 四十七 裁奢尚儉 四十八 裁縫整理 四十九

鮮明瑩潔 五十 鮮鮮楚楚 五十一

## 三字類

紫荷裳紅蓮幞 五十二 獸錦袍鮫綃帳 五十三 雉頭裘虎皮帳 五十四

獬豸冠鸑鷟被 五十五 芙蓉冠芭蕉扇 五十六 諸侯冠童子佩 五十七

閔子衣春申履 五十八 綠羅衣紅錦帳 五十九 千金裘百寶帶 六十

綵雲衣白雪練 六十一

## 四字類

冠帶縉紳衣裳冕弁 六十二 綠衣黃裳青衫紫綬 六十三

黃帝垂衣文王卑服 六十四 緇衣羔裘皮冠豹舄 六十五

短帽輕衫深衣大帶 六十六 夏葛冬裘春旗午漏 六十七

# 聲色門 卷之十二

## 一字類



## 二字類

相生互變 二十一　新粧作染 二十二　黄時綠候 二十三

桃紅柳綠 二十四　銅青石綠 二十五　垂金綴玉 二十六

三成九奏 二十七　千紅萬紫 二十八　粧排點染 二十九

和平嘽緩 三十　扶踈瑣碎 三十一　黄黄白白 三十二

## 三字類

女媧音董成曲 三十三　白雲謡碧玉調 三十四　遏雲歌履霜操 三十五

鵞兒黄鴨頭綠 三十六　半傳黄新破白 三十七　綠依依紅灼灼 三十八

## 四字類

宫君商臣律妻吕子 三十九　玉振金聲宫旋徵變 四十

虎嘯龍吟鸞集鳥應 四十一　重碧輕紅殘朱宿粉 四十二

弄粉調朱泛紅依綠 四十三　綠暗紅稀黄飛翠減 四十四

千紫千紅半白半黑 四十五

# 珍寶門 卷之十三

成雙徑寸 二十五　磨成琢就 二十六　精磨細鍊 二十七

陶鎔冶鑄 二十八　瑰奇錯落 二十九　纍纍粲粲 三十

### 三字類

麗水金崑山玉 三十一　呈琅玕寓琬琰 三十二　不疑金卞和玉 三十三

萬斛珠一雙璧 三十四

### 四字類

圭璋璧琮金刀寶貝 三十五　戛玉鏗金懷珍抱璞 三十六

青圭赤璋黃琮白璧 三十七　孟嘗還珠卞和泣玉 三十八

如琢如磨不礱不錯 三十九　璧合珠聯金聲玉振 四十

## 飲饌門卷之十四

### 一字類

二字類

詩逋酒債（三十四）　無殽有酒（三十五）　澆腸適口（三十六）
消愁解悶（三十七）　三牲五味（三十八）　三盃一斗（三十九）
三餐一吸（四十）　初香乍熟（四十一）　斟來飲盡（四十二）
高斟滿酌（四十三）　烹煎醞釀（四十四）　肥甘旨美（四十五）
芬芬苾苾（四十六）

## 三字類

建溪茶高陽酒（四十七）　蓴菜羹菊花酒（四十八）　錦帶羹雕胡飯（四十九）
雀舌茶牛心炙（五十）　傳説羹張華鮓（五十一）　七碗茶千鍾酒（五十二）
續命湯防風粥（五十三）

## 四字類

白飯青芻金虀玉鱠（五十四）　細酒肥羊清茶淡飯（五十五）
烹羊炰羔茹毛飲血（五十六）　桂酒椒漿藜羹麥飯（五十七）

# 文史門 卷之十五

## 一字類



## 二字類

篇篇句句 五十二 飄飄颯颯 五十三

三字類

日讀書夜觀史 五十四 教詩書立訓傳 五十五 金縢書玉牒史 五十六

少陵詩左思賦 五十七 五車書千里字 五十八

四字類

禮樂詩書典謨訓誥 五十九 斷簡殘編片言隻字 六十

河圖洛書皇墳帝典 六十一 誦詩讀書揮毫落紙 六十二

燒燭檢書焚香讀易 六十三 虞書夏書商頌周頌 六十四

八卦縱橫七篇明白 六十五 諸子百家九經三傳 六十六

上薄風騷下該沈宋 六十七

一字類

千萬第一　分寸第二

二字類

三千百萬第三　尋常咫尺第四　無雙第一第五

千尋萬仞第六　商功紀事第七　千千萬萬第八

行行點點第九

三字類

二生三萬及秭第十　數萬兵九五福十一

四字類

朝四暮三天一地二十二　咸五登三騈四儷六十三

二十二篇六十四卦十四

# 干支門 卷之十七

一字類

庚甲第一

二字類

先庚後甲第二 園丁保甲第三 丁年甲夜第四

庚方午位第五 丁男甲士第六 申衙乙庫第七

寅雞亥豕第八 辰炊卯酒第九 申嚴子愛第十

三字類

三丁六甲十一 重光協洽十二

四字類

子午橋甲乙帳十三 李長庚商太甲十四

辰出酉歸甲可乙否十六　太甲元年先庚三日十六

# 卦名門　卷之十八

一字類

謙益第一　爻彖第二　剛順第三

占卜第四

二字類

乾坤否泰第五　中孚大觀第六　屯雲鮮雨第七

乾陽晉晝第八　謙山艮石第九　屯林井木第十

乾龍震馬十一　乾門節户十二　睽孤解矢十三

乾衣革舄十四　隨聲震響十五　離明晉照十六

乾金鼎玉十七　屯膏鼎肉十八　乾君泰后十九

三字類



四字類



# 通用門卷之十九

一字類



◎

## 二字類

## 巧對門 卷之二十

# 對類卷之一

## 天文門

天日第一 與地理門山水互用

一字 平 實字

天 陽氣輕清為天以形體言謂之天以性情言謂之乾天以主宰言謂之帝高曰穹浩不可測曰冥曠渺無垠曰空曰虛其色青白曰蒼冥曰碧落 乾 空 穹 冥 並見上

霄 近天氣 陽 日為太陽 曦 日光 暘 日初出又日氣 暉 日光 雲 山澤之氣

風 莊子大塊噫氣為風涼者為颸從上而下曰頹從下而上曰飈 飈 颸 並見上

星 萬物之精上為列星 煙 火氣霧也 霜 露結而成 冰 水凍而成 霞 雲日氣相薄為霞

雷 天之號令陰陽相搏而鳴曰雷疾則為霆 霆 見上 坤 坤厚載物地也 辰 北極居天之中又十二辰日月所次

躔 星之躔度 杓 斗柄 霖 雨三日以往為霖 潢 天河

河水之精華上浮為天河　霾風而雨土曰霾　借對　蟾月精似蝦蟇三足

烏陽數起於一成於二故日中有三足烏　虹陰陽之精雄曰虹雌曰霓　霓見上

仄

日太陽之精為日日光曰景日影曰晷日氣曰晛日初出曰旭日昕曰晞日溫曰煦在午曰亭午在未曰昳日晚曰旰日日將落曰薄暮日西落光返照於東謂之反景在下曰倒景　晷見上　照曉日晚日

月太陰之精為月朔見東方曰朒晦見西方曰朓未生光曰朏始生曰魄　宿二十八宿　魄見上

斗宿名南北二斗象皆如斗日月五星所經者南斗也所以定月建者北斗也　曜日月星

雹雨氷也陰陽相脅而為雹洪範五行傳曰盛陽溫暖陰脅陽不入為雹　露陰之液也　霔時雨曰霔

霧冒也地氣發天不應曰霧　雨天澤也陰陽和而為雨　雪雨凍而成其花六出　澤甘雨曰澤

電雷光也陰陽激曜而為電　霰雨雪雜下曰霰　颶海中大風四面俱至　吹去聲風也

靄雲霧類　宇天如屋宇　祲氛祲　漢　派並天河　借對　兎月中白兎

象星象

高厚第二與地理門深淺互用

虛字

死

平

高高而在上 層重也 長永也久也 清潔也 踈稀少 微細也 堅剛也

嚴肅也 柔和軟 盈滿也 低卑下 圓團圓 遲緩也 炎炎赫

驕亢也 狂猛也 殘餘也 虧缺也 斜欹斜 繁多也 深深淺之對

濃盛也 凄凄涼 薰氣蒸 融和暖 輝光明 熙明也 熒灼也

乾燥也 遥遠也 纖小貌 稀踈少 多衆多 澄淨也 新初也鮮也

蒸薰蒸 明光也 昏暗也 輕輕微 凝凝積不散 濛微雨晦冥 轟雷大聲

巍高大 崇高也 洪大也 横縱横 華華麗 姸好也 光輝光

方正也 昭昭明 欹傾側 平平正 遼廣遠 頑癡也 閑暇逸

和順也 淳醲厚 彎彎曲 淫過也 鮮鮮麗 晶精光 香氣芬芳

虚空也 孤獨也 乖氣不和也 曛日入 驚震驚 瀼露多貌 寛寛廣

仄

妖孽也艷也 宏大也 祥祥瑞 甘甘美 愆過也 冲氣和而冲 佳美也

厚重也廣也 大洪大 遠遥也 麗明媚 皎明潔 缺虧也 急迅速

緊急也 畏可畏 喜可喜 苦愁猒 酷酷虐 亢旱盛 好美麗
正中正 滿盈滿 淡淡薄 爛明也 暗昏暝 斷開散 凛寒凛
瑩明淨 闊廣闊 晦暗也 昃不正 爍爍爛 重厚重 濕霑潤
密緊密 曠大也 膩滑膩 勁健也堅也 肅嚴肅 快速也 軟柔軟
猛狂也 響聲響 淨瑩淨 潔皎潔 小微小 霈雨勢大 迥遠也
定靜也 短日長短 薄厚之對 永長也 暴猛也 暝日暮將昏 烈猛烈
久長久 亂紛亂 滑滑膩 靜定也 驟走疾也 邃深邃 細細小
迅急也 逆逆行 順順行 疾快疾 怪怪異 惡凶惡 朏月未盛明
朒月初縮朒 盛長也 厲嚴厲 赫顯盛 巨大也 惠和也 妙神妙不測
媚明媚 衆衆多 杲日出也 灝曠遠也 皜潔白 杳冥也 寂靜也

## 吹照第三
與地理門沕崒互用

虛字 活

平

吹風鼓萬物 嘘吹也 飄揚也 烘日炙 騰雲行 舒舒布 升自下而上

◎

沉墜也 滋滋潤 凝結也 籠籠罩 遮遮蔽 鋪積鋪 驚震驚

迷昏迷 堆堆積 翻轉也 藏遮藏 埋理藏 生發也 穿透過

開開散 收收斂 飛飛翔 聯屬聯 牽引也 篩影透 傾側也瀉也

淋雨淋 濡沾濡 凋凋瘁 奔走也 晞露將消 消消散 融消融

搖撼也 驅驅逐 敲擊也 催促也 披開也 移行也徙也 侵逼迫

蒸薰也 征行也 摧挫也 欺凌也 屯聚也 拖曳也 回轉也

浮氣升 隨從也 流星流 零落也 垂自上而下 窺瞰也 鳴聲也

呈露也 來至也 旋回旋 凌侵犯 興起也 馳疾驅也 掀揭也

羅布列 分別也 封培也 含銜也 行行走 栖栖息 涵浸也

霑與沾同濡也漬也

**仄**

照明所燭也 曬日能乾物 曝上同 覆被覆 蓋覆也 震動也 擊打也

吼雷聲怒 掣電過速 没日月落 灑雨雪灑 擺風搖動 掃風勢急 墜墮也

映兩光相照 拂拔拂 潤滋潤 沐洗也 濺灑也 滴雨點 洗濯也
浥滋浥 布舒布 降下也 結凝也 捲風掃 射日月光 入透也進也
集聚也 扇揚也 撼搖撼 攪攪也 綴點綴 浸浸漬 濯洗濯
舞飛舞 度過度 過超越 送遞送 斂收斂 起興也 吐露出
載承載 引牽引 運動也 釀醞釀 漬潤滋 戛擊也 障遮蔽
泮散也 奮發也 閃閃過 壓覆壓 動動搖 偃仆也 遞傳遞
折折斷 剪剪裁 裊垂動 繞旋繞 合合聚 衮雪衮 掛懸掛
下落也 聚集也 作興作做作 爍閃爍 轉轉動 拱向也 走行走
鎖鎖蔽 泣雨露沾泣 滅消也 漏透泄 發生發 墮落也 隕墜也
蔽蓋也 暵曝也乾也 列分布 解消散 沍寒凝 滃雲湧 建斗建月建
注傾注 擁護也 蘸濕也 掩閉也 現著現 抹塗抹 隱蔽也
落自上降下 罩籠罩 透透徹 散開散 積堆積 上升也 出見也吐也

掠 拂過

## 聲色第四

【平】聲 風雷雨聲 光 輝耀 威 勢可畏 華 光華 音 聲也 文 天象 容 形容【半實】

形 形狀 情 情思 心 心意 芒 星斗光芒 痕 痕迹 姿 姿態 聽 天聽

靈 精靈 煒 音輝陽氣也赤白玄異色

【仄】色 顏色 彩 彩色 片 雲片雪片 氣 陽氣陰氣 暈 日月重暈 影 光之形迹 力 氣力

響 聲響 點 雨點 意 意思 韻 音韻 理 文理 珥 日旁氣 信 風信霜信

數 度數 度 躔度 命 命令

## 乾坤日月第五 與地理門江山水石互用

【二字】【平】乾坤 易乾為天坤為地 陰陽 虛空 雲霄 雲煙 雲雷 雲霞【平實】

煙霄 煙霞 煙霾 煙雲 煙霏 參商 列星圖二星相背而出

參辰 選今為參與辰辰亦商也 風雲 雲霓 孟註霓虹也雲合則雨虹見則止 雲虹

◎

風霆禮風霆流形　風煙　風霜　風雷　風霾　星霜杜星霜玄鳥變
星辰　星蟾　星河　冰霜　煙霜杜煙霜淒野日　雷風　雷霆
穀梁傳陰陽相薄感而為雷激而為霆　虛危北方二宿　奎婁西方二宿　魁杓
列星圖北斗一至四為魁五至七為杓　羲娥韓掎摭星象遺羲娥日月也

〔平〕斗牛北方二宿　女牛同上　斗箕東北方二宿　日星禮天秉陽垂日星　月星
雪霜　雨暘　雨風　地天　女虛北方二宿

〔仄〕日月皇甫謐年曆日眾陽之宗陽精外發故日以晝明月群陰之宗光內日影故月以宵耀　雨露
雨雪　雪霰　雨雹　造化淮南子註天地也又道也　造物　宇宙
纂要四方上下日宇往古來今日宙　月露　霧雨　霧露語類霧露不同露氣肅而霧氣昏也
霧靄　霧霾說文地氣發天不應曰霧天氣下地不應曰霾霧音夢又東尤宥三韻
霰雹埤雅陽散陰為霰陰包陽為雹　翼軫南方二宿　彗孛天文錄並妖星偏指曰彗芒氣四出曰孛
月孛　昴畢西方二宿

（去）穹昊（穹天形穹窿昊地 旋顥暤） 天日 星月 風月 風雨 風露

雲雹 霜霰 風霧（春秋元命苞陰陽怒而為風亂而為霧） 風霰 風日

風雪 霜雪 霜露 霜雹 氷雪 氷雹 氷霰 雲雨

霖雨（素問地氣上為雲天氣下為雨） 煙雨 雷雨 雷電（埤雅陰陽以回薄而成雷以中洩而為電）

雷雹 煙霧 煙靄 雲霧 雲靄 霏霧 霏靄

天漢 河漢 雲漢（埤雅水氣之在天為雲水象之在天為漢） 霄漢 星漢

衡漢（鮑明遠夜移衡漢落詩衡北斗漢天河也） 星斗 星宿（五星二十八宿） 星象

霄壤（天地） 牛斗 奎壁（西北方二宿主文章） 氛祲（妖祥之氣）

箕畢（箕星好風畢星好雨） 箕翼（荀子國安於磐石壽於箕翼） 參昴（西方二宿詩嘒彼小星惟參與昴） 辰宿（辰十二宿二十八）

風濤雨水第六（與地理門雲山雪嶺互用）

（平）風濤（此以下與江山水不同蓋雨字一風中之濤雪中之浪後倣此）

並實

風沙　司□　風潮　天淵　大山　雲

雲濤　漢逸民傳乘雲行　嫂□不同　煙埃 歐□煙埃

河圖黄泉之雲　煙塵 杜錦里煙塵外　煙波　煙嵐

塵埃　氣　沙 杜雲沙靜渺然

上　雪濤　以金波　月穆　日波 張祜浦雲日波頹　漢津 天文志天漢起

經尾箕謂之漢津　雨沙

以　雨水　雨澤　雨溜 雨水下流日溜　雪浪　雪水　露水

天水 天一生水　煙水　風水　雲水　雲石 杜雲根移石動　雲海

煙海　煙浪　風浪　雲浪　霖潦 雨水　星野 星辰分野　星石

星隕爲石　霜潦 唐陳君賓傳四方霜潦　星土 周禮保章氏以星土辨九州之地　風壤

駱賓王風壤巽涼温

霜天雪月第七 與節令門霜晨雪夜互用

並實

平 霜天 霜空 霜風 霜蟾 霜颸 天風（選枯桑知天風） 天河

雲天 氷天（選聲教燭氷大壯方積氷故曰氷天） 霞天 霾天 烟空

去 雪天 雨天 月天 霧天 雪雲（杜雪雲虛點綴） 雪風

仄 雪月 露月（淮南子方諸取露於月） 霧雨 雪雨

中 霜月 雲月 煙月 煙日 雲日 星雨（劉禹錫星雨洒中衢）

上虛 死 下實

長天永日第八（與地理門高山遠水互用）

平 長天 高天 遥天 遼天 先天 旻天（仁覆閔下謂之旻天） 長空

高空 [illegible]空 曾空 高穹 圓穹 層穹（並天） 清霄

澄霄 層霄 浮雲 閑雲 纖雲 殘雲 濃雲 高雲

輕雲 癡雲 頑雲 腥雲（柳吐霓騎日腥浮雲） 凝雲 層雲 微雲

同雲（雪天同雲） 光風（初學記春晴日出而風曰光風） 崇雲（選崇雲臨[illegible]） 柔風

孤風 輕風 融風 温風（春） 纖風

◎

淒風　悲風秋　嚴風冬　狂風　長風　斜風　踈風

餘風　遺風　流風　終風終日風也　頽風　饒風　泠風莊冷風則小和

鮮飈選曲檻延鮮飈　肓飈孟郊肓飈怨秋林　柔飈　輕飈　高飈

狂飈　微飈　斜飈　清飈　新飈　流飈選流飈激櫺軒　初陽

微陽　[illegible]陽日[illegible]　頹陽謝頹陽照通津落日也　殘陽　浮陽選浮陽照翠林

斜暉　殘暉　餘暉　新蟾　明蟾　清蟾　殘蟾

踈星　明星　繁星韓繁星麗天　稀星　殘星　明河　高河歐高河瀉長空

明霞　鮮霞　濃霞　輕霞　殘霞　餘霞　初霞杜落日初霞閃餘映

高霞　新煙　濃煙　輕煙　長煙　斜煙

踈煙　橫煙　殘煙　餘煙　新霜　清霜　繁霜詩正月繁霜

濃霜　輕霜　嚴霜　微霜　堅冰　清冰　層冰　輕冰

明冰　長虹　新虹　殘虹　新雷　輕雷　狂雷　轟霆

清颸 愁霖張景陽愁霖貫秋序 獰雷杜牧獰雷驅猛雨 高旻韓愈宿霧浥高旻

〔去仄〕昊天詩浩浩昊天廣大之意 遠天 灝天與昊天義同 老天 好天

漏天蜀雅州多雨號曰漏天 遠空 太空 太虛 太清並天 老陽

少陽 太陽日 亢陽夏日 艷陽杜甫眼艷陽天 淡雲 亂雲 密雲

大雲易飛候大雲五色其下賢人隱 弱雲杜弱雲狼籍不禁風 薄雲 宿雲 惠風

好風 快風 便風 大風 猛風 逆風 順風 烈風

古風 凱風南風長養之意 小風 暴風 薄霜 肅霜詩九月肅霜

凜霜 早霜 烈霜 慘霜山居記無或養慘霜霜雪以殺根荄 薄氷 厚氷

積氷 迅雷 洊雷易洊雷震 迅霆新唐史迅霆不及掩聰 迅颷選中原厲迅颷

薄煙 淡煙 遠煙 淡霞 爛霞 淡虹 隱虹九歎帶隱虹之委蛇

小星 朗星 赫曦夏日 厚坤杜甫入裂厚坤

〔仄仄〕永日 酷日 赫日 畏日並夏日 麗日春 皜日秋 皎日

杲日 烈日 淡日 短日 遠日 好日 皎月 好月
淡月 闕月杜闕月未生天 小雨 好雨 細雨 密雨 猛雨
驟雨 暴雨 惡雨陳簡齋晚日猶須惡雨催 緊雨 大雨 久雨
急雨 爛雨雜志同州人謂雨沾足為爛雨 宿雨 苦雨陸機苦雨遂成霖 大雪
密雪 急雪 厚雪 虐雪見上 小雪 薄雪 積雪 密霰
艷雪胡宿梅衡艷雪開 湛露詩湛湛露斯 重露 薄露 宿露 皎露
淡靄 宿靄 媚靄 密靄 薄靄 斷靄 宿霧 薄霧
急雹 迅雹 大雹 響雹 迅晷 短晷 大造 妙造
返照落日 遠漢 急吹 亂霰 小霰

**平**

遲日春日 初日 斜日 殘日 斜照 餘照 殘照 新月
明月 圓月 初月 纖月杜風林纖月落 彎月 斜月 殘月
微月 孤月 佳月 新雨 微雨 纖雨 斜雨 疎雨

淫雨（久雨） 佳雨（韋應物佳雨散園芳） 香雨（李賀依微香雨青氤氳） 殘雨 輕霰
微霰 輕雪 微雪 深雪 殘雪 高雪 初雪 清露
溥露 殘露 微露 輕露 濃露 殘霧 香霧 濃霧
輕霧 斜霧 輕靄 微靄 濃靄 餘靄 殘靄 高漢
清漢 澄漢 層漢 遙漢 驚雹 狂雹 驚雹 輕吹
清吹 微吹 斜吹（並風） 洪覆（天）

天高日遠第九（與地理門山高水遠互用）

上實 下虛 死

平 天高 天長 天清 天澄 天低（谷天向平蕪盡處低） 天明（詩昊天曰明）
天虛（選天虛風動清） 天空 天圓 天晶（杜華嶽金天晶） 天凝（聚也天氣凝聚）
風斜 風高 風狂 風輕 風微 風清 風淒 風嚴
風恬 風顛（杜曉來急雨春風顛） 風薰 風饒 風饕（谷木落知風饕） 霜濃
霜清 霜稠（荊公稍怯曉霜稠） 霜嚴 霜淒 霜輕 星明 星疎

星低　星稀　星稠（南豐起視北極星辰稠）　星昏　星繁　雲深

雲濃　雲低　雲踈　雲長　雲闊　雲同　雲孤　雲輕

雲高　雲平（杜風浪與雲平）　雲殘　雲稠（杜古樹抱雲稠）　煙濃　煙深

煙斜　煙長　煙低　煙微　煙輕　煙明　煙銷　氷清

氷堅　氷明　虹長　虹殘　霞明　霞輕　空高　空澄

空明　蟾明　蟾孤　河横　參横　參斜　雷頻　乾清

（韓乾清坤夷）陽剛　坤夷（見上）　星乾（杜始知象星乾）

上仄

日遲（春）　日融　日圓　日新　日長（夏）　日高　日低　日明

日舒（律曆志日舒月速）　日斜　日曛　日澄（選鳳池日澄瑺）　日昏　月圓

月清　月盈（韓弱念缺月盈）　月明　月虧　月高　月低　月遲

（杜江迥月来遲）月斜　月昏　月殘　月團　月微　月歎　月淒

月孤（杜永夜月同孤）　露清　露溥（溥露多貌詩零露溥兮）　露明　露濃

露乾 露晞 露多 露輕 霧濃 霧輕 霧昏 霧清

柳惲池風霧清 霧繁 駱賓王沙寒宿霧繁 雪深 雪輕 雪踈 雪微 雪多

雪明 雪高 雪殘 雪稀 雪稠 杜積陰雪霜稠 雨深 雨微

雨多 雨踈 雨頻 雨溼 雨乾 杜田家望望惜雨乾 雨殘 雨徐

雨昏 雨餘 雨斜 雨腥 方蠏逐潮田帶雨腥 雹明 霰多 雹多

斗低 斗高 斗斜 宿稀 杜高垂列宿稀 漢高

仄

日遠 日近 日永 日短 日麗 日艷 日淡 日酷

日正 日昃 日靜 日赫 日杲 日烈 日皎 月皎

月淡 月好 杜中天月色好誰看 月潔 月迥 王維月迥藏珠斗 月朗 月亮

月正 月遠 見上 月缺 月滿 月暗 月小 坡山高月小 月瑩

月澈 齊書月澈河明 雨好 雨細 雨密 雨急 雨暗 雨久

雨小 雨驟 雨暴 雨猛 雨惡 雨大 雨苦 雨淺

雨瞑 雨足 霧重 霧薄 霧淡 霧暗 霧密 露湛
露重 露密 露細 露浩（孟浩然露浩浩秋梧白） 露瑩 雪厚 雪密
雪大 雪小 雪細 雪皎 雪壞（陸龜蒙雪壞晴栭石髮香） 雪盛
雪急 雪久 雪虐（韓雪虐風饕） 霰小 霰密 霰亂 斗側
天闊 天遠 天大 天近 天迥 天淡 天暗 天亮
天淨 天瞑 天險（易天險不可升也） 天怒 天笑（神異傳王女投壺天為之笑）
天巧（韓文字竊天巧） 空闊 空遠 空小 風細 風快 風便
風急 風勁 風軟 風定 風暴 風疾 風猛 風靜
風緊 風凜 風淡 風壯 風峭 風利 風弱 風大
風小 風逆（杜風逆隨雲旋） 風熟 風緩 風嫩 雲淡 雲淨
雲靜 雲細 雲暗 雲薄 雲密 雲定 雲黯 雲亂
雲驕 雲瞑 雲厚 雲遠 雲膩（杜牧山秀白雲膩） 霜凜 霜重

霜肅 霜薄 霜烈 霜皎 霜厚 霜潔 氷厚 氷薄
氷凈 氷凜 氷積 氷壯 氷潔 煙細 煙淡 煙暝
煙薄杜野澗煙光薄 煙遠 星碎 星爛 星亮 星爍 星暗
星淡 星朗 祥正祥星名正中也 霞爛 霞斷 蟾皎 乾健

風吹日照第十

上實下虛 活

平

風吹 風飄 風搖 風敲 風揚 風驅 風馳 風傳
風收 風凋 風穿 風侵 風摧 風翱賢臣頌恩從祥風翱 風翻
風從 風掀 風欺 風除唐紀風除霆掃 飈馳 雲從 雲翻
雲驅 雲騰 雲興 雲籠 雲游后山萬家和氣與雲游 雲臨
雲埋 雲藏 雲迷 雲遮 雲栖 雲来 雲馳 雲擎
坡空山雲自擎 雲停 雲乘谷空有白雲乘 煙含 煙舒 煙横 煙拖
煙迷 煙埋 煙藏 煙籠 煙遮 煙生 煙滋 煙收

星連 星浮 星沉 星飛 星羅（東京賦星羅雲布） 星分（王勃星分翼軫）
星敷（東京賦武士星敷） 星馳 星流 星聯 霜飄 霜横 霜凋
霜埋 霜欺 霜封 霞鋪 霞消 霞蒸（韓川原遠近蒸紅霞） 雷驅
雷同（杜欲語羞雷同） 雷驚 雷砰（韓雷砰電激） 霆驅 天銷（韓天銷霽後塵）
天開（中興頌地闢天開） 天垂 天衢（杜天衢闊岸紆） 天行（天行一日一週天） 天成
天旋 乾旋（唐紀乾旋坤轉） 乾浮（杜乾坤日夜浮） 坤浮（見上） 蟾生 烏流
冰開

十六

日移 日穿 日烘 日篩 日臨 日籠 日侵 月篩
月移 月侵（荆公夜燈惟許月華侵） 月穿 月窺 月横 月籠
月沉 露垂 露零 露滋 露濡 露沾 露栖 露飄
露消 霧垂 霧迷 霧埋 霧蔵 霧遮 霧籠 霧披
（杜公堂宿霧披） 霧舒 霧滋 雨跳 雨敲 雨飄 雨滋 雨沾

雨翻 雨穿 雪翻 雪封 雪迷 雪埋 雪藏 雪飄
雪凝 雪敲 雪鋪 雪晞坡吳山寒盡雪先晞 雪消 霰敲 雹驅
雹流 雹馳 靄收 靄横 靄舒 靄迷 漢横 雹傷
雨荒杜雨荒深院菊

仄

日照 日映 日曬 日射 日過 日透 日運 日爍
日曝 日至 月照 月射 月映 月浸 月印 月掛
月蘸 月透 月沒 月碾 月漾 月向 雨洗 雨滴
雨洒 雨濕 雨濺 雨潤 雨打 雨沐 雨漬 雨壓
雨浥 雨至 雨送 雨綴 雨作 露綴 露降 露洒
露滴 露洗 露浥 露漬 露逼 露入 露透 露沐
霧鎖 霧掩 霧罩 霧隱 霧合 霧塞 霧溺 霧障
雪降 雪作 雪落 雪墜 雪衮 雪擁 雪積 雪滿

雪壓　雪散　雪映　雪漲　雪化　彗掃燕然銘星流彗掃　斗掛

斗指　斗覆　電繞　電爍　電捲　雹響

上平

風入　風至　風拂　風捲　風戞　風掃　風送　風遞

風剪　風擺　風引杜風引漏聲長　風透　風射　風約杜風約半池萍

風攪　風扇　風偃　風汎楚辭光風汎崇蘭　風舞　風裊　風拔

風折　霜傳　霜倒杜霜倒半池蓮　霜殺　煙拂　煙罩　煙抹

煙染　煙鎖　煙起　雲起　雲滃　雲捲　雲鎖　雲擁

雲罩　雲聳　雲障　雲蔽　雲擾史五胡雲擾　雲鬬晉咸和間雲鬬

聲如暴風雨　星現　星隱　星綴　星蘸　雷響　雷擊　雷送

天蓋　天動　天啓　天保詩天保定爾　天裂京房易傳天裂陽不足

天展　虹截　霞散　霆掃　霆擊　猋拉猋音標旋風也通作飈

蟾照

雲行雨施第十一 與風吹日照互用

上實 下虛

平 雲行 雲垂 雲屯 雲凝 雲浮 雲飛 雲舒 雲生

雲升杜奇峯碑九火雲升 雲留 雲斂 雲翔 雲連 雲奔 雲蒸

雲開 雲披歐掃除浮雲披 雲歸 雲橫 雲征 天傾列子天傾西北

天跳韓天跳地踔顛乾坤 天遊選心與天遊 風生 風回 風飛 風來

猋飛 猋騰 風行 霜飛 霜消 霜融 霜凝 霜堆

星移選物換星移 星橫 星垂 星回選天動星回 星飛 參橫

坡劃飲到參橫 杓橫 杓移 煙凝 煙開 煙棲 煙銷 煙浮

煙飛 霞舒 霞飛 雷奔 雷轟 雷鳴 雷收 雷藏

雷喧 颸回漢紀九縣颸回 虹垂 虹舒 虹銷 虹收 冰凝

冰融 冰消 冰生

上仄 日升 日沉 日來 日鎔初學記日鎔月化 日行 日回李戈麾日回

月升　月行李月行却與人相隨　月流荊公明月鏡中流　月来　月回　月随

月從　月生　雨飛　雨来　雨垂　雨收　雨傾　雨零

雨休　露瀼　露凝　露收　霧收　霧開　霧蒸　霧屯

霧飛　雪飛　雪堆　雪回　雪添　雪融　靄消　靄飛

霰飛　霰跳　霰消　斗横　斗移　斗垂張宛丘斗垂霜夜清　斗回

電飛　電奔　雹飛

仄

雨施　雨集　雨過　雨降　雨下　雨歇　雨止　日出

日上　日轉　日落　日入　日沒　日墜　日往　月出

月上　月轉　月落　月過　月墜　月吐　月倒　月往

露下　露濕　露結　露合　霧集　霧合　霧捲　霧散

霧歛　霧掃　霰集　霰洒　雪洒　雪下　雪舞　電閃

電走　電激　電掣　電發　電滅　斗轉　斗建　斗揭

斗運 斗落 彗現

【上】風動 風起 風過 風度 雲散 雲捲 雲覆 雲斂

雲出 雲合 雲布 雲過 雲破張子野雲破月來花弄影 雲斷

雲集 雲繞 雲去 雷動 雷震 雷發 雷奮 雷吼

霆發 霞舉雜俎李白召見軒軒若霞舉 星聚 星散 星布 星隕

星沒 星拆張華傳中台星拆 星列 煙斷 煙捲 煙散 煙斂

煙裊 煙繞 霜隕 霜降 霜結 霜落 冰沍 冰釋

冰解 冰合 冰泮 天轉 天漏言雨多也 天施易天施地生

天覆 焱涌 焱至

行雲落日第十二與長天永日互用 【上虛】活 【下實】

【平】行雲 屯雲杜屯雲古城 對 飛雲 歸雲 停雲陶靄靄停雲思親友也

垂雲 流星天文志飛星絕迹而去流星光迹相連 飛星上見 飛霜 飄霜

流霜 轟雷 行雷朱起高棟響行雷 奔雷 飛雷 驚雷 横參

杜天横醉後參 回風杜急雪舞回風 飄風暴起之風 生風 旋風 飛煙

浮煙 垂虹 驚飆李八荒馳驚飆 衝飆李叢林留衝飆 鳴飆 回飆

翔陽日

上仄

震雷 震霆 落霞 斷霞 逆風 反風 過雲 斷雲

洩雲杜洩雲無定姿 斷煙 起煙 湧煙張孟陽騰雲似湧煙 隕霜 落星

聚星 隕星 落暉

仄

落日 出日 落照 落月 集霰詩先集維霰 雨雪雨去聲

落雪 落雨 降雨 下雨 積雨 歇雨 過雨 閃電

掣電 過電 笑電 走電 激電 震電詩爗爗震電 落雹

雨雹 下雪 下霧

上平

回雪 飛雪 飛電 奔電 流電 飛雨 零雨 瀼露

零露　飛霤　浮霤　飛霰　飛霧　飛雹　回照　流火

為霜作雪第十三 與隨風送雨生用

上虛活　下實

平

為霜　成霜　凝霜並露　融霜　消氷並日　為氷　生氷　凝氷

成氷並雪　為霖雨三日為霖　興雲　為雲陰陽聚而為雲　收雲　收煙

催霜並風　生雲　成雲龍嘘氣成雲　穿雲　銷煙並日　騰空雲　生煙

成煙並露　流空星　磨空日　迷空　漫空並雲　掀空風　埋空雲　行空

懸空並日月　翻空雨　零空露　流天星　掀天並風雷　粘天　浮天

連天　迷天　遮天並雲　經天星

上仄

結霜露　結氷　起雲　挾霜　作霜並風　帶霜　好風星　起風

化霖杜驕陽化為霖　麗天日月　拍天　接天　震天雷　滿天雪　致雲

出雲　撼空風　震空雷　曖空露　隕空星　麗空日月　掃煙風　散霞

仄

作雪　辨雪　釀雪　礙日　作雨　釀雨　致雨　挾雨

閣雨並雲　好雨星　隔雨　約雨風　礙雨　止雨虹　罩日　蔽日霧

翳日並雲　借日月　夾日左傳楚有雲如衆赤鳥夾日而飛　礙月雲　吐月　鏤月

掩月並雲　漾月　印月雲　映月　逐月並星

【去】催雪　成雪　吹雪　翻雪並風　消雪　融雪並日　催雨　飄雨

收雨並風　為雨　休雨　成雨　沾雨　聳雨　含雨　拖雨

聳月　籠月　埋月　藏月　銜月　篩月　迷月並雲　迎日張孟陽朝霞迎白日

遮日雲　驅電風雷　睎露日　明露月　為霧杜江雲薄為霧

隨風送雨第十四與前類互用

【上虛】活【下實】

【平】隨風杜隨風潛入戶雨也　燒空夏日　張空雲　當空　緣空　升空　穿空

飛空並日　橫空夏日　浮空雲　梳雲月　吹霞　吹煙並風　因風雲　當天

行天並日月　垂天雲　從星月　含星蜀都賦雲漢含星而光耀洪流　漂星李賀天河夜轉漂迴星

【上仄】舞風 衮風 遂風並雪 積風物理論積風成雷 麗霄日 攙雲風 護霜

鵲空雲 舞空雪 蔽天雲 得天日月 駕天李安得五采虹駕天作長橋

帶天晉志河漢委蛇而帶天

【仄】送雨雷 逓雨風 帶雨雲 截雨虹 捲雨 捲霧並風 出霧日 掃霧

舞雪 衮雪並風 漏月 蔽月 護月 放月 姤月 夾月

障月並雲 貫月星 貫日虹 冠日謝靈運軽霞冠秋日 伴月杜伴月落邉城明河也

布氣風順物布氣

【上平】飄雪 吹雨並風 驅雨雷 消霧日 收霧風 遮月雲 離畢詩月離于畢

祥雲瑞日第十五 【上半虛】死【下實】

【平】祥雲 妖雲山居記妖雲悖雨以傷良稼 慈雲釋 香煙傳許邁燒香皆為五色煙起

祥煙 香風 靈風管輅傳靈風可懼 英風 雄風宋玉風賦大王雄風庶人雌風

雌風見上 休風 盲風韓南海碑盲風恠雨 癡風 條風東北風 祥風



◎

尚書大傳王者德及皇天則祥風起 貪風 膏霖 甘霖並應時雨 甘霜

拾遺記嶕州有甘霜甜雪 純陽日 愆陽左傳冬無愆陽 魁躔星 魁星 靈星

華星 長星文紀長星出于東方妖星也 恒星常見之星 常星物理論二十八宿度數有常故曰常星

妖星惡星 災星 滛虹虹天地滛氣 妖氛妖異之氣

祥氛瑞氣 祥飈韓祥飈送驪 靈河天河 鈎天廣雅九天中央曰鈎天 祥氷

孔帖王方翼七月次葉河無舟而氷一夕合時以為祥 靈暉選稟山嶽之靈暉

上仄 慶雲韓五采五色實應太平 景雲瑞應圖黃帝在所有景雲如金枝玉葉蔭其上 瑞雲

西京雜記五色為瑞雲三色為矞雲 矞雲見上 德雲釋 吉雲洞冥記吉雲國以雲氣占吉凶

若有吉慶事則雲氣滿室五色照人 法雲釋 恠雲妖雲 懶雲 瑞星乾象新書景星

周伯含譽格澤歸邪天保為六瑞星 福星鮮于子駿一路福星 景星大星也形如半月 壽星

南極老人星 信星 德星陳仲弓從諸子過荀季和其夜德星聚 恠星 瑞煙

瘴煙 恠風 颶風海風 疾風 信風國史補七八月上信風三月鳥信風

景風（爾雅四氣和為通正謂之景風）瑞氛　瑞霞　瑞冰　瑞雷（唐史孟月雷果以為瑞冬月雷為瑞雷耶）法雷　慶霄（劉禹錫慶霄在上萬物五色）聖風（洪範聖風時若）

仄

瑞日（日有五色）化日（潛夫論化國之日舒以長）瑞雪（謝靈運雪賦盈尺則瑞以豐年）古雪（杜山有太古雪）瑞氣　協氣（和氣也）厲氣（乖氣也）殺氣（肅殺之氣）正氣　淑氣　怒氣　瘴氣　瑞雨（梁虞寄上瑞雨頌）惔雨（山海經符陽之山多惔雨）瘴雨　劇雨　液雨（瑣碎錄亦曰藥雨百虫飲此則蟄）瑞靄

古月（李今人不見古時月）慧月（釋）瑞露（甘露）瘴霧（樂天秋瘴霧寘寘）毒霧

上平

甘雨（韓是甘是宜雨則時降）甘澤　甘澍　膏澤（並雨）膏雨（選春雨如膏）靈雨（瑞應圖降而應物故曰靈雨）甘露（瑞應圖露氣濃甘者為甘露王者施德惠則降一名膏露）膏露（見上）祥露　華露　嘉露（並甘露）文露（春秋佐助期武露布文露沉）華日　華月　慈月（徑山碑望慈月者清涼）今月（李今月曾經照古人）禪月（李禪月掩魄）佳氣　和氣（史和氣致祥）乖氣（乖氣致異）沖氣（沖和之氣）

◎

妖氣 妖邪之氣 元氣 邪氣 元化 元造 洪[illegible] 並天 陰火
靈曜 日月 雌霓 沈約雌霓運蜷霓入聲 甘雪 見甘霜 華雪 妖彗
妖孛 並凶星 甘霤 凝濛濛甘霤雨也

# 天綱日紀第十六

上實　下半實

平

天綱 晉天文志昴畢為天綱 天經 經常也天之常道也 天繩 淮南子陰陽大制天為繩繩者所以繩萬物也 天機 莊子天機不張 天衡 天文志天衡星狀如人首赤身黑 天裒 左傳天誘其裒
天樞 天官書北斗天之樞機 天宗 月令祈天于天宗日月星辰也 天根 邵子地逢雷處見天根一陽始生也 天功 書時亮天功 天災 天羅 星 天游 莊子心有天游
天權 柳雷霆者天之權 天聰 書惟天聰明 天工 書天工人其代之 天維 李鍊石補天維
星綱 天文志斗為星之綱 星經 天文志星定者為經二十八宿也 雲章 詩倬彼雲漢為章于天
陰經 乾樞 文粹軋坤軸撼乾樞 坤維 選大火流坤維

上仄

斗綱 天官書魁衡杓謂之斗綱 日綱 左思賦天以日月為綱 月綱 見上 地綱

地維 共工氏觸不周山天柱折地維絶 地游 淮南子地有四游謂四時升降不止也 地紘 淮南子地有八紘

（仄）日紀 書協用五紀一曰月二曰日 月紀 見上 月窟 邵子乾遇巽時為月窟一陰始生也 象紀

地紀 天文志雲漢自坤抵艮為地紀 地柱 河圖括地象地有八柱三千六百軸互相牽制

地軸 見上 地準 淮南子地為準準者所以準萬物也

（去）天紀 書倣擾天紀 天柱 見上 天令 天之命令 天命 星紀 天文志七政終始於斗牛故名星紀 星緯 天文志星動者為緯五星也 雲紀 史黃帝以雲紀官 雷令 杜雷霆驅號令 乾棟 文粹乾棟傾而三光北馳

## 天常帝則第十七

（上實）（下半實）

（平）天常 左傳帥彼天常 天文 易仰以觀於天文 天真 杜嗜酒見天真 天倪 莊子和之以天倪注自然之分 天章 坡手抉雲漢分天章 陽和 星符 三台星有六符 台符 見上 乾元 易大哉乾元 坤元 至哉坤元 乾符 東京賦聖皇握乾符 陽宗 陰宗 並見日月

天元史明主嚴天元之尊

【去】斗文星斗之文　化工造化之王　化元盧仝盤礴化元搜萬類

【入】帝則書順帝之則　日用民生日用　日計纂要一日之計在於寅　日力潛夫論功之所以能建者以日力也　月令　月德　火德　火祚　火禁禮司烜氏仲春修火禁　日晷釋名晷規也

【平】天德易位乎天德　天數易天數五　天敘書註君臣父子兄弟夫婦朋友之倫敘

天理　天性孟形色天性也　天運劉禹錫天以大運生萬物　天象　天澤

天秩書註尊卑貴賤等級降殺之品秩　天鑒　天道　天統周正建子為天統　天度

天物書暴殄天物　天祚楊子註福之使社稷久長曰祚　天造易天造草昧　天福

陽令　陰令　乾緯范縝賦上羅乾緯下壓坤德　坤德見上　陽德　雲物

風教　風化　乾象　乾德　乾道易乾道變化　乾造　乾運

乾斷　宸斷宸帝居也

天邊日下第十八 與地理門山前水上互用

【上實】【下虛】

【平】天邊 天涯 天中 天隅 空中 雲中 雲間 雲邊

雲端 風前 風中 霜中 霜前 霜間 霜餘 星邊

星前 煙中 塵中 乾端韓乾端坤倪軒豁呈露 坤倪見上

【上仄】日邊 日中 日間 日前 月中 月邊 月間 月前

雪中 雪間 雪前 雪邊 雨中 雨前 雨餘 霧中

霧間 露中

【仄】日下 日裏 日際 日外 日畔 月下 月裏 月畔

月底 月際 露下 露裏 雨裏 雨後 雨外 雪裏

雪後 雪上 雪外 雪畔 雪際 雪內 霧裏 漢外

漢表

【上平】天際 天外 天畔 天上 天下 天杪 天末 雲裏

雲外　雲上　雲畔　雲底　雲際　雲下　星下　星畔
空裏　空外　塵裏　塵外　煙裏　煙外　風裏　風外
霜裏　霜外　霜後　霜上　霞畔

初霜乍雨第十九　上虚（死）下實

（平）初霜　将霜　将雲　将雷　初雷　頻雷　初風　将風
（上仄）未霜　欲霜　始霜　乍霜　更霜　未雷　欲雷　始雷
未雲　漸雲　欲風　乍風　又風　未氷　始氷　乍氷
欲氷
（仄）乍雨　欲雨　又雨　正雨　未雨　始雨　乍霧　欲雪
未雪　已雪　又雪　乍雪
（上平）将雨　初雨　方雨　頻雨　将雪　初雪　仍雪　方雪
頻雪

無雲有月第二十 與前類互用

上虛 死 下實

平 無雲 無風 杜無風雲出塞 多風 書註月經于箕則多風經于畢則多雨 多煙

無霜 多霜 無雷 杜上蒼久無雷無乃號令乖 多雷 國史補雷州春夏多雷秋冬則伏地中 無星 無河 無氷

上仄 有風 得風 不風 張宛丘不風寒更清 少風 有霜 得霜 少晴

不晴 有雲 有氷 少雷 不雷 京房易傳當雷不雷陽德弱也

仄 有月 韋莊有月三島路岐空 有雨 有日 有露 胡宿天中涼有露 有霧

絕雨 少雨 闕雨 欠雨 不雨 春秋自正月不雨至七月 得雨

乏雨 乏月 欠月 欠雪 有雪 不雪 杜湖南冬不雪

上平 無月 無雨 無日 杜天寒昏無日 無雪 多雪 多霧 杜南國晝多霧

多雨 見上 多露 無雹 左傳聖人在上無雹有亦不為災

如雲似月第二十一 與地理門如山若海互用

上虛 死 下實

【平】如雲　如氷李長風入短神納手如懷氷　如虹李賀入門下馬氣如虹　如霜

如雷詩　如霆詩　如風史漢文帝我德如風　如天　如星　如蟾　如煙

非煙慶雲　如霞

【仄】似氷　似霜　似煙　似星　似天　似雷　似風　若氷

若星　若霜　若霞　若雷

【仄】似月　似日　似雪　似火　似霰　似靄　似電　似露

似雹　似雨　若雨　似霧杜老年花似霧中看　若霧

【平】如雨　如霧　如日史記楚雲如日　如月　如電張載日月如激電　如霰

如火　如雪五行志終霧如雪　同日　非霧　於水杜江月光於水　如雹

【節令】春天夏日第二十二　【並實】

【平】春天　秋天　冬天　秋空　春空　春風　秋風　冬風

晨風　時風　朝風　春陽　秋陽　冬陽　朝陽　春曦

秋曦 晨曦 朝曦 朝暉並日 朝雲 春雲 秋雲 冬雲
朝霜 秋霜 冬霜 春霜 春煙 秋煙 晨煙 朝煙
朝霞 秋霞 秋虹 朝虹 朝霏 晨霏 春霏 春雷
秋雷 冬雷 春氷 冬氷 春星杜春星帶草堂 朝蟾 晨星
坡相望落落如晨星 秋蟾 秋霖

【上仄】

夏天 曉天 午天 晚天 暮天 曙天 曉空 晚空
夏風 曉風 午風 晚風 夕風 朔風 曉霞 早霞
暮霞 晚霞 暮雲 夏雲 曙河歐曙河兼斗沒 晚雲 曉雲
夜雲 夕暉 夕陽 曉虹 晚虹 曉蟾 晚蟾 夜蟾
曉煙 暮煙 早煙 晚煙 午煙 曙煙 夕霏選雲霞收夕霏
曉霜 早霜 夜霜 曉雷 晚雷 夜雷 夏雷 曉星
曉氷 晚暉

仄
夏日　曉日　晝日　午日　晚日　暮日　晚照　夕照
夕吹　午吹　晚吹　夜月　曉月　夏雨　曉雨　暮雨
夜雨　社雨　宿雨　臘雪　曉雪　暮雪　夜雪　朔雪
晚雪　曉露　夜露　晚露　曙斗（錢起片雲懸曙斗）　曉霧

上
春日　秋日　冬日　朝日　春月　秋月　宵月　春雨
秋雨　冬雨　宵雨　時雨　朝雨　春露　秋露　冬露
晨露　朝露　宵露　春霧　秋霧　朝霧　春雪　冬雪
朝雪　晨雪　春靄　朝靄

晴天暖日第二十三（與前春天夏日互用）　上半虛　死　下實

平
晴天　炎天　涼天　寒天　陰天　昏天　晴風　和風
薰風　涼風　炎風　寒風　陰風　涼颸　寒颸　晴颸
溫颸（謝惠連溽暑有溫颸）　寒空　晴空　晴雲　陰雲　寒雲　寒煙

晴煙　晴曦　寒曦　晴虹　晴暉　寒霜　寒氷　寒霄

寒星　昏星　寒蟾　涼蟾　涼颸　陰霾

上仄　暑天　煖天　冷天　霽天　旱天　凍天　爽天　暑風

煖風　冷風　爽風　燠風　旱風　霽煙　煖煙　冷煙

瞋煙　瞋雲　凍雲　霽雲　霽虹　旱雷　凍雷

仄　煖日　暑日　霽日　凍日　霽月　冷月　凍月　煖靄

凍靄　霽靄　霽霧杜霽霧寒高牖　冷霧　冷露　暑雨　煖雨

冷雨　凍雨　瞋雨　凍雪　霽雪　霽氣　爽籟選爽籟驚幽律

煖吹

上平　陰雨　涼雨　寒雨　寒日　晴日　炎日　涼月　寒月

晴月　晴露　寒露　涼露　寒霧　陰霧　晴霧　晴靄

寒靄　晴吹　涼吹　寒吹　寒雪　晴雪　晴昊　晴照

◎

## 天寒日煖第二十四 與地理門山寒水煖互用

上實 下半虛

平 天寒 天晴 天涼 天陰 風和 風涼 風暄 風寒
風晴 霜晴 霜寒 煙寒 煙和 煙晴 雲晴 雲陰
雲寒 氷寒 星寒 霞晴

仄平 日暄 日和 日溫 日炎 日晴 日陰 月陰 月寒
月涼 雨涼 雨晴 雨陰 雨寒 露寒 露涼 雪寒
雪晴 霧陰

仄 日煖 日暑 日霽 日暝 月暝 月冷 月霽 雨霽
雨凍 雨冷 雪冷 雪凍 雪霽 露冷 霧冷 霧霽
靄霽

平仄 風煖 風冷 風爽 風凍 天煖 天霽 天冷 天熱
天暑 天曉 天晚 天暮 天暝 天爽 霜冷 霜凍

氷凍　氷冷　煙冷　煙燰　煙暝　煙霽　霞霽　雲凍

雲燰　雲冷

如春似晝第二十五　上虛死　下實

平　如春　如秋李洞陰飈肅如秋　如冬　如年度日如年　於秋　於冬

同時　非時

上仄　若春　若冬　似春　似秋　似冬　似年　似昏

仄　似晝月華明似晝　似歲　似夏　似夜　若歲陳文帝詔寸陰若歲

上平　如晝　如夏　如歲　如夜　同夜　於火

生寒布燰第二十六與節令門催寒送暖互用　上虛活　下半虛死

平　生寒雨　添寒風雨　凝寒霜雪　催寒　開晴並風　滋春　添涼　生涼並雨

生暄日　橫秋嶺　知秋　驅炎並風　銷炎雨　知時杜好雨知時節

上仄　洗秋雨　釀寒雪　厲寒北風　送涼雨　扇和春風　奪炎班倢伃涼飈奪炎熱　弄晴

變晴　變陰竝雲　載陽詩春日載陽

仄

布煖　扇煖　送煖　屆煖　釀煖　解凍　徹暑竝風　却暑

滌暑竝雨　奪熱風　釀冷　餞臘　待臘竝雪　主歲漢書歲星主歲事　薦爽

上平

驅暑風　驅臘　生凍竝雪　鳴夏韓以雷鳴夏　驅熱雨　開凍風　含凍

凝凍雨雪　生煖　回暖　銷暑　開霽　傳爽竝風

地理

江風漢月第二十七與宮室類窓風檻雨互用

平

江風杜江風借夕凉　溪風　湖風　邊風皇甫冉邊風動地秋　山風　竝實　川風

林風　江天杜野寺江天豁　湖天　江雲　溪雲　川雲杜川雲自去留

山雲　邊雲　巖雲　關雲盧照鄰關雲萬里平　汀雲　山煙　岩煙

溪煙　汀煙杜汀煙輕冉冉　洲煙　湖煙　林煙　村煙杜村煙對浦沙

江煙　墟煙　巖風歐惟有巖風來吹我還醒然　崖冰　河冰　湖冰

池冰　溪霜　林霜　林霏　江虹杜江虹明遠飲　江星杜江星別霧舡

江氛韓江氛嶺祲昏若凝

上仄

洞雲 浦雲 朧雲 嶺雲 岫雲 峽雲杜峽雲常照夜 海雲
水雲 野雲 塞雲 漢雲 嶠雲 塢雲 海風 澗風
岸風 渚風 水風 谷風 野風 洞風 峽風杜峽上逢颶風
嶺風 野煙 渚煙柳渚煙見晨釣 岸煙 塞煙 朧煙 塢煙
海煙翁靈舒海煙變樹濕 水煙 嶺虹 渚虹 澗虹 塞氛坡餘威靜塞氛
野霜 嶺霜 洞天 水天 澤氷 渚氷 沼氷 澗氷
塢風 嶺霞 海霞 海氷唐長慶間二月海州海水氷 海蟾

仄

漢月顧況蟾蜍同漢月 塞月 野月 浦月 嶺月 水月 澗月
朧月杜朧月向人圓 沼月 海月 岸月 洞月 嶂月 嶂雨
峽雨杜峽雨濺餘飛 岸雨 塞雨 浦雨 洞雨 野露 塞露
嶂露 海露 井露 徑露 嶂霧 嶺霧 野霧 塞霧

隴霧　島霧　嶺雪　野雪　岸雪　徑雪　塞雪　隴雪

海日　塞日（杜 山昏塞日斜）　嶺祲（上貝）

（上平）江月　溪月　湖月　沙月　林月　山月　川月　巖月

村月　汀月　池月　灘月　波月　山日　川日　林日

江日（杜 江日會熱風）　溪日　邊日（杜 邊日少光輝）　江雨　溪雨　山雨

巖雨　林雨　池雨　郊雨　村雨　江雪　溪雪　山雪

巖雪　林雪　洲雪　汀雪　村雪　湖雪　崖雪　山霧

江霧　汀霧　溪霧　汀露　村露　江露　畦露　山露

林露　汀靄　村靄　城日（杜 城日避烏啼）　湖日（杜 湖日蕩江明）

銜山出岫第二十八　（上虛 活）（下實）

（平）銜山（落日）　平山（日）　疑山　迷山　迷村（並煙霧）　明川（日）　籠汀

籠堤　横山（並煙）　籠沙　籠林　篩林　穿林（並月）　揚沙　飛沙

揚波 虢林 揚埃 揚塵 衝陵（並風） 埋山（雪） 捎溪（杜急雨捎溪足）

蔵山 栖巖（並雲） 鳴池 傾山 頹沙 捎墻（並雨） 臨邊（月） 凝河

凝池（並冰） 生泥（杜雲一舍壯泥） 橫江（露） 成梁（柳飛雪衢道冰成梁）

上仄

度江 度墻 度溪 出溪 補山 被巒（並雲） 上峰 出山

吐山 印波 蘸波 浴波 浸波 漾江 浸江 照溝

（並日月） 湧江（杜月湧大江流） 發泉 浥塵 打墻（並雨） 映江（選亭亭映江月）

起濤 撼林 捲林（並風） 積山（冰） 卧巖（雪） 掛山（日） 入河（杜入河蟾不沒）

破山（雷） 暗江（雪）

仄

出岫 出塞 觸石 度水 起谷（並雲） 拂地 刮地 捲地

起浪 捲浪 作浪 激浪 溢浪 走石（並風） 破石 擊石

匝地 出地（並雷） 爍石（夏日） 飲水 飲渚 飲井 飲澗 飲海

跨海 跨水（並虹） 浸水 蘸水（並天） 映水 印水（並月） 潤圃（雨） 鎖岸

罩嶺並煙 映渚霞 照海元結霞照海兮錦繡開 冠嶺謝靈運雲霞冠秋嶺 道水

剪水並風 蔽野雲 繞塞杜明河繞塞徼 斷道見上

【上平】翻浪 吹浪 生浪並風 生海 離海並月 鳴沼雨 移石杜江動月移石

蔵岫 穿竇並雲 籠水 籠岸 橫岸 橫嶺 橫塞 迷浦

迷塞 迷野並煙 垂野杜星垂平野闊 鋪地 鋪路 填路並雪

【花木】荷風杏雨第二十九與花木門桃霞稻雪互用

【平】荷風孟浩然荷風送香氣 松風李松風五月寒 蘋風宋玉秋風起蘋末 槐風 蘭風

梧風 花風 蒲風 梅風 蘆風 松煙 蕪煙 蘿煙

茶煙鄭谷亂飄僧舍茶煙濕 榆煙崔魯榆煙將變舊爐灰 松雲 槐雲

梨雲王昌齡夢中喚作梨花雲 葭霜詩蒹葭蒼蒼白露為霜 柑霜杜破柑霜落爪

梧霜杜霜黃碧梧白鶴棲 楓霜 蘆霜 桒煙謝朓桑柘起寒煙 桃霞 梅天

【上仄】竹風 蓼風秦人謂蓼風為盲風 稻風 草風語草上之風必偃 麥風 蕙風

【並實】

柳風 桂風 荻風 柳煙 竹煙 柘煙 草煙 蓼煙

茗煙 荇煙 草霜 蓼霜 菊霜 栢霜 橘霜 麥雲

坡畦麥卧黄雲 麥天趙師民麥天晨氣潤 稼雲

【仄】杏雨 穀雨三月 豆雨八月豆花雨 竹雨 麥雨 韭雨杜夜雨剪春韭

竹露 草露 葉露 麥露 蓼露 菊露 橘露 桂露

稻露 薤露李延年輓歌薤上露何易晞 葛露 荇露 槿露 桂月

椰月 竹月 竹日

【平】梅月 梧月 松月 花月 蘆月 梨月晏殊梨花院落溶溶月

棠月 蘿月 蘭月 花日 葵日 梨雪 梅雪 蘆雪

松雪 梅雨 荷雨 花雨 苔雨 梨雨 梧雨 桃雨

萍雨 棠雨 桐雨 花露 荷露 葵露 葭露見葭霜

松露 芝露 蘭露 蓮露 松霧 花霧

霜花雪絮第三十

【平】霜花退朝錄青州盛冬濃霜成花　氷花酉陽雜俎黄魚池氷花如纈　雲花　【虛實】　天花

李頎指撣如意天花落　煙花　天葩韓天葩吐奇芬　雲葩　雲英　雲芽

陸龜蒙天寒夜漱雲芽淨　雲枝　雲根石出雲曰雲根　霜華　霜葩韓玉枝攢霜葩

星英三五曆記星者元氣之英

【上仄】雪花　雪芽　雨花　日華　月華杜杉清延月華　露華　日精

雪英　霰英含光殿賦淩霰飄英

【仄】雪絮　雪葉　雪粒埤雅雪寒甚則為粒　雪顆　月桂　露顆　地籟

雪栗

【上平】雲葉杜雨稀雲葉斷　雲絮　氷笋　霜粟　天籟風聲

烘桃拂柳第三十一　【上虛】活【下實】

【平】烘桃　蒸桃並日　封梅雪　肥梅杜紅綻雨肥梅　欺梅雪　傾葵日　興苗

翻荷並雨　飄梧　吹蘆　吹蒲　吹楊　生蘋並風　滋蘭　滋苔

滋禾並雨　埋松雪　侵梧霜風　凋楓杜玉露凋傷楓樹林　烘榴日　迎梅三月雨

【上仄】起蘋　約萍　汎蘭　被蘭　剪梧　落梧　鬧荷　擺荷

獵蒲　斷蒲　落梅　落槐　捲蘆　入松　偃禾並風　打萍

滴梧　滴蕉　滴荷並雨　弄梅　凍梅　亞梅並雪　掛桐月　倒蓮

染楓並霜　託桐蘇子人生一代若朝露之託桐葉　送梅五月雨

【仄】拂柳　擺柳　舞柳　剪柳　戛竹　動竹　偃草　折筍

折木　拔木　撼木並風　鎖杯　旱柳並煙　轉蕙光風轉蕙　破菊

損菊　殺木　殺草　殺菽並霜　壓竹雪　雨粟天

【上平】獻竹　搖竹　搖柳　梳柳　牽荇　傷稼並風　理竹雪　凋柳

凋草　荒菊並霜　滋菊露　栖菊張孟陽輕露栖叢菊　迷竹　籠柳並煙　篩竹

生桂並月　烘杏日　抽麥杜暖風抽宿麥　滋稼雨　驚筍雷

滋花潤葉第三十二

平 滋花雨露 吹花 飄花 飛花 穿花並風 催花 開花並雨 籠花

迷花並烟 烘花日 濡花露 封花 絨花並雪 鳴條風 封條雪 凋枝

凋叢 凝枝並霜

上虛 活 下實

上仄 落花 臥花 折花 剪花並風 妬花 浥花 濕花 養花

打花 浣花並雨 傍花雲 勒花風雨 振條風 濯枝六月雨

仄 潤葉雨 落葉 剪葉 下葉 舞葉 掃葉 獵葉 滚絮

舞絮 卷絮並風

上平 飄葉 吟葉並風 垂葉露 凋葉霜 飄絮風

鳥獸 陽烏月兎第三十三 並實

平 陽烏日 天黿玄枵星 天雞金樓子桃都山有天雞日出即鳴天下雞皆鳴 天龍

天狼妖星

【仄】日烏 日駒 日影如白駒之過隙 月蟾 月蜍 並見後註

【仄】月兎 月中搗藥 野馬 山澤間遊氣

【平】星烏 書日中星鳥 星象 天象 天狗星 天驥 天駟房星 天馬

塵馬

## 蟾蜍蝃蝀第三十四

【平】蟾蜍 天文志註羿妻竊藥奔月化為蟾蜍 商羊 一足之鳥家語天將大雨商羊鼓舞 貪狼星 方諸 陰燧大蛤也淮南子方諸見月則津而為水 【並實】

【仄】燭龍 山海經天不足西北無陰陽消息有龍銜火照天門名曰燭龍

【仄】蝃蝀 虹

【平】虹工霓 蝃蝀也霓入聲

## 金烏玉兎第三十五

【平】金烏 日中有三足烏 金鴉 日也韓金鴉既騰翥 金蛇 電 金蟇 月 金羊 廣異記有積雪 【並實】

久不消掘地得金羊玉馬 銀蟾 氷蟾並月

仄 玉蟾月 玉龍雪詩戰退玉龍三百萬 玉虹

仄 玉兔月 鐵騎雲 玉虎河圖曰玉虎晨鳴雷聲也 玉蝀虹 玉馬見金羊

平 鹽虎雪韓魏公危石盖深鹽虎陷 金虎選望舒離金虎西方畢宿也 蒼狗雲

烏輪兔魄第三十六 上實 下半虛 死

平 烏輪日 龍精 龍躔星 蟾精 蟾光 蟾輝並月

仄 兔華 兔精並月 烏星

仄 兔魄 兔彩 兔影並月 烏宿星 象緯 蟻磨日月如蟻旋磨

平 龍馭 螭馭 駒影 烏影並日 鶉火月將 龍火龍銜火星以照天門 龍宿

龍魄 羊角風 蟾彩月

烏飛兔走第三十七 上實 下虛 活

平 烏飛 烏升 蟾升 蟾沉 烏沉 虹垂 虹流

去 兔飛　兔生　蟻旋

仄 兔走　兔擕　駟見國語駟見而隕霜

幸 烏墜　蟾沒　虹斷　虹見　駒過

搏鵬隱豹第三十八

上虛 活 下實

平 搏鵬風　鶱烏月　驚魚月新　從龍雲　驅龍雷　分龍　鳴鳩並雨

去 喘牛月　起龍雷　化龍雲　息螭羲和至咸池六螭息轡

仄 隱豹霧　過鴈　起鴈　斷鴈　送鴈　嘯虎風並　警鶴露　逐馬

撩馬並雲　化鳳徐陵夢雲化鳳　左傳六鷁退飛風也　步驥論衡日行舒疾與騏驥步相類

翼鳳雲

幸 鳴鸛詩零雨其濛鸛鳴于垤　送鴈　成狗並雲　驚燕　翻燕杜震雷翻幕燕

飛鵲曹孟德月明星稀烏鵲南飛　從虎風　齊鶩王勃落霞與孤鶩齊飛

宮室 並實

窓風檻雨第三十九

平 窗風 簷風 櫺風 樓風 臺風 亭風 軒風 堂風

宮煙 墻煙 廚煙 樓煙 橋煙 亭煙 窗煙 簷煙

窗雲 宮雲 墻雲 樓雲 樓霜 橋霜 簷霜 階霜

宮霜 庭霜 簷星 樓星

仄 闕雲 寺雲 閣雲 檻雲 禁雲 殿雲 舍雲 屋雲

棟雲 王勃畫棟朝飛南浦雲 甍霜 屋霜 隙曛 杜書籤映隙曛 牖風

木天 秘書閣謂之木天 巷風 檻風 院風 砌風 寺煙 舍煙

仄 檻雨 杜雨檻臥花叢 砌雨 院雨 檻日 砌日 隙日 甍溜

榭月 牖月 砌月 隙月 店月 溫庭筠雞聲茅店月 院月 戶月

屋雪 巷雪 檻雪 苑雪 砌露 檻露

平 窗雨 階雨 何遜夜雨滴空階 床雨 韋應物風雨對床眠 簷溜 簷雨 杜簷雨細隨風

橋月 庭月 樓月 窗月 階月 臺月 簷月 亭月

軒月 宮月 墻月 梁月 堂月 臺月 簷日 亭日

軒日 宮日 庭日 窓日 磚日唐李程日過八磚入院 階日

簾日 宮雪 庭雪 軒雪 窓雪 階雪 臺雪 簷雪

城雪 橋雪 樓雪杜樓雪融城濕 窓露 簾露 堂露 簷露

城霧 窓霧杜碧窓宿霧濛濛濕 樓雨杜樓雨霑雲幔

星房月殿第四十與宮室門風亭月榭互用

【平】星房杜甫言星房受命年 星宮星辰之宮分 星橋蘇味道星橋鐵鎖開 星階 【並實】星壇

辰居 天墀 天宮 天闕 天衢易何天之衢 天街畢昴間為天街

天門神異經東北大荒中有金闕高千丈兩闕名天門 天池 天關 天庭 天房月令發天地之房

天津 天堂 天區 風車 風臺 風簷

風門 雲門 雲程 雲關 雲津 雲衢 雲臺 雲扃

雲橋 雲樓 雲房春秋孔演圖天命於湯白雲入房 雲梯謝共登青雲梯 雲堦

台堦 靁門 皷名借用 靁庭 霞臺 杜陽編日本國有集真島島上有凝霞臺

霜臺 蟾宮

去 日宮 鄭畋舟就日宮燒 月宮 龍城錄明皇遊月宮見玉光飛浮宮殿榜曰廣寒清虛之府 雪宮

雪臺 雪窓 雪庭 雪堂 雪軒 斗墟 王勃龍光射斗牛之墟

斗堂 漢津 露臺 露堦 帝庭 泰階 月樓 斗宮

仄 月殿 見上 月窟 長楊賦西壓月窟月所出入處也 月府 見上 月地 月闕 月戶

酉陽雜俎月乃七寶合成常有八萬二千戶脩之 月閣 月館 月榭 日陛

日域 長楊賦東震日域日所出入處也 斗域 穀梁傳註斗有環域 斗閣 斗府 斗室

露室 雪屋 雪洞 雪舍 火部

上平 天闕 天府 天宇 天閣 天柱 天部 歷書漢方士唐都分天部

天陛 天路 天砌 天界 陶杳然天界高 天閶 甘泉賦天閶決兮地垠開

雲闕 雲馭 雲轂 雲閣 雲棟 雲觀 雲路 星渚

星舍 辰舍 風洞 風殿 風砌 風閣 煙閣 煙砌

蟾窟 蟾苑 蟾闕 雷殿 雷部 雷府 霜宇 台座

氷室北魏文帝詔諸州置氷室 氷柱

## 星躔斗柄第四十一

並實

平 星躔杜早晚到星躔註星所履行故曰星躔 星樞列星圖北斗第一星為星樞 星杓北斗自玉衡以下三星為星杓 星文

仄 斗杓天官書攝提直斗杓所指以建時節 斗樞後漢紀春秋運斗樞 斗維天文録斗為天下綱維

仄 斗柄 斗極騁實王天街分斗極 日馭杜揚鑣隨日馭

平 星緯 星象

## 當樓入戶第四十二

與宮室門侵樓迷戶互用

上虛 活 下實

平 當樓 當窗 穿窗 橫窗 窺窗 侵廊 窺簷 飾簾

穿簾並月 鳴窗 敲窗 鳴蓬並雨 侵門杜侵門樓靜月 經簷杜寒日經簷短

烘窗日　鋪簷　堆簷　封簷　封階並雪　跳階霰　凝庭　沾庭

沾窗並雨雪

【上仄】入窗　透窗　撼窗　度窗　動窗　啓窗　捲扉　掩扉

閉扉並風　映窗　照窗　在樓　照樓　過樓　滿樓　隱牆

轉廊　掛簷並月　鎖窗　度牆　覆牆並雲　打門風雨　上窗　射窗

過磚並月　打窗　洒窗　滴階並雨　上軒杜雲江月上軒　積階　積庭

擁門並雪　出門杜白帝城中雲出門

【仄】入戶　入室　入幕　入座　入榭　透戶　拂座　拂室

颭架　撼壁並風　入牖陸機明月入我牖　覆苑杜城上春雲覆苑牆　在戶詩三星在戶

縞屋　疊瓦並霜　繞棟　落檻並雲　濺壁　潤礎並雨　過隙　照室

照牖　照屋並日月

【上平】藏屋　遮屋　飛棟並雲　鳴屋　鳴瓦並霰　當戶　窺戶　窺牖

窺幕（並月） 推戶 穿戶 穿甍（並風） 獻甍 流甍（並雨） 鋪甍（霜） 生砌

堆砌 鋪砌（並霜雪） 迷寺（煙）

【器用】 帆風笛月第四十三

【平】 帆風 檣風 旗風（杜牧水村山郭酒旗風） 帘風 蓑風 【並實】 簾風

篷風 帆煙 蓑煙 蓑雲 鐘霜（山海經豐山九鐘霜降則鳴） 砧霜

蓑霜 笳霜 篷霜 船霜

【上仄】 笛風 枕風 箔風 燭風 笠風 箭風 笠霜 杵霜

劍霜（李白豈假劍如霜） 角霜 艇煙 燎煙 笠煙

【仄】 笛月（杜三年笛裏關山月） 角月 箔月 杖月 舫月 艇月 笠雨

枕雨 屐雨 笠雪 艇雪 燎火

【上平】 砧月 船月 笳月 舟月 鞭月 鞍月 簾月 鞍雪

蓑雪 衣雪（謝莊朝衣點雪時人翫之以為風韻） 衣雨 舟雨 篷雨 簾雨

燈雨（杜：燈前細雨簷花落）　犁雨　蓑雨　衣露

## 飛絲散綺第四十四（與連珠合璧互用）

【平】飛絲　垂絲（並小雨）　翻盆　傾盆（並大雨）　【上虛】活【下實】

磨鐮　彎弓（並初月）　跳珠　鳴珠（並雨）　跳丸（日月）　鋪鉛　鋪鹽

堆鹽（並雪）　篩瓊　開奩（並月）　舒綿（雲）

【上仄】散絲（雨）　撒鹽（雪）　擘綿（雲）　轉丸（日月）　掛鉤　吐鉤　露鉤　上鉤

上弦（並新月）　覆盆（論衡：天若覆盆）

【仄】散綺　散錦　絢錦（並霞）　擘絮　潑墨（並雲）　倚蓋（天）　學扇（杜：月生初學扇）

轉轂（日月）　織轂（煙）　引素（杜：長煙引輕素）

【上平】鋪粉（霜）　垂幕　張幕　舒幕　張蓋　飄練（並雲）　舒錦　舒綺

沉綺（並霞）　欹蓋（天）　拖素（煙）　飛火（電）　重璧（日月）　堆玉（雪）　連璐（冰）　橫帶

垂帔（並虹）

吹帆照席第四十五

【平】吹帆　吹襟　吹帘　吹衣　吹裳並風　沾裳　沾襟　沾巾　【上虛】活【下實】

沾裙　沾衣並雨　烘衣日　鳴鐘霜　隨車雨　侵燈雨杜牧灑幕侵燈送寂寥

褰帷風　揚綃曹子建凱風揚微綃　堆蓑雪

【仄】濕裙　濕蓑　濕衣並雨　惹衣　打衣　點衣　滿衣　滿蓑

滿篷　滿裳　壓船並雪　阻裝雨風　送船　送帆　送鐘　動簾

拂簾並風　打篷　墊巾　折巾並雨　折綿谷霜威正折綿　沒韉杜雪沒錦鞍韉

吐金晉陵薛頠有虹飲其釜輦酒灌之吐金滿器　襯鞋霜雪　濕鞋露　照樽　照帷

照筵並月　灑燈杜冊雪灑寒燈

【仄】照席　照幕並月　捲幕　捲幔　拂袂　拂袖　拂帽並風　惹袖

惹帽雪　落帽並嘉登龍山風吹帽落嘉不之覺　滅燭　送棹並風　飲金見吐金

化玉搜神記孔子作經告備于天赤虹化為黃玉

上平 添線 烘席並日 沾席 沾盖並雨 侵幌 承幌並月 吹盖 吹袂

吹帽 催舫並風 鳴角霜

如絲似箭第四十六 上虚 死 下實

平 如絲雨 如梭日月 如膏雨 如拳雹 如琴聲雨 如眉 如弓 如鉤

如鑣並新月 如盤 如金 如珪並月 如杯唐廣明間四月雨雹大如杯

如酥雨 如綿雲 如刀風 如鹽 如瓊並雪 如輪日 如珠星雨露

如鈿星 如飴 如餳並甘露 如錢李賀霜花草上大如錢

上仄 似輪日月 似膏春雨 似珠星雨露 似拳雹 似鑣韓新月似磨鐮 似眉

似鉤並新月 似酥雨 似綿雲 似瓊 似鹽並雪 似箸氷柱 似金

似銀 似珪 似弓 似盤並月 若箸氷柱 若瓊 若鹽並雪 若珪

若銀並月 若梭日月 若拳雹 若酥雨 若珠星

仄 似箭風 似玉霜雪 似綺 似錦並霞 似粉霜雪 似鏡 似鑑 似璧

似燭 並月 似幄 似幙 並雲 似筋 氷 似縭 霞 似練 雲 似轂 似蓋
似網 煙 似火 夏日 似絮 雲 似皷 雷 似扇 月 似帶 陰鏈山雲遊似帶
若綺 霞 若練 雲 若鏡 月
仄平
如席 李燕山雪花大如席 如幕 雲 如鑑 如鏡 並月 如練 雲 如壁 月 如絮
如掌 如手 並雪 如粉 霜雪 如筋 水 如彈 星 如錦 雲 如綺 霞 如蓋
如笠 並天 如玉 雪霜 如縠 煙 如火 夏日 如箭 風 如斧 漢書楚國雨雹大如斧
如縷 煙 如斗 孔叢子永初閒雨雹大者如斗

珍寶

## 金風玉露第四十七 與地理門金城玉壘互用

並實

平
金風 金飈 金商 並秋風 金星 西方太白星 壼天 金天
李金天之西白日所沒 瑤天 瑤空 瑤穹 銀穹 並天 銀潢 銀河
並天河 珠星 珠躔 星 鈎星 辰星 金霞 劉禹錫金霞暈於海壖 油雲
銀雲 李賀銀雲櫛櫛瑤殿明 璇空 天 璇杓 斗 璇霄 天

去仄 鏡天 李鏡天元不夜 火雲 夏雲 翠雲 礟雲 國史補暴風之候有礟車雲礟砲同 錦雲

錦霞 綺霞 鑑冰 玉冰 玉霄 天 玉衡 列星圖北斗第五星 弁星

詩會弁如星 玉虹 坡水作玉虹流

仄 玉露 李秋露白如玉 玉宇 秋天 玉雪 寶月 酉陽雜俎月乃七寶合成 璧月

鑑月 鏡月 幟電 韓雷公推車電搖幟 寶晷 潘正叔寸晷惟寶 火日 夏 火雹

縠霧

上平 銀漢 瑤漢 璇漢 並天河 璇極 圭景 周禮以土圭測土深正日景

圭月 選秋月如圭 鈎月 酥雨 銀雨 李白雨映山寒森森似銀竹 緣雨

珠雨 珠露 飴露 其甘如飴 珠霰 銀霰 銀雪 瓊雪

金霧 拾遺記細黃沙風吹如霧故曰金霧 銅雹 異物志涼州有大人身横數里人不敢近近則銅雹擊人

星珠月璧第四十八 與器用門雲帆月笛互用

並實

平 星珠 坤靈圖五星如連珠 星毬 星弓 天弧 羽獵賦天弧發射星也 星弧

雲衣杜雲細不成衣　雲屏歐青山白雲為枕屏　雲車魏文帝西北有浮雲亭亭如車蓋　雲軒

雲軿　雲斤坡月斧雲斤琢肺肝　雲冠陸機層臺冒雲冠　雲綿春雲片片揭輕綿　風刀

杜秋風利如刀　風絲歐風絲飛蕩漾　風繩谷東風如引繩　雲囊坡天孫為織雲錦裳　雲綃

雲輪兵書周雲如輪　霓旌上林賦拖霓旌靡雲旗　雲旗見上　雷旌　雷車

搜神記阿香推雷車　天戈韓宣王憤起揮天戈　天冠史日者傳天冠地屨　霞車　霞綃

虹綃　虹梁　弧旌　霜刀　煙綃　霓旄杜牧夾城雲暖下霓旄

參旗列星圖參旗九星　天瓢坡馬上項刻天瓢翻　飆輪陸龜蒙會碾飆輪見玉皇

上仄

日車杜愁畏日車翻　日輪　日鉦坡樹頭初日掛銅鉦　日珠易參同契日為流珠　月弓

月梳　月鈎　月盤　月規谷新月吐半規　月弦王禹玉雲外月弦開　月鐮

月眉　月車韓月車繞碾浪　月針盧仝詩引日月之針五星之縷把天補　雨珠

雨絲　雨繩谷蓬窓高卧雨如繩　雨酥韓天街小雨潤如酥　露盤　露珠　露囊

霧巾包賀霧是山巾子　霰珠　雪毬　雪珠　電珠　電矛韓電矛驅海若

◎

電旗 電鞭 司馬光雷公推車電閃鞭 電綃 杜軽電閃紅綃 火輪 火鞭

斗車 彗旗 校獵賦曳彗星之飛旗

仄

月壁 坤靈圖日月如合璧 月鏡 月鑑 月燭 月轂 月扇 見學扇

月斧 王介甫玉斧修成寶月圓 月尺 范子計然月者尺也紀度而成數也 月練 日火

日壁 見上 日轂 雨線 雨矢 史矢下如雨 雨箭 電幟 電火

雹斧 見如斧 雹豆 雪刃 雪席 見如席 雪米 雪粉

露玉 霧縠 揚子霧縠之組麗 霧幕 火鏡 彗幕 爾雅彗星形如掃幕

上平

天幕 天鏡 天蓋 天文志天圓如倚蓋 天網 老子天網恢恢 天轂 天如車轂之運

天帔 天磨 天文志天旁轉日月如蟻行磨上 天笠 昕天論天形穹窿如笠 天劍

伏侯古今註成帝時夜有黃白氣長十餘丈光明照地或曰天劒 雲幙 荊公帝青雲幙捲寥寥

雲幄 雲蓋 雲絮 杜晴雲如擘絮 雲錦 雲幘 雲帳 雲帶

見如帶 煙帶 煙幕 煙素 煙練 煙縷 煙縠 霞縠

選冰綃霞縠 霞縷 霞錦 霞綺謝餘霞散成綺 霜鏡李湖清霜鏡曉 霜粉
霜玉 霓帔杜牧斷霓天帔垂 霓帶 虹帶陸機飛閣纓虹帶 虹靷見霞車
風箭 風槖 風扇 星弁 星縷見月針 星彈 星火
星駕詩星言夙駕 冰鑑 冰玉 冰筋石曼卿簷垂冰筋晴光滴 冰鏡
雷鼓抱朴子雷天之鼓 雷斧筆談雷斧銅鐵為之楔乃石耳 雷轂 雷軫坡不待雷發軫
雷火筆談雷火銷鑠金石不毀草木 雷楔見上 雲練杜江雲飄素練

金輪玉鑑第四十九

平
金輪 金盤並日 金鉤 金波 金盆 金精 金毬 冰輪並實
冰盤 銀盤並月 金丸子由浮雲捲盡見金丸月也 銀鉤 銀梳並新月
金樞杜殘月壞金樞 金莖 珠纓 瓊漿 瓊珠並露 金環白落月墮金環
銅鉦見日鉦 銀盃韓逐馬散銀盃雪也 銀絲雨 銀花霜 瓊花 瑤花
鹽花 鉛花並雪 瓊絲坡就中山堂雪更奇青松怪石亂瓊絲

上仄　玉盤李小時不識月呼作白玉盤　玉輪　玉鈎　玉梳　玉弓　玉環

玉盂並月　玉繩春秋元命苞玉衡北兩星為玉繩　玉花雪　玉塵坡野闊天高糝玉塵雪也

玉儀　火輪日　錦橋虹

仄　玉鑑　寶鑑　寶鏡並月　絮帽坡嶺上晴雲披絮帽　火傘韓赫赫炎官張火傘日也

玉柱冰　玉筯冰　玉屑雪　玉液露　玉彈星　錦綺霞

上平　金鑑　金鏡　銅鏡並月　金餅日　金彈星　銀筯冰　銀礫白稀星點銀礫

金粟同上高星繫金粟　銀竹雨　瓊屑雪　珠網　珠緯星

## 連珠合璧第五十

與前類飛絲散綺互用

上虛　活　下實

平　連珠見星珠　聯珠　垂珠　凝珠並露　凝膏　流膠杜凍雨落流膠

編珠尚書考靈曜五星若編珠　披銀雪　流金日　篩金月　流酥雨　飛瓊

堆瓊　鋪瓊並雪

上仄　綴珠露　濺珠雨　貫珠星　積瓊雪　截瓊冰　耀金日　墜瓊韋蘇州碎如墜瓊

變方若截璐冰也 透繒 胡文恭雲容薄透繒

〔仄〕合璧 見月璧 破鏡 展鏡 並月 剪玉 積玉 並雪 截璐 見上

〔平〕舒粉 雪 團玉 露 開鑑 開鏡 沉璧 並月 飛鏡 杜滿目飛明鏡月也 連貝 垂彈 並星 連璧 日月 橫素 坡山下白雲橫匹素

## 〔人物〕 堯天舜日第五十一 與地理門吳山楚水互用

〔並實〕

〔平〕堯天 史堯仁如天 蘇天 蘇章為刺史故人清河守曰人皆有一天我獨有二天 媧天 淮南子女媧氏煉五色石補天 堯雲 史堯望之如日就之如雲 湯雲 湯民望之若大旱之望雲霓 郇雲 韋陟封郇公自謂所書陟字若五朵雲 韓雲 韓我願身為雲 堯風 唐俗勤儉質朴有堯之遺風 唐風 詩 虞風 虞舜彈五弦之琴歌南風之詩 秦風 詩 吳天 杜潮海蹴吳天 成風 書成王啓金縢之書迎周公天乃反風禾盡起 豳風 詩 衷風 伯衷之風 商風 商書四海之內咸仰朕德時乃風 秦天 常建秦天無纖翳 吳霜 李賀吳霜點歸鬢 鄒霜 鄒衍繫獄仰天而哭五月降霜 商霖 商高宗命傅說若歲大旱用汝作霖雨 湯霓 見湯雲

上仄

舜天 書舜號泣于旻天 蜀天 蜀有地名漏天其地常雨 楚天 左傳天方授楚未可與爭又唐
詩楚天多雨在孤舟 杞天 列子杞人憂天崩墜 舜雲 史舜時卿雲見 魯雲 左傳魯僖公登
觀臺書雲物 楚雲 楚襄王與宋玉遊雲夢之臺高唐之觀上有雲氣變化無窮 舜風 見虞風
狄雲 狄仁傑望雲思親 晉風 晉有堯之遺風 惠風 柳下惠之風 鄭風 詩又鄭弘請於
神願旦南風暮北風人呼鄭公風 衛風 詩 楚風 楚襄王披襟當風 楚氛 左傳楚氛甚惡
漢風 漢高帝至彭城值大風作大風歌 漢雷 史漢高帝母夢與神遇時雷電冥晦 舜雷 舜納于大麓烈
風雷雨弗迷 漢霆 楚霜 杜三霜楚戶砧 傅箕 傳說騎箕尾 楚星 杜楚星南天黑
漢冰 漢光武擊王郎至滹沱河冰堅可渡 傅霖 見商霖

仄

舜日 揚子孝子愛日舜之謂也 盾日 左傳趙盾夏之日也 趙日 即盾日
漢日 漢明帝宗祀日宣重光 蜀日 柳庸蜀之地常雨少日日出則犬吠 羿日
淮南子堯時十日並出羿射其九 桀日 桀自言如天有日 衛雨 左傳衛旱討邢師興而雨
蜀雨 見上 舜雨 見舜雷 郭雨 郭林宗遇雨巾一角墊 漢雨 漢永和間省獄

舉究謝雨大降李雨唐李德裕拜相即日大雨漢雪漢女居東海養姑姑女讒之被殺五月下雪
戴雪語林王子猷雪夜訪戴安道越雪柳越地少雪每大雪群犬吠噬楚旱袁安為楚相値
大旱雪理究獄甘雨滂沛漢旱漢文帝夏大旱詔弛利省費以振民漢彗漢景帝時彗星見東北
庚月庚亮乘月登南樓與佐吏談詠達旦
堯日見上湯日論衡桀紂道兩日並照在東者將起成湯興起之兆羲日書命羲仲寅賓出日平秩東作
文日帝王世紀周文王夢日月着其身和日書命和仲寅餞納日平秩西成衰日左傳趙衰冬之
日也唐日唐狄仁傑取日虞淵湯雨成湯桑林禱雨商雨見商霖周雨
周公時雨不破塊旬而一雨雨必以夜唐雨唐明皇幸蜀霖雨彌旬堯露黃帝時丹丘國
獻瑪瑙甕中露至堯時猶存周露詩序露斯周王燕諸侯也周雪周武王伐紂都洛邑雨雪十餘
日深丈餘孫雪孫康映雪讀書蘇雪蘇武使單于幽置大窖中齧雪與旃毛并咽之湯旱
湯有七年之旱唐旱唐貞觀十三年夏旱詔言事蕭昴春秋佐助期蕭何稟昴星而生齊彗
左傳齊景公因彗星見懼而修德韓斗韓愈人仰之如大山北斗

民星尹日第五十二

【平】民星書庶民惟星　台星三台星　郎星列星圖五帝座後十五星曰郎星　【並實】儒星
君星紫微星　神星東觀漢記神星晝見　奴星韓奴星結柳車借用　民風
詩序古者采詩以觀民風　儒風　皇風史皇風清穆　神風其疾如神　仙風
王風詩　君天君為臣之天　民天漢紀民以食為天　皇天埤雅尊而大之曰皇天
神天　夫天儀禮夫者妻之天　君雷五行志雷人君之象　仙霞真誥九光霞內宿仙壇
蠻煙
【仄】父天春秋感精符人主與日月同明四時合信故父天母地兄日姊月　帝星　輔星輔弼星
將星　使星李郃占二使星來向益部　客星嚴光足加帝腹太史奏客星犯帝座　友風
荀卿雲賦友風子雨　士風　帝風　俊風夏小正正月時有俊風　道風
將風　父風　鬼風　士雲　相霖傳說事
【仄】尹日書師尹惟日　佛日　相雨見李雨　毋地見上　子雨見上　道月

姊月見上 將電抱朴子良將如收電可見不可追 鬼火 婦月啓毋廟碑仙婦之月作蟾蜍

上平 君日禮統日者實也形體光實人君之象 卿月同月卿 郎宿史郎官上應列宿 兵雨

武王伐紂天霽而乘以大日天洗兵也 俟露見周露 兄日見上 神雨

初咸利□之神雨 人日正月七日

天孫月姊第五十三

平 天孫織女 天公庾翼傳天公憒憒 天官周禮天官卿 天君史天百神之君 天神 並實

天仙 天王春秋書王曰天王 天人 天民孟註全盡天道乃天之民 天兵

天一 思玄賦覿天皇於 天兄 風姨八姨風神 風師

風神 星官月夫推測星候 星郎牽牛 星宗北辰為星宗

雲君九歌雲中君雲神也 雲師黃帝有雲瑞以雲名師與官 雲官見上 雲孫爾雅內孫之子

為雲孫 雷君 雷公 雷師 雷神 霜神 霜娥 陽官

周語史帥陽官註春官主農事 氷人媒者、、 、、廣傳婦、清 陰靈月 飈師風 河姑

上仄　月娥月中姮娥　月仙月宮仙子　月妃韓聖德詩日君月妃　月卿同卿月

日神孝經援神契日神五色明照四方　日官左傳天子日官　日兄起義堂頌天妹作合日兄夢紹

日君　火師傳註神因以火　火德之官　火官見上　火神　雨工柳毅見涇川婦

人牧羊問何物曰雨　淮南子日者陽之主月者陰之宗　電師

仄　月姊月中非無姊姊即姮娥也　月御　月老幽冥錄月下老赤繩定婚　日尹同尹日

日主上　日御左傳諸侯有日御　日者古候星日者　日正子華子吾之宗君周之日正也

詩日官也　日母春秋內事日者陽德之母　日弟　火帝　颶母海上四面之風

母坡輝駕雷車呵電母　物祖禮統天地者萬物之祖也

昊天上帝[illegible]也　天女　天吏淮南子四時天之吏日月天之使　天使見上　天職

天柘　天妹見上　天士李尋傳拔擢天士註知天道者　天嗣荀子註聖人如天之繼嗣

天辟漢五行志天辟惡之註天子也　天將楊炯天將下三官　天子　風伯　霜女

風御　風使河圖帝通紀風者天地之使　風母似猿見人若慙人或斃之得風即活　風友

星使 星史太史司星者 台輔星 陽主見上 雷鬼五行志狀如鼠手足各兩指執

赤斑蛇食之 雷使 雲將莊子雲將東遊雲主帥也 雲母石 雲子飯借用

嫦娥織女第五十四

嫦娥月 飛廉 封姨並風神 纖阿月御 黃姑即河鼓又名牽牛 並實 黔雷

陽靈並天神 炎官夏日 豐隆雷師一曰雲師 軒轅軒轅星主雷雨之神 牽牛

上辰 阿香推雷車女子 素娥月 望舒月御 女媊星居南斗 少微處士星

耀靈日 鬱華雞跖集鬱華奔日之仙 鬱攸火神 結璘七聖記結璘奔月之仙

仄 織女星 少女 長女並風 旱魃詩旱魃為虐 巽二風神 歘火雷神 婺女

格澤並星 列缺電神 屏翳思玄賦曰雲師洛神賦曰屏師廣雅曰雨師 玉女電

上平 青女霜神 滕六雪神 河鼓星 巫女巫山神女朝行雲暮行雨 箕伯風神 神女

王褒窓開神女電

仁風教雨第五十五

上半虛 死 下實

【平】仁風袁宏奉揚仁風 恩風 文風 剛風抱朴子去地四十里有剛風世界 威風

仁天易乾鑿度天動而施曰仁 文星杜南斗避文星 恩星 威雷 威霆

【去】德風語君子之德風 化風 教風 惡風 惡星 性天

【仄】教雨孟君子之教五有如時雨化之者 德雨 化雨見上 法雨 政雨 德日

政日禮斗威儀[illegible]太平則日五色 德澤選陽春布德澤 智月徑山碑智月常圓 利澤

【上平】恩露 恩雨 恩澤 仁澤

吹人照我第五十六

【平】吹人風 隨人 窺人並月 烘人日 留人雨 迷人煙霧 淋身雨 驚心 【上虛】活 【下實】

驚兒並雷 淋頭雨 烘肌日 傷神杜秋月解傷神

【仄】逼人章碣星斗逼人黎嶺高 近人杜河漢近人流 逐人蘇味道明月逐人來 向人

見朧月 照人月 倒人風 滴身杜看松露滴身 裂膚風 點身 滿身

滿頭並雪 打頭風雪 入懷杜風雲入壯懷 滿懷月 在鬢李羣在鬢 堅冰 點鬢

折鬢霜風

仄 照我日月 掠面 劈面並風 打面雨 在手于良度擲水月在手 拂面 切骨

送客 阻客 掠鬢並風 炙背日 滿目 刮面風 破肉杜歲晏風破肉

亂目李白雪飛花亂人目 沒脛雪 墮指雪

平 吹鬢 催客 生面 吹面並風

全韻 登天步月第五十七 與地理門登山涉水互用 上虛 活 下實

平 登天陶侃夢天門九重身登其八 觀天韓文坐井觀天 擊天姚崇碑八柱擊天 升天

回天張公素論事有回天之力 朝天 稱天歐陽自堯舜三代以來莫不稱天以舉事

瞻天 乘雲莊子乘彼白雲至于帝鄉 登雲 梯雲宣室記周生梯雲取月

耕雲 眠雲杜憶弟看雲白晝眠 觀雲 淩雲相如賦有淩雲之氣 書雲左傳分至啓閉

必書雲物 披雲文王遇呂尚若披雲見日 瞻雲 開雲韓愈開衡山之雲 臨風

當風見楚風 吟風周茂叔吟風弄月 擔風曲江宴錄虞松握月擔風 乘風

宗慤願乘長風 遭風 排風 梳風 批風 坡詞抹月批風 歌風 見漢風

藏冰 左傳日在北陸而藏冰 敲冰 坡敲冰煮鹿是可樂 開冰 頒冰 一品集夏至頒

冰及酒 占星 見使星 凌霄 籠霄 韓康伯盛氣籠霄 干霄 昂霄

房玄齡聳壑昂霄 聞雷 鞭雷 杜安得鞭雷公滂沱洗吳越 棲霞 迎薰

書空 殷浩咄咄咄書空

上仄

幕天 選幕天席地 仰天 孟仰不愧於天 問天 史張溫問天 補天 見媧天

戴天 倚天 宋玉長劍倚天外 覩天 樂廣若披雲霧覩青天 籲天 書無辜籲天

拜天 夢天 史叔虞母夢天 捧天 韓琦夢以手捧天 御風 列子御風旬有五日而後返

訟風 韓有訟風伯文 倚風 櫛風 史大禹櫛風沐雨 望風 趂風 吸風

莊子姑射山神人不食五穀吸風飲露 嘯風 李長嘯萬里風 伐冰 記伐冰之家不畜牛羊

剖冰 飲冰 葉公子高朝受命而夕飲冰 臥冰 王祥繼母冬月思食生魚祥欲臥冰求之冰忽

自解雙鯉躍出 履冰 詩如履薄冰 扣冰 造冰 列子吾能冬爨鼎而夏造冰 琢冰

◎

文中子良工不能琢冰鑿冰詩二之日鑿冰冲冲戴星巫馬期治單父戴星出入摘星

楊億手可摘星辰檄星魏管輅檄召五星大雨河傾侯星履霜尹伯奇被後母

讒自傷無罪清朝履霜援琴鼓之戴霜望霓見湯雲步蟾作霖

仄

步月杜思家步月清宵立待月對月世說謝譓對吾飲者惟有明月賞月向月

翫月趙知微天柱峯翫月望月詠月酹月握月見上拜月借月

弄月見上臥月帶月載月傳燈錄滿船空載月明歸踏月釣月

問月李青天有月來幾時我今停杯一問之泛月謝尚乘月泛舟會袁宏議論達旦酌月

李白月下獨酌指月嘯月劉琨乘月清嘯抹月見上捉月世說李白采石江捉月

向日對日漢黃琬年七歲對其祖父瓊曰日食之餘如月之初近日望日指日

虞公以劒指日就日取日狄梁公贊取日虞淵洗光咸池洗日見上逐日夸父逐日於暘

谷道渴而死曝日宋田父曝日欲獻君冀獲重賞敬日荀子王者敬日請雨晉東晳請雨三

日雨水三尺望雨冒雨帶雨禱雨見湯雨沐雨見上對雨

◎

避雨左傳文王避雨於殽陵　賞雪　禱雪　詠雪韓愈詠雪贈張籍　踏雪

冒雪　映雪見孫雪　望雪　卧雪袁安謂大雪不宜干人高卧不出　戴雪

嚙雪見蘇雪　釣雪柳獨釣寒江雪　掃雪王元寶掃雪延賓　翫雪　立雪

游楊立雪程門　煮雪　泛雪　對雪　帶雪　致雪薛延陀能以術禱神致雪

禮斗　望斗　滴露高駢滴露研硃點周易　吸露　冒霧

觀月　依月　延月　招月　邀月李舉盃邀明月　隨月江泌隨月讀書　觀日

乘月　遊月明皇遊月宮　占月律曆志軒轅氏命常儀占月　依日

追日　揮日魯陽公與韓戰日將落公援戈揮之日返三舍　承日魏賈隱林夢日墜以首承之

敲日李賀羲和敲日玻瓈聲　鞭日杜羲和鞭白日　祈雨漢書輔諒祈雨積薪艾將自焚澍雨隨降

乘雨　鋤雨　耕雨　衝雨　乘雪王猷乘雪訪戴安道興盡而返　觀雪

披雪　行雪史東郭先生破履行雪中足皆踐地　烹雪陶穀取雪水烹茶　衝雪　吟雪

看雪　披霧見上　衝霧　研露選研露題詩潔　行露詩厭浥行露　乘露

承天愛日第五十八 上虛 活 下實

平 承天 記王者承天 欽天 書欽若昊天 同天 崇天 書欽崇天道 齊天

知天 占天 郊天 王者祀天于南郊故曰郊天

仄 敬天 書敬天之休 奉天 書惟辟奉天 統天 易萬物資始乃統天 法天 應天

史應天以實 順天 易順乎天而應乎人 勑天 書勑天之命惟時惟幾 配天 御天

易時乘六龍以御天 對天 祀天 禮天 周官蒼璧禮天

仄 愛日 楊子孝子愛日 致日 周禮馮相氏冬夏致日 餞日 書寅餞納日 法日

李德裕䟽人君動法於日 禮日 漢書武帝禮日于成山 夕月 典瑞錄秋分夕月于西郊

測日 周禮土圭測日 閔雨 春秋僖公閔雨

平 迎日 史黃帝迎日推筴 賓日 見寅日 朝日 典瑞錄春分朝日于東郊 祈雪

調元贊化第五十九 與前二類互用 上虛 活 下半實

平 調元 史三公調燮化元 觀文 易觀乎天文以察時變 扶陽 易之道扶陽抑陰 當陽

承乾　旋乾韓文旋乾轉坤

上仄　握乾漢紀握乾符　體乾　闡坤東京賦闡坤珍　奠坤　轉坤見上　禦災

弭災史帷修德可以弭災　養陽月令安靜以養微陽　閉陽董子求雨閉諸陽縱諸陰　抱陽老萬物負陰而抱陽　抑陰見上　縱陰見上　負陰見上　奉元春秋記王者當繼天奉元

體元左傳體元

仄　贊化　察變見上　立極庸序聖神繼天立極　建極書皇建其有極　保極書錫汝保極

眡祲眡音視周禮眡祲掌十煇之灋　望氣　候氣

上平　觀象本傳劉向夜觀星象　占象　觀化康節吾欲觀化一巡　弘化

愁雲喜雨第六十

平　愁雲　怡雲陶弘景隴上多白雲秖可自怡悅　愁天　憂天見杞天　上虛　下實　號天見舜天　愁霖　思霖杜霖雨思賢佐　驚風　憎風漢明帝憎風置司風令史

耽風　愁風　驚霆　驚霜　歎雷裴度傳歎聲如雷

【上仄】望霖 喜風 愛風（陶弘景愛松風每聞其響欣然自樂）怕風 苦風 怒風

怯風（漢滿奮怯風坐琉璃屏側懼有寒氣）阻風 忌風 怒雷 畏雷（王褒母性畏雷母亡每雷鳴輒環冢呼曰褒在此）懼雷 畏天（詩畏天之威）泣天（見舜天）

愧天 喜霜 愛雲 感星（桓玄母感流星而生玄）覩冰（淮南子覩瓶中之冰知天下之寒）畏冰 感雷（論衡子路感雷精而生）

【仄】喜雨 怕雨 厭雨 怨雨（書夏暑雨小民惟曰怨咨）惡雨 嘆雨

困雨 阻雨 惜日 畏日 愛月（古詩愛月夜眠遲）喜月 怕雪

喜雪 泣露

【去】咨雨（見上）思雨 愁雨 悲雨 懵雨 憂雨 憐月

風號露泣第六十一 【上實】【下虛】 活

【平】風號 風吟 風悲 風慳（坡我思其由豈風慳）風僝 風呼 風凌

風噓 雲呑 雲愁（武元衡雲愁江館雨瀟瀟）天慳（坡窮天慳詠破）雷嗔

◎

仄 雨欺 雨摧 雨漂 露啼 露淒 雪欺 月呑

仄 露泣 日食 日炙 月食 月忌 雪折 雪慘 雨阻

雨懲 雨泣 雨困 雨妬 電笑楊億風號電笑雨平階 霧慘

平 風厲 風折 風妬潘閬西風妬秋月 風吼 風惡 風怒 風慘

雷怒 雷厲 天泣五行志無雲而雨曰天泣 雲慘 煙慘 霜慘

雲頭雨脚第六十二 並實

身體

平 雲頭 雲膚李嶠西北雲膚起 雲根張孟陽雲根臨八極 雲心陶雲無心而出岫 雲容

雲膏程伯子乞與雲膏洗俗腸 雲情坡自識孤雲情 天心邵子月到天心處 天形

天姿 天容 天顏 天頭蜀志乃眷西顧天有頭也 霜容 霜毛放翁繁霜點鬢毛

冰容 冰鬚 風毛李百藥戲鳥落風毛 煙容 虹腰

星眉漢攝提星揚眉 天魂淮南子天氣為魂

仄 雪膚莊子藐姑山神人肌膚如玉雪 雪肌見上 雪容 日魂坡欲收月魄食日魂 日頭

雨拳（王禹偁打葉雨拳隨手重） 月眉 月毫（選摛文揮月毫） 雨膏（春雨如膏）

雨毛（押韻淵海滋花雨似毛） 露膏 斗精（五行志蜺者斗之精） 日脚（杜日脚下平地）

仄

雨脚（杜雨脚如麻未斷絕） 雨足（張孟陽雨足洒四濵） 雨淚 雨液

日角（李珏珠庭日角） 日足（李白足森海嶠） 日表（史唐太宗天日之表） 月面 月齒

（晉天文志隆安問月生齒） 月脅（皇甫湜文穿天心出月脅） 月額（金樓子每月旦雨為月額雨）

月脚 霧脚 露脚（李賀露脚斜飛濕寒兔） 電脚 雪脚 雪翼

上去

霞脚 雲脚 雲表 雲翼（莊子翼若垂天之雲） 風脚 風角（占風之術）

風面 星體 星角（漢狼星奮角） 箕舌（詩惟南有箕載翕其舌） 天角

天乳（星名） 天口（詩記曆樞箕為天口） 天體（語類天無體二十八宿乃天之體） 天表（見上） 天耳

（蜀志聲聞于天天有耳也） 天步（詩天步艱難） 天眼（盧仝與天作眼行光明）

## 無聲有韻第六十三

上虛 死 下半實

平

無聲（杜潤物細無聲雨也） 無心（見雲心） 無情（李白日月本無情） 多情（春風太多情）

無光京房易侯月與星有形無光日照之乃光　無端晉天文志天包地外周旋無端　無言
劉洎傳天以無言爲尊　無形河圖曰元氣無形　無停選日月兩無停　無垠賈誼坱軋無垠
無親書皇天無親　無私申子天道無私　無名天　無蹤李行雲本無蹤　無痕
無香雪　無依陶孤雲獨無依　何心　何言語天何言執

平

有聲　有明　有光　有輝　有情坡客駱相隨月有晴　有形　有音
有常物理論二十八宿度數有常　有威　有痕　有徵　靡常書天命靡常
不常書惟命不于常　不情罪戮惟有春風不世情　不私柳公綽天布寒暑不私於人
不言　有章天地賦列宿有章

仄

有韻　有影　有暈　有彩　有色　有約　有信　有恨
有意陳後主夕陽如有意長傍小窗明　有證　有焰　有耀　有爛詩明星有爛
有力　有思　有態　有節白虎通日長滿有節　有氣　有驗　有象
有數　有變　有赫詩臨下有赫　有待坡莫嫌風有待

【上平】多彩　多瑞　多態　無意　無影　無臭詩上天之載無聲無臭

無恨　無賴　無色　無跡李若水東風無跡秀芳草　無翳　無約

無景淮南子都廣山日中無景　無緒　無韻　無象陳子昂坯渾本無象　無耀

無玷晋書謝太傅庭中夜坐月色無玷　無力　何意

【聲色】青天白日第六十四與地理門青山綠水𠀤用【上半虛】死【下實】

【平】青天　蒼天詩彼蒼者天　玄天　朱天淮南子西南朱天　玄霜漢武內傳仙之上藥有玄霜絳雪

蒼霄　青霄　丹霄　彤霄　青冥　蒼冥

蒼穹　丹穹　玄穹　蒼旻　皇穹　蒼空並天　玄風　玄雲

青雲　蒼雲春秋文命鈎楚有蒼雲如電　彤雲　黃雲　紅雲　烏雲

青煙　蒼煙　丹霞　朱霞　紅霞　青霞恨賦鬱青霞之奇意　紅氷開元遺事貴妃與父母別天寒淚結紅氷　青煒音暉漢書青煒登平謂青陽之氣上升也　玄煒玄煒和平

黃霾　丹虹　青風養性經治身之道春避青風夏避赤風

上広

碧天　赤天南方曰赤天　碧穹　碧空　碧虛　紫虛並天　絳霄

紫霄　碧霄　赤霄楚辭載赤霄而凌太清　紫微　紫雲　綵雲

白雲　黑雲　緑雲阿房宮賦緑雲擾擾　赤雲韓城上赤雲呈勝氣　碧雲　碧煙

翠煙　素煙　紫煙　紫霞　綵霞　絳霞　赤霞李赤霞動金光

素霜　紺霜拾遺記廣延國霜色紺碧　碧霜見上　紫霜湘潭記鵞管山霜可染紫其色

黑風為天下冠　白虹鄒陽書白虹貫日　彩虹　赤風見上　赤煒漢赤煒頌平

広

素蟾　月素蜺楊文雲賦素蜺之逶迤　白蜺楚辭白蜺嬰茀　紫冥

白日　赤日　素日劉孝綽素日抱玄烏　素月　皓月　白月佛書望以前為白月望以後為黑月

黑月見上　碧雪　絳雪見上　白雪　赤雪唐貞元間赤雪雨于京師

皓雪　翠靄　碧靄　翠霧　黑霧范至能黑霧佐神旻　紫霧

素霧湘潭記曲江縣有銀山山多素霧　碧落天　碧漢　紫電　赤電　紫極

白雨李白雨映山寒　黑雨釋書龍聽講經吸硯水作黑雨　白露　紫露呂氏春秋露之

美者有揭雲之露其色紫 碧宙王勃賦霜凝碧宙天也

上平 紅日 青日 玄月谷為君碾玄月 紅照 青靄 蒼靄 黃霧

紅霧坡飛埃結紅霧 清霧 蒼霧 玄霧 紅露湘潭記白鹿潭露脉染紅

丹露洞冥記勒畢國日初出時有露如丹 紅雨李賀桃花亂落如紅雨 紅雪拾遺記西王母

進嫌山紅雪 蒼雪 紅電 黃道天文志日循黃道 蒼漢 丹漢

天青月白第六十五與地理門山青水綠互用 上實 下半虛 死

平 天青 天蒼 天玄 穹蒼 霞紅 星黃列星圖紫微垣星黃 河清

雲黃 雲蒼 雲紅 霜紅歐折鱠縷霜紅 煙青 煙蒼

上仄 日紅 霧黃 月黃黃庭聽飲月黃日丹 日丹見上 日黃王褒塵昏野日黃 電紅

仄 月白 月黑 雪白 露白 漢碧 霧赤望氣經霧赤為兵 電赤

電紫

上平 霜白 霜碧 雲白 雲黑 雲碧 天白 天碧 天赤

天黑 煙紫王勃賦煙光凝而暮山紫 煙碧 煙素 煙緑 煙白

煙翠 霞赤 霞紫 氷白 空碧 星赤

風光日色第六十六與地理門山光水色互用 上實 下半虛 死

平 風光 風聲 風姿 風儀 風威 風稜韓四海欽風稜 天光

天精文子天之精日月星辰雷霆風雨也 天威選天威不可干 天聲 天儀渾天儀盖天儀

星芒乞巧文中星耀芒 星華 星光 星輝 虹文李嶠虹文向水低 霜稜

星精 霜華 霜痕 霜威 霜澌 氷澌 氷痕 氷姿

氷漿 氷紋 煙光 煙痕 雷聲 雷威 雷光齊永明間雷有光

黃光照地狀如金色 雲稜胡宿雲稜澹一天 雲精雲之精華入地不朽 雲華見上 霞光

陽光

上仄 日光 日輝 日華謝玄暉日華川上動 月光 月華沈約月華臨靜夜 月輝

月痕 雪華 雪威 雪澌 雪聲 雪光 雨聲 雨痕

露華杜清切露華新　露英甘泉賦飲若木之露英　露痕　電光　電威
電聲　霰聲　霰痕　斗精春秋孔演圖霓者斗之亂精
仄
日色　日氣　日暈　日晷　日影　月影　月暈　月色
月彩　雨氣　雨意　雨信　雨態　雨勢　雨陣　雨點
雪陣坡雪陣翻空迷仰俯　雪片　雪意　雪態　雪信　雪色　雪點
露氣　露點　露影　電影　霧影
上平
雲意　雲勢　雲陣　雲色　雲氣　雲影　雲片　雲緒張祜山高雲緒斷
風色　風陣　風韻　風氣　風勢　風力
風信　霜氣　霜信詩話北方秋深鴈來則霜降謂之霜信　霜意　霜力
霜色　蟾影　蟾魄　天色　天狀天文志考驗天狀　天勢　天象
天聽書天聽自我民聽　天影　天質　天意　天氣　冰彩　冰片
冰影　星點　星暈　星彩　虹彩　虹影　霞彩

## 光輝彩魄第六十七

〔平〕光輝　光華　光芒　光晶　光精　輝華　輝光　輝躔　〔並半實〕
精神　精華　精英　聲音　聲威　妖祥　禎祥　休祥
〔上仄〕晷躔（日晷星躔）　氣形　性情　燄光
〔仄〕彩魄　氣燄　氣色　氣魄　氣象　氣數　氣運　氣力
氣勢　景氣　景象　運氣　態度　信息　晷度　度數
〔上平〕光燄　光彩　光耀　光霽　形氣　形影　形體　形色
形狀　形象　聲色　聲臭　聲韻　聲影　聲勢　精彩
精魄（陽精陰魄）　顏色　躔度　威勢　消滴　芒燄

## 呈祥散彩第六十八　〔上虛〕活〔下半實〕

〔平〕呈祥　揚輝（陶　秋月揚明輝）　通輝（選　月承幌而通輝）　增輝　生輝　流輝
爭輝　騰輝　凝輝　搖輝　潛輝　呈輝　交輝　含輝

騰晶劉禹錫日荏苒以騰晶　淪光　垂光　交光　飾光　容光

騰光　浮光　流光　生光　揚光瑞應圖君不假臣下以權則日月揚光

含光　爭光　回光　垂明九緯垂明　生明　成章　爲章

舒華　鋪華　移陰　凝陰　垂芒　收聲　流澌冰　成文

呈姿甘露賦綴葉而珠璣積耀盈器而水玉呈姿　儲精天地　宣精東都賦三光宣精　流形

成光詩推度災曰月三日成魄八日成光　騰文江淹露下地而騰文

去仄

發聲　送聲　吐輝　散輝　弄輝　歛輝　薦祥　發祥

降祥　漏光　散光　積精河圖叶光日者積精　動威　震威杜雷霆可震威

肆威　作威　降殃　降康

仄

散彩　歛彩　散影　弄影　轉影　掛影　滅影　蘸影

積耀見上　激響　發響　奮響柳出地奮響雷也　薦瑞　秉曜日月　布蔭

委照　抱珥日月　戴魄揚子月未望則載魄于西　積氣天變色　示變

現瑞　降福　示警　起熖　著象　泛艷（選露彩方泛艷）

〔上平〕揚彩　垂彩　舒彩　篩影　含影　舒影　移影　生䰟

含耀　循度（漢書天下太平五星循度）　呈瑞　流景　成象　垂象

騰燄　藏耀（九星藏耀）　成䰟（見上）　通氣（柳騰波通氣雷也）

光浮影轉第六十九（與花木聲色二門互用）〔上半實下虛〕活

〔平〕光浮　光舒　光搖　光騰　光生　光流　光凝　光飛

光涵　光收　光添　光連　光回　輝揚　輝生　輝騰

輝聯　輝流　陰鋪　陰生　陰移　聲轟　聲來　聲沉

聲稀　聲囘　聲傳　痕消　澌流

〔上仄〕影搖　影移　影舒　影涵　影隨　影沉　影穿　影横

影浮　氣升　氣垂　氣消　氣增　氣浮　氣回　氣含

色連　色消

仄 影轉 影射 影散 影倒 影過 影透 影動 影蘸

影入 影落 色動 色靜 色轉 色映 色變 氣入

氣散 氣聚 彩散 魄散 蔭徙

幸 聲歇 聲震 聲撼 聲動 聲滴 聲散 聲徹 聲攪

光鎖 光轉 光動 光散 光射 光映 光照 光透

光徹 光蔽 光閃 光盪 光漾

清光淡影第七十 與節令門寒光暖氣互用 上虛 死 下半實

平 清光 餘光 幽光 踈光 祥光 輕陰 濃陰 餘陰

層陰 微陰 頹陰 清音 清聲 新聲 餘聲 元精

清輝 斜輝 明輝 澄輝 餘輝 餘威 嚴威 李天霜下嚴威

夳 薄陰 積陰 淡光 景光 細聲 碎聲 素輝 細音

大音

仄

淡影　緩影　倒影　仄影　麗景　短景　落景　正色

瑞色　淡色　爽氣　顥氣　細點　碎點　亂點　密點

急點　麗彩　瑞彩　細韻　雅韻　勁力　宿潤　烈燄

素魄　盛魄符子盛魄重輪六合俱照日月也　異響　瑞珥　瑞暈　素液

瑞煇音運日旁瑞氣

上平

踈影　斜影　清影　餘影　徽影　孤影　殘影　圓景

選圓景光未滿清景　脩景　殘魄　餘魄　圓魄　清蔭　餘蔭

踈韻　清韻　幽韻　餘韻　清氣　清籟　虛籟　踈點

常度　奇色　圓暈

## 光清色潤第七十一

上半實　下虛

平

光清　光斜　光徵　光寒　光殘　光圓　光昭　光遙

陰清　陰濃　陰踈　凉多　凉清　聲徵　聲清　聲低

聲頻　聲輕　聲殘　芒寒（韓 色正）　繁星　麗天　芒寒　輪欹（落日）

【上仄】氣清　氣澄　氣和　氣高　氣端　氣虛　影稀　影清

影低　影孤　影圓　影偏　影微　影濃　影長　影端

影斜　點疎　點稀　魄圓　魄殘　網疎（老 天網恢恢疎而不漏）

韻淒

【仄】色潤　色瑩　色爽　色皓　色淡　色薄　色正（見上）　色滿

色麗　影淡　影正　影昃　影容　影短　影亂　氣爽

氣肅　點細　點容　點碎　魄滿　力勁

【上平】光淡　光爛　光薄（杜 野潤煙光薄）　光滿　光素　光缺　光遠

光細　聲寂　聲細　聲碎　聲斷　聲遠　聲大　輪側

【方隅】

東風北斗第七十二（與地理門南蠻北狄互用）【上半虛】（死）【下實】

【平】東風（春）　南風（夏）　西風（秋）　西庚（詩 西有長庚 庚金星也）　西颷（秋風）　東隅（日出東隅）

南薰夏風 南箕見箕舌 中星列星圖明堂天子位 前星太子星 西天

中天 中台天文志中台二星上為公侯下為大夫

【去】北風 朔風並冬風 下風莊風斯下矣 上天冬為上天 後天

上台二星上為天子下為女主 下台二星上為元士下為庶人 後星庶子星

北辰天之樞也 上蒼 上玄 上穹並天

【仄】北斗 北極北辰 北陸易通統圖日行北方黑道曰北陸 朔吹冬風 北雪 朔雪

【辛】東日曉日 西日晚日 南日仲冬日南至 東月 西月月生於西方 西極

南極老人星 中極大象列星圖北極五星並在紫微中央故曰中極 西照日西落返照也

西柄北斗 西火七月大火西流 東壁星經東壁天子圖書之秘府 東井史五星聚東井

南雪杜南雪不到地 東陸日行東方青道曰東陸 南陸律曆志夏日行南陸 南斗

西霧杜蜀月西霧重

風南斗北第七十三

上實 下半虛 弛

【平】風南詩凱風自南　弧南壽星在弧之南　箕南　乾南易乾南坤北　天南
天東杜鼓角漏天東　天西
【上仄】日東周禮日東則景夕多風　日西日西則景朝多陰　日南日南則景短多暑　月西
斗南狄仁傑北斗以南一人而已
【仄】斗北　日北日北則景長多寒　地下　地上　地北　地外
【上平】星北　乾上　天北　氷上　坤下　坤北見上

生東拱北第七十四

【上虛】活　【下半虛】死

【平】生東　升東並日　生西月　流西心星　沉西落日　傾西天傾西北　從西
躋西虹　行南
【上仄】指南夏斗　自南薰風　指東春斗　在東詩嘒彼小星三五在東　出東　沒西
墜西並日　揭西詩維北有斗西柄之揭　指西秋斗　聚東見東井
【仄】拱北星　指北冬斗　仰北星　在北大象列星圖天錢十星在北落西北　監下詩天監在下

◎

出左 星經歲星出左有年出右無年 出右 上見

上平 傾北 天 維北 見上 環北 星 居北 辰 旋左 天 旋右 日月 臨下 天

東升北指第七十五 與地理門東流北聳互用

上平虛 死 下虛 活

平 東升 東生 西沉 西傾 西斜 並日 西懸 劉禹錫斜漢西懸

西頹 楚辭日杳杳而西頹 西流 大火西流 西成 西飛 日 南訛 書平秩南訛

南傾 選天漢東南傾 南來 夏風 西來 秋風

上仄 上升 地氣上升 上騰 下垂 並雲 北傾 天 左舒 尸子天左舒而起牽牛

左行 書林事類二十八宿從東而左行 左旋 天左旋 右旋 日月右旋

仄 北指 冬斗 北拱 星 北至 日 右轉 日月五星 右闢 尸子地右闢而起畢昴

左界 謝莊月賦銀漢左界 下降 天氣下降 北去 許渾聚散有期雲北去

[illegible] 西揭 斗柄 西墜 西沒 西去 西下 西入 並日 西匿 選白日忽西匿

西指 秋斗 南指 夏斗 南至 東指 春斗 東上 東出 並日 東作 仲春平秩東作

南轉 天河至于南極隨天布轉

數目

雙星庐月第七十六

平

雙星 牽牛織女 三星 詩三星在天心星也 群星 孤星 三垣 天官書上垣太微中垣紫微下垣天市 孤煙 孤氷 杜波暖孤氷且自堅 孤雲 孤蟾 重霄 三霄 李義山仙人掌冷三霄露 三台 魁下六星兩兩相比曰三台 三風 書三風十愆 三霜 見楚霜 三靈 漢賦上獵三靈日月星也 三辰 日月斗 群陽 天日群陽之精 重玄 天

上虛 死 下實

上仄

一天 二天 並見蘇天 四天 爾雅春蒼天夏昊天秋旻天冬上天 五天 素問丹天黅天蒼天素天玄天 九天 廣雅皞天赤天成天玄天鈞天變天幽天朱天陽天 半天 五星 金星木星水星火星土星 六星 漢志南斗六星南二星曰天梁中央二星曰天相北二星曰天府庭 七星 春秋運斗樞北斗七星一樞二旋三機四權五玉衡六開陽七搖光 衆星 列星 公羊傳註列星者天之常宿 一風 八風 左傳註東方谷風東南清明風南方凱風西南涼風西方閶闔風西北不周風北方廣莫風東

北融風 五風（京房易候太平之世五日一風十日一雨） 一雲（杜四海八方同一雲） 片雲（杜片雲頭上黑） 寸雲（淮南子雲膚寸而合） 五雲（周禮保章氏以五雲之物辨吉凶） 朶雲 一陽

獨陽（獨陽不生） 衆陽（日者衆陽之宗） 九陽（楚辭夕余晞身乎九陽注九天之厓也）

一陰 獨陰（獨陰不成） 兩儀（天地） 九乾（漢書仰探乎九乾九天也） 半空

九霄（道書中有九霄謂神霄青霄碧霄丹霄景霄玉霄琅霄紫霄太霄） 九寘（天） 九星（周書子不知九星之光日月星長四時歲也） 半星（半隱半見） 十霜（賈島客舍并州已十霜） 五辰（書撫于天辰） 五行（金木水火土） 六符（漢書東方朔陳泰階六符） 六虛（易周流六虛）

一元（律曆志三統合於一元）

仄

片月 半月 一月 一日 一雨 片雨 十雨（見五風）

一氣（天地未分之氣） 二氣（陰陽） 四氣（爾雅四氣和謂之玉燭） 五氣（書雨暘燠寒風）

六氣（左傳陰陽風雨晦明） 兩曜（日月） 列曜（日月星） 九曜（日月五星紫炁太乙） 列宿

七宿（四方列宿各七） 尺雪 四類（周禮小宗伯掌建邦之神位注四類日月星辰也）

四象 皇極經世日月星辰 萬象 萬化 二極 南北極 二斗 南北斗

一理 一紀 十二年為一紀 二紀 日月 五紀 書歲日月星辰曆數 七紀 左傳天以七紀注二十八宿四方各面七 九紀 周書辰以紀日宿以紀月日以紀德月以紀刑春以紀生夏以紀長秋以紀殺冬以紀藏歲以紀終 七政 日月五星 五運 五行之運 五露 瑞應圖露之瑞者有五色朱丹玄者黃 五步 律曆書五星為五步 四表 月令正義二十八宿之外上下東西各萬五千里謂之四表 五位 國語註歲月日星辰也 六物 左傳歲時日月星辰 六合 上下四方

上平

三極 天地人 三雪 謂臘月前三白也 三雨 谷三雨全消六合塵 三日 晉陽秋建武間三日並出 孤月 三月 五行志貞觀初突厥三月並見

三光五色第七十七

上虛 死 下半虛 死

平

三光 三精 並日月星 重光 孤輪 並日 雙輪 日月 重輪 月 三分 三竿 南齊永明間日出三竿朱色黃色赤暈 三才 三儀 並天地人 重暉 陸機日月重暉 雙清 風月

◎

上仄

一鈎 新月 一輪 半輪 並日月 一規 半規 並月 一聲 數聲 幾聲 並雷 八番 數番 幾番 九重 天 幾重 煙 十端 春秋繁露天有十端天地陰陽水土金木火人 七襄 經星晝夜一周常更七次襄駕也 一涯 選各在天一涯 一方 杜各在天一方 九光 十洲記仙霞九光 四和 天有四和 一彎 月 幾層 十分 九垠 廣雅九天之際曰九垠 九輪 韓九輪照燭乾坤旱日也

仄

五色 慶雲瑞日 一色 萬里無雲天一色 數點 星 萬點 一點 並雨 幾點 趙嘏殘星幾點鴈橫塞 半點 雨 五朵 雲 一片 萬竅 莊萬竅怒號 五丈 萬丈 並虹 九道 月令正義註日有九道律曆志月有九道 六出 雪 一陣 幾陣 數陣 並風雨 四合 雲 四起 雷 一縷 幾縷 一抹 數抹 幾抹 並煙 十煇 一曰祲二曰象三曰鑴四曰監五曰闇六曰瞢七曰彌八曰敘九曰隮十曰想義見眡祲 萬疊 幾疊 並雲 九頂 淮南子九天之頂故曰九頂言極高也

平

千丈 虹 千點 雨 千顆 露 三白 雪 千縷 煙 千片 雪 三合 三統曆譜日合

於天統月合於地統斗合於人統

重暈　重耀並日

函三得一第七十八

上虛 活　下虛 死

平

函三律曆志太極元氣函三為一　生三老道生一一生二二生三三生萬物　參三才參為三

兼三易兼三才而兩之

上仄

奉三禮奉三無私天無私覆地無私載日月無私照　象三易掛一以象三

仄

得一老天得一以清　合一聖人與天合一　掛一上見　用二書占用二　用六易坤用六

用九易乾用九　象兩易分而為二以象兩　揲四易揲之以四以象四時

上平

吹萬莊子風吹萬不同　無二禮天無二日　生一上見　生兩易太極生兩儀　生四兩儀生四象

生八四象生八卦　生一上見　生萬上見

通用

初升乍起第七十九與時令門方深末艾互用

上虛 死　下虛 活

平

初升　方升　初消　方消　潛消　纔消　初生　方生

将生　初明　方明　初融　方融　将融　初沉　初零

初圓　方圓　將圓　仍圓　初晞　全晞　方晞　方中

方斜　方浮　方凝　方舒　方飄　纔飄　方收　纔收

初浮　初弦　初移　初沾　初吹　將傾

〔虛〕未消　已消　漸消　欲消　乍消　漸融　乍融　欲融

欲凝　欲升　乍升　漸升　未升　乍凝　漸凝　漸圓

未圓　欲圓　已圓　正圓　乍圓　向圓　正明　已明

未明　漸明　欲明　正中　未中　乍虧　漸虧　乍盈

漸盈　欲斜　漸斜　已斜　又斜　欲沉　已沉　漸沉

乍沉　欲收　已收　乍收　未收　不收（坡有如長庚月到曉爛不收）

漸收　乍浮　漸浮　已浮　半欹　半斜　未晞　漸高

既沾　乍飄　已添　驟添

〔仄〕乍起　已起　欲起　漸起　欲上　未上　已上　未出

欲出　漸出　乍出　欲落　漸落　已落　未落　欲墮
未墜　已墜　乍滿　欲滿　未滿　漸滿　向滿　正滿
漸缺　半缺　乍缺
已昃　未昃　漸昃　漸沒　未沒　欲沒　已沒　已過
乍過　未過　欲過　已降　已結　漸結　欲結　已散
漸散　已泮　欲泮　未泮　乍歛　已歛　乍捲　未捲
漸捲　半捲　已掃　乍掃　乍扇
已卻　乍歇　乍卻　頓卻　已轉　乍轉　既足　乍息
未息　已滿　盡落　盡沒　盡散

十平

初上　將上　初出　初捲　初過　初轉　將轉　將墜
方墜
初沒　將沒　將結　初結　初滿　將滿　初缺　將缺

先缺　初息　初合　方洋

將落　將散　初散　初斂　初歇　初起　將起　初動

初扇

○輕敲密灑七十七　長流遞等互用

上虛　死活　下虛

平 輕敲　微敲　輕飄　斜飄　高飄　輕吹　斜吹　微吹

低籠　深籠　輕搖　輕含　輕鋪　輕烘　微烘　輕籠

輕沾　輕穿　輕拖　橫拖　橫遮　橫陳　橫堆　高堆

微舒　微含

平鋪　斜穿　輕浮　輕滋　低臨　低垂　深埋　微浸

微沾　深藏

上仄 淡籠　半籠　密籠　亂穿　亂飄　暗飄　亂沾　半含

半滋　亂飛　半遮　半橫　半收　半藏　淡斂　暗穿

半開 半侵 亂凋 暗凋 亂堆 亂吹 暗傳 暗催
暗添 淡粧 慢融 緩移

仄

密灑 亂灑 細灑 密罩 遠罩 密鎖 半鎖 暗鎖
密布 遠布 遠照 久照 密映 薄映 遠映 遠遞
遠送 半斂 半染 亂落 亂惹 亂舞 亂捲 亂滴
暗引 暗捲 半出 半墜 暗度 暗滴 直度 直透
淡染 净洗 側掛 急舞 厚積 緩轉 半轉 疾轉
遠障

平

輕灑 微灑 微罩 輕罩 深罩 低罩 輕拂 低拂
輕鎖 深鎖 輕捲 微捲 斜捲 輕扇 微扇 深掩
微掩 微透 斜透 輕透 斜起 高起 高照 橫照
低照 低映 微映 斜映 輕擺 輕裊 斜度 微度

輕點　斜射　斜掛　斜拗斜窓拗正月　斜墜　低壓　低覆

橫落　長繞　微布　微現

吹開洗出第八十一與地理門粧成削出互用　並虛活

平　吹開　滋開　烘開　舒開　推開　衝開　催開　摇開

吹成　粧成　堆成　催成　凝成　融成　飛来　吹来

飄来　吹殘　銷殘　摧殘　飄殘　吹回　吹飛

仄　掃開　折開　捲開　拂開　裂開　展開　界開　洗開

滴開　點開　照開　映開　爍開　震開　擺開　送来

捲来　遞来　灑来　震来易震来虩虩雷　畫成　積成　做成

滲成　濺成　釀成　結成　化成　拂除　掃除　掃殘

拂殘　壓欹　斡回　化為見為霖

仄　洗出　點出　浸出　釀出　剪出　映出　照出　送出

抹出煙　捧出日　擁出雲　露出　吐出並月　染出煙　做出　滴破
點破　浸破並雨　照破　碾破並日　折破　裂破並風　界破雲　捲破
攪破並風　滴碎雨　壓透雪　濕透　潤透並雨　界斷　隔斷　鎖斷
罩斷並雲煙　壓斷雪　截斷虹　折斷　捲盡並風　壓盡雪　滴盡
落盡並雨　折盡　掃盡　捲散　拂散　捲上　送上　撼落
擺落　送至　遞至　剪作　約住　遏住　拂去　拂過
透入　捲起　約聚並風　凍折冰　結就冰霜　壓折　壓倒並雪　釀作
洒向　降下並雨　照徹日

平

吹聚　吹倒　吹折　吹起　吹散　吹斷　吹動　吹破
吹落　吹過　吹透　吹發　吹綻　吹去　吹上　吹下
吹出　吹到　吹盡　吹裂　吹皺　吹壞並風　舒出　飛出
收出　鋪出並雲　驚出雷　推出風　粧出　滋出並雨　烘出　蒸出

烘破并日　敲破雨　驚破雷　飄盡風　籠盡　遮盡　收盡并雲煙

搖動　搖折　搖落　飄落　飄去風　扶起并風　粧作　粧就

鋪就并雪霜　遮斷雲　敲落雨

連綿　升沉出沒第八十二

平　升沉　盈虧　盈虛　虧盈并日月　陰晴　縱橫　并虛　炎涼活

生成造化　高低　低昂儲光羲低昂看北斗　居諸詩日居月諸

上仄　往來　去來　卷舒　慘舒風雲　疾徐　疾遲　晦明日月　去留

吐吞坡我之日月誰吐吞　短長日　蔽虧日月　動搖杜三峽星河影動搖

仄　出沒　出入并日月　隱見　隱顯并星　覆載天地　顯晦河漢　逆順

順逆并星　斷續雲煙　代謝　聚散雲　動靜陰陽　變化易乾道變化

上平　盈縮　升降并日月　盈缺　圓缺并月　濃淡　舒卷并雲　來往

來去并風　中昃日　長短日　明暗星月　明滅星河　生長　消長并陰陽

踈密

吹嘘照映第八十三

並虛 活

平 吹嘘 吹揚 飄颺 飛揚 飄颻 摧殘並風 薰蒸日 周流

回環星並 沾濡雨 遮藏雲霧

上仄 播揚 扇揚並風 照臨日月 運行天 閉藏天地 發揚 發生並雨露

震驚雷

仄 照映 照耀並日月 點綴露 動盪 鼓盪 鼓動 拂掠

長養 長育並風 震動 震擊並雷 點滴 潤澤並雨 薄蝕日月 閉塞

覆幬天

上平 披拂 嘘拂 飄蕩 摧折並風 滋潤 滋長 滋養並雨露

收斂雲煙 沾洒雨 沾溉雨露 凝冱冰霜 飛舞雪 凝積 堆積並霜雪

搖曳 搖蕩並風 輝映 臨照並日月 旋轉 訢合禮天地訢合

開合 户風開合 皇甫曾深亭毒 列亭之毒之謂生育也

輕清皎潔第八十四 與時令門融和凜冽互用

並虛 死

平

輕清 陽氣輕清升而為天 高明 高明配天 穹窿 天形 清虛 天氣 昭明 光明

光華 並日月 曈曨 日欲出 朦朧 月欲出 蒼涼 日初出

暄和 融和 並春日 惔炎 夏日 嬋娟 團圓 並月 森羅 晶熒

熒煌 參差 稀踈 並星 昭回 雲漢 廉纖 冥濛 霏微 並微雨

滂沱 大雨 淋漓 雨 淋滛 久雨 稜層 冰 氤氳 虛明 悠揚 連翩

虛徐 並雲 零瀼 露 紆徐 虹 空濛 霧 雺霏 雨 繽紛 飄零 輕盈

迷茫 並雲 冲融 春風 清徽 夏風 清涼 凄清 蕭騷 並秋風 飄蕭

連綿 並雨 嚴凝 冬風 嵯峨 夏雲 澄清 秋天 清高 杜清高金莖露 清明 禮清明象天

徘徊 風 卑高 天地

仄

晦冥 霧 杳冥 天道 陸離 星 欝葱 氣 欝蒸 夏日 欝陶 雲氣 肅清 穆清

慘悽並風氣 湫㝠 泬寥並天氣

仄

皎潔月 歷落 磊落 錯落 炳耀 焜耀 燦爛並星 駘蕩

淡蕩 料峭並春風 廣大天 坱軋天氣 爽塏秋風 慘栗 慘烈

栗烈 凜冽並冬風 縹緲 慘淡 靉靆並雲 涸冱雪霜冰

黯淡 晦暝並雲 髣髴 沓靄煙 厭浥露 滃鬱雲煙 晃朗日 散漫

散亂並雪 閃爍雷 霹靂雷 偃蹇虹 滴瀝 霢霂 淅瀝並雨 爗潤

爗煜並星 溥博雨 颮發風 冪歷煙光 布濩陽氣 鬱律煙 霮䨴雲

平

繚繞 溶洩並雲 和暢春風 蕭颯 蕭瑟 蕭索 清爽並秋風

遼亮 空闊天 澄澈天河 明皎月 清切露 優渥雨 清淺選河漢清且淺

寥廓天 森布 森列並星 滂沛大雨 撩亂雪 明媚 妍麗並春日

蒸濕 沾足並雨 荒忽 淒切 蕭爽 淒慘並風 虛豁天 銷鑠

輝赫並日 清朗月 陰晦雲

油然沛若第八十五

平 油然雲 昭然日 蒼然天 淒然秋風 温然春日 淒兮霜露 薰兮夏風 温兮 並虛 死

温乎並春 紛然雨雪 泠然風 森然星 隤然地

仄 肅然 颯然並風 沛然雨 黯然雲 湛然露 赫然日 爍然星月 肅乎

起兮並風 皎兮月 殷其雷 穆如清風 坱兮 軋兮并上天氣坱軋無限際也

凜然寒風 皎然月 確然 大哉並天

仄 沛若雨 皎若星月 凜若寒風 爛若霞 溺若雲霧 拂是風 爍若 炳若

煥若並星 倬彼雲漢 久也天地

平 昭若日月 紛若雪 披是 吹彼並風 淒矣露 高矣 高也 明也

悠也 蒼者並天

疊字 蒼蒼皎皎第八十六 並虛 死

平 蒼蒼 昭昭 高高 恢恢並天 熒熒 輝輝 煌煌並星 娟娟

明明　團團　亭亭並月　融融春日　炎炎夏日　凄凄秋日　温温冬日　輕輕
微微　薰薰並夏風　蕭蕭　颼颼　吹吹　逢逢　刁刁
調調並風　孿孿新月　溶溶月　森森　煌煌並星　陰陰　冥冥並雲　飄飄風
斜斜　漫漫　皚皚並雪　層層冰雪　浮浮　紛紛並雨雪　淋淋
班班　霧霧　泠泠　疎疎　祈祈　零零　飛飛　絲絲
瀟瀟並雨　纖纖　霏霏　濛濛並微雨　悠悠雲　英英白雲　轟轟
填填　崇崇並雷　瀼瀼露　稜稜冰　遲遲春日

仄

皎皎月　杲杲日　赫赫夏日　皜皜秋日　烈烈冬日　耿耿星河　粲粲　點點
爍爍並星　皓皓　簌簌並雪　浩浩天　習習春風　穆穆　剪剪　細細
拂拂　獵獵　嫋嫋　蕩蕩並風　颯颯風　瑟瑟　淅淅並秋風
凜凜冬風　靄靄　淺淺　黯黯　冪冪　鬱鬱　奕奕並雲　淡淡
漠漠　冉冉並雲煙　郁郁慶雲　湛湛露　曄曄電　漾漾河　瀝瀝

寥寥　滴滴　濯濯並雨　漉漉雨多　虺虺　隱隱　虩虩並雷

## 三字

### 會風雲依日月第八十七

### 平

會風雲漢紀感會風雲　乘風雲李靖賛依乘風雲　吐虹霓江淹吐氣作虹霓

望雲霓見湯雲　步雲霄　上雲霄　吐雲煙　揮雲煙杜揮毫落紙如雲煙

洗乾坤杜欲傾東海洗乾坤　震雷霆　伴煙霞　御乾坤杜臨軒御乾坤

凛風霜　貫日星　調陰陽說苑三公調陰陽　射斗牛王勃龍光射斗牛之墟

干虹霓李白氣干虹霓

### 仄

依日月漢書蕭曹依日月之末光　侔日月　承雨露杜恩承雨露低　沾雨露

作霖雨是商霖　窮天地頫延之渾天儀表數術窮天地　侔造化同上制作侔造化

見天日史復見天日　披雲霧見覩天　凝霜雪

參天地禮三王之德參於天地　韜日月杜大明韜日月　衡星斗杜秀氣衡星斗

驅風雨杜筆落驅風雨　賛化育中庸　騎日月莊子至人乘雲氣騎日月　吞宇宙

霧如雲天似水第八十八

平 霧如雲　霧如煙　水如天　水如冰　月如霜

仄 天似水　日如火　月如水　雨如霧　霜似雪　星似月

啓蟄雷賓鴻月第八十九

平 啓蟄雷 月令雷乃發聲蟄虫啓戶而出　從龍雲 易雲從龍　度鴈雲

退鷁風 左傳六鷁退飛過宋都風也　送鴈風 劉禹錫何處秋風至蕭蕭送鴈群

摶鵬風 莊子鵬摶扶搖而上者九萬里扶搖風也　嘯虎風 淮南子虎嘯而谷風至

仄 賓鴻月 月令仲秋之月鴻鴈來賓　驚烏月 曹孟德詩月明星稀烏鵲南飛

飛鵲月　鳴鳩雨 埤雅鳩鳴晴則呼其婦雨則逐之　啼猿雨　隱豹霧 列女傳南山玄豹霧雨七日不下食欲隱以遠害　警鶴露 風土記鶴性警露滴草葉有聲則鳴

五更霜三日雨第九十

平 五更霜 坡五更待漏靴滿霜　一朝霜　一夜霜　五月霜 見鄒霜

六月霜 九月霜詩九月肅霜 十月霜杜十月清霜重 十日霜

一夜風 五更風 三日風遯齋閑覽河朔春時疾風一作三日乃止 九秋風

五日風見五風 半天星 一天星 三日霖見爲霖

千歲冰酉陽雜俎千歲積冰結爲玻璃 六月冰杜陽編陵臺冰井六月猶冰

十月雷杜滄江十月雷

仄

三日雨晉書請天三日甘雨零 三時雨歲時記六月必有三時雨田家以爲甘澤 四時雨杜楚天不斷四時雨 半夜雨 一夜雨 三春雨 十日雨見十雨

三月雨迎梅雨 四月雨黄梅雨 五月雨送梅雨

六月雨濯枝雨 三伏雨 三更月崔塗子規枝上月三更 三秋月

三日雪韓閑門長安三日雪 三冬雪 三日霧漢高祖因於彭城大霧三日

三晨霧選三晨生遠霧

雨生涼風解凍第九十一

平 雨生涼 雨生寒 雨凝寒 雨添寒 雨釀寒 雨弄晴
雨慳晴 雨送涼 月生涼 月生寒 風送寒 風奪炎
風變晴 雪凝寒 霧成陰
仄 風解凍 風挾冷 風破凜 風薦爽 風解慍 風布暖
風卻暑 風滌暑 風徹暑 風送暖 日卓午 日亭午

水中天川上日第九十二

平 水中天 水底天 洞中天 水中雲 水上雲 水邊雲
海東雲杜紅見海東雲 空中雲 月邊雲 天際雲 嶺上雲
隴上雲陶弘景隴上多白雲 月邊星 井中星尸子井中視星所見不過數星
水中星 月中霜 瓦上霜 水際煙 島外煙 天際霞
雨中風 澗邊虹
仄 川上日 波上日 波底月 水中月 林間月 樓前月

江上月　雲際月　雲間月　風前雨　風中雨　山下雨

簷外雨　巖畔雨　巖上雪　風中雪　天上露　天上月

一江風千里月第九十三

平

一江風　一溪風　一林風　一橋風　萬里風坡萬里初来颸颸風

一窓風　一亭風　一汀風李九齡夜船間載一汀風　一樓風　半江風

四面風谷窓開四面風　萬壑風　四山風　半山風　四簷風

一簷風　一橋霜　四野霜　萬瓦霜　半溪雲　半山雲

四山雲　萬山雲韋莊千山紅樹萬山雲　一壑氷　萬壑氷杜炯如清氷出萬壑

一潭星秦少游牽動一潭星　萬井煙李郢晚色凄凉萬井煙　一林煙

仄

千里月　千嶠月李九齡遠樹令籠千嶠月　千門月　千山月　半窓月

一窓月　一簷月　一樓月　一庭月　四簷雨　半江雨

千峯雨杜雷聲忽送千峯雨　半窓日　半樓日　四野雪　千里雪

千嵓雪　五里霧史裒楷作五里霧

洞庭霜暘谷日第九十四

平

洞庭霜　豐山霜見鍾霜　巫山雲巫山神女陽臺之下朝為行雲暮為行雨

陽臺雲見上　巫峽雲　衡山雲見韓雲　滹沱氷見漢氷

蘭臺風楚襄王遊蘭臺宮颯然風至　若耶風鄭宏願若耶溪旦南風暮北風

仄

暘谷日淮南子日出於暘谷　扶桑日拂於扶桑　咸池日浴於咸池

虞淵日入於虞淵　巴山月嚴武郎向巴山落月時　洞庭月　長安月

廣寒月見月宮　鄜州月杜今夜鄜州月閨中只獨看　瀟湘雨

巫山雨見上　巫峽雨　桑林雨見湯雨　陽臺雨見上　巴山雨

藍關雪韓雪擁藍關馬不前　閬苑雪　山陰雪王子猷雪夜山陰訪戴安道

灞橋雪鄭綮雪中詩思在灞橋驢子上

秦嶺雲吳江雪第九十五

平 秦嶺雲 韓雲橫秦嶺家何在 楚臺雲 同陽臺雲 舜殿風 [illegible]

舜廊風 同上 楚宮風 漢臺風 見漢風 楚祠雷 杜三蟄楚祠雷

唐殿風 唐文宗與柳公權聯句薰風自南來殿閣生微涼

仄 吳江雪 李風落吳江雪 梁苑雪 謝惠連梁苑雪賦 庾樓月 見庾月

秦樓月 袁渚月 謝尚鎮牛渚月夜會袁宏議論達旦

北海風東山月第九十六

平 北海風 郝經鵬摶北海風 南海風 北窗風 陶潛高卧北窗清風颯至自謂羲皇上人

南山雲 南浦雲 見浦雲 西郊雲 易密雲不雨自我西郊 上林煙

東皐煙 東海霞 東方雷 北渚雲 杜寒深北渚雲

仄 東山月 西山月 西窗月 西樓月 西園月 西江月

南樓月 見庾月 北庭月 中庭月 劉禹錫一方明月可中庭 東郊雨

西郊雨 見上 西山雨 王勃朱簾暮捲西山雨 西窗雨 東渚雨 杜東渚雨今足

東方日 詩東方之日 西山日 李密日薄西山 西山雪 東郊霧

綠楊風紅杏雨第九十七

平 綠楊風 綠荷風 白楊風 白蘋風 白蓮風 碧梧風

紅蓼風 黃蘆風 丹桂風 青草霜 翠竹霜 紅棠霜

紅蓼霜 黃菊霜 黃橘霜 綠楊煙 綠蕪煙 綠槐煙

仄 紅杏雨 紅蕖雨 紅蓼雨 黃梅雨 青苔雨 紅杏日

紅葵日 紅槿日 紅葵露 紅藥露 翠桐月 翠栢月

蓼花風梅子雨第九十八

平 蓼花風 荷花風 梨花風 桂花風 稻花風 麥花風

柳花風 楊花風 蘆花風 荻花風 王奇渡江夜泠荻花風 梅花風

藕花風 趙德麟白藕作花風已秋 竹葉風 柳葉風 梧葉風 豆花風

杏花風 桂枝風 竹枝風 松樹風 陳成之一枕波濤松樹風 木葉風

蒲葉風 少游秋風獵獵蒲葉黃　柳絮風 杜顛狂柳絮因風起　柳條風　麥穗風

錢惟演麥隴風搖穗　花信風 歲時記自初春至初夏二十四番花信風　蘆花霜　蓼花霜

菊花霜　梧葉霜　楓葉霜　柳梢煙　柳條煙　桑葉煙

栢子煙 荆公栢子煙中正擁衾　杏花煙　菊花天 歐細雨菊花天　梨花雲

王昌齡夢中喚作梨花雲

仄

梅子雨 四月　桃花雨 三月　桐花雨 五月　梨花雨 梨花一枝春帶雨　蘆花雨

豆花雨 八月　稻花雨　荷葉雨 王奇宿寺夢回荷葉雨　梧葉雨　蕉葉雨

蓮葉雨　蘆葉雨　花梢雨　梅梢雨　松梢雨　桂花雨

榆莢雨 春雨也　梅梢月　松梢月　杏梢月　柳梢月

梅花月 陳成之半窓圖畫梅花月　桂花月　蘆花月　荷葉露　花梢露

梨花月　松枝露　松梢露　松葉露　竹葉露　梅花雪

梨花雪 李梨花千樹雪　梅梢雪　松梢雪

菡萏風芭蕉雨第九十九

平 菡萏風　薔薇風高駢水晶簾動微風起一架薔薇滿院香　芰荷風　芍藥風

荳蔻風　茱萸煙李賀沉香火暖茱萸煙　薜荔煙　薜蘿煙

仄 芭蕉雨　海棠雨　櫻桃雨　楊梅雨　木犀雨　蘼蕪雨

薜荔雨柳細雨斜侵薜荔墻　薔薇露柳子厚薔薇露盥手讀昌黎詩　海棠月

蒲萄月

桑柘煙梧桐月第一百

平 桑柘煙見桑煙　楊柳煙　楊柳風邵子楊柳風來面上吹　桃李風

蘼蕪霜　橘柚霜

仄 梧桐月邵子梧桐月向懷中照　藤蘿月杜請看石上藤蘿月　松篁月　松竹月

梧桐雨坡卧聞踈雨響梧桐　桑麻雨　桑麻露　松竹露　桃杏日

葵榴日

養花天滋菊露第一百一

平 養花天 養禾天 養花風 妬花風 勒花風 落花風
落梅風 抽麥風 秀麥風 動竹風 剪荷風 捲葉風
偃草風 鳴條風 拔木風 振條風 罩柳煙 鎖柳煙
凋草霜 敗荷霜 敗葉霜 染葉霜

仄 滋菊露 栖菊露 滋花露 沾花露 垂葉露 妬花雨
催花雨 落花雨 肥梅雨 蒸桃日 烘桃日 傾葵日
壓松雪 壓枝雪 封枝雪

雪壓梅風敲竹第一百二

平 雪壓梅 雪欺梅 雪凍梅 雪壓松 雪欺松 露含花
露滌花 露滋花 露浴花 雨濡花 雨催花 雨浣花
雨浥花 雨泣花 雨摧花 雨卧花 雨鬧花 雨滋苔

雨肥梅　風偃禾　風約萍　風剪梧　風獵蒲　風入松

日醉桃　月浸花　霜倒蓮

仄　風敲竹　風動竹　風戛竹　風擺柳　風梳柳　風偃草

風生桂　風生樹　風撼樹　風拔木　風衮絮　風牽荇

風轉蕙　風折笋　煙籠柳　煙罩柳　煙鎖柳　霜凋柳

霜染葉　霜變草　霜脫葉　雪折竹　露排草

玉殿風瑤臺月第一百三

平　玉殿風　玉堂風　水殿風　玉壺氷（鮑昭清如玉壺氷）　玉井氷（杜敫望君恩玉井氷）　瑣窓煙　玉爐煙　玉階霜　綵樓雲

仄　瑤臺月　瑤池月　瑤階月　玉階月　珠簾月　金樽月（李月光長照金樽裏）　金井露　金莖露（漢武作承露臺金莖銅柱也）　金盤露（同上臺上置金盤承露）　銅盤露（魏鑄銅盤于芳林園承露）　銀床露

杜露井凍銀床　珠簾雨　瑶臺雪　瑶池雪

曲巷風斜窓月第一百四

平　曲巷風（杜曲巷勤回風）　小窓風　小橋風　小院風　踈簾風

高閣風　曲欞颸（選曲欞激鮮颸）　高閣雲　平野雲　半嶺雲

小橋霜　重澗冰

仄　斜窓月　踈欞月　踈簾月　長橋月　長門月　長廊月

短橋月　高樓月　小窓雨　深院雨　空階雨　小橋雪

板橋霜茅店月第一百五

平　板橋霜（温庭筠人跡板橋霜）　茅舍霜　茶竈煙　竹樓煙　樵舍煙

樵逕雲　草堂霜　麥隴風（坡麥隴風来餅餌香）　柳橋風

仄　茅店月（見店月）　村店月　柴門月　郵亭月　松窓月

蘿窓月　蓬窓雪　樵舍雪　茅亭雪　茅簷雨　茅齋雨

桑疇雨坡桑疇雨過羅紈膩 山窓雨

雲度墻月當户第一百六

平 雲度墻杜山雲低度墻 雲鎖窓 月掛簷 月窺簷 月過庭

月上階 月入窓 月當樓 月侵門 月侵廊 月篩簾

月臨階 月滿船 日經簷 日射窓 日穿窓 風掩扉

風捲簾 風吹衣 風打船 風送帆 雨滴階 雨沾衣

雨打窓 雨敲窓 雨隨車漢百里嵩為刺史境内旱行部車所至輙雨 雪堆簷

雪擁門 雪洒窓 雪沾衣 雪滿衣 雪堆簑 雪沒韉

仄 月當户 月窺户 月入户 月侵座 月照席 月當室

風惹袖 風拂席 風拂座 風捲幙 風撼壁 風生砌

雲封户 雲飛棟 雲藏屋 雨沾席 雨濺壁 雨鳴瓦

雨鳴屋 霜鋪瓦 霜縞屋 霰鳴瓦 日過隙

酒旗風書案雪第一百七

平　酒旗風　漁笛風　牧笛風　樵笛風　樵歌風　漁歌風

酒帘風　酒爐風　釣船風　釣絲風　釣艇烟　牧笠霜

樵擔雲

仄　書案雪　書窗雪　樵笠雪　漁蓑雪　漁舟雪　釣船雪

漁蓑雨　樵笠雨　漁舟月　書窗月

半帆風一犁雨第一百八

平　半帆風　一帆風　一竿風　一枕風　一襟風　一簾風

一笛風　兩袖風　五絃風　一船霜　兩屐霜　一蓑雲

一蓑煙　一壷氷

仄　一犁雨　一蓑雨　萬笠雨　半簾月　一簾月　一樽月

一船月　一船雪　一蓑雪　三竿日見三竿　一簾日

八磚日 見磚日

月如弓風似箭第一百九

平 月如弓 月如鎌 月如梳 月如盤 月如圭 雨如珠
雨如絲 雨如酥 雨如膏 星如珠 露如珠 雪如鹽
風似刀

仄 風似箭 天似幕 天似蓋 霞似錦 霞似綺 霜似米
霜似粉 月似鑑 月似鏡 雲似幕 雷似鼓 冰似玉

雨飛絲霞散綺第一百十

平 雨飛絲 雨垂絲 雨跳珠 雨濺珠 雨傾盆 月鎔金
月篩金 月沉鈎 月垂弧 月彎弓 月上弦 月開奩
月磨鐮 雪飛綿 雪鋪瓊 雪堆鹽 星連珠 星貫珠
露垂珠 日流金

仄 霞散綺 霞散錦 雲擘絮 雲捲幕 雲展幕 雲潑墨

天張幕 天倚蓋 霜傅粉 霜結玉 氷鏤玉 氷疊玉

星布彈

大王風御史雨第一百十一

平 大王風 庶人風 少女風 巽二風 庶民星 牛郎星

織女星 婺女星 青女霜 阿香雷 刺史天 已上並見二字類

君子風 語君子之德風 故人風 杜牧清風來故人 處士星 少微 老人星 瑞應圖王者承天則老人星臨其國 美人虹 異苑古有夫妻荒年菜食而死化為青絳俗呼為美人虹

仄 御史雨 平原有寃獄類真卿決獄而雨號御史雨 君子雨 孟君子之教如時雨 玉女電

神女電 仙人露 仙人掌承露 滕六雪 嫦娥月 鄉士月

師尹日 郎官宿 已上並見二字類

月滿懷風吹鬢第一百十二

【平】月滿懷　月隨身　月窺人　月逐人　月近人　月傷神
風吹襟　風入懷　風打頭　風刮肌　雪滿頭　雪齊腰
雨滿身　雨淋頭　露滴身　冰在鬢

【仄】風吹鬢　風掠鬢　風吹面　風掠面　風生面　風刮面
風過耳　風切骨　雪墮指　雪沒脛　雪滿脛　霜點鬢
霞上臉　月在手見在手

雨露恩天地性第一百十三

【平】雨露恩王貞白曾沾雨露恩　天地恩　天地功荀子天地無全功　天地仁劉長卿全生天地仁　天地鈞　天地心天地以生物為心　天地經　陰陽經
日月忠　日月綱見日綱月綱　星宿胸李賀二十八宿羅心胸　星斗文
雷霆威　雲漢章見雲章　冰雪膚藐姑山神人肌膚如冰雪　霜雪姿
乾坤門易乾坤其易之門　造化功

仄 天地性（天地之性人為貴） 天地德（易與天地合德） 天地紀（見天紀地紀）
天地體 日月紀（見日紀月紀） 風雲會 風霆志 雷霆怒
虹霓氣 冰霜操 冰雪質 雨露澤 霄漢志 風雲氣（杜故國風雲氣）
霹靂手（唐裴琰之判事號霹靂手） 天地量（程子聖人天地之量） 陰陽性
箕翼壽 乾坤量 煙霞癖

雨百川風四海第一百十四

平 雨百川（騰百川而雨天下） 雨四濱（見雨足） 雨八荒 雨八紘
雪四郊 雪一庭 風四方（風動四方） 星一潭 月一樓
仄 風四海 雲八極（見雲根） 雷百里 雪千里 月千里
天萬里

九重天三丈日第一百十五

平 九重天 一片雲 幾叚雲 萬重雲 一箭風 一陣風

一霎風　一信風　一瞬風　一番風　萬里風　一抹煙

幾重煙杜煙霞障幾重　一縷煙　一縷霞吕渭樓角紅綃一縷霞　幾縷煙

萬竅風　一聲雷　百里雷　五色雲　五綵霞　萬丈虹

仄 三丈日　五色日　半規日　半輪日　一輪日　一霎日

一彎月　一鈎月　半規月　半輪月　一輪月　一奩月

一番雪　三尺雪　三白雪　六出雪　千片雪　一番雨

一陣雨　一篩雨林逋一篩寒雨羨沙禽　萬絲雨吳融萬絲春雨眼時亂

## 四字 日月星辰風雨霜露第一百十六

平 日月星辰　天地星辰　天地風雷　雨露雪霜　月露風雲

造化陰陽　風月煙霞

仄 風雨霜露　風雲雷雨　風雷雨雹　風霜雪月　雷霆風雨

雪霜風雨　星斗河漢

霽月光風秋霜烈日第一百十七

平 霽月光風　冷雨凄風　暮雨朝雲　景星慶雲　秋風白雲
暮靄朝煙　暑雨祁寒

仄 秋霜烈日　曉風殘月　暮雲秋雨　寒煙凍雨　陽春白雪
炎風朔雪　春風和氣

烈風迅雷層冰積雪第一百十八

平 烈風迅雷　瑞日祥雲　落日殘霞　淡月踈星　積雪飛霜
積雪堅冰　先雨後風周易雜占坎化為巽先雨後風　上乾下坤　內陽外陰
徵陽伏陰　窮陰沍寒

仄 層冰積雪　左霜右雪　和風甘雨　甘霖旹雨　淡雲踈雨
淒風旹雨　斜風細雨　踈風冷雨　猋風暴雨　震風凌雨法言震風凌雨然後知夏屋之帡幪　和風麗日　南箕北斗　上天下澤

疾風甚雨

紫電清霜青天白日第一百十九

平 紫電清霜　紫極青霄　紫霧紅雲　皓月清風　絳雲玄霜

仄 青天白日　黃塵白日　綠雲紫氣　丹霞翠靄　清風明月

雲淡風輕天長地久第一百二十

平 雲淡風輕　雲白山青　月白天清　月明星稀　月冷風寒

天淡雲閑　露白風清　日薄雲濃　乾清坤夷

仄 天長地久　天高地迥　風清月白　風清雲靜　風恬波靜

霜清露白　星稀月朗　霧輕雲薄　日暮途遠　山高月小

地闢天開雲行雨施第一百二十一

平 地闢天開元結中興頌　日出霏開　電掣雷驚　雨散雲收

天施地生易彖　雨霽虹收　風散雨收　月落參橫　斗轉參橫

雷厲風飛韓文　煙滅灰飛　雲剥月明　雲破月来　日照月臨

月落星沉　霧散雲披　地平天成書舜典　雲合霧集　天生地長

仄

雲行雨施易彖　雲收雨散　雲收煙歛

天覆地載　陽舒陰布素問陽舒陰布五化宣平　風調雨順　風僝雨僽

風恬雨霽　風恬浪静　雲奔雷激　雲蒸霧滃　霜降水涸

霜消氷釋　雪消氷釋　星輝河潤　星移斗轉　星流電激

星沉電滅　雷馳電掃　虹消雨霽　陽施陰化大戴禮

日遷月改　辰居星拱

對月臨風風升天入地第一百二十二

平

對月臨風　詠月嘲風　櫛雨梳風　憑虛御風赤壁賦

步月登天　釣月耕雲　掩月凌霞　冒雨衝泥　閉陰縱陽董子求晴閉諸陰縱諸陽

仄 升天入地 幕天席地劉伶酒德頌 愁雲泣雨 和煙滴露

銜煙帶霧 排空御氣 翻雲覆雨杜翻手為雲覆手雨 櫛風沐雨

吟風弄月 批風抹月已上並見二字類 排天斡地荊公力能排天斡九地

天日清明風月光霽第一百二十三

平 天日清明 天地絪緼易繫 日月光華 雨露沾濡 霜月淒清

河漢澄清 乾坤清夷 陰陽慘舒

仄 風月光霽 天地開泰 天地訢合 風霜淩厲 天地開闢

風雲慶會 風雲際會 雪霜潔白 冰霜高潔 雷霆鼓舞

乾坤闔闢 煙霞縹緲

整頓乾坤呼吸霜露第一百二十四

平 整頓乾坤 叱咤風雲 變現風雲 感召風雷 笑傲煙霞

燮理陰陽書三公燮理陰陽 掃蕩風塵 出沒煙波

仄 呼吸霜露 消磨日月 吟詠風月 平章風月 彌綸天地 易彌綸天地之道 出入造化 皇極經世書觀物內篇 斡旋造化 裁成天地 易后以財成天地之道 軒豁宇宙 參贊化育 寅亮天地 書三孤寅亮天地

總攬乾綱奉若天道第一百二十五

平 總攬乾綱 斡運化機 獨斡斗杓 肅將天威 書泰誓 敬迓天威 書顧命迓迎也 克享天心 書咸有一德

仄 奉若天道 奉若天命 書仲虺之誥若順也 敬畏天變 推測天度 奉答天命 書洛誥 欽崇天道 書仲虺之誥 振肅風紀 闡揚風化 斟酌元化 敦崇風教 奮决乾斷 辨驗雲物 渙頒巽命 永保天命

手握乾符身居天位第一百二十六

平 手握乾符 口代天言 觀物內篇 手代天工 同上 健法天行

道合天心

仄 身居天位　身代天事 觀物內篇　心代天意 同上　口傳天語

勤法天運　身備天德　手探月窟

雨態雲情月華星彩第一百二十七

平 雨態雲情　月脇天心　月窟天根 並見二字類　月色風光

雪跡霜痕

仄 月華星彩　雲容天影　天光雲影　池光天影　波光星影

天光海氣　水光雲氣　天心水面　雲蹤雨跡

倐陰忽晴乍寒又暖第一百二十八

平 倐陰忽晴　乍雨還晴　乍暖猶寒

仄 乍寒又暖　方晴忽雨　初陰復霽

分陰分陽潛天潛地第一百二十九

平 分陰分陽易說卦 生陰生陽太極圖 有陰有陽

根陰根陽同上 時雨時暘書洪範 恒雨恒暘同上 非雷非霆

仄 潛天潛地揚子潛天而天潛地而地 非日非月 不日不月 有天有日

為雲為雨見三字類 法天法地白虎通質法天文法地

## 輕暖輕寒重輪重暈第一百三十

平 輕暖輕寒 不暖不寒 恒燠恒寒書洪範 則慘則舒

資始資生易乾資始坤資生 無伏無愆左傳夏無伏陰冬無愆陽 迭往迭來

以清以寧老子天得一以清地得一以寧

仄 重輪重暈 既沾既足詩信南山 既優既渥同上 乍寒乍暖

時寒時燠書洪範 以散以潤易風以散之雨以潤之 無菑無害

蓋高蓋厚詩謂天蓋高不敢不跼謂地蓋厚不敢不蹐

## 九曜三台五風十雨第一百三十一

平 九曜三台 兩曜五星 列宿三台 一氣三靈 已上字類並見二

三辰五星 律曆志三辰五星相經緯

仄 五風十雨 五行二氣 兩儀四象 已上並見二字類 兩儀萬象

參天兩地 易參天兩地而倚數

虞舜勑天曾侯閔雨第一百三十二

平 虞舜勑天 書虞舜勑天之歌 曾侯書雲 左傳曾僖公登臺書雲 狄公望雲 史狄仁傑登大行山見白雲思親 唐都推星 漢武招致方士唐都推測星 李母夢星 李白母夢長庚星遂生白 宋父負暄 宋田父負日之暄欲獻之天子 傅說騎箕 傅說騎箕尾自此于列星

陳寔聚星 宗慤乘風 殷浩書空 傅說作霖 王祥卧氷

女媧補天 陶侃夢天 弘景怡雲 相如淩雲 韓愈開雲

伯奇履霜 漢祖歌風 列子御風 李郃占星 已上並見二字類

仄 曾侯閔雨 穀梁傳曾侯閔雨雨有志于民 李靖行雨 本傳李靖遇神婦以瓶水滴馬鬃平地雨水三

欒巴噀雨（欒巴噀酒為雨以滅火）　蔡京視日（宋蔡[illegible]）
夸父逐日　魯陽揮日　黄琬對日　羲仲賓
羲和鞭日　仁傑洗日　孫康映雪　蘇武嚙雪
袁安卧雪　王猷乘雪　李白問月　庾亮翫月（已上並見字類）

如日之升惟天為大第一百三十三

如月之恒（同上）　惟命不常（書康誥）

平
如日之升（詩天保）
惟天無親（書太甲）

仄
惟天為大（語）　與天為一（程子聖人與天為一）　配天其澤（書罔不配天其澤）
如天之覆（中庸如天之覆無不覆幬）

# 對類卷之一

# 對類卷之二

## 地理門

山水第一

一字　平　實字

山　峯（尖山）　岑（山小而高）　巒（山狹而高）　巖（山有石而險）　岡（山脊）

崖（石山之尖者）　丘（小阜又四邑為丘）　陵（大阜）　阿（大陵）　坡（阜之平處）

林（衆木成林）　江　河　淮（出桐柏山）　湖（大陂曰湖）　溟（北海也）　潭（水深處）

川（水通流曰川）　溪（水注川曰溪）　淵（水盤旋處又止水也）　汀（水邊平地）

沙（碎石也又疏土也）　洲（水中沙起可居處）　灘（水淺而急為灘）　濤（大浪）

坻（音池小渚也）　津（水渡也又水會處）　磯（石激水處又磧也）　泉

波（風吹水湧曰波）　瀾（大波）　潮（海濤湧起一日而兩至者通謂之潮）　池

塘築土遏水其圓者曰塘　陂澤之隄障也　溝通水處　渠溝也　堤堤防
田種禾之地　疇耕治之田　園　籬編竹為之　畦蔬圃　蹊山之小路　墻
垣墻也　壥　阡田門路南北曰阡　泥　原高平曰原　途路也
衢路之四達者　漚水上泡　墉墻也　涔牛馬足跡中水　阬溝壍
塍田畔也　程路程　湫水池　壕城下池　矼聚石渡水　潢積水池　畬火田
隍城邊溝池之無水者　灣水曲流處　坳地不平處　源水之原本　壖墻垣下餘地
墦冢也　樊藩籬也　寰天子畿內縣　闤市垣　壇築土為壇　湍激流也
瀧奔湍　塲收禾圃又除地為塲　墳土高而大曰墳　垠岸也崖也　畔田壠
漣風行水上而成紋者　漪水波如錦紋者　梁石絕水曰梁　瀨水厓
涯水邊　濱亦水邊　漘涯上平坦處　隈岸上地　湄水草交處　潯水傍
臯澤曲也又水邊圩地　干澗也又水傍岸上亦曰干

仄

水　海　渤溟渤　濟濟水　澮水注溝也　浪　溜泉溜

瀆 水注澮也又江河淮濟為四瀆　瀨 灘也　漵 水浦　沚 水中沙起處

渚 水中沙突起小洲也　磧 水渚有石　澗 山夾水也　峽 兩山之間　壑 谷也坑也　瀑 飛泉

澤 水所瀦處　堰 大陂　岸 水厓高處　沼 池也　潦 無根水　港 水分處　隰 低濕之地

地 土　壤 土柔而無塊若　嶽 五嶽衆山之宗也　島 水中有山

嶼 水中小山　洞　岫 山有孔穴　嶂 山高而險　嶠 山之高銳者　塢 小嶂

壁 石壁　谷 水注溪曰谷　坂 坡之大而不平者　阜 土山　石

麓 林所附曰麓　藪 澤無水而有草木曰藪　野 郊外　畎 田中溝　壟 田中高處

洫 溝洫　陌 田間路東西為陌　路　徑 小路　圃 園也　苑 有垣曰苑

園 無垣曰園　堵 墻也　道 四達之路也　汐 暮潮　嶺 山頭　渡 人渡水處

畝 凡田地六尺為步步百為畝　浦 大水有小口別通曰浦　巘 山上大下小

畤 封土積高之所曰畤所以祭天地五帝也　塚 墳墓　址 地基　滓 澱也　垤 蟻封也

屺 山有草木曰屺　棧 閣木為路　塹 壕也　衍 下平曰衍　蕩 湖也　畛 田間道

岾山岾無草木曰町町疃田舍傍隙地又禽獸所踐處疃墠壇也

畹田畹三十步曰堡兵所屯守之處墓墳墓濘泥淖域界限

界限也澳水厓之內澨水邊土人所止處汭水曲滸亦水曲涘水涯

## 州縣第二

（平）州軍宋時凡州郡有兵處皆謂之軍都天子所居邦國也闤城塞門也 實字

畿天子封內千里之地曰畿邊邊境疆兩地之界廛市中空地村鄉村城

岐路之二達者曰岐街鄉萬二千五百家為鄉墟村中市也郊邑外曰郊

坰林外屯勒兵而守曰屯營軍壘郛郛郭藩障蔽也鄰五家為鄰

（仄）縣邑四井為邑府國市郭城郭壘軍壘

堞城上有墻塞邊界也境界也郡砌階砌里閭里又路程也

鎮鄉市有官守者謂之鎮牧郊外之地井田九百畝為一井又井泉徼邊境又小路

鄙邊鄙又五百家為一鄙遂周禮六鄉六遂百里外之地也比去聲五家為比

甸畿甸又五丘爲甸　社二十五家爲一社　閈里門也　墅田廬又洲嶼也　〔虛字〕死

深淺第三

〔平〕深　危險也　巍高大　平　低　幽　奇

窮極處　夷平也　孤單獨　喬高也　尖　荒荒蕪　崇高也

卑低也　長　汙水濁不流　方　通　橫　遥遠也

踈　層重疊　微細小　輕　明　澄水靜而清　清

高　重　圓　迂僻遠　乾水涸　狂顛狂　斜

欹即斜也　洪大也　昏冥暗　肥　饒　腴並地厚　磽地薄

多　稠密也　瀰大水貌

〔仄〕淺　渺水闊貌　涸水乾　淨　急　遠　狹

沃地肥　瘦地瘠　峭山高　絕斷也又峭極也　疊　靜

古　勝名勝　邃深遠　屹山高峻　險　曲　怪奇異

逈遠也廣 曠廣遠瑩明淨溢水泛斷 寥

小細 癈棄也瘠瘦也滿 窄狹隘隘窄也

陋隘也又鄙惡巨大也活水動直 陡峻也複重也

沕塵濁冽清冽駭浪駭大 迅急也秀 近

僻 闊 峻高險

流峙第四

虛字 活

平

流 浮水泛涵沉浸飛水自上下圍遶也盤曲也排列也

傾欹側沉沒也溺也環旋遶堆聚土成堆奔奔逐翻翻起生

遮遮蔽藏 埋埋沒搖搖蕩漂流也通 迴環遶

鳴水有聲漓水滲入地淤塞也湮淤塞也淘水洗穿透也喧

攢聚也分 吞 淪沉沒瀦水停止也

仄

峙山立聳高起簇成堆浸漸漬漱水噴激衝也漲

遶環也 湧迸出 隔 注 抱回抱 拍拍擊 捲捲起

衮衮起 濺水所洒 滴點滴 潤 歛收歛 擁蔽也 迸奔迸

鎖封鎖 列 蘸水蘸 漾蕩漾 映照映 灌溉灌 沒

泛浮也 洗 拱揖也 瀉洩瀉 障截壅 擊衝拍 漉滲也瀝也

澓水洄流也 矗聳上貌 渾泉沸出貌 泆水蕩逸也 沸泉出 動 噴吐也

滌洗也 轉 落 灑汛灑 匯水回合

## 江山水石第五

二字 平

江山 溪山 湖山 丘山莊子丘山積卑而為高 河山左傳表裏河山

關山古樂府有關山月 山林 山川書柴望秩于山川 山谿孟子固國不以山谿之險 並實

山河 關河所以界限疆域者 江河 江湖 江灘 江淮二瀆名

林泉 林巒北山移文望林巒而有失 林坰 林丘杜甫詩石門斜日到林丘

林塘杜主人為卜林塘幽 郊坰杜元戎小隊出郊坰 郊丘 郊墟韓愈詩新涼入郊墟

郊原　郊鄽鄽與廛同郊外民居處　臺池孟臺池鳥獸　陂池禮毋漉陂也

城池　溝池周禮掌修城郭溝池之固　丘陵周禮五地三曰丘陵　丘園易賁于丘園

丘墟滕王閣序梓澤丘墟　田園陶淵明辭田園將蕪胡不歸　田疇孟易其田疇　園林

園池　園陵漢諸帝陵寢皆有園　池塘　菑畬田一歲曰菑三歲曰畬　波濤

波瀾　丘封　泥沙　塵泥　塵沙細土為塵細石為沙　河沙釋經恒河沙數

津涯書其無津涯　津潭　藩籬賈誼築長城而守藩籬　塗泥書厥土惟塗泥

原田左原田晦晦　藩墻　籬樊樊亦籬也　藩垣詩維藩維垣　淵源

淵泉中庸溥博淵泉　川淵荀子川淵深而魚鱉歸之　岡巒滕王閣序列岡巒之體勢

岑巒　峯巒　山陵帝王陵寢亦曰山陵漢書文帝詔無起山陵　溝渠　岩崖

塵埃　淵氷詩如臨深淵如履薄氷　鄉村　源流荀子源清則流清　墻垣

關津今之譏察盤詰處　程途　衢途荀子楊朱哭衢途　寰區四海九州普天下之異名也

墳陵聚土為墳丘後高為陵　漣漪詩河水清且漣漪　川原　汀洲　陂塘

堤塘 洧埃 洧細流也 埃細塵也 康莊 路五達為康六達為莊

【六】井田 井分四道八家處之其形井字 井泉 月令淵澤井泉 井疆 書殊厥井疆 路岐

井丘 黃帝立井丘之法以制兵 坎壇 坎窪壇高禮記相迎於坎壇 道塗 路途

町畦 莊子彼且為無町畦 畛畦 浪濤 浪波 去田 詩錫山土田 土沙

壟坡 澗溪 左澗溪沼沚之毛 渚涯 莊兩涘渚涯之間 隰原 詩度其隰原 沼池

澤梁 孟澤梁無禁 坂坻 爾雅陂者曰坂小沚曰坻 水泉

【八】水石 水澤 水土 水陸 周禮作車以行陸作舟以行水 土地 土石

土宇 詩爾土宇昄章 水潦 禮水潦降不獻魚鼈 嶽鎮 五嶽四鎮 嶽瀆 五嶽四瀆

澗沼 澗谷 澗谿 海嶽 四海五嶽 海瀆 四海也四瀆也

海宇 海四海宇天地 海陸 陸平地 沼沚 苑囿 孟苑囿汙池沛澤多而禽獸至

島嶼 李洞詩島嶼分諸國 鄙野 分野 分去聲周禮保章氏以星土辨九州之分野 浦澤

浦溆 道路 陌路 隴畝 杜禾生隴畝無東西 畎畝 畎田中溝也田百步為畝

畛域經界也 藪澤有水曰澤無水曰藪 巷陌 徼塞南北曰塞西南曰徼

壤地孟壤地褊小 道里 畎澮書濬畎澮距川 壁壘屯軍之營 境土

町疃田畽見一字詁 嶺海廣南五嶺峙北大海環東號嶺海 土壤李斯傳泰山不讓土壤

岱畎書岱畎絲枲 岸谷詩高岸為谷

【幸】山水 山澤易山澤通氣 山海 山谷 山野 山嶽 江海

湖海 河海 厓岸水涘為厓重厓為岸 涯涘 巢窟孟子下者為巢上者為營窟

塵垢 川谷禮山林川谷丘陵 陵谷詩深谷為陵 岩壑 岩穴 巢穴

溝澮周禮十夫有溝千夫有澮 林藪 郊藪禮鳳皇麒麟皆在郊藪 谿谷

丘澤禮祭天于圜丘祭地于方澤 谿澗 谿壑 溝壑孟子志士不忘在溝壑

丘壑 丘藪 淵藪書萃淵藪 丘壠 丘垤孟子泰山之於丘垤

原野 郊野 林野 林麓禮林麓川澤以時入而不禁 洲渚 汀渚

灘瀨 巖谷 巖岫 園囿 園圃 培塿小阜也左培塿無松柏

蹊徑　林壑　阡陌　泉石　籬落　崖谷　塵土　波浪

溝瀆（易坎為水為溝瀆）　塲圃（詩九月築塲圃）　原隰（高平曰原下濕曰隰）　堆阜（唐史地不和堆阜出）

津渡（水之要會濟渡處）　川澤（周禮五地三曰川澤）　淵澤（禮記淵澤井泉）　池沼　田土

衢道　田里　潮汐（海濤湧起朝曰潮夕曰汐）　田地　田野　川陸

壇墠（禮設壇墠而祭之）　壇壝（壇四邊曰壝）　基址　寰海（寰宇四海之內也）　郛郭

區落（區域聚落）　林薄（草木交錯曰薄）　墳墓　壕塹（城下池曰壕逵城水曰塹）

村落（鄉村聚落）　疆界　山藪（左山藪藏疾）　潢潦（道上無源之水）　岡坂

陂堰（見一字註橫為陂縱為堰）　堤堰　堤岸　沙石　村郭　寰宇

區域　營壘（屯軍處）　墳衍（水涯曰墳下平曰衍）　疆畎（書為厥疆畎）　泥土

坑坎（陷穽也）　坑穽（穽音靜）　陵墓　塵坌　溝洫　岐路

沙土　泥濘

巖泉野燒第六（巖中有泉野中之燒二字一義）　並實

平 巖泉 山泉易山下出泉蒙 源泉孟源泉混混 江波 江潮 江濤

江源江源出岷山 江洲 江沙 江潭屈原既放游於江潭 江津 津流

溪津 溪流杜溪流燕尾分 溪沙 灘流 湖田 湖陂湖水淺處作陂堰之

湖波 池波 池氷 河氷 山峯 山丘曹子建零落歸山丘

山巖 山嵐山之氣其在南方者爲瘴觧毒人 山樊 山岡 山岩 汀沙

泉源詩泉源在左 潮田海濵潮水淤起泥沙每每成田 邊塵邊上有警則車馬奔馳故塵起

邊烽邊塞遇寇至燃火以相告日烽 泥塗左吾子辱在泥塗久矣

仄 石泉 洞泉 野泉 澗泉 瀑泉 海濤 海潮 海波

沼波 澗波 水波 海岑 海沙 土山 井泉 海塵

石山 峽流 谷嵐 市塵

仄 野燒燒去聲即野火也 野火 野水 海水 土谷韓愈燕喜亭記有土谷石谷

瀑石瀑之目 石谷 土瀑 石瀑 海浪 海港海濵有汊處 渚水

澗水　井水　峽水　海島海中之山　海道海洋中可以行船不至落溜處
海市登州海上春夏時遥見水面有城郭市肆人馬往来若交易狀土人謂之海市
石溜枚乘傳泰山之溜穿石　澗道杜澗道餘寒歷氷雪　石壁石之峭立似壁者
石徑　石埭以石壅水為堰曰石埭　石瀨亂石中急流即灘也吴楚謂之瀨
石棧鑿石作道李白天梯石棧相勾連　石竇即石穴也　潦水滕王閣序潦水盡而寒潭清
土洞　水浪
平
江水　溪水　湖水　池水　淵水書若涉淵水　泉水詩毖彼泉水
潮水　川水　河水詩河水清且漣漪　巖溜巖泉之溜而垂者　山磴山道之險者曰磴
山燒韓愈有陸渾山火詩即山燒也　山峽　山澗　河道凡水之可以行舟者曰河道
河峽　河路即河道也　巖瀑　崖瀑　巖竇崔塗遠籟巖竇瀉潺潺
山溜文選山溜何泠泠　江峽江流其中兩山相夾處

吴山楚水第七與天文門尭天舜日互用

並實

（平）
吴山在今杭州　岐山在今鳳翔　閩山在今福州　巫山瞿唐峽口山即巫峽在今夔州府

燕山即今京師地　湘山在今全州盖近湘水發源處史記秦始皇南遊至湘山祠乃君山也

嵩山中嶽在今河南府詩崧高維嶽　荆山書導研及岐至于荆山　蓬山即蓬萊

衡山南嶽在今衡州府書岷山之陽至于衡山　箕山孟子益避禹之子於箕山之陰

莊濠莊子與惠子觀魚於濠梁之上　商山在商州四皓墓在馬　崑山出玉處書火炎崑岡

包山在烏程縣越句踐棲吴夫差即此山　巴山在重慶府　焦山在鎮江東北江中漢焦先隱此

虞山在蘇州常熟縣相傳虞仲隱此　緱山列仙傳王子晉吹鳳笙于緱山　吴江在蘇州

湘江出興安北流者為湘江　荆江江出荆楚者　巴江在重慶水折三回如巴字

松江在華亭　姚江在餘姚　淇川在淇縣　秦城今咸陽

秦川關中滻灞涇渭諸水合流成川　樊川始皇作阿房宫絡樊川以為池　秦淮在金陵秦始皇鑿

秦郊秦鄜時好時郊祀天地　秦京　秦關秦有四關　堯衢堯遊於康衢

堯都在平陽　商郊書商郊牧野　商淵書湯誥若将隕于深淵

商巖 即傅巖　周郊 周之東郊處殷頑民之地　耶溪 即若耶溪在紹興

周京 詩念彼周京　周邦 詩周邦咸喜　周原 詩周原膴膴　端溪 在今肇慶府

荆溪 在宜興荆山　隋園 即隋苑　梁園 梁孝王園　淇園 衛之苑也

祇園 釋經佛營精舍曰祇園　函關 即函谷關　徐關 杜徐關深水府

潼關 在華陰　藍關 在藍田　藍田 出玉處今有藍田縣　藍橋 唐裴航遇仙處

隋河 煬帝所開　隋堤 煬帝所築俱在汴梁　嚴灘 嚴子陵釣處在桐江

去

蜀江 江出岷山在蜀　楚江 江至楚地曰楚江　浙江 漢書江水至會稽山陰為浙江

越江 會稽江　蜀川 即蜀江　渭川 出首陽　輞川 唐王維別墅

泰山 東嶽　蜀山　華山 西嶽　楚山　蔣山 即鍾山蔣子文死山下又號蔣山

歷山 在今歷城縣舜耕處　汴山　越溪　建溪 在建寧　漢都 西都長安東都洛陽

禹都 在安邑　蜀都 漢昭烈都　剡溪 在山陰王子猷雪夜訪戴處　漢京

汴京 宋都汴曰汴京　汴河　禹河 孟禹疏九河　鄧林 列夸父擲杖化為鄧林

董林 董奉居廬山人種杏成林　鄭渠 韓鄭國爲秦開渠　葛陂 費長房以杖投葛陂化龍

謝池 謝靈運有池塘生春草之句　習池 習家池在峴山　沁園 漢沁水公主園

漆園 莊子爲漆園吏　漢關 漢有八關　孔壇 即杏壇孔子講道之所

孔牆 語夫子之牆數仞　鄭鄉 鄭康成所居人稱曰君子鄉　傅巖 書說築傅巖之野

孟津 書大會于孟津　渭城 在長安　陸莊 唐崔群知舉不放陸贄子就試其妻曰陸氏一莊荒矣

練塘 在鎮江

水

楚水　汴水　洛水 在河南　漢水 水自大別山流入江者　渭水

泗水 在魯地源有四泉故名　灞水 在關中　禹水 禹平水患故曰禹水

汝水 在汝寧　汶水 出萊蕪入濟　潞水 即潞河今京師東南運河　洛浦

潁水 在潁川　灞岸　楚岸　楚塞 楚北有陘塞　楚峽　楚澤

華岳 即華山　泰岳 即泰山　蜀國 古蠶叢魚鳧國今四川是

越國 在會稽勾踐所都　魯國 伯禽所封　蜀道 連雲棧道　禹澤 禹貢九澤既陂

蜀地 禹甸詩信彼南山維禹甸之 禹浪詩禹門三級浪 禹穴在會稽

禹服禹別甸侯綏要荒五服 漢郡漢分天下爲郡國 漢苑漢有三十六苑

魯壁魯共王壞孔子壁中得尚書 魯道詩魯道有蕩 汲冢漢發汲冢得古書

禹井在會稽山 舜井孟使舜浚井 鄭谷漢鄭子真隱於谷口 鄭圃即圃田

鄭藪鄭之大藪圃田也 杜曲在長安城南 庾嶺大庾有五嶺梅嶺亦曰庾嶺

傅野見前 蔣徑蔣詡竹下開三徑 綺里四皓有綺里季 鄂渚雲夢之濱爲鄂渚

丙穴在蜀中

辛

巫峽在瞿塘 湘水 淮水出桐柏山 堯水堯有九年之水

周水壁廱周之壁水也 淝水在廬州 涇水在關中水最濁 汾水出晉陽

漳水有清濁二漳皆在山西 沂水出尼山 灕水出興安南流爲灕江

豐水在陝西 淇水出林慮縣 嵩嶽即中岳 衡嶽即南岳

吳渚牛渚在吳曰吳渚 袁渚袁宏泊牛渚磯 廬阜匡裕結廬即今廬山廬慶曰匡廬阜

虞阜 即虞山　秦嶺 在商州　閣嶺　周囿 文王之囿　文囿

張谷 產梨處　燕谷 燕有寒谷不生五穀鄒衍吹律處　樊圃 詩折柳樊圃

隋苑 隋煬帝築　梁苑 梁孝王苑　湘浦　湘岸　顏巷 顏子在陋巷

嚴瀨 即嚴灘　莘野 伊尹耕于有莘之野　莊海 莊窮髮之北有溟海　潘縣 潘岳種桃滿縣

陶徑 陶淵明三徑就荒　韋曲 在長安唐韋安石別業　緱嶺 即緱山

商邑 詩商邑翼翼

## 蓬萊閬苑第八

〔平〕

蓬萊 列渤海中有五山岱輿負嶠方壺瀛洲蓬萊　蓬壺　方壺　蓬瀛 〔並實〕

瀛洲 並見上　昆明 漢武帝欲伐昆明國苑中作池習水戰　金明 周世宗鑿

新豐 漢太上皇思東歸高祖改築街里以象豐故曰新豐　長安 今西安府地周秦漢皆都于此

咸陽 今西安府　岐陽 岐山之陽　衡陽 衡山之陽　潯陽 今九江府

漁陽 今薊州　崆峒 山廣成子所居處　延陵 吳季札所封　扶桑 在東海日出處

崑崙高萬餘里河水出其東北　陽臺在巫山楚襄王夢神女曰朝朝暮暮陽臺之下

臺城古建康地今南京侯景圍梁武帝處　陽城孟子禹避舜之子於陽城　牂牁郡名屬益州

燉煌古流沙地漢邊郡　番禺番山禺山在廣州府　濡須水出巢湖　龜蒙在蒙陰縣

琅邪齊東南境上地　蕪蔞亭名　鈎盤九河之一　滹沱河名　浯溪在永州

章臺即章華臺楚靈王所築　滄浪楚地水名書東為滄浪之水　長沙在湖南

鍾離在今鳳陽　天台在台州府劉晨阮肇採藥處　瞿塘峽名　邯鄲古趙地

東蒙即龜蒙家語昔者先王以為東蒙主　桑乾音干水名出蔚州　中條山名在蒲州東南

尼丘史叔梁紇禱於尼丘山生孔子　蒼梧在梧州府　居庸關名在京師北

陽關在渭城西　君山在洞庭湖中　焦原莒國有焦原臨水人不敢越

歸墟列渤海之東有大壑其下無底名曰歸墟　隆慮慮音閭古縣名屬河內郡又山名

徂徠在泰安州　澶淵春秋盟于澶淵即宋真宗征北虜處　姑蘇史吳王築姑蘇臺

番昜湖名即彭蠡湖也　萊蕪濟南府屬縣　終南山名在西安府南

〔仄〕洛陽在河南府漢東都 首陽太行山之首伯夷叔齊餓處 武城語子之武城聞絃歌之聲
岳陽在今岳州 渥洼水名漢武帝時天馬出處 富春山名在桐廬嚴子陵隱處
洞庭湖名在岳州又山名在太湖中 武威漢郡名西涼州也 岱輿見前 若耶溪名在紹興
武陵有桃源洞晋時漁者誤入見人云上世避秦居此 具區亦名震澤即今太湖 武夷建寧山
尾閭海底穴也莊天地之大尾閭泄之 井陘在真定府 沃焦與尾閭歸墟同
鬲津九河之一 具茨莊黃帝將之乎具茨之山 武當即太嶽太和山在均州
會稽今為南鎮 太行山名跨山西河南北 呂梁洪名在徐州 建康郡名今南京
孟豬澤名書導菏澤被孟豬 豫章古郡名今南昌地 汨羅在長沙屈原自沉處
酒泉漢郡名今肅州 廣陵即今揚州 岱宗即東岳
〔仄〕閬苑海上仙山中有閬風苑 泰華即華山 少室嵩山有太室山少室山
太液池名今在禁城內 郟鄏即今洛陽武王定鼎於此 曲阜在兗州府 渤澥
碣石在古冀州東 覆釜九河之一 灩澦堆名在瞿塘峽口 弱水在古雍州

合浦 今珠池所在亦縣名漢孟嘗還珠處 閼里 在曲阜孔子所居處 越嶲 漢郡名今蜀中地

曲沃 晉封桓叔于曲沃 甫里 在松江陸龜蒙隱處 雞鹿 塞名今寧夏地

〔上平〕方丈 即方壺海上三神山之一 雲夢 楚二澤名 蓬島

天姥 山名在新昌縣 王屋 山名 徒駭 九河之一 嶓冢 山在隴西漢水發源處

暘谷 日所出處書宅嵎夷曰暘谷 彭蠡 湖名在今饒州南康境內 彭澤 即彭蠡亦縣名

芒碭 在徐州漢高祖微時隱處 張掖 漢郡名今甘州也 莊嶽 齊街里孟莊嶽之間

函谷 即函關 勾漏 在梧州北流道書三十六洞天之一 盩厔 縣名在西安府山曲曰盩水曲曰厔

馮翊 漢之京輔左馮翊 京兆 漢制郡縣治輦轂之下者曰京兆 〔並實〕

## 荊襄汝漢第九

〔平〕荊襄 荊州襄陽晉有荊襄都督 荊衡 二山 湖湘 湘水與洞庭湖合故曰湖湘

蒸湘 蒸水與湘水合 衡湘 湘水至衡州號曰衡湘 沅湘 沅水與湘水合

瀟湘 瀟水與湘水合 青徐 禹貢二州名 淮揚 淮安揚州 淮淝 淝水入淮

淮沂 淮水合沂水書淮沂其乂 岐凾 岐山名凾國名公劉遷岐爲凾國

岐雍 岐山雍城 殽函 殽山函谷關中左殽函 淄澠 二水名皆在青州

河湟 湟水入河 徐揚 禹貢二州名 蘇湖 二郡名宋胡瑗教授蘇湖

甌閩 甌即東甌今浙地閩即閩中 梁陳 南朝二國名蕭衍陳霸先

鄘延 鄘州延綏宋有鄘延帥 濰淄 山東二水名書濰淄其道 岷峨 岷山峨眉皆蜀山名

幽燕 燕國在幽州今京畿皆是 并營 舜分冀青二州地爲幽并營

江黃 二國名春秋江人黃人 儋崖 儋耳珠崖在瓊州府 褒斜 隴蜀中二谷南曰褒北曰斜

衡廬 滕王閣序地接衡廬 華夷 中華外夷 要荒 書要服荒服 戎夷 西戎南夷

蠻夷 周九服之二 氐羌 詩自彼氐羌 羌髳 書庸蜀羌髳

【去】華嵩 越秦 韓越人視秦人之肥瘠 宋齊 南朝二國名劉裕蕭道成也

楚淮 淮安古楚州 晉齊 齊桓晉文皆伯主 邶鄘 二國名皆衛附庸 冀青 禹貢二州名

漆沮 二水名書漆沮既從

仄

汝漢汝水合漢水孟決汝漢　楚漢項羽劉季　晉冀晉國都在冀　漢魏

晉宋晉司馬炎宋劉裕　晉楚晉文楚莊皆伯主晉楚更霸　澤潞二州名皆在山西唐昭義鎮

宋衛周二國名　魏晉曹氏司馬氏　濟漯二水名書浮于濟漯　汝潁二水名

海岱書海岱及淮惟青州　冀越莊越之南冀之北　兗豫禹貢二州名　漢沔漢水入沔陽州

魯衛同姓國語魯衛之政兄弟也　渭汭汭水名書涇屬渭汭　灞滻二水名在關中

鄢郢楚二邑名　隴蜀關中右隴蜀　釆衛周九服之二

十五

恒衛冀州二水名書恒衛既從　恒代代今代州顏氏家訓恒代之遺風

荊楚荊楚本號也詩奮伐荊楚　吳越春秋吳夫差越勾踐五代錢氏亦號吳越

吳楚見前　甌越滕王閣序控蠻荊而引甌越　閩越韓閩南皆百越之地　淮泗青浮于淮泗

淮潁見前　巴蜀史記巴蜀道險　吳蜀孫權都吳劉備都蜀　京索二水名俱出滎陽楚漢戰處

豐鎬文王遷豐武王遷鎬　華夏夏明也中國文明之地　燕趙二國名　燕代

燕許燕國公張說許國公蘇頲唐稱燕許大手筆　陳蔡二國名孔子厄處

溱洧 二水名詩溱與洧方渙渙兮　河洛 易河出圖洛出書　關陝 陝東西皆關中之地

秦楚 二大國　豐沛 二縣名在今徐州漢高祖起處　嬴博 禮季子死葬于嬴博之間

齊楚 孟間於齊楚　齊魯 語齊一變至於魯　江漢 書江漢朝宗于海　伊洛 伊水入洛

涇渭 二水合流入黃河一清一濁書涇渭既從　箕頹 許由退于箕山之下頹水之陽

交廣 交阯廣州晉有交廣都督　嵒繹 二山名在鄒縣詩保有嵒繹　淮海 書淮海惟揚州

虞虢 二小國名晉假道於虞以伐虢　邾莒 二小國名春秋邾人莒人　畿甸 王畿甸服也

夷狄　蠻貊 語雖蠻貊之邦行矣　胡越 史胡越一家

高山遠水第十 與天文門長天永日互用　上虛 死 下實

平

高山　遙山　平山　深山　長山　幽山　方山　荒山

橫山　尖山 柳海畔尖山似劍鋩　崇山 蘭亭記崇山峻嶺　名山　空山　閑山

遙岑 韓遙岑出寸碧　危岑　高岑 王粲登樓賦蔽荊山之高岑　長巒　高巒

遙峯　高峯　奇峯　尖峯　危峯　窮崖　幽巖 選擬思幽巖

高巖 崇巖 平巖 深巖 長林 喬林謝玄暉庭際俯喬林 荒林
平林詩誕置之平林 深林 高林 幽林 疎林 方林 平郊
平原 高原 深原 窮原 平疇陶平疇交遠風 高崖 幽崖
芳村 深村 荒村 平園 名園 芳園 幽園 荒園
平畦 脩畦 幽蹊 芳蹊 荒蹊 高岡 崇岡杜有栖生崇岡
高陵易升其高陵 高丘 崇丘選振策陟崇丘 荒丘 平田 荒田
閑田史讓為閑田 新田詩于彼新田 長城秦築長城備胡 嚴城選嚴城自有限
高城 長江 平江 澄江 深江 荒江蘇荒江之濆 清江
通津柳郎城南下接通津 平津 清流 洪流 平川 長川 深川
清淵莊觀於濁水而迷於清淵 清溝 汙溝 幽泉 洪泉張九齡萬丈洪泉落
甘泉 通泉 清泉 深淵 澄淵 深溝史深溝高壘勿與戰
平湖 清湖 澄湖 澄潭杜漁人網集澄潭下 深潭 迴潭 清潭

長溪 橫溪 清溪 深溪 橫塘 廻塘選輕舟泛廻塘 幽塘
方塘朱熹半畝方塘一鑑開 深塘 幽池 圓池 芳池 平池
汙池 清池 方池 通渠 汙渠韓清溝映汙渠 深渠 長汀
平汀 幽汀 平沙 圓沙杜宿鷺起圓沙 長堤 平堤 芳堤
幽堤 高堤 平洲 芳洲 長洲選倚曲沮之長洲 長衢選供帳臨長衢
通衢 亨衢亨平通也 荒陂 深陂 長途 脩途 危途
通途 迂途 芳街 香街 香塵 芳塵 輕塵 清塵
經塵 微埃 芳埃 荒坡 平坡 芳坡 清波 微波
澄波選澄波非益清 餘波書餘波入于流沙 輕波 回波 圓波選游魚動圓波
洪波 橫波 洪源 洪濤 洪河 清河 長河 長壕
清漣 清漪 狂濤 狂瀾韓回狂瀾於既到 窮濵莊窮髮之北有濵海 空城
崇阿王勃訪風景於崇阿 荒城杜荒城魯殿餘 踈籬 清灘 清源荀源清則流清

輕瀾　香泥　圜丘禮祭天于圜丘　盤渦水旋處曰渦杜巫峽盤渦曉

堅氷易履霜堅氷至

十六

淺山　好山　舊山　近山　古山　斷山　遠山　亂山

大山　小山　假山　故山　遠峯　秀峯　峭峯　亂峯

茂林蘭亭記茂林脩竹　遠林　密林　遠郊　近郊　遠村　小村

遠江　小潭　大江　曲江唐苑內池名宴進士于此　巨川書若濟巨川

大川　小池　曲池　曲堤　遠堤　小堤　遠汀　小汀

古津　廢津　古溪　古洲　古潭　廢園　小園　曲園

故園　故林　小溪　小洲　古城　古園　小塘　曲塘

小灘　遠灘　急灘　險灘　迅灘　淺灘　廢城　短墻

急流　細流李斯河海不擇細流　積流　迅流　淺流　濁流　絕流

涸流　急波　逝波　曲波　亂波杜亂波紛披已打岸　細波　暗泉

細泉（杜竹竿裊裊細泉分） 洌泉（詩洌彼下泉） 廢泉（泉之始汲而今廢者） 響泉

涸泉（泉之流而遂竭者） 險崖 斷崖 峻坡 小坡 大田（詩大田多稼）

甫田（詩倬彼甫田） 瘠田 廢田 薄田 坦途（白居易若比君心是坦途）

遠途 大塗（易震為大塗） 遠溪 淺溪 小丘 古丘（李晉代衣冠成古丘）

大陂 古陂（高蟾風散古陂驚宿鴈） 大陵 近封 陡崖 曠途

古岡 怒濤 小畦 淺沙 美莊（唐崔羣美莊三十） 沃流（文選臨皐隰之沃流）

小流（荀不積小流無以成江河） 峻原（高山峻原不生草木）

仄

遠水 曲水 大水 淺水 暗水（杜暗水流花逕） 小水 細水

覆水（史覆水不可收） 急水 活水（朱熹為有源頭活水來） 大海 巨海

大浸（澤之總名曰浸莊大浸稽天而不溺） 巨浸 古澗 曲澗 遠澗 小澗

遠渚 近渚 淺渚 別浦 遠浦 小浦 斷港（韓絕潢斷港）

巨港 小港 曲岸（張泌曲岸龍雲謝豹啼） 遠岸 絕岸（杜絕岸風聲動）

古岸　別岸　小岸　斷岸（蘇軾斷岸千尺）　曲沼　小沼　廢井

舊井（易舊井無禽）　古井　峭石　小石（易艮為小石）　怪石（書鉛松怪石）

亂石　斷石（杜扶桑西枝封斷石）　遠岫　列岫　遠嶂　小嶂　斷壁

峭壁　絕壁（杜遺構絕壁下）　曠土（禮無曠土無游民）　廣土（孟廣土衆民）　磴道

遠道（古樂府綿綿思遠道）　壞道（杜壞道哀湍瀉）　險徑　古徑　曲徑　小徑

狹徑　捷徑（史終南仕宦捷徑）　隙地（空隙之地）　遠地　廢地　小路

古路　正路　要路（杜立登要路津）　大路　遠路　險路　僻路

勝地（滕王閣序勝地不常）　重地（漢書隆天重地）　要地（衝要之地）　古巷　小巷

陋巷　曲巷（詩曲巷勤回風）　僻巷　遠塞　絕塞（杜絕塞愁時早閉門）

勝境　絕境（杜誰與同絕境）　淺浪　巨浪　細浪　急浪　古墓

絕島（杜貪看絕島孤）　遠島　邃谷　邃塢　小塢　峻嶺　絕嶺

廣野　曠野（詩率彼曠野）　迥野　沃野（張良傳關中沃野千里）　秀野

遠坂　廣坂　峻坂　廣陌　秀陌　沃壤　槁壤孟上食槁壤

絶壤　息壤地之空起者曰息壤史鯀竊帝之息壤以堙洪水　絶徼　絶澗　絶域

絶壑　永巷宮中之巷　古磧　古壕　古渡　遠渡　遠藪

巨藪　大澤禮名山大澤不以封　巨澤　隱浪　大漠塞外沙漠之地　曠苑

大塊莊大塊噫氣　廣漢詩漢之廣矣　廣陸大道　吉土禮因吉土以饗帝于郊

別墅野外之莊　別業即別墅　激流激觸之流李飛湍激流爭喧豗

遠巘　別圃　古洞　絶巘山頂最高巘　淺瀨　朽壤左山有朽壤而崩

廣谷禮廣谷大川異制　大隧隧墓道也左公入而賦大隧之中　近郭

上平

流水　深水　清水　洪水　平地　深澗　幽澗杜棋局動隨幽澗竹

幽浦　芳圃　幽渚　平渚　深渚　芳渚　深沼　芳沼

圓沼　清沼　平沼　幽沼　新沼　長岸　平岸　回岸

高岸　芳岸　深井　方井　圓井　荒井　幽谷詩出自幽谷

眢井（井無水曰眢。左：目於眢井而拯之） 深谷 空谷（詩：在彼空谷） 窮谷（杜：深山窮谷不可住）

虛谷 高峒 危岫 深洞 幽洞 空洞 甘井（莊：甘井先竭）

橫野 芳野 平野（杜：平野入青徐） 荒野 遙嶺 高嶺 危嶺

崇嶺 芳徑 荒徑 幽徑（李：吳宮花草埋幽徑） 香徑 斜徑 芳苑

深苑 名苑 荒苑 荒圃 名圃 芳圃 繁圃（繁華之圃）

名園 空巷 深巷 窮巷（陶：窮巷隔深轍） 幽巷 平坂 長坂

幽坂 幽壑（宋之問：水府淪幽壑） 深壑 盤石（杜：江心盤石生桃竹） 危石（莊：履危石）

奇石 洪浪 高浪 回浪 清浪 平浪 橫隴 高隴

平隴 荒壟 幽壠 荒塚 清瀨 清澗 芳地 餘地

夷路（夷，平也） 長路 遐路 高嶽 窮澤 方澤（禮：祭地于方澤）

深海 深塢 香陌 危棧 懸磴（磴路危險若懸） 周道（詩：周道倭遲，大路也）

遺堞（舊城廢垣也。杜：遺堞感至今）

山高水遠第十一與天文門天高日遠互用

上實下虛

平

山高　山遥　山長　山深　山幽　山尖　山低　山明

山稠　山空　山荒　溪長　溪清　溪深　溪平　波平

波澄　波恬靜也　波輕　波明　波清　江長　江平　江深

江澄　江清　江明　江寬　江空　潭幽　潭清　潭深

陵夷史王道陵夷言若丘陵之漸平也　林深　林疎　林幽　林高　林清

林長　林荒　泉深　泉枯　泉清　泉甘　源深　源清

源澄　堤長　堤平　湖深　湖平　湖清　湖澄　池深

池平　池清　池幽　池明　池乾　川明　川平　川長

淵深　淵澄　沙平　沙明錢起水碧沙明兩岸苔　潮平　潮高

沙長李羣玉草暖沙長望去舟　田荒　田平　巖深　巖幽　峯高

峯尖　峯危　峯奇　河清　流清　流長　灘清　泥深

泥汙 途長 園荒 塵清 塘深 莊荒見前
〔平〕水澄 水深 水高杜一夜水高二尺強 水長 水多 水遙 水横
水清 水平 水乾 浪平 浪高 海清 海深 海寬
海枯史海枯石爛 沼清 沼深 沼新 沼平 沼幽 岸長
岸幽 岸高杜岸高瀼滑限西東 岸平 岸斜 岸傾 徑荒 徑斜
徑幽 地偏陶心遠地自偏 地深 路幽 地幽 洞深 洞幽
嶺横 嶺高 嶺長 嶺遙 嶺孤 路迂 路長 路平
路遙 路窮 谷幽 谷深 谷虛莊川竭谷虛 井溢井水之溢而上出也
井深 渚深 渚平 隴長 隴平 圃荒 苑荒 澗清
島深 壠高 地卑易天尊地卑
〔仄〕水遠 水曲 水淺 水闊 水涸 水細 水大 水靜
水秀 水活 水慢 水急 水滿 水駛韓水清而益駛駛迅急也

岸曲　岸迴　岸絶　岸闊　岸陡（岸之峻絶難登者）　岸斷　岸古

水濁　浪靜　浪遠　浪急　浪細　浪駭　浪洑（水洄流也）

澗涸　澗闊　澗曲　澗小　地迴（滕王閣序天高地迴）　地遠　地僻

地厚　地乂　地靜　地勝　地曠　地廣　地拆（史天崩地拆）

地大　地止（天行地止）　地險（易地險山川丘陵也）　地闊　野闊　野靜

野曠（選野曠沙岸靜）　野迴　路遠　路僻　路滑　路險　路陡

徑曲　徑昃（杜城尖徑昃旌旆愁）　徑僻　井洌（易井洌寒泉食）　井廢　道狹

道險　沼小　沼曲　土曠　塞遠　浦遠　海闊　洞古

市遠（杜盤飧市遠無兼味）　境勝　谷邃　渚淺　岫遠　石爛（甯戚歌白石爛）

嶺峻　峽險　土敝（禮土敝則草木不長）

【山】

山秀　山遠　山峻　山峭　山闊　山靜　山滑　山迴

山淺　山陡　山小　山好　山險　林僻　林茂　林密

林靜 林遠 峯峭 峯峻 峯遠 峯秀 江闊 江淺
江靜 江曲 江遠 江遮 灘急 灘淺 灘遠 灘險
波細 波靜 波渺 波定 溪小 溪曲 溪淺 溪遠
溪涸 溪急 潮險 潮惡 湖淺 湖闊 湖遠 湖滿
池小 池竭詩池之竭矣 池涸 池淺 泉竭詩泉之竭矣 泉細
泉涸莊泉涸魚相與處於陸 泥滑 泥淺 沙軟 沙僻杜沙僻舞鵾雞
川遠 源濁荀源濁則流濁 畦潤 田坼旱則田疇龜坼 淵靜 川竭
河廣詩誰謂河廣 途遠史日暮途遠 源遠韓源遠而末益分 沙淺

山迴水遶第十二 上實 下虛 活

平 山迴 山環 山横 山遮 山蔵 山圍 山堆 山傾
山排王荊公兩山排闥送青來 山銜 山通 山連 山搖 山移
山攢 山鳴 溪迴杜溪迴松風長 溪横 溪環 溪分 溪流

溪喧　川流　川回吊古戰場文川回組練　川通　波翻　波涵

波搖　波浮　波流　波揚　波漂杜波漂菰米沉雲黑　波騰　潮傾

潮翻　潮生　潮来　潮喧　潮回　潮通　泉鳴　泉飛

泉傾　泉流　泉通　江環　江横　江流　江盤杜江盤峽束春湍豪

江涵杜牧江涵秋影鴈初飛　濤翻　濤奔　林遮　林穿　峯攢

峯廻　峯横　塵飛　塵埋　塵揚　塵凝　河傾　河流

橋横　橋通　衢通　沙堆　灘鳴　瀾翻韓撮其陝紲口瀾翻　村連

田連史富者田連阡陌　崖崩歐崖崩窒塞　堤横　崖沉杜崖沉谷沒白皚皚

十六水漂　水流　水朝向也　水分　水衝　水生　水涵　水搖

水行　水環　水浮　水縈柳水縈之若玦馬　水漩　浪来　浪翻

浪奔　浪搖　浪漂　嶺分　嶺横　海翻　海蔵　海吞

海涵韓如海涵地負　岸連　岸横　岸頹　岸分　路通　路横

徑通　浦通　地聯　地游淮南子地有四游謂四時　洞開

谷谺韓文啗者谺然成谷　藪藏左山藪藏疾　陸沉莊與世違而不屑與俱是陸沉也史神州陸沉

石飛　巷通　井分　土崩史天下之勢患在土崩

〔仄〕水繞　水抱　水拍　水滴　水合　水漲　水泛　水浸

水注　水擊莊水擊三千里　水到　水匯　水激　水落蘇水落石出

水溢　水湧　水濺　水退　水長　水漫　浪捲　浪滾

浪拍　浪倒　浪起　浪擊　浪濺　浪湧　浪打　浪激

海納海納百川　海遶　海立蘇天外黑風吹海立　路遶　路轉　石露

石出　石裂　峽束見前　石泐泐脉理解裂也禮石有時而泐　嶺隔　嶺礙

谷沒　谷變陵谷變遷　谷應蘇山鳴谷應　岫列　潟　洞隱

岸繞　地載禮地載萬物　地震　井渫渫浚也易井渫不食

〔上平〕山繞　山聳　山對　山鎖　山擁　山拱　山抱　山列

山揖　山立禮總千山立　山峙　山出　山轉　山積　江漲
江抱　江歛　江遶　江湧　江瀉　江動杜江動月移石　江注
江泛　江轉賓常江轉數程淹驛騎　潮上　潮退　潮湧　潮落
潮長　潮送　溪漲　溪泛　溪匯　溪繞　泉湧　泉噴
泉漱泉山石如人漱齒　泉迸　泉滴　泉溜　沙擁　沙漲　川繞
川湧　川震國語三川震　峯立　峯列　峯聳　波潤　波動
波湧　波漲　波及左波及晉國　波漾　巖聳　河決漢河決瓠子
林鎖　潮吼浙江潮聲如雷吼

## 層崖疊嶂第十三

與高山遠水互用　上虛死下實

平
層崖　層巒　層林　層岑　層波　層瀾　層堤　層岡
層城　層峯　層巖　重峯　重崖　重岡　重林　重巒
重阿　重丘　重城　重山

上仄 疊山 疊峯 疊崖 獨山葬書獨山不可葬 獨峯 獨村 獨流

仄 疊嶂 疊岫 疊嶺 複道阿房宮賦複道行空 複壁崖壁之重複者 複磴

複巃 獨阜 獨戍邊城孤立者 獨壘軍營之獨處者 麗澤兩澤相附易麗澤兌

習坎易水洊至習坎謂重險也

去平 層浪 層石 層巃 重嶺 重岫 重巃 重阜 重澗

## 飛泉溜石第十四與前類互用

上虛活 下實

平 飛泉選懸石抛飛泉 流泉詩觀其流泉 奔泉杜奔泉如濺珠 飛濤 奔濤

驚濤 迴瀾 驚瀾 驚灘 飛灘 驚湍 飛湍 迴流

飛流李飛流直下三千里 奔流張九齡奔流下雜樹 懸崖杜懸崖置屋牢 懸河韓愈借辯口如懸河

騰波 飛塵 堆沙 攢峯 奔波 揚波史海不揚波

上去 激湍 湧流 湧波 洑波 湧泉 迸泉 瀉泉 沸泉

仄 溜石 激浪 湧浪 駭浪歐驚風駭浪 鬭浪 沸浪

◎

【幸】奔浪　驚浪　翻浪　飛瀨　鳴瀨　飛溜　懸瀑　飛礫

崩石杜崩石欹山樹　行潦詩洞酌彼行潦

穿沙觸石第十五與前類互用

【上虛】活　【下實】

【平】穿沙水　淘沙浪　飛沙　吞山水　懷山書洪水懷山襄陵懷包也

襄陵襄駕也　鳴溪　成淵　通池並水　通江海　通潮江　穿巖泉

【去】起湍石　瀉湍水　挹泉池　噴泉石　觸山水　轉山水　捲沙水　擁沙溪

抱村　遶村水　漲灘水　漲溪水　漲沙暴水　入江　護田並水　入河

灌河莊百川灌可　拍堤水　噴巖泉　滌源書九川滌源　撼城杜波撼岳陽城

【仄】觸石　沃石　激石並水　濺石泉　絡石泉　走石洪水　戴石尔雅土山戴石為砠

戴土石山戴土謂之崔嵬　迸石水　吼地水　裂地湧水　緯地河　沒地水　注海江河

赴海水　到海川　捲海波浪　入海水　滿井水　出水　噴壑水　噴瀑石穴

積塊列子地積塊爾　拍岸浪

（幸）穿石見石溜　依石　流石　鳴石泉　投石選言而莫受如水投石

趨海　通海　歸海並水　朝海書江漢朝宗于海　宗海　歸壑禮水歸其壑

流澗水　流壁泉　摧岸浪　侵岸水　澆圃泉　平路水　連岫　含澤並山

通井江

## 山前水上第十六與宮室門摟前閣上互用　上實　下虛死

（平）山前　山邊　山間　山巔　山隈　山傍　山陰山北曰陰

山陽山南曰陽　山阿山之曲處曰阿　山中　江邊　江中　江濱

江瀕楚詞臨江瀕而掩涕　江間　江皋　江干杜詩勞車馬駐江干　池邊　池中

池間　池濱　湖邊　湖濱　湖中　河邊　河中　河間

林邊　林中　林間　林梢林之末為梢　林阿　林隈　林皋

林前　巖邊　巖中　巖前　巖間　巖隈　溪邊　溪中

溪濱　溪傍　田邊　田中　田間　沙邊　沙中史博浪沙中

塘邊 塘中 城邊 城隅（杜城隅集小船） 墻中 墻邊 墻隈

墻陰 村前 村中 村邊 波間 波中 途間 途中

塗中（塗泥也莊曳尾于塗中） 籬邊 灘邊 原中 塵中 郊中

園中 溝中（孟若已推而内之溝中） 泥中（詩胡為乎泥中） 褱中（褱字之中也）

丘中（詩丘中有麻） 樊中（莊不期畜乎樊中） 峯前 堤邊 河濱（孟舜陶于河濱）

林端（王維林端識香氣） 淵中（史察見淵中魚不祥） 邦中（周禮邦中之賦） 墦間（孟墦間之祭者）

六

海邊 塞邊 水邊 石邊 岸邊 沼邊 道邊 澗邊

徑邊 嶺邊 路邊 沼中 澤中（周禮夏至奏樂于澤中之方丘） 海中

野中 谷中 浪中 地中（孟水由地中行） 圃中 苑中 洞中

路中 徑中 水中 井中 澗中 峽中 塹中 瀆中

里中（史里中社平為宰） 巷中 港中 域中（老域中四大） 海濱 澗濱

水濱（左君其問諸水濱） 海壖（海邊之餘地也） 海隅（書至于海隅蒼生） 海涯 水傍

道傍 岸傍 路傍 道間 石間 塞壖邊塞間內垣空地 水涯

水端莊不見水端

仄

水上 水畔 水底 水際 水表 水滸詩率西水滸 嶺畔

嶺上 嶺外 嶺表五嶺之外 海上 海畔 海外 海底

海表書至于海表 岸上 岸畔 岸際 岸側 沼上 沼畔

沼內 沼底 海內 地上 地下泉下也 井上 井畔

井內 井底漢書子陽井底蛙耳 石上 石畔 澗畔 澗裏 澗側

澗底韋應物澗底束荊薪 路上 路畔 路側 石裏 塞上 塞外

郭裏 郭外莊田有郭外之田五十畝 郭內同上郭內之田十畝 澤上易澤上有雷

島上 島外 峽裏 峽外 洞裏 水裏 谷裏 谷底

巷內 巷外 巷裏 圃內 澗內 苑內 苑外 嶼外

野外 圃外 壠上 道上 陌上 墓上 塚上 市上

市裏　磧裏（磧塞上沙磧也）　宇内（海宇之内）　壠畔　徑側

〔幸〕原上（韓原上花初發）　溪上　堤上　江上　池上　湖上　潭上

坡上　山上　沙上　川上　波上　汀上　河上　灘上

城上　峯上　巖上　墻上　磯上　陵上　溝上　渠上

墟上　街上　田上　岡上　籬下　墻下　林下　山下

巖下　灘下　墻畔　山畔　峯畔　巖畔　溪畔　堤畔

河畔（古樂府青青河畔草）　籬畔　池畔　湖畔　林畔　畦畔　磯畔

汀畔　津畔　潭畔　田畔　江畔　波底　溪底　巖底

潭底　淵底　坑底　沙際　林際　山際　江際　巖際

籬外　園外　郊外　墻外　江麓（江岸之足也杜疑茅堂過江麓誤）　湖外

林外　峯外　江外　山外　池外　塵外　城外　關外

村裏　山裏　林裏　池裏　鄉裏　波裏　墻裏　園裏

湖裏 溪裏 沙裏 湖内 池内 封内左使齊之封内盡東其畝

園内 畦内 籬内 林内 沙内 田内 營内 墻内

江滸 江表 江底 江曲 林杪林梢也 林表 山表

溪曲 山末山之尖也 峯末 泓下杜泓下亦龍吟 方内史方内無狗吠之警

方外史方外蒙澤 寰内穀梁傳寰内諸侯猶宇内也

中林上苑第十七與東郊北岸互用

上虛 死 下實

平

中林詩瞻彼中林 中都今鳳陽府為中都 中陵詩在彼中陵 中山戰國時有中山國

中流秋風辭橫中流兮 中原詩中原有菽 中逵逵九逵之道詩施于中逵 中洲

中峯 中江書東為中江 中丘 中城 中阿詩在彼中阿 中坻

中途 中邦書成賦中邦 中唐廟中路謂之唐詩中唐有甓 中園 前山

前峯 前林 前溪 前川 前村 前汀 前江 前途

前街 前灣

上仄

上林 今御苑也　上流　上方 山之絶頂也史何時到上方　上田 書雍州田上上

下流 語君子惡居下流　下方　後村　後園　後溪　後山　外鄉

後塵 牛僧孺曾把文章謁後塵謂車塵之後也　外邦　外城　外方　外藩

裏城 凡都會有裏城外城

仄

上苑 即上林　上國　上界 顧况上界多官府　上郡 雲中有上郡　後苑

後圃　後市 古人建都前朝後市市左祖右社　內苑　內郡 腹裏之處　下邑

下界 顧况下界甚上界皆謂仙境　下國 詩命于下國　下土 詩照臨下土　外域

外境　外國　外里　外徼　外郡 羈縻之處謂遠郡也　後浪

上平

前嶂　前澗　前浪　中野 易葬之中野　中路　中土　中域

中沚 詩在彼中沚　中國　中道 半路也語中道而廢　中郡　中谷 詩施于中谷

連山徧野第十八 與宮室門盈庭滿座互用　上虛　死　下實

平

連山　連汀　連城　連堤　連溪　連村　連郊　連墻

連江 連街 連林 盈山 盈園 盈疇 盈池 盈汀
盈城 盈堤 盈渠 盈墟 盈溪 盈溝 漫山
上仄 滿江 滿川 滿林 滿塘 滿村 滿池 滿溝 滿準
滿山 滿溪 滿郊 滿汀 滿堤 滿田 滿園 滿街
滿疇 滿城 滿鄉 滿場 滿湖 滿畦 滿河 徧山
徧江 徧村 徧林 徧城 徧園 半疇 半河 半田
仄 徧野 徧地 徧嶺 徧處 徧路 滿地 滿野 滿徑
滿路 滿陌 滿巷 滿砌 滿岸 滿澗 滿洞 滿峽
滿浦 滿渚 滿市 滿縣 滿谷 匝地匝周匝也 匝岸
匝徑 匝路 半嶺 半野 半地 半巷 半路 並岸
上平 連野 連岸 連沼 連畝 連地 連砌 連陌 連壤
連境 盈野 盈岸 盈地 盈路 盈砌 盈壂 盈峽

盈澤

雲山雪嶺第十九（與宮室門風亭月榭互用）

天文

平 雲山 雲村 雲溪 雲江 雲津 雲林 雲濤 雲巖（並實）
雲崖 雲衢 雲泉 雲湖 雲程 雲莊 雲峯 雲岑
雲泥（雲泥之隔懸絶也） 風林 風濤 風江 風潮 風波 風湍
天河（河影映天曰天河） 天衢（易何天之衢） 天津（燕分野天津析木之墟） 天山
天街（大內之街爲天街） 天潢（史跪泒天潢謂帝王宗泒也） 星沙（長沙古號星沙） 霜林
星潭（長沙古潭州） 星墟（十二星之分野） 霜崖 霜溪 霜巖 霜堤
霜籬 霜郊 煙嵐 煙崖 煙江 煙汀 煙山 煙村
煙林 煙堤 煙湖 煙峯 煙畦 煙巒 煙波 煙墟
氷山（史楊國忠時人譏爲氷山）
上 雪山 雪村 雪巖 雪坡 雪崖 雪峯 雪林 雪江

雪溪　雪橋　雪濤　雪堤　雪岑　雪磯　雪汀　雪郊
月池　月山　月潭　月溪　月坡　月波黃州舊有月波樓　月巖
月林杜月林散清影　月峯　月湖　雨村　雨畦　雨溪　雨途
雨林　雨堤

仄

雪嶺　雪浪　雪野　雪嶂　雪谷　雪渚　雪澗　雪嶠
雪島　雪岸　雪徑　雪洞　雪塞　雪壠　雪路　雪磧
雪塢　露井　露砌　霧嶺　霧徑　霧壠　霧野　雨砌
雨徑　雨潦　雨溜　雨壠　月地　月沼　月徑　月渚
月浦　月洞　月浪　月砌　月澗　月塢

平

雲嶺　雲岫　雲谷　雲磴　雲徑　雲海　雲洞　雲嶠
雲澤　雲峽　雲水　雲路　雲棧蜀道連雲棧也　雲竇雲所出之穴也
煙嶂　煙浪　煙渚　煙徑　煙島　煙浦　煙壠　煙嶼

煙洞　煙圃　煙海　煙水　煙巒　煙塢　霜滘　霜徑

霜壠　風浪　風澤　風巒　星渚　星土周禮以星土辨十一州分野

星野同上　雷地易雷在地中復　風磴杜巴入風磴霾雲端　天路陳子昂天路坐相邀

氷巒

連天漾月第二十　上虛活　下實

平　連天　浮天水海　粘天浪　稽天莊大浸稽天　穿天石　滔天書洪水滔天

吞天蘇漁舟一葉江吞天　兼天浪杜江間波浪兼天湧　蔵雲洞　歸雲山　穿雲

侵雲峯　連雲山　干雲峯　涵空水　崩雲　粘空　翻空並浪　喧雷潮

奔雷瀑　蔵風巒谷　涵星水　含煙山

上去　掯天　接天　漲天　蹴天並水　倚天　挿天並峯　倚雲　吐雲

聳雲　出雲並山　迸雲岩　蕩雲海　蘸星池　帶星詩潮水帶星來　泛空浪

倚空高山　受風林　噴雷濤　浴蟾海

仄 漾月水 隱月 吐月 掛月 礙月山並 出日山又海 浴日川

沃日海 動日詩水動千尋日 漾日波 捲雪浪 擁雪濤 戴雪山 屑雨浪

隱霧山 激電瀑

平 含月 銜月 遮月山並 涵月波 篩月林 沉月江 搖月波 銜日山

翻雪浪 藏雪 藏霧山並

## 時令

### 春山曉岸第二十一 與天文門春天夏日互用

並實

平 春山 春濤 春園 春巖 春原 春蹊 春潭 春波

春林 春郊 春流 春江 春堤 春畦 春池 春洲

春潮 春泉 春田 春城 春湖 春湍 春墦春月墦間祭掃

春漪 秋沙 秋岑 秋汀 秋籬 秋潭 秋波 秋江

秋峯 秋崖 秋巖 秋郊 秋山 秋林 秋濤 秋園

秋塲秋日禾黍登塲 秋漪 冬泉 晨村 晨林 陽山向日之山

陰山背日之山匈奴牧馬處亦曰陰山

【上去】夏畦孟病于夏畦夏月治田也 夏池 夏泉 夏湖 夏峯 曉畦

曉園 曉林 曉潮 曉峯 曉江 曉堤 曉池 曉山

曉津 曉關關門遇曉則開 晚堤 晚江 晚汀 晚峯 晚林

晚洲 晚山 晚潮 晚關關門至晚則閉 晚村 晚畦 暮江

暮沙 暮林 暮堤 暮山 暮峯 暮潮 暮川 暮郊

暮津 夜潮 夜潭 夜泉 早潮 早墟南方墟市皆以早而集

【仄】曉岸 曉圃 曉澗 曉浦 曉岫 曉嶂 曉市 曉徑

曉洞 曉嶺 曉苑 曉井 曉渡 晚岫 晚渡 晚市

晚巷 晚岸 晚嶂 晚徑 晚洞 晚境 夜市 夜壑

夏沼 夏圃 夏苑 夏潦 夕嶺 夕汐見前 夜澗 暮嶺

暮渚 暮野 暮境 臘水 午市易日中為市

【上】春嶺　春渚　春畝　春墅　春岫　春陌　春岸　春徑

春谷　春浪　春沼　春浦　春塢　春苑　春野　春水

春漲　春澗　春壠　春澤　春洞　春潦　春藪　春堰

春峽　春社春祈于社也　秋岸　秋渚　秋浦　秋沼　秋壠

秋塞　秋澗　秋嶂　秋圃　秋野　秋谷　秋水　秋井

秋徑　秋嶺　秋壑　秋社秋萬物成熟報成于社也　秋潦　冬嶺

冬野　冬谷

## 晴山霽野第二十二與前類互用　【上半虛】【下實】

【平】晴山　晴嵐　晴巒　晴峯　晴郊　晴川　晴波　晴溪

晴沙　晴林　晴堤　晴巖　晴岡　晴湖　晴池　晴洲

晴街　晴坰　晴漪　晴畦　晴江　寒山　寒郊　寒波

寒泉　寒江　寒峯　寒沙　寒塘　寒林　寒城　寒溪

寒川　寒巖　寒汀　寒鄉　寒淵　寒潭　陰渠（陰溝也）

陰崖　陽林　陽坡（杜陽坡可種瓜）　温泉（井有硫黄其泉温）

〔上仄〕煖沙　煖波　煖坡　煖峯　煖堤　煖汀　冷泉　冷田

冷灘　凍河　凍巖　凍崖　霽川　霽峯　霽潭（杜霽潭鱣發發）

瞑川

〔仄〕霽野　煖浪　煖谷　煖地　煖渚　煖水　煖圃　冷地

冷水　冷石　冷塞　冷澗　凍野

〔上平〕寒谷　寒野　寒澗　寒圃　寒沼　寒岫　寒渚　寒浦

寒水　寒溜　寒石　晴渚　晴巘　晴野　晴塢　晴沼

晴嶂　晴墅　晴澗　晴溜　陰洞（杜主家陰洞細烟霧）　陰壑（杜陰壑生靈籟）

温谷　温洛（易緯盛德之應洛水先温）　炎海

## 山寒水煖第二十三

〔上實〕〔下半虛〕

平 山寒 波寒 泉寒 江寒 林寒 峯寒杜高峯寒上日 灘寒

溪寒 林陰 嵐陰 溝陰 巖陰 山晴 江晴 川晴

峯晴 池晴 湖晴 沙暄 塵暄 泥融杜泥融飛燕子 林昏

泉温前見

上仄 水寒 地寒 野寒 塞寒 路寒 洞寒 徑寒 谷寒

沼寒 井寒 路晴 野晴 澗晴 沼晴 地晴杜地晴絲冉冉

石暄 野暄 水温 井温

仄 水煖 地煖 浪煖 岸煖 峽煖 圃煖 水濕 地濕

水冷 沼冷 地冷 石冷 澗冷 峽冷 洞冷 谷冷

地潤 礎潤杜礎潤則天將雨之候也 土潤月令土潤溽暑 野潤杜野潤煙光薄

石潤 海霽 野霽 水凍 地凍月令孟冬地始凍 野暝

上平 波煖 沙煖杜沙煖睡鴛鴦 山煖 江煖 泉煖 林煖 波冷

◎

泉冷 山冷 江冷 山霽 嵐霽 林霽 江暝 林暝

川暝 山暝 山濕 嵐濕 泥潤 河潤(莊子河潤九里) 河凍

山暗

## 花木 桃源柳岸第二十四(與宮室門萱堂柳院互用)

平 桃源(天台武陵有雨處) 桃溪 桃林(書放牛于桃林之野) 桃蹊(李廣傳桃李不言下自成蹊)

並實

梅林 梅堤 梅園 梅坡 梅村 梅溪 梅莊 花蹊

花城 花林 花江 花街 花園 花衢 花溪 花堤

花村 花田(廣州城西有花田) 楓林(杜牧停車坐愛楓林晚) 楓江(崔信明楓落吳江冷)

桑田(詩說于桑田) 桑林(成湯禱雨于桑林之野) 桑園 松林 松巖

松溪 松濤 松坡 松泉 松岡 蘋洲 蘋汀 蘭池

蘭汀 蓮塘 蓮池 葑堤 葑田 蘆灣 蘆洲 蘆溪

蘆溝 蘆汀 瓜園 瓜田 瓜畦 瓜丘 苔階 苔磯

◎

梨園唐苑名　茶園　柑園　梧岡　桐岡　荷池　萍池

菱塘　楊堤　莓牆　蕪城廣陵别名　蔬畦　榆關關名　芹泥

禾田　株林　葵丘春秋諸侯盟于葵丘　莎汀

上仄

柳堤　柳汀　柳溪　柳塘　竹溪　竹林　竹籬　竹泉

竹山　竹坡　竹園　竹闌　杏園　杏壇見孔壇　杏林

菊坡　菊巖　菊潭南陽有菊潭人飲之皆壽　菊籬　菊園　菊城

桂林　桂坡　桂山　蓼汀　蓼洲　麥坡　麥岐　麥塲

麥畦　草汀　草塘　藥階　藥畦　稻田　稻畦　芋田

芋區　菜畦　韭畦　藕塘　蘚牆　柰園　豆區　栗山

橘洲長沙有橘洲黃山谷長眠橘洲風雨寒　李蹊

仄

柳岸　柳陌　柳巷　柳徑　柳市　草野　草徑　草砌

草洞　草阜　竹徑　竹洞　竹塢　竹圃鮑溶竹圃風迴鴈弄沙

麥壤 麥隴 杏園 杏苑 杏塢 藥圃 藥壠 菊徑

菊圃 蘚徑 蘚壁 蘚石 蕙圃 蕙畹 蓼岸 荻岸

梓里 橘井蘇躭以井水浸橘葉愈人疾 桂苑 萊圃 黍谷見燕谷

上平

花嶼 花市 花縣見潘縣 花塢杜荀鶴花塢夕陽遲 花苑 花徑

花圃 花洞 花島 花巷 梅嶺庚嶺亦曰梅嶺 梅隴 梅徑

梅塢 梅野 蘭畹 蘭徑 蘭畝 蘭谷 蘭渚 蘭砌

桃洞 桃岸 桃浪 桃徑 松嶺 松壑 松徑 松澗

松壠 松石 楓渚 楓岸 蓮沼 蓮渚 蘆渚 蘆岸

槐徑 槐市唐博士舍列槐數百行諸生會市鄉物經書 槐國淳于棼夢大槐安國

苔徑 苔砌 禾隴 禾畝 榆里 榆塞漢衛青按行榆谿舊塞

芝嶺 芝圃 蒲澗 蒲石 梧井 桐井 荷沼 萍沼

菱沼 瓜圃 蔬圃 瓜地薛能邵平瓜地接吾廬 莎徑 桑陌

蘩沚 詩于以采蘩于沼 蘩澗 詩于以采蘩南澗之濱 蘩沼

芹泮 詩思樂泮水薄采其芹 葱嶺 漢書西則葱嶺嶺高大其上悉生葱故名

蘋澗 詩于以采蘋南澗之濱 蓮社 晉遠公在廬山與同志共結白蓮社

生萍熟麥第二十五 與天文門滋花拂柳互用 上虛 活 下實

平 生萍 沼 生蘋 洲 生苔 徑 生松 石 生蓮 生芹 並池 生梧 岡 浮花 水

宜瓜 地

仄 放梅 杜山意衝寒欲放梅 減蒲 泛桃 泛蓮 泛萍 泛蘋 漲桃 並水

漚麻 詩東門之池可以漚麻 漚菅 茅也同上東門之池可以漚菅 泛荷 並池

仄 熟麥 坡 出麥 田 出竹 墻 迸筍 地 出筍 林 泛藻 泛荇 醮柳 並水

平 舒柳 杜岸容待臘將舒柳 堆葉 徑 流葉 杜御溝流紅葉 生草 池塘 生穀 田 侵柳 水

含蘚 石鎛 翻藥 選紅藥當堦翻 宜蕙 畹 宜麥 地 流荇 水

禽獸 龍山鴈塞第二十六 與宮室門龍樓鳳閣互用 並實

【平】龍山桓温九日宴龍山 龍池沈佺期龍池歲月深 龍淵易或躍在淵 龍潭 龍沙

龍門書導河積石至于龍門 龍津雷煥佩劍過延平津化為龍 龍湫即龍潭

龍泉 龍溪 龍岡 龍洲泰和有龍洲 魚梁用石為梁以筍承梁之空而取魚

魚池 魚濠莊子與惠子觀魚于濠梁 魚磯 鷥溪 鷥池 龍崖

鷥湖在鉛山縣朱晦菴與陸象山講道之處 蛙池 蛙泥 雞田驛名在冀州

雞村 鷗汀 熊山黄帝登熊山 鴻溝項羽欲三分天下以鴻溝為界

雞林高麗地名 鼇山列巨鼇首戴東海五山 龜山在建陽宋楊時號龜山

螺山 牛山孟子牛山之木嘗美矣 狼山 鼇峯即鼇山 鯨波 鯤濱

蚓泥 麟郊禮麒麟在郊藪 烏林 螭坳 蚶田吳越海濵有種蚶之田

鵬程 鷗沙 鴻泥蘇應似飛鴻踏雪泥 狐丘禮記狐死正首丘 羊藩易羝羊觸藩

【仄】鳳城 鳳池 鳳山 鳳林 鴈山陳子昂鴈山横岱北 鴈門關名 鴈沙

鴈峯衡陽有回鴈峯 鴈丘元遺山有鴈丘詞 鷺汀 鷺洲崔灝二水中分白鷺洲

鷺沙 鷺灘 鷺池 鶴林詩有鶴在林 鶴山 鶴坡 鶴岑
鶴汀 鷲山釋經佛在靈鷲山 虎溪在廬山惠遠與陶淵明陸靜修號虎溪三笑
豹關 鷲峯即鷲山 虎丘姑蘇勝處 象山在浙江 蟻丘
鹿埸鹿之所息謂之埸 兔園馮道行輒反顧人譏其遺下兔園冊謂田夫所誦者
鱷溪潮州惡溪有鱷魚 燕泥薛道衡空梁落燕泥

仄

鴈塞 鴈塔唐時進士題名處 鴈澤 蟻路 蟻垤 蟻壞 蟻穴
虎皁 虎穴班超不入虎穴不得虎子 虎洞 鳳沼 鳳穴 鳳藪
兔窟史記狡兔有三窟 兔徑 兔穴 鹿洞廬山有白鹿洞 鹿苑 鶴澤
鹿野詩呦呦鹿鳴食野之苹 鶴隴北山移文鶴書赴隴 鼠穴 鼠壤 馬嶺
馬埒晉王武子以金築馬埒 馬邑漢馬邑豪聶壹誘匈奴入塞 馬市 雉堞
鳥道蜀道險號曰鳥道 鷲嶺即鷲山 鷺渚 鴨皁番禺養鴨田謂之鴨皁
鸛垤詩鸛鳴于垤 獸穽擒取禽獸之坑坎 狗國五代北虜有狗國

上平

鶯谷　蛙井莊埳井之蛙　蛙次　蛙沼　蟾窟　蟾苑　鵬海

鵬路　龍浪　龍國列龍伯之國一釣六鼇　龍洞　魚浪　魚浦

魚沼　鳧渚　鳧沼　鴻渚詩鴻飛遵渚　鴻澤　鯨浪　鯨海

狐澤　狐穴　鳧澤　鴛渚　虹渚　鷗渚　狐塞陳子昻狐塞褸雲中

犀浦蜀中地名　牛渚溫嶠燃犀處　麟藪見麟郊　猿洞梅嶺有白猿洞

蠶市成都有蠶市　鯤浪　雞塞即雞鹿塞　羝塞蘇武牧羝處

## 羊腸燕尾第二十七

平

羊腸阪名在太行山天下取險處　蛾眉山名在眉州境兩山相對如蛾眉　魚鱗水波紋

鼇頭見鼇山　龜茲音丘慈西域國名　羊眠地　牛眠陶侃葬母于牛眠之地

蝦鬚泉之出灑布如蝦鬚　蟇頤津名又山名　狼頭山　牛頭山名在潼川形如伏牛

蜂腰小逕中断不断如蜂腰　雞鳴山名在金陵　蠶叢古蜀地蠶叢氏之國

仄

鴨頭水綠似鴨頭李適香漢水鴨頭綠　鹿頭山名在成都　虎牙山也杜虎牙銅柱皆頃到

馬鞍山形如馬鞍 鳳形山形似鳳 虎跑泉名在杭州西湖

仄 燕尾溪分流象燕尾 鴈蕩山名在溫州 馬頰九河之一 馬鬣禮馬鬣封之謂墳也

蝌眼泉清瑩如蝌眼 鱔血土色 象眼南方以竹編籬如象眼然 象鼻山名在桂林

鴨背灘

上平 鼇背山 蝸殼小山也 龍首漢時渠名 牛首即牛頭山也 龜背路

羊角峯名又廣東有羊角水臨川羊角洞天 蟬翼沙也葬法地有蟬翼雞骨鳩尾等形以定穴

螺髻山 熊耳山名兩峯狀若熊耳 龍尾溪名在徽州出硯 龍角地形

器用 山屏水練第二十八 與天文門星珠玉璧互用 並實

平 山屏山面端正如屏 山簪山支鋒斜出如簪 山巾山罩霧如巾 山鋒山尖銳似刀鋒

山銼山尖如銼 泉紳泉垂下如拖紳 泉琴泉聲似琴 泉珠泉濺石碎濺如珠

江羅韓江作青羅帶 林帷下似帷幕 潮雷潮聲如雷

上仄 水簾水瀉下其紋如簾 水珠水噴出成珠 水笙蘇水底笙歌蛙兩部 水羅蘇蘖悶豈無羅帶水

石鍾彭蠡有石鍾山夜靜風起其聲如鍾 石屏 浪毬浪之滾如毬 浪珠

浪花浪噴起如花 溜紳即泉紳 澗簧澗水流聲如笙簧 土圭周禮以土圭測日

仄

水練風吹水紋光白如練 水鑑水瑩澈可照如鑑 冰鏡即水鑑 水縠水皺紋如縠

水幙 水帶水縈紆如帶 水臬即水平 浪縠浪皺紋如縠 地軸

浪繡浪紋如繡 浪雪浪濺起白花如雪 石壁石如壁立 石笋石屹立如笋

石磬書泗濱浮磬 石劒韓石劒攢高清 石鏡石光瑩如鏡 沼鏡即水鏡

井絡岷山之上為井絡 瀑布飛泉垂下如布 波縠即浪縠 波錦波如錦紋

上平

江帶見江羅 江練即水練

林幄林如帷幄 林籟風過林生籟聲 山髻山尖如人之髻 山黛山色如黛

山戟山巑岏如列戟 山礪漢書泰山如礪 山劒蘇割愁腸有劒鋩山 泉貨周官九府泉貨

泉玉韓泉聲玉琮琤 泉布周九府圜法流於泉布於布 河帶漢書黃河如帶

湖鏡湖面如鏡 山障山如屏障 沙篆鳥跡在沙如篆文 塘鏡朱半畝方塘一鑑開

漪錦 水波如錦紋

拖藍漱玉第二十九 〔上虛〕活〔下實〕

〔平〕拖藍 水 堆藍 山 堆瓊 石 連屏 橫簪 舒屏 圍屏 並山 飛花 浪

跳珠 浪 鋪金 沙 懸簾 水

〔去〕噴珠 泉 濺珠 水 擁屏 山 列屏 嶂 展旗 山 湧金 沙又波光

〔仄〕漱玉 泉 削玉 潑黛 擁髻 卓筆 峯 列戟 列障 削翠 並山

繞帶 水

〔去〕拖練 水 森玉 石 排戟 山 排闥 見山排 橫黛 橫翠 並山 鳴玉 泉

〔宮室〕江城水國第三十 與宮室門江樓水閣互用 〔並實〕

〔平〕江城 江村 江鄉 即水鄉也 江橋 山村 山蹊 孟山徑之蹊間

山巖 山溪 山田 山園 山梁 論語山梁雌雉 山坡 山莊

山塘 山城 邊城 邊關 沙洲 沙汀 沙村 沙堤

沙溪　沙坡　溪莊　溪堤　溪園　村莊　村墟　村橋

家山　家鄉　園籬　園牆　陂田　圩田　河洲（詩在河之洲）

湖堤

（上仄）水村　水鄉　水波　水田　野塘　野田　野池　野畦

野溪　野橋　野園　石磯　石崖　石巖　石堤　石城

石田（史記石田無所用之）　石湖　石橋　石壕（杜莫投石壕村）　石潭　石池

石渠（漢有石渠閣）　石溝　海山　海鄉　海邦（詩至于海邦）　海村

海堤

（仄）水國　水路　水驛　水道（即水路）　水渚　水府（水之所聚）

水巷　海岸　海嶠　海國（海上諸國如占城流求皆是）　野逕（杜野逕雲俱黑）

野圃　野沼　野渡　野墅　野市　野路　野岸　石洞

石磴　石岸　石澗　墓道　墓隧（墓前之道也）　墓石（碑碣也）

水岸 隧道見上 棧道蜀道閣木以為路 嶺嶠 澤國周禮使澤國用龍節

陸海漢書關中號為陸海書其所產之富雖在陸地如海也

上平 江岸 江渚 江浦 江路 江堰 江郭 溪岸 溪路

沙渚 沙磧杜今君度沙磧 沙岸 沙嶼 沙塞李白胡兵沙塞合 沙島

沙路 沙徑 沙漠塞外沙漠地 巖洞 村徑 村路 村墅

村塢杜貧居類村塢 村社 村巷 村市 山墅晉書謝安命駕出遊山墅

山路 山館 山徑 山驛 山市 山縣 山洞 山壠

山郭杜千家山郭靜朝暉 山嶠 山邑 廛陌 廛境 廛市 田隴

泉路杜九重泉路盡交期

## 郊闕井里第三十一 並實

平 郊關國外百里為郊郊外有關 郊圻圻與畿同書申畫郊圻 城闉闉城內重門也

城垣 城墻 城隍易城復于隍 城壕城外壕塹 鄉閭 鄉邦

鄉關　鄉鄰　邊疆邊塞疆界　邊陲陲遠邊也　邊庭　封圻

封疆周禮諸侯之地封疆方五百里　州閭周禮五比為閭五黨為州　都城左都城不過百雉

邦畿詩邦畿千里　鄰封鄰邦封界　閭閻閭里門閻里中門　關梁周禮謹關梁

【上仄】市朝周禮量市朝道巷門渠　市廛市中民所居曰廛　市垣　市區　里廛

里閭　里墟村里交易處以其常墟故曰墟　里居　國都　塞垣塞上之城垣也

郡城　社壇社神之壇　比鄰周禮五家為比又五家為鄰　井疆書殊厥井疆

【仄】井里方里為井　井邑四井為邑　郡邑　郡縣史秦滅六國郡縣天下地置守宰

郡國漢書無侯王曰郡有侯王曰國　里巷里中巷　里鎮　里社一里之社

里塾即今社學　里閈漢高祖與盧綰同里閈　邑里　宅里書表厥宅里

市井漢書註市交易之處井共汲之所　闉塞　社稷五土神為社五穀神為稷

國邑漢書列侯所食曰國公主所食曰邑　地域周禮以天下圖周知九州之地域廣輪之數

斥堠漢李廣遠斥堠　國社諸侯之社也

土

城市　城郭孟三里之城七里之郭　城府史麗德公未嘗入城府

城堞堞城上女墻也　城塹見一字註　闤市周禮闤市之賦　都市京都之市

朝市禮爵人於朝刑人於市　邦域語且在邦域之中　邦土書司空掌邦土　封畛

封堠　封域周禮封域皆有分易　鄉里　鄉黨　鄉土　鄉井　鄉邑

鄉社一鄉之社　鄉國杜雲物不殊鄉國異　鄉遂周禮六鄉六遂　州縣今制府統州州統縣

州郡　州里語雖州里行乎哉　田里　鄰里語以與爾鄰里鄉黨乎　鄰比

邊塞中國近夷狄處而設堡堠固守以為塞　關塞　疆埸音易左疆埸之邑一彼一此

疆境封疆境界也　畿甸　藩鎮唐節度使所治曰藩鎮　方鎮四方藩鎮

藩省元設行省於各藩謂之藩省　邦國　都鄙周禮天官以八則治都鄙

郊社郊祭天社祭地　藩臬今布政司號藩取藩垣之義按察司號臬取影所取正之義

京邑韓京邑有舊廬

皇州帝里第三十二與宮室門皇家帝闕互用

人物

並實

【平】皇州　皇都　皇城　皇陵帝王之墓皆曰陵　皇岡　京都　京城

京師京大師衆言地大而人衆也　王郊　王畿　王途孟行旅皆欲出於王之途

王都　王城　王程詩王事有程　侯邦　官田　官河　仙都

仙壇　仙巖　仙鄉　神州　神京　農郊　農田　漁村

漁磯　公田詩雨我公田　民田　軍營軍行則為陣止則為營

軍屯軍駐劄處　蠻方　蠻鄉　夷方　夷邦　民嵒書用顧畏于民嵒

男邦

【仄】帝都　帝城　帝京　帝畿　帝居山河壯帝居　帝鄉　帝郊

帝丘　御城　御街　御溝選垂楊蔭御溝　御園　禁垣　禁林

禁城天子所居曰禁即皇城　將壇漢書漢王築壇拜將　將營主將所止處　客鄉

客途　相鄉　相堤唐故事拜相所司載沙填路名曰沙堤　祖塋　祖墳

虜巢虜之巢穴　虜營　佛田　士林　客程　賈區商賈所聚之地

籍田禮天子為籍百畝冕而青紘躬秉耒以耕 翰林司馬相如曰翰林主人翰林之名起此

釣磯 子城 宦途 女墻城上睥睨也 掖垣掖門之墻也 旅途

仕途 戰場

（次）帝里 帝苑 帝籍天子籍田千畝 御苑 御府 御道 御路

仕路 禁籞止人往来謂之籞 禁苑 戚畹漢紀寄肺腑於戚畹猶戚里

戚里漢書註帝姻戚所居 相國 相府 相里丞相所居之里 佛國西方天竺等為佛國

佛地 宦邸仕宦者所居之舍 旅邸諸侯朝覲所舍曰邸又逆旅也 輦路即御道

客路 虜塞 虜地 后土杜預曰土乃牧養之官故稱后 帥府將帥所居

聖境 聖域韓愈入聖域 牧野兄牧養之地皆曰牧野 貫市 祖壠

節鎮唐宋節度使所居謂之節鎮 仕國孟晉國亦仕國也

（平）王國詩以臣王國 王囿孟王在靈囿 王沼孟王在靈沼 王所春秋公朝于王所

王野孟耕者皆欲耕於王之野 王路書遵王之路 王土孟普天之下莫非王土

侯國諸侯之國也　侯服禹貢五服有侯服　鄰國孟鄰國之民不加少　鄰境　鄰壤

仙國　仙境　仙洞　仙苑　仙島　官道　官路即官道

官地　農畝孟註使民得盡力於農畝　農野　漁浦　漁澤　漁藪

戎塞　戎路西戎入貢之路　夷落夷狄部落　軍壘軍所駐曰壘　兵壘

征路　民地　馳道選飛甍夾馳道　樵徑　商市　藩服今布政司也

仙里　人境陶結廬在人境

山精石丈第三十三　並實

平

山精　山神　山靈　山妖山之妖木客之類　江神　江妃杜江妃水仙惜不得

湘靈湘妃湘夫人是也　湘君即湘靈也　湘纍不以罪死曰纍謂屈原也

溪神柳溪之神見夢　波臣莊我東海之波臣也

仄

海童　海神　海靈韓海之百靈秘怪　水神　水妃即宓妃洛神也　水仙

谷神老谷神不死借用　水蒐韓屑屑水帝蒐　地示音祇周禮大宗伯掌邦之天神人鬼地示

仄

石丈米芾見奇石曰此石丈也　石婦太玄註求室而得石婦無復嗣續之道

水母水母以蝦為眼借用　水怪水石之怪龍罔象　水族溫嶠燃犀照牛渚水族畢見

海怪海中之怪非一　海若若東海神名　郡厲府州無祀鬼神之壇　阪尹書三亳阪尹

土怪博物志土怪羵羊也

平

山鬼楚辭有山鬼篇又白居易山鬼趫跳惟一足　山怪即山精　關尹關令尹喜

河伯莊秋水灌河河伯欣然自喜　川后　圻父書圻父薄違王爪牙之臣也

淵客鮫人居淵水中出人間賣綃　泉客即淵客　河祟左楚子疾卜河為祟

聲色

青山綠水第三十四與天文門青天白日互用

上半虛　下實

平

青山　青岑　青巒　青峯　青嵐　青林　青郊杜綠江路熟俯青郊

青河　青巖　青崖　青隄　青壇　青丘山海經曰東三百里曰青丘之山

青谿　青田今處州有青田縣　青城青城山蜀之高山　青關杜卻望懷青關　青岡

青疇　青坰　青泥杜飯煮青泥坊裏芹　青磯　青黎禹貢梁州厥土青黎

黃流即黃河　黃泉孟下飲黃泉　黃山　黃埃　黃沙　黃塵

黃河水濁而黃　滄波　蒼崖　玄都劉禹錫詩玄都觀裏桃千樹　玄壇

玄津　紅塵　紅泉謝靈運石磴瀉紅泉　丹崖　丹丘楚辭仍羽人於丹丘

烏江烏江亭長艤舡以待項羽　丹山山海經丹穴之山產鳳凰　蒼峯　滄江

蒼山　紅泥唐富人王元寶用紅泥泥壁

翠巖　翠屏　翠岑　翠峯　翠池　翠濤　翠微爾雅山半曰翠微

翠崖　碧山杜碧山學士焚銀魚　碧峯　碧巖　碧岑　碧江　碧波

碧流　碧林　碧崖　碧潭　碧城　碧池　碧灣　碧塘

碧溪　碧泉　碧濤　碧淵　綠塘　綠堤　綠池　綠溝

綠波　綠林　綠塵　紫泥獨斷天子六璽皆以武都紫泥封之

紫崖　紫壇　素波　素濤　白波　白沙　紺園沈佺期紺園澂夕霽

赤崖　黑洋海中洋也

仄 綠水 綠沼 綠岸 綠岫 綠徑 綠嶂 綠嶼 綠巘
綠澗 綠野 碧水 碧沼 碧澗 碧嶂 碧浪 碧瀨
碧海 碧石 白浪 白石 白谷 白壤 書厥土白壤 白地
白墳 音粉書厥土白墳 翠岫 翠嶂 翠島 翠壁 翠嶺 翠浪
翠陌 紫嶂 紫塞 秦所築長城土色皆紫漢塞亦然 紫陌 赤埴 赤地
赤岸 赤壁 劉備孫權勝曹操處 黑壤 書厥土黑壤 黑墳 書厥土黑墳 黑水
素滻 杜竟歸素滻偏
上平 丹嶂 丹塞 丹徼 南塞曰徼丹南方色 丹水 丹井 滄海 青野
蒼野 陳子昂城分蒼野外 青嶂 青坂 青壠 青壁 韓青壁無路難夤緣 青海
青澗 青澗城在延州東北 青嶺 青石 青浪 青岫 青甸 李嶠別業臨青甸
青塚 胡地草皆白惟昭君塚上草獨青 黃壤 書厥土惟黃壤 黃土 黃濆
玄圃 玄灞 潘岳賦玄灞素滻 紅浪 丹壑 李雲卧留丹壑

山青水綠第三十五（與天文門天青月白互用）【上實】【下半虛】

【平】山青（杜山青花欲然）　山蒼　山丹　山紅（韓山紅澗碧紛爛熳）　山黃　林紅
林丹　林黃　崖青　崖蒼　溪青　嵐青　巖青　岑青
郊青　園青　峯青　沙黃　埃黃　塵紅　園紅　巖蒼

【上仄】岸青　嶂青　岫青　野青　水青　隴青　嶺青　島青
塞青　塚青　燒青（劉長卿春入燒痕青）　嶺黃　塞黃　地黃（易天玄而地黃）
土黃　土紅

【仄】水綠　水白　水碧　水赤（杜水赤刃傷手）　水黑　海碧　海白
海赤　浪白　浪碧　地白（李地白風色寒）　石白　石紫　岸綠
岸紫　土赤　土白　土黑　洞黑　路黑（朱熹雲深山路黑）　嶺翠
島翠　澗碧　野綠

【上平】山碧　山綠　山赤　山黑　山赭　山翠　池碧　池綠

山紫（滕王閣序煙光凝而暮山紫） 峯碧 峯翠 峯紫 江黑（杜浪翻江黑雨飛初）
江綠 江白（杜江白草纖纖） 江碧（杜江碧鳥逾白） 溪紫 溪白 溪碧
波綠 波紫 嵐翠 嵐碧 潭碧 潭黑 湖碧 巖紫
沙白 湖白 灘碧 沙碧（杜竹寒沙碧浣花溪）

## 山光水色第三十六（與天文門風光日色互用）

上實　下半虛

平　山光 山容 山形 溪聲 溪光（蘇軾溪光自古無人畫） 波光
波聲 波紋 波痕 溪痕 江痕 江光 湖光 潮聲
潮音 潮痕 河痕 沙痕 灘聲 江聲 泉聲 林聲
川聲 川光 池光 嵐光 濤聲 巖聲（蘇頲巖聲中谷應）

仄　水光 水聲 水紋（杜水紋浮枕簟） 水痕 浪痕 浪聲 澗聲
瀨聲 浪紋 燒痕（野火所燎其痕遇春將復萌而青也） 岸容（杜岸容待臘將舒柳） 岸痕
野容 壑聲 瀑聲 溜聲 峽聲 谷聲（千文空谷傳聲） 海聲

市聲 澗痕 澗光 海光 地形

仄

水色 水勢周禮凡溝必因水勢 水影 水氣杜天涯水氣中 野色 野景

野意 野趣 地氣邵堯夫曰天下将治地氣自北而南 地勢韓地之勢東南下

浪勢 浪影 岸影 海氣韓海氣昏昏水拍天 海色 石色 瀨響

嶂影 峽影 島影 澤氣 土氣 嶽色

平

山影 山色 山勢 山意杜山意衝寒欲放梅 山氣 山景 嵐影

嵐氣 潮影 潮勢 潮響 江色 江影 溪色 溪影

波色 波影 泉韻 泉響 林響 林韻 林影 湖色

湖影 峯影 川影 潭影 池影 塘影 灘響 村色

珍寶

金城玉壘第三十七與宮室門金門玉殿互用

並實

平

金城漢書取天水隴西為金城以處降羌 金堤長楊賦西隃金堤 金林 金河

金波日月出沒湖海間光輝滉漾而生金波也 金塘 金山鎮江府江心有金山寺

金潭 金沙 金泉 金淵 金谿撫州所屬縣名 金川新淦號金川

金陵今南京也秦始皇以其有王氣埋金以鎮之曰金陵 金溝 銀山 銀塘 銀濤

銀河 銀關晩宋病楮幣難行製銀關以通之借用 璇源 璇淵 銅川

銅山 銅池 銅陵池州府屬縣 銅梁合州有銅梁山 瑤溪 瑤田

瑤池山海經周穆王觴西王母于瑤池之上 瑤林 瓊臺瓊州號瓊臺 瓊田

瓊林 瓊山瓊州亦名瓊山 珠泉 珠淵 珠川 珠崖 珠山

珠湖 珠池合浦出珠處 珠林沈佺期徙倚對珠林 圭田孟子卿以下必有圭田

琪林 錢塘浙江塘吳越錢氏所築故名

上灰

玉京 玉山 玉川盧仝號玉川子 玉波 玉泉 玉峯 玉池

玉關玉門關也 玉河 玉田順天府玉田縣出沙可碾玉 錦江杜錦江春色逐人來

錦川 錦城成都府號錦城 錦峯 寶峯 寶山 寶溪 寶坻縣名

鐵山柳鐃歌鼓吹曲有鐵山 鐵池 錦溪 玉津長楊賦東越玉津 玉淵

玉林　劍溪在延平府雷煥劍化龍處　劍津同上　劍潭　劍關　劍峯
錫山無錫縣號錫山　錫坑　鑑湖唐明皇賜賀知章鑑湖一曲　鼎湖黃帝鑄鼎處
帶湖湖之紆長如帶者
（入）玉壘在成都西北三都賦包玉壘以為宇　玉海　玉水　玉浪　玉潤　玉界
玉峽　玉井　錦里杜錦里先生烏角巾　錦石　繡陌　繡嶺　繡谷
鐵嶺遼東衛名　鐵壁　鐵甕　鐵嶂　寶地沈佺期長歌遊寶地
寶井　錦水　璧水古太學水如環璧　璧沼　劍閣蜀之劍閣壁立萬仞
綺陌
（上平）金井杜硯寒金井水　金谷石崇有金谷園　金埒晉書王武子有金埒馬埒　金地
金水出宛平玉泉山西流入於皇城　金穴漢書郭況帝賞賚金銀無數人曰金穴
金塢漢董卓築塢於郿藏金數萬　銀井　銀海　銀浪　銀礦　瑤井
瑤水　瑤海　銅井　銅礦　盤谷　盤水　珠海　瓊島

瓊海瓊州在海中因號瓊海　丹穴　圭竇禮華門圭竇

人事　分州畫野第三十八　上虛活　下實

平　分州黃帝畫野分州　分田孟分田制祿　經邦書論道經邦　為邦語顏子問為邦

安邦　安邊　開邊杜武皇開邊意未已　巡邊　籌邊唐書李德裕帥蜀作籌邊樓

防邊　巡城　圍城　登城禮登城不指　攻城公輸子作雲梯攻宋城

乘城漢書堅守乘城　隳城　開疆開拓疆境　朝京赴京師者謂之朝京

開基　撥荒柳萬死撥荒十二年　交鄰孟交鄰國有道乎　封山書封十有二山　屯田

為關孟古之為關也將以禦　防河築堤以防河之泛決　乘墉易乘其墉弗克攻　平蠻

登陴城上女墻曰陴左子產授兵登陴　尋河漢張騫乘槎尋河源　行邊

去　建都　設都書建邦設都　作都詩作都于向　祭山　祭河　祭川

守城　入河語鼓方叔入于河　守江　守關　濟川書若濟巨川　浚河

導山禹導九山　導江禹貢岷山導江　類郊類祭名出師告天于郊曰類郊

◎

睦鄰　治河　限田漢時民田皆有限制　建邦見設都　鑄山漢書吴王鑄山煑海

濬川書封山濬川　擇鄉荀居必擇鄉　守邊杜古人重守邊　戍邊杜歸来頭白還戍邊

斷流史符堅入冦謂投鞭於江足斷其流　薄城漢書陳湯令軍皆薄城

仄

畫野經畫田野　立國　建國周禮惟王建國　治國　定國大學一人定國

體國周禮體國經野　許國杜丈夫誓許國　富國　禮地周禮大宗伯以黃琮禮地

祭地禮祭地于方澤　拓地拓開地界也　畫地漢路温舒畫地為獄期不入

緯地謚法經天緯地曰文　治郡漢書吴公治郡為天下第一　按郡漢制刺史按行郡國

刺郡漢以来刺史治郡得專舉刺　致邑　改邑易改邑不改井　建邑　保境

掃境　斥境漢書地里志開地斥境　濟世　用世　輔世孟輔世長民莫如德

治水孟禹之治水行其所無事　背水漢書韓信背水而陳　畫壤　則壤書咸則三壤

畫井井田之制中畫井字　煑海見鑄山　决獄漢書一歲决獄幾何　展土

欵塞漢宣紀百蠻鄉風欵塞　報國　辨水易牙能辨淄澠二水

【上平】平土書禹平水土　敷土書禹敷土　平水　經國　匡國詩以匡王國
封國　觀國易觀國之光　覘國禮善哉覘國覘窺視也又去聲　爲國語以禮讓爲國
華國　安國　開國易開國承家小人勿用　經野見體國　經世
扶世　鳴世伊尹鳴殷周公鳴周皆鳴世　名世孟其間必有名世者　開地開拓士地
開壁　乘塞漢高紀與關中卒乘塞守塞也　乘障即乘塞　堅壁
清野左堅壁清野　行部漢刺史行部

登山涉水第三十九與前類互用　【上虛】活　【下實】

【平】登山　觀山　看山　遊山　開山　尋山　爲山書爲山九仞
歸山　居山禮居山以魚鱉爲禮　鋤山　移山列愚公欲移太行王屋二山
焚山史記晉文公焚山求介子推　芟山柳文既芟山而更居　遊江　穿江　浮江
投江　耕田　犂田犂即耕也　營田杜便至四十西營田　求田三國志求田問舍
耘田孟人病舍其田而耘人之曰　蹊田左牽牛蹊人之田　爭田史記虞芮之君相與爭田

稽田書若稽田　歸田歐陽脩有歸田錄　開池　疏池　觀池　遊園

知津語是知津矣　觀泉　臨泉　開林　焚林晉書楚王亡猿焚林林而索之

踰河　談河　馮河詩莫敢馮河荒馮河易包　量沙檀道濟唱籌量沙　淘沙

囊沙漢書韓信囊沙壅水　披沙韓愈有披沙揀金賦　開園　窺園董仲舒三年不窺園

思鄉　還鄉　離鄉　揚波屈何不淈其泥而揚其波　凌波杜姹女凌波日

隨波　棲巖　開巖　升巖　遊湖　開源　開溝　臨岐

開渠韓水工鄭國入秦開渠　觀瀾孟觀水有術必觀其瀾　觀濤　分溝

臨淵董仲舒臨淵羨魚不如退而結網　登程　登途　登瀛唐十八學士時人謂之登瀛洲

踰垣孟段干木踰垣而避之　循墻史記正考父鼎銘三命循墻而走

踰墻孟踰墻相從　為隄　乘潮吳越春秋吳王以馬革裹伍子胥尸投於江後人見白馬乘潮而至

防川史記防民之口甚於防川　浮流　尋源　經丘陶亦崎嶇而經丘

去愛山　望山　入山韓惟恐入山之不深　樂山語仁者樂山　畫山　住山

對山　見山　塹山秦始皇築長城塹山堙谷　出山　上山　下山

拔山項羽力拔山兮氣盖世　挾山孟挾泰山以超北海　採山韓採於山芡可茹　盖山

負山列帝命夸娥氏負山措之朔東雍南　買山于頔與戴符買山錢百萬

卧山謝安高卧東山　渡江家語楚王渡江得萍實　過江　涉江涉江采芙蓉

泛江　濟江史禹濟江黃龍負舟　誓江晉書祖逖擊楫渡江誓清中原

泛湖史記越滅吴范蠡乃乗扁舟泛五湖　下湖　渡溪　涉溪　望潮

弄潮唐詩早知潮有信嫁與弄潮兒　看潮　射潮五代史錢鏐用強弩射潮頭

候潮錢塘東有候潮門　枕流晉孫楚枕流欲洗耳　灌園於陵仲子辭卿相桔槹灌園

灌畦莊漢陰丈人抱甕灌畦　入園　酌泉　挹泉　煮泉　引泉

汲泉　飲泉　入林韓惟恐入林之不容　出林　買鄰梁宋季雅千萬買宅百萬買鄰

結鄰　卜鄰左惟鄰是卜　入城　入京　築堤韋丹築堤扞江　築墻

築城孟築斯城也　築場詩九月築場圃　望洋莊河伯望洋向若而歎　望鄉

濟河 渡河 涉川易利涉大川 越疆禮不越疆而弔人 出疆孟出疆必載質

問程 出郊 鑿池孟鑿斯池也 買田 破垣左子產壞晉館之垣而納車馬焉

穴坏墻也莊日中穴坏 毀關 出關老子出關 廢關臧文仲廢六關

問津語使子路問津焉

（仄）涉水 渡水 掬水 汲水 飲水語飯疏食飲水 酌水 泛水

樂水語知者樂水 止水女媧聚蘆灰以止滔水 決水 避水 問水

掘井孟掘井九仞而不及泉 拜井漢耿恭在虜圍中掘井拜之泉湧出

坐井老坐井觀天 浚井 入井孟赤子匍匐將入井 改井見改邑 汲井

塞井 鑿井杜鑿井交椶葉 漱石晉書孫楚漱石欲礪其齒 枕石 掃石

坐石 鑿石 刻石漢書竇憲刻石燕然山 勒石史記秦始皇勒石于之罘山

拂石 拂地 席地劉伶幕天席地 闢地 掃地禮掃地而祭 俯地

避地語其次辟地辟避同 察地易俯以察於地理 略地左吳將略地焉 相地

易地孟禹稷顏回易地則皆然　枕地　縮地費長房有縮地之術　入地　履地
問路　載路詩厥聲載路　塞路孟古者楊墨塞路　築圃　學圃樊遲請學為圃
假道孟假道於虞以伐虢　問道韓問道于盲　失道史齊桓公伐孤竹夫道管仲請釋老馬而隨之
掃墓漢書嚴延年母歸掃墓地　展墓　誓墓晉王羲之誓於父母墓前
負郭漢書陳平家乃負郭窮巷　出塞　守塞　保塞　出谷　出郭
上塚　枕塊禮寢苫枕塊　按壘　竭澤竭澤取魚　鑿沼　渡海
蹈海史記魯仲連曰必若帝秦連蹈東海而死耳　擊壤堯時康衢老人擊壤而歌　拜壠
入漢語播鼗武入于漢　稅畝春秋魯宣公初稅畝　罷市晉書羊祜卒襄陽人為之罷市
避世語賢者辟世　越境左趙宣子亡不越境
【平】尋水　觀水孟觀水有術　泅水沒人善泅　為沼文王以民力為臺為沼
䟽沼　開沼　行路　尋路　開路　遊野　耕野　耕畝
開畝　穿井左季桓子穿井得土缶焉　窺井　修井易井甃無咎修井也

填井 開井 開徑選開徑望三益 由徑語行不由徑 登嶺 遊陌

耕壠 登壠孟求龍斷而登之龍與壠同 遵路詩遵大路兮書遵王之路 居巷

居澤禮居澤以鹿豕為禮 觀海孟觀於海者難為水 浮海語道不行乘桴浮于海

為圃語樊遲請學為圃 登岸詩誕先登于岸 鞭石秦始皇命神驅石于東海鞭之石皆流血

懷土語小人懷土 安土易安土敦乎仁 尋壑陶旣窈窕以尋壑

## 臨池夾岸第四十與花木門沿堤貼水互用

上虛 活 下實

平

臨池 臨江 瀕江 沿江 臨山 沿山 因山 依山

臨溪 沿溪 沿堦 侵堦 當堦 翻堦 臨城 沿城

臨湖 沿湖 依林 穿林 沿流 隨流 從流 乘流

臨流 臨津 沿崖 穿墻 登場 沿河 沿堤

仄

傍溪 夾溪 倚溪 瞰溪 對溪 近溪 隔溪 傍江

隔江 瞰江 近江 倚江 隔河 遶江 遶林 隔林

傍林　瞰山　傍山　映山　倚山　隔山　背山　面山
遶山　瞰池　拂池　傍池　隔籬　遶籬　傍籬　倚堤
遶堤　映波　出波　遶湖　傍湖　面湖　倚牆　出牆
拂牆　隔牆　度牆　過牆　映堦　蔭溝　遶城　傍城
傍巖　倚巖
仄
夾岸　掠岸　倚岸　拍岸　隔岸　遶岸　對岸　近岸
遶徑　夾徑　落水　隔水　拂水　近水　夾水　面水
向野　對野　傍野　對嶺　背嶺　拂沼　隔沼　瞰沼
遶郭　倚郭　背郭杜背郭堂成蔭白茅　聳壑　縱壑　遶澗
倚嶂　倚石　夾道　遶砌　出岫　隔隴　夾路
平
臨沼　臨徑　沿徑　瀕水　臨水　依水　瀕海　臨海
沿海　依砌　沿砌　臨砌　依岸　沿岸　因地孝經因地之利

依嶂 臨野 遮道 穿壁 臨渚 依郭 臨塞 依隴

臨澗 沿路

耕莘釣渭第四十一

平 耕莘 伊尹耕于有莘之野 登嵩 漢武帝登嵩山 平吳 王濬作樓舡下建康平吳

居邠 孟太王居邠狄人侵之 尊周 五伯攘夷狄尊周室 臨河 孔子將適趙臨河而反

居鄒 周子 臨汾 漢武帝臨汾水后土祠 鳴殷 韓文伊尹鳴殷 鳴周 韓文周公鳴周

封齊 周封太公於營丘爲齊國 城邢 春秋諸侯城邢 投湘 屈原被讒既放自投湘水

逖吳 伍子胥被楚平王殺其父奮逖之吳 平胡 漢武帝用衛青霍去病掃平胡虜

居休 休地名孟子去齊居休 烹阿 齊威王烹阿大夫封即墨大夫齊國大治

捐燕 宋欲得燕金左企弓獻詩云君王莫聽捐燕議一寸山河一寸金

監殷 監平聲周公使三叔監殷 戡黎 書西伯戡黎

上仄 隱商 四皓隱商山 隱芒 漢高祖微時隱芒碭山大澤中 帝秦 見蹈海

上虛 活 下實

釣磻太公釣于磻溪　去邠太王避狄去邠邑于岐下　入秦商鞅入秦說孝公遠交近攻之術

畏匡孔子畏於匡　相秦百里奚相秦繆公　過秦賈誼有過秦論　去齊孟子去齊

伐燕史記燕王噲讓國於子之齊因伐燕　涉溱詩褰裳涉溱　相韓張良五世相韓

佐商伊尹佐商號河衡　使齊子華使於齊　適齊太師摯適齊

仄

釣渭太公　得隴漢光武嘗言人苦不足既得隴又望蜀　滅虢孟晉人假道於虞以滅虢

望蜀見上　瘠魯孔子罪冉求謀伐顓臾為其瘠魯以肥三家　卜洛周公相成王卜洛邑

王漢王去聲史記王欲長王漢中無所事信　泛洛李膺郭林宗泛舟於洛　去衛孔子

反魯孔子自衛反魯　去魯孔子去魯遲遲其行　宿晝孟子去齊宿於晝

相魯孔子為魯司寇攝行相事　過宋滕文公過宋而見孟子　入蜀漢昭烈

仕魯孔子　嘆魯禮仲尼之嘆蓋嘆魯也　治蜀孔明治蜀開誠心布公道

適楚語亞飯干適楚　築薛孟齊人將築薛　過沛漢高祖過沛召父老故人醼飲

平

耕歷舜耕於歷山　封魯伯禽封于魯　歸亳伊尹放太甲復歸于亳

存趙史記程嬰公孫杵臼謀存趙氏孤兒　分晉晉六卿共分晉地　侵阮詩侵阮徂共

思頼歐陽脩有思頼詩　平蔡唐吳元濟據蔡州憲宗平之　居魯孔子居魯逢掖

隳郈郈費魯二邑名孔子隳之以強公室　隳費見上　居宋孔子居宋章甫　居衛子思

城郢楚子囊城郢

邉儲國稅第四十二　上實　下半虛

平　邉儲儲蓄錢糧以供邉用曰邉儲　山征征稅也　山租租亦稅也　園租

田租漢書詔減民田租之半唐制有田則有租　地租　上租　市租　土均周禮有土均之法

上去　水程今天下府州縣俱有水程　土宜周禮有土宜之法辨十有二土之名物　地征周禮制天下之地征

水災漢書昭帝詔曰民被水災　市緡緡貫錢索市緡市中之錢也

仄　國稅國之賦稅　國計周禮司會掌百物財用而聽其會計　國賦即國稅

國課金銀魚鹽之類皆有課以供國用　地產周禮以地產作陽德飛潛動植之類

土產 即地產 土會 周禮有土會之法辨五地所生之物 水利

水權 權筭也漢有都水官主收魚稅即水權 市利 史記李抜軍租市利皆以饗士

市泊 亦作舶唐有嶺南市舶使 地課 海泊 海賈

陸產 禮記陸產之蔬 水禁 周禮萍民掌國之水禁 地利 土地所產之利 野禁 周禮四曰野禁

土著 漢書張騫傳其俗土著謂有城郭可以常居 海運 元末轉運江南之粟浮海而來謂之海運

去

田稅 即田糧也 田業 唐書口分世業田 山禁 周禮山虞掌山林之政令而為之禁

山稅 山林竹木之稅 湖稅 魚蝦蒲葦之類皆有課程入官 湖課 即湖稅也

園稅 蔬果之稅 丘甲 春秋作丘甲 鹽課 鹽之課程 河泊 魚課也

川禁 周禮川衡掌川澤之禁令 河患 河決最為民患 邦賦 周禮凡邦之賦用取具焉

漕運 漢書關中漕運關東粟以給中都

## 邦經國典第四十三 與前類互用

上實 活 下平 虛

平

邦經 經常也邦國常行之法 邦刑 鄉音 即方言 鄉風 一鄉之風俗

◎

鄉評後漢許劭有月旦評即鄉評　鄉談即鄉音也　朝儀漢書叔孫通起朝儀

朝章朝廷之典章　邊防　邊情　郊恩宋制用郊祀恩子　座鄰風

方言周禮象胥氏通四方之言　夷情即虜情也　蠻音蠻人侏離之音　河防

胡音胡虜語音　夷風四夷之風谷　鄉情

【上仄】

國章即朝章也　國華　國珎　國禎中庸國家將興必有禎祥　土風

土音即方言也　世情社世情惡褎歌　世恩　世姻　世官孟杜無世官

世忠　獄辭　獄情　虜情夷虜之情　地維

【仄】

國統　國勢　國柄　國脉　國體　國炸　國紀　國論

國憲　國是　國信　國典　國寶　國法　國族　國禁

國俗　國政　國事　國諱　世運　世道　世態　世事

世德　世族　世計　世業　世望　世祿　世俗　地理

地道　地望　市道　土俗

〔平〕邦典 邦本 邦治 邦禮 邦政 邦禁 邦用 郊禮
郊祀 郊宴 朝政 朝報古人謂之邸報即今之通報也 邊務
邊計 邊報邊上有警則奏報也 邊事 邊備 鄉俗 鄉衮 鄉論
廷議漢書東朝廷議之 山券券交易文書也

身體

山頭水面第四十四與宫室門樓頭屋角互用

並實

〔平〕山頭 山腰 山鬟 山眉 山顛 江頭 江心 溪頭
溪毛左澗溪沼沚之毛 溪心 田頭 田毛 墻頭 墻腰 池心
池頭 峯頭 津頭 村頭 源頭 堤頭 城頭 沙頭
灘頭 巖頭 籬頭 潮頭 湖頭 泉頭 濤頭 波心
潭心 湖心 峯腰
〔仄〕隴頭 水頭 水心 水鱗 浪頭 浪心 地頭 地皮
地毛即土毛五穀是也左食土之毛 石拳 石鱗 石頭 石膏藥品中有石膏

土膏 海頭 海心 岸頭 岸脣 嶺頭 嶺腰 渡頭
路頭 陌頭 井頭 沼毛 見溪毛 澗毛 沚毛
（去）水面 嶺面 沼面 海面 海口 水口 渡口 谷口
路口 洞口 巷口 岸口 浦口 港口 海眼 石眼
水眼 海角 石首 荆州有石首縣 石角 地角 地脈 土脈
地肺 三茅山亦名地肺 岸尾 渚尾 浦尾 水尾 海尾 隴首
嶺首 水背 嶺背 石骨 博物志地以石為骨 地骨 石也 水腹 禮水澤腹堅
地乳 岐山在崑崙東南為地乳 土肉 博物志地以土為肉 石髮 苔也 石膽 岸觜
水力 漢溝洫志分流殺水力 水脈 地力 水性 澤腹 嶺脚
土性 凡土之性所宜者書犬馬非其土性不畜
（上平）江口 溪口 池口 堤口 湖口 溝口 泉脈 山脈
川脈 地以川為脈 池面 江面 波面 湖面 溪面 墻角

城角 湖尾 村尾 溪尾 洲尾 源尾 沙尾 山尾

山脊 山背 山脚 山骨韓石鼎聯句巧匠琢山骨 山髮草也 山觜

山頂 山腹 山足即山脚 洲觜 沙觜 泉眼 罅角

峯頂 溪足杜急雨捎溪足 罅脚

## 山聾地瘠第四十五

（平）山聾百籟羣鳴聾其山 山童山無草木曰童 山窮 林慙北山移文林慙無盡澗愧不歇 （上實）（下半虛）死

林虢 塵囂 塵喧 途窮晉阮籍率意獨駕車跡所窮輙慟哭而返

山狂韓山狂谷狼相吐吞 山呼漢書武帝至嵩山聞呼萬歲者三 山飛地里家有山飛水走之說

江吞蘇漁舟一葉江吞天

（仄）土肥韓泉甘而土肥 水煩禮水煩則魚鼈不大 水窮王維行到水窮處 地貧 巷窮

市囂 石言左石言于晉師曠曰必有非言之物而言 石瘤土地多石猶人之有贅瘤也

（仄）地瘠 地富 地老 地瘦 海嘯 澤媚 澗愧見林慙

石病 土瘦 土瘠 水鬬周靈王時穀洛二水鬬宋時樂平二水亦鬬
水怒 水齧水之衝擊崖岸如人齧之也 水走 水懦左傳水懦則人狎而翫之
水敗以舊坊為無所用而壞者必有水敗 谷狼見山狂
去 山瘦 山瘠 山嘯一作笑蛟蜃出山裂如人張口而笑 山吐杜四更山吐月
山老 山禿即山童 山壽詩如南山之壽 田瘠 田瘦 波媚
川媚珠藏川而波媚 潮怒浙江胥潮 濤怒
恩波壽域第四十六 上虛 死 平實
平 恩波賈至共沐恩波鳳池裏 愁城庾信愁賦愁城終不破 迷川釋寶筏度迷川
迷途在七聖皆迷無所問途 冥途揚擿埴索塗冥行而已 窮途見途窮
心田釋心田性海 情田禮人情聖王之田 貪泉廣州有貪泉吳隱之為刺史飲之廉操愈厲
廉泉贛州有廉泉 愚溪柳子厚有八愚詩愚溪愚丘愚泉愚池愚溝愚堂愚亭愚島
愚丘 愚泉 愚池 愚溝俱見上 靈巖 靈溪 靈淵

靈峯　愚山列愚公惡太行王屋二山将移之故曰愚山　文川在梁州　文江吉水

文山宋文天祥號　哀丘　哀湍

庂

要津杜賔從雜遝實要津　福田韓非爲求福田利益　義田宋范仲淹置義田以濟貧族

讓田即虞芮所讓之閑田　壽山　惠山在無錫陸羽茶經第二泉也　官階

厲階詩誰生厲階　禍階　仕途　宦途　盜泉家語孔子不飲盜泉之水

貨泉見泉貨　讓泉　惠泉即惠山泉　慶源　道源　性源

利源史記利誠亂之始君子常防其源　醉鄉唐王勣作醉鄉記　禮坊禮以坊德

性湍孟性猶湍水也　聖涯文藝傳涵泳聖涯　意城富弼座右屏銘防意如城

善淵老心善淵　德基詩維德之基　義莊宋陳居仁置義莊以贍族黨

恨波恨填波　樂丘禮樂我斯丘　樂郊詩逝彼樂郊

仄

壽域杜八荒開壽域　聖域韓優入聖域　宦海雜駢或謂顔真卿不宜沉名宦海

福海　慧海釋　學海揚百川學海而至于海　慾海　苦海釋　理路

覺路釋 利路 義路孟義路也 肺石周禮肺石達窮民 醉石陶淵明醉卧之石

狠石鎮江甘露寺有石如羊謂之狠石 德澤長歌行陽春布德澤 惠澤

聖澤 慶澤 利壑言利慾之心如溪壑無厭足也 欲壑國語溪壑可盈是不可厭

理窟晉書張憑勃窣為理窟 怨府左叔孫昭子曰吾不為怨府 義渡 義井

義塾義學也 讓水 德水秦始皇自以為獲水德之瑞更名河曰德水

孝里 智窟 樂土

愁海秦少游落紅萬點愁如海 恩澤 仁澤 饒水 愚水 心地

心石詩我心匪石 文石漢梅福願一登文石之陛 醒石唐李德裕有醒酒石醉即卧之

心境 情境 榮境 靈境 愁境 哀壑杜哀壑無光留戶庭

靈囿詩王在靈囿 靈沼詩王在靈沼 仁里語里仁為美 仁宅孟仁人之安宅也

愚谷古有愚公谷 愚島見愚溪 機穽言機心深險如坑穽也 情竇

機塹即機穽 談藪晉裴頠善談論時謂言談之林藪

方隅

# 東郊北岸第四十七

平

東郊書尹茲東郊　東湖　東山詩我徂東山　東阡見前　東巖　東林

東皋陶登東皋以舒嘯　東籬陶采菊東籬下　東津　東濵東海也　東江

東園　東溪　東岡　東鄰　東陵書至于東陵　東流　東池

東方　東關魏司馬昭東關之敗　東泉柳因東泉為池　東鄉　東岑　東丘

東村　東屯杜有移居東屯詩　東坡蘇軾號　東藩史記東藩之臣　東堤

西江　西濵　西岡杜檜舟越西岡　西河　西溪　西池　西山

西郊易密雲不雨自我西郊　西園　西林　西陵　西疇陶将有事于西疇

西巖　西岑　西湖杭潁皆有西湖　西鄰易西鄰之禴祭實受其福　西塘

西鄉　西丘　西屯　西村　西堤　南溪　南方　南山

南郊祀天之所　南園　南岡　南鄰　南墻　南坡　南塘

南巖　南州徐稺號南州高士　南鄉詩居國南鄉　南莊　南邦詩登是南邦

下實

南村

上仄

北山詩北山有萊 北濱北海也 北鄰 北方 北園詩遊于北園

北巖 北郊 北溪 北林詩鬱彼北林 北岡 北湖 北峯

北村 北莊 北江書東為北江 北州 北鄉 北都 北邊

北陲北方之邊陲也 北藩

仄

北岸 北海 北苑 北嶽恒山 北野 北塞 北郭 北隴

北地秦郡名 北嶺 北陸左日行春東陸夏南陸秋西陸冬北陸

北澗 北里 北土 北陌 北沼 北逕 北鎮醫巫閭山

北道漢書光武曰我北道主人 北渚杜北渚凌清河

上平

南國詩南國之紀 南海 南嶽衡山 南鎮會稽山 南澗詩南澗之濱

南岸 南浦江淹別賦送君南浦 南苑 南陌 南郭莊南郭子綦 南市

南陸見北陸 南畝詩俶載南畝 南邑 南境 南野 南塢

南隴　南極杜冠兗通南極　南坡　南巷　南服韓以殿南服　南甸

南渚　南圃　東岸　東海　東鎮沂山　東郡杜東郡趨庭日　東渚

東嶽泰山　東野　東谷　東郭漢有東郭先生　東土書在茲東土　東陌

東陸見前　東澗　東市晁錯朝服斬東市　東塢　東里鄭子產所居地　東苑

東道左舍鄭以為東道主　東皐　西瀆　西野　西澗　西嶺　西苑

西崦　西土書顯于西土　西陸見前　西沼　西塞　西海　西市

西岸　西境　西巷　西鎮吳山　西嶽華山　西塢

溪南岸北第四十八　上實　下半虛

平　溪南　山南　村南　城南　街南　莊南　岡南　汀南

原南　郊南　墻東　籬東　園東　鄰東　街東　阡東

郊東　城東　城西　墻西　園西　郊西　鄰西

仄　澗西　水西　巷西　路西　陌西　磧西　水南　巷南

澗南　邑南　塞南　嶠南　郭南　路南　水東　海東

井東　路東　岸東　苑東　澗東

[仄] 岸北　巷北　塞北　水北　路北　地北　里北　澗北

徼北　苑北　路左　道左左詩生于道　墓左禮就位於墓左

墓右同上婦人墓右

[上去] 城北　衝北　山北　溪北　園北　籬北　巖北　墻北

村北　閭左秦遣閭左戍邊居里閭之左者乃貧民也　閭右秦漢時富民聚居閭右

鄰左　鄰右

江南塞北第四十九　[上實] [下半虛]

[平] 江南南都輔郡及江西湖廣在大江之南者皆是　河南黃河以南今汴梁諸處

湖南洞庭湖以南潭衡彬道全永皆是　荆南江陵　京南宋京西南路襄鄧諸地皆是

閩南福建　衡南衡岳之南　淮南淮之東西皆淮南地及廣陵在漢為淮南國

滇南 雲南有滇池

交南 交阯

燕南 燕山以南真定深趙諸處

淮東 淮安揚州諸處

江東 大江以東今南京宣歙諸處

河東 宋河東路今平陽澤潞諸處

京東 宋汴京以東為京東路

山東 太行山以東今濟南諸處

關東 關之東河南地皆是

遼東 古營州今廣寧以東之地

湖東 彭蠡湖之東江西南昌吉安諸處

巴東 夔州歸州一帶皆是

湘東 劉宋以衡陽為湘東國

齊東 孟齊東野人之語今濟南地

京西 宋汴京以西為京西路

山西 太行以西今太原諸處

河西 今甘肅地

關西 關之西陝西地皆是

江西 大江以西即湖東湖西也

遼西 古幽州今廣寧以西之地

巴西 四川保寧順慶諸處

湖西 彭蠡湖以西江西饒信諸處

淮西 汝寧鳳陽廬舒諸處

湘西 潭州舊有屬邑曰湘西

吳中 蘇常嘉湖諸處

關中 秦漢皆以長安為關中

秦中 陝西

湘中 衡潭全水諸處

閩中 福建

隴西 今鞏昌臨洮地

瀼西 瀼東西夔州地

浙西 嘉湖杭在浙水之西

越西 衢州古為越西鄙

頴西 即頴川

洛西 洛陽在汴京之西

海西 女直東瀕海

濟南 今山東會府

海南瓊州嶺南廣東西諸郡汝南汝寧越南閩廣諸處渭南西安府縣名

劍南劍閣之南唐於成都置劍南節度廣南今廣之東西在宋號爲廣南東西路

幕南匈奴沙幕之南界蜀中四川浙中即浙江地漢中地名屬陝西乃川陝相界處

瀼東見瀼西浙東寧紹溫台甬東甬音勇會稽東海濵地也越居夫差即此地

漢東今湖廣安陸德安地渭陽詩秦風曰至渭陽

仄

塞北即塞外漠北沙漠之北嶺北庾嶺以北江西湖南地皆是

渭北即渭陽冀北即幽燕之地莊冀之北濟北漢濟北國平陰穀城諸也

海北廣東高雷諸郡魯北兗州之境浙右即浙西海右杜海右此亭古

隴右漢張掖燉煌等五郡廣右廣西廣左廣東許下許昌劍外巴西以南之地在劍州

洛下即洛中

平

淮北邳徐豐沛皆在淮河北湖北岳陽武昌諸處皆在洞庭湖之北

江北蘄黃廬舒諸處皆在大江以北河北宋河北路今衛輝大名河間諸處

淮左即淮東　江左即江東　淮右即淮西　江右即江西
河內懷慶　關內即關中　畿內王畿之內　河朔朔北也即河北書河朔黎水
山後今宣府隆慶諸處　都下國都之下　岐下詩至于岐下

## 南蠻北狄第五十

上半虛　下實

平

南蠻南方之夷曰蠻　南京宋以歸德為南京猶今之金陵也　南徐京口在劉宋時僑立南徐州
南都即南京　南陽穰鄧宛葉之間今南陽府　南閩閩地在南故云南
南齊南朝蕭道成國號齊　南燕慕容德據廣固號南燕　南涼北朝鮮卑據廣武號南涼
南唐五代李昇據金陵號南唐　東京宋因之五代梁晉漢周皆都汴梁號東京
東陽吳分會稽置東陽郡今金華是　東揚劉宋以會稽郡為東揚州今紹興是
東周成王遷洛其後平王東遷　東都周公營洛邑為東都後漢都洛亦曰東都
東吳蘇州　東甌漢書閩粵王都東甌今永嘉處州是其地　東夷東方之夷
西京宋以河南為西京　西周武王都鎬曰西周　西都前漢都於長安號西都

西秦秦居西故曰西秦　西甌漢書南粵以財物賂西甌註西甌即駱越也

西吴湖州　西戎書西戎即叙　西夷孟西夷之人也　西羌今河州岷州皆古西羌地

西涼北朝李暠據酒泉號西涼　中吴潤州今鎮江又蘇州亦曰中吳

上灰

北京宋以大名府為北京　北齊高洋篡東魏號北齊　北燕東晋時馮跋據灤州號北燕

北涼北朝沮渠蒙遜據張掖號北涼　北邙山名在洛陽　北徐南朝以鳳陽為北徐州

後周北朝宇文覺五代郭威皆號後周　後秦五胡姚萇　後唐五代李存勗

後梁五代朱温　內黃漢縣名屬魏郡　外黃漢陳留屬縣因內黃故加外以別之

上都元人以開平府為上都每歲避暑於此

灰

北狄北方之夷曰狄　北阮南阮貧北阮富　北魏元魏建都在北方曰北魏

北虜匈奴也　北漢五代劉崇　上蔡今汝寧所轄也名　上谷今宣府是

下里選客歌於郢中始曰下里巴人　後漢即東漢又五代劉知遠亦號後漢　後魏元魏亦號後魏

後晉五代石敬瑭　後蜀五代時孟知祥據成都號後蜀

◎

【上平】南阮見上　南鄭漢中地名漢高祖初為漢王都此　南楚江陵　南詔今雲南地

南宋宋高宗南渡謂之南宋　南雍雍去聲南朝立南雍州於襄陽　南豫梁置南豫州於合肥

南兗劉宋以揚州為南兗　南粵趙佗據南海稱南粵　南漢五代劉隱據廣州國號南漢

東漢光武都洛陽在長安東故曰東漢　東魯　東晉司馬睿渡江都建業曰東晉

東粵閩粵在南粵之東　東楚唐以淮安為東楚州又吳都亦曰東楚　西蜀蜀在西故曰西蜀

東魏高歡立拓跋善見號東魏　西洛宋汴京在洛東故謂洛為西洛　西夏今寧夏地

西漢漢高帝都陝西曰西漢　西域月支大食大宛諸國為西域光武謝絕西域

西楚徐州項羽自立為西楚霸王　西魏宇文泰立拓跋寶炬號西魏

西晉司馬炎簒魏國號西晉　前漢即西漢

## 東流北徵第五十一

與天文門東升北指互用　【上半虛】　【下虛】活

【平】東流　東連　東馳韓淮水出桐栢東馳　東傾　東臨　東奔　東來

東呑　東移　東漸平聲書東漸于海　西傾　西流　西來　西連

西臨　西通　南臨　南流　南通　南馳　南趨　南侵

南連　前連

（十五）北流詩滮池北流　北通　北連　北涵　北移　北臨　北呑

北來　上通　上齊音躋升也禮地氣上躋　上騰禮地氣上騰　下隨

下臨滕王閣序下臨無地　下移　右通　右移　右趨　左環

（十六）北聳　北峙　北匯　北注韓洞庭北注何奔放　北接　北映　北瞰

北浸　北出　北枕漢書吳會北枕大江　北抵　北去　北向杜石角皆北向

北繞　上出乳泉上出　上接　右闢地右闢而起畢昴　下接　下蘸

下枕　右動地右動

（十七）東去　東會書東會于泗沂　東向　東接　東匯書東匯澤為彭蠡

東入書東入于海　東注詩豐水東注　東到選百川東到海　東抵　東枕

東峙　東繞　西繞　西向　西被書西被于流沙　西入　西抵

西接　西峙　西聳　南度　南向　南抵　南接

朝東自北第五十二 與天文門生東拱北互用

【上虛】活【下半虛】

【平】朝東　流東　連東　徂東詩自西徂東　馳東　傾東　趨東

流西　傾西　朝西　徂西　連西　趨西　朝南

【去仄】向東　至東　抵東　會東　必東荀水萬折必東　繞東　面東

自東詩自西自東自南自北　決東孟決諸東方則東流　枕東　注東　匯東

決西孟決諸西方則西流　自西　抵西　匯西　抵南　自南　繞南

限南魏文帝至長江歎曰固天所以限南北也

【仄】自北　聳北　面北　繞北　匯北　浸北　注北　瞰北

限北見限南　就下孟水之就下　注下　潤下書水曰潤下　向左

向右　繞右

【平】趨北　朝北　環北　連北　流上孟從流上　流下孟從流下

趨下　傾下

他鄉故國第五十三

平

他鄉　吾鄉　殊鄉　名鄉　窮鄉　寬鄉唐制田多可以足其人者為寬鄉

上虛　死　下實

他邦　名邦　新邦　遐邦　遐方　殊方杜殊方落日玄猿哭他方

偏方　他州　名州　遐州　偏州　清朝　昌朝昌盛之朝

遐陬遐遠之隅　荒陬　清都　名都　遐荒　窮荒　殊疆

名藩　芳鄰滕王閣序接孟氏之芳鄰

仄

故鄉　異鄉　遠鄉　舊鄉　弊鄉　狹鄉唐制田少者為狹鄉

遜鄉遠鄉也　此邦詩此邦之人　異邦語稱諸異邦　舊邦詩周雖舊邦

遠邦　大邦書大邦畏其力　小邦書小邦懷其德　近邦　是邦　遠方

異方　彼疆　此疆詩無此疆爾界　我疆詩我疆我里　近疆　故疆

近鄰　故鄰　惡鄰　舊鄰　敵都　舊都莊子舊國舊都望之悵然

大都左大都不過參國之一　大藩

〔仄〕故國　異國　大國　別國　小國　我國　彼國　遠國

與國春秋有望國與國　望國見上　此郡　遠郡　大郡　故郡　異郡

弊郡　劣郡　大邑書惟臣附于大邑周　弊邑左彌縫弊邑　劇邑煩劇之邑

小邑　壯縣史高祖至曲逆曰壯哉縣也　僻邑　賤邑　故邑　故里

舊里　我里　遠地　此地　故土　異土　故壤　僻壤

是處　弊處　此處　重鎮藩鎮要害處也　故境　異縣　異境

異域凡中國之外皆異域古有異域志　此界　彼界　彼岸　舊國杜舊國霜前白鴈来

我壘杜單于寇我壘

〔平〕名郡　吾郡　遥郡　邊郡　他郡　何郡　吾境　佳境

他國　吾國左亦聊以固吾國也　吾地左不虞君之涉吾地也　何地　他處

何處　吾邑　他邑　殊邑　何邑　吾土選雖信美而非吾土兮

長流遠聳第五十四

平　長流　橫流　交流韓有沐泗交流詩　同流　深流　通流

潛流水之伏流地中者以上並水　平遮　橫遮山　輕遮　微遮

深遮以上並林　徹通　潛通並水　深藏山　輕堆　平堆並塵沙

斜侵林影　深涵　平吞　輕浮漚　狂奔波　斜傾瀑　輕搖波　狂馳

斜連山勢　平臨　平分

仄　逆流　順流　直流　暗流　倒流　曲流　緩流以上並水

遠遮山又林　密遮　淡遮　亂遮以上並林　靜涵　遠涵並潭

密藏林　亂堆山阜　暗通泉脉

仄　遠聳　獨聳　並聳　競聳並山　倒蘸　淺蘸　淺浸　倒浸

直透　徑透　暗透並泉　阜立　特立　屹立　獨立以上並山

曲繞　亂繞並溪又路　亂滴　碎滴以上並水　淺泛溪　密鎖

突起阜又山　淡抹林　曲抱溪　直截　徑入　巧疊山

〔平〕新漲　平漲並水　高聳　環聳　斜聳　環拱　低拱　環立

高立以上並山　斜入　高入山尖　深入路　斜繞　橫繞　長繞並江

斜矗　高矗並峯　斜溜泉　斜浸水　斜起峯　斜抹林　高出山　高峙山

低映　低照　微潤上　微溢　輕漱泉　平挹　深鎖林

## 爭流競秀第五十五

〔上虛〕死　〔下虛〕活

〔平〕爭流　分流　齊流　奔流並水　爭高　齊高　相高並山　爭幽

齊幽　資生易至哉坤元萬物資生　乘衰淮南子水性乘衰而流謂衰而下也

爭奇　爭趨水　爭芳園　爭長　爭雄山勢　爭奔　爭馳　交趨

交馳並水　相通澤　相奔波　相縈路　齊傾

〔去〕轉高　並高　競高　鬪奇　更奇　轉奇　獻奇　擅奇並山

更幽　轉幽　擅幽山又谷　並流　合流　亂流　競流

轉深 轉清並水 合汙

仄 競秀晉書千巖競秀 獨秀 轉秀 特秀 迥秀 並秀 競勝

並勝並山 轉靜 轉瑩水 對立 對起 對峙並山 競險 競抹林

競瀉泉 獨抱灣 更杳谷又路 游至易水游至

上平 爭秀 爭聳 爭峙 爭疊並山 逾靜蟬噪林逾靜 逾僻 逾險

逾遠路 逾曠野 相蕩記天地相蕩 相對山 相倚峯 相映 分秀

分峙山 孤秀峯 偏秀峯 交集

通用 難窮莫測第五十六 上虛 死 下虛 活

平 難窮路 難攀山頂 難量海 難尋 難平險阻 難追去浪 難窺深淵 難移山

難登 無窮路

上仄 不漓 不汙流水不汙 不窮 不盈堯水九年而海不盈 不虛

不騫 不崩詩如南山之壽不騫不崩 可航水 可湘韓可濯可湘謂泉也 可躋小山

可攀坡陁可窺井可梯山小可登山可沿河可觀 以陳易卑高以陳

以寧老地得一以寧 以盈老谷得一以盈 蓋卑詩謂山蓋卑 既瀦書彭蠡既瀦

莫窮 載清詩載清載濁 既清詩泉流既清 既平詩原隰既平 易盈滿溢

仄 莫測海 莫渡 不重中庸載華嶽而不重 不測海 不涸湯旱七年而海不涸 不竭

不轉石 不斷 不洩中庸振河海而不洩 不泐石堅 不濁 不息千丈川流不息

不舍語不舍晝夜 可掬泉源 可濯見上 可涉淺水 可泐石脆 可涸驟漲 可測小水

易竭溝 易涸驟漲 易濁 蓋厚詩謂地蓋厚 載濁見上

上字 難測海 難渡 難竭深淵 難盡水 難繪江山景色 無竭淵 無渡斷黃

糚成削出第五十七 與天文門吹開洗出互用 並虛 活

平 糚成 修成 刋成 圖成 拖成 翻成 描成 堆成

淘成 排成 鋪成 流成巴江文江流成字之類 生成 堆翻

飛來飛來峯之類

〔去仄〕畫成　渁成　削成　斲成　疊成　漱成　滴成泉滴成珠

化成　變成　幻成　界開　送来　踏翻

〔入〕削出　洗出　擁出　畫出　渁出　瀉出　聳出　露出

幻出　點出　捧出　引出　界破徐凝瀑布詩一條界破青山色

滴破　截斷　隔斷　畫就　疊作

〔上平〕粧就　鋪就　堆就　描就　粧出　描出　堆出　流出

漂出　浮出　翻作　移作　垂下　穿破　吞却

深中淺處第五十八〔並虛〕死

〔平〕深中　明中　寬中　踈中　陰中　閑中　幽間　踈間

陰間　清時　幽時　佳時　高時　深時　平時　枯時

閑時　盈時

〔去仄〕靜中　險中　暗中　涸時　靜時　漲時　瀉時　滿時

〔仄〕淺處　險處　茂處　闊處　鬧處　勝處　近處　遠處
靜處　盡處　絕處　狹處　曠處　急處　斷處　淨處
僻處　峻處　鬧裏　靜裏　邃裏
〔平〕深處　寬處　高處　佳處　幽處　閑處　平處　疎處
陰處　危處　奇處　窮處韓陽山天下之窮處　低處　荒處

如山若海第五十九　〔上虛〕死〔下實〕

〔平〕如山詩如山如阜如岡如陵　如岡　如陵爾雅如陵日陵丘　如川詩如川之方至
如江　如河詩如山如河　如林詩其會如林　如泥阿房宮賦用之如泥沙
如沙　如淵中庸淵泉如淵　如塵　如坻　如京詩如坻如京　如流
〔仄〕若川　若林書受率其旅若林　若陂史黃憲汪汪若千頃之陂　似泥　似塵
〔仄〕若海莊淵源平其若海　若水老上善若水　若石　若谷老上德若谷又曠兮其若谷
似水　似石　匪石詩我心匪石

平 如石老落落如石 如水史鄭崇曰臣心如水 如阜上見 如土 如地 如海

如礪史秦山如礪 如畝尒雅如畝曰畝丘 如陼陼與渚同尒雅如陼者為陼丘

如銀似屋第六十

上虛 死 下實

平 如銀 如花浪 如絃山泉聲 如屏山 如藍水 如味泉 如簪山

如虹泉之垂者 如帷林 如琴泉聲 如雷潮聲 如湯柳辯河南下水如湯

如瓊 如堂尒雅山如堂者為密 如防尒雅山如防者為盛

上仄 若珠 若屏 若藍 若琴 若堂封土若堂堂者矣禮吾見有若

若坊封土若坊坊者矣禮見若 似帷 似紳 似花 似珠 似屏

似琴 似虹 似簪

仄 似屋 似米 似戟並山 似練 似玉 似髻 似翠 似筆

似畫 似黛並山 似縠水紋 似鏡湖 似笋石峭 似帶河 似劍山

平 如屋 如練謝玄暉澄江淨如練 如筆 如玉 如黛 如畫 如米

如劍　如戟　如醴泉　如帶史黄河如帶　如掌杜秦川對酒平如掌

無聲有色第六十一　上虛死　下半實

平　無聲　無痕　無波井水　無塵靜境　無津　無涯　無根韓潢潦無根源

無根平沙　無源見上　無情水　無邊海　無光　無言山　成形易在地成形

無心山水

去　有聲　有音並泉　有期潮　有光　有情佳境　有容　有根山石　有涯

有常易動靜有常

入　有色山　有恨　有節井　有氣　有勢山　有待佳山水　有意

有本孟源泉混混有本者如是　有脉泉　有力水　有趣山水　有態境　有信潮汐

有限疆境

平　無力弱水　無岸　無底並海　無極地　無滓水　無限　無際平地又海

無畔海　無節江濤　無恨　無勢　無信　無意水　無語山水　多浪江湖

◎

多氣山澤 多勝山川 殊狀山川

**數目** 千山萬水第六十二 **上虛**死 **下實**

**平** 千山 群山 三山見蓬萊註謂之三山福州亦 孤山 千峯 雙峯

三峯 群峯 孤峯 孤村 三泉史下徹三泉 千村 千崖

千林 雙林 千畦 千巖 千流 千郊 雙溪 雙堤

雙津 三巖靈山縣有三巖曰錢巖月巖龜巖 三崤在河南府天下九塞之一

三洲淮上地詩淮有三洲 三塗伊闕崤澠轘轅在洛陽間謂之三塗 三江書三江既入謂松江婁江東江

三川今洛陽縣地即秦之三川郡 三河河南河內河東 三成尓雅丘三成曰崑崙

孤岑 孤林 孤城

**仄** 兩山 萬山 五山 衆山 半山王荆公號 一山 幾山

九山書九山刊旅 一巖 萬巖 半巖 一池 半池 一源

九丘孔安國書序九州之志謂之九丘 五丘尓雅天下有名丘五其三在河南其二在河北

一丘 史古與今如一丘之貉 四丘 周禮四丘為甸 一林 萬林 半林
兩江 廣西溪洞之間有左右兩江 一江 九江 書九江孔殷沅漸元辰叙酉澧資湘今有九江府
半江 一溪 兩溪 半溪 五溪 在楚黔中酉辰巫武陵等五溪
九溪 沅州有九溪 百川 詩百川沸騰 九川 書九川滌源 一川 半川
百泉 詩逝彼百泉 數峯 九峯 九峯三泖皆松江山水 一峯 兩峯
八峯 容州都嶠山有八峯最高 五峯 衡山七十二峯最大者有五祝融紫盖石嶺芙蓉天柱
半峯 幾峯 一村 半村 一河 九河 書九河既道 兩河
一園 半園 一畦 百畦 莊桔槔一日灌百畦 衆畦 一潭 半潭
九街 八街 六街 五湖 震澤射陽洞庭丹陽彭蠡又周禮揚州其浸五湖
九嵕 山名在醴泉縣東北西京賦九嵕甘泉 九逵 尔雅九達謂之逵
九嶷 音疑其山有九峯形勢相似在今道州 九淵 賈誼襲九淵之神龍兮
九皐 詩鶴鳴于九皐 九原 禮趙文子與叔向遊於九原 一抔 音裒史長陵一抔土

九衢　五溝周禮遂溝洫澮川曰五溝　五涂周禮徑畛涂道路為五涂

十洲海上有十洲三島　六塵釋氏以色聲香味觸法為六塵　兩汀　四郊禮四郊多壘

衆流　一成尔雅丘一成為敦丘山一成曰坯　再成尔雅丘再成為陶丘山再成曰英

半城

萬水　一水　八水關中八水灞滻涇渭豐鎬牢潏　斗水莊斗水活枯鮒

九澤書九澤既陂　四澤　四岸　兩岸　一岸　一沼　半沼

萬嶺　五嶺大庾始安臨賀桂陽揭陽是為五嶺　百谷老江海為百谷王　萬谷

百頃　數頃　萬頃　百畝　萬畝　數畝　一畝禮儒有一畝之宮

九野　四野　萬野　百雉左都城不過百雉　一圍　萬圍　六井

四井周禮四井為邑　萬井史提封萬井　百海　百堵詩百堵皆作　一徑

九曲黃河九曲武夷亦有九曲　一曲詩彼汾一曲　十藪藪澤也尔雅十藪

八藪大野大陸揚汙孟諸雲夢具區海隅圃田　一易周禮一易之地兩歲一種是為中田

再易周禮再易之地三歲一種是爲下田　一路　一撮中庸一撮土之多

一澗　四達尔雅四達謂之衢　撮土　庶土書庶土交正　四塞秦四塞之國

九達尔雅道路之名有九達　兩戒唐一行以天下山河之象存乎兩戒戒以限戎狄蠻夷

九畹田三十畝曰畹楚辭余既滋蘭之九畹兮　九陌漢長安城中八街九陌

萬折見前　九折坂名蜀中險路　四瀆　五嶽俱見前　一壑　萬壑

寸地杜寸地尺天皆入貢　兩地　尺地孟尺地莫非其有　九地孫武用兵之法有九地

十地釋氏有十天十地之説　七渡大江自荆鄂至常潤其最要者七渡

雙堠雙堠欲過雙堠来　一墢音撥國語王耕藉田一墢　片石庾信惟此一片石堪共語

兩涘莊秋水篇兩涘渚涯之間　五石藥以石膽丹砂雄黃礜石磁石爲五石

六洞隱山六洞在靜江

上平

三徑　孤徑　雙徑　孤岸　雙岸　孤島　孤嶼選孤嶼媚中川

三島見十洲即扶桑蓬萊崑崙　雙峽　三峽巴峽巫峽黃牛峽宜春亦有三峽

三浪禹門三級浪　三襲尔雅山三襲為陟襲重也　三窟狡兎三窟　孤岫

雙岫　千岫　孤嶂杜孤嶂秦碑在　千嶂　千野　千畝　千澗

千磴　雙澗　雙堠　三峒　孤嶺　三澨書嶓冢導漾過三澨

三谷褒谷斜谷子午谷　三洞金華三洞在婺州　三泖見九峯

## 三吳百越第六十三

上虛　死　下實

（平）三吳東吳中吳西吳　三秦項羽封秦降将章邯等三人於關中曰三秦　三湘湘鄉湘潭湘源

三巴巴中巴西巴東　三韓馬韓辰韓弁韓皆在朝鮮　三齊臨淄濟北膠東

三危書三危既宅　三苗書分北三苗　諸夷四方夷虜通謂之諸夷　諸蕃

（去）五涼南北朝有五涼　五胡劉聰石勒符堅姚萇慕容垂　五戎周禮西方有五戎

五陵長陵安陵陽陵茂陵平陵皆漢諸帝葬處　八閩全閩八郡因號八閩

七閩福建在周時為七閩周禮職方氏辨七閩之人民　八蠻南方之蠻有八種

四夷東夷西戎南蠻北狄　九夷東方之夷有九種畎夷于夷方夷黃夷白夷赤夷玄夷風夷陽夷

二燕南北燕 六蠻尒雅六蠻七戎 七戎見上 六戎西方之戎六種

二周武王都鎬曰西周成王遷洛曰東周又戰國時二周 四川西川成都東川潼州北川利州南川夔州

百蠻詩因時百蠻

仄

百越自會稽南至交趾皆古百越之地 兩越廣東西 兩浙浙東西

兩漢前漢後漢 兩晉東晉西晉 兩廣廣南分東西兩道 五狄北方五狄

五筦廣筦桂筦容筦邕筦瓊筦皆嶺南地 六狄周禮北方有六狄 八狄尒雅九夷八狄

六詔即南詔今雲南地 五詔今雲南大理府古亦謂之五詔 九貉周禮北方有九貉

四貉史四貉成服 四輔唐都長安以同華蒲岐四州為輔

平

三楚南楚江陵西楚彭城東楚吴郡 三輔漢以京兆扶風馮翊為三輔 三越吴越閩越南越

三蜀成都廣漢犍為號三蜀 三亳書三亳阪尹北亳考城南亳穀熟西亳偃師

三晉韓趙魏共分晉地故曰三晉 諸夏語不如諸夏之亡

群方萬國第六十四 上虛 死 下實

【平】群方 多方書有多方篇 諸方 諸州 諸鄉 諸藩 諸鄰

三關燕有三關松亭居庸古北 三邊漢武帝開廣三邊 三垂垂與陲同邊也漢書周匝三陲

三城 三郊書魯人三郊郊 群邦 三邦 三都

【上仄】四方 萬方 五方禮五方之民皆有性 八方東西南北東南東北西南西北 一方

一城 百城 各城 四畿周禮野廬氏掌國之四畿 各村

九畿周禮大司馬掌九畿之籍 萬邦詩萬邦之方 五邦書盤庚于今五邦商人五遷都

庶邦書庶邦家君 兩京 四京宋開封東京洛陽西京歸德南京大名北京

二京即漢兩都 九京即九原 四鄰左諸侯有道守在四鄰

五鄰周禮五鄰為里 九州禹別九州 普天詩普天之下莫非王土

兩都漢東西都 八都即八方漢西京賦取姝裁於八都 各鄉

六鄉周禮比閭族黨州鄉謂之六鄉 八區四方四隅長楊賦洋溢八區

一區揚雄有宅一區 萬區史得百里之國萬區 九區李軍聲動九區 各藩

四荒爾雅觚竹北戶王母日下四處謂之四荒 四疆周禮封其四疆 四維角也地之四角

四關秦中洛陽皆有四關 六雄唐四輔之外又有六雄十緊十望之目 一壘孟頭受一壘而為眠

九垓十京曰垓國語天子之田九垓 九圍詩帝命式于九圍九州也 八紘音弘綱紀也即八方

八陵爾雅八陵醫無閭會稽梁山華山霍山崑崙虛幽都斥山 八埏音延際也謂九州之外邊際之地

八荒八方荒忽極遠之地賈誼過秦論併吞八荒 八陘連山中斷曰陘天下之陘有八井陘飛狐陘之類

一壇禮一壇一墠 各邊

仄

萬國史禹會諸侯於塗山執玉帛者萬國 庶國 四國詩四國于蕃 一國

列國 七國戰國時秦燕趙韓魏齊楚謂之七國又漢有七國之變

九國禮西方有九國焉又漢高祖子弟同姓為王者九國 六國漢高帝欲立六國後

五服禹貢五服甸侯綏要荒 六服書六服群辟 九服周禮九服侯甸男采衛蠻夷鎮蕃

四表書光被四表 四海 四裔書竄大罪居於四裔 四履漢四履之地

四境孟四境之內不治 四市漢長安中有四市 五郡漢河西五郡酒泉武威張掖燉煌安定

一縣 四縣周禮四縣為都 六合上下東西南北 六遂周禮鄉里鄰鄙縣遂謂之六遂

六幕即六合 六郡漢六郡良家子 六鎮元魏以馬邑雲中諸州為六鎮

六極莊出六極之外 四極尔雅泰遠邠國濮鉛祝栗謂之四極 八極莊揮斥八極

八表 八鎮史戲八鎮而開闢謂四方四隅 九市漢長安中立九市

九郡南越九郡南海蒼梧鬱林合浦交趾九真日南珠厓儋耳 九有書以有九有之師詩九有有截

九土 九里莊河潤九里 九塞天下大關塞有九如居庸常山方城殽澠之類

九域宋祥符間修九域圖熙寧中又修九域志 一墠見前 四鎮唐安西有四鎮

四甸周禮四甸為縣 五土 一障漢書居一障間 十道唐太宗因山川形便分天下為十道

七里孟七里之郭 十里十里一置 十望唐十緊十望皆天下安地

十際見十望 十鎮孫吳以巴東夷陵江夏當塗歷陽等十處為十鎮

百里 百世 萬里 萬邑 萬宇 萬世

幸

千里 千邑 三國漢末魏吳蜀分據三方謂之三國 三里孟三里之城

三鎮宋以中山太原河間為三鎮 三壤書咸則三壤 三遂書魯人三遂
三境老氏有三清三境之說 三界老氏以天地水為三界 三內唐西內南內東內
三市周禮大市朝市夕市曰三市 三世禮醫不三世不服其藥 千世
三社大社王社亳社曰三社

高低遠近第六十五

並虛 死

連綿

平 高低 高深 高卑 洪纖 方圓 低昂山 縱橫路 橫斜徑

上去 短長道里 塞通路有塞通水亦然 廣輪廣去聲橫也輪縱也東西為廣南北為輪

淺深 險夷路又地勢 峙流 幅員直方曰幅周圍曰員詩幅員既長

靜深

仄 遠近 大小 細大 廣厚地 廣袤袤延亘也東西曰廣南北曰袤

廣斥書海濱廣斥 上下 斥鹵海濱鹹地謂之斥鹵 博厚 動靜 俯仰

曲直 巨細 廣狹 闊狹 要害史調穀積要害處在我為要於敵為害

【上平】清濁　深淺　高下　長短道里　踈密林　夷險　肥瘠田土　流峙山

通塞　深厚　高厚　高遠　清淺水　迂直路　迂曲小路　迂遠路

周流灌注第六十六　【並虛】活

【平】周流　周廻　周遭　周環山又城　周圍　遮圍山　遮蔵

流通水　流行水　回環水　傾頹壞垣　涵濡　疏通水　澄涵潭　翻騰波

奔騰波　縈紆水又小逕　廻旋瀾

【上仄】泳游　沸騰川　漂流　注流川　列環山　遶回水又路　蔽蔵林

決開渠

【仄】灌注　灌溉　浸潤　浸漬　泛溢　泛漲新水　泛濫　濺漬水

壅滯　壅塞溝渠　聳拔峯　聳據高山　布列山峯　洞達　蕩滌川　拱峙山

潤澤水　蔽障　倚伏　阨塞險阻也

【上平】蔵納海　蔵育藪　環遶水　環列山　環抱　環峙水環山峙　奔突波

飄颻水 流蕩水 縈遶 森列山 重疊山 排列峯 羅列山 遮障山
迴遶水 縈峙水縈山峙 渟滀潭 蹲伏石

# 崔嵬浩蕩第六十七

平
崔嵬子虛賦龍從崔嵬高也 嵳峩子虛賦嵳峩嶕嶪亦高也 巍峩 巑岏山
崢嶸山子虛賦下崢嶸而無地言深遠也 岧嶤 高稜 崇高 盤𡾰並山
清泠莊清泠之淵 蒼茫海水 澄清淵 泓澄潭 潺湲史河湯湯兮激潺湲
澄鮮 瀰漫 汪洋並水 崎嶇山 嶢巖不平山 槎牙並石 縈廻 迢遙
逶迤並路 深沉潭 清虛 清幽 龍從見崔嵬 崚嶒山 冲融水
嶕嶢史泰山之高嶕嶢 嶔嶇山 谽谺子虛賦谽谺谿間澗谷形容也 嶙峋山甘泉賦嶺巆嶙峋
崴嵬子虛賦洞出鬼谷之崴嵬不平也

上仄
嶮巇山 渺茫水 寂寥地 蓊葱地氣望氣者至南陽曰氣佳哉鬱鬱葱葱
鬱盤山 杳冥岩岫 蒨深林

並虛死

灰

浩蕩 蕩漾 浩渺 瀲灩 渺漠並水 崒嵂 崒兀山 峭拔

秀麗 嶄絕並山 磥砢石 突兀山 嶪岌山 磊磈石 磊落石 滴瀝泉

點滴泉 窈窕谷林 險固城 曲折 屈曲並水又路 寂歷空山 縹緲遠山

嵲屼山 洶湧波濤 浩瀚 滉瀁並水 巑壘山 潎洌子虛賦轉騰潎洌

汩急並水子虛賦汩急漂疾 硉矹山 邐迤山路 漭沆水

幸

澄澈 回合 清澈並水 虗豁洞 清潔 深秀林 孤峭山 峯森聳

雄麗 葱蒨並山 磅礴山石 溶潏 滂湃並水 澎湃濤聲子虛賦洶湧澎湃

沮洳沮一讀為去聲詩彼汾沮洳下溼地也 柔弱老天下柔弱莫過於水 森直林

泠然屹若第六十八

並虛

死

平

泠然泉聲 巍然山 峩然山 森然林 悠然陶悠然見南山 林然石 茫然大水

潺然水 巍乎山 深乎淵 森乎林 危乎山 高哉李蜀道難危乎高哉

危哉山 幽哉境 奇哉峯 悠哉水 清兮孟滄浪之水清兮 清斯孟清斯濯纓謂水也

【去】濁兮孟滄浪之水濁兮 渾兮水 闢兮 沛然孟沛然決江河 翼然群山 蔚然孟山参

浩然水 坦然路 渺然水 湛然水 杳然 烱然 瑩然水 窅然洞

浩乎水 岌乎山 淺哉水 壯哉 至哉元易至哉坤元 美哉史記美哉水洋洋乎

險哉

【仄】屹若山 湛若水 淺若水 遠若路又水 峻若山 宛若山 坦若路

湛矣水 屹矣 博也 厚也 久也中庸博也厚也悠也久也

毖彼水詩毖彼泉 洌彼泉詩洌彼下泉 逝者夫語子在川上曰逝者如斯夫

【上】高矣山 清矣水 危矣山 窮矣 深矣詩就其深矣 悠也見前註

高也山 森若林

村村岸岸第六十九

【疊字】【平】村村 山山 林林 田田 巖巖 家家 州州 門門

【並實】

鄉鄉 源源孟源源而来 丘丘 潭潭 園園 畦畦 池池

灘灘　峯峯

〔仄〕岸岸　浦浦古詩一葉舟移浦浦風　井井　處處　在在　戶戶

世世　巷巷　畝畝　徑徑　縣縣　路路　洞洞　頃頃

陌陌

巍巍瀏瀏第七十　〔並〕虛死

〔平〕巍巍　峩峩　層層　嶢嶢並山　幽幽詩幽幽南山　蒼蒼　重重並山

滔滔詩滔滔江漢　泠泠　清清並泉　溶溶校獵賦沉溶溶　洋洋詩泌之洋洋

深深　盈盈古樂府盈盈一水間　涓涓家語涓涓不息遂成江河　潺潺

湯湯音傷書湯湯洪水方割　茫茫詩宅殷土茫茫　汪汪史汪汪若千頃之陂

悠悠詩淇水悠悠　泱泱詩維水泱泱　亭亭　漸漸詩漸漸之石　迢迢路

漫漫水又路　遙遙　盤盤蜀道難青泥何盤盤　澄澄水　巃巃　嵸嵸並山

漣漣水紋　漪漪水波紋　粼粼水波紋　沉沉子虛賦沉沉隱隱

瀰瀰詩河水瀰瀰　淵淵中庸淵淵其淵　澐澐水　湝湝詩淮水湝湝

仄

渺渺　蕩蕩　湛湛　浩浩　泛泛　淺淺　灩灩並水　滚滚浪

混混泉　瀝瀝泉　滮滮韓水滮滮循除鳴　脉脉　滴滴並泉　莽莽　漠漠並沙

奕奕詩奕奕梁山　膴膴詩周原膴膴　矗矗相如賦崇山矗矗　屹屹並山

曲曲路又水　磊磊石　巀巀韓白石巀巀　隱隱　疊疊並山　鬱鬱

鑿鑿詩白石鑿鑿　藹藹陶藹藹遠人村　汩汩水　皎皎皎皎寒潭潔　落落石

灝灝水　歷歷山空貌　蔚蔚　業業　岌岌　崒崒並山　漾漾水

湜湜詩湜湜其沚　皓皓水　秩秩詩秩秩斯干水　烈烈詩南山烈烈

律律詩南山律律

## 二字

風月塘煙霞島第七十一

平

風月塘　風月山　風月溪　風月林　煙雨村　煙水鄉

煙雨湖　雲霧村　雲水村　雲水湖　雲月峯　造化關

牛斗墟南昌分野滕王閣序龍光射牛斗之墟　牛女河牽牛織女七夕會於天河

雨露郊　風雨池　水雲鄉　氷雪池

仄

煙霞島　煙雨地　霜雪地　氷雪地　霜月路　塵沙路

霜雪路　風雪路　氷雪岸　氷霜岸　霜雪徑　風月徑

煙雨嶂　風月渡　燈火市　星宿海黃河之源出於此　風雨峽

煙霞洞　煙雨岸

水連天山吐月第七十二

平

水連天　水拍天　水滔天　浪蹴天　水接天　水浮天

浪粘天　水涵星　池印星　潭印星　山出雲　川出雲

山抹雲　水浮雲杜南國浮雲水上多　嶺埋雲　洞出雲　巖卧雲

水浴蟾　水明蟾　水明霞　渚飲虹　浪捲風　地凝霜

水結氷

仄 山吐月（杜：四更山吐月） 山銜月 池浸月 波浸月 波漾月

林篩月 山藏月 山礙月 江呑月 江搖月 沙籠月

川浴日 山銜日 塵蔽日 山吐霧 山隱霧 山溺霧

城隱霧 城帶雨 山擁雪 濤湧雪

## 松竹林桑麻地第七十三

平 松竹林 松桂林 杏桃林 杞菊園 花竹園 花柳園

芋栗園（杜：園收芋栗未全貧） 橘柚園 花果園 桃李園 花柳村

桑柘村 蒲柳汀 蘆葦汀 蘋蓼洲 蘆荻洲 楊柳堤

麻李丘（詩：丘中有麻，丘中有李） 芝蘭堦 黍稷疇 松栢峯 松桂園

松竹坡 桃李蹊（見桃蹊）

仄 桑麻地 蒿艾地 桑棗地 楊柳岸 蘋蓼岸 蓬蒿徑

苔蘚徑 松菊徑（陶：三徑就荒，松菊猶存） 蘆葦徑 柴桑里（陶淵明所居處）

蘆荻渚　桑麻畞　梧桐井　花柳巷　瓜菜圃　蘭蕙畹

松篁塢　松楸壠　桑梓里詩維桑與梓必恭敬止　楊柳陌　松桂嶺

芹藻泮詩思樂泮水言采其芹　荆棘路范純仁聞蔡確貶嶺嶠謂人曰此路荆棘近七十年

蘆葦岸

## 杏花村桃葉渡第七十四

平

杏花村　枳花村　梅花村　藕花塘　菱葉塘　荻花洲

杜若洲　蓼花汀　蘆葉汀　柳花堤　蓮花池　荷葉溪

稻花田　菜花田　茱萸灣在廣陵　葫蘆河在蔚州

菊花籬　荳花籬　菊花潭見菊潭　桃花園

仄

桃葉渡　梧葉井　橘葉井見橘井　荷花浦　蘆花渚

桃花浪　梅花隴　桃花洞　柳花巷　楊花路　楊花徑

梅花嶺　荷花蕩　梅花洞　桃花塢　木蘭柴去聲　辛夷塢

茱萸沜自木蘭柴以下俱王維輞川別業中景　菖蒲澗在廣州舊產菖蒲一寸九節

茱萸岸　篔簹谷在洋州其谷多竹蘇軾為文與可作記　芙蓉苑唐曲江苑名

枸杞井在淮安開元寺內傍有枸杞樹因名　薔薇洞　桄榔洞

## 白蘋洲紅蓼岸第七十五

平

白蘋洲　綠楊堤　綠柳堤　白蓮池　紅藕池　綠荷池

翠萍池　青草池　丹桂林　翠竹林　黃葉林　黑松林

紫竹林　碧桃巖　丹桂巖　紅藥堦選翻紅藥當堦　碧草坡

青草湖與洞庭湖相連　紅葉溝于祐題詩事　綠楊津　碧桃蹊

綠莎汀　綠苔磯　黃葉村　碧梧岡　紫荊關在易州西北

仄

紅蓼岸　丹楓岸　青草岸　丹楓渚　黃蘆渚　紅蓮渚

青蘋渚　紅蕖沼　翠萍沼　黃菊徑　蒼苔徑　青草徑

紅杏圃　丹荔圃　黃蕖路　青苔路　青草渡　黃梅嶺

黄茅嶺　蒼梧野見前　青麥隴

燕尾溪羊腸坂第七十六

【平】燕尾溪見前　龍尾溪發源有武溪東連龍尾山產硯　虎牙山　熊耳山

牛頭山俱見前　龍首山隋以長安城狹小改作新都於此

雉頭山在鎮原州始皇巡隴西北地至此　蛾眉山　象鼻山並見前

馬耳山山形如馬耳　象眼鵻　蟹眼泉俱見前　龍鱗渠隋煬帝所築　馬嵬坡唐楊妃縊處　龍尾坡在岐山東　馬頰河九河之一

【仄】羊腸坂嵐州壺關皆有羊腸坂　龜背路　蜂腰路皆取其形似

羊腸路路盤曲如羊腸　馬肝石石色如馬肝　龍尾石即龍尾溪所產之硯

羊肚石石有蜂窠如羊肚之狀出廣東海中　魚脊嶺以形似得名

魚鱗水見前　龍尾道唐含元殿前道七轉如龍尾

## 雞犬村牛羊徑第七十七

（平）雞犬村　牛羊村　鵝鸛洲　鳳麟洲十洲記有鳳麟洲　鷗鷺鳧洲

鵝鶩池唐李愬平蔡擊池中鵝鶩以混軍聲　蛟龍池　魚龍池　龜魚池

鳧雁池　猿鶴林　燕雀林　虎豹山史隱然有虎豹在山之勢

龍虎山在貴溪西南漢張道陵修煉處　魚鼈橋漢時朝鮮境内魚鼈成橋道路自通

麟鳳郊見前　麋鹿溪　雁鶩溪　蛟龍淵　虎豹關楚辭虎豹九關

（仄）牛羊徑　龜魚沼　龜龍沼禮龜龍在宮沼　狐兔窟　龍蛇窟

雀鼠谷在介休縣　牛馬谷史記貨殖傳烏氏倮畜牧至用谷量牛馬　鯤鯨浪

鯤鵬海　豺狼道張綱豺狼當道安自狐狸　鴛鴻渚　蛟龍穴

猿鶴嶺　蜂蝶圃　麟鳳囿　猿猴洞　魚鳧國今四川是

麋鹿苑

## 蛺蝶畦鴛鴦渚第七十八

平 蛺蝶畦　鳳凰山　鸚鵡洲在武昌禰衡葬處　鷺鷥洲　科斗池

鳳凰池晉荀勗奪我鳳凰池　鷓鴣峯在廣州增城　鶺鴒原詩脊令在原

蝦蟇陵白居易家在蝦蟇陵下住　鷦鷯林莊鷦鷯棲林不過一枝　科斗涞　蝴蝶園

驌驦陂在隨州左傳唐成公有兩驌驦馬因以名陂

仄 鴛鴦渚　蝴蝶徑　鳳凰穴　驊騮道杜驊騮問道　鴛鴦浦

麒麟苑　鸕鷀岸　杜鵑嶺　鷓鴣嶺　狻猊石新昌南有兩石對峙如異獸名狻猊石

鸚鵡塚

## 白鷺洲黄牛峽第七十九

平 白鷺洲在建業江中　白鶴峯在羅浮山蘇軾謫官築居於此

白鷗沙王安石坐占白鷗沙　白馬江在江陵杜白馬江寒樹影稀　金龍潭

碧雞山在雲南滇池西　金馬山在碧雞山東漢王褒祀金馬碧雞之神即此

金牛岡長沙淮安皆有山名金牛岡　青龍江嘉　青龍白鶴二江

白鶴江　黃鶴磯在武昌　玉虹泉京師八景之一有玉泉垂虹在京城西北

（仄）黃牛峽在峽州　丹鳳穴見前　黃犢嶺　金牛嶺在淇縣

黃龍府宋岳飛虜地也語其下直抵黃龍府與諸君痛飲謂　玉虹水

金牛峽在沔縣五刀士所開丁　金牛路同上　金雞石贛州南恩州皆有之

銅駝巷在洛陽漢鑄銅駝二夾路相對因名銅駝巷　白鹿洞在廬山五老峯下有書院朱熹講學於中

化龍池馳驥坂第八十

（平）化龍池　集鳳池　鬧蛙池　禁蛙池　飲馬池　洗馬池

放魚池　養魚池　落鴈沙　憩鶴山　睡鴛池　卧龍沙

抱犢山在盧氏縣一名抱犢寨　鳴犢河在高唐漢時河决於此

釣魚山西蜀要害處宋余玠移合州治於此　戲馬臺在沛縣楚項羽戲馬處

呼鷹臺在沔南劉表好鷹常登臺歌野鷹来曲　跨鶴臺　釣魚磯　化鯤溟

宿鷺洲　浴凫川　回鴈峯衡陽有回鴈峯　吠犬村　立鷺灘

駐馬堤　落鴉林　種蚶田南方海邊以田種蚶其味尤勝　飲馬泉

濯龍淵漢池名　蹲猊峯在重慶縉雲山　夾馬營宋太祖生處

鳴鳳岡詩鳳凰鳴矣于彼高岡　渡蟻橋宋郊編竹為橋以度蟻　倒馬關在定州西

仄

馳驥坂　化龍浪　奔鯨浪　蔵鴛渚　遵鴻渚詩鴻飛遵渚

鳴鳩野　放牛野　牧羊野　失馬塞塞上翁失馬馬知禍福

獲麟野魯郊　牧羝塞見前　蜿龍洞在建德縣治後　呼猿洞在杭州飛来峯下

翔鸞洞　牧馬地　眠牛地　浮鴈水　鳴蛙沼　遷鶯谷

縱魚壑王褒巨魚縱大壑　棲蝶圃　夢蝶巷　啼猿峽　飲虹澗

飲馬窟胡人每飲馬於長城窟　鳴鸛垤詩鸛鳴于垤　斬蛟井在南昌鐵柱觀

鎮蛟石在奉新許遜逐蛟入穴以巨石鎮之　儀鳳嶺在銅陵縣東南峯巒喬聳如鳳

奔牛堰在鎮江東常州西

龍在淵虎歸洞第八十一

平
龍在淵　魚在淵詩魚潛在淵或在于渚　虎在山漢書猛虎在山藜藿爲之不采
虹負山　蚊負山莊使蚊負山謂其必不能也　虎跑泉在杭州西湖
馬飲泉　虎出林　猿投林　燕銜泥　鴻踏泥　鹿飲溪
龍在田易見龍在田　馬駐坡　虎負嵎孟虎負嵎　鷺搏沙
鼠穿墉詩誰謂鼠無牙何以穿我墉　羊觸藩見羊藩

仄
虎歸洞　龍歸洞　虎化石　龍入海　鵬入海見前　龍鬭海
龍在野杜豺狼在邑龍在野　龍戰野易龍戰于野　魚縱壑　魚在渚
龍鬭野漢書讖語八方雲合龍鬭野　鴻遵渚見前　鸛鳴垤　鶯出谷
虹飲澗　鯨奔浪　麟在藪見前　雀入水月令雀入大水爲蛤
獸走壙孟獸之走壙也

## 水明樓山擁戶第八十二

平
水明樓杜殘夜水明樓　水平橋　水平堤　水通池　水拍堤

水遶村 水平池 水當門 水襄陵見襄陵 水沒堦

水懷山見懷山 山擁門 山補墻元人詞青山正補墻頭缺

岫列窓 潮打城劉禹錫潮打空城寂寞回 浪淘沙

〔仄〕山擁户 山擁縣 山藏寺 山排闥 水載地 水赴壑

水赴海 水投石見投石 水行地孟水由地中行 泉漱石

濤拍岸 氷合井 石投水運命論言而莫之逆如以石投水

山連屏水拖練第八十三

〔平〕山連屏 山堆藍 山聳鬟 山堆眉 山掃眉 山横簪

水生鱗 水成紋 水拖藍 水鳴絃 泉濺珠 浪飛花

留垂紳 石堆瓊

〔仄〕水拖練 江涵鏡 江曳練 泉漱玉 泉噴玉 山潑墨

山積翠 山卓筆 山聳髻 山列戟 山削玉 浪曳縠

## 水明心山對面第八十四

平 水明心 水照人 水齊腰 水沒頭 浪驚人 浪打頭

泉醒心滁州有醒心泉

仄 山對面 山滿眼 塵撲面 塵眯目 水濯足 泥沒脛

石漱齒見前 泉洗耳即孫楚枕流之意

## 田園居湖海夢第八十五

平 田園居 木石居孟與木石居 山林居 山林人 道途人

江湖人 畎畝忠 鄉里情 江湖憂范居江湖之遠則憂其君

江湖遊 湖海交 里閈恩盧綰與漢高同里閈以恩封侯

仄 湖海夢 關山夢 塵土夢 江湖樂 林泉樂 田園樂

臺池樂文王為臺沼而民歡樂之 江山助張說岳州詩人謂得江山助 淮海士

湖海客 山林志 井田制始於商而備於周詳見周禮孟子諸書

湖山興　山野性　邉塞苦　江海量

賁丘園起畎畝第八十六

【平】賁丘園（易賁于丘園）　起林泉　樂湖山　入山林　入郊墟

歸田園　秩山川　樂園池　重丘山　决江河（孟若决江河）

夢池塘（見前）　起波瀾　决隄防　錫土田（詩錫山土田）　起風波

壞井田（商鞅壞井田）　開阡陌　修河渠　卜澗瀍（書我乃卜澗水東瀍水西）

保山河　守江淮　治田疇　固封疆　樂林泉　靖風塵

夢江湖　濬溝渠　困泥塗　坏墻垣（坏音培月令孟秋坏墻垣）

升山陵（禮可以升山陵）　謹關梁（月令孟冬謹關梁）

【仄】起畎畝（舜發於畎畝之中）　起巖穴　掃巢穴　擅丘壑　縱溪壑

居山澤（見前）　塡溝壑（杜馬知餓死塡溝壑）　築場圃（見前）　歸田里　買田宅

學農圃（樊遲學老農老圃）　隱山谷　在郊藪（此下俱見前）　爲臺沼

為疆畎 開阡陌 襄水土中庸下襄水土 闢土地孟闢土地

圖山水 蔵山海 浮江海 均土地 窺城市 遊京國

棲巖穴 遊湖海 同里閈見前 屯徼塞 友泉石 通道路

排淮泗孟禹排淮泗而注之江 破崖岸韓破崖岸而為之 齒鄉里禮壹命齒于鄉里

族墳墓周禮本俗其二曰族墳墓謂以昭穆葬也 建邦國 殊井里 築城郭

備邊境月令孟冬備邊境 塞蹊徑同上

## 潔襟泉載舟水第八十七

平

潔襟泉 止水陂 濟舟川 濯纓泉 流觴池蘭亭流觴曲水

濫觴泉 卓錫泉梁景泰禪師卓錫於地泉湧數尺 卓筆峯 擣衣砧

浣沙溪在會稽相傳西施浣沙於此 磨笄山在保安州北趙襄子姊磨笄自殺於此

洗鉢泉 洗硯池 爛柯山在衢州樵者觀碁爛柯因名 淬劍池

滌硯池

仄 載舟水荀子君猶舟也民猶水也水能載舟亦能覆舟 覆舟水見上 在盂水

沉羽水 投金瀨孟郊吟詩處 沉璧水 流觴水 懸鍾石

磨劍石 試劍石 支機石人有持石以示嚴君平君平曰此織女支機石也

醒酒石李德裕平泉莊有醒酒石 擣練石 澆藥井 鍊丹井

投書渚殷洪喬投人所寄書於渚曰吾不能作致書郵 洗鉢水李洞鯨吞洗鉢水

藏舟壑莊藏舟於壑 摧車路白居易太行之路能摧車

力拔山功平水第八十八

平 力拔山項羽 仁樂山 文移山孔德璋作北山移文 德流川中庸小德川流

楫濟川 思湧泉 恩漏泉漢書德澤上昭於天下漏於泉 辯傾河

口懸河此下並見前 力馮河 口翻瀾 道經邦書論道經邦

道回瀾 恨填波 師渡津武王師渡孟津 手摶沙

仄 功平水禹 文翻水韓愈詩文如翻水成 鑑取水方諸陰燧磨栻之向月下則生水

智樂水　恩涵海　渴吞海古詩一回酒渴思吞海　氣沮石韓劝氣沮金石

勇射石李廣夜行見寢石以爲伏虎射之　詞倒峽李詞源倒流三峽水　義爲路

耕讓畔文王之境耕者讓畔行者讓路　行讓路　文緯地諡法經天緯地曰文

文華國　兵出塞　商歌市　農扑野

## 武陵源彭蠡澤第八十九

〔平〕武陵源　崑崙山　富春山　首陽山　崆峒山　蓬萊山

終南山　太行山　中條山　尼丘山俱見前　太華峯

祁連山在甘肅境外本名天山匈奴呼天爲祁連因名　羅浮山天惠州

高陽池即習池　華清池有溫泉　太液池　昆明池

若耶溪　函谷關　滹沱河　洛陽城　羑里城俱見前

城陵磯在岳州　采石磯李白捉月處　汨羅江　潯陽江並見前

平泉莊李德裕別業　華林園晉苑名洛陽建康皆有之

午橋莊（裴度別業）　崑崙墟（見前）　鈷鉧潭（在永州柳子厚作記）　灧澦堆

居庸關　洞庭湖（並見前）

【仄】彭蠡澤　雲夢澤　浯溪石（並見前）　太湖石（出蘇州洞庭山）

端溪石（即端硯）　鬱林石（陸績守鬱林罷歸惟載一石人號鬱林石）　滄浪水

渥洼水　桑乾水　蓬萊島（俱見前）　平樂苑（漢苑名）

上林苑（長安苑名）　樂遊苑（漢宣帝起樂遊廟於曲江因以名苑）

博望苑（漢武帝為戾太子築博望苑）　新豐市（見前）　咸陽市（李斯父子就刑處）

山陰道　邯鄲道（並見前）　長城窟（胡兒飲馬泉）　彭澤里

莊嶽里　瀟湘浦　大庾嶺（並見前）　瞿唐峽　濡須塢

督亢地（在涿州東南燕太子丹使荊軻賫督亢地圖入秦即此）　勾漏洞

長安道（並見前）

謝家塘潘岳縣第九十

平

謝家塘（謝靈運有池塘生春草之句故云） 傅說巖 李廣溪 黃憲陂

嚴陵灘（俱見前） 楊朱岐（楊朱泣路岐謂其可南可北）

丁家洲（宋賈似道兵敗處） 謝家池（即謝家塘） 董子園（見竊園）

祖逖江（見誓江） 亞夫營（即細柳營周亞夫屯兵於此） 子胥濤

胥家池 范蠡湖（俱見前） 蘇公堤（在杭州） 白帝城（在夔州）

謝公墩（在金陵） 楊子江（即大江經金陵過鎮江二百餘里名曰楊子江）

伏波巖（在桂林俗傳馬伏波試劍於此） 昭君村（在歸州東北王昭君生於此）

蘇武城（在大同西蘇武使匈奴時居此） 鄭公渠 白公渠（俱見前）

李勣城（李勣守并州人以為賢於長城）

仄

潘岳縣 蔣詡徑 袁宏渚 顏子巷 梁王苑（俱見前）

紲氏園（唐方士非時得瓜於紲氏園中） 文王囿（見前） 齊宣囿（齊宣王之囿）

樊遲圃 黃姑浦（河也 黃姑乃牽牛星即生女） 伊尹野 陶潛徑

嚴陵瀨 耿恭井俱見前 王粲井在襄陽粲有故宅井亦在焉

鄭子谷見鄭谷 羊公石即羊祜墮淚碑 葛洪井葛稚川煉丹井

李廣寨在綏德州 賈誼井在長沙 屈原宅在歸州

袁家渴音褐在零陵柳子厚有記 鄖子國今德安府乃春秋時鄖子國

要離塚要離吳烈士其塚在蘇州城西 昭君塚昭君死葬胡地有青塚在焉

柳元井在君山唐柳毅為涇陽婁婦寄書處 諸葛壘在秦州諸葛亮攻司馬懿於此

蘇耽井見前

## 錦屏山金星石第九十一

平

錦屏山見前 錦官城成都 金星沙 金沙江在長興 玉門關見前

金谷園石崇築 玉津園在汴梁宋時都人遊賞之所 玉壘山見前

玉筍山在新淦縣 銅官山在臨邛漢文賜鄧通鑄錢 銅釜泉

文筆峯 錢塘江見前 寶帶橋在蘇州 鐵甕城即鎮江城

仄 金星石歙縣龍尾山所產硯以石之有金星者為上 錦文石 錦川石 縠紋水

鐵爐步在永州柳子厚有記 鐵版障

道若塗性猶水第九十二

平 道若塗 道若川 壽如山 恩如山 福如山 罪如山

恩如泉 貨如泉見前 心如淵 量如陂見前 欲如溪 醉如泥

旅如川詩王旅嘽嘽如川之流 意如城見前 學有源 性猶湍見前

仄 性猶水 心如水並見前 知若水 民猶水見前 兵猶水

交如水君子之交淡如水 愁似海 學如海 德如海 量如海

恩似海 心似石 心匪石見前 道猶瀆 道如砥詩周道如砥

言如地 欲如壑左溪壑易盈是不可厭

五老峯三姑石第九十三

平 五老峯廬山 五父衢孔子殯於五父之衢 六逸溪在徂徠山西北唐孔巢父李白六人憩此

三神山即海中三壺山　四皓山在商州　五丁山即金牛路

七賢林見前　八公山在壽陽謝玄破苻堅處　九仙山在閬中

九夫溝井田之制　百子池漢宮中常以七月七日臨百子池

仄

三姑石黟縣有山三峯名三姑山天將雨其石先有鼓角之聲　八仙洞　諸侯地

衆正路　千人石　八夫井此下皆井田之制　萬夫澮　百夫洫

萬重山三級浪第九十四

平

萬重山　萬疊山　萬仞峯　萬頃潭　萬頃田　萬點山

萬里城　一泓泉　一帶山　二頃田蘇秦使我有負郭二頃田

三里城見前　三峽流見前　三茅峯在句容　三家村　四達衢見前

四面山　五畝園司馬溫公獨樂園　五丈原自秦入蜀處諸葛亮與司馬懿相拒於此

七里灘在桐廬嚴子陵釣處　八節灘白居易東都所君鑿龍門八節灘

九仞山書為山九仞　九里河莊河潤九里　九曲河黃河九曲

九曲溪即武夷　九井田見前　九疑山見前　九華山在安慶
百丈巖　百畝田　百雉城左邑無百雉之城　百尺泉　百步洪
千仞山　千頃陂　千里畿見前　七盤山在商州北藍田南　幾層峯
半畝塘見前

仄

三級浪　三層浪　三峽水見前　三江水　三家市　一江水
一撮土　一泓水　一勺水　一坏土見前　一拳石中庸一拳石之多
一關市揚子一關之市必立之平　五畝宅見前　五湖水　六藝圃　八家畝
九仞井孟子掘井九仞而不及泉　九折坂見前　七里郭見前　十室邑語十室之邑
百步畝見前　百丈堰　千尺浪　千尺岸　千疊嶂
千乘國　萬折水見前　萬乘國　幾曲徑

## 十二州八百國第九十五

平

十二州書肇十有二州　五十州　二百州杜漢家山東二百州　四百州

十五城秦昭王欲以十五城易趙和氏璧　七十城酈食其掉三寸舌下齊七十餘城

十二城　十萬家　兩三家　十二峯巫山　十二山書封十有二山

十二溪天下之類知名之溪十二如巫峽洗紗　十八灘在贛州

百二關漢書秦得百二焉言秦地險固二萬人足當諸侯百萬

仄

八百國武王伐商諸侯不期而會者八百國　十二國春秋十二國

五十國孟滅國者五十　五千服書弼成五服至于五千　五百服禹貢五服每服五百里

五十里小國地方五十里　七十里次國地方七十里　三十里古者師行日三十里

三千里莊水擊三千里　四萬里　九萬里莊摶扶搖而上者九萬里

百二勢見前　十五道唐開元中分天下為十五道　十六衛唐府兵之制

十三部漢分天下為十三部部置刺史　八千路韓夕貶潮陽路八千

四字

山川丘陵澗溪沼沚第九十六

平

山川丘陵　山川土田　山澤陂池　社稷山河　社稷封疆

城郭溝池　苑囿汙池見前　土地人民孟諸侯之寶三土地人民政事

風俗人民　城市山林　邊塞城池　鄉黨州閭見前　畎畝山林

淵澤井泉　侯甸要荒書五服甸侯綏要荒

（仄）澗溪沼沚　山林川澤　江淮河濟　嶽鎮海瀆並見前

都邑華夏　華夏蠻貊書華夏蠻貊罔不率俾　宗廟社稷　民人社稷

郡縣封域　邦甸侯衛以下俱見前　邦國都鄙　鄉黨閭里

畎畝疆界　畎澮溝洫　比閭族黨　丘陵原隰　原隰墳衍

郊圻封守書申畫郊圻慎固封守　伊洛瀍澗書伊洛瀍澗既入于河

田野井牧見周禮　江沱潛漢書浮于江沱潛漢　漆沮渭汭見前

坤六承乾天一生水第九十七

（平）坤六承乾坤交用六其道承天而行故曰承乾　艮七為山艮位居七説卦艮為山為徑路為小石　乾一為氷乾位居一説卦乾為寒為氷　震四為塗震位居四説卦震為大塗

坎六為溝坎位居六說卦坎為溝瀆　乾四在淵乾九四或躍在淵

乾二在田乾九二見龍在田

〔仄〕天一生水河圖之數一屬天天以一而生五行之水生土倣此　天五生土

地六成水六數屬地水以地之六而成也成土倣此　地十成土

兌二為澤兌位居二說卦兌為澤　坎六為水說卦坎為水　艮七為路見前

坤八為地坤位居八說卦坤為地　艮七為石見前　兌二麗澤象曰麗澤兌

山下出泉澤上有地第九十八

〔平〕山下出泉蒙　山下有風蠱　山上有雷小過　山下有雷頤　地中有山謙

澤中有雷隨　天下有山遯　郭外為郊郭外百里之地皆謂之郊

洫上有涂井田之制　郊外有關郊外必有關以嚴出入

〔仄〕澤上有地臨　山下有澤損　山上有水蹇　山上有澤咸　地中生木升

山上有木漸　地上有水比　地中有水師　山下有火賁　田間有遂

澮上有道（此下皆井田之制）　溝上有畛　川上有路

天在山中風行水上第九十九

平　天在山中（大畜）　雷在地中（復）　水由地中（江淮河漢）　明入地中（明夷）

仄　風行水上（渙）　風行地上（觀）　水在火上（既濟）　火在水上（未濟）　明出地上（晉）

五州為鄉八家同井第一百

平　五州為鄉（此一類皆出周禮亦多見前註）　五黨為州　五家為鄰

五比為閭　十里有廬　十夫有溝　萬夫有川　四縣為都

四邑為丘

仄　八家同井　四井為邑　九夫為井　百夫有洫　千夫有澮

五鄰為里　四丘為甸　四閭為族　五族為黨　五家為比

四甸為縣

坤厚無疆坎習有險第一百一

平

坤厚無疆易坤厚載物德合無疆　水流不盈易坎卦彖辭水流而不盈

地卑莫踰易謙卦地中有山彖辭卑而不可踰　水流不汙戶樞不蠹流水不汙

山靜有常山之壽由其靜而有常也　山高能謙山之高大而在地中以其能謙也

仄

坎習有險易坎象辭水洊至習坎又曰坎有險　井渫不食易井卦九三井渫不食

水動不括括結也言水之流動而不結凝也　坤厚能載即坤厚載物也

水盈後進孟流水之爲物盈科而後進　川流不息千文

紫陌紅塵青山綠水第一百二

平

紫陌紅塵劉禹錫紫陌紅塵拂面来　青海黃河　綠水紅蓮南史泛綠水依紅蓮

白石清泉　丹水紫淵　紫塞黃塵　翠壁蒼崖　滄海碧波

黃壤青黎雍梁二州土色

仄

青山綠水　丹山碧水建寧形勝　碧灣丹嶂　蒼崖碧洞

丹崖青壁晉宋纖如丹崖千丈青壁萬尋　清泉白石　滄江白石

白波青嶂蘇白波青嶂非人間　清江碧石杜清江碧石傷心麗

黑墳赤埴兗徐二州土色

## 大海細流崇山峻嶺第一百三

平

大海細流　流水孤村　清流激湍　絶壑窮崖　流水高山

異域殊方　名山大川　深谷窮原　長江大河　廣谷大川

曲徑傍蹊　沃壤平原　高城深池　絶塞窮邊　曲岸長堤

絶島窮荒　峭壁懸崖　隘巷平林詩誕置之隘巷詩誕置之平林　絶塞孤城

深淵薄水　高山浚泉詩莫高匪山莫浚匪泉　僻壤遐陬　邃谷窮崖

清溝汙渠韓清溝映汙渠

仄

崇山峻嶺　高山流水　孤峯絶岸　踈林小巷　深山大澤

深山窮谷　平原曠野　踈林小檻　平灘淺瀨　踈籬曲徑

洪濤巨浪　深林絶澗　名山勝境　長城巨塹　荒園廢井

偏州下邑　大都小邑　陰山瀚海皆在北虜地方　窮鄉下邑

荒墳古墓　層波疊浪　重岡複壠　高岸深谷　荒村古渡

幽泉怪石　隮山喬嶽詩陟其高山隮山喬嶽　澄潭淺渚　廣川大陸

上流重鎮荊州雄據上流自昔以為重鎮

潦盡潭清峯回路轉第一百四

（平）潦盡潭清見前　山高雲深　源深流長　山高水長　山搖海傾

山積川流　川蓄海涵　海納山藏　川納藪藏見前　山峙川流

海晏河清　水遠山遙　水盡山窮　野曠天低　地僻居幽

地老天荒　泉甘土肥　土厚水深

（仄）峯回路轉　山深林密韓惟恐入山之不深入林之不密　山鳴谷應

水落石出並見前　山長水遠　地卑水近　川流山峙

江流石轉杜江流石不轉　崖沉谷沒見前　波恬浪靜　山崩川竭

泥融沙煖杜泥融飛燕子沙煖睡鴛鴦　風起水湧蘇赤壁賦　山明水秀
江平浪靜　林慚澗愧見前　淵澄山立　山深地僻　波驚浪駭
海枯石爛見前　土崩瓦解漢書徐樂傳天下之患在土崩不在瓦解

柳陌花衢竹籬茅舍第一百五

（平）柳陌花衢　竹徑桃蹊　海水桑田麻姑王方平事　梨院柳塘
柳館花街　芷岸蘭汀　蓼岸蘆洲　麥隴稻田　柳岸花堤
菱沼荷池　柳巷花村

（仄）竹籬茅舍　杏村桃塢　桃蹊柳曲　花街柳巷　柳塘花塢
桑田海水見前　桃源柳岸　花林草砌　菜畦瓜圃　松蹊竹塢
蘋洲蘆岸

臨水登山求田問舍第一百六

（平）臨水登山　負郭依山　鑿井耕田史鑿井而飲耕田而食　沿流泝源

濬畎距川書 深濬溝渠 問水尋山 封山濬川 築城鑿池

畫野分州 拓土開疆 建邦設都 隨波逐流 背山面流

掘井及泉見前 推波助瀾出文中子 毀瓦畫墁孟毀瓦畫墁其志将以求食也

同流合汙 臨淵履氷 伐崇作豐武王 淈泥揚波屈原漁父辭

蒸土築城赫連勃勃 襟江帶湖滕王閣序 被山帶河秦地

決水灌城智伯 豬水灌田 採山釣水韓盤谷序

〔歹〕求田問舍三國志求田問舍言無可采

回山轉海 眠沙泛浦杜眠沙泛浦曰於雲鶩也 浮汶達濟書青州貢道

鑄山煑海吳王濞 堅壁清野見前 分田畫井 枕流漱石見前

過家上塚漢光武令諸功臣得過家上塚 辨方正位周禮 排山倒海

沿洙遵洛沿洙泗而遵伊洛 銜石填海精衛鳥 飛沙走石

塹山堙谷始皇築長城 夷竈堙井出左傳謂軍中示必死不復飲食

擊楫渡江乘桴浮海第一百七

平 擊楫渡江 祖逖 策杖渡河 鄧禹杖策北渡河追謁光武 著屐登山 謝安 乘槎問津 張騫

唱籌量沙 見前 拄笏看山 晉王徽之以手版拄頰看山 投鞭斷流 符堅 卓錫湧泉 見前

卓錫占山 誌公卓錫占山之麓 潛 牽牛蹊田 左傳 褰裳涉溱 詩 載質出疆 見前

負薪填河 漢武自負薪令宰臣下填決河

仄 乘桴浮海 孔子 擁帚掃地 漢高帝父太公 積粟實塞 漢文帝時晁錯請輸粟實塞下

以蠡測海 燃犀照渚 溫嶠事 乘槎泛海 乘槎破浪

揮鞭驅石 見前 乘橇治水 禹之治水泥則乘橇 負鹽出井 杜 負鹽出井此溪女

投醪飲水 勾踐投醪於水令將士迎流飲之 褰裳涉洧 詩 采蘋在澗 詩

獻馘在泮 詩矯矯虎臣在泮獻馘 考槃在澗 詩 揚兵出塞

從諫如流容民若地第一百八

平 從諫如流 唐太宗從諫如流所以能成貞觀之治 納汙如川

防意如城 並見前　育德如泉 易山下出泉蒙君子以果行育德

載物如坤 易地勢坤君子以厚德載物　防口甚川 史防民之口甚於防川

爲高因丘 孟爲高必因丘陵

仄 容民若地 左人君養民如子容之如地　保民如澤 易澤上有地臨君子容保民無疆

藏疾如藪 見前　從仁如市 太王遷邠從之者如歸市　爲學若井 孟有爲者辟若掘井

爲下因澤 孟爲下必因川澤　載物配地 中庸博厚所以載物也博厚配地

傳說築巖伊尹耕野第一百九

平 傳說築巖 見前　文王治岐　武皇開邊 漢武帝　韓信囊沙 見前

齊人侵疆 齊人侵魯疆土　元帝渡江 晉司馬睿渡江以避五胡之亂

光武渡河 光武渡滹沱河使王霸視河詭曰氷合既至氷果合　子路馮河 暴虎馮河孔子所不與者

子路問津　子胥怒濤　夏禹濬川 並見前　道濟量沙 見前

武帝塞河 漢瓠河決瓠子武帝塞之　賈誼弔湘 賈誼哀屈原之投湘作賦弔之

普明爭田清河乙普明兄弟爭田蘇瓊諭之曰難得者兄弟　孔子畏匡　大王居邠

錢鏐射潮　屈原投湘並見前　蘇子乞常蘇軾晚年有疏乞常州居住

介推焚山介之推隱於山晉文公焚山求之　老子出關　祖逖誓江

傅說濟川　齊人伐燕　楊朱泣岐　齊人歸田齊人歸魯汶陽之田

太公封齊　孫楚枕流並見前　孔子居夷子欲居九夷

孟軻去齊　昌黎貶潮韓愈貶潮州刺史　蘇子居儋蘇軾謫居儋州

伊尹佐商此下並見前　晉武平吴　范蠡浮湖　愚公移山

盤庚遷殷　齊威烹阿

仄

伊尹耕野　傅說築野　大禹治水並見前　孟子觀水

孔子飲水語飯疏食飲水　堯民擊壤　耿恭拜井並見前

大舜耕歷　子產濟洧子產以其乘輿濟人於溱洧　太公釣渭

魯連蹈海並見前　徐積履石宋徐積以其父名石終身不履石

文翁化蜀　周公定洛　成王卜洛　仲尼返魯　秦皇鞭石
嚴陵釣瀨　米芾拜石　長房縮地並見前　孔明治蜀
女媧煉石列子女媧煉五色石以補天　周人分陝周召二公分治陝之東西　仲尼浮海
張良佐漢　歐公思潁　光武興漢　衛青出塞衛青出塞外擊匈奴
孫楚漱石　司馬相宋遼人戒邊吏曰中國相司馬矣慎勿生事開邊隙

東澗西瀍左洙右泗第一百十

（平）東澗西瀍周公卜洛　東夷西戎　西祀東封漢武帝
內夏外夷春秋之法　南交朔方堯典　上垓下埏淮南子
南粵東甌此下並見前　南楚東吳　南粵西秦
（仄）左洙右泗孔子所居之地　南蠻北狄見前　東皐南陌　東皐南畝
南山北闕漢唐都關中其宮闕皆與終南山相對　東阡西陌見阡陌
中都上國　左殽右隴關中之地　左山右澤兵法左山陵右水澤

左山右水　前朝後市見前　東鄰西舍　彼疆此界　下巢上窟見前

海北天南山間林下第一百十一

平　海北天南　地角天涯　山巔水涯　楚尾吳頭江西境界

地北天南　營東郊西　澗東瀍西此下並見前　渭北江東

塞北江南　湖北湘西　河北關中

仄　山間林下　籬邊竹外　天涯海角　山陰溪曲　山南水北

水邊林下　越南冀北見前　山巔水澨　湖南嶺北見前　天南徼外

幕南塞外見前　桑間濮上亡國之音也　洽陽渭涘詩在洽之陽在渭之涘

桑中淇上詩期我乎桑中送我乎淇之上矣　齊南魯北汶上之境

浙中吳下　河東陝右並見前

決東決西自南自北第一百十二

平　決東決西　自東自西並見前　不後不先詩不自我先不自我後

孰後孰前　主東主西自陝以西周公主之自陝以東召公主之

住東住西晉陸機兄弟分住屋之東西

（仄）自南自北見前　徹上徹下語註此是徹上徹下語　欲左欲右湯見張網祝曰欲左左欲右右

有上有下　迺左迺右詩迺左迺右迺宣迺畝　合內合外　可上可下

在前在後顏淵瞻之在前忽然在後　在左在右詩泉源在左淇水在右　可南可北見前

鐵冶銅山金淵玉海第一百十三

（平）鐵冶銅山　鐵甕石城皆南都所恃以為固處　玉界瓊田

金城湯池漢書蒯通傳金以喻堅湯以喻沸熱不可近　瓊島珠崖瓊州府地

瑤圃瓊林

（仄）金淵玉海　金城鐵壁　銅梁劍閣四川之地　劍閣棧道見前

瓊田瑤圃　玉淵金井周惇頤志慮高潔如玉淵金井　銀潢玉派

如山如河有源有委第一百十四

平 如山如河 如岡如陵 並見前 爲谷爲陵 詩高岸爲谷深谷爲陵

有源有流 厥土厥田 禹貢九州皆有厥土厥田 在澗在阿 詩考槃在澗考槃在阿

如淵如泉 如坻如京 詩如坻如京言粟之多也 爲岡爲陵 詩謂山盖卑爲岡爲陵

于阿于池 詩或降于阿或飲于池 有渚有沱 詩江有渚江有沱江有汜

匪山匪泉 詩莫高匪山莫浚匪泉 在梁在林 詩有鶖在梁有鶴在林

迺場迺疆 詩公劉篇 維藩維垣 詩价人維藩大師維垣

仄 有源有委 我疆我理 詩于疆于理至于南海 有汜有渚 見前

在涘在滸 詩在河之滸在河之涘 有岸有泮 詩淇則有岸隰則有泮 如山如阜

在淵在渚 並見前 如江如漢 詩王旅嘽嘽如江如漢 迺宣迺畝 見前

在原在巘 詩陟則在巘復降在原 徂隰徂畛 詩千耦其耘徂隰徂畛

四海九州千村萬落第一百十五

平 四海九州 三江五湖 四海八荒 六合一家 四海一家

寸地尺天　萬壑千巖　三島十洲　九夷八蠻　四夷八蠻

九垓八埏　四蜀三巴並見前　七澤三湘七澤在荊楚三湘見前註

萬水千山

乃

千村萬落　五湖四海　五嶽四瀆　羣方萬國　千鄉萬里

千山萬嶺　千山萬水　千巖萬壑　八蠻九貊　寸田尺地

六戎五狄以上多見前　羣山萬壑杜羣山萬壑赴荊門　三吳兩浙見前

六朝五代東晉宋齊梁陳南唐皆都建康號六朝梁唐晉漢周號五代

一齊衆楚孟一齊人傅之衆楚人咻之　三岡四鎮在山西應州

# 對類卷之二

# 對類卷之三

## 節令門

### 春夏第一

一字　平　　實字

春蠢也萬物蠢化廼運動也纂要云春曰青陽易通云日行東陸月令云盛德在木其帝太皞其神勾芒

秋揫也萬物此時揫歛成就也纂要云秋曰素節易通云日行西陸月令云盛德在金其帝少皞其神蓐收

冬終也歲時百問云物終則藏閉塞成冬纂要云冬曰玄英易通云日行北陸月令云盛德在水其帝顓頊其神玄冥

辰日月所會分周天之度為十二次又時也　旬十日為旬　時期也陰陽消長之期也又一年則春夏秋冬為四時一日則十二支辰為十二時

晨昧爽時也　昕日初出時

晡日在中時　昏日入也　曛暮也　更夜分五更為五夜　陰晦也周子太極靜而生陰

陽明也周子太極動而生陽　弦月上弦下弦　分春分秋分晝夜各五十刻　朞周年為周朞

夊

年日月十二會以為一年 宵夜也 朝早也 齡年也

夏律曆志云夏假也大也言萬物假大廼宣平也蔡要云夏曰朱明易通云日行南陸月令云盛德在火其帝炎帝其神祝融 載年也 月三十日為一月 景時景 日十二時為一日

閏積歲之餘日為閏月三歲一閏五歲再閏十有九歲七閏 孟四時之首為孟謂正四七十月也 仲次為仲二五八十一月也 季未為季謂三六九十二月也 律陽聲六律黃鍾太簇姑洗蕤賓夷則無射

呂陰聲六呂大呂夾鍾中呂林鍾南呂應鍾 朔月初一日日月於此而會 望月十五日謂日月相望 節歲有八節謂立春春分立夏夏至立秋秋分立冬冬至 晷日影

朏月出也三日明生之名 曉早也 氣歲有二十四氣立春驚蟄清明立夏芒種小暑立秋白露寒露立冬大雪小寒為十二節氣雨水春分穀雨小滿夏至大暑處暑秋分霜降小雪冬至大寒為十二月中氣

曙天明 候氣候每五日為一候歲總七十二候 早早晨 伏金氣伏藏之日也夏至後第三庚為初伏第四庚為中伏立秋後初庚為末伏 至極也夏冬二至日晷短長至此極也

旦東方啓明之時 晚日暮 晝日間曰晝 午日中日午 夕黃昏時

臘冬至後第三戌為臘臘者蜡也合聚萬物索享百神也又曰接也新故交接之際也 夜舍也暮也

社祭名立春立秋之後五戊為社 紀十二年為一紀 刻一日一夜凡百刻

漏更漏也銅壺滴漏以定時刻 歲遂也所以序四時也 昳日在未曰昳

齒年數 世三十年為一世 晦月盡也月生魄至此而盡 運世運 序時序

代世代 旰日晚也 祀年也商曰祀

## 寒暑第二

半虛

平

寒 暄春暖 溫 和 炎熱也 涼 陰天欲雨

晴雨止 蒸濕熱 清爽也 明朗也 冥晦也

仄

暑 熱 暖 燠和燠 爽 冷 凍冱寒

霽晴明 燥晴乾 晦陰晦 暝昏暗 旱久不雨 濕潤濕 煦和也

## 初末第三

虛字

死

平

初時方發 方始也 中時方中 遲時在後 殘將盡 闌殘也 先在前曰先

窮盡也　新初也　餘　深時已久　終盡也　長時久　高

仄　末時將盡　半時正中　淺不多時　暮欲盡　盡窮盡　後過去日後　永長久

邇近也　短日短　近將臨　早時在先　老年多為老　抄末也　正歲首

首歲初　晏晚也

## 來往第四

虛字　活

平　來　回還也　歸　留　臨近也　當　踰過也

侵進也　逢遇也　催促也　遷移也　移　居止也

仄　往　去　至　屆至也　過　住　換更也

退減去　轉移也　透過也　及　屬附着也　到　代更也

謝衰也又相辭曰謝　易更改也　值逢也

## 春秋晝夜第五

二字　並實

平　春秋　秋春　冬春　秋冬　晨昏　朝昏　朝昕　朝晡

昏晰　昏朝　時辰　旬時　時年　光陰　陰陽　幽明

年辰　斯須頃刻也　須臾俄頃也

【去】歲年　歲時　日時　日辰　旦昏　旦晡　旦朝　古初

古先　古今　夏秋　夙宵　鬼神鬼者陰之靈神者陽之靈

【入】晝夜　日夜　蚤夜　夙夜　旦夜　暮夜　曉夜　曉暮

旦暮　蚤暮　曉夕　旦夕　旦晝　旦晚　早晚　早晏

正朔　晦朔　節朔　朔望　節氣　節序　節候　氣節

氣象　氣候　曆象曆紀數之書象觀天之器　歲月　月日　晷刻

晷度　伏臘　古昔　曩昔曩向也昔昨也　徃昔　徃古　頃刻

【平】春夏　冬夏　秋夏　宵旰　晰夕　朝暮　朝夜　朝夕

晨夕　昏暮　昏曉　昏旦　時序　時刻　時候　時令

時節　時月　時日　弦望　旬日　旬月　年運　年紀

年歲爾雅夏曰歲周曰年　年月　朞月周一年之月也　年載唐虞曰載　今古

今昨　今昔　分至　俄頃少時也　疇昔疇曩也

## 中元上巳第六

並實

平

中元七月十五日　新正正月　元正歲朝　元宵正月十五日　清明　春分

秋分　中秋八月十五日　重陽九月九日　中和歲時記唐以二月朔日為中和

節　端陽五月五日　新元

上去

上元正月十五日　下元十月十五日　立春正月節　歲除年盡日

首正正月　小春十月天氣和暖如春故曰小春　立秋七月節　立冬十月節

月正　小寒十二月節　大寒十二月中氣

仄

上巳三月節後巳日也月建辰則巳為除日　九日九月九日　上日正月朔日

伏日　望日　社日　巧夕荊土記七夕婦人以綵縷穿針乞巧故云巧夕　朔日

臘日　七夕七月七日　處暑處止息也孟秋溽暑熱漸退故曰處暑　立夏四月節

午節五月五日 夏至五月中氣 至節夏至冬至 小暑六月節氣

穀雨三月 小雪十月中氣 令月二月 桂月八月 相月爾雅云七月為相月

壯月八月為壯月 暢月十一月為暢月以陽乂屎而後伸也

上平 元日正月朔日 人日正月七日 除日歲終之日 元夜正月十五夜

除夜歲終之夕 正旦 寒食歲時記冬至後一百五日為寒食 長至冬至日長也

冬至冬至十一月中氣 芒種五月節有芒之穀可稼種也 端午 重五並五月五日

重九九月九日 陬月正月為陬月 如月二月為如月 嘉月三月為嘉月

余月四月為余月 皐月五月為皐月 涼月七月 玄月九月為玄月 陽月

十月為陽月 辜月十一月為辜月 涂月十二月為涂月

## 時當侯屆第七

上實 下虛 活

平 時當 時臨 時逢 時維 時方 時更

上去 侯當 侯臨 侯更 序更 序臨 節臨 節逢 日逢

◎

景當 月當 月臨 月更
【仄】候届 節届 節近 節遇 節屬 景屬 序屬
【平】時近 時屬 時届 時轉 時值 時有
初春早夏第八（與芳春永夏互用）
【平】初春 新春 深春 殘春 餘春 中春（二月） 初秋 新秋
【上虛死下實】
深秋 高秋 殘秋 窮秋 初冬 新冬 深冬 窮冬
殘冬 元年（即位之一年也） 新年 殘年 黎明 平明 遲明
初更 深更 殘更 殘宵 中宵
【仄】孟春 仲春 季春 半春 早春 首春 上春（正月） 晚春
暮春 正秋 孟秋 暮秋 仲秋 季秋 早秋 晚秋
杪秋 孟冬 仲冬 季冬 早冬 晚冬 暮冬 暮年
晚年 半宵

【仄】早夏 首夏 孟夏 仲夏 季夏 盛夏 晚夏 晚歲

杪歲 正歲 舊歲 晏歲 早歲 正午 卓午日正中

午夜夜半 孟月 仲月 季月 閏月 翌日爾雅曰翌明也 正曉

既望十六日也

【平】初夏 新夏 殘夏 深夏 深夜 殘夜 殘臘 殘歲

新歲 窮歲 中午 差午差次也 亭午纂要曰日在午曰亭午

初曉 初伏 正月 元祀元年也

春初夏末第九

【上實】【下虛】死

【平】春初 春中 春遲 春濃 春深 春殘 春闌 春分

春餘 秋初 秋中 秋分 秋高 秋深 秋殘 秋闌

冬初 冬深 冬闌 冬殘 年深 年窮 年更 宵分

宵殘 更長 更深 更初 更殘 更闌

〔仄平〕夏初　夏深　夏長　夏闌　夏殘　歲殘　歲初　歲終

歲窮　歲更　歲餘冬者歲之餘　歲闌　夜闌　夜長　夜深

夜殘　夜分　漏殘　漏沉　漏長　漏深　月終　月初

月餘　晝闌　晝長　日長　日餘夜者日之餘　閏餘　臘殘

〔仄〕夏末　夏早　夏半　夏晚　夏永　夏杪　夏盡　晝短

晝靜　晝永　夜永　夜半　夜短　夜靜　夜久　夜盡

歲晚　歲杪　歲暮　歲近　歲晏　歲逼　歲盡　歲末

日永　日暮　日正　日晚　日短　日晏　月永　月末

月盡　漏短　漏促　漏永　漏徹　漏盡　臘盡　臘近

晷短　景短夏至景短而晷長

〔平仄〕春早　春半　春近　春永　春盡　春淺　春晚　春末

春杪　春老　春暮　秋近　秋早　秋老　秋暮　秋半

秋晚 秋杪 秋盡 秋末 冬半 冬早 冬晚 冬末
冬暮 冬晏 冬杪 冬近 年近 年盡 年杪

芳春永夏第十 與良辰美景互用

【平】芳春 濃春 和春 長春 熙春 潘岳閒居賦熙春寒往 【上虛】死 【下實】清秋
嚴冬 嚴肅也 隆冬 隆盛也 嚴更
【仄】好春 正時 建寅為時之正
【仄】永夏 永晝 永夜 永夕 永日 好日 靜夜
【平】長夏 長日 長晝 長夜 清夜 良夜 遙夜 幽夜
芳晝 清晝 清曉 清旦 平旦 良月

良辰美景第十一 與前類互用 【上虛】死 【下實】

【平】良辰 芳辰 剛辰 佳辰 佳好也 清宵 良宵 殘宵
佳期 佳晨 清辰 暄辰 清朝 芳朝 良朝 良時

清時　芳時　佳時　閑時　明時　華年　芳年　豐年

流年　衰年五十始衰之年　荒年韓詩外傳四穀不升曰荒　饑年穀不熟曰饑

凶年　中年　餘年

【亥】令辰　吉辰　令時　盛時　吉時　少時　妙齡妙少好也

壯齡　壯年　妙年　老年　稔年熟也　大年　盛年　蚤年

少年　有年　有秋書乃亦有秋　令朝　永年

【亥】美景　好景　媚景媚愛也　淑景　勝景　畏景纂要夏曰畏景

麗景　稚節鮑照詩開芳及稚節　令節　令序　吉旦　昧旦　盛旦

令旦　霽旦　樂歲　稔歲　茂歲　吉月朔日也　吉日

暇月暇閑也　暇刻　盛月　正晝

【幸】芳景　韶景韶和暢之義　清景　脩景脩長也　佳景　佳節

芳節　芳序　佳序　芳歲　豐歲　華歲　饑歲　荒歲

閑夜 中夜 剛日甲丙戊庚壬日曰剛 柔日乙丁己辛癸日曰柔 閑日 殘月

華旦 嘉運

時和歲稔第十二與春初夏秋互用 上實下虛 死

平 時和 時新 時平 時清 時豐 時亨亨通也 時通

時衰 時康 時乖 時淹淹滯也 時危 時停 年豐

年登登升也 年荒 年饑 年高 年芳 年新 年凶

年淹

仄 歲豐 歲登 歲饑 歲荒 歲凶 歲亨 運亨 運通

歲侵韓詩外傳五穀不升曰侵 節和陶潛詩草榮識節和 月良

仄 歲稔 歲熟 歲泰泰通也 歲歉穀梁傳一穀不升曰歉 歲旱

景好 景媚 景麗麗美也 運泰 運達 運蹇蹇難也

命蹇 日靜

上平 時泰 時吉 時好 時滯 滯淹也 時暇 年少 年妙

年稔 年暮 年耄 耄老也 年老 年好 年促

春来夏到第十三 上實下虛 活

平 春来 春回 春留 春歸 春臨 春還 春辭 秋歸

秋来 時馳 時来 冬回 冬来 宵来 朝来 年来

年流 陰回 夏至一陰生故曰陰回

上仄 暁来 晩来 日来 月来 夜来 歲来 夏来 夏臨

歲臨 歲遷 歲增 歲徂 徂往也 夜徂 日居 月徂

月征 征行也

仄 夏到 夏去 夏過 夏屆 節到 節換 節去 節過

歲過 歲到 歲減 歲復 歲去 歲邁 邁過也 日邁

日往 日過 臘至 臘去 臘近 臘到 社到 社至

社去　律應　律轉　漏轉　候正　月往

（上平）春到　春至　春去　春過　春透　春入　春藏　春及

春復　春屆　秋屆　秋至　秋到　秋去　秋入　冬到

冬去　冬過　冬迫 迫近也　年去　年到　年邁　年換

時至　時到　時過　時遇　時退　時往　時易 易變也

除近

先春往歲第十四　（上虛）死（下實）

（平虛）先春　今春　来春　茲春　前春　明春　先秋　今秋

前秋　今冬　今年　今朝　今時　今宵　今晨　来晨

来年　前年　當年　初年　何年　他年　明年　先年

茲年　明朝　来朝　平時　當時　何時　他時　前時

斯時　茲時　茲辰　前宵　来宵　明宵

上仄 昔時 甚時 那時 向時 是時 往時 異時 彼時

即時 此時 舊時 古時 曩時 昔年 去年 往年

舊年 每年 每春 此春 此秋 此冬 此辰 此宵

此晨 昨晨 昨朝 詰朝

仄 往歲 故歲故舊也 是歲 每歲 昨歲 嗣歲来歲也

昔日 曩日 異日 那日 昨日 此日 翌日 後日

舊日 每日 是日 甚日 即日 往日 向日 越日

越及也 昨夜 此夜 此夕 詰旦明早也

上平 今歲 前歲 来歲 明歲 茲歲 今日 明日 来日

平日 何日 當日 前日 他日 茲日 今夜 前夜

今夕 何夕 茲夕 當夕 今夏 茲夏 茲月 明旦

何代

春前臘後第十五

〔平〕春前 春間 春中 秋中 秋間 秋前 冬前 冬間 〔上實〕〔下虛〕死

年間 年前 年中 時中 時間 宵中 朝前

〔上仄〕夏間 歲間 節間 午間 夜間 曉間 晚間 日間

日前 至前 節前 節邊 晚邊 歲邊 刻中 夜中

午前 歲前 社前 臘前杜梅蕊臘前破

〔仄〕臘後 午後 歲後 晝後 節後 晚後 夜後 社後

節裏 日裏 夜裏 旦上 早上 日下 節下 晚際

〔上平〕春裏 春末 春後 秋裏 秋末 秋後 冬後 冬裏

年裏 年後 朝後 時下

經春歷夏第十六 〔上虛〕死〔下實〕

〔平〕經春 將春 方春 當春 踰春踰越也 開春開啓也

方秋 當秋 經秋 將秋 臨秋 經冬 當冬 方冬
臨冬 經年 連年 踰年 頻年 長年 窮年 臨期
愆期愆過也 經宵 連宵 終宵 通宵 經朝 頻朝
終朝 連朝 崇朝公羊傳不崇朝而雨天下 經旬 踰旬 連旬
彌旬 踰時 過時 乘時 趨時 逢時 長時 移時
臨時 經時 登時 侵晨 淩晨淩侵也 逢辰

六

近春 度春 隔春 向春 歷春 入春 涉春 近冬
隔冬 隔旬 越旬 越宵 隔宵 隔年 歷年 積年
失時 歷時 決時 隔時 及時 越時 遇時 過時
俟時 近時 後時 失期 隔期 赴期 後期 近秋
隔秋 度秋 望秋 越秋 入秋 過秋 及秋及逮也
向晨 浹旬 浹辰

仄

歷夏　入夏　隔夏　過夏　涉夏　隔歲　迫歲　近歲

卒歲卒終也　越歲　歷歲　度歲　過歲　逐歲　累歲

積歲　隔日　竟日　盡日　歷日　鎮日　度日　剋日

累日　積日　逐日　不日　隔月　越月　累月　隔月

徹夜　近夜　迫夜　向夜　盡夜　不夜　信夜再宿為信

入夜　向曉　拂曉　際曉　欲曉　漸曉　到曉　破曉

未曉　薄晚　向晚　近晚　值晚　迫晚　達曙　欲曙

拂曙　欲午　未午　迫午　薄午日將午曰薄午　迫暮　欲暮

薄暮　未暮　隔夕　向夕　竟夕　近夕　近臘　積氣

積候積六候而成月　入伏　指日　隔夜

上平

經夏　方夏　將夏　經歲　踰歲　終歲　經月　踰月

連月　彌月　經日　連日　終日　將旦　將曉　方曉

當晝 當午 将午 過午 方暮 遲暮 将暮 将晚

将夕 終夕 経夕 通夕 踰夕 終夜 経夜 方夜

将夜 連夜 連宿 経宿

朝升晚出第十七

上實 下虛 活

平

朝升日 朝吹風 冬凝氷 秋凝霜 秋號杜甫詩風怒號 八月秋高 春噓

朝晞選詩朝露待日晞

上仄

曉滋露 曉凝霜 晚留月陽 曉沉殘月 曉晞晞日始升也詩東方未晞 夜妝

夜凝氷 午凝烟

仄

晚出 夜出 夜照並月 夜滴雨 夜隕星 夜見 夜結霜 夕起古辭秋風夕起兮

夜積雪 午映日 曉沒星月

上平

春泮氷 宵掛杜甫詩新月迎宵掛 秋結 秋降並霜 秋起漢武帝辭秋風起兮白雲飛

朝散雲 時降雨 時隕陸機詩淑氣與時隕

晴春霽曉第十八 與天文門晴天曉日互用

上半虛下實

平 晴春 陽春 融春 韶春 韶陽 涼秋 韓愈詩歸期眇涼秋 涼辰

涼朝 涼宵 涼時 杜甫詩荷淨納涼時 寒冬 晴冬 寒更 寒宵

暄晨 寒時 暄時 晴時 和時 炎時 寒朝 韶年 岑羲詩和風助律應韶年

仄 暖春 霽春 冷秋 凜秋 肅秋 暖冬 暖時 燠年 五行志秦城無燠年

仄 霽曉 霽景 霽午 暖晝 暖景 暖夜 暑夏 暑夕

暑夜 燠歲 旱歲 爽旦 冷節 寒食為冷節

平 韶景 炎景 涼旦 晴旦 晴晚 晴景 晴晝 晴曉

寒曉 寒暮 寒臘 寒夕 寒夜 涼夜 涼夕 寒節 張華詩日陰寒節升 炎夏

## 春寒夏熱第十九



【平】春寒　春融　春暄　春和　春陰　春妍　春溫　春晴

朝晴　朝寒　秋清　秋晴　秋涼　秋陰　秋炎　秋蒸

冬暄　冬寒　冬陰　冬晴　冬溫（杜甫詩冬溫蚊蚋集）　晨暄

【去仄】夏涼　夏炎　夏寒（杜甫詩江竹能夏寒）　夏晴　夏陰　晚涼　早涼

午涼　晝涼　夜涼　夕涼　曉涼　午陰　晚陰　夕陰

曉陰　曉寒　晚寒　夜寒　暮寒　社寒　臘寒　歲寒

晝晴　午晴　曉晴　晚晴　夜晴　晝陰

【仄】夏熱　夏暑　夏溽　夏旱　晝熱　晝暖　晝冷　曉霽

曉冷　曉爽　曉凍　午霽　午冷　午熱　暮冷　晚爽

晚霽　夜暖　夜冷　夜熱　夜霽　夕霽　伏暑　伏熱

臘暖　臘凍

上平 春凍 春媚 春暖 春霽 春冷 春燠 春旱 秋暑
秋熱 秋爽 秋冷 秋肅 秋霽 秋旱 冬冷 冬凛
冬暖 冬旱 朝冷 朝爽 晨潤 晨暖

## 春朝夏夜第二十 與天文門春天夏日互用

下平 春朝 春晨 春時 春宵 春期 秋時 秋晨 並實 秋期
秋宵 冬宵 冬晨 冬期 冬朝 冬時 年時
去声 夜時 社時 夏時 夏朝 歲朝 伏朝
入声 夏夜 夏日 夏月 夏晝 暑月 臘月 晚景 朔旦
歲旦 歲夜 月朔 月令 令政也月令者言十二月之政也
上平 春曉 春晝 春晚 春夜 春令 春序 春月 秋曉
秋夜 秋晚 秋夕 秋令 秋月 秋節 冬夜 冬免
冬晚 冬月 冬令 冬序 冬節 年節

## 炎涼冷暖第二十一

並半虛

〔平〕炎涼　溫涼　寒涼　暄涼　陰涼　晴暄　寒暄　陰晴

涼溫（駱賓王詩風壤異涼溫）

〔仄〕晦明　暑寒　旱涼　暖涼　燠寒（內則問衣燠寒）　暖和

〔仄〕冷暖　冷熱　燥熱　暑熱　昧爽（欲明之時明未明）

〔仄平〕寒熱　寒暖　寒燠　寒暑　溫凊（曲禮冬溫夏凊）　溫煖　溫燠

炎熱　涼冷　涼爽　涼熱　和暖

## 初寒乍暖第二十二

上虛　死　下半虛

〔平〕初寒　將寒　猶寒　纔寒　方寒　恒寒（恒常也）　差寒

初涼　初晴　纔晴　方晴　新晴　將晴　將明　將昏

初溫　初暄　初陰　差涼

〔仄〕乍晴　欲晴　未晴　已晴　快晴　半晴　漸晴　久晴

忽晴 擬晴擬待也 漸涼 乍涼 已涼 未涼 稍涼
正涼 不涼 漸寒 已寒 未寒 稍寒 正寒 尚寒
頗寒 乍寒 極寒 向寒 不寒 陡寒 頓寒 向晴
向明 向晨 欲明 未明 不明 正炎 漸暄 不晴
未和 已昏

【仄】

乍暖 向暖 欲暖 尚暖 漸暖 已暖 未暖 正暖
不暖 漸冷 乍冷 向冷 正冷 未冷 乍熱 向熱
正熱 不熱 漸熱 未熱 已熱 陡熱 甚熱 欲霽
已霽 乍霽 未霽 正爽 正旱 久旱 薄暝 欲暝
正暑 已晚

【平】

纔霽 初霽 差冷 猶冷 方冷 纔冷 初冷 差暖
方暖 纔暖 猶暖 初暖 猶熱 差熱 初熱 將暝

恒燠

微涼酷熱第二十三 與前類互用

平 微涼 新涼 餘涼 清涼 微和 輕寒 上虛 死 下半虛 新寒 清寒

祁寒 祁盛也 嚴寒 隆寒 凝寒 餘寒 微寒 奇寒 奇異也酉陽雜俎奇寒歲江淮亦冰 微暄 微溫 煩蒸

去 嫩寒 薄寒 峭寒 峭尖也 沍寒 寒凝曰沍 盛寒 盛大也

極寒 酷寒 酷苛刻也 大寒 小寒 嫩涼 少晴 大晴

仄 酷熱 極熱 薄熱 濕熱 盛熱 酷暑 盛暑 薄暑

溽暑 溽濕熱也 大暑 極暑 畏暑 毒熱 杜甫詩不似雲安毒熱新

薄冷 極冷 亢旱 亢極也 大旱 薄暖 沍凍

平 微暖 輕暖 微燠 新霽 微熱 餘熱 煩熱 蒸暑

殘暑 餘暑 新暑 輕暑 焦暑 王彪之詩三伏焦暑 微暑

煩暑　隆暑潘岳詩隆暑方赫曦　隆凍　微冷　輕冷　輕爽　微爽

新爽　清爽

寒輕暑薄第二十四

平　寒輕　寒微　寒隆　寒嚴　涼輕　涼微　涼殘

去　暖微　暖輕　暑輕　暑隆　暑微　熱微　熱餘

入　暑薄　暑盛　暑酷　暑溽　暑熾　暖薄　暖極　凍沍

上半虛　下虛　死

冷極

平　寒薄　寒勁　寒盛　寒重　涼薄　涼盛　炎毒毒苦也杜清涼

破炎毒

催寒送暖第二十五與天文門生寒布暖互用

上虛　下半虛

平　催寒　增寒　留寒　生寒　侵寒　添寒　添涼　慳晴

慳吝也　翻晴　烘晴　舒和　留蒸　生明書載生明

（去）借涼 逗涼 兆涼兆先見也選詩開秋兆涼氣 扇涼扇揚也 遞涼
遞送也 薦涼薦進也 送涼 洒涼 變涼 作寒 弄寒
試寒試探也 送寒季冬出土牛以送寒氣 護寒 結寒 變寒
釀寒釀醞也 放晴 轉晴 護晴 作晴 弄晴 變晴
變陰 作陰 奪炎

（入）送暖 弄暖 借暖 轉暖 破暖 播暖播布也 透暖
敵暖 奪暑 送暑 解暑 歛暑 薦爽 挹爽挹拂也
送冷 遞冷 釀冷 透冷 結凍 解凍 轉燠 布暖
死魄朔日

（平）迎爽 回暖 添暖 催暖 生暖 揚暖 催暑 留暑
薰暑薰灼也 徂暑 驅暑 添暑 催冷 添冷 生冷
開霽 生魄月初生

## 寒生暑退第二十六

上半虛 下虛 活

平 寒生 寒催 寒來 寒侵 寒收 寒消 寒凝 凉侵

凉催 凉生 陽回 陽凝 陽生 陰生 陰凝（禮陰氣勝則凝為霜雪）晴開 晴熏（杜甫詩晴熏太白巔）晴回 炎蒸

上仄 暖回 暖來 暖生 暖侵 暖烘 暑收 暑生 暑蒸

暑徂 暑消 暑煎 冷回 冷侵 冷催 冷凝 凍凝

凍消

仄 暑退 暑往 暑至 暑去 暑減 暑却 暑逼 暖逼

暖至 暖入 暖透 暖布 暖轉 冷徹 冷透 冷浸

冷逼 凍解 凍釋 凍合 凍減 凍結 朔易（書平在朔易易改也）

平 寒退 寒入 寒盡 寒逼 寒透 寒歛 寒極 寒減

寒至　凉透　凉至　凉入　陽極中（陽極於午）　陽盛　陽長

陰伏　陰極中（陰極於子）　陰閉

天文

霜晨雪夜第二十七（與天文門霜天雪月互用）　並實

平　霜晨　霜朝　霜宵　烟宵　烟朝　風晨

上仄　雪朝　雪宵　雪時　雨時　雨宵　月宵　日曛

仄　雪夜　雪景　雪暮　雪曉　日晝　日午（日在午曰日午）　月晝

月午（月在午曰月午）　月曉　月夕　雨夜　月夜

上平　霜夜　霜曉　烟景　烟晝　烟月　星夜　風夕

花木

花朝菊節第二十八　並實

平　花朝（二月十五日）　花時（三月）　花天　花晨　梅天（四月）　梅時（賀梅子黄時雨）

瓜時（左傳瓜時而往）　瓜期

上仄　菊天（九月）　菊秋　桂秋（八月）　竹秋（三月）　麥秋（四月）　橘時（九月）　菊時（九月）

（仄）菊節九月重陽　菊景九月　艾節端午　桂夕八月　穀日正月八日　穀旦穀善也

（上平）花夕二月　花月　花節即花朝節　蒲節五月五日歲時記是日以菖蒲泛酒　茱節　萸節並重九桓景以是日令家人製囊盛茱萸以消灾厄　梅月　梅暑　梅景並夏　蘭景　蘭夏蔚完詩蘭池清夏氣　蒲月五月　橙月九月　槐夏　花日

鑽楓泛菊第二十九與花木門栽梅種柳互用

（上虛活　下實）

（平）鑽楓清明杜人家鑽火用青楓　粧梅宋壽陽公主人日卧含章簷下梅花落額上時人遂効為梅花粧　傳柑上元唐元夕以黃羅包柑遺近臣　囊萸九日　吹葭冬至日用兼葭灰實玉管以候陽氣　尋梅　粧花金門歲節寒食粧百花輿　鑽榆春取榆柳之火以順陽行火氣　乗槎八月八日張騫乗槎犯牛斗　浮瓜夏月　陳瓜七夕　迎梅五月雨日迎梅　烹葵詩七月烹葵及菽　紉蘭楚詞紉秋蘭以為佩

（上仄）頌花晉劉臻妻元日獻椒花頌　獻椒　執蘭鄭俗上巳日于溱洧執蘭招䰟祓除不祥

佩蘭　採蘭五月五日　食瓜詩七月食瓜　設瓜歲時記七夕陳瓜果于庭中以

乞巧　破瓜日建詩二月中旬已破瓜　薦瓜六月初伏時薦瓜　佩萸　賜萸

泛萸並九日　切蒲　掛蒲並五日　折松元日　頌萸重陽　上椒

頌椒　飲椒並元日　入梅芒種後壬日入梅　出梅芒種逢壬後庚日出梅

鬪花唐天寶間春時鬪花以奇為勝　煑桃金門歲節寒食煑桃花粥　折梅春　斷梅

出梅日也

【仄】

泛菊杜甫詩季秋當泛菊　把菊陶潛于九日摘菊盈把浸酒飲之　飲菊同上　獻韭詩七月獻羔祭

韭　祭韭見前　揷柳元夜祭門揷柳　射柳五日　踏草二月二日　鬪草

五日　穫稻詩十月穫稻　賣藥九月八日梓州龍池　賜藥唐臘日賜口脂面藥　掛艾

頌栢元日　爆竹除夕　爆穀正月十四日　卜稼杜日　採艾五日未鷄鳴時採艾為人掛于

門　設果七夕　剥棗豳詩十月剥棗　納稼詩十月納禾稼　採藥五日

【平】

延桂　攀桂中秋　挑菜立春　傳菜杜春日詩菜傳纖手送青絲　登穀十月　祈穀

禮天子以元日祈穀 沉李 夢華錄都人三伏沉李浮瓜 嘗麥 月令孟夏登麥

月令仲夏農乃登麥 嘗黍 仲夏以雛嘗黍 懸艾 端午 浮菊 九日

## 春生夏長第三十

上實下虛 活

平 春生 春開 春榮 木 春芳 秋芳 蘭 秋開 秋收 秋凋

秋零 木 秋滋 秋踈 秋成 律曆志秋為陰中萬物以成 冬生 冬開

冬藏

上仄 夏榮 夏生 夏開 歲凋 晚凋 早凋 晚榮 夜榮

夜開 曉開 曉生

仄 夏長 夏茂 夏發 夏秀 夏吐 夏熟 相如賦盧橘夏熟 曉發

曉墜 曉落 曉吐 晚墜 夜發 夜合 夜落 暮落

日長 早綻

上平 春發 春綻 春吐 春艷 秋落 淮南子一葉落而天下知秋 秋墜

秋熟　秋吐　朝落　朝吐　冬秀陶潛詩冬嶺秀孤松　冬茂

## 鳥獸　鶯春燕社第三十一　並實

平　鶯春春鳴　鶯時春月倉庚　鳩春春令驚蟄後五日鷹化為鳩　蛩秋蟬蛻曰蛩
蟬秋　鴻秋仲秋鴻鴈来　鷹秋孟秋鷹乃祭鳥　雞晨　龜齡龜千歲
龜年

上仄　燕春燕春社至　鶚秋杜詩一鶚獨橫秋　鴈秋秋鳴鴈来　鶴齡　鶴年

仄　燕社　鴈夜　鵲夕鵲知太歲所在又淮南子七夕烏鵲填橋度織女　鶴歲鶴歲可一千六
百年　鶴旦　鶴夜記鶴警露而鳴故謂鶴知夜半

上平　蠶月陶潛詩蠶月得紡績　鶯曉　螢夕　鷄旦正月一日為鷄

## 粘雞撲蝶第三十二　上虛活下實

平　粘雞人日余延壽詩粘鷄欲向人　迎龍牛僧孺久旱間處士善恭龍迎致之得雨　分龍四月二十日為小分龍五月二十日為大分龍並以晴則旱雨則潦　興龍宋十月八日為興龍節

登龜季夏鳴蜩月令五月蜩始鳴烹鵝端午迎猫臘日迎猫以其食田鼠也飛鳧端午競渡舟輕利謂之飛

上仄

鬬蛾正月十五日鬬鷄寒食磔鷄臘日畫鷄元日畫鷄貼戶百鬼畏之伐蛟月令季夏伐蛟造蛾上元日造火蛾兒造梟漢以端午日造梟羹賜百官絕惡類也帶蟾端午將蟾蜍暴乾帶之可以辟兵祭魚孟春獺祭魚薦魚月令季冬始漁先薦寢廟取黿月令季夏登龜取黿獻鳩正旦民獻鳩于趙簡子獻羔詩七月獻羔祭韭斬牲立秋日斬牲于門以薦寢廟

仄

撲蝶二月十五日獵獸臘月獵取禽獸以蜡走狗寒食使鵲七夕獻鮪禮天官春獻王鮪磔狗伏日磔狗四門畫鴨鄴中記寒食畫鴨子以相餽遺啓蟄月令正月蟄虫始振

上平

鳴鶪詩七月鳴鶪乘鶴七月七日王子晉乘鶴駐緱氏山迎虎臘月蜡祭迎虎以其食田豕也烹鶩闢中五日藏蟄十月

宮室

庭春院午第三十三

平　庭春杜甫詩庭春入眼濃　臺春　宮春　樓春　園春　衙時韓愈詩衙時龍

户集　江秋　庭秋　邊秋　林秋　宮秋　關秋　城秋

上仄　塞秋　岸秋　洞春　塞春　殿涼　閣涼

仄　院午　塞晚　殿曉　店曉　閣夜　省夕

上平　窓曉　宮曉　村曉　村午　庭午　村社　衙日　窓曙

器用

環循轂轉第三十四

平　環循時序如循環　梭飛　丸跳韓愈詩日月如跳丸

上仄　箭馳　箭飛

仄　轂轉日月　隙過日光如駒過隙　箭度

上平　梭擲

更籌曉箭第三十五

【平】更籌漏箭田籌　辰牌十二時辰牌也　更牌五夜更漏牌也　春牌即宜春字牌也

【去】曉籌　日圭周禮土圭測日景　漏壺以銅為之　歲符黃帝元日畫桃符以除百鬼

【入】曉箭　夜漏　曉漏　午漏　晝漏　日線唐以宮女女工揆日長短

日曆紀日之書也　歲曆　歲籥籥似笛三孔而短以律呂之音中一歲之候　月琯琯律管也律曆志殿中用玉律十二以候氣

【平】年矢周興嗣年矢每催　春帖宜春帖也　更箭　更漏　春漏　秋漏

【人物】

## 堯時夏歲第二十六

【並實】

【平】堯時　唐時　商時　堯年堯年一百一十八歲　周年周文王九十七歲武王九十三歲　周正周建子為天正　秦冬

【去】夏正夏以寅為人正　夏時論語行夏之時　漢時　宋時　晉時

【入】夏歲夏謂年為歲　夏朔夏以半明為朔　夏候　漢曆漢武帝治太初曆

【平】堯曆堯命羲和治曆　湯旱湯有七年之旱　秦閏秦統為閏位　秦歲　周月

周公正三統之義作周月

## 農時聖旦第三十七

〔並實〕

〔平〕農時 春耕夏耘秋收之時孟子不違農時　民時　人時 書敬授人時　人年　僧年　男年

〔上仄〕子年　父年　毋年 論語父母之年不可不知也　女年 内則女子十年不出　聖時

〔仄〕聖旦 聖人降生之辰為聖旦　聖節　聖世　聖夏　聖臘　聖代　旅夜　客歲　尹日 書師尹惟日

〔上平〕僧臘 僧以臘為年　僧夏 僧家以四月十五日結夏禁　王歲 書王省惟歲　卿月 書卿士惟月

## 春遊夜坐第三十八

與身體門春心晚與文史門朝吟夜誦俱互用

〔上實〕〔下虛〕　活

〔人事〕

〔平〕春遊　春行 行步也　春醒 醒酒病也　春耕　春眠　春愁

春蒐 春獵曰蒐　春思　秋思　秋悲　秋吟　秋行　晨遊

晨征 征行也 晨興 興起也 晨炊 炊爨也 晨趨 朝行

朝歌 朝鋤 朝耕 朝驅 朝遊 時沽 沽買也 時歌

時言 論語時然後言 宵征 詩肅肅宵征 宵愁 宵眠

〔去〕夏耘 除草曰耘 夏苗 左傳春蒐夏苗 夏眠 曉行 曉遊 曉登

曉歸 曉耕 曉舂 曉趨 曉沽 晚歸 晚登 晚樵

樵 采木也 夜吟 夜行 夜漁 夜舂 早行 早朝 晝眠

暮歸 宿酲 夕歸 午炊 日攘 孟子日攘其隣之鷄 夙興 詩夙興夜寐

夜遊

〔仄〕夜坐 夜宴 夜寐 夜醉 夜宿 夜泊 夜飲 夜卧

夜舞 劉琨祖逖中宵起舞 夜績 夜紡 夜緝 緝績也 夜直 夜報

早起 早去 早歇 曉起 曉步 曉坐 曉望 曉戰

曉唱 曉賣 夏宴 夏賞 夏浴 晝睡 晝卧 晝寢

論語宰予晝寢晝寐　晚對　晚浴　晚釣　晚坐　晚泊　晚宿
晚酌　晚爨　晚玩　晚眺　晚起　晚醉　晚望　午睡
午醉　日省曾子吾日三省吾身　月試中庸日省月試　夕息陸機詩夕息西山足　夕燕
暮宿
【辛】春醉　春會　春飲　春宴　春聚　春睡　春酌　春步
春種　春耨　春饁饁餉也　春省孟子春省耕而補不足　春望
春薦王維詩總是寢園春薦後　春賞　春醒　秋步　秋賞　秋作
李白詩田家苦秋作　秋斂斂收也　秋望　秋省孟子秋省斂而助不給
秋飲　時醒　時語　時估論價曰估　時用　時獻　時醉
時訓周公作時訓　時儆時以儆告其民　冬望　冬狩冬獵曰狩　冬訛
冬賞　冬獵杜甫詩冬獵青丘旁　晨出　晨去陶潛詩晨去越河關　晨省　晨起
朝爨　朝憶陸龜蒙詩題詩朝憶復暮憶　朝發　朝想潘岳詩朝想慶雲興　朝謁

朝謁杜甫詩借問頻朝謁　宵濟謝靈運詩宵濟漁浦潭

司權秉令第三十九

平　司權顓頊執權司冬　當權　爭衡　司衡詩炎帝正司衡　上虛活　揚威　下實　施威

仄　執權冬玄冥執權　秉權　得權　執規魏相傳大皞乘震執規司春　執衡夏朱明執衡　作威　布威　逞威

仄　秉令令謂時令所紀四時之政也　得令　出令　握令　執矩少皞執矩司秋　返駕　作態　逞勢　逞燄燄熾也

上　司令　行令　施令　廻駕　廻馭詩顓帝初廻馭　推策黃帝推策　乘勢

迎春送夏第四十與花木門爭春破臘互用　上虛活　下實

平　迎春月令天子迎春東郊　尋春　遊春　思春　傷春　看春　生春　留春　移春開元遺事楊氏子弟移花自隨號曰移春　逢春　窺春　藏春

懷春詩有女懷春　催春　鞭春立春日鞭土牛　司春隋書鳥曆司春　啟春

書以殷仲春　迎秋天子迎秋西郊　吟秋　驚秋　知秋一葉落而天下知秋　逢秋

殷秋書以殷仲秋　思秋張華吉士思秋寔感物化　悲秋宋玉作悲秋賦　司秋

少皞司秋　防秋秋戍邊日防秋　逢時　知時　隨時　祈時祈告也

因時　書時春秋孟月書時　占時元夜前一日爆穀以占歲時豐歉　粧年　逢年

祈年閭里祭勾芒以祈年　忘年韓愈與李賀為忘年友　交年十二月二十四日　知年

占年柳宗元詩雞骨古年拜水神　迎冬月令天子迎冬北郊　司冬顓帝司冬　朝正

杜甫詩朝正霽景鮮

感春　餞春　輓春　望春　送春　惜春　探春　賞春

括春唐穆宗置惜春官號括春　報春　打春擊土牛謂之打春　感秋　望秋

送秋　餞秋　有秋　報秋　禦冬詩亦以禦冬　餞冬　賀冬

正冬書以正仲冬　授時書敬授人時　濟時　順時漢勅有司順時氣　感時

奉時 易後天而奉天時 待時 孟子不如待時 救時 姚崇救時之相 廢時 定時

書定四時成歲 計年 問年 待年 春秋齊女待年 餞年 引年 禮三王養老必引年

拜年 記年 卜年 惜陰 大禹惜寸陰 負陰 抱陽

順陽 改大用榆柳以順陽 競辰 揚子曰辰乎辰君子競諸

〔夏〕

送夏 度夏 正夏 書以正仲夏 結夏 四月十五日 解夏 七月十五日

發歲 望歲 耶二十三年如農夫之望歲 閱歲 候歲 天文志候歲美惡 獻歲

正月一日獻歲之吉杜甫先期迎獻歲 餽歲 風俗記歲晚餽問謂之餽歲 賀歲 守歲

除夕孟浩然詩守歲接長筵 照歲 歲時記除夕點燈謂之照歲 宿歲 歲時記除夕具肴饌謂之宿歲之儲

送臘 餞臘 待臘 戒旦 隋青帝歌龍精戒旦 待旦 孟子坐以待旦

費日 計日 數日 測日 視朔 魯文公始不視朔 告朔 告朔諸侯之禮

祭社 罷社 輟社 魏王倚毋以社日亡倚每至日哀甚鄰里為之輟社 報曉 候曉

順氣 改火用榆柳以順陽行火氣 道氣 記迎夏于南郊以導氣 望氣 左僖公五年日

南至公登臺以望雲氣 定氣 順令漢詔有司順時令理寃獄 讀令禮志每月朔旦
太史上月曆有司讀令奉行其政 應候 辨候 紀候紀編著也唐中興書目紀風雲
之候 應節 逐節 戒節漢詔戒節 方春 賀節 測景禮用中圭測景
測晷 繼晷韓文焚膏油以繼晷 犯夜杜甫詩醉歸應犯夜 放夜漢志元夜弛禁前後各一夜謂
之放夜 問夜儀禮士相見禮夜侍坐問夜 遇會 待漏 顛夏郭璞詩巳秋復
願夏

(去) 迎夏月令孟夏天子迎夏南郊 逢夏 粧節 成歲 粧歲見前 分歲
歲時記除夕長幼聚飲祝頌謂之分歲 明氣禮明堂所以明天氣 迎氣 迎日見前 遷社
吹律鄒衍吹律以和燕谷之氣 推候 知夜 須朔禮天子須朔于諸侯
班令

## 愁寒怨暑第四十一

(上虛)活 (下半虛)

(平) 愁寒 迎寒禮春官中秋夜擊士鼓吹豳詩以迎寒 咨寒書冬祁寒小民惟曰怨咨

乘涼 追涼 迎暄 驅炎 迎薰

【去】怕寒 苦寒 耐寒 禦寒 送寒 餞寒 畏寒 惡寒

納涼 取涼 負暄（列子田父負日之暄） 畏炎

【入】煞暑 畏暑 度暑 送暑 避暑 冒暑 苦熱 怕熱

濯熱（詩誰能執熱逝不以濯） 觸熱 怯冷 喜霽

【上】逃暑 衝暑 咨暑（書夏暑雨小民惟曰怨咨） 憂旱 愁熱

## 時情世態第四十二

【上實】【下半虛】

【平】時情 時災 年庚（庚十干名） 天時

【去】歲功（王禹偁文天道不言而品物亨歲功成） 歲灾 日程 世情

【入】世態 曆數 歲氣（醫書必先歲氣） 歲運 晷運 運氣 運會

運限（限界也）

【上】天數（書天之曆數在爾躬） 天運 天道 天氣 時氣 時運 時勢

時變 時候 時態 時作 年甲 時令 陽數一三五七九皆陽

陰數二四六八十皆陰 陰騭騭定也書惟天陰騭下民

登高競渡第四十三

平 登高九日見桓景事 迎新唐太宗詩共懽新故歲迎送一宵中 尋芳 上虛活下半實

去 送窮除夕韓愈作送窮文 踏青歐陽修詞南園春半踏青時 履長冬至 履新正旦 履初正旦晉書履端元日正始之刀 祀先十一月祀先祖以告歲終

仄 競渡端午 乞巧七夕 鬬巧七夕 拾翠 祓禊上巳 送故除夕 送舊

辛 脩禊三月三日 驅歲山海經顓頊氏三子死為疫鬼故事歲前一日命難驅之 驅疫

書雲改火第四十四 上虛活下實

平 書雲左傳分至啓閉必書雲物以辨吉凶 觀雲見前 觀燈 燃燈 燒燈並元夕

流觴王羲之暮春會蘭亭流觴曲水 稱觴歲時伏臘少者稱觴 藏煙寒食 穿針七夕 藏鉤荊楚歲時記歲前一日為藏鉤之戲 藏冰季冬藏冰 開冰月令仲春獻羔開冰薦寢廟

題糕 劉禹錫作九日詩欲用糕字以五經無此字竟不敢題 張燈 元夕 賜衣 唐端午賜時服

【平仄】

望雲 冬至 禁煙 寒食 鑿氷 詩二之日鑿氷沖沖 賜氷 禮夏頒氷賜群臣 賜羹 賜衣

授衣 詩九月授衣 曝衣 七月七日杜甫曝衣遍天下 放燈 元夕 試燈 元夕前落日

競舟 曬書 七夕郝隆仰卧庭中曰晒腹中書 係囊 九日桓景事 滌場 詩十月滌場

鏤金 元日鏤金箔為人以相遺 賣餳 寒食 食餳 元日食膠牙餳取膠固之義

煖爐 十月朔有司進煖爐炭 擊灰 吴中除夕打灰堆 打毬 清明唐進士有打毬會

立幡 後漢志立春之日立青幡 閉關 易先王以至日閉關

【仄】

改火 上巳 禁火 寒食 賜火 清明 取火 春取榆柳之火類 進火 清明歲時記每歲是日内園鑽火先得者賜絹

止火 寒食 列炬 除夜杜甫詩列炬散林鳪 落帽 九月九日孟嘉事

戴勝 人日 剪綵 荆楚歲時記人日剪綵為人鏤金箔戴之 賜尺 二月賜大臣戚里尺

進酒 崔寔元日進椒花酒服之却老 進餅 歲時記伏日進湯餅名辟惡 解粽 端午

進炭 十月一日 進履 冬至婦進履襪 採繭 開元遺事上元日成都造麪繭

謂之探繭 獻繭〔月令孟夏后妃獻繭〕 獻矢〔夏官司弓矢仲秋獻矢〕 射粽〔端午天寶中事〕

禁鑄〔夏至〕 鑄鑑〔唐五月五日揚子江心鑄鑑以進〕 掛布〔七夕北阮盛晒錦綺南阮獨掛布裩〕

塞向 墐户〔詩十月穹窒熏鼠塞向墐户〕 祀竈〔臘日陰子方以牛祀竈致富〕

平 鑽火 行火〔周禮司爟氏掌行火之政令〕 脩火〔仲春以木鐸脩火政于國中〕 吹律

吹悁 量線 添線〔並冬至〕 塗竈〔臘月二十四日以酒糟塗竈門〕 朝日

〔禮春分朝日〕 分肉〔社日〕

## 懷氷坐氈第四十五

平 懷氷〔李白詩兩手如懷氷〕 生鱗〔韓愈詩肌膚生鱗甲〕 探湯〔柳宗元詩探湯汲陰井〕 上虛 活 下實 焚紫

〔杜甫詩城東乾旱天其氣如焚紫〕

去 燧爐〔方千里記大暑若燧爐燎原〕 燎原 袖氷 挾氷 折膠〔寒〕

入 坐氈〔韓愈詩如坐深氈曾遭蒸炊〕 沸鼎〔杜甫詩執熱遹沸鼎〕 起粟〔寒見前〕 挾纊

〔左傳楚三軍寒王巡而撫之皆如挾纊〕 潑水〔蘇但覺衾裯如潑水〕

【去】澆水冬揮雨偕蠻苦熱行萬人揮汗翻成雨生栗

先天太易第四十六　　上虛死　下實

【平】先天伏羲易卦　終天

【去】太初氣之始　太無莊子太初有無無有無名　太虛莊子道不遊太虛　極天

後天文王易卦

【仄】太易無極而太極無形而有形謂之太易　太始形之始　太質混沌未散純朴未分謂之太質

太素天也王仲宣游魂太素　太古　太極易繫辭易有太極　大衍易大衍之數五十

太乙天地未分混沌之元炁　上古纂數云上古伏羲時　有極　叔世

季世並末世　末世

【平】無極　終古　中古纂數云中古周文王時　中世　前世　前代

當代

【身體】熏心破肉第四十七　　上虛活　下實

〔平〕熏心詩憂心如熏　蒸人　烘人　烘肌　侵肌

〔上仄〕毒腸杜甫詩炎蒸毒我腸　刮膚　割膚　裂膚突厥掠涼州會大寒士卒多裂膚　刮肌

砭肌　逐人　砭人歐陽脩賦砭人肌骨　切膚寒　入眼　刺眼　塞眼

〔仄〕破肉杜甫詩晏歲風破肉　墮指漢高擊韓王信大寒士卒多墮指

切骨　破骨　砭骨　刮面　劈面並寒　炙背冬日

〔上平〕流汗　沽汗　沽體並熱　侵體　侵骨並寒

## 如湯似水第四十八

〔上虛活〕〔下實〕

〔平〕如湯王粲大暑賦風既至其如湯　如冰張華詩挾纊如懷冰　如霜並寒　如刀風冷

〔上仄〕似霜　似冰　若冰並寒　似湯熱

〔仄〕似水　似雪寒　似火夏

〔上平〕如電　如火夏　如水杜牧詩天階夜色涼如水

## 如熏若洗第四十九

〔並虛〕

平 如熏 如惔惔憂也詩旱魃為虐如惔如焚 如焚 如煎 如蒸並暑 如灑

劉備云日月如流 如烘煖 如飛日月 如僵 如馳魏文詩歲月如馳

仄 似飛 似蒸暑熱 似焚 若烘煖

仄 若洗 似洗並凉 似浸冷 若燎熱

平 如洗 如燎 如沭

## 聲色 青春素節第五十

平 青春春木德其色青 青陽春為青陽 清商商傷也選詩清商應秋至 上半虛 朱炎

朱明夏為朱明 朱光陸機詩大火貞朱光 黃昏 玄冬冬水德其色玄 下實

仄 素商選詩金天動素商 素秋張華詩忽馬素秋 白藏秋為白藏

仄 素節纂要秋曰素節 素景 白日 白晝 白夜杜甫詩白夜月休弦 黑夜

平 朱夏夏火德其色朱 清顥秋

## 昏黃曉白第五十一 上實 下半虛

◎

【平】昏黄　春青

【去】夏朱

【入】曉白柳宗元詩素霜滋曉白　暮紫王勃序烟光凝而暮山紫　晚碧杜甫詩晚来山更碧　晚翠　夜黑

【上】秋素　商素　昏黑　曛黑謝靈運詩封遊窮曛黑

青皇赤帝第五十二　【並半實】

【平】青皇皇君也　東皇春曰東皇　春皇　春工工官也選望望春工遍

春官官主司也　東君　勾芒以上並春月令孟春其神勾芒　炎精　炎官

玄冥月令孟冬其神玄冥　玄神　玄英爾雅冬曰玄英　金神韓愈詩金神按節炎氣降

【去】祝融曹植賦祝融司方　蓐收月令孟秋其神蓐收　歲君　社公　社神　化王

【入】赤帝夏　白帝秋　黑帝冬　北帝顓頊　夏帝炎帝　少皞月令孟秋其帝少皞

【上】青帝　春帝並春　冬帝　顓頊　西帝　商灝灝潔白精瑩貌　西灝

並秋少昊亦稱炎帝夏
西灝

春光夏氣第五十三

〔平〕春光 春華 春容 春輝 春聲 春陰 〔上實〕〔下半虛〕秋光 秋容
秋聲 秋陰 晨光 朝容

〔仄〕夜光 夜聲 漏聲 曙光 曉光 曉容 暮容 暮陰
夏陰 曉陰 夕陰 午陰 晚陰

〔仄〕夏氣 旦氣孟子平旦之氣 夜氣 曉色 晚色 曙色 暮色
夜色 夜景 夏景 晚景 暮景 臘信 臘意

〔平〕春色 春意 春氣 春信 春景 秋意 秋信 秋色
秋氣 秋景 冬意 冬信

時光景色第五十四 〔上實〕〔下半虛〕

〔平〕時光 風光 光陰 年華 韶華纂要春曰韶華

【去】歲華　物華（王勃序物華天寶）　景光（選詩隨府愛景光）

【仄】景色　景象　景物　景致　節氣　節物　物候（駱賓王詩山川殊物候）　物色

【平】時物　風物　風景　光景　時景

寒光暖氣第五十五　【並半虛】

【平】寒光　炎光　韶光　晴光　炎威　寒威　寒聲　和聲　凉聲　陰容　寒輝

【去】暑威　凍痕　冷容　煖容　霽容　霽華

【仄】暖氣　暑氣　熱氣　冷氣　爽氣　淑氣（杜審言詩淑氣催黃鳥）　凍色　沍色　暝色　霽色　暖色　冷信　冷勢　暖信　旱氣（韓愈詩旱氣期消蕩）

【平】炎氣　凉氣　陰氣　寒氣　和氣　暄氣（左思詩龍蟄暄氣凝）　寒色

晴色 晴意 凉意 寒意 寒力 寒信 寒勢 凉信
晴景

通用 初来乍到第五十六 並虚下活

平 初来 将来 方来 初歸 将歸 纔歸 初臨 将臨
方臨 纔臨 初回 潛回 将回 方回 潛催 方催
将闌 方闌 初闌 方殘 将殘 初殘 方新 初新
初逢 方窮

仄 乍歸 已歸 已臨 乍臨 始臨 漸深 漸闌 又闌
未闌 乍闌 已闌 已殘 已新 已回 乍回 尚深
尚留

仄 乍到 已到 始到 乍至 已至 已屆 始屆 甫屆
已迫 已逼 已謝 已過 又過 既易 漸逼

上平 方屆　初屆　將屆　將逼　初到　無易（書歲月日時無易）　初去
初遇　將去　將近　纔到

方深未艾第五十七（與前類互用）　並虛 死

平 方深　將深　初深　初長　將終　將窮　將長　將中
方中　方濃

上去 欲深　已深　正濃　正中　正長　乍長　未長　未中
未央（央中也）　未多　過多　極無　弗來　已中

仄 未艾　未盡　未老　漸老　欲老　已老　已半　已盡
已永　漸減　欲半　極備（書一極備凶）　過少

上平 將老　將近　將短　將盡　將半　方半　方永　方盡
逾邁

翻成變作第五十八　並虛 活

平 翻成 翻爲 來臨 凝成

去 釀成 化成 結成 豁開 扇開

入 變作 化作 換作 釀作 轉作 減却 布起

平 凝作 翻作 添得 除却

數目 三春九夏第五十九 上虛 死 下實

平 三春 孟春仲春季春 三陽 正月 三冬 孟冬仲冬季冬 三秋 孟秋仲秋季秋 三更

三時 春耕夏耘秋收之時 三年 三陰 三庚 即三伏 三元 歲之元日之元時之元 三微 三禮義宗曰三微三正也 三辰 日月星 三朝 正月一日乃歲之朝月之朝日之朝 三旬 三餘 見前 千齡 千春 千秋 千年

朞年 分陰 陶侃云衆人當惜分陰

去 一朞 半朞 九齡 武王夢帝與九齡又童烏九齡與玄 一更 二更 四更

五更 一宵 數宵 幾宵 一時 四時 片時 幾時

一年　百年　萬年　十年　半年　數年　幾年　幾春
九春一春九十日　一春　一秋　九秋一秋九十日　七旬　十旬
半旬　幾旬　一旬　一章十九年七閏為一章　寸陰　四陰秋分　五陰
霜降　六陰小雪　一陰夏至一陰生　二陰大暑　五辰四時也金木水火分旺于四時
而土則寄旺于四季　兩儀陰陽　五行金木水火土　五時立春立夏大暑立秋立冬漢于
此五時讀令　六時寅卯巳午申酉　一朝　幾朝　一冬　一陽冬至一陽生
二陽大寒　六陽小滿　四陽春分　二分春分秋分陰陽之交會　十春　幾秋
二終天數終于九地數終于十　再晨李白詩一日難再晨

六

九夏一夏九十日　一夏　一月　二月　四月　五月　六月
七月　八月　九月　十月　一日　二日　五日　十日
半日　百日　幾日　數日　隻日唐制隻日奏事單日也　一夜
五夜五更也甲乙丙丁戊為五夜　幾夜　數夜　半夜　奕世累葉也

百世 一世 八節 五曉五更 五紀歲月日星辰曆數 五運 四象

易兩儀生四象四象謂陰陽老少也 四序孟序仲序叔序季序 一氣 四季 四炁

天地日月 四氣青陽朱明白藏玄冥張華詩四氣鱗次 五氣温涼寒燥濕 數歲

幾歲 百歲 一歲 半歲 萬歲 萬古 一旦 二極

北極天樞南極老人 二至夏至陰之始冬至陽之始 二始天數始于一地數始于二

二氣陰陽 六甲甲子甲寅甲辰甲午甲申甲戌 六律 六呂 六氣陰陽風雨晦明

幾載 萬載 九載 十載 萬代 百代 一紀 一夕

上平

三月 三日 三伏 三歲 三代夏商周 三朔夏以半明爲朔

殷以鷄鳴爲朔周以夜半爲朔 三夜 三運 三季陶潛愚生三季後 千古 雙月

雙日 三世 三統夏建寅爲人統商建丑爲地統周建子爲天統 三氣 三夏

三正見三統 千劫 三始元日 三戌臘日 三古上古中古下古 三載

千載 千歲

連綿　推移代謝第六十

平　推移　推遷　周流易周流六虛　盈虛氣盈朔虛　乘除　流行　並虛活
居諸詩日居月諸

仄平　慘舒陰慘陽舒　變通　變遷　運行易日月運行　疾遲　後先
發生春　短長日晷　往來寒暑　盛衰

仄　代謝嵇康詩四時更代謝　闔闢易一闔一闢謂之變　動靜　顯晦　變化易剛柔相推而生變化
蠢動　燥濕　化育　進退易變化者進退之象也

平仄　來往　開閉日有開閉時有啓閉　長短　明晦　終始易大明終始　豐歉
消長　新舊　歸往　遲速　贏縮　亭毒亭毒化育之意列子云亭之毒之
開闔　消息

融和凜冽第六十一與天文門輕清皎潔互用　並虛死

平　融和　沖和　暄和　清和　芳菲　和柔　沖柔　沖融

繁華（春並） 炎蒸（夏） 淒清（秋） 淒涼（秋） 一煩 蒸（夏） 蕭條（秋） 闌珊（李後主詞春意闌珊）

宣平（秋） 嚴凝（冬） 霏微 熹微（晨） 冥濛（陰） 豐登（歲） 荒涼

絪縕（易天地絪縕）

〔去〕憯淒（劉楨詩冰霜正慘淒） 寂寥（秋） 鬱陶（暑氣） 豔陽 鬱蒸 斂藏（秋） 閉藏

〔冬〕凜冽（並冬） 凜肅 栗冽 料峭（山寒並） 駘蕩（春） 肅殺（秋氣） 憯栗 憯懍

酷烈 熾烈（夏並） 荏苒（猶侵尋也） 假大（夏） 冷落 灑落

鬱結（並秋）（夏） 倏忽（時） 寂寞 冷淡 索寞（秋並）

〔平〕妍麗 和暢 明媚（春並） 悽慘（寒） 蕭洒 清爽 蕭索 蕭颯

蕭瑟（秋並） 炎赫 煩酷 煩溽 蒸濕 隆熾（夏並） 揫斂（秋） 凝結

凝冱（冬並） 搖落（秋）

溫然凜若第六十二 〔並虛〕苑

〔平〕溫然（春） 淒然 蕭然 悲哉（秋並） 惔如 焚如（夏並）

◎

〔上仄〕肅然冬　凜然冬　悄然夜　煥然晴　爍然晝　寂然夜

〔仄〕凜若冬　煥若　赫若並夏　寂若夜

〔上平〕寒若冬　悽若秋　溫若春　時若雨暘

〔疊字〕溫溫赫赫第六十三　〔並虛〕死

〔平〕溫溫　融融　熙熙並春　炎炎夏　淒淒　蕭蕭並秋　沉沉夜　陰陰

堂堂春色

〔仄〕赫赫夏　肅肅　凜凜並冬　淡淡秋　冉冉　慘慘秋　寂寂　悄悄

並夜　慽慽秋　望望　忽忽並時

時時日日第六十四　〔並實〕

〔平〕時時　年年　朝朝　宵宵　辰辰　更更

〔仄〕日日　歲歲　夜夜　月月　旦旦　暮暮宋玉賦朝朝暮暮

世世　代代

賞月宵書雲日第六十五

三字

平

賞月宵中秋 賞雪天 浴佛朝四月八日 脩禊時上巳 勾農時勾勸也二月十五日守令出勸農 禁烟時寒食 立雪時斿楊同遊程門立雪三尺 放燈時元宵 看燈時同上 改火時清明

仄

書雲日元旦 賜衣日端午 報神日臘日 勸農日春 禁烟節寒食 觀雲節冬至 燒燈夜元宵 待月夜中秋

洛陽春瀟湘曉第六十六

平

洛陽春 渭城春渭城在長安 灞橋春灞橋在長安 閬苑春閬苑神仙境界 謝池春謝靈運詩池塘生春草 湘水春杜甫詩晚行湘水春 楚鄉春 洞庭秋洞庭湖名在岳陽南 楚天秋 湘浦秋 鑑湖涼李詩鑑湖五月涼 山市晴瀟湘八景有山市晴嵐 泗水春杜甫行歌泗水春 灞陵春韋莊詩前年相送灞陵春

（仄）瀟湘曉 瀟湘二水名 湘江曉 同上 巫山曉 巫山在歸州 洞天曉 古詞有洞天春曉 蘭池夏 見夏氣 巫峽暮 巫峽三峽之一也 江南暖

鑑湖景 鑑湖在會稽 衡皐暮 水邊地曰皐又澤曲曰皐 湘江夜 吳江冷 崔信明詩楓落吳江冷 梁園夜

上苑春前村夜第六十七

（平）上苑春 天子之囿曰上苑 南浦春 江淹別賦送君南浦 南陌春 南北曰陌

北苑春 北苑在建寧 右掖春 杜甫詩東風右掖春 南園春 北塞秋

朔方寒 上國春

（仄）前村夜 前村晚 東窓曉 前村曉 前郊曉 西湖夏

西湖在杭州 西湖景 西湖有八景 南地暖 東方曙

帝都春譙樓曉第六十八

（平）帝都春 皇都春 皇州春 禁城春 禁苑春 邊城春

仄 塞垣春 帝城春 關塞寒 邊城秋 塞垣秋 塞地寒

譙樓曉 譙城曉 皇都景 金吾夜（唐金吾禁夜） 禪關夜

樵逐晚 漁村晚 漁市晚

## 別館秋書窗午第六十九

平 別館秋 旅館秋 老圃秋（韓琦詩不羞老圃秋容淡） 殊鄉秋 農事秋

酒家春 酒樓春 醉鄉春（王無功有醉鄉日月）

仄 書窗午 暮院午 書窗曉 粧閣曉 粧臺曉 漁笛曉

樵笛曉 漁舟晚 村店午

## 夏氣清春光暮第七十

平 夏氣清 夜氣清（人至夜氣方清） 曉色澄 夕陰澄 夜色凉

暑威隆

仄 春光暮 春色媚 春容媚 春景好 秋容老 秋容淡

秋景爽

桃李春梧桐夜第七十一

【平】桃李春　桃杏春　花柳春　梅柳春杜審言詩梅柳度江春　草木春杜甫詩城荒草木春　花草春杜甫詩春風花草香　蘆荻秋劉禹錫故壘蕭蕭蘆荻秋　蒲葦秋　蒲柳秋蒲柳之質望秋先零　松桂秋松桂至秋愈茂　松菊秋　菰蒲秋　稻粱秋稻粱至秋乃熟　梧桐秋白居易詩秋雨梧桐葉落時　橘柚秋歐陽脩詩秋風橘柚香

【仄】梧桐夜　桃李夜樂天詩春風桃李花開夜　桃李節鮑照詩艷陽桃李節　萸菊節九日　蒲艾節五日　蒲黍節同上　桃杏節二月十五日為花朝桃杏此時盛開　芰荷夏芰菱也　椿松歲二木俱長年　桑榆景日西垂景樹端謂之桑榆　茱萸晚　萸菊晚並九日

賞花天泛菊月第七十二

【平】賞花天　賣花天　踏槐天八月舉子入試時　探梅天　刈禾天
惜花春　折桂秋八月　鬬草時三月　採蓮時樂府有採蓮曲　插秧時四月　賞菊時九日

【仄】泛菊月九月　泛萸節九日　烹葵月　剝棗月並詩七月　條桑月蠶月條桑　攀桂月登科謂之折桂　延桂月　傳柑夜元夕　挑菜日立春　泛菊節九日　泛蒲節五日

## 紅杏春黃橙景第七十三

【平】紅杏春宋景文詞紅杏枝頭春意鬧　綠楊春　碧草春李白詩碧草已滿地柳與梅爭春　白蘋秋　紅蓼秋　碧梧秋梧桐立秋日落一葉　紅棗秋
黃蘆秋　紫萸秋　丹桂秋　黃菊秋　綠槐秋　綠橘時蘇軾詩正是橙黃橘綠時

【仄】黃橙景　黃槐景七月槐花黃舉子忙　黃梅節四月　黃菊節重陽　香蒲節

午日

十月

丹楓曉　大椿歲[大椿八千歲為春八千歲為秋]　香橙月

## 杏花天楓葉曉第七十四

(平) 杏花天[三月]　菊花天[九月]　桂花秋　蓼花秋　荻花秋　蘆葉秋

桂子秋[八月]　稻花秋　楓葉秋　槐花秋　桂枝秋　菜花春

柳梢春　藕花時[五月]

(仄) 楓葉曉　梅蕋臘[杜甫詩梅蕋臘前破]　梅子夏[四月]　梧桐晚　桑花月

[桑椹三月有花四月熟]

## 賓鴻秋来燕社第七十五

(平) 賓鴻秋[鴻以後至為賓]　来鴈秋[自北而南曰来]　歸燕秋[燕秋社時歸]

鳴蟲秋　鳴鳩春　啼鳩春　乳燕春　来燕時　啓蟄時

驚蟄時[並二月]

仄 来燕社春 啼鵑月四月 鳴蜩月五月 鳴蛩夜 啼烏夜樂府有烏夜啼

鳴蛙夜 鳴蛩夜 啼猿夜 飛鵲夜 飛螢夜 啼鶯曉

鳴雞午雞日午則鳴 飛龍日

鴻鴈秋雞豚社第七十六

平 鴻鴈秋鴻鴈至秋南飛下 鴈鶩秋 燕鶯春 蜂蝶時 犬羊年

鶂鶃秋杜甫詩鶂鶃在秋天 蟋蟀秋詩九月蟋蟀入我床

仄 雞豚社 魚龍夜杜甫詩魚龍夜 火落烏鵲夜 猿鶴夜 牛羊夕詩日之夕矣牛羊下来

鴻鴈月 犬馬歲

客氈寒僧帳暖第七十七

平 客氈寒 客衣寒 客裘寒 客衾寒 旅館寒 旅燈寒

坐氈寒杜甫詩坐客寒無氈 客燈寒 佛殿凉 道院凉 書堂凉

坐席温陳師道坐席猶能温

〔仄〕僧帳暖 僧衲暖 書窗暖 香閣暖 僧舍濕 僧舍晚
官舍冷 舞袖冷 香篆冷 客舍冷 書齋冷

一年春三伏夏第七十八

〔平〕一年春 十月春 十月小春 四時春 萬年春 九日秋
五月涼

〔仄〕三伏夏 四時夏 一年景 三月景 四時景 五更曉

十二時三五夜第七十九

〔平〕十二時 九十春 春光九十日 八千春見前 億萬年 千萬年
千百年 三千年 五百年 四百年 三百年 十二年
兩三年 一二年 八千秋見前 十二辰 八百春 八百齡
幾度春 一萬春

〔仄〕三五夜元夕 八千歲見前 一百餘歲 五百歲 三百歲 六十載

七十載　數千載　三百日　一二日　一二世

數十世　千萬世　六百祀　半千運五百也　十二月

四七際漢光武讖云四七之際火爲主

四字

日月歲時分至啓閉第八十

平　日月歲時　春夏秋冬　歲月日時書歲月日時無易

仄　分至啓閉春秋二分冬夏二至春啓冬閉　陰陽寒暑　陰陽晝夜　陰陽律曆

晦朔弦望　歲時伏臘

上日正朝好天良夜第八十一

平　上日正朝　吉日良時　樂歲豐年　樂歲凶年　往古来今

自古當今　美景良辰　異日殊時

仄　好天良夜　良辰美景　正月上日　他時異日　令月吉日

隆冬盛暑　良辰樂事　分陰寸晷　當今自古　凶年饑歲

## 春耕夏耘秋獮冬狩第八十二

（平）春耕夏耘　凍耕熱耘　春作秋成　春祈秋因　春蒐夏苗
秋歛冬藏　春誦夏弦　秋嘗冬烝 嘗烝並祭名　時和歲豐
陰慘陽舒　晝短夜長　夙寤晨興　陽長陰消　陰長陽消
古往今来　陰盛陽衰　日居月諸　日就月将　朝滿夕除
（仄）秋獮冬狩 獮殺也狩放火守其下風也　春生夏長　春祀夏禴 祭名　朝覲夕覧
朝思夕慮　冬温夏凊 禮　昏定晨省 同上　夙興夜寐　朝種暮穫
夜眠早起　早朝晏罷　陽變陰化　朝耕夜讀　朝聞夕死 論語朝聞道夕死可矣
日漸月漬　日積月累　日朘月削 朘亦削也
春生秋殺　陽愆陰伏 愆過也伏藏也

## 大禹惜陰周公待旦第八十三

（平）大禹惜陰　陶侃惜陰　孟子待時　杜甫憂時　姚崇救時

宋玉悲秋　揚子競辰並見前　鄭玄夢辰鄭玄夢云歲至龍蛇賢人嗟
孔融忘年　杜甫遊春
（入）周公待旦　義和正夏　周公測景　趙孟愒日　趙孟翫歲
愒玩遷延也　杜陵守歲　梁王罪歲孟子王無罪歲　韓公繼晷
陳平宰社分社肉均平　李賀犯夜　義和觀象　王脩輟社
並見前

## 執規司春作曆觀象第八十四

（平）執規司春　剪綵迎春並見前　作詩送春韓愈夷人休報事公作送
春詩　露冕行春劉商詩露冕行春向若耶　治曆明時易君子以治曆明時
執矩司秋見前　作賦悲秋宋玉　採藥延年
（入）作曆觀象　登臺書朔　執衡司夏　立圭測景並見前
枕戈待旦劉琨誓清中原　焚膏繼晷　頌椒獻歲並見前

杜門度歲 韓愈詩杜門不出動一紀 接筵守歲 孟浩然詩守歲按長筵

月紀更新歲功成就第八十五

平 月紀更新 月紀陬訾玄枵之類 歲事開端 旦氣發揮 陽氣伏藏

春序和明 旦氣嚴凝 春事闌珊 時序變遷

仄 歲功成就 見前 夜氣澄肅 時令更易 陽氣暢達 年華荏苒

時序代謝 歲時迭運

浴暑浴寒煜晝晝煜夜第八十六

平 浴暑浴寒 見前 曰燠曰寒 書庶徵 繫日繫時 春秋書法

為春為秋 建子建寅 見前 以歲以年 分陰分陽 易

仄 煜晝煜夜 日煜乎晝月煜乎夜 積日積月 曰日曰月 為晦為朔

曰歲曰月 曰雨曰霽 書庶徵 有冬有夏

一日三秋五年再閏第八十七

〔平〕一日三秋詩一日不見如三秋兮　五日一風史五日一風十日一雨　五日一朝漢高祖五日一朝太公　千載一時　二氣五行　三辰五星　萬世一時　五行四時　一日萬幾　五年一朝王制諸侯五年一朝　九歲一逢　三日一筵　三年一鳴齊威王三年不鳴一鳴驚人　一歲九遷車千秋

〔仄〕五年再閏　三年一閏　千秋萬古　十日一雨見前　五風十雨同前　一年四序　一年四季　四時八節　一日三月詩一日不見如三月兮　千秋萬歲　千年萬載　萬年億載　千載一會　九年三載

三百六旬二十四氣第八十八

〔平〕三百六旬書三百有六旬有六日　凡七八年　九十八年　七十五年　一十九年史蘇武持節十九年　一二十三年　四五六年　百千萬年　百單一年

（又）二十四氣　七十二候並見前
一十二度　千有餘歲　八百餘歲　三十三載　五六十載　二十四載　二十八節
正五九月　一百五日見前

對類卷之三

# 對類

佚名 著

明内府經廠刊本

北京燕山出版社

二

# 對類卷之四

## 花木門

桃李第一　實字

一字　平

桃　梅　棠甘棠海棠　榴石榴　蓉芙蓉有水木二種　梨

柑橘之總名　橙類柑皮厚氣馥烈　槐　梧皮青花净妍雅可愛子如乳

桐皮色白華而不實　楓木高大葉經霜赤如錦　杉榦高大而材良　松

榛　椅梓屬桐皮　楸梓屬子可食　櫻櫻桃花淺紅朱實一名含桃

柟音南木高大而材良　楊柳大葉為楊　椿榦大枝跡木堅葉香有二種

檀木堅實葉圓小　榕初生緣木後乃成樹枝着池即生根　樗似椿惡木　檉河柳

椒實蕃味辛　梔花白有香實黃可染　桑葉飼蠶木為弓弩材　蓍靈草可筮　荊

芝瑞草 荼冬花白而香穀雨時收曰茶後收曰茗 椑柿屬 蘭香草叢生山谷

蓀香草葉似菖蒲 蓮 荷 篁新竹 蕉芭蕉二種 菱

薇菜名白薇蘪名薔薇紫薇並花名 蓴水葵有三種夏秋莖可食 蒲水草可作席又菖蒲

蘺香草即芎藭名江蘺 蘆生水中初生名葭稍長為蘆未秀為蒹成曰葦又曰荻 楰鼠梓

菰名雕胡黑米通名菰米 萸茱萸 芹菜名 荑嫩草 茨蒺藜三角有刺

茭葉如蒲葦夏秋莖中生白臺 苔 萱草花一名宜男 蒃蔓草

葵花五種傾心向日又菜名 蘋大萍花白葉青紫 蒿青白二種 苕今凌霄花一名紫葳

藻大萍生水上 蕪荒草 莓苔類 葑蔓青之類春采苗夏采心秋采莖冬采根

蓂蓂莢帝堯時生于廷 蘿莪也又女蘿兔絲 蓬草名 蘅杜蘅香草 茅

芸香草 蘩白蒿 荼苦菜 菘菜名 薹菜名 苴麻子 藤

藍染草 蘪香草即江蘺 莪草似邪蒿 瓜 蕎大戟又麥名

匏瓠也 茄 葱 蕭艾蒿又荻蒿白花叢生 薑 蔬菜之總名

楂果名 樟木名大材 榬木名 苓茯苓又甘草 枌白榆

仄 李 杏 桂一名木犀花黃白紅三種香極清一種官桂味辛烈 菊

栗 棗 橘產南土圓包含瓣黃赤色 柚橘類小曰柚 栢

枳橘踰淮為枳 檜葉焰松身 梓木有文理良材也 柹 柰似李

杷杷柳 楷木名 柳 槿木槿插之即生 柘葉可飼蠶可製弓材

柞木名 櫻木名似松有刺 檿山桑可為弓材 棘叢生多刺 杜甘棠

芰菱屬 芡雞頭實 荔薜荔又荔枝 藕 蕙似蘭而香不及

竹 笋竹芽 茗茶芽晚收者 蕨山草初生可作蔬 藻水草有花

荇水草 蔗甘蔗紫白二種 葛蔓生可為絺綌 蔓草木藤延生曰蔓

荻似葦而小 艾草名入藥用以炙乾久尤良 芋葉似小荷而缺根大者如杯

茜草名生西土可染毛成緋 菲葍類 蓼辛草花紅 韭葷菜 薺甘菜生水畔田野

薤葷菜韭屬 蒜葷菜 蘚苔久生暈 藥草可療疾者 莧菜名 蔌野菜

草 芷香草白芷 葸枲子紫可食 菜 芥菜名 莠害苗草

藋苴葉 菽草實 篠細竹 簜竹名 荏紫蘇

## 禾麥第二

平 禾嘉穀 粱米粟 秔秔稻或作粳 麻麻枲又芝麻胡麻 穈赤粱粟 實字

穜禾先種後熟 稊草害穀者 麰大麥 來小麥也一作棶 稃穀皮

仄 麥金旺而生火旺而熟 稼禾種曰稼 穡禾斂曰穡 黍禾屬大暑種故名粘者為秫不粘者為黍

糯秫米 稻晚禾 稷五穀之長 稌禾也 粟穀類 米穀實 穀

穄粟類 豆 苞白粱粟又菜名 秬黑黍 稗敗禾草又名稊

稑後種先熟 秠一稃二米 萩苴之總名 秫稻米之粘者以釀酒

## 花葉第三

平 花 英榮而不實 苞花將發粟將實 葩花 枝 條小枝 實字

梢草木竹之末 竿竹竿 叢草木聚 芽草木萌始生 根

莖（花草本枝）柯（木幹）茇（草根）株　芒（禾穀穟生芒）鬚（花心絲）

枚（果實又幹）糠（米皮）柎（草木房花下萼一曰）標（木杪之枝）苗（青禾未秀）

秧（禾初生可移種草木初生可移植亦曰秧）

仄

葉　栨　種　卉（草總名）榦（木身）蕋（花初生）萼（花蒂）

蔕　果　實（草木成子）穟（禾頭）穗（禾實）木　籜（筍皮）

節（竹木生枝處）片（花葉）目（草木萌芽痕類目）梗（小枝）本（根）

柄（草木竹枝柯類）蘖（萌蘖）子　顆（圓實）粒　絮（楊柳花）

莢（草木莢狹長包子者）穎（穀秀結實）朶（花朶）

## 香馥第四

半虛

平

香　馨（香遠聞）紋（花葉莖榦之紋）顏（容色）姿（色態）腴（膏肥）

容（顏色）音（聲）聲（音響）芬（芳香）陰（花木竹遮覆）濃　影　痕（痕迹）

芳（馨香）

仄 馥 香氣 彩 花色 影 蔭 陰覆 樾 兩樹交陰 氣 韻 音聲

味 艶 花艶 暈 光痕又 馤 香 色 質 資質 貌 花顔

## 喬嫩第五

虚字 死

平 喬 大木高 長 高 佳 美麗 鮮 新 妖 嬌貌 華 榮華

榮 敷榮 横 枯 妍 美好 肥 豊腴 蕃 茂盛 稀 疎也

脩 長也 疎 稀也 濃 盛多又厚 清 新 柔 軟弱 低

奇 奇異 幽 閑雅 堅 空 通虚又盡 癯 瘦也 虚 空虚 夭 嬌好

稠 密也 繁 盛多 衰 凋零 嬌 美好 深 草木密遠 荒 蕪穢 甘 甜也

殘 衰殘 圓 纖 輕細 輕 細小 孤 獨也 斜 半横 明 皎亮

嫣 花笑貌 多 良 美善

仄 嫩 新生 秀 艶 盛麗 媚 嬌好 麗 美盛而明 茂 茂盛 短

軟 柔弱 瘦 密 亂 漫多無次 細 纖小 薄 淺薄 巨 大

勁堅而直 朽枯腐 槁枯朽 淨明淨 暗陰容 老長久 遠長遠
好美麗 淡色淺 斷分折 弱軟弱 早新 脆弱 大
杳深遠 逈空遠 小纖細 苦味苦 矮短也 穉幼小 快疾速
古老蒼 滑利滑

開發第六 虛字 活

平 開生 舒放 垂下懸 凋謝落 零凋落 鋪平布
翻翻覆 抽枝條細長生上 燒花紅如火 粧點綴 飛花葉落 飄飛揚
呈呈露 消減 傳傳送 攢家簇 迷遮 篩搖漏光影 號竹木風聲
搖擺動 披分開 蔵遮蔵 圍圍遶 萌發芽 浮浮水光浮又香浮
傾反倒 摧損折 堆積垛 穿鑽出 纒盤繞 交錯互 遮掩護
蟠盤結 吟枝葉風聲 封封鎖 然花紅豔如燒 張舒張 搓柳梟動
拏拏起 牽連系

〔仄〕發開生 吐含放 折開折 放開發 謝零落 墜墮也 褪退落
熟成熟 茁萌芽長出 敗衰謝 腐朽爛 綴點綴 擺搖動 刺鑽刺
綻裂拆 朽枯爛 逞呈露 長生茂 舞搖拽 落零落 簇攢密
疊重疊 皺皴密 染如染 迸迸地而出 戛敲擊 倒欹仆 傍相依
撼振搖 捲 挂 壓花實重 映相照 掩遮蔽 露呈出
展開展 破折裂 罩籠罩 蘸蘸水 蔽遮掩 遶圍遶 臥横偃
笑花艷色如笑 裊長弱而動 嚲弱垂貌 覆蔭下 翳蒙翳 脫離落
亞次也 聳昂起 挺聳直 拂披拂 點粧點 來隨風轉 卸脫落
積堆垛 護遮擁 匝圍遶 隱遮蔽 立起竪

攀折第七 〔虛字〕活

〔平〕攀援引 簪插簪 移遷徙 澆灌溉 尋求覓 分割折 嘗試食
樵採薪 芸芟除 捫摸 紉綴也 然焚 懷抱懷 除去除

二字　松篁杞梓第八　並賞

浮浮泛　誅斬茅　收收取　沉水沉　思想慕　開開闢　看臨視
包裹　携提携　隨從也　鋤鋤芸　飛飛翻　飡食也　耨捘去草
芟除去　觀視玩　烹調煮　投遺也

仄

折斷　種栽植　接延引　斫砍伐　食　探偵伺　傍依倚
養滋培　摘採取　踏踐踏　掃掃除　寄付托　刈割穫　刻雕刻
拾採拾　植栽種　割剪割　藝種　洗滌除　伐斫伐　浴洗滌
泛浮泛　采採同　煑烹　助扶持　結盤結　臥枕　拔連根起
獻坐奉　愛喜好　望覘視　看玩視　鬪爭勝　納收入　惜愛惜
薦進　報通又酬　輓車載　送往遺　抱圍抱　徙移　穫收
負背任　剥剥削　斵斫　灌澆注　溉澆水　剖分析　賞宴賞
執手持

平

松篁 松梅 松椿（木並壽） 松蘿 松楸 松杉 松槐

桑榆（桑榆晚景） 桑麻 蓬萊 蓬蒿 蓬麻（荀子蓬生麻中不扶自直）

萍蓬（流萍飛蓬初無定跡） 椒蘭 桃梅 芝蘭（並秀） 蒭蕘（草曰蒭薪曰蕘） 禾麻

茶瓜（杜甫詩茶瓜留客遲） 椅桐（詩椅桐梓漆） 茅茨 樵蘇 楂梨 菱荷

蒲荷（詩有蒲與荷） 楓梧 薰蕕（薰香草蕕臭草） 菰蒲（李嘉祐詩南浦菰蒲覆白蘋）

藤蘿（藤生木曰蘿） 蒹葭 荆榛 榛蕪（李白詩亦足慰榛蕪） 葵榴 蒿萊

柴荆（柴門荆籬山野之居） 枌榆（漢高祖禱豐枌榆社） 芻薪 柴薪 莓苔 楸梧

蘋蘩（可薦祭品） 臺萊 蘭蓀 榛菅 匏瓜 參苓 蒿蘺

梗楠（並木巨材） 葵菘（並菜） 蓬蘺 蕭蘅 槐檀（禮記冬取槐檀之火） 蒲菹

薑葱 梧楸（高適詩兔落梧楸）

上仄

杏梅 杏桃 竹梅 菊橙 菊萊 麥禾 竹松 草萊

蕨薇（詩山有蕨薇） 菊松 菊萸 柳蒲 韭菘 韭葑 草茅

梓桐 杞桐 棘薪 李桃 李梅 薜蘿 薜荔草 芰荷

蕙蘭 一榦一花香有餘者蘭一榦五七花香不足者蕙 杞椇 杞枸檵椇赤棘 草菅 見前 稻粱

筍蒲 詩維筍及蒲 荻蘆 豫樟

仄

杞梓 子思曰杞梓連抱 杞柳 杞菊 枸杞甘菊並可服食 草莽 莽荒草 草木

草芥 菽粟 菽麥 黍稷 黍稌 稼穡 橘柚 棗栗

芋栗 柿栗 枳橘 橘踰淮而為枳 枳棘 並叢生多刺 荇藻 菽粟

笋蕨 檜栢 竹木 葦荻 李柰 並果 篠簜 小竹書瑶琨篠簜 竹栢

秬秠 秬黑黍也秠一稃二米 柞棫 詩瑟彼柞棫 檿柘 檿山桑柘似桑 樹木

卉木 詩卉木萋萋 薺麥 詩薺麥之茂 果蓏 在樹曰果在草曰蓏 草樹

平

松菊 陶潛辭松菊猶存 花柳 榆柳 禮春取榆柳之火 梅柳 杜審言詩梅柳度江春

蒲柳 早發易凋 楊柳 直枝為楊垂條為柳 蒲稗 選蒲稗相因依 稊稗 草害嘉穀

桃柳 桃杏 桃李 瓜李 瓜果 瓜葛 並有牽蔓今有連之稱

松桂　松檜　椿檜　椿桂　椿栢　松竹　梧竹　梅竹

梅杏（杜梅杏半傳黄）　榛楛（楛似荆而赤）　榛棘　槐棘（三槐九棘公卿之位）　荆棘

槐柳　茱菊　蘭菊　蘭蕙　蘭芷　蘭桂　椒桂　椒艾

橙橘　櫻笋（唐宰相有櫻笋會）　蔬笋　蔬菜　松栢　菱芡　花草

花木　花竹　花卉　蘆葦　蘆荻　榛栗　梨栗　梨棗

桑棗　桑梓（詩維桑與梓）　桐梓　橋梓（木橋高而俯父道也梓卑而仰子道也）

桑柘　麻苧　麻豆　麻麥（詩麻麥幪幪）　禾麥　禾黍　苗稼

禾稼（詩十月納禾稼）　粱稻　蓮藕　蘋藻　葵藿（花葉傾陽）　芹藻

蓬蓽　葭葦　薇蕨　芝菌　荼蓼（詩以薅荼蓼）　稂莠（草之害禾者）

苕蘚　梧檟（皆美材）　蕭艾　蕭藿（蕭香蒿藿香草）　荃蕙（並香草）

葱韭　薑韭（史記千畝薑韭與千戶侯等）

荼蘪菡萏第九

並實

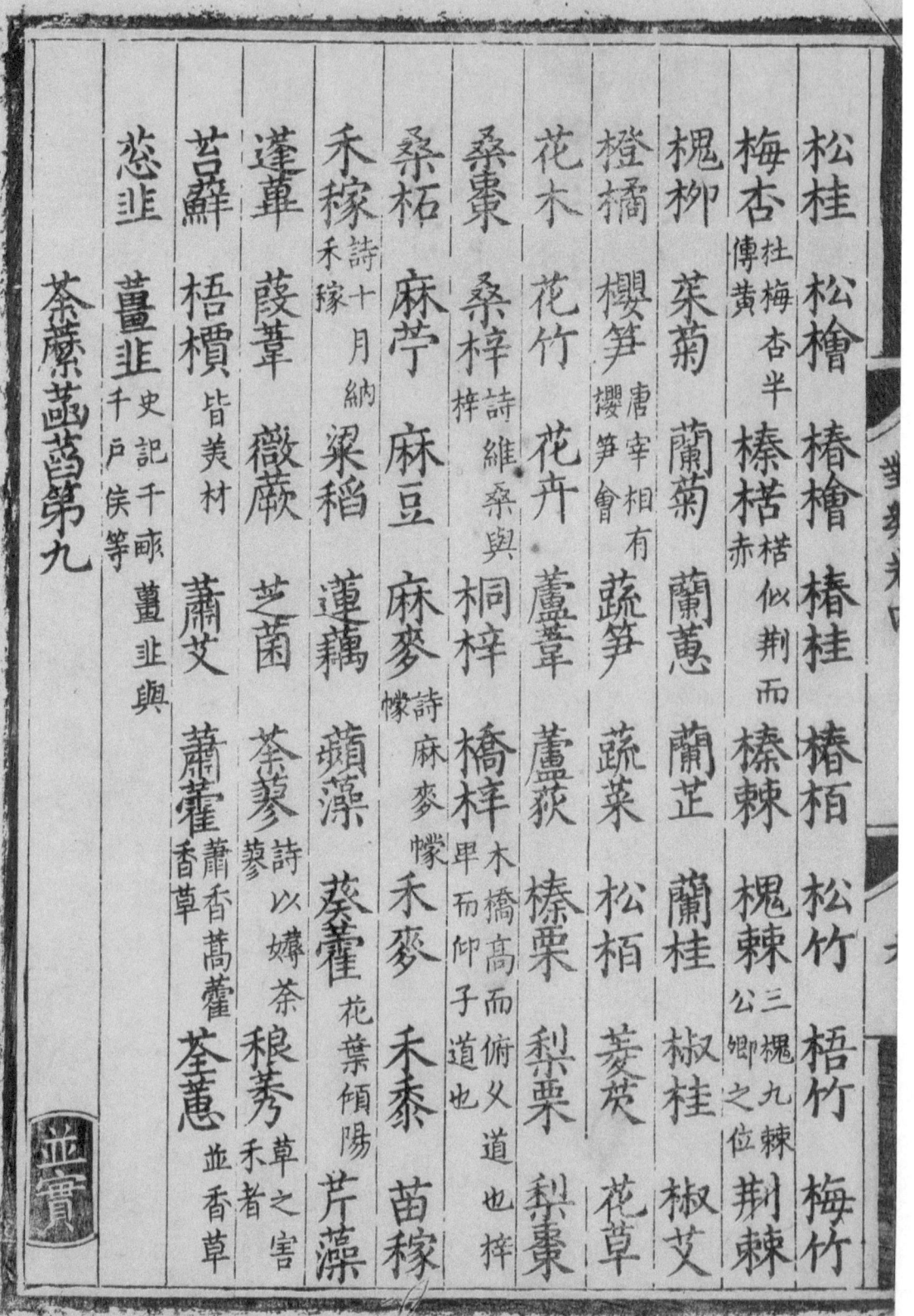

平

荼蘼花名藤身青莖多刺　薔薇一名牛棘　芙蓉水生曰草芙蓉荷花也陸生曰木芙蓉拒霜也

芙蕖其葉荷其花菡萏其實蓮其根藕　甘棠杜梨　芭蕉高數丈葉如扇廣尺餘　櫻桃

胡桃張騫使西域得種歸　蟠桃生瑤池三千年開花三千年結子　蒲萄張騫使大夏携種以歸

枇杷一名盧橘　楊梅　菖蒲葉如劍辛香　蒲蘆　葫蘆匏屬　茱萸

栟櫚棕　玫瑰李紳詩折得玫瑰花一朶　迎春花名　長春花名月月紅　丁香

凌霄寄木生花　辛夷花一名木筆　梧桐木為琴材　芄蘭一名蘿摩蔓生

菁茅菅也可縮酒為藉　蘢蓯花有草肉二種　蘪蕪江離　棠梨即甘棠

桄榔子肉如麵可支飢　檳榔　留夷香草　蘑菇菌屬　蔞蒿草名　胡椒出海外味辛辣

扶桑東海大木　人參生上黨高麗　篔簹竹　菴蕳草　來麰來小麥麰大麥

菠薐菜　芎藭藥　蕓薹菜　唐蒙女蘿　瓊花生揚州號天下無雙　西瓜種自西域

上去

牡丹藥一名木芍　瑞香花名　荔枝生閩廣巴吹　杜鵑花一名映山紅　木香

木蘭葉有三紋花香巨材　木瓜木如柰實如小瓜　木蓮木高大花如蓮種自西域　木綿

木犀即桂花 素馨花白種自西胡 拒霜芙蓉 麗春即長春一曰蘡薔別種

薜蘿薜荔草蘿 刺桐木有花生交廣 蜀葵 射干木名出西方又草名似鹿葱

棣棠花黃葉弱條生 紫薇木花開久唐省中植之 茯苓松根生脂入土千年乃成

蒺藜草實有刺 揭車香草 貝多出西域以其葉寫經 水仙花白有清香

灰

菡萏蓮未開 芍藥花紅白紫三種 茉莉花有香 荳蔻花有二種

杜若香草生水畔 薜荔草狀如馬韭 薏苡似黍而大結子如珠 橄欖子大如棗

苜蓿草名宛馬所嗜張騫使大夏得種以歸 木槿花有紅白黃三種 木筆花名即辛夷

躑躅花紅 郁李棠棣 潑雪花名 百合花 紫笑花名 半夏藥 蓽撥生嶺南花白

枸杞根名仙人杖葉子並充服食 卷耳枲耳 薯蕷山藥 苣藤胡麻 菌桂藥有生交趾

荏菽大豆詩蓺之荏菽 藁本花白根如藁木故名 萐蒲靈草堯時生于廚 簹簩竹名音當路

大蒜張騫使西域得種歸 薝蔔梔子花 上 穲稏稻名皮莖白米色紅

上平

含笑花名生大食國 棠棣郁李 萱草一名紫萱一名鹿葱佩之宜男玩之忘憂 蓮 印

蘆菔 蔔也蕪菁屬 芣苢 車前也大葉長穗 萇楚 葉如桃花紫赤莖弱引蔓于草一名萇楚

菱角 菱有角 蒿苣 菜名 龍眼 樹如荔枝實圓小生閩廣巴峽

巢菜 生蜀中一名漂揺草 萑葦 即蒹葭易曰為萑葦 蓂莢 堯時靈草 芝草 有五種

甘蔗 叢生似竹而實葉如蘆

## 梅花柳葉第十 並實

平

梅花 桃花 楊花 梨花 荷花 蓮花 榴花 蘭花

蘭叢 選秋露滴蘭叢 蘭芽 蘭英 崔日用風光揺動蘭英紫 葭莩 莩葭中皮

桐花 劉雲桐花落盡無人掃 桐柯 張南史露井桐柯濕 蘋花 柳宗元欲採蘋花不自由

菱花 蘆花 槐花 槐芽 薇花 柑花 榆花 棠花

蒲花 李蒿蒲花紫茸 椒花 葵花 茶花 松花 梅梢 梅枝

梅英 歐陽脩候節見梅英 梅叢 松枝 松梢 松根 桃英 桃枝

桃根 楊條 楊枝 桑條 張嘉貞春淑覆桑條 桑枝 桑根 秧苗

藤梢杜藤梢刺眼新　藤花許渾藤花深洞水　蒲芽韓愈水漲藏蒲芽　茶芽　蓮房

蓮蓬即蓮房　蓮根郭祥正蓮根有長絲　苔花盧綸苔花不如錦

上六　柳條　柳枝　柳梢　柳花　柳芽　杏英　杏枝　杏葩

杏梢　杏花　李花　桂花　桂枝　桂叢　桂英　荻花

棣花詩棠棣之華　藕花張籍秋風白藕花　蓼花　稻花　菜花　槿花

荳花許渾溪雨荳花肥　橘花　薜花　蕙花　菊花　菊英　菊苗

菊葩　菊叢　藕梢　竹竿詩籊籊竹竿　竹枝　竹根　竹叢

竹梢　竹芽筍　蕨芽　荻芽梅堯臣春州生荻芽　笋芽　稻芽　蓼芽

笋苞　笋根　菜根　草根　草芽　草叢　葦叢　葦花

荳萁曹植煮豆燃豆萁　黍苗詩芃芃黍苗　稷苗　麥苗　麥芒　麥花

棗花　荇花宗楚客魚撥荇花游　枳花温庭筠枳花明驛墻

仄　柳葉　柳絮　竹葉　竹籜　竹節　竹幹　笋籜　杏蘂

杏萼　李實　竹實李竹實滿秋園　草實　橡實　桂葉　桂樹
桂蕋　栢葉　栗葉　木葉　栢葉　檜葉　杏葉　柿葉
瓠葉詩幡幡瓠葉　蕙葉　麥穗　蓼蕙　菊蕋　李核　棣萼
葛藟詩葛藟纍之　芋葉岑參芋葉藏山徑　橘顆　稻種
桃蕋　桃萼　桃糝韓愈桃枝綴紅糝　桃葉　桃實　桃片　荷葉
蓮葉　蓮實　蓮菂　楓葉　梧葉　桐葉　槐葉　蒲葉
桑葉　桑椹　梅葉　梅萼　梅蕋　梅實　蕉葉　萍葉
榕葉柳宗元榕葉滿庭鶯亂啼　蓂葉　楊葉　蘋葉賈叔向命婦羞蘋葉　松葉
松實　松榦　蓮葉　榴萼　筠管　菰米杜波飄菰米沉雲黑　瓜瓞詩綿綿瓜瓞
柑實　萍實家語楚王渡江得萍實　椒實杜椒實雨新紅　蘭葉詩芄蘭之葉
瓜實　瓜蔓　藤蔓　椰葉李德裕桄榔椰葉暗蠻溪
匏葉詩匏有苦葉　蘆葉　蘆筍杜渚秀蘆筍綠　榆莢　楓榦　梨葉

禾穎唐太宗禾穎積京坻　禾穗

## 叢梅榦竹第十一

【平】叢梅杜雲岸叢梅發　叢蘭韋應物風雨叢蘭折　叢花　叢蒲　叢麻選托身叢麻【並實】

叢篁杜叢篁低碧池　枝花　枝梅　苞桑易繫于苞桑　苞蕭詩浸彼苞蕭

苞蓍詩列彼下泉浸彼苞蓍　株松

【仄】朶花　穗禾　榦松　葉茶　束薪詩不流束薪　束芻詩綢繆束芻

【仄】榦竹　穗麥　灌木爾雅木族生為灌　蔓草詩野有蔓草　束草

【平】枝杏　枝桂　叢桂　叢菊　叢竹　苞櫟詩山有苞櫟櫟駁梓榆也

苞栩栩柞木詩集于苞栩　竿竹

## 枝柯節目第十二

【平】枝柯　枝條　枝梢　條梢　條枚詩伐其條枚　根株【並實】根苗

根莖　英葩　英華　萌芽　花梢　花叢　花枝　花英

勾萌（季春勾者畢出萌者畢達）

【上去】本根　本枝　榦條　榦枝　樹枝　蘖芽

【入】節目　節操　蘤萼　頴穗　蓓蕾（盧仝仁風暗結珠蓓蕾）　芥蔕

梗槩　果核

【去平】枝節　枝蔓　枝榦（杜崔嵬枝榦郊原古）　枝朵　枝葉　柯葉　花葉

花蘤　花蔕　花片　花蔓（李花蔓宜陽春）　花絮　花朵　華萼

根柢　根蔕　根本　條目　條肄（詩伐其條肄斬而復生曰肄）　葩蘤

葩蘖　萌蘖

喬松嫩柳第十三

【平】喬松（詩山有喬松）　高松　疎松　枯松　幽松（李幽松出高岑）【上虛 死 下實】新松

長松　深松（韓維白雲斜日影深松）　脩篁　新篁　初篁（選初篁包綠籜）

幽篁（蔣渙幽篁別作林）　疎篁　疎槐　新槐　長槐　高槐　高楓

高梧 脩梧 枯藤 枯楊 垂楊 長楊 衰楊 踈楊

脩楊鮑照脩楊夾廣津 踈梅杜紅綻雨肥梅 孤梅 枯梅 香梅杜鹽鹽待香梅 芳梅

殘梅 肥梅 鮮桃 芳桃 夭桃 殘桃 新桃

新荷 圓荷杜圓荷浮小葉 枯荷 高荷 衰荷 芳蓮 新蓮

枯蓮 新蒲 香蒲 枯蒲 柔蒲 芳蒲 芳蘭 新蘭

幽蘭 明榴 浮萍 輕萍 流萍杜浩蕩逐流萍 平蕪 荒蕪

荒苔 新苔 香瓜 芳瓜 甘瓜張華甘瓜出西郊 甜瓜 香柑

枯桑選枯桑知天風 柔桑詩爰求柔桑 新茶 新秧 新蔬 香芹

香橙 香粳杜半濕擣香粳 芳梨選茂林列芳梨 踈茅 脩筠 脩蘆

長蘆 輕荑選輕荑承王輦 柔荑詩手如柔荑 飛蓬埤雅蓬葉散生遇風輒拔而旋 高桐 踈桐

飄蓬選飄風飄蓬飛 良苗選良苗亦懷新 孤桐書嶧陽孤桐

芳蓀錢起芳蓀滋白露 高蘿 垂蘿

上仄 早梅 小梅 落梅 矮梅 小桃 艷桃 媚桃 小荷

卷荷 嫩荷 敗荷 小蓮 小蒲 杜沙茸出小蒲 細蒲 嫩蒲

落萍 亂萍 泛萍 落楓 落桐 嫩篁 小篁 秀松

茂松 李德裕涼天倚茂松 小松 窓松 穉松 嫩杉 嫩桑 嫩芹

落梧 槁梧 大椿 茂椿 小椿 軟莎 暢當軟莎欹坐穩 細莎

轉蓬 選轉蓬離本根 敗蘆 瘦藤 亂藤

仄 嫩柳 細柳 弱柳 穉柳 窓柳 媚柳 斷柳 敗柳

故柳 窓竹 選窓竹使徑迷 嫩竹 王維嫩竹含新粉 勁竹 瘦竹 蘇瘦竹如幽人

細竹 舊竹 苦竹 孟浩然風霜苦竹陳 艷杏 秀麥 細麥 大麥

小麥 宿麥 選暖風抽宿麥 嫩笋 劉長卿嫩笋長漁竿 嫩草 細草 窓草

勁草 唐太宗云疾風知勁草 短草 茂草 暗草 啟遙暗草薰苔徑 宿草

秀栢 秀木 儲光羲春山多秀木 嫩菊 細菊 杜重嵒細菊斑 艷菊 杜興方初艷菊

敗菊 嫩韭 早韭 細韭 細李 苦李 脆李 密李

密藻（杜寒魚依密藻） 細藻 遠樹 茂樹 壞木（詩譬彼壞木） 大木

落木（儲光羲秋砧響落木） 弱蕙（杜亂叢縈弱蕙） 碩果（易碩果不食） 快果（梨）

高柳 新柳 踈柳 衰柳 垂柳 芳柳 殘柳 香桂

佳桂（柳離披得佳桂） 幽桂（蘇軾幽桂日夜長） 芳桂（李行玩芳桂叢） 脩竹 踈竹

高竹 深竹（司空曙深竹暗浮烟） 新竹 幽竹 踈笋 新笋 繁杏

殘杏 夭杏 芳杏 穠李 幽菊 踈菊 芳菊 殘菊

衰菊 鮮菊 荒菊 佳菊 新菊 新麥 新稻 香稻

佳稻 香橘 佳橘 甘橘 新橘 喬木（詩南有喬木） 枯木

森木（杜森木亂鳴蟬） 柔木（詩荏染柔木） 衰木（謝故林衰木平） 踈木（杜古城踈木落）

佳木 高木 樛木（詩南有樛木） 新草 芳草 踈草 荒草

衰草 柔草 幽草 枯草 長草 芳藻 踈藻 香藻

踈葦李紳踈葦寒多折 枯葦蘇北風振枯葦 荒荻 新藕 佳藕 甘藕

流荇 芳芷 踈蓼 華黍 香芰 多稼詩大田多稼 多穀

新穀 幽樹 枯樹 芳樹選芳樹垂綠葉 高樹 孤篠選淡陽之孤篠

荒薺

松高竹窓第十四 上實下虛 死

平 松高 松喬 松枯 松踈 松孤 桃芳 桃夭詩桃之夭夭

桃殘 桃鮮 桃濃 荷圓 荷深 荷高 荷衰 荷香

荷枯 蓮芳 蓮枯 蓮香 蘭芳韋應物披襟襲蘭芳 蘭幽李蘭幽香風遠 梅殘

蘭芬蘇武馥馥秋蘭芬 蘭清 蘭香 蘭衰白居易蘭衰花始白 梅清

梅香 梅枯 梅踈 梅芳 蒲香 蒲柔 蒲荒杜蒲荒八月天

桐踈 楓高司空圖楓高映楚天 瓜清 瓜香 桑柔 桑濃 槐濃

槐深 槐高 篁踈 茶清 茶香 苔深李苔深不能掃 苔滋

橙香 芹香 蓴香

〔六〕菊芳 菊香 菊荒 菊殘 菊衰 桂芳韓愈幽桂乃芬芳 桂香

柳芳 柳高 柳深 柳殘 柳衰 柳低 柳濃 柳新

柳踈 柳柔 竹深 竹高 竹多 竹脩 竹繁 竹幽

竹踈 竹苞詩如竹苞矣 竹森 木森 木枯 木喬書厥木惟喬

木榮韋應物坐見林木榮 草新 草濃 草凄選芳草凄更碧 草衰 草荒

草深 草長 麥濃 李濃 杏濃 杏繁 杏夭 杏芳

栢堅 稻香杜佇聞秔稻香 菊鮮 藻深 樹深 草芳

〔六〕竹密 竹嫩 竹淨李涼烟浮竹淨 竹靜杜江深竹靜兩三家 竹勁 竹茂

竹暗 竹細杜竹細野池幽 木茂 木秀 木老 桂老 桂古

桂郁 菊細 菊嫩 菊茂 菊艷許渾菊艷含秋水 菊老 杏小

杏艷 杏密 李密 李脆 李苦 柳細 柳密 柳嫩

柳敗 柳靜 柳茂 柳軟 柳弱 柳暗 草細 草秀
草容 草嫩 草茂 草軟 麥秀 笋容 笋嫩 蘚滑
藻容 荇容 栢古 栢老 檜老 藕脆 韭嫩 樹容
樹靜 蔦弱選蔦弱豈可捫 樹老
【上平】松秀 松茂 松容李松容盖初圓 松老 松直孟郊松直百尺心 椿老
梅老 梅早 梅小 桃艷 荷敗 荷容 荷淨杜荷淨納凉時
荷小 萍碎 蓮臏杜紅臏小胡蓮 苔滑 苗秀 苗盛 蘭郁
蘭秀 蘭茂 蘭茁韓蘭茁其芽 秧細 秧秀 槐容 禾茂
茶苦詩誰謂茶苦

靈椿老栢第十五與喬松嫩柳通用 【上虛 死 下實】

【平】靈椿燕山竇氏靈椿一株老 靈芝瑞草 靈楓埤雅楓有癭者風神居之 凡花
名花李漢傍饒名花 蟠桃東海度索山有大桃屈盤三千里曰蟠桃 菁莪詩菁菁者莪

猗蘭韓擬孔子猗蘭操　甘棠詩蔽芾甘棠　祥桑殷高宗時祥桑夕拱　祥禾即嘉禾

嘉木書異畝同穎　嘉蔬記祭宗廟稻曰嘉蔬

上去

古松李不屈松姿　老松　古杉曾肇古杉蒼蒼橫斗文　古槐　老梅

古梅成都古梅偃蹇十餘丈相傳唐物也　古藤高適深齋古藤垂　老楓作人形　老樀

瑞禾即祥禾　瑞蓮並蒂　瑞瓜駢生　瑞芝　瑞桃　蓼蕭詩蓼彼蕭斯

蓼莪詩蓼蓼者莪　睡蓮　壽椿莊大椿八千歲為春八千歲為秋　壽桃　古椿

仄

老栢　老桂　老檜　老樹　古栢　古桂　古檜　古樹

古柳張耒落落古柳蒼　古木　瑞木　瑞草盧綸玉欄瑞草豐　瑞麥一莖異穗

壽竹中竹秋　孝竹新竹生　舊園　義竹明皇名後苑竹曰義竹　福果

杕杜詩有杕之杜

上平

卮卉　香草　豐草詩茀厥豐草　靈草西都賦靈草冬榮　靈果選靈果參差

甘菊　嘉卉詩山有嘉卉　嘉穀書農植嘉穀　嘉果　嘉樹選嘉樹下成蹊

奇樹（東都賦奇樹珍果）文樹（唐太宗祭庭文樹滿）文杏（漢上林苑文杏謂文杏有文彩）
香茗（皇甫冉香茗復重生）神木（西都賦神木叢生）慈竹（筍生竹內脩幹大葉）華藻（莖花有文）
嘉木（西京賦嘉木樹庭）靈稼（曹植靈稼阿那一本十莖）

奇花茂葉第十六

平　上虛　死　下實

奇花　芳花　鮮花　香花　新花　繁花　疎花　輕花
浮花　佳花　閒花　幽花　殘花　餘花　濃花（杜野館濃花發）
虛花　疎葩　芳葩　奇葩　紛葩　幽葩　高枝　繁枝
低枝　疎枝　橫枝　空枝　殘枝　枯枝　傍枝　樛枝
柔枝　斜枝　新枝　疎柯（司馬光疎柯青玉叢）新柯　柔柯　新梢
危梢　疎梢　柔梢　斜梢　長梢　新條　深條（杜雨燕集深條）
柔條　脩條（選脩條摩蒼天）輕條（選輕條象雲構）長條　垂條　昌條
豐條（選豐條並春盛）疎條　幽叢　高叢　新叢　芳叢　深叢

低叢 踈叢耿緯韡葉滿踈叢 新英 芳英 香英 繁英 佳英
殘英 濃英 纖莖 新莖 孤根蘇軾孤根裂山石 盤根盤根錯節
枯根 深根 芳根李蕙草留芳根 長根 靈根 靈苗 漸苗
豐苗杜豐苗亦已穊 新竿 脩竿 長竿 踈竿 纖茸 新茸
新芽 新苞 芳苞 長苞杜瓜瓞蔓長苞 高標蜀都賦鳥迴翼乎高標
芳柯韋紓芳柯振惠風 稠花杜稠花亂蕋裹江濱 枯苗 枯株
上六
嫩花 細花 好花 密花 羨花 亂花于鵠雨徑亂花理宿艷
雜花 艷花 落花 嫩葩 細葩 亂葩 小葩 密葩
嫩英 小英 落英 故枝杜花開滿故枝 舊枝 嫩枝 細枝
弱枝選傾柯引弱枝 密枝 短枝 老枝 小枝 古枝 舊梢
老梢 小梢 嫩梢 直梢 亂柯 舊柯 嫩條 細條
遠條 弱條選弱條不垂結 舊條 舊叢 小叢 亂叢 密叢

細叢　茂叢　嫩叢　舊根　小根　老根　古根李虯龍蟠古根

嫩苞　嫩竿　密竿　細竿　弱蔆蔆小枝也　嫩茸　嫩芽

小芽　細芽　細苞　細苗　細莖

及　茂葉　密葉　細葉　敗葉　碎葉　小葉　嫩葉　亂葉

舊葉　落葉　老葉　槁葉　細萼　嫩萼　密萼　小萼

艷萼　艷蕋　嫩蕋　密蕋　亂蕋　冷蕋杜冷蕋疎枝半不禁　細蕋

浪蕋　直幹蘇軾直幹排風雷　密幹　細幹　老幹　老節　直節

小節　密節　勁節　細朶　細穉　老穉　嫩穉　亂絮

密穗　脆實　斷梗　亂片　美種　滯穗

幸　新葉　輕葉　疎葉　枯葉　衰葉　乾葉　殘葉　圓葉

稠葉　香葉杜香葉曾經宿鸞鳳　高葉　新蕋　芳蕋　香蕋　疎蕋

繁蕋　奇蕋　新萼　疎萼　鮮萼　飛絮　輕絮　殘絮

香絮　新籜　輕籜　脩幹　新幹　繁幹　喬幹　踈幹
輕幹　輕片　脩蔓　新果　奇果白居易奇果標南土　佳實　嘉種
芳穗　幽穗　潛穎

花繁葉密第十七

上實下虛　死

（平）花繁　花稠　花稀　花多　花濃　花奇　花新　花芳
花踈　花鮮　花夭　花殘　花低　花輕　花明李花明綠江脧
枝繁　枝低　枝枯　枝踈　枝斜　枝高　枝長　枝柔
條柔　條輕　叢低　叢芳　叢踈許渾叢踈鳥易窺　叢卑杜叢卑春鳥疑
叢深　根深　根長　梢長　竿長　竿柔　莖踈李莖踈葉且微
葩繁
（上）葉踈　葉稠　葉稀　葉焦　葉濃　葉齊王勃葉齊山路俠　葉殘
葉稀　葉圓　葉輕　葉乾　葉新　蕋多　蕋芳　蕋繁

蕋踈　蕚新　籜輕　絮輕　絮狂　榦新　榦長　節踈
節高　笋高
仄
葉密　葉茂　葉嫩　葉細　葉亂　葉潤　葉小　葉敗
葉秀　葉暗　葉大　葉重白居易葉重碧雲片　葉沃　蕋密　蕋小
蕋亂　蕋細　蕋嫩　蕋艷　蕚嫩　蕚小　蕚細　榦密
榦老　榦直　節直　節勁　節密　穗密　絮亂　實脆
實小
平
花密　花亂　花艷　花碎　花小　花嫩　花重杜花重錦官城
花暗石榴花暗竹房春　枝老　枝曲　枝直　枝槁　枝密　枝嫩
枝弱　枝細　枝軟　枝茂　梢嫩　條嫩　條細　條軟
條弱　條密　葩嫩　葩小　竿直　竿密　叢密　叢小
叢茂　芽小　茸小　根固　根老　秧細　苗槁

梅開柳發第十八 上實下虛 活

平

梅開 梅飄 梅生 梅飛 桃生 桃開 桃飄 楊垂

荷開 荷舒 荷抽 荷生 芹生 苔生 苗生 蓬生

秧生 秧抽 蓮開 蓮舒 葵生（選葵生鬱蔞蔞） 葵荒（杜葵荒欲自鋤）

葵開 榴開 梨開 棠開 蘭開 蘭摧（杜蘭摧白露下） 梨飄

梧飄 萍浮

去

柳搖 柳生 柳舒 柳垂 柳凋 柳飛 桂飄 桂開

菊開 菊垂 李垂 李開 竹生 竹垂 竹搖 麥飄

麥收 麥鋪 麥搖 稻收 稻垂（蘇稻垂麥仰陰陽足） 藥翻（選紅藥當揩翻）

草抽 草鋪 草萎 草枯 草生 藻生 葛生（詩葛生蒙楚）

筍生 荇流 蘚堆 木凋 杏開 杏垂

入

柳發 柳放 柳裊 柳長 柳擺 柳拂 桂吐 杏吐

杏褪　杏熟　菊綻　菊謝　菊盡　草合　草長　草殞
草滿　草發　桂發　李發　李熟　棗熟　稻熟　麥熟
麥漲　麥秀　橘熟　橘墜　木長　木落　筍出　筍迸
竹長　竹折
桃吐　桃發　桃褪　桃盡　桃放　桃謝　桃熟　桃綻
梅吐　梅發　梅破　梅落　梅放　梅謝　梅綻　榴綻
榴吐　榴噴　榴蹙　荷發　荷展　荷卷李嘉祐向日荷新卷　荷迸
荷破李頎荷破葉猶青　荷放　荷折韓荷折碧圓傾　蓮綻　蓮吐　蓮落
蓮倒　菱熟　柑熟　瓜熟　橙熟　蘭吐　葵吐　棠吐
蒲長　蒲減　蒲發　松挺　松偃張喬松偃綠蘚低　萍泛杜萍泛無休日
楓落　榆落　桑落李桑落秋水冷　秧出　梅褪

梅肥竹瘦第十九與後二類互用

上實下虛　死

平 梅肥大實　梅癯放翁清瘦　荷嬌李荷花嬌欲語　蓮嬌同上　桃肥大實　桃嬌

桃羞嬌如含羞

去 柳慵弱無力　柳攣初生如眉貌　柳眠上林柳一日三眠　竹肥滌大雨潤

蕨肥蕨芽　瓠肥

入 竹瘦　竹醉五月十三日竹醉日　竹穉新竹　柳媚纖弱　柳穉新柳　柳困弱無力

柳恨露葉如啼　杏醉紅潤如酣　菊傲欺霜　菊耐而霜　草怨芳草萋萋怨貌

菊死

上平 棠醉紅潤如酣　棠睡嬌而靜　棠媚嬌色　荷語見上　桃醉紅潤如酣

桃笑李武陵桃花笑殺人

## 花愁葉病第二十

上實下虛　死

平 花愁靜如含愁　花癯少而瘦　花羞嬌如含羞　花啼花上露泣

花嬌媚色　花酣色如醉　花衰謝色

【上仄】葉愁 風葉聲 葉肥 穠潤 木欣 陶潛辭木欣欣向榮 而 木僵 枯

【仄】葉病 憔悴 葉死 木死 枯木 木癭 贅瘿腫

【平】花瘦 清癯 花媚 花妬 並嬌如妬 花笑 王安石花開日笑顏 花困 弱無力

花臥 横偃 花語 劉禹錫但愁花有語 花舞 落花隨風 花睡 蘇只恐夜深花睡去

花醉 嬌紅如酣 花泣 如泣花上露泫 枝瘦 清勁

## 松號柳舞第二十一 【上實下虛】 活

【平】松號 風吹聲 松吟 李寃若寒松吟 松園 環遶 松欹 王貞白松欹王岩雪

松遮 寄 苔封 譚用之苔封石錦棲霞室 苔迷 遮不見 苔沿 滋長 苔粘

苔遮 韓偓總得苔遮猶慰意 荷遮 葉寄 荷擎 亭立 花擎 枝迴立 花依

花園 環遶 花藏 綦毋潛花藏溪路寒 花侵 張繼亂影花侵席 花迎 岑參花迎劍珮星初落

花封 蕪荒 草漫 葵傾 向日 葵芽 角利 藤纏 藤牽 蔓延 萍開

【上仄】柳遮 李山甫横金鎖柳遮門戶 柳牽 絲 柳藏 寄 柳迷 寄 柳園 環遶 柳穿

竹園　竹遮家　竹藏家　竹横枝偃　草迷　草遮　草封漫應　草粘

草穿茁土　草侵　草薰氣蒸　草依唐玄宗草依陽谷變　筍穿茁斜　筍攢生密　筍侵

蘚封　葉吟風吹　蔓纏纏附　蔓延藤長　樹交岑參樹交花兩色　黍連　茹連

仄

柳舞風揿　柳蘸着水　柳鎖含烟　柳罩　柳韡岑參柳韡拂窓條　柳間桃杏　柳映

柳拂　柳匝繞遍　草匝繞遍　草映　草覆　竹遶　竹鎖　竹隱

竹護苔　竹映　竹覆　竹送杜竹送清溪月

平

梅笑盛開　桃笑　松鎖遮斷　松隱　松礙礙嶂　松偃李洞松偃舊房前　花映

花鎖遮繞　花亞杜花亞欲移竹　花覆杜花覆千官淑景移　花隱杜花隱掖垣暮　花遶

花襯　花趂　花簇白居易花簇紫霞英　花壓温庭筠花壓闌干春晝長　榛塞

花襲香襲人又飛花片　藤桂懸樹　藤刺　苔遶團匝　蘿遶　茅塞茅草生塞

萍蓋滿池

穿萍度竹第二十二　與天文門烘桃拂柳互用

上虛　活　下實

【平】穿萍(荷芡)穿苔(筍)鑽苔(筍)纏松(藤)依梅(竹)侵花(竹)包瓜(易以杞包瓜)

【去】綉苔(落花)點苔(落花)迸苔(筍)擁蓮(萍)隱花(竹)映棠(梅)施松(藤施去贅)

倚松(韓自慚青嵩倚長松)化萍(楊花)化茅(楚詞荃蕙化而為茅)覆蘋(杜楊花雪落覆白蘋)

【仄】倚麻(蓬)傍桃(杏柳)

度竹(杜柳花開度竹)映竹(花)夾竹(桃)傍竹(梅)翳竹(杜芳叢翳湘竹荼也)

囷樹(藤)施栢(藤)破蘚(筍)惹草(飛絮)

【上平】依竹(花)穿竹(桃)添竹(筍)侵竹(苔)連竹(柳苔色連深竹)連茹(易拔茅連茹)

依蘚(落花)纏木(藤蘿)纏樹 籠樹(同上)蒙楚(葛)蒙棘(葛)依草(落花)

遮柳(杏)

## 花開葉落第二十三(與梅開柳發互用)

【上實下虛】活

【平】花開 花舒 花飛 花飄 花含 花生 花翻 花鋪

花垂(常建濛濛雜花垂)條生 條垂 條抽 枝抽 枝垂 枝橫

枝連 枝交 葩舒 英鋪 英殘 竿森 根盤 根連
梢横

【上去】葉生 葉舒 葉凋 葉飄 葉飛 葉號 葉堆 葉鋪
葉翻 葉交 葉開 蕚開 蘤開 蘤含 絮飛 絮飄
韡翻 韡含

【去】葉落 葉墜 葉隕 葉舞 葉發 葉展 葉下 葉長
葉接 葉積 葉盡 葉脫 葉綴 葉戰（陸龜蒙 岸上紅梨葉戰初）
蘤綻 蘤吐 蘤放 蘤亞 蘤破 蕚破 蕚綻 蕚折
蕚吐 蕚放 蕚綴 榦聳 榦立 韡卸 節露 絮衮
絮舞 絮點 子熟 子結 子落 果熟 果落

【上平】花落 花發 花吐 花綻 花綴 花盡 花褪 花謝
葩綴 葩吐 枝裊 枝放 枝拂 枝亞（杜審言 枝亞果新肥） 枝長

枝折　英綴　英綻　竿聳　叢倒　叢發　梢墜　梢長

梢折　梢出　柯偃（王涯柯偃作蜿龍）

## 開花結子第二十四

上虛　活　下實

平

開花　舒花　生花　成花　敷花　垂花　飛花　成枝

橫枝　生枝　抽枝（魏元忠岩木尚抽枝）　抽條　生條　生根　生芽

生稊（易枯楊生稊）　生華（易枯楊生華）　舒英　鋪英　開英　含英

含葩　辭柯　橫梢　抽梢　抽芽　抽竿　成竿　成叢

成苗　成苞　垂條　垂苞

仄

吐花　放花　結花　綴花　落花　發花　吐葩　綴葩

結英　落英　綴英　綴枝　脫枝　亞枝　折枝　墮枝

結根（蜀都賦結根踈本）　托根　出芽　露芽　吐芽　發芽　發叢

發條

仄 結子 結實 吐蕋 綻蕋 綴蕋 破蕋 破萼 發萼
綻萼 綴萼 吐萼 下葉 舞葉 發葉 捲葉 展葉
脫葉 褪葉 落葉 墜葉 布葉西京賦布葉垂陰 隕葉 隕籜
落籜 褪籜 解籜歐新篁漸解籜 舞絮 衮絮 落絮 吐穗
上平 迸筍姚合迸筍侵窓長 長筍 出筍 聳幹 引蔓錢起引蔓出雲樹 綴糝
生子 成子 垂子 生葉 敷葉 抽葉 舒葉 開葉
成葉 飄葉 凋葉 飛葉 鋪葉 翻葉 浮葉水生 生蕋
含蕋 開蕋 敷蕋 含籜杜綠竹半含籜 翻籜 分籜 抽筍
生筍 苞筍 含蕾 含穎 垂穎西都賦五穀垂穎 含萼 開萼
森幹 抽幹 抽穗 抽節吳都賦苞筍抽節 飛片 飛絮 飄絮
成絮 成實 垂實
並實

天文

## 風松露菊第二十五

平

風松 岑參夜靜閒風松　霜松 李霜松前檻　烟松 武平一烟松銜翠巘　雲松 李翠色明雲松

風梧 陳無已風梧有先聲　霜梧　烟梧 李賀離鸞別鳳烟梧中　霜楓　霜葭

霜蕪　霜筠　霜橙 杜霜橙壓香摘　霜柑　霜蓬　霜菅　霜蘆

霜蓮　風蓮 劉禹錫風蓮墮故萼　風杉 杜風杉肅泠泠　風梅 姚崇的歷風梅度　風荷

風蒲 蘇風蒲半折寒鴈起　風蘋　風莎　風萍　風篁 柳風篁冐水遠　風楊

風蘭 孟遲風蘭舞幽香　風蘆　烟蘆　烟莎　烟蕪 司空曙烟蕪滿洞青山遠

烟葭　雲蘿 李欸起雲蘿中　霜秔 許渾霜秔野碓春

上去

雪梅　月梅　雨梅　雪松　月松　露松　雨松　雨蕖

雨苔 王周雨苔生古壁　雨蒲　雨荷　露荷　露蘭　露葵　雪葵

日葵　日蓮　日桃　雨桃　露桃 韋莊露桃花下不知秋　雪蘆

月梧　雨梧

仄

露菊 杜杯迎露菊新　雨菊　月桂 月中桂　露桂　雪柳　雨柳

月柳 露草劉禹錫初日遍露草 雨草 雨韭 雨檜鄭谷雨檜風篁遠近鬭

雨麥 雨蘇 雨竹 月竹 露竹薛逢露竹風蟬昨夜秋 雪竹

雨杏 日杏高蟾日邊紅杏倚雲栽 露蓼 露茗許渾露茗山廚焙 雪樹

仄

烟柳張詠烟柳閑朱閣 風柳 霜柳 霜橘張泌一洲霜橘洞庭南 霜柏

霜蔣劉禹錫霜蔣竹晚夾 霜葦 霜蓮杜甫聞霜蓮白 霜竹 雲竹杜甫賞靜憐雲竹

風竹孟郊風竹相憂語 烟竹孫逖烟竹稍迎曛 烟杏 雲杏 烟菊 烟麥

烟葦 烟蓼 風蓼 風荻 風蕙 風篠 風葦 風草

烟草 霜草 雲木 雲樹 風木 烟木

霜根露莛第二十六與天文門霜花雪絮通用

並貫

平

霜根 霜枝 風枝 雲枝 霜葩 烟葩 烟叢 霜竿

霜皮杜甫霜皮溜雨四十圍 霜英 霜柯曾鞏錯綴衆葉驚霜柯 烟梢 烟條

風條陳叔達風條出柳斜 霜條孟郊韋律銜霜條 霜叢黃魯直霜叢負後凋 雲梢 風梢

風竿　雲竿　雲根孟郊雲根才翦綠　風莖陸龜蒙風莖時動有奇香　風花

烟花孫逖烟花象外幽　烟苞　烟柯　烟株

〔十六〕露葩　露枝盧照鄰空庭寒露枝　露苞　露花張說露花香欲醉　露叢　露芽

露梢　月梢　雪葩　雪花　雪叢　雪枝　雪竿竹　雪柯

雪芽　雪梢　雪英沈得師雪英飛舞近　雪根　雪苞　雨葩　雨叢

雨條　雨花

〔十八〕露莖　雨莖　雪莖　露萼　雨萼　雪萼　露葉　雨葉

露莢　雨莢　雨蘀　雪蘀　雪榦　雪絮　露蔓

〔十七〕霜葉杜牧霜葉紅於二月花　霜莖　霜榦　霜蘀　霜蔓柳霜蔓延寒瓜

風葉　風絮　風榦　風莖　風萼　風蘀　風蔓　烟莖

烟葉　烟萼　烟穗　烟榦　烟蘀　雲莖　雲蔓　雲榦

雲葉　雲萼

桃霞柳雪第二十七 與天文門荷風竹露通用

【平】桃霞 蘇紅桃爍淺霞 楓霞 榴霞 蘆霜 杜秋着蘆花一岸霜 柑霜 杜破柑霜落瓜 【並實】

瓜霜 杜破瓜霜落刃 花雲 槐雲 韓夏槐作雲屯 梨雲 萍星 韓星浮數點萍

榆烟 崔魯榆烟輕變舊爐灰 梅冰 茶烟

【去】稻雲 杜刈魯劉黃雲 稼雲 麥雲 柿霜 檜烟 皮日休一聲金磬檜烟深

柳烟

【仄】柳雪 絮 李雪 花 荻雪 花 稻雪 杜翻匙稻雪 絮雪 桂霰 花 麥浪

橘霧 蘇香橘噴人鷩半霧 茵露 茵毒草其上露人觸之肉潰

【上平】桃雨 李賀桃花亂落如紅雨 花雨 蘇半岩花雨落毵毵 蘆雪 劉長卿蘆花十里雪漫漫

梨雪 花 梅雪 柑霧 剖橘 榴火 化紅

紅霞白雪第二十八 【上半虛下實】

【平】紅霞 桃花 丹霞 花 朱星 櫻桃 黃雲 稻麥 紅雲 桃花 青雲 選芳樹垂綠葉青雲自逶迤

青霜 橘

上仄 綠雲 梧桐 紺氷 紅梅 碧烟 柳

仄 白雪 梨花 碧雪 李 絳雪 落花 翠浪 麥

上平 紅雨 落花 青霧 柑 蒼雪

蒸霞積雪第二十九

平 蒸霞 桃 舒霞 桃 鋪霞 花 鋪雲 禾 屯雲 槐 裁氷 梅 浮星 萍 上虛 活 下實

上仄 覆雲 禾麥 吐霜 蘆花 散星 萍

仄 積雪 李花 剪雪 作雪 舞雪 絮 綴雪 梨花李花 戴雪 松暫時花戴雪

仄 覆雪 竹松 噴雪 柳幾歲開花開噴雪 噴火 榴花 噴霧 橘

上平 翻雪 稻 翻浪 麥 飛雪 柳花

含烟帶雪第三十

平 含烟 孟浩然含烟柳尚青 和烟 羅隱芳草和烟暖更青 凝烟 草 垂烟 籠烟 上虛 活 下實

拖烟 繰烟並柳 淩烟洪朋淩烟直松竹 含霜竹 禁霜 欺霜松栢竹

經霜 擎霜菊 凌霜菊 棲霜 儲霜竹 隨風飛花落絮 因風

繰風柳絲 縈風柳絲 摇風 牽風蔓 翻風 吟風葉 迎風花 號風

參風 梳風並松 敲風竹梧 涵風梧 搓風柳 從風草又絮葉 含風

參天王維萬壑樹參天 侵天 漫天楊花 擎天巨木 連天 粘天並草 干雲

干霄並木 昂霄松檜 淩雲松 撐雲 撐空並木 淩空蘇直幹淩空未足奇

燒空花 漫空楊花 傾陽葵藿

上 傲霜菊 待霜橘 護霜橙 帶霜 禦霜 冒霜松菊 負霜松以負霜稱雋

偃風 揖風並草 顫風花枝 撼風松竹 戛風竹 舞風 嫋風 絆風

惹風 帶風並柳 倚風竹 蔽雲 入雲槐 扇雲松 抱雲杜山木抱雲稠

拂雲杜堦前樹拂雲 倚雲高蟾日邊紅杏倚雲栽 拂霄竹 拂烟李枝葉拂青烟

絆烟柳 帶烟溫庭筠柳不成絲草帶烟 鎖烟柳 拂天竹 起烟謝桑柘起寒烟

倚天　帶霞　映霞緋桃　弄霞張貢晚霞更出梅妝弄　向陽花木

〔仄〕帶雪張起梅花猶帶雪　冒雪松竹梅　伴雪梅　亞雪梅　傲雪松竹梅

破雪梅　映雪山茶　映日花　向日花　障日蕉　笑日李溪花笑日何年發

醉日桃　照日榴　轉日　翳日木　背日芍藥　蔽日孟浩然竹蔽簷前日

帶雨李桃花帶雨濃　濯雨　臥雨竹花　著雨　滴雨　顫雨蕉　墜雨

漬雨苔　溜雨栢　拜雨草　戰雨竹　冒雨皇甫冉菊爲重陽冒雨開　泫露

帶露　醉露並花　浥露李紳浥露旦英濃壓架　泣露李賀芙蓉泣露香蘭笑

瀉露蓮　濯露芙蓉　綴露草　送月　伴月梅　礙月　漏月竹樹　逗月

掃月　映月並竹　掛月柳　耀月李花

〔平〕擎雨荷　翻雨荷　沾雨苔　翻露荷　擎露荷　含露花　凝露　傳露

栖露菊　承露　晞露草　經雪松竹　凌雪　停雪吳都賦冒霜停雪

欺雪梅　飾日　含日花　遮日竹樹　迎日牡丹　含雨杜牧巫娥廟裏低含雨

傾日葵 朝日蓮 遮月柳竹 篩月竹

節令 春桃夏竹第三十一

平 春桃 春梅 冬梅 寒梅 春蘭 秋蘭 朝蘭選飛雨洒朝蘭

並實 秋荷 秋蓮 秋桐孟郊秋桐故葉下 秋梧 秋菰沈約秋菰亦滿陂 秋蘋

秋蕁杜羨煑秋蕁弱 秋楊 秋葭 秋荼許渾秋荼埀露細 秋蔬抱甕灌秋蔬

秋蘆 秋瓜 秋蕖 秋蓬李賀龎眉書客感秋蓬 秋葵杜秋葵煑復新

秋萍 秋苕耿緯秋苕経古徑 春苕 春萍 春蔬蘇小園除雪得春蔬 朝蔬

寒蔬李紳寒蔬近社青 寒楓 寒藤 寒蘆蘇空留野水伴寒蘆 寒蒲杜碧節吐寒蒲

寒梧 秋蒲杜秋蒲影凋壓 春蒲 春蕪杜雨露洗春蕪 寒蕪杜寒蕪除碣石

秋蕪 冬松 寒松柳露井寒松滴 春松 春蓬 春荼 春榆

春瓜 寒瓜沈約寒瓜方臥隴

仄 臘梅 曉梅 夏梅 早梅 曉桃 曉葵 曉蔬 曉桑

曉松　曉萍　曉楓　曉荷　晚松　晚菘蘇晚菘先破寒　晚荷
晚禾　夏荷　夏蓮　夏榴　夏槐　午槐　早菘　臘茶
凍梨
次
夏竹　曉竹　晚竹駱賓王斷風疎晚竹　午竹　夏木韋應物夏木紛成結　夏麥
夏李選夏李沉朱實　夏槿　夏筍　夏柳　暮柳　暮草　夜韭
早韭　早稻　晚稻　歲菊　晚菊　曉菊
草
秋菊　秋桂　秋蓼許渾蓮池秋蓼紅　秋蕙　秋蕈　秋棗　秋稻
秋稼韓藹藹秋稼晦　秋栗　秋韭　秋竹杜秋竹隱疎花　秋柳　秋穀
秋草　秋藕選秋藕折輕絲　秋桂　秋木鮑照攢攢勁秋木　秋樹　秋柏
寒菊　寒竹　寒草　寒橘　寒藻柳寒藻舞淪漪　寒篠柳遥風遞寒篠
寒柳　寒木馬戴風高寒木落　寒卉　寒樹　春樹　春柳　春麥
春竹耿緯深房春竹老　春草　春薇　春菜　春茗　春杏　春桂

春笋（白居易春笋滿山谷） 春藥 春韭（杜夜雨剪春韭） 春木 春薔 冬竹
冬笋（杜寄竹復冬笋） 冬橘 冬柚 陽卉（選萋萋陽卉卉腓） 朝菌

春花夏葉第三十二

〔平〕春花 春條 春英 春叢 春芽 春苗（杜杏弱春苗早） 〔並實〕春枝
夭葩（選粲若春林葩） 秋葩 秋花 秋英（菊） 秋枝 秋根（杜草露消秋根）
秋梢 秋條 秋房（韓池蓮秋房折） 冬花 寒花（杜寒花開已盡） 寒枝
寒梢 寒葩 寒英（柳寒英坐銷落） 寒叢 寒荚 寒柯 涼柯
朝花 晨花 晴花
〔仄〕曉花 午花 早花 晚花 晚梢 晚叢 曉叢 曉葩
曉枝
〔仄〕夏葉 曉葉 晚葉 暮葉 夜葉 冷葉 冷蕋（杜花禁冷蕋紅）
晚蕋 晚節（菊） 夏韡 夏實

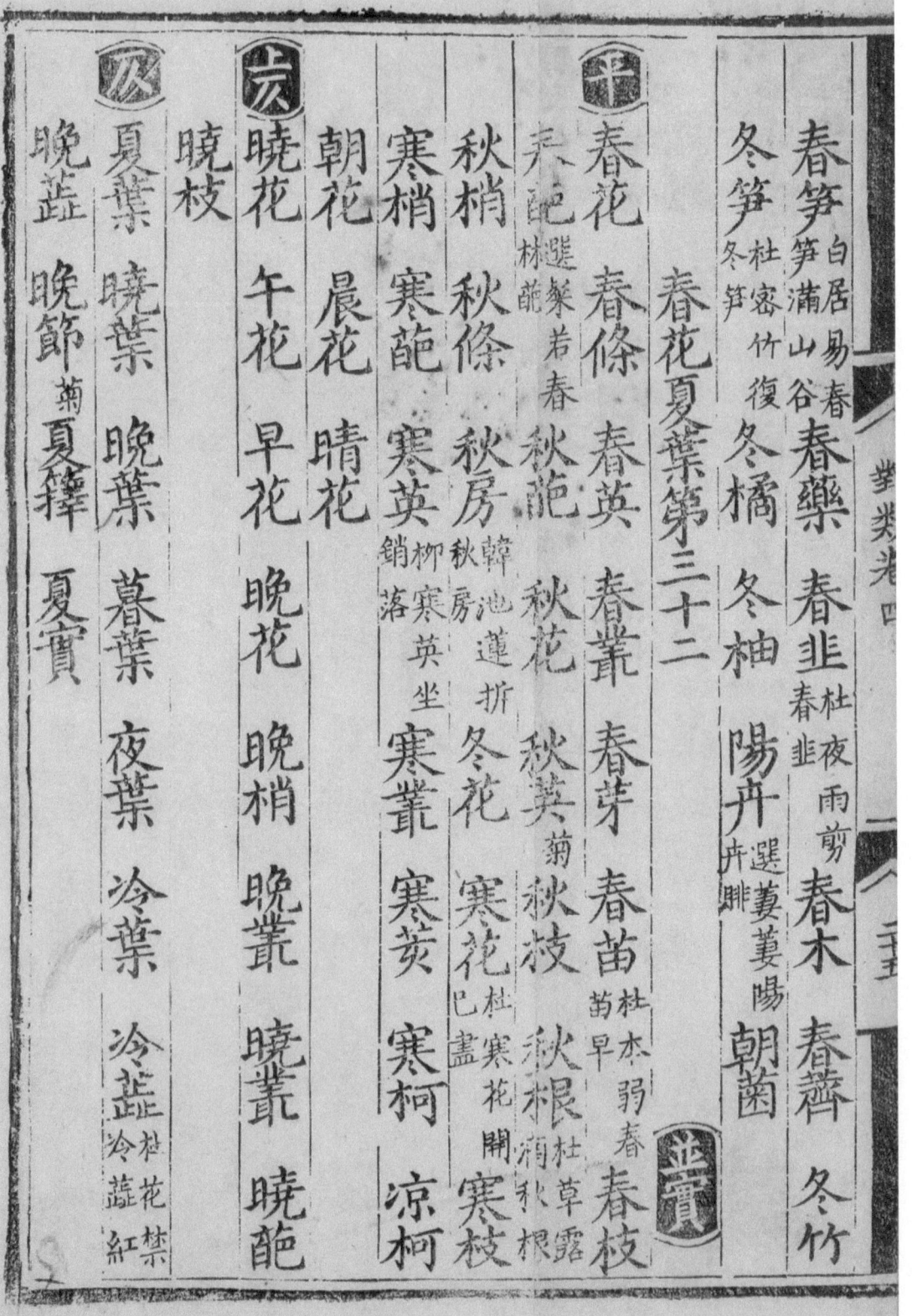

【上平】春葉　春絮　春榦　春卉　春蕋　秋葉　秋實杜漸知秋實美【上實下半虛】

秋果　秋穗　秋蕋　秋卉　寒蕋　寒葉　寒籜杜蕭摵寒籜聚

松寒竹爽第三十三

【平】松寒李松寒不改容　松涼盧綸松涼不為風　梅寒陳無已梅寒讓雪花　梅清　荷清

花寒

【上仄】竹寒杜竹寒沙碧浣花溪　竹涼　竹清　樹晴　柳寒駱賓王柳寒凋密翠

菊滋　草滋

【仄】竹爽　竹冷杜竹冷髮堪梳　柳暖　草暖　桂暖

【上平】楓冷　松冷杜直訝杉松冷　蓴冷　菰冷　花暖許渾花暖鷓鴣眠　梅暑

松暝司空曙松暝鶴飛回

爭春破臘第三十四與餞令門迎春送夏互用

【平】爭春李梅與柳爭春　傳春梅　先春梅　搖春柳　藏春柳　生春李池草暗生春【上虛活下實】

窺春柳　開春花　粧春桃李　催春楊花　移春花　燒春薇　禁寒栢　凌寒

衝寒並梅　經寒草　僵寒木　生涼松竹　先秋麥　禁秋菊　知秋葉　吟秋

驚秋葉

上仄

破春梅　探春梅　報春梅　漏春柳條　送春楊花　殿春芍藥　睡春棠　占春

放春花　霸春桃　冒寒梅　傲寒　傲秋菊　傲冬松竹

仄

破臘梅　待臘柳　轉午槐陰　撼曉楓　炫晝桃　噴夏榴　受暑荷　卻暑

滌暑並竹　閱歲松栢　報暖梅　得暖梅　耐冷菊　怯冷柝　縞夜李

上平

舒臘柳　偷暖梅　回暖梅　催暖梅　存晚菊松　粧晚杏　烘曉榴　滋夏

明夏榴　明夜苜　開夜梨

## 秋香晚韻第三十五

上實下虛

平

秋香唐太宗秋香動桂林　秋芳　秋容韓瑋莫嫌老圃秋容淡　春酣花　寒香

冬榮選桂樹冬榮

仄 夜芳 午陰 夕陰 晝陰 曉粧 晚香

仄 晚馤（韓 徑蘭銷晚馤） 晚節（菊） 晚色 冷色（杜 江花冷色頻） 曉色 午蔭

暖艷 冷艷

平 秋艷（芙蓉秋色） 春色 春睡（海棠） 春意（柳滿眼故園春意生） 冬馥（選 寒卉冬馥）

並實

地理 江梅岸柳第三十六

平 江梅 溪梅 山梅 園梅 墻梅 溪桃 山桃（選 山桃發紅蕚）

園桃（詩 園有桃） 源桃（武陵有桃） 池蓮 溪蓮 江蓮（杜 江蓮搖白羽）

湖蓮 江蕪（司空曙 江蕪連夢澤） 園蕪 江楓（劉長卿 江天寂歷江楓秋） 汀楓

山楓 溪荷 池荷 林松 山松 巖松 皋蘭（杜 清露漸皋蘭）

汀葭（選 汀葭稍靡靡） 汀蘋（鄭谷 香失半汀蘋） 汀莎 江萍 池萍（韓 風約半池萍）

堤楊 山楊（詩 北山有楊） 汀蘆 汀蒲（韓 潮濺減汀蒲） 沙蒲 園蔬

園葵 畦蔬（杜 畦蔬遶舍秋） 山蔬（方千 山蔬和雨歇） 田禾 山苗（李山苗 落澗底）

山榴 韓山榴發紅萼 山梨 鄭惜山梨晚葉丹 山樞 詩山有樞樞榆也 山榛 詩山有榛榛

山花 城花 徐安貞城花春正發 汀花 錢起汀花且為駐殘春 園花 溪花

村花 杜村花不掃除 巖花 林花 杜林花潤色分 原花 池花 李池花春映日

江花 李嘉祐江花入興新 丘麻 詩丘中有麻 村桑 林桑 山桑 詩南山有桑

溪毛 左傳溪澗沼沚之毛蘋蘩藻類

上仄

嶺松 徑松 澗松 野梅 杜江路野梅香 嶺梅 杜嶺梅陰風過 岸梅

圃梅 苑梅 隴梅 沼荷 沼蓮 浦蓮 浦藻 沼萍

沼蒲 岸蒲 澤蒲 黃庭堅澤蒲漸綠弱 水蒲 韓青青水中蒲 渚蒲 杜渚蒲隨地有

野花 渚花 杜渚花張素錦 岸花 水花 錢起水花晚色靜 路花 圃花

澗花 岑參澗花燃暮雨 井梧 杜清秋幕府井梧寒 井桐 許渾驚鳥散井桐 隴禾 畹蘭

畹蘭 楚詞既滋蘭之九畹兮 澤蘭 王勃澤蘭侵小徑 徑苔 野蔬 岸楊

岸楓 嶺楓 野苔 石苔 杜楚雨石苔滋 野棠 野蕪 徑蕪

野芹 水芹 岸莎盧綸岸莎青有路 岸蘆 徑莎 徑桃 野桃

苑桃 嶺桃杜牧嶺桃紅錦黦 隰苓詩隰有苓 澗蘋詩于以采蘋南澗之濱

路槐 阪桑詩阪有桑 野蕉司空曙野蕉依成客 野苹詩呦呦鹿鳴食野之苹

野蒿詩食野之蒿 野芩詩食野之芩 水萍張衆父水萍千葉散

【次】岸柳李紳風和吹岸柳 徑柳 塞柳 野柳 巷柳 渚柳 野菊

徑菊 圃菊 野桂 岸蓼 隴草杜隴草蕭蕭白 岸草 野草

路草 徑草 塞草元結朔風剪塞草 陌草 澗草 水草 水藻

水荇 徑蘚 澗藻選朝采南澗藻 野蔌歐山殽野蔌 苑杏 野杏

岸篠韓梢梢岸篠長 岸竹 徑竹杜風前徑竹長 野竹 野萊 隴麥

甸麥張蠙甸麥深藏雉 畹蕙 磴蘚 水木孫逖水木涵澄景 嶺樹李秦雲起嶺樹

浦樹韋應物浦樹遠含滋 海樹岑參海樹青官舍 岸葦李頻岸葦無窮接楚天

【岸】堤柳 湖柳 池柳 津柳 汀柳 渠柳王建渠柳條長水面齊

平

橋柳　江柳宋之問江柳共風烟　園柳選園柳變鳴禽　溪柳　山桂選蒼蒼山中桂

邊柳岑參邊柳掛鄉愁　河柳王勃河柳覆長渠　墻杏　園杏　山杏　山果

園桂　園菊　籬菊　城菊　池藕　池藻　溪藻　溪荇

江荻　汀竹　溪竹　江竹杜苔徑臨江竹　江菼選江菼復依依　園竹

林竹　坡竹　坡笋　籬笋　林笋　丘麥詩丘中有麥　汀蓼

汀葦　園菜　畦菜　岩樹岑參鳥啼岩樹重　潭樹岑參潭樹暖春雲　山樹

江樹宋之問江樹遠含情　田稼　湖藕　林篠　湖草皇甫冉鶴飛湖草迥　郊草

園草鮑照風數園草殘　池草李池草艷春色　邊草戎昱邊草復萋萋　沙草　溪草

原草　江草　堤草　汀草杜汀草亂青袍　林木　山杞詩南山有杞

山木　原菽詩中原有菽

山茶石菊第三十七

山茶生南土葉厚花紅　山丹花如牡丹　山礬花白而香　山梔即簷蔔

並實

◎

岡桐　林檎（即來禽）　川芎（即芎藭出蜀中）　天麻（莖未成穗作花紫色）　江蘺

江茶　沙棠（選前庭樹沙棠）　沙葱（草汗血馬食之）　山櫻（王維空館發山櫻）

去　海棠（種自海外）　水梔　水芝（荷）　水松（吳都賦石帆水松）　石楠（李風掃石楠花）

石蓮（乾蓮子）　石榴（張騫使安石國得種歸故名）　石蕈（絲紫）　石芝（芝生石上）

石苔（錢起寒流石苔淺）　海榴（種來海外）　海苔　土芝（蕷）　澤葵（莓苔）

仄　石菊（小菊）　石竹（李石竹繡羅衣）　水竹　水栗　海藻

平　巖桂（木犀生巖嶺間）　天竹（小木葉類竹）　山藥（薯蕷）

吳楓楚柳第三十八

平　吳楓（崔信明楓落吳江冷）　吳蕈（歐吳蕈波上紫）　吳秔（吳地產秔）　商芝（商山紫芝）　並實

胡麻（巨勝）　襄橙（蜀都賦橙鄧橘）　周荼（周詩有三荼）　燕椿（燕山竇氏靈椿一株老）

荊桃（櫻桃）　秦桑（李秦桑低綠枝）

去　魯芹（魯頌思樂泮水薄采其芹）　楚萍（蘇味道日照楚萍開）　沫唐（詩沫采唐矣沫去聲）　蜀葵

蜀棠蜀昌州海棠有色有香　兗桑史記兗濟千樹桑　鄴榆鄴路千里夾道種榆

楚葵爾雅曰芹　庚梅大庾嶺多梅　宋苗宋人有助苗之長者

灰　楚柳　灞柳岑參灞上柳枝黃　宋木　楚草杜楚草經寒碧　楚竹湘江竹

鄧橘　蜀栢蜀相廟栢　鄭苧　郢樹令孤楚郢樹盡青蒼　渭竹渭川竹

上平　淇竹淇園竹　湘竹柳芳叢翳相竹　綿竹杜綿竹亭亭出縣高　豐芑詩豐水有芑

邛竹蜀都賦邛竹緣嶺　周黍　燕黍鄒衍吹律燕谷生黍　周粟夷齊義不食周粟　梁粟

秦栗史燕秦千樹栗　谿稻谿谷種稻　燕桂燕山竇氏桂　川槿槿出蜀中

秦樹　盧橘宋之問盧橘漢家園　隋柳賈島隋柳入唐蹤　燕草李燕草如碧絲　上虛活　下實

沿堤貼水第三十九與地理門臨池夾岸互用

平　沿堤　臨堤　籠堤　臨池　沿池　迷津並柳　穿沙杜穿沙碧幹淨

縈沙飛絮　穿籬筍　粧林花　燒林　辭林　臨津並花　隨波落花　凌波

侵湖岑參耶裏樹侵湖　沾泥落花　成蹊桃李　漫山桃李　然山花　登場禾　緣堤

遮隣　臨江　臨崖選崖茵挂臨　成林

上去　繡川荷芡類　被堤草　拂堤柳　滿蹊桃李　滿園花木　擁籬花落　傍籬

遶籬並菊　壓籬　摘點溪荷葉　冒池荷　蔭池荷　蓋池萍　發池　照池

映池並蓮　遶池　撲池花絮　倚江樹　蘸池　暗汀　蔭溝　映溪

壓城並柳　被涯選涯秋蘭被　被岡草　被山葉　蓋山蘿　補林竹新生

委泥落花　委塵落花　泛濤綠芰　出林竹　映波蓮

仄　貼水芡荷　覆水荷葉　泛水萍　蓋水韓高荷蓋水繁　傍水　蘸水並花柳

刺水秧　照水梅花　映水蓮　點水荷　點地落花　蓋地榆莢　落地花果葉

覆地杜茅地花　詹覆拂地選地垂　高楊拂繡地花落　滿地韓地葉　卷卷滿蔭渚

映沼　拂岸並柳　匝岸草　夾岸楊柳　夾道槐柳　鎖石杜鎖石藤梢元自落

染石苔　糝徑楊花　滿徑花絮　夾徑　蔓野草　蓋沼萍

上平　鋪徑花絮　封徑苔　堆徑落葉　堆地落葉　鋪地落花　鋪沼萍　浮水花絮葉

浮沼荷萍　連沼菱　垂岸柳　依岸蒲柳　臨岸柳　臨水花　隨浪落花絮落

隨水落花　緣谷竹　緣嶺　當岫　編町檉　圍野樹　盈野草　生澗

當路並草

鳥獸

鳧茈燕麥第四十

鳧茈葉細如龍鬚實黑大如指　鳧葵　鶏梨　猪苓藥　鶏蘇水蘇菜

烏菱蘇烏菱白芡不論錢　烏椑柿屬　龍芻周穆王飼八駿草　猪蓴蓴十月十一月名猪蓴

龜蓴　蟬花

兎葵爾雅曰莃也　兎絲選兎絲生有時　鹿葱萱草　鹿茸藥　馬蘭草　雉蓴

馬芹香菜

燕麥草類麥　馬蓼葉大色白生水澤中　鹿韭牡丹

鶯粟　羊棗曾皙嗜羊棗　鷰豆豆名鷰時熟　鶏距菜　烏藥藥　猫笋

猫竹大竹　蜂蜜蜂採花釀蜜　鴻柹柹名　牛棘薔薇

鶯花鳳竹第四十一

平 鶯花耿緯萬井鶯花兩後春 蜂花 蠶桑 鱸蓴

仄 鳳梧元稹鳳有高梧鶴有松 鴈蘆 燕芹 蠹芸芸香辟蠹魚

鶴松鶴棲擇松

並實 雉桑

仄 鳳竹 鶴竹 鳳棘史枳棘非鸞鳳所棲 雉麥

並實 蠶麥 鶯柳郎士元鶯啼漢宮柳 鶯木 蟬木 猿木 魚藻詩魚在在藻

黽藻選黽藻馳目成 螢草腐草化螢又依草 雞黍語殺雞為黍而食之

桑鷩木鷩第四十二

平 桑鷩菌 槐龍宋邇英閣雙槐如龍

仄 木魚搜筍 瓠犀爪仁也詩齒如瓠犀 樹雞菌 楮雞菌 草龍葡萄 籜龍筍蔟如鱗

草烏藥

仄 木鷩藥木實形類鷩 木馬 桂蠹桂中蟲蜜漬之漢以獻陵廟

並實

上平 蒲鴿名瓜 椿象名蚤 秧馬

蔵鴉宿鳳第四十三

上虛 活 下實

平 蔵鴉楊柳 蔵鶯柳 遷鶯喬木 巢鶯杜 接葉暗巢鶯 棲鸞梧 來禽果 潛魚

依魚並藻 粘蜂花 鳴蜂木

去 咽蟬蘇絲柳咽 梶高新蟬 噪蟬木 食蠶桑 集鸞梧 宿鸞竹 化龍費長房杖

仄 宿鳳竹 宿鴈蘆 繫馬楊 拂馬柳 戀蝶花 惹蝶花

上平 鶩鳥曲木 栖鳳竹 巢鶴松 棲鶴松 蔵獸茅草 蔵虎茅草 蔵鷺荻 蔵豹

蔵兎並草 蔵鹿草樹 蔵雉參草

雞頭鴨脚第四十四

並實

平 雞頭名芡 雞冠花 雞心名棗 雞腸草 龍鬚松 龍牙筍 龍鱗松皮竹籜

龍鬚葡萄蔓 龍涎香 龍睛即龍眼 麞牙秫米 蛇鱗松枝皮

羊蹄草 烏頭藥 猫頭筍 牛頭棗 鵞翎菊

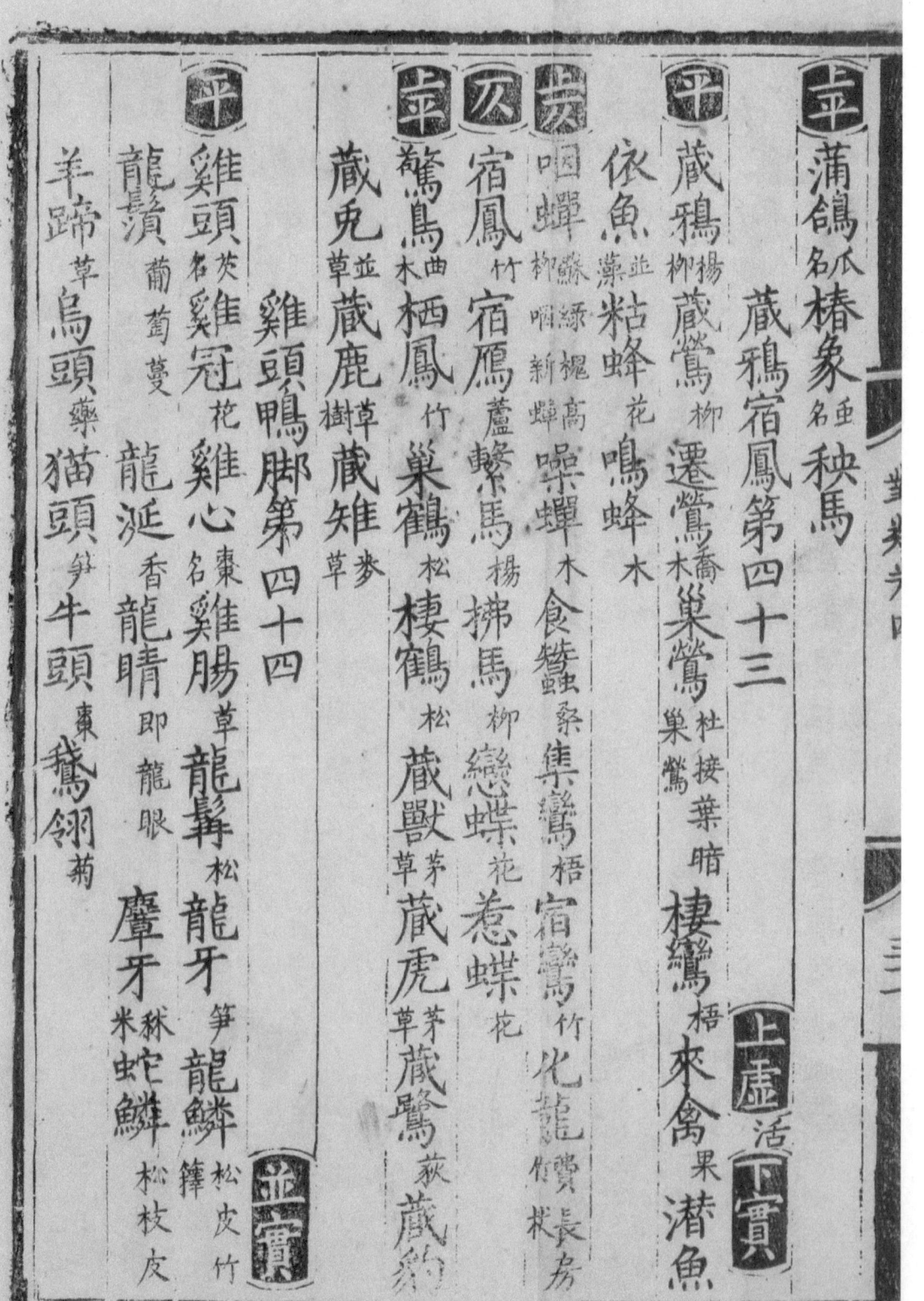

去 馬蹄菜名又蓮　鹿心柿　象牙筍　狗牙棗　雁頭芡　虎踏爪見陸機爪賦

鼠精李　鳳團茶　鳳毛竹　蚌珠榴實

入 鴨脚銀杏　雀舌茶　馬乳葡萄　馬鬣松　馬齒莧　鵓鴿橙　鼠耳槐生十日

鳳尾竹　鳳爪茶　虎爪荳　鹿角菜　兔目李賀如兔目官槐　兔耳槐檀葉

狗尾粟　麈尾松　雉尾蕁　犢角筍

平 羊角棗　虬角松檜　雞距菜　雞脚芥　雞舌香　龍骨松榦　龍目即龍眼

龍膽草　狸首　鷹爪茶又黃連　牛膝藥　羊眼荳

## 宮室　宮梅禁柳第四十五

平 宮梅漢唐宮中植梅　宮桃陶弼三月宮桃滿　宮槐裴迪門前宮槐陌　並實 官槐

宮花賈叔向官花一萬樹　宸楓漢官殿種楓號楓宸　官梅杜東閣官梅動詩興　官松　官茶

去 省薇唐中書省植薇　縣花潘岳河陽縣種花　禁花盧綸禁花呈瑞色　禁槐即宮槐

禁松溫庭筠琴上薰風入禁松　禁梅種在官禁即官梅　驛梅

仄 禁柳 王安石禁柳萬條金細撚 御柳 韓翃寒食東風御柳斜 省樹 中書省樹

省藥 唐也書省紅芍藥 驛柳 杜市橋官柳細 御竹 盧綸御竹潛通笋

平 官柳 官柳 營柳 細柳營 官菊 宮葉 宮竹

宮黍 宮草 杜官草離離秋委珮 宮樹 皇甫曾宮樹晚沉沉 臺栢 漢御史臺列栢

窓梅院竹第四十六

平 窓梅 庭梅 亭梅 簷梅 庭槐 選秋風落庭槐 庭蕪 選白露生庭蕪

庭花 庭梧 庭蘭 庭莎 李紳雪後見庭莎 窓蘭 堦蘭 堦苔

仄 堦蓂 堦桐 盧綸堦桐葉有聲 簷花 墻茨 詩墻有茨蒺藜也 窓松 亭松

檻花 院花 砌花 岑參空院砌花間 砌苔 砌蘭 掖梧 杜西掖梧桐樹

檻桃 市槐 漢太學諸生朔望合槐下為市 館松 王建館松枝重墻頭出

仄 院竹 張說院竹鳥來馴 檻竹 砌竹 砌鮮 砌草 榭柳 院柳

院菊 杜雨荒深院菊 檻菊 壁笋

〔上平〕窗竹李窗竹夜鳴秋　庭竹　階竹　軒竹　堂竹　垣竹　亭竹

亭柳　門柳　窗柳祖詠垂窗柳　階樂　階筍　階草　階樹

階蘚　庭蘚　庭柏黄庭堅庭柏鬱葱葱　庭桂　庭草周茂叔庭草不除　庭樹

庭杏　壇杏孔子杏壇事　窗葉張九齡窗葉掛絲　窗草

翻階覆牖第四十七　〔上虞〕活〔下宵〕

〔平〕翻階芍藥　生階芝蘭　沿階草　堆階葉　穿階筍　侵階苔　侵簷花木竹

依簷竹　齊簷竹　垂簷　當軒竹　當門草　依堂萱　依樓柳　依欄

盈欄並花　生庭芝蘭　橫窗梅　當階

〔仄〕傍橋　鎖橋柳　拂階蘭　映階草　沒階草　上階苔　滿城洛陽花

傍墻梅　過墻竹　遶墻　覆墻　出墻紅杏　拂墻許渾柳拂墻　虎豹營中

蔭塗槐　映窗柳　遶亭　被宸楓　倚欄　壓欄　遶欄　覆欄

出欄並花　入簾草色　映樓柳　觸藩筍　拂簷　覆簷花　刺簷杜庭中鷺刺簷

覆牖竹 臥檻柳 倚檻梅 滿院香花 滿縣花 滿架薔薇 夾砌 上砌

匝砌並苔 遶舍蔬 遶屋樹 近屋樹 傍户竹花

上平 沿砌苔 臨砌草 縈砌苔 縈樹柳花 依檻 盈檻並花 穿壁杜舍下笋穿壁

横牖梅 飛巷柳花

荷錢柳線第四十八

平 荷錢杜點溪荷葉疊青錢 榆錢杜風榆落小錢 苔錢苔圓如錢 苔裀苔如裀鋪

苔衣陳無已遶舍苔衣積 荷衣季荷衣落古池 荷盤葉 荷盃取荷通其柄吸酒名碧筩盃

荷鈿小葉 荷珠杜荷珠碎又圓 蓮簪蓮蕋初生 荷簪同上 秧針新秧如針

蓮房杜露冷蓮房墜粉紅 花房温庭筠花房紅珠落露透 榴巾白居易山榴花似蹙紅巾

櫻珠含桃 松針葉 松笙杜跦松隅木奏笙簧 松釵蘇落長松釵千股 夜 松琴松聲 松絃

松簧同上 篁笙韓折篁嘯遺笙 茶槍茶初生一槍二旗 花裀許慎聚花鋪坐日花裀

茶旗見茶槍下 蕉旗蕉葉展似旗 蕉書蕉心葉卷如書 苔絲紫苔久生絲

蒲茸蒲茅初生 桐圭周成王與唐叔戲剪桐葉為圭曰以封汝

〔十仄〕柳綿柳絮 草茵許渾綠蘿如帳草如茵 草茸細軟 草裙綠色 草袍青袍似草

橘金橘色也 菊金唐德宗芳菊舒金英 菊錢 笋簪小笋 柳金嫩柳初黃

柳絲常建宛宛黃柳絲 藕絲 藕船韓開花十丈藕如船 芰裳荷葉 芰衣製芰荷為衣

麥旗風掀舞 絮毬蘇風卷柳花毬

〔仄〕柳線細柳條長 柳帶柳條如帶 柳絮 柳蓋高柳團團 荇帶

蕙帶馬戴野風吹蕙帶 草帶書帶草 草褥細軟 竹珮竹聲 竹玉竹色竹聲

杏錦花艷 杏火記夏取棗杏之火 木旆杜寒水疊旌旆 藕筆藕芽 蓼麯作麯用蓼

麥浪蘇登城望雉麥綠浪風掀舞 蘺筋 葉幄選容葉成翠幄

〔十平〕松蓋柳細松停翠蓋 葵蓋葉茂 荷蓋葉 桃錦花紅 桃彈實 梅豆實初生

梅彈實圓 梅粉花白 梅玉花白 蘭珮楚詞紉秋蘭以為珮 蕉扇葉似 蕉紙葉可書

榴火花紅 花錦艷麗 花障花多而延長 花糝桃杏 花靨花瓣 花纈花綵色如纈

花幄（花蔭高而密）蘿幄（杜高蘿成帷幄）槐幄（高槐蔭密）蒲劍（葉有脊如劍）

苔錦（李濃似苔錦含瑲滋）

青錢綠線第四十九　上半虛下實

平　青錢（荷苔）青絲（柳）青茵（草）青璣（菉）青銅（杜柯如青銅根如石）青琅（竹）青鈿

青鬱（並荷）青幢（楸）紅巾（榴）紅珠（櫻桃）紅茸　紅燈（芍藥）黃金（柳菊）紅幢

紅衣（並蓮）藍袍（草）

去　白氊（杜滲徑楊花鋪白氊）碧筒（荷）碧絲（柳）紫巾（薇）紫綿（海棠）紫茸（蒲）綠茸

綠茵（並草）綠盤（荷）綠絲（柳）絳裙（榴）素珠（櫻）白綿（柳絮）綠錢（苔）

仄　綠線（柳）綠帶（草）綠幄（槐）綠蓋（松菊）紫蓋（楸）白羽（蓮）白玉（梅）綠玉

碧玉（並竹）碧障（木）

上　青線（柳）青蓋（樹）青褥（草）紅錦（桃杏）紅纈（花）紅粉（蓮）紅玉（杏）青玉

蒼玉（並竹）蒼蓋（松）

金錢翠盖第五十

平 金錢菊又花名 金丸梅 金衣橘 金鍾茘 金毬花 金絲李垂柳拂金絲

金鈎草 金房蓮子 金盃黃葵 絲條柳 綃囊榴

上仄 翠盤荷 翠鈿荷荇 翠旌蕉 翠茵草 玉盃牡丹 玉盤東武芍藥名玉盤盂 玉衣

玉房榴 玉簪花俗名白鶴 錦宮榴實 錦屏薔薇 錦機花 錦棚笋 錦囊

錦窠並榴 縞裳 縞裙李 鐵衣松 蠟珠櫻 玳簪笋 繡毬花名

仄 翠盖松 翠扇蕉 翠羽竹 翠褥草 翠帶水荇 翠幄槐 練帨李 翠葆

鐵角並松 錦障棠 錦帶薇 玉珮牡丹 玉板笋 玉粒粱次杜王粒是晨

縞袂花李杜 綺障蓉

上平 金粟桂 金甲笋 金屑牡丹 金彈梅子 銀礫榴 銀橐蓮 珠顆葡萄 金線

金縷並柳

臙脂錦繡第五十一與珍寶門琉璃琥珀互用

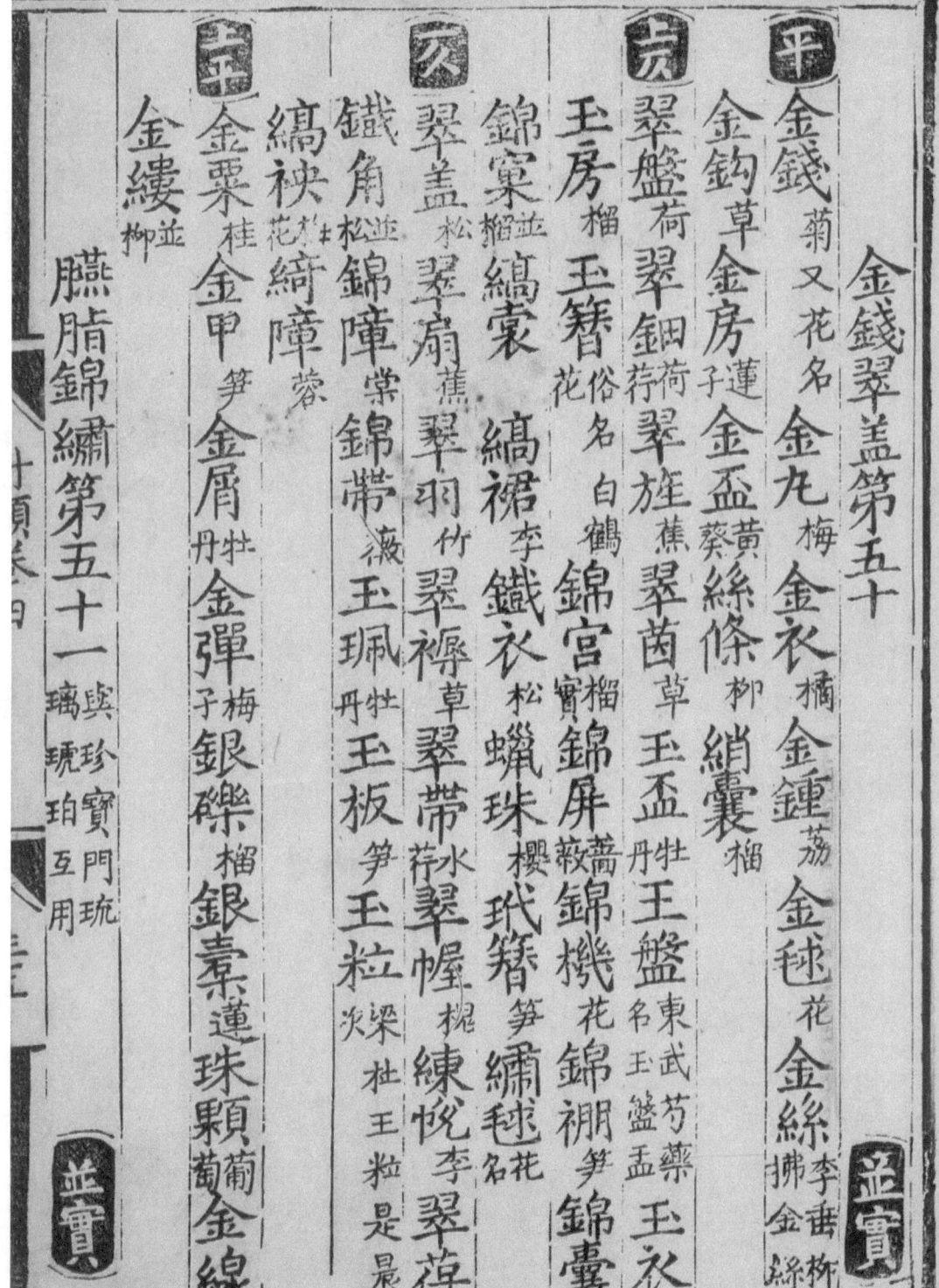

平 臙脂（杜林花著雨臙脂濕） 琅玕（竹桐） 琉璃（木葉）

仄 水晶（瓜）

仄 錦纈（花） 錦綺（花） 琥珀（榴） 瑪瑙（榴） 翡翠（葉） 玳瑁（竹）

平 脂粉（花） 旌旆（才）

垂絲旋上第五十二與聲色門曬

平 垂絲（柳） 飛錢（榆莢） 鋪錢（苔） 鋪氈（梅花） 飄綿 飛綿 鋪綿（並同上）

成帷（薔薇） 成茵（細草） 鋪茵（苔） 舒茵（草） 抽簪（荷） 鳴絃（松聲） 披銀（梅梨花）

篩金（竹影） 搖金（柳） 垂金（橘） 垂珠（杣） 拖紳（柳絲） 凝酥（梅） 雕瓊（茉莉花）

仄 拂絲（柳） 裊絲（柳） 散金（黃花） 滴金（菊） 蹙巾（榴） 勝綿（花絮） 糝綿（楊花） 奏笙

剪綃（並花） 剪圭（桐葉） 剪茸（草） 展茵（細草） 疊錢（荷） 轉毬（柳花）

仄 破玉（梅） 剪玉（梅） 剪絲（花） 褪粉（梅） 傳粉（梅） 布綺（花） 散綺 勝錦

簇錦（並花） 拂線（柳） 疊旆（木） 偃蓋（松） 噴火（榴） 掩翠 總翠（選青條若總翠）

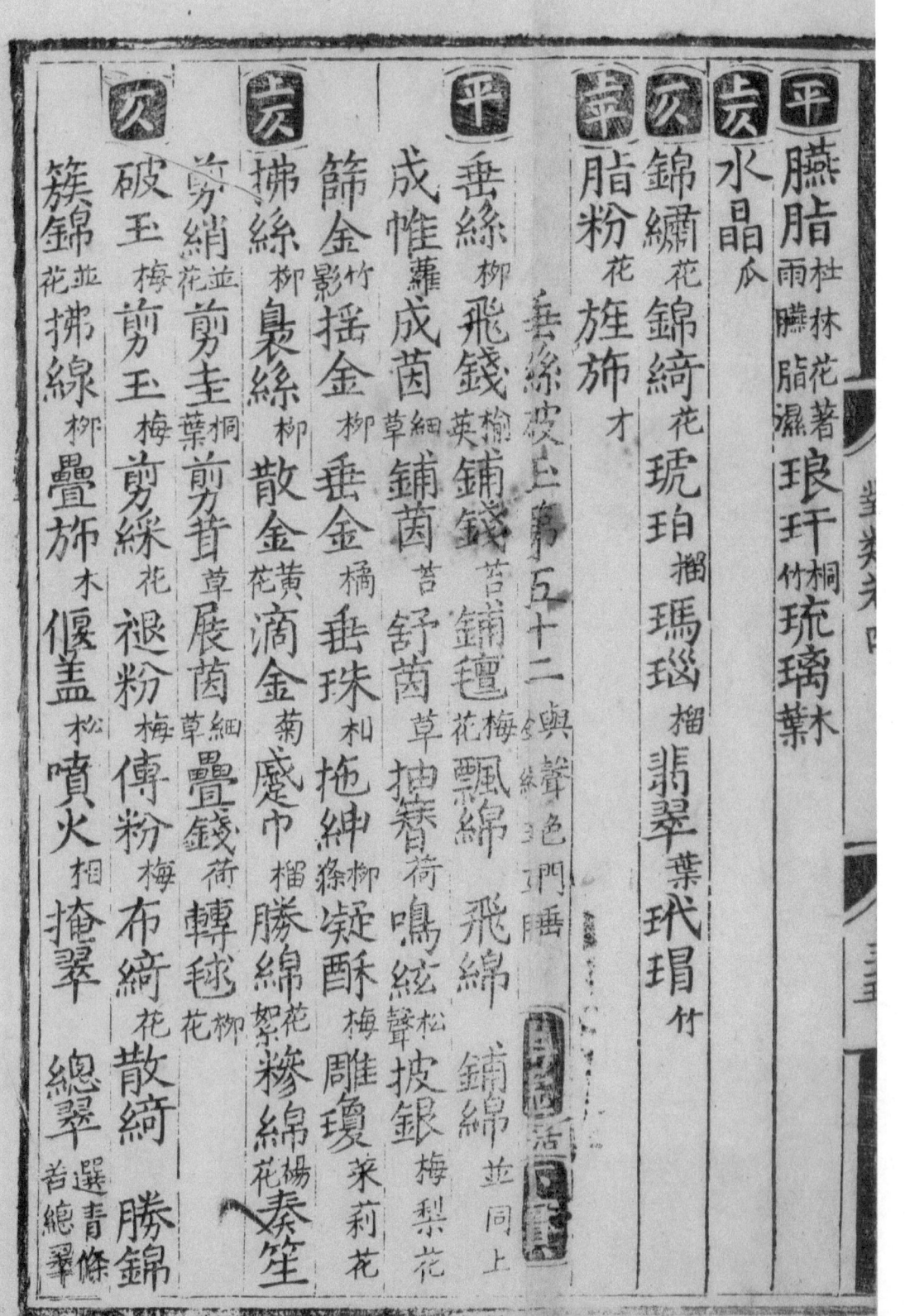

【去平】搓線　垂線（並柳）　垂彈（梅子）　垂帶（荇）　牽帶（荇）　抽帶（草）　抽劍（蒲）　欹蓋

停蓋（並松）　擎蓋　舒蓋（並荷）　張蓋（樹）　張錦（花）　鋪錦（花）　成幄（葉又蘿）

裁錦（桃）　粧粉（梅花）　飛絮（柳）　搖珮（竹）　雕翠（蘭）　飄玉（白花落）

如船似盞第五十三　【上虛死】【下實】

【平】如船（藕）　如絲（柳）　如茵（草）　如梁（稼）　如綿（絮）　如瓊（白花）　如錢（小荷菊）

如銀（梨藕）　如金（菊又柳）　如鈿（花）　如罌（榴）　如簪（笋）　如飴（詩堇荼如飴）

如珠（小實）　如藍（碧草）　如氈（楊花）

【去】似絲（柳）　似錦（楊花）　似錢（榆莢菊朶）　似茵（草）　若鈿（小荷）　若珠（小實）

【仄】似盞（瓜）　似線（柳條）　似錦（花）　似斗（瓜）　似毯（草）　似幄（槐）　似絮（柳花）　似粉

似玉（並梅）　似火（榴）　似彈（果實）　似翠（葉）　若錦（花）　若蓋（松）

【去】如斗（萍實）　如盞（瓜）　如線（柳）　如綺（花）　如玉（白花藕瓜）　如毬（蘇蓋地花如毬）

如椀（桃）　如火（榴）　如絮（柳花）　如蓋（松荷）　如彈（果實）　如簀（竹）　如繡（花）

聲色

青松綠柳第五十四　上半虛下實

平　青松　蒼松　青楓　丹楓杜丹楓不為霜　青槐　黃梧　青梧

蒼梧　青篁　紅梅杜江縣紅梅已放春　黃梅杜四月熟黃梅　青芻杜青芻適馬性

青梅　紅桃　緋桃　緋榴　紅榴　朱榴　丹榴　紅蓮

紅蕖揚巨源堤擁紅蕖艷　紅蘭埤雅紫蘭至秋而紅　紅萸　紅葉　紅梨杜紅梨迥得霜

紅椒杜梔子紅椒艷色殊　紅櫻孫逖芳樹有紅櫻　紅蓼　朱櫻蜀都賦朱櫻春熟　黃橙

黃柑　黃桑杜野鳥鳴黃桑　黃粱杜新炊閒黃粱　黃葵黃蜀葵　黃蘆

黃菅　黃茅　青荷　青蒲杜風斷青蒲葉　青蕪　青蘋　青萍

青蔬　青秧　青瓜　青葵　青桐　青榕　青蕉　青楊

青莎劉繪青莎下拂津　青苔　青蘿李樹古青蘿懸　黃楊每年長一寸閏年縮一寸

蒼榛李蒼榛叡晉丘　蒼苔　蒼葭　丹椒蜀都賦蕃丹椒　丹芝　彤芝

仄　碧槐　綠槐　翠槐　碧梧　綠梧　翠梧　翠篁　翠桐

碧桐李鳳集碧桐秀　白桐宜琴瑟　絳楓　絳榴　碧荷李碧荷生幽泉

綠荷　翠荷　白蓮　碧蓮　絳桃　碧桃高蟾天上碧桃和露種

白桃　白蘋　白揄選歷歷種白揄　白松蘇白松類羔豚　白茅易藉用白茅

白梅　白楊　綠楊　綠蕪　綠葵　綠莎許渾水沒芝田生綠莎

綠荑蜀都賦或豐綠荑　綠桑　綠蒲武元衡綠蒲繁渚烟　綠秧　綠蘿選綠蘿結高林

綠蘋李涉綠蘋散還合　綠苔　綠萍　綠筠韋應物綠筠始分籜　紫荊　紫菜

紫蘭韋應物紫蘭含幽色　紫芝四皓歌燁燁紫芝　紫檀　紫菱庾信紫菱生軟角　紫苔

紫莄　紫藤李紫藤掛雲木　紫梨蜀都賦紫梨津潤　紫茄　紫薇　紫萍

翠萍　翠苔　翠蒲　翠松　翠筠楊巨源翠筠入踈柳　翠薇　翠蕪

絳梅　碧莎　碧瓜　赤藤　碧松

緑柳　翠柳　碧柳杜清秋凋碧柳　綠竹詩綠竹猗猗　翠竹　紫竹

綠篠選綠篠媚清漣　翠篠杜風含翠篠娟娟靜　碧篠　綠笋王維嘉蔬綠笋羹　緑橘

綠藻　白菊　紫菊菊紫花又爾雅曰馬蘭　碧檜　翠栢杜翠栢深留景
綠草　白草李益邊聲搖白草　紫草　翠草　碧草　碧荇　翠荇
翠蘚　綠蘚　碧蘚杜嬋娟碧蘚淨　翠韭　翠麥　白藕　白葦
白槿　白李　碧李　紫荔　紫萊　紫蕨　紫芰　綠樹
碧樹進碧樹先秋落　碧藻杜碧藻非不茂　白芷陳子昂歲晏白芷生　素柰選素柰夏成
青柳　黃柳柳新生　蒼栢　青栢　丹桂李嶠風生丹桂晚　黃桂
紅桂　青桂李青桂隱遥月　紅菊　黃菊　紅杏　青杏　丹杏
黃橘　青橘　丹橘吳都賦丹橘餘甘　黃柚　朱橘　青草　黃草
青藻　青荇　青蘚　蒼蘚　青葦　黃葦　黃荻　黃稻
紅棗　紅稻杜紅稻啄殘鸚鵡粒　紅蓼　紅柿　紅栗　紅荔杜輕紅擘荔枝
丹荔　朱荔　紅李陶丘紅李　朱李　青李上林苑有青李　青稼
青麥杜野多青麥　黃麥　青稻　青竹　黃竹宋之問一乘黃竹詠　蒼竹

斑竹（博物志湘妃淚染成斑） 紅槿（武元衡紅槿繁庭艷） 朱槿 青蓀 青笋
青箬（柳青蘆箬最鹽歸洞客） 青韭 青艾 青檜 斑笋 紅藥（選紅藥當階翻）
蒼檜

橙黃橘綠第五十五

上實下半虛

平
橙黃 槐黃 槐青 松青 杉青（杜杉青延日華） 松蒼 楓青
楓丹 桃紅 梅紅 梅青 梅黃（李梅黃雨漢地） 蕉黃 柑黃
葵黃 蒲黃 蒲青 榴紅 蓮紅 萸紅 葵紅 茱紅
荷青 秧青 萍青 苔青 櫻朱

上去
菊黃 菊斑（杜重嵒細菊斑） 稻黃 麥黃 桂黃 桂丹 柳黃
柳青（鮑照柳青起春懷） 草青 草黃 杏紅 杏青 竹青 竹斑
葦黃 葦青 蘚青 荇青 藻青 橘青 橘紅 橘黃
荔丹（荔子丹） 荔紅（同上） 稻青 棗紅 槿紅 柿紅 藥紅

蓼紅　檜青　栢青　韭黃

〔仄〕橘綠　草綠　草翠　草碧（杜草碧水通池）　柳翠　柳碧（杜冉冉柳枝碧）

柳綠　李白　藕白　菊白　韭白　葦白　草白（杜朧草蕭蕭白）

薤白　栢翠　栢綠　薜綠　薜碧　藻綠　荇綠　麥綠

竹綠　竹翠（嚴維竹翠烟深色）　檜綠　蕨紫　荔紫　芰紫　樹綠

〔去〕梨白　梅白　蓮白　芹白　萍白　蘋白（楊諫蘋白蘋葉青）　薇紫

菱紫　茱紫　蘭紫　荷綠　荷碧　蓮碧　苔碧　苔綠

秧綠　蒲綠　槐綠　桑綠　楓赤　松碧（杜滿歲如松碧）

## 紅花綠葉第五十六

〔上半虛下實〕

〔平〕紅花　黃花　紅葩　紅英　黃英　青英　丹荑（選陵岡掇丹荑）

丹葩（選丹葩耀陽林）　朱葩　黃葩　青葩　青條　蒼條　黃苞

緗枝（荔枝賦黛葉緗枝）　青房　丹華　朱華　蒼枝　青枝　青梢

青柯　青叢　青竿　蒼竿　蒼根　青芷　青莖　青苗

朱㲋 陳子昂朱㲋冒紫莖　蒼皮 杜蒼皮溜雨四十圍　黄芽　紅芽 摛賦冒紅芽於丹鬚　紅苞

去 白花　素花　紫花　紫英　絳英　緑英　素英　翠英

緑葩　素葩　絳葩　絳房　白葩　翠條 鮑照珍木抽翠條　緑條

緑枝　緑梢　緑柯　緑竿 竹　粉竿 竹　粉梢 梅　翠梢　緑叢

紫茸 蒲又茶　碧茸 草　翠茸 草　紫芽　緑芽　白芽　緑莖

紫莖 蘭　紫苞 韓落水紫苞香　紫芒 廣雅紫芒稻　白華 詩白華菅兮　白英

白芷 稻麥　緑房　翠房 並蓮　翠莖 吳都賦緑葉翠莖

仄 緑葉　赤葉　翠葉　絳葉 沈佺期山亭絳葉深　碧葉 鮑照碧葉齊如規　緑蕋

紫蕋　素蕋　粉蕋　絳蕋　翠萼　素萼　緑萼　紫萼

粉萼　絳萼　白絮 柳蘆　粉絮 同上　粉籜　紫籜　緑籜　紫榦

緑榦　翠榦　碧榦　碧實　緑柄 荷　緑帶 榴葵　紫角 韓菱翻紫角利

綠蔓 翠蔓 紫蔓藤 紫穗禾 綠穗禾 綠顆 縹節韓縹節已垂霜

赤實 翠葯 紫葯蓮子 紫殼同上 紫蔕榴芡 白蔕桃

〔十二〕紅葉 黃葉 丹葉 青葉 蒼葉 青蕋杜青蕋重陽不堪摘 丹蕋

紅蕋 紅萼 丹萼 青萼 黃萼 紅粒 紅糝桃杏花

紅穗 黃穗 青穗禾 朱實蜀都賦結朱實之離離 丹實 黃實荔枝

紅果 紅顆 青顆 黃顆 朱顆 青榦 蒼榦 青蔓

青柄荷桐 青節竹 青蔕花 青菂蓮子 青果 朱果杜朱果爛枝繁 青子

斑犨爭

花紅葉綠第五十七 〔實下半虛〕

〔平〕花紅 花黃 葩黃 葩紅 英紅 枝青 梢青 條青

竿青 茸青 芽青 叢青

〔上仄〕蕋紅 蕋黃 葉黃 葉青 葉丹 葉紅 萼紅 糝紅

穗紅 粒紅 蘤紅 蔕青 榦青 籜青 籜斑 笋斑

仄 葉綠 葉翠 葉碧 葉赤 蕋白 蕋紫 萼紫 萼白

萼綠 榦綠 笋綠 籜綠 穗綠 蔕綠 蔕紫 榦碧

絮白

上平 花白 茅白 葩白 花紫 葵紫 苞紫 叢翠 條翠

條綠 竿綠 梢綠 叢綠 莖綠 枝綠 枝碧 梢碧

叢碧

## 梅香柳色第五十八

上實下半虛

平 梅香 埤雅梅花優於香 荷香 韓翃荷香隨去棹 蘭香 蘋香 李羣玉水綠蘋香人自愁

蓮香 花香 芸香 芸香草本出于闐 蒲香 芹香 蕈香 橙香

茶香 瓜香 梅陰 松陰 郎士元松陰不記春 槐陰 章八元槐陰接漢宮 桑陰

棠陰 召公甘棠事 花陰 藤陰 桐陰 李看陰斜欒桐 松聲 杜虛閣自松聲

荷聲　桐聲　花顏　花光王勃雨後花光濕　花期胡宿十千美酒花期隔

花容　苔痕　苔紋　蘭馨　椒馨詩有椒其馨

〔上仄〕桂香　蕙香　菊香　杏香　草香　芰香　竹陰　柳陰

桂陰李嶠攀崖引桂陰　木陰　樹陰　葉聲曹松盤徑葉聲乾　竹聲李竹聲兼夜泉

樹聲　草光黃庭堅野日草光合　竹光項斯竹光追映燭　柳容　蘚痕

〔仄〕柳色　草色　竹色　竹響　竹氣孫逖簾帷竹氣清　竹陰　竹韻

竹影　桂影　檜影　柳影　樹影　樹色　菜色　蘚色

蘚暈　梓蔭　桂蔭　柳蔭　草氣皇甫冉草氣入林香　桂馥

〔上平〕梅影　松影　桐影　槐影　槐蔭　槐色王維槐色蔭通溝　桃色

花色　花影　花艷　花氣杜花氣渾如百和香　花思陸龜蒙共尋花思極飛騰

花信二十四番花信風始梅花終楝花　花事　花蔭　松蔭　松色李松色寒轉碧

松韻許渾松韻晚吟詩　松響王維谷松響帷靜　松氣孟郊松氣清耳目　篁韻選風篁成韻

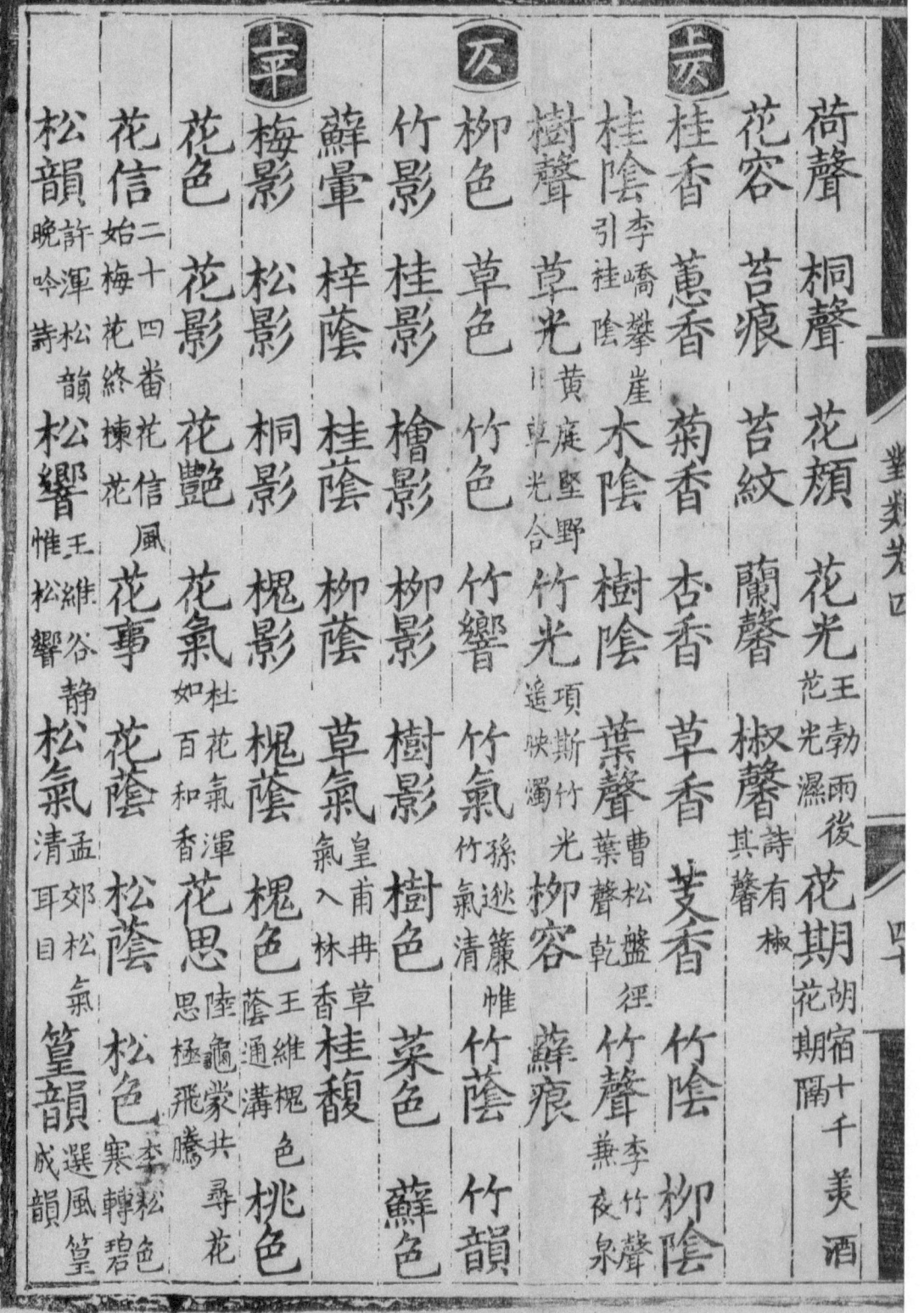

荷氣 賈島荷氣帶禪關 荷影 蘭臭 蘭臭其臭如 苔暈 並實

新實 金蓮錦李第五十九

平 金蓮 花色深黃 金桃 杜王母獻金桃 金芝 崔溫尚惜金芝晚 金櫻 櫻桃蠟色

金瓜 黃 金梅 蠟梅 金橙 黃色 金沙 花名 金柑 黃小如彈 圭桐 成王封唐叔事

銀瓜 白 珠榴 沈約珠榴拆且紅 瓊茅 靈草 珍蔬

去 玉蓮 白蓮 玉梅 白 玉芝 靈草 玉荷 石延年影透玉荷新 玉桃 李商隱玉桃偷得憐方朔

錦桃 錦葵 花小瓣而紅 錦萍 秋萍 錦苔

入 錦李 錦柳 衰柳色 錦樹 經霜 玉李 崑崙山有玉李 玉笋 玉板笋

玉竹 竹似蒼玉 玉茗 玉桂 寶穡 詩稼穡維寶 玉樹 選玉樹青葱

平 金柳 嫩柳 金李 杜陵金李 金菊 黃花 金橘 金豆 金橘 金粟 花又桂蕋

琪樹 徐彥伯琪樹環碧彩 瓊樹 選思得瓊樹枝 瓊草 李瓊草隱深谷 瑤草 杜相期拾瑤草

簪笋 小笋如簪 珍果 徐孝先侍宴取珍果遺母 銀杏 鴨脚也 絲柳

綿柳　珠樹

金英玉葉第六十

平　金英菊　金枝黃枝　金花杜采金花　采黃　金莖芝又莖　金華黃　金苞　並實

金團黃苞　瑤花楚詞折麻芳瑤花　瑤葩白花　瑤枝白枝　瓊枝楚詞折瓊枝以斷佩　瓊葩

瓊英　瓊花瓊花　李秀色如　珠花白花而小　珠英白蕊而小

仄　玉英　玉枝杜上霜葩　玉條枝緻　玉芽笋　玉葩　蠟葩梅　粉葩

縹花雜色　錦花盧綸錦花明山靜　錦苞笋　錦葩花艷　錦英雜蕊　蠟英梅

仄　玉葉　玉瓣蓮　玉蕊　玉顆　玉粒杜晨炊玉粒足　玉核　玉節

玉樹甘泉賦玉樹青葱　蠟蒂梅　蠟蕊　粉蕊　錦蕊　錦籜　粉節

上平　瓊蕊選上瓊蕊山采　珠蕊　金蕊　金萼　瓊萼　縐穀荔枝　珍木

珠顆麥　珠粟　金粟桂花　金實　金穎陸機嘉穀垂金穎

飲饌　和羨縮酒第六十一　上虛　活　下實

平 和羹梅 調羹梅 蕉糧 為羞楚詞折瓊枝以為羞

仄 芼羹菜 祭脂蕭 泛醪菊 助飧笋

仄 縮酒菁茅 泛酒茱萸 薦酒梅 煮酒杏 當酒茶

平 包飯柳緑荷包飯趣爐人 炊餅韭

沾衣落席第六十二 上虚話 下實

衣服

平 沾衣落花 隨袍草 栽冠竹皮 牽衣刺 充幃楚詞樧又欲充夫珮幃

仄 揷莛花 揷旄花 拂旗柳 拂衣花 間襟選幽蘭間重襟 映袍草 映冠

仄 落席花 綴席茱萸 揷帽花 撲幨李賀楊花撲幨春雲熱 拂帽

平 簪帽花 粘袖落花飛絮 盈袖選馨香盈懷袖 飄席飛花 迎珮花

堯蓂禹稼第六十三 並實

人物

平 堯蓂堯時蓂莢生廷 堯茨帝堯茅茨不翦 唐禾唐叔獻禾 周禾周公作嘉禾

陶松陶潛撫孤松而盤桓 秦松秦封松為五大夫爵 潘花潘岳種花 張梨張公谷梨

周蓮周敦頤愛蓮 田荊田氏分荊 商梅商高宗相傅說曰若作和羹爾惟鹽梅

莊樗莊子樗不材故壽 莊椿莊子大椿

六 謝蘭梁武帝目送謝覽曰此生芳蘭竟體 謝芝謝安曰子弟如芝蘭玉樹 召棠召伯甘棠

朔桃東方朔偷桃 傅梅見商梅下 陸茶陸羽著茶經 邵瓜邵平種瓜

夏松語夏后氏以松 漢芝漢武時芝生甘泉齋房

仄 禹稼禹稷躬稼 禹栢禹貢荊州貢栢 孔杏孔子鳴琴杏壇 郤桂郤詵桂林一枝

竇桂竇氏丹桂五枝芳 舜木舜立誹謗之木 稷稼見上 魏瓠莊子魏王貽我大瓠之種

寇栢寇萊公知巴東植雙栢於庭人比甘棠 甪橘相傳甪里先生所植 陸橘陸績懷橘供母

蔣竹蔣詡竹下開三徑 孔檜孔子手植檜在闕里

平 陶菊陶潛愛菊 陶柳陶潛門栽五柳 堯蓂堯庭蓂莢 堯韭昌蒲別名

殷栢殷人以栢 萊竹寇萊公還葬過公安民皆插竹掛紙錢生筍成林 周栗周人以栗

隋柳隋煬築堤種柳

梅兄竹友第六十四 並實

平 梅兄 梅為水仙兄 梅仙 趙師雄羅浮事 梅魁 梅甲諸花 花魁 梅 花翁

花王 牡丹也 花神 陸龜蒙天遣花神 花妖 開元時牡丹朝暮夜香色各異

花奴 木槿 花仙 海棠 蘭孫 蘭孫旁生 荷郎 棠妃 楊貴妃 蓮妃

松公 松十八公也 蒲人 梅人 桐君 琴材 桐孫 楊巨源舊寺長桐孫

仄 竹君 竹曰此君 竹孫 筍 菜孫 小菜 稻孫 稻刈後再生 芥孫 芥割後復生

橘奴 橘稱木奴 荔奴 龍眼 豆奴 木奴 橘 木王 梓 桂娥 月中有桂姮娥

筍師 筍號玉板師 棣兄 詩棠棣宴兄弟也 草魁 杜牧茶稱瑞草魁 艾人 端陽束艾為人

仄 竹友 松竹梅 竹子 竹實 竹祖 竹譜最初所種之竹 竹稺 小竹新生 菊婢 金鳳花

桂子 宋之問桂子月中落 百子 栢實 杏子 李子 豆子 荔子 荔枝實

橘子 橘叟 巴國大橘中有二叟對奕 筍稺 小筍

上平 橙子 柑子 蓮子 松子 梅子 蘭友 蕙 蘭族 蘇蕙本蘭之族

蘭伯　梅父　梅弟水仙　梅友松竹　松友梅竹　棠友花木錄海棠曰名友　蕉子

杉子　梔子　藤子許渾山風藤子落　礬弟水仙　花相芍藥　花后牡丹魏紫

仙桃帝竹第六十五

平　仙桃　仙花　仙蕒蕒荚　仙芝　王芻藎草　公桑禮記天子諸侯必有公桑　並實

侯桃侯桃小如柿子　公槐周禮朝士面槐三公位焉

去　帝梧黃帝時鳳棲梧桐　相花相府蓮又芍藥　佛桑似朱槿生嶺表　女桑桑少枝長條

女蘿　子薑嫩薑如指柔尖而紅　鬼薪漢律罪人取薪給宗廟

入　帝竹員丘帝竹一節為船　帝杏濟南分流山杏如梨橘謂之漢帝杏　相栢　冦菜公栢　帝木

宰木冢土木

平　仙桂月中桂　仙杏韋莊玉欄仙杏壓枝紅　仙李杜仙李盤根大　仙果

仙茗茶　仙木典術曰桃仙木也　人柳漢苑中有柳狀如人　皇樹楚詞后皇嘉樹橘徠服兮

孫竹王安石離騷答生孫竹

佳人稚子第六十六　上虛 死 下實

平　佳人 蓮　蒼官 柏　嬰兒 筍

去　醉妃 菊　睡妃 海棠　酪奴 茶　大夫 松　此君 竹

仄　稚子 筍　净友 蓮　韻友 茶蘼　姹婦 蓮　國老 甘草　帝女 山海經宜山有帝女桑

上平　仙友 岩松　名友 海棠　芳友 蘭　佳友 菊　禪友 梔子　君子 竹　雲子 杜飯沙雲子白

仙子 梅

愁人送客第六十七　上虛 活 下實

平　愁人 落花　牽人 柳花　薰人　撩人　迷人 並花　宜男 萱花

去　逐人 花香　縈人 柳　惱人 花　動人 牡丹　笑人 花　拂人 柳　噴人 橘香花香

仄　送客 杜岸花飛送客　伴客 松竹　醉客 菊　贈客 梅柳　遺母 陸績懷橘

上平　愁客 杜江頭赤葉楓愁客　留客　宜子 芣苢又萱花

入事　栽梅種柳第六十八 與時令門鑽混活菊五用

平

栽梅　尋梅　觀梅　栽桃　偷桃東方朔偷王母桃　投桃詩投我以木桃

看桃　栽松　開松　看松　封松秦始皇　觀禾　栽禾

條桑詩蠶月條桑　栽桑　分瓜　嘗瓜　思瓜　浮瓜　攀荷

餐松松脂實葉並充服食　傳柑唐上元以柑分賜近臣　分柑唐太宗蓬萊殿分賜群臣柑

栽蓮　觀蓮　移橙杜細雨更移橙　燃薪　披荊　披榛　蒸梨

吹蘆胡人卷蘆吹之名笳　紉蘭　搴蘭歐搴蘭流水曲　書蕉懷素學書無紙用蕉葉揮洒

題蕉　烹葵詩七月烹葵　牽蘿杜牽蘿補茅屋　歸荑詩自牧歸荑荑草始生也

編蒲路溫舒編蒲學書　編蓬子貢作壞室編蓬為戶　芸苗　飛芻史飛芻輓粟

班荊伍子與聲子班荊共食而相與言　分荊田氏兄弟分產堂前紫荊憔悴遂止不分　分秧

灰

採梅　折梅　愛梅何遜　寄梅陸凱折梅逢驛使寄與隴頭人　望梅曹操望梅止渴

種梅　賞梅　摘梅　折松　種松　看松　種桃　折桃

摘桃　佩蘭　浴蘭楚詞浴蘭湯兮沐芳　藝蘭藝種也　種蘭　採蘭

刈禾 割禾 採蓮 步蓮 泛蓮 愛蓮周敦頤有愛蓮說 破瓜

種瓜 食瓜詩七月食瓜 進瓜王建二月中旬已進瓜 餉瓜 獻瓜

削瓜禮為天子削瓜者副之巾以絺 夢瓜宋瓊至孝母病季秋思瓜瓊夢見之求而獲 採桑

伐桑 食薇 采茶 碾茶 摘茶 種茶 析薪詩析薪如之何

臥薪越王勾踐將報吳讐臥薪嘗膽 抱薪史抱薪救火 負薪禮記問士之子曰能負薪矣

賣薪 采薪孟采薪之憂 泛蒲端午飲昌蒲酒 掛蒲懸蒲帆 采槐

種槐 植槐王祐手植三槐于庭 觸槐鉏麑 愛槐齊景公 夢槐淳于棼

負芻沈猶有負芻者作亂 牧芻孟必為之求牧與芻矣 插秧 種秧 種葵

采蘋詩于以采蘋 采菱 采萍 采蕭詩采蕭穫菽 采蘩詩于以采蘩

食苗詩食我塲苗 灌蔬 捋荼詩于所捋荼 斷壺詩八月斷壺瓠也 破柑

拔茅 執柯詩執柯伐柯 藝麻詩藝麻之如何 漚麻詩東門之池可以漚麻

伐檀詩坎坎伐檀 伐柯詩伐柯伐柯其則不遠 采芝 茹芝杜時清猶茹芝

杖藜　采葑詩采葑采菲　采苓詩采苓　采薇詩言采其薇　采芹
煮芹　頌椒荆俗元旦飲椒酒有椒花頌　織蒲臧文仲妾織蒲逐之　截蒲路溫舒
拔茶張詠令崇陽勸民拔茶植桑　拔葵公儀休相楚拔去園葵　獻桃杜王母獻蟠桃
植桑　插萸九日插茱萸登高　棄蔬鮑焦不仕食蔬子貢曰子棄其仕食其蔬何志行違逐棄蔬
食藜子路食藜藿之食　嗅柑唐羅公遠嗅柑明皇食之千餘枚皆缺一瓣　據梧惠子據梧而立
斷葱漢陸續母斷葱以寸為度　販葱梁呂僧珍其先販葱兄丁求官僧珍曰自有常分速歸葱肆耳
斷尊陶子鏘母嗜尊母沒終不味尊　佩萸漢宮人佩萸辟邪　負苓王通門人講道負苓者問焉
揲蓍用以筮　坐茅呂尚坐茅以漁　茹葷齋不茹葷

仄

種柳　折柳　插柳　問柳　緝柳孫敬在太學緝柳為簡寫經　種竹
愛竹王猷　接竹杜接竹引清泉　斫竹　洗竹芟繁去亂　倚竹　伐竹
爆竹辟祟　哭竹孟宗母病久月思笋宗哭竹得笋　采菊選采菊東籬下　種菊　折菊
賞菊　泛菊　摘菊陶潛九日宅邊叢菊摘之盈把　把菊　采艾詩彼采艾兮

食李　摘李　去草　剪草　摘杏　斫桂　穫稻詩十月穫稻

刈稻　種稻　食稻　剪栢　種栢　刈麥　采麥詩爰采麥矣

種麥　犯麥曹操馬騰犯麥拔劍割髮　助麥范純仁以麥舟助石延年　學稼

請稼樊遲請學稼　采藻詩于以采藻　品藻　薦藻　獻果　賜果

進果　采菽詩采菽采菽　采蕨詩言采其蕨　採藥　采芑詩薄言采芑

采韭見前　采栢杜采栢動盈掬　負米子路為親負米　斸藥　剥棗詩八月剥棗

植蔥　拔木　伐木詩伐木丁丁　采芑詩言采其芑　納粟　輓粟

入粟漢紀令天下入粟縣官拜爵除罪　饋粟　發粟武王發鉅橋之粟　獻粟　食笋

泣笋孟宗　種杏　種栗易延慶母性嗜栗卒樹栗二株於墓經年樹枝皆連理　摘橘

剖橘　盜米陽城遣奴取米以易酒臥於路城過見之未醒負歸[illegible]自咎謝城曰寒而飲何害也

採蕨張翰見齊王專政曰吾採南山蕨飲西江水足矣　射蕉齊宜都王鏗取蕉插地百步十發十中

種韭韓遂令民口種韭五十本　剪韭郭林宗友來夜冒雨剪韭作餅　植栢　食藕

折藕王勃折藕愛連絲　拾椹蔡順大荒拾椹二器黑者奉親　種秫淵明在彭澤令父老種秫

覆米沈約貧干宗黨得米百斛為宗人所侮覆米而去　守柰王祥至孝後母命守柰雨忽至祥抱柰至昬

鬭草五月五日採百藥以除毒後人效之有鬭草之戲　食蔗顧愷之嘗蔗自稍至本曰漸入佳境

煮豆曹植詩煮豆燃豆萁

沉李　挼李　分橘　懷橘陸績事　行藥　栽竹　移竹

園竹柳鮮帶園新竹　脩竹刪其繁亂　書竹　燒竹姚合燒竹煑茶夜臥遲

刊木禹貢隨山刊木　移柳　看柳　栽柳　隨柳程顥傍花隨柳過前川

攀柳　攀桂杜攀桂仰天高　延桂　栽菊　飡菊　移菊　栽杏

須粟孔子受季桓子粟須諸門人之貧者　搜粟漢置搜粟都尉　舂粟漢文時謠一斗粟尚可舂

移粟孟移其粟於河內　燒筍　看筍　嘗麥　漂麥高鳳讀書大雨漂麥不輟

登麥　烹葵詩七月烹葵及菽　鋤豆　嘗稻　眠草　除草　依草

嘗草神農嘗百草　觀稼　登黍　炊黍　刳木易刳木為舟　栽栢

持稻 陶侃見人持稻未熟問曰行道所取侃謂賊賊鞭之 攀栢 王裒痛父攀墓栢滿泣栢為之枯

挑菜 范宣子挑菜傷手曰身體髮膚不敢毀傷

## 分茅視草第六十九

分茅 封建諸侯燾以黃土苴以白茅 依蓮 王儉幕府多俊才時以入儉府為蓮花池 上虛 下實 持荷

塗椒 皇后宮以椒塗壁 思蓴 張翰思吳中蓴鱸魚遂命駕歸 穿楊 養由基射楊葉百發百中

戢松 崔斯立藍田丞庭有二松日哦其間 宣麻 唐凡麻詔皆通事舍人宣讀

傾葵 葵藿傾太陽向之者葵藿也

判花 唐有軍國事中書舍人署其名謂之五花判事 採花 唐進士會曲江杏園謂之探花宴

剪桐 成王援桐葉剪珪與唐叔 削桐 同上 伏蒲 元帝欲廢太子史丹直入臥內伏青蒲上

獻芹 野人有美芹者獻之至尊 效芹 見上 折葽 傳慈母怒子折葽宮之葽小枝也

踏槐 赴舉 議槐 隋高熲坐槐下議事 握蘭 漢尚書郎懷香握蘭 草麻 唐詔書皆麻紙書學士起草

負荊 藺相如屈廉頗頗肉袒負荊謝罪 及瓜 左瓜時而往曰及瓜而代

仄 視草 天子召學士於禁中草詔　夢草 謝靈運夢池塘生春草之句　辟穀 辟穀導引之方

結草 老人結草以抗杜回報德也　折桂 舉秋桂　擢桂 見上　破竹 杜預曰兵威已振譬如破竹

汗竹 火炙竹簡令汗取青易書又云汗青　剖竹 漢制與郡守符信以竹為之　釋菜 禮云學釋菜

祭菜 示敬道也　撤棘 試院圍棘揭榜撤棘　刻木 丁蘭母早亡刻木為母又史刻木為吏期不對

徙木 商鞅下令有能徙木者與五十金　拔萃 選　杖節 蘇武杖節使匈奴留十九年

平 攀桂 喻秋舉　焚草 漢孔光晉羊祜唐馬周焚諫草也　削草 漢樊寵言得失焚削草

棲棘 仇覽為主簿人曰枳棘非鸞鳳所棲百里豈大賢之路　連茹 易拔茅連茹君子同進也

嘗蓼 越王欲復吳怨臥則嘗蓼　摛藻 脩文也

栽花採葉第七十 與栽梅種柳互用　上虛活　下實

平 栽花　尋花　攀花　觀花　澆花　移花　培花　隨花

吟花　看花　簪花　拈花 王安石拈花長來往　飱英 飱秋菊之落英

含英 含英咀華　舒華　收華　攀條　刪枝　移根

〔上仄〕賞花　剪花　買花　摘花　折花　插花　看花　惜花

賣花　掃花　踏花（劉長卿：踏花尋舊逕）　弄花　灌花　戴花　入花

坐花（李開：暖筵以坐花）　傍花　植花　問花（嚴惲：盡日問花花不語）　種花

採花　咀華　揠苗（揠苗助長）　種苗　立苗　折枝　擷英

執柯

〔仄〕採葉　摘葉　掃葉　鬭葉　剪葉　嗅蕋　咀蕋　摘蕋

看蕋　拾穗（杜甫：拾穗許村童）　食實　倚樹（李德裕：倚樹憐芳意）

〔上平〕餐蕋　尋蕋　撥蕋　除蔓　題葉（唐宫人題詩御溝紅葉）

## 爭攀競折第七十一

〔並虚〕下活

〔平〕爭攀　爭栽　爭分　爭嘗　爭收　爭芸　爭飡　爭尋

爭觀　先栽　先攀　先嘗　先收　齊收　高攀　閒尋

先移　偷移　偷栽　新栽

〔去〕競攀　競鋤　競收　競芸　亂收　戲簪

〔入〕競折　競植　競採　競種　競斫　競拔　競插　競刈

亂插　亂種　冒種　盜摘　謾剪　遠伐

〔去〕爭採　爭摘　爭拔　爭剖　爭播　爭種　勤種　先種

忙種　忙拾　先伐　先折　高折　新種

時攀曉擷第六十二　上實下虛　活

〔平〕時攀　時栽　時收　時分　時澆　時耘　時飡　朝分

朝移　朝栽　朝尋　春分　春栽　春移　晨移　晨分

晨栽　秋收　秋飡　冬藏

〔去〕曉栽　曉移　曉尋　曉收　曉分　曉簪　曉飡　曉嘗

晚扱　晚分　晚收　晚嘗　晚尋　晚澆　晚移　夏耘

〔入〕曉擷　曉採　曉折　曉種　曉摘　曉灌　曉插　曉刈

曉拔　曉斫　晚蒔　晚害　晚揷　晚灌　晚拔　晚掃

晚植　夜剪

〔十二〕時擷　時採　時折　時種　時倚　時掃　時割　時剪

朝折　朝採　朝揷

〔身體〕松心竹節第七十三 與身體門桃腮杏臉互用 〔並實〕

〔十〕松心 記如松栢之有心　松脂 木中膏　松髯　松鬚 並葉　松齡 水壽曰欠

松姿　松身 檜　蓮腮 蘇軾蓮腮雨退紅　蓮心　荷心 溫庭筠荷心有露似驪珠

蘭心 芳　蕉心 黃庭堅蕉心不展待時雨　梅心 香　筠心　葵心 向日　槐心

椿齡　椿年 八千歲為春秋　蘭姿 幽香　蓮姿 嬌艷　萍蹤 逐水無定　桑皮

桐皮　葱鬚　禾頭

〔十六〕柳眉 柳葉如眉　蕨拳 初生如拳　麥鬚 芒　草頭　菜頭　藕頭

茨頭　芋頭　菜心 齊江泌不食菜心以有生意　棘心 詩吹彼棘心　桂心

藻心　栢心　竹頭　竹胎筍　竹皮杜竹皮寒舊翠　桂皮　梓皮

〔仄〕竹節　竹性　竹操淩水霜　竹淚露　柳耳韓雨多添柳耳　柳眼

藕節　芡觜韓風能折芡觜　蕙性　梗迹潦梗無定　木耳木生耳

木甲　菜甲　藥甲杜藥條藥甲潤青青

〔上〕松骨杜倚天松骨見柔枯　松節　松髮　松鬣葉　椒目　椒眼　椒口

榛肉　蓮肉　菱肉　桃節爾雅桃四寸生節　葑體詩采葑采菲無以下體

荷背蘇荷背風翻白　槐角　禾耳　桑目桑葉初生作目　葵手葵白如小兒手

藤爪　苔髮苔名石髮　蒲質蒲柳之質望秋先凋　萍跡無定　蔬甲　楓瘿

楓乳香　桐乳相葉上綴子如乳

花心葉頂第七十四與前類互用

〔並實〕

〔平〕花心　花容　花顏李花顏春紅笑　花姿　花頭　枝頭　梢頭

竿頭　花鬚李賀紅濕杏花鬚

上去 樹心 樹頭 樹皮 葉心 蔕頭

入 葉頂 樹頂 樹尾 樹背 葉背 葉面

上平 枝尾 梢尾 花面 花貌 花 花靨 花片 花性 李花性飄揚不自持 花臉

花頂

上虛活下實

# 齊腰照眼第七十五

平 齊腰 薰眸 花 侵眸 花 凝眸 花 迷魂 李花 剔牙 杜 沒腰 稍

上去 揷頭 滿頭 花並 滿身 花香 斷腸 花又草 就手

入 照眼 榴花 亂眼 李花 刺眼 藤 入眼 花 滿眼 花 近眼 杜笑時花近眼

沒膝 草 濺齒 梅子 動輿 撲鼻 花香 撲面 楊花 映面 花 拂面 李山花拂面香

繫臂 九日以絳紗囊盛茱萸繫臂辟惡 落屑 破柑 點額 落梅 稱意 苔蓮 滌慮 茶

上平 薰眼 李桃花薰眼醉 經眼 杜且看欲盡花經眼 盈眼 花 驚眼 梅 生腹 丁固夢松生腹

生肘 莊子滑介叔遊而柳生肘 盈握 花 盈匊 椒 隨意 草 粧額 梅

如拳似臂第七十六

平 如拳（蕨栗） 如鬢（松葉） 如牙（筍） 如鱗（松皮筍籜） 如眉（柳葉）

去 似拳（蕨栗） 似心（柳） 似牙（筍） 似鬚（松葉）

仄 似臂 似手 似乳 似面

去 如角（筍） 如臉（花） 如乳 如臂 如手（菀） 如髮（松石苔）

上虛活 下半實

忘憂解語第七十七

平 忘憂（萱草） 忘機（草） 留眠（草） 囬甘（橄欖） 充虛（薇藿） 含愁（花）

去 助嬌（桃花） 合歡（花名） 療飢（芝） 織愁（柳）

仄 解語（花） 欲語（花） 繫別（柳絲） 送別（劉禹錫 惟有垂楊管別離） 愈病（蘇軾橘）

索笑（杜 巡簷索共梅花笑） 濺淚（杜 感時花濺淚） 止渴（梅） 指佞（堯時有草生庭 佞人入則指之）

守節 學舞（柳）

去仄 銷恨（千葉桃開 明皇曰 此花亦能銷恨） 牽恨 醒醉（草） 蠲忿（嵇康曰 合歡蠲忿 合歡似梧桐）

上虛死 下實

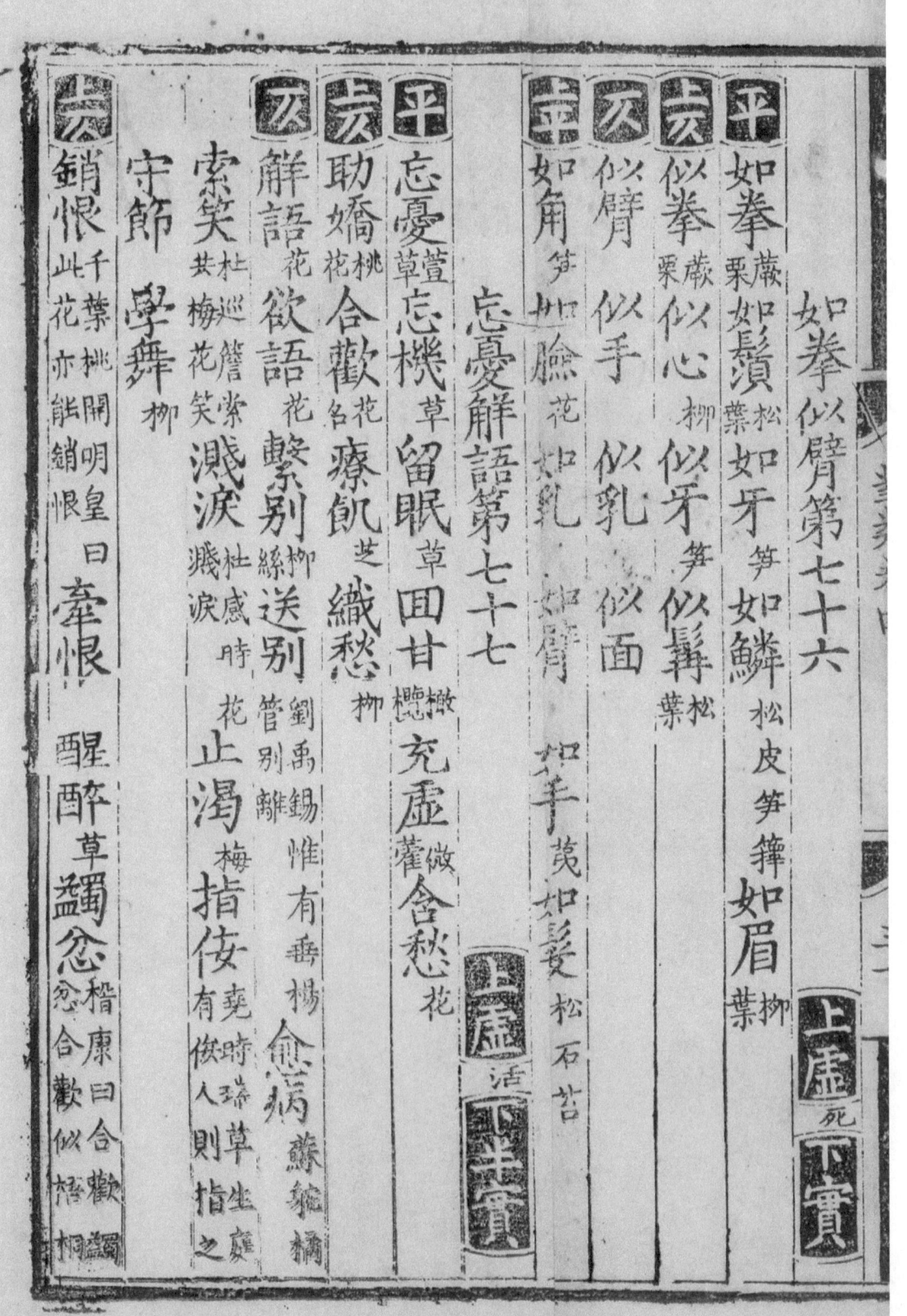

天香國色第七十八　上實下平虛

平　天香　天芬　天葩　氷肌梅　氷姿　氷魂並梅

上仄　玉容梨花　國香蘭有國香　佛香佛桑花紅有香

仄　國色牡丹　國寶牆　國艷　雪種　雪態　玉骨梅

上平　仙種桂　仙液　仙艷　仙品

清標勁色第七十九　上虛死　下平實

平　清標　孤標　芳姿　嬌姿花　幽姿　剛姿　清姿　香姿

穠姿　纖腰　輕腰柳　嬌容　芳容　剛容松　酡顏　芳顏

虛心柳虛心　輕筠抱　高標韓秋霜高標凌　香腮花

上仄　正心　苦心杜兔苦心容螻蟻豈　茂姿　冶容花　舊容　艷容花

仄　勁色松　醉色　艷色　靨色　艷態　媚態並花　淑態　雅態

臙體牡丹　下體葑菲　笑臉花　勁操松竹　勁節　晚節松竹　苦節柳分迸苦籜節

上平 芳臉 香臉 酡色 嬌態益花 堅節竹 堅操 上虛死 下半實

無香有色第八十

平 無香 無名 無言桃李 無根萍 無聲 無心黃庭堅 澗松無心古鬢鬣

無情 無私杜花無私 柳叓 何言 何心

去 不情 不言李廣傳 桃李不言 下自成蹊 有心 有名 有香 有情

入 有色 有影 有艷 有意 有韻 有實 有思楊花 有味

絕味 絕色 不語

上平 無色 無意 無主野花 無語 無寐 無影 無味 無思

何意

梅邊柳上第八十一 上實 下半虛

梅邊 荷邊 松邊 松間 桑間 桑中 荷中 麻中

梅中

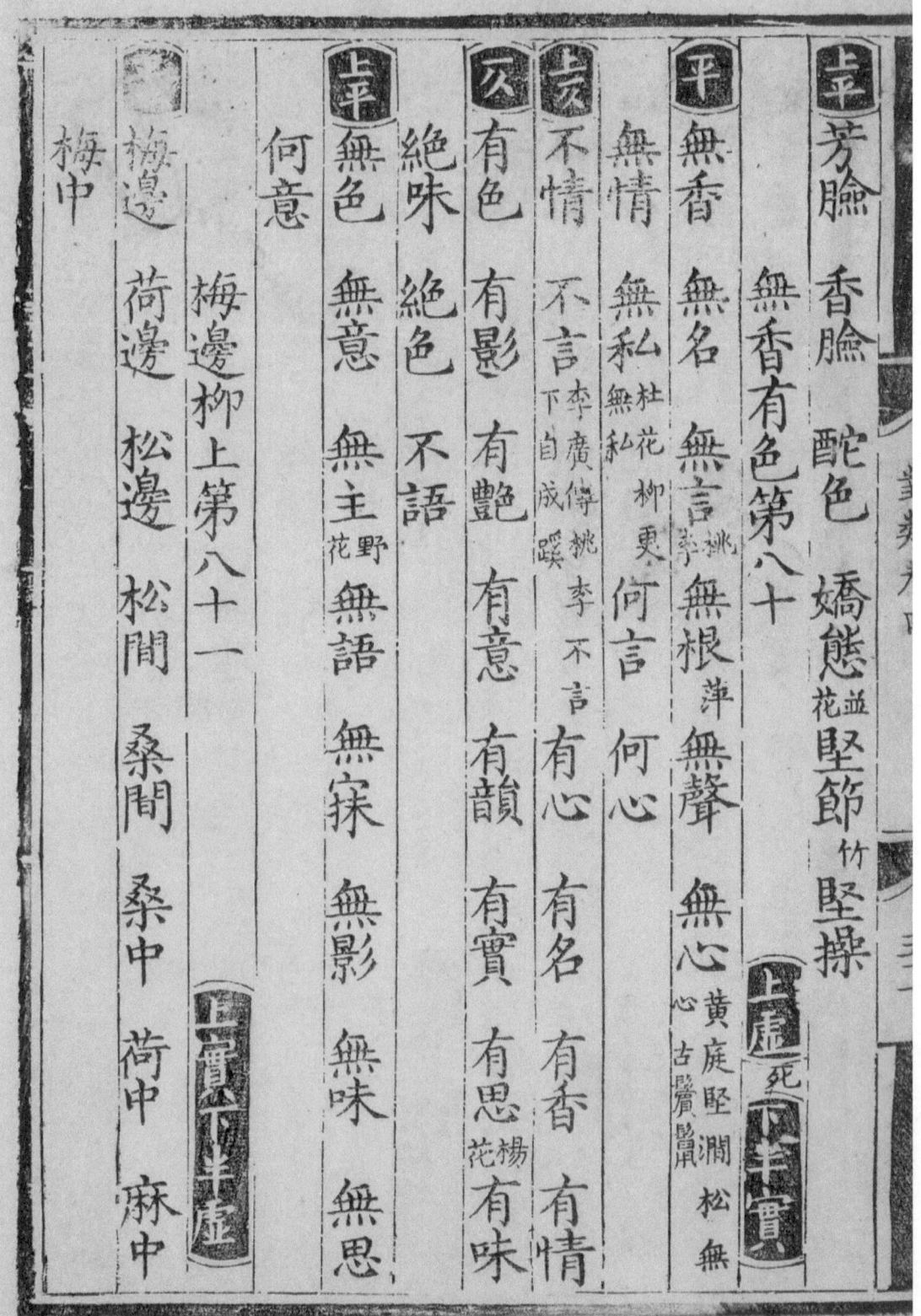

〔上六〕柳邊　柳中　柳間　桂邊　竹邊　竹間　竹中　竹前

草邊　草中　草間　杏間（宋之問春色杏間搖）　橘中

〔入〕柳上（李春風柳上歸）　柳外　柳下　柳内　柳底　草上　草内

草際　草裏　竹裏　竹外（盧綸河搖竹外聲）　竹上　竹下　竹内

竹畔　棗下　李下

〔上平〕荷上　荷裏　荷畔　萍上　萍下　松畔　梅畔　梅裏

松上　松下　松裏　松外　松杪（蘇倏然已松杪）　蘋末（杜風起青蘋末）

梧上　苔上（錢起苔上閒花落）

花前葉上第八十二　〔上實下半虛〕

〔平〕花前　花間　花中　花邊　枝邊　枝間　叢間　叢中

叢邊

〔上六〕葉中　葉間　葉邊　蕚邊　蕋邊　蕋間　蕋中

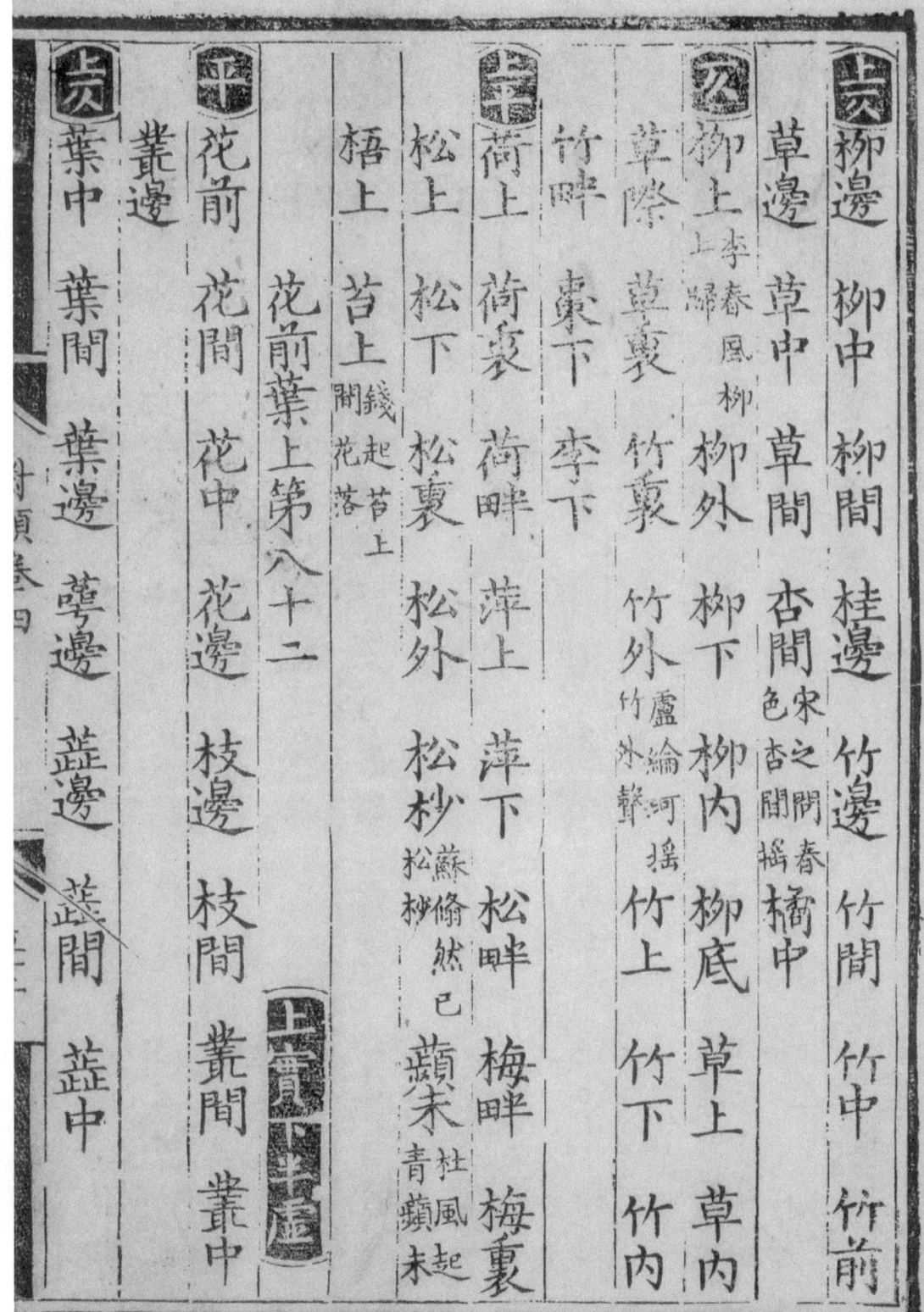

仄 葉上 葉下 葉際 葉內 葉外 葉底 葉畔 葉裏

木杪（杜沇 杪壞） 離木 木末（杜我僕猶 木末） 樹杪 樹末 樹底 樹下

樹上 萼上 蕋上 蕋裏

去平 花裏 花上 花下 花底 花外 花際 花畔 枝畔

枝裏 枝上 枝下 枝天 枝杪 梢一 梢天 空一 未

叢裏 叢下

香中影裏第八十三

平 香中 香邊 光中 聲中 陰中 陰邊 陰間

並平虛平實

去仄 影中 影邊 影間 影前 色中

仄 影裏 影底 影畔 影際 影下 影外 艷裏 艷外

去平 香底 香裏 香外 香處 陰裏 陰處 聲裏

清香秀色第八十四

上虛死 下半實

平 清香 幽香 餘香 微香 輕香 繁香 濃香 清芬
奇芬 餘芬 餘馨 微馨 新芳 幽芳 濃芳 孤芳
殘芳 殘香 清陰 濃陰 繁陰 疎陰 輕陰 清音
層陰（武平一層陰結翠筠） 新粧 濃粧 濃華 清華
仄 遠香 暗香 舊香 妙香 細香 古香 異香 寒音
密陰 亂陰 薄陰 嫩陰（李觀嫩陰初覆水） 碎陰 碎聲 細聲
舊痕 靚粧（桃李）
仄 秀色 媚色 嫩色 勁色（柳勁色不吹節） 寒色 寒影 瘦影
淡影 碎影 亂影 暖艷 冷艷 艷質 寒蔭 賸馥
秀氣 雅韻
幸 清影 斜影 濃影 濃蔭 清蔭 清閟（竹） 濃艷 妖艷
幽艷 清韻 餘韻 佳色 幽色 柔色 深樾 哀響

芳意（宋迪 芳意欲留春） 香氣（孟浩然 荷風送香氣） 濃馥 清馥 奇馥 繁蔭

踈影 清樾（黃庭堅 東西軒窗陰清樾）

香清色秀第八十五

平 香清 香幽 香濃 陰濃 陰踈 陰清 上半實 陰繁 下虛 陰涼 死

陰重 芬清 林清 聲輕

上仄 影斜 影橫 影踈 影清 色鮮 色新 色濃 色衰

蔭濃 韻清 味清 味甘 味酸

仄 色秀 色艷 色潤 色媚 色淡 色瑩 色靜 色麗

影瘦 影密 影亂 影碎 影淡 味美 味苦 味薄

韻響 韻美 節勁 馥遠

上平 陰密 陰靜 陰淡 聲細 香細 香遠 津潤 上半實 下虛 活

香浮影散第八十六（與前類五用）

【平】香浮　香飄　香迷　香凝　香来　香傳（杜樹花香傳小）　香生
光浮　光圍　光侵　光揺　光涵　光凝　光移　聲號
聲傳　聲沉　聲飄　聲揺　陰移　陰垂　陰屯　芳騰
輝涵　痕侵
【去仄】影移　影揺　影飾（竹）　影横　影籠　影侵　影穿　色欺
色侵　色迷
【仄】影散　影射　影透　影醮　影入　影到　影動　影轉
影印　影照　影上　色透　色映　色妬　色吐　色褪
秀聳　蔭結　蔭徙
【去平】香滿　香襲　香度　香透　香逗　香過　香送　香散
香噴　香遞　陰轉　陰合　陰過（杜陰過酒樽涼）　光映　光射
光動　聲戛　聲撼（石曼卿天風雨寒聲撼半）

含芳吐秀第八十七 與後類互用 上虛 活 下半實

(平) 含芳 陳祐含芳景氣馳 呈芳 流芳 騰芳 垂芳 含英 飛英
舒英 含香 生香 流香 凝香 傳香 飄香 浮香
吹香 交香 胎香 呈祥 標奇 垂陰 舒陰 交陰
成陰 團陰 飛音 浮光 留馥 含馥 拍榮 舒榮
垂榮 李夔萋柳垂榮 藏聲 成聲 敷華
(去) 毓奇 吐芬 發祥 噴香 吐香 送香 散香 遞香
弄香 閉香 發榮 結陰 淬芳 唐太宗今來桂淬芳
(仄) 吐秀 擢秀 挺秀 聳秀 毓秀 孕秀 發秀 脫穎
吐艷 鬪艷 逞艷 弄影 轉影 散影 散彩 結實
結蔭 魏都賦蒲萄結蔭 薦馥 變色 淬色 弄色 李紳早花微弄色 逞色
吐色

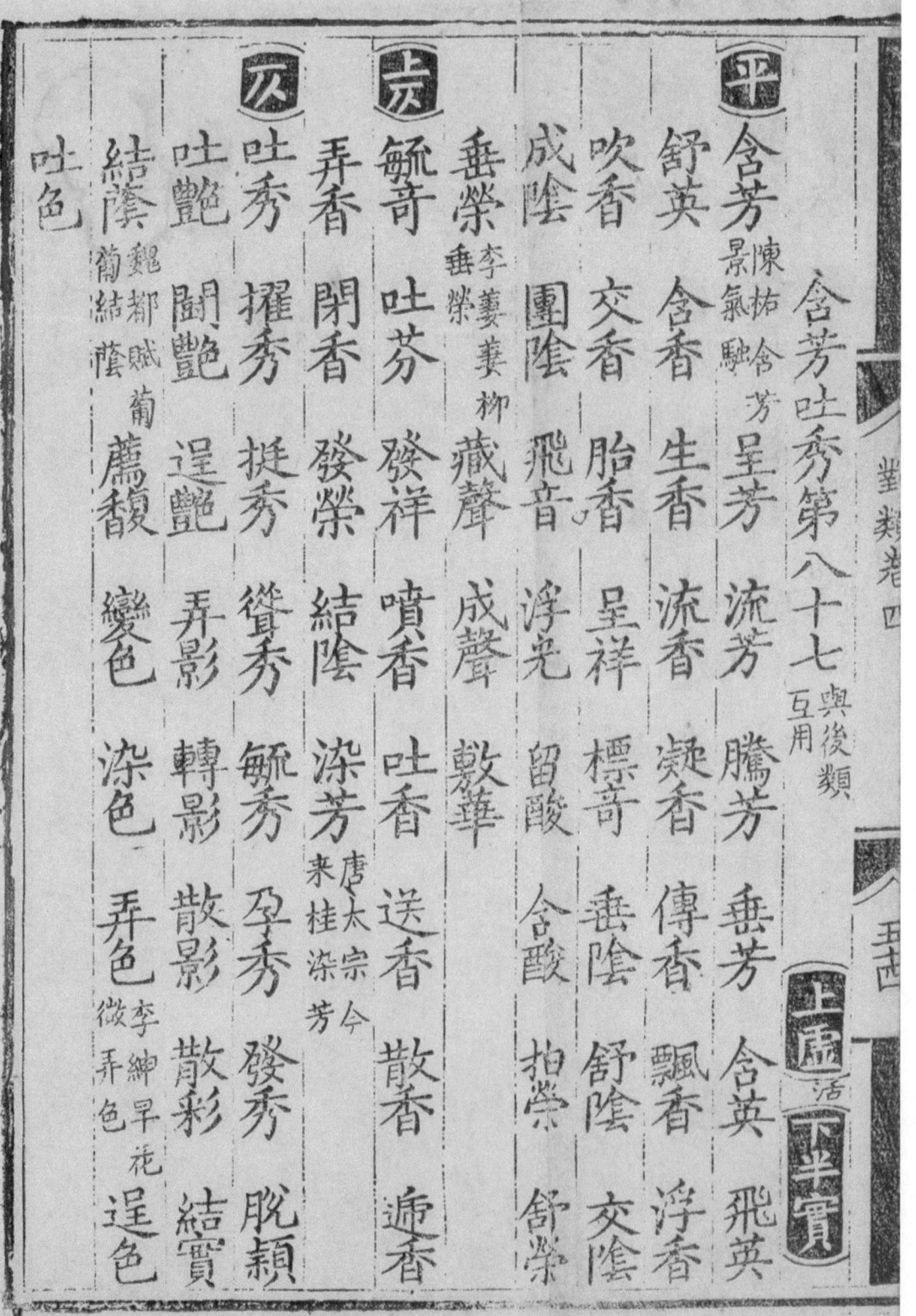

上平 含秀 呈秀 鍾秀 敷秀 凝秀 敷艷 成韻 成蔭
含馥 搖影 垂蔭 鍾瑞 呈瑞 騰實 成實 飾影
橫影 移影 揚馥 團色 成色 含色王緯御柳初含色 含態
含彩

爭妍競秀第八十八 並虛死

平 爭妍 爭芳 爭輝 爭奇 爭榮 爭鮮宗楚客花共錦爭鮮 相鮮
偏妍 孤妍 齊妍 同妍 同芳 聯芳 交輝 偏佳
偏香
上仄 獨妍 鬬妍 鬬香 鬬鮮 鬬奇 異芬 獨芬 獨香
自香 自開 鬬芳 共芳 競芳 自芳 並芳 競妍
競鮮 獨鮮 轉佳
仄 競秀 獨秀 並秀 鬬麗 競麗 共噴 獨茂 獨立

相睐

【上平】争放　齊放　齊綻　齊發　争發　争吐　齊吐　交映

自落　自長

【仄】競吐　並吐　競發　競拆　競放　獨放　獨發　獨綻

獨潤　自飛　亂飛

【上仄】競開　鬥開　並開　獨開　自開　亂開　自生　並生

交飛　相揮　相依

【上平】争開　齊開　同開　繞開　齊生　齊抽　齊潤　爭飛　【上虛】死　【上虛】活

爭開競吐第八十九（與後二類互用）

爭媚　相並

【上平】爭艷　爭秀　同秀　孤秀　相亞　爭亞　爭麗　爭巧

獨美　並美

初開乍發第九十　上虛亞下虛活

【平】初開　方開　將開　新開　潛開　微開　全開　先開
都開　纔開　初生　新生　纔生　纔凋　方抽　先抽
新抽　纔芝　初舒　將舒　潛舒　微舒　初抽　初凋
將凋　難凋　初零　將零　初飄　纔飄　猶存　潛敷
將登　纔踈　方濃　全稀

【仄】未開　欲開　乍開　半開　正開　盛開　已開　盡開
漸開　始開　恰開　擬開　徧開　亂開　後開　乍生
漸生　始生　未生　正生　正飛　乍飛　乍飄　正飄
漸飄　已飄　已凋　易凋　欲凋　乍凋　不凋　後凋
漸舒　始舒　始萌　半含　正濃　正妍　乍收　半凋
暫香杜寒花只暫香　欲然杜山青花欲然

仄　乍發　欲發　正發　已發　未發　漸發　易發　漸放
未放　欲放　已放　已拆　欲拆　漸拆　乍拆　半拆
未拆　正拆　正吐　欲吐　盡吐　漸吐　未吐　半吐
乍吐　已遍　欲謝　已謝　半謝　未謝　半露　半落
盡落　亂落　欲落　未落　乍落　漸落　漸破　漸長
乍長　正長　已長　未捲　尚捲　乍捲　半捲　已綻
欲綻　不改　已秀　已茂　乍蹙　欲褪　已褪　欲墜
已墜　欲噴　已熟　正熟　未熟　半熟　半破　已破
已吐　欲破　向熟

上平　初發　將發　纔發　將吐　方吐　先吐　全吐　纔吐
初吐　初綻　方綻　將綻　先發　先放　初放　將放
初拆　將拆　初謝　將謝　初褪　初墜　將墜　先墜

先熟　纔熟　新熟　將熟　初熟　初落　初卷　微卷
微褪　初長　新卷李嘉祐向日荷新卷　將實

初榮乍老第九十一

【並虛】死

【平】初榮　方榮　方深　將深　方濃　將濃　方新　都荒
初荒　猶荒　猶芳　猶香　初肥

【虛】始榮　向榮　漸榮　漸疎　漸深　漸繁　漸高　漸芳
漸稀　漸枯　漸衰　乍衰　已衰　未衰　未華　半疎
已疎　已濃　已深　乍芳　正芳　乍肥　正肥　尚榮

【仄】乍老　漸老　不老　已老　始茂　正茂　未茂　漸茂
正嫩　正羨　正好　乍容　漸容　乍秀　漸秀　尚小
正小

【實】初茂　將茂　方茂　方盛　方秀　方嫩　猶嫩　猶小

初麗　初艷　初盛　初脆　将老　猶茂　[上虛] 活 [下半實]　史松栢之姿經霜猶茂

## 開時落處第九十二

[平] 開時　生時　榮時　舒時　飄時　凋時　殘時　栽時

敷時　芳時　飛時　濃時　香時　抽時

[上仄] 發時　拆時　謝時　熟時　綻時　出時　種時　吐時

落時

[仄] 落處　發處　吐處　舞處　種處　謝處　熟處　熟後

落後　發後　吐後　綻後　種後　謝後

[上平] 深處　香處　飛處　開處　飄處　堆處　生處　踈處

濃處　栽處　飛後　開後　殘後

## 開殘落盡第九十三

[上虛] 活 [下半實]

[平] 開殘　飛殘　凋殘　飄殘　開餘　開遲

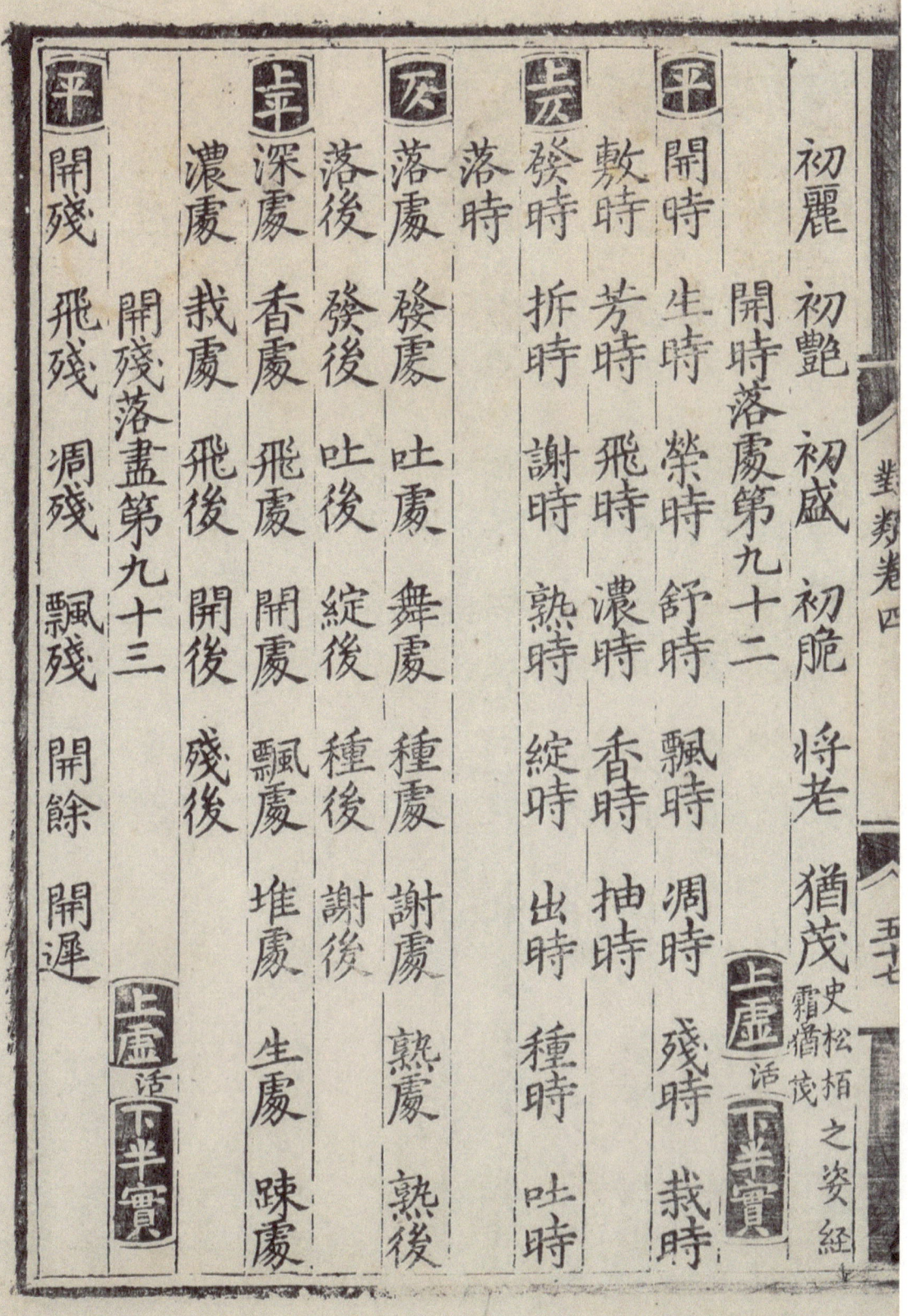

【去仄】落残　拆残　褪残　落餘

【仄】落盡　拆盡　熟盡　發盡　發遍　落遍　吐遍　減却

過了　褪了　綻了　謝了

【去平】開遍　開了　開到　開盡　飄盡　飛盡　吹盡　凋盡

粧遍

粧成染出第九十四　與聲色門通用　【並虚】活

【平】粧成　鋪成　堆成　搲成　搓成　飄来　移来　飛来

傳来　舒開

【去仄】拆開　綻開　放開　迸開　展開　拂開　染成　點成

簇成　送来　拂来　舞来　寄生

【仄】染出　染就　點就　畫就　綴就　捲就　綻破　拆破

迸破　鎖破　點破　擘破　吐出　迸出　綻出　飣出

攪碎　散作　透過　拂動

〔去〕飛送　飛度　飛下　飛墜　飄墜　搖落　搖動　垂折

生出　粧出　抽出　穿出　穿過　穿破　穿透　粧就

薰透　堆起　鋪滿　鑽破　攢立　收去

連枝共蔕第九十五

〔上虛死　下實〕

〔平〕連枝李賜連枝斷憶　連莖　同根曹植本是同根生　同條　同心蓮　重柎

重葰　重葩　交枝蘇頲仙仗抑交枝　交柯李交柯之木已同形　專房　蓮子

交花杜牧交花名園相倚杏　多心易其於木也為堅多心

〔去〕附枝張堪守河陽桑無附枝　疊萼　兩岐張堪麥秀兩岐　並根　並頭

〔入〕共蔕王勃牽花憐共蔕　並蔕　累葉　夾葉　接葉杜棲葉暗巢鶯　累萼

合穎嘉禾

〔上〕連蔕　同穎嘉禾　連理瑞木　連穎嘉禾　同榦樂遊苑二蓮同餘　多節　聯萼

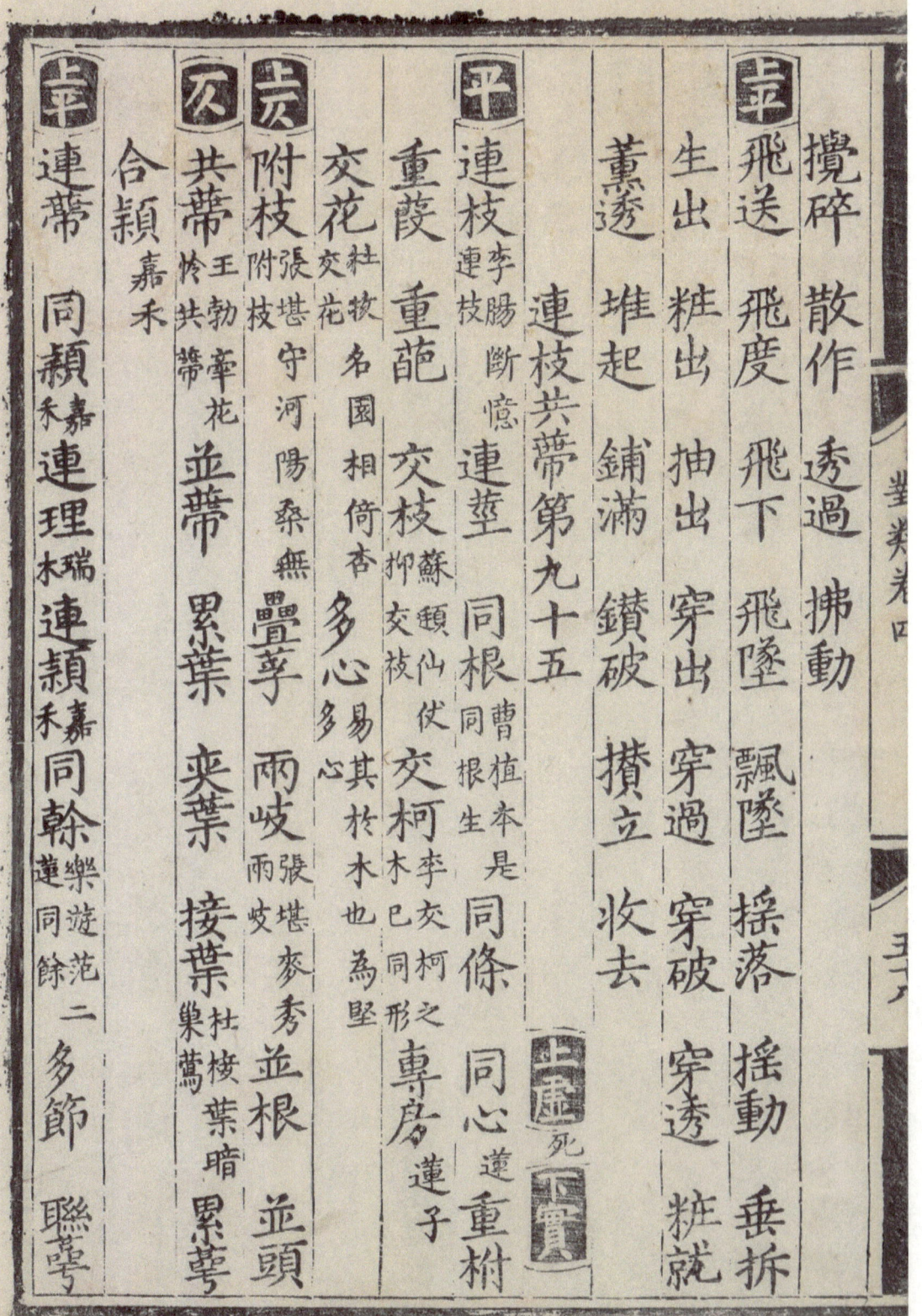

數目 三槐九棘第九十六

上虛 死 下實

平



去



仄

四穀 秬秠穈花　五穀 稻黍稷麥菽　九穀 黍稷稻秫大小麥麻　大小荳　半菽

十黍 十黍為絫　獨樹 錢起獨樹寒生秋　五菜 葵藿薤蔥韭　五果 李杏棗桃栗

萬竹 杜步竹踈蝶萬

上平 雙桂　千卉　群卉　千橘 杜秋日野亭千橘香　千竹　千木　孤木

群木 選群木既羅戶　三韭 庚杲之清貧食有韭薤瀹韭生韭　千柳 薛能夾堤千柳新陌

孤竹　孤樹　千樹

千枝萬葉第九十七　上虛 死 下實

平 千枝　千條　千株　三竿　千竿 閑門新竹自千竿　千葩　群葩

千莖　群英　千英 李紳千英和露滌　千叢 孟郊金碧樹千叢　孤叢

孤枝　孤根　孤花 錢起孤花占晚香　群花　千花 趙彥昭宮樹千花發　千苞

千頭 張籍巴種千頭橘　千梢　千章 木

上仄 幾枝　一枝　數枝　百枝　萬枝　數梢　幾梢　幾條

數條　萬條李楊葉萬條烟　一叢　幾叢　數叢　萬叢　一株
五株　幾株　數株　萬株　六花　數花　百花　衆花
萬花　一竿　幾竿　數竿　百竿　萬竿　數葩　萬葩
一根　一莖　九英梅　萬英　兩株　九花蘇轍菖蒲忽生九花
兩花朱超水帶兩花香　九莖漢嘉房産九莖芝
仄
萬葉韓翃萬葉秋聲裏　一葉淮南子一葉下而天下知秋　百葉韓百葉雙桃晚更紅　數葉
幾葉　萬蕋李紳萬蕋爭開照檻光　一萼　數萼　萬萼　一朶
數朶　幾朶　萬朶　一片杜一片花飛減却春　萬片　幾片　一點
數點　幾點　萬點杜風飄萬點正愁人　一本　一種　幾種　萬種
萬目　一簇　萬簇　一粒粟　五粒松名　一顆　幾顆實　萬顆
一樹　幾樹　萬樹許渾玉洞桃花萬樹春　五出梅　六出梔子　幾榦
萬榦　十箇　萬箇竹　九節菖蒲一寸九節　九穗光武生洛陽禾一莖九穗

四穗（扶風麥一莖四穗）

[幸] 千莖 千蕚（陶弼一枝千蕚費春心） 千葉 千榦 千種 千朶

千樹 千本 三實（詩摽有梅其實三兮） 雙蔕 [上虛死] [下實]

[方隅] 南枝北果第九十八

[平] 南枝（選越鳥巢南枝） 東枝 西枝 南柯（槐）

[去] 北枝（大庾嶺梅南枝已落北枝方開） 北柯

[仄] 北果 北種 北葉（謝朓南條交北葉）

[幸] 南果 南種

[通用] 栽培剪伐第九十九 [並虛活]

[平] 栽培 耘鋤 耕鋤 耕耘 刪除 芟除 芟夷

[去] 剪除 拔除 掃除

[仄] 剪伐 採摘 灌溉 種植 種穫 刈穫

收穫　栽種　耕種　耕耨　培植　攀折　澆灌　耘耔

榮枯秀實第一百

平　榮枯　生成　高低　低昂　繁稀　縱橫　横斜　新陳　並虛死

甘酸　剛柔　柔和

去　卷舒　密疎　後先　淺深　短長

仄　秀實　小大　厚薄　老嫩　遠近　上下

去　生長　榮瘁　開落　開謝　高下　舒卷　疎密　濃淡

深淺　肥瘦　遲早

鋪陳點染第一百一　並虛活

平　鋪陳　鋪排　安排　粧排　役成　飄揚　遮蔽

去　掩藏　剪裁　蔽虧　束粧

仄　點染　點綴　掩映　結束　結果　發露　漏泄　綴葺

迫促 潤色 餖飣

【十平】粧束 裁剪 收拾 粧綴 粧點 呈露

【連綿】芳菲爛熳第一百二

【平】芳菲 芳鮮 妍華 鮮妍 芳妍 芬芳 芳馨 妖嬈 【並虛】死

嬌嬈花 馨香 離披 凋零 爛斑 飄零 昂藏 堅剛

崢嶸 清癯 孤高 摧頹 清奇 纍垂橋 輕柔 輕盈

芊綿 蒙茸 青葱 蒙籠 陰森 槎牙古木 交加 扶疎

稀踈 參差 婆娑樹 拳攣 玲瓏 依稀 蕭踈 輕狂

顛狂柳絮 橫斜 欹斜 葱蘢 葱芊 丰茸 纖茸 芬菲

荒蕪 蔫綿 嬋娟 蕭森 華滋選綠葉發華滋 葳蕤選百卉挺葳蕤

匀圓 微茫杜沙草自微茫

【十六】陸離 茂滋 阜蕃 寂寥 屈盤杜沉吟屈盤樹 欝葱

仄 爛熳　艷冶　艷麗　閃爍花艷　掩映　窈窕花　夭矯蘇夭矯庭中檜

婭姹　馥郁花香　旖旎花　綽約　的皪梅花　蔓衍　瑣碎杜山果多瑣碎

婀娜柳　裊娜李紫烟裊娜拂綺城　蓊鬱白居易山木多蓊鬱　偃蹇松檜　偃亞　茂盛

隱映　正直杜正直元因造化功　勁直　散亂　散漫　荏苒詩荏苒柔木

暢茂　寂寞　蓊薆　灼爍吳筠灼爍數荀花　歷亂　蔽芾詩蔽芾甘棠

平 盤踞　蒼翠　蔥蒨選丹巘被蔥蒨　芬馥花香　寥落　零落　零亂

狼藉　妖艷花　瀟洒竹　鮮潔　清瘦並梅　輕薄落花　妖麗　妍麗

芳潤並花　重疊花影　摧折　顛倒　端正影　漂泊浮萍　盤錯盤根錯節

繁密　搖曳柳絲　孤潔　狼戾　濃艷李一枝濃艷露凝香　枯槁

嫣然沃若第一百三

並虛 死

平 嫣然　森然　林然　紛然　奇哉

去 欝然　蓊然　勃然孟則苗勃然興之矣　藹然

仄 沃若（詩其葉沃若） 翦若 抵若 茂矣（詩如松茂矣）

上平 森若 渫矣 穠矣（詩何彼穠矣） 苞矣

疊字 枝枝朵朵第一百四 並實

平 枝枝 條條 竿竿 叢叢 株株 莖莖 絲絲 梢梢

花花 團團（李桂樹生團團） 根根 行行

仄 朵朵 莛莛 片片 點點 葉葉 顆顆 節節 色色

柄柄 本本 萼萼 樹樹 種種 箇箇 段段 簇簇 並虛 死

依依灼灼第一百五

平 依依（詩楊柳依依） 青青 猗猗（詩綠竹猗猗） 森森 倏倏 踈踈

欣欣（陶木欣欣以向榮） 蒼蒼 亭亭 離離 菲菲 芃芃（詩芃芃其麥）

深深 葱葱 芊芊 萋萋 纖纖 茫茫（草） 菁菁（詩菁菁者莪）

夭夭（桃） 娟娟 芬芬（香氣） 盈盈（花） 茸茸 田田（荷荇） 輕輕（飛絮花落）

濛濛 紛紛 翻翻 孟郊凋葉鳴翻翻 翩翩 葉下 茗茗 菊 鮮鮮 韓霜中菊鮮

綿綿 蓁蓁 詩其葉蓁蓁 蓬蓬 詩其葉蓬蓬 陰陰 王維轉黃鸝陰陰夏木

寘寘 于鵠深寘寘松檜 凄凄 詩凄凄蒹葭 垂垂 蕭蕭 團團

灰

灼灼 花 爍爍 光彩 爛爛 光 竅竅 細細 馥馥 花香 泥泥 詩維葉泥泥

郁郁 花香 驛驛 苗 韡韡 花 落落 松 翼翼 詩黍稷翼翼 楚楚 詩楚楚者茨

彧彧 黍稷盛 茂 裊裊 娜娜 柳 漠漠 絮 欝欝 松 藹藹 杜藹藹秋稼晚

采采 菊 瑟瑟 荷 搣搣 荷 蕩蕩 艷艷 花 疊疊 影 蔌蔌 花葉又落

汎汎 萍 獵獵 蒲 薄薄 籊籊 詩籊籊竹竿 冉冉 弱貌 曄曄 光盛貌

矯矯 松強亢貌 洒洒 淡淡 花色花影 菀菀 簇簇 蕃盛 嫋嫋

薿薿 禾稷 茂茂 葉 懞懞 挺挺 脩直 濯濯 鄭薈柳條新濯濯 唪唪 瓜實多

翳翳 杜翳翳揄日 翳 柰

三字

采蘋蘩敬桑梓第一百六

平 采蘋蘩詩 起蓬蒿 製芰荷楚詞製芰荷以為衣 別薰蕕薰蕕不同

剪茅茨 收桑榆史收之桑榆 采蕨薇 足桑麻 食蘋蘩

訪草茅 刈草菅史如刈草菅然 入芝蘭家語與善人居如入芝蘭之室

剪荊榛 詢芻蕘詩詢于芻蕘

仄 敬桑梓詩維桑與梓必恭敬止 棲枳棘史枳棘非鸞鳳所棲 及草木仁及草木

采葑菲詩 納禾稼詩十月納禾稼 烹葵菽 烹葵藿 植榛栗

獻瓜李 戕杞柳孟將戕賊杞柳 采杞菊 貢橘柚禹貢厥包橘柚

舍梧檟孟舍其梧檟養其樲棘 養樲棘

雪中梅霜外竹第一百七

平 雪中梅 雨中梅 雨中荷 雨中花 露中花 日中葵

霜中梅 烟裏松 雪後梅 月中梅

仄 霜外竹 風前竹 雪中竹 風前柳 霜外菊 霜外草

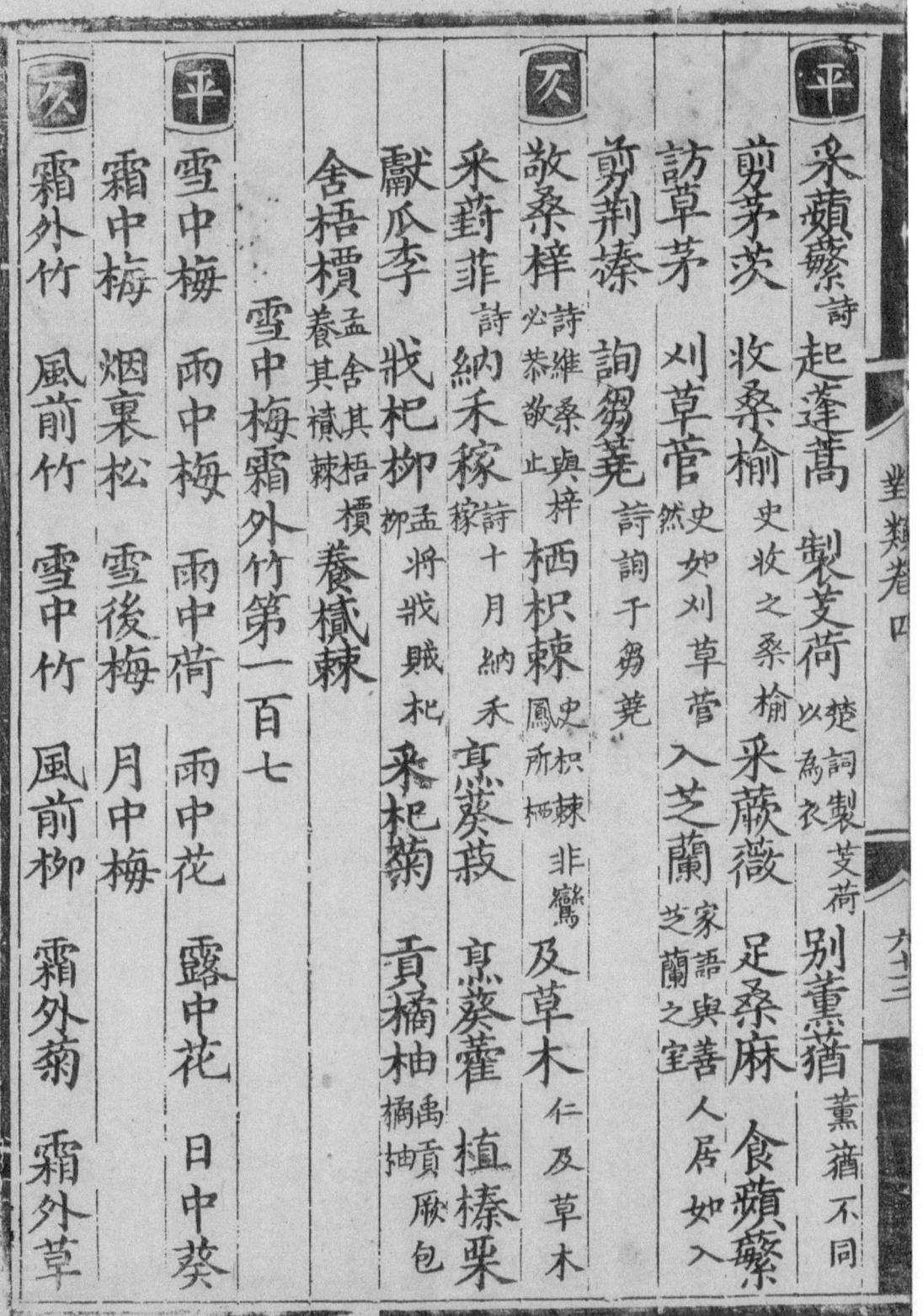

霜後橘 霜中栢 風中竹 風中桂 霜前菊 風裏絮

菊傲霜荷擘雨第一百八

平 菊傲霜 草經霜 柳凝煙 柳含煙 柳籠煙 柳鎖煙

草和煙 葉經霜 竹拂雲 杏倚雲（高蟾日邊紅杏倚雲栽） 柳搖風

柳舞風 絮隨風 絮因風（杜顛狂柳絮因風舞） 荇牽風 柳參天

草連天 木參天 竹干霄 葵傾陽 竹吟風 竹敲風

仄 荷擘雨 荷顫雨 荷翻雨 蕉展雨 花臥雨 花帶雨

苔漬雨 梅欺雪 梅亞雪 梅映雪 梅破雪 梅帶雪

花泣露 花醉露 花浥露 花擘露 花向日 花背日

花暎日 花笑日 榴暎日

臘前梅秋後菊第一百九

平 臘前梅 社前梅 冬後松 秋後荷 社前茶

仄 秋後菊　春後柳　冬後栢　秋後草

柳爭春梅破臘第一百一十

平 柳爭春　柳搖春　草生春　草迎春　花留春　花藏春

梅破春　茶先春　麥先秋　葉經秋　菊迎秋　竹凌秋

竹生涼　竹招涼　竹經寒　竹禁寒　栢禁寒　松冐寒

草經寒

仄 梅破臘　梅報暖　松閱歲　槐轉午　荷却暑　荷滌暑

楓撼曉　楓怯冷　榴耐冷　榴噴夏

隴頭梅籬畔菊第一百十一

平 隴頭梅　墻角梅　江南梅　水邊梅　洞中桃　沼中蓮

也中蓮　浦中蓮　江上楓　巖上杉　陌上花吴曲名

嶺中松　澗底松　井上桐　水上萍　園中葵選青青園中葵

園中蔬（蔬選）摘我園中　砌間蘭　畝中禾　原上花　檻中花

路傍花　園中花　水中蒲（韓蒲青青水中）　陌上桑（秦羅敷作陌上桑曲）

仄　籬畔菊　堤畔柳　堤上柳　亭前柳　庭前桂　湖外草

原上草　窓外竹　丘中李　路傍草　路傍李　園中杏

墻頭杏　澗邊藻　井上李（孟井上有李）

洛陽花彭澤柳第一百十二

平　洛陽花（李洛陽城東桃李花）　長安花（孟郊一日看盡長安花）　河陽花（潘岳種花）

青門瓜（秦東陵侯邵平種瓜青門）　東陵瓜（見上）　天台桃（劉阮天台採藥見桃實大如梡）

武陵桃（武陵山有桃源）　越溪蓮（若耶溪）　玉井蓮（太華峯頭）

太華蓮（見上）　建溪茶（第一品）　安石榴　金谷榴（石崇金谷園有名榴）

若耶蓮（李若耶溪採蓮女）　玄都桃（劉禹錫玄都觀裏桃千樹）　商山芝（四皓商山茹芝）

銅池芝　犀浦梅　嶧陽桐（禹貢）　首陽薇（伯夷叔齊隱首陽山採薇食之）

徂徠松詩徂徠之松

仄 彭澤柳陶潛為彭澤令門栽五柳 灞岸柳 章臺柳章臺街多柳 市橋柳

渭城柳渭城官柳 渭川柳 漁陽栗 淇園竹竹所產

湘江竹班竹出湘江 江陵橘橘所產 洞庭橘橘所產

雲夢橘呂氏春秋果之美者有雲夢之橘 渭川竹渭川多竹 火山荔

廣寒桂月宮名廣寒 崆峒麥崆峒小麥

吳江楓蔣逕菊第一百十三

平 吳江楓崔信民楓落吳江冷 堯階蓂 庾嶺梅 楚畹蘭楚詞滋蘭之九畹

謝庭蘭 楚江萍 天山禾匈奴中天山禾飼宛馬 孔壇杏孔子講道杏壇

仄 蔣逕菊蔣詡 陶逕菊陶潛 謝池草謝靈運事 隋堤柳 吳苑柳 吳園栗

燕山桂竇氏 漢宮柳郎士元鶯帝漢宮柳

梁園竹梁孝王有修竹園 王宮黍 燕谷黍燕谷地寒不生黍鄒衍吹律暖至黍乃生

單父麥

北苑茶東籬菊第一百十四

平 北苑茶 西山薇 南澗蘋 西湖蓮 北山萊詩北山有萊

南浦蓮 西蜀櫻杜西蜀櫻桃也自紅 西湖梅 西域榴榴出西域

北山薇杜不厭北山薇 北堂萱元稹萱近北堂穿土早 北巖松 上林桃

東閣梅東閣官梅 後庭花即雞冠花

仄 東籬菊 南澗藻 南海荔荔出廣南 南浦草 南園竹

南階竹 南山杞 西山杏 西山藥 西河柳檉 西湖柳

西湖藕 北山李 東都李 東園李

江路梅市橋柳第一百十五

平 江路梅 野池蓮 園畦蔬 山逕松 野逕花 雪岸梅

御溝楊

仄 市橋柳　沙堤柳　沙堤草　宮門柳　沙苑草

## 三逕松兩窗竹第一百十六

平 三逕松（陶潛）　九里松　十里荷　五畝桑　異畝禾（嘉禾異畝同穎）

千畝禾　九畹蘭　半池蓮（杜霜倒半池蓮）　半池萍　一川花

一川桃　兩岸桃　兩岸花　兩汀蒲　一逕花　一籬花

一洲蘋（于武陵西日一洲蘋）　五陵松（李寒色五陵松）

仄 兩窗竹　三逕竹　千畝竹（史記渭川千畝竹比封君）　三逕菊　孤村杏

三逕草（許渾讀書三逕草）　一池草　千郊草　雙岸草　雙堤柳

百畝蕙（楚詞又樹蕙之百畝）　兩岐麥（張堪守河陽）　萬戶竹（李頎秋聲萬戶竹）

雙岸柳

## 藤刺簷花覆牖第一百十七

平 藤刺簷　花滿城　花滿蹊　花倚欄　花遶籬　李成蹊

杏出墻　草披堤　草迷津　草侵堦　蘚沿堤　荷隨波

荷點溪　秧刺泥　柳籠堤　梅映窓　竹當門　篠媚漣

（仄）花覆牖　花糝逕　花滿路　花繡地　花滿縣　花滿架

花卧檻　笋穿壁　苔上砌　苔封徑　荷貼水　荷盖水

萍盖水　秧刺水　蒲刺水

翠鈿荷紅錦藥第一百十八

（平）翠鈿荷　紅錦榴　紫茸蒲　紅糝桃　白玉蒲　白羽蓮

紫綿花

（仄）紅錦藥　縹茵草　綠絲柳　白綿柳　黄金菊　翠帶荇

青錢葉

玉簪蓮金絲柳第一百十九

（平）玉簪蓮　錦窩榴　金顆梅　水晶榴　水晶瓜　玉版梅

金鼎梅　寶珠榴　鐵角松　翠房蓮　錦帶薇　玉蕋梅
蠟帶梅　玉津梨　金實蓮
仄 金絲柳　金錢菊　金粟桂　金鈿菊　玉苞藕　玉版笋
金鍾荔　犀株笋　紫文荔　金衣橘　錦棚笋

柳搖金梅破玉第一百二十

平 柳搖金　柳拖金　柳飛綿　柳飄綿　柳垂絲　草隨袍
草成茵　草鋪茵　杏凝脂　竹篩金　荷疊錢　笋抽簪
櫻垂珠　橘垂金　菊包金
仄 梅破玉　梅迸粉　梅傅粉　花鋪錦　荷張盖　竹戛玉
蘆衮絮　葉成幄　松張盖　榴噴火

大夫松君子竹第一百二十一

平 大夫松封秦　君子蘭　孩兒蓮　縣令花潘岳　僊人桃　驛使梅

公主梅　帝女桑　處士松鄭薰　道士桃　君子蓮　羅漢松
觀音蓮　孩兒茶藥

仄

君子竹德相類　戶侯竹史渭川千畝竹比千戶侯　稚子笋笋初生
故人竹　此君竹王猷曰不可一日無此君　王孫草招隱王孫遊兮不歸春草生兮萋萋
僊人杏董奉　木奴橘橘名　封君橘史巴慶橘千樹比封君　老人橘巴嘐橘叟
美人草虞姬墓上生名虞美人草　先生柳五柳先生　嫦娥桂月中桂
御史栢漢御史府列栢　故人柳王安石門栁故人元亮宅　曾孫稼詩曾孫之稼
蒼官栢相名

潘岳花陶潛菊第一百二十二

平

潘岳花　潘岳桃　劉郎桃　王母桃　方朔桃東方朔偷桃
貴妃棠　六郎蓮張昌宗　召伯棠甘棠　盧仝茶七碗茶
張翰蓴　丁固松　邵平瓜　孫鍾瓜　莊周椿莊子大椿

樊素櫻白樂天詩櫻桃樊素口　傅說梅書說命爾惟鹽梅　廣平梅宋璟梅花賦
陸羽茶嗜茶　淵明松陶淵明撫孤松而盤桓　曼倩蓮東方朔字曼倩　昌宗蓮
長房茱費長房重九日教人插茱萸登高避災
仄　陶潛菊　王猷竹王子猷愛竹　蔣詡竹　淵明柳　靈運草
郄詵桂　孔明栢杜孔明廟前有古栢　陸績橘陸績懷橘　高鳳麥
張緒柳柳多情似張緒年少時　屈原芰　孟宗笋孟宗孝母冬月思笋宗抱竹哀泣笋出
小蠻柳白居易楊柳小蠻腰　王戎李王戎貪鄙賣李鑽核　杜陵韭

## 解語花忘憂草第一百二十三

平　解語花　助嬌花　銷恨花　止渴梅　解煩梨　索笑梅
含笑花花名
仄　忘憂草萱　忘機草　多情柳　送行柳　斷腸草　療飢蕨
通神藥

## 草忘憂花解語第一百二十四

【平】草忘憂　草忘機　草留眠　草成傷　桃不言　桃無言

花助嬌

【仄】花解語　花無語（鄭谷情多最恨花無語）　花銷恨　花送別　花含笑

梅共笑　荷欲語

## 一枝梅千頭橘第一百二十五

【平】一枝梅　一剪梅　千葉蓮　千樹梨（史河濟之間千樹梨與千戶侯等）

百葉桃　千葉桃　五株松　數株松　千丈松　四角菱

九英梅（唐朝著種之）

【仄】千頭橘　千株橘　千竿竹　數竿竹　兩行竹　五株柳

千株柳　數行柳　五枝桂　千樹栗（史燕秦千樹栗與千戶侯等）

一枝桂

十丈蓮兩岐麥第一百二十六

平 十丈蓮（玉井蓮） 雙頭蓮 一把蓮 五色芝 同穎禾
六穗禾 九節蒲 六出花 百尺松

仄 兩岐麥 九穗麥 三色桂 千絲柳 三眠柳

萬年枝千歲子第一百二十七

平 萬年枝（選風動萬年枝） 千歲松 千年桃 十月桃（桃一種十月實始熟）
三月桃 萬歲桃 四時花 四季花 百日花 一夜花
四月梅 七月瓜

仄 千歲子 百歲實 萬歲實 千歲棗 三年艾（蓄艾三年始可用）
三月棗 九日菊 九月菊 十月菊 萬年樹（選蒼蒼萬年樹）

兩三竿千萬朵第一百二十八

平 兩三竿 數百竿 萬千竿 三四花 兩三葩 兩三枝

第一枝

【仄】千萬朶　千百朶　千百榦　千萬葉　十五葉　三四點

三兩蕋　三四蕋

【四字】黍稷稻粱臺萊杞李第一百二十九

【平】黍稷稻粱（詩甫田）　穀粟桑麻　芝桂參苓（並藥）松竹梅蘭

栝柏豫章　梗楠豫章（並大林）

【仄】臺萊杞李　禾麻菽麥　菽粟稊稗　桑麻穀粟　金石草木

梧檟樲棘（梧檟小棗美材樲棘）　杶榦栝柏　棫樸薪槱（詩芃芃棫樸薪之槱之）

穠李夭桃敗荷衰柳第一百三十

【平】穠李夭桃　瑞草靈芝　細蕋寒花　冷蕋踈枝（梅）冷葉踈條

落絮遊絲　細柳新蒲　勁節癯枝　強幹弱枝　嘉禾瑞芝

踈影暗香（梅）古木脩篁　細蕋踈花　枯木朽株（史枯木朽株盡為難矣）

仄　敗荷衰柳　浮花浪蕋　落花芳草　落花飛絮　枯荷衰蓼
落花蕋浪　新松古柏　深根固蔕　茂林脩竹　新松舊菊
盤根錯節　奇花異卉　死灰槁木　古槐高柳　夭桃郁李
寒藤老木　孤根勁節

岸芷汀蘭山桃野杏第一百三十一

平　岸芷汀蘭　院菊池蓮　簷竹井芹　野草閒花
仄　山桃野杏　渚蘭水荇　渚花汀草　渚蒲汀柳　野花山葉

隔竹敲茶傍花隨柳第一百三十二

平　隔竹敲茶柳山茶臼童隔竹敲　閒柳尋花　採菊囊萊九日　種竹栽桃
沉李浮瓜夏　拔茶植桑　織竹編蒲
仄　傍花隨柳程顥傍花隨柳過前川　烹葵剝棗詩七月烹葵八月剝棗　剗苔剔蘚
破柑嘗稻　判花視草　買花載酒　餐松啖柏卯食家

采花食實　獻芹薦藻　浮瓜雪藕　條桑種杏　采蕭穫菽

投桃報李（詩投我以桃報之以李）

唐叔得禾后稷播穀第一百三十三

【平】唐叔得禾　商皓茹芝（曰皓）　屈原紉蘭　丁固生松　温舒截蒲

汲黯積薪（汲黯喻用人後未者居上）　傅說作梅　魯侯采芹（詩泮水）

鉏麑觸槐　廉頗負荆　濂溪愛蓮　潘岳種桃　邵平種瓜

劉寬鞭蒲（性寬示辱而已）

【仄】后稷播穀（后稷始播百穀）　冉子請粟（子華使齊冉子為其母請粟）　淵明把菊

魏顆結草（晉魏顆嫁父妾妾父報恩結草躓秦將杜回顛而獲之）　孟宗泣竹　董奉種杏

孔子植檜（在闕里）　子路負米　曾晳嗜棗（曾晳耆羊棗）

王裒泣柏　王猷看竹　蕭琛擲栗（梁蕭琛有寵侍宴醉文帝以棗投琛琛以栗擲帝）

樊遲學稼　蘇軾詠檜（根到九泉無屈處世間惟有蟄龍知）

李白桃紅橙黃橘緑第一百三十四

平 李白桃紅　柳緑花紅　蒲白荇青　荔丹蕉黃

仄 橙黃橘緑　花紅柳緑　桃紅李白　菊黃楽紫

紅蓼白蘋碧梧翠竹第一百三十五

平 紅蓼白蘋　碧榦紫苞　緑葉清陰　翠葉紫莖　紅葉翠苔

仄 紫菊紅蕉　赤箭青芝　絳杏緋桃

仄 碧梧翠竹　紅英紫萼　紅花緑葉　黃葵紫菊　青蒿黃韭

黃蘆白葦　翠瓜碧李　蒼梧翠柏

菊暗荷枯竹苞松茂第一百三十六

平 菊暗荷枯　草夭木條　竹令花遲　荷盡菊殘　杏艷桃嬌

仄 竹苞松茂　菊荒荷老　莎深苔滑　花殘鶯老

萬葉千枝三花五蕋第一百三十七

平 萬葉千枝　一莖三花　一本兩莖　六莖五英　五柳七松
萬草千花

仄 三花五蘤　三槐九棘　千條萬緒　三農九穀 周禮三農生九穀
一莖九穗 嘉禾

不蔓不枝方苞方體第一百三十八

平 不蔓不枝　無麥無禾　有酒有花　有條有梅 詩終南條梅也
如茨如粱 詩甫田公孫之稼如茨如粱　如坻如京 同上　惟秬惟秠 詩生民
自化自生　不耕不蠶　不染不妖　實方實苞 詩生民

仄 方苞方體 詩行葦　有根有本　不稂不莠 詩大田
或耘或耔 詩甫田　有條有用　不稼不穡 詩伐檀
實穎實栗 詩生民禾戍就也　自形自色　既堅既好 詩大田
有稷有黍 詩閟宮　無根無葉　多黍多稌 詩豐年

有秵有秬 閟宫

對類卷之四

# 對類卷之五

## 鳥獸門

### 鶯燕第一

一字　實字

平　鶯色黃亦名倉庚黃鸝栗留　鸝黃鶯　麒仁獸雄曰麒　麟雌曰麟　犀似牛猪首

獅獸中之王　猊獅子　熊似豕　羆似熊　麋鹿屬　騮赤馬黑鬣　騅蒼黑色馬

驢耳長似馬　驄青白色馬　駒馬生二歲　貔貔貅　狼豺屬　猱猿屬　猴胡孫

狙猿也　騾驢耳馬身　狐媚獸　猩猩猩人面能言血可染紅　豚小猪　豭牡猪

猪叢居曰猪　羊柔毛乳曰羔牡曰羝曰羖　鴉小鳥也　鴻大鴈　鷳白鷳　凰鳳凰神鳥

烏反哺鳥日中有烏三足　牛大牡一曰大武無角曰撞純色曰犧小曰犢牡曰牯牝曰牸

鳩鵓鳩能喚晴雨　猿猴屬面白身黑間有黃之　鸞鳳屬有五彩青白曰鸞　鵰鶚屬背黑

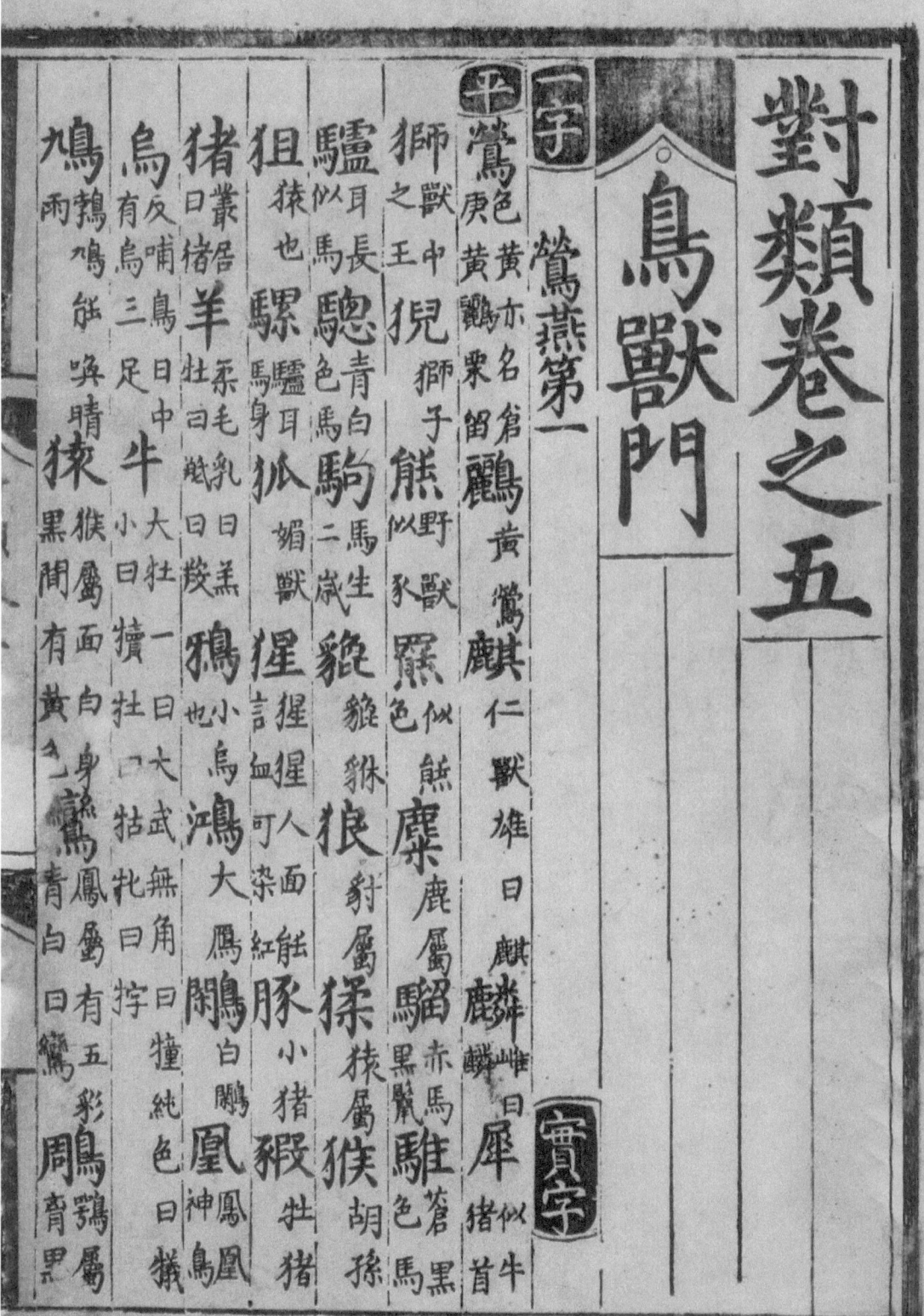

鴪南鳥似鳳　鳧水鳥　禽飛鳥總名　鶼比翼鳥　鴞惡聲鳥　梟不孝鳥　鷹猛禽

鶴似鵠青色　鳶鳶鳥　鷗水鳥　鱸魚出松江　鴛鴛鴦　鸕鸕鷀　雛鳥初生

雞家禽能報曉俗呼司晨　鵝鵞鴈俗呼家鴈　龍鱗虫之長　鸚鸚鵡　麀音幽牝鹿

麞鹿類　貍狐貍　貂似鼠　彪小虎　猫捕鼠獸　魚水虫　鯨大魚

鯤北溟之魚　獒大犬　鵬大禽一飛九萬里　蛟龍屬無角　龜甲虫之長可卜吉凶

鼇海中大鼇　黿似鼈而大　鼉水虫似魚有足皮可冒鼓　鵑杜鵑亦名杜宇子規　鰍鰍魚

蛙蝦蟆又名螻蟈水虫　蛛蜘蛛網虫　蜂飛虫採花為蜜　蛾撲燈蛾　蟬升木而鳴

蜩大蟬夏鳴　螿寒虫　蛇毒虫　蚊飛虫噬人　蛩蟬脫曰蛩　蠅飛虫　蝗食木虫

螢夜出有光　鮀鮀魚　蝸蝸牛　翬五彩雉　牲牛羊豕　鵾三足雞　虬龍子

螟螟蛉桑虫蜾蠃負以為子又禾虫食葉　鱣黃鱣　蠶食葉吐絲　蟲有足曰虫毛羽鱗介總稱

螺螺螄　蟊食苗根虫　螽蝗類

仄

燕乙鳥春來秋去　鳳鳳凰神鳥飛禽之長　鵠鴻屬　鴈知時春來秋去

鷺（鷺鷥） 雉（野雞有文） 鷩（赤雉） 翟（雉也） 雀（依人小鳥） 鴞（鵰屬） 鴿（似鳩）

鴨（水鳥） 鵲（報喜禽） 鶻（鷹類） 鶴（仙禽） 鸛（鸛鳥） 鷃（甲飛小雀） 鷂（隼也）

鹿（山獸仲秋解角） 兔（口缺尻有三孔） 鶩（野鳧） 鶠（鳳也音偃） 翠（翡翠）

馬（六尺以上為馬） 麝（鹿屬麝香） 虎（猛獸） 豹（似虎而小） 貉（似狐） 犢（牛子）

獺（食魚） 獬（似羊一角） 豸（虫無足又獬豸） 狗 犬 驥（日行千里）

象（大獸鼻長牙可為器） 駿（良馬） 兕（音似似牛一角） 羜（肥羜羊也） 豕

彘（豕猪） 鯉（魚能化龍） 鱖（巨口細鱗） 蚌（蛤屬產珠） 鼈（水族） 鼠（夜虫） 蝶（蝴蝶）

蟢（網虫） 蚓（蚯蚓） 蟻（穴蟻） 鱔（鱔魚） 蚋（蚊也音芮） 蠏（螃蠏名蝤蛑）

鮪（音洧） 蝟（刺虫） 鶡（鷄似） 隼（鷙鳥即鶻也） 鷸（水鳥能啄蚌）

## 毛羽第二

蠖（尺蠖） 蠍（螫人虫） 鼉（似蜥蜴而大水潛吞人即浮）

（平）毛（獸毛） 毫（毛尖） 鱗（魚龍甲） 鬚（口上毛） 蹄（獸足） 鬐（馬鬣） 皮（獸皮）

（實字）

翰 羽翮 駿 馬鬃 牙 象犬之牙 聲 鳴也 音 聲也 形 體也 冠 雞冠

胎 孕而未生曰胎 涎 口液 膏 無角者膏 脂 戴角者脂 翎 鳥細毛 頭

鬚 龍鬚 喉 咽也 唇 口唇 腴 腹下肥也 鰭 魚脊 腮 腸 腹腸

膺 胃也 肝 心

仄

羽 鳥毛 翅 鳥翅 翮 羽莖 翼 德 蹄 獸蹤 鬣 紀鬣 距 雞爪

尾 鳥獸尾 介 甲也 角 頭角 觜 鳥口 喙 口也 味 鳳觜 股 鷺股 螽股

蛻 殼也 甲 皮甲 殼 蟬蛻 掌 熊掌 革 皮去毛 色 姿態 骨

影 形影 乳 湩也 足 趾也 卵 羽虫所生 腹 背 首

嬌嫩第三

平

嬌 介嬌 新 初非 奇 奇怪 肥 肥壯 微 細小 狂 猛也 癡 癡迷

虛字 死

哀 悲哀 慵 懶也 忙 急也 閑 清閑 輕 輕薄 幽 清幽 孤 孤獨

良 善也 羸 瘦也 清 驕 馬高六尺曰驕

仄

嫩小也　老老大　健壯健　疾急速　逸超逸　異奇異　猛狂猛

狡狡猾　鷙鷙猛　狎親狎　怨哀怨　怒氣怒　懶倦也　喜喜樂

勁健也　蹇跛蹇　瘦瘦弱　病疾病

## 飛躍第四

虛字　活

平

飛舉翼而飛　翔飛翔　鳴鳴吽　啼鳴也　吟聲小而長　嘶馬嘶　號大呼

翹舉足　潛藏也　藏隱也　棲宿泊　馳馬走　驅驅走　遊魚遊

奔走也　行移步　騰高舉　蟠龍蛇屈身　眠睡也　冲飛舉　搏飛搏

翻飛也　爭相爭　驤跳驤　跳躍也　浮泛也　喧聲雜　呼喚也

遷自下移上

仄

躍跳也　鬭相搏　走疾驅　蟄潛伏　唳鶴鳴　戀戀物　噪亂鳴

唱雞鳴　吽大聲　吼獅聲　嘯虎聲　啄鳥食　哺飼食　囀轉聲流

語語聲　宿鳥棲　睡眠也　舞飛舞　過飛過　浴鳧浴　起飛起

聚相聚 化變化 鬧喧鬧 咽蟬聲 驟馬走 戲遊戲 泛浮也
吠犬聲 隱隱藏 趂相從 競鬪競 踐踐踏 慕向也 逐馳逐
立駐足

字

## 牛羊鳥獸第五

並實

平 牛羊 猪羊木蘭詩磨刀霍霍向猪羊 鸞凰 鴛凰 鴛鸞 鴛鴻
鱗鴻即魚鴈 烏鳶 鯤鵬 鯤鯨 鷹鸇 禽魚 龜魚
鳶魚詩鳶飛戾天魚躍于淵 龍魚 豚魚易信及豚魚 虫魚 蛟龍
龜龍 蛇龍 魚龍 蛇虫 龍猪韓乃一龍一猪 龍蛇 龜鱗
熊羆 貔貅 豺狼 駑駘 狐狸 猿猱 雞豚 犧牲
牲牷 鯨鯢 黿鼉 昆虫 虫蛆 螟蝗 蟊螣 龜蛇
猿猴 蜩蟬 貂蟬 魚蝦 鴛鴦 鼫鼯 雌雄 蛟螭
雞虫杜雞虫得失無了時

【尤】馬牛　犬羊　燕鶯　燕鴻　孔鸞孔雀鸞鳳　兎蛇　虺蛇
鳥鸞隋高德孺指野鳥為鸞　鶴鳧莊鳧脛雖短續之則憂鶴脛雖長斷之則悲　鳳鸞
鶴雞嵇紹如野鶴之在雞羣　鳳麟　虎羆　虎狼　獺魚獺祭魚
虎貔　豹螭勇剽若豹螭曹子建文
【八】鳥獸　鳥雀　燕雀　鳥鼠杜山空鳥鼠秋　鼠雀　鴈鶩　虎豹
虎兕　虎鼠李詩權歸臣兮鼠變虎　鹿豕舜與鹿豕遊　犬豕　犬馬
鹿馬秦趙高指鹿為馬　狗彘　狗兎史狡兎死走狗烹　狗鼠　雉兎　鰋鯉
鷸蚌戰國策鷸蚌相持漁人之利　牝牡　蟣虱　鸛鶴　鸛雀　犢特
蝠燕蝙蝠與燕爭晝夜　虺蜴詩胡為虺蜴　雉犢汙塞之釆　蚤蝱
【韭】禽獸　鸞鳳　鶩鳳　龍鳳　麟鳳麟鳳在郊藪　龜鳳　鴻鴈
羔鴈　鳧鴈　魚鴈書魚鴈傳　鳧鶴杜鳧鶴終高去　徠鶴　龜鶴
雞鶴　鸞鵲　雞鶩　鵬鷃　鴻鵠　鶩鷺　鵜鷺　鷗鷺

鵞鸛　鵞鶩　鵰鶚　鷹隼　鴉鷺　烏鵲　猿鳥　魚鳥
雞鳳　狐鼠　狐貉　狐兔　烏兔日中烏 月中兔　魚兔　羊豕
豚犬　鷹犬　雞犬　雞狗　牛馬　騏驥　駑驥　龍虎
熊虎　貔虎　豺虎　蛇虎　狼虎　蛇虺　蛇蝎　蛇蚓
犀象　犧象　麋鹿　豺獺　鷹鷂　龜鼈　魚鼈　魴鯉
鱣鮪　鵞鴨　虫蟻　鶯燕　鶯蝶　蜂蟻　螟螣　蝦蠏
鰌鱔　鵞鸛　羔彘　猫鼠　蛇鼠　蛇蠖　蛇豕　彪虎
駒犢　蟊賊食禾虫　梟獍梟食母鳥 獍食父獸　鵞鴈　羊犢　蚶蛤
蛟鼉　牛驥文正氣歌牛驥同一皁　禽犢荀小人之學也以為禽犢又禽犢之爱
鶉鵲

麒麟翡翠第六　並實

平　麒麟　騶虞仁獸　鶖鶬　鸕鷀　倉鶊　鹽雞　鵾雞　鳲鳩

雎鳩 詩關關雎鳩　鴟鴞　鳧鷺　鷦鷯　鸕鷀　春鋤 鷺鷥　提壺

鵜鶘 水鳥能沈水取魚　鉤輈　蟾蜍　蜻蜓　蝦蟇　蒲盧　蚷蜋

螳蜋　蜉蝣 朝生夕死　蜘蛛　驊騮　蝤蛑 水虫　蠨蛸　催歸

伊威 鼠婦　螟蛉 詩螟蛉有子蜾蠃負之　於菟 音烏塗楚人以虎為於菟　羚羊

商羊 一足鳥天將大雨商羊起舞　蚍蜉　窮奇 封山獸勇能食人故取以為凶人之號

蒲牢 此獸好鳴今鐘上獸紐是也　鵁鶄　鵖[鳥渠] 即今鵜鴣　騊駼 獸似馬

狻猊 此獸好坐今佛座下獅子是也　囚牛 此獸好音樂今胡琴頭上所刻獸是也　贔屭

嘲風 此獸好險今殿角上走獸是也　獼猴　鮫鯖　爰居 海鳥

鳳凰　鷓鴣　鵓鳩　子規　杜鵑　鷽鳩　鷺鷥　栗留

鶺鴒　伯勞　竹雞　驌驦　駱駝　蟪蛄 寒蟬　駏驉 義獸　畢逋

的盧 劉先主馬名　蛚蜻　角端 一角獸麃形馬尾好生惡殺　鸊鵜 水鳥膏堪瑩刀劍

畢方　鵔鸃 山雞有美毛自愛其毛終日影水目眩則溺

仄　翡翠　孔雀　杜宇　布谷　百舌　反舌　啄木　戴勝

屬玉白鷺　喚起　鸑鷟　騄駬　螮蝀虹　蛺蝶　蟋蟀　促織

蚱蜢　絡緯　蜥蜴　郭索　蜾蠃　蝜蝂小虫善負遇物輒負愈重不止

獬豸　屓屭此獸好文今石碑兩旁龍是也　鼫鼠貪而畏人　蝳蝐龜屬生南海

白澤神獸　霸下此獸好負重今碑下座獸是也　狴犴此獸好訟今獄門上獅子是也

謝豹虫名見人以前兩脚交覆其首如羞伏　睚眦此獸好殺今刀柄上龍吞是也

上平　鸀鳿　鴝鵒　鶗鴂　桑扈　螻蟈　蚯蚓　科斗蛙子　螃蠏

檮杌西羌惡獸故取以為凶人之號　蟛越漢高祖醢彭越賜諸侯英布覆於江中化為此

精衛炎帝女溺海化為精衛常銜木石填海　鍾鐻神獸今鍾鼓皆用以為飾　附　螻蟻

烏賊海魚口中吐黑水　蚩吻此獸好吞今殿脊獸頭是也　蝴蝶　鸂鶒

鯤魚鳳鳥第七　並實

平　鯤魚　鰲魚　魴魚　鮎魚　鱸魚　鯿魚縮項魚　鰌魚

鱘魚　鰉魚　鯔魚　犀牛　騂牛　蝸牛　驪駒　貍貓

蝗虫　蚊虫　魚蚊

【上仄】鼉魚　鯉魚　鱔魚　蠹魚　蜜蜂　馬蝗　馬蚿　燕烏

狗蠅

【仄】鳳鳥　翠鳥　孔鳥　鵬鳥　鳦鳥　驥馬　駿馬　蠛蠓

雀虎　雀豹雀之鷙者如豹

【上平】鷗鳥　鸞鳥　烏鳥　鵬鳥　龍馬　駒馬　騮馬　駑馬

騾馬　蠅虎　蠅豹即蠅虎　魚狗　鼯鼠

## 流鶯語燕第八

【上虛　活　下實】

【平】流鶯　飛鶯　遷鶯　啼鶯　鳴鶯　驚鶯　飛梟　遊梟

驚梟　飛鳶　飛鳩　征鴻　歸鴻　鳴鳩　飛鴉　啼鴉

棲鴉　歸鴉　鳴鴉　飛禽　歸禽　栖禽　鳴禽　幽禽

飛鷗 鳴鷗 眠鷗 浮鷗 飛烏 啼烏 栖烏 鳴鸞
栖鸞 飛鸞 翔鸞 停鸞 鳴雞 啼鵃 栖鶯 搏烏
啼猿 號猿 鳴蟬 驚蟬 鳴蜩 流螢 飛螢 飛蚉
遊蜂 遊魚 潛魚 驚魚 飛龍 潛龍 蟠龍 遊龍
潛蛟 潛蚪 鳴鷚 鳴蛙 鳴蛩 吟蛩 鳴螿 啼螿
飛蝗 飛鵬 搏鵬 潛虬

【上仄】亂鶯 亂鴉 乳鴉 去鴉 落鴻 斷鴻 宿鴉 睡鴛
浴鵞 戲鵞 浴鳧 戲鷗 泛鷗 舞鷗 舞鸞 戲魚
濕螢 亂螢 亂蛙 鬧蛙 亂蟬 亂蜂 鬬雞 伏龍
伏鸞

【仄】語燕 去燕 舞燕 蟄燕 過鴈 去鴈 宿鴈 落鴈
斷鴈 别鵠 去鳥 過鳥 宿鳥 鷙鳥 宿鷺 浴鷺

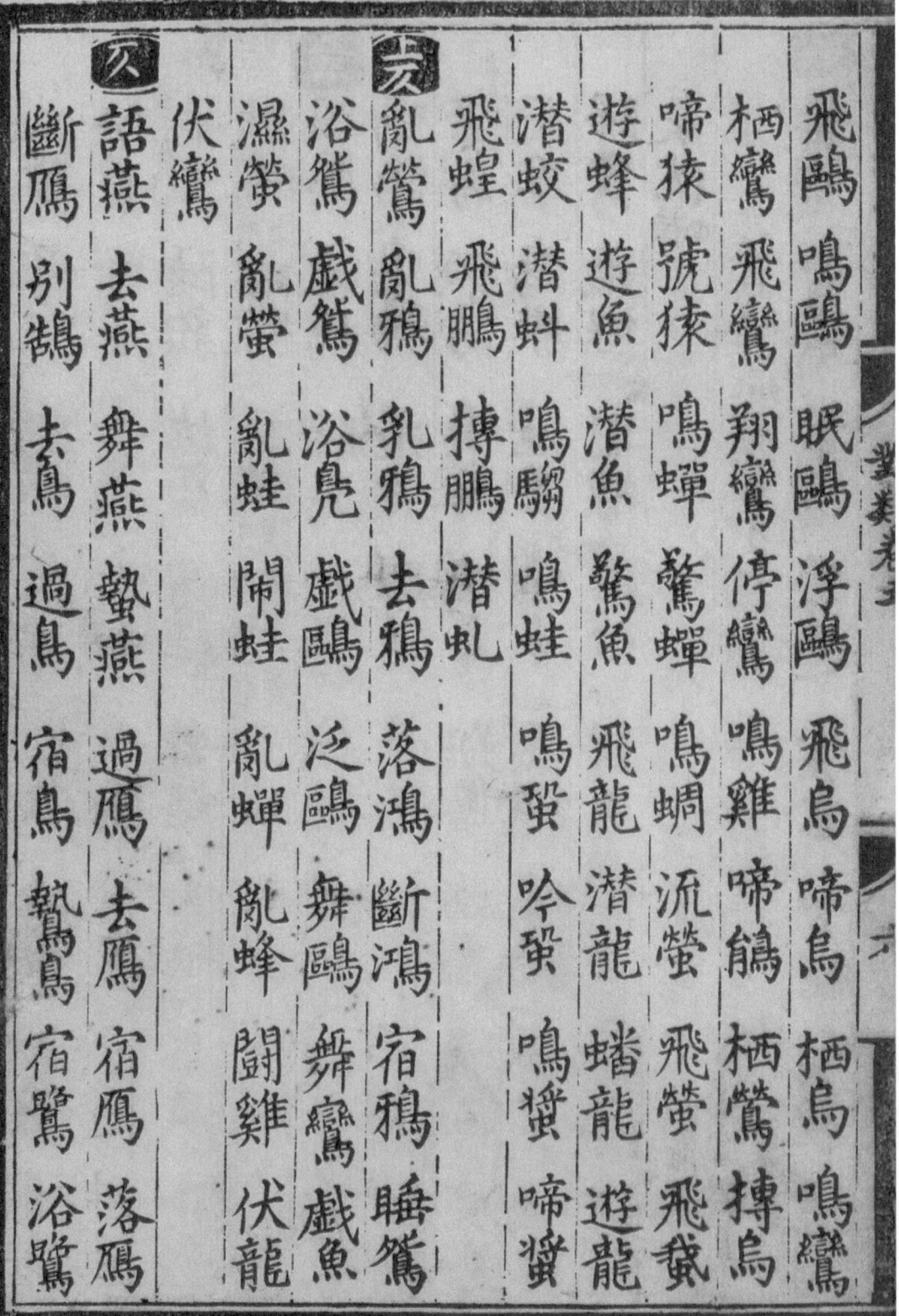

立鷺 舞蝶 戲蝶 亂蝶 舞鶴 睡鶴 唳鶴 墮鵲
噪雀 亂雀 去馬 走馬 舞馬 伏虎 卧虎 走獸
走兔 隱豹 伏豹 躍鯉 舞鱔蘇舜鮹鱔而號狐狸 舞象 走狗
鬬鴨陸龜蒙有鬬鴨 睡鴨李賀鴨香爐換夕薰
去 鳴鴈 來鴈 歸鴈 飛鴈 鳴鵲 飛鵲 飛隼 啼鳩
鳴鶴 鳴鵙 飛燕 歸燕 來燕 棲燕 飛鳥 歸鳥
啼鳥 棲鳥 鳴鳥 鳴鳳 翔鳳 棲鳳 飛鳳 巢鳳
飛雉 鳴雉 飛雀 鳴雀 飛鶴 鳴鶴 飛鶩 飛鷺
歸鷺 飛蝶 遊蝶 遊鯉 歸馬 嘶馬 飛兔 眠犢
哀狖猿也

鸎啼燕語第九　上實下虛　活

平 鸎啼 鸎吟 鸎鳴 鸎遷 鸎穿 鸎捎 鸎歌 鸎飛

鶯來 鶯棲 鴻飛 鴻歸 鴻遵 鴻鳴 鷗眠 鷗鳴
鷗盟 鷗浮 鷗翻 鴉藏 鴉歸 鴉飛 鴉鳴 鴉棲
鴉啼 鴉翻 鳩鳴 鳩飛 鳧飛 烏啼 烏飛 烏驚
雞鳴 雞啼 雞棲 鵬搏 鵬翔 鵬飛 鵬騫 鸞飛
鵬蹲（蘇浮山若鵬蹲） 鸞鳴 鸞翔 鸞棲 鸞停 鳶飛 鳶鳴
鳶蹲（蘇吟詩破壁愁鳶蹲） 龍蟠 龍眠 龍驤 龍飛 龍潛 龍翔
牛眠 牛鳴 龜行 龜遊 魚沉 魚潛 魚遊 魚翻
魚跳（杜翻藻白魚跳） 鯨翻 鸞鏘 蟬鳴 蟬號 蟬棲 螢鳴
蛩吟 蟲鳴 蜩鳴 蛙鳴 蛙喧 魚依 鷺飛 蜂飛
蜂喧 螢飛 螢流 蠶眠 蠶成 禽鳴 禽飛 禽翻
禽棲 猿啼 猿號 猿驚 猿蹲（杜暫聽思猿蹲） 鷹揚 鷹飛
鵰飛 鴟蹲（歐粉坐凍鴟蹲）

平 鳳鳴 鳳吟 鳳翔 鳳飛 鳳栖 鳳騫 鴈來 鴈飛
鴈鳴 鴈歸 鴈翔 燕歸 燕來 燕飛 燕栖 燕翻
燕穿 燕辭皇甫燕辭巢去知社日 鷺飛 鷺歸 鷺翹 鷺窺
鷺拳 鶴歸 鶴飛 鳥鳴 鳥啼 鳥歸 鳥飛 鳥喧
鳥栖 鳥窺 鵲鳴 鵲驚 鵲喧 鵲呼 雀飛 雀喧
雀穿 雉飛 雉鳴 馬嘶 馬馳 馬行 馬驅 馬鳴
馬騰 蝶飛 蝶翻 蝶栖 蝶遊 蝶穿 鹿鳴 鹿呦
鹿遊 鵠飛 犬鳴 鳥耘 象耕舜耕歷山象為之耕鳥為之耘陸龜蒙云
象行必端正履必深耕田者法其端深鳥之啄務疾畏奪耘者法其疾畏 鸛鳴 蟻行 蟻移

仄 燕語 燕舞 燕入 燕去 燕掠李燕掠平蕪去 燕蹴 燕集
鴈唳 鴈落 鴈過 鴈宿 鴈去 鴈度 鴈叫 鷺立
鷺聚 鷺宿 鷺起 鷺下 鷺集 鵲噪 鵲繞 鵲報

鵲墮　雀啄　雀躍　雀噪　雀賀　鳥語　鳥下　鳥度
鳥過　鳥宿　鳥噪　鳥啄　鳥喚　鳥散　鳳舞　鳳舉
鳳下　鳳去　鳳集　鳳至　鳳宿　鶴唳　鶴立　鶴舞
鶴舉　鶴翥　鶴去　鶴睡　鶴弔陶侃丁母憂有二客來弔化雙鶴去　馬走
馬驟　馬躍　馬過　馬去　馬驁　馬駭　兎走　虎卧
虎踞　虎過　虎去　虎下　虎吼　蝶化　蝶戀　蝶舞
蝶過　蝶宿　蝶戲　蝶遶　豹變　豹隱　獸舞　獸攫
獸逐　鹿逐　鶻擊　犬吠　狗吠　蟻聚　蟻旋去聲　蟻慕
鵲舉　鵠立

上平

鶯語　鶯囀　鶯喚　鶯過　鶯舞　鷗下　鷗宿　鷗戲
鷗浴　鷗泛　鷗狎　鷗度　鷗聚　鷗去　鷗沒　鴛戲
鴛浴　鴛睡　鳧戲　鳧浴　烏集　烏遶　烏噪　鴇噪

鴉宿　魚躍　魚戲　魚聚　鵬運　鵬化　鵬奮　鸞宿
鸞舞　猿叫　猿吼　猿嘯　猿宿　鳩喚　雞唱　雞叫
雞報　雞鬭　蛙鬭　螢聚　螢過　螢入　螢照　螢度
龍奮　龍躍　龍化　龍蟄　麟出　鴻過　蟬噪　蟬咽
蜂戀　蜂聚　蛩響　螽躍　蠶蛻　蛇蛻　蠶熟　蟬蛻

## 嬌鶯乳燕第十

上虛　死　下實

（平）嬌鶯　新鶯　狂蜂　禎蜂　窮猿（杜：窮猿失木悲）　孤猿　輕鷗
閑鷗　輕鴻　閑鴻　幽禽　馴禽　名禽　長鯨　長蛟
封狐　肥鱸　新蟬　殘蟬　疎螢　微螢　良駒
（仄）老鶯　乳鳩　遠鴻　順鴻　大鵬　大魚　小魚　巨魚
巨鰲　小鮮　小螢　細螢　碎螢　老龍　老麋　困龍
老羝（左：憨化老羝入羊羣中）　蹇驢（杜：蹇驢破帽隨金鞍）　介麋（介，大也）

〔八〕乳燕　小燕　老馬　駮馬　逸馬　快馬　瘠馬　瘦馬

逸驥　老驥　老鶴　瘦鶴　猛虎　乳虎　猛獸　狡兔

跛鼈（荀跛鼈與六驥）之　蹇兔（史走韓盧而搏蹇兔）　黠鼠（蘇賦有黠鼠）　碩鼠（易晉如碩鼠）

老蚌（老蚌生珠）

〔十二〕嬌燕　嬌鳳　新燕　輕燕　乾鵲　癡燕　狂蝶　輕蝶

新蝶　芳蝶　良馬　肥馬　奇驥　奇獸　奇畜（驢也匈奴奇畜）

駑蹇

鶯慵蝶困第十一　〔上實下虛〕　死

〔平〕鶯慵　鶯嬌　鶯愁　鶯羞　鶯忙　蜂狂　蜂忙　蜂愁

鷗閑　鷗馴　鷗輕　猿哀　猿愁　鱸肥　魚肥　蛩愁

螢微　螢明　蟬稠　蟬殘　鷹飢

〔十六〕鷺閑　鷺清　燕忙　燕輕　燕嬌　蝶愁　蝶狂　蝶癡

蝶閑　鳥窮　獸窮　馬馴　鰥肥　鶴孤

（仄）蝶困　蝶喜　蝶愁　蝶恨　蝶懶　蝶倦　燕懶　鵲喜

鶴老　鶴怨　馬倦　馬乏　馬困　馬老　獸困　虎猛

（平）鶯老　鶯懶　鶯怨　鶯恨　蠶老　蜂喜　魚樂　魚餒

牛瘠　鳩拙　蛛喜

## 驚鴻喜鵲第十二　上虛 活 下實

（平）驚鴻　驚鷗　驚蛇　哀鴻　悲猿　愁猿　哀猿　悲蛩

眠蠶

（上去）詐狙　怒猊徐浩草書如怒猊抉石　怒蛙楚王敬怒蛙　怒鴉　喜虫

喜蛛　鬧蛙　驕鶯　戲鶯　戲魚　戲鷗　病駒

（仄）喜鵲　喜蝶　汗馬　病馬　怒馬　戲馬　怒驥　渴驥

妬燕范質家燕害雛　妬渴虎蘇潛鱗有尾取渴虎　飢蛟　掉渴鵲淳于髡不忍鵲渴而飲之

餓虎 瘦鶴 警鶴 病鶴 困獸

支 驚烏 驚鴈 哀鴈 愁燕 驚鶴 疲馬 上虛 死 下實

祥麟瑞鳳第十三

平 祥麟 祥鸞 靈龜 易舍爾靈龜 靈鼉 李斯傳擬靈鼉之鼓 靈蛇 靈禽

靈雞 欽法師一雞常隨法會號靈雞 靈烏 范文正公貶梅聖俞作靈烏賦以寄 文鴛 文禽

文狸 騷乘赤豹兮從文狸 文蛇 仙羊 初平白石成羊 仙禽 鶴 神龍 神龍銜燭

神羊 獬豸 神龜 神鴉 神魚 神皃 嘉牲 名駒 慈鴉

乖龍 乖龍苦行雨多竄匿古木及簷楹內 元龜 妖蛇 妖蟇 盧月蝕詩劉妖蟇癡腸

妖狐 狐妖獸也

去 孝鶩 唐德清沈氏育鶩育卵而腸出以死其雛啣草祭真長吁數聲死沈氏理之名孝鶩塚 孝烏

瘠駝 劉畫綴辭古拙邪于才曰君賦正似瘠駱駝伏而無嫵媚 毒蛇 毒龍 怪龍

瑞龍 德禽 雞 義猴

〔仄〕瑞鳳　智馬（老馬多智）　瞎馬（免語盲人騎瞎馬）　禮鼠（韓禮鼠拱而立）　瑞獸

義犬（江州陳氏有義犬）　義鶻（杜有義鶻行）　怪狗（韋叔堅家狗如人立又戴冠而走後自暴死）

瑞鶴　瑞象　善馬　義馬　德驥　介鳥　惡鳥　異獸

惡獸　匹鳥（鴛鴦）

〔去〕威鳳　癡虎（魏許褚勇力過人號癡虎）　文豹　廉豹（狼貪豹廉）　神獸

仁獸（騶虞）　廉翃（蚿翃之廉）　靈鶴　仙鶴　仙驥　名驥　名馬

靈龜　靈雀　神鵲　神虎　妖鳥

## 龍吟虎嘯第十四

上實下虛　活

〔平〕龍吟　龍興　鳩居　鶉居（聖人鶉居而鷇食）　蛙居　龜從（書龜從筮從）

龜藏　狼貪　狐疑　狐趨　蜂屯　蟬聯（簪組蟬聯）　蠅營

蛟蟠　蛇蟠　蛇驚　鴟張　鱸鳴

〔去〕鳳占　鳳衰（語鳳兮鳳兮何德之衰）　燕安　燕居　燕閑　燕怡

駿奔　狗偷（史鼠竊狗偷）　鼠貪　兎忙　兎營（史兎營三窟）　狗烹

鳳蹲　鳥伸　虎耆（王虎死方耆前所為）　雉亡（易射雉一矢亡）　蠋興

（又）虎嘯　虎視（易虎視眈眈）　虎鬬（史兩虎共鬬）　虎踞（史龍盤虎踞）　虎噬

虎變（易大人虎變）　鹿失（史秦失其鹿）　燕賀（大廈成而燕雀來賀）　虎衛　燕逸

燕暇　燕寢　燕處　燕樂　鴈集　鴆毒　鳳紀　鳳翥

鳳竄（賈鸞鳳伏竄）　鳳出　蝶夢（莊周夢蝶）　螫毒　蠖濩　鶚薦

蠖屈（易尺蠖之屈）　鳥擇（易鳥能擇木）　狗盜（孟嘗君客為狗盜）　狗媚（狐趙媚）　狗

鼠鬬（史兩鼠鬬於穴中）　鷺振　鼠竊　鼠竄　鼠伏　蜎起　蜎奮

蝟集　蚋聚　豕突　兎脫　獸鬬　豹視　蟻鬬（殷師患耳聰床下蟻動謂之牛鬬）

（平）龍變　龍見　龍起　龍卧（史龍卧南陽）　龍戰（易龍戰于野）　狼噬

狼顧（狼善顧）　狼跋（詩狼跋其胡）　狼籍　狐媚　狐涉　鷹擊

鴻漸逵（易鴻漸于逵） 鯤化 鯨吸 魚貫（易貫魚以宮人寵） 龜縮 龜卜

龜益（易或益之十朋之龜） 鱗集 蠅集（史蠅集食瓜） 烏合（史烏合之衆） 狙詐

蠭起（是非蠭起） 皃續（莊皃脛雖短續之則悲） 蠶食（秦蠶食諸侯） 蠶起

蠡測 猪突 鱣兆（史鱣兆三公） 牛掣 牛喘（史丙吉問牛喘） 駒食

羊觸（易羝羊觸藩） 猶豫

## 啣魚擊鳥第十五

上虛 活 下實

平 啣魚 窺魚（鷺並） 齩魚（獺） 尋魚 窺鱗 求凰（鳳） 啣鱣（鸛） 啣虫

窺牛（虎） 怜蛇（蚿） 欺貓（鼠）

仄 化龍（魚） 化鵬（鵾） 化蛾（蠶） 化鳩（鷹） 化鴽（鼠） 化蠶（馬） 祭魚（獺） 捕虫

捕蟬（螳螂） 捕魚（獺） 續貂（狗） 趂魚（杜溪喧趂魚） 獺 慕羶（蟻慕羊羶） 逐麋（犬）

戴鴉（牛） 制鯨（蟻） 使羊（狼） 趂蛇（鸛） 駮雞（犀） 嚙貓（鼠） 變龍（鯉） 牧豚（虎）

食蝗（鳥） 逐羆（犬） 抵鷹（雀）

仄 擊鳥 搏兎 攫兎 打兎（並鷹） 獲兎（犬） 顧兎 逐鳥 祭鳥

挾兎（鵰） 撲蝶 逐雀 避雀 候雀（鴈） 攫獸（虎） 祭獸（豺） 避犬

附驥（蠅） 化蛤（雀） 變虎（鼠） 咋虎（豚） 捕鼠（猫） 化雉（蛇） 伏鴨（鷄）

上平 擒兎（鷹） 捎蝶（杜花 捎蝶） 妥鶯 吞象（蛇） 吞鹿（蛇） 箝鷸（蚌） 鷇爵 銜蝶

## 天文 風鵬月鶻第十六

並實

平 風鵬（大鵬一日同風起） 風鶯 風鳶 風鵰 風蟬 風螢 風鷗

風禽 風牛 霜鳧 霜鷹（得霜鷹） 霜禽 霜鵰 霜猿

霜雞 雲龍（易 雲從龍） 雲鵬 雲鴻（李簡 逐雲 鴻落） 煙鳧 煙狼

宾鴻

仄 日烏（日中烏） 月烏 月猿 月蟾 月螢 雨鳩 雨鷗

雨龍 露蟬 露蛩 露螢 雪鷗 雪禽 雪鷺 雪鴻

雪獅 電蛇（蘇 電光 掣紫金蛇 時）

仄 月鵲 月兔月中兔 雨燕 雨鶴 雪雀 露鶴 雪鴈

雹馬秦良馬追電 霧豹南山有豹霧雨七月不食欲澤其文章

上平 雲鶴 雲鳳 雲鴈 雲鵠 風鴈 風燕 風蝶 風隼

風虎易風從虎 風馬 風鵲 風鵠 風鶴 風鳥 霜鶴

霜隼 霜鶻黄霜鶻在指呼 霜兔 霜鷺 霜鴈 霜鯽 煙蝶

焱犢徐彦伯為文風牛日焱犢 天狗 星鳥 陽鳥

## 霜翎雨翅第十七

並實

平 霜翎 霜毫 霜蹄杜霜蹄千里駿 霜毛 霜鱗 煙翎 風翎

風毛 風騣 氷鱗 星眸 星精兔

上去 月毫 雪毛 雪翎 雪毫 雪蹄 露翎 月精兔

仄 雨翅 雨翼 雪翅 雪羽 雪頂 雪爪蘇雪上偶然留指爪 露翼

霧鬣

上平 風翮杜風翮九霄鵬 風翅 風脚駝 煙翅 霜鬣 霜翮 霜翅



雲翼

螢星鷺雪第十八 並實

平 螢星 蚊雷 鵬雲 鶩雲杜房相亭西鶩一羣眠沙泛浦白於雲 龍雲

鷗霜 狼煙

去平 鷺霜 鴈雲 虎風 鯉風鯉魚風

入 鷺雪 鶴雪 豹霧 鶴露

上平 鷗雪 螢火 龍雨 蟬露

搏風噪露第十九

平 搏風鳴 衡風燕 横風 追風 嘶風 翔風騅 迎風 知風 上虛活下實

吟風蟬 呼風鶴 排風鴈 翻風蝶 吹風 含風 飡風蟬 生風

隨風 摩雲 穿雲 鳴雲 排雲 翔雲 凌雲 飛雲

侵雲雁 噓雲 拏雲 眠雲 興雲並龍 摩空 橫空 書空

流空雁 排空 摩天鶴 沖天 違霜 啼霜猿 眠霜雁 沖霄

侵霄 啼煙子規 喧雷蚊 流星螢

[去] 唳天鶴 戾天鳶 駕空 入空雁 順風 逐風 嘯風並虎 受風

趂風燕 避風鳥 舞風蝶 相風馬 宿霜猿 踐霜馬 得霜鷓鴣 遡風

上氷魚 聽氷狐 食氷北方鼠 嘯雲 弄雲 致雲 叫雲

吠雲犬 拂雲 帶陽鴉

[入] 噪露 飲露 吸露 咽露並蟬 警露鶴 泣露虫 隱霧 集霧

避雨 喚雨鳩 帶雨螢杜帶雨傍林微 立雨鸛 怕雨猿 致雨蜥蜴 叫月

喚月鴻 喘月牛 嘯月猿 望月犀牛 吠月犬 吠日蜀犬吠日 弄月

噪日蟬 吠雪越犬吠雪 踏雪蘇飛鴻踏雪泥 避雪雁 嘯雨猿 逐電

抹電馬

上平 衝雨燕 知雨蟻 呼雨 催雨鳩 行雨龍 嘯露鳥 鳴露 衝雪
吟露虫 虓雪猿 呑月 嘶月 啼月子規 藏霧豹 追電馬 朝斗

霜飛月唳第二十 上實下虛 活

平 霜飛鴈 雲飛鳥 雲從龍 霜鳴 空書鴈 風翻蝶 風從虎 風吟
天摩 空橫 空排 雷喧蚊
去 露吟蛩 霧眠豹 露啼 雨淋鶴 電奔馬
仄 月唳鴈 月吠犬 月嘯猿 月喘牛 霧宿鳥 霧隱豹 露泣虫 霧卧
露警鶴 雪吠犬
上平 雷吼虎 風送 風嘯 霜宿 霜唳 空唳

節令 春鶯夏燕第二十一 並實

平 春鶯 朝鶯 晴鶯 春禽 春鳧 春蠶 春牛 春蜂
春鷗 春鳩 春蛙 春鴻 晴鳧 晴蜂 晴鷗 晴鳩

晨雞　晨烏　晨鴉　朝雞　昏鴉　秋鴻　秋鵬　秋螢

秋鱸（張翰秋風起思吳中鱸魚鱠）　秋虫　秋蛇　秋蛍　秋蟬　秋猿

秋鷹　秋鵰（杜鵰鶚在秋天）　寒蟬（杜抱葉寒蟬靜）　寒螿　寒蜩　寒鷗

寒鴉　寒鵰　寒魚（杜寒魚依密藻）　寒猿

平　曉鶯　曉禽　曉鴉　曉猿　曉蛙　曉鷗　曉雞　曉蟬

曉蠶　晚蟬　晚鴉　夏蟬　夏螢　夏蚊　暮鴉　暮螢

暮蛙　暮蟬　暮鴻　暮禽　夕螢　夜螢　夜蛙　夜蛍

夜烏　夜猿　午雞　午猫（猫睛正午斂如一綫）　早鶯　早蟬

冷螢　候虫（柳門掩侯虫秋）

仄　夏燕　曉燕　社燕　曉鵲　夜鵲　曉雀　晚雀　暮雀

曉鴈　夜鴈　候鴈　晚鴈　曉鷺　暖蝶　晚鷺　曉蝶

晚蝶（沙曉低風蝶）　暮鳥　夜鶴　晚鷺　螣蟻

【十五】春燕　秋燕杜秋燕已如客　晴燕　晴鴈　春鴈　秋鴈　寒鴈
朝鵲　寒鵲　晴鵲　秋鵲　寒雀　晴雀　寒鷺　朝鷺
春蝶　秋蝶　晴蝶　秋鶚　秋鵠　秋隼　秋鷺　秋鶻
秋兎　秋鱖　秋馬杜秋高馬肥健　秋鳥　春蚓　春鯉　春鳥
晴鳥　寒鳥

鳴春報曉第二十二　【上虛】活【下實】

【平】鳴春　吟春　啼春　爭春　思春　催春　迎春　傷春
喧春　喧晴並鳥　呼晴鵲　吟秋蟋蟀　啼秋　悲秋　賓秋鴈　鳴秋
知更裴耀卿養一雀自初更有聲至漏盡則急鳴呼為知更雀　隨陽鴈　橫秋鶚　知時
摶秋鵬　吟寒虫　驚寒鴈　司晨雞　鳴朝鳳
【去】報春　囀春百舌　喚春鶯　送春鳥　報晴　噪晴鵲　喚晴　喜晴
唱晴　守晴　泣寒　怯寒魚　唳秋鴈　報時猿

仄 報曉 唱曉 戒曉 戒旦 警旦 報午 唱午雞並 照晚

噪晚蟬 應候 照夜螢 叫夜猿 吠夜犬 被凍蠅 警夜

平 輝晚螢 啼曉 催曉 呼旦 啼晝 啼午 鳴午雞並 號夜

啼夜猿 鳴夏 吟夏蟬 鳴夜虫 先社燕 號冷 號凍

春啼曉唱第二十三 上實下虛 活

平 春啼 春吟 春鳴 春来 春繁鳥 春日繁魚 春歸 春飛

春肥 秋吟蟋蟀 秋鳴 秋肥李黃雞豚黍秋正肥 秋歸 秋翔 秋来

秋飛 宵征螢 晨呼 晨飛 晨鳴 晴喧 晴呼 朝飛

昬歸鴉 冬潛 寒潛魚 寒號蟲

仄 曉吟 曉啼鳥 曉驚 晚栖 晚歸鴉 夜吟虫 夜號猿 晚飛

夜鳴 夜啼鵂 夜飛 夜光 夜栖 暮喧 暮歸 暮投

午啼 暗飛杜暗飛螢自照 社来燕 夏鳴蟬

仄 曉唱雞 曉噪鵲 曉語燕 曉散 曉囀鶯 暮宿 夕宿 夕下

夕照螢 夕聚 夜照 夜吼 夜吠 夜宿 夜愁 夜動

夏噪蟬 夏囀 晚宿 晚噪 晝伏

上平 春囀鶯 春語 春叫 春至 春去 春動 春躍 秋響

秋去 秋擊 冬蟄 晴浴鳧 晴噪鵲 昏集

地理 林鶯塞鴈第二十四 並實

平 林鶯杜林鶯遂不歌 山鶯 園鶯 沙鷗 江鷗 汀鷗 溪鷗

波鷗 川鳧 溪鳧 沙鳧 林鴉杜列炬散林鴉 山鴉 山禽

山猿 山雞 山蜂 山羊 山牛 山犀 林鳩 林猿

林蟬 園禽 邊鴻 江鴻 江鱸 江豚許江豚吹浪夜還風 溪魚

河魚杜河魚不取錢 江魚杜白白江魚入饌來 淵魚 淵龍 川鯨 溪鱗

濱鯤 池蛙 河豚梅聖俞有河豚詩 藩羊易羝羊觸藩

上去

海鷗　渚鷗　海鵬莊海運則鵬徙於南溟　海鯨李跨海斬長鯨　浦鷗

海豚腦上有孔噴水直上百數為羣　海鳧人得鳧毛長三丈張華曰海鳧毛出則大亂　野鷗

塞鴻　渚鴻　澤鴻　谷鶯出自幽谷　野禽　水禽　渚禽

渚鶯杜風鶯藏近渚　水鳧　渚鳧　野鳧　嶺猿杜嶺猿霜外宿　野猿

沼蛙　沼魚　鰹魚　野雞雉　野蠶　地羊　野羊　水牛

野牛　洞龍　水犀

仄

塞鴈杜塞鴈一行鳴　海鵠鶴國男女畏海鵠鵠遇即吞之　海鶴杜海鶴階前鳴向人　澤鴈

海鴈　海燕　海鳥　水鳥　水獺　野鳥　野鷺　野鶩

野鶴　野鶻　野馬　野騎杜春濃停野騎　野蝶　野鹿　野雉

野鴿　野鴨　野彘　澗鳥　徑蝶　塞馬　渚鷺　垤蟻

垤鶴詩鶴鳴于垤

上平

江燕　巢燕　沙鴈　邊鴈　汀鴈　湖鴈杜湖鴈雙雙起　山鵲

林鶓 雝鶓 山鳥 林鳥 溪鳥 雝雀 林雀 汀鷺

灘鷺 洲鷺 沙鷺 沙鳥 山雉論語山梁雌雉 山鹿 雝鷗

園蝶 哇蝶 田蛤蛙 皐鶴詩鶴鳴于九皐 邊馬 邊騎 江蟹

城狐社鼠第二十五

並實

平

城狐城狐社鼠喻小人 韓駒漢武怒鄭當時曰局促效轅下駒 床龜南方老人搘床龜二千餘年尚生

田狐易田獲三狐 臺烏御史府號烏臺 池魚城門失火殃及池魚 車牛駕車牛

杯蛇杯中蛇影乃角弓也 冠猴楚人沐猴而冠

仄

稷狐城狐同 磨驢蘇應笑謀生拙團團似磨驢 筍龜楚有神龜王巾笥藏之

轍魚莊轍中鮒魚曰無升斗之水活我乎 釜魚史釜中生魚范萊蕪中知不可久又魚遊釜

井蛙馬援曰子陽井底蛙耳 杖鳩老人刻杖為鳩食不咽 佩魚蘇老佩刺史魚

谷駒空谷白駒 隙駒人生如白駒過隙 廟犧韓不菜太廟犧 稷蜂稷蜂不藝與城狐同

仄

社鼠 厠鼠李斯見厠鼠食不潔見倉鼠食積粟 市虎戰國策市無虎明矣而三人言成顧王察之

穴鼠 仗馬李林甫曰立仗馬一鳴輒斥去 井鮒易井谷射鮒 窟兔狡兔營三窟

穴蟻韓千丈之堤以蟻穴而壞 磨蟻日月行天如蟻行磨

（幸）墉隼易公用射隼于高墉之上 軒鶴衛懿公鶴有乘軒者 堂燕劉舊時王謝堂前燕

池鳳老鳳池邊蹲不去宋八識曾公亮 倉鼠見罔鼠下 隄蟻見穴蟻下 庭鶴

天龍地虎第二十六

（平）天龍 天牛 天雞羅隱天雞說 天黿星名 天狼星名 江猪江豚 天鵞

燈鳶 田雞

（去）地龍 火龍王祝融南來鞭火龍 火雞江逌繫火于雞燒羌營 火蛾元宵造火蛾

火牛田單大牛 野猫 野狐 野猪 水雞 地牛 土龍

土牛立春造土牛 石羊 石麟 石獅 石牛 燭龍鍾山神名燭龍

墨猪字多肉少骨謂之墨猪 瓦雞見後

（仄）地虎 石燕許石燕拂雲晴亦雨 石蟹蘇溪邊石蟹小如錢 海馬 海獺

水馬 石鴈（楊裕出郊得二石鴈後生一男一女） 石虎（李廣疑石為虎射之） 石馬（冢前有石人馬）

木兔（燕北雜記三月十三日以木為兔分兩朋射之） 石獸

〔上平〕天馬（渥洼出天馬） 陶犬（金樓子陶犬無守夜之警瓦雞無司晨之益）

盬虎（左王使周公閱來聘有盬虎形以獻其功）

韓盧衛鶴第二十七

〔平〕韓盧（俊犬） 吴蛙（梅河豚詩怒目猶吴蛙） 燕鴻（詩南隨越鳥北燕鴻） 吴牛（喘月） 〔並實〕吴蠶

荊梟（荊梟與鳩遇曰我將東徙於吴西方皆惡我聲） 黔驢（柳三戒黔之驢） 有 巴蛇（巴蛇吞象）

秦狼（禓周也羊秦也狼） 周羊 胡鷹

〔去〕蜀龍（諸葛亮兄弟分仕三國蜀得其龍吴得其虎魏得其狗） 蜀雞（韓魯雞之不期蜀雞之不支）

蜀鵑（蜀望帝化杜鵑） 楚猿（楚國亡猿禍延林木） 楚猴（楚人沐猴而冠） 楚鳥（即鴉小而腹白）

晉蛙（晉惠帝聞蛙鳴問曰為公乎為私乎） 越雞（莊越雞不能伏鵠卵） 越禽（李越禽不戀燕）

魯麟（魯西狩獲麟） 魯雞（見上） 旅獒（書西旅貢獒）

仄 衛鶴見前 漢鹿唐明皇獲白鹿王山人曰漢時鹿也 魏狗見上 冀馬見下冀北馬多於天

漢燕薄濕為窠聲多稍小者漢燕紫背聲輕小者越燕胸斑黑聲大者胡燕作窠喜長 蜀犬 越犬

越鳥古詩越鳥巢南枝 越雉周越裳氏重三譯而來獻白 宋鷁春秋六鷁退飛過宋都

永鼠柳三戒永某氏之鼠 楚雀 越燕見上 宋鵲

平 秦鹿秦失其鹿 吳狗蜀將傅彤曰吳狗豈有漢將軍降者 胡馬古詩胡馬依北風

齊犬齊後主祿犬雄為開府儀同三司雌為夫人 遼豕漢朱浮曰遼東有豕生子白頭將獻之 周狗

周駿周穆王得八駿遊行天下 隋鹿隋失其鹿 齊鵠齊獻鵠于楚

吳虎見蜀龍下 胡燕見漢燕下 川狗川中狗獨字 遼鶴遼東鶴丁令威事

唐馬

## 啣泥出谷第二十八 上虛 活 下實

平 啣泥燕 蟠泥龍 銜波魚 隨波鷗 眠沙鳧 穿墉鼠 潛波 潛淵

歸林鳥 填河鵲 奔泉驥 歸山 投林 巢林 穿林 棲林

雛塵鵬

上六
吸川鯨　浴川鳧　躍淵魚龍　鼓波魚　戲波鷗　浴波鴨　躍波魚　弄波

過池螢　掠泥燕　踏泥鴻　豕泥杜豕泥　蒼鷹飢　戴山鰲　負山蚊　拂池

聚沙杜宿圓沙　鴈聚　立灘　首山豹死首山　首丘狐死首丘　起沙

失林落狀如失林鹿擧　落沙鴈　睡沙鴛　篆沙鳥　宿林虎　囀林鶯　過林

飲泉鹿　負嵎虎　在郊鳳　豕塵馬　負塗豕　壞隄蟻　辟塵犀　吠村

出林　過墻

入
出谷鶯　點水蜻蜓　戲水鴛　弄水　出水　躍水　擊水魚　掠水

拂水燕並　照水螢又犀　點水螢　泛水　鎭水犀　跕水鳶　戲浪

泛渚杜鷗輕泛渚白　在渚鷗　立渚鷺　戲渚鵞　逐浪鷗　躍浪　透浪

戲浦鷗　躍沼　飲竇馬　縱壑魚　化石虎　跨海鯢　破浪　運海

上平
橫塞　飛塞鴈　翻浪　跳浪魚　隨浪　衝浪　奔浪　吹浪

浮浪　游水　浮水　蔵渚　遵渚（鴻）　翔野（鳳）　横海（鯨）　鳴垤（鸛）

當道（豺狼）　當徑（蛇）　行地（馬）

〔染〕

## 花鶯柳燕第二十九

〔並實〕

〔平〕花鶯　花蜂　芹蜂　蓮龜（千歲龜遊於蓮葉上）　桑蠶　蓴鱸　蒲鱸

著龜　枝烏　桑鳩　杉雞

〔上去〕柳鶯　柳蟬　草虫　草螢　草蛙　草雞　竹雞　枳鸞

棘鸞（史：枳棘非鸞鳳所栖）　竹鼯　杏蜂

〔入〕柳燕　柳蛍（韓及歸柳斵蛍）　竹蝨（蘇：竹蝨如粉塗竹葉久乃能動）　竹鶴　竹鳳

竹兔　竹鼠

〔上平〕花鳥　花蝶　花犬　叢雀　枝鵲　蘆鴈　松鶴　松鼠

松犬　蕉鹿（鄭人遇鹿斃之藏諸湟中覆之以蕉）　株兔（宋人守株待兔）　梧桐　桑扈

## 桃虫竹馬第三十

〔並實〕

平 桃虫鶺鴒 花驄唐明皇愛玉面花驄 沙雞絡緯 桑鷰蔺也 荷蜂蓮實

卉 木牛諸葛亮作木牛運糧 木魚蘇賻君木魚三百 木鸞隋群盜起刻木鸞詔書放之冀救兵至

木雞紀渻子養鬬雞望之似木雞矣 瓠犀詩齒如瓠犀 瓠中 艾豭左盍歸吾艾豭

紙鳶後漢隱帝有紙鳶之戲 紙驢張果老紙驢 篠驂竹馬 棘猴棘端刻猴

籜龍蘇斤斧何曾赦籜龍筍也 楮雞菌也

六 竹馬郭伋遷并州牧兒童騎竹馬迎於道路 木馬魏暉作木馬與一童子童子乃泰山府君

木鵲公輸削竹木為鵲飛三日不下 木鴿木朴魯者為木鴈 栗犢蔺栗之犢

圭 芻狗老天地以萬物為芻狗 花狗 花馬 秧馬武昌農夫騎秧馬

艾虎 卉犬芻狗

啣蘆擲柳第三十一 上虛 活 下實

平 啣蘆鴈 啣芹燕 啣花鹿 尋花 穿桃 栖花蝶 栖梧鳳 栖桐鳳

依蒲 穿萍魚 栖枝 穿花蜂蝶 吟楓猿 爭枝 穿叢 栖松鶴

吟枝　吹萍

〔十六〕戀花　護花　戀叢蝶　踏花　採花　探花　帶花　啄花

宿花　集梢鵲　集條杜甫燕集深條　啄苔　啄桃鶯　食萍　食蒿鹿

食苗白駒　傍蓮　戲蓮古魚戲蓮葉東　動荷魚戲新荷動　咽槐　蹴花燕

在桑鳩　宿梧　纏枝鵲　遶枝　聚枝　囀枝杜鳥近囀枝黃　踏枝鳥

吸萍魚　觸松鹿　集瓜蠅　罣蘆蟻

〔及〕擲柳　入柳　度柳　過柳　囀柳　織柳並鶯　咽柳高柳咽新蟬

噪柳　嘯木　集樹鳥　食竹鳳　化草螢　捘草鴈　在竹鳳　抱葉寒蟬

噪木　擇木猿鳥　食葉蠶　食粒　食粟　啄黍李黃鷄啄黍秋正肥　啄粟雞

啄木鳥　繞竹　繞樹烏鵲　度草　宿草螢　飽穀　食葚鳩　在藻

戲荇魚　蠹木虫　翳葉蟬　抱樹猿　擣藥兎　止棘黃鳥又青蠅　借樹鳥

〔十七〕穿柳　啼柳　藏柳　遷柳　鳴柳　棲柳鶯　棲草　鳴草

吟草　眠草螢　窺草牛　嚙草　翻藻　依藻杜寒魚依藻　號木

緣木蜀有鰍魚善緣木聲如兒啼　啼樹　鳴竹　穿竹　棲竹　棲枳

棲棘鳳　吹絮　黏絮杜仰蜂黏落絮　遷木　升木　登木

宮室　並實

窗雞幕燕第三十二

平　窗雞宋處宗買一長鳴雞窗間後雞作人語與處宗談論　鄰雞孟有人日攘其鄰之雞　籠禽

家雞晉庾翼善草書王羲之後進宗尚翼曰兒輩輕家雞愛野雉　內外　城烏左城上有烏齊師其遯

庭烏柳仲郢為諫議大夫每遷官又烏集第庭　韝鷹杜韝上鷹一飽則飛掣　檣烏杜檣烏宿處飛

宮鶯李宮鶯嬌欲醉　家鳧鴨　庭鴉　宮鴉　庭雞　窗禽　家禽孔雀

上去　砌螢　壁螢　竈雞　櫝龜語龜玉毀於櫝中　屋烏杜丈人屋上烏

入　幕燕左夫子在此猶燕之巢於幕上　厦燕　厦雀淮南子大厦成而燕雀來賀　檻蝶

厩馬　櫪馬杜櫪馬盍脊喧　柙虎語虎兕出於柙　穽獸

上平　梁燕　簾燕　檣燕杜檣燕語留人　宮蝶唐明皇宮中放蝶妃嬪各插艷花隨蝶所止幸之

簷燕　簷雀　簷鵲　簷馬　庭雀　庭鵲　庭鶴　家兔

家鴈（鵝）　家鶩（鴨）　宮燕　籠鳥（白籠鳥無常主）

蜂房燕壘第三十三　並實

平　蜂房　蜂窠　蜂衙（蜂有兩衙應朝）　雞窠　鷹巢　鳩巢　龕巢

鶯巢　魚磯　魚梁（孟澤梁無禁梁絕水取魚者）　鴒原（詩鶺鴒在原兄弟急難）

雞塒（詩雞棲于塒）　龍湫（安定有湫泉清澈龍之所居）　龍窩　鯨波　蠶叢

鴻泥（蘇飛鴻踏雪泥）

去　虎牢（為牢陷虎又虎牢鄭地）　犬牢（江州陳氏畜犬百餘共一牢食）　鳳巢　燕巢

鸛巢　鳥巢　鵲巢（晉王澄出鎮荊州自脫衣上樹探鵲巢）　馬槽　燕泥

蟻封（古文折旋蟻封）　雀羅（漢翟公罷廷尉門外可設雀羅）

入　燕壘　燕國（燕子烏衣國）　燕幕　鳳藪　鳳穴　兔穴（狡兔三穴）

虎穴（班不入虎穴不得虎子）　鼠穴　蟻穴（韓千丈之隄以蟻穴而壞）　蟻路

蟻國槐安國事　蟻垤蟻封也　鸛垤詩鸛鳴于垤　鴈澤　鴈磧

馬廄　馬櫪　兔窟　鳥道蜀號鳥道

〔上並〕蟾窟　龍穴　鶯谷　蜂户　蝦國　蝸國　蠶箔　蠶繭

蚊市　蛙市　豚穽

歸梁賀厦第三十四

〔上虛〕活　〔下實〕

〔平〕歸梁　棲梁　巢簷燕　喧簷　窺簷雀　穿簾　窺簾　吞舟魚

喧籬　充庭　喧庭鵲　翔庭鳳　穿窗螢　鳴窗雞　搘床龜　緣帷螢

鳴軒　沿堦　書梁蝸　啣環雀　啣珠蛇　穿珠蟻穿九曲珠　隨車雉

生氈蟲　馱經白馬馱經

〔上仄〕在梁　語梁　語簷　入簾　掠簷燕　噪簷李鳥雀噪簷帷　避舡鷗

入窗　入床　入幃　度窗　爍堦　遶欄　照書　照衣並螢

觸藩羊　報衙蜂　撲窗蜂　織簷蛛　在堂蟋蟀　繫亭馬　鎖窗蜂　渡橋

挽鈴（鵶）　守宮（蜥蜴）　度闌（雞）　喪家（狗）　處褌（蝨）　負圖（龍馬）　嚙鞍（鼠）　獻環（猿）

入舟（魚）　負舟（龍）　撲燈（蛾）　換書（鵝）　寄書（雁犬）　蠹書（虫）　轉丸（蜣蜋之智在於轉丸）

仄　賀厦　入幕　款幕（燕）　舞檻　遶檻（蝶）　俯檻（鴛）　伏檻　阜戶

在戶（蟋蟀）　響砌（虫）　觸牖　出柙（虎）　入帳　隔幔　度閣　集府（烏）

拂席（韋席流螢光拂）　立仗（馬）　網壁　篆壁（蝸）　繫帛（雁）　破壁（龍）　入廁（鼠）

鎖硯（蜘蛛網）

空　穿屋　穿壁（並鼠）　栖屋（烏）　巢閣（鳳）　穿牖　巢室　翻幕　巢幕

穿幕　飛幕（燕）　穿屋（雀）　侵幕（螢）　吟砌　鳴砌（虫）　居壁　粘壁

沿壁　書壁（蝸）　穿檻（蜂）　遊釜（魚）　依梁　鳴桁（杜衣桁翡翠鳴）　生釜（魚）

飛屋　流屋　吹火（狐）　升鼎（雉）　司鑰（魚）

## 營巢結壘第三十五

上虛（活）　下實

平　營巢（燕）　添巢　歸巢　離巢　爭巢　辭巢　尋巢　居巢

為巢 歸窠 尋窠 棲塒 偷香 尋香 翻盆 垂韁

【上六】結房蜂 定巢 隔巢杜鳥並隔巢黃 護巢 落巢鳥 布絲 結巢

溺羹蠅 落泥薛道衡空梁落燕泥

【入】結壘燕 結網 引網 布網 墐戶 掛網蛛 作繭蠶 結蜜

採蜜 課蜜 釀蜜 入穴 出穴 吐沫 噴沫 過隙駒

嚙索蛇 入鼓鶴 倒甕 伏櫪 攫肉 茸壘

【去】尋壘 營壘燕 坯戶 閉戶 圖穴 穿穴 尋穴鄭逐蟻難尋穴

供蜜 成蜜 分蜜蜂 爭餌魚 棲架 眠柵鹿 成繭 縈網蛛

穿戶 粘網 封戶蟻

新巢舊壘第三十六

【平】新巢 空巢 深巢 低巢 新窠 空窠 新絲 空房 【上虛】死【下實】

空籠

去仄 舊巢 敗巢 破巢 小巢 大巢 舊窠 壞窠 破窠
小窠 大窠 舊絲 斷絲
仄 舊壘 舊穴 小穴 古穴 舊窟 舊網 破網 密網
壞網 舊蠒 舊戶 密壘 好壘 故壘
上平 新壘 新穴 踈網 新網 新蠒 殘穴

## 巢空穴小第三十七

上實下虛 死

平 巢空 巢新 巢深 巢低 房空 蜂巢成 巢傾
去仄 壘新 壘高 網踈
仄 穴小 壘密 壘舊 網密 網壞
上平 絲小 絲斷 衙羅 房密 巢壞 巢破 巢落 窠小
窠壞

器用

## 鶯簧蝶拍第三十八

並實

【平】鶯簧　鶯梭　鶯金　魚梭　魚刀　螢燈　蛛絲　蠶絲

鮫綃　蟬琴　蟬緌　雞冠

【去】鯉梭　鵲橋　蠏筐　[illegible]冠 [illegible]蟲名蠭也一作范檀弓范則冠而蟬有緌

【仄】蝶拍　蝶板　蝶粉　藺甕 蘇扶桑大藺如甕盎　燕剪 燕尾如剪　鯉尺

鯉錦　蚓笛　鱉甲

【去平】蛙鼓　蛙樂　蝸篆　虫網　蛛網　螢燭　螢火　魚尺

雞綬　龜板　鸞鏡

調簧舞拍第三十九

【上虛】活【下實】

【平】調簧　調琴　調笙　穿梭　拋梭鶯　跳梭魚　成橋鵲　流金

縈絲蛛　翻金　塗金鶯　彈琴蟬　飛燈　垂絲　妝絲

【去】擲梭　奏簧鶯　躍梭魚　吐絲蠶　燦星螢

【仄】舞拍　按拍蝶　擲尺魚　吐錦雞　奏曲鳥　作網蛛　絡緯　篆字虫

傳粉蝶

〔上平〕書字　排字鴈　扯尺　翻尺魚　翻拍蝶

傷弓怯釣第四十　〔上虛活〕〔下實〕

〔平〕傷弓　驚弦　驚弓鳥　疑鉤　呑鉤魚　乘軒見前　驚鞭馬　忘機鷗

傳書鴈犬又黃耳

〔去〕避矰　駭弓鳥　上鉤　掛鉤　避鉤　避弦　出籠李曠如鳥出籠

上竿魚　中刀鯉魚錯刀　中金　帶牌晉宜春苑中白鹿　受羈馬　着鞭　脫鞲鷹

駭輿荀馬駭輿則莫若靜之

〔仄〕怯釣　避釣　駭釣　怯網魚　避網　避繳鳥　嚌勒馬　中彈

出穽　落穽　怯彈　聽瑟瓠巴鼓瑟而遊魚出聽　照鏡鸞　帶箭

伏櫪曹老驥伏櫪　泛駕馬史之駕之

〔去平〕驚餌　驚釣　呑餌　疑釣魚　離網　驚彈鳥　嘶轡馬　驚網

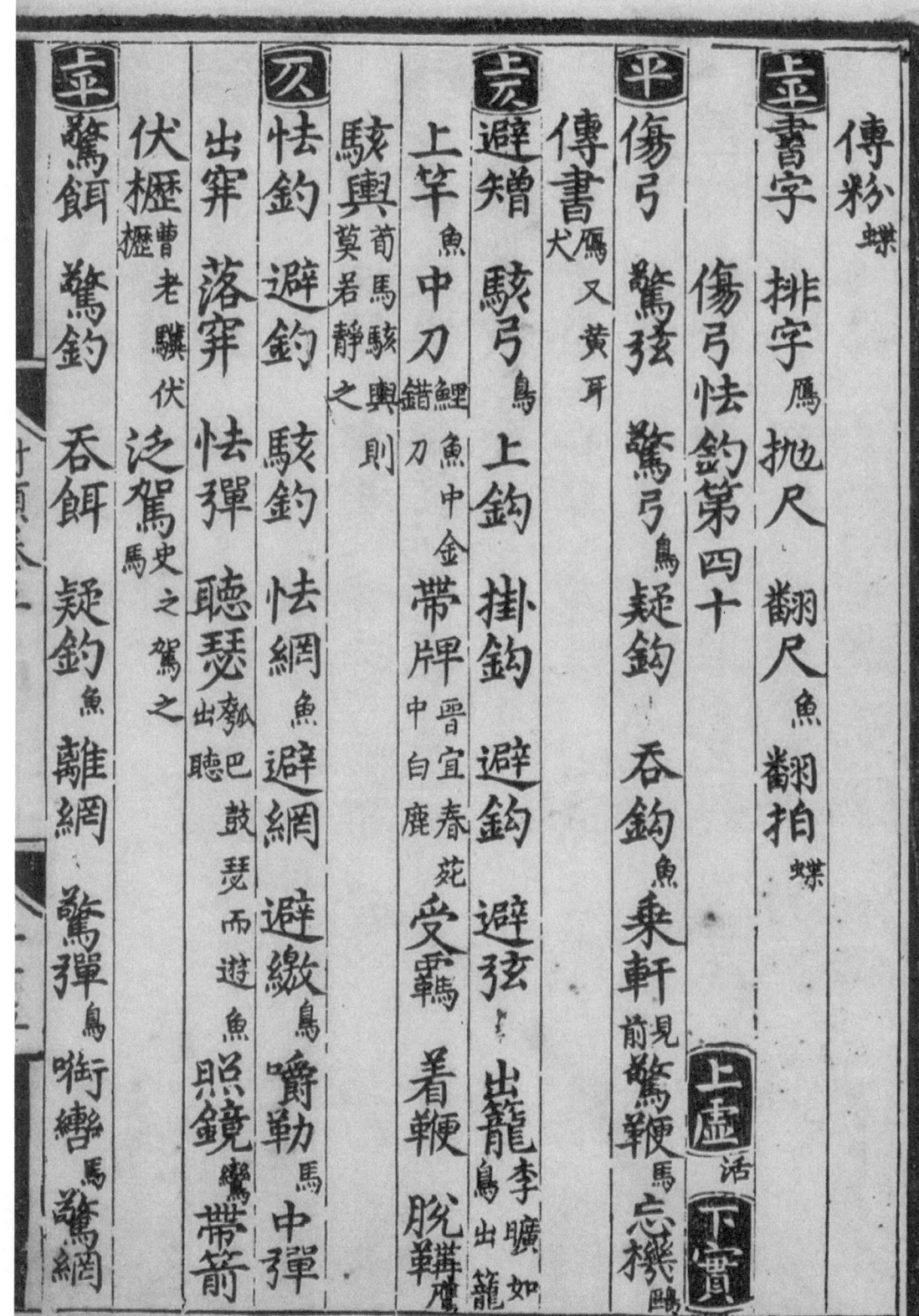

呑墨（魏野詩洗硯魚呑墨） 拋鞚

黃鶯紫燕第四十一　上平虛下實

采色

平　黃鶯　黃鸝　紅鸞　青鸞　斑鳩　蒼鷹　華虫（衮衣所繪雉也）

烏鵶　青梟　青驄　青蠅　青蛙　青螺　青牛（老子騎青牛）

烏犍（牛）　玄牲　玄駒　玄猿　黃雞　黃熊　黃騮　黃龍

黃牛　黃蜂　黃羆　蒼龍　蒼虬　蒼蠅　紅蠶　紅鱗

丹雞（越人相交祭以白犬丹雞為盟）

去　白麟　白駒　白雞　白猿　白魚　白鷗　白龜　白鷴

白羊　白鸞　白狼　白狐　紫騮　紫駝（杜紫駝之峯出翠釜）　紫貂

綠鸞　皂鵰　赤烏　碧雞　黑猿　黑鷹

仄　紫燕　彩燕　彩鳳　紫鳳　白鳳　白鶴　白鷺　白兔

白馬　白鹿　白雉　白鴈　白鳥　白牯　白豕　白虎

白犬　白鵲　白鴿　白象　粉蝶　彩蝶　彩雉　紫鯉
紫馬　赤鯉　赤豹　赤鴈　綠鴨　翠鳥　碧鸛　黑犢
皓鶴

〔上平〕黄雀　黄鶴　朱鶴　黄犢　黄犬　黄蝶　黄豹　黄鵠
黄鳥　黄鯉　黄蟻　黄鷄　朱雀　朱鳥　朱鮪　朱蟻
朱鴈　紅鯉　丹鳳　丹鳥螢火　玄燕　玄豹　蒼隼　青鳥
蒼狗杜天上浮雲如白衣斯須忽變成蒼狗　〔上實下半虛〕

## 蜂黄蝶粉第四十二

〔平〕蜂黄　鶯黄　鸝黄　鵞黄　雞黄　鵁青　螺青　鳩斑
猩紅

〔去〕鴈紅　豹斑　虎斑　雉斑　翠青　翡青　蠟黄　蠏黄
鶴丹

仄 蝶粉 燕紫 鴨綠 鵲碧 翠碧 馬白 豕白 鷺白
鳳褐 鳳紫 鴈褐 蜃粉 象白 鶴白
上平 鴉翠 鴉碧 鴉皂 鷗白 熊白 狐白 蛾翠 螺翠
蛾綠 鷹褐 駝褐 鱗紫

紅翎白羽第四十三 上半虛下實

平 紅翎 紅鱗 紅鬐 黃鱗 黃毛 黃鬚 青頭 青毛
青駿 朱冠 丹睛
上仄 白頭 白鱗 白牙 白毫 白毛 白蹄 白翎 綠毛
紫毛 翠毛 紫鱗 紫翎 粉鬚 綠駿 黑章 翠翹
白顛顛詩有馬白 黑文騶虞
仄 白羽 白眼 白面 白尾 白蹢 白額虎 白鬣魚 白質
翠羽 翠尾 紫鬣孔雀 綠耳 翠鬣 赤幘 赤喙

〔上平〕黃耳　黃喙　黃口　紅掌　紅尾　紅觜（鸚鵡多知，杜紅觜譩）
紅足　紅喙　青羽　青翅　頳尾　朱頂（鶴）　丹頂　烏喙

〔珍寶〕金鶯玉蝶第四十四〔並實〕

〔平〕金鶯　金鸞　金龍　金龜（賀知章金龜換酒）　金鸑（高麗治黃金為鸑獻唐）
金牛　金蠶　金獅　金猫　珎禽　絲蠶　錢龍（長安妓樂上巳結錢為龍）
銀魚
〔上去〕玉狸　玉蚪　玉驄　玉鸞　錦雞　錦鯨　錦鳩　寶龜
〔入〕玉蝶　玉象　玉鳳　玉鴈　寶馬　鐵騎　錦雉　錦鯉
錦燕
〔上平〕銀鯽　金鯉　銀繪　絲繪　珠蚌　金雀

金烏玉兔第四十五〔並實〕

〔平〕金烏（日）　金猊（爐）　金雞　金蟾　金鸞（啟）　金貂　金蟬　金魚

銀蟾月　銅魚　銅駝

【十六】玉龍笛又觀　玉麟符　玉魚　玉蟾　玉蜍　玉犀　玉獅　鈿蟬

【入】玉兔月　玉麈　玉燕　寶獸爐　寶鴨　鐵鳳閣　蠟鳳王僧虔以蠟為鳳

翠翟　鐵馬

【十三】銅虎符　金鳳　金獸　金馬　金雁　珠鳳　珠翟　【並實】

龍文鳥篆第四十六與文史門魚箋蠹簡互用

【平】龍文　龍章　虫書　麟符隋樊子蓋有治績為別造玉麟符以代銅虎　麟經春秋

龜文　龜書夏禹時龜書出洛　蟲文

【十六】豹韜　虎韜　犬韜　虎符漢太守以虎符發兵　鳥言蠻夷鳥言獸面

【入】鳥篆　鳥字　鳳誥　馬語楊翁偉能知馬語

【十三】虫篆　科字　鸞誥

金鱗玉羽第四十七　【並實】

平 金鱗魚 金毛 金衣鶯 金眸 金翎 金睛 鈴蹄 銀蹄
絲毛鷺 花駿 琴喉鶯 銀駿 銀眸
去 玉蹄 玉翅 翠翅 翠冠 翠衿鸚鵡賦綠衣翠衿 錦鱗 魛翎
入 玉羽 玉翼 玉爪龍又鷹 玉面狸 粉翅蝶 粉翼 綺翼
錦翼 絲羽雉 菊羽 綉羽 繡頂鶴 鐵觜 鐵距
上 金觜 金目 金距雞 金喙 金尾孔雀 丹頂 絲頂 綃翼蟬
鉤觜 鉤爪 鉤距 瑶翮鶴 繒翅蝶

金梭玉尺第四十八

平 金梭鶯 金房蜂 金衣 烏衣 花冠雞 銀絲杜鮮絲繪 鯽銀 並實 玄裳鶴
絲窠 銀鉤 銀梭魚 紅裳查道使高麗見沙中一婦人紅裳雙袒肘後微有紅鬣乃人魚也
去 菊衣鶯 雪衣鸚鵡 玉衣 縞衣鶴 繡衣 錦衣 粉衣 翠裾
菊裳 玉璫 玉梭

仄 玉尺魚 錦字雁 玉拍 粉拍蝶 玉剪

韋 金尺鯉 銀剪 金線絨

物

荀龍薛鳳第四十九

平 荀龍荀氏兄弟八人號八龍 莊鵬莊北溟有魚其名曰鯤化而爲鵬 莊魚莊周觀魚而樂

仇鸞仇覽枳棘非鸞鳳所栖 羲鵞王羲之愛鵞 喬鳧王喬雙舄化鳧 張鱸見前

蘇鷹 王蝿蘇味道王方慶俱爲鳳閣舍人張元一曰蘇九月得霜鷹王十月被凍蝿

車螢車胤聚螢讀書 江雞江逌藝雞 蘇羝蘇武牧羝 齊蟬齊女化蟬

宋雞見前 孔龍孔北海如葉龍 葉龍葉公好龍 李猫李義府柔而害物謂之李猫

樂蛇樂廣有親見杯中蛇影 郅鷹郅都蒼鷹 甯牛甯戚飯牛車下

杜蛇杜預醉吐人見之一大蛇 竊窺 丙牛丙吉問牛喘 葛驢諸葛瑾面長似驢

仄 薛鳳薛元敬兄弟號三鳳 舜鳳舜樂成鳳凰来儀 卞虎卞莊子剌虎 甯虎甯成乳虎

陸犬陸機有黃耳犬傳書 桀犬史桀犬吠堯 跖犬史跖犬吠堯 謝豹人名抱羞而死

鮑雁（鮑當孤雁詩號鮑孤雁）

【幸】嵇鶴（嵇紹昂昂如野鶴之在雞羣） 蘇鶴（蘇仙化鶴） 丁鶴（丁令威化鶴） 堯犬

斯犬（李斯牽黃犬出上蔡東門逐狡兎） 馮虎（馮婦善搏虎） 韋虎（韋叡敵人歌之曰但畏合肥有韋虎）

蘇雁（蘇武傳書託雁） 莊蝶（莊周夢為蝴蝶） 嵇蝨（嵇康多蝨爬搔不已） 韓馬（韓幹善畫馬）

## 山君蜀帝第五十

【平】山君（虎） 山公（猿） 波臣（龜） 胎仙（鶴） 王孫（猴） 髯郎（羊） 【並實】龍精（蠶） 廚人

陽精（烏） 飛奴（鴿） 嘉賓（鶴） 胡孫

【去】社君（燕） 雨師 雪娘（鸂鶒） 野賓（猴） 勃姑（鳩） 右軍（鵞） 郭公（鳥） 海翁

隴官

【仄】蜀帝（子規） 郭索 隴客（鸚鵡） 雉友（鳥） 大武（牛） 巧婦 綠使（鸂鶒） 水母

雪客（鷺）

【幸】歌女（蚯蚓） 天女（玄鳥） 神女（鵲） 齊女（蟬） 仙客（鶴） 南客（孔雀） 閑客（鷴） 龍友

西客（鸚鵡）

## 蜂媒蝶使第五十一

平 蜂媒　蜂王　魚兒（杜細雨魚兒出）　蜂兒　鶯兒　麟兒　羔兒　並實

鶖兒　龍雛（蘇春來相與護龍雛筍也）　鵷雛（南方有鳥名曰鵷雛）　鶯雛　皃雛

鷗雛　鵬雛（鵬雛始飛為鷹所制）　鴻兒　鴻賓　猿賓　皃翁　猿翁

雞翁（雞乃朱氏翁所化）　雞孫（陳后山織竹護雞孫）　鴛儔　鷗朋　龜朋　猴孫

龍孫　龍駒　龍媒（駿馬）　鸚哥　狸奴（猫也）　狙公（宋有養狙公）　鯶公（鯉也）

蝸奴（主人自稱威汙蠖奴曰蝸兒主人乃大螾也奴蝸螺之屬）

去 鳳雛（麗統號鳳雛）　鶴雛　燕雛　雉雛（魯恭為中牟令兒童不捕馴雉曰雉方雛）

鴈奴（鴈宿居中令鴈奴圍而警捕者）　鴈賓　燕奴（術士於腕間出二彈子令變即化為燕名燕奴）

蟹奴（大蟹腹下有十數小蟹名曰蟹奴）　燕兒　鴈兒　鳳兒　雀兒　馬兒

鵲兒　蝶兒　虎兒　鳩媒（騷吾令鳩為媒兮鳩告余以不好）　鶴孫（蘇白鶴時來訪子孫）

鶴媒　犢孫陸樹有交柯犢有孫　犢妃犢子牽黃犢女悅之乃留相牽號犢妃
蟻王蟻號槐安國王　蟻臣蟻有君臣之義　鼠姑牡丹也　象王釋象王行處落花紅
獸王虎　雉媒
仄　蝶使　蝶侶　鼠輩黃近來鼠輩欺猫死　鼠婦　獺婦獺以獲為婦　燕使
燕子　燕友　燕客　鳳侶　鳳偶　鳳子　鳳友　鶴侶
鹿友　鹿子　虎子　鴈弟　驥子　驥種　兎子　蟻子
蚋子
平　鳩婦歐天将陰鳴鳩逐婦鳴中林　鶯婦　鶯友　鶯侶　鴛侶　鴛偶
烏賊南越魚自浮水上烏啄之乃捲取烏　魚婢小魚曰魚婢　鴉舅黃鴉舅頗虛聒　梟母
蚊母口中吐蚊常一二升　魚隊　鴻侶　龍子　龍種　狼子　鸞友
獅子　雞子

## 賓鴻客燕第五十二　並實

平 賓鴻 雛雞 雛鶯 神鴉 童牛（無角牛也） 雄狐 羔羊
羝羊 雄蜂 人熊 人魚（紅裳入魚） 胎禽 童麋（童麋觸犀）
上去 犢牛 犍牛 母牛 子牛 牯牛 牝牛 牝雞 母雞
帝鵲 女猫 子鷸 子魚 妾魚 婢魚（小魚）
入 客燕 叔鮪 母彘 牝馬 旅鴈
上平 賓鴈 仙鳥 雛鳳 王鮪 神鳥 雄雉 雌雉 雌蝶
童羖 雛燕

## 雛嬌子嫩第五十三 上實下虛 活

平 雛嬌 雛飛 雄飛 娸嬌 群空 群分
上去 子多 隊多 隊同
入 子嫩 子出 子幼 侶少 婦逐 類聚
上平 雛小 兒落 雌伏

来賓喚友第五十四

〔平〕来賓雁 呼雛燕 將雛雉 求群鳩 離群李雁行中斷惜離羣 〔上虛 活 下實〕隨群 同群

尋群 呼儔 呼朋 成團 牽兒猿

〔去〕引雛 教雛 哺雛 抱雛 帶雛 害雛妬燕 護兒杜鴉護落巢兒

哺兒 傍人 作團 打團 挾雌 入群 念群雁杜飛鳴聲念羣

敗群 出群 戀群 壓群羊成羣則以一雄為主故謂之壓羣

〔入〕喚友鶯 戀友 得友 傍母杜沙上鳧雛傍母眠 食母梟 食父獍 舐犢老牛

哺子 養子 引子杜啼烏爭引子 餵子杜仍為餵其子 喚婦 逐婦鳩

命侶 結伴 作伴 結陣 逐隊 作伍 引類

〔去〕成偶 成隊 排序 呼子 呼婦 尋侶 如客杜秋燕巳如客

求友鶯詩求其友聲 求牡詩雉鳴求其牡 尋隊 尋友 為伍 為侶

催耕勸織第五十五

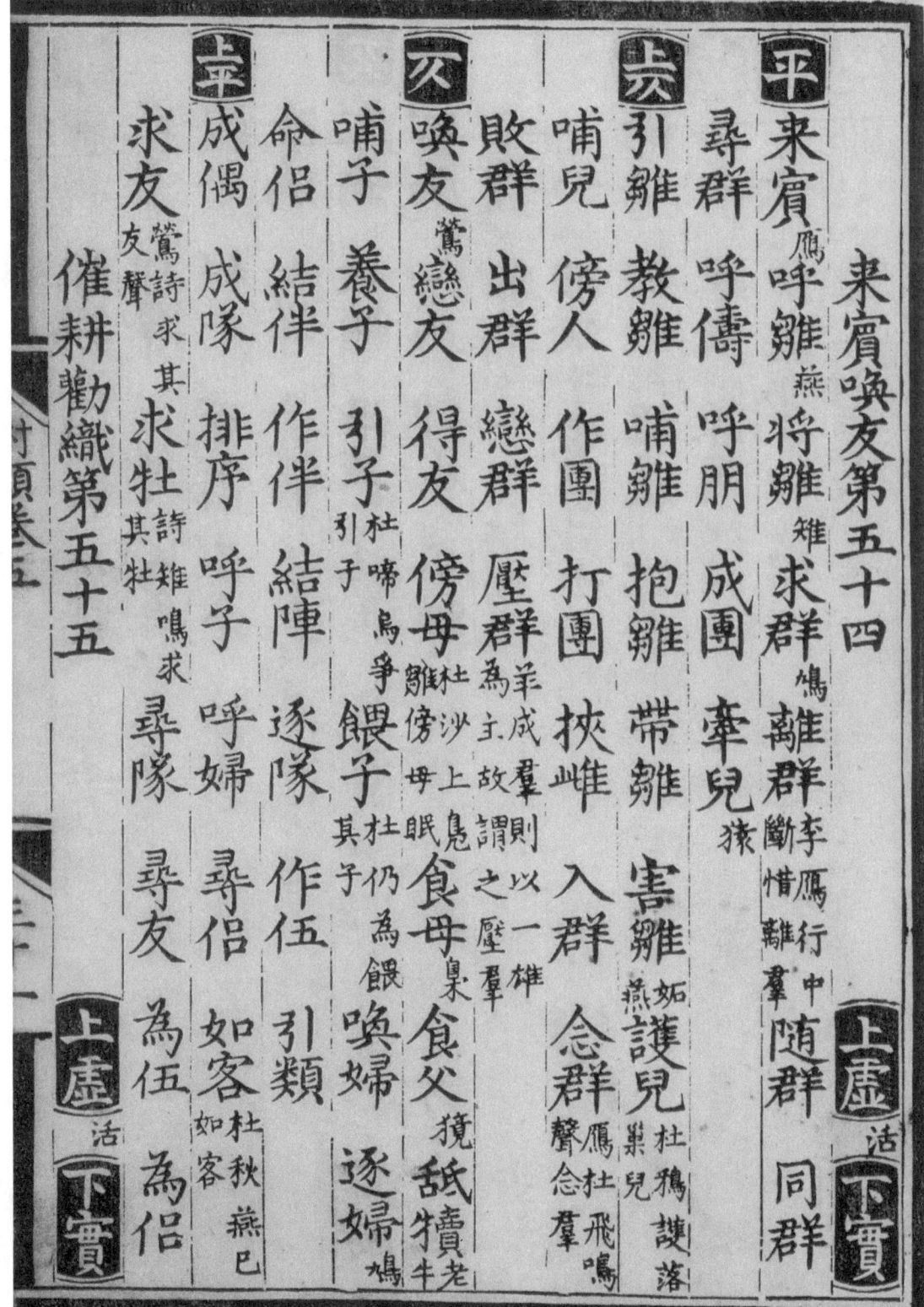

平 催耕 催歸 鳥名韓偓歸日未西 棲香 收香 尋芳 遷喬 鶯 飛高

依高 凝甘 窺斑 豹 尋盟 忘機 鷗 知恩 羔羊

上去 勸歸 規子 下喬 鶯 露斑 豹 採粧 鬭高 蝶 擇深 集深 負奇 鶯

出幽 鶯 入幽 乞憐 犬 吊喪 鶴

仄 勸織 促織 蛩 報喜 鵲 勸飲 提壺 逐臭 蠅 飲潔 蟬 集喜 蝶 負重 牛

致遠 馬 擇穩 啄食 鳥 鬭健 雉 說舊 燕 遇順 鴻 奏響 蟬 反噬 梟

返哺 烏 善鬭 雞 話舊 燕 入夢 鶴 聽講 猿 報赦 蠅 服罪 虎 去忿 犀

止妒 倉庚 識序 鴻鴈 逐害 鸂鶒 辟瘧 秦人以蟹辟瘧 思故 馬 為蠹 虫

上平 催種 杜布谷處處催春種 歸火 荀人主明德則天下歸之若蟬之歸明火也

貪食 魚 求牧 牛羊 占喜 鵲 營食 求食 尋艷 蝶 傳喜 鵲 流響 蟬

占貴 鵲 傳信 鳥

留人伴我第五十六

上虛 活 下實

平 留人 杜 留人 檣燕語 驚人 傷人 依人 隨人 催人 布谷也

親人 崔 親人 小魚 喜 銜人 雉 隨僧 宜男 蟬

去 向人 傍人 燕 聒人 蛙 畏人 鼠 勸人 避人 附人 鷹飢則附人

亂人 惱人 醒人 逐人 吠人 動人 笑人 喚人

戀人 駭人 嚙人 毒人 學人 捕人 虎 螫人 咬人

噴人 元 巴蛇噴人豎毛髮 告人 蜀魄聲似告人 聲 惱隣 杜 鴨惱比隣 不教鷲 吠賓 犬

仄 伴我 鷗 似我 向我 別主 顧主 馬 戀主 犬 救主 狗 吠主

勸客 鳥 吠客 報客 吠盜 換妾 馬 卷女 蜀馬頭娘事

上平 迎客 杜 宿客 犬迎曾 如客 留客 留我 驚客 驚婦

驚心聒耳第五十七 與前類互用

上虛 活 下實

平 驚心 杜 驚心 恨別鳥 知心 鷗知 李 心靜海 傷心 知名 猩猩知姓名 邏者 祖先

呼名 鷓鴣 存身 龍蛇

去 亂聲 斷鬼 入喉（河豚為梅鑊入） 吠形 吠聲

入 聒耳 恍性 噍肉（蚊） 吮血 集鼻（蠅） 撲面（蚊撲面） 暗室 飛蚊 猶

螫手（陸螫手 蝮蛇）

上平 關意（石曼卿對語） 樂意相關 知姓（上見） 充口（何胤車螯充口）

# 攀龍附鳳第五十八

上虛 活 下實

平 攀龍（漢耿純曰士大夫望攀龍鱗附鳳翼以成其志耳） 乘龍（易時乘六龍以御天 又杜女婿近乘龍）

登龍（李膺士有被其容接者名為登龍門） 騎龍（黃帝騎龍上天 又蘇公昔騎龍白雲鄉）

屠龍（朱漫佯學屠龍於支離益千金之產藝成而無所用） 烹龍（李烹龍炰鳳玉脂泣） 從龍（易雲從龍）

屠羊（屠羊說曰大王反國說亦反屠羊） 攘羊（語其父攘羊而子證之） 封羊（易士封羊無血）

驅羊（坡約束蛟鱷如驅羊） 亡羊（莊臧穀亡羊） 乘鸞（唐明皇見月宮素娥乘白鸞舞於桂下）

驂鸞 臨鸞 求魚（孟緣木求魚） 烹魚（詩呼童烹鯉魚） 乂魚（韓詩有乂魚）

觀魚（見前） 穿魚（黃買魚穿柳聘銜蟬） 牽牛 屠牛（屠牛坦一朝解十二牛而芒刃不鈍）

驅牛王導麈尾驅牛　騎牛老子騎青牛出關　牽羊易牽羊悔亡　聞鶯　聞蛙見前
聞猿三峽猿鳴至三聲聞者皆淚下　聞雞祖逖中夜聞雞聲起舞　忘鷗海翁事
連鰲大人一釣而連六鰲　揮犀　從禽易即鹿無虞以從禽也　占龜龜以占卜
烹牢牛曰大牢羊豕曰少牢　維熊詩維熊維羆男子之祥　當熊馮婕妤事
乘牛　騎羊李群玉五仙騎五羊　思鱸張翰思松江鱸魚鱠　騎鯨李白騎鯨飛上天　盟鷗
烹鮮老子治大國者如烹小鮮　騎驢李白騎驢過華陰縣門又杜甫騎驢三十載
乘驢張鷟夢着緋乘驢其年及第授鴻臚丞　乘驄桓典為御史常乘驄馬　囊螢
持螯畢卓左手持蟹螯右手持酒盃　飛鳧王喬飛鳧　哇鵝陳仲子食兄鵝出而哇之
吞蝗唐太宗入苑中見蝗掇數枚吞之是歲蝗不為害　烹羔李烹羔宰牛且為樂　攘雞
騎龜黃赭入山迷路忽見大龜騎龜背行十余里得至溪水　燃犀溫嶠燃犀照水
懸鶉子夏衣若懸鶉　思鶉莊見彈而思鶉炙　蒸豚阮籍居喪食蒸豚　憎蠅歐有憎蒼蠅賦
埋蛇孫叔敖埋兩頭蛇

上卒 應龍韓將歸操無與不鬪兮無應龍求 臥龍諸葛孔明臥龍也 畫龍葉公好畫龍 捕魚
羨魚董策臨淵羨魚不如退而結網 得魚得魚忘筌 買魚 覓魚 取魚
網魚 舍魚孟舍魚而取熊掌 薦魚 貫魚易貫魚以宮人寵 養魚陶朱公養魚 取熊見上
食魚馮長鋏歸来乎食無魚 釣魚宋有賞花釣魚宴 夢魚詩夢維魚矣
夢熊 卜熊見上 養鸞 集鸞 跨鸞 指鸞見前 殺鸞 餵鸞
愛鵞 換鵞王羲之寫經換鵞 夢蛇詩維虺維蛇女子之祥 斬蛇漢高祖斬蛇
捕蛇柳有捕蛇者說 斷蛇 放牛武王放牛于桃林之野 牧牛 愛牛
問牛見前 盜牛王烈義行稱鄉里有盜牛者乞不使王彥方知也 殺牛易東隣殺牛
食牛鼠食牛又杜小兒五歲氣食牛 奪牛左牽牛以蹊人之田而奪之牛
買牛史賣劍買牛 飯牛甯戚飯牛 射牛賈堅射牛 觧牛 宰牛
放猿 聽猿杜聽猿實下三聲淚 拂龜屈原詹尹乃端策拂龜 灼龜 卜龜
放龜毛寶放白龜 續梟見前 放梟史放鴟梟而囚鸞鳳 燿蟬南方人照蟬取而食之

飼蠶 養蠶 養牲 放鷹 捕蝗山東大蝗姚崇請出御史為捕蝗使 證羊前見

牧羊卜式牧羊 跨驢 墜驢陳摶聞宋祖登極大笑墜驢曰天下定矣 跨鰲

釣鰲李白自稱東海釣鰲客 斷鰲女媧斷鰲足以立四極 割雞語割雞焉用牛刀

殺雞語殺雞為黍 𩿝雞江逌𩿝雞 落鵰高駢一發貫雙鵰周號落鵰侍御 射鵰

聚螢車胤聚螢 撲螢 狎鷗 獲麟前見 絕麟孔子作春秋絕筆於獲麟

紀麟同上 賜梟漢五月五日以梟羹賜羣臣 截蛟鄧遐入水截蛟數段 貢獒書西旅貢獒

獻獒 禁蛙武陵王宴集池亭蛙鳴聒人僧法朗禁之便息 射麋魏錡射麋獻諸黨 斬鯨

逐蠅王思性急方書有蠅飛在筆端拔劍逐之 弄麞李林甫作書賀人生子錯寫弄璋曰弄麞

射鳶隋崔彭射鳶連發數矢皆應弦而落 掇蜂唐高紀擘律得以掇蜂 殺黿古冶子殺黿

沐猴前見 射麑吳唐將兒出獵射麑死母驚還悲鳴又射殺之又逢一鹿將射忽箭反激其子唐抱兒哭聞空中呼

曰吳唐之愛子與鹿何異 覓驢不鮮即心是佛真是騎驢覓驢 拜鵑杜杜鵑暮春至我見常再拜

放麑孟孫獵得麑使西巴持歸其母隨之而啼西巴放之孟孫大怒逐之居二月復召為子傅曰不忍於麑且忍吾子乎

放鷄　牧羝　沐猴見前

附鳳見攀龍下　跨鳳　覘鳳　紀鳳　舞鳳　養虎張良曰養虎遺患

畫虎馬援戒兄子曰畫虎不成反類狗　縛虎曹操謂呂布曰縛虎不得不急　搏虎馮婦善搏虎

射虎　逐虎　搤虎　暴虎語暴虎馮河　射鴈隋史萬歲請射第三鴈應弦而落

寄鴈　集鴈　奠鴈古昏禮奠鴈　問鴈皇甫規問鴈門太守卿在郡食鴈美乎

釣鯉呂望釣渭水得鯉剖腹得書文曰呂望封於齊　得鹿　逐鹿秦失其鹿天下共逐之

射鹿魏文帝射鹿母使明帝射鹿子對曰陛下已殺其母臣不忍殺其子　指鹿見前　失鹿見上　夢鹿夢蕉鹿

瘞鹿裴寬曰義不以苞苴污家人以鹿饋瘞之　捕鹿魏令殺禁地鹿者死髙柔上疏使民得捕鹿

掎鹿譬如捕鹿晋人角之諸戎掎之　策馬　馭馬　秣馬韓膏吾車兮秣吾馬　上馬

跨馬　立馬　駐馬　躍馬　下馬　勒馬　絡馬　牧馬

洗馬　縶馬　飲馬古詩有飲馬長城窟　借馬語有馬者借人乘之　葬馬優孟葬馬

買馬　倚馬李白試萬言倚馬可待　相馬九方臯相馬　失馬塞翁失馬

斬馬朱雲曰願賜尚方斬馬劍斷佞臣頭 盜馬秦穆公飲盜馬者 畫馬韓幹善畫馬 逐兎
待兎宋人守株待兎 得兎得兎忘蹄 索駿柳按圖索駿 駕鶴 養鶴
跨鶴 放鶴蘇有放鶴亭記 煑鶴焼琴煑鶴殺風景事 逐獸 搏獸 撲蝶
夢蝶 化蝶鱠化蝶 放鴿蘇記得金籠放雪衣鴿也 振鷺周詩 隱豹
彈雀說苑臣執彈欲取黃雀不覺涙沾衣又明珠彈雀貴不當也 劾鼠張湯劾鼠文辭如老獄吏
射鼠東天網射鼠術又蘇射鼠何勞挽六鈞 中鵠射中也設鵠取小鳥難 取蝎
避蝎 剖蚌 刻鵠馬援書刻鵠不成尚類鶩 獻雉越裳氏重三譯而來獻白雉
夢象張茂夢象人推曰君當為郡然不能善終有齒焚身皆如其言 賣犬吳隱之嫁女使婢牽犬賣之
牧犢堯以天下讓巢父巢父曰君之牧天下亦猶予之牧孤犢又牧犢子無妻 買犢史賣刀買犢
展驥史龐士元使為治中別駕乃得展其驥足 打鴨梅打鴨驚鴛鴦 渡蟻宋郊編竹渡蟻
夢虺見上 射隼見前 飲犢巢父飲犢于上流 聚鷸鄭子臧好聚鷸冠 貫蝨紀昌射貫蝨心
獻鵠淳于髡空籠獻鵠

十平

占鳳 懿氏卜妻敬仲占之曰鳳凰于飛 息鳳 見上 儀鳳 歌鳳 楚狂接輿歌曰鳳兮鳳兮

題鳳 嵇康過呂安不在題門上鳳字而去 因鳳 見放梟下 揮麈 羅雀 張巡食盡羅雀掘鼠

占雀 雀信明生有興雀五色集庭太史占曰此兒必文彩聲名但祿位不高 攜鶴 調鶴

乘鶴 王子喬吹笙乘鶴 騎鶴 腰纏十萬貫騎鶴上揚州 乘馬 隨馬 騎馬

馳馬 孟好馳馬試劍 刑馬 漢高帝刑白馬而盟 窺豹 管中窺豹時見一斑 息鼈 詩魚鼈膾鯉

旋蟻 折旋蟻封 騎虎 史騎虎之勢不得下 烹鯉 古樂府呼童烹鯉魚中有尺素書 停騎

通燕 捲簾通燕子 埋馬 記殺帷不棄為埋馬也 屠狗 樊噲以屠狗為事 烹狗 見前

投鼠 賈策投鼠忌器 吞鳥 羅含夢吞五色鳥後有文章 捫蝨 王猛捫蝨當世之務而談

秤象 魏太祖欲秤象少子蒼舒曰置象於舟刻其水痕而以土覆則知其數 誅鷄 魏公子無忌誅鷄

懷鷄 唐太宗得佳鷄見魏徵來匿懷中奏事故久鷄死懷中 騎狗 二仙人持二狗子來騎之乃龍也

埋狗 記殺蓋不棄為埋狗也 黥鴈 梁攻兖鄆朱瑾選驍勇者黥雙鴈於頰號鴈子都

留犢 時苗留犢

# 攀鱗叩角第五十九

〔平〕攀鱗 見前 批鱗 嬰鱗 韓非云龍喉下有逆鱗徑尺嬰之則殺人人主亦有之 〔上虛〕活〔下實〕窺斑 見前 揮毫

刳腸 龜不能避刳腸之患 焚膏 漢武得白鳳膏照於神壇暴風雨不滅

〔十六〕煑蹯 晉靈公使宰夫胹熊蹯不熟殺之 捋鬚 韓報國危曾捋虎鬚 茹毛 茹毛飲血 割鮮

食鮮 寢皮 拔牙 拔毫 拔毛 黃猩猩筆詩拔毛能濟世 剪騣

〔八〕叩角 見前 附翼 見前 續脛 見前 茹血 飲血 歃血 東牲歃血 食肉

解體 附尾 史蒼蠅之飛託於驥尾乃騰千里 履尾 易履虎尾不咥人 斷脛 截角

折角 辛讜鬬牛角擢短而勇折 拔角 孟賁勇士能生拔牛角 中目 唐高祖射孔雀中目

〔十平〕嘗膽 越王臥薪嘗膽 燒尾 魚躍龍門雷為燒尾乃化為龍初登第設宴為燒尾宴 摩翮

騎背 騎牛背 批耳 杜竹批雙耳峻 添足 畫蛇添足 投骨

〔身體〕

# 龍鱗蝶翅第六十

〔並實〕

〔平〕龍鱗 龍頭 龍鬚 黃帝騎龍上天羣臣悉持龍鬚 龍肝 龍肝瓜長一尺生於水石

熊蹯見前 鴻毛鴻毛之遇順風 牛毛牛毛蠒絲又司馬九牛亡一毛 豚蹄史操一豚蹄

羊頭漢更始官爵太濫當時語曰爛羊頭關內侯 猩唇肉之美者 豚肩晏子豚肩不掩豆

蝸涎蘇蝸牛詩腥涎不滿殼 蛟涎柳潭心日暖長蛟涎 鶯腸鄭海棠詩半隨風雨斷鶯腸

鶯喉 鶯唇 鸃翎宋取鶴翎為箭王濟為龍溪主簿請以鸃翎代輸 蜂鬚杜花粉上蜂鬚

烏頭燕太子質於秦秦曰烏頭白馬生角乃歸 猫睛猫目睛圓午歛如線 狼胡狼跋其胡

龜腸龜不能避刳腸之患 麟蹄狼蹄一角 驢蹄黔驢蹄虎虎喜曰技止此爾 鯨牙

魚腮

馬蹄李雙翻碧玉蹄 馬頭 馬騣 馬肝漢文成食馬肝而死 虎蹄

虎頭莊料虎頭編虎鬚幾不脫虎口 虎皮羊質虎皮 虎牙 虎鬚見上 豹頭

豹胎紂王杯象箸必薦豹胎 豹皮王彥章曰豹死留皮 鹿皮漢武造鹿皮幣 象牙

犬牙犬牙相制 鼠牙詩誰謂鼠無牙 鼠肝莊以汝為虫臂乎以汝為鼠肝乎 鴈翎

鶴翎蘇病鶴不梳翎 獸蹄獸蹄鳥跡 兔蹄 兔毫 鳳毛謝超宗有鳳毛

彘肩（項羽與樊噲彘肩）　蝶鬚　麝臍（麝似麞，患急痛，自以蹄大剔臍出）　蟹螯（螯大足也）

雉膏（易雉膏不食）　蚌胎（珠生蚌胎）　鷙翰（鳳鳴鷙翰）　鳥翎　鳳翎

蝟毛

仄

蝶翅　鳳翅　鳥翅　鶴翅　鴈翅　鳳髓（鳳髓作膠可續弦）　鳳翼

鳳尾　鳳羽　鶴羽　鶴脛（見前）　鴈翮　鴈羽　鴈爪　雉羽

鳳脛　燕觜　燕足　鷺股（陳割白鷺股何足難）　鷺羽　鷺足　鳥跡

鳥喙　鳥翮　虎翼（楊或問酷吏曰虎哉虎哉角而翼者也）　虎尾　虎口

虎革（惡來裂虎兕之革）　虎脊　虎吻（王莽鴟目虎吻）　豹尾　狗尾　鼠尾

蠆尾（蜂蠆毒尾）　馬尾　馬腹（左鞭長不及馬腹）　馬齒　馬脊　馬骨

馬革（馬援思馬革裹尸）　馬首　馬足　馬耳　馬鬣　鴈足　象鼻

象齒（象有齒以焚其身）　鷁首（鷁小鳥畫其象着船）　鼠腹（莊子鼴鼠飲河不過滿腹）　驥尾

鴇羽（詩肅肅鴇羽）　驥足　鹿角　雀角（鼠牙雀角之爭）

上平

鶯羽　鶯翅　鶯舌　鶯觜　鵬翼　鵬翮　鵬背 鵬背負天

鶯頸　梟翼　鴻翼　鸞翼　鷹爪　雞口 史寧為雞口　雞項

雞肋 楊雞肋棄之可惜啖之無所得　麟角　麟趾 詩麟之趾　龍耳 郭璞葬龍耳

龍首　龍尾 華歆與邴原管寧為友歆為龍頭原為龍腹寧為龍尾　龍角　龍額

龍腹　龍頷 海上翁曰珠在驪龍頷下　牛脊 賈堅射牛一矢拂脊再矢磨腹　牛背

牛耳　牛乳 後魏王琚常啖牛乳色如處子　牛鼻　魚額 魚化龍不成則點額　雞距

魚目 魚目混珠　魚尾 數魚以尾　羊胛 骨利幹部晝長夜短日入烹羊胛熟東方已明

羊舌 有盜羊者遺叔向毋埋之事發惟羊舌在　羊胃 史爛羊胃騎都尉　羊質 羊質虎皮

熊掌 美未　鵞掌　熊膽 柳仲郢嗜學母和熊膽為丸以助其勤　貂尾

狼尾　螳臂 螳蜋怒臂以當車轍　蜂尾　蟬蛻　蛇蛻　虫臂　鵞頸

蝸角 莊國於蝸之左角曰蠻氏國於蝸之右角曰觸氏爭地而戰伏尸數萬　犀角　鴻爪

魚腹 陳勝魚腹帛書又屈原葬江魚腹中　蟬腹 宋檀珪求祿不得曰蟬腹龜腸為日已久　鶉首

鶺尾鶺首鶺尾並星名 蛟革荀楚人蛟革為甲 蚊睫海上有虫曰焦螟集於蚊睫 蜩甲蟬皮蛻

龍涎鳳味第六十一與器用門蝦鬚雉羽互用 【並實】

【平】龍涎香 龍睛蚕 羊毫筆 鵞毛雪 蜂腰詩 牛腰書 羊腸險路 蠅頭字

魚鬚吳都賦靡魚鬚之曲旃 鸞膠可續弦 蝦鬚簾 猪肝端硯

【上仄】鳳頭簪 雉頭裘 雀頭香 鼠鬚筆 虎睛藥

【仄】鳳味硯 雉尾扇 象眼窓 鶴頂帶 蟹眼湯 犢鼻布 雀舌茶 鶴蝨藥

鶴膝詩 馬乳酒

【上平】鵞眼錢 鵒眼硯 龜背文 龜脚海味 龍腦藥 蟬翼紗 羊角風 魚骨

蛇腹琴 雞舌香 烏喙藥 犀首

多情有意第六十二 【上虛】死【下實】

【平】多情蝶 多音 無心鳥 無聲 無牙鼠 能言鸚鵡 無腸蟹

【上仄】有情蝶 有聲 畫情 有心

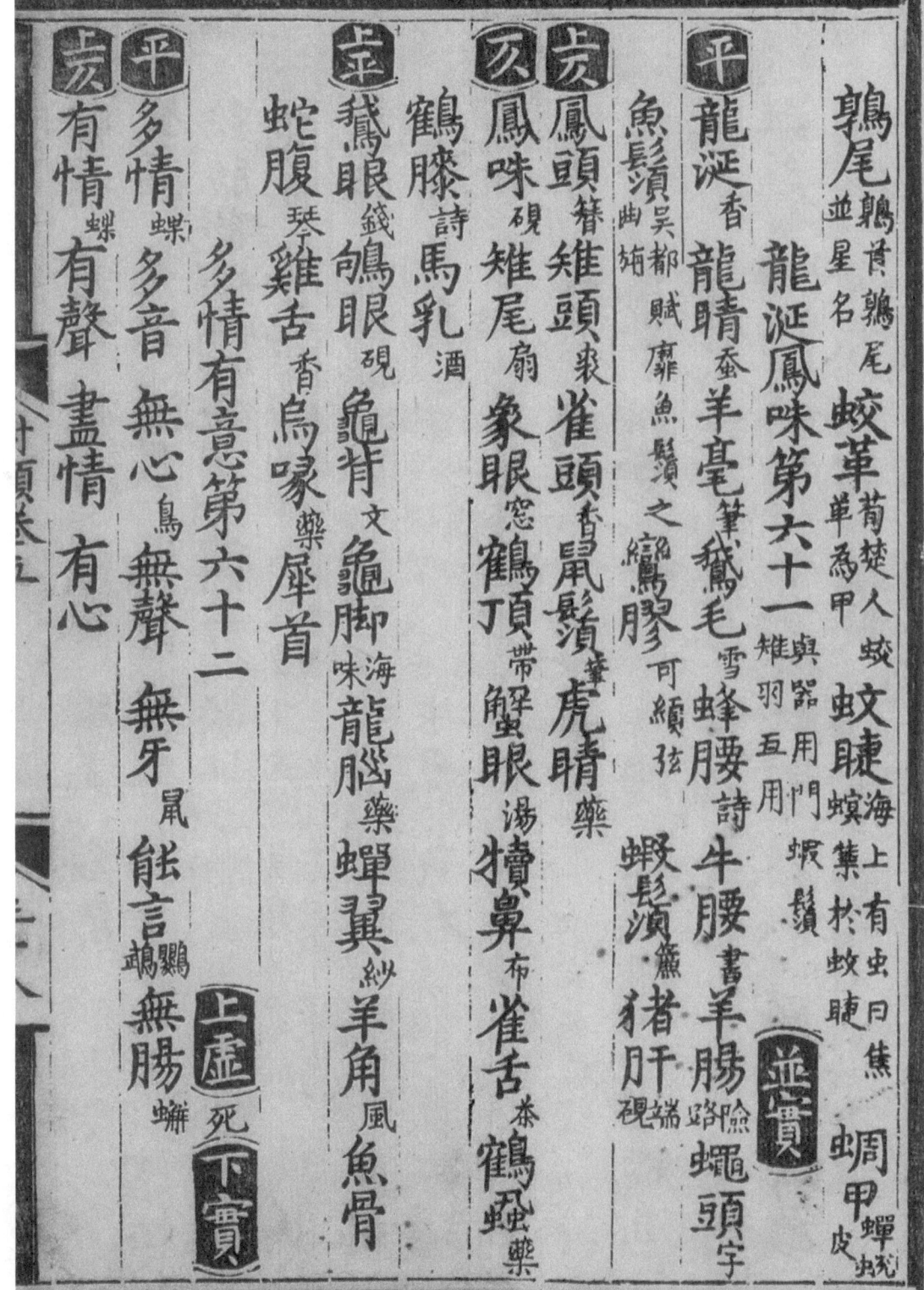

【仄】有意　有體鼠　有信雞　有禮羊　有義犬　有德雞
【上平】無多　無數蜓蜻　多力牛　多種鼠

鶯聲鴈影第六十三　【並實】

【平】鶯聲　禽聲　雞聲　鷗聲　鶯聲　鴉聲　猿聲　蛙聲
蛩聲　鵂聲　蟬聲　虫聲　蠅聲　蜂聲　鳩聲　螢光
猩言
【上仄】鴈聲　燕聲　雀聲　鵲聲　鳥聲　馬聲　犬聲　虎威
豹文　鳥音　鳥情
【仄】鴈影　鳥影　蝶影　鷺影　鳥韻　鳥性常建山光悅鳥性　驥力
馬力　馬迹　虎勢　虎步　虎迹　鵠志
【上平】鸞影　鴻影　鵰影　梟影　蛇影　螢影　螢點　螢燄
九鳩韻　蛩韻　蟬韻　鶯韻　鷗韻　蛙韻

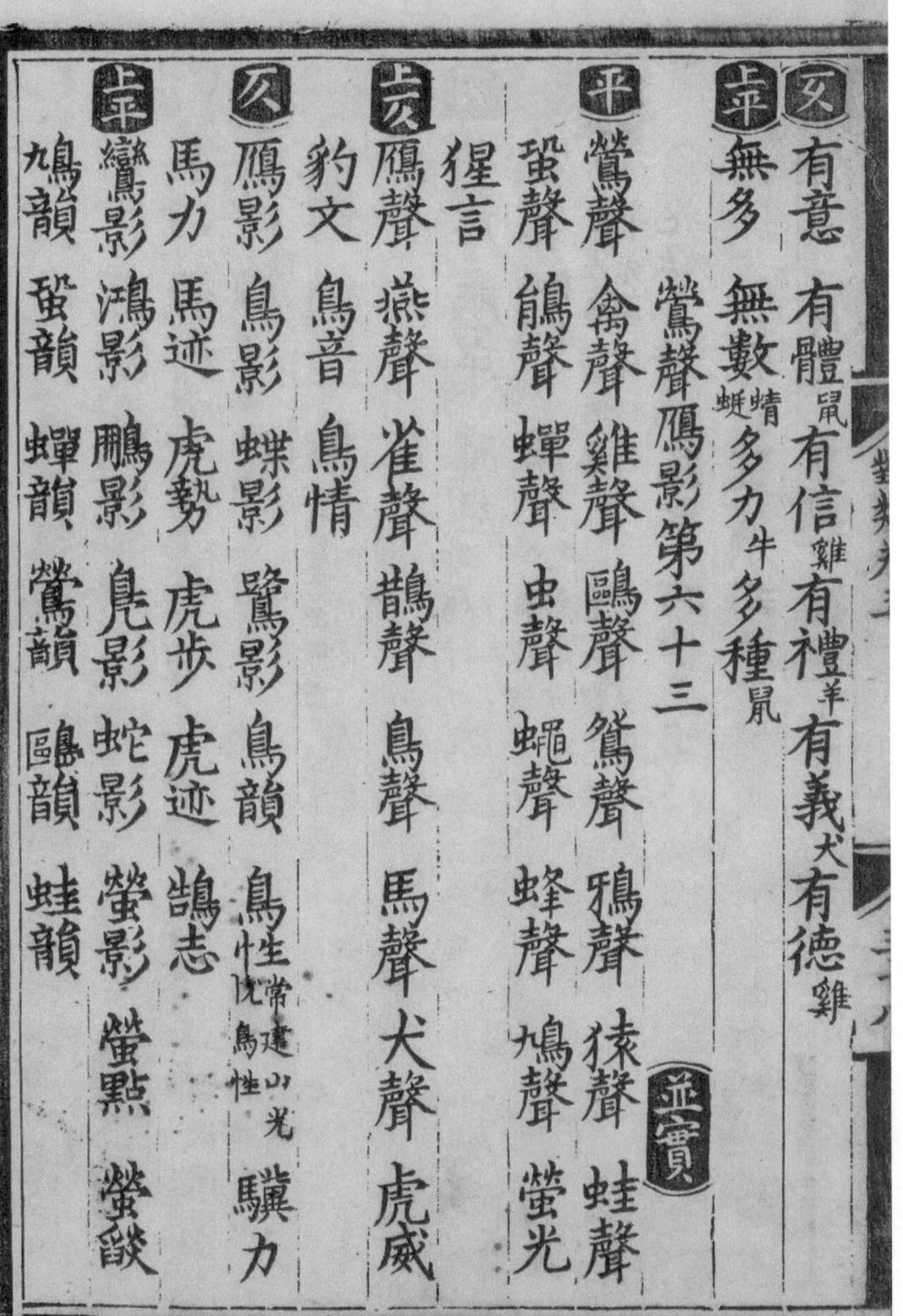

鴐行鷺序第六十四 〔並實〕

〔平〕鴐行 龜齡 鵬程 鷗盟 鶖群（王右軍事） 雞群 魚群

羊群 鴉群（王思孝驍勇擊賊如鶻入鴉群）

〔仄〕鴈行（記兄之齒鴈行） 鷺行 蟻行 蝶群 鳥群（韓暄啾百鳥群見此孤鳳凰）

鶴群 鶴齡 獸群（李獸挺亡群） 馬群（伯樂過冀北之野而馬群遂空） 雀群

鵲群

〔仄〕鷺序 鴈序 鴈齒（即鴈行） 鴈陣（王勃鴈陣驚寒） 蟻陣（谷成敗白蟻陣）

鶴筭（與龜齡鶴齡同） 鳳紀（杜鳳曆軒轅紀）

〔仄〕魚陣（左魚麗之陣先編後行） 魚隊（韓不殊同隊魚） 鴉陣 鵬運 龜筭

龜兆（太卜掌龜兆） 龜甲 鯨量 鷗社（黃本與江鷗成保社）

翎毛羽翼第六十五 〔並實〕

〔平〕翎毛 皮毛 毫毛 鱗毛 毫皮 皮鱗 鱗鬚 膏脂

脂膠 聲音

【去】羽皮 羽毛 羽翰 爪牙 齒牙 介鱗 甲鱗 羽儀

卵胎

【入】羽翼 羽翮 羽翅 齒革 爪距 爪角 爪觜 齒角

骨角 頸喙 卵翼

【上】毛羽 毛骨 毛介 毛革 毛毨 鱗翼 鱗介 鱗甲

鱗角 頭角 筋角 筋骨 皮革 皮肉 牙爪 喉舌

蹄角 鬐鬛 形影 聲色 形色 音韻 鬉鬛

遊鱗過翼第六十六 【上虛】活【下實】

【平】遊鱗 潛鱗 嘶聲 鳴聲 歌聲 飛光 流光

【去】落毛 去蹄 過蹄 吽聲 語聲 噪聲

【入】過翼 比翼 過羽 落羽 墜羽 逸足 缺舌 怒腹

過影 走足

【平上】歸翅 歸翮 歸翼 杜高風歸翼 會 歌舌

修翎健翼第六十七

【上虛】死【下實】

【平】修翎 竦翎 長翎 輕翎 洪鱗 纖鱗 修鱗 鮮鱗

新鱗 鮮毛 柔毛 纖毫 雄毫 長鬚 芳鬚 雄心

輕蹄 圓蹄 奔蹄 奇姿 新姿 芳姿 新音 新聲

纖腰 圓臍 蟹 殘形 狸

【上仄】細鱗 小鱗 巨鱗 密鱗 躍鱗 疾蹄 縱鱗 迅蹄

薄蹄 逸翰 斷行 氄毛 細毛 艷聲 惡聲 逆鱗 龍

細腰 蜂 躁心 蟹

【仄】健翼 勁翼 迅翼 勁翮 短翮 逸翮 勁羽 健羽

急羽 巧舌 脆舌 短翅 薄翅 急翅 大角 短喙

短頸 駿足 駿骨 老距 老觜 巨口 巨鬣 美色
利爪 壯志 細頸 毒尾蜂 利觜蚊 怪狀河豚
【上平】長翅 柔翅 長翼 長鬣 輕鬣 長頸 修頸 輕翅
長喙 踈翮 輕羽 長羽 踈羽 仙骨 剛鬣

## 調聲振羽第六十八

【上虛】活 【下實】

【平】調聲 調音 流音 揚音 騰身 棲身 藏身 翻身
潛身 昂身 回頭 騈頭 翻翰 梳翎 磨牙 磨鬚
揚鬐 来儀鳳 焚身象 留皮豹 留裙鱉
【上去】鼓鬚 舉翰 整翰 振翰 露牙 露身 轉身 奮身
攫身鷹杜攫身思狡兎 刷毛 整毛 理毛 弄音 弄聲 囀聲
變聲 囀喉 掉頭 曳聲方蟬曳殘聲過別枝 易腸鼠 假威狐 拔毛
匿形史鷙鳥之擊必匿其形

〔仄〕振羽（詩莎雞振羽） 整羽 刷羽 拂羽 選羽 勵羽 洗翅

奮翅 展翼 戢翅 接翅 拍翅 側翅 歛翅 曬翅

鼓翅 隳翼 戢翼 整翼 拊翼 鼓翼 奮翼 振翼

歛翼 接翼 勵翼 整翮 理翮 曳尾（龜） 擺尾 掉尾

鼓鬣 奮鬣 振鬣 引頸 縮頸 縮項（魚） 奮臂（螳蜋） 點額

露爪 礪爪 露角 礪嘴 弄舌 潤吻 脫蛻（蟬） 跪乳（羊）

恍性 比目（魚） 度影 斷尾（雞） 閉目 脫殼（蟬） 動股（詩螽斯動股）

反舌（百舌鴃反覆其舌）

〔上平〕張鬣 揚鬣 調舌 啼血（杜宇） 交頸 驤首（龍） 翹首 昂首

翹足 拳足（鷺） 翻翼 張翼 舒翼 垂翼 饒舌 伸頸

翻翅 垂翅 張翅 交翅 垂耳 張羽 梳羽 飛羽

搖尾 橫影 調韻 翻影 銜尾（鴉） 延頸

聲傳影落第六十九 上實下虛 活

平 聲傳 聲喧 聲嘶 聲調 身栖 身依 身蔵 身潛
身騰 翎張 音流

上仄 羽飛 翅垂 翅翔 翅翻 翅張 翅舒 陣驚 陣横
角驤 舌調 足拳 羽翻 翼張 翼垂 翼舒 鬣張
韻調 影横

仄 影落 影度 影過 影接 羽落 羽拂 羽振 翼奮
翼鼓 鬣鼓 翅展 翅接 翅拍 角露 舌囀 舌弄
尾掠 尾掉 蜕脱 韻囀

上平 喉囀 聲囀 聲咲 聲度 聲鬧 聲吽 聲噪 聲曳
聲過 聲咽 聲弄 聲喚 鱗躍 翰舉 身傍 身宿

聲嬌影碎第七十 上實下虛 死

（平）聲嬌 聲繁 聲哀 聲悲 聲殘 聲長 行斜 行踈
光微 身輕 翎踈 翎稀 翎修 蹄輕 音清
（上去）體輕 韻悲 睒微 影高 影斜 影踈 韻清 羽輕
翅輕 翮輕 爪剛 頸長 喙長 陣踈 陣斜 臂長
嘴長
（入）影碎 影亂 影斷 影獨 語滑 語巧 韻巧 韻美
睒冷 翼健 翮健 翅急 羽健 羽整 翼短 頸短
翅短 翮勁 力健 力困 爪利 舌巧 舌健 陣整
吻利 嘴利 尾大 羽短
（上平）聲碎 聲急 聲切 聲慘 聲巧 聲好 聲斷 聲細
聲老 行整 行斷 鱗小 鱗細 光細 翎健 音好
毛毨 毛整 毛舊

清音遠影第七十一　上虛死　下實

平　清音　佳音　嬌聲　清聲　嬌聲　悲聲　哀聲　愁聲

殘聲　餘聲　踈行　寒光　微光螢

上仄　好音　斷音　冷光　碎聲　亂聲

仄　遠影　亂影　亂點　冷燄　細燄　巧韻　遠勢

上平　清影　斜影　橫影　踈影　清韻　嬌韻　餘韻　幽響

清響　新響　清燄　踈燄

嬌吟巧囀第七十二　並虛活

平　嬌吟　悲吟　悲鳴　哀鳴　和鳴　嬌鳴　愁鳴　悲號

悲嘶　嬌嘶　嬌呼　歡呼　驚飛

上仄　巧鳴　巧呼　巧吟　急飛　健飛　疾飛　倦飛　快飛

數飛　困栖　疾驅　疾馳　倦嘶　懶嘶　懶鳴　倦行

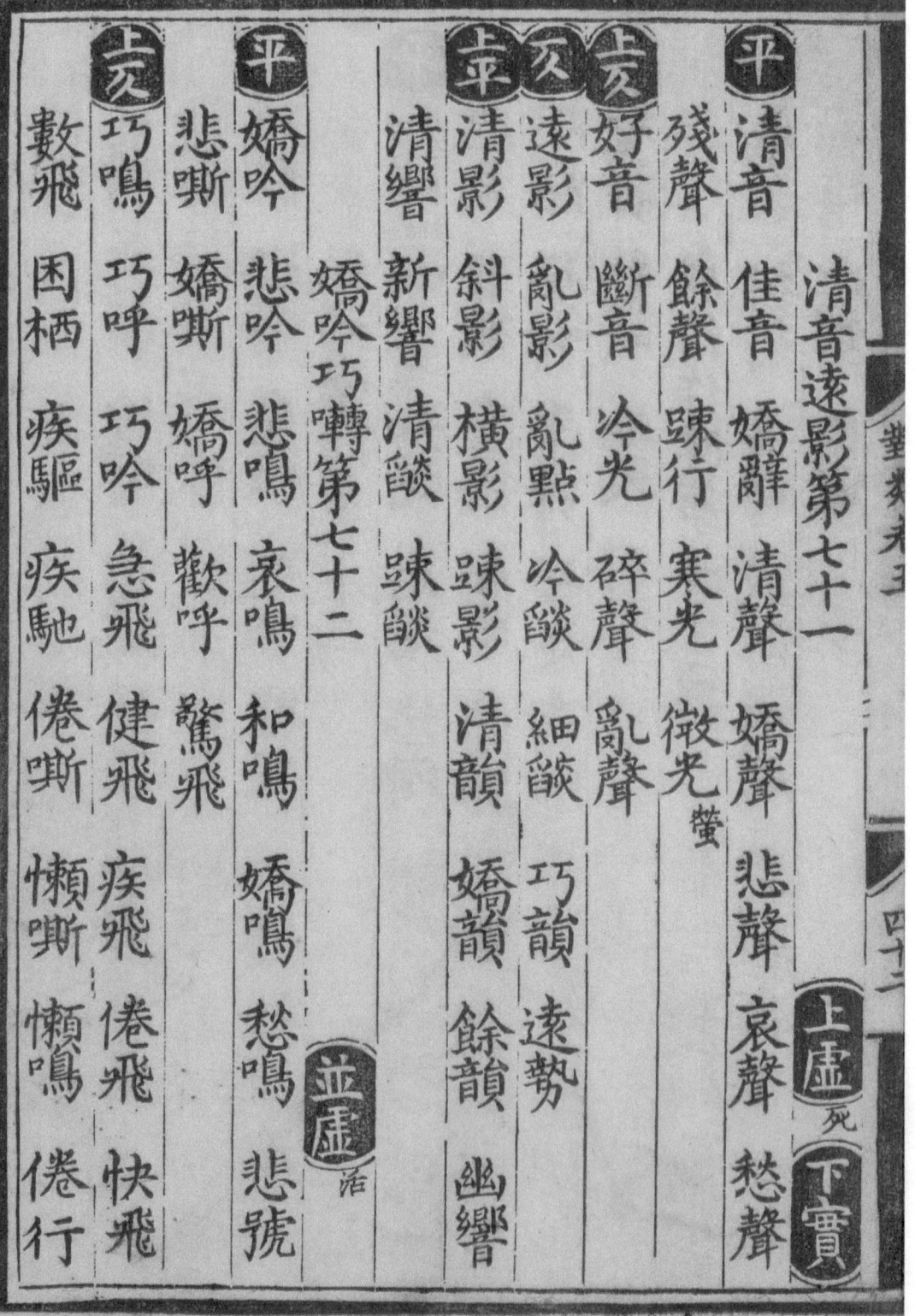

健行
【仄】巧囀　巧語　緩囀　快舉　快躍　快走　苦戀　渴飲
健走
【上平】嬌語　嬌囀　驚散　悲咽　悲噪　狂吠　狂走　【並虛】活

知歸學語第七十三

【平】知歸（杜林茂鳥知歸）　知還　忘還　忘歸　求信（易尺蠖之屈以求信也信伸同）
【上平】學飛　習飛　奮飛　學吟　學鳴　習鳴
【仄】學語　學囀　學舞　學走　喜噪
【上平】驚舞　驚吠　知聚

成行作陣第七十四　【上虛】活　【下半實】

【平】成行　排行　為群　成群　分群　空群　成雙
【上仄】列行　逸群　作群

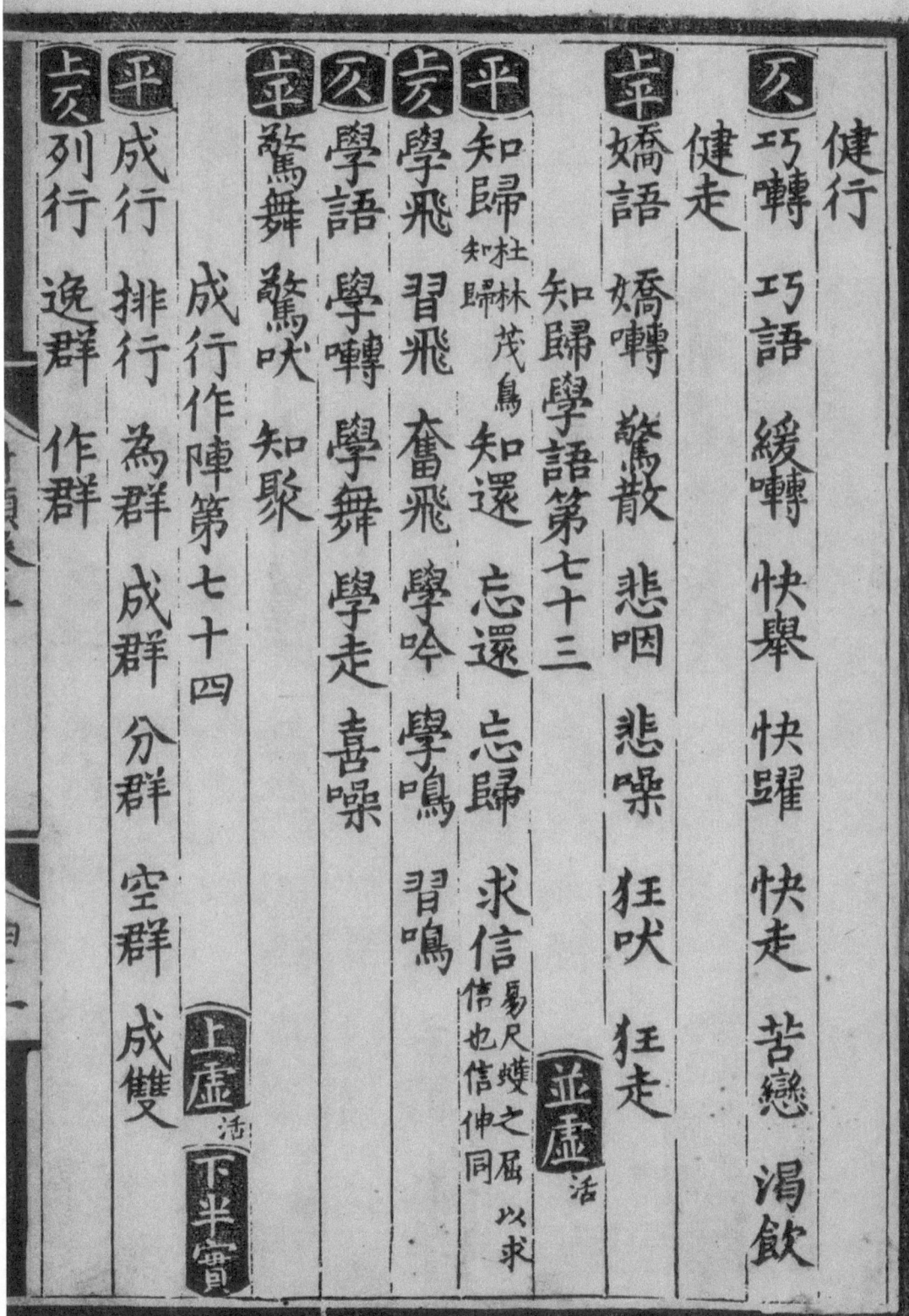

〔仄〕作陣　作序　作對　作隊　引隊

〔上平〕成序　成對　成陣　排陣　横陣　分隊

南鴻北鴈第七十五

〔上半實下實〕

〔方隅　平〕南鴻　南鵬　南禽孔雀　南蛇　西獒　西鶚　東鰲李白稱東海釣鰲客

東鶴　前鴻　前魚

〔去〕北鶬杜鶬凡鳴皆向北　北鴻　左驂　北鶤　北鷹　右驂　北羊

〔仄〕北鴈　北馬　上駟四　下駟四　上馬　後鴈　北狗契丹國

〔上平〕東鶴　東豕　南鴈　南象　南鳥　南鵲　南鷄　中駟四

西馬　西燕

南来北向第七十六

〔上半實下虛〕活

〔平〕南来　南遊　南征鴈　南翔　南飛鵲　西来　西歸

〔去〕北歸　北飛鴈　北来馬

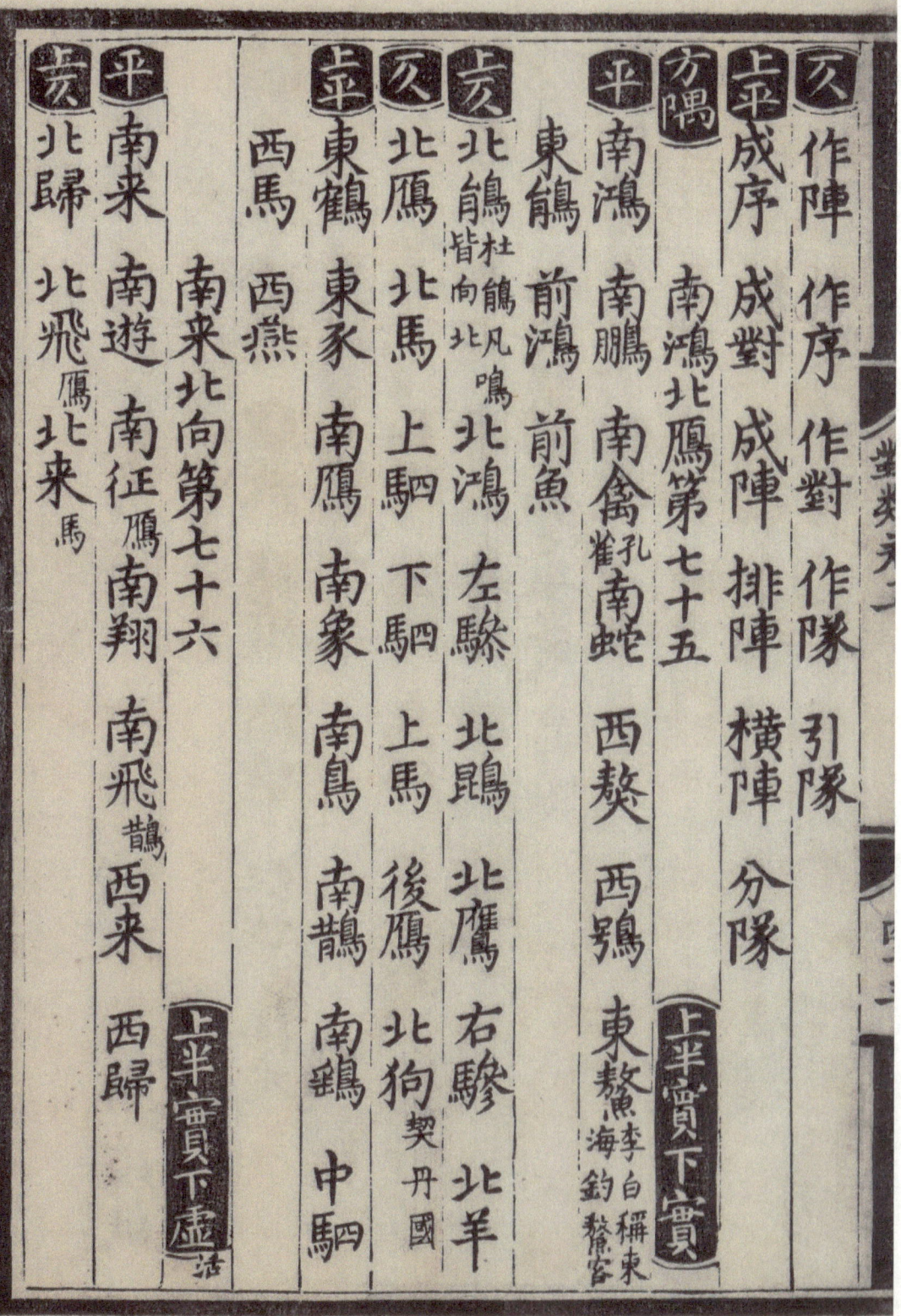

仄北向 北去鴈 北産馬 左顧龜 北渡虎
上平南牧馬 東走鱸 東徙臬
鷗邊馬上第七十七
上實下半實
平鷗邊 牛邊 鱸前 鷗前 狐前 牛前
上仄鴈邊 鷺邊 鳥邊 鶴邊 馬前
仄馬上 馬下 馬後 鶴上 鳥外 鴈外 虎後
上平鷹外 牛上 牛後 牛下 鱸上 雞後 鵰際
翎端頷下第七十八
上實下半實
平翎端 身邊 腮邊 行中 音中 光中 聲中
上仄角端 尾端 舌端 腹中 嗉中 口中 陣中 響中
影中 影邊 鬣邊 睒邊
仄頷下 腹裏 腹內 足下 背上 尾上 舌上 頸上

眼底　目下　角上　影裏　翅上　陣裏　嗉裏　項下
頂上　脚上　脊上　腿上　脇上　甲裏　爪上
【上平】騣上　毛裏　毛際　毛上　頭上　行裏　蹄上　聲裏
腮上　身上　鱗裏

爭飛自照第七十九　【並虛】活

【平】爭飛　交飛　聯飛　齊飛　分飛　于飛　同飛　同吟
同鳴　同栖　交馳　相喧　相呼　相親　相依　相隨
相忘　相馳　相驅　爭栖　爭来　爭歸
【上仄】並飛　並驅　並馳　自鳴　自吟　自来　自栖　自眠
自飛　獨鳴　獨啼　獨眠　鬬鳴　鬬喧　鬬啼　鬬飛
競飛　競喧　競呼　競栖　競嘶　競馳　競鳴　對浮
對沉　對鳴　對眠　對啼　載馳　載驅　載飛　載鳴

共喧 並鳴 獨栖 並遊（雎鳩）

〔仄〕自照（杜 晴飛螢自照） 自舞 自樂 自去 自囀 自噪 自宿

對舞 獨舞 屢舞 共舞 鬬舞 競舞 並舞 對語

並語 自語 獨立 並立 對立 並駕 並宿 共宿

獨宿 並浴 共浴 對浴 對喚 共食 共逐 鬬逐

鬬躍 競噪 競宿 競逐 競集 競囀 競咽 競戲

競躍

〔上仄〕爭浴 爭躍 爭噪 爭逐 爭舞 爭宿 爭奮 爭食

爭起 爭戲 爭喚 爭囀 同宿 同喚 同食 同奮

相喚 相攫 相戀 相近 相語 相並 相對 相逐

## 高飛遠舉第八十

〔上虛〕死 〔下虛〕活

〔平〕高飛 橫飛 斜飛 輕飛 低飛 先飛 橫翔 高翔

高遷　高摶　長鳴　頻鳴　輕鳴　長吟　微吟　頻嘶
輕嘶　頻啼　稠鳴　低鳴　長嘶　輕翻　斜翻　深栖
幽栖　閑棲　長生兔　横行蟹
上去　亂飛　亂鳴　亂呼　亂啼　遠翔　遠摶　俯窺　靜眠
後栖杜啼殺後栖鵑　反飛　遠尋
仄　遠舉　遠引　遠翥　亂噪　亂咽　亂響　反噬　反顧
反哺烏　反啄　俯啄　細語　極樂杜水深魚極樂
上平　高舉　高翥　高蹈　高叫　高度　斜去　斜舞　斜掠
低語　低舞　頻舞　頻囀　輕囀　輕過　輕舉　低過
閑立　翹立　長嘯　清嘯　清唳　深聚　深逝　深入
明視兔

初鳴作躍第八十一　上虛死　下虛活

飛歸躍起第八十二

並虛 活

平 初鳴 初啼 初飛 初來 初歸 初調 初眠 先鳴
方鳴 新調 將栖 繞飛 先知 蘇春江水暖鴨先知

上仄 始鳴 始飛 欲飛 欲啼 欲鳴 欲栖 乍飛 乍啼
乍鳴 乍棲 正鳴 未鳴 已來 已歸 未歸 未來
未啼

仄 乍躍 乍囀 乍語 乍噪 乍出 乍宿 乍至 乍舞
乍叫 已老 已噪 已去 已宿 未宿 欲至 欲語
欲舞 欲去 始囀 始躍 漸老

上平 先宿 先起 先去 初過 初囀 初戲 初噪 初出
方出 方過 新語 新囀 新過 新咽 將至 將宿
將起 將去

【平】飛歸　飛来　飛還　飛栖　翻飛　歸栖　歸来　回来
啼来　行来　来遊　来歸
【去平】喚回　鬭回　喚歸　走歸　走来　吽来　吽殘　上来
下来　躍来　泳来　戰酣
【仄】躍起　喚起　噪起　吽斷　吽破　説破　點破　舞罷
吽罷　鬭罷　鬭起　喚醒　瞥過　出去　説盡
【上平】飛去　飛上　飛過　飛起　飛入　飛落　飛下　啼破
啼過　鳴過　移去　沉去　歸去　歸宿　驚醒　驚去
驚起　驚破　嘶入　嘶過

還高更巧第八十三　【並虛】死

【平】還高　還柔　還勤　還頻　還微　偏和　偏明　偏清
偏閑　偏多　應多　應遅

〔上去〕更清　更高　更多　更遲　更忙　更嬌　更微　尚遲

未遲　未調　最嬌　最清　最閑

〔入〕更巧　更遠　更疾　更響　尚早　正滑　最切

〔上平〕猶澁　猶響　猶嫩　偏疾　偏巧　偏響

## 啼時宿處第八十四

〔上虛〕活〔下半虛〕

〔平〕啼時　鳴時　飛時　來時　歸時　栖時　喧時　遊時

嘶時　吟時

〔上去〕叫時　噪時　囀時　去時　舞時　到時　過時　宿時

泊時　喚時

〔入〕宿處　舞處　浴處　囀處　叫處　躍處　落處　泊處

聚處　點處　食處　去處

〔上平〕啼處　鳴處　飛處　來處　栖處　吟處　嘶處　喧處

遊處

雙鴻一鴈第八十五 上虛 死 下實

數目 平

雙鴻 孤鴻 孤鶯 雙鶯 孤鸞 雙鳧 雙虹 雙鷗

群鷗 雙鴛 雙鵰 孤鴛 孤凰 孤猿 孤螢 群鴉

群龍 群蛙 群羊 群蜂 雙魚 雙鸞 群魚 孤雛

孤豚 三孤 千羊

上去

六龍 一龍 九龍 衆禽 一禽 十禽 百禽 一牛

九牛 百牛 萬牛 萬羊 萬魚杜設網提綱萬魚急 一猪 一狐

兩狼 五兕 五豝 六豨 六麋 八鸞 九鷗 衆蛙

入

一鴈 隻鴈 乘鴈 隻鳳 五鳳 一鶴 獨鶴 六鶴

一鳥 百鳥 衆鳥 二鳳 六馬唐畫六馬衮璧 五馬太守五馬

一馬 兩馬 駟馬 萬馬 匹馬 乘馬 萬騎 一騎

兩騎 兩虎 八駿 一驥 獨鳥（杜歸山獨鳥遲） 匹鳥（鴛鴦） 一鶚
百鷙 六鷁 七馬（秦皇七馬） 兩鳥 五雉（少皞氏官名） 六驥

上平
七豕（北斗星化為七豕）
三鳳 雙鳳 孤鳳 雙鴈 孤鴈 群鴈 雙燕 孤燕
群鶴 雙鶴 孤鶴 雙鷺 群鷺 雙鶩 群鶩 群雀
雙雀 雙蝶 群蝶 雙鯉 雙鵲 孤雀 孤鳥 群鳥
群獸 群鼠 群虎 千騎 單騎 千駟 三豕（三豕渡河）

## 鸞孤鳳隻第八十六

上實下虛 死

平
鸞孤 鸞雙 鴛雙 鴻孤 猿孤 蜂多 魚多

去
燕雙 鯉雙 鴈雙 鴈孤 鶴雙 鶴孤 鳳孤 鵲孤
蝶雙 蝶多

仄
鳳隻 鳳偶 鶴獨 鶚一 鷙百 蝶對 鳥並

上平 魚衆 鸞隻 鴛匹 鴛對 鷗並

雙翎兩翼第八十七

上虛 死 下實

平 雙翎 雙鱗 千鱗 雙眉 雙蹄 雙眸 千聲 三駿

上去 一毛 一毫 一聲 一群 一行 兩行 一斑豹 四蹄

數聲 幾聲 幾群 數行 幾行 五駿 九苞 二螯

五靈 四靈 兩頭蛇

入 兩翼 兩羽 一羽 兩翅 兩角 兩耳 一角麟 獨角

六翮鸘鷞賦顧六翮之殘毀 兩目 兩足 四足 一足 百足虫

一尾 九尾 百韻 百舌 五色 隻影 獨影 片影

一點 數點 幾點 幾字 幾隊 九節狐尾 兩股蜂蜜 兩部蛙

半面魚 五德雞 五總龜 五技鼯鼠

上平 雙翅 雙羽 雙翼 雙翮 雙目 雙耳 雙角 雙足

三足（日中三足烏又三足鼈爲能） 三角（犀角） 孤影 雙影 千韻 千點

三德（孤） 同隊

雙飛百囀第八十八

［平］雙飛 群飛 孤飛 雙鳴 孤鳴 三鳴（徐） 孤吟 孤栖 ［上虛］（死）［下虛］（活）

群栖 群來 群呼 群趍 群分 群遊 雙歸 雙浮

雙來（梅混混雙來燕） 孤騫 雙翔

［去］一飛 一鳴 獨吟 衆栖 獨歸 獨飛

［仄］百囀 幾囀 一唱 一跳 一舉 衆鬬（杜巢多衆鳥鬬） 獨唳

百吠（史百犬吠吠聲） 偶止（篤鶩止則相偶飛則成雙）

［上］雙入 雙立 雙下 雙浴 雙戲 雙語（燕） 三嗅（雉） 三舉

群宿 孤立 孤舞 三唱（雞） 雙宿 雙舞 群戲 群聚

雙止 群吠犬

飛潛出沒第八十九

【平】飛潛　飛鳴　浮沉　飛翔　飛騰　高低　縱橫　橫斜　【並虛】活

逍遙　扶搖　遨遊　回翔　低昂鶩

【去仄】去來　往來　屈伸尺蠖屈信 信伸同　泳游　短長　唱酬　奮飛

吽號

【仄】出沒　出入　聚散　宿食　向背　下上詩燕燕于飛下上其音

斷續

【上平】明滅　來去　來往　疎密　明暗　高下　酬唱　伸縮

奔走　飛走　翔翥　伸屈　長短　掀翥　騰蹈　馳驟

馳騖　奔逸　蟠屈　游泳　潛躍　多少　飛舞　飛躍

馳騁　擒縱鶻

【連綿】呢喃睍睆第九十　【並虛】活

平 呢喃 差池燕 綿蠻 間關鶯並 歡呼 喧呼 喧繁 翱翔

飛揚鳥並 飛遊 奔波 軒昂 昂藏 蹁躚鶴 蕭條 咆哮虎

留連 輕便 輕狂 翩翻 聯翩蝶並 繽紛 經營蜂 徘徊

孤高 聯拳鷺並 丁寧 鏗鏘鳥 飄搖 悠揚 回翔鳥 驍騰

騰驤 超驤 奔馳 驅馳馬並 淒涼 從容 盤旋 沉浮

騰騫 啁啾虫 喧啾

去 頡頏燕 唧啾 跳梁 喔咿

入 睍睆鶯 拂掠燕 潑剌魚 哽咽蟬 變化龍 夭矯 奮迅 奮擊

減沒 漾蕩鷗 躑躅 散亂鳥 潔白鷺 落托蝶 婭姹鶯 茁壯

燦亂 熠燿螢 又倉庚 羽 炳蔚虎 躑躍 踊躍 蹴踏 飲啄

瑟縮 摯搏鷹 宛轉鳥 跳躍

上平 咿喔雞 嘲哳 嘹唳 嗚咽蟬 啾唧虫 嘈雜 喧雜 喧鬧

摇曳鷗 軒翥鳳 哀怨猿 奔逐 馳逐 嘹嚦鴈 繚繞蝶

疊字 喈喈嘰嘰第九十一 並虛 活

平 喈喈 膠膠並雞 蹌蹌 鏘鏘鸞聲 嚶嚶 振振 闗闗 嗷嗷

冥冥鴻 喳喳鵲 喧喧鳥 揚揚 娟娟杜野娟娟 鸞宿 翩翩 紛紛

飛飛 翛翛 昂昂 嗈嗈鴈 交交鶯 輕輕 飄飄鷗 啞啞烏

煌煌 眈眈虎 呦呦鹿 爰爰 蕭蕭 駸駸 騑騑 駉駉並馬

矜矜羊 嚶嚶 啾啾並虫 熒熒 煇煇 輝輝並螢 蠕蠕蚕 營營

嘈嘈 洋洋魚 疆疆 奔奔鶉之奔奔 綏綏狐

仄 嘰嘰鸞聲 翼翼 翽翽 翯翯 去去並鴈 恰恰鶯 濯濯

眇眇杜城烏啼眇眇 喔喔雞 逐逐虎 欵欵蜻蜓 麌麌鹿 栩栩蝶 裊裊猿

趯趯兎 濕濕牛 濈濈羊 汕汕 圉圉 潑潑並魚 泛泛鳧 嘖嘖鴈

閣閣 戀戀蜂蝶 咽咽 嘒嘒蟬 熠熠 點點並螢 翯翯白鳥

鸞鸞獱獱第九十二

並實

平　鸞鸞　猩猩（能言獸）　虫虫　魚魚　鶼鶼（比翼鳥）　烏烏

蜻蜻（小虫如蟬兩）　猫猫

仄　燕燕　鹿鹿　鶴鶴　鷹鷹　鳳鳳　狒狒（獸名梟羊狀如人被髮疾走食人）

鯢鯢（鵝）　特特

三字

獺祭魚鷹攫兔第九十三

平　獺祭魚（月令正月獺祭魚）　獺敺魚（孟為淵敺魚者獺也）　馬化龍（晉時謠曰五馬渡江一馬化為龍）

鵾化鵬（見前）　魚化龍　蛇作龍（李他曰蛇作龍）　不羞烏為鸞（見前）

狗續貂（晉趙王倫奴卒亦加爵位貂蟬盈座語曰貂不足狗尾續）　鼠食牛（春秋鼷鼠食郊牛角）

螳捕蟬（螳螂捕蟬黃雀在後又蔡邕聞主人琴有殺聲主人曰螳螂捕蟬吾恐失之故情見乎聲）　鷺窺魚

虎食牛（卞莊子刺虎二虎方共食一牛一舉兩得）　狼牧羊（寗成其治如狼牧羊）

鳳求凰（相如琴操云鳳兮鳳兮歸故鄉遨遊四海求其凰）　鷹化鳩（月令二月鷹化為鳩）

鹿畏貙柳鹿畏貙貙畏虎虎畏羆 鸛銜鱣揚震鸛銜三鱣魚集講堂前都講以爲有三公之象

鼠爲鴽月令三月田鼠化爲鴽 鼠欺貓前見 蚿憐蛇蚿憐蛇曰吾以衆足行而不及子之無足

虎畏羆前見 蠶化蛾蛾蠶所化飛虫似蝶眉曲又圜蛾養成蠶百二十頭大繭如甕容得五色

犬逐麋上官安曰逐麋之犬當顧免耶

仄

鷹攫兔李斯牽黃犬事 鷙捎蜉 鷹祭鳥月令七月鷹乃祭鳥 鶻打兔

犬攫兔 鵰挾兔李林甫與張九齡裴耀卿同相一相盤折而趨李在中無少讓號一鵰挾兩兔

豺祭獸月令九月豺乃祭獸 鸇敺雀孟爲叢敺雀者鸇也 鹿爲馬前見 蠅附驥前見

蚌箝鷸蚌箝鷸曰今日不出明日不出必有死鷸 羊攻虎張儀曰爲從者無異驅群羊而攻猛虎

鼠變虎李播歸自号鼠變虎 貙畏虎前見 豚咋虎方朔孤豚之咋虎

蛇吞象巴蛇吞象 狐假虎狐假虎威

## 牧牛羊驅虎豹第九十四

平

牧牛羊孟令有受人之牛羊而爲之牧之者 擁貔貅貔貅猛獸故爲將言擁貔貅

久

夢熊羆見前 剸虎狼 竊馬牛 畜雞豚孟雞豚狗彘之畜無失其時

集鴛鴻 化鵾鵬 息蛟螭 侶魚蝦赤壁賦侶魚鰕而友麋鹿

戴貂蟬侍臣加貂蟬冠取其清高飲露 察鳶魚中庸鳶飛戾天魚躍于淵言其上下察也

驅蛇龍孟驅蛇龍而放之菹 戮鯨鯢左戮其鯨鯢而封之 求鳳凰 指鳥鸞

號狐狸見前 及昆虫德及昆虫 信豚魚信及豚魚 中犧牲

嘯魑魅歐晦冥風雨魑魅鳥獸之嗥音 如蜩螗詩如蜩如螗 別龍豬見前

註虫魚爾雅註虫魚

驅虎豹周公驅虎豹犀象而遠之 友麋鹿見上 志鴻鵠陳勝曰燕雀安知鴻鵠之志哉

厚狐貉語狐貉之厚以居 贄羔鴈六贄卿羔大夫鴈 集鴛鷺鴛鷺朝班為集

舞鰌鱔見前 持鷸蚌見前 賀燕雀見前 生蟣蝨 出虎兕 伐狐兔

網麟鳳陳陶詩中原莫道無麟鳳自是皇家結網疎 混鶩鶴陣法 捕螟螣 擊鷹隼

封犬豕 烹魚鼈

霜外猿雲間鶴第九十五

平 霜外猿 雲中龍 雨中鳩 露中螢 露後鷹

月中蟾 日中烏 天外鴻 天際鳶 雪上鴻 雪中羝

仄 雲間鶴 空中雁 天邊雁 霜前雁 風中燕 雨中燕

風中蝶 風中馬 月中兔 霧中豹 霜後蟬

九霄鵬千里馬第九十六

平 九霄鵬 萬里鵬莊鵬徙南溟摶扶揺而上者九萬里 六翮鵬 千里鴻

千里駒符堅謂從子朗曰吾家千里駒 九尾狐青丘之狐九尾 千歲龜

五總龜龜千歲一聚問無不知故人博學號五總龜 十朋龜見前 三足烏日中烏三足

三足蟾蟾蜍三足 一角麟麟麕身狼足牛毛一角 三角犀·五花驄

五德雞雞有五德戴冠文也足搏距武也敵在前敢鬬勇也見食相呼仁也守夜不失時信也 五彩鸞

兩部蛙孔稚圭門庭有羣蛙鳴曰當兩部鼓吹 四掌鼈僧謙光云願鵞生四掌鼈着兩裙

仄 千里馬（韓世有伯樂然後有千里馬） 千里驥 千駟馬（四馬語齊景公有馬千駟）
千歲鶴（千歲鶴棲於偃蓋松） 九皐鶴（見前） 五花馬（李五花馬千金裘） 五色鳳
九苞鳳（鳳有九苞六象七德五文） 雙飛燕 兩行鴈 兩裙鼈（見上） 一斑豹（見前）
一角獸

北海鵬南山豹第九十七

平 北海鵬 北溟鯤 北山猿 上林猿 上林鶯 西蜀鵑
西旅獒（書西旅貢獒） 東家猪（孟子幼時問東家殺猪何為）
仄 南山豹 南海翠 西域馬 西塞鷺 中洲鳥 上林鴈
東郭兔（東郭㕙者海内之狡兔也） 中山兔（韓毛穎傳筆也）

巫峽猿揚州鶴第九十八

平 巫峽猿 巴山猿 靈沼魚（文王靈沼魚） 松江鱸（張翰思松江鱸魚鱠）
葛陂龍（費長房投杖葛陂化龍） 雷澤龍（陶侃漁於雷澤得織梭掛壁後雷電化為龍）

山陰鵞（山陰道士養鵞為之寫經籠鵞而去）王右軍 桃林牛（武王放牛于桃林之野）

永州蛇（永州産異蛇柳有捕蛇者說） 臨江麋（柳三戒有臨江之麋）

仄 揚州鶴（腰纏十萬貫騎鶴上揚州） 衡陽鴈 河東鳳（河東薛氏兄弟號三鳳） 丹山鳳

岐山鳳（文王時鳳鳴于岐山） 冀北馬（韓伯樂一過冀北之野而馬羣遂空） 華陽馬

渥洼馬（漢武帝時渥洼出天馬） 山梁雉（語山梁雌雉時哉時哉） 遼東豕（史遼東有豕生子白頭將獻之）

華亭鶴（陸機被害曰華亭鶴唳可得聞乎）

## 水中鷗沙上鴈第九十九

平 水中鷗 水上鳧 谷中鶯 峽中猿 嶺外猿 沼中魚

池裏魚 井底蛙（史子陽井底蛙耳而妄自尊大） 海中鯨 海上鷗 水邊蛙

泥中龍（張龍蟠泥中未有雲） 田中禽（易田有禽） 澤中鴻 塞邊鴻

仄 沙上鴈 湖邊鴈 沙上鷺 園中蝶 塞上馬 山中兎

池中鯉 庭外鶴 籬邊鷃（歐何異籬鷃瞻雲鵬） 苑中鹿（晉宜春苑中鹿帶銅牌）

松上鶴　蘆邊雁　枝上鵲　渠下馬

仄　花裏蝶　花裏鳥　花外燕　芹邊燕　梧上鳳　竹上鳳

棘中鸞　木上猿　藻中魚　荷上龜　竹間鸞　枝上烏

平　柳中鶯　柳上蟬　柳外鶯　草中虫　草間螢　花裏蜂

柳中鶯花裏蝶第一百

燕壘巢　鴻出塞　鷗戲水　鯨橫海

仄　鶯出谷　猿宿嶺　鷗泛渚　鸞戲渚　鴻遵渚　龍歸洞

犀辟塵　燕歸泥　雁宿沙　虎出林

平　魚躍淵　魚潛波　龍在淵　鷺起沙　虎跑泉　馬蒙塵

魚躍淵鶯出谷第一百

井中鮒

池上鳳　梁上燕　林中鳥　穴中鼠（史兩鼠鬥於穴中將勇者勝）

鴈啣蘆鶯擲柳第一百二

平 鴈啣蘆 鳳棲梧 鹿食草 魚依蒲 魚動荷 蜂採花
蝶戀花 鶴巢松 雀爭枝 燕蹴條 鵲踏枝 鹿啣花
虫食苗

仄 鶯擲柳 鶯遷木 鳳棲竹 鸞棲棘 蟬噪柳 魚戲藻
蜂粘絮 蠶食葉 蟬抱葉 雞啄黍 猿盜果 犢眠草
雉登木 蘇聽琴詩牛鳴盎中雉登木

屋上烏堂前燕第一百三

平 屋上烏前見 屋頭雞 釜中魚前見 韝上鷹 鏡中鸞鸞對鏡睹影悲鳴
杯中蛇前見 棘下駒 臺中烏

仄 堂前燕 堂上燕 殿上虎宋劉安世號殿上虎 倉中鼠 柙中虎
籠中鳥前見 屏間雀前見 机上肉魏詔曰孫權如机上肉

呑舟魚負圖馬第一百四

〔平〕呑舟魚史網漏呑舟之魚 流屋烏武王時有火至于王屋流為烏 服騎駒見前

負圖龜見前 撦床龜見前 破壁龍安樂寺畫二龍云點睛即飛去人為點其一須臾雷電破壁去

負舟龍禹時黃龍負舟 啣珠蛇隋侯見蛇傷取藥封之蛇啣口珠以報

〔仄〕負圖馬伏羲時龍馬負圖出於河 駭輿馬見前 儀韶鳳見前 立仗馬見前 乘軒鶴見前

隨車雉蕭望之為郎有雉數十常隨車翔集 處褌蝨阮籍曰人處世如蝨處褌中

穿珠蟻見前

葉公龍馮婦虎第一百五

〔平〕葉公龍見前 孔明龍見前 呂望熊西伯將獵卜曰非熊非羆所獲霸王之輔果得呂尚

莊周鵬見前 望帝鵑見前 孟嘗雞孟嘗君客有能為雞鳴者 宋宗雞見前 卜式羊見前

田單牛見前 丙吉牛見前 甯戚牛見前 張翰鱸見前 子產魚孟有饋生魚於鄭子產

武子螢即車胤見前 叔敖蛇見前 稚圭蛙見前 齊女蟬見前 海翁鷗見前

王喬鳧前見　右軍鵞前見　郅都鷹前見　杜預蛇前見

仄　馮婦虎前見　李廣虎前見　斐旻虎斐旻一日射虎三十一父老曰此彪也有真虎遇之必敗

王樹燕王樹遇風舟破抵一州王出見以女妻之乃烏衣國也即燕子　蘇武鴈前見　莊周蝶

王祥雀王祥性孝母思黃雀炙有雀數十飛入其幕　衛公鶴前見　嵇紹鶴　韓幹馬

楚王蛭楚王食中有蛭恐左右得罪吞之　伯樂馬前見　鄭弘鹿　陸機犬

鴈来賓鶯喚友第一百六

平　鴈来賓　燕引雛　雉哺雛　鴉護兒　雉將雛　羊敗群

仄　鶯喚友　鳧傍母　鳩呼婦　猿抱子　牛舐犢　魚逐隊

黑衣郎青裙女第一百七

平　黑衣郎猿　雪衣娘鸚鵡　赤鯶公鯉　烏衣王燕　白額侯虎　黃褐侯

戴冠郎雞　黃花侯鳩　胡髯郎羊　先知君龜　扶雲兒鷹　繡眼兒

烏將軍猪　黑面郎猪

仄 青裙女（鹿） 青弁使（蜻蜓） 綠衣使（鸚鵡） 金衣子（鶯） 金女婦（鶯） 紅娘子

採花子（蝶）

玉蟾蜍金孔雀第一百八

平 玉蟾蜍 玉麒麟 銀麒麟 石麒麟 玉鴛鴦 繡鴛鴦

錦鴛鴦 花蜘蛛

仄 金孔雀（雀灶 屏開金孔） 玉蝴蝶 金獅子 銀螮蝀 木牛馬

花蝴蝶 繡獅豸 丹蜥蜴

兩三行千萬點第一百九

平 兩三行 兩三聲 百千聲 第一聲

仄 千萬點 三兩字 千百囀

四字 麟鳳龜龍雞豚狗彘第一百一十

平 麟鳳龜龍（四靈） 犬豕牛羊 犬豕豺狼 鳳凰麒麟（鳳凰羽虫之長 麒麟毛虫之長）

鳥獸昆虫　鵰鶚鷹鸇俱鷙鳥　黿鼉蛟龍出中庸
騏驥驊騮俱良馬　鸞鳳鴟梟

仄

雞豚狗彘出孟子　馬牛犬豕　虎豹犀象出孟子
鴻鴈麋鹿出孟子　鳥獸魚鱉出尚書　鴟鴞鸞鳳
狐狸鰌鱔出蘇文　駑駘騏驥駑駘鈍馬騏驥良馬　熊羆貔虎
豺狼麋鹿　烏鳶螻蟻出莊子　芻蕘雉兔出孟子

孔明卧龍賈誼賦鵩第一百十一

平

孔明卧龍見前　光武乘龍本紀　元帝化龍晉一馬化為龍是為元帝　蘇武牧羊見前
羊續懸魚羊續為廬江守府丞饋魚受而懸之後復進魚出前魚示之　初平牧羊見前
魯公矢魚魯隱公如棠觀魚夫謂陳魚而觀之　周處斬蛟周處斬義興水中蛟
許遜斬蛟許遜遇蛟蜃之精斬之　甯戚飯牛見前　宣王易牛齊宣王釁鐘以羊易牛
李白騎鯨見前　莊子觀魚見前　子產饋魚見前　王喬飛舄見前　叔敖埋蛇見前

陳摶墜驢（見前）　項羽沐猴（見前）　溫嶠燃犀（溫嶠燃犀照水須臾見水族奇形異狀夜夢人曰與君幽明道別何故相及也）　毛寶放龜（見前）

仄

賈誼賦鵩（鵩止誼舍誼作賦曰野鳥入室主人將去）　接輿歌鳳（見前）　呂安書鳳（見前）

優孟葬馬（楚王愛馬死欲以大夫禮葬之優孟哭曰請以君禮葬之使諸侯聞之皆知貴馬而賤人也乃以馬屬大官）

武王歸馬（見前）　伯樂相馬（見前）　馮婦搏虎（見前）　卞莊刺虎（見前）　樊噲屠狗（見前）

童恢論虎（童恢為令民為虎所害命捕得二虎一虎低頭閉目即殺之一虎視恢鳴吼即放之）　趙高指鹿（見前）

王猛捫蝨（見前）　林逋放鶴（林逋居孤山畜兩鶴客至則童子延客坐開籠放鶴良久逋即棹小船歸）

無忌捕鷂（魏公子無忌縱鳩去鷂逐殺之公子曰鳩避禍歸吾吾負之捕得鷂三百按劍曰誰獲罪無忌者一鷂低頭不敢仰視乃殺之盡放其餘）

## 鷺序鴛行蜂媒蝶使第一百十二

平

鷺序鴛行（班序）　羊質虎皮（表裏不稱）　狼子野心（人性）　蝸角蠅頭（微細）

鼠目豺聲（人相）　龍駒鳳雛（賢）　鶴子梟雛　雀角鼠牙（鬬爭）

仄 蜂媒蝶使　麞頭鼠目 入相　龍鱗鳳翼 聯會　鼠肝虫臂 隨手　龍鱗犀角

獸蹄鳥跡　蜂腰鶴膝 詩體　虎頭蛇尾 有始無終

浪蝶狂蜂落霞孤鶩第一百十三

平 浪蝶狂蜂　猛虎長蛇　宿鷺眠鷗　巨口細鱗 蘇文　過鴈歸鴉

去馬來牛 出杜　乳虎蒼鷹 郅都蒼鷹甯成乳虎　長鶴短鳧 見前　妖禽孽狐

飛鳥伏菟

仄 落霞孤鶩 出滕王閣記　浴鳧飛鷺 杜詩　長蛇封豕 左傳　珍禽奇獸

鳴鳩乳燕 出杜　遊蜂戲蝶　狡兔走狗 見前　豐狐文豹　大鵬小鷃

小魚毚兔 出李白詩

鶴怨猿啼龍吟虎嘯第一百十四

平 鶴怨猿啼　虎嘯猿啼　燕語鶯啼　鼠竊狗偷　兔死狗烹

鴻去燕來　蟻集蜂攢　鶯老花殘　蝶困鶯慵　龍飛鳳翔

鵾化鵬摶　虎視龍驤英雄　獸舞鳳儀盛治　烏单翬飛作室　兎死狐悲同類

仄　龍吟虎嘯　烏飛兎走日月　龍盤虎踞山勢　雞鳴犬吠民居　魚沉鴈杳音信

鳶飛魚躍道體　鸞翔鳳翥古篆　猿驚鶴怨隱士易節　鶯忙蝶懶

蜂屯蟻聚　燕嬌鶯姹　鷺来鷗聚　鵬摶鷁運　鸞停鵠峙子弟

驢鳴馬默譏諸　龍飛鳳舞

## 歸馬放牛攀龍附鳳第一百十五

平　歸馬放牛　斷鶴續鳧　用狗續貂　駕鳳騎鯨　戴蟬珥貂

烹羊宰牛　捨魚取熊　買馬問牛審數

仄　攀龍附鳳　烹龍炰鳳　穿牛絡馬制器　攀鱗附翼　帶牛佩犢

放梟囚鳳用舍　鬬雞走狗兒戲　乘鸞跨鶴神仙　服牛乘馬制器　炰鼈膾鯉

## 非熊非羆如狼如虎第一百十六

平　非熊非羆　非虎非貔　無牛無羊　維牛維羊　如熊如羆

有熊有貔　匪鶉匪鳶　為龍為蛇　為虺為蛇

仄 如狼如虎　有猫有虎　為牛為馬　為狗為鼠　為巤為蚌

匪鱣匪鮪　匪兕匪虎

為淵敺魚守株待兔第一百十七

平 為淵敺魚　臨淵羡魚　緣木求魚　仗節牧羊　賣劍買牛

蹊田奪牛　治國烹鮮　拔劍斬蛇　絶筆獲麟　如棠矢魚

拔劍逐蠅 並見前　調弓號猿 養由基

仄 守株待兔　為叢敺雀　賣刀買犢　按圖索駿　開籠放鶴

捲簾通燕 並見前　開門延虎 史

鵬路翺翔龍門變化第一百十八

平 鵬路翺翔　魚水殷勤　狐裘蒙茸　鼠穴窺覘　豹霧韜藏

蝸角戰爭

仄 龍門變化　龍雲慶會　鯤池踴躍　豹文明蔚　羔羊正直

鴻泥蹤跡

自去自來相親相近第一百十九

平 自去自來　載驅載馳　相近相呼　自沉自浮　且飛且鳴

仄 相親相近　相呼相喚　載飛載下　載飛載止　乍明乍滅

赤弁丈人緑衣使者第一百二十

平 赤弁丈人　玄元丈人龜　長喙參軍　紅裳婦人魚　玄元督郵

仄 緑衣使者　青頭道士鴨　金衣公子鶯　羽衣道士鶴　青弁使者

長鬚主簿羊　玄丘校尉狐　朱提男子　無腸公子蟹

五馬一龍千乘萬騎第一百二十一

平 五馬一龍見前　九牛一毛見前　千羊一狐趙簡子曰千羊之皮不如一狐之腋

六跪二螯蟹

〔反〕千乘萬騎　百鷙一鶚史鷙鳥累百不如一鶚　五雞二彘孟子　百鳥孤鳳韓詩

雙鳧乘鴈揚子乘鴈集不為之多雙鳧飛不為之少乘鴈四鴈也　群雞孤鶴嵇紹　孤鸞寡鵠琴操

對類卷之五

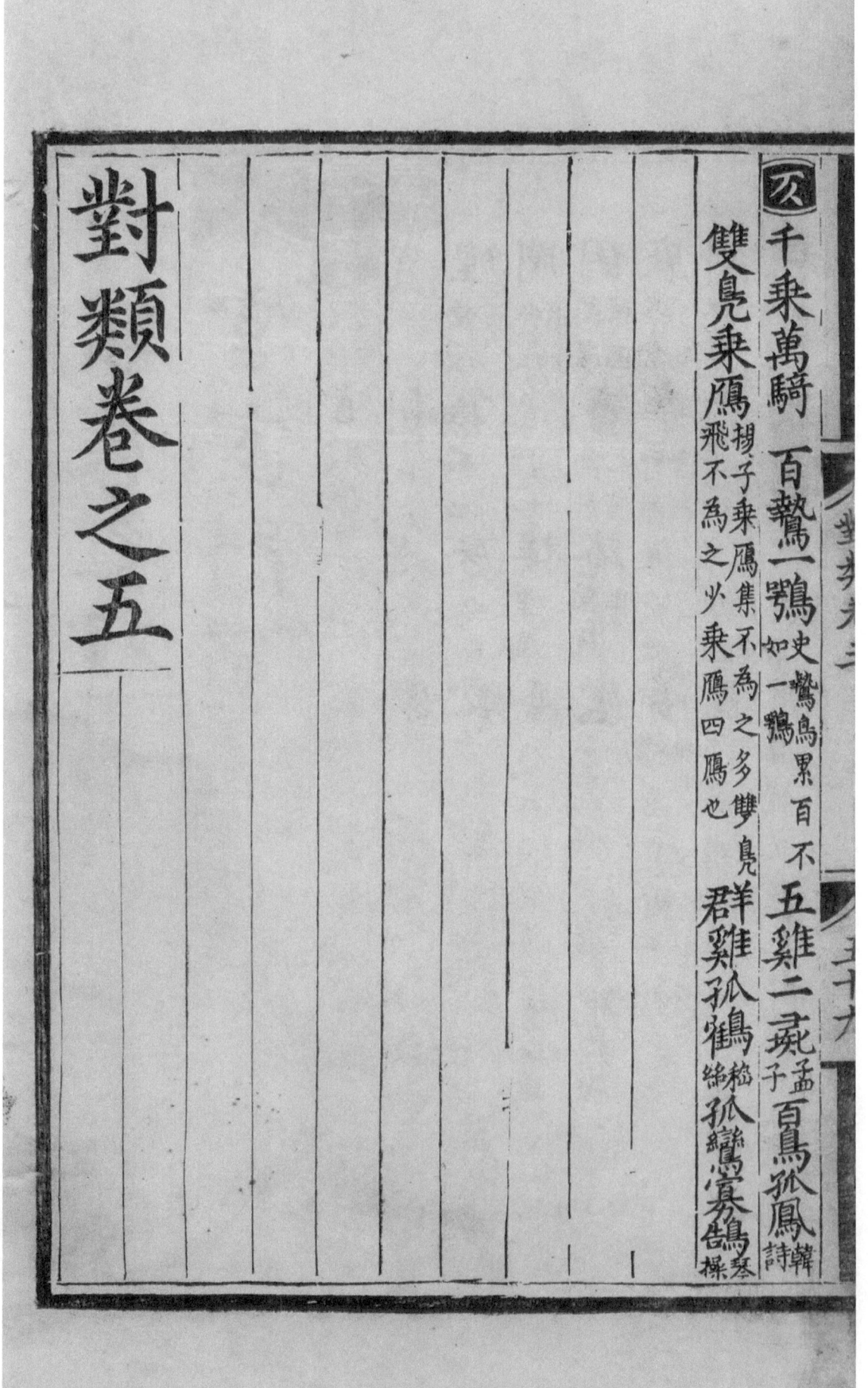

# 對類卷之六

## 宮室門

### 宮殿第一

一字 平 實字

宮 朝 廷 家 庭門屏之內 觚觚棱殿堂上高處

堭堂堭合殿也 房 堂 廳聽事中庭也 廊廡也

闍城上音都 重門也 樓重屋 臺方而高曰臺 亭人所停集曰亭

囷圓廩曰囷 齋燕居之室 庵圓居也 廬舍在野曰廬 龕塔下屋 倉藏穀廩也

廒大倉 雍辟雍天子之學也 黌學舍也 庠學名 衙衙門 郵步傳曰郵

闉城內曲重門也 閭里門曰閭 橋水梁也 祠祠堂 軒 廂廡也

城 宸帝居曰宸 窩窟舍也 閶閶闔天門也 司公署名主守

營軍壘　牢牲圈又獄也　庖廚也　廚　廛市宅也　塒雞棲垣也
區小室也
宀
殿天子寢居　陛階級也　禁天子所居　壼宮中道　室房也　宇屋霤為宇　府
宅居也　屋　舍屋也　宁門屏之間天子所立　廈大屋也　廡廊也
塾門側之堂　闕宮門雙觀中間闕然為道也　閫閨閫　閣樓也　閤宮中小門也
館客舍　店置貨鬻物曰店　邸舍也　驛　榭臺有屋曰榭
廩倉廩　庫貯物曰庫　窖地藏　監公署名　闥禁門也　校學宮也　泮學宮名
序學宮又堂東西廡也　剎僧寺　寺官舍有法度者又浮屠所居也　塔浮屠也
院公署名又宅也室也　肆市鬻之舍　觀觀闕又樓觀也　廟神祠也　鋪貫肆也
第第宅　學庠序總名　廨官舍　廁圊也　竈　廄馬舍　獄繫囚曰獄
部公署名　局公署名　廠屋無壁也　署官舍也　霤中霤　窔室東南隅　隩室之內也
圄囹圄獄名史囹圄空虛　省禁中為省　序廡也又道路迎候賓客處　庋板為閣以藏物

所官署名 廨紛纂之藏 掖宮旁舍曰掖 內房室曰內天子宮禁謂之內

落院落庭宇也 广音儼因巖為屋棟頭為广

## 梁棟第二

實字

平 梁負棟曰梁 堦級也 墀塗地 檽子窻隔也 櫳檻也又房室之疏 窻

門 扉戶扇 扃外閉之關 樞戶樞也 楹柱也 榱椽也 椽

闌門闌又闌干也 枅屋櫨 椙棟下橫木 簷 甍屋棟 墻

垣墻也 屏即畫扆屏風也 墉城也又垣墻 甈甓也 除階也

閑闌也 宗屋霤梁也 榮屋檐廡 櫨柱上栱 題榱也 枝小柱 梧邪柱為梧

䟽窻也 棖門兩旁木 棚閣棧 廉堂廉也 窬門邊小竇 楨楨幹築墻兩頭橫木

牏築墻短版 閨宮中小門 闈宮中相通門 閭里門 闠市垣 椳門樞

櫎開門機也 閎巷門又止扉曰閎 墁墻壁之飾

仄 棟屋脊木 戶半門為戶 牖穿壁為窻 鑰關下牡也 楯欄楯 檻欄也 楶柱頭斗栱

桷椽也 栱大杙又斗栱 壁 堵城五版為堵 砌階甃

礎石負楹 柱 橛門梱 闌門中間橫木 閌高門 榦井欄

閥門上楔左曰閥右曰閱 閱 扆畫斧屏風也 楗限門木 梠楣也

閾門限 梱門橜 級階級 阼東階 闠市門外 板木片 巷長廡相通

屏上聲蕭墻也 欐梁欐 閬高門 柵寨柵編木為之 極屋中棟也

著朝位 垔塗墻也 瓦

高大第三

平 高 深 華飾也 新 重複也疊也 幽深杳也暗也 隱也

虛字 死

明 虛 空 間 斜 踈稀也 低

頹下墜也 荒蕪穢 傾欹也 危高峻 芳美也 平 長

層重也 清潔也 卑下也 寬 崇高也 堅 摧折也

顛仆也 齊 欹不正 回曲也 精 孤獨也 虧缺也

飛 如飛 完 備也

仄 大 峻 高也 傑 特立也 壯 大也盛也 麗 華美 邃 深遠也 短

小 廣 寛也 静 曲 浄 疊 重也 斷

古 老 厚 薄 窄 狹也 亮 明也 巨 大也

細 曠 空闊也 僻 陋 好 舊 闊

狹 隘 狹也 爽 明也 險 敞 高也曠也豁也 破

峭 峻也 圮 久屋也 朽 木臭 朴 木素 敝 壞也 竦 高也 聳 高也

壅 塞也 阤 壞也 偉 大也 合 聚 拱 環擁也 閴 寂静

開閉第四 虛字 活

平 開 闔 閉塞也 連 圜 環繞也 遮 蔽也 垂 下垂 依 憑也據也

臨 自上臨下曰臨 通 掀 以手高舉也 排 推也 横

推 窺 門中視也 摇 升 登也 登 升進也 敲 封

凭倚也 興作也 增 修 居 經量度 營謀為也

成 躋升也 仍因舊曰仍 攻治也 為

仄 閉 闢開也 闔閉也 創始造也 啓開也 遶圍遶 倚依也

掃 拂拂拭 掩遮閉也 蓋覆蓋 築 構架也成也 枕

對 向 蔽遮也 合 鎖 結構也 扣擊也

打 立 到 去 過 度過也 入

出 上升也登也 瞰俯視曰瞰 造作也 建立也置也 揣度量也 處居也

椽築也 落宮室始成祭之曰落 俯 仰

二字 樓臺殿閣第五 並實

平 樓臺 亭臺 門庭易不出門庭 門闌杜門闌多喜色 門屏 門閭

門關 門墻揚子在門墻則麾之 衙門 閨門 閨闈 閨房西都賦閨房周通

房幃 軒窻李逢壺朱軒窻 軒亭 軒楹杜隱几臨軒楹 軒庭 亭軒

宮庭 家庭 庭除 庭堦 庭闌杜絲服日向庭闌趨 簾櫳陶升月照簾櫳
房櫳班婕妤賦房櫳虛兮風冷冷 簾幃 臺池 城池 城隍魏都賦繕其城隍
京都 京畿 朝廷 朝堂 朝家 邦家語夫子之得邦家者 鄉閭
閭閻西京賦便旋閭閻 簷楹謝惠連落日隱簷楹 藩墻 垣墻 垣墉書既勤垣墉
藩垣詩維藩維垣 倉箱 倉廒 庖廚 比鄰 橋梁古詩水深橋梁絕
堦除景福殿賦堦除連延 堦墀 壇場
上平 殿庭 闕庭東都賦闕庭神麗 戶庭易不出戶庭 室家詩宜爾室家 戶門
室廬劉伶居無室廬 廟堂杜廟堂知至理 廟朝 廟廊殿廊及太廟皆謀國事之所
棟梁 市朝建國必面朝而後市 市廛 里閭 置郵馬傳曰置步傳曰郵 國家
國都
下平 殿閣 殿陛 殿宇 寢殿 寢廟奉先之所前曰廟後曰寢 館閣
館舍 館驛 館府 舍館孟舍館未定 屋宇 屋宅 屋舍

店舍 店肆 宅舍 棟宇易上棟下宇以待風雨 觀宇魏都賦觀宇相臨
寺宇 院宇 院落白笙歌歸院落 宅院 第宅 廩庾 帑庾
帑藏藏貨財之所 府藏 府庫大學未有府庫財非其財者也 府第 學舍
學校孟設爲庠序學校以教之 學館 屏翰詩之屏之翰 觀闕 闔與
閭閾 限閾 鎖鑰寇準謂北門鎖鑰非準不可 柱石 戶牖杜窃究丹青戶牖空
郡邑 井竈 井爨 市井孟在國曰市井之臣 社稷社土神稷穀神建國必爲壇以祭之
閥閱見前 陛楯 厠溷
上平
宮掖 宮壼 宮禁 宮闕李宮闕羅北極 宮觀 宮苑 宮室
宮殿王維九天閶闔開宮殿 宮府 宮闈 宮院 樓閣 樓觀
樓宇 樓櫓昆陽城賦悵樓櫓之安在 臺閣 臺榭 臺館 臺觀
臺省 亭館 軒檻靈光賦軒檻曼延 欄檻 窻几 窻牖 窻戶
門徑 門路 門巷 門館孟雲卿李膺門館爭登龍 門戶 庭戶

庭院 庭宇 庭館 家室（詩宜其家室） 閨閣 閨閫 房闥

門閥（杜門閥官雲霄） 齋館 齋舍 房舍 廬舍（田中有廬舍） 廚舍

堂陛（賈誼曰人主如堂羣臣如陛） 廊廟 廊宇 堂宇 堂奥 扃鐍

扃鑰 堦砌 倉廩 倉庚 城市 城闕（李明堂賦城闕崟而歒巘）

城壁 城郭（孟三里之城七里之郭） 墻壁 籬落（柳籬落隔煙火） 壇壝

壇墠 庠序（學斆曰序周曰庠） 蓬蓽（蓬户蓽門） 圭蓽（記蓽門圭竇） 榱桷

椽桷 梁棟（杜梁棟星辰飛） 囹圄（周獄名） 庖湢（湢浴室也） 瓴甓

闤闠（闤市垣闠市門） 棖臬 藩屏（左周公封建親戚以藩屏周）

窻櫺柱礎第六 〔並實〕

〔平〕 窻櫺 門扉 門樞 門臺 宮門 朝門 樓門 城門

墻門 橋門（漢明帝幸辟雍講經圜橋門觀聽者以萬計） 宮墻（阿房賦二川溶溶流入宮墻）

城墻 城臺 樓梯 榱題（孟榱題數尺） 寢宮 寢廷 寢居

郵亭
上仄 屋梁杜落月滿屋梁 屋簷 屋楹 屋瓴田肯曰秦下兵於諸侯猶居高屋之上建瓴水也
屋軒 户樞 殿門 閣門 寺門 闕門 掖門殿旁小門
禁門鮑照禁門平旦開 巷門 孰門 驛門 驛亭杜風帆數驛亭 驛樓
柱櫧 殿廊 禁城賈至禁城春色曉蒼蒼 禁臺 苑牆杜城上春雲覆苑牆
竈陘 省闈 巷居 禁闈 禁庭 掖庭西都賦後宮則有掖庭椒房
掖垣
仄 柱礎 柱磉 屋棟 屋瓦 屋壁 屋柱 屋漏室西北隅也
閣道秦阿房宮周馳為閣道 壁堵 户闕 户限 殿瓦杜殿瓦鴛鴦折
殿礎 殿檻 殿柱 禁闥杜窈窕清禁闥 禁闈汲黯願出入禁闥拾遺補過
禁路 禁闕 禁籞杜憑高禁籞長 禁署畢誠不意頗牧近在禁署 驛舍
驛館 竈突

〔去〕門軌 門限 門閾 門鑰 門紐 門扇 門臬 樓棟

橋棟 橋道 橋路 橋檻 橋柱 窗植 窗槅 宮尾

簷尾 梁枕 階級

## 闌干瑣闥第七

〔平〕闌干闌板間曰闌干 招提寺 精藍寺 精廬講讀之舍 浮屠佛塔也

蘇屠似塔 徒杠橋孟歲十一月徒杠成 罘罳罘罳者伏思也君行至內屏思惟故謂屏曰罘罳

蕭牆 周廬西都賦周廬千列 圜牆馬遷傳幽於圜牆之中 圜扉獄門也

因諸齊獄名 屠庵 明堂天子布政之宮 端門殿之正門也 殯宮

觚棱殿闕角也西都賦上觚棱而棲金雀

〔上去〕麗譙美麗之樓曰麗譙 扊扅門關也百里奚炊扊扅 罣罳 瑣窗 若廬

〔入〕瑣闥杜曉漏追趨青瑣闥 砌石 魏闕宮門雙闕上懸法象其狀巍然謂之象魏

路寢天子正朝也 略彴橫木橋也

【上平】蘭若寺也　閶闔天子正門曰閶闔　馳道天子所行道也　函丈凡講問席間函丈函容也

方丈維摩居士石室縱橫量得十笏故名方丈　圜土　行在天子行幸所至曰行在

衚衕小巷也

## 高樓邃閣第八

【上虛】死【下實】

【平】高樓　危樓杜危樓望北辰　崇臺西都賦承以崇臺閒館　高臺　虛臺

平臺杜落日平臺上　靈臺文王臺名　危臺　荒臺杜雲雨荒臺豈夢思　高堂

虛堂戎昱北風微雨虛堂秋　空堂　深堂　華堂李肅穆坐華堂　幽堂

空亭　幽亭　虛亭韓戀月留虛亭　芳亭　閑亭　長亭十里一長亭

新亭晉中州人士避亂暇日飲宴於新亭　高亭　空庭　虛庭　幽庭　閑庭

芳庭　荒庭李荒庭衰草徧　新居　幽居謝靈運躋險築幽居　閑居　華居

深居　高軒左思賦開高軒以臨山　幽軒　閑軒　香閨　芳閨

深閨　幽閨李幽閨多怨思　深宮李深宮高樓入紫清　清宮枚乘七發洞房清宮　空房

幽房張華晨月照幽房　閑房　空堦　虛堦　幽堦　芳堦　明窻
虛窻　幽窻　高窻沈約高窻時動扉　閑窻　斜窻元稹月入斜窻曉寺鐘
横窻　踈窻　踈櫺　空櫺　虛櫺　幽扉　閑扉　高扉
長門漢有長門宮　高門　脩門　空門　名門　幽扃　芳扃
虛廊　回廊杜小院回廊春寂寂　脩廊　巖廊高屋也　危欄　芳欄
長廊王勃鳴環曳屣出長廊　横廊　危簷　高簷　虛簷杜虛簷交鳥道
幽簷　飛簷西京賦飛簷轍𨍏　頹簷　低簷　崇簷　低墻　危墻
横墻　高墻　頹墻　空墻　高梁　横梁　空梁薛道衡空梁落燕泥
脩梁　踈籬　幽籬　平橋　長橋阿房宮賦長橋臥波　荒城李荒城空大漠
名城　長城秦築萬里長城以備胡　高城杜淡雲踈雨過高成　虛齋杜獨遶虛齋徑
高齋杜子美居夔三徙居皆名高齋　幽齋　崇墉詩崇墉言言　深闈　頹垣
靈宮　圓壇祭天之所　方壇祭地之所　香廚杜香廚松道清涼俱

行厨 杜竹裏行厨洗玉盤 雄都 杜雄都元壯麗

〔上去〕小樓 小亭 短亭 六帖五里一短亭 遠亭 曲亭 古堂 杜古堂本買藉疎豁

古亭 小庭 小軒 小堂 杜江上小堂巢翡翠 小臺 小堦 小椽

小門 小齋 小橋 小欄 小窗 曲窗 破窗 短墻

斷墻 曲墻 古墻 短橋 斷橋 曲欄 曲廊 曲廬

曲檽 許詢曲檽激鮮飈 曲房 陸機涼風繞曲房 廣居 舊居 故居 故家

故宮 故廬 敝廬 陶敝廬何必廣 舊廬 矮簷 古臺 李曠望登古臺

矮窗 短椽 短垣 短簷 敗簷 曹彬兩居敗簷踈牖 敗垣 大廷

廣庭 正門 正衙 天子正朝曰正衙 索居 子夏曰吾離羣索居久矣

便房 寂間室

〔去〕邃閣 傑閣 朱傑閣聳奇觀 小閣 曲閣 廣殿 魏都賦造文昌之廣殿

別殿 邃殿 秘殿 靈光賦乃立靈光之秘殿 古殿 別館 杜促求別館追

邃館　舊館王勃得仙人之舊館　靜院　小院　古院　峻宇書峻宇雕墻

邃宇吳都賦寒暑隔閡於邃宇　大宇　廣宇　廣厦明堂賦廣厦翳以雲布

大厦西京賦大厦耽耽　小寺　古寺　遠寺　小檻　曲檻　靜室

巨室　密室　暗室　陋室　古屋杜古屋畫龍蛇　巨屋　破屋

矮屋張衡為華陰簿歎曰若在矮屋之下使人襬頭不得　小屋　夏屋詩夏屋渠渠　舊宅

故宅　故址　敗壁　壞壁　舊驛　古驛　古砌　曲砌

曲戶　曲榭東京賦謻門曲榭　小榭　淨牖　傑棟　大府　密閣

樂國　化國　古廟

上平　深院　清院　幽院　虛院劉長卿苔蘚蒼蒼閑虛院　香閣李天樂流香閣

深閣　幽閣　飛閣漢武帝作飛閣通建章宮　高閣　虛閣　芳榭

高榭　幽榭　深榭　高館謝靈運䟽峯抗高館　閑館甘泉賦珎臺閑館　幽館

空館　虛館　華館杜華館閑秋風　虛室莊虛室生白　幽室陶幽室一已閑

華室　芳檻　幽檻　踈牖　虛牖　幽砌　芳砌　橫砌

空閣　幽户　芳户　高棟杜高棟層軒已自凉　橫棟　幽寺　清寺

荒店　荒邸　芳驛　宏宇　真宇　堅壘　華厦　華省

華屋杜華屋蛟螭列　新屋　高屋　精舍講讀之舍　潭府韓潭潭府中居

層樓疊閣第九與前高樓邃閣互用

上虛　乙　下實

平

層樓　重樓　層臺謝層臺指中天　孤臺　單臺　重闕子建高門結重闕

重門易重門擊柝以待暴客　重闌魏都賦重闌洞出　重軒西都賦重軒三階　重堂

重簷　層簷明堂賦層簷屹其霞矯　單簷　重城　層城杜審言層城四望開

連城　孤城　孤亭　孤窻　交窻　重堦　層堦　層軒

層欄　層檐　重廊　重扉　端枅

上仄

半樓　半亭　半廊　半窻　半庭　半簷　半扉　半墻

半橋　夾城杜花萼夾城通御氣　夾庭　夾堦

仄 疊閣 疊屋 疊棟 疊甍 疊榭 王勃疊榭層楹相對起 疊砌

夾砌 夾壁 複閣 複重也景福賦複閣重闈 複壁 李林甫重關複壁以備刺客

複道 阿房賦複道行空 複屋 半戶

上平 重屋 東京賦複廟重屋 多屋 孤屋 孤寺 孤店 孤館 重栱

層閣 鮑照層閣肅天居 層闕 劉休玄浮雲鵲層闕 單壁 原廟 原重也先已有廟今更立之曰原廟

連闕

## 樓高閣峻第十

上實下虛 死

平 樓高 樓低 樓空 樓深 樓虛 樓重 亭虛 亭空

亭高 亭深 亭幽 臺高 臺荒 欄高 欄低 欄危

庭空 庭幽 庭虛 庭荒 庭寬 庭深 窗明 窗虛

窗疎 窗橫 窗斜 窗閑 櫺疎 城高 城長 城空

城危 門深 門閑 閨深 閨幽 簷高 簷低 簷虛

簷危　階空　階閑　軒空　軒幽　宮深　宮幽　廊回
廊深　橋平　橋長　橋橫　墻高　墻低　墻危　籬空
籬踈　堂高　堂虛　堂空　堂深　堂幽　齋虛　齋幽
〔支〕户幽　户深　室虛　室深　院深　院幽　屋深　屋新
屋荒　寺幽　寺深　寺荒　棟高　棟橫　棟隆易棟隆吉
牖明　牖踈　榭高　砌幽　壘堅　壁堅　店荒　巷幽
殿高　殿深
〔又〕閣峻　閣小　閣靜　院靜　院小　院僻　院悄　寺小
寺古　寺僻　寺靜　寺悄　寺寂　寺遠　檻曲　檻小
檻峻　殿小　殿峻　屋小　屋老　屋矮　屋舊　屋古
屋破　室邃　室靜　室陋　室暗　牖靜　户悄　壁敗
廟古　砌曲　市廣　棟直　棟橈易棟橈本末弱也　巷小　巷陋

平 樓小　樓靜 杜俊 門樓 靜 月　樓峻　樓閑　亭小　亭古 杜兼 亭峻 古帶

亭消　亭短　庭靜　庭敞 選宏 形敞 庭 赫　庭寂　庭消　欄曲

欄小　門靜　門僻　門寂　門邃　窗靜　窗破　窗小

橋小　屢小　堂小　庵小　庵靜　簷短　簷矮　墻短

籬短　椽短　垣敗　櫨敗　堦消　祠古　臺古　宮廣

齋靜　城峻 杜天 城壁 峻 隨

樓前閣上第十一 與地理門山 前水上互用　上實下虛 死

平 樓前　樓中　樓間　樓邊　宮中　宮前　亭中　亭邊

亭間　亭前　臺前　臺邊　臺中　庭中　庭間　庭前

庭邊　庭皐　庭隅　堦前　堦邊　堦傍　堦中　窗前

窗邊　窗中　窗間　堂中　堂前　堂邊　門中　門前

房中　閨中　齋中　楚中　楚前　簷前　簷邊　簷間

欄邊　欄中　欄前　軒前　軒中　家中　梁間　橋邊
墻邊　廳前　倉中　倉前　庵前　庵中　廚中　楹間
楣間
〔上仄〕禁中（天子居曰禁中）　省中（諸公所居曰省中）　廟中　户中　府中　苑中
院中　驛中　館中　壁中　閒中　室中　巷中　獄中
寺中　寺前　寺邊　座中　座前　座隅　閣中　閣前
閣邊　檻中　檻邊　檻前　陛前　殿中　殿前　牖間
牖前　柱邊　砌邊　砌傍　砌間　壁間　舍間　舍前
舍傍　屋傍　屋前　架前　屋邊　觀前
〔仄〕閣上（劉夢得閣上掩書劉向去）　閣下　閣内　閣外　閣裏　閣畔
閣表　殿上　殿下　殿内　殿裏　廟裏　觀裏　闕裏
禁裏（王維禁裏疎鍾官舍曉）　闕下　禁内　檻内　檻裏　檻外

檻側　牖內　牖外　牖下詩于以奠之宗室牖下　舍下　舍側
舍畔　驛畔　戶外杜戶外昭容紫袖垂　戶內　戶下　屋裏　屋上
屋下蘇流水在屋下　屋後　壁上　瓦上　座上　座側　座末
砌畔　砌上　砌側　砌下　寺裏　院裏　院內　院外
架上　架下　館內　館下　省下　隩內　梱內閫門之內也
竈上　塔上

上平

窻內　窻裏　窻外　窻下　窻上　窻畔　窻後　宮裏
宮內　宮外　朝內　朝外　朝裏　亭內　亭上　亭外
亭畔　亭下　庭內　庭外　庭上　庭下　庭畔　樓上
樓下　樓外　樓畔　臺上　臺下　臺畔　臺後　堂上
堂下　堂內　堂裏　堦上　堦下　堦畔　堦側　軒內
軒外　軒後　橋上　橋下　橋側　橋畔　欄內　欄外

欄畔　簷外　簷際　簷上　簷下　墻上　墻下　墻外
墻畔　墻裏　門內　門外　門裏　門上　門下　梁上
梁下　城上　城裏　城外　廊外　廊下　廊側　閨裏
街裏　街上　墀上　墀下　齋內（陶侃朝運百甓於齋外暮運於齋內）　齋外
閭左（秦發閭左戍漁陽）　祠下

樓頭屋角第十二（與地理門山頭水面互用）

【平】樓頭　樓心　堦心　庭心（儲光羲當庭心一莖獨秀）　亭心　【並實】墻心
梁心　臺心　堂心　簷頭　簷牙（阿房賦簷牙高啄）　欄腰　廊頭
廊腰（阿房賦廊腰縵迴）　墻頭　墻跟　墻腰　門頭　橋頭　城頭
梁頭　堦頭　題頭　椽頭　龕頭
【上去】屋頭　棟頭　塔頭　柱頭　殿頭　闕頭　閣頭　栱頭
巷頭　竈頭　戶頭　壁頭　閣心　極心　柱跟

仄 屋角（杜：紅稠屋角花） 殿角 廩角 柱角 檻角 砌角 瓦角
瓦面 砌面 壁面 鋪面 屋脊 殿脊 棟脊 棟尾
塔尾 塔頂 斗口 瓦口 巷口 戶口 戶眼 壁骨
壁脚 柱脚 磉脚 巷首
幸 簷角（陸放翁：簷角鳥聲呼醉夢） 樓角（杜：樓角凌風迥） 墻角 欄角 庭角
亭角 城角 廳角 椽角 椽眼 堦面（杜：堦面青苔先自生） 門面
窗面 窗角 窗眼 窗背 梁背 門背 堂背 橋首
門首 墻首 門口 廛口 橋口 窗口 墻口 橋脚
街尾

侵軒遶戶第十三（與天文門當樓入戶互用） 上虛活 下實

平 侵軒 當軒 臨軒（漢史：天子自臨軒檻） 侵窗 當窗 臨窗 穿窗
遮窗 橫窗 封窗 臨門 當門 穿門 沿門 倚門

依樓 侵樓 臨庭 當庭 封庭 當堦 臨堦 沿堦

侵堦岑參雨滋苔蘚侵堦綠 穿堦 封堦 侵簷 經簷杜寒日經簷短

當簷 巡簷杜巡簷索共梅花笑 齊簷 纏簷 依橋 衡橋 平橋

依堂 依墻 遮墻 垂墻 封墻 當墻 踰墻

【上六】透窗 隔窗 遶窗 傍窗 拂窗 打窗 夾窗 上窗

遶欄 倚欄 出欄 拂簷 敲簷 遶簷 礙簷 綴簷

掛簷 刺簷 傍簷沈約夕鳥傍簷飛 入簷 就簷 暎堦杜暎堦碧草自春色

遶堦 上堦劉夢得苔痕上堦綠 傍堦 對門 擁門 上門 入門

遶庭 遶梁曹娥鬻歌假食既去餘響遶梁三日 遶扉 出墻葉靖逸一枝紅杏出墻來

傍墻 上墻 遶墻 拂樓 入樓 暎樓 上樓 上亭

上堂 上臺 上橋 傍廬 入堂

【下八】遶戶 拂戶 對戶 倚戶 暎戶 接戶 近戶 倚檻

拂檻 李春風拂檻露華濃 遶檻 楊公濟江水中分遶檻流 隔檻 臥檻 出檻
俯檻 透檻 傍檻 映閣 遶閣 倚閣 黃山谷快閣東西倚晚晴
對閣 出閣 傍砌 拂砌 映砌 遶砌 遶榭 遶殿
遶舍 對舍 近舍 遶屋 陶遶屋樹扶疏 隔屋 杜隔屋喚西家 射屋
隔牖 映牖 透牖 拂牖 近牖 近榭 隔座 拂尾
臨砌 依砌 謝蒼苔依砌上 連砌 穿砌 封砌 依檻 連檻
臨檻 平檻 遮檻 浮檻 當戶 穿戶 遮戶 臨戶
依戶 侵戶 封戶 穿牖 當牖 侵牖 橫牖 依寺
遮寺 穿壁 遮壁 升殿 登殿 當殿 封屋 穿屋
穿巷 浮棟 依榭 垂榭 臨榭 侵舍
盈庭滿座第十四 與地理門連山遍野互用 上虛 死 下實
平 盈庭 盈階 盈軒 盈窗 盈門 盈樓 盈欄 盈臺

盈朝詩朝既盈矣　盈閭　盈城　盈倉　盈扉　盈廬　盈窩

充庭東都賦龍輅充庭　充閭　充門　充廠　連甍左思賦比屋連甍　填門

連墻列子與南郭子連墻不相請謁　填街

【上去】滿庭　滿樓　滿窻　滿家淳于髡曰五穀皆熟穰穰滿家　滿堂　滿軒

滿亭　滿城　滿門　滿堦　滿墻　滿梁　滿臺　滿扉

滿廊　滿庵　滿龕　滿祠　滿窩　滿廬　滿橋　滿朝

遍欄　遍城　遍墻　遍橋　遍窻　遍門　塞欄

【仄】滿座　滿院　滿檻　滿架李鄴侯牙籤滿架　滿壁　滿牖　滿室

滿砌　匝砌　比宇　滿屋　滿戶杜晴雲滿戶團傾蓋　滿寺　滿閣

遍室　遍砌　遍壁　遍寺　遍巷　遍庵　比屋堯舜之世比屋可封

比砌　塞巷　塞屋

【上平】連屋　連砌　盈院　盈檻　盈戶　盈室　盈牖　盈閣

充棟 陸文通書充棟宇

# 繩樞甕牖第十五

【平】繩樞 賈誼論陳涉甕牖繩樞之子 繩橋 岷江急以竹繩爲橋而渡 船窻 歐淺沙明月照船窻 【孟實】

繩窻 船倉 船居 齊張融無居室權作小船岸上住 柴扉 岑不如下掩柴扉 巖 柴扃

柴關 樓居 仙人好樓居 巢居 上古洪水之患民有巢居者 舟梁 詩造舟爲梁

衡門 詩衡門之下謂撗木爲門也 輿梁 孟十二月輿梁成 旗亭 市樓也 衡廬

圭竇 即圭竇 鍾宮 在鄂縣東北始皇收天下兵銷爲鍾鐻此其處也

【去】土堦 帝堯土堦三尺 澤宮 記天子習射於澤宮 鐵橋 舫齋 歐陽脩有畫舫齋謂其狀如舟

索橋 劵門 劵臺 甕城 席門 陳平家貧以席爲門

【入】甕牖 以甕爲牖 棧道 架木爲閣道也 斧扆 記天子負斧扆南鄉而立 斗室

斗栱 丈室 即方丈 土室 漢袁閎築土室替居 板壁 石甃 杜石甃冷蒼苔

土庫 石室 漢祖與功臣剖符作誓丹書鐵劵藏之金匱石室 藻棁 臧文仲居蔡山節藻棁畫藻於棁也

織室漢有東西織室織作文繡郊廟之服　華戸禁門也
上平　圭竇墻上鑿門上銳下方如圭之狀　山節刻山於節也　衡宇陶乃瞻衡宇　並實

風亭月榭第十六與天文門星房月殿互用

天文　平　風亭裴度集賢里有風亭水榭　風窗　風櫺韓暑夕眠風櫺　風扉杜風扉不定掩
風簷韓共依水際立風簷　風堂　風臺　風軒杜風軒納飛絮　風廊　風欄
雲亭　雲窗李雲窗拂青靄　雲關李舉手開雲關　雲臺李石作蓮花雲作臺　雲軒
雲居玉帝所居常有紅雲擁之　雲門寺名杜雲門吼瀑泉　雲房　雲城　雲堂
雲墻詩笳上春雲覆苑墻　霜亭　霜臺御史臺也　霜橋溫庭筠人迹板橋霜　霜簷
氷簷　氷廚　蟾窗　天窗靈光賦天窗綺疏　天門楚辭廣開天門　天堂
天庭靈光賦仰看天庭　天關　天臺　天居鮑照天居層閣　氷廳　星臺
星門靈星門　星亭　星居景福賦星居宿陳　霤門　風門　星堂
煙窗李煙窗引薔薇

上六 月樓 月窻蘇靜聽月窻鳴蜥蜴 月軒 月堦 月簷韓渉月今宵肯掛簷 月臺

月城子城也 月亭 月庭 月櫺 月堂 月廊 月梁

月菴 月墻杜團團月隱墻 月祠 日磚韓偓日過八花磚 日軒 日宮

日簷 露橋 露窻 露堦 露臺漢文帝欲作露臺召匠計之直百金遂止

露廊 雨窻 雨簷 雨樓 雨堦 雪窻 雪樓 雪齋

雪橋 雪堦 雪城 雪堂蘇東坡至黃州築室遇雪名雪堂 雪宮齊宣三離宮名

雪窩 雪亭 月宮

又 月榭 月牖 月砌 月戶 月屋 月館 月店 月檻

月窟李渴飲月窟水 月殿 月宇 月寺 雪牖 雪砌 雪尨

雪屋坡高浪翻雪屋 雪所 雪館 雨砌 雨檻杜雨檻臥花叢 雨屋

霧牖杜霽霧寒高牖 雪竇 露砌 露尨 露檻

十二 雲闕鮑東下望雲闕 雲寺 雲棟 雲閣秦二世起雲閣言其高入雲也 雲塔

雲屋汴都賦雲屋連簃　雲戶　雲牖　雲㯃　雲館吳都賦虹蜺回卒於雲館

雲竇　雲刹　雲栱杜朱栱浮雲細細輕　雲壁陳翠壁亂雲交　雲構史阿房雲構

雲楶靈光賦雲楶藻梲謂畫雲氣爲山節也　雲陛謝玄暉十載朝雲陛　風閣　風殿

風牖　風榭杜風榭柳徵舒　風戶　風檻　煙檻　煙閣　煙寺

天闕杜天闕象緯逼　天柱崑崙有柱高入天故曰天柱　天宇靈運會同庭天宇　霜宇

霜屋　霜瓦　冰舍　冰室魏都賦下冰室而冱寒

飛雲得月第十七

〔平〕飛雲王勃畫棟朝飛南浦雲　連雲李連雲開甲宅　凌雲閣　齊雲樓　行雲〔上虛〕活〔下實〕

留雲　棲雲　垂雲明堂賦矗九霄而垂雲　凌空蘇子由超然臺賦躋高臺之凌空　生風

緣空閣　橫空樓　行空阿房賦複道行空　凌煙唐太宗圖功臣於凌煙閣

凌風杜樓角凌風迥　乘風　吟風　延颸閣　鋪霜瓦　通天漢武帝臺名

朝天　承天景福賦煥若雲梁承天　擎天張說八柱擎天　棲霞　凝陽

朝陽門 垂虹吳江長橋名 飛霞選纓堯結飛霞 凌虛陳公弼建凌虛臺

上去 摘星樓 近星 落星樓 顯星 聚星堂 倚天開芳李穹崇明堂倚天

近天 拂雲 望雲 拱辰 入雲崔顥長安甲第高入雲 礙雲

宿雲李白雲南山來就我簷下宿 避風臺 送陽王元之竹樓記送夕陽迎素月

入 得月戴叔倫詩近水樓臺先得月 拗月詩斜窗拗明月 漏月 轉月 望月

報月 問月 弄月臺 步月臺 戀月亭 納月選璇題納行月 架漢

聳漢 挿漢 轉日 曬日 曝日 送日 隱霧城 滴雨堦

聽雨 濕露 浸斗

上平 推月閉門推出月 延月樓 留月 招月 迎月見上 承露漢武帝臺

迎露 迎曙亭

時令 春臺曉閣第十八 並賞

平 春臺老子熙熙如登春臺 春亭 春庭 春閨江淹春閨閟此青苔色 春堂

春闈太子宮又禮闈試士亦曰春闈　春城　春軒　春宮太子宮也　春堦

春樓　春窻　春闌　春居　春橋　春祠　春屏　晨窻

晨樓　晨扉　晨臺　晨屏　晨朝　秋亭　秋庭杜秋庭風落果

秋窻　秋樓　秋閨　秋闈秋試塲也　秋堂韓風露氣入秋堂涼　秋階

秋城王維秋城鄞宮暮　秋房　秋臺　秋軒杜沉吟坐秋軒

〔去〕曉亭　曉窻曉窻分與讀書燈　午窻　夜窻孟松月夜窻虛　夏窻　晚窻

暮窻　曉樓　晚樓　曉城　暮城　曉簷　晚簷　暮簷

曉堂張祜龍出曉堂雲　曉庭　晚庭　曉軒　晚軒　夜扉杜寒江動夜扉

夜軒　夜庭　夜臺墓也　夜龕　夜庵　夜堂梅聖俞五星明聚夜堂深

午橋裴晉公有午橋莊　午朝　曉宮　曉廊　夕闌

〔仄〕曉閣　晚閣　夏閣　夏殿　曉殿　午殿　夕殿　夏館

曉館　夜館　夜塔　夜肆　曉寺元稹月入斜窻曉寺鍾　晚寺

曉檻　曉砌　曉院　午院　晚院　曉户　夜户　曉禁

曉闕　曉舍　曉陛　曉掖　夏礎　夏榭　夏霤　晚舍

晚掖　晚鑰

上平　春閣　春院劉雲院深玉井蒼苔春　春檻　春寺杜花濃春寺靜　春館

春殿杜春殿晴薰赤羽旗　春苑　春榭　春户　春泮　秋院　秋寺

秋廩　秋館　秋舍　秋榭　秋檻　朝檻　冬閣　上半實下實

涼臺暖閣第十九

平　涼臺裴晉公午橋別墅有煥館涼臺　涼亭　涼樓　涼階　涼䟽　涼宮

涼屏　晴窻杜晴窻點檢白雲篇　晴軒杜炙背俯晴軒　晴簷·晴廊

晴扉　晴闌　晴城　晴臺　寒簷　寒窻　寒軒　寒扉

寒階　寒城杜寒城菊自花　寒門　寒家　寒庭　寒樓　寒居

寒龕　溫房曹子建七啓溫房則冬服絺綌

上仄 暖窗 暖房 暖扉 暖宫 暖亭 冷扉 冷房 冷窗

冷門 冷闌 冷宫 暑宫

仄 暖閣 暖室 暖殿 暖屋 暖舍 暖奥 燠館見前燠室

冷室 冷舍 冷廟 冷屋 冷壁 冷寺 冷砌 冷榭

冷院 冷庵 暑閣 潤屋大學富潤屋 潤礎淮南子山雲蒸而柱礎潤

上平 寒舍 寒館 寒砌 寒閣 寒牖 寒寺 寒院 寒榭

寒室 寒刹 寒邸 涼殿 涼牖 涼寺 涼屋 涼榭

晴殿 晴閣 晴舍 晴庵 晴戶 晴礎

## 樓涼閣暖第二十 上實下半虛

平 樓涼 亭涼 軒涼 窗涼 階涼 門涼 宫涼 庭涼

臺涼 樓寒 階寒 窗寒 齋寒 門寒 家寒 城寒

庭寒李庭寒老楚水 窗晴 窗暄

【去】砌寒　舍寒　殿寒　室寒　厖寒　户寒　院寒　塔寒

砌涼　殿涼　閣涼　户涼　寺涼　檻涼　院涼

【入】閣暖　殿暖　屋暖　室暖　閣爽　殿爽　屋爽　户爽

院爽　厖冷白鷺鶿厖冷霜華重　砌冷　室冷　户冷　壁冷　礎潤

屋潤　厖凍　瓦濕　室瞑　閣瞑　院瞑

【上平】亭爽　亭冷　堦冷　堦濕　窗冷　窗暖　窗曙韓銀燭未消窗送曙

軒暖　宮暖　宮冷　簷冷　簷凍　簷瞑　簷曙　朝曙

城曙　城濕　庭濕　庭爽　樓爽　樓曙　橋凍　橋濕

## 江樓水閣第二十一　【並實】

【地理】【平】江樓謝靈運繫纜臨江樓　溪樓　邊樓　城樓　山樓杜山樓粉堞隱悲笳　山亭

江亭杜坦腹江亭暖　池亭　邊亭張協烽火列邊亭　溪亭　湖亭　林亭

巖亭　都城　山家　田家　村家　山居沈寘王名其所居曰山居

林居　巖居杜白馬却走身巖居　溪居　郊居司空文明竹夢郊居　杜陵花溪莊

山莊　田莊　林莊　山庭杜山庭嵐氣侵　山齋　山扉杜山扉花竹幽

山房李公擇聚書滿屋號李氏山房　山門寺門也　山堂劉彥冲竹吹橋水遶山堂

山窻　山庵　山牆　山扃　山梁語山梁雌雉　山城歐二月山城未見花

江城　邊城左思邊城苦鳴鏑　林軒　池軒　江橋　溪橋歐獨尋春偶過溪橋

山橋杜野店山橋送馬蹄　村橋　溪堂　郊扉杜郊扉存晚計　巖扉李長嘯巖扉開

泉臺墓也　田廬詩中田有廬　河梁李陵携手上河梁　山祠　村居

水亭　野亭杜秋日野亭千橘香　渚亭　水樓杜子美題終明府水樓　郡樓

塞樓杜城高絕塞樓　市樓旗亭市樓謂之　市橋杜市橋官柳細　市居　野居

洞房　洞門高洞門深鎖碧窻寒　郡門　縣門　海門李東越海門深　市門

石門靈運披雲臥石門　石橋　野橋　石城石城虎踞　郡城　縣城

石欄杜石欄斜點筆　石扉蘇石扉三扣聲清圓　石窻　水窻　水門杜高齋次水門

水軒　水宮

仄　水閣李登樓坐水閣　渚閣　水殿李風動荷花水殿香　水榭裴晉公集賢里有風亭水榭

水檻杜新添水檻供垂釣　水驛李水驛若不緩　水寺　水府爾雅宣房水之靈府　水館

野館杜野館濃花發　野寺杜野寺江天豁　野店杜野店引山泉　野壁　野院

野廟李羣玉野廟向江春寂寂　野戶　堠館周禮市有堠館堠館有積　海殿

海屋有一老人曰滄海變桑田吾輒下一籌已滿十屋矣　石壁杜野寺根石壁　市肆

上平　山館　村館　溪館　池館李池館清且幽　江館　江閣杜江閣邀賓許馬迎

池閣韋逍遙池閣深　林館　溪閣　山閣杜注目寒江倚山閣　山寺　林寺

江寺　村寺　山店　村店　村邸　村舍　村檻　村室

村學　村屋　村落　田舍　郊舍齊景公出舍于郊　溪驛　山驛

山市　山廟　山院　山舍　江檻杜江檻俯鴛鴦

依巖傍水第二十二與地理門臨堤夾岸互用　上虛　活　下實

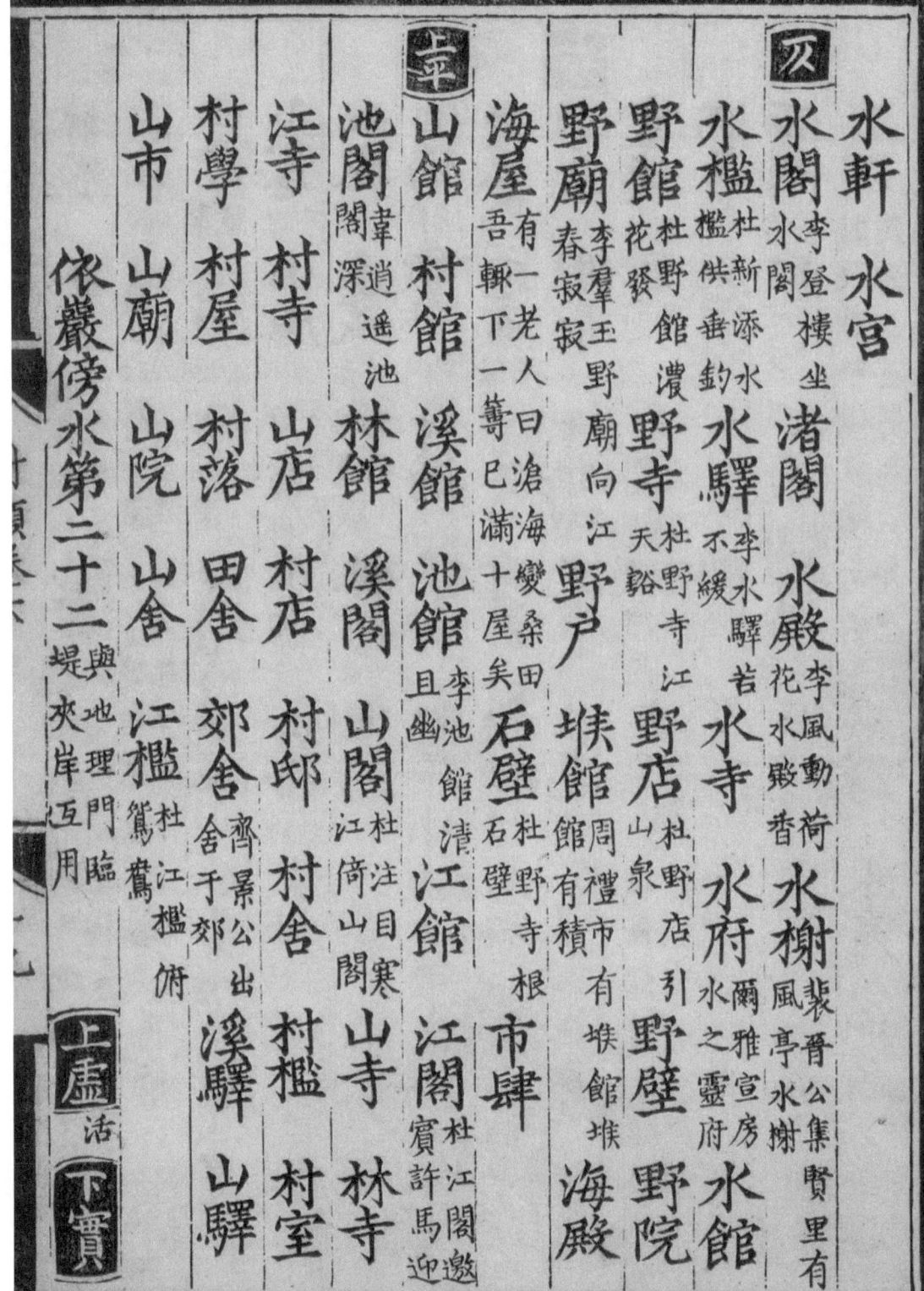

平

依巖　依山　依村　臨山（蜀都賦開高軒以臨山）　臨溪　臨流

臨江（王勃滕王高閣臨江渚）　臨湖（向巨源居南昌造臨湖閣）　通村　沿村

通溪　通潮　通池　沿山　沿江　沿溪　沿崖　隨山

平山（歐陽公守揚州作平山堂）　齊山　盤山　呑山　環山　環溪

邊江　呑江　平流　憑岡　浮河

仄

俯江　漾江　傍江　枕江　向江（李羣玉野廟向江春寂寂）　俯溪

面溪　近溪　瞰溪　枕溪　面山（愚公面山居惡而將移山）　倚山

傍山　瞰山　對山（杜蓬萊宮闕對南山）　仰山　負山　傍湖　傍溪

傍巖　面陂　臥波（阿房賦長橋臥波）　背陵（張敬夫嶽麓書院記湘西故有藏室背陵向壑）

枕泉　近郊

傍水　架水　近水（戴叔倫近水樓臺先得月）　瞰水　映水　引水

跨海（鄭毅夫垂虹橋詩跨海鯨鯢金背高）　瞰海　瞰野　鑿石　傍石　漱石

俯渚　負郭　背郭杜背郭堂成蔭白茅　向壑見前

【上平】鄰石江閣鄰石面　臨渚滕王高閣臨江渚　臨野　臨水　臨石　連海

連苑古詞小樓連苑橫空　依石　依港　平水　縈水　窺井李白亭窺萬井中

邊海

梅窗柳院第二十三　【並實】

【花木】【平】梅窗梅影橫窗瘦　松窗孟松月夜窗虛　蓬窗　花窗　芸窗　松亭

蘭亭王羲之脩禊于蘭亭　茅亭杜接擁裊茅亭　梅亭　花亭　松軒　梅軒

花軒　花扉　松扉　荆扉陶白日掩荆扉　荆臺　松樞唐詩丹詞肅松樞

松關　松棚選避暑結松棚　松門靈運牽葉入松門　蓬門松蓬門今始為君開　茅衡

花階　蘭階謝子弟如芝蘭玉樹欲使生於庭階　苔階劉夢得苔痕上階綠　蓂階堯階生蓂莢

茅庵　茅齋杜茅齋八九椽　茅堂杜茅堂石笋西　茅廬　茅簷杜茅簷覆地花

萱堂北堂萱草比母也　蘭堂李真珠簾箔掩蘭堂　蘭宮省闥曰蘭宮　蘭臺御史臺也

蘭庭見上　蘭房院萱草樹蘭房　椒房皇后房以椒塗壁温暖辟惡氣　蓬居　蓬樞

芝房漢元封間芝生齋房中　芝庭見上　花庭　花城杜花重錦官城　花欄

花封潘岳宰河陽一縣皆植花故後人謂縣爲花封　花樓李朝光散花樓　花龕劉花龕歸老僧

花磚唐殿中御史得立五花磚　花臺僻光義合磚起花臺　芸臺秘書監曰芸臺謂以芸香辟蠹魚也

梅臺　梅梁　楓宸何晏賦楓槐被宸　榆關勝州東有榆林關秦蒙恬累石築城植榆爲壘

桑樞原憲居魯環堵之室桑樞甕牖　槐庭三公位也王祜嘗手植三槐于庭曰吾子孫必有爲三公者

槐堂即王氏三槐堂　槐廳唐學士院第三廳有巨槐號槐廳　莎廳河中府有綠莎廳　薇垣

芹宮學宮也　桐宮湯墓所在

上聲

棘闈貢院設棘故曰棘闈　藥階謝玄暉紅藥當階翻　藥欄杜乘興還來看藥欄　竹樓黄州以竹爲樓

竹亭　竹堂　竹軒　竹齋杜竹齋燒藥竈　竹窗　竹橋杜伐竹爲橋結構同

竹籬　竹庵　竹門　竹宮漢甘泉祠宮也　柳營周亞夫屯軍細柳　柳亭

柳橋杜市橋官柳細　桂軒　桂臺　栢臺漢御史府中列栢樹故曰栢臺　華宮

蓽門 荊竹織為門 菊籬 陶採菊東籬下 棣樓 唐玄宗有棣萼相輝之樓 棘垣

杏壇 夫子設教於杏壇之上 草堂 杜萬里橋西一草堂 草庭 草窻 草扉

草廬 漢昭烈三顧諸葛亮於草廬 草亭 杜乾坤一草亭 草庵 草軒 草堦

〔仄〕柳院 杜歸院柳邊迷 柳榭 柳檻 柳巷 竹巷 竹屋 竹戶

竹寺 竹院 李涉因過竹院逢僧話 竹閣 草閣 杜五月江深草閣寒 草舍

草屋 陶草屋八九間 草砌 薜砌 藥院 常建藥院滋苔紋 藥省 藥藏

桂闕 桂殿 滕王閣序桂殿蘭宮 桂館 漢武帝作飛廉桂館 菊院 棘砌 栢壁

栢府 即御史府

〔平〕花榭 花檻 花巷 花館 花院 花屋 花掖 杜花隱掖垣暮

花砌 萱砌 蘭砌 苔砌 蓂砌 梅閣 杜東閣官梅動詩興 梅室

蘭室 古詩盧家蘭室桂為梁 芝室 夫子謂子貢曰與善人居如入芝蘭之室 著室

蓬室 曹子建顧念蓬室士 松室 松闕 芝闕 芝宇 楓陛 蘭殿

蘭省 校書所曰蘭省 薇省 中書省曰紫薇省 槐府 椿府 父曰椿府 芸館
芸閣 藏書閣以芸香辟蠹故名 茅屋 杜牽蘿補茅屋 茅舍 茅店 温庭筠雞聲茅店月
茅宇 杜有客過茅宇 茅棟 杜病枕依茅棟 椒壁 石崇以椒塗壁 蓬壁 蓬闕
蓬户 子貢作環室編蓬為户 蓮社 晉遠公與十八賢同脩淨土號白蓮社 莎舍
芸局 蒲屋 唐楊於陵教民陶瓦易蒲屋

## 誅茅結草第二十四

上虚 活 下實

平 誅茅 誅芟除也杜誅茅初一畝 依茅 生蘭 生苔 尋花 杜問柳尋花到野亭
栽花 哦松 崔斯立對樹二松日哦其間 巡梅 杜巡簷索共梅花笑 觀梅 觀荷
上仄 植槐 王祐事 種葵 刈葵 種棠 憩棠 詩蔽芾甘棠召伯所憩
臥花 看花 浣花 杜浣花溪子美居 蔭茅 杜背郭堂成蔭白茅 覆茅 蓋茅
坐苔 種松 陶弘景愛松風庭院皆種松
仄 結草 種竹 種菊 種柳 問柳 見前 插柳 植柳 植槿

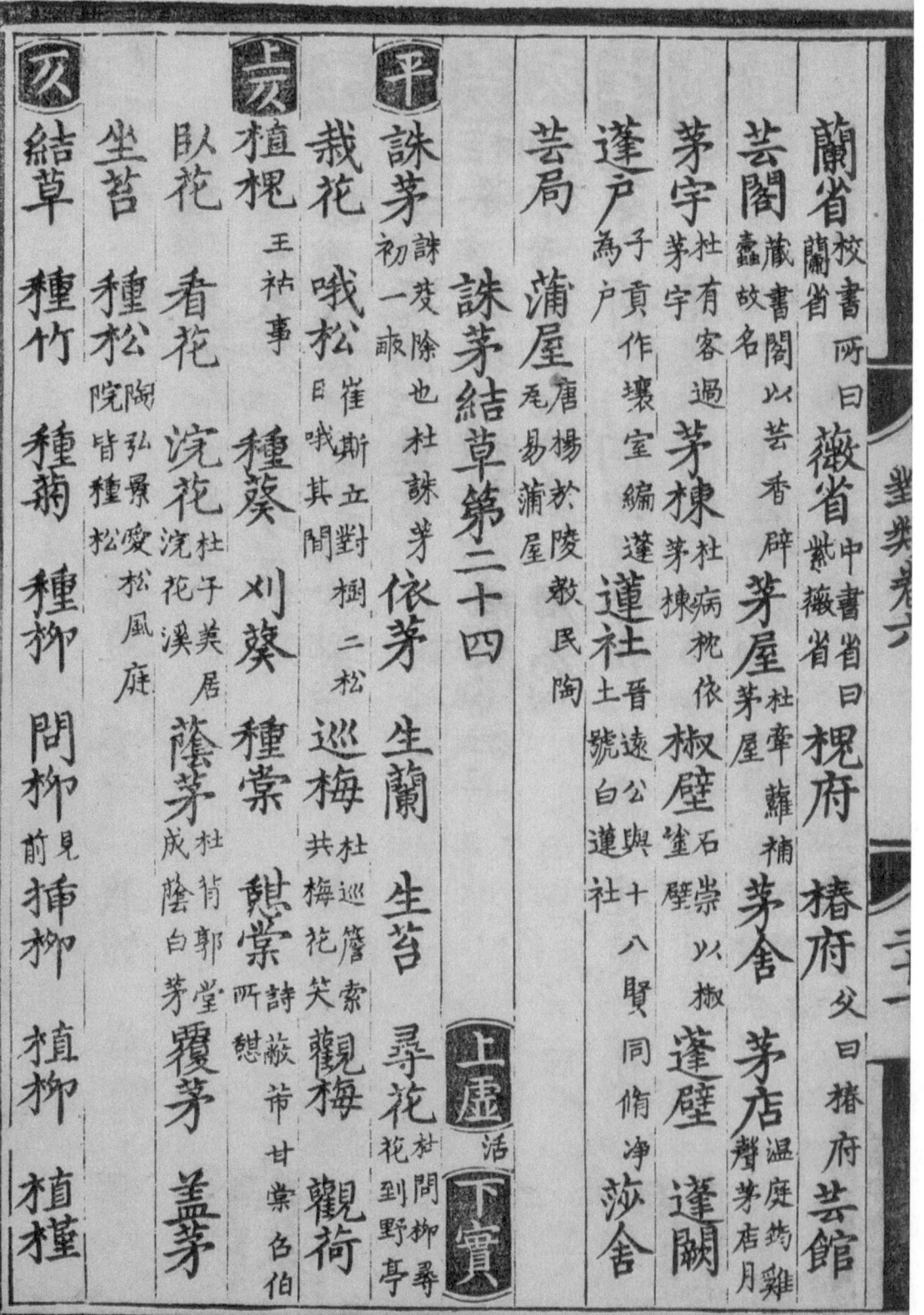

植菜　植果　接葉

【上去】存菊　依竹杜野外堂依竹　移竹　添竹　栽竹　栽柳　穿柳

編槿　觀稼

長楊細柳第二十五

【平】長楊館　芙蓉殿　蒲萄宮　棠梨宮　蘭林殿　青梧觀　沉香亭　【並實】蓬萊宮

蕪蔓亭　芝蘭室　蓬蒿室

【上入】柏梁臺　藥珠宮　棫楊宮　白楊觀　牡丹亭

【入】細柳營　蕙草殿　芍藥廳　薜荔墻

【上平】花萼樓　荷葉亭　桐柏廟　扶荔宮　禾黍故宮　萁荚階　榆荚庭　桃李門

【鳥獸】龍樓鳳閣第二十六與鳥獸門蜂房燕壘互用

【平】龍樓杜雞鳴問寢龍樓曉　龍庭單于祭天之處　龍門登李膺之門者號登龍門　【並實】龍亭

龍墀劉棲楚額扣龍墀血被面　龍宮宋之問龍宮隱寂寥　雞壇越人每相交作雞壇以盟

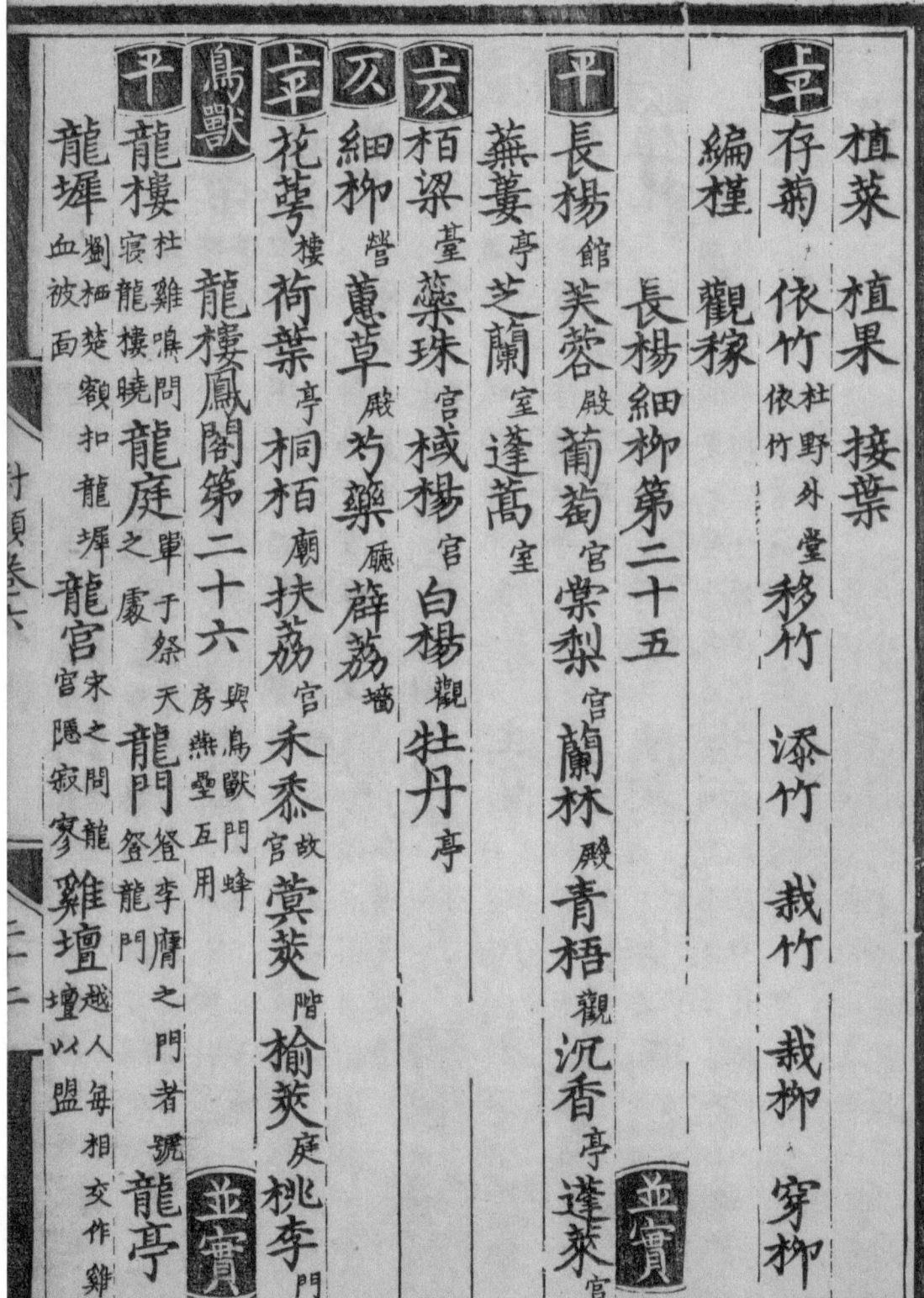

上六

雞窻 宋處宗置一長鳴雞於窻間 螢窻 車胤囊螢照書故後人謂書窻為螢窻 蚷居
蝸廬 魏焦先結草為廬號蝸牛廬 鶉居 聖人鶉居而鷇食謂如鶉鳥之居無常處也 鸞庭
鸞臺 唐門下省曰鸞臺 鸞幃 鴛幃 鴛闈 黿梁 周穆王至九江以黿為梁而渡
魚梁 杜麗翅滿魚梁 虹梁 西都賦抗應龍之虹梁 虹橋 李雙橋落彩虹 牛橋
烏臺 漢成帝時御史臺有烏集故謂之烏臺 麟臺 漢有麒麟閣藏秘書唐改秘書為麒麟臺
蜂衙 埤雅蜂有兩衙應潮 蜂房 阿房賦蜂房水渦 鷹房 雞房 蟾宮 月宮也
鴻門 漢祖與項羽會于鴻門 犀軒 螺亭 坡青嶂遶螺亭亭在處州 羊牢
鳳樓 秦穆公作樓教弄玉吹簫感鳳來集 鳳庭 鳳城 杜銀漢遙應接鳳城 鳳臺 李鳳凰臺上鳳凰遊
鳳幃 鳳池 中書省地在樞近人謂之鳳凰池 鴈門 鴈門在今代州 馬門 漢有金馬門
鹿門 龐德公携妻子登鹿門山采藥 狗門 晏子使楚楚人為小門以延之晏子曰使狗國者從狗門入
雉門 記天子雉門 虎門 路寢門外畫虎 蟻官 蟻有一卷之官與衆共之 蟻城
蜃樓 海傍蜃氣似樓臺 燕樓 張建封有燕子樓 燕堂 燕梁 杜自去自來梁上燕 雀簷

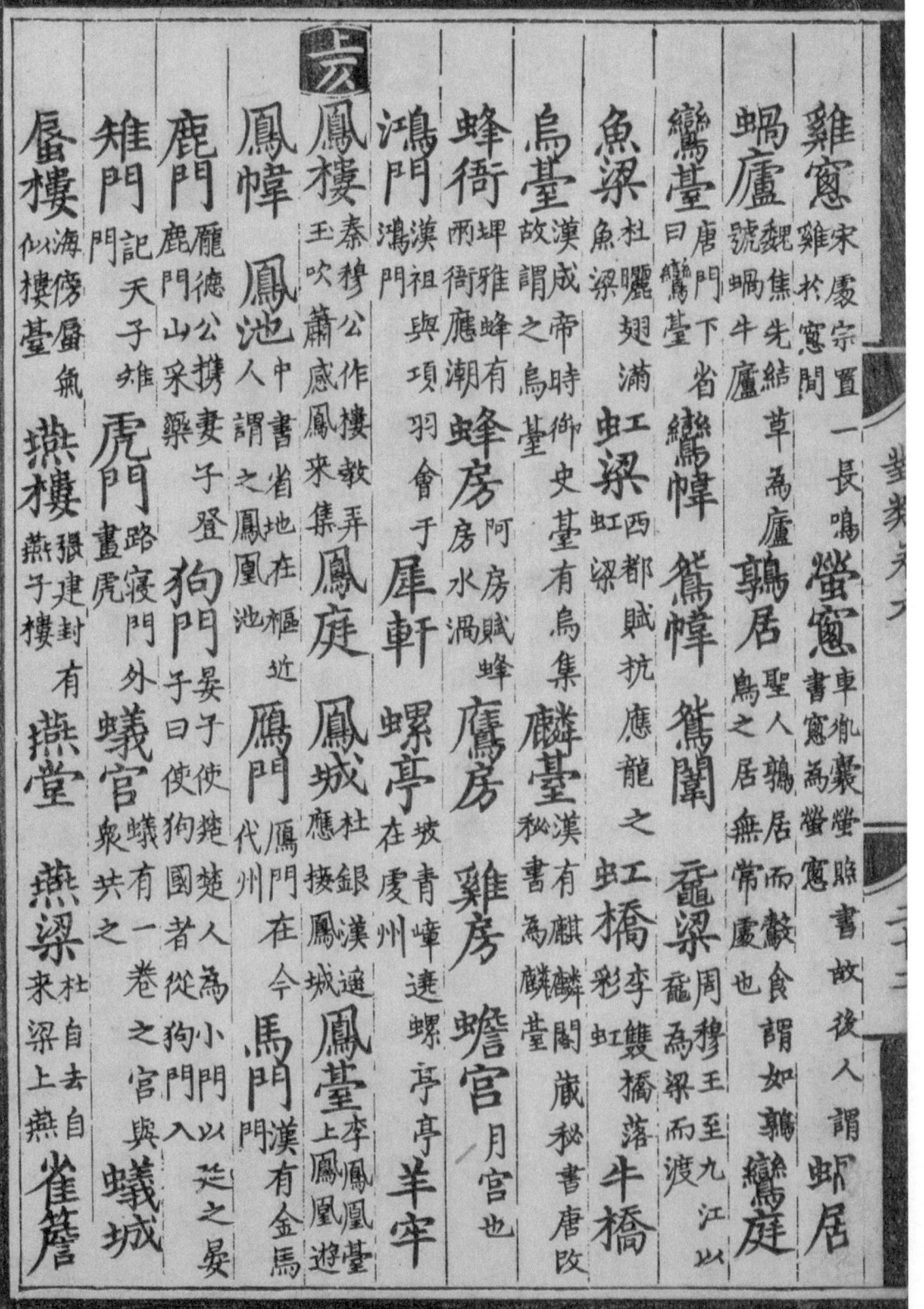

雀臺 魏有銅雀臺 鹿臺 武王散鹿臺之財 鱣堂 楊震客居有鸛雀啣三鱣魚飛集講堂

鴈堂 毘舍離爲佛作堂形如鴈字 鵲梁 崔圓妻見一鵲共啣一木安巢中俗言見鵲上梁必貴

鵲橋 淮南子烏鵲塡河成橋以渡織女 豹關 楚詞虎豹九關 虎闕 見前 鶴闕 鼠闕

馬庭 即秘書監西都賦有承明金馬著作之庭 馬臺 項羽戲馬臺 象廊 桀作瓊室象廊

象房 虎闈 國子監 獸鐶 梅聖俞鸛鵲金鋪獸嚙鐶

仄

鳳閣 中書省曰鳳閣 鳳闕 漢武帝造闕上有金鳳 鳳沼 杜鳳沼接亨衢 鳳壺

象闕 杜象闕憲章新 虎衛 虎殿 虎圈 宋景公射於虎圈之臺 虎穽

虎柙 語虎兕出於柙 燕廈 淮南子大廈成而燕雀相賀 燕寢 韋燕寢凝清香 鴈宅

鴈塔 唐韋肇及第題名慈恩寺鴈塔後人放之 雉堞 雉長三丈高一丈堞女墻也 鹿堞

鶴國 狗國 見前 狗竇 馬廐

上平

麟閣 漢宣帝圖功臣於麒麟閣 鸞閣 即鳳閣 龍闕 蟾闕 蟾苑

蟾宮 即月宮 蟾陛 螭陛 烏府 即御史府 龍桷 靈光賦龍桷雕鏤

龍棟梅聖俞詩虯虯玉宇龍纏棟　牛渚　牛囤戴叔倫去年災疫牛囤空　蝸舍

蝸室　蛟室　鶉室　蠶室祭義天子諸侯必有公桑蠶室　熊館漢有射熊館

鴛瓦東都賦鴛瓦鱗翠　魚肆家語與不善人居如入鮑魚之肆　猪圈　猊礎詩雙猊盤礎

## 鴛鴦孔雀第二十七

平　鴛鴦瓦　麒麟殿　蝸牛室　虹蜺　鯨鯢　黿鼉並橋梁　並實　飛廉觀

爰居門

去　鳳凰臺　杜鵑亭　駱駝橋

入　孔雀屏　螮蝀橋　屬玉觀　燕子樓　虎豹關　翡翠樓　鸛雀樓

平　鳷鵲觀　天祿閣　龍虎臺　烏鵲橋

## 金鑾鐵鳳第二十八

平　金鑾　黃龍並殿　銅烏臺　金駝巷　蒼龍室　青龍橋　並實

去　玉龍觀　碧雞坊　白雞寺　翠蛟亭

仄 鐵鳳觀 白虎殿 白馬寺 白鹿書院 白鶴觀 竹馬館

上平 金馬門 丹鳳樓 金鳳臺 銅雀臺 朱雀門 玄武門 黃鶴樓 朱鳥堂

## 棲鸞戲馬第二十九

上虛活 下實

平 棲鸞閣 聞雞窻 燻蠶室 盤龍柱 浮黿橋 呼鷹臺

上去 躡虹橋 睦龍室 鬬雞臺 養蠶室 眺蟾臺 射熊館 釣魚臺

仄 戲馬臺 度馬橋 牧馬 養馬並廐 飲馬窟 走馬觀 集鳳臺 語燕梁

射雀屏 伇鵲橋 鬬鴨欄 望鵲臺 走狗臺

上平 棲鳳庭 羅雀門 乘駟橋 遊鹿臺 儀鳳樓 題鳳門

## 魚鱗鳥翼第三十

並實

平 魚鱗瓦 虹腰 鯨腰 龍腰並橋 蝸形廬

上去 象牙 象斑並屋飾 獸頭屋脊

仄 鳥翼簷 翠羽簾 鵲覆瓦 鳳翼堂 獸面門鋪

上平 鯨背橋 螭吻獸尾 龜背 螭背並陛 龍首張平子賦跪龍首以抗殿 龍口門鋪

龍尾唐含元殿前有龍尾道

朱樓翠閣第三十一

采色 平 朱樓李夾道起朱樓 紅樓白紅樓富家女 青樓子庚青樓王宋道 青宮太子宮

朱宮楚詞紫貝闕兮朱宮 朱庭 黃庭 彤庭謝玄暉彤庭赫宏敞 彤墀彤即丹也

玄墀西都賦玄墀釦砌 丹墀尚書省以丹朱漆地故名 丹樓王勃紫閣丹樓紛照曜

丹扉 丹梁 丹楹左丹楹刻桷 雕楹西京賦雕楹玉碣 雕梁杜日月近雕梁

雕簷 雕牆書峻宇雕牆 雕欄 紅欄 紅牆 紅亭鄭亭也

紅窗 紅橋 紅門 朱門李列戟朱門曉 朱欄王荆公淮岑日對朱欄出

朱扉杜曉入朱扉啓 朱甍明堂賦朱甍晴鮮 朱簷 朱城唐詩隱隱朱城臨玉道

青城錢起青城欽岑倚空碧 青門漢霸城門在東故曰青門 黃門門下省曰黃門

黃扉漢丞相署黃扉 黃堂太守堂曰黃堂 華堂 華榱黃庭雨滴華榱 朱楹

上六

紫宸漢之前殿　紫垣紫薇垣也　紫樞　紫墀　紫臺杜一去紫臺連朔漠

紫宮星垣名皇都也　紫庭唐詩紫庭蘭蕙日氛氳　紫樓　紫闌　絳墀

赤墀杜赤墀櫻桃枝　綠窗顧況翠帳綠窗寒寂寂　碧窗杜碧窗宿霧濛濛濕　彩窗

粉窗　粉墻　粉門　翠樓　畫樓　畫堂　畫橋　畫欄

畫梁李三天接畫梁　畫簷　畫廊　彩廊　彩橋　碧城　碧房

素軒　素庵　翠欄　彩椽　絳宮

仄

翠閣　畫閣　紫閣王建金殿當頭紫閣重　彩閣鮑冠霞登彩閣　絳闕

絳闥　紫闥　翠幕杜曲江翠幕排銀牓　紫府石曼卿言到天上過紫府即紫宮也　紫館

紫禁杜紫禁正耐煙花遶　綠幕　綠牖　素牖　翠戶　翠館　翠棟

畫棟王勃畫棟朝飛南浦雲　彩棟　彩檻　翠檻　綠檻　碧檻

碧棟　碧甍杜碧甍初寒外　翠甍皮日休戟戶野蒿生翠甍　粉堞杜山樓粉堞隱悲笳

粉壁杜白皷吹粉壁　白壁李秋月照白壁　素壁杜掛君高堂之素壁　赤壁　赭壁

皓壁靈光賦皓壁皜曜以月照　畫壁　畫省尚書省粉壁畫古賢烈士曰畫省　碧殿
紫殿　白屋以白茅覆屋貧者之居
上平　丹閣王勃飛閣流丹　黃閣丞相廳曰黃閣　朱閣顏况江南朱閣綠水通　丹地
丹陛明堂賦丹陛崿崿　丹闕李揚蛾入丹闕　丹檻　丹柱靈光賦丹柱歙赩而電烻
丹楯　丹禁李優游丹禁通　朱禁　青禁　青瑣門也刻為連瑣文而青塗
青殿　青闥　黃闥漢禁門曰黃闥　青檻　雕檻　朱檻杜滂沱朱檻濕
紅檻　朱戶　朱棟　朱闕靈光賦朱闕巖巖而雙立　朱楯　清牖
黃屋天子居曰黃屋
樓紅牖綠第三十二　上實下半實
平　樓紅　橋紅　窻紅　亭紅　簷青　窻青　門朱　門黃
墀丹　楹丹　扉黃
上六　閣丹　陛丹　扆丹　桷丹　殿黃　殿青　闥青　戶朱

棟朱　栱朱　檻朱　檻紅　閣黃

〔仄〕牖綠　戶綠　檻綠　室白　塔白　屋白　甍翠　甍碧

棟碧　檻碧　屋素　棟畫　殿紫

〔上平〕窻白　窻碧　窻綠　門綠　墉素　墻素　墻畫　梁畫

簷畫　簷碧　樓碧

塗朱飾翠第三十三（與聲色門施朱傅粉互用）

〔平〕塗朱　塗丹（書惟其塗丹雘）　流丹（滕王閣序飛閣流丹）　粧青　〔上虛活〕描青　〔下半實〕鋪青

塗青　橫青　粧朱　施朱　粧紅　描紅　描黃　塗黃

鋪黃　懸黃　泥黃　拖藍

〔上仄〕鏤青　飾青　刷青　間朱　間紅　鏤紅　鏤朱　嵌朱

嵌黃　飾黃　抹黃　刷黃　刷紅　抹青　染青　刻丹

〔仄〕飾翠　刷翠　點翠　抹翠　拾翠（殿杜賦拾翠殿　詩）　鑿翠（杜鑿翠開戶牖）

鑿碧　染碧　刷綠　抹綠　畫綠　飾綠　間白　間粉

傅粉　抹粉　抹紫

【上平】粧綠　塗紫　塗朦　塗赤　塗白　塗碧　塗赭　塗黑

塗翠　鋪翠　鋪彩　粧翠　粧紫

## 樓陰瓦影第三十四　【上實下半實】

【平】樓陰　城陰　亭陰　墻陰　橋陰　簷陰　門陰　檽陰

欄陰　宮陰　窻陰　軒陰　庭陰　堂陰　臺陰　窻暉

簷暉　庭暉　簷光　門光　梁塵（魯人虞與善歌梁上塵為之動）

【上仄】牖光　隙光　壁光　壁陰　瓦陰　閣陰　殿陰　屋陰

塔陰　榭陰　寺陰　棟陰

【仄】瓦影　塔影　閣影　舍影　棟影　殿影　屋影　寺影

觀影　榭影　壁影　厦蔭　瓦蔭　瓦縫（阿房賦瓦縫參差）　壁縫

壁蔭 棟彩

〔平〕樓影 簷影 橋影 亭影 門影 窻影 欄影 簷蔭

堂蔭 樓蔭 庭蔭 門蔭 庭彩 門彩 墻縫

〔金玉〕

## 金門玉殿第三十五

〔並實〕

〔平〕金門宮殿門以金飾 金閨杜謝通金閨藉即金馬門也 金扉李引領望金扉 金堦

金房 金墀子建七啓金墀玉箱 金臺燕昭王築臺置千金於上以延天下士 金庭

金楹景福賦金楹齊列 金城賈誼論金城千里 金壇賀朝請天子金壇拜飛將 金屏

金宮李仗出金宮道日轉 金鋪彝上有金花龍獸猗環謂之金鋪 銀臺銀臺司掌受天下奏狀

銀鋪景福賦青瑣銀鋪 銀屏 銀扉 瓊臺 瑤臺楚辭望瑤臺之偃蹇兮

琺臺西京賦琺臺蹇産以極壯 瑤軒王勃瑤軒綺構何崔嵬 瑤階 瓊階

瓊都 瓊欄汴都賦瓊欄壓墀 瓊宮 瑤宮 珠宮楚辭貝闕兮珠宮 琳房

琳宮道觀也 銅闕 銅樓 瓊樓月中有瓊樓玉宇 珠樓李天樂下珠樓

銅臺 璇題甘泉賦璇題玉英

上仄

玉堂殿名有直廬在側宋太宗御書玉堂之署四字以賜學士 玉門紂作瓊室立玉門 玉欄

玉樓李玉樓巢翡翠 玉關李漢使玉關回 玉墀賈至劒珮聲隨玉墀步 玉窻

玉階西都賦玉階彤庭 玉題左思蜀都賦玉題相暉 玉臺上帝所居 玉扉

玉壇 玉除子建凝霜依玉除 玉亭 壁門漢武作建章宮其南有玉堂壁門之屬

玉廊 瑣窻鮑玉鉤隔瑣窻

仄

玉殿 玉陛 玉闕 玉宇劉休玄玉宇來清風 玉户甘泉賦排玉户而颺金鋪

玉砌 玉檻 玉甃 玉府 玉瓦 玉柱 鐵柱 鐵壁

寶殿顏延之開天製寶殿 寶閣周邦彦汴都賦其西則有寶閣靈沼 寶塔李寶塔凌蒼蒼 寶寺

寶剎寺也 貝闕韓致光月射珠光貝闕寒 劒閣杜劒閣天下壯連山絕險飛閣相通故曰劒閣

上平

金闕岑金闕曉鐘開萬户 金屋漢武帝曰若得阿嬌當以金屋貯之 金鑰杜不寢聽金鑰 金塢

金剎杜金剎青楓外 金戺漢柱宮明光殿皆金戺玉階 金埒 金竈 金瓦

金殿　金牓杜天門曰射黄金牓　銀屋唐南蠻驃國王居以金爲甓屋覆銀瓦　瑶砌

瑶屋　瑶闕　瓊闕　銀闕三神山以金銀爲宫闕　珠閣李玉樓珠閣不獨挼

珠箔權德輿綠窗珠箔繡鴛鴦　珠殿　銀牓姚長張翠帝繡簾掛金篆銀牓　瓊館

瓊室紂作瓊室　鈴閣羊祜鈴閣之下侍衛不過十數人　銅柱漢武帝柏梁臺有銅柱又交阯銅柱

銅瓦　琳館

並實

書窻酒肆第三十六

平

書窻　書樓　書齋　書房　書堂　書坊　文房　丹房

琴窻　詩窻　吟窻　燈窻　歌窻　琴臺成都有司馬相如琴臺

琴堂子賤爲單父宰鳴琴而治故謂縣治爲琴堂　騷壇　詩壇歐詩壇推子將　詩家

詩庭　歌筵　歌臺阿房賦歌臺煖響　歌樓鄭谷力微寄酒歌樓酒　粧樓

粧臺　燈臺　旗亭市樓也　香亭韓琦花簇香亭萬藥開　鍾樓

烽樓　譙樓門上爲高樓以望曰譙樓　譙城　譙門　雩壇祭天禱雨之處

經筵　齋居

（上去）酒樓　酒亭　酒家　酒筵　酒壚卓文君當酒壚　酒坊　講堂

射宮辟雍也　舞筵杜飛花落舞筵　舞堂　舞臺　釣臺嚴子陵有釣臺

吹臺杜甫從李白過汴州酒酣登吹臺慷慨懷古　戲臺　嘯臺　鼓亭　樂亭

樂樓　鼓樓　戍樓許渾景陽兵合戍樓空　直廬山谷星辰遶直廬　禮庭

禮闈禮部試士曰禮闈　試闈　藥廚　藥房

（入）酒肆　酒閣　酒店　酒市　酒署　酒館　舞榭　樂廟

祖帳漢疏廣公卿設供帳祖道都門外　試院　武庫蕭何治未央宮立武庫以藏兵器　箭屏

梵宇佛寺也　藥室　藥局

（上平）書府　書館　書閣蘇易簡於玉堂後廡建二書閣　書庫唐玄宗聚書列經史子集四庫

書室　書舍　書院唐置麗正書院聚文學之士宋有應天府白鹿洞嶽麓石鼓四書院　書牖

書肆王充閱書市肆　書塾　書社　詩社　吟社　丹室　琴室

香室　香閣楊國忠用沉香爲閣　經閣　粧閣　歌榭　歌館　經廠

茶肆

平　人物

## 秦樓楚榭第三十七

並實

秦樓秦女弄玉吹簫於樓上故曰秦樓　秦宮阿房　秦闕杜休道秦闕百二重　秦京孟浩然追迹秦京道

秦城　堯階堯階生蓂莢　堯庭　堯朝　堯都　堯墻舜坐則見堯於墻

堯衢堯時有康衢之謡　堯祠　唐家　虞庭　虞庠王制周人養庶老于虞庠小學也

虞軒　周庠周之鄉學曰庠以養老爲義　商家　周家　周朝　唐朝

吳宮李吳宮花草埋幽徑　吳門　膺門登李膺之門者號登龍門　陶門　韓門

于門于公治獄多陰德高大其門閭令容駟馬　蘇門　齊門　堯門　程門

韓堂　韓窻　莊廬莊子曰仁義先王之蘧廬一宿而去　燕臺即燕昭王金臺　蕭闕

蕭齋蕭子雲飛白大書蕭字李約買歸東洛建一小室玩之號蕭齋　顏齋夫子告顏子曰虛者心齋也

顏垣魯君欲用顏闔使者往聘乃鑿後垣而亡去　陶籬陶淵明採菊東籬下　玄壇隋號道觀爲玄壇

祇園

上去

孔門　孔墻語夫子之墻數仞　孔壇孔子過魯東門鳴琴杏壇　孔堂　孔庭

舜庭　舜朝　舜廊舜恭已於巖廊之上　舜祠　舜宮　魯宮　漢宮

漢臺　漢關薛仁貴傳壯士長歌入漢關　漢庭　漢家　庚樓庚亮乘月登樓

楚樓杜西北樓成雄楚都　楚臺李十年登楚臺　楚宮詩作于楚宮　宋窗宋宗雞窗

宋家　謝庭謝安曰如芝蘭玉樹欲使生於庭階　鯉庭孔子嘗獨立鯉趨而過庭　孟廬

孟鄰孟母三徙擇鄰　謝堂　舜門舜闢四門　禹門禹鑿龍門　愈門

魯門杜鶢鶋至魯門　宋門　孟門商紂之國左孟門右太行　漢門

仄

楚榭　楚館　楚苑　楚室詩作于楚室　漢殿　漢苑杜漢苑入旌旄

漢閣杜蓬萊漢閣連　漢廟　漢室　晉室　宋室　孔室　孔宅

孔廟　孔壁孔安國藏書于壁　孔學　孔里　舜殿　魯殿杜荒城魯殿餘

謝砌　漢闕　鄭驛鄭當時置驛馬請客　夏校夏之鄉學曰校　趙壁韓信入趙壁立漢幟

禹廟 就禹廟空山裏

〔上平〕堯殿　堯屋　堯陛　堯室　唐室　唐殿　唐閣　唐館

蕭寺 梁武帝令蕭子雲飛白大書蕭寺　梁寺 梁武建八百餘寺　梁苑 杜梁苑池臺雪欲飛　秦苑

隋苑 隋煬帝作園三百里　周學　周室　游室　蕃室 陳蕃一室蕪穢　顏寢

顏巷 顏子居陋巷　陶宅 陶淵明方宅十餘畝　瑜宅 周瑜推道南宅以舍孫策　王宅

雍宅　雄宅 揚雄有宅一區　周宅　滕閣 唐滕王元嬰為洪州刺史置閣號滕王閣

孫戶 孫敬閉戶讀書　般序 般之鄉學曰序

## 皇家帝闕第三十八 與地理門皇州帝里互用

〔平〕皇家　王家　公家　侯家　仙家　儒家　僧家　農家〔並實〕

漁家　樵家　醫家　禪家　皇朝　王朝　王庭 易揚于王庭

公庭 詩公庭萬舞　皇扃 韓空然懃汗仰皇扃　皇居 景福賦備皇居之制度　皇宮

儒宮 記儒有一畝之宮　仙宮 顏延之列漢構仙宮　僧宮　王門 鄒陽傳何王之門不可曳長裾乎

君門 侠門杜荀鶴侠門似海深 儒門杜儒門舊史長 公門語入公門鞠躬如也 師門

都門 賢門舜闢四門以来天下之賢 醫門 賢關大學也 禪堂

禪關李為我開禪關 禪房常禪房花木深 禪龕杜禪龕只晏如 禪扉 禪林

仙都唐詩仙都日月開 仙房 僧房 僧寮 僧堂 公堂詩躋彼公堂

文闈 文臺 賓筵詩賓之初筵 賓階家語公自阼階孔子由賓階升堂立侍

賓墀 官廳 官亭 神棲廟宇也 醫筵 王宮

上去

帝城王雲裏帝城雙鳳闕 帝庭 帝居山河壯帝居 帝閽長楊賦選巫咸兮叫帝閽

相門孟嘗君傳将門有将相門有相 将門上見 聖門 官門 御樓 士闈

佛家 道家 宦家 将壇漢高祖設壇具禮拜韓信為大将 梵壇 梵宮

旅亭 客亭 客廳 客齋 客房 客堂 客居 戍居

妓樓 女墻城上小墻也 虜營杜玉帳分弓射虜營 虜庭

下去

帝闕 帝宇 帝殿 帝苑 帝學 士學 士館 史館

御闕　御殿　将壁　将閫史閫以外将軍制之　帥閫　帥府　相府

佛寺　佛刹　佛舍　佛殿　客肆　客舍　客店　客邸

客館魏都賦營客館以周坊　旅館　旅邸　妓館　道院　翰苑

戚里

上平

王室　王府書闗不和鈞王府則有　王國詩生此王國　公館杜日臨公館靜

公室魏都賦紏戎綏華以戴公室　公府　公廨　官廨　賢巷　賢路

妃殿　妃閣　官閣杜山腰官閣迥添愁　官府　官舍　儒學　儒館

賓館李賓館羅軒蓋　甥館孟帝館甥于貳室　仙館西都賦實列仙之攸館　仙府

仙閣沈佺期並命登仙閣　僧院　僧寺　僧舍　農舍　樵舍　漁舍

漁市　軍壁　軍壘　戍壘　神闕

## 紗窗繡戶第三十九

衣服　平

紗窗　氈廬胡人以氈為廬　旃墻漢烏孫公主嫁匈奴歌曰穹廬為室兮旃為墻　帷宮

並實

帷堂

【上仄】繡窗　繡甍　繡宮　繡牆賈誼策富民墻屋被文繡　繡房　繡扉

繡屏　繡楣　綺窗選瓊樓綺窗　綺樓李綺樓青雲端　綺城李紫煙裊娜拂綺城

錦城成都郡城種花名錦城　錦棚長安富人以錦結為涼棚　錦宮　錦堂

絲樓　絲亭　絲庭　帳房　幔亭武夷君八月十五日會絲幔為亭　幕廳

【仄】繡戶杜山河扶繡戶　繡閣　繡桷景福賦繡桷列榱形之　繡闥滕王閣序披繡闥

繡屋　繡柱杜珠簾繡柱圍黃鵠　綺構王勃詩瑤軒綺構何崔嵬　綺戶　綺檻

綺閣　錦閣　錦殿王勃璧房錦殿相玲瓏　錦砌　絲屋　絲檻

【上平】黼扆天子之屏上畫黼形　繭室王燕為壽藏名繭室

綸閣中書省謂之絲綸閣　綃室海外有蛟人水居織綃

披香太液第四十

【平】披香　含章　昭陽　明光　含元　承華　宣明　通明【並實】

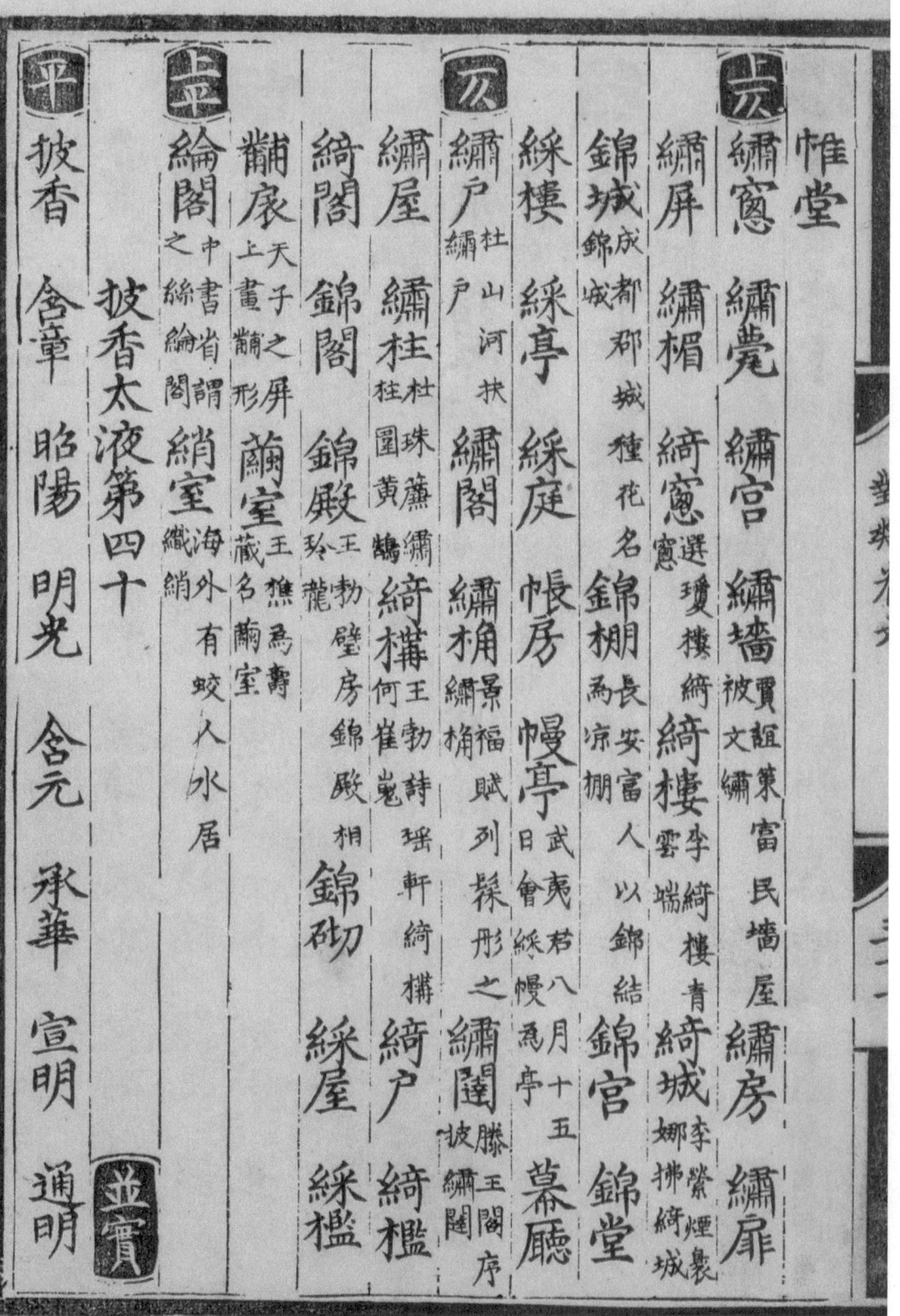

延和 靈光 端明 並殿 阿房 連昌 華清 並宮 朝元 奎文

奎章 並閣 弘文 館 宣平 延秋 並門 章華 凌歊 並臺 承明 廬 慈恩 寺

精思亭

【上平】集賢 集英 集仙 望仙 邇英 並殿 未央 建章 大明

望夷 翠微 館娃 合歡 望春 步高 永安 並宮 集靈

雨花 並臺

【入平】太液 積翠 並池 太極 殿 慶善 養德 德壽 並宮 綠野 晝錦 並堂

建禮 門

【上平】長樂 仁壽 長信 並宮 宣政 資政 並殿 飛綺 閣 端禮 門 凝碧 池

勤政 樓

【入事】登樓入室第四十一 【上虛】活 【下實】

【平】登樓 登堂 登門 開門 闢門 升階 易貞吉升階 開堂

垂堂史千金之子不垂堂　凭欄　脩樓　辭樓　辭樓阿房賦王子王孫辭樓下殿　辭家

歸家　離家　興家　傳家　還家　乘橋　脩橋　登橋

開窻　掀窻　推窻　關窻　臨窻　開軒　開關　踰關

踰牆　踰城　脩城　屠城　還城　臨城　臨朝　臨軒

完城　脩倉　開倉

上六

起樓陳惇載書千卷歸家起樓　上樓　下樓　造樓　結樓李結樓青雲端

出門　入門　扣門陶潛晨開門扣門　掩門　擊門　打門　倚欄

倚廬記喪居倚廬謂倚牆至地無楣柱也　臥廬　掩扉　啓扉謝靈運啓扉面南江　創亭

立亭　立門韓操琴而往立王之門　入關楚懷王與諸將約先入關者王之　守關

度關老子乘青牛度關　閉關易先王以至日閉關　把關　出關孟嘗君夜半出關　過關

立橋　度橋　上橋　建橋　去家　到家　在家　治家

保家韓伯道無兒可保家　徙家　正家易正家而天下定　顧家漢高祖曰為天下者不顧家

過庭（語鯉趨而過庭） 步庭 肯堂（書厥子乃弗肯堂） 上堂（禮記將上堂聲必揚） 下堂

步堂 越墻 過墻 築墻 倚墻（揚子人有倚孔子之墻誦莊韓之書） 倚窻

啓窻 打窻 立祠 建祠 入朝 出朝 卜鄰（左惟鄰是卜）

罷朝 擇鄰（晏子曰君子居必擇鄰） 買鄰（梁宋季雅曰千萬買宅百萬買鄰）

〔入〕 入室（陶潛幼入室） 入閣 入戶 啓戶 掩戶 闔戶（易闔戶謂之坤）

闢戶（易闢戶謂之乾） 敞戶 出戶 上殿 下殿 俯檻 鑿牖

啓牖 問舍（劉備謂許汜求田問舍） 築舍 築室（詩築室于茲） 治宅

晝宅（宋處士种放魏野所居真宗遣畫工圖之） 卜宅（陶非為卜其宅） 卜室（謝靈運卜室倚北阜）

拔宅 治第 入學 建學 覲闕 拜闕 伏闕 入獄

出獄 下獄 越獄 祀竈（月令孟夏祀竈） 跨竈（父譽井竈故子過於父為跨竈）

作竈 接壘 築壘 閉壘 改邑（易改邑不改井） 廢廟 建廟

治市（孟古之為市者有司治之） 入市 罷市（羊祜卒人皆號慟罷市） 立觀

啓塚　發塚鍾繇求之愛草書發家　掘塚　抱柱尾生與人期不至水至抱梁柱而死

繫柱　擊柱漢諸將爭功拔劍擊柱　立柱　豎柱　起柱　起塔

建塔　豎屋　結屋　起屋　造屋　作室書者考作室　啓廩

定驛　置驛　建驛　守驛

上平

歸院杜歸院柳邊迷　歸寺　回寺　回院　辭院　開戶　推戶

扃戶李夜寢不扃戶　穿柱劉穆之爲丹陽尹與子弟宴杜有穿穆之曰汝等以栗穿柱入者得此郡

環柱荊軻欲刺秦王王環柱而走　歸壁　堅壁周亞夫堅壁而守　空壁趙軍空壁逐韓信

完廩孟父母使舜完廩　封廩　和市　收市　焚室　回室　回屋

回宅　成竈　脩竈　窺牖　開牖　開館

## 焚祠鑿壁第四十二

上虛　活　下實

平

焚祠何謙不畏鬼神凡有靈祠輒焚之　敲門　題橋相如過昇仙橋題柱曰不乘駟馬高車不過此橋

升堂語由也升堂矣　踰垣魏文侯欲見段干木踰垣而避之　趨庭即伯魚事

搥樓李白搥碎黄鶴樓　塡門朱异當權車馬塡門　登臺魯僖公登觀臺以書雲氣

〔上去〕顧廬漢昭烈三顧諸葛孔明於草廬　築臺燕昭王築臺師事郭隗　結廬陶結廬在人境

候門陶稚子候門　倚門王孫賈朝出而晚歸則其母倚門而望暮出而不還則其母倚閭而望

倚閭見上　掃門魏勃欲見曹參常早起掃其門以自達　發倉汲黯發倉粟以賑貧民

倚樓趙嘏有長笛一聲人倚樓之句故號為趙倚樓　射塼賀蘭進明不肯出師南霽雲射浮屠塼以志

負墻子貢負墻而立以致疎敬也　築壇漢高祖築壇拜韓信為大將

式閭魏文侯過段干木之閭而式　閉門魯繆公欲見泄柳泄柳閉門而不納

〔入〕鑿壁匡衡家貧無油鑿壁引鄰家火光讀書　繫獄鄒衍繫獄六月降霜　閉戶孫敬閉戶讀書

折檻漢朱雲直言御史將雲下雲攀殿檻折　壞宅魯共王欲壞孔子宅以廣其居　買宅

閉閤韓延壽民有兄弟爭田者延壽閉閤思過　媚竈王孫賈曰與其媚於奧寧媚於竈

減竈孫臏使齊軍入魏地為十萬竈明日為五萬竈又明日為二萬竈以示怯也

〔上平〕投閣揚雄校書天祿閣治獄使者收雄雄從閣上自投　投驛　排闥漢高祖有疾樊噲排闥直入

呼廟（王淩為司馬懿所執過賈梁道廟大呼曰我亦大魏忠臣也） 標柱（馬援征交趾立銅柱為漢界）

開閣（公孫弘開東閣以延賢） 虛館（管寧與王烈至遼東公孫度虛館以待之）

焚廩（瞽瞍焚廩） 題柱（即相如事）

身體

懷居面壁第四十三

上半實活下實

平 懷居（語士而懷居不足以為士矣） 懷家 思家 心樓（詩心飛故國樓）

去 面朝（建國必面朝而後市） 面墻（書不學墻面） 面階 面窗 背臺 背墻

背城（蜀後主子諶曰當背城一戰同死社稷） 踵堂 踵門（孟許行踵門而告文公）

頂樓

仄 面壁（謝無弈罵王述述正色面壁不動） 面闕 面塔 頂塔 頂屋 踵府

踵戶 手檻 淚檻 目棟

上平 懷闕 懷國

窻開戶掩第四十四

上實下虛活

平 窗開　窗扃　窗櫳　門開　門依　門關（陶門雖設而常關）　門扃

門臨　樓開　樓依　樓遮　樓飛　樓空　樓臨　橋橫

橋飛　橋依　軒臨　軒開　堂開　堂依（野外竹堂依）　亭依

臺依　臺遮　欄遮　欄圍　牆遮　簷垂　簷飛　甍飛

宮開　宮依　城臨　城依　城平　城連　城迴　營開

甍連　牆圍

上去 閣開　閣臨　閣飛　檻臨　檻依　檻圍　檻連　戶扃

戶開　戶關　戶推　牖開　牖臨　棟飛　棟連　棟齊

院扃　瓦排　瓦鋪　瓦齊　瓦飄　廐焚（語廐焚子退朝）　寺開

寺臨　殿開　廟開　廟臨　廟依

入 戶掩　戶閉　戶啓　戶敞　戶闔　戶鎖　戶列　戶接

閣映　閣瞰　閣對　閣聳　檻遶　檻接　檻俯　檻瞰

甍矗　甍接　甍蓋　甍解（史秦天下土崩甍解）　甍次　牖敞　砌敞

砌接　棟接　屋接　舍遶　寺繞　寺敞　塔擁　塔聳

殿聳　闕聳　殿瑣　柱倚　廟俯　院敞

【上平】門對　門掩　門閑　門鎖　門闢　窗掩　窗閑　窗啓

窗對　屏掩（王勃歌屏朝掩翠）　屏展　軒敞　堂敞　亭敞　亭創

亭瞰　亭俯　闌遶　欄護　樓倚　樓枕　樓礙　樓對

樓映　樓聳　簷接　簷蓋　籬遶　墻遶　墻裹　墻倚

臺枕　宮繞　宮倚　宮鎖　宮對　朝對　城擁　城俯

## 居高養拙第四十五

【上虛】活【下虛】死

【平】居高（月令仲夏居高明）　凭高　乘高　登高　臨高　臨清（陶臨清流而賦詩）

通幽（常建曲徑通幽處）　尋幽　居安　求安（語居無求安）　臨深（詩如臨深淵）

臨危　持危（中庸治亂持危）　尋芳　拔荒（柳萬死拔荒十二年）　通明　棲幽

行空（阿房賦複道行空） 支危 扶顛（語顛而不扶）

上仄 掃寬 掃平 掃幽 涉幽 駕空 蹈危 履高 步高

步虛 矚遐 養高

仄 養拙 養靜 養僻 眺遠 望遠 視遠（書視遠惟明） 望迥

上平 尋勝 藏密 藏拙 居陋（語君子居之何陋之有） 居險 行險

成趣（陶園日涉以成趣） 躭僻

棲遲出入第四十六 並虛活

平 棲遲（詩衡門之下可以棲遲） 行藏（語用之則行舍之則藏） 登臨 游歌

盤旋（韓隱者之所盤旋） 奔趨 朝參 關防 逍遙 徜徉（韓終吾生以徜徉）

羈栖 經過

上仄 詠言 徃來 徃還 奉承 宴遊 會同 笑歌 送迎

寤歌（詩獨寐寤歌）

仄　出入　倚徙　偃仰詩或棲遲偃仰　俯仰　憩息　偃息　聚會
宴會　斡止　眺望　笑傲陶笑傲東窗下　剝啄扣門聲
上平　開闔　開閉　升降　盤礡　棲息杜強移棲息一枝安　棲止　安置
居處詩爰居爰處　登眺　游息　歌哭晉獻文子成室張老祝曰歌於斯哭於斯
行止　居止

誰家爾室第四十七　上半實下實

平　誰家　吾家　君家　他家　伊家　伊門　伊城　伊廬
伊臺　伊墻　他門　誰門　吾門　吾亭　吾鄰　吾窗
吾廬陶吾亦愛吾廬　吾堂　誰庵　斯樓　斯堂　斯臺　斯城
斯橋　斯軒
上仄　我家　汝家　故家　此廬韓辛勤三十年始有此屋廬　此亭　此樓
此堂　此軒　此庭　此階　此間　此臺　此門　彼門

彼亭　彼堂　我朝　我軒　我門　我城
〔仄〕爾室（詩相在爾室）　我室　我屋（詩何以穿我屋）　此室　此屋　此宅
此閣　此舍　此驛　此廟　此店　此殿　此塔　此寺
此署　我第　我闥（呂與叔銘洞然八荒皆在我闥）　此處　彼處　甚處
是處　底處　爾處　某處
〔上平〕誰室　他室　吾室　他所　何所　何處　他處　何殿
何驛　何廟　何寺　何舍　何店　伊寺

同堂異室第四十八　〔上虛死下實〕

〔平〕同堂　同門　同居　同祠　同朝（孟得侍同朝甚喜）　同窻　同宮
同房　同廊　同齋　同廬　同閭　同司　同階　同軒
同闈　同臺　同龕（褚遂良書久樂塵世與彌勒同龕）　分居　分門（柳開曰分門割戶）
分官　分司（杜牧誰與分司御史來）　分房　分階

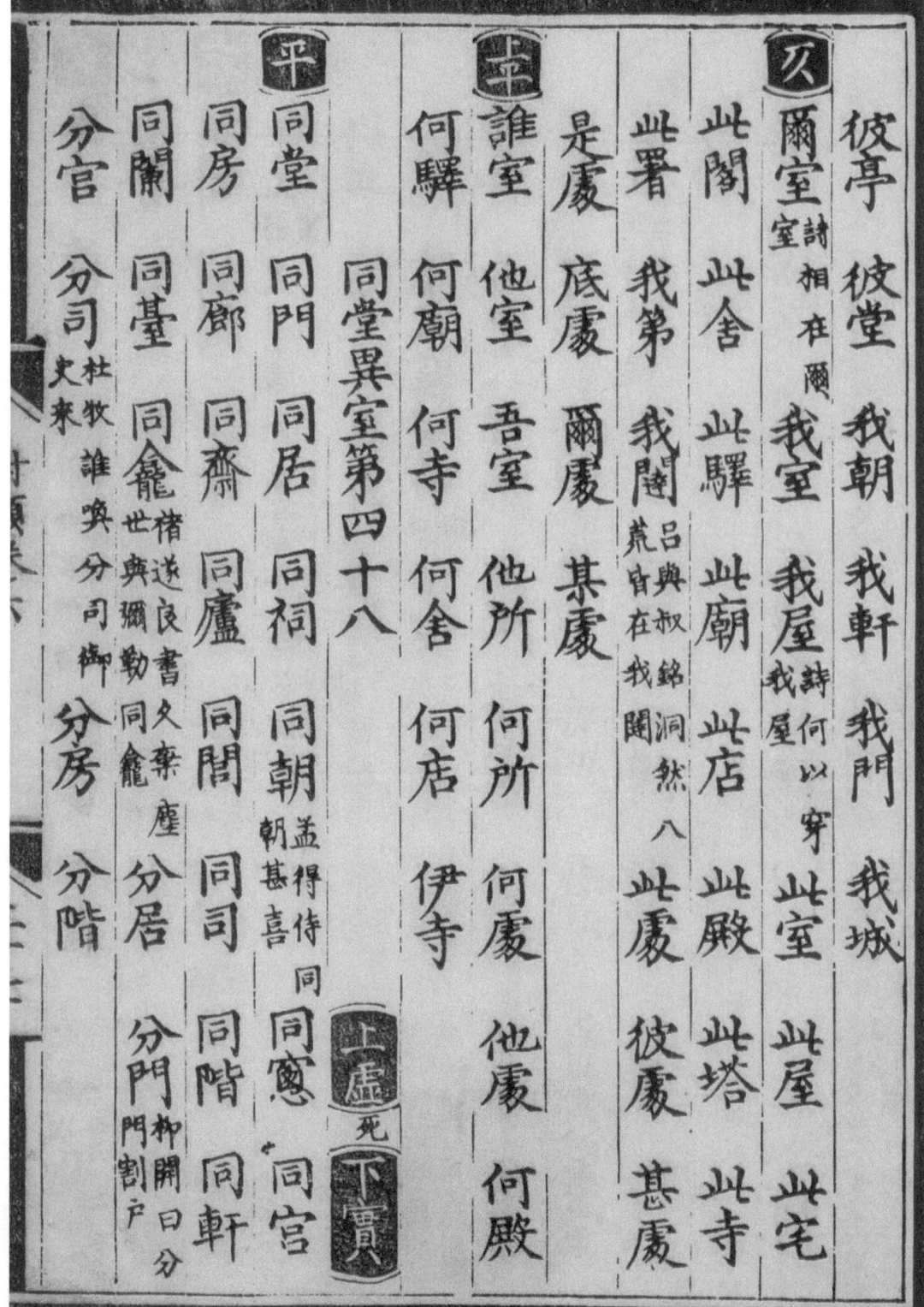

【上去】異堂　異門　異居　異宫　異房　異階　異閣（韓所入遂異閣）

共堂　共龕　共門　共居　共齋　共廬　共司　共祠

並階　並門　並居　並房　並齋　合堂　合門　合居

合宫（文中子黄帝有合宫之聽）　合閣

【入】異室　異户　異省　異所　異舍　異屋　異宅　合室

合學　合殿（杜香飄合殿春風轉）　合館　合省　合寺　合户　合院

合舍　各室　各户　各院　各館　各寺　各舍　並室

並舍　並院　並館

【上平】同室　同閣　同宅　同户　同所　同舍　同屋　同館

同學　同寺　同院　同省　同監　同廐　分室　分舍

分户（杜野花分户映）　分院　分館　分學

無門有室第四十九　【上虚】死【下實】

平 無門陶禍福無門 無家馮驩歌曰長鋏歸来乎無以為家 無梯 無橋 無臺
無階王旦曰彼無階而入者將何如也 無樓魏野無地起樓臺 無亭 無城 無祠
無堂 無梁曹操詩欲濟河無梁 無軒 無窻 無墉 無垣
上去 有家書夙夜浚明有家又孟女子生而願為之有家 有庭 有樓 有亭 有軒
有祠 有城 有庠學記古之教者黨有庠 有堂 有垣 有窻
有墉 有梯 有橋 有階
仄 有室孟男子生而願為之有室 有限 有隙 有舍 有壁 有廟
有序學記術有序 有學學記國有學 有寢 有寺 有殿 有閣
有棟 有厖 有塔
上平 無鎖洞門無鎖 無限 無隙 無鑰 無寺 無舍 無厖
無室 無寢 無塔 無屋 無宇 多屋 多寺

方隅 南樓北閣第五十 上半虛下實

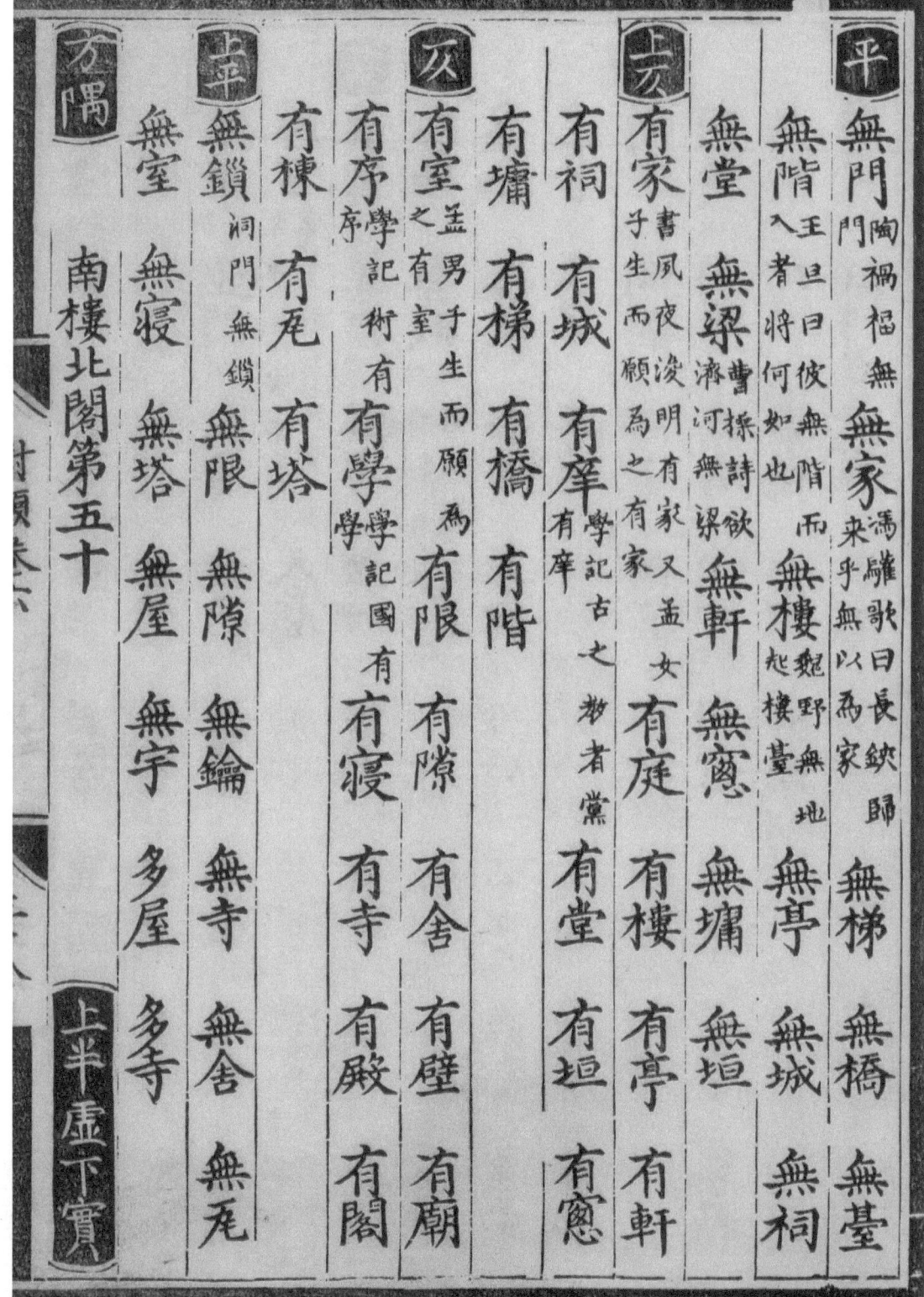

【平】南樓庾亮登南樓 東樓李放歌倚東樓 西樓 東窗陶開飲東窗 西窗

南窗陶倚南窗以寄傲 東軒 西軒 南軒李微雨飛南軒 東階曲禮主人就東階

西階曲禮客就西階 南階謝惠連鳴金步南階 前階 東堂 西堂 中堂

南堂堂房半以北爲北堂半以南爲南堂 東廊 西廊 南廊 前簷李飛花送酒舞前簷

前廊 東廂東京賦下雕輦於東廂 西廂登光賦西廂踟躕以閑宴 東門

西門 南門 東臺唐龍朔中改左右省爲東西臺 西臺上見 南臺御史臺

東城 南城 西城 東鄰易東鄰殺牛不如 西鄰 東亭

南亭 西亭 西廳韓琦爲相典故閤西廳文學閤東廳 東廳 東宮太子宮

南宮漢建尚書百官府曰南宮 西宮 東垣太微宮垣十里東垣比上相西垣比上將

西垣上見 南垣 東曹韓儒冠列侍映東曹 西曹 東庠 西庠 東墻

西墻 南墻 東齋 南齋 西齋蔡凝端坐西齋 東司 西司

南司御史臺亦曰南司 東楹 西楹 南廂 南房 東房 西房

東榮鄉飲酒義升自東榮降自西北榮　西榮　南榮上林賦偓佺之倫暴於南榮　前榮

（上六）北樓　北堂主婦治稱北堂北堂故母　後堂　後宮　北窻陶清風北窻下

北宮　北軒　北門唐學士北門視草　北亭　北堦　北簷　北墻

北城　北司　北臺蘇試拂北臺看馬耳　内朝周天子諸侯皆有三朝外朝一内朝二

外朝見上又漢大司馬侍中散騎諸吏為中朝丞相六百石以下為外朝　内臺　左扉古人常掩左扉

右扉　上庠王制有虞氏養國老于上庠養庶老于下庠　下庠見上　左堦　右堦

左廊　右廊　後廊　左廂　右廂　上房

（入）北閣　北闕魏都賦巖巖北闕　北殿　北牖　北舍　北院學士院曰北院

北户　北寺陳子昂以大理寺為北寺　北館　北學　北陛　北榭

北厦　北砌　北屋　外户唐太宗時外户不閉　外寢　外府　外巷

内禁　内殿　内閣　内館　内府　内寢　内闈　内藏

内院　内户　左掖太微宮東垣曰左掖門　右掖太微宮西垣曰右掖門

上館　上楝（易上楝下宇）　下宇（見上）　後院　左社　右稷

〔上平〕西掖（中書省）　東掖　東省（門下省在宣政殿東）　西省　南省　南館

東館　西館　東塾　西塾（禮士冠具饌於西塾）　東閣（公孫弘大開東閣）　西閣

東觀（秘書監）　東壁　前殿　南殿　東殿　前廡　東廡

西廡　西戶　東戶　東巷　南巷　西巷　南寺　東寺

西寺　東學　西學　南學　南牖（病者居北牖下君視之則遷於南牖下）

東舍

樓東舍北第五十一　〔上實下半虛〕

〔平〕樓東　樓西　樓南　廊西　廊東　堦南　堦東　堦西

窻東　窻西　窻南　亭西　亭東　亭南　簷西　簷東

城東　城西　城南　橋西　橋東　橋南　籬東　墻東

墻南　墻西　軒南　門西　門東（杜大叫索飯啼門東　謂庖厨門在東也）

門南　臺東　臺南　堂東　堂西　廂東　廂西　廂南

房西　房東　房南

（去）舍東　舍南杜舍南舍北皆春水　舍西杜舍西柔桑葉可拈　闕南　巷南杜我居巷南子巷北

户南　屋南　屋西　屋東　寺南　寺西　寺東　殿東

殿西　殿南　閣西　閣東　閣南　院西　院東　院南

禁東　禁西　砌西　砌東

（入）舍北杜雲生舍北泥　牖北　寺北　院北　殿北　館北　室北

砌北　柱北　檻北　禁北　棟北　屋北　殿右　殿左

屋左　掖左　舍左　舍右

（平）亭北　城北　軒北　庭北　橋北　階北　臺北　堂北

簷北　簷左　階左　窗北　樓北　樓左　樓右　門左

門右

數目

千門萬户第五十二

上虛死下實

平

千門漢武帝作建章宮千門萬户　三門西京賦城郭之制旁開三門　雙門　千家

三家語三家孟孫叔孫季孫　千樓　三靈靈臺靈囿靈沼　三宮明堂辟雍靈臺

三臺天子有三臺靈臺以觀天文時臺以觀四時施化囿臺以觀鳥獸魚鱉　三階西都賦重軒三階

三垣　三司　雙橋李雙橋落彩虹　雙臺　雙扉劉長卿獨掩雙扉漢水頭

雙亭　千倉　孤樓　孤扉　孤亭　孤城　孤窻

上去

一窻　半窻　兩窻　八窻記五户八窻明堂之制　四窻　一門

四門書賓于四門　九門路門應門雉門庫門皋門城門近郊門遠郊門關門凡九門也

五門古者天子五門皋門雉門庫門應門路門　兩宮蔡質漢官典職云南宮北宮相去七里

一宮阿房賦一宮之間　六宮　一家　二家　五家五家為鄰　十家

八家孟八家同井　百家　萬家　一櫺　一軒　兩軒　一階

兩階書舞干羽于兩階　一樓阿房賦五步一樓　半樓　萬關　九關楚辭虎豹九關

四關洛陽有四關東成皐南伊門北孟津西幽谷　一堂　六堂　一臺　二臺

十臺吳王姑蘇臺楚靈王章華臺楚襄王陽臺燕昭王黃金臺項羽戲馬臺漢高祖歌風臺武帝望思臺曹操銅雀臺秦穆鳳凰臺宋武凌歌臺　一庭　一亭　一城　十城　百城曹子建佳麗殊百城

九街　兩楹賓主之位　八磚唐李程為學十日影過八花磚乃至　四鄰書睦乃四鄰

兩鄰　四京李五憶出四京　二京漢有東西二京　兩京　兩司唐有南北司

五坊鷹坊鶻坊鷂坊鵰坊狗坊

（又）

萬戶見前　萬宇史君臨萬宇　萬雉天子之城萬雉　萬甍　萬屋蜀都賦千廡萬屋

萬井李亭寬萬井中　萬廈　萬室萬室之國　百室一族之入也　一室

九室明堂有九室　十室十室之邑　一殿　一屋　一閣阿房宮十步一閣

一楹　一座　一宇汴都賦儼星羅於一宇　四壁司馬相如家徒四壁　四座

八座唐以六尚書左右僕射合為八座　九陛賈誼策陛九級上　八陛郊祀志圓壇八陛綵天

百堵詩築室百堵　六館太學有六館　兩府宋以中書樞密為兩府　五府

六府（書六府孔脩水火金木土穀也） 一市 數驛 四牖 六部 兩學

兩社（魯之外朝在庫門內東宅社西國社） 五社（太社東社西社南社北社） 兩監 兩廡

七學（國子太學廣大四門律書算） 七井（石龍門一室之中開七井）

六寢（王六寢正寢一燕寢五）

【上平】千户（漢千户侯食邑千户） 千室 千雉 千寺 千廡 雙闕 雙闥

雙牖 雙塔 雙閣（李嶠兩對雙閣） 三市（周禮大市日昃而市朝市朝時而市夕市日夕而市）

三衛（晉置中衛將軍又分左右衛） 三院（臺院侍御史殿院殿中侍御史察院監察御史）

三省（唐以侍中兩令為三省） 三府（三公府） 孤館 孤店 孤寺

孤驛 孤塔

【通用】推開 推開掩上第五十三 【並虛】活

【平】推開 撳開 敲開 挨開 衝開 椎成 脩成 推來

憑來 扶來

去入　創成　築成　架成　疊成　累成　砌成　做成　造成
闢成　盖成　甃成　製成　鑿成　鑿開　打開　敞開
掃開　拆開　闢開　割開　剖開　駕來
入　掩上　閉上　捲上　鎖定　掩定　架起　聳起　駕就
鎖就　造就　鎖却　掩却　閉却　捲却　捲去　掃去
造出　砌出　突出　創出　架作　創作　敞作　剖破
劈破　倚遍
上平　推上　推出　粧出　粧就　關上　關却　掀起　扶上
扶下　搥碎

輕敲客掩第五十四　上虛死　下虛活

平　輕敲　輕推　輕掀　輕開　輕凭　頻開　頻登　頻闢
頻敲　閑敲　忙敲　徽開　新開　長開　常關陶門雖設而常關

宏開　高登　閑登　先登　低垂　閑垂　長垂

上去　大開　半開　不開　不扃（左外户不扃）　不關　寂關　半關

半掀　半扃　半遮　寂遮　半推　半垂

入　寂掩　半掩　自掩　寂閉　自閉　自捲　半捲　半敞

試捲　謾捲　寂鎖　凈掃（蘇貧家凈掃地）　獨對　獨倚（杜行殿獨倚樓）

遍倚

上平　深閉　深鎖　空鎖　長鎖　深掩　斜掩　低掩　頻掩

閑掩　閑倚（朱晦翁洞門閑倚白雲閑）　堅築　新築　新創　新製

高捲　高聳　高築　低亞　低放　深入　頻鎖　斜倚

深闔

高臨俯瞰第五十五

平　高臨　低臨　平臨（蘇城上平臨北斗懸）　遍臨　横臨　上虛死　高連　下虛泡　傍連

傍依 斜依 傍通 深通 斜穿 斜凴

〔上去〕下臨（滕王閣序下臨無地） 俯臨 俯垂 仰依 上依 仰攀 遠連

近連 曲連 上承 遠臨 縵迴（阿房賦廊腰縵迴）

〔仄〕俯瞰 下瞰 俯覗 遠接 近接 上接 直聳 遠峙

近對 正對

〔上平〕低瞰 斜瞰 横接 傍引 傍映 高聳 高接 高架

高啄（阿房賦簷牙高啄） 高矗 高揷 斜揷

## 高卑曲直第五十六 〔並虚〕死

〔平〕高卑 高低（阿房宮賦高低冥迷） 高深 縱横 横斜

〔上去〕窊踈 整齊 短長 淺深

〔仄〕曲直 小大 遠近 闊狹 啓閉 闔闢 奥窔

〔上平〕深淺 高下 踈窊 長短 新舊 横直 夷峻 斜正

明暗

經營樸斲第五十七　並虛活

平　經營（詩經之營之）　規模　推敲（賈島得僧敲月下門之句欲作推字馬上引手作推敲之勢）

雕鐫　安排　鋪排　鋪陳　鋪張　開張　遮攔　遮圍

周迴　恲懞（揚夏屋恲懞）　闞防

上仄　作成　作興　落成　告成

仄　樸斲　斲削（柳斤者斲刀者削）　布置　展布　擺布　架造　創造

建造　建立　補葺　整葺　整頓　整理　整飾　拂拭

洒掃　鎖鑰　繕葺　卜築（杜卜築應同將詡宅）　動作　結構（杜伐竹為橋結構同）

結束　架閣　約椽（詩約之閣閣椽之橐橐）

上平　粧點　粧飾　雕斲　規畫　經理　闞閉　營建　營立

營造　營繕

# 高明壯麗第五十八

平　高明　虛明　虛涼　虛閑　閑深　幽深　清幽　清虛　並虛

空涼（韓空涼上小亭）　高堅　玲瓏（王勃璧房錦殿相玲瓏）　參差（阿房賦尨縱參差）

崔嵬（王勃瑤軒綺構何崔嵬）　崔峩　逶迤（靈光賦逶迤詰屈）　荒涼　荒蕪

稜層　縈迴　崢嶸（魏都賦三臺列峙以崢嶸）　深沉　軒翔

上去　靖夷　靚深（甘泉賦稍暗暗而靚深）　邃深　寂寥

仄　壯麗　美麗　雅麗　壯偉　磊隗（韓隆摟傑閣磊隗高）　廣袤　窄隘

爽塏（西京賦處甘泉之爽塏）　側陋　僻陋　淺陋　寂寞　寂靜

古淡　洒落　靜悄　敞豁（杜敞豁當清門）　窈窕（靈光賦旋室㛹娟以窈窕）

曠闊　峻起　縹緲（杜獨立縹緲之飛摟）　陡峻　突兀（杜何時眼前突兀見此屋）

上平　佳麗　雄麗　宏麗（靈光賦何宏麗之靡靡）　華麗（蜀都賦御房務以華麗）

深靜　深邃　幽靜　幽勝　瀟洒　岑寂　軒豁　高爽

清爽　雄偉　明淨　明亮　迢遞　繚繞　牢落　宏遠
高遠　延袤　周匝（吳都賦郛郭周匝）　完美（公子荊善居室少有曰苟完矣富有曰苟美矣）
嚴正　輪奐（晉獻文子成室張老曰美哉輪焉美哉奐焉）

## 華哉麗矣第五十九

【平】華哉　雄哉　巍乎　巍然　蕭然（陶淵明環堵蕭然不蔽風日）　峩然【並虛】
高哉　幽哉
【去】燁然　突然　翼然（醉翁亭記有亭翼然）　煥然　卓然　屹然（靈光賦屹然特立）
寂然　壯哉（曹子建壯哉帝王居）　偉哉　美哉　麗哉
【入】麗矣　峻矣　美矣　遠矣　茂矣　合矣　盛矣　煥若
燦若　卓爾
【上】高矣　深矣　明矣　宏矣　沉矣　苞矣　完矣　顛矣【並虛】

## 【疊字】潭潭奕奕第六十

平 潭潭 韓潭潭府中居 沉沉 陳勝之故人見其殿屋帷帳曰夥涉之為王沉沉者 深深 巍巍

峩峩 景福賦峩峩嶪嶪 高高 低低 陰陰 渠渠 詩夏屋渠渠 鱗鱗

層層 踈踈 崔崔 迢迢 重重 差差 言言 詩崇墉言言

嚴嚴 亭亭 寥寥

仄 奕奕 隱隱 [illegible] 悄悄 簇簇 小小 寂寂 冉冉

曲曲 屹屹 疊疊 矗矗 落落 表表 欝欝 卓卓

蔚蔚 翼翼 噲噲 詩噲噲其正 噦噦 詩噦噦其冥 殖殖 詩殖殖其庭

窄窄 綽綽

## 昭陽宮太極殿第六十一

三字 平 昭陽宮 建昌宮 建章宮 漢武帝建 未央宮 漢蕭何所造

太極宮 望夷宮 秦建臨涇水以望北夷故名 阿房宮 秦始皇建

長樂宮 本秦興樂宮漢脩飾之 大明宮 唐貞觀中建 承明廬 寓直之所

精思亭李德裕作每計大事則處其中　清暑亭　神武門陶弘景掛冠神武門

太平門　通德門鄭玄所居　華清宮即驪山溫泉宮唐太宗建玄宗改名華清

章華臺楚靈王作　館娃宮吳王建以居西施

仄

太極殿本隋太興殿唐高祖改名太極殿朔望視朝之所　景福殿魏明帝作　宣政殿唐建

紫宸殿唐內正殿　披香殿漢武帝後宮　明光殿漢武帝建

華清殿　未央殿　資政殿　觀文殿　文華殿　端明殿

延英殿唐建宰相啓事之所　崇政殿　靈光殿漢魯共王建　華蓋殿

承明殿漢未央宮內著述之所　集賢院　奎章閣　天祿閣在未央宮劉向校書處

招賢館在重慶府宋余玠建

## 望月樓淩風閣第六十二

平

望月樓　待月樓　摘星樓在淇縣古朝歌城上　乘風樓　翫月樓

清風樓一在彰德府宋相韓琦建一在和州郭祥正有詩　延月樓　賓月樓

賓日樓在登州府取寅賓出日之義　齊雲樓在姑蘇子城上唐曹恭王建

承露臺漢武帝作　避雨臺　凌虛臺在鳳翔陳希亮守郡時所建

朝天橋一在濟寧州城北一在建陽縣治南舊名濯錦橋　步雲橋　顯星橋

得月臺　偃月堂李林甫作　聚星堂東坡與客會飲聚星堂雪中賦白戰體詩

審雨堂淳于棼夢入蟻穴見審雨堂　瞻雲堂　朝天門在吳山東錢氏建

甘露門　通天臺漢武帝築　喜雨亭在鳳翔蘇子瞻判郡時建　臨江亭

德星亭在許州漢荀淑故宅陳寔嘗詣淑子弟咸在太史奏德星聚後人因建亭　追風亭

望雲亭杜佐酒望雲亭亭在西內　望雲窻　朝天宮

以

凌風閣　凌雲閣一在鄷都縣平都山頂一在平涼府玉山巔下臨萬仞常有雲氣　含章閣

乘風閣　凌煙閣唐太宗圖功臣於凌煙閣　書雲觀魯僖公登觀臺以書雲氣　凌霄觀

栖雲觀　雲臺觀陳摶後居華州雲臺觀　清風觀北齊邢劭為西兗州刺史作清風觀明月樓

迎風館漢武帝作　承天寺

## 太液池玄都觀第六十三

【平】太液池（在建章宮北太液者言其津潤所及廣也）　曲江池（在長安）

甘泉宮（秦始皇建漢武帝增廣之在甘泉山）　樂遊園（在杜陵西北漢宣帝時建）　展江亭

望湖亭（在南昌吳城山）　望鄉臺（在成都北隋蜀王秀所築）　井幹樓（漢武帝建積木若井幹形）

籌邊樓（李德裕建於成都按道路險要與蠻夷吐蕃接者圖之）　麗譙樓（魏武帝建）

背山樓（李義山謂背山起樓爲殺風景）

【仄】玄都觀（劉禹錫詩玄都觀裏桃千樹）　石渠閣（蕭何造以藏秦之圖籍成帝以藏秘書）

臨江閣（王勃詩滕王高閣臨江者）　臨淮驛　上林苑（漢上林苑即秦舊苑養百獸天子射獵取之）

## 廣寒宮清暑殿第六十四

【平】廣寒宮（月宮名）　臨春亭　清暑堂（一在抗州宋郡守蔡襄建一在泉州）

岳陽樓（在岳州宋滕宗諒重建）

【仄】清暑殿（在金陵晉孝武帝建）　長生殿（唐玄宗建）　昭陽殿（漢未央宮內）

長春殿　待漏院宋設宰相待漏院於丹鳳門之右

細柳營長楊苑第六十五

平　細柳營周亞夫屯軍細柳　長楊宮本秦離宮漢脩之垂楊數畝因名　胡桃宮

栢梁臺漢武帝建以香栢為梁　黃竹樓　百花亭　花萼樓唐玄宗建

仄　長楊苑　長楊館　長楊榭在長楊宮秋冬較獵其下　細柳觀即周亞夫屯軍之所

栢梁殿

芍藥欄荼蘼架第六十六

平　芍藥欄　芍藥亭　沉香亭唐玄宗嘗坐沉香亭　牡丹亭在汝寧府治

葡萄宮漢宮名在上林苑西　萱草堂　茱萸亭在撫州王羲之故宅九日遊賞處

木香棚　薝蔔籬

仄　荼蘼架　薔薇架　葡萄架　木香架　莓苔砌　甜瓜井

鳳凰臺麒麟閣第六十七

平 鳳凰臺在江寧 鳳凰樓漢黃霸守潁川鳳凰集其境郡人建樓 虎豹關見前

虎豹門 蝸牛廬魏焦先結草廬號蝸牛廬 杜鵑亭在雲陽縣以杜詩雲安有杜鵑因名

孔雀屏唐高祖竇皇后父毅畫二孔雀於屏請婚者射二矢陰約中目則得之 鸊鵜臺

燕子樓唐尚書張建封所建 鸛雀樓在蒲州城上 翡翠樓李翡翠為樓金作梯

駱駝橋在湖州以形名 烏鵲橋淮南子烏鵲填河成橋 牛馬閑

仄 麒麟閣蕭何造宣帝圖功臣於上 麒麟殿漢未央宮內 鳳凰殿在未央宮

鴛鴦殿漢武帝後宮 鴛鴦瓦鄴郡銅雀臺皆鴛鴦瓦 鳷鵲觀漢武帝作在甘泉苑

鳳凰閣 屬玉觀漢建

## 黃鶴樓烏衣巷第六十八

平 黃鶴樓在武昌世傳仙人子安乘黃鶴過此 朱雀橋東晉將相功臣所居 碧雞坊

丹鳳樓 翠蛟亭在餘杭縣西南宋高宗嘗步月至此建亭

仄 烏衣巷東晉將相功臣所居 白虎觀漢宣帝詔諸儒講論於此 白虎閣漢未央宮內

黃龍殿　白馬寺在河南府漢摩騰竺法蘭始自西域以白馬馱經来遂創此寺僧寺始此

黃龍府　蒼龍觀　紫燕厦

黃金臺白玉殿第六十九

平　黃金臺即燕昭王所築　白玉臺　白玉堂杜上君白玉堂　白玉階

白玉樓李賀夢人持版告曰天帝白玉樓成請君為記賀尋卒　白玉欄　青瑣窻

白銀宮　水晶宮盧杞嘗騰上碧霄見宮闕樓臺皆以水晶為牆有女子曰此水晶宮也

綠野堂唐裴度建　晝錦堂韓琦以宰相判鄉郡建於居第　碧紗窻

仄　白玉殿　黃金闕五星經云天上白玉京黃金闕　黃金屋　黃金塢

黃金埒　青瑣闥杜曉漏追趨青瑣闥　青玉案杜試吟青玉案

玉龍樓金牛驛第七十

平　玉龍樓　金馬門漢武帝得大宛馬以銅鑄象立于署門因名　鐵甕城　金谷亭

銅雀臺曹操所築鑄大銅雀高一丈五尺置之樓頂

仄 金牛驛　金鑾殿李白召見金鑾殿　金鳳閣　金華殿　鐵鳳觀

寶墨殿唐王榭至燕子國其王召宴於寶墨殿　金駝巷

管絃樓燈火市第七十一

平 管絃樓　笙歌樓白笙歌處處樓　珠翠樓元微之樓上樓前盡珠翠　絲竹堂

詩禮庭伯魚過庭夫子教以學詩學禮　絃歌堂　綺羅家　綺羅筵

簪纓家　軒冕家　金玉堂賀知章顥氣氤氳金玉堂　翰墨場杜出遊翰墨場

鐘鼎家

仄 燈火市白燈火家家市　簫鼓市　絲綸閣見前　圖書府　絃管巷

簞瓢巷顏子一簞食一瓢飲在陋巷　笙歌院白笙歌歸院落

賣酒家讀書閣第七十二

平 賣酒家　讀書窻　讀書堂袁州有二讀書堂一謝靈運讀書處一鄭谷讀書處

賣酒壚　學詩庭即伯魚事　脩褉亭王羲之脩褉于會稽之蘭亭

流觴亭在巴縣西龍山上唐嚴武建　乞巧樓　望仙樓元微之上皇正在望仙樓

讀書樓　藏書樓　學禮庭見前　聚船橋杜江橋春聚船　置書樓

避暑亭在薊州相傳金章宗嘗避暑於此又冀州有避暑亭曾有開建　諷經臺

仄　讀書閣　題書閣　儲書閣　藏經閣　粧鏡閣　彈琴殿

鳴鑾閣王勃滕王閣詩佩玉鳴鑾罷歌舞　秘書閣　校書閣劉向校書天祿閣

尊經閣張伯玉作六經閣記云諸子百家皆在不書尊經也　垂釣檻杜新添水檻供垂釣

富倉箱充府庫第七十三

平　富倉箱　高門閭于公事　闢户庭　奉庭闈　肅閨門

遠庖廚孟君子遠庖廚　宜室家詩宜爾室家　耀門庭　鎖樓臺

仄　充府庫孟我能為君闢土地充府庫　傾帑藏　買田宅蕭何多買田宅以自汚

嚴界限　定館舍孟舍館未定　為臺沼孟文王以民力為臺為沼而民歡樂之

建宮廟　毀壇壝古者社稷之神不能為民禦災捍患則毀其壇壝而更置之　開城市

安社稷孟以安社稷為悅　叫閶闔韓排雲叫閶闔　新甲第　清宮闕

營宮室禮君子將營宮室宗廟為先廐庫為次居室為後

庚亮樓滕王閣第七十四

平

庚亮樓庾亮乘月登南樓　孟嘗門孟嘗君門下食客三千人　諸葛廬見前　孔子堂

仲宣樓王仲宣有登樓賦　嚴陵臺嚴子陵有釣臺　燕昭臺即黄金臺

楚王臺楚靈王為章華臺　越王臺越王勾踐登眺之所　老君臺　韓信壇見前

定王臺漢長沙定王築臺以望母唐姬墓　子雲亭　文君壚卓文君當壚

宋宗窻見前　少陵堂杜子美作草堂於成都　董仙家董奉也　呂公亭

堯母門堯以十四月生漢鈎弋夫人亦以十四月生昭帝武帝因命其門曰堯母門

醉翁亭歐陽永叔守滁州建自為記

仄

滕王閣唐滕王元嬰都督洪州建此閣　揚雄宅揚雄居岷山有宅一區　孔子宅見前

陶令宅　虞舜殿　唐宗殿　耿恭井耿恭被圍穿井不得泉恭再拜水泉湧出

顏回巷 鄭莊驛 晏子宅晏子如晉齊景公更其宅晏子反乃毀之而復其舊

孟子室齊宣王曰我欲中國而授孟子室 蘇耽井蘇耽植橘鑿井病者食一橘葉水一盞自愈

陳寔宅

君子堂神仙宅第七十五

（平）君子堂杜重上君子堂 王者堂孟明堂者王者之堂也 帝王居李天開帝王居

長者居 宰相家 處士家 玉女臺在登封縣漢武帝東遊過此見仙女因名

主人家 御史臺 司馬門官垣之內兵衛所在

（仄）神仙宅 神仙窟裴航詩藍橋便是神仙窟 功臣閣漢麒麟閣雲臺閣唐凌煙閣皆圖畫功臣

賢人閣 學士院 尚書省 中書省 丞相宅 節婦里

狀元第 進士第 元帥府 仙人館 中軍帳

八九家十萬戶第七十六

（平）八九家 三四家 兩三家 十萬家 八九椽杜茅齋八九椽

百二關杜休道秦關百二重　千萬間杜安得廣廈千萬間　千萬鄰　十二欄

十二樓李天上白玉京十二樓五城　十二門長安都城有十二門

十二街韓綠槐十二街

仄

十萬户　百萬宅　三百寺　八十寺

## 百尺樓萬間廈第七十七

平

百尺樓南唐宮中建百尺樓　一層樓王之渙詩更上一層樓　三重樓　五步樓見前

五鳳樓梁太祖即位羅紹威取魏良材為五鳳樓　七鳳樓五代于闐作　九尺堂

七重樓西域尼婆羅宮中作　三鱣堂楊震有雀銜三鱣魚時以為三公之象因以名堂

九成宮本隋仁壽宮唐太宗脩以避暑　九重城　百層城　十間樓

九重門楚詞君之門以九重　雙扇門　九層臺晉靈公造九層臺三年不成荀息諫止

萬里橋在成都諸葛孔明送費禕曰萬里之行從此始因以名橋　五繩橋岷江急以竹繩為橋而渡

三尺墻　數仞墻語夫子之墻數仞　千仞墻　八字墻　百丈簷

三尺階 堯土階三尺 三重階 見前 十字街

仄 萬間廈 萬户府 七層塔 十步閣 見前 三間屋 數椽屋

數間屋 韓破屋數間而已矣 百堵屋 見前 百畒宅 四隩宅 書四隩既宅

五流宅 書五流有宅 一區宅 見前 三家宅 三家市 八角殿

九級陛 見前 三雲殿 漢成帝設雲帳雲幄雲幙於甘泉紫殿故名 八角井 在洛陽

雙塔寺

四字 紫閣彤闌朱門白屋第七十八

平 紫閣彤闌 翠瓦朱甍 畫棟朱簾 王勃詩畫棟朝飛南浦雲朱簾暮捲西山雨

黄閣紫扉 青瑣丹墀 未央宮 紫陌朱門 畫棟雕梁

仄 朱門白屋 朱門富貴之家白屋貧賤之士 黄扉紫閣 雕闌玉砌 綺疏青瑣

青門紫陌

金馬玉堂竹籬茅舍第七十九

平 金馬玉堂歐學士金馬玉堂三 金闕玉扃 玉殿金門 瓊苑金池
金戺玉階明光殿金戺玉階 玉宇瓊樓月中有瓊樓玉宇 瓊宮瑤臺
甕牖繩樞陳涉甕牖繩樞之子 野店山橋杜野店山橋送馬蹄 桂殿蘭臺
芸閣蘭臺秘書監曰芸閣御史臺曰蘭臺 繡戶香閨
仄 竹籬茅舍 金樓玉殿 琳宮梵宇道觀曰琳宮僧寺曰梵宇 銀宮金闕
瓊宮琳館 珠宮貝闕 金匱石室漢功臣丹書鐵劵藏之金匱石室
玉樓金殿玉樓巢翡翠金殿鎖鴛鴦 瑤臺瓊室張蘊古箴瑤其臺而瓊其室 蓽門圭竇
桑樞蓬戶原憲蓬戶不完桑以為樞 蘭臺薇省 蓬門華戶

峻宇雕梁高堂大廈第八十

平 峻宇雕梁 敗壁頹牆 高棟層軒杜高棟層軒已自涼 高城深池
廣廈細旃王吉曰廣廈之下細旃之上 高屋寒窻
仄 高堂大廈 斜窻曲巷 明窻浄几 重門邃館 靈宮秘宇

前朝後市　重簷蔀屋　離宮便殿　長廊巨檻

大禹卑宮宣王考室第八十一

平
大禹卑宮　大禹過門禹治洪水三過其門而不入　沛公入關沛公西略地入關

虞舜闢門舜闢四門　文王為臺見前　周武式閭武王式商容之閭

燕昭築臺　文帝罷臺漢文帝欲作露臺計直百金乃止　賈誼升堂

魏勃掃門見前　泄柳閉門見前　于公高門見前　王方書門　段玄拒門

翟公書門翟公書其門曰一死一生乃知交情　漢祖築壇見前　子路升堂

豫讓伏橋趙襄子滅智伯智伯之臣豫讓伏於橋下欲殺襄子　賈母倚閭

呂安題門呂安訪嵇康題鳳字於門而去蓋以凡鳥譏之也

仄
宣王考室　成帝葺檻朱雲攀折殿檻後當治檻上曰勿易因而葺之以旌直臣　文帝設學

魯君刻桷穀梁魯莊公丹桓宮楹刻桓宮桷非禮也　相如入室　司馬題柱

揚雄投閣　伏波立柱　孫敬閉戶　景公出舍齊景公出舍於郊

王充閱市王充閱書市肆　鄭莊置驛　朱雲折檻　公孫開閣

莊公入隧鄭莊公與母闕地及泉隧而相見　徐孺下榻滕王閣序徐孺下陳蕃之榻

匡衡鑿壁　文王因壘文王伐崇因壘而降

## 鴈塔龍門螢窗雪案第八十二

平　鴈塔龍門　鳳閣鸞臺中書門下省　鳳閣龍樓　麟閣鳳樓

燕厦鵲橋　蟻陣蜂衙

仄　螢窗雪案車胤囊螢孫康映雪　龍池虎榜　龍墀蝸陛　獸環鴛甃

蜂房井絡　蟻橋牛棟　虎柙龜櫝語虎兕出於柙龜玉毀於櫝中

## 室家門闌宮庭壇宇第八十三

平　室家門闌　榱桷棟梁胡安定教授蘇湖弟子皆賢才王荆公詩曰先收先生作梁棟以次收拾桷與榱

柱石棟梁大臣為國之柱石棟梁　欂櫨侏儒欂枅也櫨楶也侏儒梲也皆屋上短柱

室家宮墻

仄 宮庭壇宇 倉廩府庫 棖闑扂楔（棖戶樞也闑門限也扂門關牡也楔門兩旁木也）

宮室棟宇 閨門堂陛 宮室苑囿 省臺寺監（皆官府之名）

樓臺殿閣 門庭戶牖 庠序學校（孟設為庠序學校以教之） 門闌臺榭

城郭宮室

## 接棟連甍升堂入室第八十四

平 接棟連甍 列屋華居 鳴鼓升堂 築城鑿池 專門名家

處宅定鄰

仄 升堂入室 升階納陛 辭樓下殿（見前） 求田問舍（見前） 訪鄰尋舍

過門入室（孟過我門而不入我室） 搥門打戶 抽關啓鑰 造闑入域

坐堂施帳（馬融教授生徒坐高堂施絳紗帳） 肆筵設席 分門割戶

聚廬托處（賈山傳曾不得聚廬而托處焉） 攻城畧地

## 宜室宜家肯堂肯構第八十五

平 宜室宜家　有室有家見前　斯倉斯箱詩千斯倉萬斯箱　如垣如墉

買宅買鄰見前　乃積乃倉詩言公劉事　為棟為梁　為比為鄰

曰校曰庠夏曰校周曰庠皆鄉學之名　無樊無墻　維屏維藩　倚門倚閭

仄 肯堂肯構書厥子乃弗肯堂矧肯構　及階及席師冕見及階子曰階也及席子曰席也

為杗為楔　作梁作柱　美輪美奐見前　為臺為沼見前　爰所爰處詩

媚奧媚竈王孫賈曰與其媚於奧寧媚於竈　宜家宜室　在門在路

執斧執鋸柳梓人傳執斧者奔而右執鋸者趨而左　卑宮卑室　之屏之翰詩

舞射歌臺書堂道院第八十六

平 舞榭歌臺　舞榭粧樓　道院僧堂　別館離宮　家塾黨庠

仄 書堂道院　歌臺舞殿　術序國學　丙舍甲帳　俠門戚里

靈宮秘館

對類卷之六

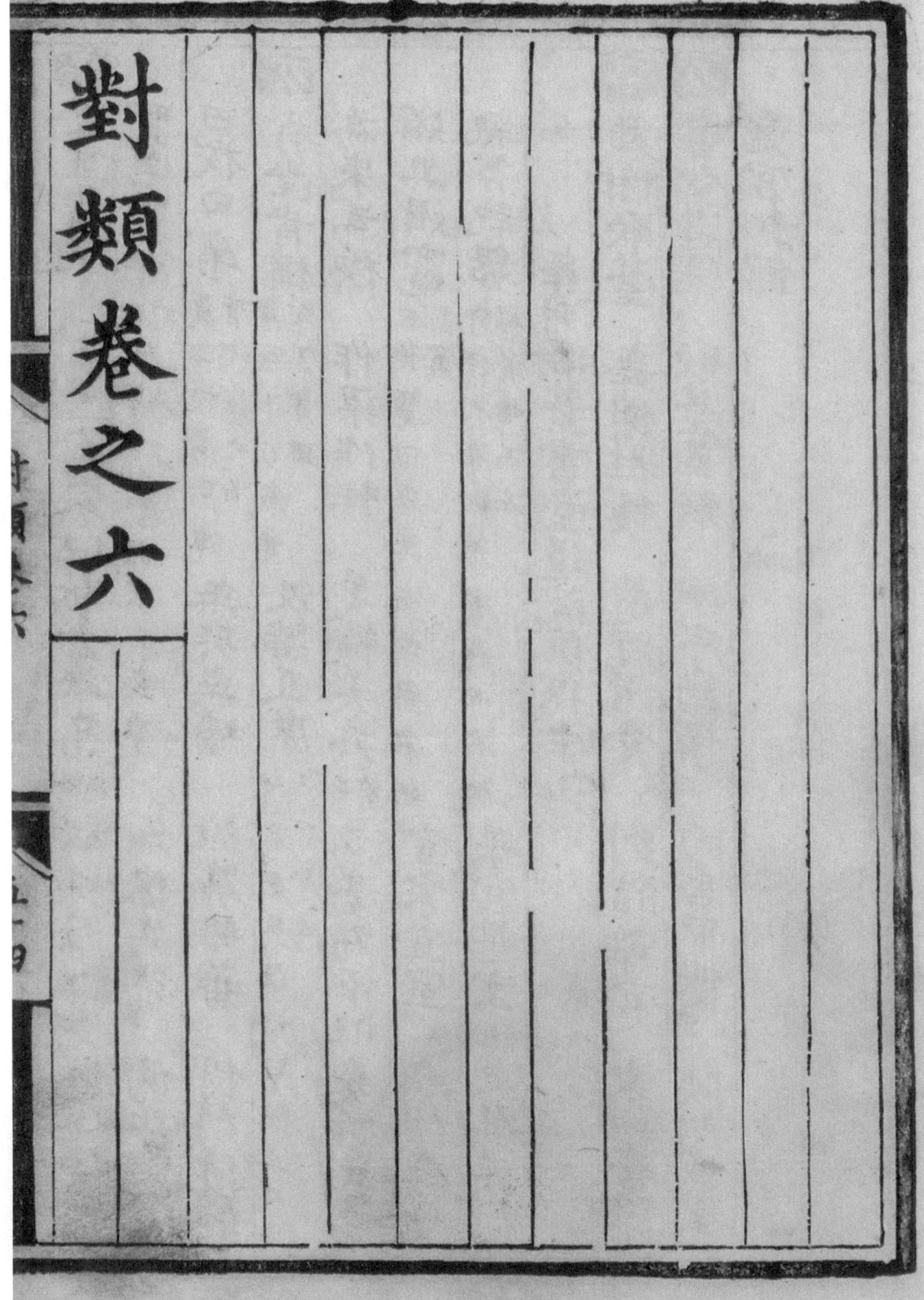

# 對類卷之七

## 器用門

車蓋第一

一字 平 實字

車 輿車底 軺使車 鞍 轀 鞭 韉馬鞍具

兵 戈戟也 鎗 刀 斤斧也 矛勾兵 弓

弦 旂交龍為旂 旗熊虎為旗 毬 犂 鋤 鐮刈草鐮刀

蓑草織雨衣 舟 船 舷船邊 篙 橈楫也 檣沉柱

繩 鈎 竿 絲 綸合絲曰綸 緡綸也鈎具 絃

琴 轒戰車 箏 𥳐箏屬 鐘 簫 笙

鼙騎上鼓 鏞大鐘 壺 瓶 尊 觴酒巵總名 盃

十二
帘酒旗　廚櫝也　匙　簞竹器　瓢匏也　盆瓦器

鐺釜屬有耳　甌　箕　簾　床　屏　箱篋也

輪車下兩旁圓轉者　軒車箱有闌板曰軒　輮車前曲木上鉤衡者　釵

干盾也所以蔽身扞目　旗析羽于旗竿之首　帆船上泛風幔也　璫充耳珠

桴木筏也又擊鼓　竽管三十六簧　簧笙管中金鍱吹以出聲者　梳

笳笳簫捲蘆葉吹之　棋博具局戲也　籌更籌又酒籌　鈿金花飾

罍酒器刻雲雷象　鍾酒器又量名　觥爵也以角為之　簪

鐃鐃聲器亦作去　盂食器又沐浴器　囊袋無底曰囊　珂馬飾

針　機　梭　燈　缸長頸罌　檠　梯木階

油　砧搗衣具　節竹杖　衡稱也　笠竹豆　籤更籤又牙籤

鉦鐃也　輔車前橫木　鞉小鼓著柄兩旁有耳　登瓦豆　籯箱籠之屬　韝射臂決

錡三足釜又鑿屬音奇又上聲　筐竹器　缻似瓶　罌長頸瓶　篝薰衣竹籠

旄幢也雉尾著竿也 壎樂器燒土為之 牋紙也 篪樂器以竹為之

棺 觚酒器又木簡 籠舉土器又畜鳥器 殳兵器長丈二尺而無刃

篷織竹覆舟者 旗旗屬鳥隼為旟 椎 箭斷竹為之 匜盥器

橇泥行所乘 彝宗廟常器 卮飲酒禮器 牟齊人呼土釜為牟 觿以骨為之解結器也

奩鏡匣 鬵鼎大上小下

蓋傘屬 璽土者印秦名璽 印 幟旗屬 轂輻所湊也 轡馬韁

器 軾車前橫木 轍車迹 鐙鞍下附鐙也又豆 勒馬銜 鏃箭首金

彈彈弓發丸以擊物者 砲軍中所用機石 簡竹簡古載文字者 筆

硯 紙 墨 管樂器以竹為之 磬樂器玉石為之

楮紙也 瑟樂器二十五弦 艇小舟 舫舟也 柁正船之具 艣進船之具

席 纜引船索 楫所以行舟者 棹短槳 漏更漏 鼓

板拍板所以節曲 笛 釣取魚之鈎 簫如笛三孔而短小又云六孔

筑似箏以竹為之 餌釣魚之食 網羅取禽鳥者 耒手耕曲木耜之柄也

罟網也 耜田器所以起土 笠冒首遮雨之具 簣土籠 篠小竿

鼎并有三足 鼒大鼎 釜鼎屬無足者 杵舂具 鑊釜屬鍋也 椀

臼舂器 甑炊飯器 筯 盞 斝盞屬商曰斝 俎祭器

爵酒器周曰爵 榼酒器 几案屬所以憑 斛量名 鏡

屐木履 豆祭器 傘 案 尺 剪 炭

珥簪屬 燭 簠祭器以盛黍稷 簋祭器以盛稻粱 稱衡也

錀鎖錀 碓舂具 合盛〻器 鑿木〻琢器 軸機轉軸又車軸 釧臂首鐶

敦音對受黍稷器 筬竹箱 箔簾也 籠筐箱 鎖 櫛理髮器

柝警夜所擊木 鐸金口木舌 角畫角吹有聲者 鉞大斧 矢箭也

戟有枝兵 胄兜鍪 甲鎧也 槊兵器 紼引棺索 簞竹席 斗量名

簣牀棧 揭載物車 觶飲器 柩尸在棺曰柩 火 畫

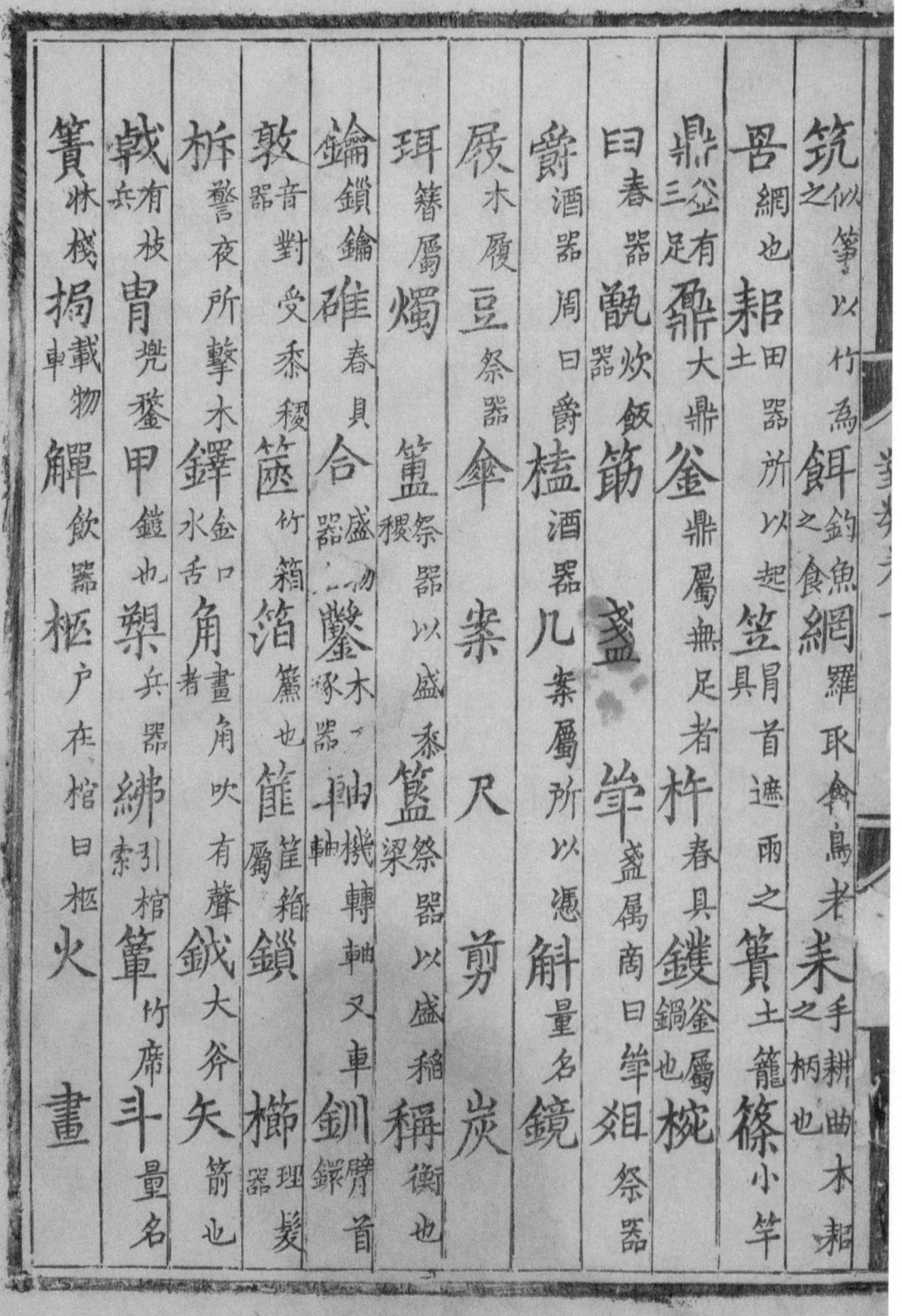

鉢食器 盾防牌 冪襍上覆者 甗甑也 輦人挽車也者所乘 籥三孔籥

椰外棺 扇 杼機之持緯者 炬束葦燒也 矴磓石船 杓把酒器

甓瓴甋 注酌酒器 宴裝具以木為之 笏手板 篦理髮器 榻床也

節符節所以示信 磨磑屬以石為之 罾取魚器以曲簿為之 釜鬴器

筥筐屬圓曰筥方曰筐 笈負荷箱 鋸解木器 坫承爵之器 桎木械在足 梏木械在手

鏑矢鏠也 劒 鍥鐮也 臬射的又法也即今匠人平水者 筏聯竹浮水

匱藏物櫝 畚盛土器筥屬也 弩弓屬 斧 槳移舟具橫曰槳

柷狀如漆桶起樂之器 帚掃除也 杖 珮環珮 枕 呂陰六為呂

律律有十二截竹為筩以節五音陽六為律 笱竹器所以取魚 碾精米器以石為之

長短第二

虛字 死

長 高 清 哀悲也 悲愁也 殘餘也 華鮮美

平 輕 踈稀也 明光潔 堅 飛 孤 微細也

洪大也 深 芳 虛 夥多也 危高也 [仄]
新 平 方 和調也 斜 偏 低
粗 欹斜也 昏 尖細而銳也
[仄] 短 小 細 巨大也 響響亮 亮明也 快
脆小耎易斷也 遠 古 容 怨 美
淨 勁堅勁 利順也銳也 重 大 厚 薄
妙 淺 舊 銳利也 破 雅 急
緩 巧 直 麗華美也 曲 敝壞也 亂
鈍 濁 固

吹擊第三 [虛字] 活

[平] 吹 調 彈 橫 垂 收 浮泛也
撞擊也 鳴 開 張鋪張 舒開展 扶 圍

〔二字〕琴棊筆硯第四 〔並實〕

傳 傾倒也 携 挍 挑 燒 燃燒也

掀以手高舉 登 揮 搖 穿透也 擎手舉 藏

捎棄也 提挈也 秉 研 敲 維繫也 撐

移 行 流 拖扯曳 籠盖而罩之也

〔仄〕

擊 擣 執 荷負也 捧兩手拱持 舞 佩帶之也

戴任在首 繫 掛 解 拭拂也 挈手提 握把執

鼓撫也動盪之也 撫 撥 泛浮動 展舒開 舉

對 負背荷 倒 帶懸佩也 滌洗也 放 倚

策立也又驅策也 秉執也 整 設 啓開也 結

巴 奏作樂而有節奏也 扣擊也 捲收也 揭以手舉起 攬手取

按 盥濯也 撒散也 下 拊搏拊也 徹收去也 弄

平 琴棊 琴書 車書中庸車同軌書同文 舟車 車航 車輿
輪輿 輪蹄 舟航大曰舟小曰航 犂耰耰摩田器 耰鋤 絲簧
絲綸釣魚具又詩王言如絲其出如綸 絲桐琴也 梯航選梯山航海 琴樽 匏樽
簞瓢語一簞食一瓢飲 盤盂 觥盂 觥籌 觥罍 樽罍 執罍
壺觴 塤篪 笙竽 笙簧 笙鏞 笙歌 笙簫 絃歌
笳簫 卮匜 盃盤 簫韶書簫韶九成 篆箏 干旌 弓旌
弓裘 弓刀 旌旄 旌旗 干戈 兵戈 兵刀 鎗刀
錐刀 旗鎗 刀鎗 戈矛 鞭韁 巾箱 鞍韉 權衡
箕裘學記良弓之子學為箕良冶之子學為裘 鈞衡鈞以陶物衡以平物 罝罘兔組器
規繩規所以為圓繩所以為直 筌蹄筌取魚器蹄取兔器 苞苴禮苞苴問人者 殳斨
韔櫜盛弓矢器 帆檣 簾櫳
十六 几筵 豆觴 豆籩 鼎鐺 釜鬵 鼎鐘 鼓笳 鼓鼙

鼓鍾　鐲鐃（鐲鉦也鐃小鉦所以止鼓）　甲兵　斧斤　旆旌　綱羅

斧斨（斨音鏘方銎斧）　斗升　斗衡　量衡（量斗斛之準繩類）　璽符

楅衡（橫木着牛角使不觸）　戚揚（斧鉞也）　敦牟（古器名）　管簫　管絃

瑟琴　乘輿（王者所乘曰乘輿）　紲韝（紲繫也韝韝韜袖也）　節旄　鼎彝

仄

筆硯　筆墨　紙筆　枕簟　簟枕　枕席　衽席　几席

几杖　几案　几格（格筆格書格也）　輦轂　輦輅（天子所曰輦輅）　軌轍

軌範　轡勒　轡策　耒耜　耒耨（耨除草器）　畚鍤（鍤鍬也）

杵臼　杼軸（皆織具）　管磬　管籥　羽籥　鼓吹（軍樂）　鼓笛

輨轄（孟序論語者五經之輨轄輨以冒轂轄以鍵輪）　鼓樂　鼓角　鼓鐸　律呂

俎豆　鼎俎　鼎鼐（鼐大者釜有足為鼎鼐其）　鼎鑊　簠簋　斧鉞

釜錡（錡音蟻左筐筥釜錡之器）　節鉞　箴笥　劒佩　劒戟　杖屨

棨戟（有衣之戟曰棨戟）　戔斝　爵斝　七筯　器皿　器械　甲胄

甲仗 介胄 矢石 橐鑰 枘鑿枘刻木端入鑿者 網罟 斗量

檻穽檻捕獸機檻穽次也 畢弋畢兎罟也弋用矢射也 斗尺 尺寸 尺度

斲斧 簡牘削竹木以書者 竹帛史書璽綬 契券以木牘為要約之書 鏡剪

柷敔柷以作樂敔以止樂 桎梏 桊牘 槳棹前推曰槳後曳曰棹

車駕 車馬 車騎 車服車右驂曰服 車蓋 輿輅 軒冕

軒蓋 冠蓋 冠冕 銜轡 銜勒 鞭鐙 鞭朴 鞭策

鞭箠皆乘馬具箠擊馬策也 舟楫 舟艦 樓櫓 干櫓 干戚

干羽書舞干羽于兩階 桴筏編竹木浮于水大曰筏小曰桴 籩豆 觴豆 樽俎

籩俎 樽爵 盆盎 盃盞 盃斝 瓢盞 瓢榼 盤合

盤飣盤中置食也 筵几 筵席 裀鼎 鍾鼎 彝鼎 絃管

銂鼎銂盛美器 機杼 機軸 機穽皆掩取禽獸者 簫管 絲管

絃索絃八音之絲索繩也 絲竹 簫鼓 金鼓兵以鼓進以金退 鍾鼓 笙鼓

笳鼓軍前樂　旗鼓　鼙鼓　鉦鼓　鐃鼓　砧杵　砧几

桴鼓以桴擊鼓　琴瑟　金革　旌革　旌旄全帛為旄　旌節

旌旆析羽注旄首曰旌續旐末為燕尾曰旆　旗幟幟亦旗也　刀斧　刀尺

刀筆刀所以削書古用簡牘故吏皆以刀筆隨　刀箭　刀劍　琴劍　弓劍

弓箭　弓矢　弓弩　弧矢弦木為弧剡木為矢　矛戟　矛盾　戈戟

戈甲　兵甲　兵革　鋒鏑鋒刀劍鋩也鏑矢鏃也　鋒刃　斤斧

鍾磬　箱篋　箱籠　簾幙　簾箔　帷箔帷幔也箔簾也　燈燭

燈火　針線　蓑笠　羅網　矰繳矰短矢也繳生絲縷也矰繳箭有綸者

衡量　衡鑑衡以稱輕重鑑以照妍媸　衡石衡以稱物石以量物　權量　升斗

繩墨　繩準取直之器　揆平　規矩為方圓之器　符券符符節也券契也所以要約者

箕帚　鞍轡　囊橐有底曰囊無底曰橐　囊篋　梳篦木為梳竹為篦皆理髮具

樞紐戶樞衣紐　衣鉢僧家以衣鉢相傳　鈇鉞　竽籟皆樂器　膠漆

鈴杵　巾櫛櫛左侍執巾　碑碣方者曰碑圓者曰碣　方策方版也策簡也　棺槨

瑚璉夏曰瑚商曰璉皆祭器玉飾　罾罩皆捕魚器罾者舉之罩者抑之　瓶鉢

鞦韆蹴踘第五

〔平〕鞦韆繩戲　樗蒲博戲　籧篨竹席　呼盧雙陸子　琵琶胡樂　〔並實〕屏風

干將劍名　兜鍪頭盔　箜篌樂器名二十五弦　罘罳織絲之文以覆宮殿簷戶之間　銘旌

簫墻屏也　篺篁車上有篺篁蓆也別駕車　筲箕竹器　氍毹毛席　胡床交床也

艅艎舟名

〔去〕舳艫舳船頭艫船後　轆轤井上汲水圓轉木　叵羅酒器　鏌鋣劍名　桔槔以機汲水

錯刀以黃刀錯其文曰一刀直五千　罣罳以竹為之以羅為幔　接䍦白帽　筭盤今用以筭數者

契刀王莽造契刀　博山香爐也象海中博山　紙錢唐玄宗時用紙錢祀神　輥毬

象棊局戲　笊籬竹器

〔入〕蹴踘今氣毬　角觝戰國時戲　傀儡木偶戲　棐几依憑器

拍板 具按音節之 觱篥 樂名本出龜茲國 決拾 決著於右大指以鉤弦拾以韋為之護左臂

鹵簿 以大盾領一部之人雙導車駕者 簨簴 懸鐘磬者 礮石 以機發石為攻戰具 舴艋 小舟

撲滿 上器蓄錢之具 愽陸 曹氏作愽陸 熨斗 熨帖衣者 掃帚 去塵之具

絡索 繩索

平 刁斗 以銅作斗晝炊夜擊軍中所用者 更漏 以銅受水司時刻者 雙陸 陳思王製雙陸置骰子二

跳脫 即今釧也 方響 今雲板 如意 之或以玉或以鐵或以竹為

華蓋 圓頂四旁垂如天星之華蓋 欹器 魯桓公廟有欹器

## 棊枰匳第六

並實

平 棊枰 枰棊之局也 棊盤 簾鉤 簾衣 衣飾簾上 簾額 簾上之飾

琴絃 琴徽 琴節曰徽 弓絃 弓鞘 鞘弓之食也 弓衣 箏絃

船蓬 船篙 船帆 船檣 船舷 檣帆 帆竿 旗竿

床屏 燈屏 燈檠 燈盤 燈臺 然燈之具俗名燈臺 燈籠 編竹章風

薰籠 薰衣器 香毬 車輪 壺瓶 繅車 繅繭為絲之具 旗竿
針筒 以竹為筒貯針
錦機 鏡奩 鏡臺 釣竿 釣絲 釣繙 釣針 杜稚子敲針作釣鈎
釣綸 釣鈎 帳鈎 硯池 硯屏 帽箱 麯車 印箱
枕屏 張敬夫有枕屏銘 漏籌 所以計更者也 筆鋒 筆床 梁簡文置筆床四管為
翎鋒 鼓枹 枹即桴也所以擊鼓 燭臺 燭籠 剪刀
翎匣 鏡匣 印匣 硯匣 筆匣 畫匣 畫軸 鏡架
筆架 鼓架 翎鋏 漏箭 更籌也孔壺為漏浮箭為刻 箭鏃 箭羽
箭括 矢末受弦處 笛管
弓靶 靶弓弣中手執處 弓韔 韔音悵弓衣 壺箭 琴軫 孔子抽琴去軫 篆柱
箏柱 鍾簴 簴鍾之柎也史鍾簴不移 椰板 棊子 舵板 毬子
帆席 張席為帆 毬棒 棒以擊毬 燈盞 車軌 車轂 車輻

車轄（轄車軸頭鐵詩云車之轄兮） 船櫓 船棹 船纜（牽舟繩也） 船舵
船楫（楫舟傍撥水者短曰楫長曰棹） 船槳

囊琴匣劍第七 上半虛下實

平 囊琴 囊金 鞘弓（弓置鞘中） 籠燈 鈎簾 弦弓 絃琴
檐簦（虞卿躡屩檐簦） 巾車（巾猶衣也以衣飾車故曰巾車）
仄 棹船 棹舟 纜舟 鼓琴 鼓鍾（詩鼓鍾于宮） 篋書（置書于箱）
架書 篆香（鏤木為範以香塵為篆文）
仄 匣劍 匣鏡 佩劍（帶劍也） 櫝帛 鼓瑟（語鼓瑟希） 篋扇
鼓棹 鼓枻（枻楫也楚詞鼓枻而去）
上平 奩鏡 屏枕 籠燭 撾鼓

書燈酒旆第八 並實

平 書燈 書厨 書床 書籤 書帷 書囊 書筒（陸機竹筒盛書）

書箱　詩筒元白唱和以筒著詩置遞往來　詩瓢唐求得詩投瓢中　琴囊　香爐
詩囊李賀從小奚背錦囊得詩投囊中　香囊明皇啓貴妃瘞視香囊猶在　册爐　茶爐
茶甌　茶瓶　經函西域佛經立函白馬寺　經帷　衣砧擣衣石
衣箱　琴床置琴小桌也　更籌漏箭也　香盤　錢筒東坡以錢貯竹筒中
鹽車魯國策驥服鹽車

十灰

酒瓶　酒樽　酒爐　酒旗　酒帘酒望子　酒盃　酒卮
酒壺　酒甌　酒車選騰酒車而斟酌　酒篘漉酒之具　酒船畢卓拍浮酒船中
藥囊　藥爐　藥箱　藥瓢　藥籃　漏籌　燭臺　釣筒
飯匙　釣槎　茗爐

仄

酒旆　酒器　酒盞　酒甕　酒架　酒斗　藥籠　藥竈
藥磨　藥銚　藥鼎　藥杵　藥臼　藥碾　胙俎　茗椀
飯盆　飯鉢　畫筆　扇筒　墨袋　墨臺　藥酒

㊤書筒　書箴　書架　書几　書櫝　書匣　書幌杜実几倚書幌

書案　棊局　更漏漏水計更　更箭浮箭計刻　經笥邊孝先五經笥

茶碾　茶鼎　茶磨　茶杵　茶臼　衣桁　香几　香鼎

香案　香篆香譜香篆作十二辰分百刻然一晝夜　香合　巾笥莊楚王巾奇藏龜　衣匣

上虛　死　下實

疎鐘短笛第九

㊥疎鐘　殘鐘　孤鐘　清鐘　洪鐘　洪鈞杜洪鈞一氣轉　洪爐

慳囊　空囊　明燈　孤燈　殘燈　華燈　清燈　清樽

芳樽　空樽　深盃　殘盃　芳篴　華篴　長篴　長琴

焦琴　清琴　清絃　疎絃　繁絃　新絃　危絃　哀絃

虛絃　薰絃　清簫　橫簫　清笳杜客淚墮青笳　悲笳杜山城粉堞隱悲笳

殘笳　長簫　清砧杜秋至拂清砧　疎砧　殘砧　垂帘　飛帘

焦桐吳人燒桐以爨蔡邕取為琴故琴曰焦桐　虛舟　方舟　輕舟　扁舟

孤舟　輕船　新船　扁帆　輕帆　孤帆　飛帆　輕棹

輕艘　輕航　輕艎　輕鞭　輕蓑　輕車韓路輕車熟　香車

安車史安車蒲輪　高車　高軒李賀作高軒過詩　危檣　孤篷　香輪

香篝篝薰衣竹龍故香　雕鞍　方屏　良弓史良弓藏　長弓　長戈

長鎗史直須長鎗大劍　長鞭　長槊韓長槊八尺空自長　踈簾　重簾　清觴

華戕

上灰

巨觥　巨盃　巨觴　濫觴　急絃　斷絃史漢武西海獻膠帝以續斷絃

古絃　古琴　短琴　短簾　窓簾　細燈　短檠韓短檠二尺便且光

細旃史廣廈細旃之上　洞簫坡客有吹洞簫者　短簫　短篷　片篷　遠鍾

大鐘　大舟　小舟　大船　小船　破船　舊船　巨船

巨艘　小帆　片帆　短帆　小屏　曲屏　小車　小節

小輿　直鈎呂望直鈎而漁　大鈎　曲鈎　大弓　勁弓　短兵

利兵　大刀　敗毫　銳錐　靜鞭（靜鞭所以肅朝儀者）　瘦節　大絃

小絃

（仄）短笛　小笛　響笛　急管（周詞繁絃急管）　脆管　古瑟　大鼓

敗鼓　大輅　逸駕　巨艦　大艦　大舫　小舫　巨舫

小棹　短棹　急棹　遠棹　短楫　小楫　小艇　小扇

小器　短纜　短屐　短劍　短戟　短杖　細簟　細硯

細火　細篴　細燭　破扇　破鏡　古硯　古鏡　古鼎

古劍　利劍　大劍　大器　古器（史貽明以劉杳有古人風故賜古器）　利刃

重器　利鏃　利器（史不遇盤根錯節無以別利器）　大筆　敗筆　重鼎

大鼎　勁弩　列炬　巨綱　急杵　曲几（柳子厚有斲曲几文）

古樂（孟今之樂猶古之樂）

（平）華轂（史范陽令乘朱輪華轂）　輕轂　芳轂　輕輦　輕騎　輕艇

孤艇　輕棹　輕槳　柔櫓　長纜　高盖　輕盖　圓盖

圓鏡　明鏡　圓扇　團扇　輕扇　輕箑　清瑟　清磬

踈磬　殘磬　長笛　清笛　橫笛　殘角　殘笛　殘漏

清漏　清杵　殘杵　長枕史唐玄宗為長枕大衾與諸王同寢　清枕　高枕

方枕　方席　新火　明燭　華燭　殘燭　長劍　雄劍

長戟　堅甲　強弩　遺鏃　虛器　清掌　清樂　清管

空匳　新樂史魏侯聽新樂則不知倦

琴長笛短第十

平

琴長　琴清　琴高　琴焦　簫清　簫長　簧清　笙清

砧明　砧清　砧踈　砧長　鐘明　鐘踈　鐘遲　盃長

盃深　盃乾　盃空　盃清　盃殘　樽空　瓶空　燈明

燈殘　燈微　簾踈　簾低　簾高　棊高　棊閑　棊圓

鞭長左雖鞭長不及馬腹　鞭輕　鞍輕　車輕　舟輕　船輕　帆輕
帆孤　絃危　弓長　槳長　槳高　笳悲　機圓　機空
囊空　囊慳　規圓　衡平　烽銷　筵長　竿長　輪圓
㊅扇輕　扇圓　扇團　劒長　劒寒　笛清　笛長　笛明
笛殘　角殘　角明　角悲　杵忙　簞清　竽清　漏長
漏殘　漏遲　瑟工　瑟希語鼓瑟希　鼓喧　鼓轟　鼓明
燭明　燭銷　燭昏唐寧王酒酣作狂則燭昏　燭殘　火明　炎銷
火殘　鏡明　鏡圓　鑑明　鑑空　筆枯　筆尖　棹輕
艇輕　槳輕　枕閑　枕凹烏交切　網疎　杼空　準平
砥平　簡方　彈圓　枕方　軸空詩杼軸其空　管長　硯穿
甲堅　蓋圓禮蓋之圓以象天　軫方禮軫之方以象地　蓋輕
㊇笛短　笛小　笛脆　笛亮　角慘　燭暗　燭短　漏短

漏晝（史田豫曰鍾鳴漏盡夜行不休） 筆健 筆老 筆禿 筆妙 筆敗

筆正（柳公權筆諫心正則筆正） 硯滑 硯古 紙滑 鏡古 鏡破

紙貴（史左思三都賦成洛陽紙貴） 鑑淨 劒利 弩勁 矢直（詩其直如矢）

鼎重 枕莫 席正（語席不正不坐） 墨妙 管急

〔去〕琴古 琴靜 槳短 盃淺 盃滿 盃小 砧急 鐘遠

舟便 舟快 舟小 船小 船穩 帆小 篷急 篷短

鈎直 鈎曲 燈細 屏小 絃急（史大絃急則小絃絕） 絃直 絃勁

弓勁 弓軟 繩直 車壯 簾短

## 鐘鳴笛響第十一 〔上實下虛〕活

〔平〕鐘鳴 鐘敲 鐘撞 砧鳴 砧敲 笳鳴 笳吹 笳吟

琴橫 琴鳴 琴彈 琴調 簫吹 簫橫 笙吹 笙橫

笙調 簧吹 弓彎 弓張 弓鳴 弓開 弦張 弦鳴

絃彈 絃調 簾垂 簾開 簾篩宋簾篩月明 帘翻 筵開

筵陳 盃浮 盃傳 盃銜 盃傾 盃斟 盃開 壺傾

鞭揚 觴流王曲水流觴 觴飛李飛羽觴而醉月 鞭敲 鞭垂 蓑披

燈挑 棊圍 棊敲 毫揮 旗飛 屏開 爐焚 香焚

香消 機張書若虞機張 舟行 舟移 舟回 船開 船移

船行 船來 帆飛 帆收 帆張 帆懸唐詩風正一帆懸 車行

車回 車旋 竿垂 竿投 綸垂 綸收 鈎垂 鈎沉

去 笛鳴 笛吹 笛橫 笛吟 角鳴 角吹 鼓敲 鼓轉

杵敲 杵鳴 漏傳 漏沉 劍橫 劍鳴張華劍在匣內常鳴 劍揮

簟開 簟舒 席開 席移 席收 盞傾 斝浮 扇搖

扇揮 扇捎 扇藏 蓋飛 蓋張 蓋傾 枕橫 枕欹

筆飛 筆耕王勃所至請文人謂筆耕而食 筆濡 筆扛 笠披 鏡開

鏡磨　鑑開　杖敲　琵調　箭飛　箭穿　彈敲　硯磨
燭摇　鼎調（杜：調和鼎鼎新）　鼎烹　劒磨　宴開　錫飛（世謂遊行僧為飛錫）
劒懸　劒埋　鼓鳴　鼓喧　斗量（史：車載斗量）　墨磨　艇摇
槳摇　網收　纜牵　棹横
（乃）笛響　笛弄　笛噴　角奏　角弄　角響　角送　笛奏
笛送　樂奏　樂舉　樂徹　琵鼓　鼓打　鼓擊　鼓振
杵擊　杵搗　劒舞　劒倚　矢激（史：水激則悍，矢激則遠）　矢落
矢發　矢去　彈打　彈落　漏轉　漏促　筆走　筆掃
屐折（史：謝安喜破符堅，不覺屐齒之折）　筆落　筆沘　筆寫　筆舉　箭發
箭去　硯滌　簟展　席展　盞泛　觴泛　宴啓　宴設
燭照　燭滅　鏡照　鏡啓　杖掛　笠荷　鼎沸　席捲
扇撲（杜牧：輕羅小扇撲流螢）　瓦卜（巫俗擊瓦觀其文理定吉凶曰瓦卜）　硯棄　鼎爍

錫卓誌公事 棹舉 棹鼓 棹擊 楫擊 棹泊 網撒
網舉 纜解 纜繫 扇渡吳猛以羽扇畫水渡江 笠渡異僧浮笠渡江
錫掛世謂安住僧為掛錫 笏擊段秀實以笏擊朱泚 杖擊梁沈峻好學臨睡以杖自擊
幸 鐘響 鐘扣 鐘動 鐘擊 鐘送 更轉 琴弄 琴奏
琴破 琴戛 砧搗 砧作 砧響 砧送 笳奏 笳送
笳響 笙奏 簾捲 簾動 簾揭 遮設 遮羅 遮徹
旗動 旗展 旗捲 旗偃偃仆也 盃舉 機斷孟母斷機教子
機發機㝍牙也 盃泛 盃覆 壺倒 瓶倒 瓶罄 琴響
鞭裊 鞭拂 鞍解 燈照 燈滅 梭擲 篷轉 篷落
篷揭 帆轉 舟載 舟發 舟泊 舟泛 舟漾 爐爇
杯擲 杯渡古有僧乘木杯渡河因名杯渡和尚 船泊 船壓 帆掛 帆展
帆卸 帆落 瓶貯 輪轉 車渡盧溝河以車渡 罌渡史韓信以木罌渡軍

樽前席上第十二

平 樽前 樽中 盃中 甌中 壺中 盤中 簾前 舟中

舟邊 船中 船邊 琴中 琴邊 絃中 毫端 筵中

盆中 簾間 屏間 筵間 筵前 帆邊 燈前 爐中

車前 車中 書中 棊中 枰中 囊中 箱中 機中

平仄 筆端 硯中 枕前 枕中 枕邊 甕中 甕邊 篋中

籠中 席中 席前 鏡前 鏡中 笛中 網中 釜中

鼎中 盞中 案前 座前 燭邊 筒中 甑中

仄 席上 座上 甕畔 甕裏 盞裏 几上 案上 枕上

枕畔 笛裏 鏡裏 扇底 筆上 筆下 筆底 紙上

箔上 燭下 燭底 案下

仄平 弦上 燈下 簾外 簾內 簾下 船上 船側 船畔

鞍上　氈上　壺裏　瓶裏　盃裏　瓶底　篋上　篋内
篋畔　盤裏　樽裏　帆上　機畔　機上　琴裏　觴裏
琴畔　簾上　囊裏　船裏

盈樽滿盞第十三　上虛　死　下實

平　盈樽　盈盃　盈觴　盈壺　盈盤　盈篋　盈卮　盈觥
盈甌　盈船　盈床　盈箱　盈舟　空囊　空箱　空杯
空瓶　空舟　專車史和嶠耻與荀勗同乘每專車而坐　傾囊　傾筐
去　滿樽　滿盃　滿卮　滿壺　滿盤　滿甌　滿篋　滿簏
滿床　滿帆　滿箱　累觴杜一舉累十觴　滿籯史遺金滿籯不如教一經
滿船　倒瓶　盡瓶　滿車　滿囊
仄　滿盞　滿斝　滿榼　滿甕　滿架　滿軸　滿紙　滿幅
滿鏡　滿劒　滿席　滿座　滿案　滿鼎　滿硯　滿爵

滿扇　滿笥　倒篋

幸　盈席　盈座　盈篋　盈几　盈案　盈架　盈幅　盈軸

盈箱　盈盞　盈箏　盈缶（易有孚盈缶）　盈甕　空盞　空箏

空甕　傾座（相如傳一座盡傾慕其風采）

無船有楫第十四　上虛　死　下實

平　無船　無帆　無篷　無弓　無瓶　無鍾　無鞍　無鞭

無弦　無琴　無膠　無旗　無香　無輪　無杯　無車

去　有旗　有棊　有鞍　有船　有舟　有篷　有帆　有鈌

有餅　有香　有柯　有車　有杯

仄　有輦　有楫　有硯　有筆　有墨　有鼓　有聲　有柝

有節

幸　無墨　無硯　無甕　無几　無箭　無笛

天文 雲帆月笛第十五

平 雲帆 風帆 煙帆 霜帆 霜鐘豐山有鐘霜降則鳴 風鐘 煙鐘 並書

風簾 風琴 風弦 風箏李四角吹風箏簷鈴也 風鈴 風帶

風砧寒坐聽風外砧 風燈 風檣 風船 風車 風絃 霜笳

風斤莊運斤成風 霜砧 霜毫 霜舟 霜機 煙蓬 煙蓑

雲屏歐青山白雲為枕屏 冰椎史魏祖使人椎渠水冰謂之椎冰人 冰盤 冰壺 雲鑼

霞觴神仙傳王母九霞觴 雲罍坡白酒雲罍 星毬 天冠通天冠天子所冠 冰弦

天燈太華山有天燈 天瓢坡馬上傾倒天瓢翻 雲斤坡用斧雲斤琢肺肝 天梯

天車李光景不可回六龍轉天車 星軺使車也

仄 月舟袁宏月夜乘舟 雨舟 雪舟 雪蓑 雪船 月砧 雨帆

雨砧宋雨外響秋砧 雨蓑 雨蓬 雪蓬 露蓬 雨簾 月簾

露盤史漢武作承露盤承露飲之 月琴唐元行冲名阮曰月琴 火車戰車也

雨犂 古詩雨足江上一犂春 日車 古詩羲和鞭日車 雪車 劉义作雪車詩

電鞭 河東賦電鞭奮

[仄] 月笛 月管 月艇 雪艇 雪笠 雪刃 雨笠 雨楫

雨枕 雨傘 月斧 露甕 黃帝時瑪瑙甕中露堯時猶存謂之露甕時淳則滿時澆則竭

雪案 孫康映雪讀書曰雪案 雨蓋 雨傘也

[平] 霜角 霜笛 霜管 霜刃 風笛 風帽 風壓 風扇

風斧 風燭 風管 風艇 風鐸 唐岐陽宮於竹內懸碎玉名占風鐸 風纜

煙笛 煙艇 煙棹 煙幕 氷硯 氷筆 筆涼如氷 星劍

星弁 詩會弁如星 霞佩 霞帔 史唐睿宗賜司馬承禎霞文帔 雲蓋 雲板

雲帳 史帝賜趙后紫雲氣帳 風箏 會巳令洒屋鋪風箏

## 敲霜咽月第十六

[平] 敲霜 砧 鳴霜 鐘 翻風 旗又帘 團風 幃 隨風 帆 吹風 笛 彈風 琴 [上虛活下實]

搖風扇 揚風扇 悲風笳 鳴風角 披雲蓑 耕雲犁 鋤雲耰 穿雲笛

騰煙香 薰煙香 披煙蓑 衝煙船 干星槎 牽星網 縈天柱 喧天鼓

〔去〕倚天劍 倚風笛 障風扉 弄風笛 遏雲聲曲 動颶扇 吼霜角又鐘

射雲弓 破煙笛 咽風笳 叫雲笛 舞風 掛風帆 逐風帆 載霜舟

咽霜角 出煙鍾 搗霜杵 蔽空旗旌

〔入〕咽月角 搗月砧 泛月舟 酹月盃 弄月笛 鑒月鏡又帷 漏月

漏日簾櫳 蔽日扇又旗 載月船 釣月船 步月履 射月矢 射斗劍

捲雨簾 載雪舟 却日戈 滴露硯又盤 障日扇 釣雪舟又絲竿

耀日甲又旗 扣月磬鐘 帶雨笠蓑 測日圭土 障雨傘

〔平〕篩月簾 聳雨蓋 敲月砧 邀月盃 擎露盤 披雪蓑 鳴月笳 衝斗劍

量日線 遮日扇又蓋 横月笛

轟雷閃電第十七

平 轟雷 鼓 拖霓 旌 眠氷 簟

去 展霜 笳 裂霜 笛 爍星 燈 散星 漁火 裊煙 香 泛霞 盃

仄 閃電 旗 學月 扇 掛月 簾 耀雪 劍

平 修月 斧 搖月 扇又艣 飛電 谷紋飛揪電落 騰電 劍

節令

春船夏舫第十八

並實

平 春船 春帆 春蓑 春犁 春鋤 春樽 春杯 春旗

春盤 立春日唐人作春餅生菜號春盤 春蘼 春琴 秋砧 秋笳 晨笳

秋琴 晨砧 秋簫 晨機 晨鐘 宵鐘 昏鐘 秋船

秋篷 秋燈 秋檠 晨燈 晨樽

去 曉砧 晚砧 夜砧 暮砧 曉鐘 夜鐘 張夜半鐘聲到客船 晝琴

暮鐘 傳燈擾擾匆匆晨鵝暮鐘 夜琴 夏琴 夏絃 禮春誦夏絃 暮笳

夜絃 阿房賦歌夜絃 朝 曉笳 杜衰笳幽咽 夜笳 夜簫 午旗 晚燈

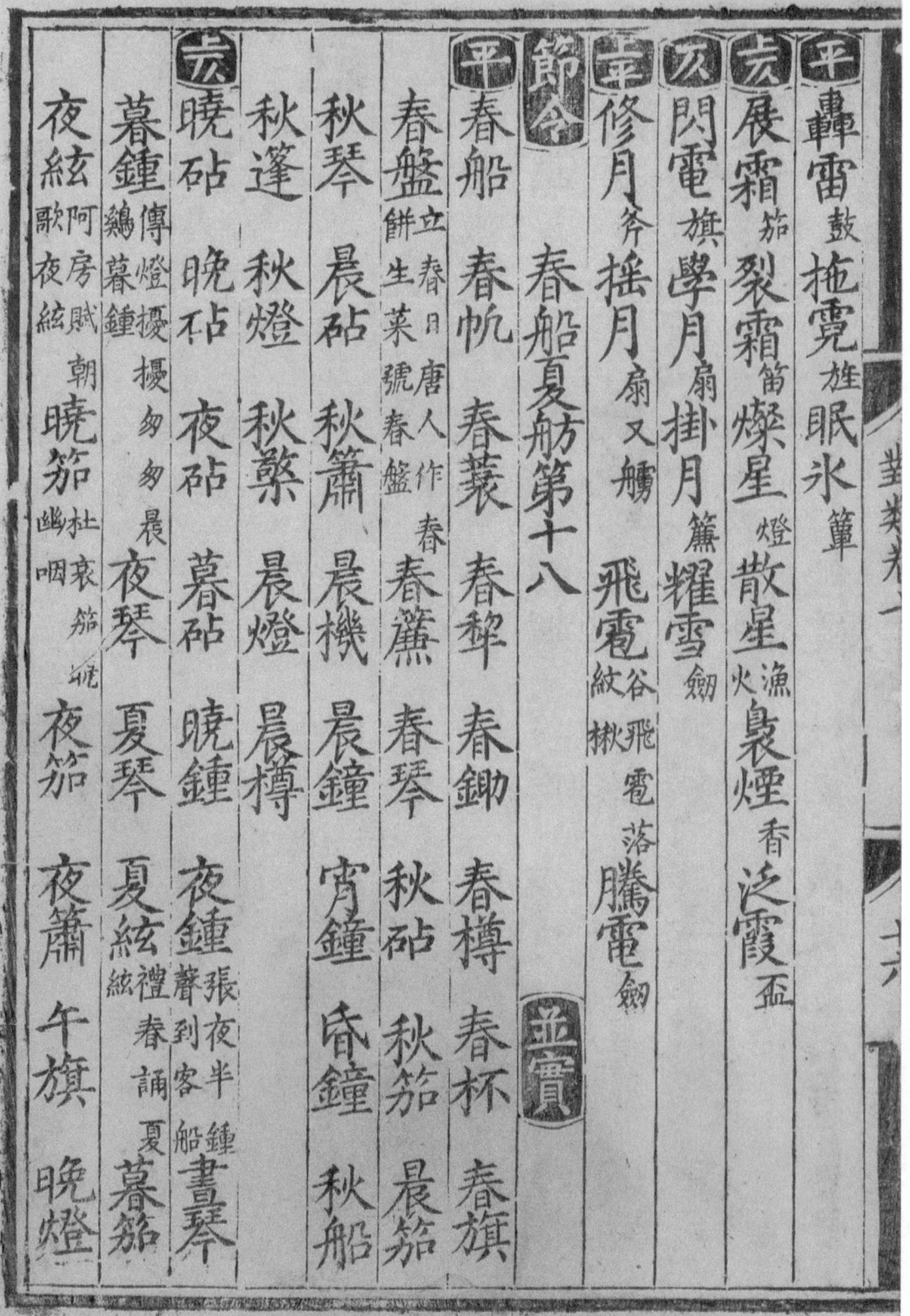

夜燈　曉燈　夜藥　曉簾　暮簾　曉簑　晚簑　曉舟
晚舟　曉帆　夜舟　晚帆　晚檣　夏棊　夜棊　午觴
午樽　晚樽　晚盃　夜盃　曉杭　曉鞍　曉船　暮船
曉機　夜機　曉鉦
〔又〕夏舫　曉舫　晚角　暮角　曉笛　晚笛　夜笛　曉鼓
夜鼓　夜杵　曉漏　夜漏　曉箭（杜五夜漏聲催曉箭　箭更籌也）　夜簟
午簟　夜枕　曉枕　午枕　曉屐　曉笠　晚笠　夏扇
午扇　夏筵　暮艇　曉艇　晚棹　夜角　曉角　曉磬
晚磬　夕磬　晚鏡　曉硯　曉棹　曉網　暮網　晚釣
暮鼓　夜柝（柝以警夜柝者）　夜棹　夜鐸　夜案　夜榻　夜劍
夜燭　晝漏（杜晝漏稀聞高閣報）
〔辛〕秋笛　秋杵　秋扇　秋枕　秋角　秋艇　晨角　晨杵

晨鼓　春枕　春展　春笠　春耒　春扇　春盖　春纜
昏鼓　宵鼓　昕鼓　朝鼓　春笛　晨漏　宵漏　朝鏡
宵柝

寒砧暖律第十九　上半虛下實

平　寒砧　寒機　寒笳　寒鐘　寒燈　寒氈　寒爐　寒檠
凉床
仄　冷氈　煖盃　冷砧　凍舟　凍砧　凍絃
仄　煖律（律管氣至則灰飛）　煖席　冷席　凍筆　凍硯　冷簟　暑簟
暑笠　煖扇　煖榻
平　寒角　寒笛　寒燭　寒杵　寒枕　寒漏　寒硯　凉枕
凉簟　凉榻

氈寒席煖第二十　上實下半虛

平 氈寒 爐寒 爐温 燈寒 杯寒 機寒 蘗寒 砧寒
鐘寒 林凉 罇凉 爐炎
仄 簟凉 扇凉 枕凉 盞凉 硯寒 漏寒 杵寒 席温
盞温 火温
仄 席煖 席冷 枕冷 簟冷 筆凍 硯冷 硯凍 角冷
火熱 火冷 燭冷
平 篝煖 笙煖 杯煖 厨冷 爐冷 爐熱 砧冷 舟凍
琴潤

晨吹夜撫第二十一 上實下虛活

平 晨吹笛 晨張盖 晨舂臼 秋横劍 秋妝扇 秋敲砧 秋捐扇 昏吹角類
更傳籌 更沉漏 時吹笛類 時拈劍 時敲磬
仄 曉吹笛 曉敲鐘類 晝敲棊類 夜鳴 夜吹笛 夜彈琴 夜舂臼 夜擣

夜敲鼓 晝吹 午吹類笛 午舂 夕舂 宿舂並曰碓 夏彈琴

晚敲類鐘

仄 夜撫琴 夜擣砧 曉織機 曉咽 曉奏角 曉弄笛 晚弄笛 曉唱曲

曉發舟 曉擊鐘 夏展扇 夏設簟 早發舟車 夜宿 夜泊船 夜葺

夜織杼機 夜擊柝

上平 寒擣砧 寒織機 時擊鼓 秋擣砧 春聚橋 晨捲簾 晨對鏡

地理

江帆野笛第二十二

並實

平 江帆 江船 溪船 湖船 村砧 村犂 村帘 山鐘

林鐘 邊烽 城刁刁斗 簷鈴宋清響動簷鈴 鄰燈 江罟史太罟江 渡

沙舟

上仄 野舟 渡船 野帆 野船 塞笳 塞鼙 戶簾 海船

浦帆 海航 野航 海帆 寺鐘 市帘 市壚 野燈

水車（魏馬鈞初作水車灌園） 水簾（王母泉當門爲簾） 野船 地爐

〔玄〕野笛 野艇 海舶 塞角 塞管 塞鼓 野火 野碓

水碓（孔融水碓之巧勝聖人斷木掘地） 上鼓（記伊耆氏蕢桴而土鼓） 社鼓 寺鼓

館笛 寺磬 石碾 石臼

〔圭〕村笛 山笛 溪笛 城角 樓笛 床桄 簷鐸（簷前所掛鈴鐸也）

庭燎（燭之大者用松葦灌脂為之） 村鼓 村杵 邊燧（邊地多積薪寇至燃之望其烟）

江艇 溪艇 邊角（邊城用角以司昏曉） 羌笛 村篳 鄰笛 鄰火

江舸 江纜 山屐（謝靈運遊山屐上山去前齒下山去後齒）

浮江泊岸（岸字二十三）

上虛 沾 下實

〔平〕浮江（舟） 依沙 隨波（槎又艤） 登山（屐） 耕田（犂） 挑沙（鍬） 量沙（斛）

沾泥（屐） 攔江（綱） 橫流（舟） 開山（斧） 臨壙（車）

〔六〕濟川（舟） 泛流 泛泉 上溪 泛湖 濟河（並舟） 漾波（筏） 出郊

輾塵車　出林　入林斧斤　渡江　過江並舟　印泥屐

仄　泊岸舟　過海　渡海　泊渚並舟　噀水水車　起土耒耜　藉地席　渡水船

平　橫渡　依瀨舟　流水觴　鳴塞又琴笳　橫野旌旗

菱花竹葉對第二十四　並實

花木

平　菱花鏡　梅花帳　蘆花衣　椒花盤　松枝柄

仄　柳條　柳枝曲　楮皮紙　菊叢

仄　竹葉杯　竹管笛又筆　柳絮綿　蘚片錢　杏葉髮　薤葉筆

平　蘆葉笳　楊葉　蒲葉扇　桃葉曲　桐葉圭　梅管笛　秧刺針　藤角

蘭蕊筆　荷葉蓋　蓮葉舟　葵葉扇　蕉葉盃

蓮舟桂棹第二十五　並實

平　蓮舟太乙真人蓮葉舟　蘭舟木蘭為舟　楊舟詩　松舟選　桂楫　松舟　蘭橈

蒲帆以蒲織為風幔運船　花籃　桐琴桐木為琴　桃符黃帝立以禦山鬼後人因為桃符

花鈿 韋固妻眉間常貼花鈿　藤牀　蒲觴 歲時記端午以菖蒲泛酒　蓮燈

椒觴 元日飲椒花酒令人身輕　椒盤 風俗記元日進五辛盤內有椒　棕蓑 結棕為蓑以遮雨

花燈 唐人元夕然燈豎之如花樹　藜燈 劉向在天祿閣有老人藜杖端然燈與語

蘭膏 宋蘭膏明燭　蘆笳 笳者胡人捲蘆葉吹之　荷筩 史鄭公刺荷葉與柄通飲酒

楸枰 以楸木為棊局　籃輿 向承籃輿亦足自適　藜床 管寧坐藜床　花箋　蒲韉

蒲輪 漢武安車蒲輪迎申公　蒲[illegible]　花韉 唐賜百官花韉　藤龕　松龕

藤箱　桃弧 左桃弧棘矢以供王事　桃笙 桃竹簟也

〔六〕竹筇 竹杖也　筍輿 竹輿也　柏舟 詩汎彼柏舟　桂航　桂舟

稻鐮　竹筒 斷竹為酒筒也 詩　竹屏 吳隱之以竹篷為屏風　竹釘 史陶侃以竹頭作釘裝船

竹罍 辛仲宣愛竹及酒以竹為罍酌酒　檿弧 史檿弧箕服檿山桑也弧弓也　木罌 史韓信以木罌渡軍

木毬 雪峯和尚趯三箇木毬

〔八〕桂棹 坡桂棹兮蘭槳　檜楫　竹笛　竹箑 竹扇　竹筆 古者以竹簽為筆蘸漆而書

竹席 竹簡古人以竹為簡書字 竹杖 竹枕 竹弩泰闓中夷人作竹弩以射虎

竹筒 木屐 木鐸 木箭郎基削木為箭 木筆 箬笠 竹扇

木燧語鑽燧改火如春取榆柳之類

〔辛〕蒲扇 葵扇 檀[illegible]人以紫檀木為柏板 菱鏡菱花鏡 荊帚 蒲席

蓮炬史令狐綯金蓮花炬送歸院 蘭燼 蘭槳 蘭棹 藜杖見上 藜轎

藤杖韓赤藤杖歌又鍾 蓮漏史惠遠取銅葉制漏狀如蓮花 欙蹻張志和欙蹻豹席

箕服史檿弧箕服箕木名服矢房也 桃印禮夏至陰萌恐傷物不茂用桃印王色書文施門戶 花扇

葭琯古竹管葭灰為候氣之法

花氈竹篋第二十六

〔平〕花氈 花毬 檀車史耳不聞檀車之聲兵車也 香車 莎車 〔並實〕 蒲團

蒲鞭史劉寬蒲鞭示辱 蓮船 蓮臺 荷盃以荷葉為盃 桃盃 荷盤

蓮盃白王蓮花盃王永年事 桑弧桑木為弓 荊釵孟光荊釵布裙梁鴻乃喜

麻鞋

〔六〕菊觴（桓景九日飲菊花酒消禍） 竹床 竹符（漢制以竹六寸分而相合為符） 柳盃

竹爐（宋竹爐湯沸火初紅） 稻床（以木架架石打稻落其穀名稻床） 草墊（結草為墊置地而坐者）

藥箱 藥舟

〔八〕竹箄 筍席（竹席也） 木輅（商人木輅取其朴素渾堅） 藻斧 茗盌

蒿薦（草薦也） 木捅 藥笈 藥籠 棘矢（見上）

〔十〕蘭佩（楚詞紉秋蘭以為佩） 花鼓 松管 花管 花燭 槐火（冬取槐火）

榆火（春取榆火） 藤箄 藤紙 梅角（角中曲號梅花引故名梅角亦名花角）

梅鼎（鹽梅調鼎） 蓬矢（禮男初生設桑弧蓬矢於門志于上下四方） 花筆（李白夢筆生花）

茶臼（柳山童隔竹敲茶臼） 棕剎 藤枕 蒿矢（張巡剡蒿為矢） 蒸炬 花箄

花角 茶杵 棕轎 槐簡（笏）

燈花箄竹第二十七

並實

平　燈花　簷花　簾花簾紋織花　船篷　絲桐　針條

仄　杖藜　燭花　筆花　炬蓮　釣竿　樹竿樹本作竿閣衣𥱧竹木爲

劍芒　紙條

仄　箄竹蘄川出箄竹節長布光滑　杖竹　箭竹　釣竹　扇竹　筆竹

檄草檄木簡爲書草稿也　席草　筆管　麈柄王導麈尾柄　槊柄　斗柄

平　簾竹　篙竹　筇竹　燈草油然燈以燈草爲心　床簀

龍車鳳輦第二十八

鳥獸

平　龍車天子所乘之車　龍輿　鸞輿　龍舟楚俗端午以龍舟競渡　並實　龍船

螺盃以海螺爲盃　鸞簫　鸞釵同昌公主有九鸞釵上刻鸞形　犀梳犀角爲梳

魚舟　螢囊史車胤以紗囊盛螢照書　牙床梁魚以象牙造床　鰕簾鰕鬚簾也

犀錢坡犀錢王果利市平分占四座　烏檣杜烏檣終歲飛檣上刻烏形也　犧樽畫犧於樽禮器也

龍釵日林國獻龍角釵　魚燈　鷄燈上元燈爲鷄形　蝦盃廣州人取大蝦頭爲盃

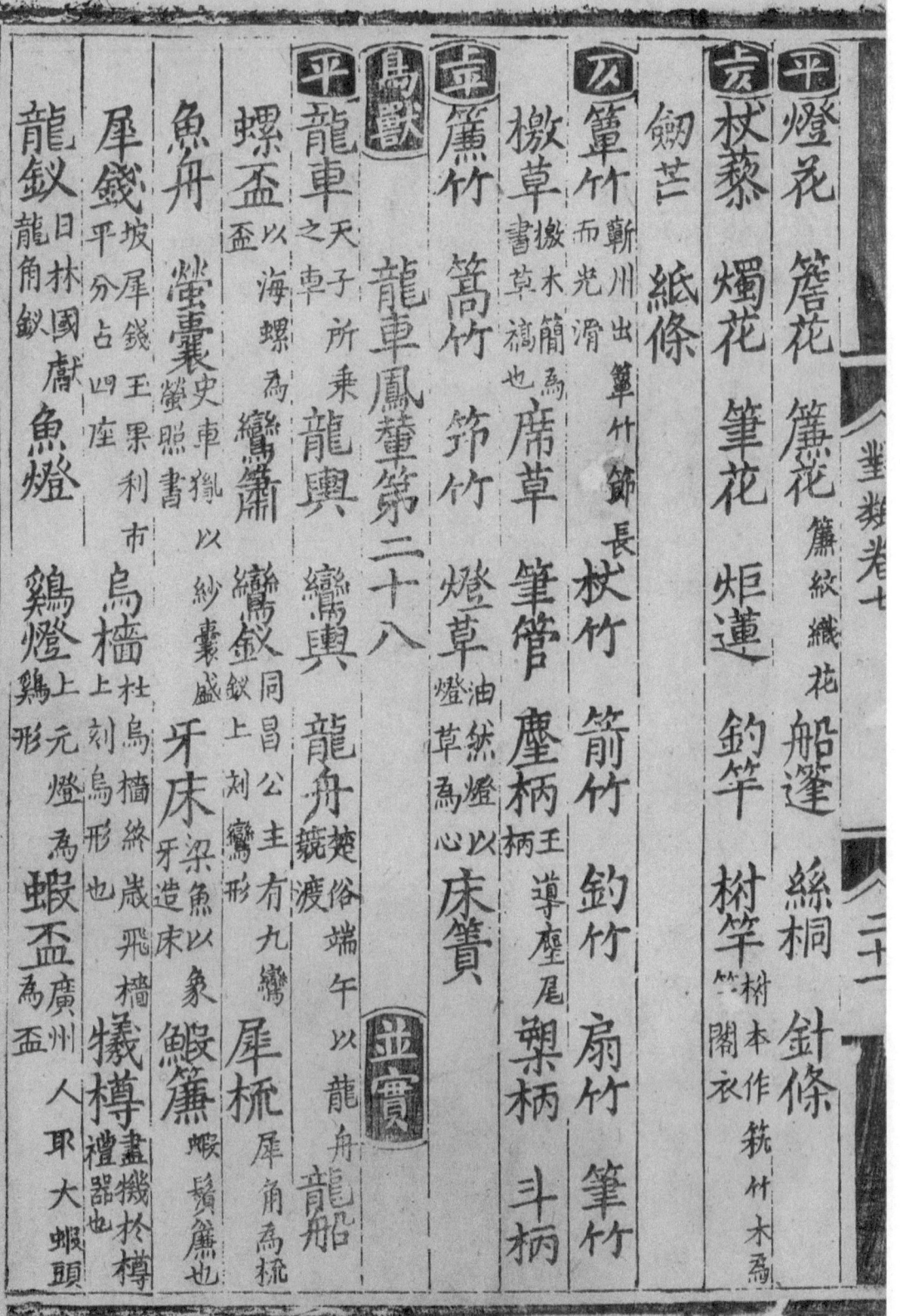

牙檣　膏油　蛇弓　龍旂交龍為旂　鸞箋箋紙為鸞　鸞笙

鸞鈴鸞和之鈴　鸞膠西海以鸞血作膠可續斷弦　龍梭陶侃漁而得梭掛壁上後化為龍

魚軒軒以魚皮為飾　魚膠魚腹中膠堪粘合多用之　魚釭　牙旗坡牙旗穿夜市

蛇矛晉陳安戰始交蛇矛　朱麟膠杜麟角鳳觜世莫識煎膠續弦奇自見

鵾絃賀懷智以鵾雞筋作琵琶絃

雀屏唐高祖射孔雀屏中目　獸樽晉光旦設獸樽於殿庭　象樽畫象於樽

蟻樽爾雅酒有泛齊浮蟻在上洸洸然　兕觥詩酌彼兕觥　鶴軒衛懿公鶴有乘軒者　象床見上

象環象牙為環　象梳　象棋以象牙為棋　象盤　象箸　兔毫筆也

鳳簫簫史吹簫作鳳鳴　虎符史漢文帝為銅虎符以發兵　角弓觩詩角弓其觩　鮑冠

鳳笙王子喬吹笙作鳳鳴　豹囊以豹皮為囊以養墨　獸燈燈作獸形　鳳旗翠鳳之旗

鳳奩鏡匣以鳳為飾　象觚　鳥彝小宗伯掌六彝有鳥彝祭器　鮀燈　鳳梭

鷁舟舟畫鷁於首以禦水患　虎彝虎彝亦小宗伯所掌宗廟常器　隼旟漢刺史隼旟

鴨燈　馬船　雀瓶詩雀来瓶中　犳竿　蟹膠善化國以黄蟹殻為膠勝鳳豕

（仄）鳳輦　鳳駕鳳輦鳳駕皆天子所乘者　鶴駕周太子晉乘白鶴去故太子駕曰鶴駕

鶴馭即鶴駕　鶴蓋劉孝標論鶴蓋成陰　鶴轡　象馭　象輅左象輅以朝

象駕　象棉棉杖塵髮釵也以象齒為之　鳳管　鳳笛　鳳蓋　鳳枕

鳳舸舸大舟也以鳳為飾　象板象齒板也即笏　虎枕梁冀得虎頭枕下有篆文　領　象簡

象管象牙為管　象笏象牙為笏　雉扇雉尾扇　羽扇諸葛亮葛巾羽扇

蠟炬以蠟油灌葦　虎節　羯鼓唐明皇羯鼓催花　獸炭炭作獸形也

象箸史紂為象箸　兔筆兔毫為筆　繭紙王右軍用蠶繭紙書蘭亭記　虎韔

麈拂麈尾繩拂　鵲印史張顥見鵲化圓石稚破之得金印　象箄左桃笙象箄

（平）龍笛　龍管李鳳簫管行相催　龍劍史雷煥劍化龍事　鳩杖漢賜老人鳩杖欲老人如鳩不噎也

龍鼎黄帝鑄鼎成騎龍上天　龍盾小戎龍盾之合　龍節禮澤國用龍節　犀管

龍勺記明堂位龍勺爵也　祼　龍鉢唐明皇令求雨有龍自鉢出大風雨　鳧舃王喬雙鳧飛舃

鸞鏡蜀賓王懸鏡照鸞睹影自舞 鸞輅 鴝硯端溪石有圓小鴝鴝眼者名鴝硯 犀箄

鼉鼓詩鼉鼓逢逢鼉皮可冒鼓 魚鼓鱓魚等皮皆可冒鼓 熊軾史漢列侯熊軾皂蓋

魚箙取魚皮為弩矢刀 犀箸

牛刀馬勒第二十九

平

牛刀語割鷄焉用牛刀 魚船 魚竿 魚鉤魚鉤有鉤 魚榔鳴魚船用榔

魚梁堰水而闕空以笱承其空取魚 魚筌筌者取魚竹器 鷄籠谷鷄亦柏鷄籠

鵞籠許彥過人求寄鵞籠 鸞刀詩執其鸞刀言割中節也 羊鞭養生若牧羊鞭其後

羊車史晉武帝乘羊車宮人插竹葉引之者 鳧車鳧舟曰鳧車競渡舟輕利 魚車

鷄刀張雲云鷄刀小亦可屠群狗

去

兔罝兔網 雀羅史翟公門可設雀羅 雉羅 鴈弓 馬鞭 馬鞍 馬銜

馬羈馬絡頭 馬轡 庳車 鵠籠史淳于髠獻鵠于楚飛鵠獻空籠

雀竿 雀籠 鶴籠林逋童子開籠放鶴 兔罘兔網 鴿籠

仄 馬勒 馬策馬箠也 馬轡 馬櫪馬槽櫪也 虎柙語虎兕出於柙

馬羈

幸 龜櫝櫝函也語龜玉毀於櫝中 魚鑰坡魚鑰不收清夜永魚鑰者取不瞑目守夜之義 魚網

魚釜范丹為令清貧歌曰釜中生魚范萊蕪 蠅拂陳顯達謂子曰麈尾蠅拂是王謝家物

蛇釜蔣氏曰釜中蛇尚存則弛然而卧 魚罩捕魚器也曾句促不如魚在罩 魚笣陸鷗巢早兮魚笣顛

魚笱笱曲竹捕魚者 魚釣 魚罟

## 鷺魚撲蝶第三十

上虛 活 下實

平 鷺魚釣 飛鸞鸞鏡又筆 鳴鯨鐘 降龍鉢 驅蠅麈尾 驚鷗舟 揮蚊扇

猇猿弓矢

上仄 射鵰箭 射鴻箭 截蛟劒 解牛刀 聚螢囊 得魚筌 取魚網 餌魚釣

釣魚鈎 撲螢扇 舞鸞鏡 散鴉炬 斬蛟劒 刺蛟劒 斬蛇劒 照鸞鏡

化龍杖又梭 化鳧舄 解龜弓 逐蠅劒王思事 測蠡瓠 斫鼉劒

擊蛇笏

【仄】撲蝶扇　引鳳簫　射雁箭　礙燕簾　夢蝶琵又枕　策馬鞭　斬馬劍

數馬策　渡蟻橋　化蝶　化鴿畫　化燕釵　化鶴冊　托雁書簡　朔鳳炭

【幸】驚雁角　翻燕幕　通燕簾　驚鶴弦　窺豹管　秤象舟魏太祖子蒼舒事　驅馬鞭

蝦鬚雉羽第三十一　與鳥獸門蝦鬚雉羽互用　【並實】

【平】蝦鬚簾　烏號弓　猩毛　羊毛筆　鵝毛扇　魚鱗甲　魚腸劍　龍泉劍

鮫頭杯　龍涎香　羊頭車　龍鬚席

【去】馬牙香　鷓斑爐　虎頭符枕　豹頭枕　雀頭香　鼠鬚　兔毫筆　鹿皮冠

鳳紋簟　麝臍香　鳳膏燈　馬蹄刀

【仄】雉羽扇　翠羽簾　鵲血弓　鶴骨笛　象眼簟　象鼻爐　豹脚床　鵲翅扇

鵲眼錢　象背鏡　虎爪剪　鶴頂冊又帶　犢鼻裩　鵲尾爐　象尾冠

雉尾扇　馬尾帽　麈尾拂

【圭】鷄舌 香 龍角 釵 鴝眼 硯 猿臂 弓 鷄骨 卜占 蟬翼 帽又紙 熊膽 丸

魚尾 冠 鷹觜 鑁 蛇角 帶 螺甲 香 龍尾 硯 龍腦 藥 龜背

虞琴孔劒第三十二

【並實】

【人物】

【平】虞琴 舜鼓五絃之琴 商舟 商傳說作舟楫 韓檠 韓愈短檠歌 陶琴 陶素琴武無絃

殷盤 殷湯盤銘 韓燈 韓愈送子燈火稍可親 齊竽 齊王好竽 虞絃 見上

顏瓢 顏回一瓢飲 秦箏 彈箏扣缶真秦之聲也秦蒙恬造箏 牙琴 伯牙善鼓琴

嵇琴 嵇康好琴為竹林之遊 牙絃 子期知音而死伯牙絕絃 豐鐘 豐山九鐘

秦簫 秦弄玉吹簫隨鳳飛去 萊衣 老萊子戲綵衣悅親 陶梭 陶侃漁得梭掛壁化為龍

陶巾 陶淵明漉酒用葛巾 孔韶 孔子在齊聞韶 吳鈎 吳歐治作劒名又吳人殺二子成二金鈎

莊盆 莊子妻死鼓盆而歌 郫筒 郫縣大竹截以盛酒曰郫筒酒 唐符 史唐高祖頒銀莬及青龍等符

并刀 杜甫得并州快剪刀 劉鞭 劉寬蒲鞭示辱 韓編 韓愈窺陳編以盜竊

【去】舜絃 舜韶 子謂韶盡美善韶舜樂也 戴琴 史戴逵能琴武陵王召之對使破琴

舜琴 孔琴孔子杏壇鼓琴 宓琴宓子賤為宰彈琴而治 許瓢許由掛瓢本上

越弓孟越人彎弓而射之 楚弓楚人亡烏號之弓王曰楚人亡弓楚人得之

楚襟宋玉賦楚王披襟以當雄風 祖鞭劉琨嘗恐祖逖先着鞭 董帷董仲舒下帷讀書

李舟李膺與郭泰同舟人望之為神仙 祖舟祖逖乘舟渡江擊楫而誓 葛笻葛陂笻

楚帆宋門對寒江落楚帆 舜刀 宋斤考工記鄭之刀宋之斤吳越之劍遷其地弗能為良

亥 孔劍 孔席孔子席不暇煖 舜木舜有受謗之木 舜鼓有敢諫之鼓 楚管

楚笛荊楚竹為笛 楚瑟 禹律禹聲為律 趙鼎史毛先生使趙重於九鼎大呂

孟帽孟嘉落帽 禹冕禹致美黻冕 漢網漢興網漏吞舟之魚 婕扇班婕妤紈扇

謝屐見前 畢甕畢卓為吏部盜飲甕下為比舍所縛 點瑟曾點鼓瑟希鏗爾 孔轍孔子轍環列國

孟轍韓孟軻轍環天下 項劍劍項會鴻門項莊拔劍起舞 魯削禮宋之斤魯之削

墨突墨子突不得黔突竈也 郜鼎官魯納郜鼎 漢幟史韓信立漢赤幟 鄭鼎

辛 班扇見上 韓簡韓玄播毫擲簡自不供天簡編可卷舒 邊笥邊孝芝五經笥

周冕 冕語服周之 湘瑟 湘靈鼓瑟 恬筆 秦蒙恬始製筆 超筆 班超投筆封侯

齊瑟 韓有操瑟立齊之門 桑硯 桑維翰鑄鐵硯示人曰硯弊則改業 倫紙 蔡倫用敝布魚網造紙

班斧 魯班運斧生風 徐榻 王徐孺下陳蕃之榻 蕃榻 陳蕃設榻待士 堯鼓 堯有敢諫之鼓

周鼎 賈誼棄周鼎 雷劍 雷煥化龍劍 湯網 湯見祝網者令解三面

秦筑 史秦始皇赦高漸離使擊筑 陶甓 陶侃運甓習勞 商楫 商高宗命傅說汝作舟楫

馮鋏 馮驩彈鋏而歌 秦轍 以六尺為度 商鼎 伊尹負鼎俎說湯 殷輅 語乘殷之輅

秦璽 三代以前無璽秦皇得藍田玉刻之李斯篆文曰受命于天既壽永昌五代時不知所在

鄒律 鄒衍吹律而温氣至 桓笛 桓伊柯亭笛

## 朝車禁鼓第三十三

平

朝車 宮車 車自宮禁出曰宮車 公車 古詩在公車 朝簪 王君方困於食吾亦誤朝簪

並實

宮鐘 宮禁中鐘也 宮簫 朝鞭 胡笳 大胡笳十八拍小胡笳九拍 戎韜

胡琴 琵琶本胡樂名胡琴 胡床 庾亮據胡床談詠 番船 海外夷人進貢之船曰番船

宮船　朝鐘

【去】御爐凡天子所用曰御爐者上前香爐　御筵　御簾　御香貴衣冠身薰御爐香　御床

梵鐘僧家鐘　使軺出使之車　傳車傳郵置也又刻木為符乘車出入以傳信也

聖瓶揚州丐者一瓶可受半升投之大物無不能受曰聖瓶　御舟　禁鐘　戰船

【仄】禁鼓凡天子所居門閤有禁稱禁中此禁中鼓也　禁漏禁中更漏　戰艦舟之大者曰艦

戍鼓司空圖戍鼓和潮暗　戰鼓凡戰以鼓進　使節奉使者執節為符驗　御印天子之璽曰御印

御駕天子所乘之車曰御駕　御座天子南面聽治之位曰御座　法鼓李兩廊振法鼓

慧劍坡欲與慧劍加礲硎　法劍　法駕車駕有法式也李蓮渚絲法駕

【上】宮漏　胡笛　番笛笛作番腔調也　番舶番夷人進貢船曰番舶　羌管古詩樓羌管催

羌笛李羌笛何須怨楊柳　仙仗殿下兵衛曰仗崔王唯仙仗擁千官　朝鼓

漁舟牧笛第三十四　【並實】

【平】漁舟　漁船　漁簑　農簑　漁歌　樵歌　僧鐘　漁燈

寅餞詩寅餞之初　吟節　漁竿　樵斤樵夫所用之斧　書燈　吟鞭

戎車兵車　仙舟李郭仙舟　神鉦洞庭山石樓下有二石叩之聲如鉦名神鉦

軍麾軍中旗

去　客船　客舟　客帆　客裝　女機　女梭　女奩　釣舟

釣船　將旗　釣蓑　釣竿　釣絲　釣綸杜花溪得釣綸　客琴

釣筒谷日落幾家收釣筒　客盃　客燈　賈盃　佛燈　晃燈宋佛燈爭似晃燈明

法筵　祖燈佛祖有傳燈錄

入　牧笛　牧笠　釣笠　釣艇　客枕　客席坐席也　客棹

客艇　客帽　客劒　講席　講座　相鼎　佛榻　女扇

佛鉢維摩往衆香國禮佛以鉢盛飯與之　相印漢官儀丞相金印龜紐　戍角軍戍中用角司昏曉

平　漁笛　樵笛　漁笠　樵笠　農笠　農耒　樵斧　師席

賓席　鄰火　僧枕　漁艇　漁火　漁網　漁罟　禪席

禪几（獅子床七寶几即禪几也） 吟几（几所以憑吟詩倚禪几之故曰吟几） 禪榻 仙笛

仙樂

## 楊鞭策杖第三十五

【人事】 【上虛】活【下實】

【平】揚鞭 揺鞭 携鞭 留鞭（姚崇牧荆州代去民留鞭） 投鞭 垂鞭

揮鞭 加鞭 鳴鞭 停鞭 開簾 鈎簾 掀簾（掀揭也）

垂簾 收簾 搴簾（搴開也） 鳴琴 調琴 彈琴 横琴

携琴 調絃 鳴絃 調箏 鳴箏 彈箏 吹笙 吹簧

調笙（月令仲夏命樂師調笙竽） 調簧（月令樂師調笹簧） 鳴簫 吹簫 吹竽

鳴鐘 撞鐘（寸莛未必可撞鐘） 敲鐘 鳴笳 吹笳 鳴砧 敲砧

鳴榔（谷高卧聽鳴榔榔船板也） 浮舟 移舟 撑舟 行舟 乘舟

登舟 焚舟（左孟明濟河焚舟） 維舟（維繫也） 拏舟 停舟 乘船

撑船 移船 行船 登船 摇船 開船 張帆 舒帆

收帆　開篷　揿篷　撐篙　移篙　垂綸　收綸　垂鈎

收緡（唐釣艇收緡畫）　收鈎　敲鈎（杜稚子敲針作釣鈎）　揚舲　投竿　垂竿

收竿　乘槎　浮槎（張騫浮槎至天河）　乘桴（語乘桴浮于海桴筏也）　穿針

停針　敲針　磨針　開樽　攜樽　飛樽　流觴（王右軍曲水流觴）

傳觴　稱觴（稱舉也）　飛觴（李飛羽觴而醉月）　飛觥　傳杯　流杯

傾杯　持杯　浮杯　沉杯　啣杯　貪杯　攜壺　持瓶

提壺（持壺也）　投壺（記投壺之禮以樂賓）　推棊　圍棊　敲棊　鳴棊

彈棊　收棊　乘車　登車　隨車　鳴車　攜筇　攜鋤

乘軒（軒車軒也）　升車（語升車必正立）　扶筇（宋人生歲月幾失筇）　彎弓（孟越人彎弓而射之）

扶藜（扶藜上讀中興碑藜杖也）　張弓　彎弧　垂弧（男子初生垂桑弧於門）

移燈　挑燈　明燈　燒燈　燃燈　焚膏（韓焚膏油以繼晷）　圍爐

開爐　當壚（文君當壚相如與傭保滌器）　揮戈　揚旌　搴旗（斬將搴旗搴拏也）

操刀 移床 拋梭 披蓑 鳴珂張嘉貞鳴珂里 張蒄 推枰

登梯 揮毫 濡毫 鳴機 停機 開蒄 扶犂 揮斤

書紳紳大帶之垂者語子張書諸紳 垂紳 垂纓冠纓下垂也 攀鞍 迴輪

秉輿 銜枚禮大司馬銜枚而進枚如箸銜之以止語 捐階梯也孟子瞽叟使舜完廩捐階

拈鬮鬮鬪取也兩者未平為鬮各拈之使不爭也 傾囊 投膠膠投漆言結好也 妝帘

添籌海屋添籌事 投籤史陳文帝勤儉令鷄人投籤漏籤階石上有聲令驚覺 抽籤 分杯

操觚李賀操觚染翰觚簡也以竹為之

（六）捲簾 放簾 揭簾 下簾 撫琴 抱琴 鼓琴 弄琴

鼓簧詩並坐鼓簧 剌箏以竹軋其端曰軋箏 奏簧 泛樽 舉杯

倒樽倒盡也 捧杯 挈壺周禮挈壺氏掌挈壺以令軍井 酌罍詩酌彼金罍

捧卮 舉觴 倒壺 舉鞭 梟鞭 拂鞭 著鞭 躍鞭

執鞭語執鞭之事吾亦為之 跨鞍 卸鞍卸解下也 解鞍 下車

駐車駐暫止也 賣車 避車 挽車 出車 艤舟泊舟近岸曰艤舟
泛舟 漾舟漾浮游貌 盪舟盪搖動貌 泊舟 買舟 放舟
繫舟 泊船 泛船 上船 渡船 放船 棹船 掛帆
刺船莊子孔子弦歌鼓琴漁父下船而來聽曲刺船而去 展帆 卸帆 舉帆 扣舷
搗砧 拂砧 叩鐘 挽弓 挾弓 掛弓杜天山早掛弓 射弓
帶弓 剔燈 擁爐 試爐 擁絮 執戈 倒戈書前徒倒戈
荷戈荷負也 舞干書舞干羽于兩階 楬竿賈誼揭竿為旗 把竿 執竿
荷竿 擲梭 下機蘇秦嫂不下機 斷機孟母斷機訓學 下棊 上弦
控弦史控弦百萬 染毫 弄簫 策筇 引杯杜甫勸孟長引杯 捲篷
覆鈎 下鈎 拭砧 泛觴 揭篷 把鋤 帶鋤 荷鋤
戲毬 築毬 打毬 入簾 裹琴 執杯 把杯 執壺
借鞍 落帆 捲帆 釁鐘孟子以釁鐘取牲血塗釁隙也 執弓 斷絃

摸鐘陳述古以鐘能辨盜摸之則有聲 建瓴高屋之上建瓴水也 下床

續絃陶穀詞鸞膠續斷弦 踞床酈食其求見沛公踞床令女子洗足 荷氈王荷氈被毳者難與道純綿之麗密

坐床 奕碁 寢苫禮居喪寢苫枕塊 戴盆馬遷戴盆何以望天 結繩易上古結繩而治

舉觥 探囊莊探囊發匱之盜 立碑 勒碑 典籤劉宋典籤權重 臥輪

執箕箕掃除器 叩輪孟軸矢叩輪 裹輪 斲輪莊輪扁斲輪得之於手應之於心

秉圭秉執也 執圭禮公執桓圭侯執信圭伯執躬圭 列屏列排布也 掛瓢見上

觸屏史陳咸讒刺近臣父戒之咸頭觸屏 探籌史王文達耿令貴以功拜刺史探籌定州

唱籌史檀道濟唱籌量沙 卓錐卓立也 立錐志秦民貧者無立錐之地

執綏語升車執綏者綏挽以上車索也 奉匜匜盥器也懷嬴奉匜沃盥 欹瓢酒德頌操欹瓢

執輿語夫執輿者為誰執轡在車也 棄瓢許由掛瓢木上有聲以為煩棄之

折衝莊剖斗折衝而民不爭

策杖 倚杖 桂杖 植杖語植其杖而芸 下榻見前 設榻見前 杖劍

撫劍 孟撫劍疾視 執劍 倚劍 舞劍 項莊鴻門舞劍 賣劍 拔劍

淬劍 王清水淬其鋒 伏劍 史王陵母伏劍而死 把劍 佩劍 下筆 落筆

執筆 握筆 舉筆 把筆 走筆 絕筆 春秋絕筆於獲麟 運筆

泚筆 岑文本為中書敕吏六七人泚筆口占 閣筆 止筆也王粲才高鍾繇等閣筆不敢措手

擲筆 擲投也 洗硯 滌硯 滌洗也 鑄硯 青州以熟鐵鑄硯甚發墨

搦管 搦音諾又音匿按也 造紙 見前 落紙 剪紙 舉盞 泛盞

把盞 洗盞 坡洗盞更酌 泛斝 挈榼 下箸 舉箸 弄

展篳 展開也 奏笛 鼓瑟 舍瑟 語曾點舍瑟而作 伐鼓 詩征人伐鼓

擊鼓 詩篇擊鼓怨州吁也 奏鼓 擊磬 奏樂 作樂 徹樂 撥棹

擊柝 易重門擊柝以待暴客 振鐸 文事振木鐸武事振金鐸 舉棹 倚棹

放棹 鼓枻 屈鼓枻而去 擊楫 祖逖中流擊楫 泛楫 漾槳 泛艇

結纜 繫纜 解纜 結網 易結網為罟 舉網 撒網 解網

下釣　把釣　設餌設釣餌以取魚也　頂笠頭戴笠也　執轡詩執轡如組

荷蕢語有荷蕢而過孔氏之門者　荷鍤劉伶攜酒出使人荷鍤隨之　按轡周亞夫傳按轡徐行

命駕呂安與嵇康善每一相思千里命駕　枉駕徐庶謂先主曰諸葛不可屈致宜枉駕過　把鏡

促駕　攬轡史范滂攬轡有澄清天下之志　照鏡　鑄鏡　啓鏡　剪燭

秉燭李白古人秉燭夜遊　舉燭　點燭　隱几孟隱几而卧又南郭子綦隱几而坐　設几

賜几古者大夫七十致仕必賜之几杖　舉耒　負耒孟陳相負耒耜　載耒　挾矢

發矢　舍矢詩舍矢如破　挾彈　射箭　發箭　帶甲史帶甲百萬

放箭　貫甲薛仁貴射貫五甲貫穿也　被甲馬援被甲上馬以示可用　奏角

棄甲孟棄甲曳兵而走　破斧詩篇破斧美周公也　仗節蘇武在匈奴仗節牧羊　引角

仗鉞書左仗黃鉞　舉幟　設宴　設席　展席　促席　鼓缶

鑄鼎夏鑄鼎象物　擊筑高祖擊筑歌大風又高漸離擊筑　卧轍侯霸被徵臨淮百姓攀轅卧轍

擊缶史秦王為趙王擊缶　擊石書予擊石拊石　拊石　釋屩屩音脚草屐也　側枕

駐蹕 禁行者曰蹕　負笈 蘇秦負笈從師　就枕　舉扇　捉扇 謝安捉蒲葵扇

把扇　畫角　執扇　染墨　灑墨　列俎　越俎 越俎代庖

舉案 梁鴻妻孟光舉案齊眉　取帚 史毋取箕帚立而評語　執爨 炊也　盥爵

洗爵　滌爵　免冑 郭子儀免冑見虜回紇下拜　擁篲 高祖朝太公太公擁篲迎門

叕墨 滕達道蘇浩然呂行甫嗜叕墨水　躡屐　著屐　折箸　揭榜 張榜也

合巹 破瓢為巹曰巹婚禮合巹而酳　奪幟　執籥 詩右手執籥　舉觶 記尊者舉觶

拔幟 韓信拔趙幟立漢赤幟　鼓篋 記入學鼓篋遜其業也　掛印 懸印於身也

刻印 酈食其勸立六國後漢王曰趣刻印　借箸 史張良請借前著籌之　毀瓦 孟毀瓦畫墁

擊鉢 蕭文談擊銅鉢立韻為詩　卓錫 誌公與白鶴道人欲潛山公之錫先卓於山　挂笏

曳杖　送劍　捧劍　振錫 石頭和尚遶床三匝振錫一聲　祝網 成湯事見前

請席 記請席何向　滌器　設樂　鼓樂　洗鉢　秉鉞　舞劍

執笏　弛檐 趙岐息肩弛擔於濟岱之間　負檐　撤席 禮客徹重席　擐甲

掩豆 史晏子豚肩不揜豆 折軸 史軍輕折軸 制挺 孟可使制挺以撻堅甲利兵矣 擧艇

守轍 循途守轍 負扆 記天子負扆而立

吹笛 橫笛 鳴笛 調瑟 吹律 鄒衍事 鳴杵 敲鼓

鳴鼓 語小子鳴鼓而攻之 鳴劒 橫劒 提劒 漢高祖提三尺劒 揮劒 藏劒

埋劒 劒埋豐城獄中雷煥掘得之 飛劒 高陽氏畫影二劒四方有兵劒飛指其方則克 辭劒

彈鋏 馮驩事 開鏡 柳藻鏡洞開秋毫在照 觀鏡 磨鏡 開鑑

開匣 款枕 推枕 揮扇 搖扇 掮扇 藏扇 投矢

抽矢 孟抽矢叩輪去其金 飛矢 流矢也 投箭 披甲 張蓋 史暑不張蓋

飛蓋 傾蓋 孔子遭程子於途傾蓋而語 擎蓋 移棹 維棹 鳴棹

搖棹 停棹 鳴櫓 搖櫓 搖艇 推槳 前推曰槳後曳曰櫂 搖槳

移槳 垂釣 收釣 敲釣 垂餌 抛餌 濡筆 揮筆

投筆 班超投筆歎曰大丈夫當立功取封侯 研硯 磨硯 研墨 磨墨

調角 吹角 鳴角 鳴磬 敲鐙 揮麈揮麈尾碎麈 開宴
排宴 燒燭 傳燭 燃燭 燒炬 燃炬 催燭 張席
鋪席 分席管寧與華歆割席分半而坐 推轂王者遣將跪而推轂 扶杖 持杖
凭几倚几也 舒簟 持斧暴勝之衣繡持斧 持鉢 持戟孟賁持戟之士
持節凡奉使必持節以行 收網 張網 扶耒 垂纓 乘輅見前 吹管
鳴柝 飛錫 調鼎杜調和鼎鼐新 傳箭守城者夜傳箭以警睡 投檝
藏匱漢功臣丹書金匱藏之 懸磬 撾鼓撾擊也 投器 揮刃
藏器易君子藏器於身待時而動 投杼史曾有殺人同曾參姓名三人告其母母投杼而走 藏篋
投匭武后置銅匭受四方投書 調瑟調瑟揚子膠柱 凭軾軾在車前人所凭也 回轡
鳴鐸 持畚張志和令使持畚無忤色

聞笳聽笛第三十六 上虛 活 下實

平 聞笳 聞鐘 聞鈴白夜雨聞鈴腸斷聲 聞琴 聞棊 聞韶語子在齊聞韶

聞砧　聞鼙　聞車　聞珂　觀棊

（十仄）看棊　聽鐘　聽琴　望烽（烽火也）　望舟　望帆　待船

喚船

（仄）聽笛　聽角　聽鼓　聽樂　聽履（杜聽履上星辰）　聽漏　覽鏡

見彈求鴞炙（莊見彈而求鴞炙）　對鑑

（十平）聞角　聞笛　聞鼓　聞樂（孟聞其樂而知其德）　聞漏　傳漏（白曉日鷄人傳漏箭）

呵筆（史李白撰詔時大寒帝令宮人執筆呵之）　呵鏡　呵硯（人與孫之翰一硯曰呵則水流）

看劍　看鏡（杜看鏡勳業頻）

歸鞍去右第三十七　（上虛）死（下實）

（平）歸鞍　回鞍　征鞍（征行也）　吟鞭　回鞭　歸鞭　回舟

歸舟　来舟　征帆　飛帆　歸帆　歸檣　回檣　回棹

回車　離舟　離觴　離杯　離筵　行囊　行軒　行裝

歸裝 歌遪 征車 征旗

（上仄）去舟 去帆 去裝 去船 去鞍 祖遪 祖行祭也送行者因祭飲酒曰祖遪

祖觴 祖杯 餞杯 餞觴 餞別杯也 別遪 賀杯 坐屏

慶杯 賀人曰慶杯

（下仄）去棹 過棹 去艇 去旆 祖席 賀席 舞席 坐席

去騎 走騎 別酒

（上平）征轡 歸轡 行旆 征旆 歸旆 回旆 行騎 征騎

歸騎 奔騎 回騎 歸棹 征棹 回棹 離席 流矢

征鼓

## 同車共席第三十八

（上虛）死 （下實）

（平）同車 同舟 同船 同樽 同床 同盤 同軒 同輿

聯輿 聯相連屬也並載 連車 聯鑣 鑣馬衛也聯騎以行 連牀 聯車 連屏

連檣（並船而行曰連檣）

〔去〕共車　共舟　共輿　共燈　合符（孟若合符節中國者符分半合以為信）

共牢　並車　對床

〔入〕共席　共枕　共案　共轡　並枕　並駕　並座　並几

並轡　對榻　對座　對案　合璽（合所用印以取信也）　合硯　合席

接席

〔去〕同席　同宴　同榻　同座　同轡　同枕　分席　聯騎

重席（重席曰避戴憑說經重席）　專席（武帝詔御史中丞尚書令並專席而坐）

〔身體〕琴心帶眼第三十九〔並實〕

〔平〕琴心　杯心　盤心　燈心（燈草在油中點曰燈心）　船頭　竿頭

檣頭　篙頭　釵頭　牀頭　刀頭　矛頭　鋤頭　針頭

簾頭　壚頭（岑壚頭酒正香）　燈頭　犁頭　簪頭　旄頭（旄頭韓一箭落）

弓腰 鎗頭

十六 筆頭 甕頭 醡頭醡壓酒具醡頭酒所從出也 櫓頭 杖頭 箭頭

枕頭 軸頭軸車軸也俗以書幅可捲者為軸頭 案頭 筋頭 甆頭 斧頭

纜頭 筆鋒 筆毛 筆心 燭心 戟牙坡置酒看君中戟牙 鏡心

舵牙 弩牙 劍鋒

十八 帶眼 箭眼 鏡眼 網眼 鏡面 扇面 枕面 劍面

斗面 斛面 甕面 甆面 卓面 紙面 席面 鼓面

紙背紙之後面也 紙尾紙後曰尾 鼎足 甆脚 筆脚 筆跡

劍脊 劍口 劍首 鼎耳 席口 鋸齒 剪股剪刀有兩股

十七 甌面 旗面 杯面 牌面 弓面 船面 琴面 床面

盤面 牌額今謂書扁懸者曰牌額 琴額 琴足 琴背 琴腹

囊腹 船腹 船尾 琴尾 旗尾 舟尾 壺耳 壺口

缾口　缾觜　簾額　逢背　釵股　床脚　箕舌（並讀）維南有箕載翕其舌

腰刀手劍第四十

（平）腰刀　腰弓杜行人弓箭各在腰　腰鐮杜腰鐮刈葵藿　鬂梳　肩囊　頭簪

頭釵　肩輿今之轎也　心燈觀音碑繼傳心燈　膺床易剝床以膚　心香

（去）臂弓　臂韝韝臂衣也純左右手以便事　鬢梳　髻釵　膝琴　口琴

背琴　背金　背囊　口脂古詞私語口脂香　掌珠馬梵賀人有子曰欣得掌中之珠

指環　耳環　手氈　手碁　手書　手爐　面花　面盆

膽缾缾狀如膽也　膽丸柳仲郢母韓氏和熊膽為丸以助勤　項鉗

（入）手劍　手扇　手板笏也　手杖　手鏡鏡有柄　手帕　手筆

手鐲手所帶釧　手簡以木簡寫書曰手簡今易以紙　面鏡　面藥　步履

步屧屧履也杜春風步屧隨　背劍　背笈　背印　背鏡　脚鐲

耳墜婦人耳帶環　頂笠

上平 腰劍　腰帶　腰佩　腰鼓　腰箭　腰印　心印　牙刷

心鏡 史心如明鏡遇形朗照　心鑑 即心鏡也詩我心匪鑒

純鈎僣石第四十一　上虛 死 下實

平 純鈎 劍　豪曹 劍　陳玄 墨　陶泓 硯　青奴 竹夫人　忘歸 矢

去 湛盧 劍　距來 弩名

入 僣石 甕丸　匕首 短劍　鉅黍 弓又弩名

上 毛穎 筆　繁弱 弓　時力 弩

陶情得趣第四十二　上虛 活 下實

平 陶情 酒盃又樂　怡心　娱心 並樂　防身 劍　纏頭 謝阿蠻善舞上請秦夫人出一纏頭

梳頭 梳

去 照心 鏡　搗心 砧　覽顏 鏡　斷腸 茄類　護身 劍甲類　掩臍　剔牙

刷牙　枕頭

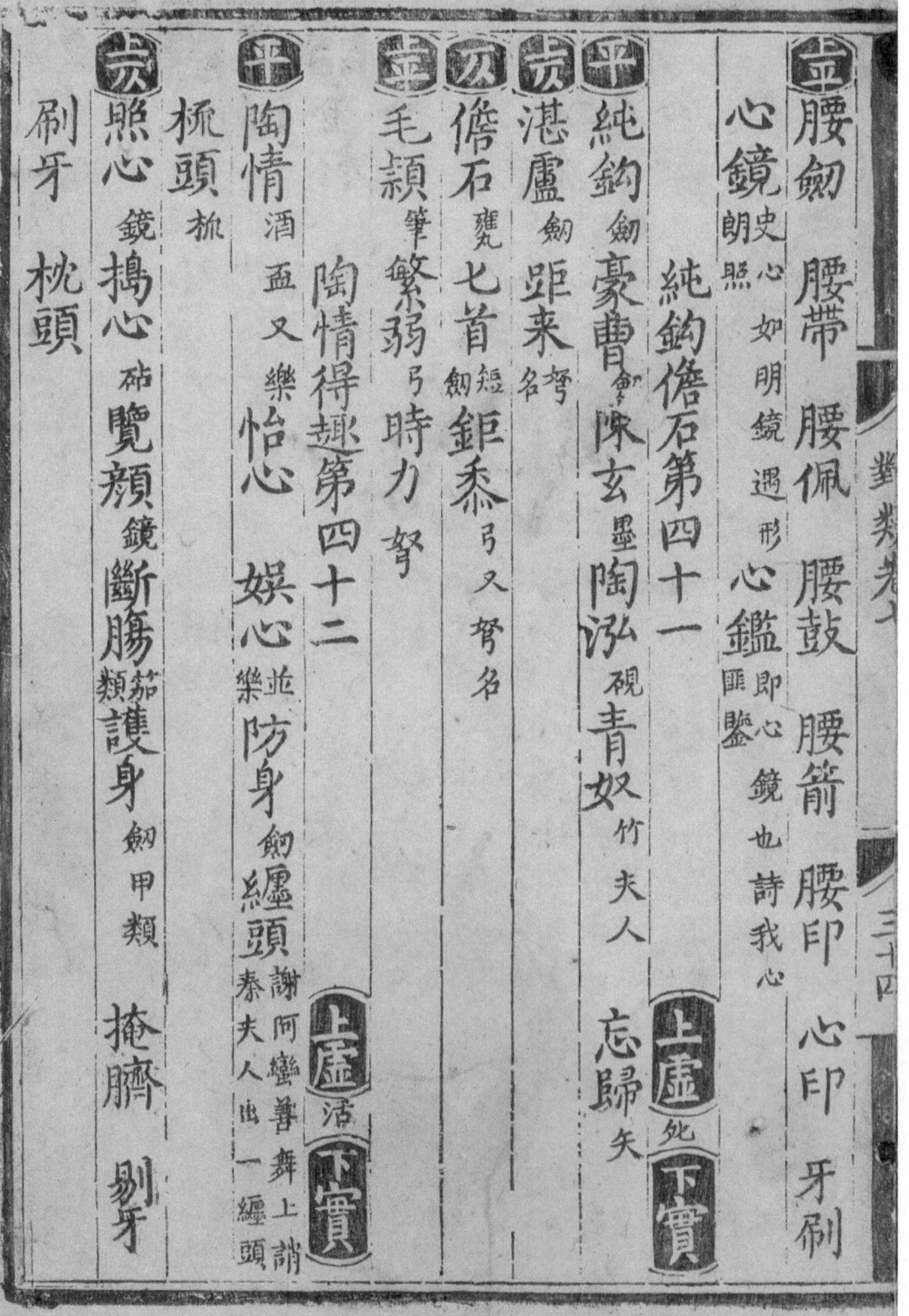

仄 得趣琴 照膽鏡 駃耳琵琶 掩耳 掩面 墮淚羊祜墮淚碑 貼額花鈿

護膝鞁 壓鬢釵屬

卓 觀面鏡 簪鬢釵屬 纏足坡芒鞋竹杖布行纏行纏即纏足者

金杯玉斝第四十三

珍寶

平 金杯 金樽 金卮 金觴 金罍詩我姑酌彼金罍

並實 金瓶 金盤

金爐 金鈴 金鞍 金鞭 金鉤 金燈 金鐘 金環

金刀 金毬 金錢 金戰戰馬絡也 金鎛鎛音旬形如鐘以和鼓

金鐃 金罍唐相醲酥酒貯以金罍十年不敗 金縢縢束也謂緘之以金 金輿 金針

金羈羈馬絡頭也與鞿同 金牌 金梭蔡氏七夕禱以酒果忽流星墜得金梭巧益進 金觥

金壺 金丹抱陽山人成金丹不死 銀杯 銀瓶杜指點銀瓶索酒嘗

銀觥本以兕牛角爲之後世用銀曰銀觥 銀盤 銀壺 銀鞍 銀鉤、銀燈

銀釭釭燈也 銀毬 銀錢 銀床杜露井凍銀床井欄也 瓊杯

銀章漢二千石以上銀印刻曰某官之章 瓊觴 瓊舟周禮司尊彝皆有舟若今承盤舟以戒沉湎

瓊卮 瓊斝劉斝觥瓊斝才一握 珠簾珠為簾箔 瑤樽 瑤觥 瑤琴

鉛刀賈鏌耶為鈍兮鉛刀為銛 牙籤韓一一懸牙籤 牙旗披牙旗穿夜市 絲鞭

牙檣杜錦纜牙檣起白鷗 銀斝杜翠管銀斝下九霄 銅符漢銅符發兵虎形唐改銅魚符 銅壺

銅爐 銅釭 銅盤史毛遂奉銅盤進 銅鉦 金甌唐玄宗以金甌覆宰相名

牙牌

（去） 玉樽 玉觥 玉壺 玉卮史高祖捧玉卮為壽 玉杯 玉瓶 玉觴

玉甌 玉琴 玉鉤 玉環 玉盤 玉簫 玉鞭 玉毬

玉匙 玉鞲谷可柰珠鞲白玉鞲 玉函衛叔卿子杜下得玉函 玉符 繡毬

玉彝坡直待瓊舟覆玉彝 繡簾 寶琴 寶奩弥寶飾鏡匣 寶釵 寶刀

象床 寶床明皇召李白以七寶床置之金鑾殿 紙屏唐紙屏石枕竹方床 綵舟 布帆

錦帆隋煬帝以錦為帆 錦鞍 錦車 錦鞲 鐵椎史朱亥鐵椎椎晉鄙

鐵籠（史唐酷吏作鐵籠籠囚首） 鐵鞭 鐵鉤 錦囊 玉簪 玉釵

〔刀〕玉斝 玉盞（夏曰盞商曰斝以玉為之） 玉鑾 玉勒 玉漏 玉斧

玉匣（唐高宗以玉匣貯蘭亭帖） 玉櫝（語韞玉於櫝中） 玉磬（樂以玉抵之即玉磬也）

玉爵（周曰爵以玉為之） 玉燭 玉輅（以玉飾車） 玉案（漢賜群臣玉案之食） 玉几

玉杵（裴航得玉杵臼） 玉律（殿中候氣用玉律） 玉管（黃帝作律以玉為管） 玉笛（明皇以玉笛奏曲）

玉鼎 玉枕 玉節（禮守邦國者用玉節） 玉箸 玉舄（安期生上升遺玉舄） 玉印

玉璽（天子所用） 玉輦（天子所御） 玉匱（韓卞和之匱多美玉） 寶鼎（楊周寶九鼎）

玉斗（史漢王奉玉斗於范增增撞破之） 寶鑑（唐千秋節王公並獻寶鑑） 寶鏡 寶匣

寶簟 寶篆（焚香具） 寶扇（王萬燭當樓寶扇開） 寶炬（燭也） 寶瑟 寶劍

寶斝 寶輦 鐵笛（劉無道遊武夷吹鐵笛有裂石聲） 鐵硯（見前） 鐵甲 鐵鎖

鐵甕 鐵筆 鐵箭 錦瑟（杜暫醉佳人錦瑟傍） 錦箇（左衛人饋叔向羨與箇錦受美人遺錦）

翠駕 翠蓋（以翠羽為蓋） 蠟燭 蠟炬（宋蠟炬燒殘一寸花） 蠟屐（阮孚好蠟屐）

錦纜　繡斧　石鼓周宣王石鼓史籀筆迹

金鏡　金鑑即金鏡也張九齡上千秋金鑑錄　金鎖唐銀鑰却收金鎖　金勒杜白馬嚼齒黃金勒

金鼎禹以金鑄鼎　金印漢諸侯王御史大夫皆金印官儀　金炬東坡金蓮炬送歸院　金盞

金犁　金鐙　金尺　金剪金剪刀也　金篆香篆也　金彈

金斗　金甲金甲同光李景贊　金甕宋渭南耕者得土甕父偃七甕金　金鐸軍法武事振金鐸

金柝潘岳謂刀斗曰金柝王儔物志　金槖尉陀送陸賈以槖中裝直千金　金梳　金鎧

金匱史漢與功臣丹書鐵券金匱石室　金柅易繫于金柅柅所以止車　金燧取火木

銀勒　銀鑾　銀燭賈銀燭朝天紫陌長　銀犁　銀甲　銀筋　絲繩

絲扇　瑤扇　瑤軫李拂霜弄瑤軫　瑤席　銅漏僧惠遠采銅葉製漏狀如蓮花

銅狄蓟子訓與老公摩挲銅狄曰見此已五百歲　銅柱武帝作栢梁臺銅柱馬援到交阯立銅柱

珠箔史突厥有明珠一篋價直八百萬獨孤后曰未若以八百萬賞有功者　珍簟　銅鼓

瓊伞　銅印史千石至四百石皆銅紐印　瑤枕

金魚寶鴨第四十四

平 金魚 唐三品以上服金魚袋 金鳧 明皇然金鳧燈 金蚪 香也 金龜 賀知章金龜換酒 並實

金鷄 唐赦日植金鷄竿 金鸞 李時餐金鸞藥 金龍 殷衡刻漏為金龍 銅龍 刻漏為銅龍

銅魚 唐為銅魚符起軍旅 銅駝 洛陽銅駝立於門 金駝 銀魚 唐五品以上服銀魚袋

金猊 香爐 銀鸞 金貂 阮孚金貂換酒

去 寶猊 香爐 寶龜 書遺我大寶龜 玉麟 隋造玉麟符代銅虎 玉鳩 漢賜老人玉杖刻鳩為飾

墨猪 字多肉少骨曰墨猪 紙驢 張果老紙驢 石鯨 杜石鯨鱗甲動秋風 鐵猫 玉兎

鐵牛 木魚 玉魚 貴妃肺熱含一玉魚藉其凉肺 遺事 鐵馬

入 寶鴨 香爐 寶馬 玉馬 王騰於無雪處掘得玉馬高尺許 錦鴈 溫泉中以錦綉為鴈

玉象 李德裕玉象服以丹砂 銕鷂 史鐵鷂入雲 石蠏 火鼠 入火不焚毛可為布

鐵虎 鐵鳳 武后明堂上為圓盖施鐵鳳高一丈飾以金

平 金鳳 金鴨 香爐 金馬 武帝時作銅馬法立於門號金馬門 金雀 銅虎 漢太守給銅虎符

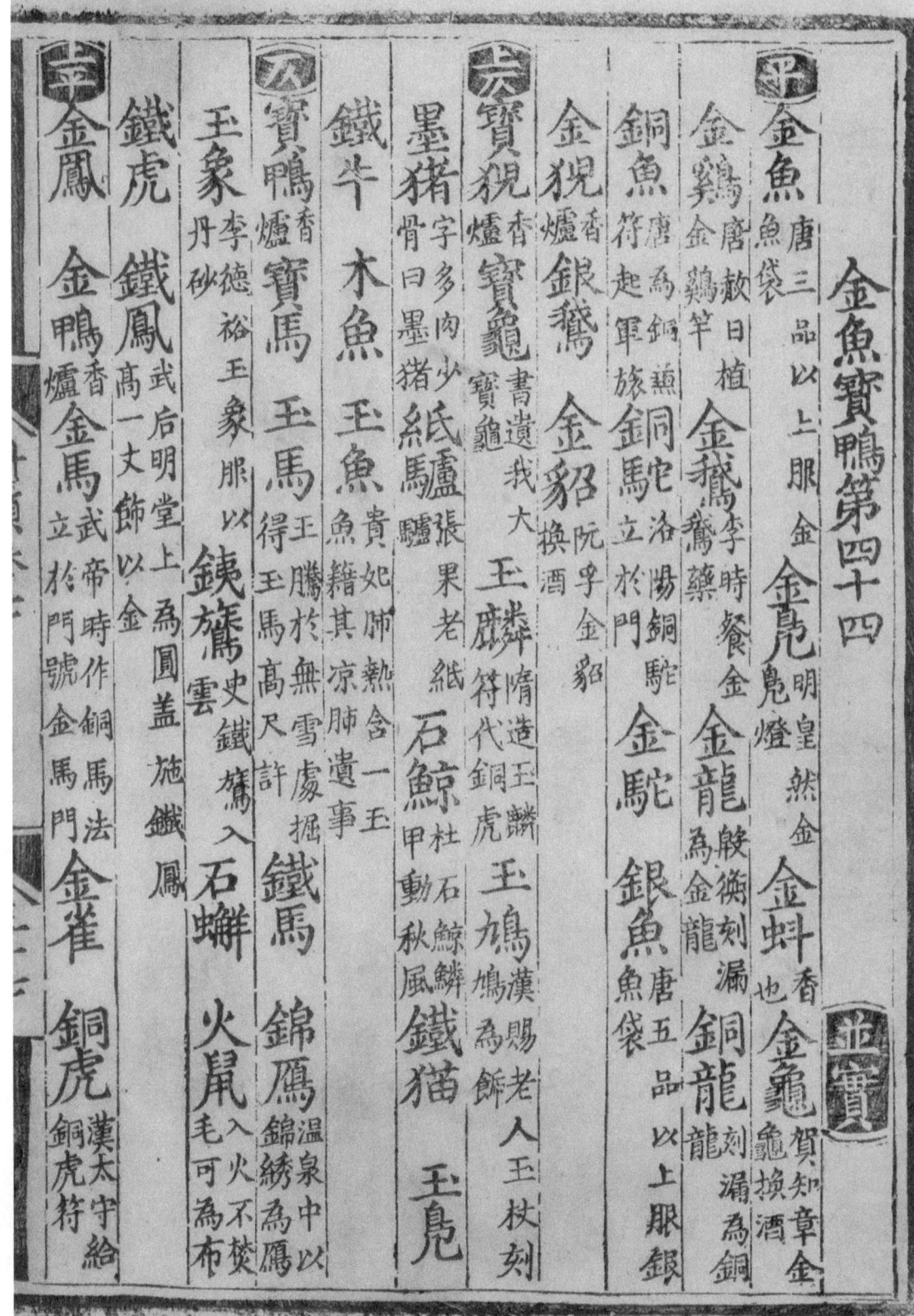

聲色 朱簾翠幕第四十五 上半虛下實

平 朱簾 紅簾 黃簾韓黃簾綠幕朱戸閉 青簾 青帘 青燈 青觴

青茵 青氈 青絃 青旗 青鈿 青旂月令季春之月天子載青旂

青簪 清樽 清缸 華船 華箋 華燈 紅茵 紅舟

紅旗 紅爐 朱干禮朱干玉戚 朱絃 朱輪 雕輪 朱旗

朱旛 朱旄東都賦朱旄青盖 雕鞍 雕弓 盧弓書盧弓一

玈弓玈音盧黑弓也 彤弓詩篇彤弓錫有功諸侯也

上 綵舟 綵船 白船 畫船 畫簾 畫輪 綵旗 綵輪

綵鞭 赤鞭 翠翹首飾 翠茵 綠茵 綠樽 綠蓑 綠簪

素琴 素絃 白氈 白旄左衛宣公與伋子白旄 碧筒 碧簫

白麻唐赦書德音拜免將相皆用白麻 皂囊漢官儀諫院凡章表皆皂囊封事 紫簫曾無人吹紫簫

紫毫白樂天有紫毫筆歌 黑弓玈弓 繡屏 畫屏李晴天掃畫屏 翠屏

翠幕宋翠幕障輕寒　綠幕　綠管　綠韡　綠箔　翠幔　翠枕

翠盖以翠羽為盖　翠簟　翠管杜翠管銀罌下九霄　畫舫畫舸也歐公有書舫齋記

畫鷁即畫舟也　畫艇　畫戟韋兵衛森畫戟　畫楫　畫槳　畫鼓

畫燭　畫扇　畫角杜清秋畫角哀　白扇　白羽　白旆　白紙

白刃中庸白刃可蹈也　白簡史傳玄每有奏劾捧白簡坐達旦　白舫劉濬自益州歸白舫百棹杜詩註

繡扇　繡轂　赤轂　赤幟史立漢赤幟　紫硯　絳蠟燭也　絳炬

絳燭　皂盖漢列侯皂盖　彩筆羊擲地好辭凌彩筆　絳舫　素箔　碧管

朱瑟　朱艇　朱輅　朱舫　朱轂楊客欲朱丹吾轂　朱案　朱硯

朱箔　朱筆　紅筆　紅燭　紅炬　黃鉞書左杖黃鉞　黃傘

黃紙　華轂王氏乘華轂者二十三人劉向傳　青幕韓談笑清油幕　青盖　青笠箬笠

彤管詩貽我彤管赤管者欲女子以赤心事人　青杖竹杖藜杖　盧矢書盧矢百

彤矢彤矢百

鐘聲笛韻第四十六　上實下半虛

平　鐘聲　機聲　絃聲　琴聲　車聲　鈴聲　碁聲　笳聲
砧聲　刀聲　爐聲　簫聲　鞭聲　梭聲　簫音　鐘音
笙音　韶音　鈴音　琴音　車音　簾陰　簾光　燈光
檠光　燈輝　爐薰薰者爐煙上出也

去　笛聲　角聲　鼓聲　瑟聲　漏聲　樂聲　磬聲　杵聲
佩聲　屐聲鄭崇上書諫上曰我識鄭尚書屐聲　櫓聲　楫聲　磨聲　韛聲
砲聲　樂音　角音　簟紋　劍芒　劍光　墨光　漆光
鏡光詩菱花初曉鏡光寒　燭光杜共此燈燭光　笛腔曲之音調　燭輝　枕痕

入　笛韻　角韻　杵韻　樂韻　瑟韻　磬韻　鼓韻　笛譜
角調　鼓響　漏響　劍氣寶劍之氣上達於天雷煥傳　燭焰　燭暈
燭影　扇影　硯影　鏡影　筆陣杜筆陣獨掃千人軍　筆勢　筆法

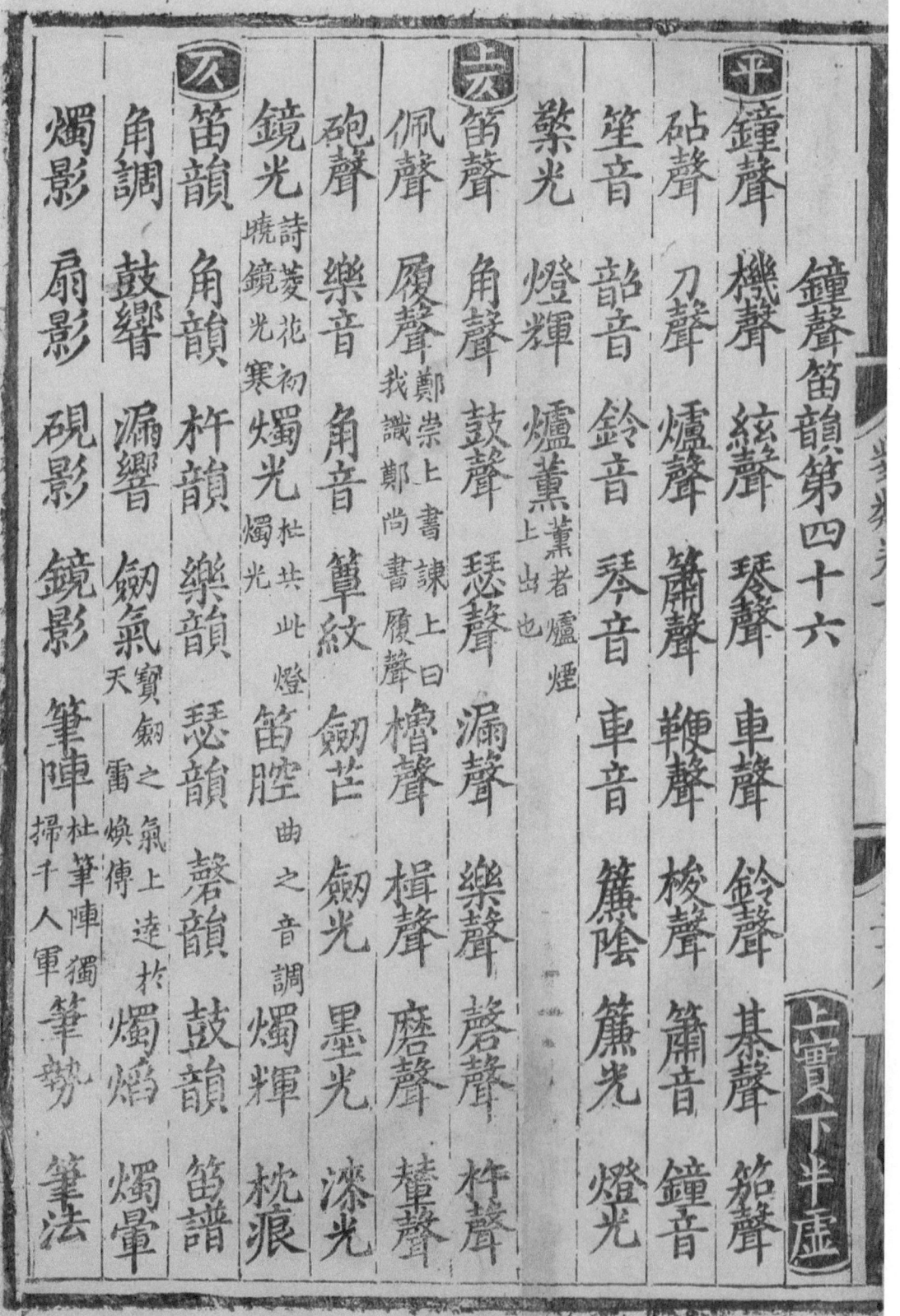

蠟液　蠟色　漆色　墨色　屐跡
〔去〕簾影　帆影　檣影　旗影　燈影　碑影　帘影　鞭影
竿影上元竪一丈竿候月午影以古豐稔　弓影　旛影　杯影　燈暈韓夢覺燈生暈
燈焰　琴響　琴操琴有十二操凡閉塞憂愁而作者名曲曰操　琴調　琴韻
琴趣陶但得琴中趣　簧韻　笳韻　蕭韻　笙韻　鐘韻　砧韻
砧響　香爐　香氣　碁趣

## 新聲雅韻第四十七　〔上〕虛　死　〔下〕半虛

〔平〕新聲　殘聲　哀聲　悲聲　餘聲　餘音曾鳴絃歎餘音　悲音
遺音記一唱三歎而有遺音　清音　洪音大也　跡音　殘輝　殘光
寒光　微光　餘光　清徽琴節曰徽　新腔谷秀句入新腔　清光
虛心　寒芒芒光也
〔去〕妙音　惠音　雅音　古音黃彈琴聞古音　別腔　美腔　舊腔

利芒

【仄】雅韻　逸韻　羨韻　雅奏　雅引　雅操　古操　古調

急調　絶調　絶唱　妙曲　舊曲　艷曲　緩曲　利鍔

逸響　脆響　冷畡

【平】奇曲　清曲　新曲　悲曲　哀曲　高調　新調　新篆

新響　遺響　餘響（韓娥善歌，既去，餘響遶梁）　餘韻　繁韻　悲韻

清韻　清引　哀引　幽操　殘燼

聲哀曲緩第四十八　【上半虛】【下虛】死

【平】聲哀　聲悲　聲清　聲高　聲讙（讙，譁也）　音稀　音清

音悲　光微　光殘　光清　光寒　芒寒　腔新　腔高

鳴哀　薰殘

【去】曲清　曲新　曲悲　曲哀（杜：此曲哀怨何時終）　氣衝　氣橫　韻悲

韻清 韻高 調高 燼殘

（仄）曲緩 曲妙 韻切 韻急 韻雅 韻美 韻滲 韻遠

熖小 熖泠 影動 影淡 響絕 響振 跡遠

（去）聲急 聲振 聲絕 聲亮 聲切 聲細 聲咽 聲近

音雅 音妙 音脆 音絕 灰泠 腔美 光動 光細

薰細 香細 香遠

和聲奏曲第四十九 （上虛）活（下半虛）

（平）和聲韓天將和其聲 調聲 騰聲 飛聲李謫家玉笛暗飛聲 停聲 收聲

傳聲 埋光 磨光韓光刮垢磨光 搖光 偷光 騰光 傳香

浮香 揚香 知音選知音世所希 含輝 揚輝 騰輝 調腔

傳腔 翻腔變也

（去仄）振音 送聲 發聲 弄聲 出聲 息聲 破聲 斷聲

換腔 帶香 吐光

[仄]奏曲 按曲 度曲 促調 變調 按調 轉調 按韻

落韻 中律 協律合音律也 應律 動色 動影 吐燄

吐耀 散彩 迊響迊送也 簇仗扗春旗簇伏齊 按節 變節

[上去]吹曲 翻曲 調曲 依樣 依譜 依調 依影 移影

收韻

聲傳響奏第五十 [上半虛] [下虛活]

[平]聲傳 聲揚 聲飛 聲穿 聲催 聲飄 聲敲 聲調

音調 輝揚 腔翻 光侵 光搖 光生 香生

[上去]韻傳 韻調 曲調 影搖 影移 暈生 暈消 響飛

燼乾 跡消

[仄]響奏 響徹 響迊 響應 響遏 響遠 韻逐 韻入

曲弄　影漾　調促

聲振　聲送　聲透　聲遶　聲動　聲噴　聲徹　光暎

光散　光吐　光動　腔弄　音激　香逐　薰透　輝映

數目

〔平〕孤琴　孤砧　孤舟　孤帆　孤燈　孤鐘　〔上虛〕死〔下實〕

孤琴一剱第五十一

千鈞史荀彧曰千鈞之弩不爲鼷鼠發機　千燈　千艘　雙壺　雙舟　雙橈　千機　千梭

雙輪　三輿　三彜灌尊也夏以鷄彜商以斝周以黄目　三車唐林中且聽演三車　三杯

〔仄〕隻輪　兩輪　一樽　一壺　一觴蘭亭記一觴一詠　一瓶　一杯

一甌　一瓢　一輪　一簾　一船　一舟　一帆　一蓑

一機　一燈　一琴　一絲　一竿　一篙　一車　半船

半篙古詞半篙春水滑　五絃琴五絃五行也　象五車莊恵施多方其書五車　兩樽

五旗季春天子載青旂夏赤旂秋白旂冬黑旂又黄旂旂與旗通　七絃古琴五絃周文武加二絃

六彝小宗伯掌六彝雞彝鳥彝虎彝蜼彝斝彝黃彝 七兵矛戟鉞刀楯弓矢穀梁注 幾杯

九旗禮司常掌九旗 九斿禮冬官龍旂九斿以象帝座 九筵明堂東西九筵南北七筵

萬枝開元中韓國夫人置萬枝燈樹上元然之 萬鍾鍾量名左釜十為鍾 萬鈞三十斤為鈞

萬燈宋冬至後開封府縛山棚置燈萬盞東京記 萬箱詩千斯倉萬斯箱車箱也 數杯

六樽禮犧尊象尊著尊壺尊太尊山尊以待賓祭 數枝 片帆

仄

二劒 一軸 一幅 一鼓樂浪人呼容十二石為一鼓 一箭 一棹

一矢左子反曰相見唯一矢以相加遺 一綱 一鈞 一笠 一笛 一鏡

一鑑史唐太宗曰以人為鑑可明得失令魏徵逝一鑑亡矣 一勺中庸一勺水之多 一枕

一簣書功虧一簣 一榻史陳蕃待徐孺子特設一榻 一席 一椀盧仝一椀喉吻潤

一斗李一斗合自然 一石 二簋易二簋可用享 六矢禮男子生以蓬矢六射天地四方

二劒呉二劒陽干将陰莫邪雷煥二劒龍泉太阿 四器梁武製四器名曰通皆施三絃音樂志

四匭武后置匭受四方之書青東丹南白西黑北匭匭也 五鼎諸侯五鼎牛羊豕魚麋也 二鼓

五斗范質曰不能吸五斗醋相陶潛不以五斗折腰不可作宰　五刃弓殳戈矛戟五兵之刃也
六節禮夏官掌守邦節而辨其用如王節之類　六璽皇帝六璽皆王螭虎紐　五鼓
九鼎揚周寶九鼎　九罭詩篇九罭美周公也　兩敦記有虞氏之兩敦黍器也音對　五械
七椀盧仝茶七椀喫不得　乘矢四矢也　五爵　八矢　九器　九劒
千斛　千杵　千尺　千乘　千弩　雙槳　雙枕　雙筯
雙轂　雙棹　孤鏡　孤艇　三箭薛仁貴三箭定天山　三鼎大夫三鼎
三鼓左齊人三鼓一鼓作氣再而衰三而竭　三椀盧仝茶歌三椀搜捕腸　三葦
三矢李克用臨終以三矢付其子存勗　三釜曾子曰吾及親仕三釜而樂　孤笛　孤枕
三翼大翼一艘十丈中翼九丈六尺小翼九丈　三勺紀原夏龍勺商跡勺周蒲勺　三爵
三鑑唐太宗曰以銅為鑑可正衣冠以古為鑑可知興替以人為鑑可明得失　三盞
三劒史楚三劒龍泉太阿工市

雙鉤百納第五十二

平 雙鈎筆 雙臺印 三裙 三簷俱傘

去 六安枕 六鈞弓 一輪磨 一枰碁 五明扇 五絃琴 七絃琴 九還丹

九光燈 九華燈

入 百納琴 百和香 百鍊鋼 六角扇 九孔針七夕執九孔針向月穿之先過者為得巧

七寶枕 九節杖 兩石弓

上 三尺劒

## 三通一曲第五十三

平 三通衛公兵法鼓千撾三百三十三搥為一通 三終孔子厄陳蔡子路援戚而舞三終 並虛 死 三敲

三容王射三獲三容禮容者小曲屏風以自防蔽

去 一吹 一彈 一張 一揮 一挑 一搖 一終樂之成為一終

一成即一終也 五聲宮商角徵羽五聲也 四通史梁武製玄英通青陽通朱明通白藏通

六同禮六律合陽聲六同合陰聲律以竹同以銅 八音金石絲竹匏土革木 九成書簫韶九成

四聲聽唱陽關第四聲 一聲 數聲 幾聲 再吹

仄 一曲 一鼓左勇一鼓而 一發 一舉 一瓣陳向来一瓣香敬為曾南豐

十刻唐太宗銳意於治每延英對宰臣率漏下十刻 九奏簡子夢遊鈞天廣樂九奏世家 一啜

半破明皇樂章以邊地名曲曲終繁聲名為入破故曲有半破 一奏樂一更端曰一奏 一炷香

一縷香 一棹舟 一葉舟 數曲 幾曲 一握扇 再奏

平 三弄 三調桓伊笛三調 三疊唐人送別有陽關三疊曲 三噴笛聲 三舞

三獲禮王射三獲三容諸侯二獲二容 三奏樂一成為一奏三成謂之三奏 三闋曲終曰闋

通用 三乏大射共三乏禮乏一名容矢至侯力乏不去

彈成寫出第五十四 並虛活

平 彈成 調成 吹成 敲成 磨成 粧成 描成 裁成

揮成 舒開 吹開 推開 撑開 搖開 挑殘 燒殘

吹殘 撑来 攜来 移来 磨穿 修成

（去仄）展開　剪開　鑿開　拂開　撥殘　搗殘　送來　遞來

斲成　剪成　鑄成　琢成　弄成　鼓成　染成

（仄）寫出　寫就　撥盡（呂撥盡寒爐一夜灰）　撥出　唱徹　唱罷　擣畫

揭起　捲起　捲上　撥動　點上　鑄就　琢就　奏出

洒出　染出　摧出　鼓罷　射罷　滌罷　結就

（上平）吹動　吹徹　吹出　彈出　彈盡　彈動　牽動　携出

鋪出　調出　搖出　移出　撐出（杜柳陰撐出釣魚船）　撐去　携去

推去　挑盡（呂挑盡寒燈不成夢）　挑起　敲罷　彈罷　燒罷　薰透

彈破　吹畫　收起　搖動

## 輕彈暗撥第五十五

（上虛）死　（下虛）活

（平）輕彈　輕調　輕吹　輕挑　輕搖　輕移　輕敲　輕磨

輕鋪　輕按　高燒（坡高燒銀燭照紅粧）　頻吹　頻敲　頻搖　低垂

新翻羽古詞新翻太平曲　低凭

〔六〕細吹　細彈　偶吹　謾敲　謾挑　謾彈　滿斟　滿傾

淺斟　細研　巧粧　試揮　試扶　試按　試吹　試彈

試敲　試搖

〔仄〕暗撥　謾撥　謾鼓　半搽　盡捲　迤捲　迭奏　遠奏

遠送　遠泊　緩送　遠舉　緩舞　滿泛　試把　試聽

巧擲　謾扣　謾捲　試擊　細洒　細剪　迭舉

〔平〕高捲　高揭　高掛　高卧　高照　低掛　低照　低擁

閑弄　閑把　閑攬　閑唱　頻搗　頻舉　頻對　頻執

輕展　輕剪　輕把　輕撥　輕泛　輕擊　輕舉　斜矗

斜押　頻奏

〔連綿〕方圓曲直第五十六　〔並虛〕死

平 方圓 高低 低昂 昂亦高也 縱橫 縱直也 洪纖 洪大也纖細也

浮沉 堅瑕 管攻堅則瑕者堅攻瑕則堅者瑕 橫斜

仄 淺深 疾徐 疾急也徐緩也音樂緩急之度 始終 孟始條理終條理 徃小 重輕

抑揚 抑者按而下揚者舉而高 短長 正奇 正者其常奇者其異者也

仄 曲直 大小 巨細 利鈍 緩急 起止 動靜 俯仰

反覆 展轉也傾側無常之意 首尾 始末 廣狹

去 深淺 遲速 清濁 音樂有清濁之節 輕重 終始 舒卷 舒展也卷收也

離合 離者散而分合者協而一 長短 明滅 新舊 洪細 踈密

堅脆 繁簡 斜正 踈數 數音朔煩密也

摩挲拂拭第五十七 並虛 活

平 摩挲 磨礱 礱磨物使滑澤也 雕鐫 斲而刻之也 安排 鋪張 布列也

扶持 收藏 研磨 漸磨 甄陶 窯冶成物曰甄陶

仄 琢磨詩如琢如磨琢以椎鑿磨以沙石 奉揚宋宏曰當奉揚仁風扇也 棄捐班詩棄捐篋笥中

執持

仄 拂拭 擊拊重擊曰擊輕擊曰拊 戛擊書戛擊鳴球 斲削 製作 洗滌

撥弄 鑄造 樸斲書既勤樸斲 切琢切以刀鋸琢以椎鑿

平 鋪設 搖曳 撐駕 修飾 張掛 收捲 彈弄 燒煉

追琢詩追琢其章追音堆雕也金曰雕玉曰琢 礱錯揚子有刀者礱諸有玉者錯諸錯磨也

雕琢孟子必使玉人雕琢之 磨洗 鐫鑿鐫刊也鑿穿木也 礱斲

丁當響亮第五十八 並虛 死

平 丁當鈴屬 丁東砧又珮 駢闐車 悲悽角 團圓扇屬 熒煌燭 鏗鏘樂金聲

輕浮 飄搖並風船 玲瓏簾 咿啞櫓 氤氳香 謳啞樂聲 光芒劍 光明鏡

口上上闐 鏗鎗並鼓 淒清簫 婆娑舞貌 閒闢車 娟妍燈 延緣船 洄沿船

郎當車鈴 軒昂聽琴

【六】卷舒帆 煒煌燭 糾紛衆盛貌 不齊

冈響亮笛 憀切角 哽咽笳 蕩漾舟 慷慨歌調 散漫 欸乃櫓聲 閃爍燈

燦爛燭 斷續砧 華蹭履 靜好琴瑟 掠削帆 剝琢碁聲

【七】清越琴 咿軋車 嘹亮笛 嗚咽琵琶 幽咽 嘹唳 哀怨 悲怨並笳

圓潔扇 淒切 清絕 清暢並笛 悲壯鼓角 淒楚曲 盤錯 沉着筆法

純翕樂 鏜鞳鐘鼓

【疊字】鼕鼕坎坎第五十九 【並虛】死

【十】鼕鼕 淵淵 闐闐 逢逢並鼓 瑲瑲珮又鈴 彭彭 轔轔並車

央央旂 搖搖舟又旂 熒熒燈 悲悲笳 垂垂簾 盈盈盞又香

團團扇 揚揚旗 悠悠旆旌又笛 掐掐酒旗 喈喈鐘鼓 洋洋樂 鏘鏘珮

令令球 焞焞音推車也 煌煌車檀 鑣鑣詩朱幩鑣鑣 騂騂弓調和貌

喤喤鐘鼓和也 丁丁斧聲 陽陽龍旂明也 雝雝樂音 嘽嘽音灘車

入 坎坎鼓 咽咽笛 簡簡鼓和大也 檻檻大車聲 嫋嫋簫 烱烱燈

點點燈火又漏 泛泛舟 漾漾泛舟揖 浮 孑孑干旌 爍爍燈 爛爛燈火

隱隱聲音幽遠也 切切角屬 焰焰火 燁燁明盛貌 噦噦鸞鈴和也

旆旆旐垂貌 嘒嘒管聲清亮也 濊濊流動貌 篧篧竹竿音敲

肅肅冐

承露盤倚天蓋第六十

三字

平 承露盤漢武帝造上有仙人掌捧盤 候風旌五王宮中立長竿掛五色旌候風故名

使風帆船上為帆所以使風 載雪舟王猷雪夜載舟訪戴逵 載月船滿船空載月明歸

釣雪舟孤舟蓑笠翁獨釣寒江雪 泛霞盃古詩瓊林滿泛霞 擣霜砧 偃風梳

捉月船李白

仄 倚天蓋天圓如倚蓋 衡斗劒牛斗 雷煥云寶劒之精上衡 悲風角

占風鐸岐懸碎玉竹林內相[illegible]為聲故名 量日綫晉時宮中以紅線量日影冬至後添線唐亦然

吗雲笛 笛詩橫玉吗雲天似水 牽星綱 少游詩牽一潭星 量天尺 天文家所用

星鼓 柳子有賦

竹葉舟梅花角第六十一

平 竹葉舟 終南山翁折竹葉為舟 蓮葉舟 太乙真人蓮葉舟 荷葉盃 魏公荷葉盃見前

竹皮冠 漢高祖所製 菊花盃 陶潛摘菊花泛酒盃 蕉葉盃 葵花鍾

杏葉匙 狀如杏葉 蘆葉箔 見前 棗核釘

仄 梅花角 角詩吹畫梅花出塞聲 蓮花炬 令狐綯事見前 菱花鏡 魏武帝有菱花鏡

楮皮紙 楮樹膚可為紙 蘆花絮 閔損後母衣以蘆花絮 蓮葉簞 白白如銀蓮葉

蘆花毯 毯毛布也織成蘆花紋 桃花紙 松枝筆 松煤墨 葵花椀

紫茸氊青玉案第六十二

仄 紫茸氊 白銀杯 黃金盤 白牙床 青銅錢 碧玉壺

白玉杯 白玉盤 白銀瓶 白銀盤 碧玉廚 紫玉簫

碧紗籠王播鎮揚州舊詩碧紗籠之矣　赤瑛盤明帝以赤瑛盤盛櫻桃賜群臣

白玉環　紫金丹

青玉案張美人贈我錦繡段何以報之青玉案　黃金印漢諸侯王御史大夫皆黃金印

黃金盞　黃金甲　黃金斗　黃金釧　黃金帶　綠玉杖

青藜杖劉向事見前　青銅鏡　青玉帶　碧玉帶　白玉印

白角簟　紅蠟燭　紫石硯端溪紫石可為硯

木蘭舟椰榆簟第六十三

木蘭舟　木蘭橈　木香棚俗以木香架棚上元然燈　杞柳桮孟以杞柳為桮棬

苜蓿盤薛令之詩盤中何所有苜蓿長闌干　枸杞屏

椰榆簟　蒲葵扇晉謝安執蒲葵扇　芙蓉帳白芙蓉帳裏度春宵　荼蘼架

薔薇架唐一架薔薇滿院香　芙蓉鏡李固言芙蓉鏡下及第

鸂鶒杯鸕鷀杓第六十四

平　鸂鶒杯 海螺為杯刻鸂鶒形　孔雀屏 唐高祖事見前　翡翠衾 白與誰共翡翠衾寒

翡翠簾 唐金屋低垂翡翠簾　鵾鷄絃 賀懷智以鵾鷄筋作琵琶絃　獅子床

鴛鴦絃 李蜀琴欲撥鴛鴦絃　鵔鸃冠 漢郎中戴鵔鸃冠即武冠也

仄　鸕鷀杓 李鸕鷀杓鸚鵡杯　鸊鵜劒 杜鈷鉧瑩鸊鵜　鴝鵒硯 端溪石有鴝鵒眼

鴛鴦瓦　鴛鴦枕　鴛鴦盞

## 綠蓑衣青箬笠第六十五

平　綠蓑衣 張志和綠蓑　荷衣 屈製芰荷以為衣　綠荷杯 見前　紫檀冠

紫榆冠　紫竹簾　紫檀槽 王仁裕詩紅粧齊抱紫檀槽　紫竹鞭

班竹冠　斑竹簾

仄　青箬笠 張志和青箬笠　青竹簟 蘄州以青竹為簟　紫檀板 以紫檀香木為拍板

黃桑軛 軛轅端橫木以黃桑木為之　黃蘆箔 即葦簾也 宋太祖用

紫竹杖　青蒲劒 劒名　青萍劒 劒名　烏木筯

金叵羅銀鑿落第六十六

金叵羅飲器　金瑠璃石灰之秦為器者以自然　玉東西谷美酒玉東西酒器也

金盤陀杜星驪寶校之盤陀馬上飾也　玉盤陀亦馬上飾　金僕姑矢名

金兜鍪首鎧

銀鑿落韓勇燭憂飲器也　銀鑿落　金匼匝杜馬頭金匼匝金絡頭也　金落索

玉如意類說羅公遠進玉如意於明皇　金跳脫臂飾即金釧　金騕褭馬組

珠瓔珞頸飾也

水晶簾雲母扇第六十七

水晶簾高水晶簾動微風起　水晶盤董偃以水晶為盤貯冰同色出二輔黃圖　水晶環

水晶毬白牡丹名　琉璃毬吳中元夜燈名　珊瑚鉤杜文彩珊瑚鉤

瑠璃屏滿奮畏風在魏武瑠璃屏內坐　瑠璃瓶唐書宰相姓名于瑠璃瓶以箸挾之

雲母屏鄭弘為大尉上聽置雲母屏風　瑠璃鍾　瑠璃盃　玳瑁簪

玻瓈盃唐西域罽賓獻玻瓈水精盃　碼磁盤裴行儉瑪磁盤廣二尺　琥珀杯

琉璃燈浙琉璃燈天下第一　綺羅邉

雲母扇石季龍作雲母五明金薄莫難扇鄴中記　琥珀枕史宋武帝碎琥珀枕與將士療金瘡

珊瑚枕古詩腦愛珊瑚枕面四　碼磁枕開元中龜茲進一枕色如碼磁　琥珀椀

瑠璃椀晉王導舉瑠璃椀日此椀腹洪空　瑚璉器夏商宗廟之器　瑠璃滔

瑠璃盞　瑠璃枕　琅玕簟　琅玕佩　碼磁卓　瓊瑶佩

雲母帳　玳瑁帶　水晶架　璠璵器

象牙床龍鬚席第六十八

象牙床魚容事　象牙梳　鰕鬚簾蘇易簡鰕鬚半捲天香散　虎頭牌

鳳膏燈漢武得日鳳之膏然於神壇暴風雨不滅　龍膏燈　鵞眼錢梁末為鵞眼錢

虎皮裀虎皮為褥　馬蹄刀刀狀如馬蹄　螺甲香甲香海螺之掩可聚香

鵲血弓以鵲血塗弓唐詩鵲血調弓濕未乾　馬牙香　鷹翎刀　豹脚床

鷄舌香漢尚書郎含鷄舌香奏事 鳳尾槽琵琶

龍鬚蓆龍鬚草可為蓆 雉羽扇商扇 麈尾拂見前 鹿皮幣漢以白鹿皮為幣

羊皮鼓明皇以羯羊皮鼓催花 鼠鬚筆歐公以鼠鬚筆為蔡君謨聞筆 兎毫筆

獸頭炭以炭屑聚為獸形 鷹嘴钁钁形似鷹嘴 馱骨扇 龍頭炭

龍鬚拂元載家有龍鬚拂 猿臂笛按笛臂如猿也 虎頭枕梁冀有虎頭枕

鳳紋簟簟織為鳳紋 蟬翼紙 鵝毛扇 鵲尾扇周人扇

象牙板笏 象牙笏

打魚船張兎網第六十九

（平）打魚船 釣魚船 賣魚船 放鶴籠林逋客至童子開籠放鶴逋乃歸

寄鵞籠許彥遇書生求寄鵞籠 罩鷄籠 鬪鴨欄陸龜蒙一鬪鴨欄 釣魚竿

張蝦籃籃筐屬

（仄）張兎網 斬蛇劍史大蛇當道高祖拔劍斬之 獲麟筆仲尼絕筆於獲麟

降龍鉢 無畏以水一鉢求雨須臾有龍降入鉢大風雨 駕牛軛 軛轅端曲木轉軛以駕牛者

打魚網 養蠶箔 賣魚鼓

## 賣酒帘藏書篋第七十

平

賣酒帘 泛酒杯 賣酒壚 司馬相如臨邛賣酒卓文君當壚 讀書燈

讀書床 管寧讀書坐藜床欲穿不倦 撫琴床 掛簾鈎 擣衣砧

爇香盤 辟纑燈 辟織也纑練麻也 緝麻籃

仄

藏書篋 讀書案 藏扇篋 藏劍匣 豐城獄中寶劍藏於石匣 煎茶鼎

插書架 韓鄴侯家多書架插三萬軸 登山屐 謝靈運見前 調羹鼎

燃香篆 磨墨硯 鎮紙石

## 伯牙琴曾點瑟第七十一

平

伯牙琴 伯牙學琴於成連 虞帝琴 見前 孔子琴 見前 蔡琰琴 文姬蔡伯喈女善琴

淵明琴 陶淵明琴徽絃不具 嵇康琴 嵇康善琴作琴賦 范蠡舟 范蠡泛舟遊五湖

傅說舟見前　孟明舟秦伯伐晉濟河孟明焚舟　伯陽丹魏伯陽丹成服之仙去　祖生鞭見前
相如冠藺相如怒髮衝冠　子賤琴宓子賤鳴琴而治　馬援鞍史馬援據鞍
淵明鋤坡豈比陶淵明窮苦自把鋤　倪寬鋤倪寬帶經而鋤　楚王弓見前
韓愈槳韓有短槳歌　齊王竽齊宣王好竽　魯陽戈魯陽揮戈日退三舍
郭公塼即琴塼　林宗巾郭林宗折角巾　孟母機孟母斷機教子
伯玉車衛靈公與夫人夜坐聞車聲至闕而止夫人知其為蘧伯玉　顏回簞出論語
陶侃梭見前　董子帷見前
曾點瑟出論語　王瑟韓齊王好竽有求仕者操瑟立王之門三年不得入
高祖劍漢高祖斬蛇劍　季札劍季子解劍掛徐君墓　毛遂劍史毛遂按劍歷階升
張華劍豐城張華見斗牛間有紫氣以雷煥令掘獄得二寶劍　秦皇鏡始皇有方鏡照見心膽
賈生席文帝召賈生問鬼神之本夜半前席　管寧席管寧與華歆割席分半而坐
戴馮席史戴馮說經重坐五十餘席　宋璟鏡宋璟未第時覽鏡成相字　雷煥劍見前

班姬扇 班婕好事 謝安扇 見前 蒙恬筆 見前 班超筆 見前 蔡倫紙

江淹筆 江淹夢人與五色筆文藻大進 長房杖 費長房竹杖化龍 范滂繩 見前

陶侃甓 見前 馮驩鋏 見前 暴勝斧 暴勝之持斧聲振州郡 孝先笥 見前 維翰硯 見前

靈運屐 見前

## 石丈人松處士第七十二

平 石丈人 硯 松大夫 墨 竹夫人 竹几也山谷憩臂休息名曰青奴 楮先生 紙

仄 松處士 墨 本居士 韓偶然題作木居士便有無窮求福人 木上座 杖 石處士 硯

## 即墨侯管城子第七十三

平 即墨侯 硯 好時侯 紙 中書君 筆 長明公 燈 楮國公 紙 容成侯 鏡

松滋侯 墨 石虛中 硯 孔方兄 錢

仄 管城子 筆 毛錐子 筆 湯婆子 腳婆 小道士 酒榼也 快媳婦 暖瓶

## 五絃琴三尺劍第七十四

平 五絃琴神農作五絃琴 七絃琴見前 一葉舟 一枰碁 一瓣香

五石弓張弘靖曰挽五石弓不如識一丁字 二尺槊短槊也見韓詩 五色燈

五丈旗史秦阿房宮下可建五丈旗 六材弓為弓取六材禮幹角筋膠絲漆也

千枝燈冬陽元夜以影燈多者為上有千影者 九華燈元夕然九華燈 萬斛舟

十幅帆吳牋有五色 九斿旗龍旂九斿 八尺槊長槊也見韓詩

五綵牋 蒲帆十幅

三尺劒史漢祖提三尺劒取天下 三寸筆 二層蓋即三簷傘 七寸管

三弄笛桓伊作三調弄笛 三通鼓鼓以三通為節三鼓事禁鑰一通鼓范成大魯桓公及齊戰

三經席說苑孔子戹陳蔡坐三經之席 五色筆見上 五音樂宮商角徵羽五音也

六角扇王羲之在蕺山為老姥書六角扇各五字 七寶枕郭翰得天女上寶枕 八尺簟

九節杖 雙蓮炬 雙鈎筆高執筆雙鈎習字法董蒙須知 雙孔笛

七輪扇漢長安丁緩作七輪扇 千金帚選家有敝帚享之千金 七寶几如來據七寶几

干劍弩弓見前 千鎰網 千秋鑑見前 七星劍

四字

## 弓矢戈矛盤盂几杖第七十五

平 弓矢戈矛俱戎器 律度量衡書 干戈戚揚詩 斗斛權衡

規矩準繩 琴瑟笙簧 鐘鼓羽旄 鐘鼓管弦 車馬旌旗

鼎彝壺觴 文物衣冠 冠冕輪蹄 俎豆絃歌 几席簾櫳

甲冑貨裘

仄 盤盂几杖禮盤盂几杖有銘 金石絲竹 衣冠禮樂 衣冠文物

干戈弓矢詩 干戈甲冑 簋簠籩豆禮器 几席觴豆禮几席觴豆有銘

耒耜服御 車書旗鼓 琴棋書畫文房四事 絲絮盈帛

紙墨筆硯文房四寶 弓旌冠蓋 笙鏞柷敔書合止柷敔笙鏞以間

車徒器械 犁鋤刀劍犁鋤農器也刀劍兵器也

## 脆管繁絃長槍大劍第七十六

脆管繁絃　急管危絃　堅甲利兵出孟子　肥馬輕裘

去馬來舟　䟘轂飛鈴　駟馬高車史于定國之父使高大門閭令容駟馬高車

小檝輕舟　側舵欹帆　清簟疏簾杜清簟疏簾看奕棊　廣座細氈

華轂雕鞍　輕蓋高軒　清漏長筵　孤枕殘燈

仄　長槍大劒史孔肇曰安定國家在長槍大劒　文茵暢轂詩　重簾複幕

高車駟馬　利刀快劒　孤燈急管　輕舟小檝　征帆去棹

舞衫歌扇　輕車熟路韓駕輕車就熟路　短靴輕帽　長筵廣席

明窗淨几　扁舟短棹　虛舟飄瓦莊虛船觸舟褊心者不怒瓦中人忮心者不怨　

方屏古硯　遺簪墜珥史前有遺簪後有墜珥　輕蓑小笠

黃鉞白旄朱簾綠幕第七十七

平　黃鉞白旄書王左杖黃鉞右秉白旄　畫轂紅旗　紫蓋黃旗　觀畫角清弦

鏤篋朱絃管仲　綵筆華箋　盧矢彤弓出書　紫硯青燈　朱箔繡屏

絳燭清樽

（仄）朱簾綠幕　青帘翠幕　朱幡皂蓋 漢二千石　紅爐暖閣

朱輪華轂 史漢王氏乘朱輪華轂二十三人　青簾白舫 見杜詩

朱干玉戚 禮記　華燈翠枕

高祖踞鞍秦王擊缶第七十八

（平）高祖踞鞍 史高祖據鞍嫚罵　馬援據鞍　光武投戈 史光武投戈講藝

廣德懸車 史薛廣德帝賜安車歸懸之以傳子孫　孔子升車 出論語

劉琨枕戈 史劉琨枕戈待旦　舜帝舞干 出尚書　魯陽揮戈 見前

傅說作舟 見書說命　孟明焚舟 見前　孟母斷機 見前　祖生著鞭 見前

晏子執鞭 國語　高祖溺冠 史高祖見儒冠者觧而溺之　祭遵投壺 史祭遵為将軍雅歌投壺

齊雲射磚 南齊雲抽矢射浮圖磚著　張良運籌 史張良輔高祖運籌帷幄　齊王好竽 見前

荀子駭輿 荀子曰馬駭輿則君子不安　秦女吹簫 秦女弄玉吹簫感鳳　董子下帷 見前

張綱埋輪史安帝遣使按郡國張綱埋其輪於都亭　相如衝冠見前

安于佩弦董安于性緩佩弦以自　子期絕絃伯牙死子期絕絃以世無知音者

伯牙鼓琴見前　虞卿擔簦史虞卿負笈擔簦　子賤鳴琴見前

（仄）秦王擊缶相如傳秦王為趙王擊缶　文帝前席史漢文帝前席問賈誼　武王仗鉞見前

光武側席史贊光武側席幽人　馮驩彈鋏見前　揚雄執戟楊雄在漢官不過執戟

伊尹負鼎伊尹負鼎俎以滋味干湯　范增撞斗史漢王獻玉斗范增撞破之　陶侃運甓見前

孫臏減竈史孫臏減竈示龐涓以弱　蔡倫造紙見前　曾子避席孝經曾子避席曰參不敏

瓠巴鼓瑟荀瓠巴鼓琴遊魚出聽　季札掛劍史季札以心許掛劍徐君墓而去

朱雲請劍史朱雲請上方斬馬劍斷佞臣頭　黃香扇枕史黃香至孝暑月則扇枕席

蔡秦佩印史蘇秦為從約長佩六國相印　溫公擊甕司馬光少戲一兒墜水甕中衆走光以石擊甕出之

伯俞泣杖伯俞有過母杖之不痛泣知母衰也　曾子易簀記曾子寢疾起起而易簀

張陵奪劍史梁冀帶劍入省張陵叱之奪冀劍　劉備失筯劉備與曹公食雷震失匕筯

漸離擊筑 史高漸離為傭聞主有客擊筑一座善之 管寧割席 龍見 范滂攬轡 見前

楚子問鼎 重 左周定王使人勞楚子楚子問鼎大 成湯祝網 見前

劉伶荷鍤 史劉伶乘鹿車攜酒使人荷鍤隨之云死便埋我

玉勒雕輪綸巾羽扇第七十九

玉勒雕輪 寶䡊牙床 藍簹象床 朱箔銀屏 唐詩朱箔銀屏邐迤開

(平) 銀燭金爐 唐詩銀燭金爐爐夜不寒 金琴玉壺 金絡玉鞍 朱佩玉衣

銀箭金壺 寶馬香車 錦纜牙檣 出杜詩 玉盞銀瓶

寶篆綉屏 玉几瑤琴 寶炬金爐 玉枕牙床 玉漏銅壺

玉佩瓊琚 出韓文

[redacted] 綸巾羽扇 孔明羽扇綸巾 金鞍玉勒 玉簫金管 鈿車羅箔

金繩鐵索 丹書鐵券 史漢高祖與功臣剖符作丹書鐵券 銀鉤鐵畫 字

翠翹金雀 唐翠翹金雀玉搔頭 金輿玉輦 瓊杯玉斝 唐王翰文如瓊杯玉斝

銀鞍金勒　繡韉金鼎　畫屏銀燭　金鈴玉輅　錦鞍翠蓋
玉毬金彈　寶奩金鏡　綵絲金箭　銅符寶篆

竹杖芒鞋桑弧蓬矢第八十

平　竹杖芒鞋　篛笠簑衣　花管雲箋　桂楫蘭舟　石枕竹床
蘭佩蒲觴　藤簟蒲團　竹爆桃符歲時記除夕以此驅疫　花鼓蓮船
竹簟籐床
仄　桑弧蓬矢　紗廚竹簟古詩紗厨竹簟便清夢　松舟檜棹　楸枰竹簡
紙屏石枕宋紙屏石枕竹方牀　蘭槳桂棹坡桂棹兮蘭槳　桐琴竹几
藍輿竹杖　藁砧葛屨　筆床茶竈唐陸龜蒙乘小舟筆床茶竈

翠蓋鸞旗鳳笙龍管第八十一

平　翠蓋鸞旗　犀筯鸞刀杜犀筯厭飫久未下鸞刀縷切空紛綸　豹髓鳳膏
熊旗隼旟　鳳輦鸞旗　錦衣狐裘　金節羽衣杜金節羽衣飄婀娜

鶴轡茸鞦　兎筆鸞牋　象㮰魚軒　鳳管鸞簫

仄　鳳笙龍管（李鳳笙龍管相行催）　鳳旗鼉鼓　鳳絲鴈柱　象弭魚服

詩　龍鼉笛鼓（李吹龍笛擊鼉鼓）　蛇弓羽箭　鸞鈴象輅

蝦簾麈佛　象床犀簟

鼓瑟吹笙張弓挾矢第八十二

平　鼓瑟吹笙（詩）　挈榼提壺　棄甲曳兵（孟子）　搥鼓鳴鐘　勸酒持觴

看劍引杯（杜看劍引杯長）　置酒張燈（杜置酒張燈催華宴）　設網提綱

吹笙鼓簧（詩）　把筆濡毫　解纜移舟　促席傳杯　免冑乘軒

擊筑銜杯

仄　張弓挾矢（陸何不張爾弓挾而矢）　攬衣推枕　抱關擊柝（孟子）　解衣貰酒

移宮換羽（古詞移宮換羽未怕周郎）　引商刻羽（有歌郢者引商刻羽雜以流徵）　垂簾掛幕

籠絲束管　垂紳正笏（歐垂紳正笏不動聲色）　傾壺倒榼　升車執轡

披簑頂笠　緝商綴羽 曲調

賣劒買牛捲簾通燕第八十三

平

賣劒買牛 龔遂使人賣劒買牛　仗節牧羊 蘇武匈奴使牧羊臥起伏漢節

舉網得魚 坡舉網得魚巨口細鱗　垂鉤餌魚 列詹何以芒刺為鉤剖粒為餌以餌魚

持刀解牛 莊庖丁十九年持一刀解千牛而刀刃若新　投杖化龍 費長房事見前

夢網得龜 莊龜能見夢於元君不能避預且之網　絶筆獲麟 孔子作春秋事

噀紙化驢 張果老見前　列炬散鴉 杜列炬散林鴉　對鏡舞鸞 見前

把劒截蛟 鄧遐入水截蛟數段

仄

捲簾通燕　膏車秣馬 韓膏吾車兮秣吾馬　據鞍上馬 馬援事見前

燒琴煮鶴 李義山殺風景其一燒琴煮鶴　守株待兔 韓宋耕者見兔走觸株死因釋耕守株冀得兔

挾彈射雀 吳王重刑諫者曰臣挾彈欲取雀不覺露沾衣　開籠放鶴 林通事見前

賣刀買犢 史龔遂使民賣刀買犢　揮扇撲蝶　吹簫引鳳 簫史事出仙傳

揚鞭策馬

## 簧暖笙清衾寒枕冷第八十四

平　簧暖笙清　酒盡杯空　綱舉目張　規圓矩方　燭暗燈殘

鑑空衡平

仄　衾寒枕冷　缾罄罍恥　鐘鳴漏盡（田豫乞遜位事見前）　弓強矢激

琴清角慘　筵開樂奏

## 茶鼎酒瓢粥魚齋鼓第八十五

平　茶鼎酒瓢　羹鼎飯盂　飯甑湯缾　花管粧臺　車轍馬蹄

仄　粥魚齋鼓（粥魚亦曰齋魚以桐為之齋鼓飯時鼓也）　車轍馬跡（史周穆王天下將有車轍馬跡）

飯囊酒甕（史禰衡謂荀彧可與強言餘皆酒甕飯囊耳）　藥爐茶竈　膾絲粽角

書籤樂裹

## 鼓瑟鼓琴賣刀賣劍第八十六

平　鼓瑟鼓琴詩　如絲如綸　如圭如璋詩　不鼓不琴　以爐以錘

建旐建旄詩　侍射侍投禮侍射則約矢侍投則擁矢　代檀代輪詩　是中是驂詩

于橐于囊　擊鼓擊鐘夏禹曰教寡人以道者擊鼓諭寡人以義者擊鐘

仄　賣刀賣劒　非絲非竹拔非絲非竹非蛾眉　如綸如綍詩　荷蓑荷笠詩

載脂載舝詩　中規中矩禮周旋中規折旋中矩　飲席飲篳詩　弗鼓弗考詩

舞勺舞象禮　擊鐸擊磬夏禹曰告寡人以事者擊鐸語寡人以憂者擊磬　擊鼓擊缶

為俎為豆詩　俾筵俾几詩　取礪取鍛詩　如圭如璧詩

不疾不徐如離如會第八十七

平　不疾不徐樂音　或合或離　可卷可舒　苦御苦垂詩　有始有終

或正或欹　如琢如磨詩　有濁有清樂音　有安有危舟車之類

仄　如離如會詩　或張或弛弓　或作或輟樂　或急或緩樂音　或斷或續

笛聲　如怨如慕簫音　如泣如訴簫音　或利或鈍刀劒之類

對類卷之七

# 對類卷之八

## 人物門

### 君后第一

君羣也羣下歸心曰君　皇君也又大也　王主也君也天下歸往曰王

嬪婦也又婦官　公無私也爵名　侯侯也維也爵名　卿爵名

儲副也太子曰儲君　官宦也又職也　軍萬二千五百人為軍　臣事人曰臣

兵士卒曰兵　人男女之總名　農闢土殖穀曰農又官名　工官也臣也　商行貨曰商

巫女之事神者　醫治病之工也　儒有道術者曰儒　樵取薪者

僧事佛者　仙老而不死曰仙　宗尊也又本也　朋同門曰朋　親姻也　眷

姑父之姊妹也　姨母之姊妹也　男男子　師教人者也又師眾

兄男子先生曰兄 昆兄也又後也 甥女兄弟之子曰甥女婿亦曰甥

兒嬰兒 孫子之子 民無位者之稱 翁老者之稱 童年十五以下曰童

賓客也 神神靈 妻與已齊曰妻 僮奴也 奴奴僕 漁捕魚者

孩孩童 夫丈夫 妃后妃 僚官僚 爺父也 娘少女之稱又母也

尼女僧 予我也 胡胡虜 戎兵也 氓民也 娥女娥 婆老婦

郎男子之稱 嬙婦官 生生員弟子也 丁丁民年二十曰丁 丞副貳也

禪靜也僧定也 徒徒黨 伻使也

五

后君也又后妃 帝君也德合天地曰帝 主人主又賓主 辟君也

相儐也 輔輔弼 將將帥者 帥主兵者 尹正也 牧養也州長謂之牧

守郡守 宰主也又制也 令縣令 倅郡佐 伯爵名又長也

旅軍旅又商旅 卒兵卒 宦仕宦 卜卜龜者 孺年小之稱 賈居貨曰賈

匠工匠 覡男之事神者 祖始也人之高曾祖也 士士儒者之稱又士卒

族 宗族 父 生我者 母 鞠我者 叔 父之弟 弟 男子後生者 姊 女兄

妹 女弟 子 已生者子通稱又男 姪 兄弟之子 婦 妻也 女 壻 女之夫

老 高年者 舅 母之兄弟又妻父曰外舅 伴 友也 侶 伴侶 僕 奴僕 客 賓客

妾 接承於已曰妾 婢 女奴 妓 娼女 叟 老人之稱 媪 老婦之稱 嫗 同上

長 長上 幼 年小者 稚 童稚 佛 西方神名 釋 佛教 道 老子之徒 祝 神祝

友 合志曰友 史 史官又吏也 使 奉命於外曰使 豎 未冠者之稱

已 自已 我 吏 官吏 裔 後裔 嗣 胤嗣 价 使者 儐 儐价

虜 戎虜 佐 輔佐 戍 邊卒

## 明哲第二

明 無所不見也 英 俊也 賢 有德者 才 有能者 忠 盡已之心也

良 易直也 循 善也 廉 清廉 雄 英畧也 豪 雄豪 強 豪強 仁 慈愛也

狂 志願太高曰狂 奇 奇異 嘉 美也 卑 卑陋 微 微末 清 不貪也

愚昏愚 貪愛財 庸常也凡庸人 柔懦也順也 騷風騷 頑愚頑

羈絆 癡頑癡 剛分也 貧窮也 邪奸邪 奸奸詐 能才能

慈柔愛也 聰無所不聞也 尊尊長 貞正也 豐厚也 踈踈畧

腴豐腴 驕矜肆也 矜矜誇 臞清瘦 衰衰老 高高聳 長脩長

哲明也 俊智過千人曰俊 彥美士也 茂盛也 秀俊秀 異非常也

直正直 藎忠藎 壯壯盛 猛勇也 勇勇猛 隱隱微又避也

逸超逸 聖無所不通也 智無所不知也 佞邪佞 陋淺陋

善良也 吉善也 美嘉美 老年高 壽長年 幼年少 大

傑智過萬人曰傑 富多財 貴有爵 賤無爵 拙愚拙 巧多能

健剛健 爽爽快 敏聰敏 弱柔善也 懦柔懦 怯怯弱 虐暴也

險險詐 恕推己及人也 睿明睿 銳勇銳 信實也 達通達

烈剛烈 孝善事父母也 稚儒稚 偉俊偉 粹美也 正端正

俠豪俠　潤温閏　麗秀麗　媚嫵媚　毅強忍也

【二字】君臣父子第三【並實】

【平】君臣　君師　君王　君親　君民　王公　王侯　公侯

侯王　公卿　臣鄰書臣哉鄰哉　臣僚　賓僚　官僚　賓朋

賓師孟子在齊居賓師之位　親朋　朋徒　兒孫　翁孫　公孫

兒童　夫妻　師生　師儒　兵師　兵民　兵戎　人民

姑嫜杜何以拜姑嫜　士商　農工　軍民　軍兵　華夷　蠻夷

僮奴　樵漁

【去】帝王　后妃　聖賢　祖宗　士民　士農　士夫士大夫

父師　父兄　友朋　主賓　主臣　弟昆　弟兄　子孫

祖孫　母孫　舅甥　舅姑　婦姑

【仄】父子　父母　子母　將相　將師　將卒　守令郡曰守縣曰令

保傅（保者保其身體傅者傅之德義） 士友 士卒 士女 子弟 子姪
子女 伯叔 嫂叔 叔姪 弟姪 弟妹 姊妹 姉娌
娣姒（爾雅長婦謂稚婦爲娣婦娣婦謂長婦爲姒婦） 故舊 老稺 老幼 長幼
主客 父老 妾婦 僕從 寇盜

〔上平〕君相 君宰 君父 侯伯 卿相 公相 師保（師者道之教訓）
師傅 臣主 朋友 朋舊 朋輩 親故 親戚 昆弟
兄弟 賓客 賓主 賓從 宗族 師友 師弟 商賈
商旅 僮僕 奴僕 奴婢 臣妾 妻妾 夫婦 兒女
僧道 仙釋 兵將 兵卒 翁婿 翁媪 甥舅 姑舅
師旅（萬二千五百人爲師五百人爲旅） 夷狄 夷虜 胡虜 戎虜 神鬼

## 人君宰相第四 〔並實〕

〔平〕人君 皇孫 王孫 神孫 王人（天子之使） 王妃 王姬

王賓　官家古稱天子曰官家　諸侯　神仙　郎官　將軍　儒宗
儒師　儒生　宗師　師兄　神童　仙童　工師衆工人之長
男兒　童兒　民人
【上去】狀元　帝師　太妃　婦人　道人　主人　秀才　友生
丈人長老之稱　丈夫周制八寸爲尺人長八尺曰丈夫　匹夫　士人　友人
女童　女郎古樂府不知木蘭是女郎　女奴
【仄】宰相　帝主　帝子　帝胄史帝室之胄　太子　世子　聖子
士子　女子　匹婦　婦女　女婿　妓女　胄子書教胄子謂長子也
道士
【上平】君主　人主　皇帝　皇后　公主　皇子　王子　公子
妃子　臣子　君子　仙子　男子　仙客　童子　元帥
丞相　賢者　儒者　王母　仙伯　神女　仙女

臣賢主聖第五 上實下虛

〔平〕臣賢 臣良 臣忠 君明 君尊 君仁 王明 易 官清

官廉 民康 民安 民和 人和 工良 師嚴 儒賢

僧閑 神靈 妻賢 妻柔 姑慈 夫和 兒癡 兵強

〔上去〕主明 主賢 相賢 將賢 將能 將忠 吏賢 吏能

吏良 吏廉 父慈 父嚴 母慈 子賢 子癡 弟恭

友誠 友良 婿賢 女貞

〔入〕主聖 士正 士美 將勇 吏酷 吏虐 子順 子孝

子惡 子逆 友直 友諒 諒信也 友善 婦烈

〔上平〕君聖 君正 君義 臣直 臣敬 民富 民樂 民信

民義 民敬 兄友 兄義 兵銳 兵弱 師壯 師直為壯

師直 夫義 僧定

明王聖主第六

上虛下實

（平）明王　明君　賢君　賢王　賢侯　通侯（漢謂列侯為通侯）　明卿

明公　忠臣　賢臣　良臣　諫臣　親臣　名臣　清官

廉官　賢妃　元戎（大將也）

（去）聖君　聖皇　大君（易大君有命）　哲王　聖王　聖人　大臣

世臣（累世勳舊之臣）　信臣　老臣　舊臣　鉅卿　鉅公　達官

（入）聖主　聖帝　聖上　哲主　睿主　聖后　大帝　大將

老將　智將　猛將　福將（古語智將不如福將）　勇將　酷吏（漢書有酷吏傳）

雇吏　太宰（官名）　冢宰（天官卿治官之長）　善士　令尹（楚上卿執政者）

（上）明主　元后（書亶聰明作元后）　英主　真主　賢主　明帝　先聖

明辟（明君也）　賢相　良相　良將　能將　名將　偏將

良輔　忠輔　賢守　賢宰　良吏　循吏　廉吏　貪吏

賢才俊傑第七

（平）賢才　賢能　賢良　明良　忠良　循良　英豪　英雄

（並半實）

英奇　豪雄　廉能

（去）聖賢　聖神　智仁　智能　俊英

（入）俊傑　俊逸　俊彥　俊秀　秀彥　隱逸（隱遯逸遺也）

（去）英俊　賢俊　英傑　才俊　豪俊　豪傑　豪邁　文武

神武（易神武而不殺）　賢聖　才智　方正

才人美女第八

（平）才人　賢人　騷人（騷憂也）　佳人　幽人（抱道守正而不遇者）　高人

（上虛 死 下實）

遊人　閑人　仙人　良人（妻謂夫曰良人）　名人　窮人　庸人

愁人　名儒　先儒　鴻儒（鴻大也）　寒儒　真儒　通儒

醇儒　迂儒　名師　明師　真賢　真才　奇才　良才

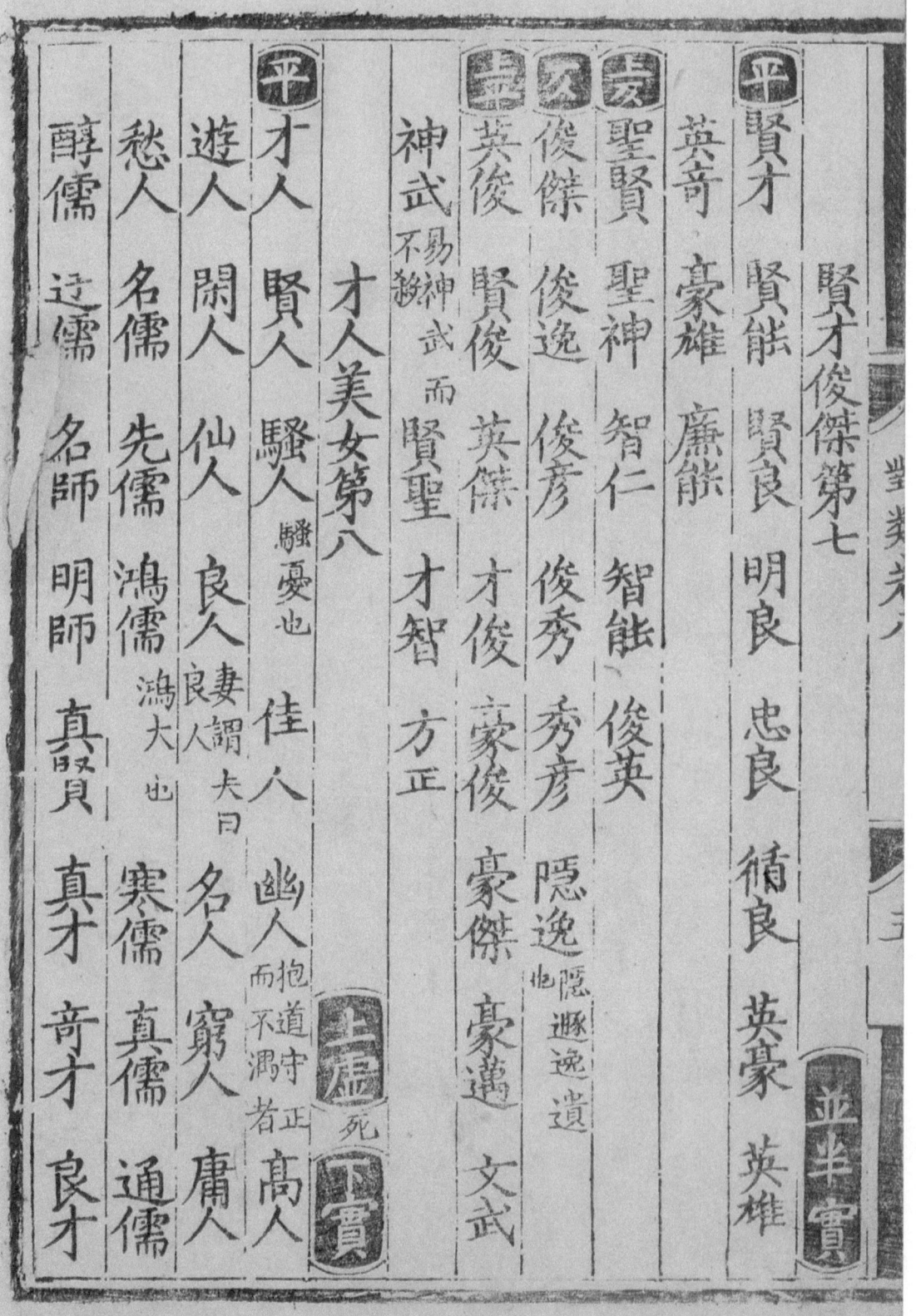

全才　奇男　奇童　頑童　良工　良農　幽僧　高僧

閑僧　良朋　佳朋　佳賓　良民　平民　窮民　頑民

愚夫　名姬　名姝　嚴君易家人有嚴君焉父母之謂也　癡兒　佳兒

奇兵兵出其不意曰奇　驕兵　狂奴　寒生

大人　小人　善人　美人　麗人　令人　老人　好人

散人陸龜蒙號江湖散人　正人　逸人　畝人　達人　吉人易吉人之辭寡

古人　巧人　佼人佼好也　价人价大也詩价人維藩　大賓　上賓

淑人淑善也詩淑人君子又命婦　大賢　小民　逸民逸遺也民者無位之稱

細民小人也　老儒　腐儒　俗儒　鄙儒　醉翁歐陽脩號醉翁

老翁　散僧　小僧　老僧　聖僧　富翁　老農　惰農

曠夫曠空也無妻之稱　壯夫三十曰壯　嗇夫漢書上林嗇夫　獨夫　遠商

巨商　拙工　小兒　小童　小姬　健兒　長官

〔亾〕美女 淑女 少女 烈女 巧女 小女 怨女孟子內無怨女
幼女 季女季少也詩有齊季女 巧婦 怨婦 老婦 懶婦 少婦
介婦介婦衆子婦也 幼婦 寡婦 壯士 吉士吉德之士 志士
善士 達士 處士無位之稱 俠士豪俠之士 秀士 隱士
益友論語益者三友 逸士 猛士漢高祖歌安得猛士兮守四方 俊士 小吏
俗吏 舊友 故友 好友 小友畢士安呼王禹偁爲小友 隱者
損友論語損者三友 上客 老子 荇子 孺子 小子 老叟
老媪老婦也 大父祖父也 外舅禮妻父曰外舅 遠客 好客
倦客 狎客 貴客 醉客 巧匠 哲匠 大匠 拙匠
醜虜
〔上平〕才士 佳士 奇士 高士徐孺子爲南州高士 賢士 名士 良士
多士詩濟濟多士 英士 清士 遊子 才子 佳客 遊客

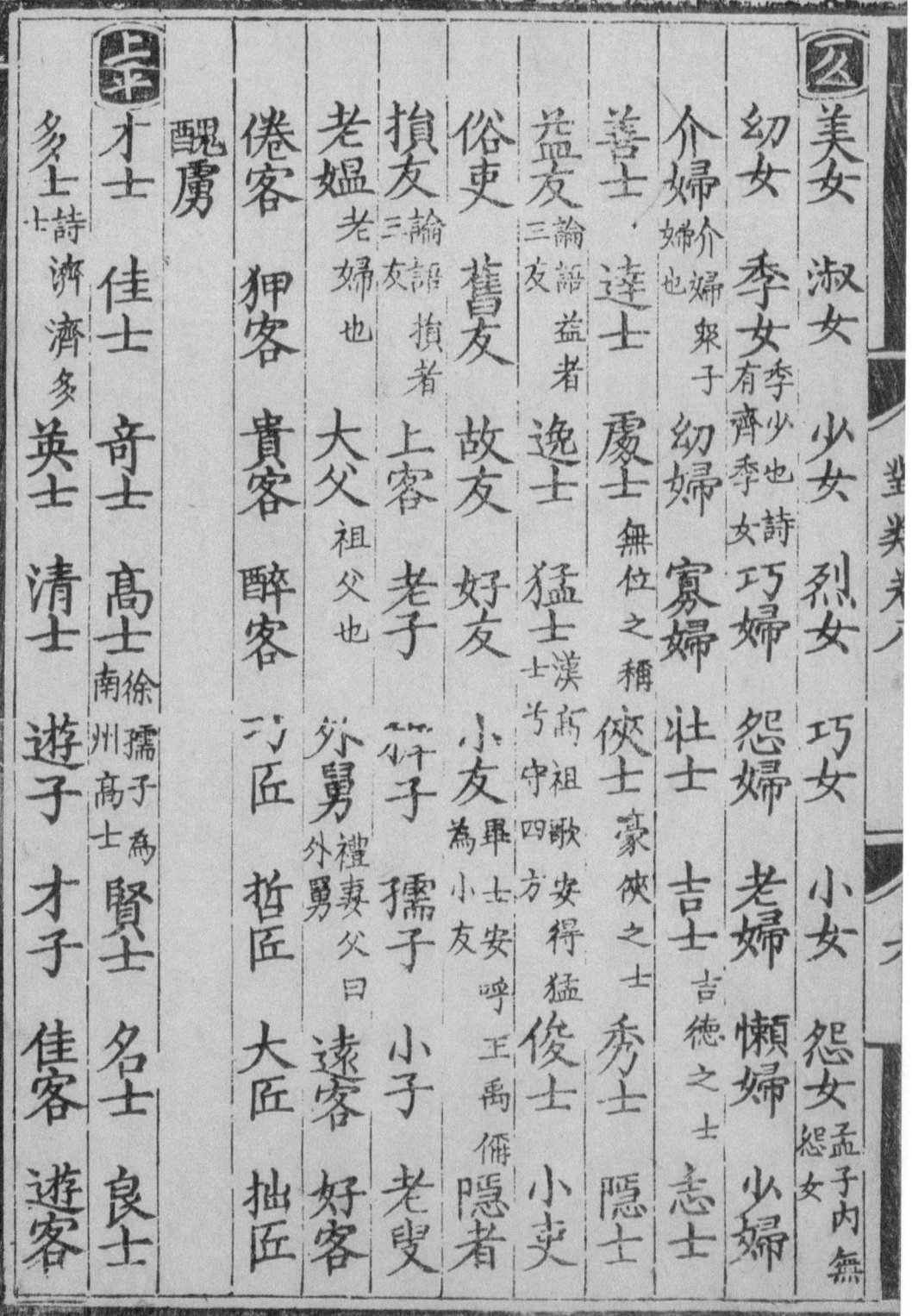

閙客 愁客 仙客 高客 清客 騷客 嬌客 世稱婿為嬌客

狂客 吟客 癡客 遊女 詩漢有遊女 佳女 佳婿 愁婦

思婦 佳婦 新婦 良友 芳友 騷將 騷伯 良賈

良匠 名匠 元舅 國舅也 義弟 難為弟也史元方難為兄季方難為弟

來人去客第九 [上虚]活[下實]

[平] 來人 來賓 來伻 歸人 歸僧 歸臣 征人 征夫

征商 行商 行人 羈人 羈絆也 居民 飛仙

[上仄] 坐賓 去人 去官 罷官 謫官 後夫 易不寧方來後夫凶 逐臣

逐妻 出妻

[仄] 去客 坐客 逐客 逆旅 出母 母之被出者 過客 謫宦

進士

[上平] 歸客 來客 行客 來价 來使 歸使 歸婦 歸伴

歸僕 羈旅 征旅 行旅 回戍 戍守邊卒曰

詩人酒客第十

【平】詩人 詩翁 詩朋 詩仙 詩僧 詞臣 詞人 【並實】文人
函人 造甲者 吟翁 歌童 樵童 樵夫 農人 農夫
漁翁 舟師 舟人之長 篙師 舟子也 篙人 舟人 棊童
書童 棊仙 琴師 棊師 樵翁 耕夫 書生 儒生
儒翁 儒師 仙娥 仙童 神童 禪僧 宮姬 宮娥
歌姬 棊夫 庖人 掌庖厨者 弓人 漁人 漁郎 樵人
歌兒

【上去】酒徒 牧童 釣徒 梓人 木工也 牧人 士人 匠人
矢人 造矢者 道人 舉人 畫工 硯工 筆工 玉工
石工 木工 法師 畫師 酒仙 釣翁 學徒 舞姝

獵夫　僕夫

〔入〕酒客　釣客　俠客　羽客道士也　賈客　劍客能劍術者

墨客能翰墨者　獵客　酒侶　酒伴　酒媼　釣侶　釣叟

舉子　學子　士子　衲子僧也　釋子　劍士　羽士　武士

畫士　道士　學士　相士　奕士善棊者　術士　義士

戍卒　棹卒舟人也　織婦　繡婦　饁婦送飯耕者曰饁婦　道侶

卜史掌卜之官　祝史掌祝之官　筆吏漢刀筆吏　冶匠　舞女

舞妓　獵者　梓匠

〔上平〕詩客　詩友　詩師　詩伯　詩叟　詩士　詩侶　詩僕

詩匠　仙客　仙侶　騷客　琴客　琴士　琴友　棊客

棊士　棊友　漁父　漁叟　樵叟　樵客　樵子　耕叟

耕者　儒者　儒士　農父　田父　蠶婦　閨婦　歌妓

歌女　機女　工女　舟子　梢子　詞客　文士　吟伯

甕者（陶尨臣也）

聖賢類　皐陶伯益第十一　並實

平　皐陶（舜臣）　周公（文王子武王弟）　宣尼（孔子）　巫咸（商賢臣）　顔回　曾參

顔高　申棖　樊遲（俱孔子弟子）　荀卿（楚人著荀）　公羊（名高著春秋傳）

田單　穰苴（並齊將）　蕭何　曹參　陳平（俱漢相）　馮唐（漢臣）

張良（漢功臣）　周昌（漢御史大夫）　相如（藺相如又司馬相如）　揚雄（漢臣）　匡衡（漢相）

文翁　劉寬　劉昆（俱漢賢守）　張綱（漢御史）　袁安（漢名臣）

王祥（晉孝子仕為太保）　孫康（晉人）　羲之（晉右軍內史）　王通（隋人學者稱為文中子）

黃香（漢人孝子）　陶潛（晉徵士）　玄齡（姓房）　姚崇　韓休（俱唐賢相）

王維　岑參（俱唐詩人）　張巡（唐忠臣）　王曾（宋三元宰相）　韓琦（宋相）

馮京（宋三元名臣）　田真（兄弟友愛紫荊復合）

〔上仄〕許由堯時人　召公武王臣　伯夷　叔齊俱孤竹君之子兄弟讓國
子游　子張　宰予　仲弓俱孔子弟子　子思孔子之孫　子期姓鍾知聲律
伍員楚人奔吳為將　伯俞有孝行　屈原楚忠臣　宋弘漢臣
馬遷漢良史　范增項羽臣　仲舒姓董漢儒　買臣姓朱漢會稽太守
霍光漢名臣　魯恭漢賢令　董宣漢強項令　李膺漢人　馬融漢儒
孔明姓諸葛名亮漢相　子猷姓王晉人愛竹　孟嘉晉人嘗登高落帽　郝隆晉人嘗曰晒腹中書
謝安晉相　孟宗晉人有孝行　魏徵　馬周　杜淹俱唐相　鄭虔
孟郊　許渾俱唐詩人　退之姓韓名愈唐大儒　子瞻姓蘇名軾宋文人
宋庠宋三元宰相　岳飛宋名將　杜康善造酒
〔仄〕伯益舜臣　傅說商高宗相　呂望武王臣　管仲齊大夫　冉有
閔損　子路　子貢　子羽　有若俱孔子弟子　老子李聃也
列子名禦寇　墨子墨翟也俱異端之士　子產鄭大夫　武子姓孫著兵法十三篇

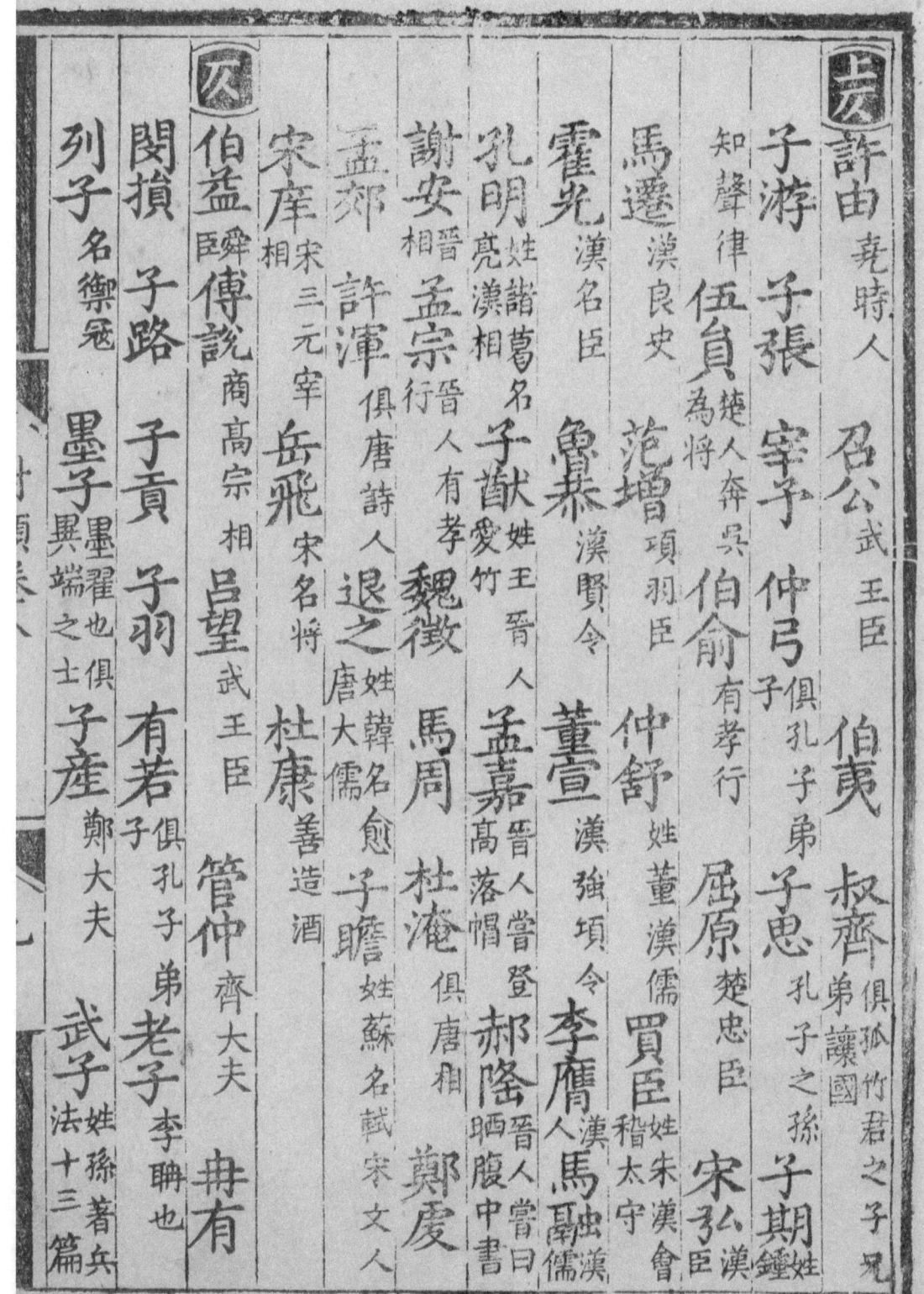

孟子名軻　范蠡越大夫　叔向晉大夫　尹喜周末人　李牧秦將

項羽西楚霸王　紀信漢忠臣　李廣漢將　汲黯漢直臣　丙吉

魏相俱漢相　賈誼漢人嘗上治安策　貢禹漢人　鄧禹漢將　卓茂漢賢令

董永　李密俱有孝行　子建曹植字　祖逖　庾亮俱晉人

沈約梁人始定四聲　李靖唐將　宋璟　陸贄俱唐相　李白　杜甫

賈至　李賀俱唐詩人　柳子名宗元唐文人　許遠唐忠臣　趙普

寇準　富弼俱宋相

上平

伊尹湯相　彭祖古之有壽者　微子商忠臣　申伯周賢侯　莊子名周

楊子名朱異端之士　曾點孔子弟子　吳起魏將　韓信漢將　周勃漢相　晁錯漢臣

蘇武漢忠臣　張敞漢京兆尹　劉向漢宗室以諫顯　班固漢良史

黃霸　龔遂俱漢賢守　楊震漢清白吏　劉寵漢廉吏　關羽蜀將

黃憲漢名士　毛義漢人以孝稱　王粲漢人有登樓賦　丁固吳人夢松為三公

羊祜晉功臣　陶侃晉臣運甓　王導晉相　車胤晉人嘗囊螢讀書
張翰晉人　靈運姓謝宋詩人　孫敬嘗閉戶讀書　何遜梁詩人　如晦姓杜
裴度俱唐相　王勃唐文人　張旭唐人善草書　高適　王建
錢起俱唐詩人　周子名敦頤　程子伯子名顥叔子名頤　康節姓邵名雍賜號康節
張子名載　朱子名熹俱宋大儒　曾鞏宋文人　唐介宋御史以直諫聞

## 龔黃卓魯第十二

〔平〕

龔黃龔遂黃霸漢賢守　程朱程子朱子宋大儒　蘇黃蘇軾黃庭堅俱善書　張陳張耳陳餘
金張金日磾張安世漢貴戚　陳雷陳重雷義友義如膠漆　荀陳荀淑陳寔漢名士
申韓申不害韓非治刑名　張韓張俊韓世忠宋名將　關張關羽張飛　顏楊顏真卿楊凝式
歐蘇歐陽脩蘇軾俱以文名　曹劉曹植劉禎魏人以文名　游楊游酢楊時程門高弟
孫吳孫武子吳起俱善兵　班揚班固揚雄漢文人　顏曾顏子曾子　陰何陰鏗何遜以詩名
蕭曹蕭何曹參漢相　朱陳二姓世為婚姻　孫龐孫臏龐涓同學兵法　蕭朱蕭育朱博二人相友

〔並實〕

蘇張 蘇秦張儀戰國遊說之士　歐虞 歐陽詢虞世南以能書名　羲黃 伏羲黃帝

周程 周子程子　楊劉 楊億劉筠齊名　鍾王 鍾繇王羲之俱能書　夷齊 伯夷叔齊

何劉 何遜劉孝綽俱年能文　黃虞 黃帝虞舜　元劉 元微之劉夢得唐詩人

軒岐 軒轅岐伯　夔龍 舜二臣　皐夔 舜二臣　荀揚 荀子揚子

羲農 伏羲神農　蕭樊 蕭何樊噲漢二臣　羲軒 伏羲軒轅　韓彭 韓信彭越漢功臣

韓歐 韓愈歐陽脩以文名　伊周 伊尹周公以相業名　張朱 張子朱子

去 禹皋 大禹皐陶　老莊 老子莊子　孔曾 孔子曾子　孔顏

孟荀 孟子荀卿　富韓 富弼韓琦宋名相　富歐 富弼歐陽脩宋名臣　穆襄 穆公襄公

范張 范式張元伯為雞黍之約

入 卓魯 卓茂魯恭漢賢令　孔孟　許史 許廣史恭　李郭 李膺郭泰同舟望者謂之登仙

董賈 董仲舒賈誼漢名臣　李杜 李白杜甫唐詩人　屈宋 屈原宋玉以騷賦名　鮑謝 鮑照謝靈運

沈宋 沈佺期宋之問俱詩人　管樂 管仲樂毅　管蔡 管叔蔡叔　耿賈 耿弇賈復

絳灌 絳侯周勃灌嬰二漢臣　沈謝 沈約謝玄暉俱以詩名　寇鄧 寇恂鄧禹俱漢名將

管鮑 管仲鮑叔以善交名　馬鄧 馬武鄧禹漢名將　丙魏 丙吉魏相漢名相　禹稷 禹稷舜二臣名

衛霍 衛青霍去病漢名將　稷契 舜二臣名　羿奡 羿善射奡盪舟　郭薛 郭元振薛稷

桀紂

房杜 房玄齡杜如晦唐名相　韓柳 韓愈柳宗元俱能文　元白 元微之白樂天唐詩人

班馬 班固司馬遷漢良史　韋柳 韋應物柳宗元以詩名　蘇李 蘇武李陵為五言詩首唱

廉藺 廉頗藺相如為刎頸之交　韓范 韓琦范仲淹　陶謝 陶潛謝靈運杜詩安得思如陶謝手

王貢 王陽貢禹王貢彈冠　劉阮 劉晨阮肇　陶阮 陶潛阮籍　劉柳 劉禹錫柳宗元

嵇阮 嵇康阮籍　劉項 漢高祖項羽　巢許 巢父許由　牛李 牛僧孺李德裕

楊墨 楊朱墨翟　賁育 孟賁夏育古之有力人也　游夏 子游子夏以文學名

伊傅 伊尹傅說　周召 周公召公　顏冉 顏子冉子　伊呂 伊尹呂望

平勃 陳平周勃　堯舜　周孔　王謝 王導謝安晉名族　頗牧 廉頗李牧趙名將

姚宋（姚崇宋璟唐相） 申呂（申伯呂侯） 幽厲

三才類

天神地獮第十三

〔平〕天神 天靈 天工（書天工人其代之） 天君（荀子正其天君） 天民（全盡天理謂之天民） 〔並實〕

天王（天子也） 天軍 天兵 天妃 天公 天官 天人

天仙 天師 天皇（古有天皇氏） 天童 神王 神人 神君

官人 童人 民軍 民兵

〔去〕地邪 地仙 地公 地靈 地祇 地皇（古有地皇氏） 地翁

土神 土人 土孫 土公 鬼仙 鬼人 鬼工 社神

〔仄〕地獮 地煞 地魄 地鬼 地祟 地魅 地主 地客

地友 地旅 地母 土母 土鬼 土魄 土客 土友

土旅 鬼魅 鬼子 鬼婦 鬼母 鬼隱 佛祖 佛子

〔上平〕天子 仙女 仙母 仙客 仙友 天帝 天母 天宰

天吏奉行天命謂之天吏 仙子天使也天子之使 天相 天將 天主

天客 天鬼 天魃 幽魃 幽魄 精魄 陰鬼 寃魄

寃鬼 邪魃

朱雲李漢第十四

【平】朱雲漢槐里令以直諫名 朱暉漢人 周霄戰國時人 孫陽善識馬人以伯樂稱之 【並實】劉晨漢人

鄒陽漢人 桓温晉叛臣 韋温温有女工屬文曾續曹大家女訓 楊時

裴旻唐將軍善舞劍

【上去】卞和楚人嘗抱玉而泣 顧和晉人仕為尚書令 有清操 陸雲晉人與兄機齊名號二陸

岳雲宋將 趙雲漢將 趙温漢人 敬暉唐人 李氷秦蜀郡太守興水利

【入】李漢唐人韓愈之婿 鮑照宋人能詩 應曜漢人 毋照唐人 翟景戰國時人

鞏朔晉人

【上平】吳漢漢名將 祁午晉人 胡旦宋人 王旦宋名臣 張旭唐人善草書

胡宿宋人 張雨元人 劉晏唐人

呼童命友第十五

上虛 活 下實

平 呼童 呼兒 招朋 邀朋 交朋 懷朋 邀賓 延賓

招賓 留賓 封王 封侯 封官 延師 求師 從師

隆師 尋師 尊師漢明帝尊師桓榮 陳師詩陳師鞠旅 求官 求仙

求人 求才 求賢 延賢 興賢賓興賢能 尊賢 思賢

思人 思君 思親 歸農 為農 為君 為官 為儒

為僧 為商 逃禪杜甫中往往愛逃禪 辭親 尋僧 稱臣 征蠻

懷人 迎醫

上去 事君 輔君 致君杜致君堯舜上 敬君 問君 諫君 勸君

奉親 事親 敬親 養親 澤民孟子得志則澤加于民 愛民

取朋 會朋 待賓 款賓 餞賓 勸農 課農勸課農桑

課兒　訓兒　事師　擇師　誓師（誓告師衆）　出師　擇交

擇鄰　卜鄰　訪鄰　約人　待人　活人　取賢　納賢

入官　拜官　度僧　訪僧　禦戎　引兵　犒軍（犒賞勞也）

力農

【仄】命友　會友（論語君子以文會友）　取友　擇友　訪友　結友　約客

送客　對客　待客　問客　謝客（謝絶也）　愛客　訓子

送子　課子　教子　事父　奉父　養父　諫父　事母

奉母　養母　事上　奉上　敬上　事主　待士　下士

取士　擇士　養老（孟子西伯善養老）　養士　立帝　立后　命將

遣將　拜將（漢高祖築壇拜將）　拜相　擇相　命相　命妓　擁妓

出戍　事佛

【平】求友　尋友　交友　招客　留客　迎客　邀客　爲客

招旅 為旅 扶老 携幼 選携幼入室 將父 詩不遑將父 從父
將母 詩將母來諗 尋母 朱壽昌棄官尋母 思母 求母 思弟 尋弟
封弟 從子 禮記婦人夫死從子 為吏 從吏 求士 延士 徵士
尊主 攘狄 尋故 携妓

歌廉借冠第十六 與地理門耕莘釣渭互用 上虛 活 下實

平
歌廉 廉范為蜀郡守百姓歌之 征蠻 征遼 征胡 征苗 大禹征苗
依劉 先主依劉表 從周 語吾從周 安劉 史安劉者必勃 歸周 宗周
朝周 虞芮爭田相與朝周 興周 興周道於東方 歸楊 孟子逃墨必歸於楊 逃楊 孟子逃楊必歸於儒
要湯 孟子割烹要湯 吞吳 杜遺恨失吞吳 希顏 揚子希顏之人亦顏之徒 平胡
擒胡 居邠 周太王居邠 游梁 孟子游梁 宗堯 禮云祖顓頊而宗堯
擒韓 漢高祖偽游雲夢擒韓信

去
避秦 桃源人避秦 過秦 賈誼著過秦論 入秦 百里奚入秦 過匡 孔子過匡匡人圍之

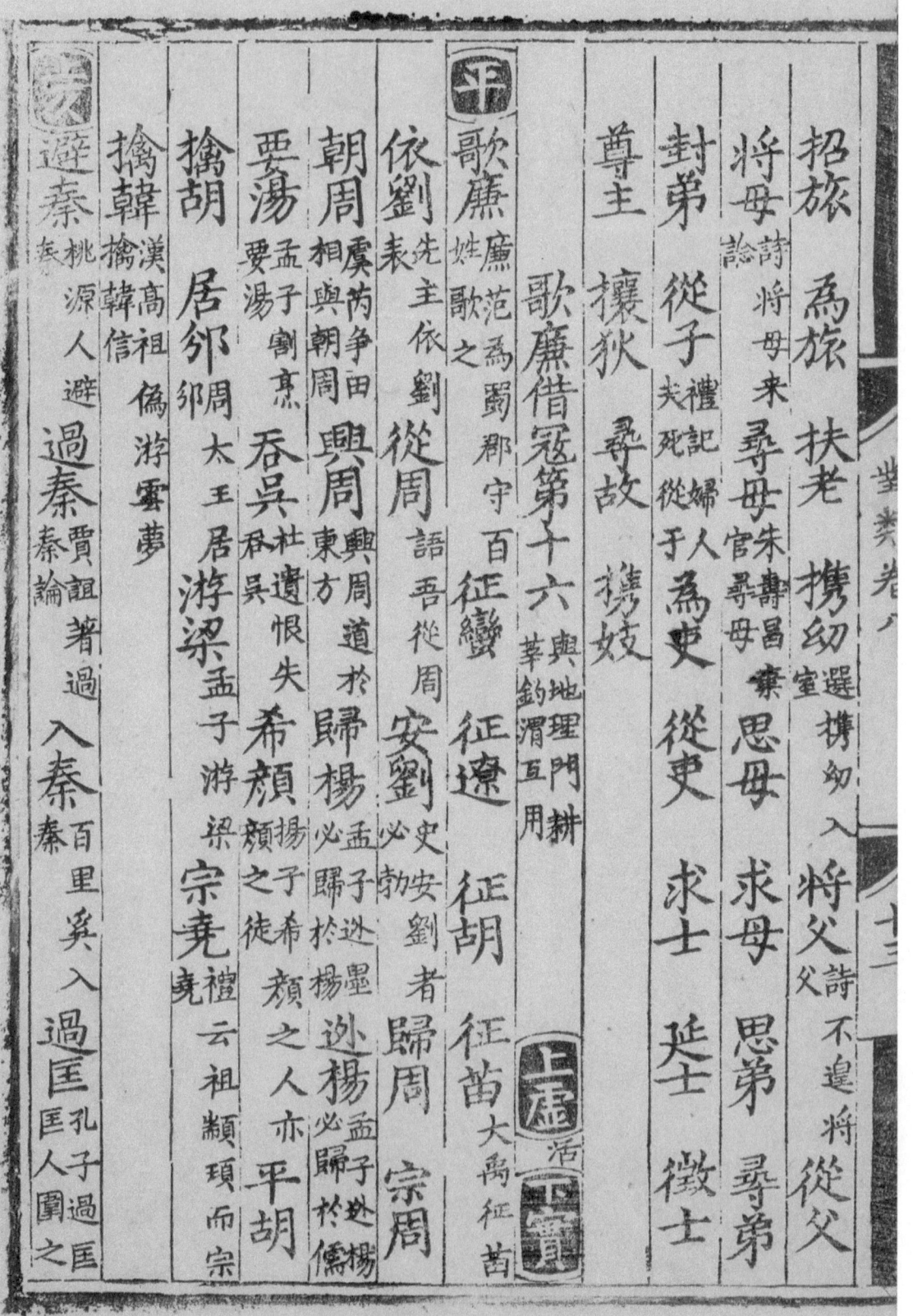

滅齊　紹堯舜紹堯致治　誦堯孟誦堯之言　見堯舜羹墻見堯　滅吳

克商武王克商　翦商太王翦商　伐商武王伐商　伐吳越勾踐伐吳

救齊　伐齊　在齊孔子在齊聞韶　破齊　去齊孟子去齊　伐韓

仰韓韓愈學者仰之如泰山北斗　相韓張良五世相韓　備胡秦始皇築長城以備胡

相秦百里奚相秦　拒秦六國拒秦　說湯伊尹說湯伐夏　適周孔子適周問禮

滅胡　望回賜也何敢望回論語　鑄顏孔子鑄顏淵見揚子　破燕齊人破燕

【及】借寇史願借寇君一年　學孔孟子所願則學孔子　訪戴王子猷雪夜訪戴　去魯孔子去魯

反魯孔子自衛反魯　諫紂比干諫紂　避紂伯夷太公避紂　伐楚齊桓公伐楚

誑楚漢紀信請誑楚　過宋孔子微服過宋　數羽漢高祖數項羽十罪　赦季漢高祖赦季布

事漢　纘禹書纘禹舊服

【幸】安漢　歸漢　思漢史謳歌思漢　歸楚　師孔　尊孔　師孟

疑孟司馬光作疑孟　歸墨　逃墨　追信蕭何追韓信　思禹覩河洛而思禹功

吞蜀　誅呂漢平勃誅諸呂

吳姬楚女第十七

（平）吳姬　虞姬項羽美人　燕姬杜燕姬翠黛愁　秦娥秦女　曹娥孝女　齊娥　（並實）

韓娥列子韓娥鬻歌餘音遶梁　湘妃舜二妃死于湘水　齊姜詩必齊之姜　秦人

齊人　幽人　周人　胡人　唐人　吳人　堯民　周民

商民　吳兒　胡僧　胡奴陶侃奴　齊師　秦兵　胡兒

（上去）楚姬　舜妃　楚妃　楚軍　漢軍　漢官史復見漢官威儀　漢儒

魯儒　漢兒　魯男魯男子　魯生漢魯兩生　越人　漢人

魯人　楚人　宋人　舜臣舜有臣五人　晉賢　晉兵　越兵

漢儲　楚囚

（仄）楚女宋玉賦天下之佳人莫如楚國　漢女詩漢有遊女　越女李越女天下白　越婦

魯客　楚客　楚士　楚使　楚盜　漢傑漢三傑蕭何張良韓信

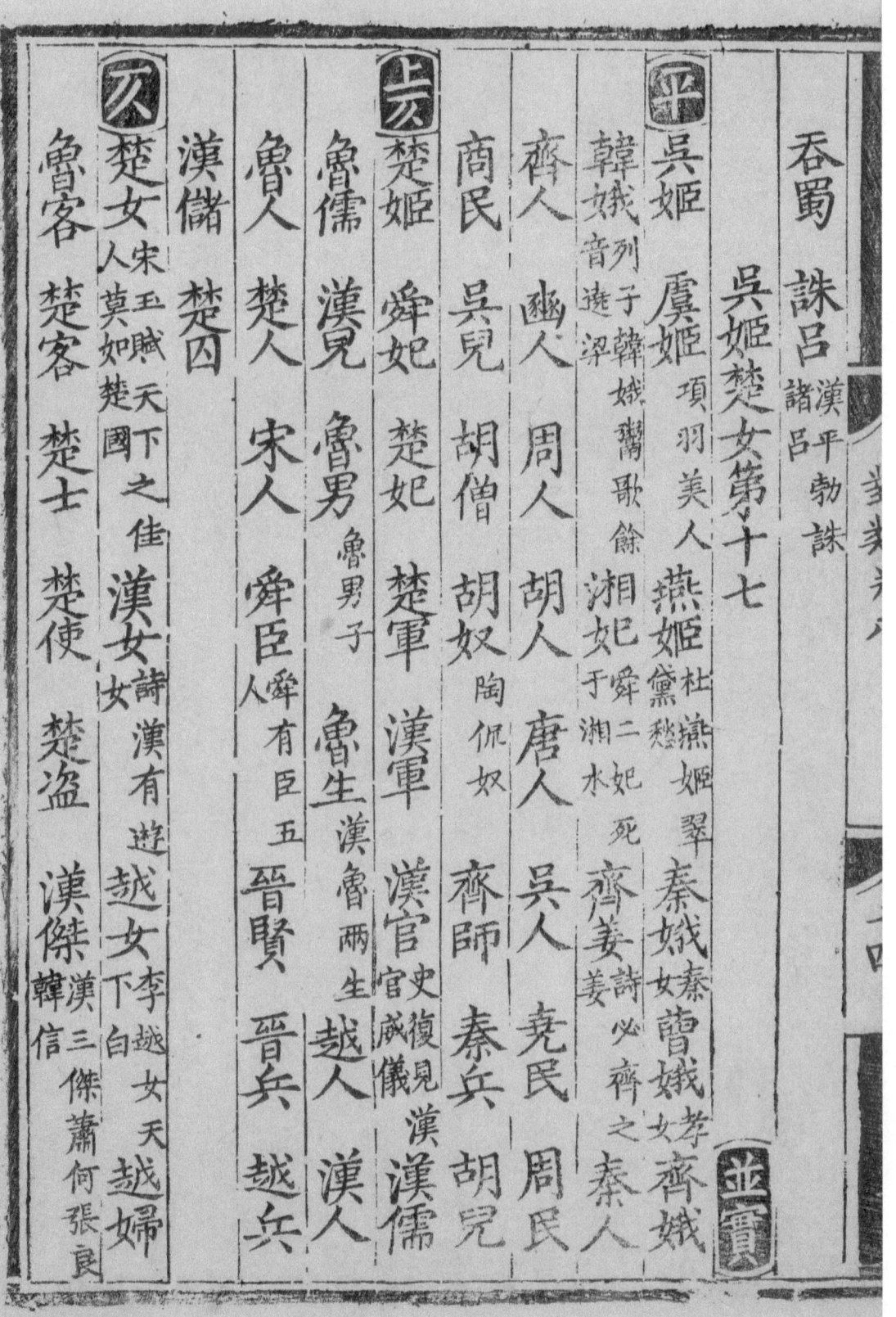

漢將　漢使　蜀將　宋女　漢相

〔十平〕秦女　齊女　巫女巫山神女　燕姞　湘女　周士周有八士

商士詩敏　商士膚　商皓商山四皓

西施織女第十八　〔並實〕

〔平〕西施吳宮女　楊妃唐明皇妃　真妃　潘妃　班姬漢婕妤

明妃昭君　文君漢卓氏　文姬漢蔡琰　劉郎劉禹錫前度劉郎今又來

毛嬙　羅敷古貞婦　王郎王凝之　周郎史周郎顧謂周瑜

潘郎晉潘安　何郎晉何晏

〔十仄〕王真楊妃名　王環楊妃小名　緑珠石崇妾名　六郎張昌宗

小蠻白樂天妾名

〔仄〕織女天孫星　謝女　宋子

〔十平〕西子美婦人　齊子魯桓公妃　王母　樊素白樂天妾名　姑射

飛燕漢成帝寵姬後為后　蘇小錢塘娼　神女　湘女

## 田夫驛使第十九

地理　平　田夫　田翁　山翁　山人　山僧　山氓氓野民也　並實　山妻
山童　溪翁　村翁　鄰翁　鄰人　宮人易貫魚以宮人寵　庖人
廚人　邦人　家人　夷人　鄉人　鄉童　村童　村夫
郊民　鄉民　宮嬪　宮娥　江神　園丁　場師治場圃者
邊氓
上去　水仙　洞仙　國賓易觀國之光利用賓于王　國人　野人　路人
市人　里人　邑人　寺僧　野僧　野夫　海翁海翁忘機事
塞翁塞翁失馬事　野翁　塞兵　寨兵　水神　海神　嶽神
監生　市民　竈丁　里夫　海蠻　野農
去　驛使　驛吏　野客　水客　海客　野叟　谷叟　野隱

野士　野老　野婦　國士史待我以國士　國老夏后氏養國老於東序

洞主　屋主　社長　石佛　塞卒

上平　宮女　溪女　村女　閨女　閨婦　村婦　田婦　鄰婦

溪婦　山客　淵客　田父　田叟　田畯田畯農官也詩田畯至喜　邊帥

邊將　邊卒　城卒　村友　溪友　林叟　村叟　村僕

花木　鄉老　鄉士一鄉之善士見孟子　朝士

飄蓬泛梗第二十

平　飄蓬　穿楊射穿楊葉　期瓜左氏時而往及瓜而代　分茅分茅胙土　上虛　活　下實

傾葵葵花傾陽人之忠者似之　宣麻唐制用黃白二麻為綸命通事舍人宣之　浮萍

登梯

去　泛萍　對薇樂天紫薇花對紫薇郎　轉蓬古者觀轉蓬為車　拔茅易拔茅連茹

負荊廉頗負荊請罪　採花　判花唐故牒有五花判　伐柯詩伐柯伐柯其則不遠

剪桐成王有剪桐之戲周公諫之

〔仄〕泛梗　拔茹　荷蓧論語遇丈人以杖荷蓧　折桂　擢桂杜甫禮闈曾擢桂

視草唐學士於禁中草詔雖役翰林亦資檢校故曰視草　破竹史兵威已振譬如破竹

夢草謝靈運嘗夢其弟得句云池塘生春草　刻木史刻木為吏期不對　拾芥史取青紫如拾地芥

起粟蘇凍合玉樓寒起粟

〔平〕行李　棲棘史枳棘非鸞鳳所棲　連茹　焚草史孔光焚諫草

鴻儒羽客第二十一

〔鳥獸〕

〔平〕鴻儒鴻大也　鴻生　鴻工　龍師　龍官伏羲以龍師名官　〔並實〕狙翁

鯀生　麟兒杜甫是天上麒麟兒　牛郎　牛醫漢黃憲為牛醫兒　鮫人泉客也水居織綃

牛人　雞人唐雞人報曉　龜人　蠶姑　鴉軍李克用軍皆衣黑曰鴉軍

龍孫　猪奴

〔上仄〕羽仙蘇賦羽化而登仙　鴈兒　鳳雛龐士元為鳳雛　鶴翁　虎賁書虎賁三千人

虎臣 詩矯矯虎臣 豹侯 鳥官 少昊以鳥紀官 羯奴 顔杲卿罵安祿山為羯奴
象奴
〔夾〕羽客 道士也 羽士 虎士 李嵩前虎士羅干將 虎旅 李商隱空聞虎旅鳴宵柝
虎將 關張熊虎之將 騎將 騎卒 騎士 狗盜 孟嘗君門下有善狗盜者
鶴叟
〔上平〕熊士 鳧士 蠶女 蠶婦

龍飛虎變第二十二 〔上實下虛〕活

〔平〕龍飛 天子即位曰龍飛 狼貪 狼性貪人貪者似之 狼飡 狐疑 狐性疑喻人之不決者
蠅營 詩營營青蠅
〔去〕燕居 燕閒 鹿鳴 詩篇名
〔入〕虎變 易大人虎變 豹變 易君子豹變 雀躍 喻人喜態 燕賀 大厦成而燕雀相賀
蟻慕 鵠立 蘇侍臣鵠立通明殿 狗苟

上平 鴻集 烏合 鵬化莊子鯤化為鵬 龍化魚化龍 龍臥孔明臥龍

猶豫猶犬子也其性豫 烏集 蠶食秦蠶食六國 鯨吸 上半虛下實 鯨飲杜飲如長鯨吸百川

聲色 蒼生赤子第二十三

平 蒼生民蒼蒼然而生視遠之意也 蒼官樊宗師目松為蒼官 蒼童 蒼頭奴子也

黃童黃香人稱為江夏黃童 青童李倚樹招青童 玄童 青娥杜青娥皓齒在樓船

青奴竹夫人 青姑 青衿詩青青子衿 青衣童子也 緇流僧

紅裙韓惟能醉紅裙 紅粧 紅兒唐官妓名 黎民民首皆黑故曰黎民 烏蠻

烏郎 黃公商山四皓有夏黃公

上仄 素娥 素王孔子 素臣左丘明為素臣 素侯千金之家曰素侯 白衣陶潛白衣送酒

白丁謂無文者 黑頭 粉郎何晏面如傅粉 赤丁

仄 赤子小兒也 赤帝南方之神 赤老 赤脚韓一婢赤脚老無齒 赤族

白帝西方之神 白叟老人也 素女

並 黃帝中央之神　黃髮　黃耇並老人　黃妳唐人呼晝睡為黃妳　黃子 並

紅袖　紅粉　紅女　青女　緇女　緇侶僧　黔首民

金童玉女第二十四

金 平 金童　金娥　金人周公廟有金人三緘其口　金仙僧家指佛　金奴

金吾執金吾官名　金昆兄弟謂之金昆　金公　瑤姬瑤姬封於巫山出神女賦

瓊姬仙女　酥娘　珍儒禮記儒有席上之珍以待聘　珠郎　錢兄俗呼錢為孔方兄

上 玉人晉衛玠人呼為玉人　玉昆史玉昆金友　玉奴蘇玉奴紘索花奴手　玉妃韓雪詩從以萬玉妃

玉姬　玉童王相國夢人賜玉童遂生子　翠娥　粉兒　粉郎　粉奴

石人

仄 玉女詩書中有女顏如玉　綵女　石丈　繡使漢有繡衣使者　繡女　玉帝

玉壻晉衛玠妻父樂廣有重名談者謂婦翁氷清女壻玉潤　鐵漢蘇軾云劉元城真鐵漢也

玉友　石友　翠婦　貨客

【十二】銅使人（掌漏刻之）　金母　金友　珠客　錢客

【方隅】南商北客第二十五　【上半虛下實】

【十】南商　南人　南蠻　南翁（惠愛南翁喜）　東君　東夷　前軍
中軍　南軍　西軍　西戎（書西戎即叙）　西賓（塾師也）　西人
東人　前人　中人　前王　前賢　先王　先臣　先賢
先民

【十六】北人　後人　內人　外人　上人　上賓　上公　上農
上卿　下農　內臣　外臣　外兄　外郎（唐謂員外郎為外郎）　後王
後賢　後軍　北軍　左軍　右軍　左丞　右丞

【八】北客　北士　北狄　上帝　上客　上士　上將　上相
左相　右相　左輔　右弼　內史　內子（古稱國君妻為小君內子）
內弟（姑之子為內兄弟）　外史　外舅　左史（左史紀言）　後主　後聖

徃聖 下士

[上平] 西母（西王母） 西旅（西方之國） 先聖 先哲 先子 前聖

前輩 前列 東道（左舍鄭以為東道主） 中士

人皆我獨第二十六 [上實下虛] 死

[通用] [平] 人皆 人同 人多 人俱 人都 人齊 人先 人孤

誰同 誰先 誰多 吾俱 吾偕 君同

[上去] 我先 我孤 我同 衆皆 衆同 衆俱 衆多 衆齊

[仄] 我獨 我共 我與 我自 我欲 衆欲 衆共 衆與

[上平] 君獨 誰獨 伊獨 吾獨 人獨 人共 君共 君莫

誰共 誰伴 誰與 吾與

人誇我愛第二十七 [上實下虛] 活

[平] 人誇 人言 人稱 人知 人傳 人憐 人推 人嗟

人疑 誰知 誰將 誰疑 誰言 誰堪 誰譽 誰稱
誰傳 誰猜 誰評 吾聞 吾知 吾言 吾推 吾堪
吾憂 吾當
【上去】我聞 我言 我能 我知 自知 自思 自言 自憐
自嗟 自傷 自悲 自評 自疑 自持 自矜 自驚
衆驚 衆推 孰能 孰堪
【仄】我愛 我喜 我羨 我有 我見 我道 自保 自信
自笑 自樂 自省 自喜 自愛 自責 自道 自謂
自顧 自反 自屈 自惑 自恕 自揣 自悔 自訟
自改 自是 孰謂 孰識 衆讓
【上平】誰道 誰說 誰信 誰咎 人喜 人見 人愛 人羨
人苦 人怨 人恨 人笑 人歎 人樂 人道 人說

人遜　人服　吾愛　吾惑　吾敢

催人送我第二十八（與後類互用）　上虛活下實

〔平〕催人　撩人　知人　懷人　因人（史因人成事）　敎人　逢人

勞人　由人　尤人（論語不怨天不尤人）　勞君　憑君　煩君　懷君

思君　邀君　知君　憑誰　因誰

〔去〕為誰　仗誰　付誰　請誰　付人　倩人　為人　與人

仗君　送君　付君

〔入〕送我　為我　念我　與我　仗我　顧我　向我　伴我

信我　為爾　為子　為己

〔上平〕催我　從我　隨我　懷我　知我　憐我　欺我　煩子

推子　知子　由己　因爾

憑他任我第二十九　上虛活下實

【平】憑他　輸他　憐他　由他　教他　從他　從渠俗謂彼爲渠
因他　關渠
【去】任渠　笑渠　念渠　任他　看他　爲他　爲伊　爲君
念君
【入】任我　付我　自我　笑我　用我　識我　負我　任彼
聽汝　笑汝
【上】從汝　輸我　從我　由我　憑我　教我　知彼

## 誰人我章第三十　【上半虛下實】

【平】誰人　吾人　何人　斯人　吾皇　吾王　吾親　吾兄
他人　伊人　吾君　吾師　吾夫　吾儒　吾儕　吾徒
吾儂　吾曹　吾民　吾兒　渠儂　伊行　誰行　而翁
先儒

（上仄）若翁　刀翁　是翁　此翁　我翁　汝翁　那人　甚人
若人　此人　此曹　此郎　此兒　此童　此官　厥官
厥民　汝曹　爾曹　我師　我君　我曹　我軍　我皇
乃郎　爾公　爾兄
（仄）我輩　汝輩　此輩　若輩　爾輩　爾祖　爾父　爾輔
爾族　爾黨　爾宰　厥考　厥父　厥子　厥后　厥辟
乃祖　乃父　乃子　乃弟　此老　此子　我侶　我友
我客　汝主　彼相
（上平）吾輩　吾屬　吾黨　吾友　吾子　吾侶　吾老　吾父
吾幼　吾相　吾帥　吾主　吾客　吾祖　吾弟　之子
誰子　誰氏　他輩

人前客裏第三十一　上實下虛　死

【平】人前　人中　人間　民間　農間　兵間　王前　君前
賓前　軍前　軍中　儒中　官中　臣中　朋中
【上万】客中　旅中　衆中　将中　士中　子中　父前禮父前子名
帝前　佛前　友前　世間　族間　客邊
【仄】客裏　衆裏　世上　世外　物外　旅外　客次　官次
旅次　我畔　老畔　旅畔　族内　客内　士内　帝左
帝右
【上平】人下　人上　人後　君上　君側　王側　王所　師側
師次　師左易師左次　賓右　賓次　臣下　誰處　塵外

【數目】三仁四皓第三十二　【上虚死下實】

【平】三仁殷三仁箕子微子比干　三賢宋喬執中與孫莘老秦少游齊名　三良秦奄息仲行鍼虎
三豪宋歐陽公豪於文石曼卿豪於詩杜默豪於歌　三忠宋廬陵有三忠楊忠襄胡忠簡歐陽文忠

三高晉何點何求何胤兄弟號何氏三高

去 一夔堯作大章一夔足矣 二跡漢疏廣與兄子受同乞歸 兩龔漢龔勝龔舍並著名節世謂楚兩龔

二班班彪班固父子漢良史 四凶舜去四凶 五常漢馬氏五常白眉最良

四豪齊孟嘗君魏信陵君趙平原君楚春申君 七賢晉嵇康阮籍山濤向秀劉伶阮咸王戎為竹林七賢

八仙杜甫有飲中八仙歌 八元高辛氏才子八人

入 四皓東園公夏黃公綺里季甪里先生 五老宋馮平杜衍王煥畢世長朱貫為睢陽五老

四配顏曾思孟 二老伯夷太公 六逸唐李白孔巢父韓準裴政張叔明陶沔號竹溪六逸

八俊漢李膺荀昱杜密王暢劉祐魏朗趙典朱寓 八達晉光逸胡毋輔之謝鯤阮放畢卓羊曼桓彝阮孚

八凱高陽氏才子八人 八顧漢郭泰范滂尹勳巴肅宗慈夏馥蔡衍羊陟顧者言能以德行引人者也

八及漢張儉翟超岑晊苑康劉表陳翔孔昱檀敷及者言能導人追宗者也 十哲孔子弟子

八士周八士伯達伯适仲突仲忽叔夜叔夏季隨季騧 九老唐白居易與胡果等為香山九老會

上平 三傑漢張良蕭何韓信 三義漢昭烈關羽張飛 三隱晉周續之劉遺民陶淵明為潯陽三隱

三笑 虎溪三笑遠公陸青靜陶淵明也

三都兩漢第三十三 與地理門三吳百越互用

〔平〕三都 蜀都魏都 吳都 三秦 項羽封章邯雍王司馬欣塞王董翳翟王為三秦 孤秦 〔上虛 死 下實〕孤隋

〔上亥〕二都 東京西京 二京 兩京 四京 東西南北 五胡 五朝

六朝 六戎 八蠻 九夷

〔一亥〕兩漢 西漢東漢 兩晉 西晉東晉 四代 五代 梁唐晉漢周 五狄

六國 七國 燕趙韓魏秦楚齊 六狄 九貊

〔上平〕三代 夏商周 三晉 魏斯趙籍韓虔 三楚 西楚東楚南楚 三國 蜀魏吳

三農百姓第三十四 〔上虛 死 下實〕

〔平〕三農 三皇 三公 三人 三軍 千軍 千人 千兵

千官 羣賢 羣公 羣英 羣僚 羣生 羣臣 羣仙

羣兒 諸儒 諸生 諸軍 諸侯 諸官 諸賢 諸臣

諸王　諸兄　孤臣　孤兒　孤軍　孤僧　雙親　多男

（去）一君　兩君　一人　一夫　一民　二親　四民士農工商

五侯　五官　六官　六卿　六師　六軍　二雛　四鄰

九卿　九男堯有九男　百官　百僚　百夫　百工　萬民

萬人　萬夫　兩軍　萬兵　衆賢　衆賓　衆民　衆人

庶官　庶人　庶民　兆民

（入）百姓　萬姓　兆姓　一相　一將　一祖　一主　一士

一旅　一子　四輔左輔右弼前疑後丞　五帝　五史太史小史內史外史御史

六相　九牧　九族　百職　百將　萬旅　萬卒　衆客

衆士　衆卒　列聖

（上平）羣聖　三族父族母族妻族　三老知天地人曰三老　三友　諸將　諸老

諸父　諸母　諸弟　諸子　諸婦　羣后　羣吏　羣士

多士

英雄雅淡第三十五（與人事門風流慷慨互用）

【連綿】【平】英雄　英豪　端莊　威嚴　清高　清新　清閑　清臞【並虛死】

清癯　清奇　魁奇　踈狂　輕狂　寬容　雍容　從容

優柔　温柔　軒昂　驕矜　嬌羞　妖娆　豐肢　侏儒

孤高

【上仄】燕閑　肅雍　老成　善柔　艶嬌　靜專

【仄】雅淡　冷淡　淡泊　秀麗　俊麗　妙麗　俊偉　俊敏

俊逸（杜：俊逸鮑參軍）　俊雅　俊秀　秀異　秀拔　洒落　磊落

落魄　放曠　曠遠　豁達（漢高祖豁達大度）　濟楚　窈窕（詩：窈窕淑女）

裊嫋　矍鑠（史：矍鑠是翁哉）　倜儻（不羈也）　潦倒　蹭蹬　卓犖

老練　瘦削　陋惡

瀟洒 清洒 清浚 清秀 清淑 清瘦 溫粹 溫潤

和易 史民和易近 驕慢 豪放 豪傑 豪俠 魁偉 聰慧

聰俊 華麗 姝麗 端正 儒雅 嬌媚 莊重 凝重

端重 奇特 豐滿

賢哉卓爾第三十六

賢哉 論語回也賢哉 奇哉 仁哉 明哉 良哉 書元首明哉股肱良哉

昂然 翛然 清遠意 溫然 藹然 溫其 詩溫其如玉 溫乎

粹然 儼然 論語儼然人望而畏之 坦然 艴然 不悅貌 眊然

愀然 浚然 卓然 自然 睟然 孟子見於面睟然 盎然 僾然

赧然 孟子觀其色赧赧然 野哉 論語野哉由也 偉哉 瞭焉 孟子胸中正則眸子瞭焉

卓哉

卓爾 論語如有所立卓爾 莞爾 粹若 儼若 偉矣 美矣 大矣

勇美 老美 秀美 聖也 善也 彥也

上平 顒若易有孚顒若 端若 賢美 忠美 清美 豪美 仁美

疊字

# 堂堂楚楚第三十七

並虛死

平 堂堂論語堂堂乎張也 昂昂詩顒顒昂昂 誾誾和悅而諍 怡怡和悅也

偲偲詳勉也 桓桓武貌 融融和也 盈盈輕也 醺醺醉 孜孜勉也 便便辯也

崽崽無知貌 惺惺醒也 陶陶詩其樂陶陶 雍雍和也 悠悠思之長也

愉愉悅也 蹌蹌衆盛貌 陽陽詩君子陽陽得志貌 閑閑自得之貌 優優

切切詩勞心切切 休休有容之貌

仄 楚楚鮮整貌 挺挺超拔貌 棣棣富而閑習之貌 濟濟衆盛貌

耿耿憂貌 行行剛強貌 磊磊石 整整 肅肅敬也 蹇蹇易王臣蹇蹇

三字 侃侃剛直也 藹藹盛貌 烈烈 靡靡詩行邁靡靡 赳赳

# 聖明君忠直士第三十八

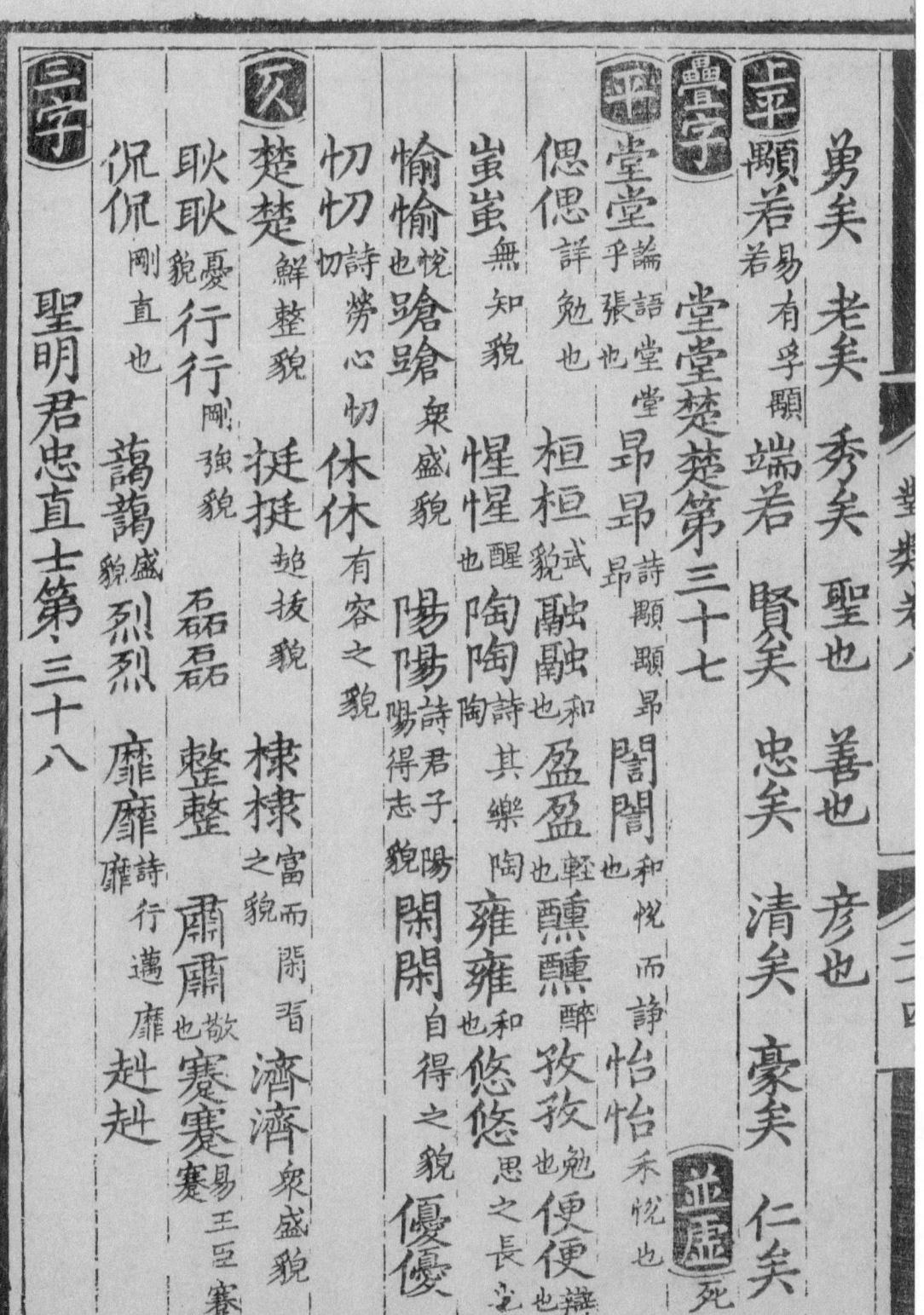

平 聖明君　賢聖君　英武君　忠直臣　忠良臣　忠烈臣
文武臣　将相臣　諫諍官　廉明官　帝王師　諫諍臣
文武材　将相材　俊傑材　豪傑材
仄 忠直士　忠正士　文墨士　文章士　文武士　謀謨士
豪傑士　英雄士　剛方士　道德士　奇特士　賢聖主
明聖主　英明主　神聖主　神明祚　神明胄 胄裔也
仁義将　循良吏

## 賢使君聖天子第三十九

平 賢使君　大丈夫　偉丈夫　美丈夫　烈丈夫　賤丈夫
大聖人　大賢人　美婦人　醜婦人　大将軍　散神仙
飛将軍 漢李廣　真将軍 漢周亞夫　美少年　惡少年
新狀元　老中書　好男兒　真諫官 唐李景伯

仄 聖天子　明天子　奇男子　好男子　真男子　大君子
古君子　貴公子　佳公子　名家子　真君子　賢宰相
真宰相　名宰相　新令尹　舊令尹　賢令尹　賢太守
大學士　賢學士　大元帥　真刺史　真長者　古循吏
古烈女　佳吏部 晉徐寧

社稷臣縉紳士第四十

平 社稷臣 漢汲黯　疆場臣　柱石臣 漢王商　鼎鼐臣
絲綸臣　市井臣 在國曰市井之臣出孟子　草莽臣 在野曰草莽之臣出孟子　館閣臣
廟廊材　棟梁材　台鼎材
仄 縉紳士　帷幄士　樽俎士　衣冠士　閥閱士　學校士
刀筆吏　府庫吏　箕裘子 禮記良弓之子必學為箕良冶之子必學為裘　廊廟器
樞牖子 繩樞甕牖　社稷器　宗廟器　臺閣相　邦家彥

山林人湖海客第四十一

平　山林人　畎畝人　泉石人　丘壑人　巖穴人　道路人

煙波徒（張志和號煙波釣徒）　湖海客　塵埃客　山林客　風月友　溪山友　煙波叟

仄　山澤叟　煙霞侶　湖山侶　園林子　蓬華士

商山翁嚴瀨客第四十二

平　商山翁（四皓）　傅巖人（傅說）　謝池人（謝靈運）　謝庭人（謝玄謝朗）

蔣逕人（蔣詡）　漢宮人　秦宮人　庾樓人（庾亮）　顏巷人（顏子）　魏闕臣

漢臺臣（漢雲臺二十八將）

仄　嚴瀨客（嚴子陵）　禹門客　吳門客　燕市客　吳宮女

蘇門客（蘇軾門下四學士）　陶逕叟（淵明）　潘縣宰（潘安）　燕臺士（郭隗）　秦樓女

竹林賢花縣客第四十三

平 竹林賢　菊潭翁　杏園人　草堂人杜甫　草廬人諸葛亮
槐市人　栢臺人　梨園人　燕城人　華門人左華門圭竇之人
仄 花縣宰　槐庭相王祐三槐事　蘭宮客　桃源客　茅廬客
松逕客　梅嶺客　杏壇士　桂林士　棘闈士　芹宮士
薇山叟　竹溪逸　梅溪子　萱堂母

## 探花郎攀桂客第四十四

平 探花郎　賣花人　賞花人　採花人　折花人　種桃人
懷橘人陸績　賣柴人朱買臣　採芝人　賣花翁　荷簣翁
採菊人陶詩採菊東籬下　採樵人　獻芹人　鬭草人唐故事
種瓜人邵平　看竹人王子猷　拔葵人公儀休
仄 攀桂客　思蓴客張翰　折梅客　乘槎客張騫　尋花客杜甫問柳尋花到野亭
懷橘客　折柳客　飡菊客　採蓮女　採桑女秋胡妻

採菱女　條桑女　寄梅使　種桃者　種花令　茹芝叟

司花吏　愛蓮子周子　學稼士樊遲

跨鶴仙攀龍客第四十五

平　跨鶴仙　臥龍人諸葛亮　釣鰲人龍伯國有大人一釣而連六鰲

搏虎人馮婦　牧馬人　牧羊人蘇武　夢熊人　夢魚人　飯牛人甯戚

獲麟人鉏商獲麟孔子泣之　解牛人庖丁　狎鷗翁海翁忘機與鷗鳥狎　牽牛郎

牧牛童　釣魚翁

仄　攀龍客　乘鸞客　驂鸞客　乘驄客桓典　乘馬客　騎鯨客李白

釣鰲客　思鱸客張翰　乘龍壻杜女壻近乘龍　待兔子守株待兔

使牛子　釣魚叟　觀魚叟　射虎將李廣　聚螢士車胤　捕魚子

臨鸞女

鳳樓人龍門客第四十六

平　鳳樓人　鳳閣人　鳳池人　鳳闕人　烏臺人　蛟室人

麒麟閣臣（漢圖功臣于麒麟閣）　鵲橋仙

仄　龍門客　蟾宮客　鸞臺客　鱣堂客（楊震）　雞窻士（宋宗）　螢窻士

鴈塔士　虎闈士　蝸舍士　鹿門叟　鶯幃女

玉樓人金殿客第四十七

平　玉樓人　玉堂人　玉窻人　玉京人　錦城人　玉階臣

金闕仙　瑤臺仙

仄　金殿客　瓊樓客　金閨士　金臺士　金屋女　玳筵女

石渠士（漢集羣儒講五經于石渠觀）　紗窻女

倚樓人題柱客第四十八

平　倚樓人　墜樓人（綠珠）　捲簾人　濟川人（傳說）　濯纓人（孺子）　落帽人（孟嘉）

倚欄人　跨竈兒（易家人有嚴君焉井竈之謂也後人因以父喻竈謂子之過於父者為跨竈）

起家兒　倚閭親王孫賈之母　鼓盆夫莊周　舉案妻孟光　守錢奴[illegible]

及　題桂客司馬相如　彈鋏客馮驩　悲鏡客　乘槎客　升堂士子路

執鞭士論語執鞭之士吾亦為之　垂綸客杜倩問垂綸　持戟士孟子持戟之士

斲輪老輪扁行年七十而老斲輪　趨庭子伯魚　起家子　斷機女樂羊子妻

當壚女卓文君　守錢虜馬援以多財不能賑施者為守錢虜

不世君非常士第四十九

平　不世君　致治君　願治君　繼明君　不世才　濟世才

亞聖才孟子　待時人　出類人　拔萃人　得時人　得意人

中興王　間世賢

及　非常士　超羣士　懷才士　敢言士　修身士　待聘士

博學士　濟時相姚崇　懷夷將　安邊將　成家子

遊冶郎風流壻第五十

◎

平 遊冶郎 矍鑠翁 豪傑人 蕭散人

仄 風流壻 逍遥客 清閑客 踈狂客 飄泊客 窈窕女

妖娆女 風騷將

十丈夫一男子第五十一

平 十丈夫 一丈夫 一書生 一儒生 韓有儒一生 一介臣

兩仙童 兩賢人 三秀才 五男兒 五丈夫 七賢人

仄 一男子 一賢者 一道士 三學士 三高士 四傑士

八仙子 八才子 十才子 唐大曆十才子皆有詩名 六君子 百執事

百夫長 千夫長

百萬師三千客第五十二

平 百萬師 百萬兵 八千兵 項羽 三千人 五六人 論語冠者五六人

六七人 論語童子六七人 十九人 張籍十九人中最少年 三百人 書虎賁三百人

千萬人（孟子雖千萬人吾往矣）　億萬人　億兆人　十八侯（漢高祖功臣）

十八賢　三千徒（孔子弟子）

仄　三千客（孟嘗君門下三千客）　三千女（史夜出女子三千人）　二三子（論語二三子以我爲隱乎）

三千士　七十子（孔子弟子）　十二牧（書咨十有二牧）　十八士

十六相（舜舉十六相）　三百輩（詩英雄三百輩）　五千卒

萬户侯千金子第五十三

平　萬户侯　千户侯　萬里侯（班超有萬里侯相）　萬乘君　萬邦君

千乘君　萬石君（漢石奮父子五人俱二千石）　一國君　四方民

四海民　一家人　百年人　六尺孤（論語可以託六尺之孤）　五湖賓

五湖童　九江王（英布）　十洲仙　百世師（伯夷柳下惠）

仄　千金子（千金之子坐不垂堂）　百金子　百金士　一鄉士　四海士

一國士　一世士　六館士（唐太學有六館）　三島客　五湖客

六國相（蘇秦） 九州牧 百里宰（史郎官出宰百里） 千乘國 萬乘主

四字 父子君臣王侯將相第五十四

平 父子君臣 公侯子男 農賈漁樵 士農工商 輔弼宰丞

妃嬪媵嬙 父母子孫 君臣聖賢

仄 王侯將相 公侯卿士 英雄豪傑 朋友兄弟 父母昆弟

皇帝王霸 君臣父子 父兄師友 文武醫卜 巫醫卜祝

士農工賈 長少老幼

聖帝明王英君誼辟第五十五

平 聖帝明王 聖主賢臣 元老大臣 聖子神孫 名公鉅卿

老師宿儒 志士仁人 狂客散人 孝子順孫

仄 英君誼辟 明君良相 賢師良傅 元老碩輔 謀臣猛將

忠臣義士 吉人正士 明師良友 佳賓良友 嚴父慈母

嚴父孝子　義夫節婦

主聖臣賢父慈子孝第五十六

〔平〕主聖臣賢　君明臣忠　君聖臣良　君令臣恭　兄友弟恭
子孝孫賢　父義母慈　父頑母嚚　父尊子卑　將勇士強
夫義婦貞　夫和妻柔

〔仄〕父慈子孝　君貴臣賤　主明臣直　君強臣弱　師武臣力
夫和婦順　兄愛弟敬

上行下隨君倡臣和第五十七

〔平〕上行下隨　夫唱婦隨　老安少懷（論語老者安之少者懷之）　國泰民安
吏清民安　君令臣行　上恬下熙　弟勸兄酬（杜弟勸兄酬何慫差）

〔仄〕君倡臣和　聖作賢述（禮作者之謂聖述者之謂賢）　父作子述　父生師教
父生母鞠　民安物阜　上行下效　夫耕婦饁

詩社酒徒園公溪友第五十八

【平】詩社酒徒　牧叟樵童　海客湖商　羗婦胡兒　漁釣牛蓑

劍客琴師　閨婦宮娥

【仄】園公溪友　謀臣策士　詩朋酒伴　歌兒舞女　婦人女子

舟人漁子　耕夫饁婦　耕農織婦　田夫野婦　騷人墨客

酒徒詞客李浦徒詞客滿高堂

難弟難兄愚夫愚婦第五十九

【平】難弟難兄　作君作師書作之君作之師　宜君宜王　是君是臣

為君為民　爾公爾侯　乃祖乃宗　乃子乃孫　少女少郎

孰賢孰愚

【仄】愚夫愚婦　匹夫匹婦　佳兒佳婦　是父是子　宜兄宜弟

良師良友　可上可下

老成典刑風流醞藉第六十

平 老成典刑　孝友睦婣　寬裕溫柔　流連荒亡流連荒亡爲諸侯憂見孟子

趑趄囁嚅韓趑趄囁嚅足將進而趑趄口欲言而囁嚅　驕溢矜誇　恭儉溫良

仄 風流醞藉　風流儒雅　清新俊逸杜清新庾開府俊逸鮑參軍　廉勤公謹

清奇古怪　艱難險阻　慈祥愷悌　幽閑貞靜　磊落奇偉

老成莊重　明白洞達

吾翁若翁鄰子已子第六十一

平 吾翁若翁史吾翁即若翁　前王後王　前軍後軍　伯兄仲兄

太師少師　大賢小賢　立人達人論語己欲立而立人己欲達而達人

遠人邇人　真儒僞儒　上農下農　大臣小臣

仄 鄰子已子　吾老人老　吾幼人幼　伯氏仲氏詩伯氏吹壎仲氏吹篪

前聖後聖　廷尉太尉　博士學士　博我約我論語博我以文約我以禮

先覺後覺　先進後進　太傅少傅　上士中士　大桀小桀

舊令新令　舊壻新壻　損友益友

二祖四宗三皇五帝第六十二

（平）二祖四宗　二帝三王　五帝三王　三公九卿　三公六卿

三國六朝　三軍六師　列辟百僚　百官萬民　三教九流

九妃六嬪　九流百家　諸子百家　一國三公左傳一國三公吾誰適從

（仄）三皇五帝　三公四輔　三農百姓　三父八母　五男二女

五侯九伯　九官四岳　羣公百辟　羣黎百姓　萬民百姓

百揆四岳　百僚庶羣　四配十哲　百家衆技　千兵萬卒

千乘萬騎　孤兒寡婦

九五大人二三執政第六十三

（平）九五大人易乾卦　一二大臣　八百諸侯　武王十二諸侯

四七功臣漢光武二十八將　七十老翁王維七十老翁何所求　三十世家

三百英雄詩英雄三百輩　百萬生靈

仄 三三執政　二三君子　九三君子易乾卦　一二豪傑

五六冠者　六七童子　六一居士歐陽修　十八學士

八千子弟　三千弟子

天子明明王臣蹇蹇第六十四

平 天子明明　君子謙謙　君子彬彬　君子陽陽　諸侯皇皇

大臣休休　髦士峩峩　百僚師師相師法也　朋友偲偲

兄弟怡怡

仄 王臣蹇蹇　天子穆穆深遠之意　大人諤諤　大夫侃侃

丈夫烈烈　多士濟濟　吉士藹藹　君子棣棣　武夫赳赳

君君臣臣父父子子第六十五

平　君君臣臣　聖聖賢賢　尊尊卑卑　子子孫孫

仄　父父子子　老老幼幼　兄兄弟弟　夫夫婦婦　上上下下

人人物物

# 對類卷之八

# 對類

佚名 著

明内府經廠刊本

三

北京燕山出版社

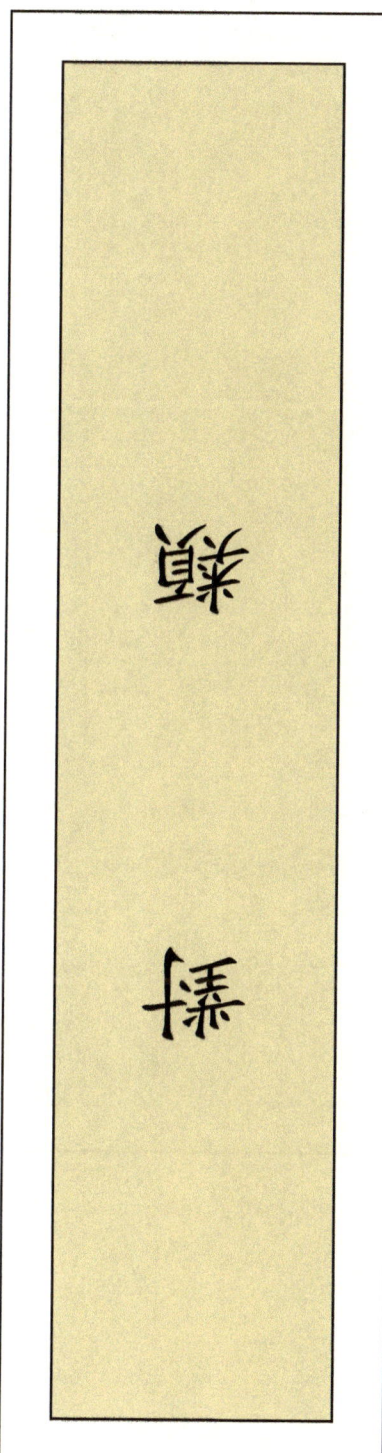

# 對類卷之九

## 人事門

一字 聞見第一 虚字 活

平 聞耳聞 聆聞也 聽耳聽 觀看也 瞻仰視 窺窺視 看觀也

詢問也 俞應許之詞 搜索也求也 從隨也 諏訪問也 迎迓也 攀援也

誇矜也 矜持也誇也 稱許也 令使令 教教使 持執持 提挈也舉也

攜提攜 需索也待也 添增也 加增加 逢遇也迎也 求索也乞也 催促也

仄 見目見 覺覺悟 顧回視 盼顧盼 覩見也看也 視目視 翫賞翫

覷伺視 認辯識 察審視 看視也 省詳觀 辯辯別 聽

別分辯也離也 記記憶 識別識 想思也 念常思 慮謀慮

憶憶念 感感動 悟覺悟 索取也求也 對相對也 答述 問請問
驟步驟又疾行也 逐馳逐 至到也 到來而至也 屆臨也至也 止停息
住止也 許諾也與也 挈提挈 把手持 握把握 進進而上也 待俟也
益增也 揀擇也 選擇也 履踐也 寄寓也 遇值也 遣使之去也
命令也

虛字 活

憂樂第二

平

憂愁也 愁悲慮 焦憂心 傷悲傷 哀哀戚 歡喜也 怡和悅
欣喜也 愉樂也 驚懼也 惶恐也惑也 兢敬也戒也 貪貪得 嘻歎聲
憐哀也愛也 耽樂也 羞恥也 慚愧也 憎惡也 嫌憎也 嗔怒也
悲哀也 吁嘆也 嗟嗟嘆 噫心不平聲 咨怨也謀也 勤勞也 勞勤也疲也
慵懶也 疲力困 疑惑也 忙心迫又冗也 閒暇也 恫痛也

仄

樂歡樂 喜欣也悅也 悅喜意 懌悅也 快稱心 愜快也足也 怒忿怒

愴悽愴 慘悲慘 畏怯也 怕畏也 怖怖畏 恐驚也 懼恐懼

憚畏憚 震震動 駭驚也 悚懼也 怯畏懦 戰恐也懼也 慄戰慄

愛好也 欲愛欲 慕思慕 願欲也思也 好愛也 樂喜好 嫉妬也

妬害色曰妬 厭惡也 惡憎也 忌畏憚又嫉也 恥羞恥 辱恥辱

愧慚也 赧慚色 怨恨也 恨 悶 慮憂慮 歎嗟歎

慨感慨 息歎息 懊悔恨 悵悵恨 惱 笑 懶

倦困倦 勉勸勉 惜憐惜 認 記 想 憶記憶

困疲也 感心有所欲而動謂之感 慟哀過也 戚悲戚

## 遊宴第三

虛字 活

平 遊 嬉戲也 行 趨疾行 征征伐又行也 回歸也

歸 來 詿歸也 還 迎 臨自上臨下曰臨

延延款 留 言 談 歌歌唱 謳謳歌 謠徒歌曰謠

吟咏也　哦吟哦　眠卧也　興起也　登升也　升上也　瞻望也

居居止　棲棲宿　耕耕田　耘鋤田　鋤去草　舂舂擣　傳流傳

呼呼召　邀請也　招招邀　斟斟酒　躋升也　酣醉也　嘲譏人也

追逐也　辭告別　離相別　陪追陪　漁取魚　樵採薪　酬答也

賡續和也

仄

宴飲酒　飲　賞遊賞　醉　舞　嘯蹙口出聲　唱歌唱

咏吟咏　誦誦詩　讀讀書　住住居　憩憩息　息歇息　坐

踞蹲踞也　卧　睡　宿止宿　夢　寢安卧　眺望也

寤睡覺　寐夢寐　立駐足　作起也　竚久立　起興起　走奔走

去　往　出　會聚合　集聚也　笑　哂微笑

哭　泣哭泣　望瞻望　偃偃卧　聚聚會　款款留　醒夢醒

送　餽以物遺人　贐以物餽人　贈送也　迓迎迓　接迎接　謝拜謝

召以言相呼曰召 謁訪也

名姓第四

平 名 音聲成文謂之音 聲

仄 姓 氏氏者別其子孫之所自分 字冠而字之敬其名也 諱生曰名死曰諱

命猶令也 號名號 謚謚者行之表 行見於其身曰行

半實 死

二字 漁歌牧唱第五與文史門山歌塞曲互用

上實 下虛 活

平 漁歌 樵歌 農歌 工歌 商歌商人之歌 童謠 民謠

民情 人情 農耕

去 牧歌 棹歌 道歌 道言 道情 梵音羌戎吟聲

仄 牧唱 妓唱 道唱 道話 妓舞 牧舞 鬼笑 鬼哭

梵呪胡人呪語 士志

上 樵唱 漁唱 農唱 農望 民望孟子先去以為民望 禪定僧家坐禪入定

村頭卷之 三

童餉孟子童子以黍肉餉　巫祝巫人祝神　僧話李涉因過竹院逢僧話　禪話

巖棲穴處第六與前類互用　〔上實〕〔下虛〕活

〔平〕巖棲棲止也　山棲　巖耕　山歌　村歌　塗歌蘇商旅相與歌於塗

林歌　山行　郊行　溪行　江行　村行　山居　郊居

溪居　巢居上古夏則居橧巢　岩居　園居　村居　山遊　郊遊

江遊　村舂　田耕　衢謠堯時有康衢之謠謠徒歌也　街談

〔上仄〕野歌　野吟　野行　野遊　野耘　野耕　水舂激水而舂

水耕　火耘用火去草　里談　里吟　塞吟邊塞之吟

〔仄〕穴處　野處易上古穴居而野處　野隱　野望　野哭杜詩野哭千家聞戰伐

野咏　野唱　里唱　里咏　海釣　巷哭子產死鄭人巷哭三月

巷議史出則巷議　社舞祭社神而舞　道聽　市隱大隱隱朝市　水宿

水戰　水耨耨去草也　火耨即火耘　驛報　窟處上古冬則居營窟

隩處 隩室之内也而民聚於内 氣寒

【平】村飲 村唱 塗說 論語道聽而塗說 溪釣 溪隱 巖隱 邊報 【並實】

巫醫技藝第七

【平】巫醫 師醫 師工 師巫 工師 匠人之長

【去】藝能 技能 里胥 吏胥

【仄】技藝 技巧 技術 卜筮 龜曰卜著曰筮 卜祝 繪畫 射御

愽奕 愽局戲圍棊 奕畫 績 祝史 瞽史

【去】醫卜 占卜 書數 書畫 才技 才藝 巫蠱 巫人呪咀

巫史 史掌古筮巫掌祓禳 工巧 媒妁 妁亦媒也

人行客至第八

【平】人行 人歸 人来 人眠 人回 人遊 朋交 朋来 【上實】【下虛】活

賔来 公来 兵興 兵屯 兵行 軍行 僧敲 賈僧敲月下門

僧歸　妻啼　兒號韓冬煖而兒號寒年登而妻啼飢　兒啼　農收　夫耕

〔六〕客歸　客遊　客回　客辭　客眠　客來　客行　使來

使回　叟吟　叟耕　子來詩庶民子來　女遊　帝臨詩上帝臨女

〔仄〕客至　客去　客飲　客散　女舞　女繡　女織　婦織

婦饁　婦績　父訓　父戒　母戒　將出　傅訓

〔平〕人至　人醉　人去　人散　人送　賓至　賓退　賓散

兵出　師出　師入　兒戲　農刈刈收穫也

閨情旅況第九

〔平〕閨情　閨愁　閨心　閨詞　宮情　宮愁　羇情羇絆也　〔上實〕〔平虛〕

羇懷　羇愁　羇腸　禪心　禪機　郊情　鄉情　鄉心

鄉評　家聲　家規　家風　門風

〔六〕旅情　旅懷　旅愁　客心　客懷　客愁　客情　世情

宦情　道心（道心摠其發於義理而言）　寒懷　塞愁

（仄）旅況　旅信　旅思　旅恨　旅夢　旅寓　旅次　客況

客信　客思　客興　客意（杜容意已驚秋）　客夢　野思　野興

世態　國法　國事　國政　國祚（祚福祿也）

（平）宮怨　宮恨　宮信　閨怨　閨夢　閨思　羇思　僧夢

鄉夢　鄉信　邊信　家信　家法　家計　家地　家數

家事　家道　家業　家累（陶潛不以家累自隨）　門望　宗法（禮有大宗法小宗法）

婚姻葬祭第十　（並平實）

（平）婚姻（男父曰婚女父曰姻）　婚喪　烝嘗（冬祭曰烝秋祭曰嘗）　姻婭

（仄）冠婚　冠笄（男曰冠女曰笄）

（仄）葬祭　嫁娶　聘娶　匹配　祭奠　祭祀　享祀　配享

媾合（媾結也）　祭葬

【十三】婚冠 婚娶 婚配 婚媾 姻婭兩女之夫相謂曰婭 喪祭 喪葬

齋戒純一之謂齋警惕之謂戒 農圃 醫卜

同行獨坐第十一 【上虛】死 【下虛】活

【十四】同行 同遊 同登 同歡 同歌 同歸 同吟 同看

同升 相思 相隨 相憐 相聞 相知 相尋 相延

相傳 相依 相呼 相邀 相從 相親 相求易同氣相求

相看 相逢 相扶 相携 相期 相持 相拚判也 相援

相規過失相規 相觀 齊看 齊吟 爭遊 都遊 偕行

均分

【十五】獨行 獨歌 獨吟 獨眠 獨清 獨醒騷衆人皆醉我獨醒 獨斟

並行 並歌 並遊 共吟 共歌 共登 對眠 對吟

自吟 自斟 自歌 自嘲 自修 競遊 鬭看

仄 獨坐 獨步 獨樂 獨酌 獨飲 獨立 獨臥 獨倚

獨處 獨宿 獨對 獨寐 共坐 共飲 共翫 共賞

共舉 共觀 對酌 對飲 對坐 對話 對語 並語

並坐 並舞 自譽 自笑 自薦毛遂自薦 自語 自飲

自酌 合作

平 同飲 同醉 同賞 同樂孟與民同樂 同步 同往 同坐

相約 相會 相慶 相見 相應 和餞 相訪 相別

相得 相告 相與 相勉 相賀 相弔 相問 相勸

相恤恤憂也 相友 相助 相笑 相語 相許 相契

相忌忌嫉也 相揖 胥會胥相也 胥命春秋有胥命 胥見

胥失 胥樂 齊唱 偕坐

## 閒遊靜坐第十二

上虛 死 下虛 活

【平】閒遊　閒行　閒聽　閒居　閒尋　閒觀　閒眠　閒歌
閒思　閒看　閒吟　閒閒　閒携　閒經　閒臨　閒從
閒招　閒隨　閒鋪　遥聞　遥思　遥看　遥吟　徐行
徐吟　清歌　狂歌　俄聞　頻聞　時聞　安居　幽居
幽棲杜詩幽棲地僻經過少　微吟　旁觀　勤耕　潛驚　頻登
頻斟

【去】遠看　慣看杜慣看賓客兒童喜　俯看　仰看　靜觀程子詩萬物靜觀皆自得
默觀　默思　倦遊　浪遊　快遊　恣遊　徧遊　遠行
倦行　緩行　暗行　厭聞　徧尋　倦尋　緩尋　戲尋
浩歌李浩歌待明月　縱歌　暗驚　靜吟　厭聽　力耕　徧經
索居子夏云吾離群而索居　戲將　謾將　謾吹　穩騎　試嘗

【仄】靜坐　兀坐不動貌　默坐　久坐　縱步　信步　緩步

穩步 靜想 暗想 默想 痛飲 暢飲 快飲 強飲

劇飲（劇極也） 偏飲 偏倚 困倚 倦倚 謾倚 快倚

瞥見（暫見也） 忽見 偏賞 縱賞 快賞 謾舞 謾過

靜聽 熟視 佇立 困卧 仰看 恣樂 暗恨 暗憶

默記 懶起 徧閱 直把 急把 試把 試上 快上

客鎖

【坐】閒步 閒望 閒聽 閒見 閒倚 閒戲 閒立 閒憶

閒坐 閒想 閒看 閒卧 閒詠 閒折 遥望 遥見

遥想 遥憶 遥認 難認 平步 徐步 時見 多見

頻見 遐想 空想 清坐 清寐 清嘯（蹙口出聲曰嘯） 清酌

深念 空念 空坐 危坐（危高也） 端坐 端立 濃睡

顒望 斜插

因尋謾賞第十三

〔平〕因尋　因吟　因行　因思　因知　因逢　因遊　因觀　〔上虛〕死　〔下虛〕活

因過　聊思　聊觀　粗觀　姑容

〔半〕偶思　偶觀　偶傳　偶聞　偶尋　偶逢　偶成　試思

試觀　試看　暗思　故尋　特尋　特逢　謾遊

〔仄〕謾賞　謾寫　謾記　謾憶　偶坐　偶見　偶聽　偶詠

偶憶　偶會　偶得　偶到　忽到　故許　特訪　且坐

〔半〕聊坐　聊寫　聊問　聊把　因對　因念　因訪　姑置

姑舍姑且也舍置也　姑待　繞說

高攀滿酌第十四與閒遊聯坐互用　〔上虛〕死　〔下虛〕活

〔平〕高攀　高張　高燒　高擎　高歌　高談　高居　高吟

輕吹　輕彈　輕牽　輕敲　長隨　長吟　深耕　深居

【去】淺斟 滿斟 遠觀 遠遊 細看 細觀

【入】滿酌 滿泛 滿載 滿把 滿貯（貯收藏也） 半掩 半覺

淺注 淺酌 細擘 細剪 細撚 細折 細嚼 細認

細看 細數 細舞 細酌 闊步 闊視 近聽 近看

遠望 遠眺 小立 小酌 小坐 小集 大嚼

【上平】頻倒 頻把 高步 高捲 高掛 高揭 高臥 高折

閒折 輕折 輕擘 輕撚 勤讀 斜捲 長嘯 低唱

低插

## 豪吟醉舞第十五

【上虛】死 【下虛】活

【平】豪吟 狂吟 愁吟 清吟 悲歌（燕趙多慷慨悲歌之士） 狂歌

酣（甘）歌（書酣歌于室） 啼粧

【去】醉歌 醉題 醉眠 醉書 醉行 醉遊 醉歸（詩不醉無歸）

醉吟　醉扶　笑看　悠題

（仄）醉舞　醉賞　醉看　醉卧　醉夢　醉倒　醉起　醉想

醉笑　喜飲　悵望

（平）豪飲　歡飲　愁飲　酣飲　酣睡　酣寢　酣戰

歡宴　羞把　羞對　羞向　羞見　驚見

## 愁聞喜見第十六　（並虛）

（平）愁聞　愁看　愁聽　愁思　愁歌　慵觀　慵看　欣看

欣聞　歡聞　歡吟

（去）喜聞　喜聆　喜看　喜談　喜聽　喜吟　樂聞　懶聞

怕聞　厭聞　倦聞　怯聞　怯聽　倦聽　懶聽　懶看

笑看　慣尋　慣遊　好遊

（仄）喜見　喜對　喜聽　喜看　喜唱　喜話　懶對　懶道

懶問 懶把 懶看 懶聽 悶看 悶把 笑把 笑整

笑認 笑問 醉把 醉認 醉聽 樂聽 樂看 樂道

樂育（孟樂得英才而教育之） 忍對 忍聽 厭聽 惜見 怕見

怒見 願見

【上平】愁倚 愁聽 愁向 愁對 愁望 愁看 愁見 欣見

欣對 羞倚 羞看 羞說 羞道 羞視 羞問 羞覩

羞聽 羞語 慵整

## 行觀坐聽第十七 【並虛活】

【平】行觀 行聞 行尋 行思 行來 行看 行遊 行歌

行吟（屈原行吟澤畔） 行談 歸寧（詩歸寧父母） 歸來 歸休 歸耕

歸求 來遊 來歌 來旬 來宣（詩來旬來宣） 馳歸 扶歸

催歸 言歸（詩言旋言歸） 遊歸 思歸 遊談 眠思 眠看

回看

【上灰】坐聞　坐忘（顏子心齋坐忘）　坐看　坐聽　坐思　坐迎　坐邀

坐吟　坐觀　坐驚　坐聆　卧思　卧看　卧聞　卧觀

卧聽　起聽　起看　起觀　仰思　仰觀（易仰以觀於天文）　俯觀

佇觀　往觀　待看　竚看　退居　隱居　詠歸（語風乎舞雩詠而歸）

夢遊

【仄】坐聽　坐想　坐對　坐覺　坐翫　坐視　坐飲　坐看

坐睡　立視　立待　立俟　立侍　立見　往見　往送

往餞（送行也）　拜餞　拜送　卧聽　卧看　卧對　起對

起聽　起望　起舞（祖逖聞雞起舞）　望見　夢見　夢醒　醉醒

夢想　料想　侍立　侍坐　睡起　別去

【上平】行對　行翫　行見　行遇　行賞　行看　行樂　遊翫

尋賞 扶起 扶下 回視 回顧 回望 歸視 歸省

歸見 歸去 歸隱

離愁別恨第十八 與身體門芳心醉眼互用

並虛活

平 離愁 離憂 離懷 愁懷 歸歡 歸愁 歸思 歸期

行期

仄 別情 別愁 別言 別懷 醉懷 去思 史何武去後常見思

仄 別恨 別苦 別態 別怨 別慘 別淚 別語 別話

別緒 別意 別夢 醉夢 醉別 醉怨

平 離怨 離思 離恨 行怨 歸緒 愁態

憂愁喜樂第十九

並虛活

平 憂愁 悲愁 悲憂 悲傷 悲歡 憂歡 憂傷 憂勤

傷悲 傷嗟 欣歡 欣娛 歡娛 歡欣 驚憂 哀矜

哀傷

去 喜歡 喜憂 樂憂 痛哀 痛傷 盡傷盡傷也 愁傷

歎悲

入 喜樂 笑樂 快樂 好樂 喜怒 喜惡 喜懼 恐懼

恐悚 愛惡 惡欲 悵恨 傲惰 怠惰 懈惰 懈怠

忿懥怒也 畏敬 駭愕 惕厲 放肆

平 歡樂 耽樂耽亦樂也 悲樂 憂樂 憂喜 憂戚 憂懼

憂愁 憂悶 憂慮 憂患 愁歎 哀懼 哀痛 哀樂

## 聲音笑語第二十

並半實

平 聲音 聲辭 言辭 言談 號咷 號呶呶讙也 號呼

讙呼 音聲 都俞都美辭俞應許辭

去 語言 話言 笑言 笑談 笑嘻 唯阿老子唯之與阿相去幾何皆應辭也

嘯歌 詩其嘯也歌

〔仄〕笑語 笑貌 語笑 色笑 詩載色載笑 舞蹈 孟手之舞之足之蹈之

唯諾

〔平〕言語 辭語 辭令 言笑 談笑 嚬笑 嚬亦笑也 吁咈

嗟歎 言論 談論 評品 奔走 趨走

## 功名事業第二十一

〔平〕功名 功勞 功能 功勳 功程 勳名 勳庸 王功曰勳民功曰庸 〔並實〕

勳華 堯德曰放勳舜德曰重華 勳勞 才名 才華 才猷 聲名

聲華 聲猷 言合於道曰猷 威名 威聲 風聲 書樹之風聲 名聲

名稱 機謀

〔仄〕事功 事為 利名 計謀 智謀 憂 典刑 常法也

禮儀

【仄】事業　德業（易君子進德修業）　德望　德譽　德善　德美　德義
德行　性行　福祿　福壽　道德　望實　聞望（聞聲聞也）
績用（績功也）　氣槩（槩節槩）　氣節　節義　節操　度量
志量　伎倆（能解也巧也藝也）　譽處（詩是以有譽處兮）　譽望
【平】功業　功德　功利　功力　功伐（積功曰伐）　功用　功烈
功績　勳業　勳烈　勳績　勳伐　勳望　勳譽　勞績
勞伐　聲譽　聲望　聲聞　聲價　名實　名利　名望
名聞　名節　名譽　威德　威望　威譽　才望　才聞
才學　才藝　稱譽　稱望

## 音聲義理第二十二　【並平實】

【平】音聲　威儀　宗支（世嫡曰宗庶子曰支）　規模　形容
【仄】典章　憲章（法度典章也）　紀綱（大者爲綱小者爲紀）

仄 義理（在物為理，處物為義） 道理 德政 軌範 矩矱（矩為方之器，矱度也） 氏族
格式 典故 典則（典，章則法也） 法則 法度 劃度 節度
禮法 禮節 禮樂 禮貌 度數
平 音律 音呂 音調 腔調 恩賚（賚，賜予也） 恩宥（宥，赦也）
規矩（為圓方之器） 規範 綱紀

## 生涯活計第二十三

並平 實

平 生涯 生謀 襟期 襟懷 風光 風宜 營生 謀生
工夫 因緣
仄 世情 物情 福緣 宿緣 俗緣 分緣 業緣 土宜
路岐（兩路為岐）
仄 活計 活路 活業 世界 世故 世事 世運 世道
世務 世態 世業 道業 本業 本事 本色 本分

土産　土業　土俗　手藝　境界　動履　物理　物色

物態

〔平〕生理　生業　生意　生活　生計　年紀　年事　行徑

行李　家數　緣分　緣法　官樣　門望　門地　門路

新歡舊恨第二十四與佳遊勝集互用　〔盧〕列

〔平〕新歡　濃歡　前歡　餘歡　幽歡　清歡　清遊　清愁

新愁　濃愁　閒愁　離愁　新粧　殘粧　濃粧　浮生

〔六〕薄愁　別愁　艷粧　冶粧冶妖艷也　淡粧　薄粧　盛粧

靚粧粉白黛黑曰靚粧　淺粧　淺顰　舊交　舊知　故交　故知

夙緣舊約也　久要舊約也　美談

〔仄〕舊恨　遠恨　客恨　宿恨　暗恨　往事　好事　舊事

舊迹　舊識　舊約　遠約　厚約　暗約　客約　別語

別話 別夢 好夢 淺笑 巧笑詩巧笑倩兮 後會 寄托

勝餞 硬語韓詩橫空盤硬語 輭語 冷語 粹語

〔去〕新恨 遺恨 餘恨 閒夢 清夢 清興 佳興 幽興

幽思 微笑 輕笑 重會 重約 前約 前事 嘉話

生語 奇語

## 佳遊勝集第二十五

〔並仄〕

〔平〕佳遊 英遊 佳期 幽期 深期 前期 芳期 芳筵

芳盟結信曰盟 新盟 佳盟 前盟 深盟

〔去〕勝遊 俊遊 遠遊 壯遊 舊遊 舊盟 後盟 特筵

盛筵

〔仄〕勝集 勝會 勝槩 勝賞 勝事 慶事 舊事 好事

往事 盛事 盛舉 盛集 小集 雅集 雅會

〔上平〕佳會　嘉會　佳事　佳宴　芳宴　清賞　幽賞

英標偉望第二十六　與佳遊勝集互用　〔上虛〕死〔下半實〕

〔平〕英標　標標格也　高標　清標　英聲　休聲　佳聲　佳音

佳名　芳名　高名　清名　浮名　虛名　英名　雄才

宏才　奇才　多才　真才　良才　長才　高才　高科

巍科　深仁　華齡　妙年也　脩齡　長年也　遐齡　遺風

清風　高風　流風　餘芳　遺芳　洪勳　洪恩　嘉言

嘉猷　嘉謀　深謀　奇謀　忠言　清談　晉人尚清談　雄談

名宗　望族也　名流

〔上去〕令名　貴名　美名　重名　盛名　異名　大名　大勳

大功　大才　異才　茂才　漢詔舉茂才異等　俊才　傑才　壯猷

壯圖　圖謀也　妙齡　妙年　至仁　甲科　宋時有甲乙科　直言

惡聲 令儀

仄 偉望 雅望 令望 令聞（善譽也） 令色 令問 壯節

大節 勁節 晚節 直節 正論 異論 大志 大器

小器 偉器 大量 狹量 雅量 讜議（直言曰讜） 異議

美譽 廣譽 善政 善教 善行 遠識 妙筭（筭籌策也）

上策 美祿 厚澤 茂德 碩德（碩大也） 盛德 令德

懿德（懿美也） 美德 大孝 至孝 至行 景行（景大也）

懿行 碩行 碩學 實學 絕學 絕唱 駿烈（大功也）

淑問（淑善也）

平 英譽 芳譽 親譽 佳譽 虛譽 良策 長策 奇策

清議 清節 清論 忠論 崇論 高論 高致（致風致也）

高節 高績 高見 高議 佳作 嘉績 洪量 明命

休命美命也　雄辯杜詩高談雄辯驚　餘韻流風餘韻貞節

成德

真愁偽喜第二十七

平　真愁　真知　偷閒　偷安　偷歡　誠歡　佯狂佯詐也　並虛死

佯羞　佯輸

方　詐謀　詐癡　詐遊　偽遊漢高祖偽遊雲夢　效顰蹙眉曰顰　效勞

代勞　足恭過恭也　苟安

仄　偽喜　假寐假息也　假合　假病　托病　詐病　詐醉

詐啞　強笑　暗笑　習懶　篤信

幸　真樂　真隱　真懶　真病　佯醉　佯笑　偷笑　偷喜

多愁半醉第二十八　並虛死

平　多愁　多憂　多情　多歡　多思　多悲　多嬌　多羞

多知 多勞 多疑 多謀 多恩 多娛

【去】半醒 獨醒 獨歡 寡言 寡謀 屢驚 屢思 少思 少恩

【仄】半醉 半醒 半恨 總恨 獨恨 獨愛 少睡 少待

少醉 少恨 少款（款洽也） 盡醉 盡信 寡欲（孟養心莫善於寡欲）

酷好 酷恨

【上去】多恨 多感 多愛 多慮 多喜 多慾 多病 多怨

多驕 多怒 多笑 多悶 多樂 多夢 多望 多忿

多暴 多頹 多悼（悼傷歎也） 長恨

## 牽情惹興第二十九

【上虛】活 【下實】

【平】牽情 傷情 陶情 含情 留情 忘情 忘形 忘懷

開懷 寬懷 舒懷 傷懷 傷心 驚心 縈心 寬心

關心　銷魂　吞聲 杜少陵野老吞聲哭　勞神

〔上仄〕遺懷　放懷　釋懷　感懷　暢懷　暢情　適情　恣情

動情　動心　苦心　放心 孟求其放心而已矣　斷魂

〔仄〕惹興　遣興 杜愁劇本憑詩遣興　寄興　動興　適興　適性　識性

忍性　遂意　介意 介繫也　注意　失意　稱意　信意

〔上平〕加意　留意　隨意　乘意　乘興

忘憂取樂第三十 與牽情惹興互用　〔並虛〕上活

〔平〕忘憂　銷憂　銷愁　添愁　含愁　含羞　懷羞　遮羞

包羞 杜牧包羞忍耻是男兒　貪歡　追歡 鍾離語頻莫怪追歡笑　交歡

銜冤

〔上仄〕解憂　解嘲 揚雄作解嘲文　解酲 酲酒病也　解紛　解愁　惹愁

掩羞　助嬌　雪冤 雪洗也　洗冤　息爭

仄 取樂 作樂 助樂 取笑 索笑 杜巡簷索共梅花笑 發笑 惹恨

遣恨 飲恨 飲吞也 釋憾 贊喜 贊慶 積忿 積怨

匿怨 語匿怨而友其人 起謗 息謗 貳過 貳復也顔子不貳過 窒慾 窒塞也

忍恥 發憤 孔子發憤忘食 解慍 舜歌南風之薰兮可以解吾民之慍兮 撥悶

撥冗 啓釁 爭端為釁

上平 銷恨 含恨 懷恨 懷怨 修怨 招怨 招謗 興謗

懲忿 遷怒 遷移也顔子不遷怒 含笑 貽笑

## 防虞弭怨第三十一

上虛 活 下半虛 死

平 防虞 虞跡虞也 防微 微幾微也 乘虛 乘閒 思危 書居寵思危

忘危 持危 居安 收功 催科 科科斂也 輸誠 推誠

罹殃 罹遭也 懷刑 刑法也語君子懷刑 爭能 停婚 懲邪 修真

凌卑 禳灾 扶顛 顛覆也 循規 談空 談玄 詩談玄四座空

鉤玄韓纂言者必鉤其玄　吞貧　憐貧　欺貧　欺孤史曹操欺孤弱寡　欺生

貪生　忘生　捐生捐棄也　求生語無求生以害仁　安生　偷生

知生　親賢　蠲輸蠲除也　砭頑砭以石鍼病也

【去】納忠　罄忠罄盡也　竭忠　秉忠秉持也　獻忠　盡忠

絕甘　蓄奸　奉公　滅公　匿瑕瑕疵也　尅期　附權

擇交　避嫌　立賢　簡賢簡慢也　得賢　進賢　舉賢

薦賢　好賢　好謙　瀆倫　弭灾弭止也　省灾　捍灾

禦灾禦止也　慎終　破堅　省愆　抗衡　失儀　拾遺

輟耕輟止也　破慳　出奇　托孤　恤孤　保孤　悼亡

弔亡　送窮韓子有送窮文　訂頑張子作訂頑即西銘也　見幾　見危

問安文王為世子問安　問強子路問強　積功　舍生孟舍生而取義　放生

慢藏易慢藏誨盜　察誣　活降　決疑　用休尚書戒之用休董之用威

用威 茹柔茹食也 吐剛詩柔亦不茹剛亦不吐 弛勞

仄 弭怨 市怨市貿易也 履險 背順 助順天之所助者順也 效順

矯枉矯正也枉曲也 矯俗 補過 秉直 爽信爽失也 毀信

化俗 納賄賄財也 集福 飲福 釣譽釣取也 掠美

杜漸杜絶也 敗績 陷陣隋楊素每戰先令人赴敵陷陣 引咎自責也

屈節 撥亂 執贄古者相見必執贄以為禮 靖難靖安也 寄遠

隱惡 抱朴朴素也 敬老 吊古 訪古 尚古 學古

聚貨 釋奠釋謂設薦饌奠謂酹奠也 起死 決勝史決勝千里之外 向善

掩義史閭門之內恩常掩義

平 垂裕尚書垂裕後昆 垂憲憲法也 防患易君子以思患而預防之 施惠

含垢垢污穢也 扶弱 彰善 迎福 興讓大學一家讓一國興讓

懷古 師古 求古

## 酬功問道第三十二

上虛 活 下半實

平 酬功 爭功 要功 要求也 誇功 成功 干名 知名

沽名 沽買也 傳名 爭名 聞名 馳名 題名 唐進士鴈塔題名

逃名 史逃名而名我隨 成名 求名 承流 史縣令承流宣化 承恩 懷恩

加恩 蒙恩 酬恩 推恩 知音 知幾 投機 史投機之會

忘機 忘形 掄材 掄擇也 流芳 韜光 韜晦也 褒忠

陳言

去 樹功 計功 賞功 積功 舉賢 應機 露機 息機

息交 秉鈞 詩秉國之鈞 愴神 愴傷也 慕名 盜名 欺世盜名

納言 占魁 攝生 攝引持也

仄 問道 守道 抱道 校藝 校校量也 獻藝 角藝 角爭勝也

執法 玩法 制法 制禮 作樂 秉政 肆赦 肆放也

放赦　創業　翊運翊輔也　幹蠱幹植也蠱者前人已壞之緒　養性

述職孟諸侯朝于天子曰述職　仰德　接武禮堂上接武堂下布武　競秀

毓秀毓鍾也　謝祿　賜姓　命氏　出令　仗義

平仄　憂道語君子憂道不憂貧　遵道中庸君子遵道而行　求道　謀道語君子謀道不謀食　傳道

傳信史信以傳信　傳令　干譽書罔違道以干百姓之譽　馳譽　令德

觀德射以觀德　宣化　授分　甘分　隨分

傳聞見說第三十三

平虛　活

平　傳聞　傳言　聞言

仄平　報知　說知　見知　寄言　寄聲

仄　見說　見得　聽得　記得　料得　料想　問訊訊問也

問道　說道　借問　寄語　想見

平仄　聞道　聞說　聞得　知得　知道　傳語

歌闌宴罷第三十四 上虛活 下虛死

平 歌闌 歌停 歌長 歌殘 吟殘 謳殘 香殘 香濃

香銷 燈殘 燈昏 文成 詩成 書成 吟成 吟終

吟餘 吟回 朝回 遊歸 眠遲

仄 曲終 飲殘 燭殘 宴闌闌殘也 飲闌 興闌 酒闌

酒酣酣沉醉也 宴酣 舞停 舞休 賦成 句成 寫成

撰成撰述也 畫成 望窮 醉歸

仄 宴罷 舞罷 飲罷 讀罷 試罷 曲罷 哭罷 酒罷

酒困 酒散 酒盡 飲盡 飲散 舞歇 畫就 寫就

賦就 奏就 宴就 試畢 奏畢 奏徹 唱徹 覽盡

覽徧 賞徧

平 歌罷 碁罷 朝罷 琴罷 刪罷 遊罷 吟罷 吟就

吟苦　吟徹　吹徹　歌徹　歐歌　香歌　香冷　香暗

香斷　香淡　香裊（裊[illegible]貌）　香散　筵散　燈暗　揮就

描就　詩就　文就　行倦　遊徧

## 愁消樂極第三十五

並虛　活

平

愁消　愁生　愁添　愁深　愁來　愁回　愁開　歡餘

歡生　歡遲　魂消　魂飛　魂并　悲生　悲來　酣來

聲沉

仄

睡餘　醉餘　悶餘　悶消　悶來　睡來　興來　醉來

醒來　苦來　夢回　夢成　夢闌　夢殘　夢驚　夢酣

夢消　恨消　恨深　恨生　寤生　畏生　氣生　喜生

喜添　怨深　醉酣　醉醒

仄

樂極　喜極　怨極　恨極　望極　望斷　望遠　望絕

恨絶　痛絶　與盡　夢覺　夢斷　夢破　夢徹　睡足

睡起　睡永　睡熟　睡覺　喜動　悶解　笑殺

並　歡極　歡盡　歡洽　愁去　愁散　愁斷　愁破　愁解

愁極　愁絶　癡絶　眠熟　悲極

愁時樂處第三十六

上虛　活　下半虛

平　愁時　吟時　歌時　行時　歸時　來時　眠時　閒時

忙時　醒時　歡時　悲時　還時　來期　歸期

仄　醉時　飲時　醒時　笑時　困時　樂時　悶時　別時

去時　坐時　立時　對時　夢時　憶時　去期

仄　樂處　舞處　喜處　賞處　望處　飲處　鬧處　醉處

醒處　睡處　玩處　息處　送處　起處　卧處　聚處

會處　憩處

【上平】吟處　題處（杜詩自天題處濕）　歌處　遊處　行處　來處　閒處

愁處　生處　歡處　悲處　離處　眠處　休處

閒中靜裏第三十七（與愁時樂處互用）　【上虛】（活）　【下半虛】

【平】閒中　忙中　愁中　憂中　吟中　吟邊（詩妙趣落吟邊）　愁邊

行邊　談邊

【去仄】夢中　睡中　病中　醉中　意中　靜中　望中　旅中

怒中　悶中　喜中　話中　鬧中　笑中　困中　苦中

飲中（杜有飲中八仙歌）　酒中　酒邊　話邊　笑邊　悶邊　夢間

病間　病餘　夢餘　醉餘　睡餘　食前

【仄】靜裏　睡裏　醉裏　夢裏　鬧裏　鬧後　別後　見後

醉後　醒後　覺後　樂後　去後　過後　酒後　樂內

意內　意外　望外　話外　樂外

【平】間裏　忙裏　愁裏　行裏　歸裏　歡裏　吟裏　憂裏

來後　愁後

東歸北望第三十八　【上半虛】【下虛】活

【平】東歸　東來　東行　東征（征行也）　東遊　東瞻　東遷

東巡（舜二月東巡狩）　南還　南歸　南遷　南遊　南來　南征

南翔　南行　南巡　西遷　西歸　西征　西遊　西行

西來　西瞻　西還　西巡

【仄】北征（杜詩有北征）　北行　北來　北巡　北歸　北遊　右旋

左旋　左遷（唐以謫官為左遷）　外遷　外攻　外防　外馳　內寬

內馳　內修　內侵　內親　上交　下交（易君子上交不諂下交不瀆）

【仄】北望　北伐　北顧　北面　北走　北仰　北狩　北逐

北討　北去　北往　北怨（湯南面而征北狄怨）　內治　內理　內守

内省（語內省不疚） 内顧 内蘊 内變 外播 外撫 外被

外禦 下問

〔平〕東望 東擊 東指 東擄 東渡 東伐 東去 東怨

東面 南面 南渡 南望 南嚮（易南面而聽天下嚮明而治） 南走

南牧 南征 西怨（湯東面而征西夷怨） 西向 西討 西望 西面

西狩（春秋西狩獲麟）

## 征東逐北第三十九

上虛 活 下半虛

〔平〕征東 徂東（徂往也） 斗東 居東（周公居東二年） 來東 征西

徂西 居中 當中 來前 光前 參前（語立則見其參於前也）

瞻前（語瞻之在前） 依前 居前 當前 趨隅（禮摳衣趨隅） 從旁

〔去〕在前 拜前（傳周公拜乎前魯公拜乎後） 顧前 向前 向東 望東

自東 欲東（史吾亦欲東耳） 宅南（書宅南交） 指南（周公作指南車） 面南

擊南　自南　向南　宅中（宅中圖治）　宅西（書宅西曰昧谷）　自西

指西

【入】逐北（戰敗曰北）　望北　面北　仰北　自北　拱北　尚右

尚左（禮男子尚右女子尚左）　讓左　顧左　顧右　顧後　拜後

在後　續後　啓後（書佑啓我後人）　落後　裕後　拜下　制外

統外　治內

【並】朝北　交左　交右　攻右　攻左　攻後　昌後（詩克昌厥後）

垂後

歸來出去第四十　【並虛】活

【平】歸來　回來　行來　來歸　回歸　趨歸　還歸（詩言還言歸）

【去】過來　醒來　逝來　走來　遇來　醉來　困來　睡來

覺來　入來　上來　下來　出來　送來　醉歸

【仄】出去　入去　過去　走去　醉去　睡去　散去　散入
睡起　去却　訪到
【平】歸去　回去　行去　奔去　留住　歸到　行到　趲進
趨走

## 牽成惹起第四十一

【並虛】活

【平】牽成　催成　粧成　添成　揮成　裁成　驚回　傳來
粘來　攜來　呼來　持來　將來　催將
【去】惹成　做成　釀成　寫成　弄成　寄將　帶將　帶來
做來　寄來　報來　寫來　把來　送來　引來　挽回
喚回　斡回　送回　遣回　促歸　送歸
【仄】惹起　喚起　說起　挽起　喚醒　喚動　惹動　做出
做就　寫就　說破　說與　付與　寄與　寄去　撥轉

◎

隔斷　奪却　壓倒楊汝士云吾今日壓倒元白矣

〔上去〕牽起　提起　拮起　推起　扶起　驚起　催起　催動

牽動　撩動　驚動　驚破　驚醒　提醒　扶出　將出

撩出　推出　拮出　描出　粧出　粧就　描就　彈破

推去　推倒

周章鄭重第四十二

〔平〕周章怔營貌　周旋曲折　周流　周詳　陶鎔陶冶土器鎔冶金器　〔並虛〕活

商量　殷勤　包彈宋包拯立朝毎彈劾時人目之曰包彈　張皇皇大沉

蕭條　郎當

〔上去〕陸梁猖梁也　陸沉言無水沉也　陸離參差也

〔入〕鄭重猶珍重也　魯鈍　衛進　就付　管領　許可　杜撰

杜絕　景仰　孟浪輕人也　章犖超絕也

平 虞度 陳腐 陳設 齊整 唐塞 唐突衝突也 商議
商畧 周密 蕭瑟 張主 莊重 蘇息

風流慷慨第四十三 與人物門英雄雅淡互用

並虛 死

平 風流 風騷 軒昂 清虛 清幽 清狂 輕狂 顛狂
逍遙翱翔自適貌 優柔 優游 從容 寬容 妖嬈妍媚貌
忠良 明良 温良 温恭 公忠 豪華 憂勤 公勤
辛勤 勤勞 勤渠 粗豪 蕭閒 空疎 龍鍾 驕矜
驕奢 和平 娉婷美好貌 聰明 賢明 安恬 嬌羞
繁華 奢華 嬋娟美好貌 披昌縱裂貌 幽閒

去 肅清 困窮 滑稽滑亂也稽同也言辯捷之人亂異同也 囁嚅口難言貌
等閒 聖明

仄 慷慨 倜儻卓異也 跌宕行不正也 放曠 曠達 快樂

艷冶　窈窕幽閒貞靜之貌　妙麗　美麗　雅潔　雅素　黠慧

綽約柔弱貌　恍惚　偃蹇驕傲也　節儉　質朴　切直

嫵媚諂媚也　睿知　孝悌　醞藉含容也　富貴　富贍

富壽

【去】清雅　嫺雅　愚魯　貧賤　尊大　驕大　佳麗　溫潤

疎俊　疎闊　豪健　豪逸　忠信　忠孝　忠厚　忠鯁

弘毅　淳朴　明哲　恭儉　勤儉

## 行藏進退第四十四

此與登臨賞玩不同此乃一正一反之義　【並虛】活

【平】行藏　興居興起也　興亡　存亡　窮通　飛鳴　浮沉

升沉　升潛　榮枯　耕收　縱横横史合縱連　從違　安危

安寧　亨屯屯塞也　輸贏　盈虛

【上仄】往來　往回　往還　去留　去回　去來　死生　倡隨

塞通　起居　屈伸　抑揚　倡酬　卷舒

[仄]進退　出處　出入　出沒（沒入也）　出納　坐臥　坐作

坐起　作息　作輟（輟止也）　作止　起止　舉止　舉動

動靜　動定　定省　勝敗　勝負　去就　去取　去往

聚散　斂散　語默　食息　偃仰（偃仆也）　俯仰　往返

往復　反復　得失　隱見　黜陟　向背　陟降（陟升也）

利鈍

[平]遊息　來往　來去　舒卷　增損　增減　離合　興寢

通塞　窮達　行止　居止　操捨　因革（因仍也革變也）　升降

成敗　成毀　辭受　明滅　褒貶　消長　榮辱

## 登臨賞翫第四十五　[並虛]活

[平]登臨　登躋　遊觀　遊田　蒐田（春曰蒐夏曰田）　嬉遊　追遊

追随 追陪 追尋 搜尋 觀瞻 逢迎 将迎 棲遲

經營經量度也營謀為也 營求 奔趨 奔馳 驅馳 謳歌 謳吟

吟哦 歌謡 歌呼 讙呼 甄陶甄作瓦之人陶作瓦之處 梳粧

扶持 攜持 提攜 提撕 施為 漁樵 耕樵 耕耘

耕鋤 耘鋤 犁鋤 調和 賡酬 敲推唐賈島吟詩作敲推狀

蔵修 栽培 菑畬田一歲曰菑三歲曰畬 修禳

去 詠遊 詠歌 語言 笑言 燕遊 燕閒 宴安 切磋

琢磨 剪裁 講論 講求 睡眠 送迎 較量 品量

品題李白云一經品題便作佳士 步趨 勸酬 應酬

仄 賞翫 賞望 宴餞 宴賞 宴逸 燕樂 燕喜 飲宴

笑傲 笑詠 笑語 品藻 品第 藻鑑 唱詠 拜舞

舞蹈 戲謔謔調戲也 櫛沐 沐浴 粉飾 夢寐 寤寐

寢處 饋送 饋遺 眺望 顧盼 採摘 洒掃 負荷
負戴負任在背戴任在首 動履 踐履 步履 步驟 請扎 請謁
射獵 射奕 博奕 彈射 種藝 種蒔蒔植也 種穫
種植 穫刈 講誦 讀誦 結束 唱和 睥睨邪視也
著述 贊歎 洗滌 拂拭 選擇 偃息
十五 遊賞 吟賞 吟詠 觴詠 歌詠 歌舞 歌誦 言語
絃誦禮春誦夏絃 談論 談笑 歡笑 嬉戲 遊戲 觀翫
觀望 瞻仰 瞻視 瞻望 瞻眺 凝眺 馳騁 馳逐
追逐 奔走 斟酌 攀折 栽插 居處 離别 漁獵
蒐獵 題品 題詠 居止 遊息 遊宴 遊覽 遊泳
遊逸 遊舞 畋獵 嬉笑 粧束 消遣 行止 撞擊
征伐 耕布 耕種 耕作 耕穫 耕釣 耘耔耔壅禾根也

田狩 祈禱 尋訪

安排斷送第四十六 並虛活

平 安排 鋪排 粧排 推排 推敲 招呼 招邀 扶持

支撑 支吾 選左支右吾 端相 驅除 消除 消磨 勾銷

鋪張 鋪陳 摩挲 薰陶 調停 遮蔵 勾邀 丁寧

吹嘘 杜詩惟待吹嘘送上天 搜求 搜尋 揄揚 揄亦揚也 飛揚

防閑 彰施 侵凌 隄防 史為民隄防

去 掩蔵 攫拏 攫手取也拏牽引也 揣摩 主張 主持 主盟 破除

掃除 作成 挈提 稱提 發揮 整齊

入 斷送 付送 付托 整頓 整理 整葺 葺理也 檢點

檢校 檢束 點檢 唐詩年年點檢人間事 點綴 點染 點校

點勘 料理 葺理 脫畧 負荷 做作 激作 造作

造就 結果 結束 洗滌 問說 照管 主管 判斷
抖擻舉動貌 擺脫 剔刮 剔撥 剔決 剖決 剖判
醞釀醞釀造酒也人之造事者似之 出脫 束縛 指擬 等待 伺候
闖伺闖馬出門貌 偵伺邏候也探伺也 趲促 結構 展拓 照拂
覆護 愛護 愛惜 警省 揣摸 綴葺 報答 應答
假借 獎借 借貸 拂拭 促迫 掃蕩 剝啄 從臾
拈弄 拈綴 拈惹 排列 排辦 排布 排遣 驅遣
消遣 差遣 沾染 提調 披拂 拘管 催促 追逐
驅逐 馳逐 勾引 邀引 粧扮 調理 調攝 調弄
收斂 收拾 標榜史互相標榜 分付 分剖 牽絆 牽合
經理 擔荷 憑仗 鋪設 提挈左提右挈 提掇 粧綴
粧點 區處 回護 拘束 撐拄 催趲 裁剪 收捲

◎

**連綿**　酕醄酩酊第四十七　與風流慷慨互用　**並虚**　死

**平**　酕醄醉貌　蹁躚舞貌　躊躇猶豫也　徜徉猶逍遥也　踟躕行不進也

因循　諔諧調笑也　含糊不明貌　猖狂縱肆貌　遲疑

趑趄行不進也　俳優雜謔也　徘徊不進貌　團欒圓聚也

婆娑舞貌　淹留　誰何呵史莫敢誰何　搶攘擾亂也　綢繆纏綿也

留連連續不絶貌　雍容　蹉跎遲暮也　紆徐遲緩貌

**去**　寂寥　晏閒　覬覦欲得也　逗遛不進也　跳梁猖獗也

酩酊甚醉貌　欸乃棹歌聲　滅裂不用心貌　黽勉黽亦勉也

**仄**　邂逅不期而會也　雜遝衆多貌　散誕　特達　落魄不撿也

款曲　宿留濡滯也　眷戀　辟易開張而易其本處　快活　浪蕩

勉勵　倦怠　骯髒悻直貌　齟齬齒不相值也　土苴如糞草也

汗漫　繾綣不分離貌　宛轉　展轉　儉嗇　仔細　曲折

委曲 逶遲（行貌） 眊矂 滑笑 苟且 曉了 蹇澁 安誕

逼迫 反側（反不正也側不直也） 蹭蹬（因頓也） 省悟 抑欝

【平】僥倖（僥求也倖謂所不當得而得者） 孤負 濡沫（魚涸處相濡以沫） 豪宕 流蕩

淹滯 容易 迂闊 遊冶 忽遽 憔悴 竒特 騰踏

舒暢 流暢 流落 慚愧 尷尬（行不正也） 勤苦 辛苦

顛倒 羞澁 浮浪 蕭索 蕭散 閒適 饕餮（貪財曰饕貪食曰餮）

真率

欣然樂矣第四十八

【並虛】活

【平】欣然 歡然 陶然 怡然 安然 悠然 蕭然 翻然

悽然 翩然 泠然 飄然 居然 悲哉 悲夫 嗟夫

溫其（詩溫其如王） 凄其（詩凄其以風） 來兮 來歟 歸歟 歸乎

巍乎（高大貌）

【去】浩然盛大流行之貌　凜然　慨然　勃然興起也　蹙然不安貌
悄然　肅然　儼然　斐然文貌　樂然　喟然嘆息聲　宛然
悵然　憮然自失貌　闇然　窔然　蕩然　瞿然　卓然
艴然不悅也　美哉　樂哉　快哉　富哉　大哉　小哉
異哉　盛哉　彼哉　鄙哉鄙野俗也　野哉　異乎　樂乎
煥乎光明貌　信乎　凜乎　愛之　惡之
【入】樂矣　醉矣　愛矣　去矣　富矣　智矣可也　美矣　庶矣衆也
侈矣　甚矣　久矣　遠矣　得矣　合矣　至矣　盡矣
竭矣盡也　卓爾自立貌　莞爾小笑貌　遠也　醉也　驕也
去也
【平】微矣　衰矣　行矣　安矣　高矣　衰也　憂也　來也
歡也

**數目** 三遷一顧第四十九

**平** 三遷 孟母三遷 三呼 漢武帝登嵩山聞呼萬歲者三 三嘗 千思 千言

**上虛** 死 **下虛** 活

羣言 孤吟 孤眠

**去** 一遊 一行 一言 一來 一觀 一聞 再言 再歌

再思 語季文子三思而後行子聞之曰再斯可矣 九思 語君子有九思 百思 百憂

**仄** 一顧 李白云伯樂一顧價增十倍 一望 一喜 一笑 一酌 一飲

一舉 一別 一去 一出 一處 一語 一默 一唱

一吸 一掃 一啜 啜飲也 一沐 一醉 一戰 百戰

百勝 百發 百中 百感 張祐詩百感中來不自由 百拜 再拜

再笑 再顧 四顧 四望 四喜 萬感 萬選 萬中

**平** 三歎 三詠 三省 曾子吾日三省吾身 三祝 麥丘邑人三祝齊桓公 三握

三顧 漢昭烈三顧諸葛亮 三吐 周公一沐三握髮一飯三吐哺 雙綰

◎

千聞一見第五十

【平】千聞　三疑（易一人行三則疑也）　三緘（金人三緘其口）　羣居（語羣居終日）　【上虛】死【下虛】活

千愁

【上仄】一呼　一私　百爲　衆謀　衆咻（孟衆楚人咻之）　萬言　萬愁

四愁（漢張衡有四愁詩）　四知（漢楊震四知）　九遷（韓一歲九遷其官）　獨行（史獨行不愧影）

獨吟　兩強

【仄】一見　一看　一瞬　一詠　一食　一飽　一睡　一夢

一步　一覺　一往　一蹶　一得（史愚者千慮必有一得）　數步

七步（曹植七步成詩）　百步　百詠　百恨　百媚（白樂天詩回頭一笑百媚生）

百慮　萬幸　萬想　兩好　九頓

【上平】千慮（史智者千慮必有一失）　千緒　千計　千恨　千變　三進

三變（語君子有三變）　三疊（唐人有陽關三疊詞）　三弄（桓伊吹笛有三弄）　三接（易晝日三接）

◎

三至 曾毋三至之疑 三勸

疊字

匆匆役役第五十一

並虛 死

平 匆匆 陶陶 醺醺 厭厭詩厭厭夜飲 綿綿不絶貌 嬉嬉

汪汪史黃憲汪汪如千頃陂 洋洋流動充滿之意 區區小也 盈盈滿也 冲冲和也

欣欣喜也 齁齁鼾聲 芒芒無知貌 拳拳繾綣也 徐徐安行也

悠悠渺邈無期貌 遲遲 翩翩往來貌 于于自足貌 空空

悾悾無知貌 醒醒 忉忉憂也 熙熙和樂貌 怡怡和悅也

愉愉顏色和貌 淇淇無間貌 孳孳勤勉之意 兢兢戒謹貌

樓樓無依貌 諄諄懇誠貌 融融和也 偲偲詳勉也 雍雍和也

平平平易也 休休有容之貌 申申容舒也 夭夭色愉也又少好貌

皇皇如有求而弗得之意 囂囂無欲自得之貌 嘐嘐志大言大也

仄 役役多事之貌 袞袞相繼貌 擾擾 脉脉相視貌 悄悄憂貌

◎

默默 拍拍邵康節詩拍拍滿懷都是春 瑣瑣細也 察察明之過也 冗冗散貌

截截整齊貌 恐恐畏也 落落蕭索貌 宴宴居息貌 浩浩

縷縷不絶貌 杳杳深寂貌 烱烱光也 僕僕煩猥貌 矻矻

啞啞易笑言啞啞 嗃嗃嚴厲貌易家人嗃嗃 咄咄殷浩書空作咄咄怪事四字 喈喈聲也

戀戀不舍之意 慄慄 凜凜 怏怏不樂之意 欝欝積而不舒之意

聒聒 汩汩沒也 洩洩樂也 灑灑 洞洞 款款 切切懇到也

草草 逐逐易其欲逐逐 勉勉 睊睊相視貌 縮縮收斂之意

孑孑詩孑孑干旌 整整 肅肅 亹亹易成天下之亹亹 穆穆深遠也

來來去去第五十二 〔並虛〕活

〔平〕來來 行行古詩行行重行行 看看 言言詩于時言言 招招詩招招舟子

搖搖 云云史漢武帝曰吾欲云云 生生易生生之謂易 依依 存存

〔仄〕去去 往往 步步 語語詩于時語語 望望 進進 坐坐

退退 唯唯 諤諤 處處 信信再宿爲信 止止莊子吉祥止止

宿宿

三字

步月歸乘風去第五十三

平 步月歸 弄月歸程子再見周子吟風弄月以歸 載月歸唐詩滿船空載月明歸

伴月眠 踏月遊 踏雪沽 踏雪來 戴星來 見星還

舞風歸 吟風歸見前 御風行列子御風而行 看雲眠杜詩憶弟看雲白晝眠

對雨眠韋應物詩那知風雨夜復此對床眠

仄 乘風去 隨月去 邀月飲李白舉杯邀明月 步月立杜詩思家步月清宵立

對月飲 從天下史將軍如從天而下 仰天笑李白仰天大笑出門去 戴星出

戴星入巫馬期戴星出入而單父治 望塵拜史潘岳石崇見賈謐望塵而拜

披雲覩披雲霧而覩青天 苦雨歎杜有苦雨歎 映雪讀孫康映雪讀書

笑生春嬌侍夜第五十四

◎

【平】笑生春　醉和春詩王樓宴罷醉和春　醉通宵　夢遊仙宋詩驚回一覺遊仙夢
夢捧天韓琦夢捧天　思悲秋宋玉

【仄】嬌侍夜　飲徹夕　眠通夕　眠到曉　歌響暖阿房宮賦歌臺暖響
愁怕曉　坐待旦周公坐以待旦出孟子

## 送春行避暑飲第五十五

【平】送春行　賞春回　勸春歸　及春遊杜詩吾得及春遊　愛春遊
傷春吟　惜春歸　苦熱行杜有苦熱行　苦寒行杜有苦寒行

【仄】避暑飲　避暑賦　通宵飲　長夜飲　連日醉　傷春恨
迎春宴　動春酌杜清夜沉沉動春酌

## 探花遊鬪草會第五十六

【平】探花遊　戴花回　看花回唐詩無人不道看花回　賣花聲　踏花歸
折桂歸　採蓮歸　採蓮歌　伐木歌詩伐木宴朋友故舊也　踏槐遊

采芹遊　據梧吟據槁梧而瞑出莊子　荷蕢行語有荷蕢而過孔氏之門者
題葉詩　夢草詩謝靈運夢弟惠連得池塘春草之句　及瓜期左瓜時而往及瓜而代
蹊葵憂漆室女馬蹊園葵而憂　揲蓍占
仄　鬭草會唐宮人鬭百草　隨柳過程子詩傍花隨柳過前川　攀栢泣王裒痛父非命攀栢而泣
攀桂喜　對花飲　踏花去　看花約　思蓴興張翰見秋風思蓴羹鱸魚
哦松興崔斯立對樹二松月哦其間　班荆坐聲子遇伍舉班荆與食而言出左傳
炊粱夢盧生夢黃粱　徙木信史商鞅徙木立信　泣竹孝孟宗　懷橘孝陸績
剪桐戲成王與弟戲剪桐葉爲圭曰以封汝　採薇節伯夷叔齊耻食周粟遂採薇而死
穿楊射養由基射穿楊葉

虎豹威鴻鵠志第五十七

平　虎豹威　鷹鸇威　鴻鴈賓　鶖鷺羣　魚鰕羣　騏驥羣
爪牙宗　鵷鷺班　鷗鷺盟　鵾鵬遊　虎狼親虎狼之父子親也

鶯燕情

仄 鴻鵠志 史燕雀安知鴻鵠之志 鸞鳳志 麋鹿友 赤壁賦侶魚蝦而友麋鹿 鳥獸行

豚魚信 易信及豚魚 鱗鴻信 貔貅勇 猿鶴怨 北山移文夜鶴怨曉猿驚

蛇蝎毒 禽魚意 犬馬報 豺獺義 豺祭獸獺祭魚

攀龍鱗附鳳翼第五十八

平 攀龍鱗 櫻龍鱗 犯龍顏 占龍頭 占鰲頭 古雀聲

拔鯨牙 摩虎牙 假虎威 狐假虎威喻人藉聲勢 質虎皮 虎文羊質

捋虎鬚 踏鳳毛 畫蛾眉 持蟹螯 晉畢卓左手持螯右手持酒杯

食馬肝 漢文成將軍食馬肝而死 坐臯比 張橫渠嘗坐臯比而講易虎皮也

薦熊膰

仄 附鳳翼 琢蟬翼 添虎翼 履虎尾 易履虎尾不咥人 陪驥尾

附驥尾 史蠅附驥尾而至千里 續貂尾 史貂不足狗尾續 蹈虎尾 書若蹈虎尾

揮麈尾 晉王衍揮麈尾而談 探虎穴 史不入虎穴焉得虎子 分雀腦 烹雀舌 茶

希驥足 希驥之馬亦驥之乘 畫蛇足 畫蛇添足 繫鴈足 元郝經嘗繫鴈足達書

剖鷺股 續鳧頸 斷鶴頸 鳧頸雖短續之則憂鶴頸雖長斷之而悲 剖魚腹

取熊掌 孟子舍魚而取熊掌 叩牛角 甯戚叩牛角而歌 騎牛背 騎鶴背

吟驢背 鄭綮云詩思在灞橋驢背上 歌麟趾 詩篇名 啼鵑血

吞鳦卵 簡狄吞卵而生契

## 汗漫遊酕醄飲第五十九

平

汗漫遊 逍遥遊 飄泊遊 落魄遊 欸乃歌 窈窕歌

慷慨歌 蹣跚行 彳亍行 小步也 滑稽談 酕醄愁

偪側吟 杜有偪側行

仄

酕醄飲 酩酊醉 婆娑舞 蹁躚舞 逍遥樂 盧胡笑

揶揄笑 劉毅家貧鬼揶揄而笑 朦朧睡 依稀夢 騰踏去 邂逅會

真率會司馬光有真率會　富貴相

秉燭遊流盃飲第六十

平　秉燭遊古詩何不秉燭遊　策杖行　植杖芸論語植其杖而芸　對床眠見前
欹枕眠　彈鋏歌馮驩彈鋏而歌　叩舷歌　擊楫歌祖逖擊楫中流而歌
鼓盆歌莊子妻亡鼓盆而歌　鼓缶歌易不鼓缶而歌則大耋之嗟　鼓琴悲
取瑟歌語取瑟而歌使之聞之　把劍看　揮麈談見前
仄　流盃飲　傳盃酌　隱几卧孟子隱几而卧　圍爐坐　揚鞭去
垂綸釣　敲針釣杜詩稚子敲針作釣鉤　折屐喜謝安聞謝玄捷喜不覺屐齒之折
仗劍別　巡床拜　巡簷笑見前

舞影歌聲詩情曲意第六十一

四字
平　舞影歌聲　酒病花愁　宮怨閨情　旅思邊愁　野唱村春
仄　詩情曲意　詩逋酒債　詩懷酒興　宦情羈思　賞心樂事

樵歌牧唱　世情物態

男耕女桑山歌社舞第六十二

平　男耕女桑　男忠女貞　女織男耕　海誓山盟　夜宿曉行

兄友弟恭　弟勸兄酬　夫唱婦隨　婦饁夫耕　凍耕熱耘

妻啼兒號　父嚴母慈　嫂溺叔援　主獻賓酬　君令臣從

皇歩帝趨

仄　山歌社舞　塗歌里詠　道聽塗說　水耕火耨　父生師教

父菑子穫（菑及土也穫收稻也）　父慈子孝　父生母鞠（詩父兮生我母兮鞠我）

風飡水宿　君倡臣和

厚約深盟佳音寄耗第六十三

平　厚約深盟　幽賞高談　艷舞嬌歌　妙舞清歌　盡態極妍

緩視微吟（朱子讀書法）　深惜輕憐　息養瞬存（息有養瞬有存出張子正蒙）

遠交近攻范雎說秦王遠交齊楚近攻韓魏 闊步長趨程子稱邵康節

仄 佳音密耗 高談雄辯 高談闊論 高談遠引 緩歌慢舞

艷歌妙舞 放歌長嘯 長歌短詠 淺斟微笑 淺斟低唱

明粧麗服 淡粧濃抹 輕憐細閱 深耕易耨易治也耨去草也孟子

更唱迭和 廣詢博訪 長驅深入 靜存動察 左提右挈

## 對酒當歌坐花醉月第六十四

平 對酒當歌曹操詩 獻賦論兵唐詩獻賦論兵命未通 沽水買薪

稅地栽花 離群索居 提要鈎玄記事者必提其要纂言者必鈎其玄

爽約負盟 悞約違期 執古御今朱子贊易

仄 坐花醉月 談兵說劍 尋方覓便 含情凝睇 凭高眺遠

登高望遠李白有登高丘望遠海詩 投閒置散投閒置散乃分之宜出韓文 承歡侍宴

勞心焦思 居閒處獨 披堅執銳 割慈忍愛 典衣沽酒

賣薪買酒　牽羊沽酒韓牽羊沽酒謝不敏　伏劍對酒古詩伏劍對樽酒

刻舟求劍楚人劍自舟中墜水刻其舟曰是吾劍所從墜也　膠柱調瑟出揚子

按圖索駿史

## 樂極悲生酒闌人散第六十五

平　樂極悲生　舞妙歌妍　酒盡歌闌　華落色衰　興盡悲來

燭暗香消　意美情濃　影絕魂消　否極泰來

仄　酒闌人散　酒空歌斷　舞休歌罷　夢沉書遠　夢餘酒困

夢闌酒醒　窮堅老壯滕王閣序窮且益堅老當益壯　經殘教弛出小學題辭

憂深思遠

## 叱咤風雲呼吸霜露第六十六

平　叱咤風雲　號令雷霆　號令風雷　喜怒風霜　志氣風霆

賞罰春秋　節操冰霜　步履星辰杜聽履上星辰　嘯傲乾坤

際會風雲　鞭駕風霆朱子贊康節語　瞻軒斗山唐韓子學者仰之如太山北斗

（仄）呼吸霜露　咳唾珠玉　心性機穽　德澤雨露　吟弄風月

文章星斗曾子文章世希有水之江漢星之斗　蹉跎歲月　留連光景

載笑載言一觴一詠第六十七

（平）載笑載言　載謀載惟　載沉載浮　一唱一酬　一話一言

一往一來　一興一衰　半醉半醒　獨坐獨行　五禮五庸書

五典五惇書　五服五章書　七縱七擒諸葛亮征孟獲七縱七擒

（仄）一觴一詠　一嚬一笑明主愛一嚬一笑　一飲一啄　一喜一懼

一治一亂　一進一退　一語一默　一得一失　萬言萬當

屢屈屢辯　十指十視大學十目所視十手所指　三戰三北　九攻九卻

八戰八克吳漢征成都八戰八克　三握三吐周公一沐三握髮一飯三吐哺急於見賢也

三薰三沐三沐而三薰之出韓文　三仕三已令尹子文三仕為令尹無喜色三已之無慍色

三就三去孟子所就三所去三　三進三巳虞集詩三進三巳之了若耳不聞

六言六蔽出論語

相應相求自斟自酌第六十八

平　相應相求　乃寢乃興　式號式呼　爰咨爰謀詩　有始有終

傳信傳疑信以傳信疑以傳疑　不驕不憂易居上位而不驕在下位而不憂

無黨無偏書　或泣或歌出易

仄　自斟自酌　自吟自酌　自歌自樂　將安將樂　偕行偕止

同行同坐　令儀令色　或歌或哭　爰笑爰語　可愛可畏

時行時止

不剛不柔無適無莫第六十九

平　不剛不柔詩　不競不絿詩絿急也　不疾不徐　或在或亡

彌高彌堅語仰之彌高鑽之彌堅　有正有邪　既溥既長詩溥周遍也

既庶既繁詩

〔仄〕無適無莫適專主也莫不肯也無方無體易神無方易無體徹上徹下

居上居下　在前在後語瞻之在前忽然在後不先不後詩不自我先不自我後

或左或右　或豐或儉　或離或合　必誠必信記必誠必信勿之有悔焉

有始有卒　有善有惡　有通有塞　中規中矩禮周旋中規折旋中矩

榮辱升沉存亡得喪第七十

〔平〕榮辱升沉　壽夭榮枯　利害是非　離合悲歡　理亂興衰

否泰安危否塞泰通也　美惡妍媸妍美也媸醜也廣大光明

〔仄〕存亡得喪　出處進退　仕止久速聖人仕止久速各當其可是非得失

成敗利鈍諸葛亮曰成敗利鈍非臣逆覩動靜語默　死生禍福　剛柔善惡

裕後光前居中制外第七十一

〔平〕裕後光前裕寬也饒也書垂裕後昆居重馭輕陸宣公奏議云反本還原

制外養中 程制於外所以養其中 拆東補西 自西徂東 詩自西徂東

原始要終 易原始要終故知死生之說 即始見終 顏子明睿所照即始見終 競短爭長

【仄】

居中制外 由中應外 程子曰由乎中而應乎外 積中發外 記和順積中英華發外

捌中彪外 楊子謂積行內滿文辭外發也 度長絜大 賈誼過秦論絜謂圍束之也 由表及裏

去彼取此 陳忠肅公曰向善背惡去彼取此 得此失彼 獲上信下

輕前軒後 馬援傳前頓曰輕後頓曰軒 截長補短

百拜三行千慮一得第七十二

【平】

百拜三行 禮記終日百拜而酒三行 一歲九遷 一札十行 漢光武一札十行

一字千金 呂不韋春秋能改一字者予千金 一本萬殊 一策萬言

一統萬年 十事九乖 九死一生 九思一誠 九經一誠

五宅三居 書 千緒萬端 三令五申 萬轉千回 萬語千言

萬口一辭 萬古一心 萬死一生 七轉九還

仄

千慮一得見前　千言一默　千言萬語　千變萬化　千呼萬喚

四端萬善　一唱三嘆清廟之瑟一唱三嘆有遺音　一舉兩得　一資半級

一了百當　一呼百諾　五常百行　五殊二實五殊五行也二實陰陽也

二同二異　三元五至　三回四轉　三平四滿　七上八下

對類卷之九

# 對類卷之十

## 身體門

一字 平

身體第一

身 軀身也 骸骨 肩膊上 腰 肢手足為四肢

胷 心一身之主神明之舍也屬火 肝木臟 脾土臟 顱頭骨

實字

瞳目珠 眸目瞳子 腸肺腑為大腸心腑為小腸 鬚在口下曰鬚 髯在頰曰髯

唇口端 牙牡齒 咽咽喉 眉 喉氣管 頤口旁 腮頷下曰腮

拳握手為拳 肱臂幹也 皮皮膚肌表也 臍腹臍 膚皮也 肌膚肉也

毛眉髮之屬 筋骨絡也 躬身也 鬟屈髮為鬟 髭在口上曰髭 頭

睛目睛 形形體 精真氣也 胎孕而未生曰胎 胞胎胞 脂

膏脂也神之液也 肓心上膈下曰肓 膺胸也 腴腹下肥也 脢背肉也

毫毛之長者 臀髀也 尻脊梁盡處 齦齒根肉 涎口液 洟鼻液 眶眼眶

體形體 首頭也 頂頭巔也 腦頂門也 鬢額旁髮也 髻束髮 髮頭毛也

面顏面 貌容貌 頰面旁也 臉頰也 額顙也 項頭後 頸頸項也

耳聽官 目視官 眼目也 鼻 口 頷口下 齒牙齒

舌在口所以言也 背脊背 膂脊肉 膊肩肉 脇腋下 肋脅骨

臁肘後 膈胸膈 腹肚腹 肚 肺金臟 腎水臟 膽肝之腑

爪指甲 掌手心 指手指 手 肘臂節也 臂肱腕 腕手腕

足 踵足跟 趾足也 脚足也 股脛本曰股 髀股也 膝骨節也

脛足骨也 脉血脉 汗身液也 淚目液也 血肉之液 唾口液 涕鼻液

泗涕液 氣聲氣 質形質 甲指甲 髓骨中脂也 吻唇角曰吻 齶頰輔也

骨骸骨 肉肌肉 睫目旁也 臟五臟 喙口也 眥目際也 擘手大指也

臆胸臆　齶齒齶　踝足骨　胯股間腿　骼骨骼　拇大指

膜肉膜

情性第二

【平】情性之動也　懷思念也　衷中也　思心思　忱信也　悰情悰　【半實字】機心機

儀容儀　魂神魂　音聲音　噫心不平聲　威可畏也　顏顏色　容容貌

姿態也　神精神　聲

【仄】性生理也　志心之所之　意心之所發　念憶念　慮思慮　興興趣　思意思

智智慮　態姿態　度風度　量度量　想思想　抱懷抱　魄形魄

迹形迹　計計慮　狀形狀　色顏色　力氣力

肥瘦第三　【虛字】死

【平】肥多肉也　清潔也　溫和也　柔順也　良善也　嬌妖嬈也　豐厚也

纖細也　彎曲也　香馨香　輕浮也　明光明　顰皺眉　臞瘦削

衰老也　麄鄙也　莊端嚴　和温和　長　脩長也　強有力

妖巧也艶也　嚴威嚴　舒舒遲　踈稀踈又粗踈　皺皮細起也　枯槁也

胼皮堅也　胝繭也皮厚　姸美好也　媸醜也　孱懦弱　羊滿也

仄　瘦少肉　弱無力　細小也　膩肥澤　媚嬌媚　嫩柔嫩　軟軟弱

美美好　壯強壯　秀清秀　麗華麗　艶妖冶　淑善也　雅正也

善宍也　黶面上黑子　姣美也　狡狂也猾也　晳人色白也　緊　妙

整齊整　好　肅嚴肅　瘠瘦　恠異也　槁枯槁　俊

老　古　硬強硬　冶妖冶　滑　緩慢也　正

直　惡貌醜　陋踈惡也　醜　俗凡俗　濁不清

二字　形骸手足第四　並實

平　形骸　形軀　胸襟　胸懷　心懷　心腸　心肝　心胸

肝腸　腰肢　肌膚　咽喉　髭鬚鬚在口曰髭在頰曰髭鬚

鬚髯 鬚眉 身心 皮膚 頭顱 膏肓見前左居膏之上肓之下

毫毛 脂膏

[平]腹心 股肱脛本曰股臂幹曰肱 肺肝 肺腸 腎腸 肚腸

體膚 爪牙 齒牙 髮膚 涕洟自鼻出曰涕自口出曰洟

[入]手足 手脚 面目 耳目 眼目 口頰頰面傍也 口體

口耳 口齒 口舌 鼻舌 齒髮 鬢髮 臂指 齒頰

肺腑 臟腑 骨肉 骨髓 骨骼 耳鼻 眼耳 血氣

血脉 氣脉 氣血 氣骨 首足 脉絡脉有經絡 臂膊

涕唾 涕淚

[去]頭目 頭面 頭角 心腹 心膽 心膂膂脊肉 心體

肢體 身體 形體 喉舌 唇舌 唇吻唇角曰吻 喉吻

肝膽 牙頰 牙齒 肌骨 筋骨 骸骨 眉鬢 眉目

眉眼 毛髮 鬚髮 毫髮 肩背 腮臉 腸胃 胸臆
頭腦 唇齒 筋力 榮衛（血行於脉內為榮氣行於脉外為衛）

## 精神態度第五

並半實

【平】精神 精靈（靈猶神也）精魂 形容 形聲 聲音 儀容
姿容 顏容 聲容 音容 心情 情懷 襟懷 丰姿
丰標（丰美也標格也）丰神 情悰（悰慮也樂也）儀形 威儀 威風
光儀（光輝儀表）言辭
【去】表儀 性情 色容 語言 夢魂 計謀 智謀
【仄】態度 體態 體貌 氣色 氣槩 氣力 氣象 氣魄
氣貌 志氣 志慮 志節 志操 意思 意緒 意氣
度量 力量 器量 咳唾 色笑 智力 智慮 節操
節槩 骨幹

【平】情思 情性 情緒 情意 情興 懷抱 精采 精爽

風釆（威風光釆） 風骨 風力 風裁（風力裁制） 風度 風韻

丰表 儀表 標格 標致 姿貌 姿表 顏範 顏貌

形貌 形狀 形色 顏色 容色 魂魄（神魂形鬼） 心意

心志 心力 才力 筋力 聲氣 軀幹 言語

眉毛面䫌第六 【並實】

【平】眉毛 頭毛 牙齦（齒根肉曰齦 銀）

【仄】鬢毛 面皮 髭鬚 耳根 頷髭 鬢腮 眼眶 眼睛

足跟

【仄】面䫌（䫌頰輔也） 背汗 眼淚 手腕 手指 手掌 手背

手膊 指爪 足趾 目睫 鬢腳 脊骨 髀骨 口吻

面汗 頂骨

上仄 頭髮 頭骨 顏汗

心聲面色第七 並實

平 心聲 言為心之聲 心神 頭容

上仄 面容 面情 面顏 足音 眼光

仄 面色 面貌 眼力 足力 脚力 膂力 骨氣 膽氣

腋氣 體氣 意味 氣味 脚色 骨相 足迹 脚迹

上平 顏貌 容貌 情意 情味 情况 况味 眉宇 心氣

眉心口角第八 並實

平 眉心 眉尖 眉頭 心頭

上仄 口頭 舌頭 鼻頭 膝頭 脚頭 指頭 手頭 手心

掌心 背心 脚心 指尖

仄 口角 眼角 額角 手背 眼孔 指甲 指尾

上平 心竅 心孔 心口 毛孔 頭角 眉角 頭頂

纖腰細臉第九

上虛死 下實

平 纖腰 輕腰 柔腰 龎眉（龎厚也） 纖眉 脩眉 彎眉

明眉 麄眉 尖眉 長眉 蹙眉 清眉 明眸 芳腮

香腮 芳唇 香唇 鮮膚 豐肌 清肌 香肌 枯腸

柔腸 剛腸 脩髯（脩長也） 長髯 胡髯 長鬚 長頭

長毫 脩毫 豐頤 重頤 清瞳 方瞳 平頭 尖頭

去 秀眉 曲眉 淡眉 細眉 廣眉 細腰 小腰 弱腰

美腰 美腮 美髭 美鬚 美髯 缺唇 短身 短髯

結喉（喉有高結者）

入 細臉 嫩臉 瑩臉 媚臉 媚眼 俊眼 巨眼 病眼

軟眼 小眼 秀眼 冷眼 俗眼 老眼 臟體 亂髮

鬒髮鬒黑也　短髮　短鬢　硬骨　巨骨　巨擘臂大白也

巨足　強項項不屈也　細腕　大手　妙手　好手　敵手

老手　毒手　大耳　小耳　大面　削面　瘦面　瘦骨

廣額　齵齒齵齒腐也

〔上平〕斜眼　嬌眼　凡眼　昏眼　明眼　踈髮　華髮　香臉

豐臉　嬌面　香面　方面　衰鬢　方鬢　高髻　纖指

欹髻欹斜也　纖手　高手　高鼻　便腹便肥滿貌　長舌

長鬘　隆準鼻頭高也　嬌體　深目　清淚　駢脅脅骨相並

肌香臉細第十　〔上實〕〔下虛〕死

〔平〕肌香　肌豐　顏酡顏有酒容　顏衰　顏頹頹敗也　心清

心安　心閑　心勞　心寬　心焦　心高　唇焦　唇枯

腸枯　情深　情多　情親　神清　神疲　眉脩　眉彎

眉長　身長　身安　身輕　魂清　辭窮　胸高　肩高

頭低

【支】體柔　體輕　體舒　體胖胖安舒也　體羸羸瘦也　色温

鬐偏　意濃　意清　手高　手輕　手低　手胼手皮堅也

手纖　指纖　指尖　足輕　足胝足皮厚也　步輕　步高

眼高　眼空　眼眵眵昏也　眼昏　眼嬌　眼明　目明

耳聰　耳聾　鬢濃　鬢華　鬢衰　汗流　淚垂　臉豐

肉豐　肉勻　臂長　骨清　骨堅　志高　志卑　趣卑

趣佳　氣清　氣高　氣平　氣剛　氣充　氣豪　氣衰

氣麄　氣長　力雄　力綿綿柔弱也　力衰　力窮　力微

力多　力勍勍強也　齒剛　齒堅　舌柔　腳長　腹便

面偏　鬢稀

〔仄〕臉細　臉瘦　臉瑩瑩潔也　體瑩　體潔　體壯　體弱
骨強　骨硬　骨貴　骨瘦　脊硬　眼媚　眼秀　眼小
眼暗　眼俊　目盼盼目黑白分也　目眇眇偏目　目異　耳順
耳聵聵聾也　項強　口訥訥遲鈍也　口給給辨也　口捷捷速也
口吃言蹇　志大　志小　齒豁豁開也　氣浩　氣餒氣不充體
氣壯　性靜　性僻　性懶　性敏　色厲厲嚴也　色媚
色瑩　意羨　意厚　意寄　意懶　力壯　力大　力小
力薄　髻小　髻薄　鬢亂　鬢短　舌腐　髮秀　髮短
足跛跛偏任一足　貌寢短小曰寢　貌陋　貌美　膽大　膽顫
量小　臂健
〔平〕心靜　心逸　心泰　心大　心小　心穩　心遠　心蕩
心放　唇小　情重　情厚　情寄　情少　神定　神爽

顔厚　顔瑩　膚瑩　膚膩　膚潤　肌潤　肌瑩　肌瘦
腰細　腰小　腰軟　腰瘦　眉聳　眉淡　眉秀　眉皺
眉細　眉小　眉異　形瘵瘵病也

## 芳心容意第十一與人事門離愁別恨互用　上虛死　下實

平　芳心　良心　真心　閒心　歡心　堅心　誠心　虔心
邪心　雄心　慈心　芳顔　衰顔　嬌顔　慈顔　嬌容
癯容癯少肉也　衰容　芳容　芳情　出情　閒情　真情
濃情　高情　深情　幽懷　高懷　芳懷　芳姿　嬌姿
幽姿　英姿　閒身　芳聲　嬌聲　清聲　新聲
上仄　壯心　小心　侈心　惡心　忿心　怒心　急心　病心
好心　毒心　悔心　喜心　本心　愧心　直心　畏心
戒心　妬心害色曰妬　善心　壯懷　雅懷　曠懷　老懷

坦懷　鄙懷　麗容　雅容　美容　冶容（冶妖冶）　艷容

媚容　美顏　老顏　厚顏（愧色）　美姿　容情　醜聲　惡聲

美聲

〔又〕容意　雅意　好意　厚意　美意　美質　艷質　麗質

淑質（淑善也）　弱質　鈍質　稚態　老態　美態　美貌

美色　令色　艷色　媚色　壯志　雅志　大志　銳志

銳氣　浩氣　秀氣　正氣　直氣　逸興　雅興　雅趣

妙趣　遠慮　俗慮　劣相（劣惡也）　德性　惡口

〔平〕佳興　芳興　清興　高興　嬌態　佳色　芳質　芳迹

芳意　微步　高步　英氣　豪氣　閒氣　全體　常性

恒性　清操　綿力　洪量

侵眸撲面第十二　〔上虛〕活〔下實〕

平 侵眸 薰眸 侵肌 沾襟 沾胸 沾膺 沾唇 薰人

蒸人 隨人 牽人 撩人（撩牽引也） 愁人 宜人 羞人

催人 侵人 齊眉 纏頭 纏腰 隨心 薰心 関心

縈心（縈繫也） 怡顔 隨身 交順

去 襲人 可人 動人 惱人 觸人 逼人 暢人 稱人

逐人 快人 困人 對人 向人 醉人 悦人 醒人

感人 引人 照人 稱心 快心 上心 動心 蕩心

拂膺 稱懷 入懷 暢懷 觸懷 揷頭 上頭 上眉

暢情 入唇 到唇

入 撲面 拂面 刮面 掠面 着面 上面 映面 潑面

入眼 在眼 刺眼（杜藤芽刺眼新） 照眼 潑眼 瞥眼 過眼

聒耳 到耳 入耳 溢耳 過耳 映臉 上臉 入手

着手 過目 觸目 耀目 在目 入目 眩目 悅目
溢目 可口 適口 爽口 入口 入意 稱意 可意
着我 快我 惹我 引我 惱我 稱我 上鬢 引鬢
入鬢 掠鬢 插鬢 入骨 透骨 刺骨 撲鼻 沒脛
透體 濺齒（宋梅子流酸濺齒牙） 掛齒 刺舌
上 侵鬢 簪鬢 侵面 薰面 吹面 侵骨 侵體 侵耳
穿耳 侵眼 薰眼 經眼（杜且看欲盡花經眼） 牽我 撩我 隨我
隨手 經手 隨意 橫膝 傷足

回頭送目第十三

上虛 活 下實

平 回頭 搔頭 擡頭 昂頭 低頭 梳頭 埋頭 抽頭
搖頭 懸頭 安身 騰身 謀身 忘身 全身 輕身
移身 傾身 修身 持身 舒眉 開眉 伸眉 揚眉

◎

攢眉　承顏　舒顏　開顏　怡顏　凝眸　開眸　回眸

凝神　捎軀　搖唇　披肝　披腸　撑腸　垂涎　流涎

摩眉　掀髯　刳腸　支頤（以手閣頤）

【去】點頭　仰頭　掉頭　出頭　縮頭　露頭　叩頭　轉頭

舉頭　正頭　用心　捧心　嘔心（唐李賀苦吟其母曰吾兒嘔出心乃已）

剖心　吐心　息心　拊心（以手拍胸）　醉心　委心　動心

洗心　盡心　立身　奮身　托身　寄身　屈身　遁身

孱身　碎身　潔身　澡身　潤身（大學德潤身）　委身　保身

側身　展眉　皺眉　蹙眉　弛肩（弛放也）　脅肩（竦體）　息肩

曲肱　折肱（三折肱知為良醫）　強顏（強咲也）　放顏　改容　斂容

折腰（屈身也）　乞骸（乞骸骨請老也）　寓情　剥膚（易剥床以膚）　捋鬚

摘鬢　拔鬢　下咽　搤吭（搤搤握也吭頸也史搤其吭而拊其背）　鼓唇　握拳

噬臍（噬臍無反言後悔也）　撚髭　脫頤（咲也）　捧頤　解頤（笑也）　拊膺（膺胷也）

斷腸

【入】送目　寓目　極目　縱目　舉目　拭目（拭揩也）　注目

刮目（即拭目也）　側目　着目　轉目　閉目　反目（易夫妻反目）

擧眼　轉眼　着眼　正眼　掛眼　換眼　合眼　擧首

矯首（矯擧也）　授首　俯首　稽首（首至地）　頓首　仰面

正面　反面（禮孝子反必面）　拭面　掩面　引領（引伸領頸也）　掩耳

掩鼻（孟人皆掩鼻而過之）　着耳　側耳　貫耳　洗耳　屬耳（詩耳屬于垣）

塞耳　附耳（張良與漢高帝附耳語）　信口　守口（守口如瓶）　掩口

閉口　絶口　啓口　苦口　尚口　噤口　藉口　掉舌

鼓舌　結舌　扣齒　沒齒（終身也）　切齒（怒也）　啓齒　沐髮

露頂（杜脫帽露頂王公前）　握髮（周公一沐三握髮）　濯髮　束髮　被髮（語被髮左衽）

剪髮 散髮 理髮 斷髮 陶侃母斷髮待賓 截髮 整鬢 掠鬢

舉手 洗手 拱手 握手 出手 拍手 信手 束手

假手 假借也 反手 覆手 措手 失手 斂手 啓手

反掌 喻易為也 指掌 喻易見也 拍掌 拊掌 合掌 撚指

抵掌 史抵掌歡笑如平生 倒指 齒指 使指 史如臂之使指 屈指 奮臂

握臂 斷臂 掉臂 掣肘 肘欲動而掣之言難為也 露肘 撫背

炙背 杜炙背可以獻天子 曝背 坦腹 王羲之東床坦腹 捧腹 曬腹 郝隆曬腹中書

拄腹 舉足 着足 駐足 濯足 失足 啓足 躡足

跣足 失脚 着脚 下脚 進步 舉步 退步 縱步

信步 失步 促膝 造膝 屈膝 抱膝 漢諸葛亮抱膝長嘯 擁膝

拊髀 漢文帝拊髀思頗牧 斫脛 書斫朝涉之脛 叩脛 語以杖叩其脛 奮迹 緩頰

蹙額 憂貌 掩淚 拭淚 洒淚 墮淚 晉羊祜沒後有墮淚碑 破膽

使氣　歛氣　吐氣　掩涕　正色　變色　鬬力　剖股

扼腕貌怒

上平　翹首　回首　昂首　搔首　延頸　加額　張目　開目

瞋目怒也　明目　開眼　張眼　傾耳　提耳詩或提之耳　垂涕

流涕　開口　張口　騰口　揺舌　饒舌　吞舌　捫舌

携手　揺手　分手　伸手　垂手　翻手　抽手　揮手

叉手　交臂　眠指　伸指　翹足　伸足　揺足　抽足

投足　捫足　旋踵　容膝　加膝　捫膝　披腹韓披腹呈琅玕

捫腹　移步　張膽　嘗膽越勾踐卧薪嘗膽　披膽　持志　刲股

穿鼻　批頰批擊也

## 心馳目送第十四

上實　下虛　活

平　心馳　心存　心期　心思　心懷　心傳　心飛　心驚

心潜 心知 心勞 心忘 心遊 心融融會也 心交
神馳 神遊 神交 眉開 眉舒 眉顰顰蹙也 眉伸
眉攢 顏開 顏舒 肩摩 當道 情親 情鍾鍾聚也
身親 魂飛 魂銷 魂交
十灰 口傳 口吟 口談 口占 口開 耳聆 耳聞 耳聽
耳提 眼開 眼觀 眼空 眼穿 眼高 目瞻 手提
目逃目被刺而轉睛逃避也 手携 手攀 手披披開也 手裁
手談奕棊曰手談 手持 面陳 面從 面諛 面攻 夢攻
面交交而不心面交也 夢遊 力爭 力窮 氣舒 氣衝杜氣衝星象表
氣呑 指陳 膝行 舌存 腹非 足行
灰 目送 目斷 目瞬瞬目動也 目覩 目擊 目染 目視
眼悟 耳悟 耳屬 耳聽 臂使 面折 面接 面會

面命 面教 面斥 面責 口授 口誦 鼻嗅 手捻

手弄 手舞 手舉 手執 手措 手撚 手擊 手捧

手掬 手格 手録 足蹈 足躡 足履 脚蹭 掌握

掌運（孟子天下可運于掌） 踵接 武接（武步也） 膽破 膽落 志在

志得 志慕 意動 意得 意會 氣動 氣化 氣使

力使 力舉 力拔 力到 興盡 興動 夢斷 夢破

夢繞

〔上草〕

心想 心綬 心動 心到 心會 心領 心服 心去

心念 心許 心契（契合也） 神動 神會 神發 情動

眉折 眉蹙 眉皺 腰折 腰屈 身佩 身歷 身任

身托 腸斷 魂斷 頤指 頤養 膺受

聞名見面第十五

〔上虛〕活〔下實〕

【平】聞名　聞聲　聞風　傳名　知名　知音　知心　觀心
論心　傳心　開心　同心　傾心　欺心　甘心　傳神
傳情　通情　原情　言情　忘情　留情　舒情　言懷
忘懷　開懷　追蹤　招覩　忘形杜忘形到爾汝　潛踪
【去】度情　寄情　聽聲　寄聲　見顏　改顏　強顏　會心
犯顏敢諫也　諒心　望風　察言　聽言　寄懷
【仄】見面　識面　會面　覩面　對面　會意　見意　識性
察色　見色　接膝　鑒貌　學步　接武
【平】觀色　傳意　傳信　承志　稽貌稽察也

眉間臉上第十六　【上實】【下虛】死

【平】眉間　眉端　腰間　腰邊　胸前　胸中　心中　懷中
身中　身邊　頭邊　毫端

〔上去〕眼中　眼前　目中　目前　耳邊　耳傍　耳中　腹中
手中　口中　掌中　意中　舌中　鼻端　鬢邊　鬢根
舌端　面前　鼻中　腹間　夢中
〔入〕臉上　額上　額下　面上　膝上　掌上　頰上　舌上
手上　手內　眼上　眼下　眼底　眼裏　目裏　目下
指下　足下　腳下　領下　腹內　腹裏　腹上　口內
口裏　耳內　耳畔　肘後　背後　鬢畔　鼻裏　鼻上
度外　意外　意內　意裏　意下　頂上　腦後　髮際
〔上平〕頭上　心上　心下　心裏　心曲詩亂我心曲　懷裏　皮裏
腰上　腰下　腰畔　腰側　身上　身外　身後　眉上
眉際　眉表　眉曲　裏曲　胸次

盈頭滿目第十七　〔上虛〕死〔下實〕

【平】盈頭 盈眸 盈身 盈襟 盈肌 盈腮 填胸 渾身
充腸

【去】滿頭 滿懷 滿胸 滿襟 滿眸 滿身 滿腔 滿腮
遍身

【仄】滿目 滿眼 滿面 滿體 滿手 滿足 滿鬢 滿耳
滿鼻 滿口 滿臉 滿腹 遍體

【平】盈手 盈面 盈臉 盈腹 盈鬢 盈耳 充耳 充滿也
充口 充腹

## 同心協力第十八

【上虛】死【下實】

【平】同心 齊心 書同寅協恭和衷哉 齊肩 齊眉 孟光舉案齊眉 同聲 同情 和衷

【去】協心 合心 一心 比肩 並肩 並頭 共謀

［仄］協力　獨力　併力　叶志　合志　接迹　接踵　共事
一德　聚首
［上平］同志　同力　同德　齊力　騈首　分手

## 無情有意第十九

［上虛死下實］

［平］無情　無心　無言　無蹤　無謀　無神　無聲　無儀
無形　無顏　無腸　無懷　無音　何心　何言　多言
多情　多才　多謀
［上仄］有情　有懷　有心　有言　有才　有形　有神　有聲
有容　有儀　有顏　寡言　少恩　少言
［仄］有意　有志　有力　有色　有影　有貌　有脚　有迹
有耳　有態　有淚　絕口　絕迹　絕色　絕意
［下平］無意　無思　無力　無語　無迹　無色　無策　無術

無志 無骨 無目 無齒 無淚 無影 無膽 無面

無氣 多肉 多骨 多口 多舌

天文

冰肌雪體第二十 與天文門雲頭雨腳互用

平

冰肌冰言潔也 冰姿 冰容 冰懷 霜肌霜言白也 霜鬚

霜鬚 霜髭 霜毛 風姿風言風流也 風標 風鬟 風神

風情 風懷 雲情 雲心 煙鬟雲烟言態也 星眸言明也

天顏 天庭額言尊也 天資天所賦之資 雷聲聲如雷霆

仄

雪髭 雪鬢 雪膚 雪肌 雪姿 雪容 雪眉言白也

雪肢 月眉眉如新月

仄

雪體 雪鬢 雪髮 雪臉 雪頰 雪腕 雪態 雪色

雪手 雪骨 雨淚淚下如雨 雨汗汗出如雨 日角頭骨有日角

日表唐太宗天日之表 電眼眼光如電 電目

並實

◎

上平 雲鬢 雲髻 霜鬢 霜髮 霞臉（紅也） 星眼 氷臉 氷體
氷骨 雷腹（腹中有聲如雷） 天口 天語 天目 天表 天性
天質

並實

眉雲鬢雪第二十一

平 眉雲 鬟雲 鬚霜 心天（心為天君） 聲雷
上仄 鬢雲 鬢霜 臉霞 淚氷 髮星（華髮星星言半白也）
眼星 眼波（眼如秋波） 性天 口風 面霜 氣虹（氣如虹霓）
掌雷
仄 鬢雪 腕雪 體雪 髮雪 淚雨 汗雨 目電
上平 肌雪 膚雪 頭雪 眉月 心月

梳雲掃月第二十二

上虛 活 下實

平 梳雲 歆雲（鬢） 堆雲（鬆） 披雲（目） 撩雲（情也） 翻雲（手）

【去仄】掠雲　掩雲並鬢　拂雲氣　拂霜鬚髭鬢白也

【仄】掃月　畫月並眉　伴月　映月　撥霧　覆雨手

【去平】堆雪　搔雪並髮　遮月　揮雨汗

【上半虛死下實】

紅冰白雪第二十三

【平】紅冰淚　烏雲髮　頳霞　紅霞　丹霞並面

【去仄】綠雲　黑雲　翠雲並髮　白霜面　絳霞　紫霞並容

【仄】白雪膚　絳雪　紫電日

【上平】紅雨淚　黃氣

【節令】

春心晚興第二十四

【並實】

【平】春心　春情　春懷　春容　春眸　春鬢　春顏　秋心

秋情　秋懷

【上仄】曉情　曉鬢　曉容　晚懷　夜懷

仄 晚興 晚思 晚趣 旦氣平旦之氣 曉夢 曉鬌 曉淚
曉鬢 午夢 晝夢 夜夢 夜氣清明之氣也 夜語 暮齒
上平 春夢 春興 春思 春汗 春態 春脚陽春有脚 春淚
秋夢 秋興 秋思 秋淚

## 心寒齒冷第二十五

上實 下半虛

平 心寒 心涼 頭寒 脾寒 額溫 言溫 言和 情和
上仄 齒寒 胃寒 腦寒 項寒 氣寒 語溫 色溫
仄 齒冷 口冷 耳冷 膝冷 足冷 面冷 眼冷 語冷
淚冷 面熱 耳熱 手熱 眼暖
上平 心熱 情熱 額冷 心冷 頭冷

## 情田性地第二十六

並實

地理

平 情田禮人情者聖人之田 情瀾情如波瀾 心田 心源 心淵 心塵

去仄 量陂 性淵 性湍孟性猶湍水也 性郛心者性之郛郭 靣田字靣如田

耳垣詩耳屬于垣 口川國語防民之口甚于防川

仄 性地 性境 性水 氣海人身有氣海穴 量海量如海

上平 心石心如石 心地 心路 心境

## 橫山翦水第二十七

平 橫山眉 顏山身 橫波目 凌波步 傾城色 吞江量 上虛 傾河活 下實 懸河

防川丨並口

去仄 映山眉 扳山力 湧山氣 聳山肩 溜波目 挽河手

仄 翦水 列岫並眉 轉石心

上平 堆石拳 傾國貌 超海力 吞海量 填壑室慾如填壑

花木

## 桃腮杏臉第二十八互見花木門

平 桃腮 櫻唇 蘭心 蓬心言心如蓬之不定也 葵心心之誠如葵向日 並實 花容

◎

蓬頭言頭之亂也　花顏　花言

去　粟肌肌寒生粟　柳眉　柳腰　杏腮　蕙心　木形形如槁木

仄　杏臉　瓠齒齊而白如瓠子也　柳質質如蒲柳　藻思思有文藻　橋面

菜色饑色也

平　桃臉　榴齒　蓬鬢　葱指　梅額　荑手詩手如柔荑　蒲質

蘭質　瓜面臯陶面如削瓜　芹意　花貌　蔦目憂貌

## 根心本性第二十九

並實

平　根心孟子仁義禮智根于心　叢身叢聚也　枝辭

去　本身　植身身如木之立也　本心　本情　朶順朶垂也欲食之貌

仄　本性　本意　植意　蔓語語如草之延蔓也

平　根性　根意　根脚　葑體詩采葑采菲無以下體

## 頭蓬股栗第三十

並實

平 頭蓬 心苗 心茅心如茅草之塞 心蘭 顏桃 眉梢 唇櫻

仄 眼花 鬢蓬 體酥 指葱 面薇

仄 股栗 骨節 齒瓠 耳朶 指節 體菲 淚顆

幸 腰柳 眉柳 眉葉 腮杏 肌栗

生花起粟第三十一

上虛 活 下實

平 生花目 生蓮足 飛蓬首 粧梅額 傾葵心

仄 步蓮足 削瓜面 醉桃面 搴茅心 轉蓬足

仄 起粟肌 舞柳腰 畫柳 抹柳並眉 露笋指

幸 生粟肌 含瓠齒

鳥獸

龍顏鶴髮第三十二

並實

平 龍顏漢高帝隆準龍顏 龍姿唐太宗龍鳳之姿 龍髯 龍鬚 蜂腰腰細如蜂

龍頭狀元為進士冠稱曰龍頭 蛾眉蛾眉細而長曲人之眉似之 烏鬟 蛇頭

鴉鬟鴉烏色鬟色似之　龜齡龜壽千二百歲人有壽者稱之曰龜齡　鶯喉歌喉如鶯聲

龜胸　狼心左傳狼子野心　獐頭唐元載獐頭鼠目　鳶肩唐御史馬周大色鳶有

魚頭宋魯宗道骨鯁不阿人以其姓目之曰魚頭參政　虬髯虬龍十無角者　虬鬚　蛙腸

豺聲秦始皇蜂目豺聲　尨眉

上入

鶴齡言壽也　鶴形　翠眉　翠鬟　鳳毛謝超宗殊有鳳毛　鳳睛

鳳姿見龍姿下　鳳腮　獸心　虎頭班超燕頷虎頭封侯之相　虎鬚

虎威　虎睛　虎牙　兔唇兔唇缺人缺唇者似之

入

鶴髮人髮白如鶴　鶴筭言人之壽數知鶴　鶴膝　鶴骨　鶴眼　燕頷

鼠目　鼠腹莊子鼴鼠飲河不過滿腹　鵠志史燕雀安知鴻鵠之志　鳳髻

鳳體　鳳頸武后龍瞳鳳頸　鳳目　虎步　虎爪　鳥喙鳥喙長

豕腹　馬面

平

鴉鬢喻黑也　鴉髻　螺髻喻旋繞而尖也　螓首螓額廣而方正大之首似之

犀首　烏鬢　蟬鬢 製鬢如蟬翼　龍骨　龍目　龍頸　猿臂

龜息 龜之息不聞人之息有似之者　龜背　鮐背 老人皮膚消瘠背若鮐魚　蜂目

雞肋 劉伶云雞肋不足以安尊拳言小也　驢面 諸葛瑾面長如驢　烏喙

心猿氣馬第三十三

平　心猿 心狂如猿　心鴻 孟一心以為鴻鵠將至　心蛇 言毒也　並實　眉蛾

肩鳶　鬟鴉　唇魚

仄　氣虹 氣如白虹　髻螺 佛髻肉如青螺　髻鴉　齒犀

仄　氣馬 氣之奔如馬　意馬 喻放也　夢蝶 莊周夢化為蝴蝶　足繭 足有胝如繭

志鵠　笑虎 世人以面柔而心猛者為笑面虎

平　眉繭　心鵠 見前　心虎　頭虎

堆鴉拂翠第三十四

平　堆鴉　盤鴉 並鬢　飛鷰　蟬蛾 眉　排犀 齒　堆螺 髻　上虛 活 下實

【去】食牛氣 脊鳶肩 縮螺髻 目龍司馬徽稱諸葛孔明為卧龍 伏龍伏猶卧也

【入】拂翠眉 化蝶夢 立鵠立侍臣鵠蘇通明殿 蹙繭眉 磔蝟髭鬚 化虎牛哀化虎

化鶴丁令威化鶴

【上平】攢蝟毛 編貝 排貝 含貝並齒

如龍似虎第三十五

【平】如龍喻神化不測 如熊 如羆 如貔喻猛也 如龜言壽 如鴉

如蛇糾曲如蚓蛇小人之狀 如牛 如猫李義府陰險害人時人稱為李猫 如螺

如鷹喻勇也 如彪 如蠶 如蜩 猶龍史老子真猶龍也 如蟬

【上虛】死【下實】

【去】似牛 似泥泥小蟲也醉似泥 似龍

【入】似虎 似鶴 似獺 似馬 似鵠 類鶩馬援云刻鵠不成尚類鶩

似鏡

【上平】如蝟桓溫鬢似蝟毛 如鶴 如鶻

器用

# 心旌膽斗第三十六

平 心旌 心如懸旌言不定也 心機 機弩牙也 心刀 心灰 莊子心如死灰 並實 唇鎗

音鍾 音聲如洪鍾 機鋒 禪機如鋒之利

上仄 舌鋒 舌鉗 意鉗 笑刀 李義府笑中有刀 智囊 晁錯人呼為智囊

仄 膽斗 姜維膽大如斗 腹稾 王勃作文不起草時人謂腹稾 腹笥 邊韶云腹便便五經笥

腹劒 李林甫口有蜜腹有劒 手戟 手刃

上平 心鏡 聖人之心如明鏡止水 心鑑 喻明也 心火 心之神屬火 心燭 聶夷中我願君王心化作光明燭

# 銘心刻骨第三十七

上虛 活 下實

平 銘心 銘之於心 灰心 文身 科頭 軒眉 軒昂也 雕題

輿尸 師敗以車載尸而歸也 鞭尸 伍子胥鞭楚王尸 鍾情 情之所聚言不忘也 書懷

上仄 畫眉 張敞為其妻畫眉 刻肌 醉心 文中子心醉六經 寫情 律身 鼓唇

（仄）刺骨　粉骨　鏤骨　袖手　刺股蘇秦讀書倦則刺股　戮力　角力

飲氣　鼓舌搖唇鼓舌妄生是非莊子　鼓掌　鼓腹鼓腹而遊言樂也　刻首

染指　剪爪成湯禱旱剪爪於桑林　墨面歡娛面深墨居喪之容　弩目

剪髮即陶侃母事

（去）黥面英布狄青皆嘗黥面　文面　鞭背　緘口金人三緘其口　鉗口

彈指　粧額　椎髻髻如椎夷俗也

如靴似幞第三十八

（上虛死）（下實）

（平）如靴　面如靴富弼座右銘守口如靴　如銀　髮如弦　心直　如犀　齒如山

如丹　顏如刀　舌如花　面

（去）似靴田元鈞云吾為三司使十年typo得面似靴皮　似丹　似金　似花

（仄）似幞　面似漆　目似席　似玉　貌似鐵　匪席　匪石心

（上）如瓠　齒如筍　腹如漆　目如蜜　口如斗　膽如石　心如戟　鬚

人事 愁眉醉眼第三十九

平 愁眉 愁心 歡心 傷心 悲心 憂心詩憂心悄悄 歸心

愁懷 離懷 離腸 愁腸 愁顏 懽顏 悲顏 羞顏

憂顏 酡顏 愁容 懽容 憂容 羞容 離情 懽情

歸情 歡聲 愁聲 悲聲 歌聲 啼聲 離魂 歌音

啼痕淚痕也

上去 笑容 醉容 喜容 怒容 笑顏 醉顏 賞心 樂心

喜心 愧心 恨心 怨心 別心 去心 怨懷 悶懷

醉懷 醉眸 醉魂 睡魂 笑聲 怨聲 別聲 別腸

舞腰 去情

仄 醉眼 恨眼 困眼 睡眼 望眼 醉臉 笑臉 淚臉

醉頰 醉態 醉夢 喜色 醉色 愠色 怒色 怒髮

上平虛 港 下實

怒目 笑口 笑面 笑靨 樂意 樂志 睡思 俗慮

喜氣 舞態 別意 別緒 去志 去意

上 愁意 愁色 憂色 愁緒 緒端緒也 離緒 歡意 離意

歸意 來意 愁思 悲思 吟思 幽思 歸思 離思

吟骨 愁眼 愁鬢 愁淚 幽興 歸興 歌韻

## 人物 心君氣帥第四十 並實

平 心君心為天君 心官孟心之官則思 心神 心兵山谷小姬煖足臥或能起心兵

心工 瞳人目瞳子也 肝神

去 耳官 耳神 目官 眼童

入 氣帥 氣卒氣為志之卒徒 志帥志為氣之將帥 志將 慾寇防慾如防寇

意匠

上 心主 心匠 瞳子 身主 眸子目瞳子也

## 堯眉舜目第四十一

【平】堯眉 堯眉八彩 張眉 堯心 周恖 文心 文王小心翼翼 湯身 【並實】

文聲 文王之聲 周情 張髯 郊肩 孟郊吟詩聳肩 蠻腰 巖頭

巖顏 云有斫頭將軍無降將軍

【去】舜躬 躬身也 尹躬 書尹躬左右厥辟 舜瞳 舜目重瞳 舜身 禹心

鄒髯 鄒超人號為髯參軍 董臍 智頭 趙襄子漆智伯之頭以為飲器 禹腰 楚腰

馬眉 馬氏五常白眉最良 李鬚 唐李勣為姊煑粥火燎其鬚 沈腰 沈休文腰瘦帶孔頻移

石拳 石勒

【入】舜目 禹迹 禹步 孔思 董項 董宣號強項令 素口

【幸】堯首 皋顙 皋陶 顏舌 顏杲卿罵安祿山斷舌而死 嵇血 嵇侍中紹 邊腹 邊

即邊韶事 潘鬢 潘安 【並實】

## 人情客意第四十二

平 人情 民情 人心 民心 軍心 僧心 官心 童心
奴顔（奴顔婢膝言卑諂也） 王躬

上去 客情 子情 客懷 婦容 婦顔 母儀 母心 我心
帝心 父心 子心 妾身

仄 客意 客兒 客思 婦節 帝腹（嚴子陵與光武同卧以足加帝腹） 女貌
婢膝（前見）

上 民意 人意 僧眼 人面

仙容國色第四十三

平 仙容 仙姿 天姿 仙風（陳希夷謂錢若水有仙風道骨） 宮腰 並實 宮情
宮腮 宮眉 宮粧 塵容 禪心 皇心 禪機

上去 道心 朕心 佛心 道情 俗情 道粧 俗粧 俗緣
佛緣 朕躬 佛頭

仄 國色 傾國之色 國艷 國手 棋有國手 俗態 道眼 佛眼

道貌 道骨 道體 佛面

平 宮樣 宮體 宮髻 宮鬟 宮額 仙質 天質 仙態

塵態 風塵之態 仙骨 凡骨

聲色

## 朱顏綠鬢第四十四

上半虛 死 下實

平 朱顏 朱唇 朱腮 紅顏 紅姿 紅肌 紅腮 紅唇

丹唇 丹心 丹衷 青眸 青瞳 青鬟 蒼容 蒼髯

蒼髭 蒼鬢 蒼頭 黃眉 黃髯 烏牙 烏頭

仄 素肌 素腮 素腰 素胸 素心 翠眉 翠鬟 綠鬟

黛眉 白眉 白頭 白髭 赤眉 赤心 赤髭 粉腮

赭顏 赭紅言愧色也 黑頭 黑心 絳唇 絳腮 紫髯 碧瞳

仄 綠鬢 綠髮 黑髮 黑面 白髮 白鬢 白臉 白首

◎

白眼晉阮籍能為青白眼 白骨 白面 白足 白舌 白手 白額

素面 素臉 素手 素指 素志 素頰 素鬢 素體

皓體 皓齒 皓腕 皓首 皓髮 粉面 粉靨 碧眼

碧血萇弘死三年血化為碧 赤面 赤脚韓詩一婢赤脚老無齒 赤舌

赤手

〔幸〕青眼 青髮 青血 青面 黃髮黃髮老人之稱 黃口小兒也

華髮華半白 朱髮 朱臉 丹臉 紅臉 紅靨 斑鬢

蒼鬢 藍面盧杞人呼為藍面鬼 烏面 黎首民首黑故曰黎民 黔首黔黑也

顏紅鬢白第四十五

〔上實〕〔下半虛〕

〔平〕頰紅 頰丹 頰蒼 唇紅 唇丹 鬢青 眉青 眉蒼

眉黃眉間黃色喜氣 眉丹 心丹

〔去仄〕臉紅 眼青 鬢華 鬢斑 鬢蒼 鬢青 髮黃

〔仄〕鬢白　鬢綠　髮白　髮綠　齒白　齒皓　臉白　臉素

眼白　眼碧　眼黑　面黑　面赤

〔平〕頭白　頭黑　腰素　情素　眉黛　眉翠　腮粉　髯紫

心赤　睛黑　顏赭

〔珍寶〕瓊肌玉骨第四十六　〔並實〕

〔平〕瓊肌　酥胸　金聲（聲如金之洪亮）　珠眸　銅頭

〔仄〕玉腮　玉顏（歐詩玉顏自古為身累）　玉肌　玉膚　玉音　玉容

錦心（李白錦心繡腸）　石腸　石心（宋廣平鐵石心腸）　繡腸　鐵腸

鐵心　鐵肝（蘇詩烏府先生鐵作肝）　鐵頭　黛眉　翠眉

〔仄〕玉骨　玉頰　玉腕　玉臂　玉色（色如玉之溫潤）　玉體　玉貌

玉手　玉指　玉面　玉趾（左傳親移玉趾）　鐵面（宋趙抃彈劾不避權貴號為鐵面御史）　鐵額　鐵脚　繡口　漆眼　鐵骨

〔上平〕銀甲（杜銀甲彈箏用）銀齒 金步 金齒 金眼 珠淚 珠汗

絲鬢 銅面

銅闕玉笋第四十七

〔平〕銅闕（眼）金闕（丹田下）金精 金蓮（步）金丹 泥丸（腦頂）丹田 〔並實〕

黃庭（脾）黃宮（脾）

〔上去〕玉堂（肺）玉樓（肩）玉山（身）玉盧（鼻）玉鉤（足）絳宮（心）紫房（左肩穴）

牧宮（腎）

〔仄〕玉笋（指）玉植（身）玉準（鼻）紫極 紫府

〔上平〕銀海（眼）銀粟 珠戶（右肩穴）玄牝 玄谷

胸酥腕玉第四十八

〔平〕胸酥 唇脂 肌瓊

〔上去〕口脂 眼珠 唾珠 汗珠 淚珠 鬢絲 鬢銀 〔並實〕

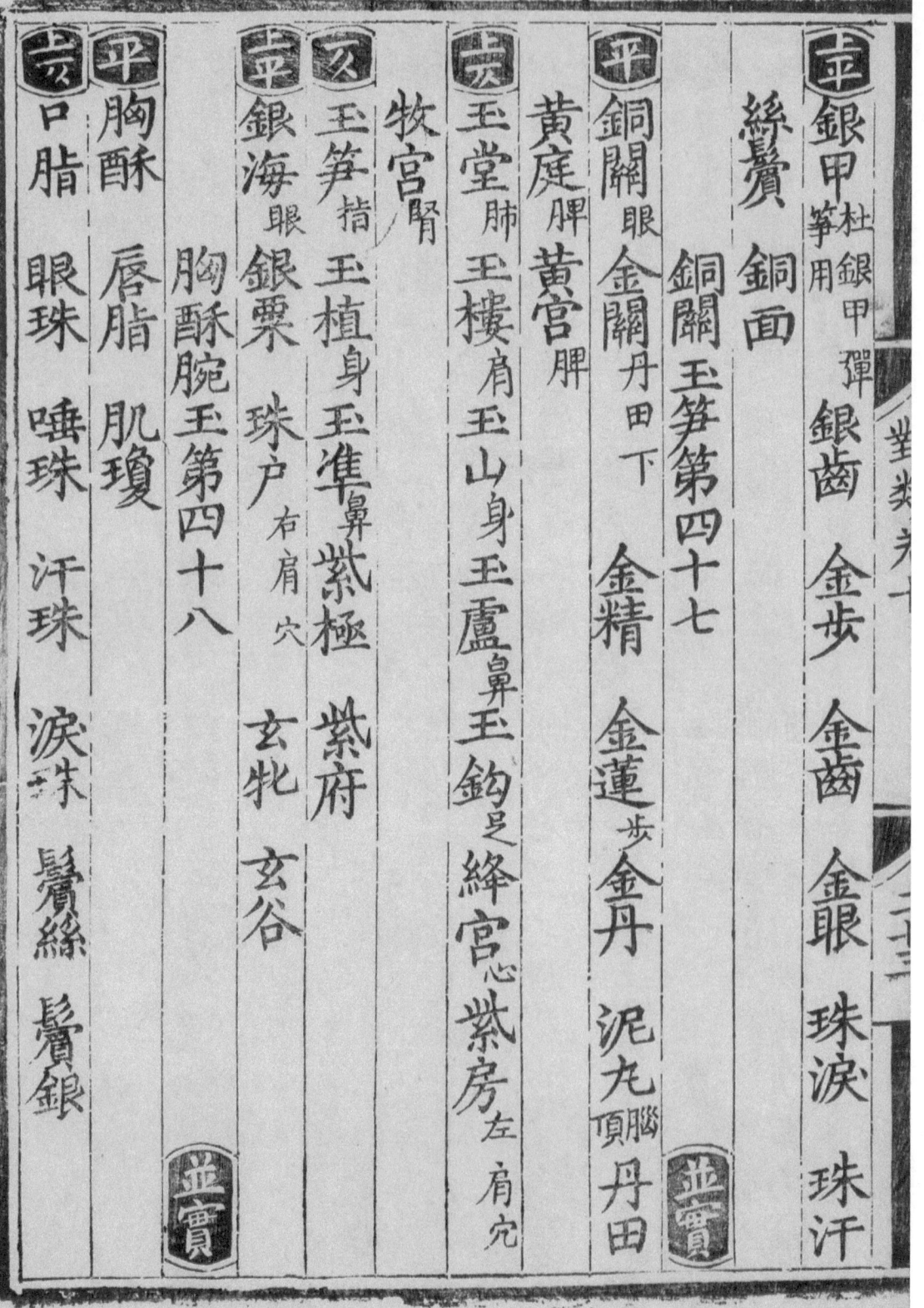

仄 腕玉 唾玉欬唾成珠玉 臉玉 指玉 齒貝

幸 眉黛 眉翠 顏玉 肌玉 容玉

上虛 活 下實

凝脂枕玉第四十九

平 凝脂膚 堆酥胷 成珠唾 垂珠淚 搖金

去 濺珠 滴珠並淚 鑠金言

仄 枕玉肌 露玉指 點漆目 束素腰 抹翠眉 抹素腰

幸 凝玉 橫玉並腕 頹玉

飲饌

甘心苦志第五十

並實

平 甘心 甘言左傳幣重而言甘 酸心 甜心

去 苦心 苦詞 淡情 淡心

仄 苦志 苦口史良藥苦口利於病 苦力 苦骨勞心 苦骨 苦節言節之過也

淡語

【十平】甜語 甜舌 酸鼻 甘節言節之美也

【文史】詩腸酒量第五十一

【平】詩腸楊誠齋酒入詩腸風火發 詩脾 歌喉 歌脣 文腸 【並實】騷情

騷懷 吟懷 吟肩聳肩吟詩 吟髭 吟鬚

【十支】酒容 酒懷 酒腸 酒痕 酒情 筆頭元魏古弼頭尖時人呼為筆頭公

【仄】酒量 酒思 酒興 酒力 酒德書無酗于酒德 酒色 酒病

賦手 論手 策手 畫手 道氣 舞態 筆舌 賦興

辯口

【十平】書眼 書腹 文體 文氣 文思 文意 文興 經腹

詩膽 詩手 詩眼 詩意 詩興 詩思 歌興 吟興

騷興

通用 椓成綰就第五十二 並虛 活

平 椓成 粧成 堆成 描成 行來 拈來 舒開

去 豁開 展開 困酣 抹成 畫成 綰成 削成 跌傷

撲傷

仄 綰就 畫就 促就 綰作 蹙損 皺損 撚斷 揭起

掠起 拗折 畫出 跌倒

去 拈起 推起 椓起 扶起 縈損 粧出 粧就

濃粧淡掃第五十三 上虛 死 下虛 活

平 濃粧 深粧 輕椓 頻椓 閒搔 輕搔 輕拈 長顰

去 淨粧 淺粧 靚粧 素粧 艷粧 淡粧 淺顰 艷歌

仄 淡掃 淡拂 淡抹 細抹 細綰 細舞 巧笑 巧畫

淺畫 懶畫 半斂 寄裹 淨拭 淨洗

【幸】徹笑　高縮　斜縮　新畫　濃畫　深畫　輕抹　濃抹

# 【數目】雙眸兩鬢第五十四

【平】雙眸　雙眉　雙瞳　群情　群心　三心　重瞳前覩　孤身【上虛死下實】

三身佛家有法身報身化身　千言　單辭無證之辭尚書明清于單辭　多髯

【上去】一心　二心豫讓云愧人臣懷二心者　兩心　寸心　片心　一身

片言　兩眉　兩眸　百骸　四聰書達四聰　四肢手足也

六情喜怒哀樂愛惡　七情禮以禮聖人之治七情

【去】兩鬢　兩眼　五眼唐高昂曰吾四子皆五眼　兩耳　六耳　兩臉

兩之　兩意　一意　一志　兩手　衆手　十手　衆目

十目大學十目所視十手所指　四目書明四目　十指　一指　一面

四面　半面古有半面粧　一口　八口孟子八口之家可以無饑矣　百口

萬口　衆口　數口　四體　一體　七竅聖人之心有七竅　五竅

片舌　五氣　五臟　五性仁義禮智信　萬語　一

【平】雙眼　三耳史記幾能令臧三耳矣　雙耳　雙手　千手　雙臉

雙目　群目　雙鬢　雙髻　雙足　多口孟子士憎茲多口　千口

千慮

【連綿】鬅鬙裊娜第五十五　【並虛】死

【平】鬅鬙　蕭騷　刀騷並髮　欹斜　妖嬈　豐腴　稀疎　纖長

趑趄趑趄不進貌　娉婷　鬖髿髮亂貌　彭亨腹脹貌　端莊

尊嚴　彎環回繞也　龍鍾老病也　蒼浪白樂天鬢髮蒼浪浪牙齒疎

蹣跚跛行貌

【上去】囁嚅不敢盡言之意　委蛇自得也　杳拖　動搖

【仄】裊娜夷也　艷冶　瘦削　醖藉含蓄之意　雅淡　窈窕幽閒貞靜之意

艷麗　綽約好貌　彳亍左步為彳右步為亍　傴僂俯也　擁腫　蹻健強貌　短少

鄙猥　醜陋　俊偉

【幸】清瘦　消瘦　清潔　清臧　清健　強壯　拳捷　魁碩

豐偉　端正　娟秀

【疊字】纖纖孅孅第五十六　【並虛】死

【平】纖纖　摻摻並手攣攣　便便　蕭蕭　峩峩髻　星星　毿毿

斑斑　昂昂

【仄】孅孅長貌　槃槃　擾擾髮　爛爛　種種髮短也　炯炯目明也

細細　表表　渺渺

【三字】心腹臣股肱相第五十七

【平】心腹臣　耳目臣　骨鯁臣骨之鯁咽人臣蹇諤者似之　體貌臣

股肱臣　手足臣孟君之視臣如手足　骨肉親　肺腑親史劉向以肺腑之親

髖髀侯髀股骨也髀上曰髖　喉舌官

仄 股肱相 膂力士 筋力士 爪牙士 膽畧士 血氣勇

心腹疾 聲色慾 氣質性 形色性（孟 形色天性也）

天地心湖海志第五十八

平 天地心 風月心 山谷心 風雲懷 雷霆威（言怒而不留也）

雨露恩（言徧而不私也） 泥土蹤 丘壑情（歐詩 憐我久懷丘壑情）

仄 湖海志（陳元龍湖海之士） 廊廟志（山澤有廊廟之志） 田園志 山澤志

烟霞志 雲霧鬢 山水意（伯牙志在高山志在流水） 江湖夢 塵埃貌

雲雨夢（楚襄王夢神女朝爲行雲暮爲行雨） 天日表（前見） 氷霜操 金石操

江海量

心潛天手捧日第五十九

平 心潛天（揚雄云心潛天而天） 誠格天 量包天（范仲淹言光武之量包乎天地之外）

氣凌雲（相如大人賦飄飄有凌雲之氣） 威震霆 威如雷 鬢成霜

聲摩空李賀詩殿前作賦聲摩空　聲遏雲秦青善歌響遏行雲　氣如虹李賀詩入門下馬氣如虹　手摘星楊大年詩手可摘星辰

仄　手捧日魏崔昱夢雨手捧日　忠貫日　手捧月　氣衝斗　淚如雨　汗成雨

心如淵性猶水第六十

平　心如淵　性猶湍湍波流縈回之水　思湧泉李嶠謂蘇頲思若湧泉　壽如山　思如泉　力拔山項羽力拔山　口懸河郭象清言如懸河而不竭　辯傾河　量如陂黃憲汪汪若千頃陂　口吞江黃山谷詩渴夢吞江起解顏　血成川

仄　性猶水　智若水孟智者若禹之行水　心如水史臣心如水　眉剪水　汗如水　心匪石詩我心匪石不可轉也　氣沮石　量如海　福如海　聲裂石劉隱士吹笛有穿雲裂石之聲

松栢姿蒲栁質第六十一

平 松栢姿　楊栁腰　蘭蕙心　蓬蒿心　棟梁材　桃杏腮

草芥身

仄 蒲栁質見前　桑榆景西日垂景在樹端曰桑榆　萍蓬跡　舟楫器喻能濟物也

椿松壽　桃杏臉　松筠節言耐歲寒也

腹詩書心錦繡第六十二

平 腹詩書　貌塵埃　壽椿松　跡萍蓬　齒瓠犀衛莊公夫人

鬢雪霜

仄 心錦繡　心金石　心鐵石　腸錦繡　唾珠玉　形土木

錦繡胸脂粉態第六十三

平 錦繡胸　錦繡腸　錦繡心見前　鐵石心見前　土木形　粉黛容

仄 脂粉態　珠玉唾　詩書腹　塵埃貌　霜雪鬢　瓠犀齒

鴻鵠心燕雀志第六十四

平 鴻鵠心見前 虎狼心 犬羊心 猶豫心 虎狼威 鳥獸群

龍鳳姿見前 麋鹿姿朱文公自謂麋鹿之姿 龜鶴形 騏驥才 鷗鷺情

仄 燕雀志見前 鯤鵬志 蝸蚓志 蛟龍志 龜鶴筭 虹霓氣

牛馬面 犬馬齒犬馬之齒長矣 熊羆夢詩維熊維羆男子之祥 蛙鼠腹

蝴蝶夢見前 牛大性孟犬之性猶牛之性與 螻蟻命

膽通身拳透爪第六十五

平 膽通身趙雲一身都是膽 膽包身 手應心輪扁斲輪得之於心而應之於手

手拊膺 氣拂膺 淚沾膺 淚凝眸 口應心

仄 拳透爪 手使臂 手加額司馬光赴闕衛士以手加額 手摩頂

手摩腹孫思邈食飽行百步常以手摩腹 手過膝漢昭烈手垂過膝 足加首

足加腹 臂使指 髮披面 耳過鼻

客子心丈夫志第六十六

〔平〕客子心　遊子心　舉子心　君子心　赤子心赤子之心純一無偽
孝子心　野人心　老人心　故人心　小人心　聖人心
老臣心杜兩朝開濟老臣心　壯士心　故人情　君子身　大将才
〔仄〕丈夫志　男兒志　醉翁意歐醉翁之意不在酒在乎山水之間　詩客興
将軍膽　烈士膽　牧人夢牧人夢人為魚豐年之兆也　忠臣節
蚕婦歎

澡精神正顏色第六十七

〔平〕澡精神　勞形神　妙形容　應形聲　美容儀　美手姿
外形骸韓子稱太顛能外形骸以理自勝　美鬚髯　正身心　為爪牙
愛髮膚宋孟后詔予何愛於髮膚　有威儀有威可畏有儀可象　割膏腴　洗瘡痍
〔仄〕正顏色　隆體貌　動容貌　美風度　多態度　倚聲勢

託心腹　事口腹　舉手足　披肝膽　塗肝腦肝腦塗地

有膽智　勞筋骨　乞骸骨　露頭角　養口體孟曾元養口體

事口吻　爲喉舌尚書爲朝廷之喉舌　司喉舌杜詩北斗司喉舌　親骨肉

入骨髓　破聾瞽　伏筋力

九尺身三寸舌第六十八

（平）九尺身　七尺軀　方寸心　一寸心　七竅心見前　十圍腰

一捻腰　數莖髭吟安一箇字撚斷數莖髭　九回腸司馬遷書腸一日而九回　八字眉

（仄）三寸舌　一尺面　一腔血　一雙眼　萬里眼　千里眼

千里志　千鈞力

鬢蓬鬆胸磊落第六十九

（平）鬢蓬鬆　顏忸怩書顏厚有忸怩　眼精神　量寬洪　貌龍鍾

足趑趄見前　口囁嚅韓口欲言而囁嚅　貌侏儒短小也　髮蒼浪

腹彭亨　態妖嬈

（仄）胸磊落　情展轉　腰裊娜　聲瀏亮　聲欸乃欸乃棹歌也

貌端正　貌閑雅　貌枯槁　性明敏　襟磊磈　形骯髒

## 四字

### 元首股肱精神心術第七十

（平）元首股肱　心術精神　耳目心思　心腹腎腸　身體髮膚

威儀言辭

（仄）精神心術　氣質形體　聲色臭味　視聽言動　眼耳鼻舌

耳目手足　聲音笑貌　股肱心膂

### 柳眼花鬚桃腮杏臉第七十一

（平）柳眼花鬚　雲鬢花顏　錦心繡腸見前　玉貌花容　玉腕香腮

鐵心石腸　霧鬢雲鬟見前

（仄）桃腮杏臉　柳眉杏眼　雪膚花貌　莧腸藜口　蕙心蘭質

蘭心蕙性　蓬心蒿目權德輿哀蓬心蒿目之速於道也

## 愉色婉容披肝露膽第七十二

【平】愉色婉容禮言孝子之深愛也　被髮文身太伯仲雍逃之荆蠻被髮文身　鑿齒磨牙

節首伸眉　切骨傷心　粉骨碎身　察脉觀形　肖貌懷形

出性入情　聚精會神　開心見誠　正心修身　嚼齒穿齦

【仄】披肝露膽　開心見膽　開心瀉意　痛心疾首　聳容動色

扼吭拊背見前　舉首動足　傾心吐膽　銘心刻骨　明心見性

懲忿窒慾見易損卦大象　存心養性孟　清心寡慾　同心協力

傾心側意　高視闊步　摩頂放踵孟墨子兼愛　安心定志

揚眉吐氣李白上韓荆州書　鉗口結舌

## 耳聰目明神閑意定第七十三

【平】耳聰目明　手胼足胝　肌細肉匀　唇亡齒寒　髮少顏衰

志動神馳　目斷心飛　心折骨驚　口誦心惟　精固神完
膽喪魂飛　心平氣和　心合意同　口是心非　髮白顏紅
鬢綠顏紅　頭白齒黄　心廣體胖　心動神疲　面是背非
手持足行

仄

神閑意定　頭童齒豁童如童也豁開也老年之状　頭腈足垢　脣焦口燥
身輕步疾　耳聞目見　眼花耳熱　跂行喙息　腹非心謗
手舞足蹈　神交意合　心變神動　心平體正　貌同心異
脚輕手快　脣紅齒白　心孚意契　志正體直　性靜情逸
志同道合　目視耳聽　肩摩踵接

皓首厖眉巧言令色第七十四

平

皓首厖眉　玉腕酥胸　皓首修眉　苦口焦脣　善性良心
義膽忠肝　佞舌諛脣　上膏下肓晉侯有疾夢一豎子云在膏之上肓之下

皓齒細腰（李賀詩皓齒歌細腰舞） 美腹良心

〔仄〕巧言令色 清聲便體 鮮膚秀色 仙風道骨 柔情綽態

焦頭爛額（史焦頭爛額為上客） 貞姿勁質 和顏悅色 丹唇皓齒

纖腰皓齒 明眸皓齒 厖眉皓齒 小唇秀靨 方面大耳

赤口白舌

心地圓明性天廣大第七十五

〔平〕心地圓明 心鑑昭融 心淵靜深 性天泳游 心地渾涵

〔仄〕性天廣大 性地昏塞 心機洞達 性真凝合 性天澄澈

心地灤淪 性淵潔瑩

方寸乾坤一襟風月第七十六

〔平〕方寸乾坤 萬善淵源 萬慾室廬 兩鬢雪霜 一性風霆

滿腹文章 滿面塵埃

仄 一襟風月　一身造化　一心宇宙　方寸日月　一身天地

一生湖海　滿頭風雪

性內陰陽胸中天地第七十七

平 性內陰陽　物外形骸　心上經綸邵子詩人從心上起經綸　夢裏溪山

性中範圍　胸中甲兵范仲淹胸中有數萬甲兵　眼底江山

仄 胸中天地　胸中宇宙　一中造化邵子詩天向一中分造化　手中日月

道中形體　胸中荊棘　心中蹊徑

西施捧心卞和削足第七十八

平 西施捧心西施捧心而顰其眉　董卓燃臍董卓死百姓為大燭置臍中

李勣焚鬚見前　孔子枕肱孔子曰曲肱而枕之　圖澄洗腸佛圖澄出腸水中洗

管寧科頭管寧曰吾嘗一朝科頭三晨晏起　丁謂拂鬚丁謂為冠準拂鬚

方干缺唇方干唇遇缺補之號補唇先生　巢父掉頭杜巢父掉頭不肯住

陶令折腰陶淵明為令曰吾不能為五斗米折腰張敞畫眉見前馬援裹尸馬援嘗曰男兒當死邊野以馬革裹尸楊朱拔毛孟楊朱拔一毛而利天下不為也

嚴顏斫頭見前孟郊聳肩見前泰伯文身見前元亮攢眉陶元亮因遠師招入蓮社攢眉而去

〔又〕

卞和刖足卞和獻玉楚王刖其足麻姑鞭背蔡経意麻姑指爪可搔癢忽有鈇鞭鞭其背

董宣強項見前羲之坦腹見前謝鯤折齒謝鯤嘗挑鄰女女投梭折其齒宓妃掣肘

婁公唾面婁師德唾面自乾齊雲斫指南霽雲拔刀斷指誓滅賀蘭進明

周公握髮見前伍員抉目伍員云可抉吾目置東門以觀越兵之入岳飛唾手

許由洗耳堯名許由為九州長由不欲聞洗耳不承郗隆晒腹見前陳平躡足

李氏斷臂王凝妻李氏因人牽其臂遂斷之羊祜折臂晉羊祜墮馬折其臂

孔明抱膝見前子春傷足樂正子春下堂而傷其足有憂色韓信出胯

韓信出少年胯下關羽鑿骨關羽嘗中流矢後命醫鑿骨取之金藏剖腹

安金藏唐樂工嘗剖腹明太子冤

秦襄頓首 秦襄公賦無衣九頓首而坐

# 對類卷之十

對類卷十

三十三

# 對類卷之十一

## 衣服門

### 冠冕第一

一字 平 實字

冠首服　旒冕之垂玉　纓冠之繫　緌纓之餘　紘繫冠帶　巾帽也　襟衣襟

簪首笄　衣衣服　袍朝服垂衣又衣有絮者　袪袖口也　裘皮衣　裾衣裾

紳大帶　鞋履也　鈿金花飾　裙下裳　衾被也　襦短衣　幃單帳

鞋履之類　茵褥也　梳理髮具　環耳環　囊有底曰囊　氈撚毛為席　⿰革需鞾帶

釵婦人岐笄　笄即簪也　絛編絲繩　璫充耳之珠　鞶大帶　裯單被　裳下服

纕帶也　縭婦人褘也　褘囊也又蔽膝　帷幔也　襜蔽膝　綖冠上覆

襠袴屬　褕翟羽飾衣　縗喪服　衫單衣

仄

冕冠也 弁冕也 紞懸瑱纊也 服衣服 綬貫佩玉組 領衣領 衽衣襟也

襖夾衣也 袖衣袂 袂袖也 衱裾也 帶束帶也 佩玉佩 袴脛衣

衮龍衣 被寢衣 襁小兒繃也 褓小兒衣 帳帷帳 幔帳幔 幄四合帷也

屨鞋也 屧屧也又屨中薦 幕帷覆也 屩草屨 屣舞人屨也 舄屨也

珥耳環 屐木屐 褥茵褥 袋囊屬 韈足衣 褐粗布衣 橐無底曰橐

鐲手鐲 釧臂環 帓幔也 帕手帕 幘覆髮巾 韠蔽膝也 帨拭手巾也

帔帬帔 紐帶結 襞衣摺 絅單衣 褶夾衣 襋衣領 幅布帛廣也

袷交領 帢帽也 幗婦人喪冠 帟小幕 襮黼領 帽首服 組綬屬

袗畫衣 冪覆物巾 㡊幘也 絰麻帶 褚絮衣 幰車土繒 襡短衣

冔殷冠名 毯毛席

## 羅錦第二

平

羅繒有紋者 綈厚繒 縑絹也 絲蠶口所吐 綿綿絮 繒帛也 綾帛細曰綾

實字

紗輕紗曰　綃生紗　絺細葛　麻枲也　韋柔皮　皮獸革　納大絲所作

絨細毛布　繻繒采也　絁粗緒　纑練麻　緦十五升布　絟細布

仄

錦織文　綺文繒　繡刺文　縠縐紗　練繒也　纕纕線　帛繒也

枲麻枲　絹絹帛　綌粗葛　葛葛布　紵絲紵　布　絮綿絮

縕舊絮　纊新綿也　線合絲為線　革生皮　幣幣帛　縞白繒　纈文繒

罽織毛為布　繐細疏布　繭蠶衣　苧苧麻

## 鮮潔第三

虛字　死

平

鮮新鮮　華華采　香馨香　輕精細　長修長　重重複　精精緻

單薄也　柔柔軟　寬寬大　芳美也　圓團圓　新新鮮　疎稀疎

粗粗疏　明鮮明　襛衣厚　褒博也　纖細小

仄

潔潔淨　美美麗　厚重厚　窄狹也　短不長　博廣大　瑩淨瑩

薄輕也　艷艷麗　細微細　好美也　碎破也　軟柔軟

縭襹褷貌 盛盛大 偉俊大貌 褻私服 縝密也 緻密也 褷衣長貌

裕衣寬容饒也 敝壞也 垢汚也 綻破綻 裂開裂

## 裁剪第四

虛字 活

平

裁裁製 縫縫衣 摳挈衣 披著也 褰揭起 垂垂下 彈去塵

挼手摩也 裝裝束 藏收藏 鋪鋪陳 穿穿著 舒舒開 張開張

纙纙絲 紉以線貫針 鉤鉤邊 經理絲 紆縈也 綸理絲

仄

剪剪截 織造布帛也 著著衣 脫褪衣 浣洗濯 曳拖曳 繫繫縛

刺刺繡 整修整 製製衣 衲衲衣 洗浣洗 補補衣 繡刺繡

䙜䙜繡 綰繫也 拂拂衣 繪繪畫 振振衣 紡績也 續續袵

納納履 績緝麻 綴聯也 攬攬衣 襂襂衣 滌洗滌 澼漂也

裼袒也 襲重也 紩縫也 袺執袵 襭扱袵 緝績也 束約也

解解衣 褪卸衣 緯橫織 濯洗也 疊摺也 繹抽絲也

二字

衣冠帳幕第五

平 衣冠 衣裳 上衣下裳 衣巾 唐詩衣巾半染煙霞氣 衣裘 衣衫

衣襟 衣裾 衣纓 柳仲郢傳衣纓家 衣紳 記內則篇 衣衾 谷要在刀尺裁衣衾

衾氊 衾裘 衾裯 詩抱衾與裯 襟裾 韓馬牛而襟裾 簪裾 柳玭簪裾徒在

簪纓 杜身上愧簪纓 簪紳 曾風義動簪紳 簪裳 裘裳 禮童子不衣裘裳 冠裳

冠巾 釵裙 綏纓 記冠綏纓 箕裘 記良弓之子必學為箕良冶之子必學為裘

上去 冕旒 冕冠名前後有旒 服章 書五服五章哉 袞裳 詩袞衣繡裳 韠紳 記端韠紳

縉紳 佩紳 佩環 經解行則有佩環之聲 佩衿 組纓 玉藻玄冠朱組纓

枕衾 明皇長枕大衾 枕帷 谷風流付枕帷 韈鞋 杜青鞋布韈從此始 副褘 禮夫人副褘受獻繭

悅褵 韓誰助出悅褵

仄 帳幕 張家家帳幕臨晴空 帳幔 袞冕 王者之服 黼冕 黻冕 語致美乎黻冕

冕弁 冕服 佩服 服旆 印綬 桓榮陳印綬 組綬 貫佩玉而相承受者

並實

纍綬　領袖　履舃單底曰履複底曰舃　綗舃　綗佩唐詩花迎綗佩星初落

襪履　偪屨偪邪幅屨鞋也　杖屨記撰杖屨　佩帨記婦或賜之佩帨茝蘭

衽席

卒

衣服　車服書車服以庸　輿服　襟袖　襟帶沈襟帶繞神坰　紳帶

冠帶陸但見冠與帶　簪帶傳玄整簪帶　鞶帶易或錫之鞶帶　環佩杜環佩空歸月下魂

衿佩　衫佩　冠佩陳冠佩環羣公　帷幄漢高帝曰運籌帷幄之中　帷帳

帷幔揚播帷幔陽障　衣幘　簾幙簾幙中間燕子飛　冠蓋　冠履　冠弁

冠冕杜冠冕通南極　冠服　冠屨坡本自安冠屨　簪珥姜后脫簪珥　簪紱

簪組坡大隱何曾樂簪組　簪笏六歸朝日簪笏　旒冕　裘冕　軒冕莊軒冕在身

紳緌　紳韠記紳韠結三齊　紳笏　袍笏　靴笏　巾櫛禮男女不同巾櫛

巾帨　巾屨杜松下丈人巾屨同　衾枕李天地即衾枕　裀褥　氈褥　環釧

帉帨記右佩帉帨　鞶帨揚繡其鞶帨　笄珥列子正蛾眉笄珥　縗絰凶服　裙襖

裘帛　裘帽宋太祖賜王全斌裘帽　巾帽坡飄拂巾帽真仙姿　襦袴記衣不帛襦袴

絲羅錦綺第六　【並實】

【平】絲羅　絲綿　絲縑　絲麻　綈繒　綈縑　裘絺柳絮裘我絺

紗綃　紗綾　羅紈坡棄睢雨過羅紈膩　紘綖左衛紞紘綖　縑繒坡繼買斷缺揮縑繒

【仄】綺羅杜深江淨綺羅　繭絲記分繭稱絲　枲絲　紵絲　絮繒　綵繒

布繒　葛麻　絹紬　錦綾

【仄】錦綺　錦繡張美人贈我錦繡段　綺縠漢書賈人毋得衣綺縠　錦縠　錦纈

繡纈　布縷孟有布縷之征　布幣　布帛　絹帛　貨帛　幣帛

絮帛漢賜民高年絮帛　帛縷阿房宮賦多於周身之帛縷　縷纊　貝錦　綌苧

【平】羅綺　綾錦　綾絹　綿絹　綿縷　綿纊　絲絮　絲縷

絲纊　絲帛　絲枲禹貢岱畎絲枲　絲繭記內則治絲繭　繒絮　繒帛

縑帛　縑繡　麻縷孟麻縷絲絮輕重同　麻枲禮執麻枲　麻苧　絨線

絺苧禹貢豫州厥貢絺苧　絺綌語當暑袗絺綌　絺繡書黼黻絺繡　紈縠　紈綺

## 羅衣錦障第七

平　羅衣　羅裳　羅衫王建羅衫葉葉繡重重　羅裙　羅巾白溴滿羅巾夢不成　並實

羅囊謝玄少時好佩紫羅囊　羅幃李賀羅幃香風　繡幕圍　羅襦白樂天金縷繡羅襦

羅衾　羅袍　綃囊詞尚有綃囊照書卷　紗囊　紗衫　紗衣　紗裙

紗廚以紗為帳　紗巾　綸巾坡羽扇綸巾談笑間　綈袍范雎綈袍戀戀　絲絛

絲鞋　麻鞋杜麻鞋見天子　綿鞋　綿裘坡江東賈客木綿裘　皮冠孟招虞人以皮冠

絺帷史衛夫人在絺帷中　綾衾韓綾衾夜直頻

去　錦袍杜詩成得錦袍　縕袍子路衣敝縕袍　布袍　錦衣　黻衣詩黻衣繡裳

綵衣　褎衣詩是以有褎衣兮　紵衣司馬紵衣絲髮且相睥　紙帳　紙衾

錦帷　錦衾詩錦衾爛兮　錦囊李賀從奚奴佩錦囊　錦茵杜當軒下馬入錦茵　錦襠

錦韉杜雪沒錦鞍韉　錦幖盧肇詩果然奪得錦幖歸　錦繃唐詩稚子脫錦繃　錦裙

錦裾 錦紳禮童子錦紳 錦裳 錦韈鞋韈也 繡幃 繡衾

繡茵 繡衣使者繡衣持斧 繡裳見上 繡鞋 繡襦 繡綳

布衣 布衾杜布衾多年冷似鐵 布衫 布巾 布裙孟光布裙 布冠即緇布冠

布囊張湛去蜀惟布被囊而已 氎巾杜光明白氎巾 綵紘 繐帷謝繐帷飄井幹

黼裳

仄

錦障石崇錦絲步障 錦幄 錦帳杜誰矜坐錦帳 錦被辛氏反覆錦被 錦褥

錦袖杜霜雪迴光避錦袖 錦綬 錦緣 錦帕白秘閣圖書覆以錦帕 錦韈貴妃錦拗韈

錦帶 綺帳 綺幄 綺帶 紙帳黃庚紙帳梅花瘦 紙被羊續紙被

紙襖李溥造紙襖以衣貧民 繡被王忻事風飄繡被 繡幄 繡幌 繡幙

繡褥杜褥隱繡芙蓉 繡帶 繡袱 繡幰譙國夫人行軍用繡幰 繡緩

繡帽李晟錦袍繡帽 綵袖 綵服杜應宜綵服新 綵幔武夷君綵幔亭 縠組

布被公孫弘布被 布襖宋武帝微時有衲布襖 布韈坡巳辦布韈青行纏 練帶

練帨

【上平】羅帳 羅袂 李陸郎倚醉牽羅袂 羅幕 陸蘭室接羅幕 羅袖 權德輿乍看皓腕映羅袖

羅帶 李別後羅帶長 羅帕 杜銀鞍却覆香羅帕 羅韉 洛神賦羅韉生塵 羅扇 紗幔

羅綬 羅帽 羅襖 山谷脫番羅襖衣 羅幔 仲淹欲焚羅幔 絲毯 絲履

絲屨 記君子不屨絲屨 紬被 文彥博黃紬被裏曉眠熟 紗帳 紗帽 紈扇

紈袴 杜紈袴不餓死 綾被 漢尚書郎入直供綾被 綾襖 綾帳 氈幔

氈帳 谷青氈帳高雪不濕 氈帽 氈韈 皮弁 禮皮弁素積 皮褥 王暢皮褥

皮袴 婁師德衣皮袴

袈裟絡索第八 【並實】

【平】袈裟 僧衣 連環 玉連環 流蘇 五色絲同心 氍毹 毛席 襴衫 儒服 衹裯 短衣

褘衣 后服 兜羅 綿屬 襜褕 直裾 袾襦 短衣 罘罳 織絲以網宮殿簷户 帷裳 婦人車飾

【上仄】接䍦 帽也李詩倒著接䍦花下迷 罟罛 北狄婦冠也 拂廬 吐蕃帳 靸鞋

厠褕小汗衫 信衣逵磨服 只孫元人公服 羃䍦婦人所戴

幅巾杜幅巾韡帶不掛身 步摇女髻

【仄】絡索女人首飾 襏襫雨衣 襁褓小兒衣 介幘首服 委貌周冠名

屈狄女君服 特髻假髻韎韐戎服

【上平】襴幞襴衫幞頭 旛勝唐立春賜宰執親王金旛勝 章甫孔子居宋冠章甫之冠

渾脫褌類 逢掖孔子居魯之服 巾幗婦人喪服 揄狄夫人服

## 釵符幔帶第九

【並實】

【平】釵符釵頭符 衣船船領紐也 衣襟 衣袪 鞋靸 釵翹

冠纓 冠緌詩冠緌雙止 冠簪 冠紘 冠梁 裳幃裳之正幅如幃

【上去】帽簷 帶鉤 屨絇屨有絇以為行戒

【仄】幔帶 韈帶即帶繫 韈線 韈袎 帽帶 帶結 帶鈕

屨度陶潛事左右請屨度

【上平】衣帶（杜甫霜嚴衣帶斷）　衣袂　衣袖（古詞至今衣袖惹天香）　衣衽（衣襟）　衣襋（衣領）

衣襘（左衣之有襘領會也）　衣領（王思遠衣領整潔）　衣絜　衫袖　衫帶　衫領

襟紐　裙帶　裙幅（王獻之書羊欣裙數幅）　裙襻　冠級　冠組

鞋帶　靴靿

簾衣戟帶第十（與前類通用）

【平】簾衣　簾旌　簾鈎　床帷　床幃　琴囊　香囊（貴妃故香囊）　【並實】

書囊（漢文集書囊爲帷）　書帷（董仲舒下帷讀書）　書衣　弓衣

【去仄】笏囊（張九齡設笏囊）　鏡囊　枕囊　柱衣　劒襓（劒衣也）　卓帷

帳鈎

【仄】戟帶　帳帶　箭袋　笏袋（即笏囊也）　珮綬（禮公侯珮山玄玉而朱組綬）

座褥　矢服　瑱纊（充耳也）

【去平】床褥　床帳　樽幕（禮儀尊跡布幕）　車幰（車上幕也）　書幌（杜甫突兀倚書幌）

羅紋繡色第十一 上實下半虛

平 羅紋 綾紋列爛若綾紋 縑紋 繒紋 絲條 絲莖

去 縠紋 繡紋杜新晴錦繡紋 纈紋坡醉面何因作纈紋 綺紋 線紋 錦文

錦絲 錦華 繡痕 練光杜川蜺飲練光 線條 錦斑

仄 繡色 繡段見錦繡下 錦色 錦艷 錦絲 幣絲 纈絲

線縫

上 羅段 旗影夏竦硯中旗影動龍蛇 絲色 綾色 衫色顏郎衫色

峩冠博帶第十二 上虛死下實

平 峩冠 巍冠韓巍冠講唐虞 高冠 圓冠莊圓冠方屨 輕衣 寬衣

深衣三代之制為士人上服 單衣 褎衣直不疑褎衣博帶褎大也 鮮衣

華衣 輕裘羊祜在軍輕裘緩帶 重裘王泉救寒不如重裘 輕裾韓飄輕裾 香裾

長裾鄒陽曰何王之門不可曳長裾乎 華裾李賀華裾織翠青如葱 輕衫 單衫

長衫 偏衫僧尼之服 新袍 芳袍 元紘王后親織元紘 長衾
重衾 香衾 空衾 空囊賈下第惟空囊 慳囊 輕巾 方巾
文茵詩文茵暢轂 重帷 華纓鮑仕子飄華纓 長纓終軍請受長纓 長紳
長裙隋煬帝作長裙十二破
十六
薄衣 短衣杜哀歌歎短衣 潔衣 敝衣 窄衣 善衣 褻衣
短衫 薄衫 窄衫薩紅欄窄衫花萼繞 褻裘語褻裘長 敝裘蘇季子
短褻 爛衾詩錦衾爛兮 大衾玄宗為大衾與諸王同寢 薄衾 大冠
小巾 小鞋 短帷 薄帷 敝帷記敝帷不棄 敝袍仲由衣敝縕袍
細氈王吉傳細氈之上 破幃寇萊公幃破輒補
十八
博帶 短帶 大帶 小帶 緩帶曹緩帶傾燕蓋 夾帶 小帽
短帽 破帽蘇破帽多情却戀頭 敝屣孟猶棄敝屣 敝屨 敝縕語衣敝縕袍
敝袴韓昭侯藏敝袴 薄服 麤服王勃傳麤服靚敝 吉服 盛服左感服將朝

潔服　褻服　短袂（語短右袂）　窄袂　薄袂　短袖　窄袖

大袖　曲領（漢劉熙所作）　短褐　舊褐　薄被　大被（唐明皇長枕大被）

廣幞　雜佩（詩雜佩以贈之）　大佩　敗絮　故絮　破衲　破屣

破履

〔上〕香袖（李風飄香袖空中舉）　芳袖（羅敷馥馥芳袖揮）　長袖（謝李牧愧長袖）　單袖　寬袖

輕袖　輕袂　香袂　華服　鮮服　新服　卑服（書無逸文王卑服）

常服（詩常服黼冔）　黻服　初服　元服（記始加元服）　嘉服（左以嘉服見）

單服　內服　私服　端冕　華袞　香被　單被　重被

香佩　芳佩　歙帽　斜帽　輕帽　芳褥　方履　方屨

方領　高幰（鮑泉常乘高幰）　長經

輕縑細練第十三　〔上虛〕死〔下實〕

〔平〕輕縑　輕綃　輕羅（王建輕羅小扇撲流螢）　輕紗（黃輕紗一幅巾）　輕絲

◎

輕綿 輕繒 生綃韓生綃數幅垂中堂 生綾 香羅 新羅 新綿

新絲古詩二月賣新絲 柔絲 纖絲 纖絺杜纖絺自疑恐 長繒 長縑

〔去〕細絲 亂絲 色絲 軟絲 細縑 薄縑 美縑 薄紗

縐紗 細紗 薄羅 細羅 紾絺語當暑紾絺綌 縐絺詩蒙彼縐絺

薄綃 厚繒

〔入〕細練 細縠 細線 細紵 細縷 細絹 細葛杜細葛含風軟

細布 大布 大帛衛文公大帛之冠 大練漢馬后身衣大練 薄練 薄縠

薄苧 薄絮 薄綺 艷綺 艷錦 美錦左子有美錦 麗錦

碎錦 瑞錦杜瑞錦送麒麟 弱線杜刺繡五紋添弱線 重幣 厚幣梁惠王厚幣招賢

舊絮 吉貝南方木綿之精者

〔平〕輕縠 華縠 華纈 纖紵 纖纊禹貢厥篚纖纊 鮮錦 新錦

新絮 輕絮 輕練 長練 疏布 粗葛 生絹 重綵

衣單袖窄第十四

平 衣單 衣輕 衣新桓沖妻曰衣不經新 衣香 衣豐 衣寬 衣長 上實下虛

衣鮮 袍新 袍鮮 袍輕 羅輕 紗輕 繒輕 絲輕

綿輕 裘輕 裘長語蘓裘長 裘重 衾重 衾長 衾單

衾閒 羅香 鞋彎 縑清 絲柔 絲長 絲新 帷寬

平仄 袖長 袖香 袖單 帶長 袂長 袂輕 被香 被單

被閒 帽斜 帽低 帽欹 抌欹 枕長 枕新 韈新

韈輕 韈穿 錦鮮 履鮮史履雖鮮不加於枕 履新 履穿杜頻遊任履穿

帶寬 帳寬 服華 服充記禮不盛服不充

仄 袖窄 袖短 袖大 袖小 袂短 袂薄 帶短 帶小

縠皺 縠麗 葛細 葛軟 被薄 被裂 練潔 服潔

服盛 服麗 錦麗 綺麗 綺薄 綺艷 帽短 袴短

帽側（杜：棹頭紗帽側） 褥厚 幣重（左：幣重而言甘）

【仄】

衣敝（趙彥深衣帽穿敝） 衣破（杜：石角鉤衣破） 衣薄 衣潔 衣窄（杜：垂老戎衣窄）

衣整 衣綻（記：衣裳綻裂） 衫窄 衫短 衫薄 衫小 紗淨

紗薄 紗縐 裙縐（漢謝后裙縐號留仙裙） 裙濕（杜：越女紅裙濕） 帷敝

裘敝（蘇秦貂裘敝） 冠敝（賈：冠雖敝） 袍敝 裳敝 裳破 繒薄

帷薄 羅薄 綿薄 紬薄 巾墊（郭林宗遇雨巾一角墊） 鞋小

鞋細 鞋窄 裘厚 茵厚 縑細 絲細 絲軟 綿軟

衾短 冠舊

## 衣飄袂舉第十五

【上實下虛】 活

【平】

衣飄（杜：金節羽衣飄婀娜） 衣沾（陶：衣沾不足惜） 衣披 衣垂 衣褰（褰，開也）

衣穿 衣掀 釵橫（明皇召妃子鬢亂釵橫） 釵分 襟開 帷開

帷褰 裳褰 旒垂 纓垂 紳垂 裙拖（李群玉：裙拖六幅瀟湘水）

裙飄　幃張

【仄】袖揮　袖牽　袖飄　袖垂　袖掀　袂飄　袂揚　袂分

幕張　幕垂　幕遮　幌開　帳開　帳垂　佩垂　帶垂

帨垂　錦舒　帽籠　帳施　冕端　珮鳴　帶橫　褥鋪

舄飛王喬事

【仄】袂舉　袂接　袂判判分也　袖舉　袖惹　袖拂韓引袖拂天星

帽脫　帽落　幔卷杜幔卷浪花浮　幔展　幕展　幕卷　被擁

被覆　帶解　帶結　帶束　絛戲　佩倚　佩委著地曰委

履脫　履納　幘岸岸高也　笏搢　席卷　襁負語襁負其子而至

袴著去年租重無袴著

【平】衣拂　衣解　衣惹賈衣冠身惹御爐香　衣舞　衣染秦仙衣染得天邊碧　衣掛

衾擁　幃擘　巾折即中墊　巾蹙　紳拖　茵展　冠整

纓絶 裾絶 簪脫 簪墜 簪盍 釵墜（程明道孩提時能指釵墜）

裙褪 裾曳 裘委 囊括（過秦論囊括四海）

盈衣滿袖第十六 上虛 死 下實

平 盈衣 盈襟（陸寤寐涕盈襟） 盈衾 盈巾 盈冠 盈裳 盈幃

盈簪 盈襜（范綜朝采掇未盈襜） 盈囊 盈衫 盈裙

上仄 滿衣（李弄花香滿衣） 滿幃 滿巾（古詩歸來淚滿巾） 滿冠 滿簪（坡憔悴雲孫雪滿簪）

滿衾 滿茵 滿囊 滿裳 滿袍 滿襟 滿靴 遍衫

遍衣 遍巾 盡囊

仄 滿袖（杜朝罷香煙攜滿袖） 滿袂 滿帳 滿幙 滿幅 滿帽 滿衽

滿席 滿履 遍韈

上平 盈幅 盈帽 盈袖（古詩馨香盈懷袖） 盈袂 盈韈 盈褚 盈帳

通袖

沾衣撲帽第十七

上虛 活 下實

平 沾衣王子敬不覺淚沾衣 侵衣 吹衣杜秋風淅淅吹我衣 熏衣白為君熏衣裳 迎衣

侵袍 凝衫 凝襟 沾襟文中子援琴門人皆沾襟 沾裳杜鳴笛竟沾裳

沾巾杜老去一沾巾 衝冠相如怒髮衝冠

上仄 映衣 入衣 濕衣杜行雲莫自濕仙衣 點衣杜輕輕柳絮點人衣 撲衣 染衣

透衣坡手弄黃花蝶透衣

仄 撲帽 插帽 壓帽 礙帽 點袖 拂袖 入袖歐洒袍入袖濕靴底

撲袖 卷幔杜天青風卷幔 撲帳李揚花撲帳春雲熱

上平 吹袂 沾袂 飄袖 侵袖 凝袖 開幕 穿幕 沾屩

侵帽 侵履 侵被 吹帽孟嘉風吹落帽

囊中袖裏第十八

上實 下虛 死

平 囊中 帷中武帝望見黯避帷中 環中 巾中 衾中 衣中 囊間

◎

衣間 帷間 帷前 旒前 衣邊 裾邊

【上仄】袖中（杜袖中諫獵書） 帳中 袋中 幄中 幕中（謝婉婉幕中畫） 袖間

席間（記席間函文） 帶間 衽間 帳前（宋之問雲母帳前初泛灔） 席前

幕前（杜幕前生致九青兕） 幄前 幄邊 帳邊 帽邊 席邊（杜秋水席邊多）

席旁 席端 席隅（隅角也）

【仄】袖裏（呂袖裏青蛇膽氣麤） 袖內 袖底 袖末 帳裏（李端紅羅帳裏有燈光）

帳上 帳內 帳下（杜帳下羅賓友） 帳外 帳底（李賀帳底吹笙香霧濃）

帳後 席上 席後 席末 幕下（韋氷壺幕下清） 幕後 幕外

幄外 幄裏 幄後 帶上 帶下（記三分帶下） 氈上（唐不得紅絲氈上眠）

舄下 蓋底 帽底

【上平】衣上（李涉泣盡李陵衣上血） 氊上 冠上 冠內 襟內 囊底

囊裏 衣裏 衣表 帷下 帷外 裾末

天文

# 霓裳霧縠第十九

與天文門星珠月璧互用

並實

平

霓裳 霓裳羽衣 霞裳 風裳 姜水佩風裳 雲裳 坡天孫為織雲錦裳 雲巾

雲衣 杜天上浮雲如白衣 雲裘 並尚衣方進翠雲裘 雲綃 七夕歌織成雲霧紫綃衣 雲冠

雲羅 霞衣 霞裾 坡借君瓊珮與霞裾 霞冠 星冠 冰紈 地理志冰紈綺繡

冰綃 霜縑 霜繒 霜衾 霜紈 風帘 塵襟

上仄

雪衣 雪縑 雪綃 雪羅 雪氈 霧綃 雪巾 雪裘

雪絲 雪綿 雨衣

仄

霧縠 揚霧縠之組麗 雪練 雪絮 雪袂 雪被 雪氅 王恭事

月扇 月帳 月幌 月枕 歐端溪研出缺月樣 雨帽 郭林宗事 雨幕

露舃 韓晨躡露舃 火布 梁冀火浣布 水褐

平

煙幙 雲幙 杜就中雲幙椒房親 雲錦 見前 雲絮 雲帕 即秋雲帕

霞帔 睿宗賜司馬承禎霞文帔 霞錦 霞袖 霞綺 樽當霞綺輕初散 霞袂

霞佩　霞服　霞繡　氷簟　氷袖杜袖冷如懷氷　氷繭東海氷蠶繭為錦

波簟　波練　波縠　霜練　霜被　霜絮　星弁詩會弁如星

星履杜聽履上星辰　煙縷

懷氷疊雪第二十　上虛活　下實

平　懷氷選挾纊如懷氷　舒霞錦　垂虹帔　生塵韈　凌波凌波微步　飛雲履

通天　平天並冠　欹風帽　連煙繡　如星弁

仄　擘雲絮　織雲見雲裳下　剪雲衣　切雲冠　裂霜　履霜屨　擣霜練

戴星冠　冒氷簟　却塵褥　拂塵　拂煙　舞霓　疊霞並袖仙帔

仄　疊雪杜香羅疊雪輕　踐雪東郭履　逐月枕　布地錦　織霧縠　組霧

去　舒雪綿　披雪麻衣　披月　披雨　承露幘

時令　春衫夏葛第二十一　並實

平　春衫　春幃　春袍　春旛唐立春賜郎官御史羅旛　春衣歐春衣不用蕙蘭熏

春羅 冬衣 寒衣杜寒衣處處催刀尺 宵衣 秋衣秦飄飄宮葉墮秋衣 冬綿

冬裘 寒裘文中子襟寒莫如重裘 寒衾 寒氊 炎絺 涼縑

涼衫

【去】暑衣 暑絺 曉衾 冷衾杜布衾多年冷似鐵 煖衾 煖衣 煖裘

煖綿 冷氊 夏衫 夏綃

【入】夏葛韓夏葛而冬裘 夏綌 暑綌 暑葛 暑服 冷袖 煖袖

煖被 煖帳 煖帛 煖纊 煖褥 煖帽 夜褥 晚屐

曉珥 曉帳吳小微清房曉帳幽且間 晝錦

【去】寒服謝風至授寒服 春服語春服既成 春幕 春帳 秋佩 晨佩

冬葛隋炁充十歲冬初衣葛 冬褐 冬被

## 衾寒帳煖第二十二與器用門氊寒席煖互用

【上實下虛】死

【平】衾寒 衣寒杜遲瀏衣又寒 氊寒 衣涼 襟涼 絺涼 衫涼

裘温歐老愛紫裘温 袍温 綿温 裳温 衾温

【去仄】被寒 被温 纊温 袖温 褐温 褥温 帳温 帛温

韈温 帽温 枕凉 席凉 葛凉 綌凉王褒服絺綌之凉者 帽凉

【仄】帳煖長恨歌芙蓉帳煖度春宵 袖煖 被煖 褥煖 席煖韓孔席不暇煖

幕煖 帛煖 布煖 帳冷 袖冷 被冷 屨冷坡遊人屨冷蒼崖滑

枕冷

【上平】衣冷杜衣冷欲裝綿 衾冷 氊冷 靴冷 鞋冷 氊煖 衾煖

裘煖王褒襲貂裘之煖者 裳煖 幃煖 茵煖 綿煖 襦煖

裙煖 衣煖齊高帝見謝超宗衣煖不衣自煖 衣燠記問衣燠寒

## 春裁夏剪第二十三 【上實下虛】活

【平】春裁 春縫 春紉 春線 春描 秋紉騷紉秋蘭以為佩 秋裁

朝裁 宵縫 晨褫杜老夫清晨褫白頭 晨披 冬温黄香以身温被

【去】夏裁　夏繰　夏縫　曉縫　曉披　曉紉　曉簪　曉裁
曉鋪　晚描　夜披（梅夜披錦袍坐釣船）
【仄】夏剪　夜剪　夜績（齊女合燭夜績）　夜紡　夜織　夜擁　夜蓋
曉戴　晚褪　晚疊　日澣　月製　歲製（終歲不製衣則寒）　暑著
【去】春剪　春著　春紡　春製　春繡　春翦（翦繡）　秋剪　秋著
秋獻（獻裘）　秋製　時製　時浣　朝佩　晨攬　晨織　宵織
宵解

【花木】荷衣蕙帳第二十四

【平】荷衣（騷製芰荷以為衣）　荷巾　荷囊　荷包　荷裳　蓉裳（騷集芙蓉以為裳）【並實】
麻衣（詩麻衣如雪）　麻鞋（杜麻鞋見天子）　芒鞋（坡芒鞋竹杖布行纏）　蒲鞋（謝杖藜蒲鞋巾一幅）
棕鞋（谷桐帽棕鞋鞴老夫）　棕衫　荊釵（孟光）　松釵　花鈿（田長恨歌花鈿委地無人收）
花茵（許瑾吾自有花茵）　花氈　花袍　花旛（崔元徽）　花冠（白花冠不整下堂來）

◎

蓮冠　萸囊桓景繫絳囊盛茱萸　蘭紉
〔仄〕葛衣　芰衣　楮衣　鞠衣記乃薦鞠衣於先帝　鮮衣　葛巾諸葛亮葛巾羽扇
葛衫見冬葛下　楮衾　藻旒記天子藻旒十有二旒　竹釵　竹簪
竹冠即竹皮冠　籜冠　菊裳金為衣兮菊為裳　木綿
〔仄〕蕙帳北山移文蕙帳空兮夜鶴怨　草帳　草履　草屨　草屩　草布
草屐　卉服禹貢島夷卉服　葛帔西華冬月葛帔　葛屨詩糾糾葛屨　葛布
苧布　竹布　竹席　木屐介之推抱木焚死晉文公伐以製屐　芰製北山移文焚芰製
木枕
〔平〕蘭佩屈原紉秋蘭以為佩　蘭袂　蘭帳　蘭服　桑服黃桑服象桑葉始生色
蓮幙王儉用庾杲之事　蓉帳見帳幔下　麻冕緇布冠也　麻絰　麻履
麻布姚察著麻布　蕉布　藍縷　蘆絮閔子衣蘆花絮　芒屨坡草露濕芒屨
芒屩歐桑野行歌沒芒屩　棕屩張志和豹席棕屩　棕帽　花帽　藤帽　藤枕

鳥獸

龍袍虎帳第二十五

並實

平 龍袍 即袞龍袍 龍衣 許天門瑞雪照龍衣 龍綃 元載寵姬衣龍綃衣 龍旗 交龍為旗

龍釵 杜陽編日林國獻 龍巾 李白 鴛衾 鴛幃 鸞衾 鸞綃

鸞釵 唐同昌公主有九鸞釵 駝裘 狐裘 晏子一狐裘三十年 羊裘 嚴光被羊裘

羔裘 詩羔裘晏兮 氈裘 坡提戈入市畏氈裘 麑裘 語素衣麑裘 熊裘 詩熊羆是裘

貂裘 蘇秦三十年惟一貂裘 鷫裘 相如鷫鸘裘 麝裘 記麝裘青犴袖 牙梳

麑裳 麑鹿子 鮫綃 鮫人織綃 蟬綃 蟬紗 紗輕如蟬翼者名曰蟬紗

蟬衫 蟬冠 杜蟬冠雖蒙換 貂冠 即侍中冠 狼裘 玉藻厥左狼裘 鶉衣 子夏

羊綿 李雜樹空羊綿

仄 鳳釵 鳳冠 鳳幃 鳳裘 周昭王以青鳳毛為裘 鳳衾 鳳鞋

翠鈿 翠翹 坡細雨斜風濕翠翹 羽衣 坡羽衣翩躚 鶴衣 蟒衣 角巾

象梳 象環 記孔子佩象環五寸 魷冠 魚魷冠婦人所戴 鷸冠 似雉而勇用其尾飾武冠

鷸冠左鄭子臧聚鷸為冠　豸冠楚文王所制名曰法冠　鹿裘　雉裘即雉頭裘

虎裘禮君之右虎裘　豹袪詩羔裘豹袪　燕釵漢招靈閣有燕釵　犢裩即阮咸犢鼻裩

〔仄〕虎帳漢武帝坐虎皮帳　鳳帳　鶴帳　鶴氅王恭披鶴氅衣　鶴袖　革舃

豹舄左秦復陶翠被豹舄　豹犆以豹皮緣覆軾之皮也　豹枕　鳳枕　豸錦

獸錦李獸錦奪袍新　象服詩象服是宜　鹿幣漢武制白鹿皮為幣　鹿辟大夫鹿辟豹犆

燕幕唐詩紫燕穿簾幕　虎犆玉藻君羔辟虎犆　爵韠記士爵韠爵色之韠　爵弁冠禮三加爵弁

鷩冕八命　角帶　革帶

〔平〕龍袞記天子龍袞　龍服　龍毯　鴛被駱賓王鴛被相思雙帶綬　鴛帳

鴛枕　駝褐　犀帶　麟帶　龜帶　魚帶　魚袋唐三品五品服飾

魚服詩象弭魚服　鳧舃王喬事　羊袖　羔袖左狐裘而羔袖　羔辟見前

狐帽　貂帽宋太祖以貂帽賜王全斌　貂褥褚澄贖兄貂褥　烏幕左幕上有烏

蠶錦

## 鸃頭鶴頂第二十六

平　鸃頭幹耳　鴉頭韈　龍鬚席　龍油　蛇皮並綾　狐皮帽　魚油錦　鴛文綺

仄　象牙梳　鳳頭釵亦有鳳頭履　雉頭裘　豹頭枕　鳳毛裘　鳳文羅　鶴文綾

鹿皮冠　虎皮綾

仄　鶴頂帶　馬眼綾　馬尾帽　豹尾旗　鵲尾冠　犢鼻裩　犢角繭　豸角冠

鳥眼綾　雉翼綺

平　犀角　蛇角　牛角並帶　龍角釵　魚魫婦人冠　魚尾冠　魚口繡

龜甲綾　狐腋　狐白並裘　蟬翼羅　蟬翅御史冠

並實

## 陶巾孟帽第二十七

人物

平　陶巾陶潛漉酒巾　唐巾　裴巾裴晃自製僕射巾　堯裳堯舜垂衣裳而天下治

堯衣見上　萊衣老萊子戲綵衣　劉冠漢高祖製竹皮冠　樊冠漢樊噲裂裳苞盾為冠

陶冠陶弘景掛冠神武門　逄冠逄萌掛冠　終繻終軍棄繻　蘇氈蘇武吞氈

並實

王氈王肅青氈我家舊物　湯旒詩湯為下國綴旒　嚴裘嚴子陵被羊裘　田裘田單解裘

鄒裾鄒陽曳裾　羊裙羊欣白練裙　羊鐶羊祜探鐶

【十仄】楚襟　貢冠貢禹彈冠　董帷董子下帷　賈帷賈琮褰帷　夏收冠名

范袍范雎綈袍　晏裘晏子狐裘　郭巾郭林宗折角巾　舜衣舜被袗衣

墨絲墨子悲絲　灌繒灌嬰販繒　鄭氈鄭虔坐客寒無氈　孔環孔子象環

胤囊車胤囊螢　晉巾

【仄】孟帽孟嘉落帽　馬帳馬融絳帳　党帳党太尉銷金帳　禹冕禹致美乎黻冕

禹服禹惡衣服　綦服孟服綦之服　段笏段秀實以笏擊朱泚　孔笏孔道輔以笏擊蛇

魏屨詩魏風糾糾葛屨　謝屐謝靈運著木屐登山　管席管寧割席　郗幕郗生為入幕賓

禹幘

【十平】喬舃王喬飛舃　融帳馬融絳帳　周冕諸服周之冕　周弁弁周冠名

堯服孟服堯之服　弘被公孫弘布被　姜被姜肱兄弟共被　姜珥姜后脫簪珥

王氅王恭披鶴氅衣　裴帽裴度氈帽　唐帽唐初以縠為帽　殷冔殷冠名冔

韓幕　韓袴韓邢侯潋袴

吴綾蜀錦第二十八

【平】吴綾夏竦廷對宦者以吴綾乞詩　川綾　胡綾　吴蕉　吴綿　【並實】湖綿

湖紗　湘羅　齊紈班婕好新裂齊紈素　齊絺禹貢青州厥貢塩絺

【上仄】蜀綾　越綾　蔡綾　婺羅　越羅拔舞衫初試越羅新　兖絲書兖州貢絲

鄭綿宋玉招魂齊縷鄭綿　楚綿青瑣高議重重類楚綿　楚纏

【仄】蜀錦谷君才蜀錦三千丈　蜀繭谷劉藤蜀繭照松羅　蜀布　越布　越葛　越苧

鄭苧鄭子產獻苧衣於季札　魯縞曲阜俗善作縞　豫纊禹貢豫州厥貢纖纊

【上平】川錦　番錦　番段　黎布儋耳山中所出　湘纈　吴縞吴季札與子產縞帶

徐縞禹貢徐州厥篚玄纖縞　齊枲禹貢青州貢枲

南冠北毳第二十九

【上平實】死【下實】

〔平〕南冠(左南冠而縶) 南縑 南縉 前旒 前衿(記前衿後裾) 中單
中衣 中帬(石建取親中帬自浣) 東綾 西裘
〔仄〕後旒 後裾 上冠 上衣 裹衣 外衣 下齊(深衣下齊如權衡)
下裳
〔仄〕北毳(沈南金北毳) 北褐 左衽(夷狄衣服左衽之制) 左袂 左佩 右衽
右袂(語短右袂) 右佩 上簟(詩下莞上簟) 上覆(冠上有覆) 下莞
下屨 內屨 外屨(禮戶外有二屨) 外絅 內錦 後幅
〔平〕東絹(杜我有一匹好東絹) 東布 西布 西紻 南布(姚察門生送南布) 中絜
前幅

儒冠武弁第三十

〔平〕儒冠(杜儒冠多誤身) 朝冠(湍如以朝衣朝冠) 賢冠(即進賢冠) 王冠 〔並實〕 公冠
侯冠 儒衣 僧衣 宮衣(杜宮衣亦有名) 朝衣 戎衣(記一戎衣而有天下)

仙衣 仙裙即劉仙裙 仙裳 公裳 宮袍李白衣宮錦袍 僧袍

戎旃 朝靴 朝簪荊公吾亦誤朝簪 朋簪易朋盍簪 軍麾麾旌也

軍裝 儒巾 儒紳 儒衫 漁蓑鄭谷漁翁披得一蓑歸 農蓑

奚囊李賀令奚童佩詩囊 塵纓北山移文今見解蘭縛塵纓 男鞶記男鞶革 宮鞋

僧鞋

上平

客衣杜風吹客衣日杲杲 客氈 客衾 客囊 客裳 客裘 客巾

吏巾 道衣薩獨坐蒼苔補道衣 道衫 道冠 法冠侍御史冠 女冠

女鞶記女鞶絲 子衿詩青青子衿 將旗 妓帷謝安劉夫人帷妓作樂

帝裾辛毗引落帝裾 相旃唐詩上相閒登立綵旃

仄

武弁 武帳漢武嘗坐武帳 道氅 道服 野服坡黄冠野服山家容 士服

士褐 相袞 相佩 子佩詩青青子佩 客佩 客袂 客被

客帽 里布孟廛無夫里之布 帝幕 帝幄 將幄 后珥姜后脫珥

母線（孟慈母手中線） 女帨（記生女設帨於門右）

【十平】宮袖 儒服（記夫子儒服） 仙服 公服 朝服（漢五郊之服魏有朝服之名）

胡服 戎服 卿服 山服 農服 朝笏 朝履 儒履

僧履 僧衲 僧帽 仙袂（白風吹仙袂飄飄舉） 仙帔 仙舄（王喬飛舄）

公舄（周公赤舄几几） 軍幕（木蘭歌馳馬赴軍幕） 軍帳 兵帳 師帳（馬馳事）

師席（記席間函丈） 侯綬

## 征衫舞袖第三十一

【上虛】死【下實】

【平】征衫 征衣（杜賦我征衣裳） 征袍 恩袍（仁宗賜詩恩袍草色動） 遺冠

遺衣（先祖所遺衣也） 遺簪（淳于髡曰後有遺簪） 煩襟 行囊 行裝 歸裝

【十六】舞衫（蘇舞衫歌扇舊因緣） 舞衣（杜野曠舞衣前） 舞裳 舞裙 舞氈 臥氈

坐氈 戲衫 寢衣（語齊必有寢衣） 戰裙 戰袍（曹翰羞著團花舊戰袍）

諫旛（史置敢諫旛） 諫囊（漢諫官皂囊封事） 佩纕（離騷解佩纕以結言兮） 祭冠

講帷 醉茵谷殘紅作醉茵 醉巾坡風回落醉巾 浴巾王藻浴用二巾

仄 舞袖楊舞袖太郎當 舞袂 別袂 去袂 坐席 坐褥 臥褥

臥被 臥帳 祖帳韓設祖帳於都門外 步障石崇作錦步障五十里 戰甲

席帽 聘幣 講幄 祭服 燕服 命服詩服其命服 禮服

獵服

平 歌袖杜向月移歌袖 歌扇杜江清歌扇底 征旆 遺服 行履 行幕

歸袂 吟袂 昏幣昏禮納幣 徵幣

## 人事 披襟解帶第三十二

上虛 活 下實

平 披襟宋玉賦披襟以當雄風 舒襟 開襟沈開襟濯寒水 虛襟史虛襟聽納

披衣杜只作被衣貫 裁衣韓裁衣寄遠淚眼暗 牽衣 摳衣記摳衣趨隅摳挈也 穿衣

垂衣黃帝垂衣裳 傳衣釋迦佛傳衣與迦葉 留衣七祖留衣鎮山門 勝衣趙文子若不勝衣

褰衣 陳衣 褰帷賈琮褰帷 成帷史連袵成帷 焚帷范仲淹 披裘

焚裘晉武帝焚雉頭裘　書紳語子張書諸紳　拖紳語孔子加朝服拖紳　垂紳歐垂紳搢笏

垂纓　垂旒　垂裳　褰裳詩褰裳涉溱　縫裳詩纖纖女手可以縫裳

濡裳　投簪此山移文昔聞投簪逸海岸　抽簪沈侍此未抽簪　磨簪古詩石上磨玉簪

分釵　鋪茵　靡弁趙襄子姊　彈冠貢禹　加冠　施衿禮母施衿結帨

施鞶　書裙王獻之書羊欣絹裙　懸衾記內則

去

典衣杜朝回日日典春衣　擣衣李萬戶擣衣聲　振衣漁父辭新浴者必振衣　整衣

賜衣韓襲　授衣詩九月授衣　著衣杜有時顛倒著衣裳　攬衣古辭攬衣曳長帶

濯衣沈寧假濯衣巾　剪衣　解衣韓信解衣衣我　擊衣豫讓　搗衣李擣衣可同調

晒衣　浣衣唐文宗曰此衣已三浣　進衣　試衣蘇詩雲龍山下試春衣

設衣　整冠顏延年李下不整冠　解冠　掛冠逢萌　免冠　正冠杜笑倩傍人為正冠

正襟　整襟　解襟　捉衿曾子捉衿而肘見　綴旒詩為下國綴旒　棄繻終軍

請纓王無路請纓　濯纓孟子清斯濯纓　結纓子路結纓而死　斷纓子路事

絶纓楚莊王夜宴群臣事 整巾 折巾郭林宗事 授巾記内則 挈裘

索裘楊大寒而後索裘 學裘記必學爲裘 獻裘周禮季秋獻功裘 擁裘谷永王半醉擁貂裘

織裘齊文惠太子 裼裘記子游裼裘而弔 委裘賈誼朝委裘 衣裘 剪袍

複袍 賜袍狄仁傑還都督上賜紫袍 奪袍武后奪袍賜宋之問 曳裾鄒陽 振裾

絶裾温嶠赴江東母留之不得至絶裾 引裾辛毗 剪衫 探囊莊探囊發匱之盜 枕囊

處囊毛遂錐之處囊中 下帷董仲舒 去帷郭賀 製裩 抱衾詩抱衾與裯

擁衾 擁簪 盍簪易勿疑朋盍簪 墜簪禹治水墜簪不顧 脫簪姜后脫簪

盜簪司馬光事門幹盜簪 漱裳記諸母不漱裳 結縭詩親結其縭 竊鞋鄧仁凱

組紃記内則 攝齊語攝齊升堂 嚙氈蘇武嚙雪與氈毛并咽之 割氈謝朓

累茵子路累茵而坐 接茵夏侯湛潘岳同輿接茵

仄

解帶沈函轘方解帶 束帶杜束帶發狂欲大叫 下帶 繫帶 落帽孟嘉 執帽

脫帽杜脫帽露頂王公前 賜帽宋太祖賜王全斌貂帽 著帽 易帽客亡易帽

墮帽　曳履　賣履　取履楚昭王與吳戰事　納履古調瓜田不納履　棄履

整履　脫履　進履張良進履黄石公　步履　整屐　步屐　躡屐

折屐謝安　拂袂　奮袂　結袂　振袂　舉袂　判袂　斂袂

引袂　引袖　拂袖　舉袖古詩舉袖且障羞　補衲　棄屣孟猶棄敝屣

倒屣蔡邕倒屣以迎王粲　曳屣曾子曳屣　織屨翟方進母織屨　起屨記剡剡起屨

竊屨孟　捆屨　解屨記解屨不敢當階　撰屨曲禮撰杖屨　俟屨記在官不俟屨

解印蕭朱解印　鑄印　佩印蘇秦佩六國相印　刻印項羽刻印刓忍弗能予

綰綬北山移文　結綬蕭朱結綬　結帨士昏禮母施衿結帨　結韈張釋之爲王生結韈

解韈古者見君解韈　解佩鄭文甫　解組史二疏解組　斂衽張良楚必斂衽而朝

斂簞記內則斂簞而獨之　斂席記斂席與簞　正席語必正席　服冕語服周之冕

稅冕孔子不稅冕而行　裂冕漢中長士皆裂冕　製氅　補袞詩袞職有闕仲山甫補之

被袞禮王被袞以象天　卷幙　展幙　入幙郄生入幙　下帳　卷帳

設帳 馬融 擁被 覆被 王勃 畫被 鍾繇學書臥則畫被 岸幘 光武岸幘迎笑 取幘 謝安

脫幘 脫珥 姜后事 隔幔 郭元履隔幔牽絲 卷幔 執紼 記助葬必執紼

執幣 反旆 漢書反旆而東 步屧 杜花殘步屧遲 釋屩 北山移文離蔬釋屩而享膏粱

躡屩 虞卿 被褐 子路曰被褐而懷玉 拊枕 選中夜拊枕歎

平

吹帽 杜羞將短髮還吹帽 加帽 垂帶 披帶 留帶 蘇東坡留玉帶 揮袂

揚袂 連袂 投袂 楚子投袂而起 披氅 王恭披鶴氅 張蓋 百里奚暑不張蓋

張幄 張幙 開幙 垂幙 垂帳 開帳 搴帳 垂佩

鳴佩 記君子行則鳴佩玉 飛舄 王喬 穿履 穿襖 穿袴 揮袖 搴幔

開幔 投幘 卞延之 裁被 古詩裁為合歡被 分被 舒被 遺珥

推枕 而攬衣推枕起徘徊 施旆 陳服 披服 曹披服光且鮮

## 裁羅製錦第三十三

上虛 活 下實

平

裁羅 裁繒 裁紗 裁縑 裁綈 裁絨 裁綃 縫綃

縫羅謝長夜縫羅衣　縫綾　縫紬　縫繒　鋪綿　裝綿杜衣冷欲裝綿

披綿　披紬　披麻　繅絲杜繅絲須長不須白　抽絲

【六】衣絺　織絲　織繒　織紗　織紬　織縑古樂府新人工織縑　織絺

剪絺　剪繒　剪紗　剪綾　剪紬　剪縑　剪絁　剪羅

剪綃　緝麻　績麻公父文伯之母　販繒灌嬰販繒為業　買繒朱百年事

振絲　貿絲詩抱布貿絲　辟纑孟妻辟纑以易之

【仄】製錦左子有美錦不使人學製焉　織錦李機中織錦秦川女　濯錦　衣錦詩衣錦尚絅

奪錦杜詩成奪錦袍　賜錦宋十月賜學士錦　刺繡杜刺繡五紋添弱線　織縠　織練

織縷　織纊　織帛　織綺　織葛　織布　剪縠　剪練

剪帛　剪綵隋煬帝剪綵為花　剪布　剪綺　釋褐士初入仕謂之釋褐　解褐

衣褐孟許子衣褐　衣葛鮑衣葛苦寒　常衣帛　賜帛漢文賜長老帛　贈帛

執帛禹會諸侯執玉帛者萬國　裂帛白四絃一聲如裂帛　餽絹　賜絹　染練

擣練杜天清小城擣練悲 執幣 賫線 打線 抱布詩 賜布太祖賜宋該布
擘絮 挾纊左三軍如挾纊 奠繭禮世婦命於奠繭 恤緯嫠不恤其緯
【上平】披褐 縫褐 穿褐 鋪錦王建如今池底休鋪錦 披錦 裁錦
裁綺 裁縠 裁練 裁帛 裁絹 裁綌 裁葛 裁布
縫練 縫葛 縫綌 縫帛 縫絹 添線 充纊

## 同袍共被第三十四

【上虛】(死)【下實】
【平】同袍詩與子同袍 同衣 同衾 同裯韓豈憶常同裯 同帷 同巾
連襟 分襟
【上仄】共衾 共衣 共袍 共裘子路衣輕裘與朋友共 共帷 共茵
蜀衣 獨氈 獨衾
【仄】共被姜肱兄弟共被 共服 共枕 異被彭祖云下士異被 異服記祭異服
異帶 合帶 獨枕 獨被 接席

【三字】同被 同席（記父子不同席） 同枕 同服 同幕 同屨 同帳

聯珮 聯袂 分袂（蕭蕭謂兄鳳曰醉中庶分袂不悲） 連衽（史連衽成幃） 連席

專席（記有喪者專席而坐）

【身體】裙腰袖口第三十五

【平】裙腰（王適春著裙腰自無力） 裳腰 釵頭（王禹偁乞得釵頭利市花） 【三字】簪頭

靴頭 鞋頭 衣身

【去】帽頭（周武帝所製） 帳頭 領頭 韈頭 衲頭 被頭 枕頭

屨頭 誥頭 誥身 帳額 韠肩（禮韠肩博二寸） 帶腰 被心

【仄】袖口 袂口 帽口 領口 韈口 帶眼（放翁帶眼自驚頻移瘦）

帶尾 帶頭 帳頂 帽頂 帽角 被角 韠角（禮大夫韠後挫角）

韠頸（記韠頸五寸） 屐齒（謝安不覺屐齒之折） 帳額（盧照鄰生憎帳額繡孤鸞） 帳面

席面 被面

〔去〕冠頂　冠武　釵股白釵留一股合一扇　梳齒　帷面　裙面　裙尾

裙脚　襜脚　旛脚　巾角　衣背　囊口

頭巾耳纊第三十六　〔並實〕

〔平〕頭巾　鬟囊　頭額始於女媧氏　頭簪　頭釵　鬟梳　肩囊

腰囊　腰裙

〔上〕指環紂刑鬼侯取其指環五　耳環　臂環　髮簪　髮笄　鬟梳

鬟鈿　髻釵　汗衫漢楚王交戰汗透中單故名汗衫　汗巾　手巾名始於漢

背囊

〔入〕耳纊　臂釧環臂謂之釧　指鈿　面帛始於夫差　首服　首絰

首飾杜面裝首飾雜啼痕　手板笏亦名手板　手帕　手帨　脚韈杜垢膩脚不韈

足屨

〔去〕胷帶　腰帶杜百寶裝腰帶　腰絰　頭幘

蒙頭覆足第三十七　上虛　活　下實

平　蒙頭　纚頭杜舞羅錦纏頭　橫腰　懸腰　披肩　晞身記衣布晞身

章身衣者身之章　災身左服之不衷身之災也　華躬

仄　褁頭杜去時里正與褁頭　盖頭唐宮人之服後世轉為凶服　盖形　見膚深衣短無見膚

在躬記衣服在躬　繫腰　被身

仄　覆足明衣之半覆足　飾足　在首詩頍弁　在股詩赤芾在股　戒指

蔽膝即韠也　蔽目冕旒蔽目　蔽面帷帽以障風塵亦曰面帽　幹耳

塞耳黈纊塞耳　緌耳　褁肚　束髮婦人束髮為髻謂曰特髻　括髮

露肘杜衣袖露兩肘

平　回肘深衣袂可以回肘　加首漢書履雖鮮不加於首　充耳瑱也詩充耳以素乎而

垂耳　垂足　纏足行縢也　拘足　承趾　韜髮

珎寶　金釵玉佩第三十八　並實

平

金釵白金釵十二行 金翹 金鈿 銅章 瓊笄 金冠 金袍

金幡 金章杜金章紫綬照青春 金衣杜妝之勸君莫惜金縷衣 金環羊祜探取金環

金珂 金鎞涅槃經刮目金鎞 金簪 瑤簪 瑤環韓瑤環瑜珥 瑤釵

珠釵 珠纓三禮圖珠纓翠纓 珠旒歐晚登玉墀侍珠旒 珠袍李落日明珠袍 珠冠

珠襦吏珠襦玉匣 珠環 銀環 銀釵杜野花山葉銀釵並 銀簪 銀袍

銅笄

去

玉釵朱灊山有此紫玉釵 玉簪 玉珂 玉梳 玉旒 玉環 寶環

寶簪 寶釵李奪得寶釵金翡翠 翠翹披細雨斜風濕翠翹 翠簪 翠梳 翠釵

翠鈿 翠冠 鐵冠即法冠以鐵為柱 玳簪王元之拋擲三千玳瑁簪

入

玉佩 玉帶韓玉帶懸金魚 玉帳披玉帳夜談霜月苦 玉幣 玉舄安期生仙去遺玉舄

玉珥 寶障 寶幄 寶帳 寶帶 翠帶 蠟屐阮孚好蠟屐

角枕詩角枕粲兮 石枕

◎

平　珠履杜欲向何門躡珠履　珠幰　珠佩　瓊佩　金佩　金帳即銷金帳

金舄詩赤芾金舄　金帶司馬紫衣金帶盡脫去　金鈿白金鈿照映石甕寺　金釧

金縷即金縷衣　銀帶　銀櫛坡溪女笑時銀櫛低　油幕韓談笑青油幕　璣珥

瑜珥

## 青袍紫綬第三十九

上虛死　下實

聲色　平

青袍杜黃帽映青袍　黃袍　緋袍　藍袍　紅袍　紅裙韓惟能醉紅裙

紅衾　紅衫　青衫白樂天江州司馬青衫濕　青衣　黃衣記黃衣黃冠

朱衣杜朱衣只在殿中間　玄衣　斑衣老萊子　緇衣詩緇衣之宜兮　紅衣

紅鞋　紅裳雀元微事白衣引紅裳　黃裳易黃裳元吉　玄裳赤壁賦玄裳縞衣

纁裳記士玄衣纁裳　黃妝堯冠　黃巾　紅巾杜青鳥飛去銜紅巾　烏巾杜頭戴小烏巾

綦巾詩縞衣綦巾　青巾　青衿詩青青子衿　青氈王子敬曰青氈我家舊物

青紘記冕而青紘　青囊郭公以青囊中書與郭璞　青帷　青鞋杜黃帽青鞋歸去来

黃冠記黃冠草服　緇冠即緇布冠　玄冠周冠　朱紘記鏤簋朱紘　朱茵
朱纓　丹纓　丹幨坡開俗捲丹幨　彤幨古詩彤幨曜彩
【六】綠衣詩綠衣黃裏　白衣淵明事白衣送酒　縞衣　皂衣　絳衣漢書絳衣大冠
碧衣　紫衣杜紫衣使者辭復命　褐衣　赭衣漢書赭衣半道　絲衣老萊子事
素衣詩素衣朱繡　綠袍　絳袍　白袍陳慶之麾下悉著白袍　皂袍
紫袍武后賜仁傑紫袍　赭袍歐王殿光中認赭袍　紫囊謝玄好佩紫羅囊　絳囊　素囊
縹囊唐書庫縹囊緗帙　綠裳　縞裳　褐裳　素裳　綠衫　紫衫
綵裙　縞裙韓縞裙練帨無等差　紫裙　綠裙　翠衾　翠襦　翠帷
翠緌　紫緌　繢緌繢畫也緌纓之餘　白氊　白裘　黼裘記黼裘以誓省
素冠詩庶見素冠兮　素紕記縞冠素紕　綵繩昏禮以綵繩繫鴈足　碧旒　皂靴
墨衰晉襄公墨衰臨戎
【八】紫綬漢丞相金印紫綬　綠綬漢相國綠綬　黑綬　翠幄　翠幙杜曲江翠幙排銀榜

綠幕韓黃簾綠幕朱戶閉 綠帶 翠帶 縞帶記弟子縞帶 素帶鮑素帶曳長飈

絳帳馬融事 絳幘田文見絳幘乃金神 綠幘董偃綠幘 墨幘晉大傅墨介幘

白幘 赤幘救日蝕者著赤幘 赤芾詩三百赤芾 赤舄詩赤舄几几 黑舄

白舄 白帽管寧著白紗帽 素韠詩庶見素韠兮 素被 翠被 素袖

綵袖 綠袖 紫袖杜戶外昭容紫袖垂 翠袖杜天寒翠袖薄 翠縠

翠褥 紫褥設紫褥於庭舍人院事 素服淡粧素服趙師雄事 絳帕 綠罽

【上平】紅袖谷紅袖泣前魚 青袖 朱袖杜朱袖拂雲和 朱履 朱芾詩朱芾斯皇

紅帳 紅帶 紅被 紅幕 紅毯詩不得紅絲毯上眠 紅帕軍容之服

青帶 青綬漢御史大夫青綬 青佩詩青青子佩 蒼佩 烏帽杜烏帽拂塵青螺粟

黃帽杜黃帽映青鞋 黃帕王建黃帕蓋鞍呈了馬 黃被文彥博而今幸有黃紬被

黃襖 玄冕王者之服 玄袞詩玄袞赤舄 綦弁書四人綦弁以文鹿子皮為之

丹組記玄冠丹組纓

黃綾紫錦第四十

上平虛　死　下實

平 黃綾 黃紬 文黃紬被裹曉眠熟 黃紗 黃羅 黃絲 黃綿 黃縑

黃絁 黃絨 青絨 青紗 青羅 青絲 坡王勒鞚青絲 青紬

青縑 漢給尚書青縑帳 青綃 鄭祥遠服青綃 青綾 漢內臣卧青綾被 紅綾 紅羅

紅絲 紅紬 紅絨 紅紗 紅綃 白一曲紅綃不知數 玄綃 記玄綃衣以裼之

烏紗 柳朝帽掛烏紗

上仄 綠紗 絳紗 馬融施絳紗帳授生徒 碧紗 素紗 白紗 綠羅

紫羅 素羅 皂羅 坡欲六斜紅插皂羅 皂綈 弋綈 史身衣弋綈 素縑

素絲 詩素絲五紽 白絲 綵絲 綵繒 素繒 絳繒 田單火牛衣絳繒

紫紬 白紬 袁彥修却白紬 白綿 白綾 綠綾 紫綾 紫絨

綠絨 絳綃 張路斯曰我服絳綃 紫綃 元載紫綃帳

仄 紫錦 坡醉中倒著紫錦裘 素錦 綠錦 白練 白紵 白縠 白纊

白絹（盧公白絹斜封三道印）白繭（坡為愛鸞溪白繭光）白布　白絮　素縠

素練（杜素練風霜起）素葛　素綫　素絹　素帛　彩帛　彩段

彩線　翠縠（綟紗之翠色者）翠縷　紫纈（纈文繒也）

【上】紅錦　紅線　紅縷　紅絹　青絹　青布　朱錦（鄴中記有朱雀錦）

黃綫　黃絹　黃繭　黃葛

## 文章黼黻第四十一

【平】文章（文章黼黻繡謂之五章）斑斕（老萊子著斑斕之衣）銀青（晉二千石以上銀印青綬）【並平實】

青朱（青朱雜沓於胥徒）玄纁（漢光武玄纁聘嚴光）玄華（記雜帶大夫玄華）玄黃　青蔥

玄緇　纁緇（禮再染為纁七入為緇）

【去】素緇　素青　赭黃　白黃　紺緅（語君子不以紺緅飾）縞玄（坡玄裳縞衣）

【仄】黼黻（黼如斧形黻為兩已相背皆繡於裳）粉繢　藻火（繡於裳之章也）衮繡（詩衮衣繡裳）

絲繡　縞素（漢書兵皆縞素）紫皂

[illegible]青紫漢書取青紫如拾地芥金紫漢御史大夫金章紫綬紅紫語紅紫不以為褻服

文繡孟不願文繡緇繢朱綠記雜帶君朱綠黃白

無衣有袴第四十二

平無衣詩豈曰無衣無襦廉范為政民歌曰昔無襦今五袴無斂上虛無簪無巾死下實

無冠無衾無裳詩之子無裳無裙杜出入無完裙無裘無衫

無氈杜坐客寒無氈無袍無鞋多衣

去有裘有衫有衣有裙有斂有簪有巾有衾

有鞋不裘禮童子不裘不帛不麻不衣不冠漢武帝不冠不見汲黯

不裳童子不裳少衣

仄有袴有袖有袂有韈有服有帶有被有帽

有帳有率記凡帶有率無箴功有屨戶外有二屨不帛不韈杜垢膩腳不韈

少帶

【上平】無袖　無領　無幘　無被　無韈　無帶　無服　無帳

無衲　多服　多帽　多帶　多履

【數目】雙綏兩袖第四十三　【上虛】死【下實】

【平】雙綏（綏冠飾詩冠綏雙止）　雙纓　雙釵　雙簪　雙襟　雙鞋　孤幛

孤衾　孤縑　三縑　三衣（褘衣褖衣禮衣）　三袪（深衣）　三冠（周弁殷冔夏收）

單綃　重茵

【上仄】一襟　一帷　一簪　一裘（韓令一裘）　一衫　一衾　一囊

一袍　二巾（浴用二巾）　九旒（禮上公力旒）

【仄】兩袖　兩袂　兩帶　兩屨（詩傳屨必兩物各有偶也）　一扇　一帽

一幄　一枕（坡一枕黑甜餘）　二屨　二綵（記無君者不二綵）　二帶（大帶韋帶）

五冕（周禮弁師掌王五冕）　五服（書五服五章哉）　五袴　五緎（緎裘之縫界詩素絲五緎）

六冕（周禮天子六冕）　七珥（齊薛公獻七珥勸立夫人）　九服（王之吉服有九）　半席

百衲（衲補也傳衣） 隻履（達磨隻履） 寸錦（坡百衲收寸錦）

【平】雙袂 雙帶 雙屣 雙袖 雙舄 雙珥 雙屐 雙衽

雙履 雙韤 重帛 三帛（書五玉三帛諸侯世子執纁公之孤執玄附庸之君執黃）

三組（漢揚僕垂三組） 孤枕

## 千絲萬縷第四十四

【上虛】死【下實】

【平】千絲 千端 千機 千梭 千條 千莖 千尋 千箱

雙絲 三梁（冠）

【上仄】一絲 一端（古詩遺我一端綺） 一條 一床 一雙 一升（八十縷為一升）

一章 九章（袞衣裳九章） 五紽（紽以絲飾裘之名詩素絲五紽） 五紋（杜刺繡五紋添弱線）

五尋（八尺曰尋） 兩端 萬箱 萬絲 百絲 寸絲 幾堆

幾梭

【仄】萬縷 萬繭 萬線 萬丈（白我願布裘長萬丈） 一縷 一尺 一叚

◎

一線（晉時宮中以紅線量日冬至添一線） 一束 一緉 一架 一袖 一幅

一丈 一匹 一襲（衣單複具也） 一稱（同上） 一片 一就（五采一匝曰就）

一匝 五兩（詩葛屨五兩） 五采（周禮五采備謂之繡） 五色（書以五采彰施於五色作服）

五就（周禮子男毳冕五就） 七就（周禮侯伯鷩冕繅王七就） 九就（周禮上公衮冕繅王九就）

十匹 幾幅 幾兩（谷平生幾兩屐） 幾束 幾段 百段 百寶（帶）

百領 百結（董威以殘切縷帛為衣號百結裘） 半幅

〔去〕千丈 千匹 千縷 千段 千尺 千幅 三稱 千襲

三襲 重繭（繭綿衣也左重繭衣裘） 雙結

三加九錫第四十五 〔上虛〕死 〔下虛〕活

〔平〕三加（冠禮始加緇布冠次加皮弁三加爵弁） 三垂（腰垂三組） 三繅（禮繅三盆手）

三淹（同上） 三分（三分帶下紳居二焉） 雙飄（風） 雙飛（舄也王喬事） 雙垂 雙描

千縫 重鋪 重披

【去仄】一披　一揮袖　一掀　一彈冠　再縫　再加禮冠　四垂　四圍幔

【仄】九錫禮有九錫共二衣服　一著　一振　一擲　再著　再繚士練帶

兩斷　萬擣　半擁　半染

【平】三澣唐文宗服三澣之衣　三擊豫讓擊衣　雙繫　雙繡　雙綰　千擣

【通用】裁成剪就第四十六與花木門粧成染出互用　【並虛】活

【平】裁成　縫成　鋪成　挑成　粧成　描成　繅成坡繅成白雪桑重綠

紉成　舒開　褰開　鋪開　披開　縫完　裁為古詩裁為合歡被

穿殘　穿來

【去仄】剪成　簇成　染成　繡成　織成　結成　蹙成　製成

綴成　合成　刺成　補成　展開　揭開　剪開　剪來

著來　寄來　補完　緝完　改為詩緇衣敝予又改為予

【仄】剪就　剪下　剪破　剪作　剪斷　剪出　繡出鴛鴦繡出從君看

表出（語當暑袗絺綌必表而出之）　織出　染出　摸出　饜出　洗出

織得（多少工夫織得成）　織就　簇就　染就　製就　繪就　掛起

擁起　捲起　攬起　揭起　襯起　編作　結作　挈上

放下　洗淨　擘破　踏破　踏裂（杜嶠兒惡臥踏裏裂）　裂碎　濯去

引落（辛毗引落帝裾）

上平

裁作　縫作　縫就　縫出　挑出　粧出　裁出　描出

鋪出　抽出　推出　裁下　裁就　描就　鋪就　粧就

穿就　穿敝　穿破　裁破　摳起（禮升階摳衣使去地尺）　褰起

推起　拈起　鉤起　兜上　吹落（孟嘉登高風吹落帽）

## 輕裁細剪第四十七

上虛　死　下虛　活

平

輕裁　深裁　親裁　新裁　寬裁　斜裁　寬縫　深縫

衡縫（禮冠衡縫）　斜縫　新縫　輕縫　輕挑　輕挼　輕拖

輕牽　輕掀　輕褰　輕兜　輕揮　輕摳　輕鋪　輕縿

輕描　輕彈　輕拈　低垂　閒披　閒舒　橫量　寬量

平鋪　高張　高懸　高簪　新穿　明粧（韓靚濯明粧有所奉）

去 巧縫　密縫（孟東野詩游子身上衣臨行密密縫）　細縫　縮縫（禮古者冠縮縫）　細挑

細裁　巧裁　巧描　巧粧　淡粧　半欵　密鋪　謾揮

謾褰　急穿（朱急穿芒屩去登臨）　始加（冠禮）

仄 細剪　直剪　碎剪　巧剪　巧織　巧壓　巧製　巧繡

巧結　巧刺　密鎖　密刺　密繡　密織　細織　細壓

細結　細染　細疊　細擘　亂擘　倒著（李詩倒著接䍦花下迷）

倒執（王坦之倒執手板）　試著　淨洗　謾解　謾攬　半壓

平 新染　新剪　新裂（班婕妤新裂齊紈素）　新綴　新著　新佩　新換

新繡　深染　勻染　輕織　輕剪　輕繡　輕擘　輕曳

輕結　精製　初試（試坡舞衫初試越羅新）　閒攬　低放　高卷　高掛

斜掛（絲繩斜桁綠楊煙）　斜剪

裁奢尚儉第四十八

【平】裁奢　從衷（左服之不衷身之災也）　由衷　求衷　隨宜　懲妖　【上虛】活　【下半虛】死

【仄】尚文　惡文（中庸惡其文之著也）　惡奇　惡奢　黜奢　去奢　過奢

戒奢　戒淫　適中　過中　抑華

【仄】尚儉　過儉　過侈　戒侈　戒巧　尚樸　尚質　禁靡

禁異（記禁異服）　致美（禹致美黻冕）　見美（禮袞之裼見美也）　恥惡（語恥惡衣惡食）

合制　中度　貴素　杜僭

【平】敦朴　敦賁（易賁卦敦本尚實得賁之道）　崇質　崇儉　從儉　從俗

懲怪　防濫　求稱　昭度（左衡紞紘綖昭其度也）

【連綿】裁縫整理第四十九　【並虛】活

【平】裁縫（杜：裁縫滅盡針線迹） 裁聯 縫聯 紉縫 鋪陳 鋪張 遮圍

粧排 摳趨（記：摳衣趨隅） 摳提 経綸（經者理其緒而分之，綸者比其類而合之）

繰抽 綢繆（猶纏綿也）

【去】剪裁 整修 補添 綴連 展鋪 卷藏 振彈（振衣彈冠）

【仄】整理 績紡 紡緯 絡緯 補緝 補綴（禮：衣裳綻裂，紉針請補綴）

點綴 點染 練染 織染 織紝（記：織紝組紃） 澣洗 澣濯

洗濯 抖擻 熨帖（杜：美人細意熨帖平） 襯帶 襯貼 拂拭（杜：已令拂拭光凌亂）

貫串 剪截 裼襲（記：裼襲之不相因） 製造 繢繡

【平】粧束 粧點 修飾 修補 裁剪 裁製 聯屬 聯合

挑繡 描繡 顛倒（詩：顛倒衣裳） 粘綴

## 鮮明瑩潔第五十 【並虛】死

【平】鮮明 鮮都（都，美也） 鮮妍 明光 錦 光明 巍峩 飄蕭

◎

玲瓏 李金環壓轡搖玲瓏　輕肥　婆娑　蒙茸 詩狐裘蒙茸　淋漓 坡淋漓宮錦袍

媥孄 柳被褐謝媥孄　圓方 圓冠方屨　逍遙 詩羔裘逍遙　妖妍　煇煌

褊䙴 衣貌　襹踈　稀踈　鏗鏘 珮　繽紛 盛貌華辭佩繽紛其繁飾

[illegible] 陸離 美好分散之貌楚辭長余佩之陸離　整齊　質良 禮染采以法莫不質良

苦良 周禮凡婦功辨其苦良謂粗細也

[illegible] 瑩潔　整潔　整肅　俊雅　淡雅　熟細　細軟　細密

艷麗　靡麗　垢敝 司馬光甚儉然亦不服垢敝以干名　儉敝　短窄　濟楚

漂渺 魏文帝寵莫瓊樹制蟬鬢漂渺如蟬翼　粲爛 詩角枕粲兮錦衾爛兮　潤澤

綻裂 記衣裳綻裂　破碎　廣狹

[illegible] 鮮潔　修潔　華睆 禮華而睆大夫之簀歟　華美　華采　華麗

奢麗　纖麗　纖縟 縟繁采色　纖靡　纖密　輕煖 文選身被輕煖

輕薄　輕細　精細　藍縷 言敝衣也　萋斐 小文貌詩萋兮斐兮成是貝錦

光潤　長短

疊字　鮮鮮楚楚第五十一

平　鮮鮮　峩峩　巍巍　鏘鏘佩玉聲　翩翩　翹翹　于于

飄飄白風吹仙袂飄飄舉　巖巖　纍纍印　珊珊珮聲　裶裶曳衣貌相如賦衯衯裶裶

仄　楚楚鮮明貌詩衣裳楚楚　濟濟　粲粲詩粲粲衣服　爛爛　整整　馥馥

糾糾繚戾寒涼意詩糾糾葛屨　采采詩采采衣服　岌岌高貌楚辭高余冠之岌岌

細細　肅肅　几几安重貌詩赤舃几几　若若綬　密密孟詩臨行密密縫

虛字　死

三字　紫荷裳紅蓮幞第五十二

平　紫荷裳　綠荷衣　綠蓑衣張志和詞青箬笠綠蓑衣　白麻衣　白苧衫

白芒鞋

仄　紅蓮幞庾景行事　紫絨帽　青蘭佩楚辭紉秋蘭以為佩　青箬笠

獸錦袍鮫綃帳第五十三

平　獸錦袍李詩獸錦奪袍新　狐白裘玉藻君衣狐白裘　鶴氅衣王恭披鶴氅衣

犢布袍

仄　鮫綃帳元載芸暉堂設鮫綃帳　鮫綃帕鮫人織綃帕　翠青幞　鸞綾被

## 雉頭裘虎皮帳第五十四

平　雉頭裘晉武帝以雉頭裘損費功用焚於殿前　鳳頭鞋　鳳頭釵　翠色裙

鶡尾冠漢高祖以竹皮為冠即今鶡尾冠也　鶡羽冠鶡勇雉也武士所冠　貂尾冠

鹿皮冠宋何尚之致仕著鹿皮冠　魚鮀冠婦人所戴　龍角釵日林國獻龍角釵

象牙箸　象牙梳　犢鼻褌司馬相如阮咸之服

仄　虎皮帳漢武帝坐虎皮帳不冠不見汲黯　虎文帳　虎頭枕梁冀有壬虎頭枕

鹿皮帳　鹿皮幣漢武帝以白鹿皮方尺緣以綾為皮幣　龍文席　龍鬚布

龍鬚席李詩此草最可珍何必青龍鬚　犀角帶　鶴頂帶　象牙帶

象牙笏　鴉頭襪李白詩不著鴉頭襪

◎

## 獬豸冠鴛鴦被第五十五

平 獬豸冠 執憲者戴之取其觸邪 鵕鸃冠 漢郎中戴鵕鸃冠即武冠也 貂蟬冠 漢官儀御史侍中金蟬左貂 熊羆裘 詩舟人之子熊羆是裘 翡翠裘 鷫鸘裘 司馬相如初貧以鷫鸘裘貰酒

仄 鴛鴦被 古詩文綵雙鴛鴦裁為合歡被 鴛鴦帳 鴛鴦枕 鴛鴦綺 翡翠被 楚辭翡翠珠被爛齊光些 皐比席 皐比虎皮也張橫渠勇撤皐比

## 芙蓉冠芭蕉扇第五十六

平 芙蓉冠 桐栢真人所戴 芰荷衣 楚辭製芰荷以為衣 槲葉衣 茉莉裘 木綿裘 坡江東賈客木綿裘 蓮花巾 李吳江女道士頭戴蓮花巾

仄 芭蕉扇 芙蓉帳 白芙蓉帳煖度春宵 芙蓉褥 杜褥隱繡芙蓉 木綿布 檾麻布 蘆花毯

## 諸侯冠童子佩第五十七

【平】諸侯冠　司寇冠　武士冠　進士衣　進士巾　高士巾

處士巾　學士靴　力士靴高力士脫李白靴　天子衮　大夫裘

廣文氊杜簡鄭虔詩坐客寒無氊

【仄】童子佩詩童子佩觿　君子佩　隱士服　居士服　文儒服

尚書履鄭崇曳革履數諫上笑曰我識鄭尚書履聲　孺子履張良進圯上老人履　相國綬

上公衮古上公得服衮冕　縣令舃王喬鳬舃　居士帶玉藻居士錦帶

學士褥　學士帽　將軍帽　僧家帽　講官席

## 閔子衣春申履第五十八

【平】閔子衣閔損後母衣損以蘆花絮父欲出母損留之　老萊衣老萊子年七十衣綵衣戲于親前

貢禹冠王陽為刺史貢禹彈冠待薦　逢萌冠王莽無道逄萌掛冠東門歸

樊噲冠噲入衛鴻門裂裳苞盾戴為冠　顏子冠　子臧冠鄭子臧聚鷸冠

呂公絛　東坡巾　武侯巾武侯葛巾羽扇指揮三軍　淵明巾陶淵明酒熟取巾漉之

林宗巾 郭林宗遇雨巾折一角人效之 賈琮帷 琮為冀州刺史褰帷欲廣視遠聽

季子裘 蘇季子秦三十年惟一黑貂裘 孟嘗裘 孟嘗君狐白裘獻秦昭王又盜獻幸姬

晏子裘 晏子一狐裘三十年 子張紳 子張書諸紳 子路纓 子路仕衛結纓而死

范叔袍 須賈與范雎綈袍戀戀有故人意

〔衣〕

春申履 春申君客三千皆躡珠履 東郭履 東郭先生履有上無下行雪中 韓愈幞

謝安屐 安聞符堅破喜甚過戶限折屐齒 靈運屐 謝靈運登山木屐上山去前齒下山去後齒

孟嘉帽 嘉與桓溫宴龍山風吹落帽 戴馮席 馮為博士說經重五十餘席

賈生席 漢文帝召賈誼至宣室夜半前席 公孫被 公孫弘三公布被飾詐釣名

姜肱被 姜肱兄弟共被而寢 馬融帳 馬融施絳帳授生徒 王恭氅 恭常乘高輿被鶴氅

王喬舃 喬為令每朝乘二鳧乃舃也 楊妃韈 馬嵬嫗得楊妃韈一隻過客一翫百錢

王生韈 張釋之為王生結韈

## 綠羅衣紅錦帳第五十九

◎

平

綠羅衣　繡羅衣　白紵衣　綠羅衫　碧紗衫　白氊衫

紫羅袍　皂羅袍　紅錦袍宋賜翰林服　白錦袍　綠羅袍

青紗巾　碧紗巾　白氎巾杜光明白氎巾　烏角巾杜錦里先生烏角巾

紅綃囊　絳紗囊　紫香囊謝玄少好佩紫香囊　絳羅裙　碧羅裙

綠羅裙　繡羅裙　紫羅裙　紫羅裳　紫綺裘李白著紫綺裘

紫絲絛　紅繡鞋　碧玉簪　白玉環　碧油幢選軍幕也

黃金釵　斑竹冠

仄

紅錦帳　紅羅帳　絳紗帳馬融施絳紗帳授生徒　青紗帳漢尚書更直給青紗帳

青布幙　青油幙韓詩談笑青油幙　紅錦幙　紅錦袖　紅錦褥

紅錦被　青綾被漢尚書郎入直供青綾被或錦被　烏紗帽柳朝帽掛烏紗

白氊帽　青氊帽　黃金佩　蒼玉佩　白玉帶　黃金帶

青羅帶　紅玉帶唐明皇解紅玉帶賜寧王　青布幔　紅絲幔　紅羅帕

藍羅襖 紫花布

千金裘百寶帶第六十

【平】千金裘王褒曰千金之裘非一狐之腋 百結衣子夏鶉衣百結 百衲衣

六銖衣 三章衣孤卿希冕其服三章 八寸纓 百花袍 五花袍

五色絲 五文旗秦始皇作阿房宮下可建五丈旗 九斿旗上公九命其旗九斿

九旒冠上公之服 八幅裙

【仄】百寶帶杜百寶粧腰帶 九章服上公之服 五綵服 七寶扇

幾兩屐山谷詩平生幾兩屐 五兩屨詩葛屨五兩 七旒冕侯伯之服

三簷傘 三山帽 四綵緞 五段錦 五色線 五花誥

綠雲衣白雪練第六十一

【平】綠雲衣 翠雲翹首飾也坡詩細雨斜風濕翠翹 翠雲裘主尚衣方進翠雲裘

紅霞裳

仄 白雪練 紅霞袖 清霧縠

四字

冠帶縉紳衣裳冕弁第六十二

平 冠帶縉紳 介冑縉紳 衣冠冕旒 飲食衾裘 棺槨衣衾

仄 衣裳冕弁 衣冠禮樂 衣冠旒冕 衣冠玉帛 玉帛鐘鼓

子女玉帛 左子女玉帛則君有之 錦繡纂組 漢書錦繡纂組害女紅者也

帷幙帟綬

綠衣黃裳青衫紫綬第六十三

平 綠衣黃裳 詩刺衛莊公也 黃帽青鞋 杜黃帽青鞋歸夫来 玄冠朱纓

黃絹色絲 蔡邕題曹娥碑 玄裳縞衣 赤壁賦 朱衣纁裳 御史服

仄 青衫紫綬 青袍白馬 杜青袍白馬有何意 青鞋布襪 杜青鞋布襪從此始

玄冠朱組 素衣朱繡 詩揚之水

黃旂紫蓋 赤舄繡黼 綠衣黃裏 詩綠衣

## 黃帝垂衣文王卑服第六十四

平

黃帝垂衣 易繫辭　光武絳衣 漢光武初起兵舂陵絳衣大冠

大禹惡衣 大禹惡衣服而致美黼冕　韓愈留衣 韓愈在潮州與僧太顛留衣爲別

漢王解衣 漢高祖解衣衣韓信　鄒陽曳裾 陽上書曰臣飾慈陋則何王之門不可曳裾

石建浣裙 建每取親中裙自浣　獻之書裙 王獻之書羊欣裙欣書自此彌工

崔山擲巾 崔山妻仙女擲巾成橋　賀德脫巾　終軍棄繻 軍入關棄繻後建節出關

董子下帷 董仲舒下帷講誦　晉武焚裘

仄

文王卑服 書無逸　郄超入幙 郄超爲桓溫參謀入幙聽謝安論事

山甫補衮 詩衮職有闕惟仲山甫補之　釋之結韈 王生善黃老張釋之爲之結韈

漢文履革 文帝履革舃躬行節儉　周黨賜帛 漢光武以黨不受祿賜帛四十疋

蔡邕倒屣 邕聞王粲至倒屣迎之　東坡留帶 蘇東坡留玉帶與佛印鎮山門

阮孚蠟屐 晉阮孚好蠟屐　光武岸幘 漢光武岸幘迎笑待馬援

緇衣羔裘皮冠豹舃第六十五

平　緇衣羔裘語鄉黨　羔裘豹袪詩羔裘　霞帔翟冠

芰製荷衣楚芰製兮而裂荷衣　羽衣霓裳唐玄宗遊月宫歌羽衣霓裳曲

芰衣蓉裳楚辭

仄　皮冠豹舃楚王皮冠豹皮爲履　翠被豹舃　弋綈革舃漢文帝之儉也

蘭紉蕙帶　皁囊象簡凡諫院章表皆皁囊封事　錦衾角枕詩葛生篇

短帽輕衫深衣大帶第六十六

平　短帽輕衫　廣廈細旃漢書王吉傳　肥馬輕裘　素練輕縑

上衣下裳黃帝垂衣裳盖取諸乾坤

仄　深衣大帶　褒衣博帶雋不疑謁暴勝之褒衣博帶　輕裘緩帶羊祜在軍輕裘緩帶

巍冠博帶　圓冠方屨　上冠下屨　輕裾長袖韓盤谷序

輕紈細綺　輕裘快馬　大衾長枕明皇大衾長枕與諸王共寢　方袂圓領

惡衣菲食禹 下筦上簟詩斯干篇

夏葛冬裘春旗午漏第六十七

平 夏葛冬裘 暑服春衫 燰帳寒氈

仄 春旗午漏 春羅暑綌 氷綃霧縠選 雨巾風帽郭林宗雨巾孟嘉風帽

玉佩璚琚錦裘繡帽第六十八

平 玉佩璚琚 袞衣繡裳詩九罭篇 璚弁玉纓左楚子玉為璚弁玉纓

爵弁纁裳 綠綬金章秦丞相紫綬金章漢高皎綠綬 金章紫綬漢御史大夫

仄 錦裘繡帽李晟與朱泚戰錦裘繡帽以奪其心

銅章墨綬漢縣令六百石以上銅章墨綬 朱纓玉藻 璚琚玉佩詩渭陽篇

端冕凝旒垂紳曳紱第六十九

平 端冕凝旒 濯纓彈冠 結綬彈冠 抱布貿絲詩氓之蚩蚩抱布貿絲

抱衾與裯詩小星篇 遺珥墮簪 焚製裂衣北山移文

撣冠振衣楚辭新沐者彈冠新浴者振衣

仄

垂紳曳紱　解褐釋紱　毀冠裂冕胡澹菴論和戎書　免冠著幘

被褐懷玉子路問孔子被褐懷玉　衣綈履舃漢文帝　垂紳正笏

纖席捆屨許行之徒

對類卷之十一

# 對類卷之十二

## 聲色門

一字

### 聲律第一

半實　死

平　聲單出曰聲　音雜比曰音　腔歌腔　倫倫理　情樂之實　文樂之文　名律呂之名

仄　律陽聲　呂陰聲　調曲調　韻音韻　節樂節　響聲響　序次序

理修理　數樂數　度節度　格格調　采文采

### 青白第二

半虛　死

平　青東方色　蒼青色　藍淺青　朱赤色　紅赤白色　緋赤色　纁淺絳色

丹赤色　彤丹色　黃中央色　緇黑色　烏黑色　斑雜色　玄黑有赤色

緅絳色　葱蒼色　綦蒼艾色　赬赤色　黔黑色　黧黑色　緗淺黃色

皤白也 燀赤色 赮赤色

仄

白西方色 皓白色 素白色 粉白色 黑北方色 弋黑色 墨黑色

紺深青揚赤 綠蒼勝黃色 碧青白色 翠青黑色 赤南方色 赭赤色 絳大赤也

紫青赤色 黛翠色 褐褐無正色 皂黑色 黝青黑色 縹青白色 緹丹黃色

縞白色 黲淺青黑色 皜白也 縓帛赤黃色 絢采色 艶青黑色 皙白色

皫白色 頀青也 煒盛赤 臒美丹也

## 清濁第三

虛字

死

平

清輕清 純和也 徐緩也 高聲之揚 低聲之卑 柔優柔 安安舒

廉有分際 噍焦枯 淫滛哇 嶮高急 妖怪也 纖細也 沉重也

繁繁數 諧和諧 和 平

仄

濁重濁 淡平淡 皦明也 疾急也 嘽闡也 緩紓也 厲猛暴

直無委曲也 怒怨怒 數繁數 樂和樂 易平直 簡簡節 猛粗厲

慢寬也 急急促 促急迫

## 濃淡第四

虛字 死

平

濃色深 深濃也 新新鮮 鮮鮮明 輕微也 微細也 繁多也

稠密也 嬌媚色 妖艷也 嫣嬌笑 肥肥滿 腴豐腴 殷紅盛

柔柔軟 穠美也 疎稀疎 欹欹側 明光明 殘凋殘 萎枯也

純精粹 佳美也 良善也 勻齊也 纖細也 乾燥也 稀疎也

衰敗也

仄

淡薄也 淺淡也 穉嫩也 嫩嬌嫩 媚嬌媚 妬紅黑色 醉紅色

脆素軟 軟柔也 爛赤色 濕色濕 膩肥也 冷白色 小微也

薄淡色 亂多也 瘦弱也 暗不明 怨 茂茂盛 奼美也

舊不新 熟 正正色 間雜色 盛茂也 姣好也 美

好 艷好美 麗美也 秀茂美 雜參錯 駁不純 重厚也

淨絜也　潔清也　潤潤澤　縟繁采色　厚肥厚　晦昏也　蔚文盛貌

炳光也　粲美也

## 粧抹第五

虛字活

平　粧粧點　施彰施　鋪粧也　塗塗抹　舒鋪也　描描畫　澆澆沃

挼挼揉　彰施也　調調勻　研研磨　搽搽抹　堆積也　杇鏝也

仄　抹塗抹　傅抹也　飾粧飾　染粧染　點粧點　畫綵畫　潑澆潑

襯襯貼　涅染也　寫描寫　捻　綴聯綴　繪繪畫　膏潤也去聲

## 二字　黃鐘大呂第六

並虛死

平　黃鐘陽律黃中色鐘種也　蕤賓陽律蕤繼也賓導也　林鐘陰律林君也　南中京房所制變律

歸嘉京房律

去　夾鐘陰律夾助也　應鐘陰律陰氣應也　結躬　族嘉　變虞並京房律

仄　大呂陰律呂旅也　仲呂陰律　大族陽律族奏也　白呂　盛變並京房律

〔去平〕南呂陰律南任也任成萬物也 姑洗陽律洗潔也 無射陽律射厭也 夷則陽律則法也 包育 安度並京房律

雲門大夏第七

〔平〕雲門 咸池並黃帝樂 扶來伏羲樂 扶持神農樂 〔並半實〕休成

承安 昭容 雲翹並漢樂

〔去〕大韶舜樂 大章堯樂 大淵少昊樂 六莖顓帝樂 六英帝嚳樂

大鈞魏樂 大卷即雲門

〔仄〕大夏禹樂 大濩商樂 大武周樂

〔去平〕嘉至漢高祖樂 安世漢惠帝樂 皇雅梁樂 寅雅同上 昭夏 皇夏

並隋樂 昭業魏改漢昭容樂曰昭業樂 〔並半虛〕死

丹青碧綠第八

〔平〕丹青 藍青史青出藍藍謝青 青黃 蒼黃 朱黃 緇黃 紅黃

玄黃 丹黃 赬黃 青蒼 青紅 青緇 青朱 青葱

丹朱 丹玄 玄緇 藍緋 緇朱 蒼朱 紅藍

上去

白紅 白黃 白青 紫黃 紫紅 紫朱 孟惡紫奪朱 綠紅

綠黃 詩綠衣黃裳 綠青 翠青 翠藍 碧黃 碧丹 黑青

周禮黑與青謂之黻 黑黃 記黑黃蒼赤莫不資良 粉黃 粉藍 粉紅

素紅 素緇 素玄 素青 記或素或青夏造殷因 皂藍 皂青

赭黃 緋緅 語君子不以紺緅飾 縹緗 選序縹囊緗帙 絳纁

仄

碧綠 紫綠 皂白 李膺謂鍾瑾無皂白 黑白 周禮黑與白謂之黼 赤白 周禮赤與白謂之章

翠白 粉黛 杜粉黛亦解包 紫黛 紫翠 紫碧 紫赤

紫絳 紫皂 紺綠 紺碧 絳綠 絳碧 赤黑 赤綠

翠碧 翠綠 琴賦籍以翠綠 黑綠 白黑 黛黑 楚詞粉白黛黑 素絢

詩素以為絢兮 粉臒 韓高門塗粉臒 皂赤

平 青紫 漢書取青紫如拾芥 朱紫 紅紫 黃紫 韓照耀黃紫徒為叢 緋紫

蒼紫 彤紫 青翠 朱翠 蒼翠 紅翠 紅黑 紅綠

紅素 杜菲菲紅素輕 紅粉 紅白 黃白 后山黃白滿朝鏡 朱白 青白

蒼白 斑白 記斑白不提挈 青赤 周禮青與赤謂之文 青素 青碧 青皂

青雘 丹碧 黃碧 蒼碧 彤碧 緗碧 緋綠 朱綠

黃綠 彤綠 蒼綠 朱粉 朱墨 朱皂 丹黝 丹雘

書惟其塗丹雘 黃黑 緇素 蒼赤

## 紅光翠色第九 與花木門清香秀色互用

並半虛 死

平 紅光 紅姿 紅芳 紅陰 青陰 青容 青輝 青光

朱容 朱光 朱輝 蒼容 緋容 黃光 藍光 丹痕

斑文

上仄 綠陰 綠痕 綠容 綠光 翠容 翠光 翠陰 翠痕

粉容　粉痕　粉香　粉姿　白容　白痕　白光　紫容

皮日休元始先生帶紫容　紫光　紫痕　碧容　碧光　素容　素痕

黛痕　赤光

仄

翠色　碧色　皓色　素色　絳色　白色　綠色　紫色

黑色　粉色　皂色　黛色　赤色　赭色　黲色淺青黑色

黈色即黃色　紺色　白彩　素彩　皓彩　絳彩　絢彩

綠影　翠影　素影　黑影　綠暈　粉暈　紫暈　赤暈

黑暈　素質　粉質　白質　紫氣　黑氣　白氣　赤氣

赤艷　紫艷　綠蔭　翠氣甘泉賦颺翠氣之宛延　素艷　綠艷

平

紅色　紅彩　紅暈　紅艷　紅影　黃彩　黃色　黃氣

青氣別賦驂青氣之絪縕　青色　蒼色　丹色　藍色　緇色　纁色

玄色　緋色　青影　青蔭　朱彩　斑點

純音正律第十

【平】純音　遺音　佳音　清音　餘音　徵音　中聲（黃鐘爲中聲）　【上虛】【下半虛】

清聲　和聲　新聲　淫聲　妖聲　邪聲　哀聲　悲聲

繁聲　姦聲（記姦聲亂色）　洪聲　高聲　希聲（老子大音希聲）

【去】正音　雅音　始音　古音　大音　好音　素音　妙音

變音　正聲　變聲　濁聲　惡聲　怪聲　怨聲　艷聲

妙辭　雅歌

【仄】正律　變律　短律　雅樂　正樂　古樂　舊樂　麗曲

艷曲　雜曲　妙曲　遠韻　古韻　絕唱　絕響　逸響

變曲

【平】餘韻　清韻　遺響　清響　哀響　新樂　今樂（今時之樂）

和樂　淫樂　長律　和律　新律

輕紅嫩白第十一

上虛　下半虛　並死

平　輕紅　微紅　深紅　妖紅　嬌紅　明紅曾子固明紅靚白花千樹

真紅　新紅　殘紅　鮮紅　殷紅杜象床玉手亂殷紅　繁紅　肥紅杜紅綻雨肥梅

愁紅李賀愁紅獨自垂　酣紅范石湖也帶酣紅學醉粧　歆紅柳歆紅醉濃露

纖紅　綿紅　乾紅　踈紅　芳紅　嫣紅　勻紅　稀紅

稠紅　輕黃　嬌黃　明黃　新黃　萎黃　深黃　殘黃

純黃　微黃　枯黃　鮮黃　肥黃　穠黃　深青　新青

濃青　繁青　純青　中青　真青　深藍　新藍　純緇

純朱天子之芾純朱　微丹

仄　淺紅　薄紅　淡紅　嫩紅　軟紅古語東華軟紅香土　艷紅　亂紅

愁紅唐于祐詩曾聞葉上題紅愁　醉紅　膩紅韓偓膩紅愁態靜中深　妬紅

脆紅　落紅　濕紅　爛紅　媚紅　敗紅　舊紅　暗紅

小紅　嫩黃　淡黃　淺黃　敗黃　舊黃　嫩青　淡青

遠青　舊青　脆青　淺青　粹青　淺籃　淺緋　老蒼

杜結交皆老蒼　駁斑　故丹歐詩鑑容消故丹　渥丹詩顏如渥丹

仄

嫩白　淡白　淺白　膩白　潔白　粹白淮南子天下無粹白之狐

净白　嫩綠　淺綠　淡綠　妬綠　暗綠　茂綠　奼綠

愁綠　瘦綠　舊綠后山冰開還舊綠　敗綠　稗綠　淺碧　嫩碧

冷碧有子固冷碧先歸在流水　淡碧　嫩翠　淺翠　軟翠　濕翠

遠翠　爛紫坡爛紫垂先熟　熟紫　暗紫　淺紫　亂紫　遠黛

淺黛　大赤周之大赤　艷赤　薄素　淺絳　正黑

平

新綠　鮮綠　深綠　濃綠　嬌綠　愁綠　殘綠　純綠

稀綠　明綠　柔綠　繁綠　踈綠　叢綠　深碧　寒碧

遥碧韓遥岑出寸碧　新碧　空碧　深翠　繁翠　踈翠　空翠

杜絲管啁啾空翠來徵翠 新紫 深紫 純紫 輕紫 輕素

新素 純白 香白 濃赤 純赤 深黑

宮洪羽細第十二

平 宮洪 宮沉 宮高 宮長 宮諧 宮尊宮為君象於五聲獨尊 上平虛 下虛 盃死

商悲 商清商比宮為清 商高 商諧 商卑商為臣故卑

去 角清角聲比宮商清 角卑角卑於商 角諧 角憂記角亂則憂其民怨 徵清

徵聲清徵皆止 徵輕 徵衰記徵亂則衰其事勤 徵諧 羽清羽聲至清 羽輕

羽纖 羽諧 羽危記羽亂則危其財匱 律和 呂和

仄 羽細國語細不過羽 羽下 羽短 角濁 徵下 徵細 徵短

去 宮濁宮聲最濁 宮重 宮大國語大不踰宮 宮亂樂記宮亂則荒其君驕

商急 商重 商陂記商亂則陂其臣壞 商亂

聲元律本第十三 上平虛 下虛 盃死

【平】聲元黃鐘爲聲氣之元　聲文　聲倫

【去】樂文記樂文同則上下和矣　樂情記論倫無患樂之情也　樂原　律元

律名　呂名　樂名　樂倫記樂者通倫理者也

【仄】律本漢書黃鐘爲律本　律度　律數　律法漢志伏義爲律法　樂節　樂理

樂象記聲者樂之象也　樂變　樂飾　樂義　樂數記百度得數而有常　樂化

樂德　樂語

【上平】聲氣　聲象　聲變記聲相應故生變　聲飾記文采節奏聲之飾也　聲節

聲調　音調　音節　【上半虛】【下虛】死活

紅稀綠暗第十四

【平】紅稀　紅稠杜紅稠屋角花　紅多　紅深　紅嬌　紅肥　紅膄

紅酣　紅嫣　紅妖　紅殘　紅敧　紅裊　紅踈　紅鮮

紅繁　紅妍　紅殷　紅柔　青新杜青歸柳葉新　青濃　青繁

青深（陳后山青深蒲稗秋）　青多　青稠　黃深　黃褭　黃嬌　黃萎

黃多　藍深　丹濃

仄平

綠濃　綠稠　綠肥（李易安綠肥紅瘦）　綠褭　綠深　綠重　綠殘

綠勻（谷草色纔蘇綠未勻）　綠多　綠鮮（李賀踈桐墜綠鮮）　綠繁　綠嬌　綠踈

翠深（杜翠深開斷壁）　翠繁　翠鮮　翠微　翠重　翠踈　翠濃

白純　白多　紫深　紫多　紫嬌　黑深　碧鮮（谷山水含碧鮮）

粉輕

仄

綠暗　綠嫩　綠穉　綠怨　綠姤　綠瘦　綠淺　綠遍

綠淨　綠淡　綠密（韋夏條綠已密）　綠細　綠潤　綠茂　翠嫩

翠淺　翠薄　翠濕　碧脆　碧淺　碧淡　白淺　白淨

紫淡

平仄

紅淺　紅潤　紅膩（杜紅膩小湖蓮）　紅媚　紅瘦　紅醉　紅困

紅嫩（杜紅入桃花嫩） 紅減 紅妬 紅慾 紅鬧（宋紅杏枝頭春意鬧） 紅軟

紅爛 紅艷 紅蹙 黃淡 黃熟 黃嫩（李柳已黃金嫩） 黃敗

黃淺 黃瘦（李易安人北黃花瘦） 青嫩 青客 青淡 青淺 青縟

青茂 藍淺 蒼老

## 和聲正律第十五

上虛 活 下半實

平 和聲（書律和聲） 均聲（通與古之神瞽考律均聲） 調聲 宣聲 收聲

調音 和音

上仄 審音（記審音以知樂） 奏音 辨音 節音 振音 埋音 抗音

宋玉舞賦抗音高歌 起音（記凡音之起由人心生也） 審聲（記審聲以知音） 抗聲

東都賦抗五聲

仄 正律（記然後正六律） 協律（選外興樂府協律之事） 考律 制律 合律

定律（張蒼定律） 審律 造律（伶倫造律） 審樂（記審樂以知政） 奏樂

作樂　聽樂　制樂　考度　考數記稽之度數　度曲漢元帝自度曲

【上平】調律　吹律鄒衍吹律　觀樂　遷樂大射禮遷樂以避射位　更調

依永書聲依永

## 含商吐角第十六

【上虛】活　【下半虛】死

【平】含商　鳴商　調商　諧商　含宮　調宮　移宮　鳴宮

諧宮

【上仄】中宮　協宮　奏宮　按宮　引宮　中商　奏商　協商

按商　列商　設宮笙賦設宮分羽　反商長笛賦反商下徵

【仄】吐角　中角　奏角肅賦奏角則谷風鳴條　協角　吐羽　嚼羽

戛羽　中羽　切羽　協羽　中徵　奏徵　協徵　發徵

肅賦發徵則隆冬熙蒸　騁羽同上騁羽則嚴霜夏凋

【上平】含徵　宣徵　調徵　諧徵　宣角　調角　諧角　宣羽

諧羽　調羽　分羽笙賦　經徵同上到商　經徵

宣風候氣第十七

【平】宣風周子乃作樂以宣八風之氣　移風記移風易俗　平情周子作樂以平天下之情　【上虛】活　【下半虛】死

敦和記樂者敦和率神而從天　迎神　歌功書九功惟叙九叙惟歌

【去】應天記作樂以應天　象天記清明象天　極天記禮樂極乎天蟠乎地　象風記周旋象風雨　舞風漢志諧八音舞八風　遏雲秦青歌　動塵虞公歌　象時記終始象四時　象功王者作樂以象功　享神　感神　感人　召和

【入】候氣十二律候十二月氣　序氣漢志繇天順地序氣成物　動氣　配地記制禮以配地

象地記廣大象地　象雨見前　正節漢志正八節　薦帝易殷薦之上帝　飾喜記樂先王之所以飾喜也　易俗見前

【上】蟠地見前　宣氣見前　成物　知政見前　通政記聲音之道與政通　安德　【上虛】活　【下半虛】死

堆紅積翠第十八

【平】堆紅　飄紅　垂紅　樁紅　飛紅　蒸紅王介甫晴日蒸紅出小桃
吹紅　流紅　舒紅　搖紅　鋪紅　翻紅　飛黃　翻黃
傳黃杜梅杏半傳黃　凋黃　垂黃　堆黃　飄黃　鋪黃　飄丹
成丹　舒丹　流丹王勃飛閣流丹　搖青　回青　垂青　圍青
盤青蘇舜欽野蔓盤青入破窗　排青　舒青　抽青　堆藍　掩藍
成斑　凝朱班婕妤賦凝朱不能異其脣

【仄】染紅　綴紅　點紅　帶紅　間紅　映紅杜牧千里鶯啼綠映紅
褪紅王建玉色褪紅嬌　滴紅　綻紅　舞紅周美成詞一架舞紅都變　墜紅
噴紅　墮紅　發紅　吐紅　染丹　舞丹　染黃　褪黃
墜黃　點黃　舞黃　放黃　吐黃　弄黃　綻黃　綴黃
露黃　染青　蘸青　貼青　點青　疊青杜點溪荷葉疊青錢　積青
送青王介甫兩山排闥送青來　放青　聳青　奪朱語惡紫之奪朱　露斑

點斑

〔仄〕積翠　疊翠　總翠　滴翠曾會滴翠濕樵夫　落翠　失翠　吐翠
漲翠　聳翠　列翠　展翠　擢綠　染綠　蘸綠　抹綠
舞綠　吐綠　弄碧　漾碧　湛碧　濟碧　漲碧　吐白
破白　點白　綴白　綻白　褪白　間白　浸黑　染紫
褪粉

〔平〕鋪白杜糝徑楊花鋪白氈　飛白蔡邕為飛白書　飄白　翻白　凝白　開白
生白莊虛室生白　浮白　垂白　堆翠　鋪翠　抽翠　涵翠
粧翠　橫翠　凝翠　攢翠　環翠　圍翠　聯翠　排翠
含翠　含綠　鋪綠　搖綠　凋綠　垂綠　堆綠　粧綠
抽綠　浮綠　凝綠　凝紫　浮紫　澄碧　凝碧　呈碧
搖碧　含碧　撐碧　垂碧周樓上晴天碧四垂　流碧　環碧　橫黛

施朱傅粉第十九　上虛　活　下半虛　死

平　施朱　研朱　調朱　紆朱　拖朱　塗丹見前　研丹　磨丹
偎紅　憐紅　雕紅　描紅　題紅見前　澆紅　粧黃　焚黃
騰黃　抽黃柳抽黃對白　披黃　塗黃王半山漢官嬌額半塗黃　澆黃
調黃　拋青　紆青解嘲紆青拖紫　粧青　撥藍谷山光掃黛水撥藍　窺斑
王獻之管中窺豹時見一斑　凝脂詩膚如凝脂　披緇

上仄　潑藍　染藍　剪藍　踏青蜀士女正月八日踐遨曰踏青　取青見前　殺青
陸龜蒙叙事聯編畫殺青　剪紅谷清香拂袖剪來紅　撚紅　退紅波蓮腮雨退紅　倚紅
剔紅　掛紅　抹紅　衮朱　點朱　賜緋沈袍笏未賜牙緋　借緋
換緋　染緋　衣黃史衣黃者聖人　着黃　著斑老萊子着五采斑斕衣
染丹　涅緇語涅而不緇

仄　傅粉　抹粉　弄粉　綴粉　染黛　抹黛　鎖黛　倚翠

挹翠　剪翠　拾翠（杜佳人拾翠春相間）　泛綠　著綠　換綠　衣綠

掛綠　曳綠　采綠（詩終朝采綠）　曳紫　惡紫（見前）　取紫（見青紫下）

賜紫（李泌乞爲道士賜紫衣）　拾紫　衣紫　掛紫　曳白（唐張奭覆試曳白不成一字）

泛白　脫白　孅白（韓取青孅白）　衣白（史衣白者山人）　漬墨

綰墨（縣令綰墨綬）　吐赤　染皂　泛碧　衣碧

【上平】施粉　鋪粉　堆粉　糚粉　勻粉　塗粉　迎翠　偎翠

簪翠　分翠　澆黛　鋪黛　描黛　施黛（史明德后眉不施黛）　披紫

拖紫　傾碧　分碧　分綠（誠齋芭蕉分綠上窗紗）　披綠

紅粧綠染第二十　【上平虛】死　【下虛】活

【平】紅粧　紅鋪　紅圍　紅翻　紅凝　紅添　紅飄　紅飛

紅凋　紅消　紅堆　紅開　紅舒　紅分　紅搖　青歸

青圍　青連　青回　青交　青欹　青來　青纏　青拖

青垂　青鋪　青搖　黃鋪　黃飄　黃凋　黃傳　黃垂
黃飛　黃封　黃粧　藍鋪　藍堆　藍拖　藍挼　脂凝
脂搽　脂粧　丹飄

上仄

翠飄　翠飛　翠堆　翠凝　翠鋪　翠連　翠流　翠橫
翠圍　碧鋪　碧凝　碧流　碧浮　碧翻　碧橫　粉鋪
粉飛　粉粧　粉堆　綠遮　綠垂杜綠垂風折筍　綠浮　綠搖
綠鋪　黛橫　黛顰　白凝　白鋪　紫凝

仄

綠染　綠醮　綠遶王介甫將綠遶水護田　綠鎖　綠匝　綠映
綠舞　綠褪　綠漲坡春江綠漲蒲萄醅　綠泛　綠綴　綠擁　翠鎖
翠積　翠疊　翠染　翠減　翠委　翠遶　翠映　翠滴
翠聳　翠列　翠抹　翠倚　粉飾　粉褪　粉襯　黛染
黛潑　黛點　紫襯　紫映　白綴　白點　白間　白吐

碧漲　碧染　碧漾　絳點　墨潑 王墨以墨潑絹為山水

【上平】紅染　紅綴 見落紅下　紅吐　紅綻　紅入 杜紅入桃花嫩　紅透

紅映　紅褪　紅卸　紅墜　紅落 趙嘏紅衣落盡渚蓮愁　紅濕

杜曉看紅濕處　紅舞　紅蹙　紅噴　紅鬧　紅減　紅萎　紅點

紅遶　紅襯　紅抹　黃顫　黃墜 杜村疎黃葉墜　黃隕 詩其黃而隕

黃落 秋風歌草木黃落兮鴈南歸　黃綴　黃染　黃舞　黃綻　黃露

黃點　黃遶　青染　青點　青抹　青舞　青換　青遶

青鎖　青疊　青減　青綴

## 相生互變第二十一

【上虛】死　【下虛】活

【平】相生 記終始相生　相成 小大相成　相乘　相因　相宣　相諧

相連　相旋 十二律旋相為宮

【上仄】上生 呂氏春秋三分所生益之一分以上生　下生 去其一分以下生　轉生　反生

◎

特懸（禮一面士特懸） 配成 合成

【仄】互變 迭和 雜比（詩疏曰雜比曰音） 並用 特奏 間奏 合奏

迭奏 代作 迭作

【上平】相和 相濟 相續 相應 相損 相益 更唱 旋變

單出（詩疏曰單出曰聲） 交動 交作

新粧乍染第二十二 【上虛】死 【下虛】活

【平】新粧 初粧 濃粧 勻粧 新描 輕描 勻鋪 輕鋪

新鋪 平鋪 新梳 新堆 新塗 新調 微鋪 輕施

輕澆 輕援 精研

【上仄】上粧 靚粧（駱賓王傳袨服靚粧） 艷粧 半粧（梁徐妃為半面粧） 謾粧 淡粧

淺粧 巧粧 淡描 細描 巧描 薄施 謾施 細研

細調 密鋪 亂堆

【仄】作染　淺染　半染　細點　亂點　謾點　窓裏　窓處
窓綴　巧畫　巧飾　淡抹　淡掃杜淡掃蛾眉朝至尊　細洒
【上平】濃染　濃抹　濃掃　濃潑　勻染　勻傳　輕抹　輕掃
輕染　輕點　深染　深涅　初染

## 黃時綠候第二十三　【上半虛】【下虛】並死

【平】黃時賀方回梅子黃時雨　紅時　青時　蒼時　黃初　紅初　青初
黃餘　紅餘　青餘
【上仄】綠時　白時　素時　黑時　赤時　翠時　紫時　碧時
翠初　綠初　白初　翠餘
【仄】綠候　白候　綠後　綠處　白處　碧處　黑處　紫處
【上平】紅處　紅後　紅候　紅際　青處　青後　青際　黃處
黃後　黃裏

◎

花木

桃紅柳緑第二十四

平 桃紅 花紅 梅紅 榴紅谷石榴裙猬紅 蕉黃韓荔子丹兮蕉黃 上實 下半虛 死

薑黃 槐黃 梔黃梔子色黃可染 藤黃 藍青荀青出於藍 茶烏出南番其色如茶

上仄 竹青 柳青 艾青 豆青 茜紅茅蒐也可染絳色 木紅蘇木可染紅

柳黃 艾蒼記五十曰艾注髮之蒼白色 栭黃御袍色

仄 柳緑 藕褐 艾褐

辛 瓜緑 枝緑 茶褐 葱白

珎寶

銅青石緑第二十五

上實 下半虛 死

平 銅青坡君家玉臂貫銅青 銀紅 硃紅 金黃 山玄記公侯佩山玄玉

上仄 石黃 土黃 石紅 土紅 玉紅 火紅 石青 鐵青

水蒼記大夫佩水蒼玉 炭烏出南番其色如炭

◎

【仄】石緑　月白　水褐

【平】銅緑　銅翠　金碧　珠緑

垂金綴玉第二十六

【平】垂金　堆金　舒金並黃　飾金影　凝脂詩膚如凝脂

【上虛】活【下實】塗脂　堆瓊

飛瓊　鋪銀並白　鋪鈿翠

【上仄】染金　綴金　綻金並黃　點脂紅　錬鉛青　煉砂朱　積瓊白

【仄】綴玉　剪玉　破玉　掛練並白　綴蠟　剪蠟並黃　噴火紅　潑墨黑

【平】裁玉　堆玉　鋪玉　凝粉　拖練　流汞並白　舒錦紅　粧錦

團蠟　垂蠟　凝蠟並黃

三成九奏第二十七

【數目】

【上虛下半虛】並死

【平】三成樂記三成而南　三終鄉飲間歌合樂皆三終　三均揚收嘗言琴通黃鐘姑洗無射為三均　三歌

〔上仄〕九歌屈原作九歌　一歌　再歌　四歌　七歌杜工部有七歌　一均音律由濁至清為一均　七均　再成樂記再成而滅商　四成四成而南國是疆　五成五成而分周召　六成六成復綴以崇天子　九成書簫韶九成　五聲宮商角徵羽　一聲

四聲

〔仄〕九奏即九成　一奏　一調　一倡記清廟之瑟一倡三歎　九變周禮樂九變則人鬼可得而理　九引琴有九引　二變周禮樂二變而致羸物　二調

六變周禮樂六變以致天神象物　六佾諸侯六佾　五降傳曰五降之後不容彈矣

五節五聲之節　八佾天子八佾　八闋葛天氏八闋　萬舞詩方將萬舞

七始漢志予欲觀八音七始　屢歎記孔子屢歎之

〔上平〕三歎　三闋記樂三闋然後出迎牲　三弄桓伊三弄笛　三疊陽關三疊

千紅萬紫第二十八　〔上虛〕〔下半虛〕並死

〔平〕千紅　千黃　千青　泒青　孤紅　重黃倦遊錄賤黃幾日重謂金帶

重青　雙青　三紅應子和號三紅秀才　群紅

上仄

一紅　半紅　片紅　二紅坡麥飯小荳為二紅　萬紅　半青　獨青

兩青　四青　數青錢起江上數峯青　萬青　四黃李仲括孫四人號四黃

半黃　一斑　一丹　半蒼　十朱劉一家何晉十朱輪

仄

萬紫　萬綠　衆綠夏雨生衆綠　一白　一碧　寸碧　半白

半黑　五白杜憑陵大呌呼五白　九白傳燈我止林間已經九白　兩赤倦遊錄眼赤何時雨謂前導朱衣　四紫貞元中有四行軍衣紫號四軍紫　尺素古詩中有尺素書

平

三白諺曰要宜麥見三白雪也　雙白　千白　重紫　群紫　千紫

雙碧坡玉孫青瑣橫雙碧　重碧杜重碧拈春酒　重素　三素坡三素雲中望紫宸　群綠

通用

粧排點染第二十九與花木門鋪陳點染互用

並虛

活

平

粧排　鋪排　粧鋪　飄揚　鋪張　彰施書五采彰施于五色　研磨

去

掩藏　剪裁　畫描　捻摟　染粧

【仄】點染　點綴　點抹　結束杜紅粉結束多　打扮　掩染　拂拭

粉飾　染造　襯貼　布置　繪畫

【上平】粧點　粧綴　粧飾　粧扮　描畫　描寫　調弄弄粉調朱

漸染　分布　塗抹薛逢曰也曾東塗西抹來

和平嘽緩第三十

【連綿】

【平】和平詩既和且平　和柔記其聲和以柔　溫和　諧和　優柔周優柔平中　【並虛死】

讙囂鼓鼙之聲　哀思記亡國之音哀以思　莊誠記廉直勁正莊誠之音作　豐繁

稜隅樂聲之廉　連延樂聲之長　悠長　悠颺　春容記待其春容

【上去】直廉記其聲直以廉　急微促細之音　嘽諧寬和之音　皦純論語皦如純如

翕和　簡明　寂寥

【仄】嘽緩記其聲嘽以緩　發散記喜心感者其聲發以散　怨怒記亂世之音怨以怒　溜亮

慢易緩平之音　廣賁大憤之音　勁正　奮迅奮末之音　肉好

滑鏘絲音圓瑩通 滌濫泛濫之音 僁僭 重濁音上 宛轉樂聲之曲 殺癠

樸質音木 汎濫 要妙 怗懘記無怗懘之音

【並平】妖艷 噍殺記憂心感者其聲噍以殺 平淡 粗厲記怒心感者其聲粗以厲

舒暢 圓瑩 和順 圓滑 希簡周希簡而寂寥 寬裕 通滑

安樂記治世之音安以樂 流辟 邪散記流辟邪散之音作而民滛亂 滛泆 廉直

和緩

## 扶疎瑣碎第三十一

【並虛】死

【平】扶疎 玲瓏 交加並影 芬芳香 妖嬈 鮮妍 新鮮 清幽

鮮穠 光融 娟妍后山青月娟妍己 芳妍 嬌嬈妍媚貌 鮮明

穠纖洛神賦穠纖得中 分明 葱蘢

【上去】陸離美好分散之貌 鬱葱史氣佳哉鬱鬱葱葱 苾芬香 沃腴 潔純 粹精

蒨深

仄 瑣碎 散亂並影 馥郁香 艷冶色 瑩潔白 艷麗 爍爛 淺淡
潔淨 潤澤 炫爛 煥爛 脆軟 爛熳杜栽桃爛熳紅
去 重疊 零亂 清瘦並影 蔥蒨青 芬馥香 清淡 光瑩 醲郁
繁縟 鮮美 踈秀 華麗

疊字 黃黃白白第三十二

平 黃黃 紅紅 青青 斑斑 朱朱 蒼蒼邵一般頳色正蒼蒼 玄玄 半虛 死
選流藪玄玄於道 皚皚杜崖沉谷淺白皚皚 蔥蔥青 藍藍 緋緋 皤皤
班固詩皤皤國老
仄 白白 綠綠 淡淡 艷艷 色色 碧碧石 皓皓杜雲雨白皓皓
皜皜孟皜皜乎不可尚已 皭皭白 皭皭 的的丁鶴年水上摘青的的 翯翯
詩白鳥翯翯

三字 女媧音董成曲第三十三

平 女媧音 女媧造笙簧 莫愁歌 石城女子善歌 子夜歌 漢時有女名子夜造此曲因名

素女聲 素女鼓瑟 鍾儀音 鍾儀操南音 虞公歌 虞公發聲動梁上塵

緜駒歌 緜駒處於高唐而齊右善歌 王母謠 王母為白雲之謠

韓娥歌 韓娥鬻歌假食 王豹謳 王豹處於淇而河西善謳

仄 董成曲 董雙成奏雲和之曲 蔡琰拍 蔡琰作胡笳十八拍 后夔樂 舜命后夔典樂

胡瑗樂 胡瑗定雅樂 伶倫律 黃帝樂官伶倫造律 京房律 漢京房作變律

元定律 蔡元定所定律 延年律 李延年為協律都尉 湘靈韻 湘妃鼓瑟

烏孫曲 漢使知音奏琵琶以慰烏孫公主

## 白雲謠碧玉調第三十四

平 白雲謠 白雪歌 郢客所歌 紫芝歌 四皓作 銅斗歌 手拍銅斗歌

金縷歌 杜牧之作 黃鵠歌 陶嬰作

仄 碧玉調 霓裳曲 明皇遊月宮歸作霓裳羽衣曲 羽衣曲 玉樹曲

陳後主造玉樹後庭花曲　綠珠怨喬知之事

遏雲歌履霜操第三十五

平　遏雲歌　動塵歌　遶梁聲曹娥歌餘聲遶梁　鼓盆歌莊子喪妻鼓盆而歌
扣角歌甯戚

仄　履霜操伯奇作　悲風操　出塞曲　猗蘭操孔子作
採蓮曲李白作

鵞兒黃鴨頭綠第三十六

平　鵞兒黃杜鵞兒黃似酒　猩血紅西國胡人取猩血染毛罽　螺髻青　鴨頭青
鴉背青　虎兒斑　豹皮斑　鶴頂紅　鶯羽黃　鵞脂黃

仄　鴨頭綠李遥看漢水鴨頭綠　龜背綠　蛾子綠隋官日給螺子黛五斛號蛾子綠
鴉羽碧　鷹背褐　鳳毛紫　鼠毛褐　魚肚白

半傳黃新破白第三十七

平 半傳黃 淺抹黃 淺間黃 淺施朱 淡舒紅 亂堆紅
淡抹紅 亂落紅（李賀桃花亂落如紅雨） 輕染紅 欲染丹 欲綴丹
半染青 淺拖藍 淺塗脂 遠排青

仄 新破白 微露白 新脫白 輕傳粉 初褪粉 輕抹綠
微帶綠 新潑綠 新綴碧（杜楂梨新綴碧） 遥露碧 微醮碧
輕露碧 深染翠 初脫翠 高聳翠 輕抹黛 新賜紫

## 綠依依紅灼灼第三十八

平 綠依依 綠差差（南軒東風吹水綠差差） 綠沉沉（唐詩太湖烟水綠沉沉） 綠陰陰
紫沉沉 碧鮮鮮 翠深深 翠巍巍 白皚皚 白紛紛
白茫茫

仄 紅灼灼 紅淡淡 紅艷艷 紅冉冉 黃淡淡 青鬱鬱
青的的 青隱隱 斑點點 白皎皎 黑淬淬（朱子云夜半黑淬淬）

地乃天之正色

四字

宮君商臣律妻呂子第三十九

平 宮君商臣 宮音君象商音臣象 商臣角民 角音民象 律陽呂陰 六律陽聲六呂陰聲

仄 律妻呂子 律娶妻呂生子 角民徵事 徵音事象 律夫呂婦 律為夫呂為婦

徵事羽物 羽音物象

玉振金聲宮旋徵變第四十

平 玉振金聲 竹濫絲哀 竹聲濫絲聲哀 石磬鐘鏗 石聲磬鐘聲鏗

宮濁羽清 宮音至濁羽音至清

仄 宮旋徵變 律鳴呂應 鼓進金退 兵以鼓進以金退 鐘鳴漏盡

陳子昂鐘鳴漏盡竟焚蘭 塤唱篪和 詩伯氏吹塤仲氏吹篪

虎嘯龍吟鸞集鳥應第四十一

平 虎嘯龍吟 獸舞鳳儀虞廷奏樂所致 鶴舞鳳飛師曠鼓琴所致

仄 鸞集鳥應楊阜擊磬所致 馬仰魚聽六馬仰秣游魚出聽 鳳舞魚躍趙女鼓瑟所致

## 重碧輕紅殘朱宿粉第四十二

平 重碧輕紅 淡白妖黃 暗綠深青 淺緋深黃 嫩白妖紅

仄 殘朱宿粉 深紅淺白 輕紅膩白 淺緋深紫 殷紅淡白 稀紅暗綠

## 弄粉調朱泛紅依綠第四十三

平 弄粉調朱 倚翠偎紅 惡紫亂朱 衣紫腰黃 調粉殺青 衣彩披黃

仄 泛紅依綠 搜紅拾翠 抽黃對白 脫白掛綠 紆朱拖紫宋史士之遺時紆朱拖紫 焚黃曳白 題紅泛綠 草玄飛白

# 綠暗紅稀黄飛翠減第四十四

（平）綠暗紅稀　粉褪朱消　黄放白催（宇文粹中進對云黄紙放白紙催）

綠嫩紅嬌　紅落黄飛　綠暗紅嫣（歐詞綠暗紅嫣渾可事）　綠怨紅愁

（仄）黄飛翠減　綠垂紅綻　綠肥紅　紅飄翠落　綠多紅少

紅肥綠瘦　丹流碧湛　青歸黄落

# 千紫千紅半白半黒第四十五

（平）千紫千紅　萬綠萬紅　千紫千黄　重紫重黄　萬紫萬紅

（仄）半白半黒　一黒一白　萬綠萬紫　三紅三白

對類卷之十二

# 對類卷之十三

## 珍寶門

### 金玉第一

一字 平　實字

金　銀　銅　鉛青金　瓊赤玉　瑤瓊瑤　璁石似玉

琚瓊琚　珩珮玉　璆　琳　琅並美玉　瓔石似玉　珂石似玉

圭上圓下方　璋半圭　璜半璧　瑄璧大六寸　琮瑞玉　珍珍寶　琛寶物

珠　璣珠不圓　玭蠙珠　瑰圓珠　錢　泉錢別名　蚨青蚨錢也

珉石似玉　鏐金之美者　瑜玉無瑕　珵美玉　琉玉也　瑛水晶　琪玉屬

鋼鍊鐵　璠　璵璵美玉　球美玉　玞石似玉　琨石似珠　瓛珪也

璫玉也　琦玉名　錕錕鋙赤金也

仄

玉　璧 圓玉　琥 瑞玉　璞 玉在石中　瑴 二玉相合　玖 石次玉　珷 珷玞

錫 鉛錫　鑞 錫鑞　寶　貨 貨財　鏹 錢貫　翠 翠鳥羽　鐵

貝 海介虫　楮 楮幣　鈔 貫鈔　玦 玉珮　琬 圭玉　璽 玉印　鑛 鑛鐵

琰 璧美色　瑾 美玉　珙 璧也　璲 珮玉　瓘 玉名　璐 美玉　瑀 石似玉

璡 石似玉　珽 大圭　瑗 大璧　珝 玉名　銑 金之澤者　珥 珠在耳　玹 玉名

珦 玉名　琇 石次玉

## 良美第二

虛字 死

平

良 佳美　精 精純　堅 堅剛　溫 溫潤　珍 珍奇　奇　圓

瑕 玉疵　明　剛 剛勁　柔 柔軟　真　純 純美　輕

方　疵 病也

仄

美　潤 潤澤　澤 光澤　粹 純粹　重　瑩 瑩潔　碎

潔 潔净　艷 艷麗　異 奇異　細 細碎　貴　璞 玉素也　大

璨(玉光也) 栗(堅貌) 縝(緻也) 密(細密) 滑(滑澤) 玷(玉玻) 瑟(潔白貌)

硬(堅也)

## 淘琢第三

虛字 活

平

淘(淘沙見金) 雕(雕琢) 鐫(鐫刻) 懐 儲(儲蔵) 堆(堆積) 鎔(鎔鑄)

粧 穿(穿珠) 磋(磋玉) 磨(琢磨) 銷(銷金) 流(錢流) 敲

揺 鳴 懸(垂玉) 攻(治也) 蔵(收蔵) 陶(陶鎔) 鑽(穿也)

礲(磨也) 捎

仄

琢(琢玉) 採 鍊(煅鍊) 鑄(冶鑄) 戛(戛擊) 佩(佩帶) 綴(綴玉)

買 削(琢削) 積 擲(抛擲) 鏤(雕鏤) 疊(積疊) 貫(貫穿)

串(串珠) 韞(蔵也) 毀(壞也) 切(刀切) 合(相合) 錯(鑢也) 冶(鑄也)

礪(磨也) 鑠(銷金) 種(種玉) 撞(擊也) 製(製造) 抱 鍍(金飾物也)

鑿 刮 刻 鍛(椎鍊也) 斷 擊

二字 金珠璧玉第四 並實

平 金珠 金銀 金繒漢賜匈奴以金繒 金璋 金刀周九府圜法金刀泉布

珠璣 珠珍 珠犀 瓊瑤 瓊瑰詩瓊瑰玉佩 瓊琚韓玉佩瓊琚

琳琅 球琳 琳珉選琳珉青熒 圭璋記圭璋特 鉛銅 錐刀左錐刀之末

璜琚 珩璜毛詩傳珩璜琚瑀 琮璜 瑤琨書揚州厥貢瑤琨 瑜瑤韓瑤環瑜珥

琅球

上仄 璧琮蒼璧黃琮 璧璋 貨泉 布泉 貨財 寶財 砮丹砮平上二音書荊州厥貢砮丹

琥璜記琥璜爵 瑾瑜左瑾瑜匿瑕 象犀

仄 璧玉 寶玉 寶貝 寶貨 幣帛 玉帛禹會諸侯塗山執玉帛者萬國

玉幣 玉石書玉石俱焚 玉貝 貨貝 貨賄月令來商旅納貨賄 錦綺

錦繡 鐵石 錫石 骨角 齒革禹貢荊州厥貢齒革 角齒

上平 圭璧月令用圭璧 珠璧 金璧選裁金璧以飾璫 金玉詩金玉其相 金寶

◎

金翠　金帛　金綺　金石　金錫詩如金如錫　金幣　金鐵

月令審五庫金鐵為先　珠玉　珠翠　珠貝　圭幣　皮幣月令更皮幣

財幣　錢幣　錢楮　錢穀漢文問錢穀出入幾何　錢布　錢帛

錢鈔　銅鐵　銅錫　鉛錫杜今許鉛錫和青銅　鉛汞龍汞虎鉛　珍寶

財貨　銀鐵　琚瑀　脂粉　瓊玖詩報之以瓊玖　刀布金刀泉布

並實

琉璃琥珀第五

平

琉璃石出大秦國可為器者　玻瓈寶玉名　璵璠魯寶玉名　珊瑚

似玉紅潤生海底　琅玕石似珠者　玫瑰即南方出火珠　車渠石次玉

臙脂　瓊華美石　瓊英美石　丹砂　琨珸石次玉　元龜詩元龜象齒

方諸石也一云珠也　摩尼珠　懸黎王名應侯曰梁有懸黎

上仄

象牙　水晶水玉　水銀　水沉　水精　夜光珠　木難珠名色黃

上清珠　琇瑩美石　珷玞石次玉者

〔仄〕琥珀一名江珠 碼碯似馬腦故名 翡翠鳥羽又碧玉亦曰翡翠能屑金 玳瑁龜屬甲有文生南海中 琬琰選晁采琬琰和氏出馬 火齊珠 結綠應侯曰宋有結

綠寶玉名 錠鐵 碧鈿 磲砢珠

〔上平〕雲母石 犀角 鑌鐵 晁采玉名

## 良金美玉第六

〔上虛死〕〔下實〕

〔平〕良金 精金 純金 渾金 真金 真珠 明珠 圓珠

元圭 奇珍 奇琛 良琛 明璣選顏丹明璣 輕錢 新錢

精鋼 堅鋼 堅珉 貞珉

〔上仄〕碎金 鈍金 薄金 好金 散金 大珠 小珠 瑩珠

碎珠 好珠 美珠 碎瓊 碎銀 大圭記大圭不琢 介圭

詩錫爾介圭 至珍 異珍 重錢 大錢 小錢 僞錢 薄錢

小球詩受小球大球 大球

仄 美玉　粹玉　大玉　碎玉　潔玉　重玉　潤玉　軟玉

天寶中獻軟玉首尾相就 重寶　至寶 韓至寶不雕琢 大寶　異寶　重璧

碎璧 藺相如曰臣頭與璧俱碎 美璞　上幣 管子先王以珠玉為上幣 雜佩

詩雜佩以贈之 瑞璽　走汞

去 良玉　純玉　溫玉 詩溫其如玉 明玉 魏田父得徑尺玉光射一室 奇玉

嘉玉 曲禮玉曰嘉玉 圓玉 坡業餅截圓玉 香玉 肅宗賜李輔國玉香聞數百步 華玉

圓璧　全璧　瑕璧　弘璧 書弘璧琬琰在西序 良璧　良璞　奇璞

渾璞　真寶　良寶 墨子和璧夜光所謂良寶 新翠　鮮翠　文貝

書文貝仍几 剛鐵 剛鐵為鏤 柔鐵 柔而可為器用者 奇貨 呂不韋曰此奇貨可居

新鈔　真汞　流汞

圜珠片玉第七　上虛 死 下實

平 圜珠　枚珠　圜金　兼金 金價兼倍於常者 壺金　零金　方珪

朋龜易十朋之龜　團瓊

〔上去〕片金三品　寸金　鋌金　塊金　顆金　鎰金　品金禹貢揚州貢金

顆珠　串珠　粒珠　寸珠　錠銀　塊銀　塊銅

串錢

〔入〕片玉　塊玉　寸玉　尺玉　片璧　尺璧　寸璧　拱璧

左與我拱璧　塊璧　寸鐵　匹錦　貫鈔

〔上平〕叢玉　團玉于闐國有玉池每取一團玉以一團石換之　方玉順宗時有進美玉者一圓一方

團璧　連璧

珠圓玉潔第八　〔上實〕〔下虛〕死

〔平〕珠圓　珠明　珠繁　銅堅　金精　金純　金渾　金堅

金良　金剛　金柔　金寒　瑰圓　錢輕　錢圓　銅腥

圭長禮大圭長三尺　琅堅

◎

【上仄】玉温　玉良　玉瑕　玉純　玉堅　璧圓　璧圜　璧瑕

錦鮮　翠鮮　翠深　赭輕　鐵頑　鐵剛　珽方記天子搢珽方正於天下也

【仄】玉潔李漢曰光玉潔　玉粹　玉潤　玉美　玉瑩　玉碎王僧達曰大丈夫寧當玉碎　玉澤記温潤而澤　玉貴記非爲玉之多故貴之也　玉毀論語龜玉毀於櫝中

玉軟　錦纈　錦艷　翠艷　翠耀　翠軟　璧碎

璧破蘇人能破千金之璧　璧重　寳重

【上平】珠細　珠瑩　珠潔　珠賤　珠碎　珠媚　金重　金碎

金鈍　金響　金冷　金貴　金粹　銅響　銅臭崔烈銅臭

圭銳銳首曰圭　錢重　錢薄　錢貴　錢破　瑜美

珠連璧合第九　【上實】【下虛】活

【平】珠連　珠流　珠垂　珠跳　珠還孟嘗守合浦去珠復還　金堆

金鎔　金鋪　金流　金生荆南麗水中生金　金雕　金鏗　金從

書曰金從革　金銷　銀銷　銀鋪　瓊鋪　瓊堆　錢流錢神論其流如

川　錢飛海陵黄尋家有錢飛至其家　錢通張湯與田甲為錢通交　脂凝

酥凝　珍儲

上六　玉堆　玉鋪　玉藏　玉粧　玉成　玉垂記垂之如墜　玉焚

玉埋　玉雕　翠鋪　錦鋪　錦堆　璧完　瑞班書班瑞于羣后

一六　璧合　瑞合諸侯朝合瑞於天子　瑞輯書輯五瑞　玉積　玉綴　玉琢

記玉不琢不成器　玉剪　玉刻　玉映　玉振孟子金聲而玉振　玉錯

玉立　玉蘊　玉獻　玉出　貨聚　貨殖語賜不受命而貨殖　貨積

翠積　纖綴　粉傳　鐵鑄　寳聚

卆　珠綴　珠走杜珠玉走中原　珠串　珠貫禮端如貫珠　珠徙合浦珠二千石

貪逐徙去　珠去　珠照魏王有珠照十二乘　金綴　金散　金聚　金鑠

夬衆口鑠金 金化劇談錄耕夫得金化為土塊 金映 金鍊 金鑄 銅鑄

酥滴 璋判璋判白龜青純 圭合 銀化柳公權曰銀盃羽化矣

## 敲金戛玉第十

上虛 活 下實

平

敲金 鎔金 銷金 磨金 鋪金 堆金 垂金 腰金

辭金 懷金王密懷金餽楊震 誣金 償金同舍郎疑直不疑取其金不疑償之

揮金歐頫公揮橐金 鏗金韓鏗金戛玉 持金 求金春秋毛伯來求金 遺金

還金甄彬於東苧中得金還僧 穿金 聯金 雕金 埋金晉隗之妻掘得埋金

分金管鮑分金 淘金 鐫珉 穿珠 垂珠 連珠

投珠嚴生得珠投濁水中則清 求珠 聯珠 還珠 流珠 懷珠

選水懷珠而川媚 遺珠閻立本謂狄仁傑滄海遺珠 藏珠賈胡剖身藏珠 量珠

懷珍 懷瑜屈原懷瑜 鋪鉛 堆瓊 投瓊 鋪瓊 飛瓊

飛錢 投錢項仲山飲馬渭水投三錢 流錢 銜環黃雀銜環報楊寶 鳴珂

唐張嘉貞所居號鳴珂里

上仄

鑄金莊大冶鑄金　揀金柳賦揀金披沙　鍊金　擲金華歆見金擲而棄之　買金

餽金孟子王餽兼金一百鎰　遺金　受金　斷金易其利斷金　攫金列齊人市上攫金

貢金書揚州貢金　見金魯人攫金者曰只見金不見人　治金

貫金　串金　却金楊震却金　得金　賜金二疏乞歸上賜金二十斤

鏤金　負金隗炤曰有詔使姓龔負吾金　散金　綴珠　採珠陳子昂採他明月珠

弄珠　泣珠選淵客泣珠　毀珠　探珠　撤珠駐輦國入貢乞依本國撤珠

奉璋詩奉璋峩峩　弄璋詩載弄之璋　秉璋　貢琛　獻琛選獻琛執贄

奉珍　貢珍宣紀單于頓貢國珍　席珍記儒有席上珍　報瓊　佩琚

縉銅縣令縉銅章　冶銀　鑄錢　守錢馬援曰積不能散守錢虜耳　貸錢

賜錢　乞錢　探環羊祜探桑中金環　執圭論語執圭鞠躬如也　秉珪書周公植璧秉珪

析圭揚析圭儋爵　植圭　錫圭書禹錫玄圭　屏珪書屏璧與珪

賤珉 記君子賤珉 釣璜 呂望釣得玉璜

仄

戛玉 振玉 琢玉 孟子今有璞玉於此必使玉人雕琢之 愛玉 治玉 切玉

錕鋙劒切玉如泥 泣玉 卞和抱玉而泣 獻玉 抱玉 種玉 雍伯種玉

積玉 執玉 記執玉其有藉者則裼 韞玉 語韞櫝而藏諸 受玉 左公受玉卑

捧玉 碎玉 毀玉 佩玉 撞玉 楚亞父撞玉斗碎 遺玉 倚玉

毛曾與夏侯玄坐謂蒹葭倚玉 釣玉 貴玉 獻璧 秦使者遇山鬼獻璧 返璧 左公子受食返

璧 合璧 抵璧 選抵璧於谷 捧璧 植璧 毀璧 遺寶

受寶 獻璞 抱璞 織錦 竇滔妻織錦回文 濯錦 蜀有濯錦江 積翠

點翠 綴鑞 傅粉 殖貨 匿瑾 佩玖 詩貽我佩玖 搢珽

記天子搢珽 舉玦 范增舉玦示項羽

平

鳴玉 左趙簡子鳴玉以相 分玉 懷玉 子路曰被褐而懷玉 堆玉 裁玉 鋪玉

攻玉 詩可以攻玉 磨玉 辭玉 左子罕辭宋人玉 焚玉 埋玉 餐玉

杜末試囊中餐玉法 炊玉史然桂炊玉 雕玉 懐瑾 歸璧 全璧

藺相如全璧歸趙 辭璧 懐璧左懐璧其罪 投璧 還璧 沉璧

亡璧趙相亡璧疑張儀 銜璧左許男面縛銜璧 将璧 懐寶語懐寶迷邦 鋪翠

堆粉

## 連星積雪第十一

天文 平 連星 流星並珠 凝煙 生煙並玉 鋪霜粉 鋪霞 舒霞並錦 通神 上虛 活 下實

張延賞曰錢至十萬通神矣 流泉錢

上仄 剪霞 剪雲並錦 點星 漏星 貫虹

仄 積雪 剪雪 綴露珠 照月珠

上平 堆雪 鋪雪 纈雪絲 融雪玉 清水珠

## 蔵川韞石第十二

地理 平 蔵川 蔵淵淮蔵珠於淵 沉淵選沉珠於淵 生淵珠 蔵沙 蔵林 上虛 活 下實

藏巖並金 沉河 投河璧 生川珠 生田 生池並玉 藏山選藏金於山

鳴山金少昊時金鳴於山 披沙金 流川錢

上仄 在泥 在鎔 在沙並金 積山晉書其積如山 鑄山並錢 混沙金 在山

出岡並玉 媚川 產湖並珠

仄 韞石選石韞玉而山輝 待價語我待價者也 滿地錢 取水方諸 刻楮列子宋人為其君刻玉為楮葉 出海 吐澤 委地並珠 就礪金就礪則利 在礦 躍冶莊金躍冶 擲地 布地 在冶 化塊 出冶並金 出礦 化石

出澤銅 出礫銀

上平 生水金 藏澤 懷水 生海 投谷 遺海並珠 流地錢 埋土玉

## 山銅土錦第十三

並實

平 山銅 塘銅 川珠河上翁有子沒川得千金之珠 沙珠 湖珠揚州有大珠入甓社湖 沙金 池金廣州有金池

【去仄】井銅（麗偸得鑿井銅） 水銅 水銀 雪銀 燭銀（銀有光彩如燭） 市珉（歐不及市上珉）

火珠（南蠻珠如卵日中取火） 水珠（順宗時外國貢優水珠） 海珠

市金 圡圭（周大司徒以土圭測日）

【仄】圡錦 火玉（武帝時扶餘國貢火玉） 海貝（古者以海貝為貨）

【去平】罔玉（玉出崑罔） 池玉 山玉

流盤韞匵第十四 【上虛】活【下實】

【器用】【平】流盤（珠） 鳴機（錦） 連城（壁） 加笄 垂旒（並玉）

【去仄】滿籝（史黃金滿籝） 就模 置臺 照車（並金） 易城（史秦昭王以十五城易趙璧）

走盤 滿盤（並珠） 飾弓（象牙）

【仄】韞匵 毀櫝 作器 作珮 飾弁 照乘（並玉） 貯櫝 潤屋（並珠）

朽貫（錢） 就範（金） 鑄鼎（黃帝采首山銅鑄鼎） 飾輅（金玉） 耀室（董統上言金光耀室）

【去平】成帶（金） 懸壁（珠） 從乘 兼乘 清席 成器（玉） 懸市（呂不韋懸千金）

於咸陽市

人物 隋珠趙璧第十五

平 隋珠隋侯救蛇銜報以珠 梁珠即照乘珠 韋金韋賢 商金說命若金用汝作礪 揚金揚州貢 秦金 燕金燕昭王置金於臺上 南金詩大賂南金 齊金齊宋薛皆餽孟子金 荊金荊州貢 周圭周公秉圭 湯球湯受小球大球 燕珉 吳鈎劍名 荊璆劉琨詩乃自荊山璆 崔銅崔烈事 湯錢禹湯始用金鑄幣

去 鄧銅鄧通鑄錢 禹圭 說金 向金 薛金 宋金 郭金郭巨埋見得金 魯璵魯之璵璠 魯璠 舜璣舜察璿璣 楚珩左楚之白珩 鄭環韓宣子求環於鄭商 越珠 魏珠 楚珠 呂璜 魯璜記魯有大璜 阮錢阮孚一錢 蔡龜

入 趙璧即卞和璧也 藺璧 晉璧 卞玉 漢鼎 漢璽秦子嬰上漢王璽 魯璵 魯寶即璠璵也 禹錯禹貢豫州貢磬錯 楚瑾楚屈原懷瑾

並實

舜鼎

〔上平〕燕璞　荆璞　和璧　虞璧晉假道事　秦璽秦以玉為璽　周寶揚子周寶九鼎　周鼎　燕石宋人得燕石以為寶　虞玉虞公求玉於虞叔　雍玉雍伯事　于玉于闐國出玉　梁鐵爲貢梁州貢鐵

## 公圭士寶第十六

〔並寶〕

〔平〕公圭桓圭　侯圭信圭　王圭鎮圭　仙圭　鑾琛　夷琛詩淮夷獻琛　儒琛　儒珍　胡珠賈胡事　侯珠　男錢梁有壹貨錢重四銖謂之男錢

〔上仄〕相金書說命　國金　國珍選膺萬國之貢珍　國琛馬岌曰為國之琛　帝圭　佛珠佛有牟尼珠　賈珠　女錢梁有公式女錢重五銖

〔仄〕士寶　士佩　國寶　國璽　帝璽　女玉詩有女如玉　相佩

〔上平〕御璧　男璧蒲璧　儒寶記儒者以忠信為寶　夷寶　夷貝魯僖公時淮夷獻大貝

夷玉　實幣記寶客用幣　侯印漢明帝賜侯印與東平蕤子　仙汞　商貨

行貨曰商　官鈔　僧錫僧行必持錫出必掛錫

鳥獸

## 蠙珠貝錦第十七

平

蠙珠徐州貢蠙珠　龍珠　魚珠武帝幸昆明池得魚珠　蛇珠隋侯事

並寶

鮫珠博物志鮫人泣而出珠　猿環孫恪妻獻僧玉環化為猿　鵞金廣州治匡縣於

鵞鴨屎中得金　牛金石牛便金秦伐蜀事　鮫綃鮫人織綃賣於人間

上去

蚌珠孔融曰不意雙珠近出老蚌　鶴珠晉平公鼓琴有玄鶴銜珠而舞　馬珠唐易定馬飲水

因吐一珠　鳳珠少昊時鳳銜珠於庭　膽銅膽水浸鐵為銅　雀環楊寶事　蝶錢

唐穆宗時金錢化為蝶　虎鉛拔虎鉛氣力出於心

去

貝錦詩成是貝錦　象齒詩元龜象齒　虎玉生於岩谷為虎所寶曰虎玉　鵲璧

崑山下以璧抵鵲

上平

鴻寶淮南鴻寶苑秘書　龜寶　龜貝　龍玉生於水中為龍所寶曰龍玉　龍汞

◎

坡龍汞精血出於腎

羊脂鶴飾第十八

【平】羊脂玉 魚油錦名入水不濡 鮫文錢 龍涎香出大食國 【並實】

【去】馬蹄漢武鑄麟趾馬蹄金 蚌胎珠

【仄】鶴飾鈔 鶴頂丹砂

【上平】鸞眼宋末行鸞眼錢 蛇眼環 猫眼寶 龍輔玉名左公獻龍輔於齊 麟趾 【並實】

鷄舌香 魚眼谷蚯蚓窾生魚眼珠

桐圭穀璧第十九

【花木】

【平】桐圭成王剪桐為圭 花銀 榆錢漢鑄榆莢錢 桐錢

【去】紙金陳允升以藥塗紙投火中成金 藥金水銀及銅鐵以藥煑成 楮錢 荇錢太液池有連錢荇 葉錢

【仄】穀璧子以養人守穀璧 藥玉 萊玉 楮幣

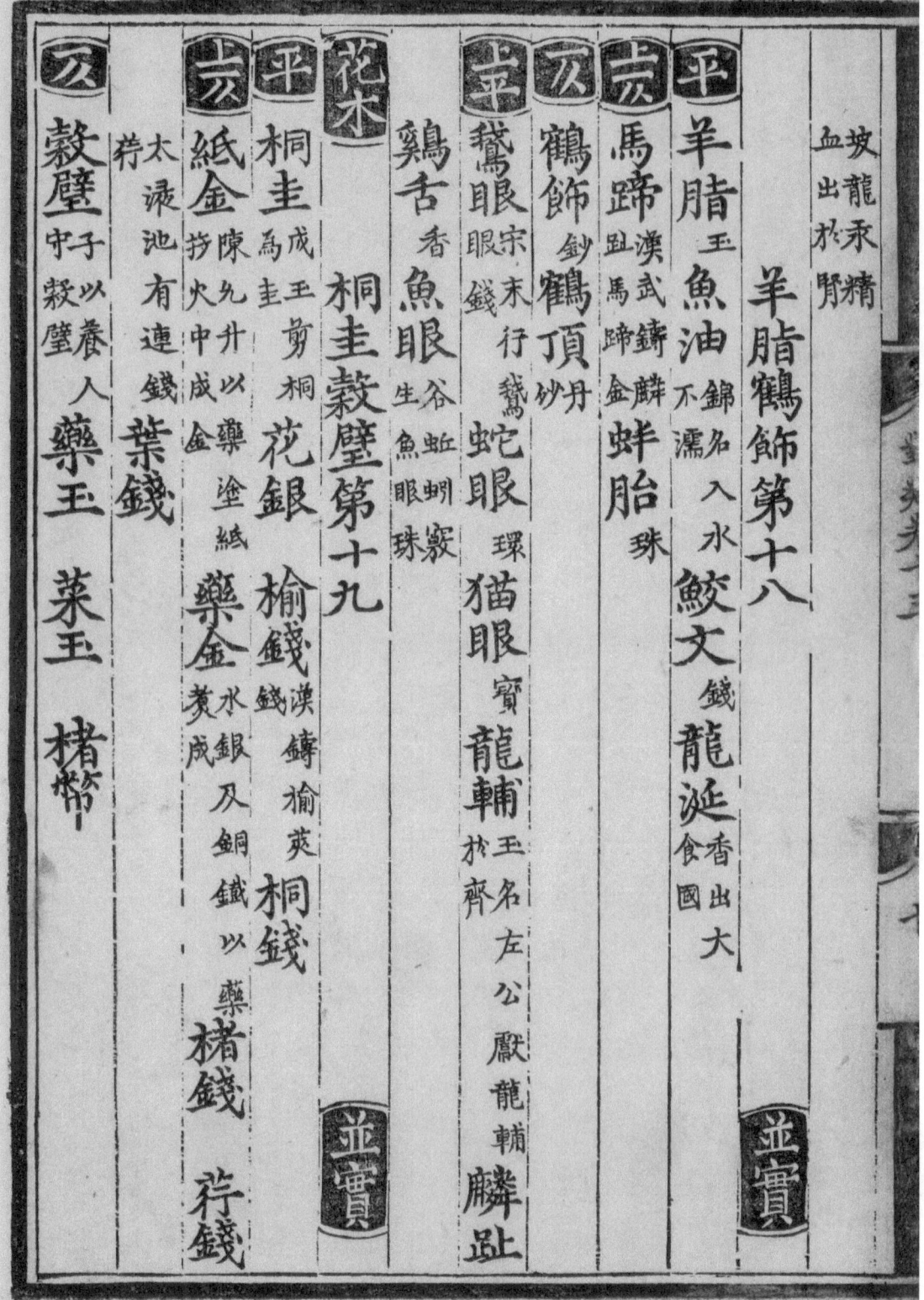

上平 蒲璧（男以安人守蒲璧） 文錦 文貝

# 聲色 金聲玉色第二十

上實 下半實

平 金聲 金容 金相（詩金玉其相） 金光 金輝 銀光 珠光

珠輝 瓊華 瑤華 瑤光 銅光 銅聲 鉛華 脂容

錢形 錢文 錢函（食貨志錢圜函方） 珠胎（選剖明月之珠胎）

上仄 玉聲（記習容觀玉聲） 玉容 玉華 玉光 玉輝 玉音 玉相

玉煙（李藍田日煖玉生煙） 玉文 玉姿 寶光 璧光 翠容 粉容

璽文 璽光 貝文

仄 玉色 玉彩 玉性 玉質（選玉質金相） 玉韻 玉氣（記玉氣如白虹）

寶氣 寶燄 寶豔 寶色 粉色 蠟色 翠色 錦色

鐵色 錦彩 石暈 粉質 璧好（好璧孔也） 璧肉（肉璧地也）

璧孔

上平

金色　金氣杜不貪夜識金銀氣　金性金性從革　球彩　珠顆　珠淚

李滄海月明珠有淚　珠蘂　銀氣　銀色　脂色　瑶色　瓊色

圭影　錢孔　錢體晉書錢之為體有乾坤之象　錢樣

## 黃金白玉第二十一

上平虛　死　下實

平

黃金　青金　青錢　青圭大宗伯以青圭禮東方　青銅　青瑶

韓字重青瑶鐫　青珠憑霄衔青珠為舜龍　黃珠木難也　玄珠黃帝遺玄珠於赤水　玄圭

玄璜大宗伯以玄璜禮北方　黃琮禮地之用　黃銀唐太宗以黃銀帶賜房玄齡

黃銅　紅銅　丹砂　丹鉛韓丹鉛事點勘　葱珩詩有瑲葱珩

上仄

白金爾雅白金謂之銀　紫金　赤金　赤璋周禮以赤璋作六器　白璋　白銀

白珠　白圭詩白圭之玷　白珩　綠珠　素珠　素瓊　紫瓊

李燕之紫瓊琴　紫琳谷春公新賜紫琳腴　黑鉛　黝珩記一命縕带黝珩　翠珉

仄

白玉　碧玉　紫玉韓送以紫玉珂　綠玉李遺我綠玉杯　翠玉　赤玉

◎

選其石則赤玉 白璧 白璐 翠琰 黑錫 紫貝上林賦釣紫貝

〔上平〕青璧 蒼璧祀天用 黃璧 玄璧劉琨詩中有玄璧 玄錫鏡用以磨

玄貝 玄玉記公侯佩山玄玉 蒼玉記大夫佩水蒼玉 青玉選何以報之青玉案 紅玉

璊玉

## 金黃玉白第二十二 〔上實〕〔下半虛〕死

〔平〕金黃 珠黃 珠紅 珠玄 珠青 金青 鉛青 銀青

錢青 瑤青 銅青 銅黃

〔上仄〕玉青 玉紅 玉蒼 玉玄 璧蒼 璧黃 翠青

〔仄〕玉白 玉碧 玉紫 玉赤 鐵黑 貝紫 璧白 汞白

〔上平〕瓊素 瑤素 金素 金紫 金赤 金白 圭白 銀白

珠白 珠綠 銅綠 鉛黑

〔數目〕

## 千金萬寶第二十三 〔上虛〕死 〔下實〕

平
千金　千珍　千錢　三錢　三珪（楚昭王進屠羊説以三珪之位）雙金
（淮南子雙南金）雙珠　雙琚　雙璜（凡玉佩有雙璜）

上去
萬金　萬錢（何曾日食萬錢）百錢　一錢（劉寵號一錢太守）一金　十金
百金（漢文帝惜百金之費）衆珍　二球（大球小球）六瑚（記殷之六瑚）八瓊
（黃庭經九轉八瓊丹）一珠

仄
萬寶　衆寶　七寶（酉陽雜俎月乃七寶合成）百寶　百璧　半璧
二幣　五玉（書修五玉）五瑞　六瑞（周禮以玉作六瑞）六璽（輿服志天子信璽六）
萬錦

上平
雙璧　雙珙　雙玉　雙佩　群玉　三帛（書五玉三帛）

三銖萬鎰第二十四　上虛死　下實

平
三銖　千緡　千文（並錢）千機　千端（並錦）千條（絲）千枚　千鈞
十斤

【上灰】一籯（金）一機（錦）一端 一文（錢）一斤（金）一囊 半文 四銖

五銖（武帝造五銖錢）六銖 六珈（玉詩副笄六珈）十朋（龜）百斤（金）數斤

萬斤 百鈞（孟力足以舉百鈞）萬條（絲）萬緡（錢）

【又】萬鎰（孟雖萬鎰）萬顆（珠）萬斛（珠）萬貫（錢）萬兩 百鍊 百鎰

一釜 一篋 一餅（並金）一片（玉）一琲（珠百枚也）一聚 一庫

半兩（並金）一貫 九品（南越志珠有九品）七彩（珠）九府（周立九府圜法）寸鋌

六齊（並金）

【上平】千斛 千鎰 三品（並金）三斛 三釆 三鋌（金）千鋌 千兩

成雙徑寸第二十五

【並虛】死

【平】成雙（璧）成千 盈千 為朋（龜）

【上灰】積千 取千（孟萬取千焉）滿千 累千 當千 當三（錢）

【又】徑寸（珠）滿百 累寸 累百 累萬 鉅萬 至萬 積萬

徑尺(玉) 當二 當十 當百 滿貫(錢並)

(上平) 成十 成百 成萬 盈萬

(通用) 磨成琢就第二十六 (並虛)(活)

(平) 磨成 攻成 鎔成 鑴成 雕成 陶成 堆成 繅成

挑成 穿成 粧成 排成 鋪成 分開 鎔開 攻開

(上仄) 琢成 刻成 綴成 鑄成 冶成 切成 串成 削成

鏤成 點成(點鐵成金) 鍊成 碾成 製成 積成 鑿成

剖開 切開

(仄) 琢就 鑄就 織就 削就 鍊就 琢出 刻出 鑄出

濯出 織出 削出 掘出 揀出 瀉出 種出 鑄作

冶作 積起 串聚 掘得 刮去 撞碎 擊碎(石崇擊碎王愷珊瑚)

【平仄】穿就　鎔就　陶就　雕就　繰就　磨就　鐫出　雕出

椎出　淘出　鎔作　堆起　鑽透　敲斷　敲碎

## 精磨細鍊第二十七　【上虛】死【下虛】活

【平】精磨　精鎔　精雕　精攻　重磨　輕磨　平磨　輕穿

輕繰　重鐫　深鐫　深鑽　專攻　橫陳

【仄平】細磨　細磋　細裁　細鋪　細淘　巧雕　巧鎔　巧鐫

遍磨　直磨　淺磨　窰穿　慢藏易慢藏誨盜　趣銷史漢高趣銷封六國印

【仄】細鍊　細切　細琢　細刻　細揀　細削　細鑲　細鑿

巧鑄　巧削　巧刻　巧織　巧綴　巧抹　巧琢　碎貼

窰貫　窰綴　細綴　趣刻史漢高趣刻封六國印　謾鑠　熟鍊

【平仄】精鍊王褒精鍊藏於鑛　精琢　精刻　精造　精鏤　精鍛　精製

輕綴 輕抹 輕纖 輕琢 麤琢 深刻 重鑄 重綴

重鍛 重造

陶鎔冶鑄第二十八　並虛 活

平 陶鎔（枚乘傳 磨礱砥礪） 銷鎔 銷磨 磋磨 鑴磨 雕礱 雕鑴 磨礱

坯銷 鋪粧 甄陶 鑽研 韜藏

仄 剸裁（韓 刮垢磨光） 切磋（詩 如切如磋） 琢磨（詩 如琢如磨） 韞藏 切磨 刮磨

仄 冶鑄 鼓鑄 點化 煅煉 剖析 拂拭 鍊冶 刻琢

切琢 琢削 點綴 簸弄（韓 簸弄明月珠） 貫串 織組 洗濯

戛擊（書 戛擊鳴求） 刻鏤 刻削

平 陶鑄 陶冶 鎔鍊 鎔鑄 披揀 鑴削 鑴刻 雕刻

雕琢 雕鏤（記 有成事然後治其雕鏤） 雕削 磨琢 椎琢 追琢

詩追琢其章 磋琢 陶作 攻治 聯綴 鋪貼 銷鑠 磨礪

挑剔 粧抹 粧點 礲錯 揚子有刀者礲諸有玉者錯諸

## 連綿 瑰奇錯落第二十九 並虛 死

平 瑰奇 玲瓏 並寶 光明 光輝 光華 精純 溫良 珍奇

琮琤 並玉 流通 錢 熒煌 團圓 纍垂 並珠 鏗鏘 鏗鍧 精剛

堅剛 並金 瑽瑢 佩聲 溫純 勻圓 鮮明 圓明 並珠 玎璫 玉聲 璁瓏

上仄 陸離 楚辭長余佩之陸離 粹純 粹溫 玉 粹精 重輕 錢 渾全 渾堅

仄 錯落 爍爛 瑣碎 並金 粹潤 潤澤 質璞 潔瑩 縝密 並玉記縝密以栗

瑩潔 珠 炫爛 渾厚 粹美 潤栗 細膩

艷麗 瑩徹 璀璨 選琪樹璀璨而垂珠 藻麗 貴重 破碎

上平 精美 溫潤 記溫潤而澤 渾璞 渾金璞玉 鮮粹 良美 並玉 明耀

圓潔 並珠 瑰瑋 流轉 錢 圓瑩 堅栗 明燦 圓滑 光瑩

從革金 含蓄 光耀 瑕玷 華美 堅確石 孚尹玉記孚尹旁達

明潔 清越玉聲記叩之其聲清越以長

## 疊字

纍纍燊燊第三十

並仄

**平**

纍纍珠 鏘鏘詩佩玉鏘鏘 琅琅玉 熒熒 團團 盈盈 珊珊環珮聲 錚錚光武曰鐵中錚錚 當當 鏗鏗 垂垂 煌煌

**仄**

燊燊錦 點點珠 熠熠 爍爍 磊磊 落落 艷艷 琭琭老子琭琭如玉 璱璱玉鮮潔貌又碧珠曰璱璱

## 三字

麗水金崑山玉第三十一

**平**

麗水金 昆吾金昆吾山名出鐵可作劍 華山金 揚州金 穀城金晉路永於穀城北得金 滄海珠 淮夷珠 合浦珠 西河珠

清廟珍 荊山璆 首山銅 高麗銅周世宗市銅於高麗

**仄**

崑山玉 鐘山玉楚辭來鐘山之玉英 玄圃玉陸機文如玄圃積玉 藍田玉

于闐玉　荊山璞　垂棘璧　泗濱磬禹貢泗濱浮磬　蜀江錦

梁州鐵禹貢

呈琅玕寫琬琰第三十二

平

呈琅玕韓丹拔腹呈琅　剪琉璃　貢球琳書　鏤瓊瑤　報瓊瑤

詩水瓜　報瓊琚詩　剡璠璵　擊珊瑚　賂金繒　吐珠璣

仄

寫琬琰孝經寫之琬琰　儲金璧　報瓊玖詩　鋪翡翠　碎琥珀

揮珠玉杜詩成珠玉在揮毫　散金帛　采珠貝　得珠珮鄭交甫得珠珮於漢

皋　貢鏐鐵禹貢　獻珍寶　裂金石

不疑金卞和玉第三十三

平

不疑金　楚襄金襄王持千金聘莊子　楊震金　韋賢金　秋胡金

不韋金　李子金蘇秦位高金多　淵客珠　鍾離珠鍾離意賜珠璣不拜

孟嘗珠　隋侯珠　劉寵錢　鄧通銅　崔烈銅

仄 卞和玉 雍伯玉 郤詵玉詵自謂崑山片玉 虞叔玉 子罕玉
晉人璧 相如璧 楚相璧 文侯寶 南宮寶 秦王璽

萬斛珠一雙璧第三十四

平 萬斛珠 萬鎰金 一釜金 百鍊金 三品金揚州貢
四知金楊震事 一籯金韋賢事 一鈞金孟子豈謂一鈞金與一與羽之謂哉 六寸瑄 五銖錢 一囊錢 九寸圭桓圭 七寸圭躬圭信圭皆七寸 百鎰金孟王餽兼金百鎰
仄 一雙璧 二雙璧 萬鎰璧 六寸璧 五寸璧穀璧蒲璧皆五寸
一團玉 一片玉 三獻玉卞和事 千里寶 一寸鐵
三尺珽大圭 五等瑞書

四字

圭璋璧琮金刀寶貝第三十五

平 圭璋璧琮 圭璧金璋記圭璧金璋不鬻於市 球琳琅玕書 珠玉貝龜

球琳枲絲　金珠貨泉　玉帛瓊瑤　金玉珠璣　璧琮琥璜

寶貝金銀　銀錫金刀

**仄**

金刀寶貝　金繒玉帛　金瑰珠礫　金錫圭璧（詩如金如錫如圭如璧）

金玉布帛　金璧珠翠　皮幣珠玉（孟事之以皮幣珠玉）　珠璣寶貝

銀鏤砮磬（書梁州貢）　珩璜琚瑀　銅鉛錫汞

## 戛玉鏗金懷珍抱璞第三十六

**平**

戛玉鏗金　撲玉鳴金　披沙揀金　毀玉沉珠　拖玉腰金

紆朱懷金（揚子）　攀璇折瓊　貴玉賤珉（聘義）　種玉淘金　懷寶席珍

返璧還珍　點鐵成金　佩玉鳴珂

**仄**

懷珍抱璞　握瑜懷瑾　披褐懷玉（子路曰披褐懷玉何如）　歷金上玉

（揚歷金門上玉堂）　裁金簇翠　執圭秉璧　堆金積玉　焚珠毀玉

獻琛貢玉　拋磚引玉　懷金獻玉

## 青圭赤璋黃琮白璧第三十七

平

青圭赤璋　蒼璧黃琮　白琥玄璜　美玉良金　白璧玄圭

玄錫青鉛　葱珩白圭　翠琰蒼珉

仄

黃琮白璧　黃金白璧　黃金白玉　精金粹玉　渾金璞玉（山濤如渾金璞玉）

玄珠赤玉　丹砂碧玉　明珠罽錦　青瑤紫玉

## 孟嘗還珠卞和泣玉第三十八

平

孟嘗還珠　淵客泣珠　仁傑遺珠　文侯寶珠　謝安碎金（桓温見安文曰此安石碎金）

楊震辭金　華歆擲金　秋胡贈金

鄧通鑄錢　不疑償金　商鞅懸金（賞徙木者立信）　周公秉珪

武王散財（並書）　大禹錫圭　湯后受球　呂望鈞璜

仄

卞和泣玉　范增撞玉　虞叔獻玉　雍伯種玉　子罕辭玉

相如歸璧　重耳返璧　屈原懷瑾　誌公卓錫（飛錫卓於灊山）

叔向返錦

如琢如磨不礲不錯第三十九

平 如琢如磨 如切如磋 在鈞在鎔（如泥在鈞如金在鎔） 非冶非坯
則甈則坯 可磨可鑴 以陶以鎔 以錘以鑪

仄 不礲不錯 非磨非礪 非鎔非鑄 不雕不琢 未雕未琢
可從可革（金） 或判或合（圭璋） 以鍛以鍊

璧合珠聯金聲玉振第四十

平 璧合珠聯 瑞溢珍浮 玉潤冰清（衛玠婦翁冰清女壻玉潤） 金振石調
玉散珠聯 玉潔冰清 玉質金相（選）

仄 金聲玉振（孟子） 金舂玉應 金振石潤 珉中玉表（揚子） 玉輝金映
璋判圭合 金追玉琢（詩）

對類卷之十三

# 對類卷之十四

## 飲饌門

一字 茶酒第一

平 茶味苦春收其葉爲飲 羹五味所和 殽肉有骨 羞膳也 粢黍稷曰粢 盛黍稷在器

實字

醪汁滓酒 醅酒未漉也 醝白酒 糟酒滓 醯醋也 齏醯醬和切者

饘粥也 糜粥也 粱黃粱飯 鹽鹹物 粳米不粘者 蔬菜也 菹酢菜

鹺鹽也 酥酪屬 膏脂膏 漿漿水 湯熱水 臡有骨醢 饔熟食又朝

曰饔 飧夕食曰飧 餐飯也 餅 膰祭肉熟者 醨薄酒 醽美酒 ⿰酉童馬酪

酤一宿酒 飴餳也 糖甜物 腒鳥腊 膎脯也 酶酒本 酏黍酒

仄 酒麴蘖醞成 醑旨酒 醥清酒 醴酒一宿熟 飯炊米爲之 ⿱柔米粘米 粽角黍

◎

餅麪食 肉禽獸肉 膾細切魚肉為之 餌米餅 食餈饌總名 飲湯水之類
膳 饌並具食 炙肉燒者 脯 腊並乾肉 鮓釀魚肉為菹
醢肉醬 菜蔬也 茗茶晚收者 糗乾飯 粥煮米成糜 酪乳漿 醬豆麪為之
藥金石草木能治病者 胾切肉也 麯酒母 酎三重酒 糒乾糗 饎酒食也
醁一宿酒 飥麵入湯煮曰飥 糅雜飯 麪麥末也 餕食餘 胙祭肉
醆酒濁微清 臠切肉臠也 鮝魚腊 醓醢多汁者 糝米和羹 蔌菜也 臛肉羹
脤祭肉生者 餼生牲也 酵發酵也

## 嘉旨第二

虛字 死

平

嘉美也 珍珍奇 鮮生潔 肥肥腯 清清潔 醇酒釀也 甘甘美
佳與嘉同 臊腥臊 酸酢也 甜甜美 濃酒味濃 奇異也 豐豆滿也
醲厚也 辛辛辣 腥羶腥 鹹鹽味 羶腥羶 香馨香 麄物不精也
精鑿也 生不熟也 柔和也 陳舊也 馨即香也 乾不濕也 粘膠粘

稠不薄也 溫溫和

【仄】旨美也 異奇異 盛豐也 潔淨也 菲薄也 糲粗也 濁渾也

腐爛也 羨甘也 好妙也 滑軟滑 釅酒醋味厚也 沸湯湧出也

淡味薄 薄 細微小 臭 大 小微也 冷寒也

熟不生 苦 辣辛辣 餒魚爛 敗肉腐 醹酒厚也 爽美敗曰爽

蒖美也 淨無垢穢也 爛熟也 饐飯傷熱濕 餲味變 腆多厚也

## 烹飪第三

【虛字】活

【平】烹煑也 煎熬也 炮炙肉 燔肉傳火也 屠宰殺 刲割也 調調和五味

淘淅米 嘗試也 蒸炊也 炊以火炊米 斟注酒 釃以筐漉酒 沽買也

賒無錢買物 熬煎熬 餐吞食也 舂擣米 和調也 研磨也 分分與

傾瀉也 酺聚飲也 餔食也 臑煑也 哇吐也 吞咽也

【仄】飪火熟 割殺牲 炙炮肉也 釀作酒曰釀 酌酌酒 飲歠也 啜飲也

飽食多也 嚼咀嚼 茹食也 啖食也 瀹點茶 淅汰米 爨燃火炊飯

市買也 貰賒也 饜飫也 設鋪設 煑烹煑 哺咀也 點點茶

饋進食 吐嘔出 噬啗也 漱滌也 焙熇也 齧噬也 置安設

煉久熬使熟 食吞啗也 送遺也 絮調也 飫饜也 釂飲酒盡 犒犒勞

歠大飯 齕嚙也 酹以酒沃地 餾飯氣蒸也 飣置食也 餖飣也 芼煑菜曰芼

嘬一舉盡臠 滑泲也 醞釀也 漉瀝也 飡貪食 切批切 釋漬米

脯薄切肉 呷吸也 剥解剥皮也 烈貫肉加火炙之 奠置也 啐飲酒入口

## 二字 粢盛飲食第四

### 平 並實

粢盛黍稷曰粢在器曰盛 韲鹽韓朝韲暮鹽 糟釃屈原餔糟歠釃 蔌蔬韓雜蔌蔬兮進侯堂

瓜蔬 魚鹽孟膠鬲舉於魚鹽 糟糠漢樂崧為郎食糟糠 膏粱膏肥肉粱美穀

牲牢具牲曰牢 牲牷牲體完曰牷 鹽梅書爾惟鹽梅 蓴鱸張翰思蓴鱸

鹽醯 羔豚羔羊子豚豕子 腒鱐腒乾雉鱐乾魚 饔飧朝食曰饔夕食曰飧 酥飴

飴餳山雞豚孟子畜馬乘不察雞豚餱糧詩乃裹餱糧粧醪膏餳
樊僚奏羅歠膏餳茶鹽油鹽椒鹽羹湯王仲初洗手作羹湯飱牽
飱食也牽牲也饘酏饘厚粥酏薄粥膷臐膷牛臛臐羊臛茶瓜杜茶瓜留客遲醪醨

十灰

酒殽酒醪酒漿記內則納酒漿酒鹽酒醢膳羞膳牲肉羞庶羞
食羞薦羞薦脯醢羞庶羞米鹽脤膰祭肉生曰脤熟曰膰血膋膋腸間脂也
脯脩脯薄析肉脩鍛肉菜瓜水漿酪漿齊王肅歸魏不食酪漿酪酥
佛書乳成酪酪成酥菓肴菜肴飯羹醬齏糗糧書峙乃糗糧
醬臡周禮有百醬三臡稻粱粥餳坡溫風散粥餳芥薑

仄

飲食飲膳周禮膳夫掌王之食飲膳羞酒醴書若作酒醴酒食酒脯
酒炙陰鏗以酒炙賜行觴者酒果酒肉酒饌酒飯酒物
脯醢脯腊薄析肉曰脯小物全乾曰腊脯鮓脯餼左脯資餼牽竭矣脯醬
菽粟孟菽粟如水火菽水記啜菽飲水盡其懽麴蘗書爾惟麴蘗藥食藥餌

◎

膾炙（孟膾炙與羊棗孰美）果脯 果餌（史邢子才以果餌置梁上）餅餌 糗餌

（記內則糗炒乾米麥擣為餌）糗糒 黍肉（孟有童子以黍肉餉）醴酪 食膾（語食不厭精膾不厭細）醓醢（詩醓醢以薦）菜果 菜酒 粥飯 醬醋 醢醬

（史記醢醬千瓻比千乘之家）藿肉（漢董賢漿酒藿肉）

上平

粱肉（杜甲第紛紛厭粱肉）魚肉 羹膾 羹酒 羹胾（純肉為胾）羹菜

羹飯 雞黍（語殺雞為黍）芻豢（草食曰芻牛羊也穀食曰豢犬豕也）脾臄（詩嘉肴脾臄）

盃炙（杜殘盃與冷炙）殽核（詩殽核維旅）殽饌 殽醢（谷棋局具殽醢）菹醢

（記內則籩豆菹醢）醯醢（記內則調之以醯醢）醯醬（漢書醯醬千缸）鹽醬 鹽酒

鹽豉（坡點酒下鹽豉）鹽酪（史宋劉瑜喪毋不食鹽酪）糠粃 糟粕 糟麴

糟醑 湯藥 湯餅（凡以麪為食煑之謂之湯餅）醪醴（鄒陽酒賦醪醴既成）牲醴

牲酒 牛酒（漢書擊牛釃酒）茶酒 漿酒 肶酒（後周孟信受山中老人肶酒）

肴胾（肉帶骨曰肴）肴蔌（詩其肴維何其蔌維何）蔬果（韋蔬果幸見嘗）蔬菜

蔬筍 瓜果 糕粽 油醋 茶果 藜藿子路常食藜藿為親負米

葵藿 饘粥 齏粥范仲淹斷齏畫粥 饔飧周禮致饔飧 椒糈騷懷椒糈而要

之精精米也 鮮羽鮮生魚羽鴈也 鱻薨新肉曰鱻乾肉曰薨見周禮 黃餌漢武宮人佩黃

食餌 芻飯杜與如白飯馬青芻

屠蘇琥珀第五

平 屠蘇酒元日人香藥飲之無疫 酴醾酒唐宰相寒食宴用 雕胡飯 胡麻飯 並實 餦餭

錫選有餦餭丗 餛飩 苞蘆魚鮓也杜香飯兼苞蘆 醍醐酥酪之精華 饅頭

酥酡 蒲萄酒

去 醱醅酒 饆饠餅蜀 鍵鏤餅 水晶鹽 薄持麫食夏用 起溲麫食秋用

入 琥珀酒 脫粟飯公孫弘食脫粟之飯 粔籹環餅楚詞粔籹蜜餌 餺飥麫入湯煑者

醴酪酒 秬鬯酒以秬黍鬱鬯為之

辛 醽醁魏左相造醽醁翠濤十年不敗 寒具糕 牢九冬餅

壺漿甕酒第六

平 壺漿 孟篳食壺漿以迎王師 盤飧 杜亦不為盤飧 盤蔬 韓盤蔬冬春雜 盤殽 韓盤殽饋鶬鷇 壺飧 左趙衰以壺飧從 盤羞 王介甫咄嗟見盤羞 篳醪 七命篳醪投川可使三軍告捷 杯醪 杯茶 杯羹 史幸分我一杯羹 鉶羹 肉汁有菜和者盛之鉶器 盂羹 盂甕 盂飧 甌茶 甌漿 裴航乞漿於老嫗嫗與一甌漿 登羹 鍋羹 盆羹 盆甕 瓶湯 車鹽 驥服鹽車

去 椀茶 盧仝日高始進一椀茶 盞茶 豆羹 孟一豆羹 鼎羹 椀羹 釜羹 甕醅 曾子固殷勤羞甕醅 甕齏 坡三百甕黃齏 椀湯 盞湯 豆殽 豆肩 記豚肩不掩豆 豆飧 豆菹 甕菹 谷一生當飯百甕菹 俎豚 曹元禮俎上蒸豚何不設 俎牲 鼎鹽 鼎梅 簋飧 詩有饛簋飧 釜駝 杜紫駝之峯出翠釜

入 甕酒 斗酒 盞酒 絮酒 徐穉以綿絮漬酒至葬冢 爵酒 榼酒

盌酒 盌肉 椀飯 椀茗杜茗椀蔗漿携所有 鼎臠 鼎食家語子路遊楚

列鼎而食 鼎肉孟亟問亟餽鼎肉 鼎味崔浩識鼎中之味 簋食詩每食四簋 筋食

廩食 積食漢景帝事 俎肉晉孔坦曰俎上肉任人膾截 豆肉記觴酒豆肉

几肉魏文部孫權如几上肉 豆醢 勺水 廩粟孟廩人繼粟 甕鮓

斛鮓 笥餅世祖微時樊曄饋一笥餅 甂醬劉歆曰太玄當覆醬甂耳 簋黍

記以四簋黍

上平

盃水 盃酒 樽酒 觴酒 卮酒史卮酒安足辭 壺酒 盂酒

瓶酒 觥酒 罍酒 盆酒 簞食語顏子一簞食 瓢飲顏子一瓢飲

盤饌韓盤饌羅羶葷 盤鱠谷飛雪堆盤鱠魚腹 盤果韓偓綠杏熨齒金盤果 盤飯

盤鯉 盤膳 匙飯 盂飯 囊飯 盆飯 籠餅 籠藥

甌茗 樽蟻

## 嘉殽美酒第七

上虛 死 下實

◎

平

嘉殽 香醪 醇醪史飲醇醪不覺自醉 芳醪 甘醪 澄醪選澄醪覆觴

新篘 新醅 新茶 新蔬 香茶 奇茶 名茶 清茶

香羹 清羹 香粳 香湯 豐粢 豐肴魏都賦豐肴衍衍 乾餱

詩乾餱以愆 行糧 肥牲 殘盃見前盃炙下 芳羞羽觴芳羞 清香

名香 嘉蔬 豐盛左絜粢豐盛 殘膏杜甫贊殘膏賸馥 清酤詩既載清酤

飴鹽甘者曰飴鹽 生鹽 形鹽象虎形見周禮 鹹鹺 香鹺 香餳

餘蔬莊鼠壤有餘蔬 稠餳寒食都城賣稠餳 腥鯖

上去

濁醪 美醪 異殽 美殽 太牢大戴禮牛曰太牢 少牢羊豕曰少牢

異香 好香 舊醅 凍醅 凍鹺 淡鹺 大羹記大羹不和

善羹 沸羹 好羹 特牲記祭天特牲一牛也 潔牲 潔盛 苦鹽

刮地之鹽見周禮 散鹽熬波之鹽見周禮 瑞鹽唐韓滉偽奏池產瑞鹽 異茶

淡茶 細茶 好茶 沸湯 束脩十脡為束脩脯也

〔仄〕美酒　旨酒詩我有旨酒　醇酒　濁酒　淡酒　好酒　善酒

舊酒　苦酒醋也出本草　冷酒　宿酒　美醞　久醞　美饌

異饌法言弃常珍而嗜異饌　盛饌語有盛饌　束脯　片脯　美食

菲食語禹菲飲食　糲食　惡食語士志於道而耻惡衣惡食　冷食　美膾

細膾語膾不厭細　異茗　嫩茗　淡飯　糲飯　好飯　爛飯

冷飯　美味　異味　異果　異膳　薄粥　冷粥　冷炙

硬餅　薄餅　舊醑　角黍　宿肉記六十宿肉　大饎詩大饎是承

活𩜾韓饞扠飽活𩜾　苦蜜蜂採黃連花釀成　法豉　粒餌列子詹何剖粒為餌

凍醴魏都賦凍醴流澌

〔平〕疏食語飯疏食飲水　鮮食書艱食鮮食　良藥良藥苦口利於病　佳藥　狂藥

范質狂藥非佳味　新酒　玄酒水也記大羹玄酒　清酒詩清酒百壺　清釀

清酌記酒曰清酌　清醞　清醴　清醥杜愁當置清醥　芳酒　甘酒

名酒 温酒 残酒 酸酒 甜酒 陳酒 佳醞 新醞

濃醞 奇醞 奇膳五侯競致奇膳於婁護 豐膳 常膳 辛膳

佳醑 芳醑 香醑 清醑 香酎重釀曰酎 芳酎 醇酎

魏都賦醇酎中山 温酎魏都賦温酎躍波 嘉饌 豐饌 芳饌 香饌

新味 奇味 佳味 甘味 邪味列女傳不食邪味 腥味 繁味

鮮鱠 粗鱠 佳果 新果 奇果 甜果 佳茗 新茗

奇茗 殘飯 精飯 乾飯 乾腊 乾脯 乾糒唐郝處俊代高

麗餐乾糒 乾肉 肥肉 方肉 香飯 殘炙劉毅謂庾悅豈能以殘炙見惠

醇酪 明水禮司烜氏取明水於月 香蕈

茶清酒洌第八 上實 下虛 死

平

茶清 茶濃 茶新 茶多 茶鮮 茶香 羨香 蕈香

醅香 芹香 蔬香 糟香 粳香 醪香 醪醇 馥香

殽嘉詩爾殽既嘉 殽珍 殽馨詩爾殽既馨 殽時詩爾殽既時 殽多

醅新 醅濃荆公醉消春色愛醅濃 鱸肥張翰秋肥歌 鰣肥 雞肥

李黄雞啄黍秋正肥 牲肥韓牲肥酒香 魚鮮 魚腥 醯酸 菹酸

杜長安冬菹酸且綠 羹殘 飴甘 餳稀 湯清 殽乾左殽乾而不食

上仄

酒醇 酒濃 酒清 酒溫 酒寒 酒空后山春來酒屢空 酒多

酒嘉 酒酸 酒澄淮南子酒澄而不飲 肉多 肉羶 肉肥 肉甘

肉乾記肉乾人飢而不敢食也 肉腥 物嘉詩物其多矣維其嘉矣 物偕

詩物其有矣惟其偕矣 醞香 餌香 餅香 鱠鮮 鱠肥 食時

食精語食不厭精 食寒杜佳辰強飲食猶寒 食珍 果珍 味辛記孟秋其味辛

味酸記孟春其味酸 橘酸 醴甘 薺甘詩其甘如薺 粥稠 膾粗

鱖肥張挑花流水鱖魚肥

仄

酒冽醉翁亭記泉香而酒冽 酒釅 酒美 酒好 酒熟 酒冷

◎

酒旨詩爾酒既旨 酒熟 酒薄 酒萸詩釃酒有萸 酒衍詩釃酒有衍

味重酒以色清味重為聖 味變 味敗 味苦記盡夏其味 味羹 膾羹

膾細語膾不厭細 茗細 茗嫩 鼈羹崔弘度問侍者食鼈羹乎 炙羹

鴈羹皇甫規問雁門守食鴈羹乎 炙冷 食饐語食饐而餲 食餲見上 醋薄

物旨詩物其旨矣 果熟 醋釅 飯熟 肉敗語魚餒而肉敗不食 肉腐

食羹

上平

羹羹 羹沸 羹定定謂孰下也 羹熟 羹熟 羹冷 香冷

茶冷 茶好 茶熟 茶嫩 蓴嫩 蓴羹 芹羹 肴羹

醪羹 魚羹 魚餒 湯烌 湯沸 湯熟 醪熟 醪濁

羊爛 糜爛 醅熟 醅舊 殽盡 殽旅詩殽核維旅 肴盛

殽阜詩爾殽既阜 牲瘠 鱸羹

茶香酒味第九

上實

下半實

◎

【平】茶香范希文鬬茶香兮薄蘭芷 茶花 茶團 茶芽 茶聲谷煎成車聲遶羊腸 茶塵 茶煙 甕香

【上仄】酒香 酒痕 酒容 酒光 酒材秫米麴糵之類見周禮 醖香 醑香 茗香 飯香 藥香 食香

【仄】酒味 酒色方干酒色又迎春 酒氣韓酒氣又氤氳 酒力鄭谷客酒歌樓酒力微 酒性 酒暈 藥力 藥氣 藥味 藥性 飯氣 食氣語不使勝食氣 食味 菜味 肉味 菜色 茗汁齊王肅不食酪漿渴飲茗汁 肉汁

【上平】香味 湯味 香氣 茶味 茶氣 茶色 茶性 茶屑 茶末 鹽氣 鹽味 蔬味 肴味 羹味 羹汁 湯氣 醅色

炊香茹美第十 【上虛】活 【下虛】死

平

炊香 韓淅玉炊香粳 炊新 嘗新 烹鮮 老治大國者如烹小鮮 烹肥

調酸 調鹹 含酸 含甘 供甘 分甘 懷餘 東方朔懷餘肉

留殘 谷舉酒不留殘 餐和 封腴 劉禹錫到腴擊鮮 燒腴

去

飲醇 醉醲 食鮮 韓釣於水鮮可食 食新 杜食新先戰士 食甜 食肥

食酸 君子喜食酸 嚼肥 宰肥 薦新 貢新 茹葷 咀葷

味腴 割鮮 西都賦割鮮野食 飽鮮 啖甘 嗜甘 和甘 酌清

薦清 和酸 楚詞和酸若苦 和辛 擣辛 坡擣殘椒桂有餘辛 薦馨 酌馨

嗅香 茶絲嗅香嚼味 茹香 搗香 坡搗香篩辣入瓶盆 拂羶 南都賦拂撤腥羶 味腥

韓味腥謝羌啾 脫腥 去惡如脫腥

入

茹羹 韓採於山羹可茹 茹素 茹苦 茹淡 食羹 食旨 語食旨不甘

割素 杜朝來割素鬐 食糲 食惡 啖苦 嚼苦 和苦 啖羹

飲薄 蓄旨 詩我有旨蓄 食淡

【上平】餐素　餐落（騷夕餐秋菊之落英）餐糲　嘗旨（詩嘗其旨否）嘗苦　嘗素

分素　供旨

烹茶煮酒第十一

【平】烹茶　澆茶　煎茶　分茶（楊廷秀分茶不似煎茶好）研茶（張宛丘客至研茶手自煎）和茶　調羹（李白召見帝賜食親調羹）和羹　分羹（漢書幸分我一杯羹）懲羹（騷懲熱羹而吹齏）翻羹（劉寬婢翻羹污朝衣）投醪（古良將有投醪於河而三軍爲之死者）吹齏（騷）齎糧（唐紀行旅不齎糧）成糜（陳太丘子元方季方炊飯成糜）調鹽　尸饔（詩有母之尸饔）承糟（劉伶酒德頌捧甖承糟）傳餐（隋文日旰聽政衞士傳餐而食）蒸肴（選奠椒漿兮蒸蕙肴）題糕（劉夢得九日不敢題糕字）

【上去】裹糧（詩乃裹餱糧）煮茶　絕糧（孔子絕糧於陳蔡之間）乞糧（左申叔儀乞糧于公孫）點茶（蔡襄茶錄有點茶詩）瀹茶　當茶　碾茶（蔡襄茶錄有碾茶論）漱醪（劉伶酒德頌銜盃漱醪）具殽　治庖（莊庖人雖不治庖）摘蔬（陶摘我園中蔬）酌醪

羹蔬鮑焦事詳四字類 乞醢語或乞醢馬 潑醅李恰似蔔萄和潑醅 絮羹記客絮羹就器

中調和也 芼羹記內則以菜雜肉為羹也 受羹叔向受羹反錦 覆羹柳拱手覆羹

遺羹頴考叔遺母羹 作羹書若作和羹 薦羞 藉糟杜藉糟分汁滓 注醢

來俊臣鞠囚注醯于鼻 擣虀擣虀受辛故虀曰為辭字 斷虀范仲淹 作糜

谷炊沙作糜終不飽 糴鹽管仲糴鹽富國 覆鹽姚彪覆鹽於江 累鹽柳青箸累鹽歸

洞客 着鹽坡破釜不着鹽 煑鹽煑海水為鹽 貢鹽書厥貢鹽絺 蠲鹽

史膠鬲遭亂鬻販魚鹽 貸鹽沈玠從姚彪貸鹽彪不與 賣漿史薛公藏於賣漿 給漿

陽雍伯設漿給行旅 乞漿歲在申酉乞漿得酒 負餱詩或負其餱 賜腥語君賜腥必熟

而薦之 賜糕宋九日以花糕賜近臣 割牲漢明帝食三老五更袒割牲 禁錫

顏峻遇歲旱土言禁錫 伐冰記伐冰之家 挹漿詩不可以挹酒漿 酌酃笙賦傾縹瓷以

酌酃

〔仄〕煑酒 造酒杜康善造酒 漉酒陶潛以葛巾漉酒 釀酒醉翁亭記釀泉為酒 設酒

置酒杜置酒張燈促華饌 買酒 賣酒 貰酒 問酒杜借問有酒不 喚酒

坡喚酒與婦飲 索酒杜指點銀餅索酒嘗 取酒 送酒 載酒 泛酒 易酒

賜酒李義山龍池賜酒敞雲屏 寄酒 餉酒晉孔弈有餉酒易水者察之 棄酒

獵酒五代漢常思有從事來見曰必是獵酒 祭酒舉酒祭地 酹酒酹沃地也

奠酒 壓酒李吳姬壓酒勸客嘗 破酒唐永州民間昏禮會客至數百日破酒 具黍

孔子侍哀公設挑具黍 釀黍杜衰年催釀黍 設醴楚元王為穆生設醴 置醴 作醴

書肴作酒醴 泛茗 瀹茗 煮茗 具膳 進膳 進飯 進饌

進食史吾哀王孫而進食 進粥魏德公進粥於郭林宗 請粟語冉子為其母請粟 繼粟

孟廩人繼粟 賜肉 宰肉陳平宰社分肉甚均 割肉東方朔伏日自割賜肉 攫肉

繼肉孟庖人繼肉 切肉 受肉卓茂為令亭長受肉不問 市脯語孔子沽酒市

脯不食 作脯牛弘弟射殺牛命作脯 切脯 切鱠 縷鱠放翁喜肴縷鱠

映盤箸 饋藥語康子饋藥 問藥 給藥 淅米桓玄危語矛頭淅米劍頭炊

索飯杜叫怒索飯啼門東 買飯 賣飯 累飯莊子與因淋雨累飯往食子桑 飲酎

記天子飲酎 禁酤漢武初榷酒酤禁民酤釀 榷酤晁上 送飯 怒飯孟嘗君客怒飯

不等 賜飯 施粥 賜粥 散粥梁任昉為義興守歲荒散粥 煮粥

李勣為姊煮粥 賜食語君賜食 乞食曹翰傳子孫有乞食於逆者 侑食玉藻凡侑食

續食漢武詔縣次續食 遺食老人請齊捶公遺天下食 具食 絕食陳子昂以人有以

噎得病而欲絕食 致饑柳授館致饑 授粲詩還予授子之粲兮 設黍隋士諶會客先

設黍 射粽唐午日造角黍戲以小弓射之中者得食 解粽京師以端午節解粽 獻粽

賣餅趙岐賣餅北海市中 鬻餅 賜饌 設饌 執饌 執炙史顧榮割炙啖

執炙者 寄鮓 砟膾谷鱸魚砟膾蒸為粱 覆醢孔子聞子路被醢遂命覆醢 覆餗

易見後鼎覆下 餽麯劉伶餽麯藉糟 辟穀張良

上平

開醞 沽酒語沽酒市脯不食 賒酒 攜酒杜好事就之為攜酒 斟酒 傾酒

崔顥馬上共傾酒 行酒杜行酒賦詩殊未央 求酒魏大武就藏質求酒 還酒 為酒

詩為此春酒 醽酒詩醽酒有奠 齎酒王弘欲識淵明齎酒半道邀之 偷酒畢卓 分酒

臑酒溫公盧陵王命臑酒炙車螯 呼酒韓呼酒持勸君 烹茗曾茶山烹茗黑睞煙 煎茗

為黍語殺雞為黍而食之 燔黍記燔黍捭豚 炊飯 抄飯韓匙抄爛飯穩送之 攤飯

太白以午睡為攤飯 包飯杪綠荷包飯越盧人 摶飯記取飯作摶也 揚飯曲禮毋揚飯

分肉陳平事 均肉同上 懷肉見前懷餘下 燔肉 分食 推食

史推食食我 辭粟語原思與之粟辭 供饌晉武帝幸王濟宅供饌甚豐 供膳 傾釀

放翁淺碧細傾家釀酒 為醴詩為酒為醴 傳粽王沂公爭傳九子粽 煎餅 蒸餅

何曾蒸餅不拆十字不食 炊餅郭林宗見友人剪韭作炊餅 封餅高逸少因中貴有鞭供餅惡者

封以聞 封鮓陶侃母 還鮓孟宗母 懷糈見前拚糈下 上虛 活 下實

## 嘗羹飲酒第十二

平

嘗羹潁考叔未嘗君之羹 嘗茶陸龜蒙嘗茶試石甖 餔糟騷何不餔其糟 餔醨 含飴

漢明德氏含飴弄孫



◎

〔上仄〕啜茶 喫茶 嗜茶陸羽嗜茶著茶經 好茶王濛好茶人至輒飲之 飲茶谷薄酒終勝飲茶 飲醪 飲湯孟冬日則飲湯 飲醯唐任迪簡宴于李景略飲醯

飲羹 啜羹谷啜羹如放麑 不啜羹記以口啜羹菜也 喫羹 食羹 食糜高陽氏子衣敝食糜 歠醨騷何不餔其糟而歠其醨 咀虀蘇易簡吻燥咀虀數根

〔仄〕飲酒 酌酒 把酒 醉酒詩既醉以酒 勸酒 嗜酒杜嗜酒見天真

對酒選對酒當歌 病酒徐凝身上五勞仍病酒 啐酒記鄉飲酒啐酒成禮 釂酒

愛酒杜愛酒晉山簡 獻酒 使酒史季布使酒難近 被酒漢書高祖被酒 忌酒

禁酒 戒酒范質戒爾勿耆酒 止酒陶潛有止酒詩 斷酒安祿山准敕斷酒 避酒杜空愁避酒難

巽酒欒巴巽酒為雨 啜茗 飽飯歸來飽飯黃昏後 喫飯 拾飯殷仲堪飯粒落席拾啗之

噉飯隋賀若弼言楊素高熲惟堪噉飯 吐飯葛玄吐飯成蜂 就食詩以就口食

食粟孟曹交食粟而已 食肉孟老者衣帛食肉 啜粥孟啜粥面深墨 嗜炙孟嗜秦人之炙

飲水 減膳列子黃帝減廚膳 損膳 復膳記王季復膳 嚼肉

飯糗 孟舜飯糗茹草 齧骨 記曲禮毋齧骨 嗞膝 歠醢 記客歠醢主人辭以窶

嘬炙 記曲禮毋嘬炙一舉盡臠也

〔上平〕骨酒 酣酒 中酒 辭酒 家語子思辭酒受粟 嘗果 嘗膳 嘗餅

知味 大學食而不知其味 含糗 賢臣頌藜含糗 羹含 酎 韓䩙弱類含酎 躭酒 杜躭師須徵酒

茶邊酒裏第十三

〔平〕茶邊 茶前 茶間 茶先 齋餘 谷齋餘佛飯香 齋中 齋前

羹邊 羹中 殽中 殽間 肴邊 肴前 湯中 湯邊

〔上實〕〔下虛〕死

筵初 詩賓之初筵

〔上去〕酒中 放翁兀兀酒中趣 酒邊 杜觸忤愁人到酒邊 酒餘 酒初 酒先 酒前

酒間 姚合餘歡孟酒間 酒闌 漢書註飲酒半罷半在日酒闌 食前 孟食前方丈 食餘

食初 飯邊 飯前 飯間 飯初 飯中 飯餘 茗中

〔入〕酒裏 坡更於酒裏得天全 酒後 史酒後耳熱 酒半 酒畔 食後 食次

◎

食頃柳玭馮球飲地黄酒食頃而終　飯裏　飯後王播慙愧闍黎飯後鐘　膳後
粥後皷高眠粥後不開鴉　粥裏

(平)茶裏　茶罷　茶後　湯後　湯裏　羹裏　湯次　肴次
肴外　肴裏　齋後

流匙拍甕第十四

上虚　活　下實

(平)流匙　翻匙杜嘗稻雪翻匙　堆盤　供盤　充庖　傾壺　傾瓶
流觴蘭亭記引以為流觴曲水　崇觴柳崇酒于觴　飛觴　供盃　流盃
傾盃李一日須傾三百盃　傾罇　傾罍七命傾罍一朝可以流湎千日　開壺　開罇
開缸　開餅　稱觥詩稱彼兕觥　傾缸坡空花落盡酒傾缸

(去)在罇　酌罇　倒罇　在壺　倒瓶　罄瓶詩瓶之罄矣　酌罍詩我姑酌彼金罍　酌觥詩我姑酌彼兕觥　酌盃　覆盃杜數兒且覆掌中盃
泛盃　泛甌　舉匙　舉觴　濫觴家語可以濫觴　換貂

阮孚以金貂換酒 肆筵詩或肆之筵 迤釃 溢卮 羹鐺周貫羹藥鐺

凸觥杜牧之酒凸觥心激灩光凸音突 倒罋 落磑杜落磑何曾白紙濕

仄 拍甕 潑甕 落刃杜落刃鱠冰霜 落杵米杜落杵光輝白 落爪見後破柑下

落鼎 落箸 落俎西征賦應刃落俎 落盞 泛斝 泛盞 泛盎

出釜 出鑊 出盤 出鼎 入碾 入盆 入釜 放箸

杜放箸未覺金盤空 下箸杜下箸還小益 舉箸 動箸 應刃 執榼

掩豆晏嬰豚肩不掩豆 飣豆 徹俎 置俎 載俎抑載肉于俎 把盞

舉盞 沸鼎 沃釜 落磨 出磨放翁玉塵出磨飛屋梁

上平 凝椀盧仝白花浮光凝椀面 揚盞 揚觶記揚觶而語 傾巵 登几

升俎 崇俎 崇豆 翻匕 傾榼杜傾榼濁復清 登俎杜登俎黃柑重

空盞

## 匙翻甕釀第十五

上實 下虛 活

【平】匙翻　匙抄　匙挑　盤堆　盤空杜放箸未覺金盤空　盤盛　杯傾

杯斟　杯行韓杯行無留停　觴浮　觴行　觴稱　觴空　樽空

壺傾陶盃盡壺自傾　缸傾　筵張　筵收　瓶收　登盛詩卬盛于豆于

豆于登　囊盛　盆盛　瓢盛　籠盛　籠蒸　爐燒　爐烹

楊罩爐烹月嶺茶　鬵烹詩誰能烹魚溉之釜鬵　鍋煎　觥稱觥稱舉也

觚酬禮冬官獻以爵酬以觚

【上去】甑炊坡如坐深甑遭蒸炊　飯炊見前浙米下　席終　席陳　俎陳　俎升

俎盛　簠盛潘安仁我簠斯盛　簋盛　椀盛　豆盛詩卬盛于豆　甕盛

甕開　盞傾　錡湘詩于以湘之維錡及釜　斗量　斝流　釜烹

鼎烹谷未免人間五鼎烹　鼎臑楚詞鼎臑盈望　鼎煎　鼎調杜調和鼎鼐新

【去】甕釀　甕貯　釜爨孟許子以釜甑爨　甑爨　席徹　鼎和　鼎覆

易鼎折足覆公餗　蓐食左秣馬蓐食　廩蓄　俎薦　豆薦　豆飣

榤飣　觔斝　盞勸　盞凸坡盞凸光照牖　盞泛　盎泛　觶舉

爵獻枚乘爵獻金漿之醪　爵舉　榼貯　斗挹詩維北有斗不可以挹酒漿　瓶貯

上平

刀割　刀切　甌泛　甌貯　盤貯　盤簇韓賽盤簇䲡木　瓶貯

瓶瀉坡銀瓶瀉湯誇第二　瓶煑　鍋煑　鐺煑　筵散　樽倒　盂瀉谷盂盤瀉濁清見前

卮酹　匏酌詩酌之用匏　登薦　盆貯　瓢泛　矛淅

觥舉　觴舉　觴把　觚獻

盈筵滿椀第十六

上虛死　下實

平

盈筵　盈匙　盈甌　盈樽　盈盤　盈餅　盈觴　盈杯

盈卮　盈罍王粲詩旨酒盈金罍　盈觥　盈壺　盈筐詩不盈頃筐　盈盂

盈盆　盈缸

上仄

滿筵　滿匙　滿壺　滿卮　滿樽　滿盤　滿甌　滿觴

滿登　滿廚　滿罍　滿觥　滿鍾　滿瓶　滿罌　滿盂

滿盆　滿筐　罄餅詩餅之罄矣　罄罍

亥　滿椀　滿盞　滿席　滿筯　滿簋　滿爵　滿簠　滿缶

滿甕　滿楪　滿釜　滿俎　滿器　滿盎　滿豆

十幸　盈椀　盈盞　盈器　盈席　盈簋　盈爵　盈榼　盈盎

盈豆　饛簋詩有饛簋飧

天文　抄雲泛雪第十七

上虛　活　下實

千　抄雲杜飯抄雲子白　浮雲茶　蒸霞酒　沉霞茶曹鄴詩碧沉霞腳碎　庖霜

韓庖霜鱠玄鯽　流霞酒　飛霜鹽　熬波鹽張融賦熬波出素

十友　泛霞　酌霞盃酒　撥雲酒坡詩自撥床頭一甕雲　碾雲茶梅聖俞詩乾雲碾作塵

割雲麥　泛雲茗泛綠雲收址苑　碾塵范黃金碾畔綠塵飛　瀉油坡白酒無聲滑瀉油　破霜

破柑霜落爪

亥　泛雪　淪雪盃茶　積雪　撒雪盃鹽　滚雪　斫雪蟹　落雪膾　切月

瀹月　釀露酒　散露窦散似甘露　瀉瀑注酒

〔十平〕翻雪杜甫稻雪翻匙　烹雪坡試碾露芽烹白雪　飛雪茶坡眩轉遶甌飛雪輕　炊雪

坡金盤玉膾飯炊雪　堆雪谷鱠盤已見雪成堆　煎雪茶

雲芽雪片第十八

〔平〕雲芽　雲腴並茶坡建溪新餅截雲腴　霜韲坡廚裏霜韲倒舊甕　氷蔬谷水餅齏氷蔬〔並實〕

〔十仄〕月兒羹　雪花飯古詩雪花凝椀白　雪塵茶　月團盧仝手閱月團三百片　露羹

明皇賜李林甫瑤甘露羹　露芽茶

〔仄〕雪片膾杜傾箱雪片虛　雪乳茶　露白酒

〔十平〕雲子飯　雲腳茶經凡茶少湯多則雲腳散　雲液坡花前白酒傾雲液　雷莢驚雷莢茶也〔並實〕

春茶社酒第十九

〔節令〕

〔平〕春茶　春醪　春醅　春蔬　春菰　春盤杜春日春盤細生菜　春芽

秋蓴　秋鱸　秋茶　朝饔　朝韲韓朝韲暮鹽　寒韲　寒醅

◎

寒羞即寒具　晨羞東晳詩絜爾晨羞　晨梟七命晨梟露鵠　冬菁社冬菁飯之半

冬鮮　冬葅　冬湯孟冬日則飲湯　涼糕　時鮮曾時鮮鱠氷鯽

十亥　社茶翁靈舒芽煎未社茶　晚茶　午茶白午茶能破睡　夜茶寒夜客来茶當酒　夜糧

夜醪　臘醅　臘糟坡臘糟紅麯寄驢蹄　社糟　社羮　社糕秋社以社糕秋

酒相賫送　節糕　午飡　夕飡　曉蔬　暮鹽

亥　社酒　卯酒坡卯酒困三杯　曉酒　夜酒　節酒　臘酒　臘醞

臘醋　臘味　臘鱶　臘肉　社肉　宿肉語祭於公不宿肉　午膳

早膳　夕膳東晳詩馨爾夕膳　晚膳　晚粥　晚飯　社飯社日宫院以諸

肉雜物調和鋪飯上日社飯　社胙　社茗　晚茗　節粽　夏筍南都賦

伏醬

十辛　春酒詩為此春酒　春釀　春醞　春茗　春麫　春餅　春乳

春菜　春鎧酒庾信春鎧未曾開　春卯南都賦　春糗　春豆　春飯

秋笋 秋韭南都賦 朝饌 朝膳 時膳東京賦時膳四膏 時食

中庸薦其時食 冬醞

晨烹晚酌第二十 上實下虛活

平 晨烹 晨煎 晨炊 晨舂 朝烹 朝炊 朝餐 時餐

時嘗 時炊 時傾 時蒸 秋蒸

去 午炊 曉炊 曉沽 曉斟 曉嘗 晚傾 晚炊 晚沽

晚餐 夕餐 夜舂 夜賒 晝飧

仄 晚酌 晚飲 晚焙 晚貰 晚瀹 曉割 曉炙 曉設

曉啜 曉哺 曉淅 夜設 夜飲 夜酌 午酌 午飲

晝食 旰食 早辦 日啖坡日啖荔枝三百顆

上 時啖 時炒 時飲 時送 時啜 時買 晨煑 晨酌

春酌杜清夜沉沉動春酌 春薦月令季春薦鮪 朝飲騷朝飲木蘭之墜露

地理

# 山殽野蔌第二十一

並實

平 山殽醉翁亭記山殽野蔌 山醪 山醅 山羹坡強為僧舍煑山羹 山茶 山毛

山芽谷山芽落磑風雪四 村肴 村醅放翁西埭村醅釃 村醪谷村醪或可尊 鄰醪

家醪孟郊家醪良可酺 畦蔬杜畦蔬遶舍秋 園蔬 鄰蔬杜鄰舍與園蔬 池鹽

場鹽 天漿韓擧瓢酌天漿 丘糟大寶箴彼皆不知丘其糟而池其酒 鄉蒪 園茶

鄰醯語微生高乞鄰醯 廚珍谷走送廚珍自不背

仄 野茶 野芹 野蔬杜野蔬暗泉石 野肴 野羹王建野羹溪菜滑 水鮮

海鮮 海鹽 竈鹽 井鹽梅聖俞汲井熬鹽白 澗蘋詩于以采蘋南澗之濱

澗蘩詩于以采蘩于澗之中 澗蔬韓澗蔬煑蒿芹 土酥杜金城土酥淨如練 陸珍

豈愧無海陸珍 谷瓜秦始皇坑儒事

仄 野蔌野菜也 野菜 野果杜野果充餱糧 野味 野物 野酒

野餉坡野餉籃有蔥 野飯杜野飯射麋新 野膳杜野膳隨行帳 海味耿湋海味惟甘

久住人海物書海物惟錯海錯韋山珍海錯棄藩籬海蛤海味海饌谷海饌糖蟹肥

海菜室酒記玄酒在室社酒社胙社肉胙肉戶醆

戶醴記醴醆在戶禁臠晉元帝得豚項上一臠號禁臠陸醢兎醢鴈醢廟食坡廟食百世

上平

村酒放翁晨沽村酒掛驢鞍鄰酒杜鄰人有美酒池酒家食易不家食吉

家飯家醞坡年來家醞有奇芬家宴家釀韓爛漫倒家釀村釀坡自遣赤脚沽村釀

齋釀曾茶山齋釀愜於冬飲湯山實李賀山實垂頳紫山果杜山果多瑣細

廚膳廚餅廚饌堂饌張文瓘不節堂饌堂食宮宴村醞

溪蔌坡旋折松杉煮溪蔌崖蜜杜崖蜜亦易求庖肉孟庖人繼肉田餉

並實

畦菜

## 藜羹麥飯第二十二

花木

平

藜羹莊子藜羹不糝芹羹杜香芹碧澗羹蓴羹梅羹韲羹蔬羹

葵羹坡爛煮葵羹斟桂醑松醪坡松醪酒熟旁看醉菘盤蔬盤椒盤元日杜椒盤已

頌花 椒觴 椒漿騷奠桂酒兮椒漿 椒湯 蘭湯騷浴蘭湯兮沐芳 蘭漿
蘭肴蘭肴山踈 蘭膏楚詞蘭膏明燭 芹菹周禮醢人七菹有芹菹 桃菹
記內則 菁菹周禮七菹有菁菹 葵菹周禮七菹有葵菹 梅菹記內則 菭菹
周禮七菹有菭菹菭水衣也 蒲菹左享有昌歜蒲菹也 蒲觴 萸觴 糠糜 芹虀
橙虀王昌齡青魚雪落膾橙虀 萍虀石崇擣韭根雜麥苗為之 花糕宋九日以花糕
賜近臣 花酥 桃湯元日服桃湯辟邪氣 麻糖 梅醢苦酸之用
【十六】筍羹 菜羹 藿羹 木羹 芋羹王維嘉蔬綠芋羹 菊盃九日 筴鹽
麥麈麪 麥糕 棗餻寒食蒸餻團棗附之 菜虀 黍酏記內則以黍為粥也 黍糜
韭虀 韭菹周禮七菹有韭菹 筍菹周禮七菹有筍菹 節菹周禮七菹有節菹
桂漿騷援北斗兮酌桂漿 蔗漿漢書註取甘蔗漿以解朝酲 蔗餳 杞糧 粉餈
記內則餈稻餅以豆粉糝之 柏觴元日 蕙肴騷蕙肴蒸兮蘭藉
【六】麥飯漢光武滹沱河進麥飯 麥餅 麥麪 麥粥 麥醬 麥醋

◎

麥粉　豆粉　豆粥馮異進光武豆粥　豆餅　豆豉　糗飯　粟飯

豆飯坡作麥飯雜小紅豆　菜粥　杏粥坡火冷餳稀杏粥稠　茗飲杜茗飲蔗漿攜所有　茗粥

谷一水試茗粥　藿食　米食　米粉　米醋　艾黍　艾酒　柏酒

杜飄零還柏酒　菊酒漢宮人九日飲菊酒　桂酒駱　藥酒姚合勸僧常藥酒　樹酒頓遜國有樹汆

其花釀酒甘美　草酌　果酌　蒟醬選蒟醬流味於番禺之鄉　芥醬記內則

笋藪詩其藪維何維笋及蒲　槲藪　杏酪坡瀹杏酪之蒸羔　木酪王莽末關東煮

木為酪　菊糗　桂醑坡先生洗盞酌桂醑　瓠脯史祖逖玄酒忘勞甘瓠脯

上平

蔬食　菰菜　菰米杜波漂菰米沉雲黑　菰飯　麻飯即胡麻飯　麻餅

餅入胡麻為之　蒲醞　蒲酒　蒲醑　蒲脯趙高事西征賦野蒲變而為脯　蒲藪

見前笋藪下　萸酒　椒酒　柑酒安定郡王以柑釀酒　椰酒　蔬酒　榆醬

榆粥史陽城屑榆為粥　茭粽　槐餅坡青浮卵盌槐芽餅　椰麪嶺南出桄榔麪　橙鱠

見後金虀下　梅腊詩號梅暴乾為腊

# 斟花酌柳第二十三

上虛活 下實

平

斟花（魏文帝浮甘瓜於清泉） 斟蒲 傳柑（唐上元夜以黃羅包柑遺近臣） 分柑 分瓜 浮瓜 持粱 炊粱（劉后村舍下炊粱熟） 炊秔 調梅（見前梅下） 烹葵（詩七月烹葵及菽） 思蓴（張翰） 蒸藜（曾參事母孝妻蒸藜不熟出之） 餐荼（選餐荼更如薺）

上去

食芹（見後獻芹下） 食葵 食麻（記食麻與大） 食瓜（詩七月食瓜） 剖瓜 破瓜（王建二月中旬已破瓜） 破柑（杜破柑霜落爪） 釀柑（安定郡王釀柑酒號洞庭春色） 嗅柑（羅公遠嗅柑缺一角） 切蒲（自切菖蒲泛濁醪） 泛蒲 泛萸 設葱（史陰就設麥飯葱葉食井丹） 斷葱（漢陸續母斷葱以寸為度） 斷壺（詩八月斷壺） 頌椒 奠椒（騷奠桂酒兮椒漿） 煑蓴 煑葵（坡煑葵燒笋餉春耕） 煑梅（五月煑梅為豆實） 煑芹（杜飯煑青泥坊底芹） 獻芹（嵇康野人食芹美思獻君） 薦蘋（劉滄傳車日晚薦蘋藻） 薦蘩 嚼梅 采蘭 茹芝（列仙傳呑水須茹芝莖） 叔苴（詩九月叔苴） 采荼（詩采荼薪樗） 擣蘭（楚詞擣木蘭以矯蕙兮）

〔灰〕酌柳　食藿　食藥　食鬱詩六月食鬱及薁　食薁見上　食麥記食麥與羊
食菽記食菽與雞　食黍記食黍與豚　食稷　食糵白飲氷復食糵　食蕉
食果　泛艾　泛菊杜李月當泛菊　嚼菊　嚼蕉　嚼李　咽李
孟陳仲子事　啖蔗韓初味猶啖蔗　啖棗　啖橘　剖橘晏子賜君前者橘柚不剖
煑豆　芼荇詩參差荇菜左右芼之　祭韭詩獻羔祭韭　茹草孟舜飯糗茹草
蓄菜記務蓄菜　咬菜王信民人常咬得菜根　嗜芰屈到嗜芰　噉薤
矯蕙矯擷揉也　擷菊陶潛九日無酒擷菊悵望　薦藻杜薦藻明區區　毀菽
〔上平〕嘗稻記天子乃以犬嘗稻　嘗藥　嘗茗　嘗麥記天子乃以彘嘗麥　嘗黍月令天子以雛嘗黍
炊黍王維蒸藜炊黍餉東菑　炊稻　燒筍見煑葵下　蒸茗
蒸豆　餐蕉　餐菊見餐落下　餐柏　餐木　烹菽　烹瓠
詩幡幡瓠葉采之亨之　懷橘陸績懷橘遺母　蒸栗杜山家蒸栗暖

松花竹葉第二十四〔並賞〕

平
松花酒 椒花酒 榴花酒也崖州人以榴花釀 蓮花酒 蘭英香藥酒
茅柴酒韓子蒼飲慣茅柴諳苦硬 槐芽餅 梨花杭州酒名梨花春
仄
穀芽茶 菊花酒
仄
竹葉酒杜山杯竹葉春 藿葉膾坡紅點冰盤藿葉魚 麥粒茶曾麥粒汝來品絶倫
粟粒茶坡武夷溪邊粟粒芽
入
桑落河中桑落坊以桑落時釀酒 椒柏酒 槐葉麪

鳥獸

## 羊羹鯽鱠第二十五

並實

平
羊羹說苑宋華元以羊羹敗 鱸羹 梟羹漢午日賜百官梟羹 饘羹 魚羹
熊羹紂怒熊羹不熟殺庖人 黿羹鄭靈公黿羹不均 雞羹 鶉羹記内則
豚蹄史禳苗者操一豚蹄 豚肩晏嬰祀先豚肩不掩豆 羊頭史爛羊頭關内侯 駝峯
鵝脖鵝腊也 犓腴牛肉脯 猩脣七命燕髀猩脣 魚飧 牛羓
鵪羓七命 牛脩記内則 牛腱楚詞肥牛之腱 熊蹯左宰夫胹熊蹯不熟 麋腱

麟脂 謝玄卿遇仙設素麟脂

上亥

彘肩 樊噲啖生彘肩 兔肩 馮異進光武麥飯兔肩 豕肩 蟹螯 柳擢手持蟹螯

蟹黃 谷蟹黃然有白 蟹臍 蟹胥 蟹醢也 雀脂 肉糜 史何不食肉糜

雉膏 易雉膏不食 雉羹 犬羹 豹羹 楚詞味豹羹只 豹胎 六韜王者杯象

必將熊蹯豹胎 鳳胎 蘇易簡吻爍咀鼈謂鳳胎不及 鳳膏 漢武得白鳳之膏 鳳茶 鹿糕

民間九日糕上置鹿數枚 鹿醢 家語蘭本湛以鹿醢 鴨腠 鴨腊也 鸞脾 七命 獸蹯

七命封獸之蹯熊掌也

亥

鯽膾 鯉膾 七發鮮鯉之膾 兔醢 記內則脯羹兔醢 骨醢 楚詞以其骨為醢 鴈醢

周禮七醢有鴈醢 蜜餌 楚詞粔籹蜜餌 蜜酒 歌坡有蜜酒 鹿酒 馬酒

漢武以馬乳為酒 蟻酒 陳令舉相對樽浮蟻酒 蟻醬 廣人掘大蟻卵為醬 蟻醢

鱟醬 誠齋有鱟醬詩 卵醬 見後濡魚下 雀鮓 雀炙 王祥毋思黃雀炙 鶴炙

豕炙 記內則 豕臛 記內則 豕胾 記內則胾大肉也 豕脯 兔脯

鹿脯 肉脯 肉食（左肉食者謀之） 血食（史蓋懼漢氏之不血食也） 馬腊

馬酪 鹿米（白居易鹿米麞牙稻）

[illegible] 魚鱠 魚腊（周禮實之牲體魚腊） 魚鮓 魚醬 魚醢（記内則膏魚醢） 麋魚炙

鴞炙（莊子見弾而求鴞炙） 牛炙（記内則炙牛肉也） 雞炙 鵝炙 貛炙 羊炙

（記内則） 龍鮓（陸機餉張華龍鮓） 鰕鮓 鮫鮓（漢昭帝得鮫命作鮓） 羊臛（記内則）

羊酪（坡蓴羹羊酪不須評） 羊脯 羊胾（記内則） 雞距 雞腳 雞臛

（温公楚王猶食鷄臛） 熊掌（孟熊掌亦我所欲） 熊膽（柳公綽妻以熊膽和丸賜諸子） 熊白

（呂氏春秋肉之美者腥脣熊白） 熊腊（坡隴饌有熊腊） 羔酒（党大尉家飲羊羔羹酒） 蛇酒

腥體 鱸鱠（張翰思鱸鱠） 鸞脯（蘇易簡吻燥咀虀自謂鸞脯不及） 麋脯（記内則）

麟脯（仙傳麻姑宴有麒麟脯） 虬脯（杜陽編同昌公主宴有紅虬脯） 麕脯（記内則）

牛脯 牛臛（記内則） 牛胾（記内則切牛肉也） 牛膾（記内則膾腥肉也） 豚醢

鯨膾（韓與子共餉鯨魚膾） 鳩膾（坡春鳩行可膾） 蝸醢（記内則蝸螺也） 蚳醢（記内則以蚍蜉）

子為醢也貍首

屠龍煮鶴第二十六與鳥獸門攀龍附鳳互用 上虛活 下實

平

屠龍莊子朱泙漫學屠龍於支離 屠羊坡擊鼓吹簫屠白羊 刲羊易士刲羊無血 炮羊

烹羊 烹羔李烹羔宰牛且為樂 烹雞 烹鵝 烹猴梵人烹猴為燹 烹魚

詩誰能烹魚 烹龍李賀烹龍炮鳳玉脂泣 烹豬 烹牛 椎牛 蒸豚

陽貨饋孔子蒸豚 蒸鳧楚詞炙鴰蒸鳧 煎鴻楚詞煎鴻鶬些 煎鶬 炰羔

楚詞胹鱉炰羔 浮蛆酒 炮蛙谷炮蛙煎鱔薦松醪 濡豚記內則濡豚包苦實蓼 濡雞

記內則濡雞醢醬實蓼 濡魚記內則濡魚卵醬實蓼

上去

炙雞徐穉炙雞絮酒 炙魚 炙羊 炙肝 炙鵝 宰鵝 宰牛

殺羊詩曰殺羔羊 爛羊見羊頭下 獻羔 飲羔見羔酒下 殺雞

割雞語割雞焉用牛刀 煮雞 食雞 食魚 饋鵝孟陳仲子有饋其兄生鵝者

鱠鱸 薦鱉 茹毛大古之時茹毛飲血 膾鱗坡欲膾湖中赤玉鱗 煮魚

〔仄〕煮鶴李義山殺風景破琴煮鶴　鱠鯉詩炰鱉鱠鯉　刺豕　泛蟻　炙兎

炙鴿　炙鹿　食鱉　食鴈　薦鮪月令季春薦鮪於寢廟　飲血

臛雀楚詞煎鰿臛雀

〔上平〕持蟹畢卓左持蟹右持酒　浮蟻選浮蟻若萍酒也　羞鱉蘇老泉羞鱉不時　炰兎詩有兎斯首炰之燔之

炰鳳見烹龍下　炰鱉詩　臑鱉　煎鱔　煎鰿　燔兎

烹鯉選呼兒烹鯉魚　屠狗樊噲屠狗

## 麞牙雀舌第二十七

〔平〕麞牙見鹿米下　龍團建州茶　鵝黃酒　猫頭笋　駞蹄杜甫勸客駞蹄羹〔並實〕

〔去〕馬蹄笋

〔仄〕雀舌茶　蟹眼茶　鳳爪茶　鳳胯茶　犢角笋　雉尾尊　鴨脚葵又銀杏

〔上〕魚眼湯坡蟹眼已過魚眼生　鷹爪茶谷家山鷹爪是小草　鷹嘴茶劉禹錫自傍芳叢摘鷹嘴

聲色

# 黃粱白酒第二十八

上半虛 下實

黃粱 楚詞挈黃粱些 黃精 杜三春濕黃精 黃芽 茶品 黃雞 黃流 鬱鬯酒

黃虀 黃醅 白樂天嘗酒家醲黃醅 青精 杜豈無青精飯 青鹽 胡中出青鹽

青蔬 紅醅 紅鮮 西征賦紅鮮紛其初載 紅鹽 坡橄欖詩紛紛青子落紅鹽

上仄

白醪 坡白醪光泛新春 白鹽 周顒山中赤米白鹽 白醅 坡金樽瀉白醅 白糖 白粱

赤粱 紫茸 茶 綠醅 坡綠醅寒更濃 綠葵 杜香宜配綠葵 綠蔬 綠菹

見菹酸下 翠濤 茶范希文碧玉甌中翠濤起 素濤 紫英 茶 紫鹽 綠華

唐同昌公主每賜茶有綠華紫英 素鱗 杜水精之盤行素鱗 碧餳 韓稠凝碧浮餳

仄

白酒 白醑 白醞 白蘖 楚詞吳醴白蘖 白蜜 坡悠傾白蜜收五稜 白薤

白飯 杜與奴白飯馬青芻 白麪 白粥 白米 綠醑 琴操滿斟綠醑奠芳草

綠蟻 酒選綠蟻方獨持 素饌 素食 紫餅 見後戴王下 紫筍 茶 赤米

碧蜜 唐德宗時吳明國貢碧蜜 黑黍 坡黑黍黃粱初熟後

【上平】玄酒 即水也 紅酒 黃酒 黃米 丹果 紅粒 選紅粒貴瑤瓊

紅稻 谷紅稻香盂飯 紅蜜 兜離國貢紅蜜 紅糝 紅麴 紅醋 紅鮓

玄鄉 谷偶思燦老庖玄鄉 玄穀 蜀都賦衰玄穀黑黍也 朱果 杜朱果爛枝繁 華饌

見置酒下 青飯 見青精下

【珍寶】

珍羞玉食第二十九

【並實】

【平】珍羞 珍蔬 柳珍蔬折五船 珍肴 瓊漿 楚詞有瓊漿兮 瑤漿 楚詞瑤漿蜜勺

瓊酥 李商隱玉液瓊酥作壽杯 瓊羞 騷折瓊枝以為羞 瓊膏 唐懿宗作瓊膏乳 瓊醅

瓊粻 騷精瓊靡以為粻 瓊飴 謝玄卿遇仙設瓊飴酒 瓊脂 金蔬 杜園蔬抱金玉

金波 酒 金齏 隋煬帝縷橙拌鱠號金齏玉鱠 金芽 茶盧仝先春抽出黃金芽 金醅

文鑑玉蘭酒熟金醅溢 金漿 枚乘柳賦爵獻金漿之醪 金脂 酒 金羹 何志熙金羹收

稻後 瓊肌 餅坡炊裂十字瓊肌香 瑤脂 酒 銀絲 見鮮鱠下

【上仄】玉脂 見烹龍下 玉漿 酒坡龍根為脯玉為漿 玉粳 飯 玉醪 玉醅

坡且折霜鮮浸玉酪 玉膏 登樓賦把以玄玉之膏 玉華鹽 玉津 醬詳後金醬下

玉鯉 坡磨刀切玉鯉 玉飴 黃庭經飲以玉飴 玉蔬 玉塵 白新茶碾玉塵 繡糕

李後主金盤繡糕 綺肴 選綺肴紛錯重

【反】

玉食 書惟辟玉食 玉果 坡犀錢玉果 玉乳 茶 玉液 酒劉孝標壺開玉液

玉粒 米 玉版 筍坡來參玉版師 玉鱠 見金虀下 玉屑 漢武承露和玉屑飲 玉饌

玉糝 坡有玉糝羹 玉醴 揚雄太玄賦飲玉醴以解渴 玉友 酒名劉斯立有玉友傳

玉縷 鱠 玉薤 隋煬帝酒 玉柱 饅頭也 玉粽 玉飯 石乳

玉酒 瀛洲玉膏酒 寶胯 茶谷香包解盡寶胯帶 綺饌 杜無私齋綺饌

【上平】

金黍 金果 金醬 西王母楚漢武玉津金醬 珍饌 何曾子劭每食必盡四方珍饌

珍味 珍食 珍膳 曹植詩珍膳雜遝 珍果 張承業列珍果 珍鱠 銀鱠

杜鮮鯽銀絲鱠 絲鱠 見上 銀線 谷湯餅一杯銀線亂 銀餅 乳酪為之作銀餅餤 唐玄宗 琅菜

碧海之琅菜

包金淅玉第三十　上虛活　下實

平　包金角黍　分金蘇洞庭橘熟客分金　炊金飯駱賓王炊金饌玉　傾銀酒杜傾銀注玉驚人眼

飛銀　流脂米

上去　滴珠李賀小槽酒滴珍珠紅　淅珠范至能淅米如珠和豆煑　瀉珠米　落珠蒙茸出磨細珠落　爵金坡休粘霸藥爵黃金

去　淅玉米韓淅玉炊香粳　切玉杜白魚如切玉　泣玉烹龍炰鳳玉脂泣　食玉蘇秦食玉炊桂

饌玉杜分明饌玉恩　截玉坡紫餅截圓玉荼也　煑玉雪花煑成玉麪也　注玉酒也見傾銀下

煅玉　泛玉蒲

上平　浮玉后山瓜浮紺玉香　炊玉杜玉粒足晨炊　頳玉　飡玉杜未試囊中飡玉法

偷玉玉桃偷得憐方朔

人物

君羹毋膾第三十一　並實

平　君羹頳考炋未嘗君之羹　神膳　神漿　仙漿　仙醪　仙丹　仙茶

僧茶 官茶 官鹽 軍糧 侯鯖五侯鯖

【上亥】御羹 毋羹陸績毋調羹肉必方葱必寸 御茶 客茶 客糧 客鹽

士鹽 士韲 獠羞韓獠羞螺蟹弁

【亥】毋膾 毋飯 毋鮓陶侃孟宗毋 毋食孟陳仲子以毋則不食 父飯

父膳 御膳 御饌 御食 御果 御酒 客酒 虜酒高適虜酒千鍾不醉人

虜饌坡久客厭虜饌 旅食杜旅食京華春

【上平】君食語君賜食 兄食孟紾兄之臂而奪之食 親炙 仙飯 仙醞

仙藥 仙果劉夢得海中仙果子生遲 仙醴杜仙醴來浮蟻 仙酒坡松花仙酒釀

仙饌麟脯仙饌 醫酒 官酒 官酤 官米 神麴藥名 神胙

神藥韓神藥銷宿憊 公宴 公餗易覆公餗 軍餉 農餉 夷酪

僧粥坡木魚曉動隨僧粥

盧茶杜酒第三十二

【並實】

平

盧茶盧仝閩茶歐歌有閩茶蒙茶蒙山頂茶張蓴張翰吳蓴吳中蓴羹

尭羹見尭於羹吳羹吳人善作羹裴詞陳吳羹柴吳鹽胡鹽淮鹽

戎鹽戎有飴鹽齊鹽禹貢青州貢鹽齊瓜饎飡左僖負羈饋飡重耳吳秔

吳中秔米

去

越醪漢醪薛醪薛公賣醪郢醪唐宮中有郢水坊陸茶陸羽楚醢

楚糟傳羹傳說若和羹惟鹽梅邵瓜邵平秦東陵侯秦亡為布衣種瓜石虀石崇韭萍虀

蜀酥坡況有新詩點蜀酥蜀鹽頡羹頡考烑

入

杜酒杜康造酒畢酒畢卓嗜酒盜飲狄酒戰國策儀狄作酒禹酒禹惡旨酒

趙酒趙酒厚魯易以獻楚魯酒魯恭公朝楚酒薄易趙酒獻之魯醞禹食禹菲飲食

漢酤漢武初榷酒酤漢酎楚糉楚人午日投糉吊屈原楚酪楚詞和楚酪只

楚瀝楚詞和楚瀝只楚膩韓楚膩鱸鮪亂楚醞漢粟漢書太倉之粟紅腐郭餅

郭逵懷餅讀書范粥范仲淹斷虀畫粥孟鮓孟宗朔肉東方朔

【上平】陳肉陳平宰社分肉均　平肉見上　周粟史夷齊恥食周粟　秦粟左晉饑秦輸之粟　張鱠

姜鱠姜詩母　巴橘巴園人收兩大橘剖之有二叟　郫酒郫蜀縣杜酒憶郫筒不用沽

醽酒醽詩爲此春酒　齊酒酒高者名青州從事言至臍也故借以名酒　吳醴楚詞吳醴白糵

吳膾吳王　陶鮓陶侃　潘米　盧飯　秦炙孟耆秦人之炙

## 茶神酒聖第三十三

【並實】

【平】茶神陸羽爲茶神　茶仙

【上去】麴神坡糟麴有神熏不醉　麴生葉法喜有麴生來謁擊之乃釀醍也　酪奴若爲酪奴齊王肅事　酒神

酒賢酒清者爲聖人濁者爲賢人　酒魔元載不飲鼻尖挑出小蟲曰酒魔　酒仙　酒狂

酒豪　藥君　藥臣本草藥有君臣佐使以相宣攝合和

【仄】酒聖李詩已聞清比聖　酒母麯　酒癖　食主醬　食將史鹽食肴之將　藥佐

藥長史酒百藥之長

【上平】醅母酒　歡伯酒見易林

## 詩逋酒債第三十四

【上實】【下半虛】死

【平】詩逋　茶巡　湯巡

【上仄】酒巡　酒功（尋山得酒功）　酒權（鄭谷愁破方知酒有權）　藥功　藥方

【仄】酒債（杜酒債尋常行處有）　酒式（周禮以酒式誅賞）　酒禍（記先王所以備酒禍也）　酒課

酒價（杜街頭酒價常苦貴）　酒禁（曹操以年饑兵興表置酒禁）　酒限（陶侃每飲酒有定限）

酒令（周禮酒正掌酒之政令）　酒法（溫公酒非內法）　酒戒　食節（記食節事時）

味節

【上平】湯奩　肴品　肴節　肴數　鹽課（白每年鹽課納官時）　鹽法（第五琦始置榷鹽之法）

## 無肴有酒第三十五

【上虛】死【下實】

【平】無肴（坡有酒無肴）　無魚（馮驩彈鋏歸來乎食無魚）　無鹽（坡過來三月食無鹽）　無羨

無茶　無醯　多鹽　多茶

◎

上仄 有茶 有肴 有盬 有羹 有虀 有醢 有湯 有蔬

仄 有酒 有兔詩有兔斯首 有肉 有膾記內則大夫燕食有膾無脯 有脯

記內則有脯無膾 有醴 有醯 少肉

上平 無肉坡可使食無肉 無酒 無食 無膾 無脯 多食 多汁

多肉 多骨

身體 澆腸適口第三十六

平 澆腸酒韓數盃澆腸雖暫醉 充腸杜充腸多薯蕷 撐腸坡長腰尚載撐腸米 搜腸

盧仝三椀搜枯腸 開顏杜相勸酒開顏 開懷 清心坡泠冽清心胃 開心

坡開心煖胃門冬飲 寬心杜寬心應是酒 平心君子食之以平其心 清肌盧仝五椀肌骨清

沾脣 濡脣史酒未及濡脣 澆胸谷酒以澆胸中之磊磈 酣身

膠牙白一楪膠牙餳 生津 垂涎 流涎杜道逢麴車口流涎

上仄 破顏楊公濟且持王爵破愁顏 解顏坡坐客相看為解顏 駐顏李大藥駐朱顏 潤喉

◎

盧仝一椀喉吻潤　腐腸呂氏春秋肥肉厚酒腐腸之藥　朶頤易觀我朶頤　蕩心

鎮心鄭均讀書時大熱以瓜鎮心　裂肝　濺牙楊萬里梅子留酸濺齒牙　入脣

莫厭傷多酒入脣　下咽史餐未及下咽

〔仄〕適口史所食不過適口　入口韓一片入口尻疴痊　爽口老子五味令人口爽　蕩口　在口

記食在口則吐之　可口莊梅梨橘柚皆可於口　滌口七發酌以滌口　濺齒

潤吻　燰胃　養胃　溢嗌楚詞嗌只不溢　腐脅周顗客飲醉腐脅而死

腐髓　滌指左鄭靈公滌指黿鼎　爛手劉寬婢翻羹曰羹爛汝手乎　亂性　飽腹

滿腹后小滿腹一杯羹　在頷

〔上平〕流頰　頳頰坡未能頳我頰　清骨　流齒坡清泉漱漱先流齒　餬口杜童稚日餬口

澆口坡澆我談天口　澆腹坡一澆空腹五車書　充腹曾子固山藜不充腹　傷性　濡首

易飲酒濡首　濡吻坡燥吻時時着酒濡　沾舌

消愁解悶第三十七　〔上虛〕活〔下實〕

【平】

消愁（杜一峽消愁定幾巡）澆愁（坡澆愁有半餅）忘憂（左唯食忘憂）除憂（易林酒爲歡伯除憂來樂）

通靈（盧仝六椀通仙靈）支飢 充飢（杜充飢憶楚萍）治聾（社日酒號治聾）

扶衰（漢書酒所以扶衰養老）除煩（坡除煩去膩不可無茶）

【去】

解憂 解酲（劉伶五斗解酲）解愁 掃愁（坡酒詩亦號掃愁帚）散憂（杜一酌散千憂）

破愁（坡一樽遙破愁眉）散愁（坡醉行堤上散吾愁）取歡 合歡（記酒食所以合歡也）盡歡

療飢（采芝歌可以療飢）止飢

【仄】

解悶 破悶（盧仝二椀破孤悶）破睡（白破睡見茶功）醒睡 散睡（白午茶能散睡）

發汗（盧仝四椀發輕汗）解渴 止渴（魏武行軍望梅林而止渴）激氣（酒）破恨（坡破悵懸知酒有兵）

助飽（禮食竟更作三飧以助飽實）益智（盧循遺劉裕以益智粽）

續命（劉裕報循以續命湯）弛念（東征賦酌尊酒以弛念）

【平】

消恨 消慮（陶酒能消百慮）消悶 澆悶 舒笑 和事 來樂

銷憊（韓神藥銷宿憊）

數目　三牲五味第三十八　上虛死下實

平　三牲記內則牛羊豕也　三牷　三漿　三犧麋鹿麇見周禮　三牢周禮子男飧牽

三牢　多肴　雙魚杜且食雙魚美　兼珍後漢紀食無兼珍

去　八珍淳熬淳毋炮豚炮牂擣珍漬熬肝膋見內則　六禽周禮鴈鶉鷃雉鳩鴿也　六牲

周禮馬牛羊犬豕雞也　六清周禮王飲用六清水漿醴涼醬酏也　百羞周禮選百羞醬物珍物以俟饋

庶羞儀禮上大夫庶羞二十品　庶鮮　二牲記內則若富則具二牲　五齏

五豝詩一發五豝　五葷道家以蒜韭芸薹胡荽薤為五葷　五牲左五牲謂麋鹿麇狼兔也

五羹　五辛楚人元旦食五辛盤　五牢周禮子男饔餼五牢　七牢左秦伯改館晉侯饋七牢

九牢周禮上左饔餼九牢　一肴公孫弘　一漿崔承慶言諸將嗜利以一漿十餅誘之去矣

五漿莊子吾食於十漿而五漿先饋　十漿　二羹記內則士不二羹胾　二湯　四鹽

四膏記牛膏香犬膏臊雞膏腥羊膏羶　七菹韭菁茆葵芹菭筍見周禮

入　五味醎苦酸辛甘也見周禮　一味杜敕厨惟一味　一飯　一食　一肉

公孫弘為相食一肉一麪一臠崔浩嘗肉一臠識鼎中之味二臠二胾

記內則二醴二韭李崇性儉為尚書一食二韭四酎四重酎酒楚詞四酎并熟

二味闔廬食不二味四膳記孟春食麥羊夏菽鷄秋麻犬冬黍彘四飯語四飯缺適秦

四飲清醫漿酏見周禮四醢四食天子四食五齊酒也泛醴盎醍沈見周禮

庶食五餌五穀稻黍稷麥菽五飲記五飲上水漿酒醴酏五饌

五飯婦人之禮精五飯六膳即六牲六物記兼用六物謂造酒之具六穀

黍稷稻粱菽麥見周禮六飲六飲即六清六食六食即六穀六味六粽

七醢醓蠃蠯蚳魚兔鴈八餅坡待賜頭綱八餅茶九醢八物周禮珍用八物即八珍也

十餅註見一漿百味百藥曰乘衰百藥攻百醬周禮百醬謂醬用百二十甕

上平

三酒事酒昔酒清酒見周禮三飯語三飯繚適蔡三饗朋酒詩朋酒斯饗

三醴重肉晏嬰食不重肉兼肉兼饌史一人兼二人之饌兼味杜盤飧市遠無

兼味

三盃一斗第三十九

平　三盃李三盃通大道　雙盃　千盃　雙壺　雙鍾　三鍾　千瓶　上虛死下實

千鍾孔叢子堯飲千鍾　千觴放翁一笑未了千觴空　千倉詩乃求千斯倉　三樽

三升王績待詔門下日給酒三升

上仄　一簞語一簞食　一瓢語一瓢飲　一樽選我有一樽酒　一壺李花下一壺酒

一甌　一盃　一觴　一缸陸龜蒙曾伴幽人一缸酒　一升日食一升飯

一餅曾子固收心一餅間　一盂韓食朝夕一盂飯　一盤　半升坡半升僅漉淵明酒

二升陸納酒止可二升　五升杜日糴太倉五升米　數升坡一舉輒數升　兩餅

七升劉表子爵受七升　兩鍾坡薄薄酒飲兩鍾　半餅坡半餅濁酒待君温　五壺　十壺

萬鍾　一鍾　一觥　百壺詩清酒百壺　百盃杜百罰深盃亦不辭

十觴杜一舉累十觴

仄　一斗杜速宜相就飲一斗　一醆杜纔傾一醆即醺人　一豆　一椀盧仝茶歌一椀喉吻潤

一石劉伶一飲一石　一爵記君子飲酒一爵而色灑如　一笥世祖微時樊曄饋餅一笥

一缶　一甕　一釜　二爵記二爵而闇闇斯禮已　二簋易二簋可用享

二釜周禮人二釜下也　二椀盧仝二椀破孤悶　四簋詩於我乎每食四簋　四豆記七十者四豆

四釜周禮食者人四釜上也　五椀盧仝五椀肌骨清　五鼎牛羊豕魚麋諸侯五鼎

五斗杜焦遂五斗方卓然　六椀盧仝六椀通仙靈　七椀盧仝七椀喫不得　八簋詩陳饋八簋

七盞　十斛蘇峻十斛鮓　百斛杜撥弃潭州百斛酒　百榼孔融日孔非百榼無以堪上聖

百甕晉襄公醬　萬廩

【上平】

三盞　三爵詩三爵不識　三鼎孟前以三鼎　三椀盧仝三椀搜枯腸　三豆禮六十者三豆　雙簋　千瓻史醯醬千瓻

三餐一吸第四十

【上虛】死　【下虛】活

【平】

三餐蘇轍往来適三餐　兼餐　三飧莊子適莽蒼者三飧而反　三嘗　三行揚子賓主百拜而酒三行

上仄 一嘗 一餐老泉千金報一餐 兩餐 一炊谷蓋世功名黍一炊 二行 五行司馬溫公戒五行 五裁裁節飲食也 七行司馬溫公不過七行 一澆見澆腹下 九行叔孫傳上壽觴九行

仄 一吸 一啜七發一啜而散 一泛 一飲李會須一飲三百杯 一醉 一酌 一舉周禮王日一舉 一釀 一獻記一獻之禮賓主百拜 一瀹 一滴高菊磵一滴何曾到九泉 一歃吳隱之一歃懷千金 一呷坡把盞花容一呷 對 兩泛 再飯記文王再飯亦再飯 五獻柳五獻百籩 七獻記七獻神 九獻周制宗廟九獻 九醞蜀都賦酒則九醞甘醴

上平 三泛 三獻記三獻文 三嗅坡三嗅希為珍 三酌 三爵 三咽孟三咽然後耳有聞目有見 三吐一食三吐哺 千釀史一歲千釀

## 通用 初香乍熟第四十一

上虛死 下半實

平 初香 新香 餘香 微香 微溫 微酸 微甘坡待得微甘回

齒頰 微清 微鹹 微甜 微腥 微羶 微辛 初溫

初酸 初清 惟清 惟馨 非馨 黍稷非馨明德惟馨 餘腥 全乾

惟醇 東京賦春醴惟醇

上仄 既嘉 詩爾殽既嘉 既多 爾酒既多 既馨 爾殽既馨 既清 爾酒既清

乍甘 乍辛 乍鹹 至精 至酸 至渾 正肥 正盎

未成 不時 語不時不食

仄 乍熟 已熟 正熟 未熟 不熟 正好 正美 正煖

正嫩 正洌 最苦 已冷 已老 已腯 已淨 至潔

至冷 既餕 既阜 詩爾殽既阜 不爽 蜀都賦其甘不爽

上平 初熟 新熟 纔熟 先熟 方熟 新脆 新釀 梅爛傾新釀酒

初釀 初醞 初透 初沸 初嫩 初洌 初軟 方淡 邵子玄酒味方淡

維旅 詩殽核維旅

斟来飲盡第四十二　並虛 活

【平】斟来　沽来　賖来　烹来　傾来　携来　盛来　炊来

添来　斟餘　煎成　熬成

【上仄】碾飛（范黃金碾　畔綠塵飛）　碾開　切開　釀成　煑成　醉来　買来

換来　煑来　酌来　挹来　貰来　送来

【仄】飲盡　酌盡　吸盡　瀹起　碾作　醉倒　食罷　煑罷

飲罷　酌罷　宴罷　碾罷

【上平】斟起　斟上　斟盡　斟滿　斟罷　烹罷　傾倒　煎就

炊熟　沽取

高斟滿酌第四十三　上虛 死　下虛 活

【平】高斟　輕斟　深斟　低斟　頻斟　空斟　孤斟（坊且邀　明月伴）

孤斟　頻沽　頻賖　堪賖　閑餐　閑烹　輕抄　輕研

加餐古詩努力加餐飯 新春 新炊 新熬 新嘗 初嘗 先烹
先嘗語必正席先嘗之 初烹

上仄

試嘗 試賒 試分 試烹 可沽 共沽 徑沽 少斟
淺斟 滿斟 共斟 便斟 便餐 獨餐崔瞻別室獨餐 飽餐
共餐 大蒸 爛蒸唐盧懷慎爛蒸葫蘆 大烹坡藜藿等大烹 急烹 緩烹
速烹 便烹 滿傾 軟炊 賜脯漢文帝賜脯五日 雜陳七發滋味雜陳
旅酬中庸旅酬下為上 慢熬 慢煎 懶沽杜香醪懶再沽 冷淘杜有槐葉冷淘詩

仄

滿酌 自酌 細酌 對酌李兩人對酌山花開 獨酌 更酌坡洗盞更酌
淺泛 滿泛 滿飲 劇飲 暢飲 痛飲 對飲 強飲杜佳晨強飲食猶寒
好飲 縱飲杜縱飲久拚人共棄 恣飲 放飯記毋放飯
少飲 樂飲 冷飲 苦勸 細碾 細淪 細切 細嚼

大嚼（坡若對此君仍大嚼）　可買　可貫　復釀　善釀　禁釀　飽喫

（谷贈坡飽喫惠州飯）飽食　盡食（玉藻不盡食）　誤食（王荊公誤食魚餌）　自煑

爛醉　小摘（坡小摘飯山僧）　熱服

幸　深勸　齊勸　頻勸　捹飲　同飲　餞飲　先飲　齊飲

羣飲（書厥或誥曰羣飲）　捹醉（杜先捹一飲醉如泥）　長醉（李但願長醉不願醒）　先酌（孟先酌鄉人）

皆醉（騷衆人皆醉我獨醒）　多酌（蓋寬饒無多酌我）　先薦（記先薦寢廟）　先飯（語君祭先飯）

新奉（韓酒食接新奉）　新試　初試　初釀　私釀（趙廣漢入霍禹第搜私釀）

輕啜（坡知我非輕啜）　流歠（記毋流歠）　歠切　頻泛　專饗（坡一來敢安饗）

同喫

連綿

烹煎醞釀第四十四

並虛　活

平　烹煎　烹調　烹魚　燖魚（韓）　煎熬（七發伊尹煎熬）　調和（同上易牙調和）

炮燔（詩炰之燔之）　燔煨（坡侍兒嬌女共燔煨）　煨爊（韓燖魚煨爊軌飛奔）　燒蒸　蒸炊

蒸湘坡蒸之湘之 春揄詩或舂或揄 斟甞 刲刳記內則殺而去五藏也

〔上去〕釆烹詩釆之烹之 割烹割解肉烹煑也見周禮 剝烹詩或剝或烹 瀹烹

吐吞谷芦詩吐吞千畝餘 膾攢記桃曰膾之柤棃曰攢之 咀吞韓咀吞酉汗騂 酌甞詩酌言甞之

〔去〕醖釀 飲食詩飲之食之 飲啜 飲茹禮運飲血茹毛 齧嚼 啗嚼

咀嚼韓行且咀嚼行詰盤 厭飫 獻酢詩或獻或酢 洗腆書自洗腆致用酒 解剝

沃酹史曹操沃酹喬玄墓 餖飣韓肴核紛餖飣 吐茹吐剛茹柔 脫作肉曰脫之魚曰作之見內則 解剔

〔上平〕斟酌 炊酌 炊爨 燔炙詩或燔或炙 燔烈詩載燔載烈 煎點

煎和煎和齊以五味也見周禮 薰煑坡糟麴同薰煑 調節 餔啜餔食也啜飲也

烹飪 新撰記棗曰新栗曰撰

肥甘旨美第四十五

〔並虛〕死

【平】肥甘　肥鮮　肥醲七發甘脆肥醲腐腸之藥　醇醲　稠醲　醲鮮
新鮮　鮮甘　芳甘　辛甘　甘香　甘甜　甘清　甘酸
辛酸　醎酸　腥醎　腥臊　腥羶　羶葷　清醇琴賦旨酒清醇
清涼楚詞酎清京些　清馨楚詞清馨凍飲　馨香潘岳賦黍稷馨香　紛綸　多嘉
澆漓　淋漓　氤氳韓酒氣又氤氳　酸甜南都賦酸甜滋味　芳鮮蜀都賦割芳鮮
【上仄】苦甘　苦辛　苦酸　苦甜韓百味失苦甜　旨多　旨偕　旨嘉
釅酸韓牡酒釅酸　澁酸　潔豐　苾芬詩苾芬孝祀　滑甘記調以滑甘
【仄】旨美　脆美坡脆美牙頰響　軟美　軟熟陳軟熟羞盤饌　熟爛　瑩薄
菲薄　臭惡　臭穢　臭腐　冷冽韓酒味既冷冽　餒敗語魚餒而肉敗
苦硬飲慣茅柴諳苦硬　苦辣　滑辣雜記酒香曰滑辣
【上平】甘旨韓入廚具甘旨　甘脆　甘美　甘冽　甘腴　香粲　香美
香熟　香軟　香冽歐泉香而酒冽　芬馥　芬馞　精細　精鑿

杜精鑿傳白粲精潔　鮮潔　清潔　豐潔左吾享祀豐潔　醇厚　醇美

調美左牲牷肥腯　漓薄　和淡　和旨詩酒既和旨　多旨詩君子有酒多且旨　肥腯

充溢　新脆　狼藉杜盃盤頗狼藉　臑弱楚詞臑弱芳些　酸醶

粗糲杜百年粗糲腐儒餐

## 疊字

芬芬苾苾第四十六

並虛死

平　芬芬詩苾苾芬芬　浮浮詩蒸之浮浮　陳陳史太倉之粟陳陳相因　薰薰

叟叟詩釋之叟叟　欣欣詩旨酒欣欣　晶晶　醺醺　清清　颼颼

坡風颼颼欲作松鳴

仄　苾苾　泛泛　滿滿　薄薄坡薄薄酒　爍爍　細細　灩灩

洗洗

## 三字

建溪茶高陽酒第四十七

平　建溪茶　顧渚茶湖州有顧渚紫笋茶　趙州茶　雪坑茶坡君家新致雪坑茶

武夷茶建安武夷茶為天下絶品　陽羨茶盧仝天子須嘗陽羨茶　蒙山茶劍南有蒙頂石花茶

郢水醪唐賜學士酒李天寒郢水醪　碧澗羹杜香芹碧澗羹

仄

高陽酒晉山簡鎮高陽惟酒是躭　新豐酒馬周舍新豐命酒獨酌　宜城酒谷酒泛宜城酌

長安酒杜長安市上酒家眠　邯鄲酒史魯酒薄而邯鄲圍　臨邛酒相如賣酒於臨邛

松江膾　南海荔　惠州飯谷贈坡詩飽喫惠州飯　蓬池膾杜荷靜蓬池膾

滹沱飯史光武至滹沱河馮異進以麥飯　青州麯坡從今要踏青州麯　儀真醋

## 蓴菜羹菊花酒第四十八

平

蓴菜羹　芹菜羹　蔬菜羹　桂花湯　橘皮湯　橙香湯

豆莢湯　菊花湯　木犀茶

仄

菊花酒　椒花酒　桃花酒　秫花酒　竹葉酒坡野店初嘗竹葉酒

柑子酒　茅柴酒　松花蜜　桃花粥洛陽人家煑桃花粥　桃花醋唐俗貴桃花酸醋　槐葉麪　榆莢醬

## 錦帶羹雕胡飯第四十九

【平】錦帶羹杜香閒錦帶羹錦帶吐綬雞也　甘露羹　月兒羹　茉莉茶

橄欖茶　罌粟湯坡童子能煎罌粟湯　木犀湯　甘草湯　枇杷湯

紫蘇湯　縮沙湯　葡萄醅漢大宛國造　水精鹽李盤中秪有水精鹽

荔枝漿

【仄】雕胡飯杜滑憶雕胡飯　胡麻飯仙人所食　大麥飯　芝麻餅

菖蒲酒　茱萸酒　荼蘼酒　桑落酒　楊梅粽歐揚梅粽裹紅

地黃酒賈餗蒼頭以地黃酒殺門客馮球　桄榔麪桄榔木中有屑如麪可食　薔薇水

銀絲膾

## 雀舌茶牛心炙第五十

【平】雀舌茶　鳳爪茶　龍焙茶建州北苑茶先春龍焙　龍團茶　蟹眼湯

魚眼湯　骨董羹羅浮人聚飲食雜烹名骨董羹　駝蹄羹杜勸客駝蹄羹

龍涎香出大食國

〔仄〕牛心炙王右軍嘗牛心炙　龍肉鮓　蛟肉鮓　鵝兒酒杜甫鵝兒黃似酒

含風鮓房州調羊酪造含風鮓　羔兒酒　鱸魚膾　麟肉脯

傅說羹張華鮓第五十一

〔平〕傅說羹說命若作和羹　考叔羹潁考叔羹　張翰羹張翰思蓴羹

劉寬羹　樂羊羹樂羊食其子羹　叔向羹左叔向受羹返錦　盧仝茶

周顒蔬周顒隱鍾山所食葵蓼韭菘　韓壽香韓壽偷香　越王醪

薛公醪　雍伯漿

〔仄〕張華鮓陸機餉張華鮓華辨為龍肉　馮異飯馮異進麥飯於光武　張翰膾

漂母飯漂母進飯於韓信　子路米子路百里負米　康子藥語康子饋藥

東坡筍註見王版　孟宗筍孟宗冬月泣竹生筍供母　穆生醴註見設醴

傅說醴說命若作酒醴　麻姑脯註見麟脯　郎官膾因張翰得名

諸葛菜亮所止必種蔓菁蜀人因呼諸葛菜　韓侯蔌詩韓奕　仲淹粥

魯公粥顔魯公乞米帖不能生事舉家食粥

七椀茶千鍾酒第五十二

平　七椀茶　兩班茶　二囊茶　八餅茶　一盃茶　一盃羹

一豆羹　一壺漿　一盤蔬　一瓣香陳后山向來一瓣香　一粒丹谷靈丹一粒

九轉丹謂九遍循環也　百甕齏　七盞湯　八珍羞

五侯鯖婁護會五侯間競致奇膳合為鯖

仄　千鍾酒　一斗酒　一盂酒　一樽酒　一壺酒　一瓢酒

三盃酒　千日酒中山酒蜜玄石飲之酣千日飲之至家而醉　千里酒杜陽程鄉有千里酒

一簞食　五鼎食　三年食記九年耕必有三年之食　一顆飯

一粒飯　一升飯劉元明縣令惟食一升飯　三升飯後魏閻澤一飯三升　數升飯

百挺蔗宋孝武與魏主百挺蔗　一斗粟史一斗粟尚可舂　一釜粟　千鍾粟

鍾粟宋真宗書中自有千九子粽　百索粽唐午日有百索粽一盃水

三斗醋崔宏度諺寧飲三斗醋五斗米陶淵明不以五斗米折腰鄉里小兒二升糒

三年艾孟七年之病求三年之艾兩器豆　十人饌宋劉穆之性奢旦辦設十人饌

八珍鱠　十字餅註見蒸餅　千甕醬史醯醬千甕

續命湯防風粥第五十三

平　續命湯　返魂香蘇氏子德哥善為返魂香

仄　防風粥白居易在翰林賜防風粥益智粽

四字

白飯青芻金甕玉鱠第五十四

平　白飯青芻杜與奴白飯馬青芻　赤米白鹽周顒　紫蝌白魚　玉粒紅鮮

白牡騂剛詩　緑麈素濤范希文茶詩

仄　金甕玉鱠隋煬帝　黃甕白飯　碧鮮香飯　黃鷄白酒

瓊糜玉饌　緑葵紫蓼周顒　左肴右胾記凡進食之禮左肴右胾

細酒肥羊清茶淡飯第五十五

平 細酒肥羊　羨酒嘉蔬　旨酒嘉肴詩　有酒無肴赤壁賦

清酒珍羞　糲食粗衣　飽食煖衣孟　非食惡衣　魚鱉鮮魚

詩韓奕　潔粢豐盛左

仄 清茶淡飯　濁醪麤飯　汙樽杯飲禮運　殘盃冷炙杜詩　寒虀薄飯

常珍異饌法言　珍羞盛饌　大羹玄酒柳大羹玄酒味之至者　金樽淥酒

玉壺美酒

烹羊炮羔茹毛飲血第五十六

平 烹羊炮羔史楊惲傳　含魚取熊孟子　效牲薦犧　鋪糟歠醨

離騷　枕麴藉糟酒德頌　啣盃漱醪酒德頌

懲羹吹虀離騷　挹潦濯罍詩泂酌　酣酒嗜音書　烹蛇咬蛙

烹羔宰牛李白詩　聞蕃問糜晉惠帝事　眉桂與薑

◎

食瓜斷壺詩七月

仄

茹毛飲血禮運　烹龍炮鳳李賀詩　烹葵及菽詩七月

炮鱉膾鯉詩六月　沽酒市脯論語　獻羔祭韭詩七月

食鬱及薁詩七月　指蒲為脯趙高　飲冰食蘖白居易詩

耕食鑿飲康衢之謠　洗爵奠斝詩行葦　椎牛屠狗

受羹反錦叔向　椎牛釃酒漢書　烹雞酌酒李　斷虀畫粥范仲淹

吸風飲露莊子　吐哺握髮周公

桂酒椒漿藜羹麥飯第五十七

平

桂酒椒漿離騷　麥飯豆羹　蔬食菜羹論語　糲食藜羹　麥食脯羹

牛炙羊羹　蘭湯蕙肴騷

仄

藜羹麥飯　山肴野蔌歐　茶湯麥麪　蓴羹鱸膾張翰　蓴絲鱠縷

麥飯豆粥光武　漿酒藿肉董賢

斗酒雙魚簞食瓢飲第五十八

平 斗酒雙魚　斗酒隻雞　斗酒彘肩項羽賜樊噲　簞食壺漿

盂簞食壺漿以迎王師　簞食豆羹　盂簋飯鉶羹

仄 簞食瓢飲語　斗粟尺布史一斗粟尚可舂一尺布尚可縫　卮蒸廩粟

樽酒簋物　盃酒臠肉　片肉斗酒　丘糟池酒大寶箴

傅說和羹儀狄作酒第五十九

平 傅說和羹　高祖分羹　隋帝傳餐　曹相飲醇曹參為相不事事有欲言者輒飲以醇酒

屈原啜醨　屈原餔糟　孔子絕糧　微生乞醯

陸羽嗜茶　王濛好茶王濛好茶人過輒飲之　陸贄受茶陸贄不受張鎰餉錢惟受茶一串

張詠拔茶張詠令崇陽令民拔茶植桑　仲淹斷虀　姚彪饔鹽

鮑焦棄蔬周末鮑焦不仕種蔬而食人曰惡其君何食其蔬遂棄蔬餓死

仄 儀狄作酒　杜康造酒　淵明漉酒　劉伶好酒　楚君旰食

懷慎伴食盧懷慎　周公吐哺周公為推急於見賢一食三吐哺

漢王推食漢王推食食韓信　陳平分肉　方朔割肉　馮異進粥

李勣煑粥李勣為姊煑粥　孔子覆醢　孟母反鮓孟宗為監魚池司馬寄鮓與母母反之

## 醉醲飽鮮飲苦食淡第六十

平　醉醲飽鮮　揞苦摘鮮　茹美食鮮　飲苦食辛　含英咀華　吐故納新莊

仄　飲苦食淡　餮和茹淡　攻苦食淡后呂　衣粗食糲　呑苦飲澁　茹葷餐素

## 自酌自吟以享以祀第六十一

平　自酌自吟韓愈詩　爾酒爾肴詩　以薪以蒸詩　以炮以燔禮運　或肆或將詩　或剝或亨詩　可膏可粱詩　既肯既時詩

既旨既嘉詩既戒既平詩是饗是宜詩是剝是菹詩必潔必香

來燕來寧詩

〔仄〕以享以祀　既醉既飽　自斟自酌　或燔或炙　以烹以炙

禮運

或獻或酢　或醉或否　不時不食　以妥以侑　或飲或食

載燔載烈　作羹作醴　是烝是享　載酬載酢

我將我享詩　式飲式食詩

二醴三漿六牲八物第六十二

〔平〕二醴三漿　五牲三犧　五齊七菹周禮　六膳百羞周禮　六和八珍

七菹三臡周禮　八物六清周禮　八珍庶羞周禮　異味雙魚杜

〔仄〕六牲八物周禮　三牲八簋記三牲之俎八簋之實　五俎四簋記朔月少牢五俎四簋

四飲三酒周禮　六禽四膳禮　庶羞百味　一飲一食　五齊三酒

朝饔暮鹽春卯夏筍第六十三

平

朝齏暮鹽韓　朝饔夕飧　秋韭冬菁南都賦　秋辛冬鹹內則秋多辛冬多鹹

春酸夏苦內則春多酸夏多苦　午茶卯酒

仄

春卵夏筍南都賦

冬湯夏水孟

對類卷之十四

# 對類卷之十五

## 文史門

經史第一

一字 平

經六經 詩志發於言 爻卦畫 墳三皇之書 謨謀議 風詩國風 篇 實字

箋箋注又表箋 文 辭文辭 箴規誡 銘刻金曰銘 歌長言

詞言詞 書尚書又書籍 碑勒石曰碑 圖圖書 騷楚詞 謠徒歌曰謠

章 行詩體如行書 疇九疇 玄太玄 編簡編

仄

史記國事冊 易 禮 記紀事之文 傳紀傳 卦易卦 彖卦辭

象易象 繫易之繫辭 典簡冊 訓教誡 誥告也 誓戒也 命辭命

雅詩二雅 頌詩三頌 子諸子之書 注釋經傳之義 解訓解 釋注釋

卷書卷 帙書帙 簡削竹為簡 籍簿書 册簡册 牘書版 詔詔書

句文詞止處曰句 義文義 賦古詩之流 論議論 策竹簡又答策

令詔令 簿籍也 表箋表 奏章奏 疏諫疏注疏 贊稱美之辭 字

議論事是非 帖帛書署也又書札亦曰帖 曲詞曲 序所以序事 槧削木為牘

曆曆書 集文集 牒札也 制天子之言 引述事本末 劄奏劄 辯辯說

戒警勑之辭 碣揭示揭行 跋隨題而加以贊語曰跋 謚誄行立號以易名也 誌記誌

券契也 誄哀述之辭 翼易之十翼 篆篆文 操琴曲 狀牒也 隸秦程邈造

檄以木簡為書長尺二寸以號召也 畫卦畫又圖畫

## 新雅第二

虛字 死

平 新 佳美也 雄雄壯 華華麗 深深奧 精精微 奇

通通暢 豪豪雄 嘉善也 純純粹 明 詳精詳 弘大也

遺餘也 清清潔 生 平平易 溫溫和 嚴謹嚴 微精微

浮浮華 高 工工緻 充充盛 豐豐贍 葩華藻

仄

雅正也 奧深妙 古 秀清秀 妙 麗華麗 健壯健

絶奇絶 美 淡雅淡 舊古作 老蒼老 正 好

艷麗也 壯雄壯 巧工巧 暢條暢 瘦枯瘦 潔潔净 富多也

熟純熟 贍豐也 整整齊 婉婉曲 緻精緻 勁遒勁

## 吟講第三

虛字 活

平

吟吟詠 裁割正 觀看也 評評論 談談論 明講明 攄舒也

題品題 謳謳歌 參參考 研研窮 看觀看 删删削 賡賡和

酬酬亦和也 窮究也 鑽鑽研 哦吟哦 搜搜求 嘲言相調也 披開也

尋尋討論 磨琢磨 修治也修辭修史 援援引 傳授也 謄移書傳抄

探探討 書書寫

仄

講講說 習學習 考考究 讀誦讀 撰撰述 寫

製製作

授傳授 諷誦也 著著作 對對策 錄謄錄 紀紀其事 玩觀玩
檢檢尋 閱簡閱 索求也 討討論 究考究 述祖述 詠吟也
誦諷也 覽觀覽 辨辨別 唱導也 和賡和 作製作 覓尋也
輯編也 摭考摭 校校正 説解説 讚讚歎

## 詩書典籍第四

二字 並實

平

詩書 經書 文書 圖書河圖洛書 車書中庸車同軌書同文
琴書杜客至罷琴書 文章 篇章選啓發篇章 辭章 詩詞 詩文
文詞周子彼以文詞而已者陋矣 詩歌 詩謠 言辭 歌辭 歌謠
歌行 箴銘 騷詩 風騷杜文雅涉風騷

上仄

册書 簡書詩畏此簡書 簿書 易書 史書 典謨書二典三謨
典墳左是能讀三墳五典之書 典章 藝文 訓辭 彖爻 簡編韓簡編可卷舒
誌銘 誄銘 表箋 易詩 頌箴 雅騷

〔亥〕典籍 史籍 典冊 簡冊 制冊 簡牘文選序傳之簡牘 案牘陋室銘無案牘之勞形 雅頌詩二雅三頌 樂頌 賦頌杜名因賦頌雄 彖繫
讚頌 禮樂 頌誓 誓命 誓誥 訓誥 典誥 詔誥
制誥 傳註 傳記 傳志 子史 子集 彖象 論策
論表 論讚 表判 表檄 表誌 表狀 詔令 詔檄
制詔 序贊 序記 序跋 序引 誥勅 簡札范滂豈以汚簡札牋
筆札杜筆札枉所申 卷帙 簡袠 誌碣 誄諡 字句
記傳 翰墨 啓劄 典記邊孝先曰出何典記 典禮易觀會通以行典禮 典訓
史傳 史集
〔辛〕經典 經籍 經傳 經史 文籍 文翰 文字 書志
史記八書十志 書契易後世聖人易之以書契 書史 詩曲 詩禮語聞詩聞禮
詩樂 詩賦 詩頌 碑頌 箴頌 歌頌記弦歌詩頌 歌賦

歌曲　圖籍（蕭何收秦圖籍）　圖畫　篇籍（班固休息乎篇籍之囿）　篇簡

篇翰（陳道喪餘篇翰）　風雅　騷雅（杜有才繼騷雅）　墳典　謨訓　文墨

碑記　碑碣　章疏　章句　章表　章奏　爻象　銘贊

銘誌　題跋　箋檄　辭命　方策（中庸布在方策）　盤誥（韓周誥殷盤）

詞賦　詞翰　文史

## 詩章曲譜第五

上實　下半實

平

詩章　詩篇　詩聯　詩題　詩辭　詩盟　詩評　詞章

書篇　書辭　書題　經題

上仄

誥辭　制辭　詔辭　檄辭　彖辭　詔書　制書　赦書

奏章　諫章　樂章　表章　樂歌　畫圖　表文　卦爻

仄

曲譜　樂譜　畫譜　奏牘　奏疏　奏議　奏藁　奏劄

諫藁　諫疏　字畫　卦畫　卦象　史冊　史筆　史學

畫軸　策料　賦學　曲句

【平仄】詩句　詩卷（杜詩卷長留天地間）　詩軸　詩韻　詩料　詩集　詩話

詩序　詩冊　詩學　詩律　書律　書卷　書句　書冊

書序　書譜　書帙　書信　經學　經卷　文集　詩傳

## 書名字義第六　【上實】【下半虛】

【平平】書名　詩名　歌名　篇名　文名　文光（韓李杜文章在光燄萬丈長）

文華　辭華（杜辭華傾後輩）　書程

【仄平】樂音　樂文（記樂文同則上下和矣）　樂名　曲名　曲音　頌音

信音　賦名　字稜（坡字外出力中藏稜）　論衡　禮文（記義理禮之文也）

【仄仄】字義　字樣　字法　謚法（周公制謚法）　句法　史法　曲法

筆法　筆態　筆陣（杜筆陣獨埽千人軍）　詔旨　曲調　卦兆　禮數

禮度（詩禮儀卒度）　禮節　論範　策畧　史畧

【上平】詩套　詩格　詩法　詩義（杜詩義早知名）　詩價（白居易詩人爭傳雞林國相篇易一金）　詩式　書法　書旨　文價　文采　文範　文則

文談　文法　文訣（孫樵得為文真訣於来無擇）　文式　詞采　經旨

經義　章法　題旨

遺經古史第七　【上虛　死　下實】

【平】遺經　遺文　遺騷　遺編　遺書（漢武購求遺書）　成書　前書

新書（蔡元定著律呂新書）　奇書　全書　亡書　殘書　殘編　殘經

全經　新經（王安石著新經義）　偏經　全篇　全章　陳言（韓刊落陳言）

微言（孝經序夫子沒而微言絕）　前言（易多識前言往行）　空言　亡詩　悲騷

陳編（韓竊陳編以盜竊）　完書

【上仄】舊經　舊編　舊章（詩率由舊章）　舊書　好書　異書　古書

祕書（祕府之書）　古文　古詩　逸詩　律詩　斷章　續編

闕文語吾猶及史之闕文也 格言 雅言語子所雅言 大言楚襄王謂宋玉曰能為大言乎 腐言 法言揚子作法言 變風詩有變風

〔及〕古史 古典 古訓 古記 古帖 古易 古傳 古籍

古字 古篆史籀變科斗文為大篆李斯取籀省文為小篆 古隸程邈改籀文省為隸字

古賦 舊史 舊典 舊訓 舊說 斷簡 脫簡 錯簡

逸史 雅訓 往訓 大易 大訓 大傳記有大傳篇 大雅

小雅 變雅並詩 列傳 外傳 實錄 緒論 至論 闕典

廢典 盛典 故典 僞帖蕭誠詐為古帖示李邕 曲禮記有曲禮篇

絕筆春秋絕筆於獲麟

〔上平〕遺訓 遺翰 遺札 遺帖 遺傳 遺策史筭無遺策 成說

寃說苟是之謂鬼說狂妄語也 方冊 餘翰 殘簡 殘札 殘卷

全籍 全史 全傳 全帙 全卷 全集 真帖

◎

上虛　死　下實

新詩妙曲第八

【平】新詩　新篇　新章　新詞　新文　新歌　新謠　新聯

清詩　清歌（李清歌妙舞落花前）　清謳　清謠　清詞（杜清詞麗句必為鄰）　佳篇

佳章　佳詞　佳文　長篇　長歌　長牋　長編（宋史長編）

長謳　長聯　高篇　高詞　高文　雄文　豪文　名文

奇文　醇文　華牋　芳牋　香牋　芳詞　芳銘　名詩

良箴

【仄】小詩　好詩　鄙詩　妙詩　美詩　艷詩　短章（歐送子以短章）

短篇　短牋　短謠　短謳　短詞　短歌　雅歌（祭遵雅歌投壺）

艷歌　好詞　古詞　雅詞　艷詞　小詞　麗詞（韓麗詞堪付雪）

兒歌　妙文　美文　拙文　巧文　大篇（韓春容乎大篇）　雅篇

小牋　美箴　美銘

〔仄〕妙曲 雅曲 麗曲 古曲 舊曲 艷曲 好曲 好句

雅句 妙句 古句 美句 秀句杜題詩得秀句 麗句 絕句

警句警策語也 老句 壯句 健筆 壯筆 妙筆 老筆

大筆蘇頲張說號大手筆 直筆 曲筆揚雄曲筆美新 雅筆 雅什 美什

古調 美調 雅調 妙語 險語韓愈險語破鬼膽 俚語俚鄙俗也

秀語 妙論 異論 細札 惡札 妙札 細字 小字

大字 好字 妙字 硬字 瘦字 楷字 信史 穢史

魏收脩魏書人號穢史 上策匈奴傳周得上策 下策 傑策 古律 古畫

舊畫 好畫 妙畫 巧畫 妙墨 妙作 傑作 老作

弱翰揚雄三寸弱翰 好賦 美賦 險韻 廣韻 正韻 樸學

漢武曰吾始以尚書為樸學 小說 小錄 雜錄 雜著

〔平〕佳句 長句杜近來海內為長句 雅句 新句 奇句 雄句 神句

◎

高作 佳作 雄作 新作 奇作 佳什 高什 新什

芳什杜再聞誦芳什 危語桓南郡諸人作危語 生語 奇字劉棻從揚雄學奇字 芳字

真札 芳札 新曲 名曲 清曲 奇曲 佳曲 香翰

芳翰 華翰 柔翰選弱冠弄柔翰 侍翰 新翰 佳信 芳信

奇畫 名畫 佳畫 名筆 名傳 名賦 名蹟 名檄

嘉韻 高韻 嚴韻 清詠 高詠 佳詠 新論 奇論

高論張釋之傳卑之無甚高論 清論 佳論 清唱 新唱 佳傳魏收修魏書以得陽休之助謂曰為卿作佳傳 長策 佳策 新序劉向新序 佳序

清製 佳製 新製 佳語 奇語 新語陸賈新語

## 徵辭奧義第九

上虛 下半虛 並死

平

徵辭 荒辭 浮辭 雄辭 深題 游辭易謚善之人其辭游 清辭

妖辭 長題 宏綱 宏規

【去】巧辭　妙辭　冗辭　雅辭　直辭　淺題　短題

【仄】奥義　妙義　隱義　大義　要義　奥旨（韓文奇辭奥旨靡不通達）

妙旨　大旨　秘訣　古格　妙格　至理　奥理　近體

（律詩爲近體）古體（杜兼工古體詩）至道（記雖有至道弗學不知其善）遠味　雅趣

妙趣　妙蘊　粹蘊　密節

【上平】精義（易精義入神）深義　深旨　深味　深蘊　深趣　高趣

微旨　精蘊　高格　凡例

吟詩射策第十

【上虛】活　【下實】

【平】吟詩　裁詩（杜排悶強裁詩）觀詩　評詩　題詩　刪詩（孔子刪詩書）

工詩　陳詩　歌詩　能詩　敲詩　編詩　談詩　賡詩

哦詩　尋詩　搜詩　聞詩（語聞詩聞禮）言詩（語始可與言詩已矣）封詩

知詩　脩詩　詳詩　觀書　封書　求書　投書　知書

焚書秦始皇焚書 藏書 看書 裁書 詒書叔向詒子產書 携書
抄書 傳書柳毅事 披書 尋書 開書 持書 編書
刪書 攻書 傭書賈循附傭書日幾行 收書 尊經 窮經 談經
明經 通經歐文忠公以通經學古爲高 研經 傳經 翻經 援經
横經謝承横經捧手 燔經 能文杜稚子總能文 爲文 摛文 揮文
論文杜重與細論文 行文 成文 談文 編文 修文 評文
刋文 移文孔稚圭作北山移文 摛辭 摛章 成章 尋章 賡歌
書臯陶賡歌 陳謨 開緘盧開緘究見諫議面

上仄

讀書 著書太史公曰虞卿非窮愁無以著書 點書 寫書 柬書 寄書
定書 上書 獻書 習書 學書 買書荊公賣金買書讀 作書
校書劉向校書天祿閣 得書 檢書 說書 誦書 賜書 挾書
漢景除挾書律 寓書子產寓書於子西 掛書李密牛角掛書 篆書 借書 考書

閱書　註書　取書　譯書譯寫四夷之書　講書　引書　賦詩
作詩　詠詩　說詩孟說詩者不以文害辭　誦詩　學詩　讀詩
采詩古有采詩之官　寄詩　寫詩　和詩　獻詩　引詩　選詩
索詩　送詩　乞詩夏竦廷對官者以吳綾乞詩　贈詩　改詩　上詩
補詩束晳補逸詩六篇　讀騷王熙曰盧元明唯須痛飲讀騷爾　屬文論衡幽思屬文　作文
學文　綴文劉向綴文之士　續文韓種學績文　校文　典文　閱文
撰文　選文　考文　獻文　改文　抗章　上章　徹章
進章　屬辭記屬辭比事春秋教也　吐辭韓吐辭爲經　措辭　進言
立言左太上立德其次立功其次立言　乞言記養老乞言　作經　講經　說經
帶經倪寬帶經而鋤　解經　擬經王通擬作六經　抱經　究經　據經
讀經　引經雋不疑引經斷獄　寫經　治經　唱歌　羅歌　作歌
續經　按圖　覽圖

仄

射策　奏策　獻策　對策　畫策　挾策　奏賦（杜奏賦入明光）

作賦　覔句（杜覔句新知律）　得句　鍊句（類記鍊句不如鍊意）　琢句　繪句（文藝序絺章繪句）

摘句　斷句　集句（集古入詩句）　獻頌（劉晏八歲獻頌）

作頌　學禮　讀禮　習禮（孔子與弟子習禮於大樹下）　執卷　展卷

問禮（孔子問禮於老聃）　釋卷　束卷　奪卷（賈島奪卷忤宣宗）　撫卷　讀史

閱史　著史　作史　詠史　看史　點易　學易（語五十以學易）

寫易　講易　究易　取易　布詔　下詔　草詔　應詔

發號　發東　出令　勉學　進學　典學（說命念終始典于學）　務學

寫字　製字（蒼頡製字）　下字　鍊字　織字　用字　切字

習字　草字　獻賦　買賦（漢武陳后奉金買相如賦）　寄信　問信

較藝　試藝　角藝　洒翰　染翰（李賀操觚染翰）　起藁　脫藁

納冊　捧冊　典樂（舜命后夔典樂）　訪樂（孔子訪樂於萇弘）　作傳　作記

作論 作序 立傳 補傳朱子補大學傳 進表 撰表 著論

集註 治曆易治曆明時 造曆黃帝造曆 草檄何無忌等謀討桓玄夜於屏風裏草檄

草制 應制 折券漢高祖常貰酒王媼武負折券棄償 執簡 折簡晉王凌曰卿直折簡召我

押韻 落韻 步韻 次韻 捧檄毛義捧府檄喜動顏色

發牒

幸

開卷 舒卷杜舒卷忘寢食 披卷 觀史 脩史 編史 評史

詳史 披史 搜句 聯句 裁句 賡句 敲句 看易

明易 傳易 窮易 談易 書字 題字嵇康事 宣詔

須詔 開詔 傳詔 飛詔 投策 陳策 聞禮 賫詔

揮翰坡玉堂揮翰手如飛 傳檄漢高紀天下可傳檄而定 焚券馮驩焚孟嘗君債券 謄藁

焚跡 投筆班超投筆曰安能久事筆硯乎 揮筆 飛筆選筆飛鸞聳立 懷策

簪筆張安世持橐簪筆以備顧問 投刺古無紙竹木書姓名謂人曰投刺 傳制 頒制

陳跡　摛賦　分韻

詩成賦就第十一　〔上實〕〔下虛〕活

〔平〕詩成　文成　章成　書成　書通　書終　書傳　經窮

經横　歌成　歌闌　歌終　詞成　詞終　篇成　篇終

杜篇終語清省　詩終　詩完　詩亡孟詩亡然後春秋作　詩傳　騷成　経明

経傳　経通　文通　文終　文傳

〔仄〕賦成　句成　曲成　卷成　藁成　傳成　史成　序成

記成　樂成　論成　禮成　頌成　表成　學成　卷終

賦終　句終　傳終　樂終記樂終不可以語　史終　曲終唐錢起曲終人

不見　卷闕　易精　雅亡詩黍離降為國風而雅亡　禮明　誥頒

曆頒　詔行　檄傳

〔仄〕賦就　賦罷　賦竟　賦畢　論畢　句就　句得　句鍊

曲唱　曲罷　曲竟　學就　學倦　眷罷　論罷　論就

易行　卦動　樂闋記卒爵而樂闋　樂卒　樂振　字熟　策上

策就　表就　疏就　藁就　詔下　疏上　藁脫

【去】詩就　詩詠　詩作　詩畢　詩逸　詩變　文就　文作

文鍊　文變唐之文章無慮三變　文闕　歌罷　歌徹　歌竟　詞罷

詞畢　詞就　詞竟　爻動　爻變　詩熟　篇就　章就

文畢

## 書中句裏第十三

【上實】【下虛】死

【平】書中　書邊　書前　書端　書間　詩中　篇中　章中

經中　題中　詞中　爻中　騷中　歌中　編中　箋中

碑中　圖中　銘中　箴中　文中　吟邊　碑前　篇端

圖間　歌前　毫端

十灰

曲中 卷中 句中 卦中 傳中 記中 疏中 賦中

頌中 硯中 序中 表中 帙中 册中 簡中 集中

檄中 卷端 卷前 畫前邵畫前元有易 硯前 簡邊 槧邊

筆端

仄

句裏 句內 籍內 卷內 傳內 表內 册內 詔內

誥內 赦內 簡內 卦內 卦上 卦下 紙上 史上

簡上 册上 傳外 赦外 册裏 卷裏 畫裏 卷末

卷後

十一

書上 書末 書後 書裏 書內 篇後 篇末 詩裏

篇內 言表 言外 辭外 章後 章末 章內 經內

詩內 文內 題內 詞內 詞末 編末 編內 辭裏

箋上

天文

# 風雲月露第十三

並實

平 風雲史積案盈箱盡是風雲之狀 雲煙杜揮毫落紙如雲煙 雷霆韓文文章變化若雷霆

雲濤 波瀾杜文章曹植波瀾濶 陽春岑陽春一曲和皆難 虹霓氣掃虹霓千萬丈 風霜淮南王字挾風霜

風雷詩篇落風雷動 煙霞坡語帶烟霞從古少 江山杜詩得江山助

去 雪霜

仄 月露史連篇累牘不出月露之形 造化筆力停時造化閑

上平 風雨杜筆落驚風雨 河漢 雲漢 江漢王曾子文章泉無有水之江漢星之斗

風月歐翰林風月三千首 星斗見上

上虛 活 下實

# 凌雲組霧第十四

平 凌雲相如奏賦飄飄然有凌雲氣 飄雲 生雲 如雲見前 如泉 奔泉

揮雲 翻雲 崩雲書勢蔡邕表曰重似崩雲 浮雲杜字體變化如浮雲 行雲

翻波 盤空韓盤空摩硬語 橫空並詩句 摩空李賀詩殿前作賦聲摩空

翻瀾 經天 窺天 傾河 回天章跡 驚風 流風范雲詩如流風

回雪 驅濤韓文 驚濤文如驚濤怒浪 懸河楊盈川文如懸河

上仄

倒源 湧泉蘇頲思如湧泉 湧雲 倚天並韓文 補天李賀筆補造化

天無功 燭天文光貫虹 吐霓 掃霓 遏雲歌 靄雲韓靄靄春空雲

落雲 射空 衍波蕭貫夢婦人授紙曰此衍波箋 挾霜 印泥褚河南論書云

運筆如印泥畫沙 畫沙

仄

組霧揚霧縠之組麗 擲地孫綽賦擲地作金石聲 絕地諸葛亮文能絕地理 拔地

韓文 緯地文 倒峽杜詞源倒流三峽水 墜石字如墜石 滴露高駢滴露研硃

點周易

上平

驚雨 霑雨杜筆架霑窗雨 流水詞 垂露篆漢中郎蔡邕所作 回雪 奔峽

懸露篆白帖巧同懸露

節令

朝吟夜誦第十五與身體門春心晚興又節令門春遊夜坐互用

上實 下虛

活

【平】朝吟 晨吟 秋吟 春吟 宵吟 時吟 時思 時研
時觀（記時觀而弗語） 時看 時披 晨遊 晨歌 晨披 晨謳
宵觀 宵聯 春嘲 春謳 春聯 春題 秋題 秋聯
朝歌（杜牧朝歌夜絃） 朝遊 朝思 朝聞（論語朝聞道）

【上仄】夜看 夜觀 夜吟 夜歌 夜賡 夜談 夜裁 夜題
夜編 晝吟 晚吟 暮吟 曉吟 曉看 曉題 曉編
曉披 日窮 日修 日思 月評（許劭有月旦評）

【仄】夜誦 夜讀 夜唱 夜究 夜詠 曉詠 晚詠 晚唱
晚和 日誦 日記 晝誦（程晝誦而味之） 午誦 曉看 曉閱
曉覽 日究 日看 日諷 日進 日講 日撰 日讀
日覽 夜看 夜玩 夜講 夜作 夜覽 暮繹 暮習
晝討 晝寫 午讀

上平 春誦 記春誦夏絃 春詠 春學 春賦 秋學 記秋學禮 秋賦
秋詠 冬讀 記冬讀書 冬足 東方朔曰三冬文史足用 冬詠 冬作
晨講 時敏 書惟學遜志務時敏 時習 時勉 時諷 時作 時玩
宵檢 宵閱 晨誦 朝奏 韓一封朝奏九重天 朝覽 朝讀 朝看

並實

## 詞源學海第十六

地理

平 詞源 詞林 杜詞林有根柢 詞鋒 潘岳詞鋒景煥 詞場 杜詞場竟踈闊 詞垣
詞科 書林 儒林傳覽閱書林 書郵 洪喬不作致書郵 詩山 詩林 詩城
劉長卿自謂五言長城 詩壇 歐詩壇推子將 騷壇 杜牧今代風騷將誰登李杜壇 文場
文闈 文瀾 文鋒 文風 文江 文泉 李嶠謂蘇頲文思若湧泉
文衡 文淵 文山 文林 文園 才江 潘岳才如江 經臺
謝靈運為遠公作翻經臺
上仄 禮園 選脩容手禮園 禮闈 賦林 賦山 賦淵 賦科 策科

策場 論場 翰場杜出遊翰墨場 翰林 語林裴啓撰漢魏以来言語可采者以
為語林 志林蘇東坡有志林 字林 思泉 筆鋒 筆山 墨池
王羲之洗墨池 說郛揚五經為衆說郛 紙田蔡洪曰紙為良田
乃 學海拾遺記何休為學海 學圃 學府梁傅昭號學府 博洽古今 冊府即秘府
樂府孝惠使樂府令備簫管始有樂府之名 韻府陰復春兄弟著韻府群玉 韻海
策海 論海 曲海 曲苑 諫苑隋樂運著諫苑四十一卷 翰苑
說苑劉向著 藝苑 藝圃 籍圃 筆路 硯沼 篆室
李陽氷窮入篆室 武庫杜預為尚書號武庫 辯囿選以釋二客於辯囿也
辛 文苑杜獨當省署開文苑 文海 文府 文塚劉蛻聚其文草封之作文塚銘 文藪
文陣張九齡為文陣雄師 書圃上林賦翱翔乎書圃 書囿 書府東壁二星主文籍天下圖書之
府 書藪 書市 書窟孫登為土窟居之讀易 詞峽見前 詞陣
詞苑 經庫隋房暉遠號五經庫 詩社 詩壘杜氣劘屈賈壘 詩窖王仁裕著詩萬

首號詩窖

詩窟 李涉冥搜得詩窟 經苑 拾遺記任宋為經苑 才海 陸機才如海 談圃 孫升作談圃

盟府 左藏在盟府 談藪 裴顔善談論謂之談藪

山歌塞曲第十七 與人事門漁歌牧唱互用

並實

平

山歌 白豈無山歌與村笛 山經 鄉書 鄉書無鴈到家遲 鄉評 許劭每月評論鄉黨人物

鄉音 衢謠 康衢之謡 村謠 家書 杜家書抵萬金 寃章 方言

揚雄訪四方語作方言 河圖 易河出圖 宮詞 王建作宮詞體 閨詞 街談

藝文出於街談巷說 途歌

上去

廟謨 杜從容仰廟謨 洛書 易洛出書 國風 詩十五國風 野歌 野謠

巷歌 記里有殯不巷歌 里謠 路謠 社詩 野詩

仄

塞曲 野曲 野詠 野誦 野史 世史 國史 國論

國典 記共飭國典 國語 左氏作 里詠 里語 道聽 語道聽塗說

驛報 郵報 地誌 郡誌 縣誌 巷說 水懺 釋經有水懺

◎

路引　郡檄

〔上平〕鄉信　家信　邊信　邊報　邊檄　宸畫　宸翰　郊禮

輿誦左聽輿人之誦　山曲　村曲　朝報　朝議　家報　塗說

廷策　庭訓　宮帖歐陽脩為春日宮門帖子不忘規諷　門帖　山偈　輿論

〔花木〕蒲編竹簡第十八　〔並實〕

〔平〕蒲編路溫舒取蒲編寫書　蒲書　麻詞詔命之詳麻詔下詞　梅詞　梅詩　花詩

葩詩韓詩正而葩　蕪詩　蕪辭　薇歌　芝封　芻言詩詢于芻蕘

芸編芸香辟蠹　蕘言　葩辭　葩經詩為葩經　蓮經佛家有蓮華經

蕉題　菱歌劉芃詔詠采菱調　芝歌四皓采芝歌　桃符黃帝立桃板畫神荼鬱壘以禦凶鬼

花箋

〔上仄〕竹書荀勗得汲冢古文竹書　草詩　菊詩　桂詩　柳詞柳枝詞

藻詞　竹詞竹枝詞　竹圖　竹符漢以竹箭長五寸刻篆書與郡守　菲章

栢銘 薤歌郢客歌薤露和者數百人 栢行杜古栢行 菊圖 草書

灰 竹簡 竹筆 竹素栴但與竹素俱 竹紙 草句 草字 草藁

藻句 藻筆 菲語 蔓說 木版 柳篆篆如柳葉 菌譜

菊譜范石湖作菊譜有七十種 笋譜僧贊寧作 橘譜韓彥直作 橘集

橘頌屈原作 桂籍 楮紙 藻詠左思綷以藻詠

支 芝檢 芝詔 麻詔翰林志中書用黃白二麻為詔命 麻檢 麻制 麻紙

梅賦 梅畫 梅譜范石湖作梅譜九十餘種 花譜賈耽著百花譜 松譜

花判唐有軍國事中書舍人雜署其名謂之五花判事 花筆 花誥郡夫人誥用金花羅紙七張 蓮說

花押 椒頌杜椒盤已頌椒花 藤紙藤角紙范寗作 桑紙桑皮為紙

周濂溪愛蓮說 蓮曲採蓮曲 蘭畫 蕉畫 芸帙 蘭操猗蘭操

槐賦 蒲牒

詩葩諫草第十九

並實八

【平】詩葩　文華　文英　言枝記言有枝葉　辭枝易中心疑者其辭枝　辭蕪
書香谷令我曾中書傳香　詞條文賦文律　詞條

【上仄】判花　筆花李白夢筆頭生花　詔條　赦條　制條　制麻　詔麻
榜花唐放榜以姓名罕僻者為榜花　學苗楊學如植苗　墨花李賀紗帷晝燒墨花春

【仄】諫草　字草　奏藁　說蔓　些藻坡楚些發天藻　筆藻　曆莢
堯觀蓂莢以知日月號曆莢　墨稼蔡洪曰墨為稼穡

【上平】詞藻　詞蔓　詞草　書草　書種漢書九種　書分　書葉　書藁
詩草　文藁　文藻治汀山故國空文藻　符竹

生花夢草第二十　【上虛】活【下實】

【平】生花筆　含英韓文　編蒲　題蕉　題桐侯繼圖得桐葉有詩　書蕉懷素種蕉萬株
以供揮染　觀梅數

【上仄】吐葩　吐芬韓天葩吐奇芬　咀華韓文　掇華文粹序　壞麻陽城曰白麻出

我必壞之 草麻 韋貽範還相位韓偓曰麻不可草 掠麻 唐相李磎劉崇魯掠麻大哭 哭麻

儷花 詳閱葉下 擷英 文粹序

【仄】夢草 謝靈運夢惠連即得池塘生春草之句 發藻 董仲舒發藻儒林 漂麥 高鳳事

汗竹 以火炙竹簡出汗 罄竹 史罄南山之竹 削藁 樊宏言得失削草藁 具草 視草 天子召學士於禁中草詔謂之視草 帶草 鬬葉 李翺文早貧丧儷花鬬葉 倒薤 小篆體 畫荻 陶弘京畫荻學書

【上】摛藻 選摛藻掞天庭 編柳 焚草 焚藁 書柹 鄭虔書柹葉數屋 書草

題葉 于祐於御溝中得紅葉有詩

## 【鳥獸】魚牋蠹簡第二十一 與鳥獸門龍文鳥篆互用

【並實】

【平】魚牋 鸞牋 龜圖 虫書 魚書 劉新賜魚書墨未乾 龜書 選龜書界似

鴻書 蟉書 龍書 太昊作 蛇書 龜章 龜文 龜経

龜疇 神龜負文數至於九禹因弟之 龍韜 六韜之一 龍圖 選龍圖授義 龍箋

龍文韓龍文百斛鼎　龍章　蟲文科斗古文　麟經春秋　牛經甯戚作相牛經

犧經易　鵝經山谷時對換鵝經　魚經范蠡作種魚經　禽經師曠作　鴛緘

鴉經東方朔著　麟符樊子蓋有治績別造玉麟符賜之　魚符唐高祖頒銅魚符以起軍旅

龍賓玄宗御墨　鷄碑丁用晦序智乏鷄碑

平

鯉書選呼童烹鯉魚中有尺素書　鴈書蘇武鴈傳書　羽書杜征西車馬羽書遲　鶚書

鶴書北山文鶴書赴隴　虎書史佚作　鳥書蒼頡因鳥跡製字書　馬圖河中龍馬負圖

兔毫　馬經李伯樂作相馬經　豹韜　犬韜昔太公兵法　鴈牋羅隱贈長鳳以

鴈頭牋　鳳牋　蠹編　鶴銘陶弘景作瘞鶴銘　虎韜兵法　虎符漢文帝初與郡

守爲銅虎符　鶴經浮丘伯作相鶴經

仄

蠹簡坟壁中蠹簡今千年　鳳曆鳳知天時故以名曆　鳳詔石虎以不鳳銜詔　鳳紀杜鳳紀編年日

兔穎　兔筆　鳥篆蔡邕工書鳥篆　鴈帛蘇武鴈帛書　鴈足　鴈字　鴈信

豹畧　羽檄檄有急事即插以鷄羽　繭紙王羲之用蠶繭紙寫蘭亭記　鵬賦

賈誼作 虎榜 歐陽詹與韓愈登第時稱龍虎榜 蠏譜 雉賦 潘岳作射雉賦 鼠筆

鼠獄 張湯事 鳳誥

去

蠅字 蠅賦 歐陽脩作憎蒼蠅賦 蠶賦 陸龜蒙作 鵰賦 杜甫作 麟史

鵬賦 李白大鵬賦 麟筆 孔子作春秋而獲麟 螭筆 鸞誥 紫誥鸞廻紙

龍榜 鵝帖 王羲之帖 羊帖 韓宗儒以蘇軾帖換羊肉 龍勅 龜曆

堯時越裳獻龜背有科斗書號龜曆 虫篆 詳雕虫下

## 蠅頭鳥跡第二十二

並實

平

蠅頭 蠶頭 並字 螭頭 碑 蜂腰 沈約謂詩病三曰蜂腰言第二字不得與第五字同聲

蛇形 字 牛腰 李書載兩牛腰

上去

鵠頭 字形漢詔板所用 豕腸 圖 鳳毛 張潘之文得鳳凰一毛

仄

鳥跡 蒼頡觀鳥跡而成字 燕尾 字 虎爪 王僧虔字 鶴膝 沈約謂詩病四曰鶴膝謂第五字不得與第十五字同聲

◎

【平仄】蚊脚字形漢詔板所用　龍甲張湝之文得虬龍片甲　鵝腿王智興曰莫有鵝腿子不謂鶴膝句如　龜背洛書

龍翔鳳躍第二十三　【上實】【下虛】活

【平】龍翔韓文序詭然而蛟龍翔　龍蟠字也鳳翥龍蟠　龍騰字體象太昊景龍之瑞

龍盤　鸞飄風　鸞廻誥　蚊翔　魚傳書　驢鳴庾信謂文不美者為驢鳴犬吠

【仄平】鴈傳蘇武事　犬傳陸機以黃耳犬傳書　鳳銜詔　鳳鳴李善感上諫疏時稱鳳鳴朝陽

鳳吟　蠹穿書

【仄】鳳躍韓文序蔚然而虎鳳躍　鳳翥　鳳集書體象白帝鳳鳥之瑞　鳳舉

虎躍見上　虎踞　虎臥義之字如虎臥鳳闕　馬負龍馬負圖　犬吠　鴈繫

【平仄】蛇綰　麟躍　魚躍書體象武王白魚瑞　龍跳義之字如龍跳天門　龜戴書　牛掛

囊螢寄鴈第二十四　【上虛】活　【下實】

【平】囊螢車胤囊螢照書　雕虫揚童子雕虫篆刻　蟠龍　驚蛇釋亞棲書如驚蛇入草

驚鸞書勢　迴鸞　飛魚李硯池飛出北溟魚

上仄　掛牛李密掛書牛角　汗牛謂書之多曰汗牛充棟　綰蛇子雲書字字如綰秋蛇

捕蛇　捕龍並謂韓文　換羊東坡帖　換鵝義之寫經換鵞　感麟

春秋經　點蠅畫　逐蠅王思　護鷄高鳳

仄　寄鴈　繫鴈　吐鳳楊雄夢吐白鳳　倚馬袁宏倚馬作露布　反鵲書勢　附犬

搏虎　搏豹並韓文　殺兎李筆鋒殺畫中山兎　寄燕

上平　烹鯉見前　吞鳥羅含夢吞五色鳥　馴鱷韓子事　縈蚓子雲書行行若縈春蚓

題鳳稽康訪呂安不值門上題鳳字而去

器用　焚膏引燭第二十五　上虛　活　下實

平　焚膏韓焚膏油以繼晷　燃藜劉向事　燃薪畢誠夜燃薪讀書　擔薪朱買臣

吞爻陳桃夢虞翻吞易三爻　投戈史投戈講藝　懷鉛楊雄懷鉛提槧訪四方語

操觚　研硃　和丸柳仲郢母和熊膽為丸資諸子勤苦

◎

上仄 下帷 董子下帷讀書 約繩 劉寔口誦書手約繩 畫灰 陶弘景 燎麻 劉孝標

減油 沈約苦志讀書母嘗減油 引錐 蘇秦事

仄 引燭 匡衡鑿壁引隣舍燭光照書 映雪 孫康映雪讀書 閉戶 孫敬閉戶讀書 刻檠

刻燭 梁王泰刻燭賦詩 擊鉢 丘令楷等擊銅鉢立韻響滅詩成 畫粥 范仲淹讀書畫粥為塊

鑿壁

上平 懸髻 蘇秦 横槊 赤壁賦橫槊賦詩 吞石 孔成子人授以文石吞之遂為通儒 吞篆 韓愈夢吞丹篆

藏火 祖瑩藏火讀書 提槧 懷餅 郭逵懷餅讀書

## 廚書架筆第二十六

平 廚書 箱書 床書 杜攤書解滿床 船書 谷定是米家書畫船 車書 谷身後五車書

並實

囊書 倉書 曹曾積石為倉藏書 筒詩 白樂天死微之唱和以筒貯詩 瓢詩 蜀唐求得詩投

瓢中 囊詩

上仄 笥書 篋書 櫃書 簏書 袋書 架書 庫書 唐有庫書

四

席書　笥經 邊孝先自謂五經笥

（仄）架筆　甕筆 僧智永學書有禿筆十八甕　匣硯　袖詔 陶穀事　袖跡

帶贊 文天祥臨終衣帶有贊

（上平）床筆 陸龜蒙茶竈筆床往来江湖　函墨　厨畫

## 盤銘硯譜第二十七（並實）

（平）盤銘 湯之盤銘　刀銘　盂銘　弓銘　矛銘　觴銘 以上皆武王作

金銘　㬥銘 崔渙嚴挺施特撰試撙㬥銘　鐃歌 漢有短簫鐃歌之白

（上仄）㫰銘 正考父孔悝皆有㫰銘　鏡銘 武王有鏡銘　劒銘　硯銘 唐子西作

枕銘 羅衮有枕杖二銘　杖銘　釜銘 魏文帝賜鍾繇釜為之銘　几銘　席銘

豆銘　扆箴 李德裕丹扆六箴　座銘 崔子玉有座右銘　棹歌 秋風辭簫鼓鳴兮發棹歌

鼓歌 石鼓歌　㫰歌 漢武有寶㫰之歌

（仄）硯説 林易簡作　筆説 王羲之見前代筆説於父枕中　几誡　杖誡 並武王作

杖引（杜有桃竹杖引）

【平】琴譜　琴操（古樂府有琴操）　琴曲　笳拍（蔡琰胡笳十八拍）　箜引（曹植作箜篌引）

棋譜

# 盈箱積案第二十八

【平】盈箱（史積案盈箱）　攤床（見前堆床）　投囊（李賀遇所得詩投囊中）　藏厨

【上虛】　【下實】

投瓢（唐求事）

【仄】積床　疊床　載車（張華載書三十車）　載舟（米芾事）　置箱　貯瓢

貯囊　貯筒（元白事）

【仄】積案　累牘（史連篇累牘）　累架　插架（韓插架三萬軸）　置櫃（王無郎置書櫃）　貯篋

置盎（白樂天編六帖分類置盎中）　覆瓿（揚雄作太玄劉歆曰後人用覆醬瓿耳）

【平】充棟　充室　堆案　藏壁（孔壁藏書）　藏篋　藏塚（汲冢竹書）

儲甕（充筆）　儲庫（唐分四庫儲書）

聲色　黃麻紫詔第二十九

上平虛　死　下實

平　黃麻（唐太宗用黃麻紙寫詔書文）　黃庭（經）　青編（呂東萊青編重入史臣書）　青牋

青泥（鄭訓用青泥封書）　青麻　丹箴（丹扆六箴）　丹書（高祖封列侯有丹書之信）

紅牋　華緘　玄經（太玄經）　朱符

上仄　白麻　素書（選中有尺素書）　素牋　彩牋　畫牋　赤文（選赤文侯日）

畫圖　赤符（纏華奉赤伏符）　赤書　綠書　紫泥（杜亭衢照紫泥）

仄　紫詔　紫誥（杜紫誥仍兼綰）　綠字（洛書六十五字皆綠）　綠簡　白簡（御史彈文也）

白字（蔡邕為飛白字）　白卷　白紙　素紙　素札　畫軸　畫卷

彩筆（杜彩筆昔曾干氣象）　淡墨（淡墨題名）　墨敕（唐有斜封墨敕）

上平　丹詔　黃榜　黃冊　黃卷（古人寫書皆用黃紙以檗染之故曰黃卷）　黃紙

青紙（谷謏染鵶青襲舊書）　青簡（灾炙簡令汗出取易書謂之汗簡）　青史（劉知幾曰無污青史）　紅筆

彤管（杜壓生彤管筆）　彤筆　朱卷

◎

珍寶 珠璣錦繡第三十

平 珠璣 璵璠杜高價越璵璠 珊瑚杜文彩珊瑚槃 琳琅韓金薤垂琳琅 瓊瑤

琅玕韓披腹呈琅玕 瓊瑰 丹青揚聖人之言炳若丹青 琪瑰曾字字傾琪瑰

絲綸記王言如絲其出如綸 笙簧抱朴子五典為笙簧 琪琚孟郊言語傾琪琚

並實

去 錦裳 寶珠

仄 錦繡坡詩成錦繡開胸臆 綺繡杜揮翰綺繡揚 組繡文評奮組繡者不可一二紀 寶貝

鼓吹孫綽三都二京賦五經之鼓吹 布帛河子贊布帛之文 菽粟同上菽粟之味

衲被揚億文 藻火坡文字槃藻火

上 瓊玉坡空虛豈敢酧瓊玉 金玉抱朴子三墳為金玉 珠玉杜詩成珠玉在揮毫 金繡 文繡

金石韓謂權生文金石諧和 琚珮柳文如瓊琚玉珮 縑練張九齡文如輕縑素練

圭璧 杯斝王翰文如珪杯玉斝

垂金屈玉第三十一

上虛 活 下實

【平】垂金 河汞篆贊曰鼎足垂金 鏗金 韓鏗金戛玉千餘篇 雕脂 文許無貨而學文若雕脂鏤冰

連珠 文體如貫珠可悅 呈琅 傾琪 傾瑰 揮珠

【仄】沮金 韓勁氣沮金石 唾珠 杜汝身已見唾成珠 吐珠 吐璣 鏤冰

【仄】屈玉 篆贊釵頭屈玉 積玉 陸機文如玄圃積玉 戛玉 綴玉 結繡 歌列繡

走汞 皮落筆縱橫盤走汞 點纈 坡顧我小詩如點纈 振綺 李揮筆如振綺 沮石 勒石

綴錦

【平】談綺 抽緒 后山黃生多新詩如盆河抽緒 鋪錦 裁錦 聯錦 揮玉

聯玉

## 金書玉冊第三十二 【並實】

【平】金書 金縢 尚書注縢束也謂緘之以金 金條 揚雄謂刑律爲金條玉科 金經

金箋 唐明皇以金花箋賜李白 金章 杜金章紫綬照青春 雲章 揚誠齋始和雲章第一篇

銅章 縣令綰銅章 瓊章 瑤圖 銀鉤 字 天章 坡手扶雲漢分天章

銅符 銅虎符

【仄】石經 蔡邕寫五經於石 石書 漆書 孔壁汲塚竹簡科斗皆漆書 帛書 錦章

錦書 李白口啣雲錦書 寶章 宋孝宗玉軸牙籤煥寶章 寶箴 張蘊古作大寶箴 綉文

錦文 竇滔妻織錦回文 玉符 玉音 玉篇 黃庭經一名東華玉篇 板圖

綠箋

【仄】玉冊 杜登堦捧玉冊 玉曆 玉笈 梁文帝英華表玉笈 鐵畫 字 紙誥 唐誥初用紙

寶典 杜臺卿著玉燭寶典 寶曆 寶札 寶翰 寶墨 寶訓 寶字

寶冊 綺語 韓綺語灑晴雪 綺籍 藏書記 錦字 錦策 錦誥

絹誥 唐肅宗朝誥用絹 鐵券 漢與功臣丹書鐵券

【平】金字 金詔 金冊 綾誥 唐誥貞元後用綾

琅函寶軸第三十三 【並實】

【平】琅函 緹巾 緹巾十襲以藏書 牙篦 宋朝進廷試卷牙篦點讀 牙籤 韓一一懸牙籤

金泥漢出征及使絕國皆受金泥之璽封 韋編孔子晚喜易韋編三絕 瑤編

去 錦囊李賀事 縹囊唐四庫書盛以縹囊 石函封禪書藏石函中 寶裝藏書記
玉函

仄 寶軸 寶簡 玉牒 玉軸 玉檢封禪書以玉為檢束 貝葉 鐵筆
石室藏書記 石牒光武封禪用石牒 石檢亦封禪所用 汗簡 布袠
緗袠皆書衣 錦帕祕閣圖書覆以錦帕 鐵硯

平 綾紙 銀管 銀硯 金櫃記太史之書 緗帙唐四庫書裝以緗帙 金軸
金簡黃庭經以金簡刻書之 金榜杜天門口射黃金榜 金扁 瑤軸
華匱藏書以華匱十重 縑袠

## 毛詩戴記第三十四

人物

平 毛詩毛萇 遷書史記 班書班固 雄書揚雄 荀書荀況 韓詩韓嬰 曹詩曹植 軻書
並實
陶詩陶淵明 韋詩韋應物 羲經伏羲 箕疇箕子 蘇文蘇洵軾轍

韓文（韓愈）歐文（歐陽脩）曾文（曾鞏）

［去］禹歌（禹謨九叙惟歌）禹謨（書大禹謨）禹疇（書天乃錫禹洪範九疇）夏書

賀詩（李賀）漢書　頡書（蒼頡）杜詩（杜甫）白詩（白樂天）沈詩（沈約）衛詩

李詩（李太白）謝詩（謝冊暉）屈騷（屈原）柳文（柳宗元）

［仄］戴記（戴德戴聖）蔡傳（蔡沉）左傳（左氏）孔傳（孔安國）孔繫（孔子作繫辭）

左賦（左思）屈賦（屈原）宋賦（宋玉）賈賦（賈誼）陸賦（陸機）董策（董仲舒三策）舜典

范史（范曄）沈集（沈約）籀篆（史籀）頡字（蒼頡）柳字（柳公權）米字（米芾）白帖

白集（白居易）賈策（賈誼）孔帖（孔文仲）李篆（李斯）

［上］羲易　蕭律（蕭何）周典（周公太甲六典）伊訓（尚書）箕範（武王訪洪範於箕子）堯典

遷史（司馬遷）枚賦（枚乘）顏字（顏真卿）王字（羲之獻之）朱傳

歐字（歐陽詢父子）鼂策（鼂錯）賁策（劉賁）弘策（公孫弘）羲帖（王羲之）

張草（張旭）章草（章帝愛杜操書令上表亦作草字謂章草）堯曆（堯典曆象日月）朱註

◎

胡傳胡安國春秋傳　程傳伊川傳易　班史班固　鍾字鍾繇

儒書釋典第三十五

平　儒書　農書　醫書　天書　兵書　官書　官銘　官符　並實

官箴山谷濼雪奉官箴　民謠　民歌　工詩工誦詩　君詩　仙詩

仙歌　仙符　公文　蠻謳坡清切變蠻謳　蠻歌杜蠻歌犯星夜　蠻箋

皇墳韓高詞媲皇墳　神經王僧孺神經怪牒　儒經

仄　聖經　道經　佛經　御書　道書　佛書　子書　吏書

父書記父沒不能讀父之書　聖謨書聖謨洋洋　梵音　令箴

仄　釋典　佛典　御製　聖製　聖翰　聖訓　御札杜御札早流傳

聖策　帝範唐太宗作帝範十二篇賜太子　譯語譯四夷之語　梵語即釋氏語也

平　儒學　儒術杜儒術於我何有哉　儒典　賢傳　禪語　僧牒　仙曲

仙籙　仙籍　軍禮　賓禮　官誥

吳歌楚曲第三十六 並實

平 吳歌李吳歌楚舞歡未畢 吳謡選可作謡於吳會 吳行 虞書 商書 周書

唐書 隋書 陳書 齊書 梁書 周詩選齊峻極於周詩 齊詩

唐詩 豳詩 商盤盤庚 唐文 唐符高祖造銀菟等符 唐音 皐謨

齊論語序齊論語二十二篇 齊謳杜清管隨齊謳 曹風詩 豳風詩

仄 魯論語序魯論語二十篇 楚辭屈原所作 楚歌高祖曰為若楚歌 楚騷

楚謡王終欲東歸聽楚謡 楚書即楚語 越吟杜終然學越吟 舜歌舜歌南風

魏書 宋書 晉書 宋詩 漢詩 漢謡遺山詩漢謡魏什久紛紜

漢符漢高祖與功臣剖符作誓 衛風詩 鄭風詩 宋文

仄 楚曲 楚史 楚些 楚賦 楚語國語 魯語國語 魯頌詩 魯史

漢史 漢賦 召誥 晉帖 晉字 晉史 魏史 魏什

宋史 夏諺

上平 周易 周禮 周頌詩 周語國語 商頌詩 商易 唐韻 唐史

唐絶絶句 唐律詩 唐策 湯誓書 秦誓書 康誥書 吳志 吳曲

遼史 金史 隋史 元史

人事

## 驚神泣鬼第三十七

上虛活 下實

平 驚神杜律中鬼神驚 通神杜書貫瘦硬方通神 驚人杜語不驚人死不休 傳神杜詩為李白傳神

降魔見後詩魔下 來朋語有朋自遠方來 搜神于寶撰搜神記 超凡

上仄 泣神 有神杜下筆如有神 嚇蠻書 起予語起予者商也 入神李筆精妙入神

壓人楊嗣復詩壓倒元白

仄 泣鬼杜詩成泣鬼神 對聖狄仁傑曰黃卷中方與聖賢對 入聖 破鬼韓險語破鬼膽

送鬼韓有送窮鬼文 點鬼楊炯作文多用古人名謂之點鬼簿 脫俗

上平 驚客 驚鬼 驚俗

## 經神賦聖第三十八

上實 下半虛 死

平

經神 鄭康成　詩逋 武允蹈夜窓扃雨辨詩逋　詩豪 劉禹錫為詩豪　詩顛

詩狂 杜詩狂欲上天　詩神 賈島祭詩神　詩魔 白樂天惟有詩魔降未得　詩臞

詩窮 歐公曰詩必窮而後工　詩愁 張衡有四愁詩　詩媒 趙德麟事　詩仙

詩宗 呂居仁作江西宗派詩圖　詩亨 坡身窮詩乃亨　詩偷　詩師　詩禪

詩囚 虞歟臺從此築詩囚　詩兄 謝光祿謂湯人詩可為吳邁庶兄　詩勳 后山但尋詩社著詩勳

文豪 歐陽脩　文宗 陳子昂為海內文宗　文窮 韓文五窮一為文窮　書囚 柳半生坐書囚

書淫 劉孝標博極羣書號書淫　書兄 史草書絕妙吾所兄　經讎 校經如讎　文神

書癡 竇威廣覽羣言諸兄詆之曰書癡　詩權 林逋詩遞去權應急

上仄

字師　畫師　曲師　樂師　草賢 崔瑗善草書謂之草賢

仄

賦聖 司馬相如　草聖 張芝　易聖 唐衛大經邃于易號易聖　畫聖 楊子華

畫祖 畫家三祖顧長康張僧繇陸探微　畫癖　句癖 白樂天有章句癖　傳癖 杜預有左傳癖

禮訟 漢書會禮之家如聚訟　字祖

◎

【上平】詩債坡口業不停詩有債 詩病 詩苦李總為從前作詩苦 詩癖梁文帝七歲有詩書癖

詩瘦友人戲崔浩曰乃子苦吟詩瘦 詩賊詩有三偷偷語為鈍賊 詩令坡詩律嚴號令

詩父湯沐謂吳邁曰吾詩可為汝詩父 詩祖李問目賈浪仙為詩祖 詩戰丁謂有詩戰詩

詩聖李白 詩讖 詩伯 書聖劉宣繫號漢書聖 書癖 書隱 書困

經伯 文祖 章癖 文技杜文章一小技 文活杜本賁文為活

【飲饌】茶經酒誥第三十九 【並實】

【平】茶經陸羽著茶經三篇 茶歌盧仝作

【上仄】酒箴揚雄作 酒詩 酒方 酒經王績為酒經 粥詩 藥方

食經崔浩著食經九篇

【仄】酒誥書 酒頌劉伶作 酒譜王績為酒譜 酒賦北山移文酒賦無績 酒令

酒贊白樂天有酒功贊 藥譜

【上平】茶譜毛文錫為茶譜 茶錄 茶引 鹽引

身體

# 潛心篤志第四十

上虛　活　下實

平

潛心　留心　遊心　埋頭（文公詩書冊埋頭何日了）　濡頭（張旭以頭濡墨）

藏身（韓學問藏之身）　澆胷（山谷曰胷中不用古今澆灌則塵俗生）　椎胷（鍾繇見韋誕筆法椎胷嘔血）

撐腸（盧撐腸拄腹文字五千卷）　搜腸　雕肝（韓不用雕琢愁肝腎）　愁肝

勞神　吟情　陶情　乗情　研精

上仄

嘔心（李賀母曰是兒嘔出心方已耳）　著心（荀入乎耳著乎心）　苦心（杜頗覺良工心獨苦）　敝精

鉥心（孟郊為詩劌目鉥心）　洗心（易聖人以此洗心）　聳肩（坡皺眉吟詩肩聳山）　銳情　適情

服膺（中庸拳拳服膺）　撚髭（盧撚斷數莖髭）

仄

篤志　遜志（書惟學遜志）　奮志　詠志　努力　勉力　立意

刻意　銳意　命意　苦思　湧思　遣興　適興　拄腹

畫腹（虞世南畫腹習書）　曬腹（郝隆七日曬腹中書）　畫掌（武陵王曄書掌習書）　劌目　駭目

矢口（揚聖人矢口而成言）　掣肘（欲書而掣肘）　過眼（蘇過眼空迷日五色）　入耳　嘔血

◎

刺股（蘇秦） 琢肺

〔上平〕覃思 抽思 流涕（衛夫人見羲之書流涕） 流淚 便腹（邊孝先腹便便）

披腹（韓詩見前） 捫腹 叉手（温庭筠八叉手賦成） 愁腎

## 心經手詔第四十一 〔並實〕

〔平〕心經 心箴（范浚作） 心銘 言箴（程子作）

〔上去〕手書 口碑 口箴 耳箴 目箴 背銘（周廟有金人銘其背） 足箴

〔仄〕手詔 手劄（杜道州手劄適復至） 手翰（陶侃為荆州書翰皆手荅） 手卷 手簡

手啓 手冊 手本 腹藁（王勃為文號腹藁） 口信 口號 口辨

口訣

〔上平〕心法 心論 心贊 心辨 心畫（揚書心畫也）

## 詩情曲意第四十二（與身體門詩腸酒量互用） 〔並實〕

〔平〕詩情 詩聲 詩腴（坡詩腴固堪餐） 詩才 吟情 吟聲 騷情

騷才　歌頭　歌聲　歌腔　詞頭秋燕譔為給事中繳選詞頭

詞腔谷秀句入新腔　書皮　書聲

〔廿六〕曲情　曲聲　卷頭　誥頭　策頭　筆頭　樂聲　樂情

筆精選嚴樂之筆情　道腴背味道之腴　賦聲孫綽作天台山賦示范榮期曰卿試擲地當作金石聲

頌聲選成康沒而頌聲寢

〔六〕曲意　曲思　語意　樂意　韻意　筆意　字意　字體

字骨　字眼　字脚　韻脚　紙尾　卷首　筆力　筆勢

筆舌　表目　策目　篆體　賦體　律髓方回所選詩

〔卆〕詩意　詩思鄭綮曰詩思在灞橋雪中驢背上　詩格　詩趣　詩體　詩眼

詩味　詩尾　文思　文勢　文意　文格　文骨　文體

文髓　文脉　文氣子由書文以氣為主　篇首　章首　書意　書目

書味曾老覺詩書滋味長　吟思　吟趣　辭意　題目

# 周情孔思第四十三 並實

平 周情韓文序周情孔思 顏筋顏真卿書 潘才潘岳才如江

去 孔心 孔情 軾才宋神宗誦蘇軾文章嘆曰天下奇才 賀才李賀鬼才

白才李白天才 陸才陸機才如海 杜愁詩話杜甫一生愁

仄 孔思 柳骨柳公權書 柳腳劉禹錫柳家新樣元和腳 杜癖杜預有左傳癖

杜骨 杜肉黃至道謂范德機詩得杜甫之骨虞伯生得杜之肉 白體白居易詩號元和體

庾體庾信文 沈體沈約文號永明體 李體李義山詩號崑體

上平 周思 陶體陶淵明詩體 徐體徐陵文 歐體歐陽詢父子書體

# 數目 三墳五典第四十四 上虛死下實

平 三墳伏羲神農黃帝之書謂之三墳 諸經 三章漢高祖約法三章 三盤書盤庚上中下三篇

三謨書大禹皋陶益稷三篇 三篇董策三篇 千言 千章

千篇 千詩 千文周興嗣所次 羣言陸傾羣言之瀝液 羣經 羣書

三經 詩書禮 諸書

〔上六〕六詩 六書 說文書法有六又六子書 六韜 太公六韜兵法 六言 谷永始作

六箴 李德裕丹扆六箴 六經 六爻 四經 易書春秋樂孔庭言詩禮不及四經 四詩

四箴 視聽言動四箴 四書 八書 馬遷作史爰述八書 八章 八篇 一書

一言 田千秋一言悟主 一辭 孔子作春秋游夏不能贊一辭 一經 韋賢曰不如教子一經

一封 韓一封朝奏九重天 一編 圯上老人出一編授張良 一聯 一章 一篇

五言 李陵始作 五規 司馬光進疏有五規 五歌 書五子之歌 五詩 五經

九疇 洪範九疇 九丘 丘聚也言九州所有皆聚此書 九章 屈原既放作楚辭九章

九經 九篇 九歌 書勸之以九歌 七書 武經七書 七歌 杜甫有七歌

七言 漢武詔羣臣為七言詩 七篇 孟子著書七篇 百篇 杜李白斗酒詩百篇 七經

百家 萬言 片言 片辭 十行 光武手跡賜遠國一札十行 十書

尺書 詩中有尺素書 二經 二銘 東銘西銘 數行

◎

仄

五典少昊顓頊高辛唐虞之書謂之五典 五傳孝經序學開五傳左氏公羊穀梁鄒氏夾氏 五子

五禮吉凶軍賓嘉 五策 五誥 五頌 六典周公太平六典 六籍

六藝禮樂射御書數 六帖白氏六帖 六禮冠昏喪祭鄉相見 六義詩有六義

六誓書有六誓 六畫易卦 八索八卦之說謂之八索求其義也 一卦 一卷

八韻八叉手而八韻成 八法王逸少書工八法 八志 四韻王四韻俱成 一句

一字 一札 一紙 一首 一曲 一疏 一畫 隻字

二典堯典舜典 二雅大小二雅 二禮儀禮周禮 二篆大小二篆

四始詩有四始 四譜國年地人 四象易兩儀生四象 四術詩書禮樂

四賦 兩卷 萬卷杜讀書破萬卷 萬首放翁六十年間萬首詩 百首

數首 數句 幾句 片紙 尺牘杜尺牘倒陳遵 七志王儉七志

七發枚乘作七發諷吳王 七語書有七語 七錄 十策漢武難公孫弘以十策

十翼易有十翼 十志班固廣史記為十志 九辯宋玉所作 九制劉歆一揮九制

卓　三易夏曰連山商曰歸藏周曰周易　三傳文中子三傳作而春秋散　三禮周禮儀禮禮記
三策董仲舒天人三策　三畧黄石公上中下三畧　三頌周頌魯頌商頌　三賦左思三都賦
三志陳壽著魏蜀吳三國志　三史史記前後漢書為三史　諸子　諸史
諸傳　諸說　千卷　千首　千句　千字　千帖　羣策
羣帖　羣集　羣籍
並虛　死

三長二妙第四十五

平　三長史有三長才學識　三多學者三多看讀多持論多著述多　三偷詩有三偷偷語偷意偷勢
三豪類說三豪文詩歌也　三餘學用三餘冬夜陰雨也　三横習字法
仄　四深詩有四深體勢作用聲對義類　八哀杜八哀詩哀李邕等八人　八叉溫庭筠事
六迷詩有六迷虛大緩慢詭差錯用意爛熟劣弱　八分王次中書有八體蔡邕分為八法故云
四難書有四難飄揚嚴重結密寬綽　七哀曹子建等皆有七哀詩　兩從習字法
五悲盧照著五悲文

〔仄〕二妙索靖衛瓘善書號一臺二妙　二要詩一要力全而不苦澁一要氣足而不怒張　二絕

五絕虞世南五絕　數格鄭谷曰凡詩用韻有數格　八對上官儀曰詩有八對

八采盧思道詩　八病沈約曰詩有八病　七步子建才　十步魏彭城王勰詩

五始春秋五始

〔上〕三昧懷素得草聖三昧　三到讀書要三到心到口到眼到　三絕鄭虔嘗自寫其詩并畫號三絕

三易文章當從三易易見事易識字易讀誦　三變唐文三變　三具筆紙墨

三上作文有三上馬上枕上廁上　三步柳公權詩

吟哦講誦第四十六

〔通用〕〔平〕吟哦　謳吟　披吟　呻吟　沉吟　歌吟　嘲吟　〔並虛〕活　研窮

研覃　藏脩記藏焉脩焉　刪脩孔子刪詩書脩春秋　刪裁鄭玄刪裁繁蕪　賡酬

編摩　揄揚杜揄揚非造次　敲推賈島吟詩作敲推之勢　歌謳　參詳

鋪張韓鋪張對天之宏休　披尋　搜尋　沉潛　譏評　敷陳　申明

鑽研 推詳

十六 琢磨 詩如琢如磨 切磋 詩如切如磋 發揮 易六爻發揮 發揚 發明

講求 講論 講明 考論 討論 論語世叔討論之 就將 詩日就月將

品題 李白書一經品題 嘯歌 謝縉曰猶不廢我嘯歌 贊修 孔子贊周易修春秋 詠歌

唱酬 剪裁 校讎 纂修 考評 諷吟 檢尋 擴充

輯編 抑揚 詠嘲

仄 講誦 講習 講究 講解 講說 講讀 誦讀 諷詠

諷誦 杜謝朓每篇堪諷誦 嘯詠 嘆詠 議論 辯論 辨難 玩味

綴葺 纂葺 著作 著述 述作 語述而不作 制作 紀載

屬和 韓屬而和之 唱和 點綴 點化 勉強 愽洽 煆煉

點竄 杜議能為學士才敏筆無點竄 涉獵 采摭 體認 訓解 布置

筆削 孔子作春秋筆則筆削則削 講授 授受 掇拾 考索 訪問

組織　註釋　證據　考據

上平

舒卷　賡和　賡詠　賡唱　吟唱　歌唱　歌詠　歌嘯

吟嘯　題詠　揮染　揮灑杜揮灑動八垠　窮究　研考　磨琢

馳騁　譏諷　粘綴　談論　模寫　抄寫　嘲弄　披誦

披閱　塗抹　塗竄　挑剔　闔鎖　開拆　編次　編校

搜索　評論　淹貫　謄錄　批點　傾瀉　援引　援據

揚厲韓揚厲無前之偉績　褒貶夫子作春秋示褒貶　刪述孔子刪述六經　收拾　敷演

修飾論語行人子羽修飾之

## 吟餘讀罷第四十七

上虛活　下虛死

平

吟餘　吟安盧吟安一箇字　吟成　吟殘　歌殘　謳殘　摹成

編成　揮成　裁成　哦成　擒成　題成　抄成　刪餘

看終　觀殘　封來　抄來　謄來　傳來

十六 撰成 著成 寫成 纂成 畫成 作成 錄成 製成
習成 詠成 讀餘 讀殘 講殘 作殘 讀来 覓来
鮮来 賦来 論来 作来 寫来 寫完 點完 錄完
閱終 誦終 唱終
仄 讀罷 讀過 讀遍 讀畢 讀盡 誦畢 寫畢 寫罷
寫出 寫就 點罷 對罷 講罷 詠罷 閱罷 看罷
看足 看遍 看過 賦就 著就 染就 製就 作就
和就 畫出 唱出 作出 檢出 閱過 覓得 賦得
考得 唱起 唱徹 論徹 論定 說破 看盡 講透
撰出 錄過
十七 吟就 吟罷 吟徹 吟得 思得 抄得 揮就 裁就
歌就 編就 摛就 抄就 刪落 刪罷 刪後 邵刪後更無詩

刪定　評定　批出　搜出　題罷　題起　觀遍　研盡

抄出　談及　裁去

## 頻看遍覽第四十八

上虛 死　下虛 活

平 頻看　勤看　精看　精研　精窮　精通　精思　窮搜

旁搜 韓獨旁搜而遠紹　冥搜 李冥搜得詩窟　清吟　長吟 杜新詩改罷自長吟　勤吟

狂吟　狂歌　詳觀　頻觀　深求　深明　深窮　深思

勤裁　高談　頻揮　頻嘲　高歌

上仄 苦吟　朗吟　遍題　遍觀　博觀　熟觀　熟研　苦研

細論 杜重與細論文　細評　細裁　痛裁　博求　力求　飽看

劇談　大書 韓大書特書　廣搜　浪傳 杜將詩莫浪傳

仄 遍覽　熟覽　博覽　歷覽　廣覽　歷究　熟究　博選

細究　細和 谷細和淵明詩　細說　細看　細寫　細玩　細點

細味 細讀 遍讀 遍閱 博考 博極（劉向揚雄博極羣書） 博記

博究 博學（孟博學而詳說之） 博采 力務 獨掃（見前筆陣下） 獨誦

獨抱（韓獨抱遺經究終始） 朗誦 足用 迭和 熟看 熟講 正論

鮮撰（杜詞人解撰河清頌） 廣記 強記 暗記 飽記 大對 強探

酷玩 飽玩 暗諷 默識（語之默而識） 廣述 力索 曲證

闊論

【平】精究 多究 深究 精曉 精製 精考 詳考 旁考

旁引 頻誦 頻作 多識（易君子多識前言往行） 多讀 多看

多撰 多記 詳辨 詳玩 詳味 詳論 詳說 雄辨

明辨（庸辨之弗明弗措也） 勤讀 勤講 勤習 勤學 明解 明斷

## 刪繁化腐第四十九

【上虛】活 【下虛】死

【平】刪繁 誇多 爭奇 崇奇 爭研 蔵稜（坡字外出力中蔵稜） 含芳

談玄（陸雲宿王弼塚自此談玄） 求工 舒華 鈎玄（韓纂言者必鈎其玄）

鈎深（杜鈎深法更秘）

【上仄】尚奇 鬬奇 好奇 吐奇 競奇 漱芳（選漱六藝之芳潤） 剪蕪

剪繁（孝經序剪其繁蕪） 草玄（杜草玄吾豈敢） 逼真（后山吟得唐詩轉逼真） 指迷

反刓（韓反刓以樸） 去陳（韓惟陳言之務去） 黜尖（孫樵為文必擺落尖新） 架空

鑿空 厭常 喜新 逞新 鬬姸

【仄】化腐 鬬靡 鬬巧 尚詭 尚險 索隱（中庸索隱行怪） 立異

喜異 復古 擬古 述古 效古 犯古 剗偽（韓剗偽以真）

靠實 鍊巧 務博 衒美 黜險 獻美 好怪

【上平】藏拙 求古 呈美 呈醜 爭麗 爭巧 誇麗 誇美

求異

【連綿】

## 森嚴俊逸第五十

【並虛】死

平

森嚴 文章法度森嚴 雄深 柳子厚文 弘深 韓文 弘涵 韓弘涵演迤 英華

清新 清便 清嚴 詩律 精微 易 精深 精純 精詳 深純

縱横 夏縱横禮樂三千字 温純 揚典謨温純深潤 温柔 詩 疏通 書 鏗鏘 幽深

吾伊 讀書聲 聱牙 書韓詰屈聱牙 浮誇 韓左氏浮誇 春容 韓春容手大篇

光華 和平 汪洋 杜詩 尖新 詳明 艱深

上去

老成 簡嚴 六經之文 謹嚴 韓春秋謹嚴 易長 粹精 坦明

寂寥 易良 樂 簡明 隱微 奥深 靚深 渾涵 雅馴

詰盤 渾全

仄

俊逸 杜俊逸鮑參軍 敏捷 瀏亮 陸賦體物而瀏亮 麗則 揚雄曰詩人之賦麗以則

宛轉 雅健 柳子厚文 雅麗 富麗 艷麗 綺麗 斷絕

灑落 杜灑落富清製 瘦硬 杜書貴瘦硬方通神 潔淨 易 博洽 屈曲 書 廣博

隱奥 奥衍 韓文 錯綜 渾厚 典則 韓付文有典則 典重 典雅

簡古 簡當 細膩 警拔 博達 炫燿 朴實 老健

欝怒韓朝為百賦猶欝怒 綺靡陸詩緣情而綺靡 浩瀚 頓挫陸箴頓挫而清壯

上平 圓静 圓活 清壯陸箴頓挫而清壯 温潤陸銘博約而温潤 深潤 盤屈

飄逸 穿鑿 艱澁 雄健 雄肆 雄壯 醇雅 豐贍

奇偉 奇怪 奇巧 精巧 精緻 敦厚書 冲澹 微婉

條暢 悲壯 工緻 高妙 蒼老 蒼古 沉浸韓文沉欝

瓌瑋 妖豔周妖聲豔辭 遒勁 遒緊韓詩轉遒緊 通達 平正

純正 醲郁 豪健 粗俗 生澁 華麗 凄楚 豪放

閑適 平淡 芳潤陸文賦

## 昭然渾爾第五十一 並虛死

平 昭然 怡然左序怡然理順 紛然 琅然 飄然 鏗然 森然

純然 純如 清兮 紛如 奇哉 雄哉 佳哉 淵乎

深乎

【上仄】坦然　粲然　渾然　煥然　釋然　蔚然（韓文蔚然而虎鳳躍）粹然

炳然　淡然　凜如（春秋一字之褒凜如斧鉞）躍如（孟君子引而不發躍如也）

煥乎（論語煥乎其有文章）粹乎　富哉（論語富哉言乎）偉哉　妙哉　壯哉

愽哉　健哉　雅哉　美哉　倩兮

【仄】渾尔　灝尔（並詳後疊字類中）卓尔（語如有所立卓尔）炳若　粲若　遠矣

妙矣　富矣　愽矣　熟矣　巧矣　奥矣

【上平】清矣　華矣　高矣　深矣　微矣　精矣　詳矣　豪矣

工矣

## 【疊字】篇篇句句第五十二

【並實】

【平】篇篇　章章　言言（詩于時言言）聲聲　聯聯　交交　行行

詞詞

仄 句句 字字 語語詩于時語語 韻韻 曲曲 卷卷 畫畫
冊冊 首首 札札

飄飄颯颯第五十三

平 飄飄相如賦飄飄有凌雲氣 鏗鏗漢書說經鏗鏗楊子行 鏘鏘 並虛死 琅琅
明明光武贊明明廟謨 淵淵 滔滔 奇奇
仄 颯颯元康作軍書運筆颯颯 渾渾虞夏書 帖帖司馬遷文不帖帖 艷艷
噩噩周書 淡淡 灝灝商書 怪怪 滾滾

三字

日讀書夜觀史第五十四

平 日讀書 夜觀書 暮作詩 冬教書 夜賦詩 夜論文
曉吟詩 夜披書 日窮經 早知書 日談詩 日校文
仄 夜觀史 朝為賦 朝聞道 秋學禮 冬作誡 朝奏表
朝獻策 時點易 晚好易孔子

教詩書立訓傳第五十五

平 教詩書王制冬夏教以詩書 混車書 作文章 畏簡書 通古今

讀詩書 樂琴書陶樂琴書以消憂 檢簿書 刪詩書 工詩詞

上表箋

仄 立訓傳 學詩禮孔鯉 敎禮樂王制春秋教以禮樂 悅禮樂 分章句

習句讀 修記注 美詞翰 工詩賦 事筆札 懷鉛槧

通經典 博史籍 善策論

金縢書玉牒史第五十六

平 金縢書周書 玉笈書 寶訓書 青囊書 縹囊書 錦囊詩

金薤詩 貝葉經 金剛經 玉樞經 金字經 金花箋

仄 玉牒史 瑶編史 金聲賦孫綽 金鑑錄張九齡千秋節進金鑑錄

金鏡策元趙天麟著 銀鉤字 牙籤軸 紫泥誥 青瑣集

青箱學王彪請江左事緘之青箱　玉筋篆李斯變籀文為玉筋篆

少陵詩左思賦第五十七

平　少陵詩　工部詩　李陵詩　婕妤詩　淵明詩　李白詩

靈運詩　少游詩　山谷詩　子建詩　李陵書　班固書

右軍書　子卿書　子雲書　莊子書　列子書　昌黎文

柳州文　南豐文　東坡文　箕子疇　盧仝歌　老子經

王通經　屈原騷

仄　左思賦　相如賦　楊雄賦　陸機賦　宋玉賦　仲舒策

賈生策　劉蕡策　左氏傳　丘明傳　公羊傳　穀梁傳

孔子傳　張華志　周公禮　文王易　王褒頌　羲之帖

馬遷史　班固史　范曄史　陳壽志

五車書千里字第五十八

平

五車書 杜男兒須讀五車書　三篋書 漢武帝幸河東亡三篋書　萬卷書　一編書

一卷書　一封書　萬言書　萬金書　百篇書　八分書

諸子書　五倫書　五言詩　七言詩　七步詩　四始詩

一聯詩　萬首詩　一囊詩　千家詩　十步詩　三步詩

八韻詩　千字文　五噫歌 梁鴻　八陣圖 孔明　百篇詩

仄

千里字　千金字 呂不韋著春秋令曰有能增損一字予千金　數般曲　八义賦

一丁字 張弘靖曰挽兩石弓不如識一丁字　兩都賦 班固作　三都賦

十年賦 左思賦三都構思十稔　三篇策　萬言策　一封奏　三家易

三冬史　三氏傳 左公羊穀梁三傳　三國志　五行志 漢書有五行志

九域志　萬張紙

四字

## 禮樂詩書典謨訓誥第五十九

平

禮樂詩書　圖籍文書　詩禮琴書　案牘簿書　學問文章

句讀篇章　雅頌典墳

仄 典謨訓誥　篇章文字　表志紀傳　詩詞歌賦　經書史傳

言語文字　車書軌範

斷簡殘編片言隻字第六十

平 斷簡殘編　累牘連篇　長歌短詩　彝訓格言　左圖右書

妙賦清歌　長篇大章　麗語新詞

仄 片言隻字　前言往訓　格言大訓　雅誥奧義　奇辭險語

艷辭綺語　前經往史　左圖右籍　洪綱大旨　豐辭縟句

河圖洛書皇墳帝典第六十一

平 河圖洛書　蠹簡蟲書　漆書壁經　龜書馬圖　竹簡蒲編

御製宸章　野曲山歌

仄 皇墳帝典　聖經賢傳　龍文龜字　塗歌里詠　山經地誌

村謠野史　道聽塗説

編詩讀書揮毫落紙第六十二

平　編詩讀書　刪詩定書　誦詩讀書　博古通今　是古非今

立禮興詩論語　獻策談詩　獻賦論兵　染翰操觚

仄　揮毫落紙　立經垂訓　填詞和曲　窮經究史　据經援史

吟詩作賦　談天説地　揮麻草制　制禮作樂　尋章摘句

懷鉛提槧

燒燭檢書焚香讀易第六十三

平　燒燭檢書杜檢書燒燭短　閉戶讀書孫敬　緝柳編書　畫扇題詩

橫槊賦詩曹操　緩轡諷詩崔湜　臨流賦詩陶辭　刻燭賦詩王泰　灑血書詞

擊鉢吟詩丘令楷　下筆成章曹植　下帷講經董仲舒

痛飲讀騷王熙謂盧元明　當庭裂麻劉崇魯

仄 焚香讀易 投戈講藝（光武） 傍梅讀易 研硃點易 負笈來學

臨池習字（張芝） 發言爲論（曹植）

虞書夏書商頌周頌第六十四

平 虞書夏書 商書周書 漢書唐書 周詩鄭詩 沈詩謝詩

李詩杜詩 韓文柳文 歐文蘇文 齊論魯論

仄 商頌周頌 堯典舜典 班史遷史 羲畫文畫 隋志宋志

商易周易 湯誥康誥 說命冏命 屈賦宋賦 鍾帖王帖

顏字柳字

八卦縱横七篇明白第六十五

平 八卦縱横 六爻發揮 一字森嚴 六藝精華 六經修齊

六藝喉衿 諸子藩籬 六籍燼灰 六經淵源 八卦精微

仄 七篇明白（孟子） 五經鼓吹 六經易直 諸子紀載 群言徑路

六經管轄（范祖禹管以六經轄）　六經綱目　六經要領　群詩冠冕

五經糟粕　一字褒貶（春秋）

諸子百家九經三傳第六十六

〔平〕諸子百家　二典三謨　八索九丘　三易四詩　六藝群書

八卦六爻　五規六箴　一札十行　五經四書

〔仄〕九經三傳　九經三史　三墳五典　三雅二頌　四象八卦

千章萬句　六韜三畧　八書十志　千經萬論　三盤五誥

五禮六樂　七言八句　千言萬語　千篇萬卷

上薄風騷下該沈宋第六十七

〔平〕上薄風騷（元稹評杜詩）　方駕曹劉　上軋漢周（韓柳李皇之文）

直到孫丁（宋孫何丁謂有文名當時詩曰直從韓柳到孫丁）　下逮莊騷（韓愈進學解）

蚤悅孫吳（朱文公贊張橫渠）

〔及〕

下該沈宋杜詩竊比稷契杜甫許身一何愚竊比稷與契自比管樂諸葛亮

下視郊島嚴滄浪謂李杜數公詩下視郊島輩如虫吟草間耳羞比管晏孟子下視服鄭

上窺姚姒進學解

# 對類卷之十五

# 對類卷之十六

## 數目門

一字

### 千萬第一

平

千十百為千 三二生三 單奇數 孤單也 雙二也 多衆也 京十兆曰京

虛字 死

垓十京曰垓 溝十壤曰溝 群獸三為群 重複也 蓰五倍 諸衆也

仄

萬十千為萬 一數之始 二一生二 四二二為四 五中數也 六重三為六 七少陽之數

八二四為八 九三三為九 十數之終 百十十為百 兆十億曰兆 億十萬曰億 秭億億曰秭

壤積垓為壤 澗積壤為澗 正積澗為正 載積正為載 隻一也 獨孤也單也 兩二也

幾數未定也 倍加倍也 數算數也 衆人三為衆 半數之分

### 分寸第二

半虛

◎

【平】分十釐為分　毫十絲為毫　釐十毫為釐　尋八尺曰尋　常倍尋曰常　升十合　鈞三十斤
斤十六兩　錙八兩　銖十絫　抄十撮　枚箇也　錢十分　端丈八尺也
圭六十四黍　初絲之積　鍾十釜　區四豆　奇陽數　絲十忽

【仄】寸十分　尺十寸　丈十尺　仞八尺　咫八寸　斗十升　斛五斗
石十斗　秒禾芒也十芒為秒　忽一蠶為忽　兩二十四銖　合十勺　勺十抄
龠容千二百黍　匹四丈四尺　庾容二斗四升　釜六斗四升　鎰二十兩　秉容十六斛
步八尺　什百人為什　引十丈　豆四升　幅布二尺二寸　撮四圭
跬三尺　耦陰數　箇枚也

【二字】三千百萬第三

【並虛】死

【平】三千詩騋牝三千　三雙　千雙　繁多　奇零　孤單

【仄】二三詩二三其德　再三王再三陳乞爐烟理　兩三杜此地兩三家　四三書戴四三年
六三易陰爻　九三易陽爻　五三　五雙寸勺五雙　禽曰兩雙

一雙杜一雙白魚不受釣　二雙　四雙　一千李賀瑶姬一去一千年　二千
漢太守祿二千石　四千李賀二萬四千里　六千彼尚餘君子六千人　五千
韓不覺離家已五千　八千韓夕貶潮陽路八千　九千宋玉拔木九千　十千
詩歲取十千　幾千　數千文選客歌於郢始曰下里巴人和者數千人　半千　百千
韓有客動百千　萬千岳陽樓記氣象萬千　庶幾孟則齊其庶幾乎　幾多韓試看涵泳幾多星　衆多
蒼蠅賦桼尔衆多之莫敵　倍蓰孟或相倍蓰

**仄**

百萬史羽軍四十萬號百萬　一萬孟郊一日一萬周　四萬杜四萬義軍同日死　二萬
八萬坡夜來八萬四千偈　九萬李扶搖直上九萬里　十萬韓提師十萬餘　幾萬　億萬
韓億萬蒼生性命存　萬一杜萬一皇恩下玉墀　萬億詩萬億及秭　十億　百億
詩胡取禾三百億兮　億兆韓坐與億兆慶　十兆　一百杜奉乞桃栽一百根　二百
四百　五百韓何五百人之擾擾　六百韓爾來六百年　七百孔群日得七百斛秫
八百蜀人李八百　九百語與之粟九百　半百韓年皆過半百　什百孟或相什百

什一孟國中什一使自賦什五六一歐陽修號六一居士四十語四十而不惑五十

李賀收取關山五十州二十陸機二十作文賦六十語六十而耳順八十秦係八十二僧

飯熟麻七十記七十曰老而傳九十詩九十其犉百十韓百十各自生二四

二八宋玉二八侍宿二五二九四五杜父老四五人四六四七

史四七之際五六韓出欄押五六五八六二易陰爻六七陶不識六與七

六五易陰爻七八韓外變迷七八八九史不如意事十常八九八一

九一孟耕者九一九四易陽爻九五易陽爻一二谷一二書奏紙

百二漢紀秦得百二百五冬至後百五日為寒食百七再四數四

百六漢書曰百六之會十二漢書齊得十二一半坡占得膠西一半山九二易陽爻

一倍程子謂伏羲易畫只是加一倍法十倍先王曰君才十倍曹丕頃刻數倍

謝安握蒲葵扇價增數倍

上平

三四韓逐客三四公三二離騷望三二以為象兮三五古詞佳節正當三五三六

三七 三八 三九 三十老三十輻 三百韓三百六旬常擾擾

三兩 三萬韓架插三萬軸 三數 三倍易利市三倍 三千萬陶奚止千萬祀

千百韓時輩千百人 千億 千數 千倍 多少皇甫拙山絕東西多少

千一

尋常咫尺第四

並半虛 死

平 尋常 分毫 毫釐易緯差之毫釐 絲毫 毫芒韓泰山一毫芒 纖毫谷海鏡纖毫只強頗 纖須 些須皆少也 奇贏漢志操其奇贏 贏餘馬少游曰求贏餘自苦耳 錙銖阿房宮賦取之盡錙銖

上仄 斗升莊斗升之水 合升 龠升 龠圭 豆圭 忽微 秒微

寸分 釜鍾左豆區釜鍾 黍絫音纍十黍為絫

仄 咫尺左天威不違顏咫尺 步尺 幅尺 尺寸韓寄立尺寸地 尺丈 儋石儋音擔劉毅家無儋石之積 釜庾語與之釜與之庾 撮秒 忽秒 秒末 縷匹

◎

秒忽班固曰造計秒忽　段匹　合勺　大引

【上平】絲粟　絲縷　絲忽　毫忽　毫髮韓毫髮盡備無差訛　毫末韓開祛慝毫末

銖兩坡胡桃銖兩多　鈞石記正鈞石　尋丈坡短籬尋丈間　纖悉　區豆

纖介元后傳不以往事與纖介　升斗杜仍嗔問升斗　圭撮谷賈豎、但圭撮　條縷

分寸韓嚌擘分寸不可上　膚寸泰山之雲膚寸而合

無雙第一第五　【並虛】死

【平】無雙史國士無雙　成雙　為雙　為三莊二與一為三　生三老二生三

兼三易兼三才而兩之　登三　函三漢志太極函三為一　圓三圓者徑一而圍三　成千

加三坡明年半百又加三　成三李對影成三人　盈千　逾千　維群詩三百維群

成群杜胡人高鼻動成群　能群　維多　無多

【上仄】次三　至三　合三　約三漢高帝約法三章　得三語問一得三　累千

用三孟用其三而父子離　積千真誥積功滿千　取千孟萬取千焉　許多　極多

最多 過多 既多 詩既多受祉 不群 杜王喬鶴不群 不孤 語德不孤

不多 荆公動人春色不須多 少雙 若干 數未定之辭記曰服衣若干尺

入 第一 漢論功蕭何第一 得一 老天得一以清 有一 書有一于此 合一 合一之謂神

不一 杜神翰顧不一 混一 畫一 蕭何較若畫一 執一 孟所惡執一者 匪一

主一 主一之謂敬 貫一 語吾道一以貫之 抱一 老營魄抱一 用一 孟君子用其一

取一 問一 掛一 易掛一以象三 不二 雖驗事君而不二兮 緩二 孟緩其二

用二 孟用其二 第五 何準曰第五之名 次五 得五 鄭毅夫曰杜牧文章止得第五

襲六 封禪書一藝襲六為七 儷六 柳駢四儷六 用六 易坤爻 足十

用九 易乾爻 足萬 鉅萬 平準書錢累鉅萬 漏萬 掛一漏萬 累萬

累百 廢百 孟舉一而廢百也 滿百 古樂府人生不滿百 至再 書至于再 寡二

史海內寡二

卓 凡百 無一 坡遠近高低無一同 非一 韓自古死者非一 惟一 書惟精惟一 餘萬

歸一孝經序至當歸一　生一老道生一　聞一語聞一知十　通一莊通于一

虛一筮法虛一以象太極之無為　盈萬左萬盈數也　知二語賜也聞一以知二　成萬

無二坡此身法報本無二　成二沈慶之與馬成二　藏六坡失若龜藏六　登八陶侃夢天門登八

終萬　終六　生八　駢四　生四易兩儀生四象　生兩易太極生兩儀

明兩易明兩作　無兩史記人臣無兩　無幾韓餘年懍無幾　為衆孟仁不可為衆

## 千尋萬仞第六

上虛下半虛　死

平

千尋子由逍遙堂後千尋木　千層韓蹢躅紅千層　千行韓休垂絕激千行淚　千重

千堆杜舊隨漢吏千堆寶　千斤劉表有千斤牛　千鈞康節施為要似千鈞弩　千番

千般坡千般夜下無南北　千端李賀宮錦千端買沉醉　千鍾史魏成食祿千鍾　千函

坡戢戢千函書　千錢沛令日進不滿千錢　三分坡春色三分　三餘董遇日學者三餘　三重

杜卷我屋上三重茅　千莖杜白髮千莖雪

上仄

一番坡千林掃作一番黃　一層王之渙更上一層樓　一般康節一般清意味　一行杜不寄一行書

一分 宋玉增一分則太長 一毫 杜牧鏡天無一毫 一錢 劉寵罷守受民一錢 幾番 韓庸知上幾番

一端 古詩遺我一端綺 幾重 韓身在仙宮第幾重 幾尋 幾行 杜鵑記事在其書幾行

幾雙 張仲素獵馬千行鴈幾雙 幾莖 盧撚斷幾莖鬚 數番 數升 坡一舉輒數升

數重 錢起數重度派水 數行 李賀叔上數行書 數層 數尋 百層 杜巖栖在百層

百般 韓百般紅紫鬭芳菲 百斤 二疏解組帝賜黃金百斤 百鈞 孟吾力足以舉百鈞 幾般

百圍 莊櫟社樹絜之百圍 百尋 杜西閣百尋餘 萬重 杜煙花一萬重 萬端 谷世故浪萬端

萬鍾 孟萬鍾於我何加焉 萬分 張釋之曰有如萬分一 十分 馬子才亭上十分綠醑酒

十行 光武手跡一札十行 十圍 韓時見松櫪皆十圍 兩行 李賀燭龍兩行照飛閣 萬般

四圍 谷四圍春草自鉏荒 四銖 漢文帝四銖錢 半規 月規半貝翟乾祐事 八銖 漢高祖八銖錢

萬鈞 賈山曰人主勢非持萬鈞 十端 一成 史有田一成 一星 一尋

七分 伊川自言解易只說得七分 一重 四通 數端

仄

萬仞 富嘉謨文章壁立萬仞 數仞 語夫子之牆數仞 一丈 漢元封中大雪深一丈

十丈韓開花十丈藕如船　百丈坡松林真百丈　萬丈韓光焰萬丈長　萬點杜萬點蜀山尖

兩點劉圻父唯見三點兩點風帆來　一點唐詩萬綠叢中紅一點　一頃杜有竹一頃餘

一箇杜峽口驚猿聞一箇　兩箇杜兩箇黃鸝鳴翠柳　幾箇李適之今朝幾箇來　一匝　一派

數點坡指點雲間數點紅　二頃史有附郭田二頃　萬頃坡安得萬頃池　數頃　幾點

一段宋仁軌終身讓畔不失一段　一陣崔塗東風一陣黃昏雨　一斗李一斗合自然

一樣杜小山尋常一樣窗前月　一曲唐賜賀知章鏡湖一曲　一等語出降一等

一帶于鵠水綠沙平一帶春　一石謝靈運曰天下才共一石　一片韓空堦一片下

一縷枚乘傳一縷之任　一尺李賀欲剪箱中一尺天　一勺坡一勺清泉滿石盂　一向

萬顆杜萬顆勻圓訝許同　萬里杜咫尺應須論萬里　萬匹坡既馬萬匹皆吾師　萬斛庾能容萬斛愁

幾疊坡幾疊衣紋數衿袂　萬疊　幾曲　幾抹　幾匝　幾段　幾陣

幾度李賀垂簾幾度青春老　萬鎰孟雖萬鎰　四達記周道四達　四畔

四望離騷登崑崙兮四望　四向　幾簇　兩隻　兩樣　四顧杜四顧但茫然

百里杜百里獨蒼蒼五里坡五里一堠兵火催五斗陶潛不爲五斗折腰四至數顆

五秉語冉子與之粟五秉十步彭城王勰詩成十步十里杜十里侵江樹五達尒雅五達曰康

六耦禮射人主以六耦六尺秦制車以六尺爲度百兩坡供張已應煩百兩百尺左蔭此百尺條

百步孟直不百步耳四肘一尺五寸爲一肘八達八達曰崇期九達九達曰逵

兩片百仞幾頃一望杜一望幽燕隔寸步韓寸步難見始知命

上平

千里老千里之行千頃韓曲江千頃秋波淨千樣千仞賈誼鳳凰翔于千仞兮

千丈韓失勢一落千丈強千顆坡細雨裹殘千顆淚千片唐太宗露凝千片玉三級禹門三級浪

三品易田獲三品三尺李賀空留三尺劍三兆禮太卜掌三兆之法三疊陽關三疊

三斗杜汝陽三斗始朝天三耦禮大夫三耦千點三斛石崇買綠珠用珠三斛

三里孟三里之城三釜曾子吾及親仕三釜而心樂三揖記耦進三揖千縷

## 商功紀事第七

上虛 活 下半虛

平

商功九數五商功以御功程積實程功記程功積事圜方方者徑一而圜四均程

◎

均輸 九數有均輸之法以御遠近勞費 生爻 易發揮於剛柔而生爻 歸奇 易歸奇於扐

分蓍

【上仄】

計功 董子曰不計其功 度功 書惟荒度土功 度田 漢詔度田非益寡 揲蓍 易揲蓍求卦

草玄 揚雄草太玄 履端 白氏六帖履端於始 計程 紀元 辨名

第疇 大禹第九疇有數田至九 則書 易洛出書聖人則之 則圖 伏羲則河圖有數至十

考工

【仄】

紀事 時以紀事 紀物 紀度 紀數 衍易 大衍之數五十 算歷

立卦 易觀變於陰陽而立卦 置閏 積盈虛之數以置閏 積事 見前 計簿 辨物

正簿 孟孔子先簿正祭器 辨器

【上平】

經界 經畫疆界 推步 曆家有推步之術 推範 推律 成賦 書成賦中邦

蒐乘 左簡卒蒐乘 分類

【疊字】

千千萬萬第八

【並虛】

死

平 千千 單單 孤孤 三三李三三五五映垂楊 雙雙權德輿遙知不語淚雙雙

多多漢書多多益善 群群

仄 萬萬 一一韓一一懸牙籤 二二洪範皇極內篇曰二二者陽之長 億億

四四淮南子曰因而四之四四十六 五五洪範皇極內篇曰五五者陰之萌 六六洪範皇極內篇曰六六者陰之長 八八漢志曰八八為伍 九九梅福傳有以九九見者 十十邵子曰十十之走當萬物 百百邵子曰百百之木當百物 兩兩崔顥兩兩紅粧咲相向

隻隻

行行點點第九 並半虛 死

平 行行韓行行夾岸高 層層歐古木陰層層 重重李賀紫皇宮殿重重開 般般

纍纍梁甫吟纍纍正相似 紛紛韓紛紛百家起 番番坡番番從高來 緜緜 稀稀

條條

仄 點點韓點點露數岫 箇箇杜攢聲箇箇同 對對 疊疊坡重重疊疊上瑤臺 段段

片片韓片片勻如剪縷縷陣陣荆公剪剪輕風陣陣寒顆顆匝匝

步步潘妃步步生蓮花簇簇韓野晴山簇簇品品秩秩詩秩秩德音井井荀井井有條

三字 二生三萬及秭第十

平

二生三老道化篇二生三十有三老貴生章生之徒十有三百累千

萬由千一得三語問一得三一圍三圓者徑一而圍三萬取千孟萬取千馬再至三書至于再至于三

仄

萬及秭詩萬億及秭千取百孟千取百馬一知十語回也聞一以知十

五乘十河圖中數天五乘地十十得五非敢望拔十得五二生四兩儀生四象

什稅二魯宣公稅畝什而取二一生二易之卦畫太極生兩儀四生八四象生八卦

三生萬老道化篇三生萬物

數萬兵九五福第十一

平

數萬兵史小范老子自有數萬甲兵 千萬重張文潛觀畫江山千萬重 鉅萬錢

百萬兵 千萬緡 三萬言 數萬言 五千言老子著道德五千言

一五行洪範初一曰五行 十一征成湯十一征 十二章天子之服十二章

十二時谷一日風波十二時 兩三家 十三篇孫武兵法十三篇 十三經

十三家 二十篇魯論二十篇 三百篇詩三百十一篇 三百爻易爻三百八十四

三百囷詩胡取署道百囷兮 三百廛詩胡取禾三百廛兮

仄

九五福 九五位卦爻九五為君位 九萬里李扶搖直上九萬里 三萬軸韓插架三萬軸

三萬竈龎涓事 五萬竈同上 十萬戶 千萬變

鉅萬貫漢志曰京師之錢累百鉅萬 十萬貫腰纏十萬貫 百二勢

百千壽 八千壽 十三卦 十二律自黃鐘至應鐘為十二律 三五點

十二事趙充國上便宜十二事 十二策王通獻太平十二策 四七際史四七之際火為主

十二會經世書一元統十二會 三八政書具三為八正 三百兩孟華車三百兩

六百石漢須祿之制有六百石五百兩元載鍾乳五百兩二千石史其惟良二千石乎

數十乘孟後車數十乘八百頃八百石六七伐書大愆手六心七伐

四六體

四字 朝四暮三天一地二第十二

平 朝四暮三狙公養猴之術人十巳千中庸人十能之巳千之

仄 天一地二卜五占二書卜五雨霽蒙驛克也占二貞悔也君一民二易大傳陽者一君而二民人一巳百庸人一能之巳百之弓一矢百書彤弓一彤矢百

陰六陽九

咸五登三騈四儷六第十三

平 咸五登三封禪書問一得三語陳亢曰問一得三舉一反三語舉一隅不以三隅反揚一象三易大傳揚一以象三徑一圍三以一當千

近一遠三曆家謂日月之行近一遠三

【仄】駢四儷六（乞巧文）　戴九履一（洛書之數戴九履一）　勸百諷一

以一科十　舉一廢百（孟舉一而廢百也）　掛一漏萬（韓掛一念萬漏）

主一無二　逾七望八（韓祭竇司業文）　拔十得五（龐士元曰拔十得五）

問五對二（沈約劉顯事）　懲一戒百

二十二篇六十四卦第十四

【平】二十二篇（齊論）　五十八篇（書經五十八篇）　數千萬言

八十四聲（正律六十三變律二十一）　三十六宮（李賀三十六宮土花碧）　四十九蓍

數十百人　七十二營（筮法）

【仄】六十四卦　四十八律（京房轉生之律也）　七十二候　二十八調

八十四調（作樂者以八十四調變宮變徵參而為）　四十六卷（書經四十六卷）

七十二代（封禪書）　二十四考（郭子儀）　二十七最

唐考課法

# 對類卷之十六

# 對類卷之十七

## 干支門

一字 平

庚甲第一

庚更也言萬物至此皆斂而更也且庚庚有實也 丁當也言萬物至此當丁實而壯盛也

辛凡物味秋則多辛辛猶新言萬物至此而悉新也 壬位北方陰極陽生象人懷妊之形也

寅擯也陽氣動而欲上出為陰所擯擯不得達也 申身也言萬物至此而身體皆堅實也

辰震也陽氣既動雷電震奮萬物皆生而振美也

仄

甲始也十干首曰甲言萬物至此而孚殼坼也 乙軋也萬物至此而皆奮軋其出乙乙也

丙炳也萬物至此皆明炳炳也 戊楙也萬物至此皆豐楙也 午啎也陰氣啎逆陽冐之而出也又交也一縱一橫為旁午猶陰陽之交橫也 巳理也紀也言萬物至此皆有理紀也

癸揆也冬時水土皆平萬物至此可以揆度也　子孳也陽氣既動萬物皆孳萌也

丑紐也萬物至此皆紐牙亦舉動之意　巳巳也陽氣巳出陰氣巳藏萬物皆成文章也

卯冒也萬物至此皆冒地而出也　未味也五行木老於未象木之重生枝葉也

酉就也萬物至此皆成熟也　戌滅也陽氣巳微萬物至此畢入於地也　亥該也地支未曰亥十月微陽起接盛陰言萬物至此而該閡也

## 先庚後甲第二

二字　平

先庚易先庚三日　同庚　長庚詩西有長庚　夷庚左以塞夷庚　成丁

延庚西山記延庚揭辛　同寅書同寅協恭　添丁盧仝去歲生兒名添丁　簽丁

零丁李密表零丁孤苦　中丁人生二十為中丁　良辰謝靈運良辰感聖心　芳辰杜久坐惜芳辰

佳辰杜佳辰强飲食猶寒　昌辰　逢辰　生辰　靈辰人日謂之靈辰　憸壬

庚申詩生甫及申

上去

後庚易後庚三日　伏庚秋以金代火故庚日必伏　上丁記上丁之日釋奠于學

祭丁唐上丁日祭孔子 識丁 滿丁 受辛曹娥碑虀曰為受辛 苦辛王生涯共苦辛

上辛魯昭公以七月上辛大雩 季辛昭公七月季辛又雩 競辰攙辰乎辰者子競諸

及辰坡北寺觀燈欲及辰 不辰詩我生不辰 孔壬書何畏乎孔壬 挹辛 吉辰

有壬詩有壬有林 建寅夏正建寅 次丁

**仄**

後甲易後甲三日 納甲漢術家有渾天納甲法 遁甲信都芳著遁甲經 鼎甲

建子周正建子 建丑商正建丑 建亥秦正建亥 上巳今之三月三日

典午史典午不競謂司馬氏也 丱午劉向傳朝臣丱午 卓午李頭戴笠子日卓午 閣午

太乙劉向校書有老人叩閣曰我太乙之精 吉戊

**上平**

先甲易先甲三日 同甲白樂天與君同甲子 高甲 升甲 衷甲左楚人衷甲

明甲 前午 將午 中午 差午 當午古詩鋤禾日當午

亭午杜亭午頗和煖 旁午縱橫也 剛卯王莽傳正月剛卯

## 園丁保甲第三

平

園丁 園丁習寫方 畦丁 杜畦丁告勞苦 田丁 夫丁 人丁 人生十六為丁

庖丁 莊庖丁解牛 租丁 唐出粟之民謂之租丁 民丁 秦斂民計丁 家丁

男丁 軍丁

上仄

保丁 壯丁 户丁 白丁 陋室銘往来無白丁 女丁 韓女丁婦壬傳世婚

婦壬 見上

仄

保甲 宋有保甲法 社甲 里甲 令甲 武甲 客子 杜客子中夜發

士子 舉子 牧子 學子 孺子 書孺子王矣 冢子 即長子也

衲子 谷水逢林下逢衲子 豎子 韓信曰栢直豎子爾 婢子 記夫人自稱曰婢子 庶子 女子

內子 記夫人內子

上平

丘甲 兵甲 范仲淹曾中兵甲 丘子 僧子 舟子 詩招招舟子 稍子

樵子 田子 廚子 童子 詩童子佩觿 才子 八元八愷謂之才子 男子

卿子 宋義號卿子為軍 公子 平原君為佳公子 夫子 雲子 漢武煉丹白為雲子 仙子

門子

丁年甲夜第四

時令

平

丁年 庚年 辛年 壬年 寅年 辰年鄭玄夢曰令年歲在辰

申年 寅春建寅之月為孟春 寅正夏寅時 辰時 丁虞喪禮遇柔日再虞丁乃柔日也 申時 庚虞喪禮遇剛日三虞庚乃剛日也

上仄

子正周 丑正商 亥正秦 子時 丑時 卯時 巳時 午時

未時 酉時樂天白日催年酉時沒 亥時 戌時 戌秋 卯年陳訓謂周六卯年當剖符 巳年鄭玄夢曰明年歲在巳 酉年陳訓謂周六酉年當曲蓋

午年 巳虞

仄

甲夜沈自有金孟迎甲夜 乙夜二更也 丙夜太宗丙夜觀書 子夜半夜也

午夜坡午夜朧朧淡日黃 午會經世書有午會 戊社春分前後戊日即社日 戊會

子刻 卯刻 午刻 戌臘蔡邕獨斷赤帝以戌臘午祖 子月十一月

乙日記月令其日甲乙　丑日　甲日　丑月十二月

【上平】庚伏六月遇庚日為伏　辛臘　寅夜　寅孟　丁日記月令其日丙丁　丁夜

丁歲　辰會　辰刻　申刻　申候　庚候

## 庚方午位第五

【平】庚方西　辛方西　壬方北　寅方東北　辰方東南　申方西南　丁方南

【上仄】甲方東　乙方東　丙方南　戊方中　巳方中　癸方北　子方北　丑方東北

卯方東　巳方東南　午方南　未方西南　酉方西　戌方西北　亥方西北　亥隅同上

【仄】午位南　甲位東　乙位東　丙位南　戊位中　巳位中　子位北　丑位東北

卯位東　巳位東南　未位西南　酉位西　亥位西北

【上平】庚位西　辛位西　壬位北　寅位東北　辰位東南　申位西南

【人物】

## 丁男甲士第六

【平】丁男　丁夫詩傳丁夫適满三單之數　丁軀　壬公玻主公飛空丁女歲　寅兄

同寅年長稱兄　庚兄同庚年長稱兄　壬人包藏凶惡之人也　申公申公受詩於浮丘伯

申侯周之諸侯　申生晉獻公子　寅賓書曰寅賓出

上仄

甲夫　甲兵杜淨洗甲兵長不用　甲頭　卯君東坡呼子由為卯君　子臣　子男

子民漢武曰多慾不可以君國子民　子孫

仄

甲士古者兵車一乘甲士三人　甲卒杜甲卒身雖貴　甲族　子姓子孫也

甲姓漢四姓小子侯尚書以上為甲姓下同　乙姓九卿方伯為乙姓　子女左子女玉帛

丙姓散騎常侍太中大夫為丙姓　子弟王羲之為佳子弟　子婿史趙王禮甚卑有子婿禮

子妾　子姪　子婦

上平

丁卒　丁壯　丁姓吏部正員郎為丁姓　丁女見上　庚弟同庚年少稱弟　壬子

寅長同寅年尊稱長　寅友　申后周幽王娶申后　申伯宣王之舅

宮室

## 申衙乙庫第七

平

申衙　申牌　丁書謂丁部書　辛盤元日楚俗上五辛盤　寅津正月之長為寅

寅者津也

【十六】子城 子潮余襄公曰月臨子午則潮乎乎南北 午橋劉禹錫君過午橋回首望

卯潮余襄公曰月臨卯酉則水漲乎東西 午潮見上 酉潮見上 卯橋丁卯橋也 午衙

午窗坡春濃睡足午窗明 午門天子正門嚮明而治 甲庖列仙傳神仙所至自有六甲行庖 丙書

甲科韓駒漢庭今重甲科郎 乙科杜乙科已大闡 丙科匡衡射策中丙科

【八】乙庫 甲庫 丙庫 甲第杜功臣甲第高 甲觀太子宮有甲觀 甲剎

甲戶 甲仗 甲榜進士榜也 甲帳武帝為甲乙帳 乙帳 乙榜

甲舍猶甲第也 丙舍 子墨揚雄云子墨客卿 子舍 乙令 丙令

甲令令有先後故曰甲令乙令 午市易大傳日中為市 亥市常州亥市 丙殿

丙穴嘉魚出於丙穴 甲部荀勗分秘書為四有甲乙部之名

【十七】丁庫 丁字張弘靖曰不如識一丁字 丁帳 申命書天其申命用付

【鳥獸】

## 寅鷄亥豕第八

平 寅鷄 晨鷄 書牝鷄無晨 騂牛 書文王騂牛一 申驅 左次前軍日中驅

上仄 丙魚 見前 子魚 宋顯仁后云子魚大者絶少 亥魚 午鷄 荆公殘夢午時鷄

丑鷄 鷄鳴於丑半 子鵝 劉敎今年未得子鵝 子規 亦名杜鵑

仄 亥豕 張鷟云亥之與豕 甲馬 地名有甲馬營 甲鳥 鴨 乙鳥 燕 午燕 卯蛤

子鴨 鵜鴨也

上平 寅獸 辰壯 詩奉時辰壯

## 飲饌

辰炊卯酒第九

平 辰炊 辰香 申椒 騷謂申椒其不芳

上仄 午炊 午飧 韓朝飧動及午 午筵 午書 午琴 卯盃 卯齋

乙書

仄 卯酒 唐明皇召妃子卯酒未醒 午酒 午夢 蔡確手倦抛書午夢長 午餉

午枕 坡日射回廊午枕明 午漏 薩午漏花深紫殿高 午頃 午飯 坡過午飲輙壹 午酌

巳酌 子漏 子粒 子斂 酉飯 酉點 甲粉石崇甲煎粉

丙梡 卯粥 卯諷韓夜諷恒至卯 卯膳 午食坡晚食或歇午

上平 丁祭唐詔州縣上丁祭孔子 丁祀 辛膳谷辛膳麵薑芥 辛菜 辛味

## 申嚴子愛第十

平 申嚴記申嚴號令 申明史申明約束 丁寧杜鶯語大丁寧 寅恭同寅協恭

辛勤昌黎序辛勤來歸 寅緣韓青壁無路難寅緣 辰來 丁令弓弩名

丁東同下 丁當珮聲 辛酸坡卧病已辛酸 申詳人名見孟子 申知

上仄 丙融 子來詩庶民子來

仄 子愛記教之以孝弟睦友子愛 子惠書子惠困窮 子育子育萬民 子養

子諒記易直子諒之心油然生矣 甲拆易百果草木皆甲拆 未濟卦名

上平 申述 申敬 申禀 申覆 申謝 申勑 申達 申諭

申請 申說 寅協書同寅協恭 寅敬 寅謝 寅畏書嚴恭寅畏

辛苦杜辛苦救衰朽　申戒韓翼翼自申戒

三丁六甲第十一

平

三丁　三辰謂日月星之時　三庚夏至後初伏之日　三壬管輅腹無三壬　孤辰

星家有孤辰寡宿之說

上去

一丁　二丁　五丁杜論功超五丁　六丁道書陰官六丁　兩丁　次丁

半丁習鑿齒才堪半丁　五辛立春日五辛盤　六壬抱朴子立夏服六壬符　兩辰

閏月無中氣杓指兩辰之間　五辰書撫于五辰　五申孫子傳三令五申

入

六甲道書陽官六甲　九甲　二子徐卿二子生絕奇　五子律書辰有五子

六子易乾坤縱橫而六子　九子何承天曰鳳雛九子　半子邵子曰冬至子之半

一午　半午　片午　一巳　五卯真誥五卯之日　五戊立春立秋後第

五戊為社　六癸抱朴子立夏服六癸符

上平

重午　端午陳后山明日淮南作端午十　孤子記孤子當室　三未　三戌

三甲 甞轄背無三甲

重光協洽第十二

平 重光太歲在辛 旃蒙太歲在乙 屠維太歲在巳 昭陽太歲在癸

敦牂太歲在午 涒灘太歲在申

上仄 攝提太歲在寅 閼逢太歲在甲 著雍太歲在戊 上章太歲在庚

執徐太歲在辰

仄 協洽太歲在未 作噩太歲在酉 奮若太歲在丑 困敦太歲在子

上平 柔兆太歲在丙 強圉太歲在丁 玄黓太歲在壬 單閼太歲在卯

閹茂太歲在戌 淵獻太歲在亥 荒落太歲在巳

三字

子午橋甲乙帳第十三

平 子午橋在鎮江府城南晉時以 甲乙科漢書博士試甲乙科

丁卯橋丁卯日搆故云

丙丁書 戊巳屯漢有戊巳校尉屯田 庚癸粮庚西方主穀癸屬水故乞粮謂之呼庚癸

子丑時

【仄】甲乙帳　甲乙榜　甲乙庫　甲庚向　丙午朏 書惟丙午朏

子午谷 地名

李長庚商太甲第十四

【平】李長庚　王拱辰 宋狀元　汪應辰 宋紹興狀元　方逢辰

楚春申 楚公子　商武丁 高宗名　公孫丁 善射之士

成武丁 有仙道者　商仲壬 成湯之子繼外丙為帝　宋庖丁 莊子庖丁宋人也

【仄】商太甲 湯孫　吳道子 唐人善畫　公孫丑 孟子弟子

少正卯 魯亂政大夫　晉祁午 祁奚之子　孫武子 善用兵著武經

蜀安丙 宋安丙平蜀　商太戊 中宗名

【四字】辰出酉歸甲可乙否第十五

【平】辰出酉歸　甲是乙非

仄 甲可乙否 寅開戌閉 十二會中開物於寅閉物於戌

太甲元年先庚三日第十六

平 太甲元年 外丙二年 見孟子 仲壬四年

仄 先庚三日 易爻辭 先甲三日 易卦辭 後甲三日 同上

三庚末伏 建寅正月 夏正 太甲元祀 見書經

對類卷之十七

# 對類卷之十八

## 卦名門

### 謙益第一

一字

平

謙（坤上艮下） 乾（乾上乾下） 坤（坤上坤下） 離（離上離下） 屯（坎上震下） 蒙（艮上坎下） 需（坎上乾下）

師（坤上坎下） 隨（兌上震下） 臨（坤上兌下） 豐（震上離下） 頤（艮上震下） 咸（兌上艮下） 恒（震上巽下）

睽（離上兌下） 升（坤上巽下）

仄

益（巽上震下） 比（坎上坤下） 履（乾上兌下） 泰（坤上乾下） 否（乾上坤下） 豫（震上坤下） 蠱（艮上巽下）

觀（巽上坤下） 賁（艮上離下） 剝（艮上坤下） 復（坤上震下） 坎（坎上坎下） 遯（乾上艮下） 晉（離上坤下）

蹇（坎上艮下） 解（震上坎下） 損（艮上兌下） 夬（兌上乾下） 姤（乾上巽下） 萃（兌上坤下） 困（兌上坎下）

井（坎上巽下） 革（兌上離下） 訟（乾上坎下） 鼎（離上巽下） 震（震上震下） 艮（艮上艮下） 漸（巽上艮下）

旅艮下離上　巽巽下巽上　兑兑下兑上　渙坎下巽上　節兑下坎上

## 爻彖第二

（平）爻卦爻　辭卦爻辭　著靈草　名卦名　經卦畫卦爻辭　奇陽畫

幾動之微　圖河圖　書洛書　言文言　情卦爻之情　文辭也　儀兩儀

篇易有上下二篇　時易之時　材卦材

（仄）彖卦辭　象卦爻之象　辨吉凶之辨　畫奇耦之畫　傳十翼　卦六十四卦　變卦爻之變

數七八九六　策蓍莖　耦陰畫　體卦體　德卦德　義卦爻之義　緯易緯

理易理　物陰陽　極太極　道陰陽之道　法效法　善易簡之善　器卦爻陰陽

業大業　旨所示之理

## 剛順第三

（平）剛陽之德　元善也　凶失之象　亨通也　神不測之妙　休美也　災災沴

明剛明　貞正而固　孚信也　祥吉兆　柔陰之德　圓蓍德　方卦德

〔仄〕

精（至精）純（陰陽不雜）順（陰之性）悔（憂之象）吝（虞之象）利（宜也）得（事變之得）失（事變之失）吉（善也）

咎（罪也）動（陽之常）靜（陰之常）退（陰退）進（陽進）老（九六）少（七八）

眚（災青）健（陽之性）陷（坎之德）止（艮之德）說（兌之德）貴（爻之顯者）賤（爻之下者）

小（陰為小）大（陽為大）險（坎之德）易（辭簡易）知（卦德）廣（理之廣大）雜（陰陽相間）

## 占卜第四

〔平〕

占（占筮）通（通志）參（參互）重（倍畫）推（推演）觀（觀象）開（開物）

成（成務）營（四營成易）伸（引而伸之）研（研幾）彰（彰往）生（生爻）

〔仄〕

卜（龜卜）揲（揲蓍）掛（掛一）化（陰化）斷（決疑）闔（坤闔）闢（乾闢）

定（定象）扐（歸奇於扐）衍（衍易）筮（卜筮）學（學易）作（作易）考（考占）

擬（擬議）立（立卦）用（用易）倍（加倍）設（設卦）繫（繫辭）玩（玩辭）

問（問易）察（察未）闡（闡幽）

二字 乾坤否泰第五

平 乾坤 屯蒙 咸恒

上仄 渙離 比師 萃升

仄 否泰 剝復 損益 震艮 兌巽 井困 渙節 解蹇

革鼎

上平 豐泰 需訟 謙豫 臨觀 隨蠱

中孚大觀第六

平 中孚兌下巽上 重離 重乾 重坤 純乾 純坤 由頤

童蒙童蒙求我 同人離下乾上 明夷離下坤上 明離 咸臨

敦臨 甘臨 鳴謙 勞謙

上仄 困蒙 久恒 至臨 浚恒 兌升

仄 大觀 正觀 大有乾下離上 大壯乾下震上 大過巽下兌上

小過艮下震上既濟離下坎上未濟坎下離上大畜乾下艮上

小畜乾下巽上白賁　坦履　健訟　習坎　洊震　苦節

噬嗑震下離上顯比　素履　夬履　獨復　大蹇

上平

重坎　重震　重艮　无妄震下乾上嘉遯　甘節　交泰

開泰　休復　歸妹兌下震上重巽　由豫　肥遯　和兌

屯雲解雨第七

天文

平

屯雲象曰雲雷屯　屯雷見坤霜初爻辭履霜堅氷至　坤氷見乾天乾之象為天

乾雲彖曰雲行雨施　乾氷乾之象為氷　又隨雷象曰澤中有雷隨　恒雷象曰雷風恒

頤雷象曰山下有雷頤　豐雷象曰雷電皆至豐　需雲象曰雲上於天需

去

復雷象曰雷在地中復　解雷象曰雷雨作解　益雷象曰風雷益　震雷震之象為雷

壯雷象曰雷在天上大壯　豫雷象曰雷出地奮豫　畜雲卦辭密雲不雨　巽風巽之象為風

畜風象曰風行天上小畜　益風見上　過風象曰山下有風過　觀風象曰風行地上觀　震風

渙風象曰風行水上渙　蠱風象曰山下有風蠱　履霜見上

仄

解雨象曰雷雨作解　遇雨睽上爻辭遇雨則吉　夬雨三爻辭獨行遇雨　畜雨見上　震電坎之象

坎雨坎之象為雨　鼎雨三爻辭方雨虧悔　畜月上爻辭月幾望　坎月坎之象為月

賁火象曰山下有火賁　革火象曰澤中有火革　鼎火象曰木上有火鼎　旅火象曰山下有火旅

上平

離日離之象為日　離電離之象為電　離火離之象為火　恒雨書恒雨若

睽雨見上　乾雨見上　屯雨象曰雷雨之動滿盈　恒月彖曰日月得天而能久照　豐日卦辭宜日中　豐電見上　豐沫三爻辭日中見沫　豐斗二爻辭日中見斗

節令

## 乾陽晉書第八

平

乾陽六畫皆陽　恒陽書恒陽若　乾時彖曰時乘六龍以御天　乾元彖曰大哉乾元　坤元彖曰至哉坤元　坤時文言承天而時行　坤陰六畫皆陰　離陰巽離兑皆陰卦　隨時彖曰天下隨時　睽時彖曰睽之時用大矣哉

【六爻】泰陰 彖曰內陽而外陰 泰陽 上見 剝陰 五陰盛長 剝陽 五陰而剝一陽
艮陽 上見 否陰 彖曰內陰而外陽 震陽 震坎艮皆陽卦 坎陽 上見 巽陽 上見 過陰 陰多於陽
過時 彖曰大過之時大矣哉 豫時 彖曰豫之時義大矣哉 遯時 彖曰遯之時義大矣哉
蹇時 彖曰蹇之時用大矣哉 損時 彖曰損剛益柔有時
革時 彖曰革之時大矣哉 艮時 彖曰時止則止 觀時 兌陰 上見

【爻】晉晝 卦辭晝日三接 蠱日 卦辭先甲三日 巽日 五爻辭先庚三日 革日 卦辭巳日乃革
濟日 二爻辭勿逐七日得 震日 二爻辭勿逐七日得

【上平】乾日 三爻辭終日乾乾 乾夕 三爻辭夕惕若

謙山艮石第九

【地理】

【平】謙山 彖曰地中有山謙 蒙泉 彖曰山下出泉蒙 咸池 樂名 臨淵 董子曰臨淵羡魚 乾淵 四爻辭或躍在淵 乾田 二爻辭見龍在田 隨波 隨波逐流 需郊 初爻辭需于郊
需沙 二爻辭需于沙 同郊 上爻辭同人于郊 同墉 四爻辭乘其墉 頤丘 三爻辭頤于丘

頤川五爻辭不可涉大川

【平】

艮山艮之象為山　震塗震之象為大塗　震陵二爻辭躋于九陵　畜川卦辭利涉大川

震鄰上爻辭震于其鄰　坎川象曰地險山川丘陵也　泰鄰四爻辭不富以其鄰

節流　萃淵　泰河二爻辭用馮河　漸鄰　解墉上爻辭射隼于高墉之上

井泉五爻辭井冽寒泉食　畜衢上爻辭何天之衢　賁園五爻辭賁于丘園

漸磐二爻辭鴻漸于磐

【仄】

艮石艮之象為小石　豫石二爻辭介于石　困石三爻辭困于石　艮路艮之象為徑路

艮所象曰止其所也　井地井德之地　井邑卦辭改邑不改井　坎水坎之象為水

井谷初爻辭井谷射鮒　井水象曰木上有水井　蹇水象曰山上有水蹇　兌澤兌之象為澤

比水象曰地上有水比　損澤象曰山下有澤損　節澤象曰澤上有水節　困澤象曰澤無水困

噬市下傳先王教民日中為市取諸噬嗑　漸陸三爻辭鴻漸于陸　震澤　坎澤　蹇淺

坎瀆坎之象為溝瀆

【上平】坤地（坤之象為地）坤域　坤野（上爻辭龍戰于野）乾水（文言曰水流濕）坤水

師水（象曰地中有水師）豐沛（三爻辭豐其沛）需穴（四爻辭出自穴）同野（卦辭同人于野）

睽巷（四爻辭遇主于巷）升邑（三爻辭升虛邑）

【花木】

## 屯林井木第十

【平】屯林（三爻辭惟入于林中）離科（離之象為科上槁）

【去】困蔾（三爻辭據于蒺蔾）困株（初爻辭臀困于狐株）姤瓜（五爻辭以杞包瓜）鼎梅

否桑（五爻辭繫于包桑）泰茅（初爻辭拔茅茹以其彙）否茅（初爻辭拔茅茹以其彙）

過茅（初爻辭藉用白茅）過楊（二爻辭枯楊生稊）

【仄】井木（見前）巽木（巽之象為木）漸木（四爻辭鴻漸于木）困木（見上）井李（孟井上有李）

渙木（象曰乘木有功也）解木（象傳百果草木皆甲折）剝果（上爻辭碩果不食）

艮果（見丁）解果（見上）震竹（震之象為蒼筤竹）震葦（震之象為萑葦）漸桷（桷平柯也）

震稼（震之象於稼為反生）坎棘（上爻辭寘于叢棘）夬莧（五爻辭莧陸夬夬）姤杞（見上）

困葛上爻辭困于葛藟　困藟見上　艮蓏艮之象為果蓏

上平

升木象曰地中生木升　乾木乾之象為木果　坤木文言天地變化草木蕃　乾幹文言貞者事之幹也　屯草象曰天造草昧　同莽三爻辭伏戎于莽　乾果見上

豐芑詩豐水有芑

鳥獸

乾龍震馬第十一

平

乾龍彖曰時乘六龍　坤龍見前　坤牛坤之象為牛　離牛卦辭畜牝牛吉　離鴻

離龜離之象為龜　孚魚卦辭豚魚吉　孚豚見上　屯禽三象曰以從禽也　師禽五爻辭田有禽　頤龜初爻辭舍爾靈龜　睽牛三爻辭其牛掣

上去

震龍震之象為龍　濟牛五爻辭東鄰殺牛　旅牛上爻辭喪牛于易　巽雞說卦巽為雞

畜牛四爻辭童牛之牿　益龜二爻辭或益之十朋之龜　損龜五爻辭十朋之龜　濟狐卦辭小狐汔濟　解狐二爻辭田獲三狐　兌羊兌之象為羊　壯羊三爻辭羝羊觸藩　比禽五爻辭失前禽　夬羊四爻辭牽羊悔亡　壯羝見上　漸鴻初爻辭鴻漸于干　姤魚二爻辭包有魚

井禽初爻辭舊井無禽　剥魚五爻辭貫魚以宮人寵　畜豶五爻辭豶豕之牙　萃牲卦辭用大牲吉

仄

震馬震於馬為善鳴　晉馬卦辭錫馬蕃庶　賁馬四爻辭白馬翰如　畜馬三爻辭良馬逐

坎豕坎之象為豕　畜豕見上　姤豕初爻辭羸豕孚蹢躅　鼎雉見後　艮狗艮之象為狗

艮鼠說卦艮為鼠　革虎五爻辭大人虎變　履虎卦辭履虎尾　晉鼠四爻辭晉如鼫鼠

井鮒見前　過鳥卦辭飛鳥遺之音　解隼見前　革豹上爻辭君子豹變　旅雉五爻辭射雉一矢亡

渙馬二爻辭用拯馬壯吉

幸

乾馬乾之象為馬　坤馬卦辭利牝馬之貞　離雉說卦離為雉　離蟹說卦離為蟹

離鱉說卦離為鱉　睽豕上爻辭見豕負塗　屯鹿三爻辭即鹿無虞　離蚌離之象為蚌

屯馬二爻辭乘馬班如

## 宮室

### 乾門節戶第十二

平

乾門下傳乾坤其易之門　隨門初爻辭出門交有功　坤門見上　同門初爻辭同人于

◎

門
夷門四爻辭于出門庭　蒙家二爻辭蒙家　咸居二爻辭居吉　乾居
文言寬以居之　睽居彖曰二女同居　師家上爻辭開國承家　升階五爻辭貞吉升階

**上仄**

艮門說卦艮為門闕　節門二爻辭不出門庭　艮庭卦辭行其庭　夬庭卦辭揚于王庭
剝廬上爻辭小人剝廬　泰階三台星也　革居彖曰二女同居　壯藩見前　復關
象曰先王以至日閉關　旅巢上爻辭鳥焚其巢

**仄**

節戶初爻辭不出戶庭　艮闕見上　泰宇莊子泰宇定而天光發　壯宇下傳上棟下宇
蓋取諸大壯　萃廟卦辭王假有廟　渙廟卦辭王假有廟　訟邑二爻辭其邑人三百戶
剝宅象曰上以厚下安宅　坎牖四爻辭納約自牖　坎次二爻辭旅即次

**上平**

坤戶上傳闔戶謂之坤　乾戶上傳闢戶謂之乾　豐屋上爻辭豐其屋　坤道

## 器用

### 睽弧解矢第十三

**平**

睽弧上爻辭先張一弧　坤輿說卦坤為輿　師輿三爻辭師或輿尸　乾圜說卦乾為圜
睽車上爻辭載鬼一車　孚舟彖曰乘木舟虛也　睽輿三爻辭見輿曳　離戈說卦離為戈兵

◎

〔六〕坎弓（說卦坎為弓輪）震規　畜輿（二爻辭輿說輹）剝輿（上爻辭君子得輿）壯輿（四爻辭壯于大輿之輹）坎輪（見上）濟輪（初爻辭曳其輪）巽權（下傳巽以行權）剝床（初爻辭剝床以足）賁車（初爻辭舍車而徒）井瓶（卦辭羸其瓶）渙舟（下傳刳木為舟蓋取諸渙）巽牀（二爻辭巽在牀下）

〔八〕解矢（二爻辭得黃矢）巽斧（上爻辭喪其資斧）震器（見後）萃器（象曰君子以除戎器）坎缶（四爻辭貳用缶）比缶（初爻辭有孚盈缶）坎簋（四爻辭樽酒簋）損簋（卦辭二簋可用享）坎鼓　井甕（二爻辭甕敝漏）渙机（二爻辭渙奔其机）旅矢（見前）豫樂（象曰先王以作樂崇德）遯革（二爻辭執之用黃牛之革）壯輹（見上）震匕（卦辭不喪匕鬯）益耒（下傳揉木為耒）益耜（下傳斲木為耜蓋取諸益）豫柝（下傳重門擊柝蓋取諸豫）解器（下傳君子藏器於身）

〔十〕離矢　離甲（說卦離為甲胄）離胄（見上）離缶（三爻辭不鼓缶而歌）坤柄（說卦坤為柄）孚鼓（三爻辭或鼓或罷）睽矢（下傳剡木為矢蓋取諸睽）謙柄（下傳謙德之柄也）離網

下傳作結繩而為網罟蓋取諸離　離罟見上　坤釜說卦坤為釜

衣服

乾衣韠舄第十四

平　乾衣下傳黃帝堯舜垂衣裳而天下治蓋取諸乾坤　坤裳五爻辭黃裳元吉　坤囊四爻辭括囊

豐衣

上去　濟衣見下　濟繻四爻辭繻有衣袽　濟袽見上　豫簪四爻辭勿疑朋盍簪　巽繩說卦巽為繩直

坎徽見下

去　韠舄　井幎上爻辭井收勿幎　訟帶上爻辭或錫之鞶帶　賁帛五爻辭束帛戔戔　井繘卦辭亦未繘井　坎纆上爻辭係用徽纆　濟茀二爻辭婦喪其茀

上平　恒服　坤履初爻辭履霜堅冰至　坤布說卦坤為布　豐斾三爻辭豐其沛一作斾

聲音

隨聲震響第十五

平　隨聲　升歌記工入升歌　同聲乾文言同聲相應

上去　革音八音之一　旅酬膚旅酬下為上　鼎言

仄 震響 節奏（記文采節奏）

辛 需雅（隋志食舉奏需雅）

## 離明晉照第十六

平 離明（象曰明兩作離） 謙光（象曰謙尊而光） 乾寒（說卦乾為寒） 坤文（說卦坤為文）

亥 畜輝（象曰剛健篤實輝光） 嗑章（象曰雷電合而章） 艮光（象曰其道光明）

仄 晉照 巽臭（說卦巽為臭）

辛 豐照（象曰宜照天下也） 乾燥（文言曰火就燥） 離照（象曰大人以繼明照于四方）

## 乾金鼎玉第十七

珍寶

平 乾金（說卦乾為金） 乾璇 坤珍

亥 益圭（三爻辭告公用圭） 鼎金（見上） 噬金（五爻辭得黃金） 旅資（二爻辭懷其資）

仄 鼎玉（上爻辭鼎玉鉉） 鼎鉉（五爻辭鼎黃耳金鉉） 姤柅（初爻辭繫于金柅） 震貝（二爻辭喪貝）

旅斧（四爻辭得其資斧）

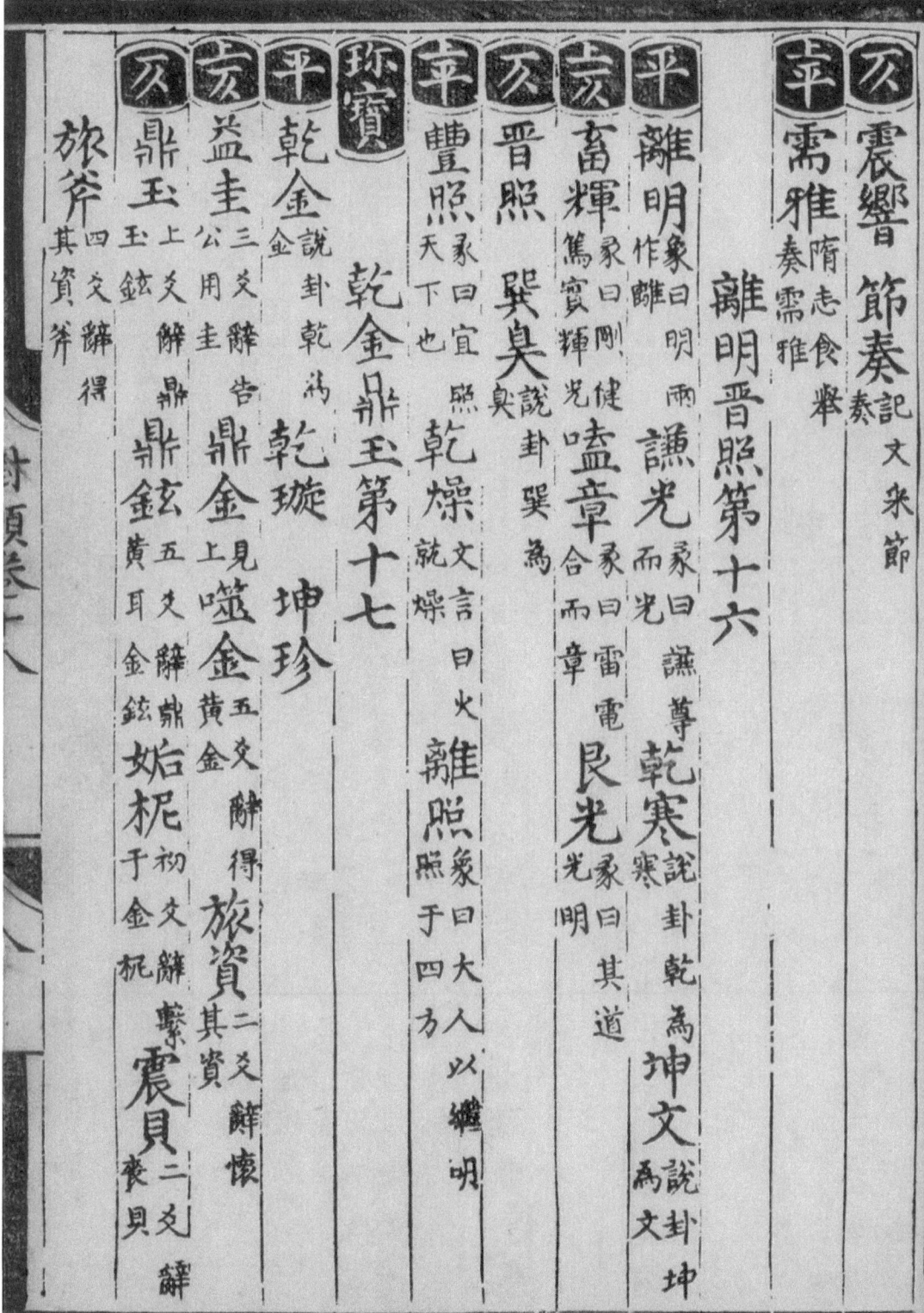

【平仄】乾玉說卦乾為玉　乾利文言乾始能以美利利天下

【飲食】

屯膏鼎肉第十八

【平】屯膏五爻辭屯其膏　睽膚五爻辭厥宗噬膚

【上去】遯肥上爻辭肥遯　噬膚二爻辭噬膚滅鼻　鼎膏三爻辭雉膏不食

【仄】鼎肉孟子思以為鼎肉　噬肉　井食三爻辭井渫不食　鼎食見上　坎酒四爻辭樽酒簋

濟酒上爻辭有孚于飲酒　噬腊三爻辭噬腊肉　困酒二爻辭困于酒食　困食見上　鼎實

二爻辭鼎有實　震鬯見前　鼎餗四爻辭覆公餗　鼎飪彖曰以木巽火亨飪也　妄藥

五爻辭无妄之疾勿藥有喜

【平仄】頤食象曰君子以節飲食　需食象曰君子以飲食宴樂　頤飲見上　需酒五爻辭需于酒食

需宴見上

【人物】

乾君泰后第十九

【平】乾君說卦乾為君　坤臣文言臣道也　蒙童五爻辭童蒙吉　乾男上傳乾道成男

坤朋卦辭西南得朋　離兵見前　睽宗見前　同宗二爻辭同人于宗　屯侯卦辭利建侯
屯虞見前　臨君五爻辭大君之宜　咸朋四爻辭朋從爾思

上仄
震男說卦震一索而得男　坎男說卦坎再索而得男　艮男說卦艮三索而得男　渙群四爻辭渙其群
兌朋象曰君子以朋友講習　蹇朋五爻辭大蹇朋來　蹇臣二爻辭王臣蹇蹇　豫師卦辭利建侯行師
兌巫說卦兌為巫　豫侯見上　觀賓四爻辭利用賓于王
復朋卦辭曰朋來无咎　晉侯卦辭康侯用錫馬蕃庶　解朋四爻辭朋至斯孚　夬戎卦辭不利即戎
巽巫二爻辭用史巫紛若

仄
泰后象曰后以財成天地之道　震子序卦主器者莫若長子　漸女卦辭女歸吉
蠱子初爻辭有子考无咎　兌女說卦兌三索而得女　巽女說卦巽一索而得女　兌妾說卦兌為妾
畜婦上爻辭婦貞厲　泰妹五爻辭帝乙歸妹　損友三爻辭則得其友　姤女卦辭女壯
妹娣初爻辭歸妹以娣　旅僕二爻辭得童僕貞　巽史見上　益友語益者三友

平
乾父說卦乾天也故稱乎父　坤母說卦坤地也故稱乎母　坤女上傳坤道成女

◎

蒙稚序卦蒙物之稚也 離女說卦離再索而得女 屯媾二爻辭匪寇婚媾 師衆彖曰師衆也
蒙婦二爻辭納婦吉 蒙寇上爻辭利禦寇 需客上爻辭有不速之客三人来
坤衆說卦坤為衆 咸女卦辭取女吉

## 人事

坤章渙號第二十

平

坤章三爻辭含章可貞 乾誠文言閑邪存其誠 蒙功彖曰蒙以養正聖功也 乾仁文言君子體仁 恒方象曰君子以立不易方 隨功見前

去

賁文卦以剛柔交錯有文飾之義 復仁二象曰以下仁也 姤章彖曰品物咸章也 井功彖曰未有功也 節財彖曰不傷財

入

渙號 畜禮序卦物畜然後有禮 節慾 損慾象曰君子以懲忿窒慾
損慾見上 履道二爻辭履道坦坦 泰福三爻辭于食有福 豫義彖曰豫之時義大矣哉
蠱譽五爻辭幹父之蠱用譽 畜德象曰君子以畜其德 晉德象曰君子以自昭明德
過行獨立不懼遯世無悶即大過之行 解難解難之散也 損道象曰其道上行 益道

彖曰其萃位五爻辭萃有位道大光

復善下傳有不善未嘗不知

履禮序卦傳物畜然後有禮故受之以履

【上平】乾德二象曰德施普也　乾道三象曰反復道也　乾義文言利物是以和義　乾行文言庸行之謹

乾禮文言嘉會是以合禮　乾學文言君子學以聚之　坤利卦辭主利　坤德彖曰德合无疆

坤慶彖曰乃終有慶　坤化文言含萬物而化光　坤學敬以直內義以方外即坤之學　蒙行

象曰君子以果行育德　蒙德上見　師律初爻辭師出以律　恒德下傳恒以一德　謙德

下傳謙德之柄　升德象曰君子以順德　家節三象曰失家節也

臨民畜衆第二十一

【平】臨民象曰容保民无疆　孚民　離人　隨人序卦以喜隨人者必有事　升官

臨戎

【上仄】剝民朱子曰聚斂之臣剝民以奉上　復官　豫親　益人　畜君詩畜君何尤

過人孟古之人所以大過人者　濟民　困兵

〔仄〕畜衆師象曰君子以容民畜衆　濟衆語博施濟衆　益衆　比衆　比德

比友　復相

〔上平〕隨衆　臨衆

行師幹蠱第二十二

〔平〕行師上爻辭利用行師　撝謙四爻辭無不利撝謙　閑家初爻辭閑有家　包蒙二爻辭包蒙吉納婦吉　亨屯大寶箴拯溺亨屯也　承乾坤文言承天而時行　觀順卦辭

〔上仄〕應乾同人彖曰柔得位得中而應乎乾　法乾自強不息君子法乾乾之道　嚮離說卦嚮明而治

體乾大象傳曰非聖人莫能體　戒豐卦辭本義曰戒以勿憂宜日中　發蒙初爻辭發蒙

有恒語難乎有恒矣　合睽二爻傳曰求合於君　富家四爻辭富家大吉　拂順三爻辭拂順

正家彖曰正家而天下定矣

〔仄〕幹蠱初爻辭幹父之蠱　用壯三爻辭小人用壯　濟蹇卦辭本義曰大人可以濟難　受益書謙受益

主鼎見前　拯渙見前　濟渙二爻本義曰因渙以濟渙　保泰三爻傳曰艱貞

則可保泰　主泰二爻傳曰主治泰者也　聽訟五爻本義曰聽訟而得其平者也　汲井三爻辭可用汲　治有大象本義曰所有既大無以治之　視履上爻辭視履考祥　戒豫四爻本義曰因而戒之　引萃二爻辭引吉無咎

上　傾否上爻辭傾否　休否五爻辭休否　求益上爻本義曰求益不已　求濟　招損書滿招損　為觀大象本義設教以為觀　商兌四爻辭商兌未寧　敦艮上爻辭敦艮吉

身體

恒心兌口第二十三

平　恒心孟無恒產而有恒心　乾情文言利貞者性情也　恒情彖曰天地萬物之情可見矣　離心　咸情彖曰天地萬物之情可見矣　豐肱三爻辭折其右肱　咸脢五爻辭咸其脢

去　艮身四爻辭艮其身　革心　剝膚四爻辭剝牀以膚　夬膚見下　夬頄三爻辭壯于頄　復心彖曰復其見天地之心乎　革言三爻辭革言三就　坎心卦辭維心亨　巽聽　夬臀四爻辭臀无膚　渙躬三爻辭渙其躬

仄

兌口 說卦兌為口 鼎足 四爻辭鼎折足 鼎耳 三爻辭鼎耳革 鼎趾 初爻辭鼎顛趾

剥足 見前 兌舌 說卦兌為口舌 巽耳 鼎彖曰巽而耳目聰明 巽目 見上 巽股 說卦巽為股 巽額 說卦巽為廣額 巽髮 說卦巽為寡髮 巽命 彖曰重巽以申命 震足 說卦震為足 震顙 說卦其於馬也為的顙 艮趾 初爻辭艮其趾 艮手 說卦艮為手

艮背 卦辭艮其背 艮腓 二爻辭艮其腓 艮限 三爻辭艮其限 艮輔 五爻辭艮其輔

渙汗 五爻辭渙汗其大號 渙血 上爻辭渙其血去 坎血 說卦坎為血卦 坎耳 說卦坎為耳痛

革面 上爻辭小人革面 革命 彖曰湯武革命 遯尾 初爻辭遯尾厲 壯趾 初爻辭壯于趾

晉角 上爻辭晉其角 節性 書節性惟日其邁 解拇 四爻辭解而拇 姤角 上爻辭姤其角

益志 五象曰大得志也 過頂 上爻辭過涉滅頂

平

離目 說卦離為目 乾首 說卦乾為首 咸口 上象曰滕口說也 咸股 三爻辭咸其股

咸舌 上爻辭咸其輔頰舌 咸頰 見上 咸腓 二爻辭咸其腓 離腹 說卦離於人也為大腹

離首 上爻辭有嘉折首 坤腹 說卦坤為腹 乾命 乾道變化各正性命 乾性 見上 夷腹

四爻辭入于左腹夷股二爻辭夷于左股頤口卦辭自求口實需血四爻辭需于血

恒性書若有恒性咸拇初爻辭咸其拇同志彖曰唯君子爲能通天下之志

## 乾旋震動第二十四

通用

平

乾旋韓坤旋乾轉乾爲乾行象曰天行健坤爲坤藏說卦坤以藏之

坤含見前坤承文言曰承天而時行師征謙上爻辭利用行師征邑國坤生彖曰萬物資生

隨從彖傳本義曰隨從也蒙求卦辭童蒙求我需須彖曰需須也升聞書玄德升聞

上平

泰通泰來卦辭小往大来泰交彖曰天地交而萬物通上下交而其志同泰開杜三陽開泰運

復回夬揚見前革孚卦辭巳日乃孚震来卦辭震来虩虩震驚卦辭震驚百里

巽申彖曰重巽以申命節通彖曰中正以通否傾上象曰否終則傾

仄

震動說卦震動也震起雜卦震起也震厲二爻辭震来厲豫動彖曰豫順以動

晉進序卦晉者進也晉接見前解散卦下本義曰解難之散也夬決序卦夬者決也

萃聚序卦萃者聚也革變見前剝盡上爻本義曰剝未盡而能復生漸進彖曰漸之進也

渙散卦下本義曰渙散也否塞卦下本義曰否閉塞也否極上爻傳曰否極則泰鼎固

艮止說卦艮止也賁飾序卦賁者飾也觀示卦下本義曰觀者以中正示人姤遇

雜卦姤遇也井養彖曰井養而不窮也過涉上爻辭過涉滅頂巽入說卦巽入也節制

彖曰節以制度兌見雜卦兌見而巽伏也巽伏見上蠱飭雜卦蠱則飭也節止雜卦節止也

比輔彖曰比輔也

【上平】坤轉見上坤載見後坤闔見前坤靜文言至靜而德方乾動乾徤而動乾覆

乾施去聲乾造乾闢離麗彖曰離麗也蒙養彖曰蒙以養正蒙發

頤養彖曰觀頤觀其所養也咸感彖曰咸感也謙牧初爻象曰卑以自牧也

需涉卦辭利涉大川需待卦下本義曰需待也升進卦下本義曰升進也

## 乾剛巽順第二十五

【平】乾剛雜卦乾剛坤柔乾亨卦辭元亨利貞乾純文言純粹精也乾貞見上

坤方見後坤貞見前坤柔見上蒙亨卦辭需亨卦辭有孚光亨豐宜卦辭宜日中

咸亨卦辭謙卑彖曰地道卑而上行隨宜睽乖序卦睽者乖也師憂見下師貞卦辭師貞吉謙亨謙有亨道故卦辭曰謙亨謙輕雜卦謙輕而豫怠也

十六

泰亨卦辭曰吉亨泰平復亨復有亨道故卦辭曰復亨鼎亨卦辭鼎元吉亨畜亨卦辭小畜亨遯亨卦辭震亨震有亨道晉明彖曰明出地上鼎新雜卦鼎取新也晉昭見前過偏過差谷忠規補過差井通雜卦井通而困相遇也履貞二爻辭幽人貞吉

十七

巽順巽直說卦巽為繩直豫順見前豫怠見上履坦見前蹇難序卦蹇者難也履信上傳履信思乎順坎險彖曰動乎險中益裕下傳益德之裕也革故雜卦革去故也兌說說卦兌說也比樂雜卦比樂師憂井渫三爻辭井渫不食井冽五爻辭井冽寒泉食

十八

坤順說卦坤順也坤厚彖曰坤厚載物坤大彖曰含弘光大坤直二爻辭直方大坤靜文言至靜而德方坤簡上傳坤以簡能乾健說卦乾健也乾粹文言純粹精也

◎

乾正文言剛健中正 乾易上傳乾以易知 豐大彖曰豐大也 豐直 豐美

豐蔀二爻辭豐其蔀 屯難彖曰剛柔始交而難生 恒久序卦恒者久也 咸速

雜卦咸速也 睽異

## 知來察往第二十六

平 知來上傳神以知來 推來 知幾下傳知幾其神乎 研幾見下 鉤深上傳鉤深致遠

開先記有開必先

上去 闡幽下傳微顯闡幽 極深上傳聖人所以極深而研幾也 決疑上傳以斷天下之疑 察微

佑神上傳可與佑神矣 辨非下傳辨是與非

入 察往 索隱見下 致遠見上 考兆龜卜有雨霽蒙驛之兆 審進 審退

濟行下傳因貳以濟民行 辨是下傳辨是與非 顯道上傳顯道神德行

上平 探賾上傳探賾索隱 通變上傳通其變 參變上傳參伍以變 微顯

## 光亨順吉第二十七

平

光亨 需卦辭 剛亨 中亨 節彖中正以通 孚亨 需卦辭有孚光亨 貞成

貞亨 離卦辭利貞亨 明通 明通公溥見周子通書 誠通 元亨誠之通見周子通書

衆凶 淫凶 邪凶 窮凶 豫初爻象曰志窮凶也

上仄

正亨 健亨 義從 丹書義勝慾者從 慾凶 丹書慾勝義者凶 敬成 安凶

妄災 三爻辭无妄之災

仄

順吉 渙初爻象曰初六之吉順也 迪吉 書惠迪吉 靜吉 書用靜吉 正利

順利 朱子天下之理本皆順利 正吉 否五爻象曰大人之吉位正當也 惕吉 訟卦辭惕中吉

夙吉 解卦辭有攸往夙吉 怠滅 丹書怠勝敬者滅 僞拙 書作僞心勞日拙 過撓 卦爻辭棟撓

巽吉

上平

中利 損二爻象曰九二利貞中以為志也 剛利 貞吉 屯五爻辭小貞吉 虞吉 中孚初爻辭

暉吉 未濟五爻象曰其暉吉也 艱吉 壯上爻辭艱則吉 遲悔 豫三爻辭遲有悔 剛立

貞厲 晉四爻辭貞厲 貞吝 解三爻辭貞吝 衆廢 威吉 大有五爻辭威如吉

數目

三才四象第二十八

平 三才下傳兼三才而兩之 三爻再倍而三以成八卦卦皆三爻 三奇乾卦也

上仄 四營上傳四營而成易 六虛下傳周流六虛 一貞原象曰因而重之一貞八悔 六奇

六畫皆奇是為乾卦 一奇畫卦之初一奇以象陽 二篇上下經也 六爻

上傳六爻之動 兩儀上傳是生兩儀

仄 四象上傳兩儀生四象 兩象卦之上下兩象 六畫說卦故易六畫而成卦 二老

太陽太陰 兩畫奇為陽畫偶為陰畫 六位說卦故易六位而成章 二少少陽少陰

二體上下二體 十翼孔子所作之傳十篇也 八卦大傳八卦相盪 八悔

上體三爻為悔 二物陰陽二物 一闔上傳一闔一闢謂之變 一闢上見 一變

上傳四營而成易一變也 一耦畫卦之初一耦以象陰 再扐上傳再扐而後掛

上平 三極上傳三極之道也 三變筮法三變成爻 三少筮法四五為少三少則畫為四 三索

說卦艮三索而得男兌三索而得女 三易夏連山商歸藏與周易為三 三耦坤卦也

三字 乾爲天坤法地第二十九

平 乾爲天　乾爲君　乾爲龍　巽爲風　艮爲山　震爲雷

震爲塗　震爲男　乾成男上傳乾道成男　坎爲雲

仄 坤法地　坤稱母見西銘　坤成女上傳坤道成女　坎爲水

乾稱父見西銘　坎爲雨　震代父後天卦震位居東方長子用事之義也

巽代母後天卦位巽居東南長女代母之義也　巽爲女　兌爲澤　離爲火

離爲日

山水蒙地天泰第三十

平 山水蒙卦象下同　山雷頤　地山謙　地澤臨　地水師

地風升　澤山咸　澤雷隨　水天需　水雷屯　雷電豐

雷風恒　火澤睽

仄 地天泰　地雷復　天澤履　天水訟　天地否　山火賁

山澤損　火地晉　火山旅　雷水解　雷地豫　風雷益

風地觀　風山漸　天風姤　澤天夬　澤地萃

卦則圖書作範第三十一

平　卦則圖伏羲則河圖以畫卦　數生爻　陰變陽　策成文

變成文易通其變遂成天地之文

仄　書作範大禹則洛書以作範　蓍立卦　奇易耦　數定象　道妙器

四字　坤母震男乾君巽長第三十二

平　坤母震男　巽女震男　離女坎男

仄　乾君巽長　乾父坤母　乾男坤女　艮男兌女

否極泰來乾旋坤轉第三十三

平　否極泰來　剝盡復回　損剛益柔損彖曰損剛益柔有時　乾清坤夾

乾尊坤卑　否塞泰通　乾盈坤虛　夬盡乾成

仄 損旋坤轉　損下益上（損彖曰損下益上）　剝窮復反　乾闢坤闔

損上益下　姤消復長　觀衰壯盛（觀四陰二陽故衰壯四陽二陰故盛）

周易首乾連山始艮第三十四

平 周易首乾　歸藏首坤（商易）　義畫無文　卦彖著占　本義主占

（朱子作易本義）經世明占（謂皇極經世也）

仄 連山始艮（夏易）　圖學闡義　太玄擬易　爻辭達變　潛虛用數

（溫公作潛虛）程傳明理（程伊川作易傳）

對類卷之十八

# 對類卷之十九

## ○通用門

### 高遠第一

一字 平

高 崇高也 層重也 遥遠也 巍高大 遼遠也 洪大也

榮華也 深邃遠 濃厚貌 繁多也 新 鮮新也 纖細也

微細也 輕不重 嬌媚也 明光也 清淨潔 澄澄清 低下也

垂下垂 踈稀踈 甘美也 長遠也脩也 蕃茂也 遲遲緩 團圓也

和順也 暄溫也 堅剛也 狂躁也 荒蕪也 斜不正 殘凋殘

餘饒賸 閑安暇 佳善也 喬高也 奇異也 妍美好 空虛也

良善也 重複也 幽隱也 窮極也 華榮也 危不安貌 嚴嚴毅

虛字 死

肥 腯也 平 均平 横 縱横 豐 大也 充 滿也 隆 豐大 庸 常也
卑 下也賤也 夷 平也 丕 大也 衰 寖微 頎 長貌 希 寡也 虛 空也
疏 通也 迂 曲也 腴 肥也 恢 大也 均 齊也 惇 厚也 彬 文質備也
殷 盛也 尊 高也 完 全也 昭 明也 遐 遠也 宏 大也 脩 長也
融 融和

仄

遠 遥也 大 洪大 厚 深厚 重 厚重 積 聚也 麗 華美 好 美也
密 稠密 亂 紛亂 細 微小 小 物之微 薄 輕薄 淡 薄也 皎 光皎
廣 闊也 嫩 小弱 闊 廣也 古 故也 老 古老 邃 深遠 近 不遠
急 速也 絶 斷也 瘦 瘠也 滿 盈溢 久 長也 勝 克也 斷 不連
永 長也 弱 柔弱 妙 好也 軟 柔軟 勁 強也 直 正也 屈 屈曲
故 舊也 舊 不新 敗 毀也 暗 不明 暝 暗也 美 好也 肅 嚴恭
猛 勇也暴也 暴 猛也 疾 速也 驟 大也 迅 速疾 淨 潔也 碎 細碎

盡終也　逼逼迫　短不長　靜寂也　晏遲也　亮明也　燦光明
壯大也　聳高也　邇近也　溥大也　坦安平　淺不深　腆厚也
浩廣大　耿明也　挺直也　迥遠也　醜不美　朽腐也　險阻也
異奇也　菲薄也　固堅也　隘窄也　晦昧也　廢弛也　峻高也
煥光明　奧深也　亢極高　暢通也　曠遠也　正平正　盛大也
郁香濃　沃潤澤　駁雜也　邈遠也　窒塞也　達通也　徹通達
烈猛也　洌清也　博大通　裕饒也　昉始也　濕滋潤

## 無有第二

虛字　死

平
無　煩不簡　難不易　虧損也　真實也　饒多也　消減也
睽乖異　伸舒也　盈滿也　多多餘

仄
有　略簡也　易不難　假虛假　乏少也　縮退也　失錯也遺也
得獲也　劇艱也　息生也　屈曲也　少不多

虛字 活

平

來至也 行步趨 移遷徙 吹噓也 噓吹噓 飄飄揚 搖動也

## 來去第三

旋周旋 歸還也 泝泝行 臨逼近 穿貫通 侵進逼 篩漏也

驅馳逐 催相迫促也 飛飛騰 除去也 堆積聚 沾沾濡 凝結也

盤盤旋 環圍也 圍遶也 藏匿也 埋藏掩 回轉也 開張也

粧飾也 吟哦咏 舒開也 粘粘貼 鋪陳布 從相聽許也 迷惑也

遮蔽也 翔回飛 騰騰躍 昇上升 興起也 鳴叫也 號呼也

涵涵泳 鎖鑠也 垂俯也 含包含 敲橫擊也 翻轉也 蟠伏也

浮泛也 欺詐也 摧挫折 沉沒溺 彫零也 排擠也 遊遨遊

潛藏也 掀舉出 依倚也 傾瀉也 封封緘 眠卧也 歌詠也

言言語 馳驅馳 留住也 停止也 張開也 隨從也 喧驚呼

呼喚也 奔走也 裁製也 傳遞傳 持握也 攜提也 施設也

分別也　揚揞也　披開也　求索也　觀視也　搜求索　成就也
通達也　連續也　攻擊也　逢遇也　容盛受　扛對舉　降伏也
期約也　笞擊也　趨奔也　治理也　詒遺也　資助也　咨謀也
辭不受　為造作　批手擊　追逐也　推窮詰又排也　椎擊也
窺小視　祈求也　揮指揮　祛攘却　攄舒也　儲積聚　拘止也執也
諏聚謀　驚駭懼　輸委輸　誅討也責也　逋亡也　摹規倣　扶佐也
敷施也　徂往也　稽考也　提挈也　躋登也　擡舉也　陪伴也
遵循也　詢咨也　巡視行　掄擇也　陳布也　存恤問　干犯也
攤手布　頒分賜　扳引也　牽引而前也　宣揚也　旋回也　捐棄也
招舉也　調和也　拋擲也　摩撫也　誇大言　迎迓也　征伐也
更改也　登升也　承受也　修飾也　收歛也　拈取物
仄
去相違　拂拭也　動作也搖也　撼搖動　扇鼓扇　擺排而擺也　攪動也

曝曬也運轉動度量也徃之也過越也送遣也贈也逅傳送

遣送也照燭也映照映入自外而內出自內而外透通徹貼鋪也

疊重疊逐追也掃除也斂收藏障遮隔帶携帶積聚也

聚集也合會聚結締也捲收捲潤滋潤浸漸漬掩閉也

擁羣從貌閉塞也鎖關鎖蔽遮掩罩籠罩轉運動上升也

起興作洒汛也滴注也濺水濺洗濯也沐洗沐舞飛舞

擊打也挫摧抑墜落也解散也破破開布鋪陳散開散

打擊也褪卸也謝辭去脫落也下隕落冒蒙覆振奮也

落墜也墮落也睡寐也泛浮也息減也喜悅也刺直傷

卧眠也笑喜之形語言語隱藏伏戀眷戀至到也到至也

趂隨去飾粧飾捕捕捉咬嚼也剪齊斷綴聯合掛懸也

傍依也染涅也遶圍也鬪争也踏踐踏別遠離賫予也

戴荷戴 問訊也 建立也 獻進也 遯退避 導引也 賀相慶
播布也 迓迎也 借假也 抗扞也 列羅列 放逐也 貺與也
應荅也 授予也 候伺望 潄滌也 挹酌也 拾掇也 畜止也聚也
育養也 握持也 黜貶也 揭高舉 遏止也 掇拾取 拉摧也
撻擊也 設施陳 託寄也 拓開也 削刮削 拍拊也 摘取也
拆開也 索求也 摭拾取 釋解也 適之也 錫與也 陟登也
飾修整 倩假也 挾持也 畏懼也 訝驚訝

## 如似第四

虛字 死

平 如相似 齊平等 侔齊等 俱皆也 殊異也 疑疑似 同相同
咸皆也 凡總計也 皆俱也 均平也 幾近也 猶似也 倫類也
仄 似如也 若如也 比並也 擬比擬 類比類 像似也 並比也
共同也 媲配也 肖似也 敵相敵 埒等也 庶近也 亞次也

異不同　等齊等　儷並也　匹配也

乎也第五

虛字　死

平

乎疑辭　歟同上　夫發語　如而也　諸語辭　於于也　于於也

哉言之間也　茲此也　之語助　而語助　其指物之辭　兮語所稽　然如此

焉語助辭　旃之也　邪語未定之辭　猗嘆美辭　斯語巳辭　且語辭

居語助　爰於也　羌發語辭　惟語辭　噫嘆辭

仄

也辭之終也　者別事辭　爾詞之所然　耳語巳辭　矣决辭　巳語終之辭　以用也

止語辭　此止也　是此也　彼對此之稱　乃辭之緩也　則語助　厥其也

若發語辭　但語辭　肆承上起下之辭　蓋發語辭　抑發語辭　或不定之辭

殆發語辭　儻或然之辭　亦承上之辭　只語辭　粵發語辭

初乍第六

虛字　死

平

初始也　方初至之辭　纔方適　將且也　曾巳嘗　常久也　徒空然

頻 頻數　俄 忽然　還 又也　都 猶摠也　逾 過也　聊 且也　猶 尚也

先 前也　今 是時　新 初也　終 盡也　仍 因也　全 完也　垂 將及

元 始也　尋 俄也　奄 忽遂　嘗 曾也

仄

乍 暫也　始 初也　正 方也　漸 漸次　欲 方將　既 已也　已 止也

迭 更相　亦 又也　又 復也　更 又也　再 重也　尚 猶也　且 尚且

屢 數也　數 頻也　即 只也　未 未然　適 適然　忽 俄然　倏 倏忽

陡 俄頃　暫 不久　試 暫也　稍 漸也　恰 適當　最 極也　甚 過也

會 將然　儘 皆也　驟 太驟　曩 昔時　比 近時　遂 將成　累 累日

復 又也　甫 且也　每 頻常　肇 始也　偶 適然　追 及也　預 先也

荐 重也　鄉 不久　竟 終也　浸 漸也　素 平素　夙 早也　畢 終也

卒 盡也　訖 終也　及 逮也　輒 即然　愈 益也　頓 遽也　僅 纔能

## 宜稱第七

虛字

◎

平

宜當應須堪從能
雖教姑因由緣干
爲偏安寧何惡那
胡端渾奚尤烏休
姑

仄

稱可待要是肯敢
暇阻會快解得柰
足啻自便任遍莫
不只詎勿豈罔苟
果故特靡匪矧頗
况弗却盍直切曷
謾

二字 南来北至第八 與人事門東歸北望互用 上平虛 下虛活

平 南来 南翔 南飛 南流 南訛書平秩南訛 南奔 南趨

西来 西成書平秩西成 西流 西斜 西傾列子天傾西北 西沉

西生記月生於西 西馳 東来 東流 東升日升於東 東馳

東生記大明生於東 東傾 東迎記迎春於東郊 前驅詩為王前驅 前征

上仄 北来 北流 北遊 北馳 上交易君子上交不諂 下臨王勃下臨無地

上行 下交易君子下交不瀆 左披

仄 北至 北去 北渡 北顧 北拱拱向也謂衆星拱北辰也 北指

北聳 北峙 北瞰 北會 北向 左轉離騷路不周以左轉兮

右轉離騷歷太皓以右轉兮 北徙 上訴杜真宰上訴天應泣 下效 後斷

上平 東作書平秩東作 東注 東去 東下 東走杜東走無復憶鱸魚 東出

南去 南向 南渡 南下坡輕舟南下如投梭 南狩 南伐 南至

南走（史 越即南走） 西向 西墜（對御歌 輪西墜） 紅 西沒（坡看到蒼 龍西沒時） 西嘯

西遶 西下 西上 西擊（王翰走馬為君西 擊胡） 西顧 西應

西入 西伐 中立（庸中立而 不倚） 中斷（韓決雲中斷 開青天）

## 當今往古第九

【並虛】死

【平】當今 方今 如今 而今 于今 来今（苑淩心藏 往古来今） 從今

從来 元来（章碣劉項元来不 讀書） 由来 方来 將来 從前

從初（記皆從其 初） 元初 當初 其終 其先 無何（史居無 何）

平生 從茲

【上仄】厥初（書弗克于 厥初） 自初 昨来 自来 向来 邇来 適来

既来 未来 向前 自前 自今 在今（謝無悶徵 在今） 只今

至今 及今 視今（蘭亭記後 之視今） 有今（書令其有 今罔後） 厥今 見今

迄今（詩以迄于 今） 乃今（莊而後乃 今將圖南） 若然 已然 在茲（詩天監 在茲）

未然 厥先

【仄】往古 自古 視古李視古猶視今 振古程子稱邵子為振古之豪傑 亘古

上古 近古 遠古 往昔 在昔 自昔 憶昔 憶昨

向後 有後仁者必有後 自後書自時厥後 在後 落後 罔後

爾後武王鑑銘曰慮爾後

【上平】從古 終古 從後 而後語而今而後 從此杜從此具扁舟 如此

思昔 殊昔 疇昔 平昔 非昨 良久

皆天特地第十

【上虛死下實】

【平】皆天孟其子之賢不肖皆天也 由天 從天成湯見祝網者曰從天降 隨天

漫天韓惟解漫天作雪飛 惟天語惟天為大

【上仄】自天易有隕自天 任天 彼天詩克配彼天 在天語富貴在天

所天梁竦昧死自陳所天

【仄】特地 驀地 剗地 易地（孟禹稷顏子易地則皆然） 傃地 怎地

盡地 掃地 立地 即日 指日

【上平】隨地 何地 其地 平地

【平】人間 人前 塵中 塵間 凡間 寰中（謂天地之中） 【上實下虛】 死

人間世上第十一

【上仄】世間 世中（李還如世中人） 宇間

【仄】世上 世外（坡豈知世外人） 物外 物表（表外也） 宇內（過秦論）

地下

【上平】天下 天際 天末 天上 天外 塵表 塵外 方外 【並半虛】 死

東西上下第十二

【平】東西 前中 中邊（坡不如食蜜中邊甜） 先前 東南 西南

【上仄】後先（後先相望） 後前（韓詩書置後前）

〔仄〕上下　表裏　左右　内外　際畔　裏外　底面

〔上平〕南北　邊畔　邊際　前後　先後　邊外　邊末　旁側

旁際　旁畔　東北　中外　西北

中間側畔第十三　〔並虛〕死

〔平〕中間　中央（詩宛在水中央）　西邊　前邊　旁邊（王建玉案旁邊立起居）

東隅（馮異失之東隅）　西隅　東偏　西偏（韓我常坐西偏）　邊旁

〔上仄〕外邊（楊龜山曰外邊用計用數）　側邊　上中（書厥賦錯上中）　下中（書厥田惟下中）

北隅　上邊　外旁　後中　左邊　右邊　裏邊　外間

〔仄〕側畔　側近　左側　上左　上右　上畔　下畔

〔上平〕西外　南畔　東畔　西畔　中上（書厥賦中上）　中下（書厥田惟中下）

東内（唐大明宮曰東内）　南内（唐興慶宮曰南内）　西内（唐皇城在西北隅謂之西内）　前左

前右

中心外面第十四

平 中心 前頭 邊頭（杜邊頭公卿寧獨驕） 東頭 南頭 西頭（杜浣花溪水水西頭） 並半虛 死

上仄 外頭 裏頭 北頭 後頭 上頭

仄 外面 上面 下面 裏面 北面 後面 北角 後項 左翼（李牧為奇陣張大右翼） 右翼 左股（易夷于左股） 右股

上平 前面 東面（元柳偏東面受風多） 西面 南面（易聖人南面而聽天下） 東角 西角 南角 前項 南首

其間此外第十五

平 其間 其中 其先 其前 於中 於前（學所惡於前） 上虛 下半虛 死

上仄 此中 就中 箇中 彼中 厥中 此間 是間 那邊 這邊 此前

仄 此外 此内 此畔 此上 此下 此後 此際 厥内

厥外　厥後書自時厥後　厥左　厥右　箇裏

上平　其外　其內　其後書其後嗣王罔克有終　其左　其右　其上

其下　其末　於內　於外　於左　於右　於後

如描似畫第十六　並虛　下活

平　如描　如粧　如新絶交論白頭如新　如流　如馳　如焚詩如惔如焚

如磨見下如琢　如狂　如鋪　如飛　如歸　如磋詩如切如磋

如齊記立如齊

上仄　似描　似粧　似鋪　似流　似飛　若迎

仄　似畫　似染王建日暮數峯青似染　似織　似削　似切　似結

似屐　似洗　似舞　似醉　似困　似掃　似剪　似抹

似割　似綴　似潑　似夢李涉十載長安似夢中

上平　如削韓築塲千步平如削　如掃杜山林跡如掃　如戀　如怨坡如怨如慕　如縛

如織盧陽坡草軟厚如織 如訴坡如泣如訴 如慕見上 如泣見上 如醉詩憂心如醉

如洗 如抗記歌者上如抗 如墜見上下如墜 如畫坡江山如畫 如注

如琢詩如琢如磨 如切見上

## 渾如恰似第十七

並虛

死

平

渾如 真如 誠如 端如 應如 還如 何如 奚如

寧如 無如 爭如 都如 全如 難如韓藹淨雪難如 多如

翻如 將如 當如 那如 還同 難同 應同 翻同

多同 相同 真同 寧同 將同 無同阮瞻曰將無同 都同

全同 奚同 當同 終同 渾疑 翻疑 何疑 無疑

應殊 寧殊 何殊杜何殊地下郎 全殊 還殊 終殊

上仄

恰如 宛如 恍如坡相對恍如夢 有如 直如 不如 豈如

僅如 假如 正如 未如 信如 儼如 莫如坡莫如與子歡

◎

弗如語弗如也　頗如　偶如　罕如　不同　甚同　僅同

遠同　豈同　偶同韓嘉名偶自同　莫同　頗同　畧同　有同

正同　未同孟未同而言　罕同　雅同　好同　不殊韓不殊同隊鱗

豈殊　抑殊　遠殊　恍疑　不疑　直疑　頗疑　豈疑

可方

仄

恰似　宛似　酷似史何無忌酷似其舅　近似　不似　肯似　有似

絕似　遠似　頗似　畧似　豈似　足似　正似　雅似

好似　有若　宛若　未若語未若貧而樂　莫若　不若　豈若

設若　既若　肯若　儼若記儼若思　恍若　忽若　脫若

假若　願比　不比　切比　試比　可比　足比　豈比

莫比　好比　恍訝　頗訝　切訝　恍類　宛類　頗類

肯類　不類　絕類　正類　酷類　殆類　豈類　可擬

◎

足擬　足並　可並　不異　少異　豈異　酷肖　克肖
不肖孟丹朱之不肖　偶似　直似　勝似　僅似

上平

渾似　還似　何似　端似　全似　翻似　應似　爭似
寧似　真似　難似　端若　何若孟何若人有　真若　渾若
端擬　難擬　奚擬　應擬　堪擬　堪並　難並　何異
無異　殊異　無比　難比　應比　馬比　端比　真比
堪類　渾類　全類　應類　渾訝　惟肖西銘其踐形惟肖也　堪比

## 渾無僅有第十八

並虛

平

渾無　都無　全無　寧無　曾無　還無　相無　終無
元無坡籐梢橘刺元無路　如無　應無　殊無　兼無王雨後兼無葉底花　真無
嘗無　非無　雖無　偏多　還多　尤多　應多　元多
全多　空多杜不比俗馬空多肉　雖多語雖多亦奚以為　誠多　全稀　猶稀

殊稀　應稀（顧況能歌宛轉世應稀）　還稀（武瓘花謝蝶還稀）　元稀

上仄

本無（柳談黃沙磧裏本無春）　可無（坡是非安可無）　不無（谷下筆不無神）　也無

豈無（杜豈無青精飯）　絕無　既無（坡明鏡既無臺）　倘無（谷鼻工倘無斲）　尚稀

尚無（谷于青尚無聲）　已無（坡荷盡已無擎雨蓋）　却無（韓草色遙看近却無）　更無　既多

已多（坡夜光一已多）　畧無（谷畧無風味笑蹲鴟）　不多　甚多　倘多　也多

正多（杜如今花正多）　尚多　更多（杜清光應更多）　儘多　亦多

仄

僅有　蓋有　本有　果有　不有　少有　豈有　未有

富有（易富有之謂大業）　始有　固有（孟若固有之）　可有　只有　自有

罕有　又有　亦有　也有　幸有　倘有　謾有　信有

獨有　尚有　更有　但有　蓋寡　亦鮮　不少　最少

尚少　豈少　獨少　更少　但少　甚少

上平

多有　無有　相有　寧有　惟有　曾有　空有　徒有

◎

何有　烏有（相如賦烏有先生）　焉有　安有　尤有　終有　元有
徧有　還有　雖有　容有　良有　真有　都有　非有
誠有（孟誠有百姓者）　嘗有　那有　應有　無有　皆有　全少
纔有（杜小山纔有梅花便不同）　奄有（詩奄有下土）　猶少　常少　渾少
殊少　偏少　終少　都少　元少　還少

## 休誇浪說第十九

並虛　下活

平

休誇　堪誇　應誇　須誇　爭誇　寧誇　徒誇　誰誇
難誇　曾誇　偏誇　常誇　翻誇　堪言　應言　常言
誰言　休言　堪稱　宜稱　曾稱　休稱　徒稱　須稱
應稱　爭稱　難稱　翻嗤　休嗤　應憐　堪憐　休憐
偏憐　翻憐　尤憐　爭憐　須憐　爭推　爭傳　誰傳
堪傳（杜清詩句句盡堪傳）　當傳　休論　誰論　堪論　誰憎　誰嫌

應嬿 宜尋 應尋 閒看

上仄

可誇 足誇 謾誇 盡誇 最誇 浪誇 獨稱 足稱
獨誇 更誇 敢誇 可言 莫言 謾言 未論 莫論
且論 不論 足論 可論 欲論 試論 可憐 足憐
莫憐 獨憐韋蘇州獨憐幽草澗邊生 最憐 苦憐 更憐 尚憐
獨推 足推 可推 謾推 要推 盡傳 莫忘 足傳
可傳孟可傳於後世 浪傳杜將詩莫浪傳 不逢 好携 竊窺

仄

浪說 見說 競說 莫說 謾說 敢說 肯說 可說
盡說 要說 競道 不道 莫道 謾道 報道 足道
可道詩不可道也 肯道 盡道 敢道 浪語 謾語 寄語
不語語食不語 可語 可取 足取 未取 不取 獨取
足羨 未羨 可羨 莫羨 未詫 足詫 獨詫 謾詫

孰謂　可謂　肯謂　獨羨　豈謂　莫謂　敢謂　也惜

可惜韓此日足可惜　莫惜　獨惜　豈惜　肯惜　未數　可數

莫怪莫怪頻過有酒家　可怪　竊怪　莫較　敢慕　竊慕　切慕

可慕　莫想　莫負　莫問　為問

上平

堪羨　休羨　應羨　誰羨　徒羨　爭羨　曾道　須道

都道　誰道　休道　難道　堪道　何取孟何取於水也　堪取

徒說　堪說　休說　難說　誰說　堪許　深許　難許

輕許　堪笑　翻笑　休笑　何笑　應訝　深訝　休訝

堪訝　爭惜　堪惜　翻惜　爭怪　堪怪　休怪　休論

誰謂誰謂鼠無牙　曾謂語曾謂泰山　輕諾　空諾　何歎　難料

何哂語夫子何哂由也　應取

偏宜雅稱第二十

並虛　死

平 偏宜 方宜 誠宜 渾宜 還宜 應宜 尤宜 端宜
那堪 還堪 真堪 應堪 誠堪 難堪 奚堪 尤堪
何堪左其何以堪 還當 方當 尤當 何當何當一夕金風發 誠當
何妨 偏妨 還須 應須 何須 奚須 還曾 何曾
誠能 還能 安能 焉能 烏能 那能 尤能 難能
多因 無因 曾因 元因杜正直元因造化功 嘗因 都因 無由
何由 何嘗 何緣 多緣 都緣 非緣 應緣 因何
緣何 如何 憑何 非干
上仄 雅宜 最宜 正宜 恰宜 更宜 允宜 不宜 豈宜
未宜 豈堪 不堪 未堪 尚堪杜詩酒尚堪驅使在 可堪 直須
正堪司空曙江村月落正堪眠 必須 正須 也須 未須 不須
要須 秖須 莫須史莫須有三字何以服天下 豈須 正當 適當

恰當　要當　自當　未當　不當　豈當　會當　向當
只當　又當　固當　想應　豈應　豈因　秪應　料應
未應　不應　秪因　想因　也因　不因　只因　第因
但因　正因　必因　却因　又何　是何　若何　柰何
未能　不能　豈能　莫能　獨能　為緣　只緣　豈緣
秪緣杜秪緣恐懼轉須親　正緣　不緣　不惟　豈惟　又還　假還
有妨　不妨　未妨　豈妨　得非　豈非　莫非孟莫非命也
孰非　却非　殆非孟殆非也　恐非　决非　斷非　豈勝
不勝杜百年世事不勝悲　庶幾　若為　是皆孟是皆已甚　待令　也當
已嘗　會須李會須一飲三百杯　不干　大凡　大都　似曾　也曾
不曾　未曾　豈曾　也應　直應

仄

雅稱　恰稱　允稱　果稱　未稱　不稱　豈稱　獨稱

正是　果是　恰是　可是　必是　好是　只是　最是
自是　況是　直是　想是　未是　不是　始是　便是
豈是　倘是　却是　也是　最好　正好　更好　恰好
甚好　不好　未好　儘好　不可　莫可　未可　詎可
倘可　尚可　僅可　豈可　最可　亦可　纔可　較可
自足　不足　豈足　未足　詎足　未便　尚肯　詎肯
未肯　孰肯　莫肯　不肯　豈肯杜名位豈肯卑微休　所以　料是
始可語始可與言詩已矣　未解杜未解憶長安　未會　又況　秖為　也為
不為杜不為困窮寧有此　豈為　肯為杜風雷肯為神　總為　莫待　豈待
不待　直欲杜直欲數秋毫　秖欲　但欲　蓋欲　便好　不管
一任程子一任晚山相對愁　也勝　始信　畢竟　切莫　豈得
料得邵子料得少人知　未得　不得　未必　不必　可必　莫要

◎

不要　正要　未要　豈敢（語則吾豈敢）　莫敢（詩莫敢不來享）　不敢
未敢　大抵　大槩
偏稱　還稱　應稱　真稱　良稱　須稱　方稱　何可
上平
安可（韓肉食安可嘗）　烏可　馬可　端可　斯可（孟斯可以見矣）　那可
誠可　良可　應好　還好　全好　偏好　尤好　誠好
争柰　無柰　那更　何況　應是　雖是　須是　猶是
才是　終是　非是　還是　方是　都是　皆是　良是
誠是　多是　元是　端是　雖是　誰肯　安肯　争肯
應肯　焉肯　何足　誠足　奚足（孟是奚足哉）　烏足　那足
真足　尤自　先自　元自　應自　無自　還自　剛欲
長是　多為　生怕　尤勝　何敢　安敢　焉敢　非敢
安得　争得　那得　應得　贏得　惡得（孟惡得有其一）　當得

寧得　那復　無復　雖暫　何太　偏阻　還信

方驚乍覺第二十一　并虛下活

平　方驚　纔驚　初驚　俄驚　還驚　嘗聞　曾聞　頻聞

時聞杜時聞雜佩聲珊珊　俄聞　纔聞　猶聞　纔知　先知　初知

俄知　曾知　方知　俄看　頻看杜勳業頻看鏡　曾看　初看

纔看　嘗看　方看　還看　方尋　嘗尋　初尋　方思

嘗思　俄思　初思　頻思　曾思　俄逢　初逢　頻逢

曾逢　纔逢　初傳　曾傳　頻嗟　方嗟　嘗嗟　方疑

還疑　頻聽　時聽　纔聽　初聽　初疑　猶疑

上仄　乍看　已看　忽看　漸看　擬看　欲看　適看　偶看

屢看　數看　又看　未看　更看　正看　試看　乍聞

倏聞　驀聞　偶聞　驟聞　屢聞　數聞　適聞　忽聞

未聞 漸聞 已聞 偶知 未知 已知 欲知 既知
乍知 欲觀 忽觀 試觀 偶觀 乍觀 忽逢 偶逢
乍逢 正逢 適逢 屢逢 幾逢 既逢 又逢 再逢
忽思 細思 頻思 熟思 尚思 試思 偶思 久思
再思 屢思 每思 忽驚 倏驚 偶驚 屢驚 幾驚
驟驚 偶傳 忽傳 忽聽 已聽 乍聽 偶聽 試聽
乍窺 未窺 欲窺 偶忘 未忘 已忘 忽忘 未瞻
偶瞻

**仄**

乍覺 始覺 既覺 未覺 已覺 尚覺 忽覺 偶覺
屢覺 更覺 每覺 既見 忽見 適見 又見 乍見
未見 瞥見 驀見 驟見 已見 偶見 屢見 始見
正見 又聽 倏聽 幾聽 未聽 乍聽 始聽 試聽

擬問　欲問　試問　更問　頻憶　幾憶　偶憶　尚憶
屢問　尚想　忽想　屢嘆　試把　忽把　忽憶　正訝
忽訝　未識　始識　既識　偶識　尚念　乍念　每念
每好　每戒　每愛　頻悟　未忍　尚忍　每慮　已慮
正慮　乍慮　未説　乍識　偶念
上平
曾見　俄見　長見　方見　初見　纔見　常見　猶見
頻見　嘗見　將見　先見　初覺　猶覺　纔覺　曾覺
先覺（語抑亦先覺者）　方聽　常聽　時聽　頻聽　曾聽　初聽
猶愛　曾憶　將憶　猶憶（杜猶憶酒顛狂）　長憶　還憶　頻憶
方訝　還訝　曾記　長記　深料　先料　猶想　常想
初識　方識　曾慮　方慮　猶慮　曾問　常念　頻念
將恐（詩將恐將懼）

應愁可畏第二十二 〔並虚〕下活

〔平〕應愁 何愁 偏愁 還愁 那愁 當愁 寧愁 須愁
常愁 惟憂 何憂 常憂 奚憂 深憂 當憂 宜憂
寧憂許君臣藥在寧憂病 應憂 還憂 那知 當知 應知 何知
寧知韓世俗寧知偽與真 誰知 深防 深虞 無虞 應思 誰思
偏思 那思 寧思 翻思 休思 還思 因思 焉思
安知 須知 明知 懸知 還欣 常欣 應哀 還哀
寧哀 何哀 何悲 應悲 當悲 常悲 應嗟 空嗟
渾驚 應看

〔上仄〕豈憂 不憂 正憂 却思 不思 却愁 只愁 不愁
可愁 却憐 不虞 不知 豈知 要知 信知 莫知
但知 却忻 可悲 最悲 獨悲 可哀 正哀 可憎

不看 不聞 但聞 只聞 正欣 苦思 不驚 不忘

**仄**

可畏 切恐 殆恐 但恐 却慮 切慮 豈慮 只患
不患 最患 豈患 可想 尚想 切戒 最喜 却喜
最愛 酷愛 最怒 甚怒 可怒 果見 不見 切聽
過愛 獨愛 罔恤 莫憶 却愛

**上平**

須信 方信 應信 宜信 堪信 當信 常患 尤患
猶患 何患 奚患 應患 應慮 誠慮 還慮 深慮
堪慮 惟恐 猶恐 尤恐 當恐 深恐 常恐 應恐
應想 猶想 何忍 應念 須念 堪念 當念 宜念
須記 當忌 須忌 應懼 堪懼 應恤 應憶 應想
堪惜 須惜 宜惜 堪訝 堪愛 當愛 應愛 應喜
堪喜 當喜 當慮 當忍 須畏 堪畏 堪恤 堪憶

堪怒

當令罔俾第二十三　**並虛**下活

**平**　當令　将令　如令　堪令　終令　毋令　徒令　翻令

偏令　空令　宜令　還令　姑令　休令　閑憑　須憑

聊憑　将憑　還憑　姑憑　徒憑　還教　從教　偏教

徒教　空教　休教　寧教　争教　翻教　閑教　渾教

誰教　都教　須教　應教　還将　閑将　如将　寧将

空将　宜将　休将　聊将　猶将　寧辭　休辭　生嫌

生憎杜生憎柳絮白於綿　寧煩　空煩

**上仄**　倘令　假令　要令　忍令　着令　却令　直令　欲令

敢令　試令　莫令　但令　却将　好将　謾将　昔将

莫将　着将　但将　試将　始将　枉将　直将　暫将

要将 忍将 錯将 欲将 敢将 更将 豈将 直教
莫教 會教 儘教 但教 不教 未教 豈教 肯教
管教 着教 縱教 却教 忍教 錯教 試憑 着憑
待憑 為憑 欲憑 但憑 莫憑 只教 待需 倚需
莫辭 不辭 未辭 敢辭 不圖（語不圖為樂之至於斯也） 豈圖
詎圖 有圖 不容 豈容 敢容 且将

## 仄

罔俾（書罔俾阿衡） 尚俾 却使 倘使 縱使 着使 向使
肯使 罔使 要使 設使 直使 試使 解使 假使
忍使 且使 擬把 好把 着把 肯把 忍把 謾把
却把 暫把 但把 只把 欲把 且把 更把 莫把
不把 試把 故把 着待 直待 只待 好待 豈待
肯待 擬待 莫待 欲待 且待 好向 擬向 莫向

且向　不假　豈假　莫遣　不遣　不分（杜 不分桃花紅勝錦）　不用
不待　謾倩　肯効　竚俟　倚俟

【上平】
毋使（詩 毋使尨也吠）　休使　寧使　當使　如使（孟 如使予欲富）　徒使
將使（孟 將使卑踰尊）　空使　須待　何待（孟 何待來年）　奚待　空待
應待　須俟　須假　何假　奚假　何用　烏用　奚用
焉用（語 焉用彼相矣）　徒用　寧用　堪用　須用　徒把　空把
休把　還把　寧把　爭把　須把　空向　爭向　須向
還向　安事（史 安事詩書）

## 誰能我信第二十四

【並虛】死

【平】
誰能　吾能　渠能　誰堪　誰曾　吾曾　誰將　吾將
吾嘗（語 吾嘗終日不食）　誰當　吾當　吾從（語 吾從衆）　誰從　吾令
吾知　誰宜　誰容　誰應　渠應

【上去】我能　爾能　汝能　孰能　我宜　汝宜　孰堪　汝堪
汝嘗　我嘗　孰當　我當　孰將　我將　我曾　我堪
【仄】我信　孰信　我可　孰可　我肯　孰肯　我是　孰是
汝是　我亦　汝亦　我欲　孰忍
【上平】誰信　誰是　誰可　誰肯　誰忍　誰敢　誰待　誰料
誰許　吾亦　吾欲　吾有　吾與　其亦

## 何遲太早第二十五

【並虛】死

【平】何遲　應遲　偏遲　猶遲　非遲　何多　奚多　非多
猶多　寧多　何難　應難　奚難　非難　猶難　何輕
非輕　何深　猶深　何稀
【上仄】尚遲　較遲　切遲　已遲　太遲　不遲　未遲　最遲
甚遲　更遲　豈遲　太輕　尚輕　不輕　最輕　尚虛

甚難 豈難 最難 豈多 最多 太多 最深 不先

【仄】太早 已早 太遠 尚遠 最遠 更遠 獨遠 太甚

太躁 太久 已久 最大 可緩 未晚 已晚 太晚

最厚 最美 已美 已盡 未盡 莫寡 太薄 太急

最迥 最後 已足 最重 已重

【上平】何遠 何厚 何薄 何近 何速 何早 何晏 何易

何暮 何後 何晚 何淺 何甚 何久 何大 何盡

何美 何滯 何寡 何少 非小 非久 非早 非易

非後 非少 非近 非薄 非遠 非太 寧少 猶後

無加莫妙第二十六

【並虛】死

【平】無加 奚加 何加 寧加 無施 何施 何先 奚先

誰先 寧先 無先 無踰 寧踰 何勤 誰如 誰同

無倫　尤深

【上仄】莫加　蔑加　愈加　有加　曷加　孰加　不加　孰先

曷先　莫先　罔輕　敢輕　豈輕　甚輕　匪輕　孰輕

莫輕　匪高　莫高（詩莫高匪天）　匪𠫭　孰優　莫深　莫踰

【仄】莫妙　絶妙　愈妙　最妙　莫甚　愈甚　已甚　孰甚

莫切　愈切　最切　甚切　孰切　孰尚　莫尚　愈尚

莫急　愈急　孰勝　最勝　絶勝　莫大　莫過　孰過

不及　愈好　莫重　孰愈

【上平】尤妙　尤好　尤大　尤重　尤急　尤貴　尤甚　尤美

尤勝　誰及　誰似　誰過　無尚　無大　無過　無急

無比　寧過　尤切

無窮有限第二十七　【並虛】死

【平】無窮 無邊 無垠 無涯 無餘 無多 無端 無方

無期詩萬壽無期 難窮 奚窮 何窮 非窮 寧窮 焉窮

【上仄】有窮 有餘 有涯 有期 有方 有端 不窮 不多

不勝 豈窮 豈多 豈勝 靡窮 靡多 匪窮 匪多

匪餘 曷窮 曷多 曷勝 未央

【仄】有限 有盡 有極 有幾 有已 有足 有外 有際

有間 有數 不盡 不足 不已 不極 不止 不絕

不斷 未足 未已 未盡 未極 未艾詩夜未艾 未幾

曷盡 靡極

【上平】無限 無盡 無數 無幾 無極杜長歌意無極 無際 無畔

無外朱子昆侖大無外 無量語唯酒無量 無已孟子曰無已則王乎 無任 無止

無底 何限 何極 何已 何際 難極 奚極 寧盡

戀舊 變舊 作古 法古 去古 革故（易革去故也） 改故

〔上平〕依舊 仍舊（語仍舊貫） 求舊（書人惟求舊） 如舊（房玄齡謁太宗見如舊）

還舊 除舊（左胎彗星除舊布新之象） 因舊 循舊 尋舊 承舊

收舊 藏舊 存舊 聞舊 如昨 如故（鄒陽曰傾盖如故） 非故

溫故 從故 因故

須史次第第三十 〔並虛〕死

〔平〕須史（中庸道也者不可須史離也） 斯須（記禮樂不可斯須去身） 方將（詩鮮我方將）

相將 尋常（杜酒債尋常行處有） 因仍 因循 稽遲 方纔 蹉跎

侵尋（荊公湖海老侵尋） 遷延（左傳晉人謂之遷延之役） 幾希（孟子人之異於禽獸幾希）

遲迴 循環

〔上仄〕等閒 匪伊（詩匪伊垂之） 許多 少須（左傳子不少須懼盡） 少間

適間 頃間 適來 邇來（坡邇來三月食無盐） 少延 浸淫

仄 次第　頃刻　少刻　少頃　迤邐（因循也）　造次（語造次必於是）

寄邇（書寄邇先王其訓）　倏忽　倉卒（陳廣漢曰有倉卒客）　卒急　漸次　緩慢

咫尺　急遽　間斷　苟且　積習（史積習易溺）　甫及

上平 容易　俄頃　伊邇（詩不遠伊邇）　循習　羞澁（杜囊空恐羞澁）　遲慢

稽慢　遲暮　留滯（太史公留滯周南）　淹滯　濡滯（孟是何濡滯也）　消息

奄忽

## 親疎貴賤第三十一

平 親疎　尊卑（易天尊地卑）　卑高（易卑高以陳）　卑微（杜名位豈肯卑微休）　忠邪

並半虛 死

賢愚（韓賢愚同一初）　崇卑

上仄 正邪　庶繁（詩既庶既繁）　本支（詩本支百世）

仄 貴賤（易貴賤位矣）　上下　長幼　大小　老少　少壯　伯仲

善惡　衆寡　嫡庶　壽夭　叔季

寧極 寧已

經綸締造第二十八

〔平〕經綸 中庸經綸天下之大經 謀為 圖惟 書圖惟厥終 維持 彌綸 〔並虛〕活 修攘 宣王內修外攘 調停 經營 詩經之營之

〔上仄〕斡旋 範圍 易範圍天地 廓清 李漢摧陷廓清之功 應酬 指揮 杜指揮若定失蕭曹 拯援 掃除

〔仄〕締造 綜理 綜核 漢宣綜核名實 啓沃 書啓乃心沃朕心 造就 肇造 獻納 杜獻納司存雨露邊 獻替 晏子獻可替否 整頓 杜整頓乾坤濟時了 斷制 禁制 處置 保合 易保合大和 撙節 記君子恭敬撙節 察納 出師表察納雅言 愛育 節制 輔翼 放勳曰輔之翼之 勞來 勞之來之 調度 楚辭和調度以自娛兮

〔上平〕經濟 經邦濟世 興補 補弊 董與滯補弊 斟酌 李固傳北斗斟酌元氣 經畫 量度 蒐輯 調護 高祖曰煩公幸卒調護 持守 因革 沿革

參贊 中庸贊化育則可與天地參矣 調燮 調和爲燮理陰陽 匡直 匡之直之 容納

攘却 古人器成必攘却不祥 延攬 光武紀延攬英雄

## 更新改舊第二十九

並虛上活

平

更新 重新 如新 鄒陽曰白頭如新 還新 從新 圖新 求新

維新 詩其命維新 憐新 成新 加新 增新 知新 語溫故知新

迎新 黃霸傳送故迎新之貴 安常

上仄

漸新 早新 易新 換新 又新 盤銘又日新 一新 愈新

作新 康誥作新民 整新 鼎新 易鼎取新也 喜新 恰新 取新

自新 刑法志改過自新 改新 愛新 轉新 好新 棄新 尚新

用新 奉新 獻新 訝新 厭常 好奇

仄

改舊 換舊 易舊 厭舊 似舊 去舊 棄舊 守舊

舍舊 左舍其舊而新是謀 革舊 照舊 廢舊 愛舊 用舊 顧舊

【上平】貧富　高下記天高地下　卑幼　邪正　鰥寡老而無妻曰鰥老而無夫曰寡

孤獨幼而無父曰孤老而無子曰獨　強弱

精粗美惡第三十二

【平】精粗　洪纖　妍媸　高低　低昂　方員孟子規矩方員之至　精純【並半虛死】

清汙韓清瀟映汙渠

【上仄】淺深　是非　細微

【仄】美惡記美惡皆在其心　廣狹　好醜　厚薄　利鈍出師表成敗利鈍　巨細

曲直

【上平】長短　隆殺　豐儉　多少　輕重　新舊　清濁　粗細

平直孟子為平直不可勝用

存亡得喪第三十三【並虛死】

【平】存亡易知進退存亡而不失其正　窮通　升沉　安危　興衰　興亡

榮枯

【上仄】疾徐　屈伸　盛衰

【仄】得喪　巧拙　緩急　進退　出處　險易記道途不爭險易　得失

語默　感應　利害　理亂　否泰　久速孟孔子可久而久可速而速

治忽書在治忽

【上平】遲速　通滯　通塞　榮辱　榮悴　豐約　窮達　成敗

離合杜人生有離合

俄然偶爾第三十四　【並虛】死

【平】俄然　俄而　俄焉　何之　雖然　何耶　何哉　何歟

何其　非然　非歟　非邪家語吾道非邪　宜乎　宜其　然乎

然歟　今而　今焉　紛然　佳哉史氣佳哉　誰其　嗟乎

惟其詩惟其有之　悽其杜白首颯悽其　胡然詩胡然而天也　休哉記民咸曰休哉

嗟哉 韓嗟哉董生孝且慈 徒然 陶然 因之 語因之以饑饉

上仄

倏然 偶然 忽然 自然 隱然 信然 不然 果然

默然 眇然 宛然 杳然 沛然 至哉 大哉 妙哉

小哉 語管仲之器小哉 異哉 孟子異哉子叔疑 美哉 盛哉 信哉 甚哉

旨哉 信乎 語信乎夫子不言不笑不取乎 異乎 孟子不亦異乎 否乎 可乎

允乎 況乎 見之 有之 取之 奪之 予之 去之

得之 已之 失之 豈其 忽其 否歟 異諸 已而

既而 頃焉 少焉 坡少焉月出於東山之上 混兮 闢兮 通書混兮闢兮

怳兮 惚兮 老子怳兮惚兮 爲焉 矧夫 有諸

仄

偶爾 倏爾 忽爾 自爾 頃爾 必也 可也 是也

允矣 詩允矣君子 展也 詩展也大成 未也 至矣 妙矣 盛矣

必矣 是矣 久矣 往矣 已矣 可矣 遠矣 足矣

大矣 信矣 極矣 盡矣 廣矣 允也 恰則 否則
是則 甚則 是以 樂只詩樂只君子 甚矣
上平 何者 何也 然也 非也 宜也 宜矣 行矣 非矣
高矣 云爾孟子是何足與言仁義云爾 然爾 何則 然則 何以

之乎者也第三十五

並虛死

平 之乎 之哉 之與 之耶 然耶 然其 然而 乎哉
乎而詩俟我於著乎而 與哉語鄙夫可與事君也與哉 焉哉 夫其 于焉
上仄 矣乎 矣哉 矣夫 者乎 者焉 者哉 者耶 者與
也哉 也與 也耶 也且詩狂童之狂也且 也夫 彼其 若夫
盖夫 爾乎語女得人焉爾乎
仄 者也 者矣 者耳 也矣 也已 也者 爾乃 已耳
耳矣

【上平】然也　之也　之矣　焉者　乎爾　于以　而已　焉耳

【連綿】微茫隱約第三十六　【並虛】死

【平】微茫遠貌　依稀猶言髣髴也　糢糊漫貌　朦朧杜比事終朦朧不明貌　分明

含糊坡臧否兩含糊　糊塗呂端小事糊塗謂不明也　稀疎　蒼茫水貌　幽深

繽紛亂貌　淵微深妙也　冲虛老子大盈若冲冲亦虛也　精深

【上仄】杳冥深幽貌　整齊　莽蒼近野莊適莽蒼者　邃幽　靜深

【仄】隱約楚辭居窮愁以隱約兮　髣髴相似貌又不明也　想像杜翠華想像空山裏　掩映

恍惚　杳靄雲集貌　隱映　覆護　晻靄楚辭揚雲霓之晻靄兮

浩蕩　爽朗　炫耀楚辭五色雜以炫耀鮮明貌　雜糅楚辭芳與澤其雜糅兮

烜赫明照貌　偃蹇　廣闊　混沌元氣未判　晦昧幽暗也

曖昧不明貌　溥博中庸溥博淵泉

【上平】依約　分曉說文曉明也　端正　端的　章顯明著也　周遍

昏晦　明朗　遼邈遠貌　玄遠　玄妙　虛靜老致虛極守靜篤

徘徊眷戀第三十七

並虛活

平

徘徊不進貌　躊躇猶豫也　彷徨猶徘徊也　舒徐　勤拳

徜徉韓終吾生以徜徉　慇懃　綢繆　踟躕　勤劬　安舒

倉皇杜倉皇問家室　悽惶悽愴惶恐　委蛇自得委曲貌　從容自得之意

優游詩優哉游哉　依違小旻謀之臧則違謀之不臧則依　低回太史公曰余低回留之不能去

留連王昕詩魚鳥見留連　遲留　逍遙翱翔自適貌　雍容　夷猶自得之意

翱翔一上一下曰翱直刺不動曰翔　逡巡不進貌　徊徨猶徘徊也　安徐

安閑

上仄

宴閒　滑稽楚辭突梯滑稽圓轉貌　逗留不進貌　背馳相反之意

仄

眷戀係慕也　顧戀　繾綣不相離散也　放浪杜放浪陶彭澤　自在

慷慨竭誠貌又倜儻也　宛轉　雜遝杜賓從雜遝實要津　展轉詩展轉反側　放逸

恣肆 浸潤論語浸潤之譖 泮渙詩泮渙爾游 子細杜醉把茱萸子細看

上平 留戀 綢繆 惆悵失志望恨貌 悽切 舒暢 容與遊戲貌

滛湎詩沉湎滛泆 馳騖騷忽馳騖以追逐兮騖亂馳也 猶豫疑而不决曰猶豫 舒展

凝滯屈原聖人不凝滯於物 踈散 蕭散 叨忝

## 胚胎漏泄第三十八

並虛活

平 胚胎孕一月為胚三月為胎 胚渾江賦類胚渾之未凝雞卵未分也 渾涵沉浸也

沉淪杜容易失沉淪 包含 流通

上仄 化生易萬物化生 發舒 發揚 化成

仄 漏泄杜漏泄春光有柳條 滲漏 發露 發泄毫端發泄天地藏 發越越亦發揚也

發育中庸洋洋乎發育萬物 化育中庸贊天地之化育 發見 發散 變化

蘊蓄 蘊藉

上平 呈露猶出見也 形見 形著中庸形則著 涵育文選涵之如海育之如春

◎

融化　融會

輕便小巧第三十九與人物門英雄雅淡互用

平　輕便便安也辨也　輕狂　顛狂　粗踈嵇康曰足下素知吾粗踈　並虚　踈狂

迂踈　清新　清癯瘦貌　周章選注章皇周流也　春容記待其春容　端莊

嬌嬈妍媚貌

上仄　老成詩雖無老成人　軟柔　妙奇　靜專易坤其靜也專

仄　小巧　細小　重厚　鄭重猶頻煩也　利便　瘦小　瘦削

巧妙　細膩　瑣屑細碎也　朴實　洪涊垢濁也　便益

軟美史蕭誠軟美可喜　窈窕詩窈窕淑女　瀏亮陸賦體物而瀏亮　美豔左傳美而豔

淡薄　秀麗　綽約白其中綽約多仙子好貌

上平　輕薄　輕巧　尖巧　遲鈍　纖細　柔軟　清淺　清淡

肥膩　忠厚　澆薄　精細　清瘦　纖巧　纖麗細美也

醲郁韓沉浸醲郁 粗拙 清勁 輕快 柔脆小栗易斷曰脆 堅實
純粹易純粹精也 工巧 佻巧騷余猶惡其佻巧輕利貌 雄偉 奇麗
踈秀

## 亭亭當當第四十

並虛死

疊字

平

亭亭 悠悠 頻頻楊子頻頻之黨比之人也 遥遥 平平書王道平平
恢恢老天網恢恢大也 堂堂語堂堂乎張也 顒顒尔雅顒顒君德也 綿綿不絕貌
常常 明明詩明明天子 紛紛 多多漢書多多益善 班班有次序也
搖搖詩中心搖搖不定貌 纍纍記纍纍乎端如貫珠 忽忽 彰彰明著也 拘拘
徐徐孟子姑徐徐云爾 茫茫廣大貌 昭昭孟子賢者以其昭昭 空空語空空如也
寥寥選仰神宇之寥寥兮空寂也 高高詩無日高高在上 如如傳燈性相如如 區區
怡怡和悅貌 拳拳中庸拳拳服膺 閑閑詩桑者閑閑兮 欣欣 條條
于于 囂囂 昂昂 夭夭子之燕居夭夭如也 申申同上申申如也 溫溫

漣漣 詩泣涕漣漣 便便 語便便言唯謹爾 優優 詩敷政優優 兢兢 戒謹貌

蹌蹌 記士蹌蹌翔舉舒揚貌 翹翹 詩予室翹翹危貌 翛翛 詩予羽翛翛飛羽聲

雍雍 和也 嘵嘵 懼聲 番番 詩申伯番番鬢白貌 洸洸 詩武夫洸洸武貌 繩繩 相續不斷貌

增增 詩烝徒增增衆也 皇皇 如有求而弗得之意 烝烝 詩烝烝皇皇 桓桓 武勇貌

溱溱 詩室家溱溱 猒猒 詩猒猒夜飲不休也 遲遲 孔子曰遲遲吾行也 祁祁 舒遲貌

丕丕 書受此丕丕基大也 彭彭 詩出車彭彭 爰爰 詩有兎爰爰 殷殷 衆盛也

休休 秦誓其心休休 忉忉 詩勞心忉忉 忡忡 詩憂心忡忡 穰穰 詩立年穰穰

丁丁 詩伐木丁丁 憧憧 嘻嘻 施施 孟子施施從外来 惸惸 憂也

## 仄

當當 綽綽 寬裕貌 坦坦 韓坦坦施施 顯顯 詩顯顯令德 進進

穩穩 安也 挺挺 直貌 井井 荀井井有條 秩秩 詩德音秩秩 大大 小小

細細 杜爐烟細細駐遊絲 瑣瑣 繁碎猥屑貌 屑屑 選屑屑從斗筲之役 悄悄 詩憂心悄悄

寂寂 落落 泛泛 擾擾 擾擾路傍子 續續 連繼也 往往

表表 切切懇到也 比比並也比比皆然 戀戀史須賈戀戀有故人之意
孑孑詩孑孑干旄 杳杳深寂貌 碌碌碌碌庸人 隱隱憂戚貌見荀子
楚楚詩衣裳楚楚 濟濟詩濟濟多士衆盛貌 蕩蕩廣遠貌 赫赫高明盛貌顯
戰戰恐懼貌 默默 戚戚語小人長戚戚 役役杜役役常苦辛 歷歷
泯泯韓以至于今泯泯也 侃侃語侃侃如也剛直貌 冉冉行貌 曖曖楚辭時曖曖其將罷兮 其
忽忽 總總楚辭紛總總其離合兮 剡剡記弁行剡剡身起貌 止止 肅肅
穆穆詩天子穆穆 晏晏詩言笑晏晏和柔貌 業業危貌 惴惴莊小恐惴惴 慘慘
矯矯詩矯矯虎臣強貌 烈烈詩如火烈烈 赳赳詩赳赳武夫勇也 翕翕詩翕翕泚泚
藹藹詩藹藹王多吉士 惕惕記行容惕惕直而疾也 繹繹選望通天之繹繹
粲粲鮮好貌 蹙蹙迫貌 抑抑詩威儀抑抑 惙惙詩憂心惙惙 速速
混混孟原泉混混 洞洞記洞洞乎其敬也 簡簡詩奏鼓簡簡

三字

## 渺茫中清淺際第四十一

平 渺茫中（韓去道愈茫 渺遠貌） 往來中 鼓舞中 隱映中 有無中
杳靄間 莽蒼間（莽蒼草野之色） 須刻間 須臾間 倉卒間
動靜間（邵子曰一動一靜之間） 出入間 毫忽間
仄 清淺際 朦朧裏 橫斜裏（林逋詩疎影橫斜水清淺） 游泳裏（潛行水底曰泳）
蒼茫外 微茫處 明白處 暗昧處 細微處 精妙處
深僻處 空闊處

意徘徊聲哽咽第四十二

平 意徘徊 意淒涼 影婆娑（舞貌） 影扶疎 色芳菲 思躊躇
足趑趄（韓足將進而趑趄 趑不進也） 口囁嚅（同上口欲言而囁嚅 言不出口也）
趣清幽 氣軒昂（高舉之意） 影寂寥
仄 聲哽咽（悲塞也） 光掩靄 光閃爍（光貌） 陰瑣碎（孟竹影金瑣碎）
影零落 襟灑落 心眷戀 香馥郁 聲瀏亮（清明貌）

色慘淡　氣消索漢孫寶傳氣索謂盡也　勢頹靡委靡不振也

四字

## 不疾不徐非難非易第四十三

平

不疾不徐　或在或亡　有實有虛　既溥既長詩溥周遍也

既庶既繁詩　或合或離　若存若亡　自西自東　非古非今

自去自來　將翱將翔

仄

非難非易　在前在後論語瞻之在前忽然在後　或左或右　有美有惡

有始有卒論語有始有卒者其惟聖人乎　不先不後詩不自我先不自我後　可愛可畏

欲左欲右　徹上徹下　或升或降　無方無體　可上可下

# 對類卷之十九

◎

# 對類卷之二十

## 巧對門

### 二字類

**天文**

天心　日駒　雪獅　雄風

地脉　天象　風馬　雌電

**地理**

水簾　山公　山濤（兼）　鞋山

江練　水母　原壤（人名）　笠澤

**時令**

高禖（天子求子祠於高禖）　玄律　庚伏

祓禊（上巳祭水上以祓除不祥）　大雩　上休

花木
凌霄　堯韭（蒲）　佛桒　益母　石髮
潑雪　舜華（槿）　人柳　宜男　溪毛

鳥獸
槖駝（兼人）　禽荒　孝鵝　狗蠅
蟛蠘（名）　馬癖　麃豹　鶴虱

宮室
背城　詩壇　屠蘇（庵）
面壁　筆陣　略彴（橋）

器用
膽瓶　直鈎　說劒　筆塚　酒海
腰鼓　曲尺　談棊　墨池　香山

人物
大人　花奴　文翁（王進）　蹇翁　演禽　駒支　鴉軍
匹婦　草聖（張旭）　武子　丘嫂　醫獸　駟乙　虎將

人事
黑甜　甘飲　射利　珍蔵　玄談
清苦　苦吟　沽名　寶重　白戰（坡白戰不許持寸鐵）

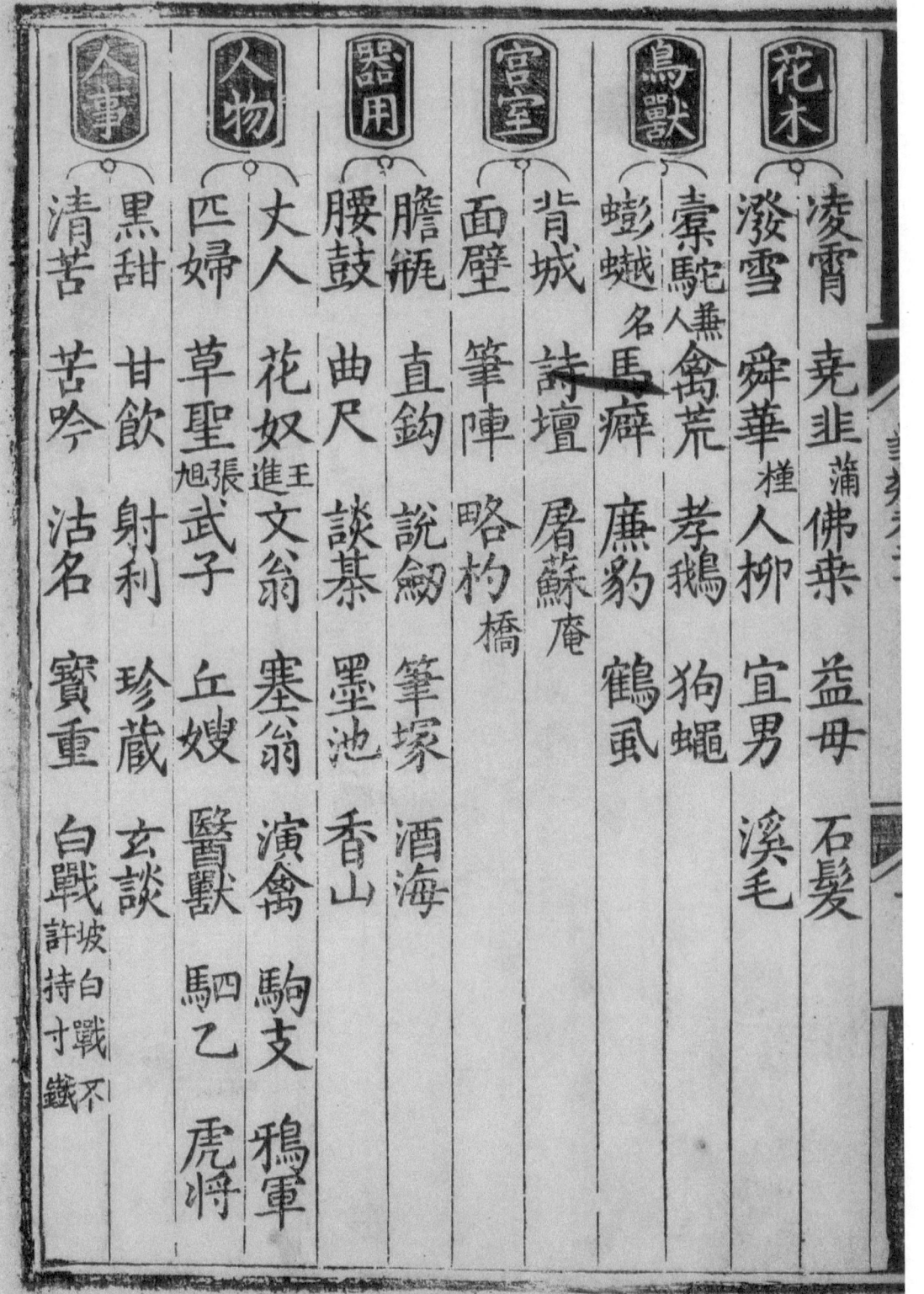

身體

頭面(兼器) 心機 心田 心箴 苦口 舌耕

背心(物) 腹藁 氣海 脉訣 甘心 意鈎

衣服

氍毹 圓領

氆氌 直身

聲色

黄丹 綠珠(美人) 剔紅(兼物) 天青 茶褐

紫粉 碧玉(名) 洗白(色) 沙綠 薑黄

珍寶

金吾 錢神 寸珠 璧琮(蒼璧黄琮)

玉汝 寶母 尺璧 刀布(金刀錢布)

飲饌

酪奴 酒兕 熊白

醅母 燈婢 蟹黄

文史

辭花 學海 噫嘻(詩篇) 金縢(書篇名) 書癡(竇威諸兄詆為書癡)

諫草 詞林 噬嗑(易卦) 玉藻(記篇名) 傳癖(杜預有左傳癖)

數目

函三 倍蓰
混一 什伯

干支

甲科 寅恭 丙穴 長庚
丁祭 子惠 辰溪 太乙

卦名

需須 勞謙 同人 革故
晉進 苦節 歸妹 鼎新

通用

從長 往古 守成
護短 來今 持滿

疊字

謙謙並 蛩蛩 期期周昌 星星體同
蹇蹇易 譽譽 艾艾鄧艾 字字義異

三字類

天文

天首壯　神女雲　雲母石　日月明字鵝毛雪

斗杓東　社公雨　雷公山　子女好意羊角風

樵笠雪　會風雲

釣絲風　依日月

地理

嵩山高　泥土地三　畊井田拆字　堤是土拆字　白水泉拆字

蜀水濁　石城隍意　鮮羊角意　岫由山意　黒土墨意

黃牛峽　鳳凰池荀勗以中書近禁地故曰鳳凰池

白鷺洲　鸜鵒塚明皇瘞白鸜鵒號鸜鵒塚

花木

王孫草　山黃米　垂盆草　蓂報朔　觀音柳

兒女花　水紅花　打碗花　葉知秋　羅漢松

斷腸草花木　剪春羅花

剔牙松名　鋪地錦名

烏獸
牛觳觫　尨也吠詩羊羔美　鷹爪鰕
馬虺隤　燕于飛句魚鱠鮮　馬蹄鱉
三足烏抱朴子日中有三足烏　蛇當道大蛇當道漢祖斬之
一角獸漢武郊雍獲一角獸　馬渡江晉童謠五馬渡江

宮室
屋廬子　虎豹關　庾亮樓　避暑亭　翰墨場
戶牖侯　蛟龍宅　楊雄閣　藏春閣　燈火市
醉翁亭　白虎觀漢宣詔諸儒講論白虎觀
節婦里　碧雞坊

器用
降香香　續命縷　葫蘆壺叶　馬牙香　無孔笛
方響響　返魂香　玳瑁帶音　鷄骨炭　不絃琴
汾水鼎漢武時寶鼎出汾陰
峴山碑羊祜遊峴山役後襄人立碑其上

**人物**

華弟主　三語掾　東方虬　七賢人（竹林七賢）

子父兵　一字師　西門豹　十才子（大曆十才子）

八千兵（項羽）　孤竹君

七十子（孔門）　赤松子

**人事**

歌欸乃　仁無敵　約三章（漢高祖入關約法三章）

舞婆娑　德有鄰　盟五禁（齊桓會盟于葵丘申盟五禁）

秉燭遊

流觴飲

**身體**

口雌黃（王衍號口中雌黃）　鐵石心　三折肱（左三折肱知為良醫）

眼青白（阮籍能為青白眼）　珠玉唾　一彈指

**聲色**

竹根青　紅花紅　鵝兒黃

瓜皮綠　白菱白　鴨頭綠

**珍寶**
玉麈尾　馬蹄金　金錯落　合浦珠　貢球琳
金褭蹄　羊脂玉　玉丁東　藍田玉　報瓊玖

**文史**
右軍書　採茶歌曲　有聲畫　鶺鴒篇
左氏傳　折桂令名　沒字碑崔協號沒字碑　科斗篆
竹枝詞
梅花賦

**干支**
李長庚　春申君　甲乙庫
商太甲　景丑氏　子午橋

**卦名**
水天需　乾稱父　震蘇蘇
火地晉　震爲男　旅瑣瑣

**通用**
云乎哉　将無窮
焉耳矣　庸有待

疊字

木森森 車轟轟

水淼淼 石磊磊

## 四字類

天文

月過女墻 素娥乘月 太極函三漢志 恒雨恒暘

雲歸仙洞 青女降霜 乾元用九易 非烟非霧

露白為霜 月如有約 月明如晝 揮戈却日魯陽

雲黃作雪 雲本無心 日永似年 煉石補天女媧

日月照臨 雷奔鐵騎

風雷鼓舞 電掣金蛇

地理

方輿地理 魯盟雞澤 禹別九州 八水神京

圓蓋天文 楚割鴻溝 唐分十道 五雲仙仗

◎

四國于蕃詩 鑿井耕田 為谷為陵 九河既導禹貢

百僚是式 樵山釣水 于疆于理 三徑猶存歸去來辭

六龍行夏 大禹惜陰 冬至吹葭 綵燕迎春

**時令**

萬象回春 周公待旦 歲除爆竹 土牛餞臘

四時風物 春作秋成 南訛火老 年月日時

萬世基圖 冬溫夏清 壯陸金柔 晦朔弦望

薔薇賜紫 柳腰學舞 碧筍簪泥 沉李浮瓜

**花木**

芍藥着緋 梅額成粧 綠秧針水 傍花隨柳

甜瓜蔕苦

臭梓花香

六龍御極 九牛一毛 指鹿爲馬 天上麒麟

**鳥獸**

雙鳳鳴陽 八駿千里 以羊易牛 人間鸑鷟

提壺勸飲　水深魚樂　魚躍鳶飛　鶴唳九皋
布谷催耕　花謝蝶稀　鳳儀獸舞　鵬摶萬里
草蟲地籟　潛龍或躍
雲鳥天機　威鳳來儀

**人物**

天子龍飛　子思孟母　救時宰相　孫辰孔光
大人虎變　孫敬太公　鮮事舍人　叔夜如晦
烈士壯心　一錢太守　王家三少　九方識馬（九方皋）
狂奴故態　百紙參軍　馬氏五常　五羖飯牛（百里奚）
姮娥竊藥
曼倩偷桃

**人事**

人莫已知　快活條貫　世掌絲綸　荷蕢過門
歲不我與　老成典刑　家傳衣鉢　乘桴浮海

身體

心不在焉　以指喻指　李勣焚鬚李勣為姊煮粥火焚其鬚

色斯舉矣　将心比心　義之坦腹義之東床坦腹若不聞郗鑒之求婚

心廣體胖

手舞足蹈

數目

萬萬千千　朝四暮三　七長八短　百二山河

三三兩兩　陽一陰二　三高兩低　三千世界

干支

四百甲子　太甲元年

八千春秋　先庚三日

卦名

坤西南利　恒心君子

泰上下交　革面小人

通用

何用求人　大去其國　後恭前倨蘇秦謂其婦曰何前倨而後恭也

焉能浼我　永建乃家　大醇小疵韓荀與揚大醇而小疵

## 五字類

雪融山露骨　星依日脚生　魁星鬼踢斗（拆字）

**天文**

風細水生鱗　霞下雲頭散　閏月王居門（意）

雲霞呈五色　風爲花笑語

風月鬪雙清　雲作石衣裳

擊石乃有火　雪消山骨瘦　溪清須涉渡（同邊）

**地理**

淘沙始見金　水退石頭高　遥遠遂迷途（傍）

古路三义口　雨過添流水　山如仁者靜

長街十字頭　雲歸補缺山　水似聖之清

山深烟不斷

溪淺水長流

**時令**

春水渡傍渡　秋蟾明桂夕　殘暑蟬催去
夕陽山外山　春雨潤花朝　新涼鴈帶来
天寒鄒借律　冷官居熱地
歲旱傅為霖　寒士浴温泉

**花木**

花王、初報信　柳絲難織錦　桂殘天雨粟
梅子已成仁　木筆不題詩　苔合地流錢
家邊禾是稼　老棗靠道倒叶　擘栗莫留膜
浦上草為蒲　矮槐挨墻栽音　切蔥須去鬚
芍藥還為藥　菊死雨醫活　李花開太白兼人
山茶不當茶　柳眠風喚醒　蘇木長東坡名

**鳥獸**

狗走抖擻口　蚊雷轟不雨　鳥篆沙頭字
猴愁摟搜頭　螢火寂無烟　魚拋水面梭

◎

鴻是江邊鳥
蚕為天下虫
閉門推出月　斜窓拗正月　霧開鰲殿出
穿井鑿開天　曲巷勒回風　風急蜃樓掀

## 宮室

一區楊子宅 楊子有田一廛宅一區
四壁長卿家 司馬相如家徒四壁立

## 人物

帝王自有真　時子因陳子　顔淵問為邦
将相本無種　周公謂魯公　樊遲請學稼
奚官通馬語　厠中秦宰相 范雎為魏相笞擊佯死卷以簀置厠得出相秦
公冶識禽言　胯下漢将軍 韓信少時里中少年辱之令出胯下
君子不素餐 詩伐檀
癡兒了公事 晉楊濟曰生子癡了公事

人事

維摩病說法　賜可與言詩　田心思遠客
虞卿窮著書　鯉退而學禮　門口問行人
客淚題書落
鄉愁對酒寬

身體

短髮愁催白　剛腸欺竹葉　仇臣頭飲器
衰顏酒借紅　衰鬢怯菱花　侍妾肉屏風
交情諳冷暖　愁眉顰淺綠
病骨識陰陽　醉臉暈深紅

衣服

靴破石皮補　草褥秧針刺　暑衣裁細葛
倉斜余斗修　苔衣柳線縫　春袖剪香羅

聲色

秋水碧千里　青草黃牛峽　空山橫紫翠
夕陽紅半樓　紅蓮白鷺洲　古廟落丹青

**珍寶**

銅錢分子母　卞和三獻玉

寶劍別雌雄　楊震四知金

**文史**

四詩風雅頌　咏月嘲風句

三代夏商周　經天緯地文

**數目**

一張連二卓　花名十姊妹　五尺有五尺（器）

兩箇當三錢　鳥號八哥兒　千斤無千斤（名）

**卦名**

乾坤開泰運　雷屯需雨解

師旅建豐功　風巽復雷隨

**通用**

先知覺後知　如此而已矣　兩人土上坐

小德後大德　其斯之謂歟　一月日邊明

**疊字**

夜月家家共　朝官朝朝朝

春風處處同　處士處處處

# 六字類

天文

三光日月星辰　夷風清惠風和　雲漢爲章于天

四瀆江淮河濟　盾日畏衰日愛　江漢朝宗于海

地理

流水遠欲浮空　有水有山去處

落花輕猶着地　不村不俗人家

時令

日月照四時行　四時春夏秋冬

風雨調百姓足　一月晦朔弦望

宮室

舞干羽于兩階

執玉帛者萬國

器用

硯向石邊見口字

笙從竹下生聲意

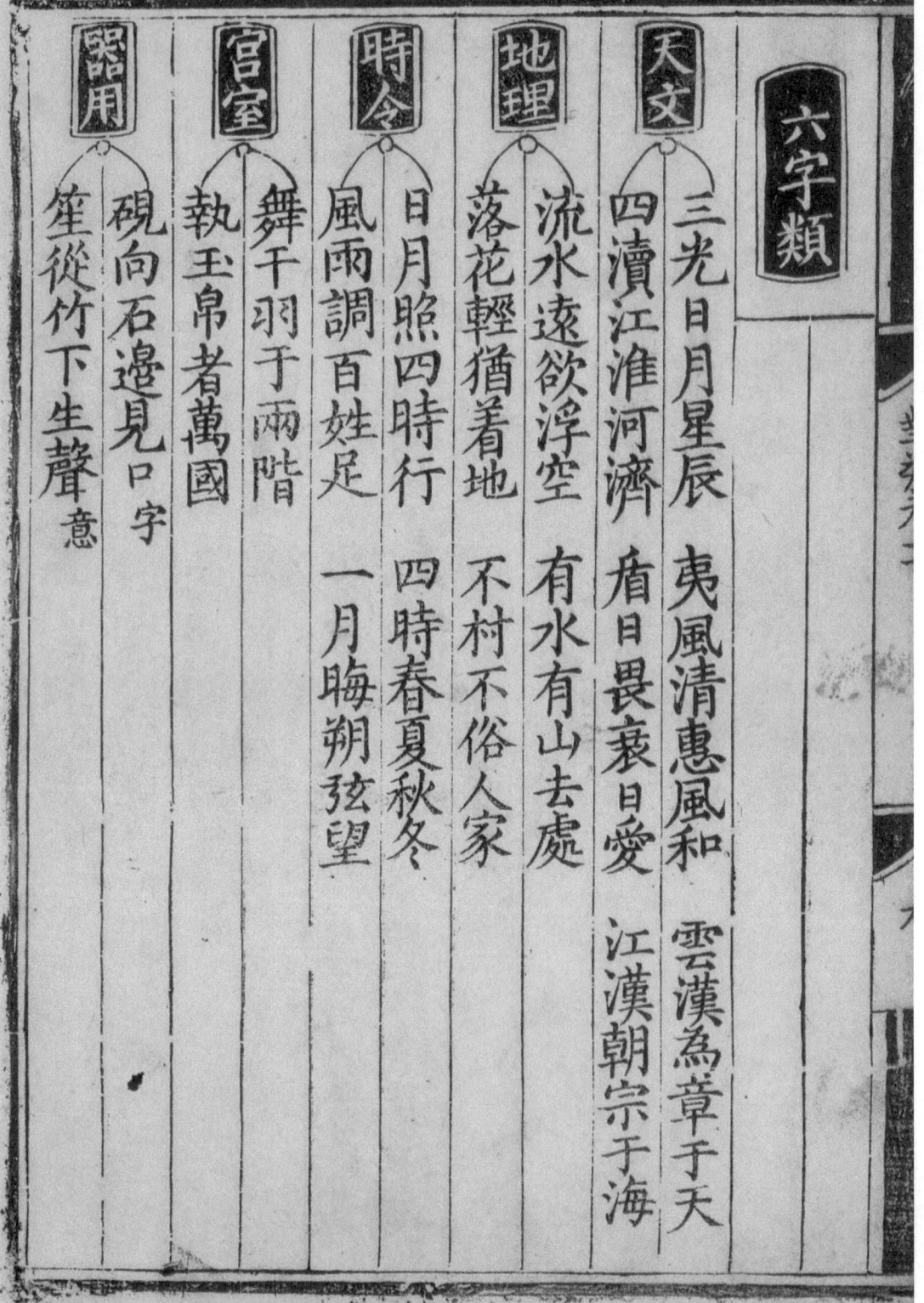

**人物**

唐虞於斯爲盛語　孔明七縱七擒　郎官上應列宿

管晏如彼其卑孟　吳漢八戰八克　學者仰如泰山

賢其賢親其親　有此舅有此甥

老吾老幼吾幼　無是父無是子

**人事**

一介不以取人　豈無用其心哉孟　用則行舍則藏

片言可以折獄　何莫由斯道也語　進以禮退以義

**身體**

模不模範不範揚子　彭樂截腸復戰

步亦步趨亦趨莊子　呆卿斷舌還言

**文史**

書存今文古文　既来之則安之

詩有大雅小雅　是聞也非達也

**數目**

一生二二生三

萬取千千取百

◎

干支

生子自謂添丁

逢辰或云同甲

卦名

乾稱父坤稱母　鳴謙勞謙撝謙

巽為女震為男　安節甘節苦節

## 七字類

天文

天長地久有時盡　水共長天同一色

月白風清如夜何　雪兼皓月兩交輝

壯斗七星三四點

南山萬壽十千年

地理

無山秀似巫山秀　假山石上栽真樹

何水清如河水清　死水池中養活魚

水滾石流非是果　水中荷葉魚兒傘
柳藏鶯宿未為花　梁上蛛絲燕子簾
里中田上土何下
岩畔石低山自高
草號忘憂憂底事　蓮子已成荷長老

## 花木

花名含笑笑何人　梨花未放葉先生
新笋長長過過竹　六花簷蔔林間佛
舊禾種種為為糧　九節菖蒲石上仙
芍藥花開菩薩面　梧桐樹上翁婆履
棕櫚葉長夜叉頭　榆葉梢頭子母錢
劈破石榴紅子露
掐開銀杏綠顏回

## 鳥獸

鸚鵡能言爭似鳳　雞母浴身沙當水

蜘蛛雖巧不如蠶　猫兒洗面唾為湯

鼠無大小皆稱老　螢火不燒墻上草

猫有雌雄總謂兒　月鈎難掛殿中簾

魚遊水面分開綠　魚翻玉尺量江練

蜂入花心點破紅　鶯擲金梭織柳絲

敏則有功鷹擊兔

勞而無怨獺求魚

## 宮室

觀前種竹先生笋雙

寺後栽松長老枝意

## 器用

渡船船渡渡船人　棊為手寒呵子落

燒火火燒燒火杖　衣緣肌瘦縮紗裁

機邊看錦花橫發　船載石頭輕載重
船上觀山樹倒生　尺量絹疋短量長
亐打木綿飛柳絮
火燃燈草綻桃紅

人物

潘游洪沈泛瀛洲　潘良能游操洪景伯沈介
絳繹繪維綰綸綍　韓絳韓繹楊繪韓維

人事

富貴必從勤苦得　無可奈何花落去
名位豈肯卑微休　似曾相識燕歸來
經歷宦途知事廣　人言盧杞太姦邪
指揮行伍總兵能　我覺魏徵真嫵媚
樂樂樂人教教曲　投水屈原終是屈
行行行者看看經　殺人曾子又何曾

身體

翰林學士渾身濕 雙

兵部尚書徹骨寒 意

珍寶

合浦寸珠光照乘

荆山尺璧價連城

飲饌

炒豆不酥緣火少

移倉難動為禾多

附子當歸愁滑石

檳榔遠志恨常山

數目

五行金木水火土

四位公侯伯子男

一史不通難作吏

二人相聚總由天

兩馬駢重千里去

二牛犇出二山來

千江有水千江月

萬里無雲萬里天

通用

筍因落籜方成竹 雙

魚為奔波始化龍 意

疊字
鼎漏漏乾船漏滿　昏昏淡月踈踈影
劒磨磨利鏡磨光　剪剪輕風陣陣寒

## 八字類

天文
日月星辰在天成象　天之文章星辰日月
風霆雨雹因物有聲　地之靈潤湖海江河
天尊地卑乾坤定位
雲行雨施品物流形

地理
楚國亡猿禍延林木　舟中之人皆為敵國
城門失火殃及池魚　門下之士孰非良田

時令
春生夏長秋收冬藏　繡成花草指下春光
東作南訛西成朔易　畫出雲烟筆端晚景

**花木**

滿地苔錢尚云窮巷　韡韡棣華兄弟之義
一庭柳絮豈是寒家　綿綿瓜瓞宗族之繁

**鳥獸**

老牛卧斜陽而舐犢
雄鳳迎朝日以求凰

**宮室**

雪滿樓臺銀為宮闕　過我門而不入我室
花園城郭錦作山川　窺其戶而不見其人

**器用**

秤鈎打釘拗曲作直
蘆席夾囤随方逐圓

**人物**

劉蕡下第我輩登科　卞莊坐觀而刺二虎
雍齒且侯吾屬無患　王良詭遇而獲十禽

**人事**

禮樂征伐自天子出　上下交而其志同也書
流連荒亡為諸侯憂　股肱良而庶事康哉句

衣服

緇衣之宜又改為兮

白圭之玷尚可磨也

文史

菁菁者莪在彼中沚 毛

杜牧文章止得第五

翩翩其羽亦傅于天 詩

李廣事業自謂無雙

數目

先庚三日後庚三日

內象三爻外象三爻

干支

雌甲辰便同雄甲辰

大戊子卻為小戊子

方隅

東人之子西人之子

南方之強北方之強

東夷西戎南蠻北狄

左輔右弼前疑後丞

九字類

天文

氣和則慶雲生甘露降　命紙糊燈籠火星入命
世治則時雨至壽星明　頭巾頂曆日太歲當頭

時令

秋天搖夏扇寒暑不時
臘月起春雷陰陽失序

花木

留寄奴管仲藥裹君臣　破故紙糊窓防風不得
醉楊妃西施花間姊妹　黑牽牛過嶺滑石難行

鳥獸

老鼠上栗樹罌粟落殼
螃蟹入菱池擒菱鉗蓮

宮室

庭前栽鳳竹凡鳥難棲
墻下植蠶桑天蠶易飼

人物

大舜攝堯帝而去四凶　伊尹非義而弗視千駟
周公相成王而罪三叔　王良為範而不獲一禽

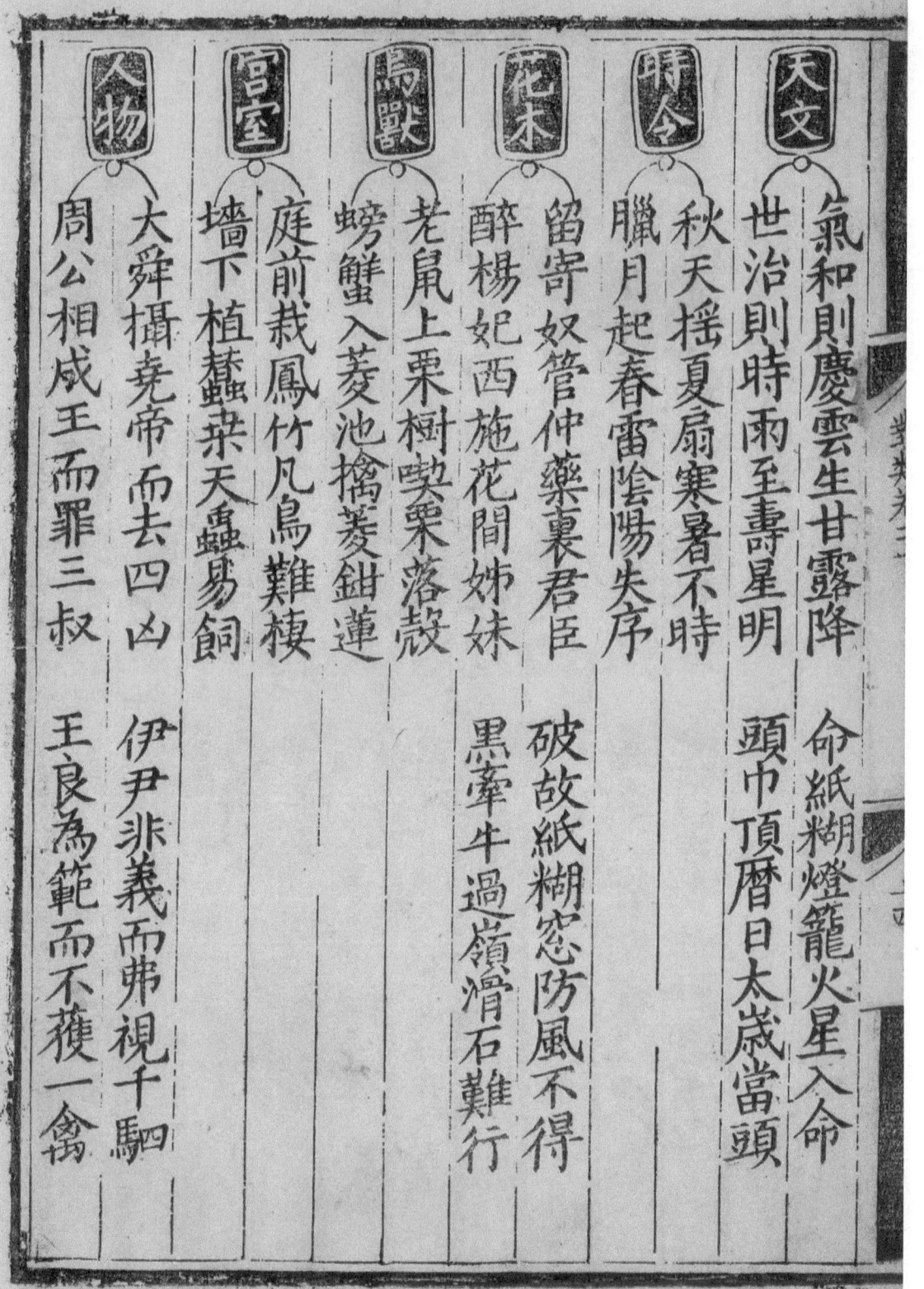

宰予晝寢於予與何誅　小人近之不遜遠之怨
子貢方人夫我則不暇　君子威而不猛恭而安
刀大使使刀撇上撇下
庫主管管庫點有點無

## 身體

盤庚告衆敷心腹腎腸　呂先生品簫須添一口
帝舜資臣作股肱耳目　謝狀元射策何吝片言
謝外郎要錢抽身就討
吳內史飲酒下口便吞

## 文史

杜甫之兒童能念文選　操數尺管亦不失甲科
鄭玄之奴婢解誦毛詩　挽二石弓何如識丁字

## 數目

漢武帝中興二十八將
釋迦佛先度千三百人

通用

道可道忌大醇而小疵　以夫子之道反害夫子

時乎時患難得而易失　惟聖人之心能知聖人

疊字

孫承子子承父父承祖　筍蕤蕤而成竿横碧玉

士希賢賢希聖聖希天　桃斑斑而破萼醉紅霞

皎皎白駒嗟在彼空谷

交交黄鳥嘆殲我良人

十字類

天文

青天似水無魚月鈎空鈎　鵬翮高搏快風雲之九萬

白露如珠出蚌雨線難穿　龍顔端拱位天地之兩間

晚浴玉河摇動一天星斗　今来古往四時風月長新

早朝金殿扶持萬里乾坤　物換人非萬里江山依舊

秋月揚暉人在氷壺影裏　月如弓星作彈難打飛禽

春山如畫鳥飛錦障圖中　雷震鼓電揚旗能驅妖獸

日曬雪消簷滴無雲之雨　風揺竹笋地官把筆描天

風吹塵起地生不火之烟　雨長秧苗田婦將針刺水

星爲夜象却從日下而生 拆　空揩容霰天公撒下珠璣

花本木形何自草頭而化 字　遠嶺明霞雲母織成錦繡

風前點燭流半邊留半邊 雙

雨裏築墻擣一堵倒一堵 意

## 地理

千千年萬萬歲皇帝乾坤　泰山喬嶽世共仰於孤高

三三曲六六峯武夷山水　長江大河人孰窺於涯涘

鬼谷陳平黃石欲作東園　萬壑傾奔屹中流之砥柱

寒山拾得赤松移栽角里　衆星牢落凛半夜之長庚

鑿箇魚池通天光於地底　眼前一簇園林誰家莊子 借書

决諸龍井泄水氣於山頭　壁上兩行文字那箇漢書 名

波浪千層喜羣魚之得水　雙木成林高出嵩山之上 拆

雲霄萬里快一鶚之横秋　三石作磊白於泉水之間 字

**時令**

鴈字排空寫出一天秋思　梁上呢喃紫燕說盡春愁

鶯梭穿柳織成三月春光　窓前睍睆黃鸝喚回午夢

夜半子規枝上喚將春去

晚間促織堦前叫得秋来

**花木**

花亭夜宴月光長照金樽　杉梓椿松檜柏六木森森

楓陛早朝日色纔臨仙掌　巖崖嶽島峰巒四山出出

猫兒竹下乘凉全無暑氣　庭竹池魚一化龍一棲鳳

蝴蝶花間向日更有風来　岸花檣燕半送客半留人

枯木山中古木此木為柴 折
蚕虫世上天虫爾虫作蠒 字

鳥獸

鳥入風中銜出虫而作鳳　雞鳴山上雞鳴寺裏雞鳴
馬来蘆畔喫盡草以為驢　龍化湖中龍化廟邊龍化
螃蟹兩螯八足天下橫行　蓄池之魚洋洋焉得其所
鱸魚一尾四腮雲間獨出　喪家之犬纍纍然安所從

宮室

澹臺非公未嘗至偃之室　馬戶騎驢立占新城之站 折
仲由鼓瑟奚為於丘之門　吏人作使行吾總管之衙 字
覔人不見誰知閃在門中　凍雨洒窓東二點西三點
拙女出才已自嫁于家外　與木置屋曲八根直四根
一年屋漏春夏秋冬雨透　朝内九重帝闕虎踞龍蟠
四面總開東西南北風来　城中四面人家雞鳴犬吠

## 器用

鐵劄紙牕透入清風一線　菩提一百八顆顆顆念佛

簾垂繡戶控開新月半鉤　象棊三十二着着着將軍

雙艇並行魯肅不如樊噲　逆風帆順風帆樊遲樊噲雙

八音齊奏狄青難比蕭何　長潮櫓落潮櫓魯直魯班意

張長弓騎奇馬單戈合戰拆

種重禾犁利牛十口為田字

## 人物

生民以來未有盛於孔子　千木橫渠由也相如達道

天下之士豈復賢於周公　盆子安石望之有若貫山

天下口天上口志在吞吳　學正不正諸生皆以為歪字

人中王人邊王意圖全任　相公言公百姓自然無訟意

人言司馬地位可及十分　人曾為僧人弗可以為佛字

我道包家天下只有一箇　女卑為婢女又可以為奴意

老子燒香烟罩山前土地　鉏麑觸槐死作木邊之鬼折字

佳人呵鏡雲遮月裏嫦娥　豫讓吞炭終為山下之灰字

和尚和尚書詩因詩言寺字　姬公項羽齊青相如高鳳

少監少監使債以債責人意　老子樊須太白有若公羊

指揮有馬千戶百戶總旗官名　景公千駟四名有愧於夷齊

知縣無錢縣丞主簿典史雙意　顏子一瓢道則同於禹稷

鄭為武公賦緇衣而美德　晉士特奇可比一斑之豹

周因孔子歌巷伯以傷讒　唐儒博識堪為五總之龜

佳人汲井線牽水底觀音　船尾拔釘孔子生于周末

和尚撑船棒打江心羅漢　雲頭掣電霍光起于漢中

立湖石于池心豈非賈島　商均丹朱可謂外甥似舅

蒙虎皮于馬背謂是班彪　仲容阮籍真成猶子比兒

龍飛取士省元龍狀元龍　胡士龍　陳文龍
虎賁得人殿帥虎步帥虎　范文虎　孫臣虎

人事

管仲之器小哉何足筭也　愁拈素帕提起千思萬思　雙
孔子之道大矣其可量乎　閑撥紅爐畫是長嘆短嘆　意

陶潛解印託菊徑以辭歸　笑指深林一犬低眠竹下　拆
曹操行軍望梅林而止渴　闞看邃户孤木獨立門中　字

空非空色非色色即是空　後生可畏賢者畏而愛之
道可道名可名名強曰道　君子固窮小人窮斯濫矣

非道不陳敬王莫如我也　彌高彌堅瞻孔子之卓爾
斯文未喪匡人其如予何　至剛至大養孟氏之浩然

身體

和尚頭光光似琉璃光佛　壁上神仙兩脚何曾着地
道官身老老如太上老君　朝中宰相雙手可以擎天

聲色

白鷺飛来點破一湖秋碧　紅荷花白荷花何荷花好
紫騮歸去踏殘滿地春紅　紫葚子青葚子甚葚子甜
僧衣黄尼衣黄雄黄雌黄藥名
翁髮白孫髮白太白小白人名

飲饌

昨夜飲酒太顛聲聞于外　欠食飲泉白水如何得飽
今朝炊飯何晏餒在其中　故人做墨黑土終是難為

文史

尚書二典三謨臣謨君典　吏人作使十月十日来朝
大學一經十傳賢傳聖經　良米為粮千里千人播種
先進於禮樂後進於禮樂　誦其詩讀其書謂之學矣
知我者春秋罪我者春秋　張我弓挾我矢必也射乎
字肇判於蒼頡今古同文　蚳鼃之為士未可以言歟
卦始畫於庖犧陰陽合德　仲弓之問仁請事斯語矣

數目

二帝三王堯舜禹湯文武　一夜五更半夜五更之半

六官四季天地春夏秋冬　三秋八月中秋八月之中

道德五千言乘牛出函谷　四口同圖大口包藏小口 拆

腰纏十萬貫騎鶴上揚州　五人共傘上人遮蓋下人 字

二八而除教授後生先生 雙

九十而為住持臨老長老 意

干支

半夜生孩子亥二時難定

百年匹配已酉兩姓相當

通用

無根帶之浮萍長為浪蕩　詞有調詩有和律呂調和

有淚痕之殘燭苦被風流　天難度地難量乾坤度量

疊字

鼕鼕鼕當當當三更三點

單單單拆拆拆一陰一陽

# 十一字類

## 天文

玉兎搗藥嫦娥許我十五圓　畏日如爐雲似火烈石焚山

烏鵲成橋織女約郎初七度　輕烟似縷雨如絲經天緯地

露凝新柳珍珠穿在綠絲頭　雪逞風威白占田園能幾日

月掛長蘿寶鏡懸於青帶上　雲隨雨勢黑漫天地不多時

明月照霜霜照月霜月交光　晚霞映水漁人爭唱滿江紅曲

碧天連水水連天水天一色　朔雪飄空農父齊歌普天樂名

雪地鴉行白紙亂塗四五點　雷轟電掣雲騰風送雨將來

霞天鴈過錦箋橫草兩三行　日墜月升斗轉星移天不動

雲簾遮月姮娥羞見月中人

星駕渡河織女喜逢河上客

海晏河清王有四方當作国　滿地榆錢難買春光之九十

## 地理

天寒地凍水無一點不成冰　漫天柳絮廣迷世界之三千

村前木賊夜牽牛連翹怎過雙　山頂孤松春夏秋冬風債主

路上檳榔朝貝母滑石難行意　江心獨石東西南壯浪寃家

千里為重重水重山重慶府　分水嶺頭分水喫分分分明

一人為大大邦大國大明君　看花樓上看花回看看看盡

卧龍得水木牛流馬下瞿塘　櫓梢撥破江心月水定還圓

司馬渡江踞虎蟠龍成建業　馬足踏開岸上沙風来復合

菊殘荒徑不知寒蝶為誰来　滹沱河漲波流洶湧沒汀洲

花發芳園似倩流鶯留客住　滄海浪洪潮汐瀰漫渰港渚

蝶使蜂媒迷綵檻戚戚春風　葭灰飛玉管人間便覺春回

## 時令

牛郎織女渡銀河年年秋月　梧葉落銀牀天下已知秋到

雞攘非君子之為但當月一
狙養在山翁之智已用朝三
風捲楊花一地裏滾將春去
霜凋梧葉半空中墜下秋来

堤邊楊柳晚来拖一縷青烟
苑內桃花春去落幾番紅雨
春歸無跡驗落花而覔行蹤
秋到有聲探飄葉而知来意

## 花木

樹壓墻頭南壮兩枝分內外
花飛院底高低一片任西東
圓荷帶雨玻瓈盤內走珍珠
嫩筍經霜玳瑁簪頭擎璧玉

桃花映水一枝分作兩枝紅
柳絮随風數點散開千點白
楊花飛落蜘蛛網雪壓漁罾
桃片銜来燕子窠火燒丹竈

麥浪翻風鳥過驚輕舟一葉
荷盤貼水鷗眠盛白玉幾團
楊花就地滾成團春風蹴踘
梅影當窓横作畫夜月丹青

浮萍蓋水常於破處見天光
芳草連空每向衰時分地色

## 鳥獸

鶯入榴花似火煉黃金一點　水中梅影雪痕千點浸難消

鷺棲荷葉如盤堆白玉幾團　畫裏桃花春色一枝開不謝

燕入桃花猶如鐵剪裁紅錦　緣木求魚不如守株而待兎

鶯穿柳樹恰似金梭織翠絲　馮河暴虎豈若渡江而化龍

蜘蛛結網轉運絲來往巡簷　雞罩罩雞雞罩破罩破雞飛叶

鵓鴿帶鈴左右翼縱橫出哨　馬籠籠馬馬籠鬆籠鬆馬走音

雞饑喫食呼童拾石逐饑雞叶　螢入楊枝恰似火星躔柳度

鶴渴搶漿命僕將鎗驚渴鶴音　犬來藤蔓渾如天狗犯羅維

杜鵑花裏杜鵑啼有聲有色　蝦投湯內換紅袍鞠躬如也

蝴蝶夢中蝴蝶舞無影無形　蚕入叢間成白繭中心藏之

溪山相映魚遊樹上鳥沉波　蠟觜反舌啄木要取紅娘子

日月交輝兎走天涯烏出海　畫眉繡眼叫天不嫁白頭翁

宮室

方丈四方方四丈南北東西　窓開四面受東西南北之風

試場三試試三場經書策論　塔僨七層滴上下高低之雨

石屏山水似真還假假還真　門子封門門外有風封不得

蜃氣樓臺如有更無無更有　獄囚越獄獄中無月越將來

青羊宮裏碧桃幾度笑春風　道録司道官只戴道冠公坐

黃鶴樓前鐵笛一聲吹夜月　都察院都事常來都市私行

器用

鐘送黃昏一百八聲分緊慢　天平盤只三繩繫秤東秤西

棋消白晝三十二子定輸贏　地羅水面一鐵浮定南定北

墨滴杯中一片烏雲遮琥珀　棋盤有路二三車馬任縱橫

梳橫枕上半輪明月照珊瑚　硯沼無波多少魚龍從變化

人物

子華使齊巫馬期問王孫賈　東嶽天齊仁聖帝龍鳳纏身

朱雲折檻段干木請歐陽修　北方真武大將軍龜蛇捧足

馬援以馬革裹屍死而後已　秀才里長役里長不役秀才

李聃指李樹爲姓生而知之　父母大人敬大人如敬父母

聖人之道高如天不可及也　風月長如此顧安所得酒乎

## 人事

君子之交淡如水久而敬之　山水得之心醒能述以文也

人有七情喜怒哀懼愛惡欲　斫竹編籬遮嫩筍棄舊憐新

經存六籍詩書禮樂易春秋　鎔金作彈打飛禽爲小失大

開關遲關關早阻過客過關　晉惠聞蛙問近臣公乎私乎

出對易對對難請先生先對　塞翁失馬全諸子禍也福也

成湯之憐葛伯遺之以牛羊　推有餘之財與爾鄰里鄉黨

狄人之侵太王事之以犬馬　溥無窮之利保我子孫黎民

## 身體

眉先鬚後先生不及後生長　人立斷橋形影不隨流水去

齒剛舌柔剛者何如柔者久　客眠孤館夢魂曾到故鄉来

對鏡佳人前面面如後面面　龍從角聽無乃不足於耳與
臨池和尚上頭頭似下頭頭　蟬以翼鳴不啻若自其口出
智伯恩深國士吞變形之炭
羊公德大邑人竪墮淚之碑

**聲色**

紅蓮長出碧蓮蓬乾坤造化　清涼盖引紅粧面荷葉荷花
黄豆磨成白豆腐水火工夫　白團扇畫墨交枝月宮月桂
紅甲撫冰絃何處落花流水
青絲蘸玉鏡望中芳草斜陽

**珍寶**

青蔕石榴兩手擘開紅瑪瑙
紫皮柑蔗一刀削出玉琅玕

**飲饌**

鮑家店裏食魚包食包得飽　月作三人飲李白一壺之酒
料院門前量斗米量來爲糧　風生兩腋食盧仝七椀之茶

文史

論語二十篇惟鄉黨無子曰
周易六四卦獨乾坤有文言

數目

三月三日三更三點祭三皇
一生二而二生三三生萬物

萬國萬民萬口萬聲呼萬歲
上倍中而中倍下下倍庶人

白水爲泉衝動一盤麻石磨拆
吾家五口一男二女兩夫妻拆

居金作鋸觧開兩片木公松字
仇宅九人寡婦孤兒七姊妹字

六尺絲絛三尺繫腰三尺剩
寶塔層層一二三四五六七

一牀錦被半牀遮體半牀閑
筭盤顆顆萬千百十兩錢分

一丈紅花五尺闌干遮却半
八字墻邊看八字三命五星

萬年青葉十分風色落無多
十王府裏請十王四僧六道

一船四櫓八人摇出九龍江
燈月交輝萬户千門天不夜

疋馬單刀孤將破開千虎陣
雪霜映色五湖四海水成氷

九重宮殿五間七架兩歇山　雪壓孤舟一葉載六花歸去

一座城樓四面八方三滴水　鴈橫遠漢片牋寫八字出来

九重殿上立兩班文武官僚　二人撞木歸來晚人短木長字

七世廟中列一派祖宗昭穆　四口興工造嚚遲口多工少意

二公並轎撑雙傘大小十人　一機二疋三梭布四丈五長

一家造冊分兩圖內外八口　六兩七錢八分金九紫十赤

疊字

媽媽騎馬馬不行媽媽罵馬　氷結池中四四方方一塊玉

舅舅養鳩鳩欲死舅舅救鳩　日沉水底高高下下兩團金

## 十二字類

天文

風擺棕櫚似千手佛搖摺疊扇

霜凋荷葉如獨脚鬼戴逍遥巾

◎

**地理**

天下之至險也楚之水蜀之山
人間之極美者吳之男越之女
王母蟠桃三千年花三千年實

**花木**

莊生椿樹八千歲春八千歲秋
百花都過了蜜蜂蝴蝶也無情
一葉欲凋時乳燕流鶯同是客
烏木樹空中現龍爪有意拿雲
白楊花天上剪鵝毛無心作雪

**鳥獸**

周夢蝴蝶不知其蝴蝶夢周歟
人弄猢猻真所謂猢猻弄人也
白頭翁病請山和尚談孔雀経
黃頴子災央水先生卜龜兒卦

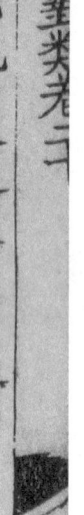

垂天之翼不栖于凡木之柔枝
縱壑之鱗不泳乎洿池之淺水

勺水不可以容神龍終潛渤澥
凡木不足以栖威鳳必擇梧桐

宮室

客散酒初醒短墻外晚山飛翠
人間花自落小橋東春水流香

諸葛草廬雖小藏萬卷詩書
陶淵明菊徑就荒著千年氣節

器用

木魚口内含珠吞不入吐不出
紙鷂腰間繫線放得去收得来

人物

孔門傳道三賢曾子子思孟子
周室開基列聖太王王季文王

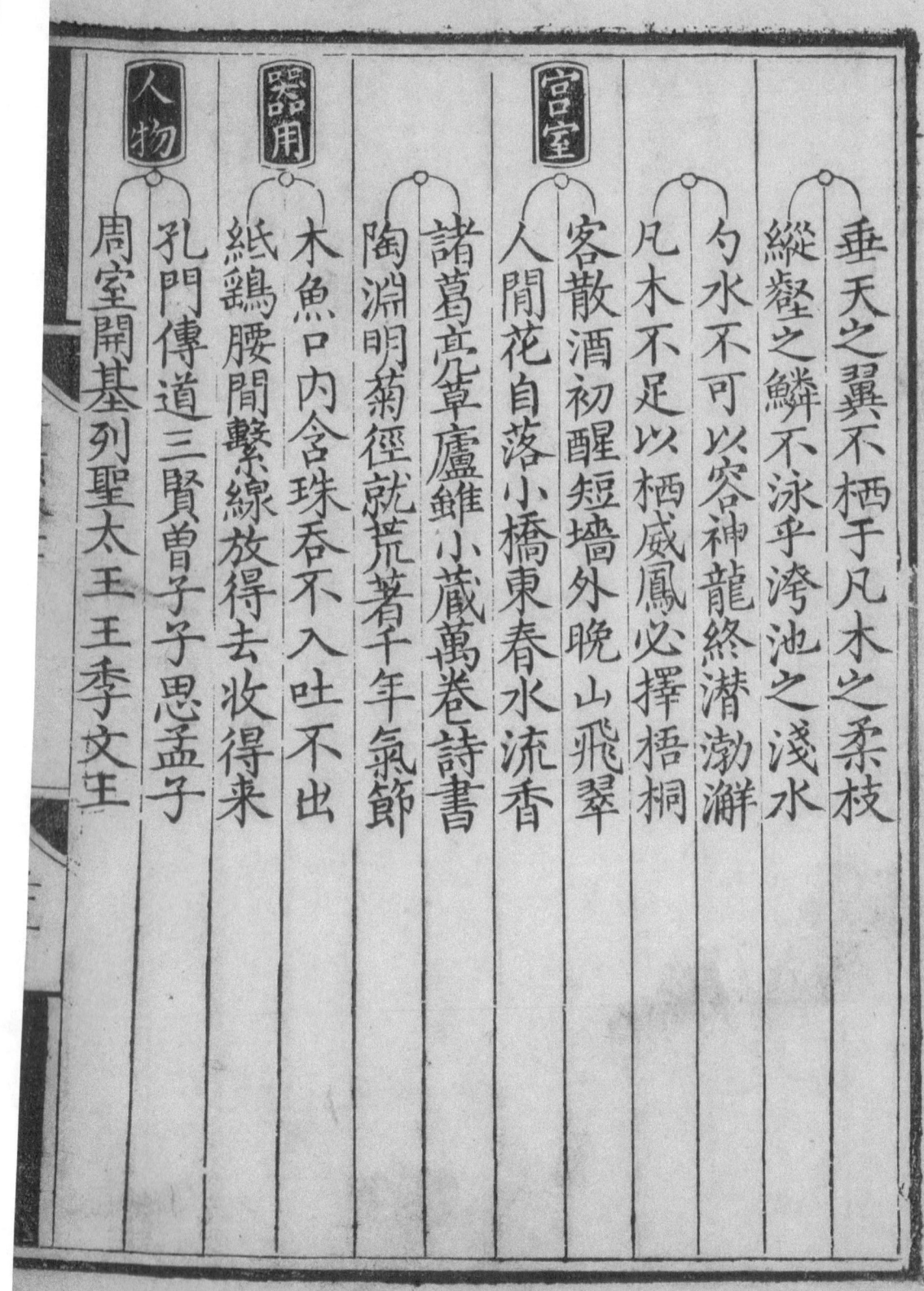

官天下家天下唐堯虞夏商周
聖人心賢人心孔子顔曾思孟

點爾何如赤爾何如各言其志
回雖不敏雍雖不敏請事於斯

## 人事

茂林修竹清流激湍羣賢畢集
良辰美景賞心樂事四者難并

城非不高池非不深險誰與守
饑者弗食勞者弗息怨豈在明

苛政猛於虎孔子興泰山之嗟
暴賦毒於蛇蔣氏發柳州之説

無父無君比之於禽獸爲不足
辟兄離母充之於蚯蚓爲有餘

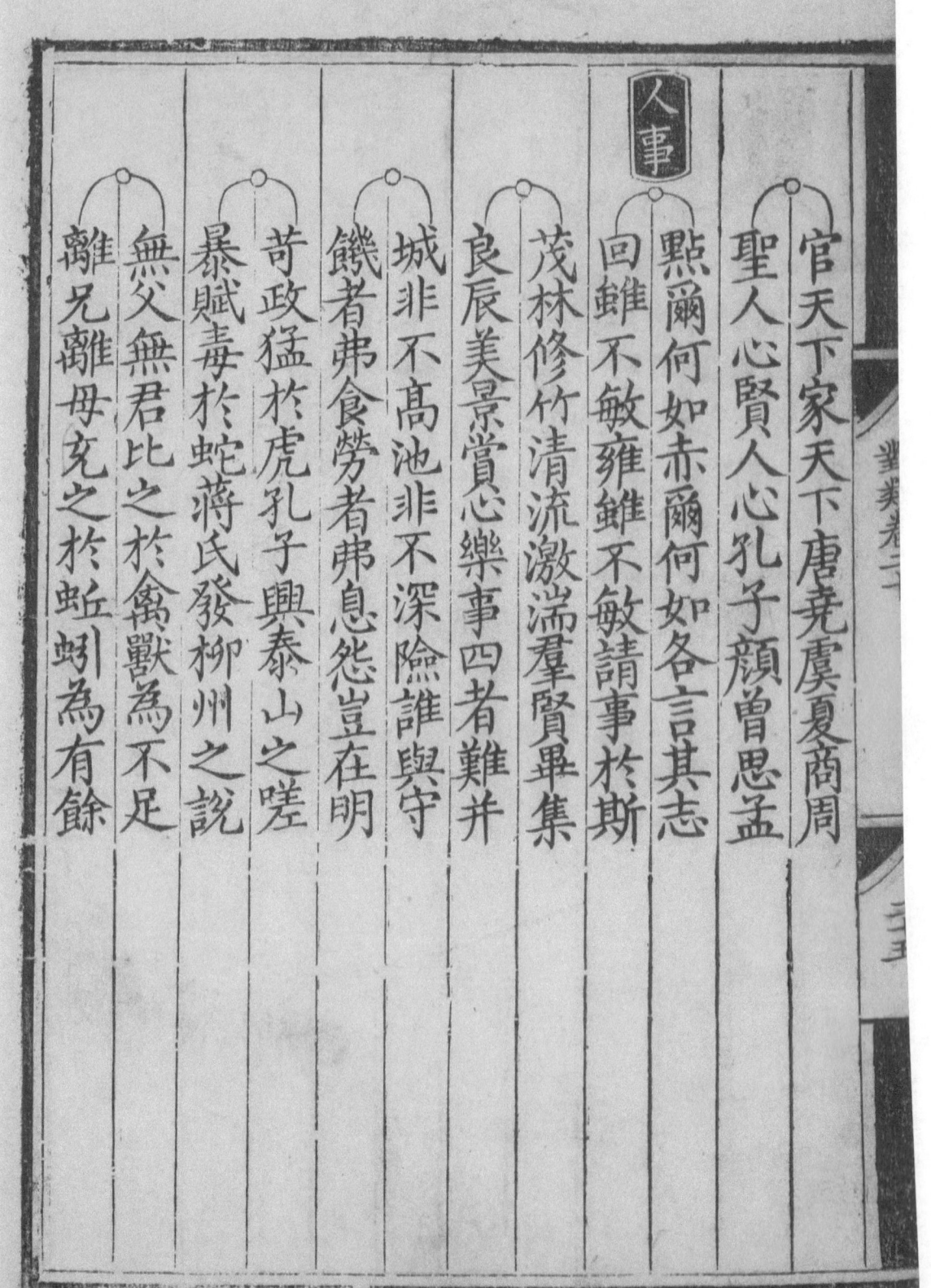

高節堅剛青士胡為屈作夫人
豪心曠達麴生何故甘為從事

## 身體

女子眉纖額下現一彎之新月
男兒氣壯胸中吐萬丈之長虹
伯氏吹塤仲氏吹篪同聲相應
廩人繼粟庖人繼肉得志弗為
童子執桐木撞銅鐘同聲相應
妃嬪着緋衣扣扉戸非禮勿言
火頭燒火火焚頭打破火頭頭
車脚推車車輪脚碾傷車脚脚

## 珍寶

枯松掛月如老龍擎出夜明珠
小沼澄星似仙人撒下金碁子

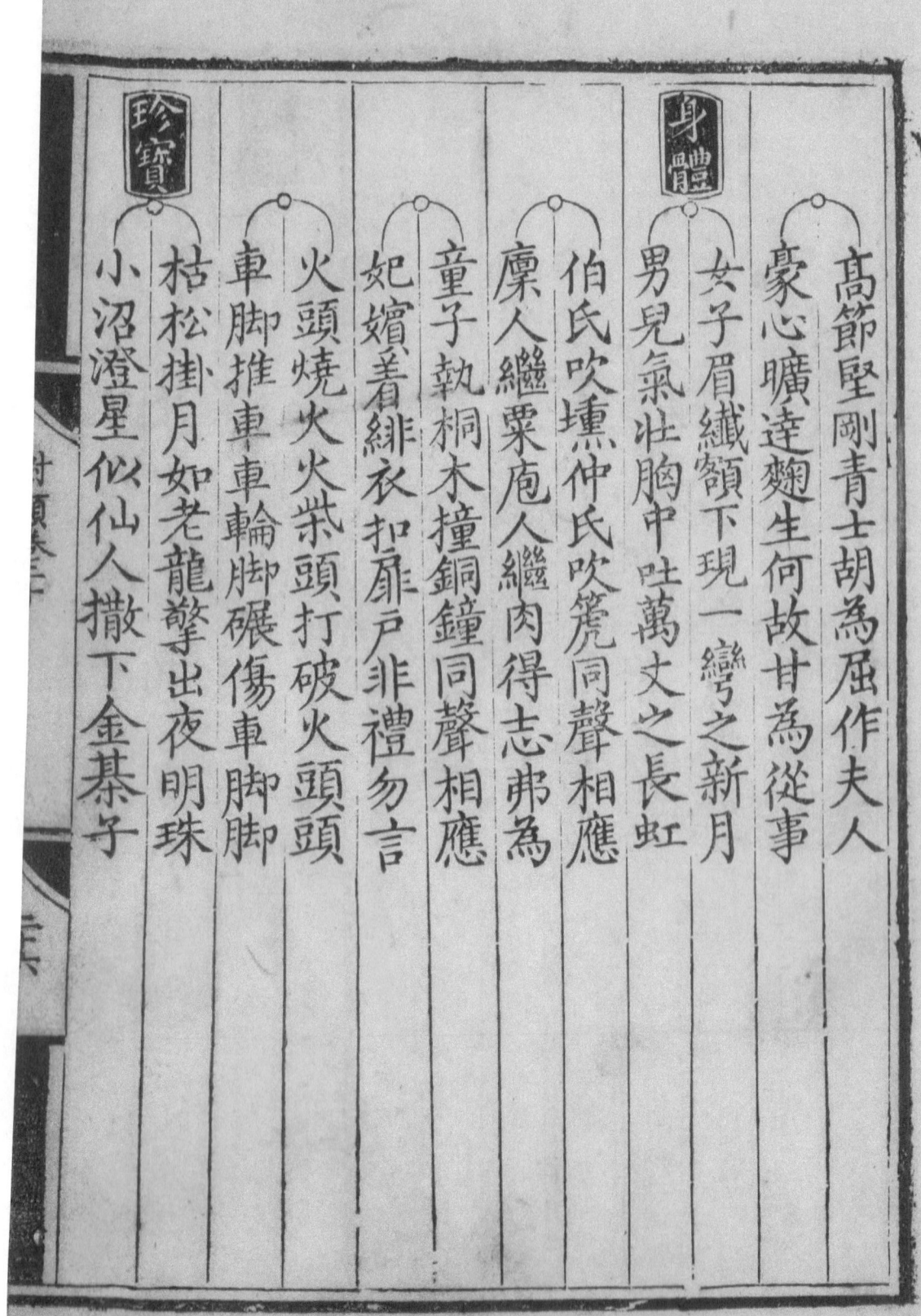

遊魚躍於芰荷之池分開錦纈
駿馬驟於雪霜之地踏碎瓊瑤
楊雄書謂聖經乃衆説之郛郭
孟子序稱論語爲六藝之喉襟

## 文史

吉凶異畫變六十四卦之爻占
美刺殊文備三百五篇之詩詠
藻火粉米黼黻絺繡予觀古人
舟楫霖雨麯糵鹽梅帝賴良弼
作爲文章楊雄相如最善鳴者
措諸事業管仲晏子可復許乎
松木公梅木母公母兩木成林
岵山古岑山今古今二山並出

才名三十年久仰鄭虔之文學
道德五千字難窺老子之玄徽

## 數目

爵比郭令公歷中書二十四考
壽同廣成子居崆峒千二百年

一塔七層八面觀盡萬水千山
孤舟雙槳片帆遊徧五湖四海

卦分六爻內象三爻外象三爻
杖長八尺離身四尺隨身四尺

劈棘斷棗為柴横兩束直兩束
從价聚众扮戲假三人真三人

雙江異井三潮潮卯潮午潮酉

## 干支

四代紀元迭建建子建丑建寅

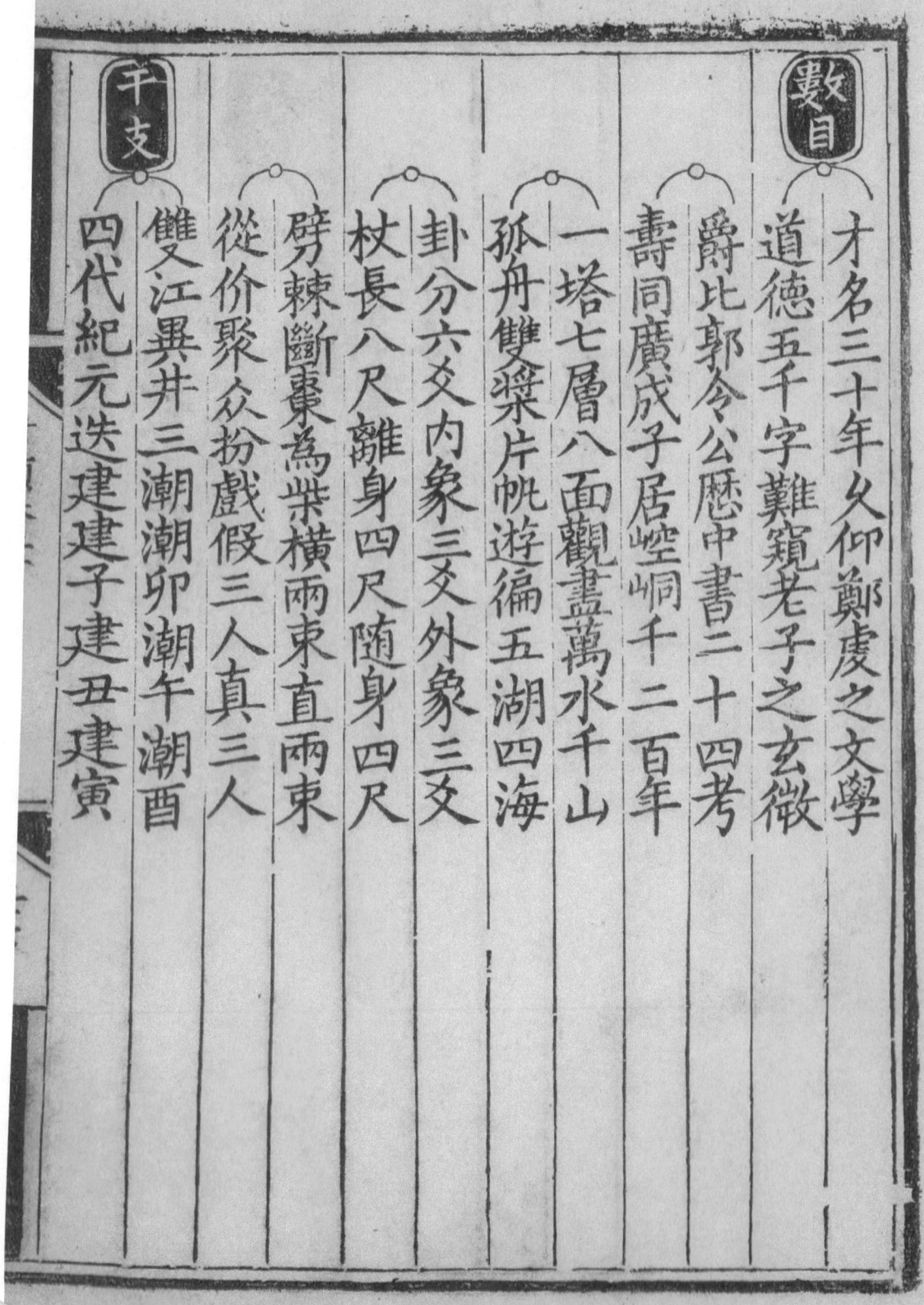

花甲週流二十年始子而終亥
斗辰建指正七月東寅而西申

**通用**

春暖不消頭上雪有酒且開懷
世情都是眼前花無錢難入手

乘與衣不同何馬布皆呼為疋
彈與射既異何琴弓俱號為張

利與善之間乃舜蹠之所分也
仁且智之盡其周孔之所同歟

外十口內十口古田戶口何多　縣名
上四心下四心寧德民心不一　拆字

**方隅**

日出東月出西天上生成明字
子居左女居右世間配定好人

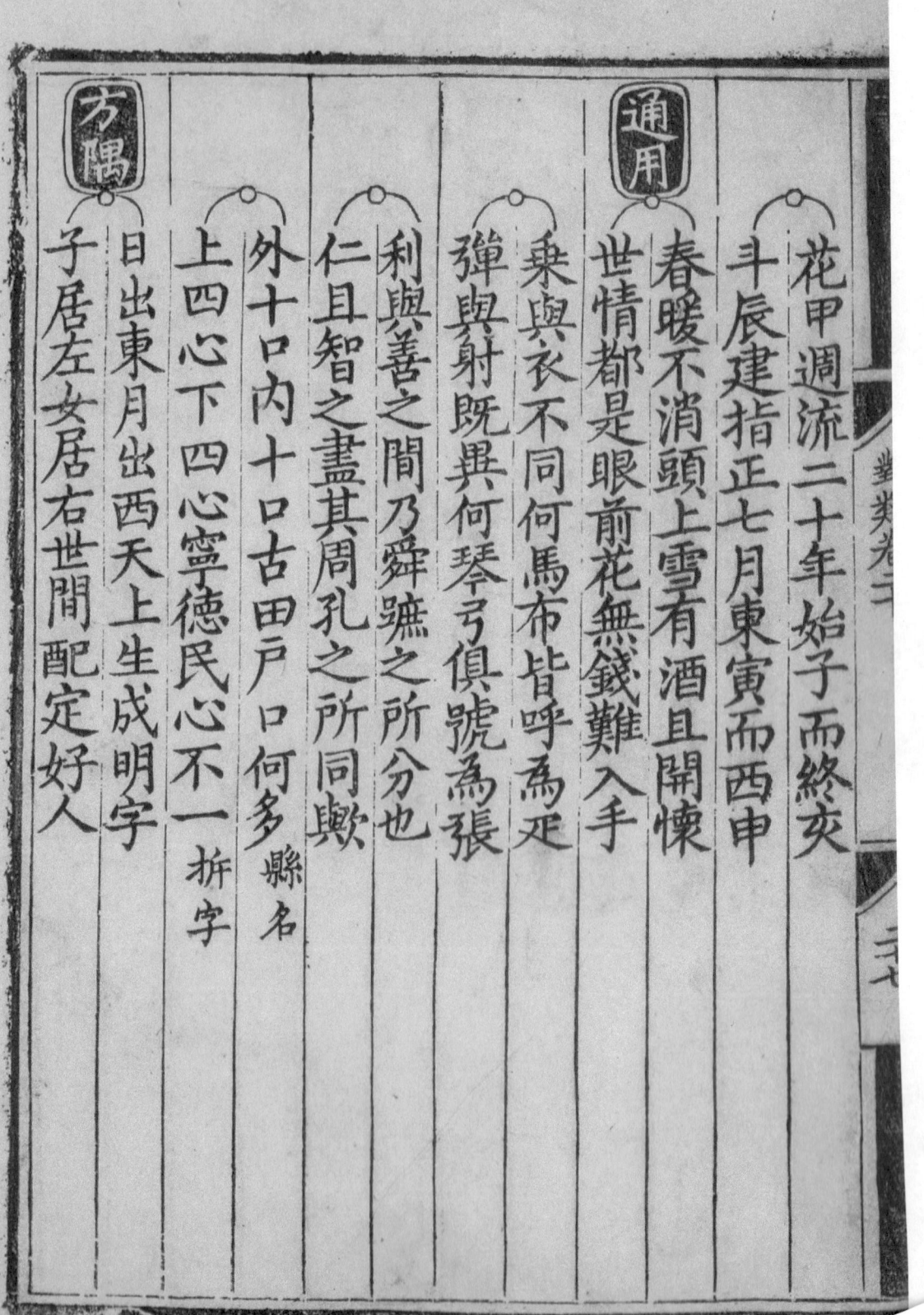

東魯至聖文宣王七十二弟子
南無釋迦牟尼佛千百億化身

## 十三字類

天文

澄潭之遠映晴天上下兩重星斗
滄海之靜涵明月高低相對山河

地理

挾泰山超北海巍然一代之醇儒
濯江漢暴秋陽偉矣萬年之大聖

桕油樹綠連衢婺多是舊遊之路
辛夷花紅滿湖嘉半係新移之家

惱人無物比離愁恰似一川梅雨
快意有誰同爽氣渾如萬壑松風

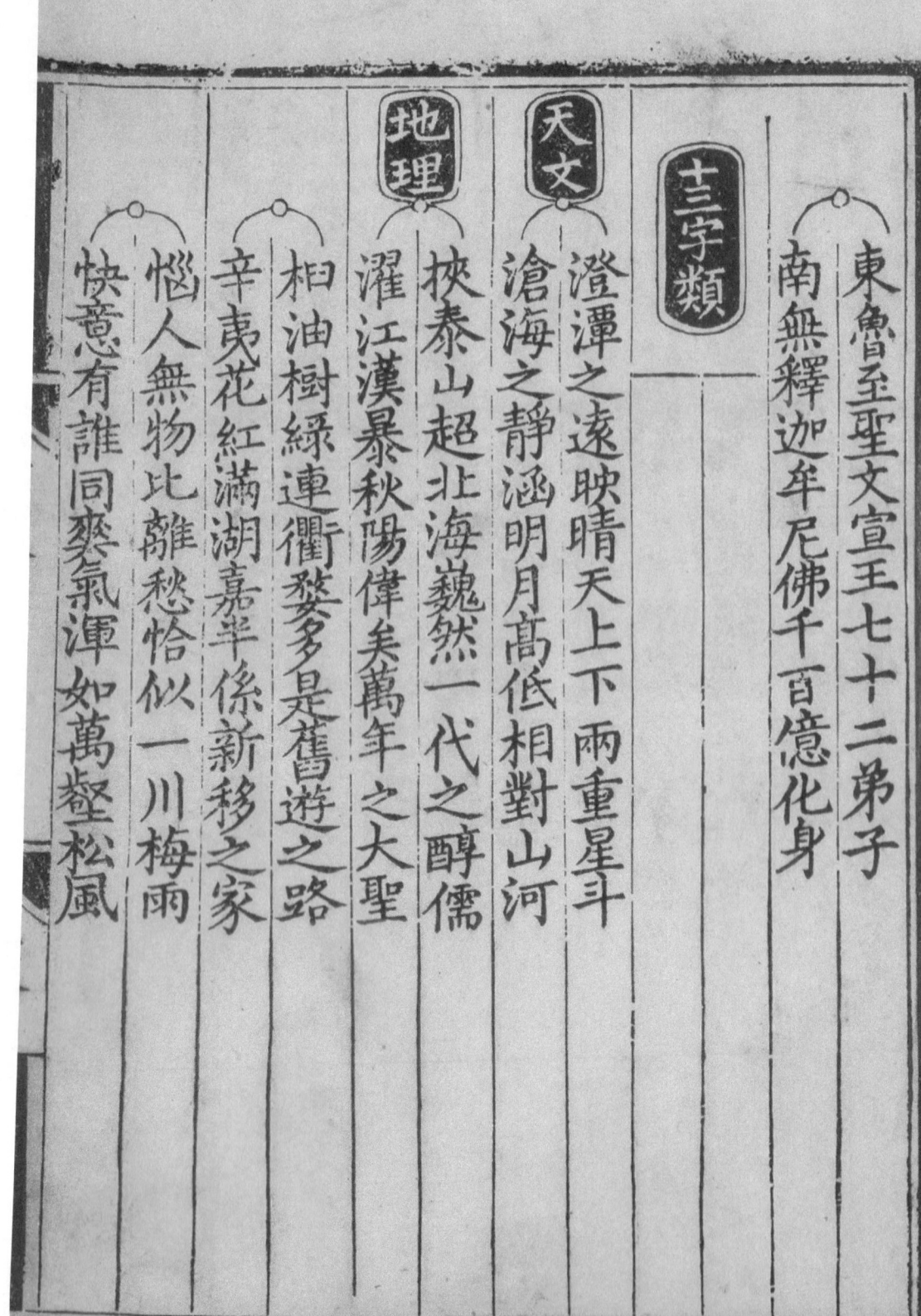

時令

春光相對秋光秋光不比春光好

旦氣接連夜氣夜氣何如旦氣清

蛙鼓螢燈蚯蚓笛荒塘夜夜元宵

鶯簧蝶拍鷓鴣詞香陌年年上巳

十月應小春桃李花借春開數朶

三年逢一閏蓂莢草因閏得餘生

端門北午門南朝廷賜宴於端午

春榜中秋榜上科場取士於春秋

花木

秧鍼柳線難穿荷葉上露水珠兒

木筆蕉書怎畫樹梢頭雪花瓣子

史君子知母多病常愁没藥可醫

蜜陀僧大腹遊方不畏穿山難過

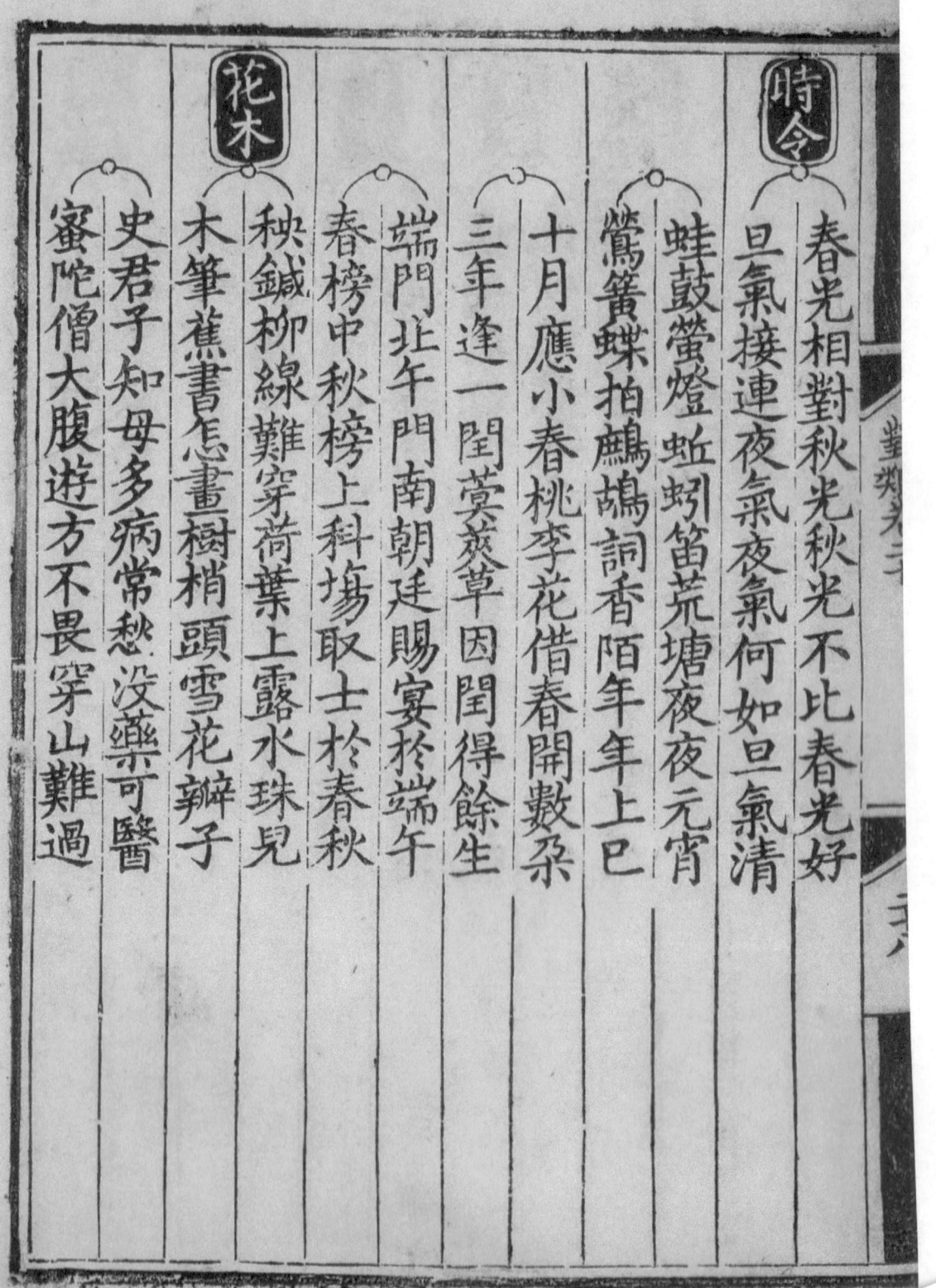

**鳥獸**

黃鶯兒樸不着粉蝶兒虛張翼尾（曲名）兼

白鶴子遇得了紅娘子畢亢室房（宿名）

鴈字千行寫不盡蘇子卿之心事

繭絲萬縷結未了馬頭娘之情緣

**宮室**

煉丹之井猶存老子青牛何處去

吹笙之臺空在王喬白鶴幾時還

**器用**

蕩船近水收魚笱落得明朝酒錢

洗硯舒牋運兎毫還却去年詩債

孺子子房辭赤帝子從赤松子游

**人物**

大王王季生周文王傳周武王位

乃聖乃神堯膺天眷而奄有四海

克勤克儉禹承帝命而分別九州

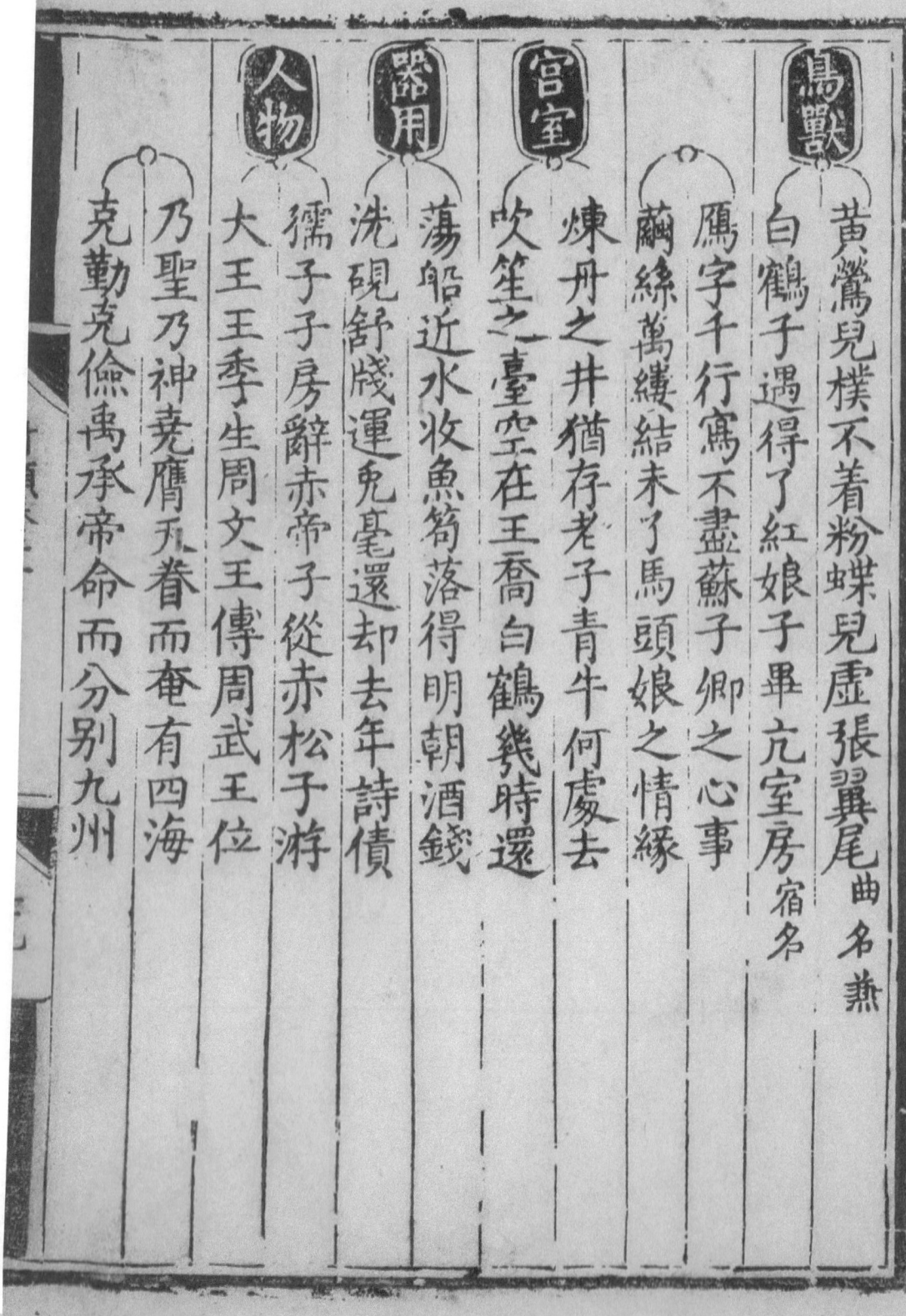

巢父飲牛牛不飲其道可以化牛
相如沽酒酒誰沽其志姑以寓酒
道惟貴於速行故伊尹五就夏桀
賢不可以屈致故先主三顧孔明
曾子見高不許有若居聖人之位
蕭何識遠獨推韓信升上將之壇
黃山谷有穀可以救范德機之饑
褚遂良無糧難以充秦叔寶之飽
教學先生車水學生傳道稻先生
近鄉長老採山鄉老報知芝長老

## 人事

登車攬轡慨然有澄清天下之心
正笏垂紳偉矣負尊安朝廷之志

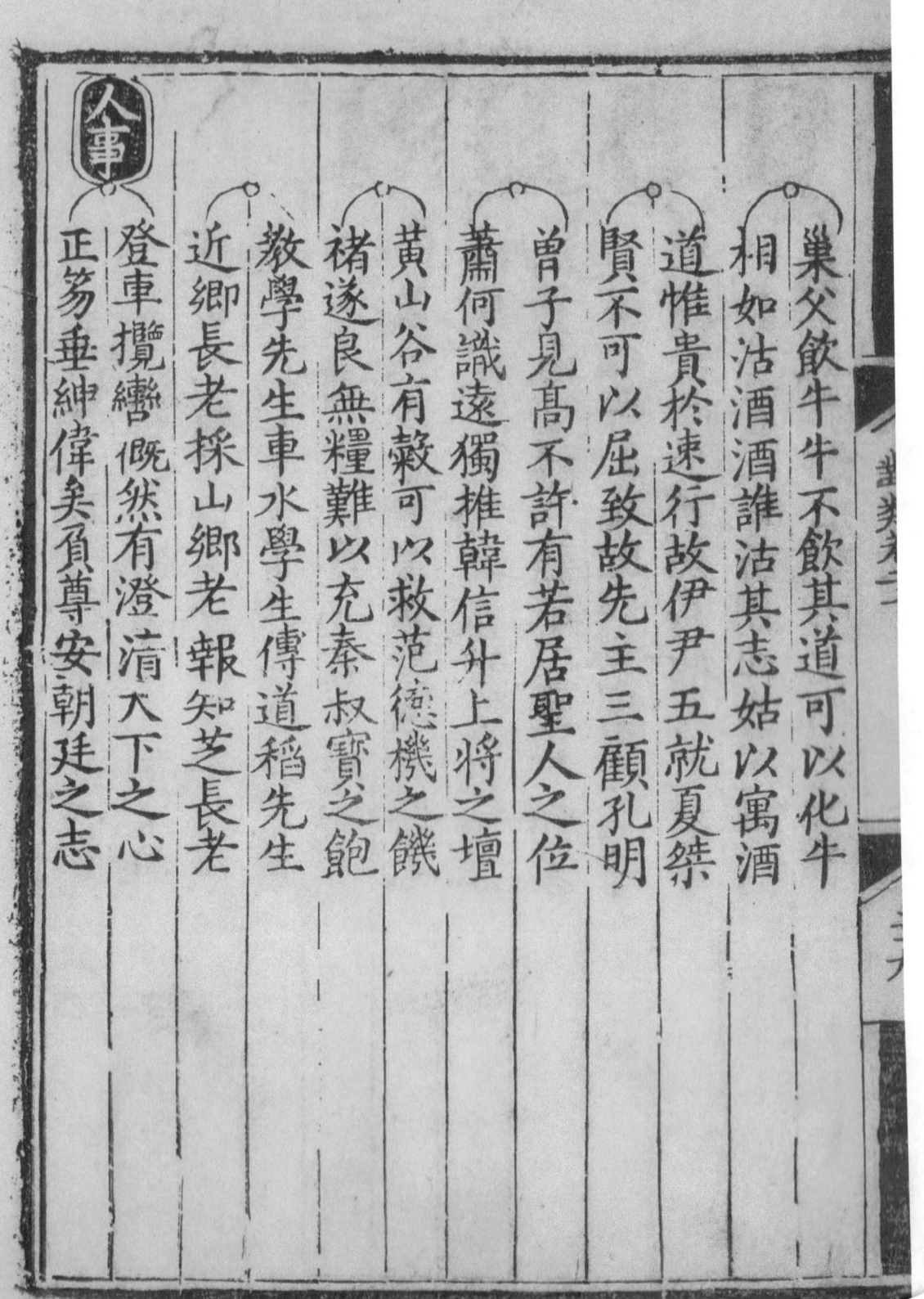

更漏長人不睡一燈照影滅還明
關山遠信難通孤月向人圓又缺
親執短轅懼內者可爲前車之戒
難妝覆水棄夫者無貽後載之羞

身體

身學兩般文武藝尚文乎尚武乎
胸藏萬卷聖賢書希聖也希賢也

衣服

太尉淺斟低唱銷金帳裏飲羊羔
御史激濁揚清簪鐵冠頭加獬豸

珍寶

亞父之碎玉斗已知吾屬之爲俘
呂須之櫛金錢無爲他人之所守

文史

杜詩漢名士非唐朝杜甫之杜詩
孟子吳淑姬匪鄒國孟軻之孟子

聖人之意非言不傳言非經不見
賢人之德非事不見事非史不明

## 數目

一箇嬪妃對月人間天上兩嫦娥
五百羅漢渡江岸畔波心千佛子
天風塔六面七層供養十方三寶
地理圖萬邦一統包含四海九州
其或修行無力一室之中有鬼神
若乃忠信既孚四海之内皆兄弟

## 通用

行樂須及時便做忙且偷閒半日
放懷惟是酒雖醉倒也強飲三杯
行坐皆須在人可笑懸絲之傀儡
低昂初不由己堪憐掛木之桔槔

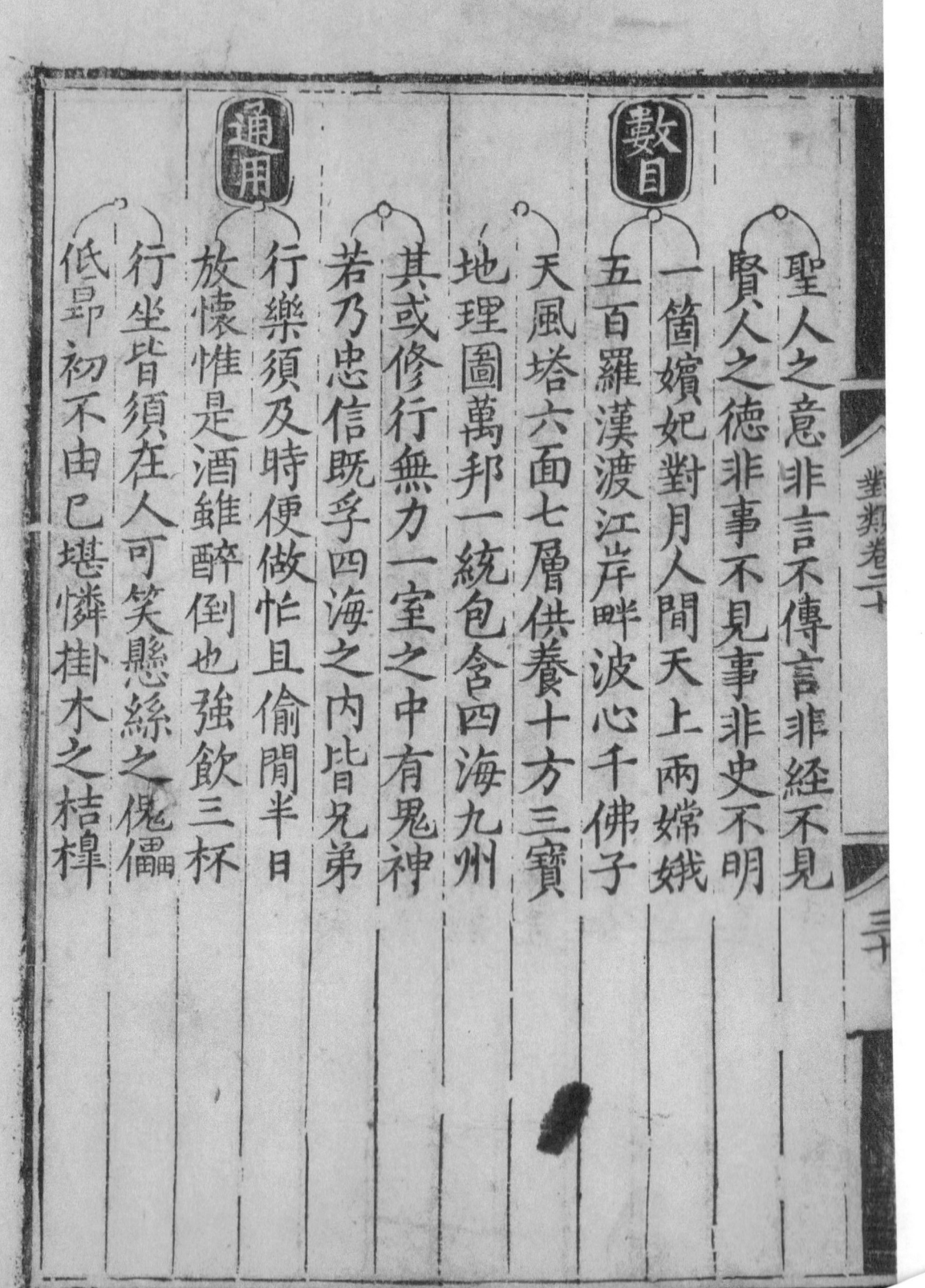

桑養蠶蠶結繭繭抽絲絲成錦繡
草藏兔兔生毫毫扎筆筆寫文章

## 十四字類

聖矣孔子疏食曲肱盖自有其樂爾
賢哉顏回簞瓢陋巷人不堪其憂焉

二月春分八月秋分晝夜不長不短
三年一閏五年再閏陰陽無錯無差

藺相如司馬相如名相如實不相如
魏無忌長孫無忌彼無忌此亦無忌

南高峯壯高峯南高峯高似壯高峯
東大寺西大寺東大寺大如西大寺

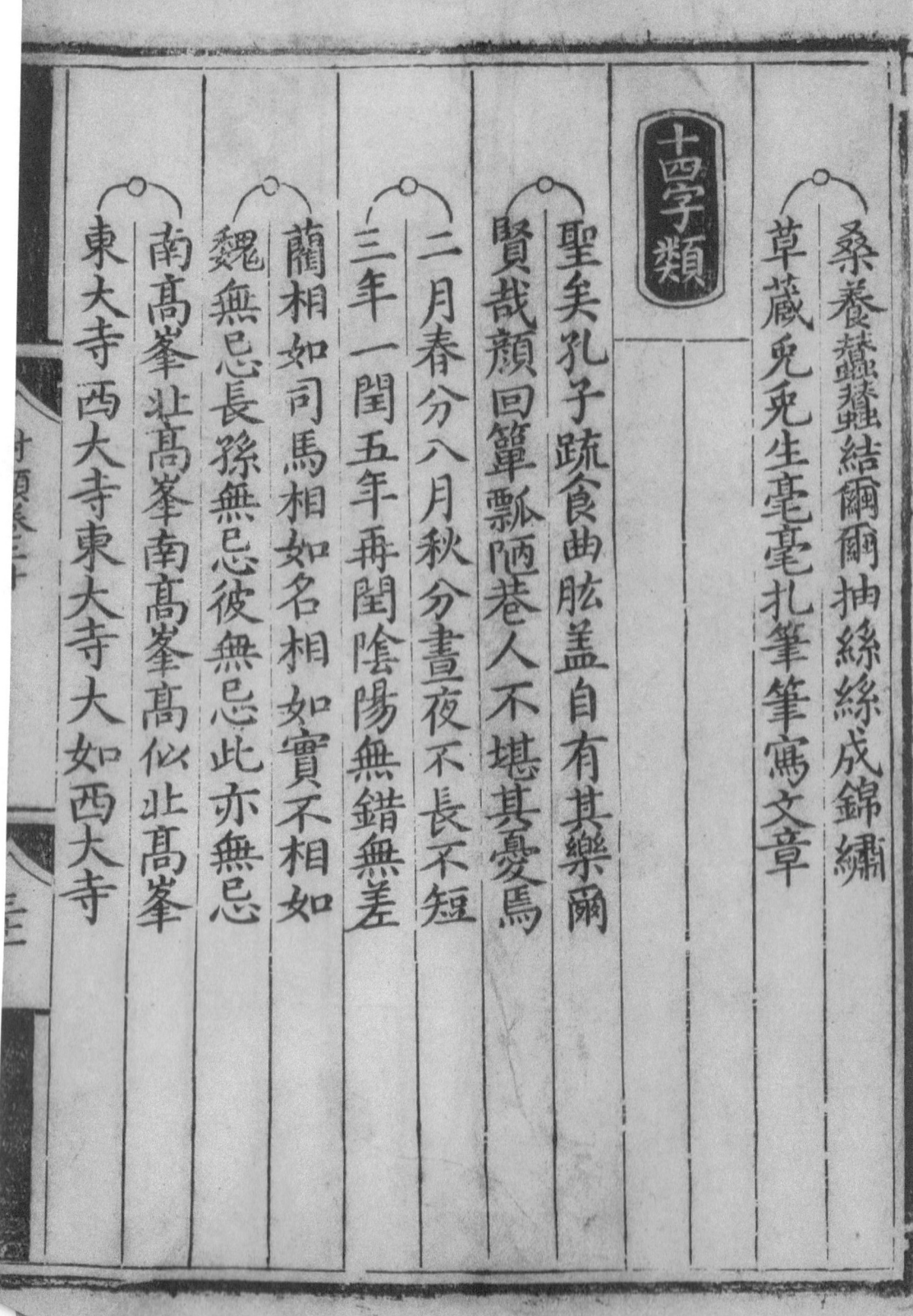

虞美人穿紅繡鞋月下行来步步嬌

水仙子持碧玉簫風前吹出聲聲慢

紅娘子恨發檳榔半夏無茴香消息

白頭翁娶得蘄艾人參有續斷姻緣

兎筆鸞牋鴝鵒硯科斗書蚯蚓龍蛇

鷺鷀螺盞鸚鵡杯鯨鯢飲羊羔蜉蟻

## 十五字類

典謨訓誥誓命凡百篇渾渾乎灝灝乎

風雅頌賦比興有六藝渢渢爾熙熙爾

用之則行舍之則藏惟我與爾有是夫

危而不持顛而不扶則將焉用彼相矣

○柴也愚參也魯師也辟顏氏其庶幾乎
夷之清尹之任惠之和孔子集大成也

○韓昌黎之叙衡州必多忠信魁奇之士
朱文公之記石鼓欲聞性命道德之談

○月下瑤琴四五曲或一曲長或一曲短
岸邊漁火兩三家有幾家暗有幾家明

○黃犬白頭黑尾朝紅日臥向青草池邊
烏龍皂爪斑鬚駕綠雲跳出碧波潭外

○男正乎外女正乎內正家人以及同人
牛以任重馬以致遠以大畜而兼小畜

○逃楊歸墨逃墨歸儒豈可反歸於楊墨
變齊至魯變魯至道何當止至於魯齊

僧齊己稱唐鄭谷爲一字師及時學也
梁武帝命周興嗣次千文韻不日成之

## 十六字類

雞鳴犬吠相聞達乎四境而齊有其地矣
獸蹄鳥跡之道交于中國舉舜而敷治焉
與其進也與其潔也方將倚夫子之門墻
能無勞乎能無誨乎倘許近先生之琴瑟
車同軌書同文行同倫大道公行於天下
黨有庠術有序國有學斯文美盛於中華
前巷也泥深後巷也泥深不聞車馬之音叶
東鄰也墻倒西鄰也墻倒窺見室家之好音

一冬走徧三東路東昌府東平州東阿縣
半夏行過三下閘下荆門下七級下沽頭

## 十七字類

馬兵馬失馬借馬駙馬之馬来騎出城尋馬
官判官去官假官推官之官詐冒赴任做官

## 十八字類

博也厚也高也明也悠也久也千年夫子之功
勞之来之匡之直之輔之翼之百世聖人之教
松滋侯納交石處士托管城子就楮先生作書
孔方兄貿易麴秀才倩懶媳婦引長明公為主

月明星稀鵲南飛無枝可依方信投林之不易
夜靜水寒魚不餌滿船空載應知下釣之實難

十九字類

東方朔西門豹南宮适北宮黝東西南北之人也
前朱雀後玄武左青龍右白虎前後左右之神乎

二十字類

孔公恂司馬恂恂恂恂如也一聖人之後一賢人之後
山巨源李長源源源源而来一晉代之臣一唐代之臣

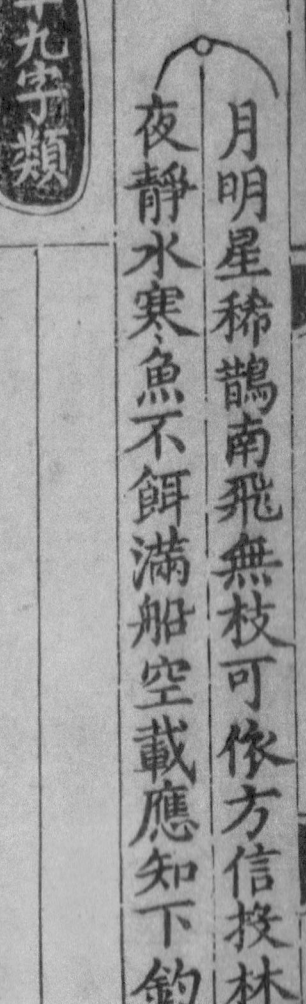